16	3	2	13
5	10	11	8
9	6	7	12
4	15	14	1

Coleção LESTE

Fiódor Dostoiévski

OS DEMÔNIOS

Romance em três partes

Tradução, posfácio e notas
Paulo Bezerra

Desenhos
Claudio Mubarac

editora 34

EDITORA 34

Editora 34 Ltda.
Rua Hungria, 592 Jardim Europa CEP 01455-000
São Paulo - SP Brasil Tel/Fax (11) 3811-6777 www.editora34.com.br

Edição conforme o Acordo Ortográfico da Língua Portuguesa.

Título original:
Biêsi

Capa, projeto gráfico e editoração eletrônica:
Bracher & Malta Produção Gráfica

Revisão:
Cide Piquet
Ricardo J. de Oliveira
Beatriz de Freitas Moreira

1ª Edição - 2004, 2ª Edição - 2005, 3ª Edição - 2008,
4ª Edição - 2011, 5ª Edição - 2013 (1 Reimpressão),
6ª Edição - 2018 (4ª Reimpressão - 2024)

Catalogação na Fonte do Departamento Nacional do Livro
(Fundação Biblioteca Nacional, RJ, Brasil)

Dostoiévski, Fiódor, 1821-1881
D724d Os demônios / Fiódor Dostoiévski; tradução, posfácio e notas de Paulo Bezerra; desenhos de Claudio Mubarac. — São Paulo: Editora 34, 2018 (6ª Edição).
704 p. (Coleção LESTE)

Tradução de: Biêsi

ISBN 978-85-7326-305-3

1. Ficção russa. I. Bezerra, Paulo. II. Mubarac, Claudio. III. Título. IV. Série.

CDD - 891.73

OS DEMÔNIOS

NOTA DO TRADUTOR

Em uma de suas traduções no Brasil e em alguns outros idiomas, o romance *Os demônios* saiu com o título *Os possessos*. Trata-se não de tradução, mas de interpretação ou deturpação do título original *Biêsi* (pronuncia-se "biêssi"), plural de *biês*, que significa demônio. O termo "possessos" em russo é representado pelo adjetivo plural *odierjímie* ou *odierjímie bésom*, isto é, possuídos pelo demônio ou possessos. O título do romance está vinculado à famosa passagem do Evangelho de Lucas: "Esses demônios, que saem de um doente e entram nos porcos, são todas as chagas, todos os miasmas, toda a imundície [...] que se acumularam na nossa Rússia grande, doente e querida para todo o sempre". A passagem é citada por Stiepan Trofímovitch Vierkhoviénski, uma das personagens principais, numa reflexão sobre o clima de caos político criado na Rússia pelo grupo de Nietcháiev, representado no romance por Piotr Stiepánovitch, filho de Stiepan Trofímovitch.

O tema do demônio, muito recorrente na literatura russa, foi objeto de pelo menos duas obras-primas: o poema de Aleksandr Púchkin "Os demônios", do qual são citados dois quartetos como epígrafe do romance, e o de Mikhail Liérmontov, "O demônio", que Dostoiévski amava. Mas o romancista não vê no tema um sentido meramente religioso e lhe dá colorido histórico. Percebe-o como símbolo da deturpação do sentido original das ideias e do processo político na Rússia. Bakúnin escreveu certa vez que os revolucionários do passado, do presente e do futuro foram e serão sempre demônios. O primeiro nome de guerra de Stálin foi "Biesochvilli", uma aglutinação de *biês*, isto é, demônio, com *chvilli*, sufixo formador de nome em georgiano. O protótipo desse "demônio georgiano" e do sistema por ele criado já estão antecipados em *Os demônios*, o que só respalda esse título.

Paulo Bezerra

OS DEMÔNIOS

As notas do tradutor fecham com (N. do T.). As outras são de L. D. Opulskaia, G. F. Kogan, A. L. Grigóriev e G. M. Fridlénder, que prepararam os textos para a edição russa e escreveram as notas, e estão assinaladas como (N. da E.).

Traduzido diretamente do original russo *Biêsi*, tomo X das *Pólnoie sobránie sotchnienii v tridtzatí tomákh — Khudójestviennie proizviedeniya* (Obras completas em 30 tomos — Obras de ficção) de Dostoiévski, Ed. Naúka, Leningrado, 1974.

Que nos matem; nem sinal vemos,
Nos perdemos, e agora?
Ao campo nos leva o demo,
Vemos, e vai girando afora.
[...]
Quantos são, aonde os tangem,
Que cantam nesse lamento?
Farão enterro dum duende,
Ou duma bruxa o casamento?

A. Púchkin

Ora, andava ali, pastando no monte, uma grande manada de porcos; rogaram-lhe que lhes permitisse entrar naqueles porcos. E Jesus o permitiu.
Tendo os demônios saído do homem, entraram nos porcos, e a manada precipitou-se despenhadeiro abaixo, para dentro do lago, e se afogou.
Os porqueiros, vendo o que acontecera, fugiram e foram anunciá-lo na cidade e pelos campos.
Então saiu o povo para ver o que se passara, e foram ter com Jesus. De fato acharam o homem de quem saíram os demônios, vestido, em perfeito juízo, assentado aos pés de Jesus; e ficaram dominados pelo terror.
E algumas pessoas que tinham presenciado os fatos contaram-lhes também como fora salvo o endemoninhado.

Lucas, 8, 32-6*

* Todas as citações bíblicas empregadas nesta tradução se baseiam no texto de *A Bíblia Sagrada*, traduzido para o português por João Ferreira de Almeida (1628-1691) e publicado pela Sociedade Bíblica do Brasil, edição revista e atualizada, 1993. (N. do T.)

PRIMEIRA PARTE

I
À GUISA DE INTRODUÇÃO — ALGUNS DETALHES DA BIOGRAFIA DO HONORABILÍSSIMO STIEPAN TROFÍMOVITCH VIERKHOVIÉNSKI

I

Ao iniciar a descrição dos acontecimentos recentes e muito estranhos ocorridos em nossa cidade que até então por nada se distinguia, por inabilidade minha sou forçado a começar meio de longe, ou seja, por alguns detalhes biográficos referentes ao talentoso e honorabilíssimo Stiepan Trofímovitch Vierkhoviénski. Sirvam esses detalhes apenas de introdução a esta crônica, pois a própria história que pretendo descrever ainda está por vir.

Digo sem rodeios: entre nós Stiepan Trofímovitch sempre desempenhou um papel, por assim dizer, cívico, e gostava apaixonadamente desse papel, a ponto de me parecer que sem ele nem poderia viver. Não é que eu o equipare a um ator de teatro: Deus me livre, ainda mais porque eu mesmo o estimo. Tudo aí podia ser questão de hábito, ou melhor, de uma tendência constante e nobre para acalentar desde criança o agradável sonho com a sua bela postura cívica. Por exemplo, gostava sumamente de sua condição de "perseguido" e, por assim dizer, "deportado". Nessas duas palavrinhas há uma espécie de brilho clássico que o seduziu de vez e depois, ao promovê-lo gradualmente, ao longo de muitos anos, em sua própria opinião, acabou por levá-lo a um pedestal bastante elevado e agradável ao amor-próprio. Em um romance satírico inglês do século passado, um tal de Gulliver, voltando do país dos liliputianos, onde as pessoas tinham apenas uns dois *vierchóks*[1] de altura, habituou-se de tal modo a se achar um gigante entre elas que, ao andar pelas ruas de Londres, gritava involuntariamente aos transeuntes e carruagens que se desviassem e tomassem cuidado para que ele não os esmagasse de algum modo, imaginando que ainda fosse gigante e os outros, pequenos. Por isso riam dele e o injuriavam, enquanto os grosseiros cocheiros chegavam até a lhe dar chicotadas; mas será isso justo? O que o hábito não faz! O hábito le-

[1] *Vierchók*: antiga medida russa equivalente a 4,4 cm. (N. do T.)

vou Stiepan Trofímovitch a agir quase do mesmo modo, porém de uma forma ainda mais ingênua e inofensiva, se é lícita esta expressão, porque ele era um homem magnificentíssimo.

Chego até a pensar que, ao fim e ao cabo, ele foi esquecido por todos e em toda parte; entretanto, não há absolutamente como dizer que antes ele já fosse inteiramente desconhecido. É indiscutível que durante certo tempo até ele pertenceu à célebre plêiade de outros homens célebres da nossa geração passada, e num período — aliás, apenas durante um minutinho curtíssimo — em que o nome dele foi pronunciado por muitas das pessoas apressadas de então, quase que ao lado de nomes como Tchaadáiev,[2] Bielínski,[3] Granóvski[4] e Herzen, que mal iniciava suas atividades no estrangeiro. Mas a atividade de Stiepan Trofímovitch terminou quase no mesmo instante em que começou — por assim dizer, em virtude de "um turbilhão de circunstâncias".[5] E o que aconteceu? Depois não se verificaram não só o "turbilhão", como nem sequer as tais "circunstâncias", pelo menos nesse caso. Para a minha imensa surpresa, só agora, por esses dias, eu soube, e já de fonte absolutamente fidedigna, que Stiepan Trofímovitch morou entre nós, em nossa província, não apenas sem a condição de deportado, como se costumava pensar, mas inclusive sem nunca ter sido sequer vigiado. Em face disso, que força tem a própria imaginação! Durante toda a vida ele mesmo acreditou que em certas esferas sempre o temiam, que conheciam e monitoravam continuamente seus passos, e que cada um dos três governadores que entre nós se alternaram nos últimos vinte anos, ao partirem para governar a província, já traziam consigo uma certa ideia especial e preocupante sobre ele, incutida de cima, e de preferência no ato de entrega da província. Fosse, então, alguém assegurar ao honorabilíssimo Stiepan Trofímovitch, com provas irrefutáveis, que ele não tinha nada a temer, e sem falta ele se ofenderia. Entretanto, ele era um homem inteligentíssimo e talentosíssimo, um homem, por assim dizer, de ciência, embora, pensando bem, em ciência... bem, numa palavra, em

[2] Piotr Yákovlievitch Tchaadáiev (1794-1856), filósofo e pensador político russo. (N. do T.)

[3] Vissarion Grigórievitch Bielínski (1811-1848), crítico literário e pensador político, que teve grande influência sobre Dostoiévski. (N. do T.)

[4] Timofiêi Nikoláievitch Granóvski (1813-1855), historiador e sociólogo russo. (N. do T.)

[5] É possível que essas palavras remontem à expressão "um turbilhão de trapalhadas", usada por Gógol em *Trechos escolhidos da correspondência com amigos*. (N. da E.)

ciência ele não fez lá muita coisa e parece não fez nada vezes nada.[6] Acontece, porém, que aqui na Rússia isso ocorre a torto e a direito com os homens de ciência.

Ele voltou do exterior e brilhou como lente numa cadeira de uma universidade já bem no final dos anos quarenta. Conseguiu, porém, proferir apenas algumas conferências e, parece, sobre os árabes;[7] ainda teve tempo de defender uma brilhante dissertação sobre a perspética importância cívica e hanseática da cidade alemã de Hanau[8] entre 1413 e 1428, e ao mesmo tempo sobre as causas peculiares e vagas que inviabilizaram essa importância. Essa dissertação alfinetou de modo hábil e profundo os eslavófilos de então e logo lhe angariou inúmeros e enfurecidos inimigos entre eles. Mais tarde — aliás, já depois de ter perdido a cadeira —, ele conseguiu publicar (por assim dizer, para se desforrar e mostrar quem eles haviam perdido), em uma revista mensal e progressista, que traduzia Dickens e divulgava George Sand,[9] o início de uma pesquisa profundíssima — parece que sobre as causas da inusitada nobreza moral de certos cavaleiros em uma certa época[10] ou qualquer coisa desse gênero. Quanto mais não seja, desenvolvia-se algum pensamento superior e inusitadamente nobre. Disseram depois que a continuidade da pesquisa fora sendo aos poucos proibida e que a revista progressista fora punida por ter publicado a primeira metade do seu trabalho. Isso era muito possível, pois o que não acontecia naquela época? Mas neste caso o mais provável é que nada tenha acontecido e que o próprio autor deixou de concluir a pesquisa por preguiça. Ele interrompeu suas aulas sobre os árabes porque, não se sabe como, alguém (pelo visto um de seus retrógrados inimigos) interceptou uma carta dirigida a não sei quem com a exposição de certas "cir-

[6] Juízo semelhante sobre T. N. Granóvski foi emitido pelo professor reacionário da Universidade de Moscou V. V. Grigóriev (1816-1881), segundo quem o professor Granóvski fora predominantemente "um transmissor passivo de material assimilado" e sua "vasta erudição ainda não lhe dá o direito ao título de cientista". Já N. G. Tchernichévski (1828-1889), escritor e pensador de esquerda, escreveu que Granóvski, "pela natureza e a ilustração", será por vocação "um grande cientista". (N. da E.)

[7] Em 1840 Granóvski deu um curso sobre história dos gauleses e dos povos da Oceania. Não tratou dos árabes. Dostoiévski faz menção a estes com o fito de ironizar as aulas de história de Stiepan Trofímovitch. (N. da E.)

[8] Em 1845 Granóvski defendeu na Universidade de Moscou sua dissertação de ingresso no magistério superior sobre o tema da cidade medieval. (N. da E.)

[9] Trata-se de *Otiétchestvennie Zapiski* (*Anais Pátrios*). (N. da E.)

[10] Alusão irônica ao artigo de Granóvski "O cavaleiro Bayard", que trata de um cavaleiro medieval francês. (N. da E.)

cunstâncias", e em decorrência de sabe-se lá o quê alguém exigia dele certas explicações.[11] Não sei se é verdade, mas afirmavam ainda que, na ocasião, fora descoberta em Petersburgo uma sociedade imensa, contranatural e antiestatal formada por treze pessoas, que por pouco não abalou a cidade. Diziam que eles teriam a intenção de traduzir o próprio Fourier.[12] Como de propósito, ao mesmo tempo foi interceptado em Moscou um poema de Stiepan Trofímovitch escrito ainda seis anos antes, em Berlim, em plena primeira juventude, que se transmitia de mão em mão, em manuscritos, entre dois aficionados e um estudante. Eu também tenho esse poema na minha escrivaninha; recebi-o no ano passado, não mais tarde, numa cópia escrita de próprio punho e bem recentemente pelo próprio Stiepan Trofímovitch, com sua assinatura e uma magnífica encadernação em marroquim vermelho. Aliás, o poema não é desprovido de força poética e nem mesmo de um certo talento; é estranho, mas naquela época (isto é, mais provavelmente nos anos trinta) escrevia-se frequentemente nesse gênero. Tenho dificuldade de narrar o enredo, pois, para falar a verdade, nele não entendo nada. É uma espécie de alegoria em forma lírico-dramática, que lembra a segunda parte do *Fausto*. A cena é aberta por um coro de mulheres, depois por um coro de homens, depois por um coro de certas forças e, no fim de tudo, por um coro de almas que ainda não viveram mas que gostariam muito de viver um pouco. Todos esses coros cantam sobre algo muito vago, o mais das vezes sobre alguma maldição, mas com matiz de supremo humor. No entanto a cena é subitamente modificada e tem início alguma "festa da vida", na qual até insetos cantam, aparece uma tartaruga dizendo algumas palavras sacramentais latinas e, se estou lembrado, até um mineral canta sobre sei lá o quê, ou seja, um objeto já inteiramente inanimado. No geral todos cantam sem cessar e, se conversam, destratam-se de um modo um tanto indefinido, porém mais uma vez com matiz de suprema importância. Por último, a cena torna a mudar e aparece um lugar selvagem e entre rochas perambula um jovem civilizado, que arranca e chupa certas ervas e à pergunta da fada: por que está chupando essas ervas? — responde que, sentindo em si um excedente de vida, procura o esquecimento e o encontra no sumo dessas ervas; mas que o seu desejo principal é perder o quanto antes a razão (desejo talvez até excessivo). Em

[11] Em virtude da sua atividade de professor, em 1845 Granóvski foi acusado de homem nocivo ao Estado e à religião, e em razão disso o metropolitano de Moscou, Filariet, exigiu dele explicações a respeito de tais acusações. (N. da E.)

[12] Referência ao Círculo de Pietrachévski (1846-1848), da qual o próprio Dostoiévski foi membro. (N. da E.)

seguida, aparece subitamente em um cavalo preto um jovem de uma beleza indescritível, seguido de um número gigantesco de gente de todas as nacionalidades. O jovem representa a morte e todos os povos estão sequiosos dela. Por fim, na última das cenas súbito aparece a torre de Babel, alguns atletas finalmente estão acabando de construí-la entoando o canto de uma nova esperança, e quando concluem a construção até da própria cúpula, o possuidor — do Olimpo, suponhamos — foge de forma cômica e a humanidade, que se apercebera e se apossara do lugar dele, começa imediatamente uma nova vida com uma nova convicção das coisas. Pois bem, foi esse poema que naqueles idos consideraram perigoso. No ano passado sugeri a Stiepan Trofímovitch que o publicasse por causa da sua absoluta inocência em nossos dias, mas ele rejeitou a proposta com uma visível insatisfação. A opinião sobre a absoluta inocência o desagradou, e chego até a atribuir a isso certa frieza dele em relação a mim, que durou dois meses inteiros. E o que aconteceu? De repente, quase na mesma ocasião em que eu lhe sugeri publicar aqui, publicam o nosso poema lá, isto é, no estrangeiro, em uma coletânea revolucionária,[13] e sem nenhuma autorização de Stiepan Trofímovitch. A princípio ele ficou assustado, precipitou-se para a casa do governador e escreveu a mais nobre carta de justificação a Petersburgo, leu-a para mim duas vezes, mas não a enviou por não saber a quem endereçá-la. Numa palavra, andou o mês inteiro alvoroçado; mas estou convencido de que, nos meandros secretos do seu coração, sentiu-se extraordinariamente lisonjeado. Por pouco não dormiu com um exemplar da coletânea que lhe chegara às mãos, de dia o escondia debaixo do colchão e não permitia nem que a mulher trocasse a roupa da cama, e, embora esperasse a cada dia um telegrama de algum lugar, ainda assim tinha um ar arrogante. Não chegou telegrama nenhum. Então fez as pazes comigo, o que prova a extraordinária bondade do seu coração sereno, que não guarda rancor.

II

Bem, eu não afirmo que ele não tenha sofrido nem um pouco; só agora estou convencido de que ele poderia continuar falando dos seus árabes o quanto lhe aprouvesse, contanto que desse as explicações necessárias. Mas

[13] Para traçar uma característica irônica do poema de Stiepan Trofímovitch, Dostoiévski se vale da forma e de alguns motivos da trilogia do jovem S. P. Petchérin (1807-1855). (N. da E.)

naquela ocasião ele andava impando de arrogância e com uma pressa particular resolveu assegurar a si mesmo, de uma vez por todas, que sua carreira estava desfeita para o resto da vida por um "turbilhão de circunstâncias". Se é para dizer toda a verdade, a causa real da mudança de sua carreira foi a proposta delicadíssima que lhe foi feita e renovada ainda antes por Varvara Pietrovna Stavróguina, esposa de um tenente-general e ricaça importante, para que ele assumisse a educação e todo o desenvolvimento intelectual de seu filho único na condição de supremo pedagogo e amigo, já sem falar da brilhante recompensa. Essa proposta lhe fora feita pela primeira vez ainda em Berlim, e justamente na mesma ocasião em que ele enviuvara pela primeira vez. Sua primeira esposa era uma moça leviana da nossa província, com quem ele se casara ainda muito jovem e imprudente, e parece que essa criatura, aliás atraente, causou-lhe muitos dissabores porque lhe faltavam recursos para mantê-la e, ademais, por motivos já em parte delicados. Ela faleceu em Paris, depois de já estar separada dele nos últimos três anos, e lhe deixou um filho de cinco anos, "fruto do primeiro amor alegre e ainda não perturbado", como certa vez se exprimiu com tristeza Stiepan Trofímovitch na minha presença. Ainda bem no início enviaram o pimpolho para a Rússia, onde foi educado o tempo todo por umas tias distantes, nuns cafundós. Na ocasião, Stiepan Trofímovitch rejeitou a proposta de Varvara Pietrovna e rapidamente tornou a casar-se, até antes de que se passasse um ano, com uma alemã de Berlim, caladona, e, principalmente, sem qualquer necessidade particular. Mas além desta houve outras causas da recusa ao posto de educador: sentia-se seduzido pela fama então estrondosa de um inesquecível professor e ele, por sua vez, voou para a cadeira para a qual se preparava com a finalidade de também experimentar as suas asas de águia. Eis que agora, com as asas já queimadas, ele naturalmente recordava a proposta que já antes abalara a sua decisão. A morte repentina de sua segunda esposa, que não viveu nem um ano com ele, arranjou tudo definitivamente. Digo sem rodeios: tudo foi resolvido pela participação ardorosa e preciosa, por assim dizer, pela amizade clássica que Varvara Pietrovna nutria por ele, se é que se pode falar assim de amizade. Ele se lançou nos braços dessa amizade e a coisa se estabilizou por mais de vinte anos. Empreguei a expressão "lançou-se nos braços", mas Deus me livre de que alguém pense algo excessivo e vão; esses abraços devem ser entendidos apenas no sentido mais elevadamente ético. O laço mais sutil e mais delicado uniu para sempre esses dois seres tão notáveis.

A vaga de educador foi aceita ainda porque a fazendinha que Stiepan Trofímovitch herdara da primeira mulher — muito pequena — ficava bem ao lado de Skvoriéchniki, magnífica fazenda dos Stavróguin, situada nos arredores da cidade em nossa província. Além do mais, no silêncio do gabinete e já sem desviar suas atenções com a imensidade de ocupações universitárias, sempre era possível dedicar-se à causa da ciência e enriquecer as letras pátrias com pesquisas da maior profundidade. Pesquisas não houve; mas em compensação foi possível permanecer todo o resto da vida, mais de vinte anos, por assim dizer, "como a censura personificada"[14] diante da pátria, segundo expressão de um poeta popular:

Como a censura personificada
..
Diante da pátria te ergueste,
Liberal idealista.

Mas a pessoa sobre quem se exprimiu o poeta popular talvez tivesse o direito de passar a vida inteira nessa pose se o quisesse, embora isso fosse tedioso. Já o nosso Stiepan Trofímovitch, para falar a verdade, era apenas um imitador se comparado a semelhantes pessoas e, além disso, ficaria cansado de permanecer em pé e se deitaria um pouquinho de lado.[15] Mas ainda que fosse de lado, a personificação da censura se manteria também com ele deitado — justiça seja feita, ainda mais porque, para a província, isso já bastava. Ah, se os senhores o vissem em nosso clube à mesa do carteado! Todo o seu aspecto dizia: "Cartas! Estou aqui com vocês nesse *ieralach*![16] Acaso isto é compatível? Quem vai responder por isso? Quem destruiu minha atividade e a transformou em *ieralach*? Eh, Rússia, dane-se!" — e, garboso, trunfava com copas.

Mas em verdade gostava tremendamente de jogar uma partida,[17] pelo que tinha desavenças frequentes e desagradáveis com Varvara Pietrovna, sobretudo nos últimos tempos, ainda mais porque sempre perdia, mas disto

[14] Ainda com o poeta N. A. Nekrássov (1821-1878) vivo, Dostoiévski o chamava de "poeta popular". Os versos aqui citados são do poema de Nekrássov "A caça do urso", onde se lê: "Diante da pátria te ergueste/ Honesto nas ideias, puro no coração,/ Como a censura personificada/ Liberal idealista". (N. da E.)

[15] Palavras tiradas do livro de Gógol *Trechos escolhidos da correspondência com amigos*. (N. da E.)

[16] Antigo jogo de cartas semelhante ao uíste. (N. do T.)

[17] Uma das características principais de Granóvski nos momentos mais intensos de temor à repressão, segundo seus biógrafos. (N. da E.)

falaremos depois. Observo apenas que ele era um homem até consciencioso (isto é, às vezes) e por isso andava amiúde triste. Durante todos os vinte anos de amizade com Varvara Pietrovna, ele caía regularmente naquilo que entre nós se chama de "tristeza cívica",[18] ou seja, simplesmente em melancolia profunda, mas essa palavrinha era do agrado da prezada Varvara Pietrovna. Mais tarde, além da tristeza cívica ele passou a cair também no champanhe; mas a sensível Varvara Pietrovna o protegeu a vida inteira de todas as inclinações triviais. Sim, ele precisava de uma aia, porque às vezes se tornava muito estranho: no meio da mais sublime tristeza começava de repente a rir da forma mais vulgar. Havia minutos em que começava a exprimir-se sobre si mesmo em sentido humorístico. Porém, não havia nada que Varvara Pietrovna temesse mais que o sentido humorístico. Era uma mulher-clássico, uma mulher-mecenas, que agia sob formas exclusivas de razões superiores. Foi capital a influência de vinte anos dessa dama superior sobre o seu pobre amigo. Dela é preciso falar em particular, o que passarei a fazer.

III

Existem amizades estranhas: um amigo chega a querer quase devorar o outro, os dois vivem a vida inteira assim, e no entanto não conseguem separar-se. Não encontram nem meio de separar-se: tomado de capricho e rompendo a relação, o primeiro amigo adoece e talvez até morra se isso acontecer. Tenho certeza de que Stiepan Trofímovitch várias vezes, e de quando em quando depois dos mais íntimos desabafos olho no olho com Varvara Pietrovna, à saída dela pulava subitamente do sofá e começava a bater com os punhos na parede.

Isso acontecia sem a mínima alegoria, e de tal forma que uma vez chegou até a arrancar o reboco da parede. Talvez perguntem: como pude conhecer um detalhe tão sutil? Por que não, se eu mesmo fui testemunha? E se várias vezes o próprio Stiepan Trofímovitch chorou aos prantos no meu ombro, desenhando em cores vivas diante de mim o seu segredo? (E o que ele não andou falando nessas ocasiões!) Eis o que acontecia quase sempre depois de tais prantos: no dia seguinte já estava pronto a crucificar-se por causa da ingratidão; chamava-me às pressas à sua casa ou corria pessoalmente a mim unicamente para me comunicar que Varvara Pietrovna era um "anjo de honra e delicadeza e ele era o oposto total". Ele não só corria para minha casa como

[18] Expressão muito em voga na Rússia nos anos sessenta do século XIX. (N. da E.)

reiteradas vezes descrevia tudo isso para ela nas cartas mais eloquentes e lhe confessava, sob sua assinatura completa, que, por exemplo, exatamente na véspera, contara a um estranho que ela o mantinha por vaidade, invejava a sabedoria e o talento dele; que o odiava e apenas temia exprimir com clareza o seu ódio, no temor de que ele a deixasse e assim lhe prejudicasse a reputação literária; que por causa disso ele se desprezava e decidira morrer de morte violenta, mas esperava dela a última palavra que iria resolver tudo, etc., etc., tudo nesse gênero. Depois disso pode-se imaginar a que histeria chegavam às vezes as explosões nervosas dessa criança, a mais ingênua de todas as crianças cinquentenárias. Certa vez eu mesmo li uma dessas cartas, escrita depois de uma briga entre eles por um motivo insignificante, mas venenoso. Fiquei horrorizado e lhe implorei que não enviasse a carta.

— Não posso... É mais honesto... um dever... eu morro se não confessar a ela tudo, tudo.

A diferença entre os dois estava em que Varvara Pietrovna nunca enviaria semelhante carta. É verdade que ele gostava loucamente de escrever, escrevia-lhe mesmo vivendo com ela na mesma casa, e, em casos histéricos, duas cartas por dia. Sei ao certo que ela sempre lia essas cartas com a maior atenção, mesmo quando eram duas cartas ao dia, e, depois de ler, colocava-as numa gavetinha especial, datadas e classificadas; além disso, guardava-as em seu coração. Depois, mantendo o amigo o dia inteiro sem resposta, encontrava-se com ele como se nada houvesse acontecido, como se na véspera não tivesse ocorrido absolutamente nada de especial. Pouco a pouco ela o dispôs de tal forma que ele mesmo já não ousava por conta própria mencionar a véspera, limitando-se a olhá-la algum tempo nos olhos. Mas ela nada esquecia e às vezes ele esquecia rápido demais e, animado pela tranquilidade dela, não raro sorria no mesmo dia e fazia criancices com champanhe caso aparecessem amigos. Nesses instantes, com que veneno ela devia olhá-lo, mas ele não notava nada! Só uma semana, um mês ou até um semestre depois, em algum instante especial, lembrando-se involuntariamente de alguma expressão de tal carta, e logo em seguida de toda a carta, com todas as circunstâncias, de repente ele ardia de vergonha e chegava a atormentar-se de tal forma que adoecia de seus ataques de colerina. Esses ataques particulares que lhe aconteciam, como os de colerina,[19] eram em alguns casos a saída comum dos seus abalos nervosos e uma extravagância um tanto curiosa de sua compleição.

[19] Forma atenuada do cólera. (N. do T.)

De fato, Varvara Pietrovna na certa e mui frequentemente o odiava; mas só uma coisa ele não notou nela até o fim — que acabou se tornando um filho para ela, sua criatura, até, pode-se dizer, o seu invento; que se tornou carne da carne dela, e ela o mantinha e o sustentava não apenas por "inveja do seu talento". E como deve ela ter se sentido ofendida por semelhantes suposições! Escondia-se nela um amor insuportável por ele em meio a um ódio constante, ao ciúme e ao desprezo. Ela o protegia de cada grão de poeira, embalou-o durante vinte e dois anos, passava noites inteiras sem dormir de preocupação caso se tratasse da sua reputação de poeta, cientista, homem público. Ela o inventou e foi a primeira a acreditar em sua invenção. Ele era algo como um sonho... Mas por isso exigia dele realmente muito, às vezes até servilismo. Era rancorosa ao ponto do improvável. A propósito, vou contar duas anedotas.

IV

Certa vez, ainda sob os primeiros rumores sobre a libertação dos camponeses servos,[20] quando toda a Rússia de repente tomou-se de júbilo e esteve a ponto de renascer inteira, Varvara Pietrovna recebeu a visita de um barão chegado de Petersburgo, homem das mais altas relações e muito familiarizado com o assunto. Varvara Pietrovna tinha extraordinário apreço a semelhantes visitas, porque suas ligações na alta sociedade estavam se enfraquecendo cada vez mais após a morte do marido e por fim cessaram inteiramente. O barão passou uma hora em casa dela e tomou chá. Não havia mais ninguém, porém Varvara Pietrovna convidou Stiepan Trofímovitch e o apresentou. Já antes o barão até ouvira falar alguma coisa a respeito dele ou fingiu que tivesse ouvido, porém durante o chá pouco se dirigiu a ele. É claro que Stiepan Trofímovitch não podia deixar de fazer boa figura, e além do mais as suas maneiras eram as mais elegantes. Embora, pelo visto, não fosse de origem elevada, aconteceu de ser educado desde tenra idade em uma casa nobre de Moscou, logo, bem educado; falava francês como um parisiense. Desse modo, o barão deveria compreender à primeira vista que espécie de gente cercava Varvara Pietrovna mesmo em sua solidão provinciana. Entretanto não foi o que aconteceu. Quando o barão confirmou positivamente a absoluta fidedig-

[20] Os rumores sobre as intenções do governo russo de libertar os camponeses se fizeram ouvir reiteradas vezes na sociedade no início dos anos quarenta. A reforma, porém, só viria em 1861. (N. da E.)

nidade dos primeiros rumores sobre a grande reforma que acabavam de se espalhar, Stiepan Trofímovitch de repente não se conteve e gritou "hurra!", e até fez um gesto de mão que representava êxtase. Deu um gritinho baixo e até elegante; o êxtase talvez tenha sido até premeditado e o gesto propositadamente estudado diante do espelho, meia hora antes do chá; mas alguma coisa não lhe deve ter saído bem, de sorte que o barão se permitiu sorrir levemente, embora no mesmo instante tenha emitido de modo extraordinariamente cortês uma frase sobre o enternecimento geral e devido de todos os corações russos em face do grande acontecimento. Partiu logo em seguida, e, ao partir, não se esqueceu de estender dois dedos também a Stiepan Trofímovitch. Ao voltar ao salão, Varvara Pietrovna primeiro ficou uns três minutos calada, como se procurasse alguma coisa sobre a mesa; mas, súbito, voltou-se para Stiepan Trofímovitch e, pálida, com brilho nos olhos, pronunciou num murmúrio:

— Nunca hei de esquecer essa sua atitude!

No dia seguinte, ela encontrou o amigo como se nada houvesse acontecido; nunca mencionou o ocorrido. Mas treze anos depois, em um momento trágico, lembrou-lhe e o censurou, e igualmente empalideceu como treze anos antes, quando o censurara pela primeira vez. Em toda a sua vida só duas vezes ela lhe disse: "Nunca hei de esquecer essa sua atitude!". O caso do barão já foi o segundo; mas o primeiro caso é por sua vez tão sintomático, e parece que significou tanto no destino de Stiepan Trofímovitch, que ouso mencioná-lo também.

Isso aconteceu no ano de cinquenta e cinco, na primavera, no mês de maio, justamente depois que chegara a Skvoriéchniki a notícia da morte do tenente-general Stavróguin, um velho volúvel, que morreu de uma perturbação no intestino a caminho da Crimeia, para onde ia designado a servir no exército ativo. Varvara Pietrovna ficou viúva e mergulhou em luto profundo. É verdade que ela não pôde sofrer muito, pois nos últimos quatro anos vivera totalmente separada do marido, por incompatibilidade de gênios, e requereu pensão dele. (O próprio tenente-general tinha apenas cento e cinquenta almas[21] e vencimentos, além de nobreza e relações; já toda a riqueza e Skvoriéchniki pertenciam a Varvara Pietrovna, filha única de um atacadista muito rico.) Mesmo assim, ela ficou abalada com a surpresa da notícia e recolheu-se ao pleno isolamento. É claro que Stiepan Trofímovitch estava sempre a seu lado.

[21] "Almas" eram chamados os camponeses servos. (N. do T.)

Maio estava em pleno esplendor; as noites andavam admiráveis. A cerejeira estava florida. Os dois amigos saíam toda tarde para o jardim e ficavam até a noite no caramanchão, vertendo um para o outro os seus sentimentos e pensamentos. Os minutos chegavam a ser poéticos. Sob a impressão da mudança em seu destino, Varvara Pietrovna falava mais do que de costume. Era como se se agarrasse ao coração do seu amigo, e assim continuou por várias tardes. Súbito uma estranha ideia veio à cabeça de Stiepan Trofímovitch: "Não estaria a inconsolável viúva depositando esperança nele na expectativa de que no final de um ano de luto ele lhe fizesse uma proposta de casamento?". Um pensamento cínico; no entanto, às vezes a sublimidade de um organismo chega até a contribuir para a inclinação a pensamentos cínicos já pela simples amplitude do seu desenvolvimento. Ele começou a sondar e achou que era o que parecia. Ficou meditativo: "A riqueza é enorme, é verdade, contudo...". De fato, Varvara Pietrovna não parecia inteiramente uma beldade: era uma mulher alta, amarelada, ossuda, de rosto excessivamente longo que lembrava algo equino. Stiepan Trofímovitch vacilava cada vez mais, torturava-se com as dúvidas, chegou até a chorar duas vezes de indecisão (ele chorava com bastante frequência). Às tardinhas, porém, isto é, no caramanchão, seu rosto passou a exprimir de modo um tanto involuntário algo caprichoso e engraçado, algo coquete e ao mesmo tempo presunçoso. Isso acontece no indivíduo meio por acaso, involuntariamente, e é tanto mais visível quanto mais nobre é o homem. Sabe Deus como julgar neste caso, no entanto o mais provável é que no coração de Varvara Pietrovna não estivesse começando nada que pudesse justificar plenamente a suspeita de Stiepan Trofímovitch. Demais, ela não substituiria o seu sobrenome Stavróguin pelo dele, mesmo sendo tão glorioso. É possível que houvesse apenas um jogo feminino da parte dela, uma manifestação da inconsciente necessidade feminina, tão natural em outros casos femininos extraordinários. Pensando bem, eu não garanto; até hoje as profundezas do coração feminino ainda continuam insondáveis! Mas prossigo.

É de pensar que ela logo adivinhou a estranha expressão do rosto do seu amigo; ela era sensível e observadora, já ele, às vezes excessivamente ingênuo. Mas as tardinhas continuavam como antes, as conversas eram igualmente poéticas e interessantes. E eis que, certa vez, com o cair da noite, depois da conversa mais animada e poética, eles se separaram de forma amistosa, apertando calorosamente as mãos um do outro diante do terraço da casa de fundos em que morava Stiepan Trofímovitch. Todo verão ele se mudava para esta casinha, situada quase no jardim do imenso solar de Skvoriéchniki. Ele acabara de entrar e, tomado de uma reflexão preocupada, pegou um charuto e antes de acendê-lo parou, cansado e imóvel, diante da janela aberta, olhando para umas nuvenzinhas brancas e leves como pluma que deslizavam ao redor da lua clara, e súbito um leve rumor o fez estremecer e olhar para trás. À sua frente estava Varvara Pietrovna, que ele deixara apenas quatro minutos antes. Tinha o rosto quase lívido, os lábios contraídos e tremendo nos cantos. Olhou-o nos olhos durante dez segundos inteiros, calada, com o olhar firme, implacável, e subitamente murmurou às pressas:

— Nunca hei de esquecer isso da sua parte!

Quando, já dez anos depois, Stiepan Trofímovitch me transmitiu em sussurro essa triste novela, primeiro fechando a porta, jurou-me que na ocasião ficara tão pasmo que não ouvira nem vira como Varvara Pietrovna desaparecera. Uma vez que depois ela jamais fez uma única alusão a esse acontecimento e tudo continuou como se nada houvesse acontecido, ele passou a vida inteira inclinado a pensar que tudo aquilo fora uma alucinação diante da doença, ainda mais porque naquela mesma noite ele realmente adoeceu por duas semanas inteiras, o que, aliás, interrompeu os encontros no caramanchão.

Contudo, apesar de ter sonhado com a alucinação, cada dia, durante toda a sua vida, era como se ele esperasse a continuidade e, por assim dizer, o desenlace daquele acontecimento. Não acreditava que ele terminasse dessa maneira! Se assim fosse, de quando em quando deveria lançar olhares estranhos para sua amiga.

V

Ela mesma concebeu para ele uma roupa que ele usou por toda a sua vida. Era uma roupa elegante e característica: uma sobrecasaca preta de abas longas, abotoada quase até à gola, mas que vestia elegantemente; um chapéu macio (de palha no verão) com abas largas; uma gravata branca, de cambraia, com laço grande e pontas soltas; uma bengala com castão de prata, e além disso os cabelos caindo até os ombros. Seus cabelos castanho-escuros só ultimamente começaram a ficar um pouco grisalhos. Raspava a barba e o bigode. Dizem que na juventude ele foi de uma beleza extraordinária. Mas acho que também na velhice era de uma imponência excepcional. Ademais, que velhice é essa aos cinquenta e três anos? Entretanto, por um certo coquetismo cívico ele não só não queria parecer mais jovem, mas era como se ostentasse a solidez dos seus anos. Metido em seu terno, alto, magro, com os cabelos até os ombros, parecia uma espécie de patriarca ou, mais exatamente, o retrato do poeta Kúkolnik[22] litografado aos trinta anos em alguma edição de suas obras, e isso particularmente quando estava sentado em um banco do jardim no verão, sob o arbusto de um lilás florido, com ambas as mãos apoiadas na bengala, um livro aberto ao lado e pensando poeticamente no pôr do sol. Quanto aos livros, observo que ele passou enfim a distanciar-se de certo modo da leitura. Aliás, isso já bem no fim. Lia constantemente os jornais e revistas que Varvara Pietrovna assinava em grande número. Também sempre se interessava pelos êxitos da literatura russa, embora sem perder nem um pouco de sua dignidade. Houve época em que esboçou envolver-se com o estudo da política superior centrada nos nossos assuntos internos e externos, mas logo desistiu, largou o empreendimento. Acontecia também o seguinte: levava Paul de Kock para o jardim Tocqueville, mas o escondia no bolso. Mas isso, pensando bem, isso é bobagem.

Faço uma observação entre parênteses também sobre o retrato de Kúkolnik. Esse quadro chegou a Varvara Pietrovna pela primeira vez quando ela, ainda mocinha, estava no internato para moças nobres em Moscou. Ela se apaixonou no mesmo instante pelo retrato, como era comum entre todas as mocinhas do internato, que se apaixonavam pelo que aparecia, e ao mesmo tempo também pelos seus professores, predominantemente os de caligrafia e desenho. Entretanto, o curioso aí não são as qualidades da mocinha mas o fato de que mesmo aos cinquenta anos Varvara Pietrovna conservava esse quadrinho entre as suas mais íntimas preciosidades, de sorte que talvez só por isso tivesse concebido para Stiepan Trofímovitch o terno parecido ao que estava representado no quadro. Mas isso também são coisas de somenos.

Nos primeiros anos ou, mais exatamente, na primeira metade do tempo que permaneceu em casa de Varvara Pietrovna, Stiepan Trofímovitch ainda continuava pensando numa certa obra, e todo dia se dispunha seriamente a escrevê-la. Mas na segunda metade ele, ao que tudo indica, esqueceu até o bê-á-bá. Dizia-nos cada vez com mais frequência: "Parece que estou pronto para o trabalho, os materiais estão reunidos, mas acontece que o trabalho não sai! Não consigo fazer nada!!" — e baixava a cabeça em desânimo. Não há dúvida de que era isso que devia lhe dar ainda mais grandeza aos nossos olhos como um mártir da ciência; mas ele mesmo queria algo diferente. "Esqueceram-me, não sirvo para ninguém!" — deixou escapar mais de uma vez. Essa intensa melancolia se apossara dele sobretudo no final dos anos cinquen-

[22] Tem-se em vista o retrato do poeta N. V. Kúkolnik (1809-1868), feito por K. P. Briulov e gravado em aço. (N. da E.)

ta. Varvara Pietrovna finalmente compreendeu que a coisa era séria. Ademais, ela não podia suportar a ideia de que seu amigo estava esquecido e inútil. Para distraí-lo e ao mesmo tempo renovar-lhe a fama, levou-o então a Moscou, onde tinha muitos conhecimentos brilhantes nos meios literários e científicos; mas resultou que nem Moscou foi suficiente.

A época então era especial; surgira algo novo, muito diferente do antigo silêncio, e algo até muito estranho mas percebido em toda parte, até em Skvoriéchniki. Chegavam vários rumores. No geral os fatos eram mais ou menos conhecidos, mas era evidente que além dos fatos apareciam também certas ideias que os acompanhavam e, o principal, em uma quantidade extraordinária.[23] E era isso que a perturbava: era-lhe totalmente impossível acomodar-se e saber com precisão o que significavam aquelas ideias. Devido à organização feminina de sua natureza, Varvara Pietrovna queria por força subentender nelas um segredo. Quis ler pessoalmente as revistas e jornais, as publicações estrangeiras proibidas e até os panfletos que então se iniciavam (tudo isso lhe chegava às mãos); no entanto, não conseguia senão ficar tonta. Pôs-se a escrever cartas: poucos lhe respondiam, e quanto mais o tempo passava mais incompreensíveis eram as respostas. Stiepan Trofímovitch foi solenemente convidado para lhe explicar "todas essas ideias" de uma vez por todas; no entanto as explicações dele a deixaram deveras descontente. A visão de Stiepan Trofímovitch sobre o movimento geral era sumamente presunçosa; nela tudo se resumia a que ele estava esquecido e ninguém precisava dele. Enfim se lembraram dele, primeiro em publicações estrangeiras,[24] como um mártir degredado, e logo depois em Petersburgo como uma ex-estrela de uma certa constelação; por algum motivo chegaram até a compará-lo a Radíschev.[25] Em seguida, alguém publicou que ele já havia morrido e prometeu fazer-lhe um necrológio. Stiepan Trofímovitch ressuscitou-se num piscar de olhos e tomou enérgicos ares de valente. Toda a arrogância da sua visão dos contemporâneos de chofre veio à tona e nele começou a arder um sonho: juntar-se ao movimento e mostrar as suas forças. Varvara Pietrovna voltou a acreditar em tudo e ficou agitadíssima. Tomou a decisão de viajar a

[23] Segundo escreveu o advogado K. K. Arsêniev em fins dos anos cinquenta, esse foi o período de maior divulgação de doutrinas radicais, que coincidia com a decadência das instituições do Estado e do próprio sistema autocrático. (N. da E.)

[24] Tem-se em vista uma série de edições revolucionárias (proclamações e livros), impressas em Londres pela Tipografia Livre Russa, fundada por Herzen em 1853. (N. da E.)

[25] Alieksandr Nikoláievitch Radíschev (1749-1802), filósofo materialista, poeta, considerado por muitos o fundador do pensamento revolucionário russo. (N. do T.)

Petersburgo sem a mínima demora, inteirar-se concretamente de tudo, incorporar-se em pessoa e, se possível, entrar para a nova atividade de forma integral e indivisível. A propósito, anunciou que estava disposta a fundar sua própria revista e lhe dedicar agora toda a sua vida. Percebendo que a coisa tinha chegado até esse ponto, Stiepan Trofímovitch ficou ainda mais arrogante; na viagem, começou a tratar Varvara Pietrovna quase como protetor, o que ela imediatamente registrou em seu coração. Aliás, tinha ela ainda outro motivo muito importante para a viagem, que era o de renovar as relações superiores. Urgia, na medida do possível, fazer-se lembrada na sociedade, ao menos tentar. O pretexto público para a viagem foi o encontro com o filho único, que então concluía o curso de ciências no liceu de Petersburgo.

VI

Eles partiram e passaram quase toda a temporada de inverno em Petersburgo. Entretanto, até a Quaresma tudo foi por água abaixo como uma irisada bolha de sabão. Os sonhos se dissiparam e a confusão, além de não se elucidar, tornou-se ainda mais abominável. Para começar, ela quase não conseguiu restabelecer as relações na alta sociedade, a não ser na forma mais microscópica e com delongas humilhantes. A ofendida Varvara Pietrovna quis lançar-se inteiramente nas "novas ideias" e inaugurou serões em sua casa. Convidou escritores e no mesmo instante eles foram trazidos aos montes à sua casa. Depois começaram a aparecer por conta própria, sem convite; um trazia outro. Nunca ela havia visto aqueles literatos. Eram de uma vaidade impossível mas absolutamente franca, como se cumprissem uma obrigação. Uns (mas nem de longe todos) apareciam até bêbados, e era como se vissem nisso uma beleza especial só ontem descoberta. Todos se orgulhavam de algo, beirando o estranho. Em todos os rostos estava escrito que haviam acabado de descobrir algum segredo de extraordinária importância. Destratavam-se e se imputavam essa honra. Era muito difícil saber o que precisamente haviam escrito; mas aí havia críticos, romancistas, dramaturgos, escritores satíricos, denunciadores. Stiepan Trofímovitch conseguiu inclusive penetrar no círculo mais elevado deles, lá de onde se dirigia o movimento. O acesso aos dirigentes era coisa tão elevada que chegava ao inverossímil, mas eles o receberam com alegria, embora, é claro, nenhum deles tivesse ouvido falar nada a seu respeito, a não ser que ele "representa uma ideia". Ele usou de tanta astúcia com eles que chegou até a convidá-los umas duas vezes ao salão de Varvara Pietrovna, apesar de toda a pose olímpica que ostentavam. Eram pessoas muito sérias e muito gentis; comportavam-se bem; os outros pelo visto os temiam; mas era evidente que estavam assoberbados. Apareceram umas duas ou três celebridades literárias antigas, que estavam então em Petersburgo e com quem Varvara Pietrovna já vinha mantendo havia muito tempo as mais elegantes relações. Mas, para sua surpresa, essas celebridades reais e indiscutíveis eram bem quietinhas, e algumas delas simplesmente haviam se agarrado a toda essa nova gentalha e procuravam vergonhosamente cair-lhe nas graças.[26] A princípio Stiepan Trofímovitch teve sorte; agarraram-se a ele e passaram a exibi-lo nas reuniões literárias públicas. Quando ele apareceu pela primeira vez no estrado em uma das leituras públicas de literatura, entre os leitores eclodiram palmas frenéticas que não cessaram durante uns cinco minutos. Com lágrimas nos olhos ele recordava isso nove anos depois, aliás, antes pela natureza artística do evento que por gratidão. "Eu lhe juro e aposto — dizia-me ele (só que isso é um segredo) — que nem uma só daquelas pessoas presentes sabia qualquer coisa a meu respeito!" É uma confissão notável: quer dizer que havia nele uma inteligência aguda, se naquela ocasião, no estrado, ele foi capaz de compreender com clareza sua situação, a despeito de todo o êxtase em que se achava; e quer dizer igualmente que não havia nele uma inteligência aguda se mesmo nove anos depois não conseguia rememorar aquilo sem experimentar uma sensação de ofendido. Forçaram-no a assinar uns dois ou três protestos coletivos (contra o quê, ele mesmo não sabia); ele assinou. Também forçaram Varvara Pietrovna a assinar algo contra uma "atitude vil",[27] e ela assinou. Aliás, a maioria dessas pessoas novas, ainda que visitassem Varvara Pietrovna, sabe-se lá por que se consideravam obrigadas a olhar para ela com desprezo e com uma visível mofa. Depois Stiepan Trofímovitch me insinuou, em momentos de amargura, que desde então ela passara a inve-

[26] Essa frase inicia no romance uma série de alusões a Turguêniev. Nos anos sessenta, particularmente após a publicação do romance *Pais e filhos*, ouviram-se vozes que falavam da "obsolescência" de Turguêniev. O crítico Yu. G. Jukovski, colaborador assíduo da revista de esquerda *O Contemporâneo*, escreveu: "O talento desse escritor começou a empalidecer diante das exigências que a crítica de Dobroliúbov colocou para o romancista... O senhor Turguêniev vai perdendo pouco a pouco os seus louros...". O motivo para a expressão "cair nas graças" talvez tenha sido a afirmação feita por Turguêniev em carta a K. K. Slutchevski, na qual o romancista afirma que o romance *Pais e filhos* é dirigido *contra a nobreza como classe avançada* e que Bazárov, sua personagem central, é um revolucionário, embora seja niilista. (N. da E.)

[27] Alusão irônica ao escândalo provocado em 1861 pelo folhetim publicado por P. I. Veinberg no semanário *Viek* (*O Século*). O fato resultou em polêmica da qual o próprio Dostoiévski participou. (N. da E.)

já-lo. Ela, é claro, compreendia que não devia andar metida com essa gente, mas mesmo assim as recebia com sofreguidão, com toda a feminil impaciência histérica e, principalmente, sempre esperando algo. Nos serões ela falava pouco, embora também pudesse falar; no entanto limitava-se a ouvir. Falavam da destruição da censura e da letra que representa o sinal duro do alfabeto russo,[28] da substituição das letras russas por letras latinas, da deportação de alguém na véspera, de algum escândalo na Passagem,[29] da utilidade do fracionamento da Rússia por nacionalidades com um vínculo federativo livre, da destruição do exército e da marinha, da restauração da Polônia com base no Dniéper, da reforma camponesa e das proclamações, da extinção da herança, da família, dos filhos e dos sacerdotes, dos direitos da mulher, da casa de Kraiévski,[30] que ninguém jamais podia perdoar o senhor Kraiévski, etc., etc., etc. Estava claro que nessa camarilha de gente nova havia muitos vigaristas, mas estava fora de dúvida que havia muitas pessoas honestas, até muito atraentes, apesar de alguns matizes surpreendentes. Os honestos eram muito mais incompreensíveis que os desonestos e os grosseiros; mas não se sabia quem estava nas mãos de quem. Quando Varvara Pietrovna anunciou a ideia da fundação da revista, um número ainda maior de pessoas se precipitou para sua casa, mas no mesmo instante choveram-lhe na cara acusações de que ela era capitalista e estava explorando o trabalho. A sem-cerimônia das acusações só se equiparava à sua surpresa. O velhíssimo general Ivan Ivánovitch Drozdov, antigo amigo e colega de serviço do falecido general Stavróguin, homem digníssimo (mas a seu modo) que todos ali conhecíamos, rebelde e irritadiço ao extremo, que comia uma enormidade e temia terrivelmente o ateísmo, entrou em discussão com um jovem famoso em um dos serões de Varvara Pietrovna. A primeira palavra que o outro lhe disse: "Quer dizer que o senhor é general, se fala dessa maneira!", ou seja, no sentido de que ele não podia encontrar uma ofensa pior do que a palavra "general". Ivan

[28] Sinal gráfico usado no alfabeto russo para indicar certa nuance fonológica, algo como as breves e longas no grego antigo. (N. do T.)

[29] Conjunto comercial de Petersburgo que, além de lojas, possuía uma sala destinada a conferências públicas e concertos. No dia 13 de dezembro de 1859, houve uma reunião pública para discutir os ataques desferidos por um tal de Perózio contra a "Sociedade Russa de Navegação e Comércio". O desentendimento foi geral e o superárbitro E. I. Lamanski, escolhido para arbitrar a discussão, deu esta por encerrada, dizendo: "Ainda não estamos maduros para debates públicos", o que provocou protestos e desembocou no escândalo. (N. da E.)

[30] A. A. Kraiévski (1810-1889), editor do periódico *Anais Pátrios* (*Otiétchestvennie Zapiski*). (N. da E.)

Ivánovitch ficou no auge da irritação: "Sim, senhor, eu sou general, e general-tenente, e servi ao meu soberano; já tu, senhor, és um menino e ateu!". Houve um escândalo intolerável. No dia seguinte o caso foi denunciado na imprensa e começaram a reunir um abaixo-assinado contra a "atitude vil" de Varvara Pietrovna, que se negara a pôr imediatamente o general porta afora. Uma revista ilustrada publicou uma caricatura que representava em tom mordaz Varvara Pietrovna, o general e Stiepan Trofímovitch em um quadro, na forma de três amigos retrógrados; ao quadro foi anexado um poema escrito por um poeta popular unicamente para esse caso. Observo de minha parte que muitas pessoas com patente de general têm realmente o hábito de falar de forma engraçada: "Eu servi ao meu soberano...", isto é, como se eles não tivessem o mesmo soberano que nós, simples súditos do Estado, mas um especial, só deles.

Era certamente impossível permanecer em Petersburgo, ainda mais porque Stiepan Trofímovitch chegara ao fiasco[31] definitivo. Ele não se conteve, pôs-se a falar sobre os direitos da arte e passaram a rir ainda mais alto dele. Em sua última leitura ele resolveu agir por meio da eloquência cívica, imaginando tocar os corações e contando com o respeito pela sua "deportação". Concordou sem discussão com a inutilidade e o sentido cômico da palavra "pátria"; concordou também com a ideia do aspecto nocivo da religião,[32] mas declarou em voz alta e com firmeza que as botas eram inferiores às de Púchkin,[33] e até muito. Cobriram-no impiedosamente de assobios, de sorte que no mesmo instante ele desatou a chorar em público, sem descer do palco. Varvara Pietrovna o levou para casa mais morto que vivo. "*On m'a traité comme un vieux bonnet de coton!*"[34] — balbuciava ele sem sentido. Ela cuidou dele a noite toda, dava-lhe gotas de louro e cereja e até o amanhecer lhe

[31] Em italiano, no original russo. (N. do T.)

[32] Nessas palavras, que revelam a eloquência cívica de Stiepan Trofímovitch, há uma ressonância do programa dos bakunistas que proclamava, entre outras coisas: o ateísmo, a supressão de todas as crenças, a substituição da religião pela ciência, da justiça divina pela justiça do homem. (N. da E.)

[33] Dostoiévski criticava constantemente o utilitalismo em arte, particularmente a negação polêmica da importância de Púchkin representada pelos críticos do jornal *A Palavra Russa* V. A. Záitzev e D. I. Píssariev. Escreveu: "Doravante os senhores devem tomar como regra que as botas, em todo caso, são melhores do que Púchkin, uma vez que se pode passar sem Púchkin mas de maneira nenhuma sem as botas; consequentemente, Púchkin é um luxo e um absurdo". (N. da E.)

[34] "Eu fui tratado como uma velha touca de dormir!" Em francês, no original russo, bem como todas as expressões em francês que se encontrarão ao longo do texto. (N. do T.)

repetia: "O senhor ainda é útil; o senhor ainda há de aparecer; o senhor vai ser apreciado... em outro lugar".

No dia seguinte, cedo, apareceram em casa de Varvara Pietrovna cinco literatos, três dos quais completamente desconhecidos, que ela jamais havia visto. Eles anunciaram com ar severo que haviam examinado o caso da revista dela e traziam uma decisão a respeito. Varvara Pietrovna decididamente nunca havia incumbido ninguém de examinar e resolver coisa alguma sobre a sua revista. A decisão consistia em que ela, uma vez fundada a revista, passasse-a imediatamente para eles com o capital e com direito de livre associação; que ela mesma partisse para Skvoriéchniki, sem se esquecer de levar consigo Stiepan Trofímovitch, "que envelheceu". Por delicadeza eles concordavam em reconhecer para ela os direitos de propriedade e lhe enviar anualmente a sexta parte do lucro líquido. O mais tocante de tudo era que das cinco pessoas quatro seguramente não tinham aí nenhum objetivo cobiçoso e estavam se batendo apenas em nome da "causa comum".

"Partimos como idiotas — narrava Stiepan Trofímovitch —, eu não consegui entender nada e me lembro que balbuciei o tempo todo ao som das batidas do vagão:

Século e Século e Liev Kambiek,
Liev Kambiek e Século e Século[35]

e o diabo sabe o que mais, até chegar a Moscou. Só em Moscou eu recobrei os sentidos — como se em realidade eu pudesse encontrar outra coisa ali. Oh, meus amigos! — às vezes exclamava inspirado para nós — vocês não podem imaginar que tristeza e que raiva tomam conta de sua alma quando você já vem há muito tempo acalentando e venerando como sagrada uma grande ideia, e ela é apanhada por gente inábil e levada a iguais imbecis, na rua, e de repente você a encontra já num brechó, irreconhecível, na lama, exposta de maneira absurda, num canto, sem proporção, sem harmonia, como um brinquedo nas mãos de meninos tolos! Não, em nossa época não era assim e não era a isso que nós aspirávamos. Não, não, não era por nada disso. Eu não reconheço nada... Nossa época voltará e mais uma vez direcionará para o caminho firme tudo o que é instável, atual. Senão, o que vai acontecer?..."

[35] Estrofes iniciais dos poemas paródicos de Dostoiévski, que zombavam dos motivos populares do jornalismo satírico do início dos anos sessenta: "Século e Século e Liev Kambiek/ Liev Kambiek e Século e Século,/ No pistãozinho das cornetas/ Strakhov, os habitantes dos planetas...". (N. da E.)

VII

Ao retornar de Petersburgo, Varvara Pietrovna enviou imediatamente o seu amigo ao estrangeiro: "Para descansar"; sim, era preciso que eles se separassem por um tempo, ela sentia isso. Stiepan Trofímovitch viajou em êxtase. "Lá eu vou renascer! — exclamou. — Lá finalmente vou pôr as mãos à ciência!" Mas nas primeiras cartas escritas de Berlim ele soltou sua cantilena de sempre. "O coração está despedaçado — escreveu a Varvara Pietrovna —, não posso esquecer nada! Aqui, em Berlim, tudo me lembra o que eu tenho de velho, o meu passado, os primeiros deleites e os primeiros tormentos. Enfim, onde está ela? Onde estão as duas agora? Onde estão vocês, dois anjos, que eu nunca mereci? Onde está meu filho, meu amado filho? Onde finalmente estou eu, eu mesmo, o antigo eu, de aço pela força e inquebrantável como uma rocha, quando hoje um Andrejeff qualquer, um bufão ortodoxo de barba, *peut briser mon existence en deux?*",[36] etc., etc. Quanto ao filho de Stiepan Trofímovitch, ele o viu apenas duas vezes em toda a vida, a primeira vez quando ele nasceu, a segunda recentemente em Petersburgo, onde o jovem se preparava para ingressar na universidade. Durante toda a sua vida o menino, como já se disse, foi educado pelas tias na província de O-skaia (às custas de Varvara Pietrovna), a setecentas verstas de Skvoriéchniki. Quanto a Andrejeff, ou seja, Andrêiev, era pura e simplesmente um nosso comerciante daqui, o dono da mercearia, um grande esquisitão, arqueólogo autodidata, colecionador apaixonado de antiguidades russas, que às vezes disputava com Stiepan Trofímovitch conhecimentos e, principalmente, tendências. Esse honrado comerciante de barba grisalha e grandes óculos de prata ainda não acabara de pagar a Stiepan Trofímovitch quatrocentos rublos por algumas deciátinas[37] de madeira para abate na fazendinha dele (ao lado de Skvoriéchniki). Embora Varvara Pietrovna tivesse abarrotado os bolsos do seu amigo ao enviá-lo a Berlim, antes da viagem Stiepan Trofímovitch contava especialmente com esses quatrocentos rublos, provavelmente para as suas despesas secretas, e por pouco não chorou quando Andrejeff lhe pediu para esperar um mês, tendo, aliás, direito a esse adiamento, pois fizera os primeiros adiantamentos em dinheiro seis meses antes, atendendo a uma necessidade de Stiepan Trofímovitch na ocasião. Varvara Pietrovna leu com avidez essa primeira carta e, depois de sublinhar com lápis a expressão "onde estão vocês?", marcou-a com a data e a trancou no porta-joias. Ele, é claro, recordava as

[36] "pode partir minha existência em duas?" (N. do T.)

[37] Antiga medida agrária russa, equivalente a 1,09 ha. (N. do T.)

suas duas mulheres falecidas. Na segunda carta recebida de Berlim a cantilena variava: "Trabalho doze horas por dia ("fossem pelo menos onze" — resmungou Varvara Pietrovna), remexo em bibliotecas, tomo informações, anoto, corro; estive com os professores. Renovei minha amizade com a magnífica família Dundássov. Que maravilha é Nadiejda Nikoláievna, e até hoje! Mandam-lhe reverências. Seu jovem marido e todos os três sobrinhos estão em Berlim. Às noites conversamos com os jovens até o amanhecer, e nós temos umas noites quase atenienses,[38] mas unicamente pela sutileza e a elegância; tudo é nobre: muita música, motivos espanhóis, sonhos com renovação de toda a humanidade, a ideia da eterna beleza, a Madona Sistina, a luz com nesgas de escuro mas com manchas até no sol. Oh, minha amiga, minha nobre e fiel amiga! Estou com a senhora de coração, sou seu, estou sempre unicamente com a senhora *en tout pays*[39] e até *dans le pays de Makar et de ses veaux*,[40] sobre o qual, está lembrada?, falamos com tanta frequência, trêmulos, em Petersburgo, na hora da partida. Lembro-me com um sorriso. Ao atravessar a fronteira me senti inseguro, uma sensação estranha, nova, a primeira vez depois de tantos longos anos...", etc., etc.

"Ora, tudo isso é tolice! — resolveu Varvara Pietrovna, dobrando também essa carta. Uma vez que estão passando noites atenienses até o amanhecer, quer dizer que não está passando doze horas com os livros. Terá escrito porque estava bêbado? Como essa Dundássova se atreve a me enviar reverências? Pensando bem, que o divirta..."

A frase "*dans le pays de Makar et de ses veaux*" significava: "nos cafundós". Stiepan Trofímovitch às vezes traduzia de propósito e da forma mais tola provérbios russos e provérbios autóctones para o francês, sem dúvida sabendo compreender e traduzir melhor; mas ele fazia isso com uma ostentação especial e o achava espirituoso.

No entanto passeou muito pouco, não aguentou quatro meses e se precipitou para Skvoriéchniki. Suas últimas cartas eram constituídas apenas de efusões do mais sensível amor pela sua amiga ausente e estavam literalmente molhadas pelas lágrimas da separação. Há naturezas demasiado presas à casa como se fossem cães de quarto. O encontro dos amigos foi extasiante. Dois

[38] Expressão tomada provavelmente de empréstimo ao poema de Aulo Gélio *Noites áticas*, como sugestão de orgias. (N. da E.)

[39] "em qualquer país". (N. do T.)

[40] Stiepan Trofímovitch adapta ao francês o ditado russo "*Kudá Makar teliat ne gonyaiet*", que significa nos cafundós, etc., como alusão a repressões policial-admistrativas, tal como o emprega Saltikov-Schedrin em sua sátira. (N. da E.)

dias depois tudo estava como antes e até mais tedioso que antes. "Meu amigo — dizia-me Stiepan Trofímovitch duas semanas depois sobre o maior dos segredos —, meu amigo, eu descobri uma novidade... terrível para mim: *je suis un* simples parasita, *et rien de plus! Mais r-r-rien de plus!*"[41]

VIII

Depois veio entre nós a calmaria e assim se estendeu durante quase todos esses nove anos. As explosões de histeria e choro no meu ombro, que continuavam regularmente, em nada atrapalhavam o nosso bem-estar. Eu me admiro de como Stiepan Trofímovitch não engordou durante esse tempo. Seu nariz apenas ficou um pouco mais vermelho e acrescentou-se uma bonomia. Pouco a pouco foi-se formando junto a ele um pequeno círculo de amigos, aliás permanentemente pequeno. Embora Varvara Pietrovna pouco se referisse ao círculo, mesmo assim todos nós a reconhecíamos como nossa *patronnesse*. Depois da lição de Petersburgo ela se fixou definitivamente em nossa cidade; passava o inverno em sua casa da cidade e o verão em sua fazenda nos arredores. Nunca tivera tanta importância e influência como nos últimos sete anos em nossa sociedade provinciana, ou seja, até a nomeação do nosso atual governador. Nosso governador anterior, o inesquecível e brando Ivan Óssipovitch, era um parente próximo dela e outrora a teve por benfeitora. A mulher dele estremecia só com a ideia de não atender Varvara Pietrovna, e a reverência da sociedade provincial chegou a tal ponto que lembrava até algo pecaminoso. Logo, era bom também para Stiepan Trofímovitch. Ele era membro do clube, perdia imponentemente no jogo e gozava de respeito, embora muitos vissem nele apenas "um sábio". Mais tarde, quando Varvara Pietrovna lhe permitiu morar na outra casa, ficamos ainda mais à vontade. Nós nos reuníamos em casa dele duas vezes por semana; o clima era alegre, particularmente quando ele não poupava champanhe. O vinho era trazido da mercearia do próprio Andrêiev. Varvara Pietrovna pagava a conta a cada meio ano e o dia do pagamento era quase sempre um dia de colerina.

O mais antigo membro do círculo era Lipútin, funcionário de província, homem já entrado em anos, grande liberal e tido na cidade como ateu. Era casado em segundas núpcias com uma mulher jovenzinha e bonitinha, recebera dote por ela e, além disso, tinha três filhas adolescentes. Mantinha toda a família no pavor de Deus e trancada, era o cúmulo do avarento e com

[41] "eu sou apenas um simples parasita e nada mais! Sim, e n-n-nada mais!" (N. do T.)

as economias oriundas do emprego conseguiu ter uma casinha e capital. Era um homem intranquilo e, ademais, funcionário de baixa patente; gozava de pouco respeito na cidade e no círculo superior não era recebido. Além do mais, era um bisbilhoteiro notório e mais de uma vez fora castigado por isso, e castigado de forma dolorosa, uma vez por um oficial e outra por um honrado pai de família, um senhor de terras. Mas nós gostávamos de sua inteligência aguda, de sua curiosidade, de sua alegria particularmente cruel. Varvara Pietrovna não gostava dele, mas ele sempre dava um jeito de a bajular.

Ela também não gostava de Chátov, que só no último ano se tornara membro do círculo. Antes Chátov era estudante e foi excluído da universidade depois de uma história estudantil; na infância foi discípulo de Stiepan Trofímovitch e nasceu como servo de Varvara Pietrovna, filho do seu falecido camareiro Pável Fiódorov, e tinha nela a sua benfeitora. Ela não gostava dele por causa de seu orgulho e ingratidão, e de maneira nenhuma podia perdoá-lo pelo fato de que ele, ao ser expulso da universidade, não viera imediatamente para a sua casa; ao contrário, não chegou sequer a responder a carta que ela então lhe enviara por um mensageiro especial e preferiu ser assalariado como professor dos filhos de um comerciante civilizado. Com a família desse comerciante foi para o exterior, antes na condição de aio que de preceptor; mas tinha muita vontade de ir ao estrangeiro naquela época. As crianças tinham ainda uma governanta, uma esperta senhorita russa, que também ingressara na casa logo antes da partida e fora admitida mais pelos baixos vencimentos. Uns dois meses depois o comerciante a pôs para fora "por causa de ideias livres". Chátov a acompanhou e rapidamente casou-se com ela em Genebra. Viveram os dois juntos umas três semanas e depois se separaram como pessoas livres e não presas por nada; é claro que nem por pobreza. Depois ele passou muito tempo errando pela Europa sozinho, sabe Deus com que recursos; dizem que andou engraxando sapatos nas ruas e foi carregador em algum porto. Por fim, voltou há um ano para o nosso ninho natal e hospedou-se em casa da velha tia, que um mês depois ele enterrou. Com a irmã Dacha,[42] também pupila de Varvara Pietrovna, que vivia em casa dela como favorita na condição mais nobre, ele mantinha as relações mais raras e distantes. Entre nós estava permanentemente sombrio e calado; mas de raro em raro, quando se tocava em suas convicções, irritava-se de forma doentia e era muito incontido na linguagem. "Primeiro é preciso amarrar Chátov e depois conversar com ele" — brincava às vezes Stiepan Trofímovitch; mas gostava dele. No estrangeiro Chátov mudou radicalmente algumas de suas

[42] Variação do nome Dária. (N. do T.)

antigas convicções socialistas e pulou para o extremo oposto. Era um daqueles seres russos ideais, que alguma ideia forte deixa subitamente maravilhados e ato contínuo parece esmagar de um só golpe, às vezes até para sempre. Eles quase nunca estão em condição de dar conta dela, mas creem nela apaixonadamente, e eis que toda a sua vida posterior se passa como que nas últimas convulsões debaixo da pedra que desabou sobre eles e já lhes esmagou inteiramente uma metade. A aparência de Chátov correspondia inteiramente às suas convicções: era desajeitado, louro, hirsuto, de baixa estatura, ombros largos, lábios grossos, sobrancelhas de um louro desbotado muito espessas, frondosas, de testa franzida e um olhar inamistoso, obstinadamente baixo e como que envergonhado de alguma coisa. Tinha eternamente na cabeça um tufo de cabelo que por nada queria assentar e vivia eriçado. Tinha uns vinte e sete ou vinte e oito anos. "Não me admira mais que a mulher tenha fugido dele" — disse Varvara Pietrovna certa vez, olhando fixamente para ele. Ele procurava andar de roupa limpa, apesar de sua extrema pobreza. Mais uma vez deixou de pedir ajuda a Varvara Pietrovna e vivia com o que Deus dava; trabalhava para comerciantes. Em certa ocasião trabalhava num balcão, depois quis ir embora de uma vez em um trem de cargas, trabalhando como ajudante de caixeiro, mas adoeceu bem no momento de viajar. É difícil imaginar que miséria era capaz de suportar e até sem pensar absolutamente nela. Depois de sua doença, Varvara Pietrovna lhe mandou cem rublos de forma secreta e anônima. Apesar de tudo ele descobriu o segredo, pensou, recebeu o dinheiro e foi à casa de Varvara Pietrovna agradecer. Esta o recebeu com entusiasmo, mas até nessa ocasião ele frustrou vergonhosamente suas expectativas: ficou apenas cinco minutos sentado, calado, com o olhar estupidamente fixo no chão e um sorriso tolo nos lábios, e súbito, sem acabar de ouvi-la no trecho mais interessante da conversa, levantou-se, fez uma reverência meio de lado, desajeitada, morto de vergonha, e de passagem esbarrou e derrubou com um estrondo a escrivaninha marchetada e querida dela, quebrou-a e saiu mais morto do que vivo de vergonha. Depois Lipútin o censurou muito pelo fato de que, na ocasião, ele não rejeitou com desprezo aqueles cem rublos como vindos de sua ex-déspota latifundiária, e não só aceitara como ainda se arrastara para agradecer. Morava só no extremo da cidade e não gostava se alguém, mesmo um de nós, aparecesse em sua casa. Frequentava constantemente os serões de Stiepan Trofímovitch e pegava com ele jornais e livros para ler.

Os serões eram frequentados ainda por um jovem, um tal de Virguinski, funcionário daqui, que tinha alguma semelhança com Chátov embora pelo visto fosse também o oposto total dele em todos os sentidos; mas ele também era um "homem de família". Jovem lastimável e extremamente calado, aliás já de uns trinta anos, era de uma ilustração considerável embora fosse mais autodidata. Era pobre, casado, servia e sustentava uma tia e uma irmã de sua mulher. A mulher e as senhoras professavam as últimas convicções, mas isso se manifestava nelas de forma um tanto grosseira, isso mesmo — aí havia uma "ideia que aparecera na rua", como então se exprimiu Stiepan Trofímovitch por outro motivo. Elas tiravam tudo dos livros, e ao primeiro boato chegado dos recantos progressistas da capital se dispunham a jogar pela janela tudo o que fosse preciso, contanto apenas que lhes sugerissem fazê-lo. Madame Virguínskaia se dedicava em nossa cidade à profissão de bisbilhoteira; quando moça, morara muito tempo em Petersburgo. O próprio Virguinski era homem de rara pureza de coração e poucas vezes encontrei um fogo de espírito mais honesto. "Eu nunca, nunca vou me afastar dessas esperanças luminosas" — dizia-me com um brilho nos olhos. Sobre as "esperanças luminosas" ele falava sempre baixo, com doçura, em meio murmúrio, como que secretamente. Era bastante alto mas extremamente fino e de ombros estreitos, cabelinhos de tonalidade arruivada e extraordinariamente ralos. Recebia resignado todas as mofas arrogantes de Stiepan Trofímovitch sobre algumas de suas opiniões, fazendo-lhes às vezes objeções muito sérias e em muita coisa colocando-o no impasse. Stiepan Trofímovitch o tratava com carinho e em geral nos tratava a nós todos como pai.

— Vocês todos "nasceram antes do tempo" — observava ele a Virguinski em tom de brincadeira —, todos semelhantes a você, embora em você, Virguinski, eu não tenha notado aquela li-mi-ta-ção que encontrei em Petersburgo *chez ces séminaristes*,[43] mas mesmo assim vocês "nasceram antes do tempo". Chátov gostaria muito de ter incubado, mas também nasceu antes do tempo.

— E eu? — perguntou Lipútin.

— Você é simplesmente o meio-termo, que sobrevive em qualquer parte... a seu modo.

Lipútin ofendeu-se.

O assunto era Virguinski, e infelizmente falava-se, de fonte muito autêntica, que sua esposa, sem ter vivido nem um ano em matrimônio legítimo com ele, de repente lhe comunicou que ele estava demitido e que ela preferia Lebiádkin. Esse Lebiádkin, um forasteiro qualquer, depois veio a ser uma

[43] Dostoiévski considerava que os seminaristas traziam para a literatura russa coisas particularmente negativas, excessivamente hostis, etc., porque eram muito limitados. (N. da E.)

pessoa muito suspeita e não tinha nada de capitão reformado, como se titulava. Sabia apenas torcer os bigodes, beber e tagarelar o mais desastrado dos absurdos que se pode imaginar. Esse homem se mudou imediatamente para a casa deles da forma mais indelicada; contente com o pão alheio, comia e dormia na casa deles, e finalmente passou a tratar o anfitrião de cima para baixo. Assegurava que Virguinski, ao ouvir da mulher que estava demitido, disse-lhe: "Minha amiga, até agora eu apenas te amei, agora respeito",[44] mas dificilmente teria sido pronunciada de fato semelhante sentença da Roma antiga; ao contrário, dizem que ele soluçou. Certa vez, umas duas semanas depois da deposição, todos eles, como toda uma "família", viajaram a um bosquete nos arredores da cidade para tomar chá com amigos. Virguinski estava num estado de espírito febrilmente alegre e participou das danças; mas de repente, sem qualquer discussão prévia, agarrou com ambas as mãos pelos cabelos o gigante Lebiádkin, que fazia um cancã solo, agarrou-o, inclinou-o e começou a arrastá-lo aos grunhidos, gritos e lágrimas. O gigante ficou de tal forma acovardado que nem sequer se defendeu, e durante todo o tempo em que foi arrastado quase não quebrou o silêncio; mas depois de arrastado ofendeu-se com todo o ardor do homem decente. Virguinski passou a noite inteira de joelhos diante da mulher implorando perdão; mas não obteve perdão porque, apesar de tudo, não concordou em ir desculpar-se perante Lebiádkin; além do mais foi acusado de pobreza de convicções e de tolice; esta última porque ficara ajoelhado ao se explicar com a mulher. O capitão logo sumiu e só bem ultimamente tornou a aparecer em nossa cidade, acompanhado da irmã e com novos objetivos; falaremos mais dele adiante. Não admira que o pobre "homem de família" desabafasse conosco e necessitasse da nossa sociedade. Aos seus assuntos domésticos, aliás, nunca se referia. Só uma vez, quando voltávamos da casa de Stiepan Trofímovitch, esboçou falar de longe de sua situação mas no mesmo instante, agarrando-me pelo braço, exclamou fervorosamente:

— Isso não é nada; isso é apenas um caso particular; isso não atrapalha nem um pouco, nem um pouco a "causa comum"!

Nosso círculo também era frequentado por visitantes casuais; aparecia o *jidok*[45] Liámchin, aparecia o capitão Kartúzov. Frequentou-o numa época um velhote curioso, mas este morreu. Lipútin trouxe o padre católico exila-

[44] Embora aluda a uma sentença da Roma antiga, Dostoiévski parodia nas palavras de Virguinski a maneira como se tratam mutuamente as personagens do romance *Que fazer?*, de Tchernichévski. (N. da E.)

[45] Diminutivo de *jid*, apelido depreciativo de judeu. (N. do T.)

do Slontzevski, e durante algum tempo ele foi recebido por uma questão de princípio, mas depois deixaram até de recebê-lo.

IX

Em certa época andaram dizendo a nosso respeito na cidade que o nosso círculo era um antro de livre-pensamento, depravação e ateísmo; aliás, esse boato sempre persistiu. Mas, enquanto isso, o que havia era uma divertida tagarelice liberal, a mais ingênua, singela e perfeitamente russa. O "liberalismo superior" e o "liberal superior", ou seja, o liberal sem nenhum objetivo, só são possíveis na Rússia. Stiepan Trofímovitch, como qualquer homem espirituoso, precisava de um ouvinte e, além disso, precisava ter a consciência de que cumpria o dever supremo da propaganda de ideias. E por fim precisava beber champanhe com alguém e ao pé do copo de vinho trocar uma espécie de pensamentos divertidos sobre a Rússia e o "espírito russo", sobre Deus em geral e o "Deus russo" em particular; repetir pela centésima vez a todos as escandalosas anedotas russas conhecidas e consolidadas em todos. Nós também não éramos alheios aos mexericos da cidade, sendo que às vezes chegávamos até a proferir rigorosas sentenças de alta moral. Conversávamos também sobre o universalmente humano, discutíamos severamente sobre o destino futuro da Europa e da humanidade; previamos em tom doutoral que a França, depois do cesarismo, cairia de vez para o grau de Estado de segunda categoria, e estávamos absolutamente convictos de que isso poderia acontecer de modo tremendamente breve e fácil. Para o papa nós havíamos previsto há muito tempo o papel de simples metropolita na Itália unificada, e estávamos inteiramente convencidos de que toda essa questão milenar era simples bobagem no nosso século do humanismo, da indústria e das ferrovias. Mas acontece que o "supremo liberalismo russo" não trata essa questão de outro modo. Stiepan Trofímovitch falava às vezes de arte, e muito bem, porém de modo um tanto abstrato. Lembrava-se às vezes dos amigos da sua juventude — tudo sobre pessoas destacadas na história do nosso desenvolvimento —, lembrava-se com enternecimento e veneração, mas com uma certa pitada de inveja. Se, porém, a coisa ficava muito enfadonha, o *jidok* Liámchin (um pequeno funcionário dos correios), um mestre ao piano, punha-se a tocar, e nos intervalos imitava um porco, uma tempestade, partos com o primeiro grito do recém-nascido, etc., etc., etc.; era só para isso que o convidavam. Se bebiam muito — isso acontecia, embora não fosse frequente — entravam em êxtase, e uma vez chegaram até

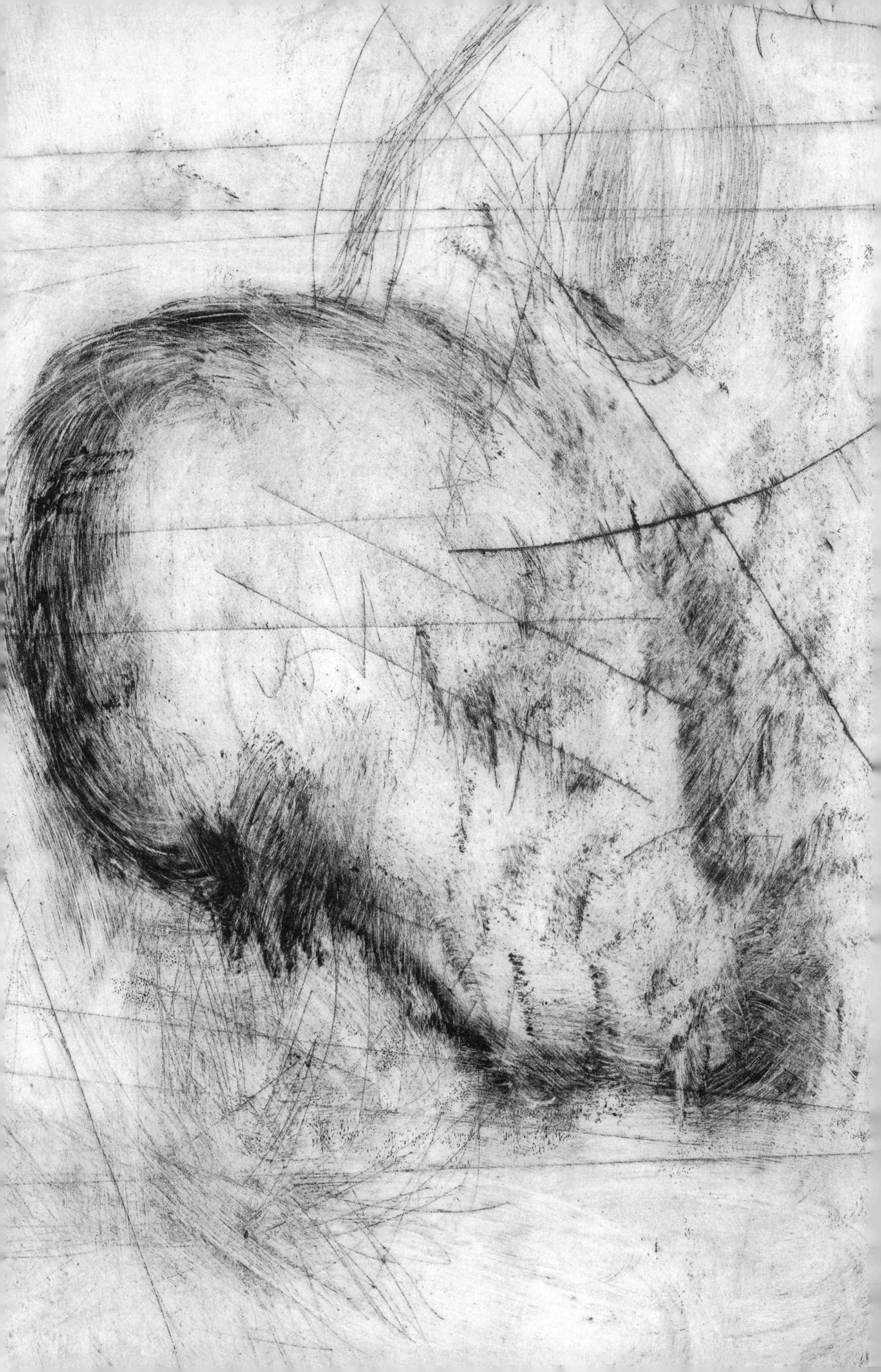

a cantar a *Marselhesa* com acompanhamento de Liámchin, só que não sei se saiu bem. O grande dia de 19 de fevereiro nós comemoramos de forma entusiástica e ainda bem antes começamos a brindar por ele. Isso acontecia há muito e muito tempo, quando ainda não havia nem Chátov nem Virguinski, e Stiepan Trofímovitch ainda morava na mesma casa com Varvara Pietrovna. Algum tempo antes do grande dia, Stiepan Trofímovitch achou de balbuciar consigo certos versos, embora um tanto antinaturais, talvez compostos por algum latifundiário liberal antigo:

Passam mujiques levando machados
Algo terrível vai acontecer.[46]

Parecia que era coisa assim, não me lembro. Uma vez Varvara Pietrovna ouviu e gritou-lhe: "Tolice, tolice!" — e saiu colérica. Lipútin, que estava presente, fez uma observação mordaz a Stiepan Trofímovitch:

— É uma pena que os ex-servos dos senhores de terra lhes causem contrariedade por prazer.

E passou o indicador em volta do seu pescoço.

— *Cher ami* — observou-lhe com bonomia Stiepan Trofímovitch —, acredite que isso (ele repetiu o gesto em volta do pescoço) não trará nenhum proveito nem aos nossos latifundiários nem a nós todos em geral. Sem as cabeças não seremos capazes de construir, se bem o que as nossas cabeças mais fazem é nos impedir de pensar.

Observo que em nossa cidade muitos supunham que no dia do manifesto viesse a acontecer algo fora do comum, como o previu Lipútin e como previam os chamados conhecedores do povo e do Estado. Parece que Stiepan Trofímovitch também partilhava dessa ideia, e inclusive a tal ponto que quase na véspera do grande dia passou de repente a pedir a Varvara Pietrovna para ir ao estrangeiro; numa palavra, começou a ficar preocupado. Entretanto passou-se o grande dia, passou-se ainda um certo tempo, e um sorriso presunçoso reapareceu nos lábios de Stiepan Trofímovitch. Ele emitiu diante de nós alguns pensamentos notáveis sobre o caráter do homem russo em geral e do mujique russo em particular.

— Nós, como homens apressados, nos precipitamos demasiadamente com os nossos mujiquezinhos — concluiu ele sua série de pensamentos notáveis —, nós os pusemos na moda, e todo um setor da literatura passou vá-

[46] Esses versos remontam ao poema anônimo "Fantasia", publicado no periódico *Estrela Polar* (*Polyárnaya Zviezdá*) em 1861. (N. da E.)

rios anos consecutivos metido com eles como preciosidade redescoberta. Nós pusemos coroas de louro em cabeças piolhentas. A aldeia russa, ao longo de todo o milênio, só nos deu a *komarínskaia*.[47] Um notável poeta russo, aliás não desprovido de espírito, ao ver pela primeira vez em cena a grande Raquel, exclamou extasiado: "Não troco Raquel por um mujique!".[48] Estou disposto a ir adiante: eu dou até todos os mujiques russos em troca de uma só Raquel. É hora de olhar com mais sobriedade e não confundir o nosso rude cheiro nacional de alcatrão com o *bouquet de l'impératrice*.[49]

Lipútin concordou no mesmo instante, mas observou que naquele momento torcer a alma e elogiar os mujiques era, apesar de tudo, necessário para a corrente; que até as damas da alta sociedade se banhavam em lágrimas ao lerem *Anton Goremika*[50] e algumas chegaram até a escrever de Paris aos seus administradores na Rússia para que doravante tratassem os camponeses da forma mais humana possível.

Como de propósito, logo depois que apareceram os boatos sobre Anton Pietrov,[51] na nossa província, e a apenas cinquenta verstas de Skvoriéchniki, houve um mal-entendido, de sorte que enviaram precipitadamente um destacamento para lá. Dessa vez Stiepan Trofímovitch ficou de tal forma inquieto que até nos deixou assustados. Ele gritou no clube que havia necessidade de mais tropas, que chamassem de outro distrito pelo telégrafo; correu para o governador e asseverou-lhe que não tinha nada a ver com o problema; pediu que evitassem implicá-lo de alguma forma no assunto, com base em lembranças do passado, e propôs escrever imediatamente a respeito dessa sua declaração a Petersburgo, a quem de direito. Ainda bem que tudo isso

[47] Canção popular acompanhada de dança. (N. do T.)

[48] Dostoiévski ironiza a crítica de direita, que protestava contra a invasão das artes pela "realidade grosseira". A Raquel, objeto da alusão, é Elisa Raquel (1821-1858), atriz trágica francesa. (N. da E.)

[49] *Bouquet de l'Impératrice*: nome de um perfume francês, muito em moda na época, que recebeu uma medalha da Exposição Universal de Paris em 1867. (N. da E.)

[50] Novela de D. V. Grigoróvitch (1822-1899). (N. do T.)

[51] Com a publicação por parte do tsar do "Regulamento sobre os Camponeses" em 1861, houve muitas sublevações camponesas. O camponês Anton Pietrov reuniu cinco mil camponeses de diferentes aldeias da província de Kazan, a quem explicou que, pelo "Regulamento", toda a terra passava a propriedade dos camponeses, estes não mais deviam trabalhar de graça para o latifundiário nem pagar os impostos obrigatórios. Destacamentos militares foram enviados às fazendas, as rebeliões camponeses foram duramente reprimidas, resultando em muitas mortes e no fuzilamento de Pietrov. (N. da E.)

logo passou e deu em nada; só que na ocasião eu fiquei admirado com Stiepan Trofímovitch.

Uns três anos depois, como se sabe, começou-se a falar de nacionalidade e nasceu a "opinião pública". Stiepan Trofímovitch ria muito.

— Meus amigos — ensinava-nos —, a nossa nacionalidade, se é que ela realmente "nasceu", como eles agora asseguram nos jornais, ainda está na escola, em alguma *Peterschule*[52] alemã, atrás de livro alemão e afirmando sua eterna lição alemã, enquanto o mestre alemão a põe de joelhos quando precisa. Ao mestre alemão o meu elogio; entretanto o mais provável de tudo é que nada tenha acontecido e nada dessa ordem tenha nascido mas continua como antes, ou seja, sob a proteção de Deus. A meu ver isso bastaria para a Rússia, *pour notre sainte Russie.*[53] Demais, todos esses pan-eslavismos e nacionalidades — tudo isso é velho demais para ser novidade. A nacionalidade, se quiserem, nunca apareceu entre nós senão em forma de trama senhoril de clube e ainda por cima moscovita. É claro que não estou falando do tempo do príncipe Igor. No fim das contas tudo vem do ócio. Entre nós tudo vem do ócio, tanto a bondade quanto o que é bom. Tudo vem da nossa ociosidade senhoril, ilustrada, gentil, caprichosa! Eu venho afirmando isso há trinta mil anos. Nós não sabemos viver do nosso trabalho. E o fato de que agora eles estão metidos com uma certa opinião pública que "nasceu" entre nós — tão de repente, sem quê nem para quê, caindo do céu? Não é possível que não compreendam que para adquirir opinião se faz necessário antes de tudo trabalho, o próprio trabalho, a própria participação numa causa, a própria prática! De graça nunca se vai conseguir nada. Trabalhemos, tenhamos nossa própria opinião. E como nunca vamos trabalhar, terão por nós opinião aqueles que em nosso lugar têm trabalhado até agora, ou seja, a mesma Europa, os mesmos alemães — os nossos mestres há duzentos anos. Além do mais, a Rússia é um mal-entendido grande demais para que nós o resolvamos sozinhos, sem os alemães e sem o trabalho. Eis que já se vão vinte anos que eu toco o alarme e conclamo ao trabalho! Eu dei a vida por essa conclamação e, louco, acreditei! Agora já não acredito, mas chamo e continuarei a tocar a sineta até a sepultura, a puxar o cordão até que ela chame para as minhas exéquias.

Infelizmente! nós apenas fazíamos coro. Aplaudíamos o nosso mestre, e com que ardor! E então, senhores, será que ainda hoje não se ouve, vez por

[52] Escola de ensino médio alemã, fundada em São Petersburgo no século XVIII. (N. do T.)

[53] "para a nossa santa Rússia". (N. do T.)

outra e a torto e a direito, esse absurdo velho russo, "amável", "inteligente" e "liberal"?

Em Deus nosso mestre acreditava. "Não compreendo; por que aqui todo mundo me considera ateu? — falava ele às vezes. — Eu acredito em Deus, *mais distinguons*,[54] acredito como em um ser que só em mim se faz consciente. Não posso crer como minha Nastácia (a criada) ou como algum grão-senhor que acredita 'eventualmente', ou como o nosso amável Chátov — aliás, não, Chátov não conta, Chátov acredita por força, como um eslavófilo moscovita. Quanto ao Cristianismo, a despeito de todo o meu sincero respeito por ele, não sou cristão. Sou antes um pagão antigo como o grande Goethe ou como um grego antigo. Já pelo simples fato de que o Cristianismo não compreendeu a mulher, o que George Sand desenvolveu tão magnificamente em um de seus romances geniais. Quanto aos cultos, jejuns e tudo o mais, não compreendo que têm a ver comigo. Por mais que os nossos denunciadores se batessem aqui, não desejo ser um jesuíta. Em quarenta e oito Bielínski, estando no estrangeiro, enviou a Gógol a sua famosa carta e nela censurou fervorosamente o fato de que o outro crê 'em algum Deus'. *Entre nous soit dit*,[55] não posso imaginar nada de mais cômico do que aquele instante em que Gógol (o Gógol de então!) leu essa expressão e... toda a carta! Mas, largando o cômico e uma vez que, apesar de tudo, estou de acordo com a essência da questão, então eu digo e aponto: aqueles sim eram homens! Souberam mesmo amar o seu povo, souberam mesmo sofrer por ele, souberam mesmo sacrificar por ele tudo, souberam ao mesmo tempo não divergir dele quando era preciso nem ser complacentes com ele em determinados conceitos. Bielínski realmente não podia procurar a salvação nos santos óleos ou no rabanete com ervilhas!..."

Mas aí interferiu Chátov.

— Nunca esses seus homens amaram o povo, nem sofreram nem nada sacrificaram por ele, por mais que eles mesmos imaginassem isso como consolo! — resmungou com ar sombrio, baixando os olhos e virando-se impacientemente na cadeira.

— Foram eles que não amaram o povo! — berrou Stiepan Trofímovitch. — Oh, como eles amaram a Rússia!

— Nem a Rússia nem o povo! — berrou também Chátov com os olhos brilhando. — Não se pode amar aquilo que não se conhece e eles não sabiam nada do povo russo. Todos eles, e o senhor junto com eles, fecharam os olhos

[54] "mas é preciso distinguir". (N. do T.)

[55] "Cá entre nós". (N. do T.)

ao povo russo, e Bielínski particularmente; isso já se vê pela própria carta que ele escreveu a Gógol. Bielínski, tal qual Krilov, o Curioso,[56] não percebeu um elefante numa *Kunstkammer*,[57] mas dirigiu toda a sua atenção para os besouros sociais franceses; e acabou terminando neles. No entanto, vai ver que ele ainda foi mais inteligente do que todos vocês! Vocês, além de não terem percebido nada do povo, vocês o tratam com um desprezo abominável, já pelo simples fato de que por povo vocês imaginam única e exclusivamente o povo francês, e além do mais apenas os parisienses, e se envergonham porque o povo russo não é assim. Isto é a verdade nua e crua! Mas aquele que não tem povo também não tem Deus! Saibam ao certo que todos aqueles que deixam de compreender o seu povo e perdem os seus vínculos com ele na mesma medida perdem imediatamente também a fé na pátria, se tornam ou ateus ou indiferentes. Estou falando a verdade! É um fato que se justifica. Eis por que vocês todos e nós todos somos agora ou uns abomináveis ateus ou indiferentes, uma porcaria depravada e nada mais! E o senhor também, Stiepan Trofímovitch, eu também não o excluo o mínimo, falo inclusive a seu respeito, fique sabendo.

Como de costume, ao proferir semelhante monólogo (isso lhe acontecia com frequência), Chátov pegava o seu quepe e se precipitava para a saída, plenamente convicto de que agora tudo estava terminado e que ele havia rompido absolutamente e para sempre as suas relações amistosas com Stiepan Trofímovitch. Mas este sempre conseguia detê-lo a tempo.

— Não será o caso de fazermos as pazes depois dessas palavrinhas amáveis, Chátov? — dizia ele estendendo-lhe placidamente a mão da poltrona.

O desajeitado porém acanhado Chátov não gostava de amabilidades. Na aparência o homem era grosseiro, mas consigo mesmo era delicadíssimo. Embora perdesse constantemente a medida, era o primeiro a sofrer com isso. Rosnando alguma coisa à conclamação de Stiepan Trofímovitch e batendo os pés no mesmo lugar feito urso, súbito ele ficava surpreendentemente enternecido, guardava o quepe e sentava-se na cadeira de antes, olhando fixo para o chão. É claro que se trazia vinho e Stiepan Trofímovitch pronunciava algum brinde adequado, por exemplo, quanto mais não fosse em memória de algum homem do passado.

[56] Trata-se da personagem da fábula de I. A. Krilov (1768-1844) *O curioso*. (N. do T.)

[57] Do alemão *Kunstkammer*: lugar de reunião de coisas diversas. (N. do T.)

II
O PRÍNCIPE HARRY — PEDIDO DE CASAMENTO

I

Existia na terra mais uma pessoa à qual Varvara Pietrovna não estava menos presa do que a Stiepan Trofímovitch — era seu filho único Nikolai Vsievolódovitch Stavróguin. Foi para ser seu educador que convidaram Stiepan Trofímovitch. O menino tinha na ocasião uns oito anos, e o leviano general Stavróguin, seu pai, vivia então separado da mãe, de sorte que a criança cresceu sob os cuidados exclusivos dela. Justiça a Stiepan Trofímovitch, que soube fazer seu pupilo afeiçoar-se a ele. Todo o seu segredo consistia em que ele mesmo era uma criança. Naquele tempo eu ainda não existia, e ele precisava constantemente de um amigo de verdade. Não hesitou em tornar seu amigo aquele ser tão pequeno, que só crescera uma coisinha à toa. A coisa saiu de certo modo tão natural que entre eles não houve a mínima distância. Mais de uma vez ele despertou seu amigo de dez ou onze anos à noite com o único fim de desabafar em lágrimas os seus sentimentos ofendidos ou lhe revelar algum segredo doméstico, sem perceber que isso já era totalmente inadmissível. Os dois se lançavam nos braços um do outro e choravam. Quanto à mãe, o menino sabia que ela o amava muito, mas era pouco provável que ele mesmo a amasse muito. Ela falava pouco com ele, raramente o deixava muito acanhado com alguma coisa, mas ele sempre sentia, com um quê dorido, o olhar dela a acompanhá-lo fixamente. Aliás, todo o assunto da educação e do desenvolvimento moral a mãe confiava completamente a Stiepan Trofímovitch. Na época ela ainda acreditava plenamente nele. Cabe pensar que o pedagogo perturbou um pouco os nervos do seu pupilo. Quando ele, aos dezesseis anos, foi levado ao liceu, andava mirrado e pálido, estranhamente calado e pensativo. (Posteriormente ele se distinguiu por uma extraordinária força física.) Cabe supor também que os amigos choravam, lançando-se nos braços um do outro durante a noite, não só por causa de ocorrências domésticas. Stiepan Trofímovitch soube tocar o coração do seu amigo até atingir as cordas mais profundas e suscitar nele a primeira sensação, ainda indefinida, daquela melancolia eterna e sagrada que uma alma escolhida, uma vez tendo-a experimentando e conhecido, nunca mais trocaria por uma satisfação barata. (Há aficionados que apreciam mais essa melancolia do que a mais radical satisfação, se é que isso é mesmo possível.) Em todo caso, porém, foi bom que o pimpolho e o preceptor, ainda que tardiamente, tenham tomado rumos diferentes.

Nos dois primeiros anos o jovem vinha do liceu passar as férias. Durante a viagem de Varvara Pietrovna e Stiepan Trofímovitch a Petersburgo, às vezes ele assistia aos saraus literários que aconteciam em casa da mãe, ouvia e observava. Falava pouco e continuava quieto e tímido. Tratava Stiepan Trofímovitch com a atenção delicada de antes, se bem que já algo mais contido: fugia visivelmente a conversas com ele sobre coisas elevadas e lembranças do passado. Terminado o curso, ele, por desejo da mãe, ingressou no serviço militar e em breve foi designado para um dos mais destacados regimentos da cavalaria de guarda. Não apareceu para se apresentar fardado à mãe e passou a lhe escrever raramente de Petersburgo. Varvara Pietrovna lhe mandava dinheiro sem parcimônia, apesar de que, depois da reforma, as rendas de suas propriedades haviam caído a tal ponto que, nos primeiros tempos, ela não recebia nem metade das rendas anteriores. Aliás, graças a uma longa economia ela havia acumulado um certo capital, nada pequeno. Interessava-se muito pelos êxitos do filho na alta sociedade de Petersburgo. O que ela não conseguira conseguia o jovem oficial, rico e promissor. Ele renovou conhecimentos com os quais ela já nem podia sonhar, e em toda parte era recebido com grande satisfação. Mas muito em breve começaram a chegar a Varvara Pietrovna boatos bastante estranhos: o jovem havia caído na pândega de um modo meio louco e repentino. Não é que jogasse ou bebesse muito; contavam apenas sobre alguma libertinagem desenfreada, sobre pessoas esmagadas por cavalos trotões, sobre uma atitude selvagem com uma dama da boa sociedade, com quem mantinha relações e depois ofendeu publicamente. Nesse caso havia algo francamente sórdido, até demais. Acrescentavam, além disso, que ele era um duelista obcecado, que implicava e ofendia pelo prazer de ofender. Varvara Pietrovna se inquietava e caía em melancolia. Stiepan Trofímovitch lhe assegurava que isso eram apenas os primeiros ímpetos de fúria de um organismo demasiadamente rico, que o mar se acalmaria e que tudo isso parecia a juventude do príncipe Harry, que farreava com Falstaff, Poins e *mistress* Quickly, descrita por Shakespeare. Dessa vez Varvara Pietrovna não gritou: "Absurdo, absurdo!", como ultimamente pegara o hábito de gritar muito amiúde com Stiepan Trofímovitch, mas, ao contrário, ouviu-o com muita atenção, ordenou que lhe explicasse bem os detalhes, ela mesma pegou Shakespeare e leu a imortal crônica com uma atenção extraordinária. Mas a crônica não a deixou tranquila, e além do mais ela não encontrou tanta semelhança. Aguardava febrilmente as respostas a algumas de suas cartas. As respostas não demoraram; em breve ela recebeu a notícia fatal de que o príncipe Harry batera-se em dois duelos quase ao mesmo tempo, que tinha a culpa total por ambos, que matara um de seus adversários e mutilara outro, e como resultado de tais feitos havia sido entregue à justiça. O caso terminou com sua degradação a soldado, a perda dos direitos e a deportação para servir em um regimento de infantaria, e isso ainda graças a um especial ato de clemência.

Em 1863 ele conseguiu distinguir-se de algum modo; recebeu uma cruz de condecoração e foi promovido a sargento e, logo em seguida, a oficial. Durante todo esse tempo, Varvara Pietrovna enviou talvez uma centena de cartas à capital com pedidos e súplicas. Ela se permitiu humilhar-se um pouco nesse caso tão singular. Depois da promoção o jovem de repente pediu baixa, e mais uma vez não veio para Skvoriéchniki e deixou inteiramente de escrever para a mãe. Soube-se finalmente, por vias transversas, que estava novamente em Petersburgo, mas que na antiga sociedade já não o encontravam; era como se tivesse se escondido em algum lugar. Descobriram que morava com uma estranha companhia, que estava ligado a uma certa escória da população de Petersburgo, a uns funcionários descalços, a militares reformados que pediam esmola com dignidade, a bêbados; que frequentava as suas famílias imundas, passava dias e noites em favelas escuras e sabe Deus em que vielas, tornara-se desleixado, andava esfarrapado, logo, gostava disso. Não pedia dinheiro à mãe; tinha a sua fazendola — uma ex-aldeota do general Stavróguin que pelo menos alguma renda lhe trazia e que, segundo boatos, ele havia arrendado a um alemão da Saxônia. Por fim, a mãe implorou que ele viesse morar com ela e o príncipe Harry apareceu em nossa cidade. Foi aí que eu o vi pela primeira vez, pois até então nunca o havia visto.

Era um jovem muito bonito, de uns vinte e cinco anos e, confesso, me impressionou. Eu esperava encontrar algum maltrapilho sujo, emaciado pela libertinagem e cheirando a vodca. Ao contrário, era o mais elegante *gentleman* de todos os que um dia eu tivera a oportunidade de ver, sumamente bem-vestido, que se comportava de um modo como só poderia se comportar um cidadão acostumado às mais refinadas boas maneiras. Eu não fui o único a ficar surpreso: surpreendeu-se também toda a cidade, que, é claro, já conhecia toda a biografia do senhor Stavróguin e até com tais detalhes que era impossível imaginar onde podiam ter sido obtidos, e o mais surpreendente é que metade veio a ser verdadeira. Todas as nossas damas ficaram loucas por ele. Elas se dividiram nitidamente em duas partes — em uma o adoravam, na outra o odiavam a ponto de querer vingança sangrenta; mas tanto umas quanto as outras estavam loucas por ele. Umas ficavam particularmente fascinadas com o fato de que ele possivelmente tivesse algum segredo fatal na alma; outras gostavam realmente do fato de que ele era um assassino. Verificou-se ainda que era bastante bem ilustrado; tinha até certos conhecimentos. É claro que não se precisava de muito conhecimento para nos deixar surpresos; entretanto ele podia julgar temas vitais muito interessantes e, o mais precioso, com uma magnífica sensatez. Menciono como estranheza: todos nós, quase no primeiro dia, o achamos um homem extremamente sensato. Não era muito loquaz, era elegante sem requinte, admiravelmente modesto e ao mesmo tempo ousado e seguro de si como ninguém na nossa cidade. Os nossos dândis olhavam para ele com inveja e se apagavam inteiramente diante dele. Seu rosto também me impressionou: os cabelos eram algo muito negros, os olhos claros algo muito tranquilos e límpidos, a cor do rosto algo muito suave e branco, o corado algo demasiadamente vivo e limpo, os dentes como pérolas, os lábios como corais — parecia ter a beleza de uma pintura, mas, ao mesmo tempo, tinha qualquer coisa de repugnante. Diziam que seu rosto lembrava uma máscara; aliás falavam muito, entre outras coisas, até de sua extraordinária força física. Sua estatura era quase baixa. Varvara Pietrovna o olhava com orgulho, mas com uma constante preocupação. Ele morou em nossa cidade coisa de meio ano — indolente, quieto, bastante sombrio. Aparecia na sociedade e cumpria com uma atenção constante toda a nossa etiqueta provincial. Era aparentado do governador por linha paterna e recebido em sua casa como um parente próximo. Mas alguns meses se passaram e de repente a fera botou as unhas de fora.

A propósito, observo, entre parênteses, que o nosso amável e brando Ivan Óssipovitch, nosso ex-governador, parecia-se um pouco a uma mulher, só que de boa família e com relações, o que explica que ele tenha passado tantos anos entre nós sempre se esquivando de qualquer atividade. Pela hospitalidade e o bom acolhimento que proporcionava, ele deveria ser o decano da nobreza dos velhos bons tempos e não governador em um tempo tão complicado quanto o nosso. Na cidade, dizia-se constantemente que quem governava a província não era ele mas Varvara Pietrovna. É claro que isso era uma afirmação mordaz, mas, não obstante, uma evidente mentira. Além do mais, a esse respeito não se gastaram poucos gracejos na cidade. Ao contrário, nos últimos anos Varvara Pietrovna vinha se esquivando de modo particular e conscientemente de qualquer função superior, apesar do extraordinário respeito de que gozava de toda a sociedade, e encerrava-se voluntariamente nos rigorosos limites que ela mesma se havia imposto. Em vez de funções superiores, ela começou de repente a ocupar-se da administração, e em dois ou três anos quase elevou a rentabilidade de sua fazenda ao nível anterior. Em vez dos antigos ímpetos poéticos (da viagem a Petersburgo e da intenção de fundar uma revista, etc.), passou a economizar e tornou-se parcimoniosa. Afastou de si até Stiepan Trofímovitch, permitindo que alugasse um apartamento em outro prédio (com esse fim ele mesmo a importunava há muito tempo sob diferentes pretextos). Pouco a pouco Stiepan Trofímovitch passou a chamá-la de mulher prosaica ou, de modo ainda mais brincalhão, de "minha prosaica amiga". É claro que ele não se permitia essas brincadeiras senão com extremo respeito e depois de escolher demoradamente o momento oportuno.

Todos nós, íntimos, compreendíamos — e Stiepan Trofímovitch de modo ainda mais sensível que todos nós — que o filho aparecia agora diante dela com um quê de nova esperança e até de algum novo sonho. Sua paixão pelo filho começou com o início dos sucessos dele na sociedade petersburguense e se intensificou particularmente com a chegada da notícia de que ele havia sido degradado a soldado. Por outro lado, ela o temia visivelmente e parecia uma escrava diante dele. Era visível que temia alguma coisa indefinida, misteriosa, algo que ela mesma não poderia dizer, e muitas vezes, sem se deixar notar, observava Nicolas fixamente, tentando entender e decifrar alguma coisa... E eis que de repente a fera botou as unhas de fora.

II

Súbito, sem quê nem para quê, nosso príncipe cometeu duas ou três insolências intoleráveis com diferentes pessoas, ou seja, o essencial mesmo era que essas insolências não tinham qualquer precedente, nem similares, diferiam completamente daquelas do uso comum, eram absolutamente reles e pueris, careciam de qualquer motivo, o diabo sabe se tinham um fim. Um dos decanos mais respeitáveis do nosso clube, Pável Pávlovitch Gagánov, homem idoso e até com méritos, pegara o ingênuo hábito de tomar-se de arroubo diante de qualquer palavra e dizer: "Não, ninguém me leva no bico!". Pois sim! Certa vez no clube, quando, por algum motivo ardente, ele proferiu esse aforismo para um punhado de visitantes do clube reunido à sua volta (e tudo gente de destaque), Nikolai Vsievolódovitch, que estava sozinho em pé ao lado e a quem ninguém se dirigira, chegou-se de chofre a Pável Pávlovitch, de modo inesperado, agarrou-o com força pelo nariz com dois dedos e conseguiu arrastá-lo uns dois ou três passos pela sala. Raiva do senhor Gagánov ele não podia ter nenhuma. Era de pensar que isso fosse pura criancice, é claro que a mais imperdoável; e, não obstante, contava-se depois que no instante mesmo da operação ele esteve quase pensativo, "como se tivesse enlouquecido": mas isso foi lembrado e compreendido já muito mais tarde. Por causa da afobação, só ficara de imediato na memória de todos os presentes o momento seguinte, em que Nikolai Vsievolódovitch seguramente já compreendera de verdade tudo o que havia acontecido, mas não só não se perturbou como, ao contrário, sorriu de um jeito maldoso e alegre, "sem o mínimo arrependimento". Levantou-se o mais terrível alarido; cercaram-no. Nikolai Vsievolódovitch girava e olhava ao redor sem responder a ninguém e observando com curiosidade os rostos cheios de exclamação. Por último, como se súbito voltasse a refletir — pelo menos foi o que contaram —, franziu o cenho, chegou-se firmemente ao ofendido Pável Pávlovitch e balbuciou, atropelando as palavras, com um visível enfado:

— O senhor, é claro, queira me desculpar... Palavra, não sei como me veio de repente essa vontade de... tolice...

A displicência da desculpa equiparava-se a uma nova ofensa. O clamor se levantou ainda mais denso. Nikolai Vsievolódovitch deu de ombros e saiu.

Tudo isso era uma grande tolice, já sem falar da afronta — de uma afronta calculada e premeditada como pareceu à primeira vista e, por conseguinte, um desacato premeditado a toda a nossa sociedade, insolente até o último grau. Foi assim que todos interpretaram. Começaram expulsando por unanimidade e imediatamente o senhor Stavróguin da condição de membro do clube; depois decidiram dirigir-se ao governador em nome de todo o clube e pedir que usasse o poder administrativo a ele conferido e punisse prontamente (sem esperar que o caso começasse a ser formalmente tratado pela justiça) o nocivo desordeiro, "duelista da capital, protegendo assim a tranquilidade de todo o círculo decente da nossa sociedade contra atentados nocivos". Aí se acrescentava com uma ingenuidade raivosa que "talvez se possa achar alguma lei mesmo para o senhor Stavróguin". Foi precisamente essa frase que prepararam para o governador a fim de alfinetá-lo com alusão a Varvara Pietrovna. Estendiam o assunto com prazer. Como se fosse de propósito, na ocasião o governador não estava na cidade; tinha viajado para os arredores da cidade a fim de batizar o filho de uma interessante recém-viúva, que ficara em estado interessante depois da morte do marido; mas ficaram sabendo que ele voltaria logo. Enquanto esperavam, prepararam uma verdadeira ovação para o respeitável e ofendido Pável Pávlovitch: abraçavam-no e beijavam-no; toda a cidade o visitou em casa. Projetaram até um almoço por subscrição em homenagem a ele, e só graças ao seu pedido redobrado desistiram dessa ideia — talvez por perceberem finalmente que, fosse como fosse, o homem tinha sido arrastado pelo nariz, logo, não havia nada para comemorar.

Todavia, como isso aconteceu mesmo? Como pôde acontecer? É deveras notável que ninguém entre nós, em toda a cidade, tenha atribuído esse ato selvagem à loucura. Logo, de Nikolai Vsievolódovitch, um homem inteligente, havia pessoas inclinadas a esperar tais atitudes. De minha parte, até hoje nem sei como explicar, apesar de o acontecimento que logo se sucedeu parecer ter explicado tudo de forma pacífica. Acrescento ainda que quatro anos depois, a uma cautelosa pergunta que fiz a respeito desse acontecimento no clube, Nikolai Vsievolódovitch respondeu de cenho franzido: "É, naquela ocasião eu não estava inteiramente bem de saúde". Mas não há por que pôr o carro adiante dos bois.

Ainda foi curiosa para mim a explosão de ódio geral com que todos em nossa cidade se lançaram contra o "duelista obcecado da capital e desordeiro". Queriam ver forçosamente um propósito descarado e uma intenção calculada de ofender de uma só vez toda a sociedade. O homem não agradou verdadeiramente a ninguém e, ao contrário, armou a todos — e com quê? Até o último incidente ele não havia brigado com ninguém e nem ofendido ninguém, e era cortês como um cavaleiro de figurino da moda dotado da capacidade de falar. Suponho que o odiavam pelo orgulho. Até as nossas damas, que começaram por adorá-lo, berravam agora contra ele ainda mais que os homens.

Varvara Pietrovna estava horrorizada. Mais tarde, confessou a Stiepan Trofímovitch que previra aquilo havia muito tempo, dia a dia durante todo o semestre e até "do mesmo jeito" que aconteceu — uma confissão notável por parte da própria mãe. "Começou!" — pensou ela estremecendo. No dia seguinte ao fatal serão do clube ela começou, de forma cautelosa porém decidida, a se explicar com o filho, e enquanto isso tremia toda, coitada, apesar da firmeza. Passou a noite inteira sem dormir, e de manhã cedo foi até reunir-se com Stiepan Trofímovitch e chorou na casa dele, coisa que ainda não lhe havia acontecido em público. Ela queria que Nicolas pelo menos lhe dissesse alguma coisa, se dignasse pelo menos explicar-se. Nicolas, sempre tão gentil e respeitoso com a mãe, ouviu-a por algum tempo de cenho carregado, porém com muita seriedade; súbito levantou-se, não respondeu uma palavra, beijou-lhe a mão e saiu. Como que de propósito, na noite do mesmo dia houve outro escândalo, embora bem mais fraco e comum que o primeiro, mas que mesmo assim intensificou muito o clamor na cidade em função do estado geral de ânimo.

É precisamente aí que entra o nosso amigo Lipútin. Ele apareceu diante de Nikolai Vsievolódovitch imediatamente após este se explicar com a mãe e lhe pediu encarecidamente que lhe fizesse a honra de ir à sua casa no mesmo dia a uma festinha de aniversário de sua mulher. Há tempos Varvara Pietrovna encarava com tremor essa inclinação vulgar das relações de Nikolai Vsievolódovitch, mas a esse respeito não se atreveu a lhe fazer nenhuma observação. Além disso, ele já conseguira arranjar alguns conhecidos nessa camada de terceira categoria da nossa sociedade e até em camadas ainda mais baixas — tinha mesmo essa inclinação. Até então não estivera em casa de Lipútin, embora se encontrasse com ele. Percebeu que agora Lipútin o estava convidando em consequência do escândalo da véspera no clube e que ele, como liberal local, estava em êxtase com esse escândalo, pensando sinceramente que era assim que se devia agir com os decanos do clube e que isso era muito bom. Nikolai Vsievolódovitch riu muito e prometeu aparecer.

Havia uma infinidade de convidados; era uma gente sem graça, mas desembaraçada. O egoísta e invejoso Lipútin só recebia convidados duas vezes por ano, mas nessas ocasiões não fazia parcimônia. Stiepan Trofímovitch, o mais respeitado convidado, não compareceu porque estava doente. Serviram o chá, havia salgadinhos e vodca em abundância; jogava-se em três mesas e os jovens, à espera do jantar, começaram a dançar ao som do piano. Nikolai Vsievolódovitch tirou para dançar madame Lipútin — uma daminha extraordinariamente bonita, que mostrava suma timidez diante dele —, deu duas voltas com ela, sentou-se ao seu lado, começou a conversar e a deixou alegre. Percebendo por fim o quanto ela era bonitinha quando ria, ele a agarrou subitamente pela cintura, perante todos os convidados, e a beijou na boca umas três vezes seguidas, deliciado. Assustada, a pobre mulher desmaiou. Nikolai Vsievolódovitch pegou o chapéu, foi até o marido, que estava pasmo entre a surpresa geral, atrapalhou-se ao olhar para ele e lhe balbuciou às pressas: "Não se zangue", e saiu. Lipútin correu atrás dele para a antessala, com as próprias mãos lhe entregou o casaco de pele e o acompanhou com reverências até a escada. Mas já no dia seguinte apareceu um adendo bastante engraçado a essa história no fundo ingênua, falando em termos relativos; esse adendo valeu posteriormente a Lipútin até um certo respeito, do qual ele soube tirar pleno proveito.

Por volta das dez da manhã apareceu na casa da senhora Stavróguina a empregada doméstica de Lipútin, Agáfia, uma mulherzinha desembaraçada, decidida e corada, de uns trinta anos, enviada com uma missão a Nikolai Vsievolódovitch e desejosa de "vê-lo pessoalmente", sem falta. Ele estava com uma forte dor de cabeça, mas apareceu. Varvara Pietrovna conseguiu assistir ao cumprimento da missão.

— Serguiêi Vassílitch[58] (ou seja, Lipútin) — taramelou animadamente Agáfia — me ordenou em primeiro lugar que lhe fizesse uma reverência e lhe perguntasse pela saúde; como o senhor passou a noite depois do caso de ontem e como se sente agora depois do caso de ontem?

Nikolai Vsievolódovitch deu um risinho.

— Faze uma reverência e agradece, e dize ao teu senhor em meu nome, Agáfia, que ele é o homem mais inteligente de toda a cidade.

— Em resposta a isso ele me ordenou responder — emendou Agáfia ainda mais decidida — que ele já sabia disso e que lhe deseja a mesma coisa.

— Ora essa! Como é que ele podia saber o que eu ia lhe dizer?

— Bem, não sei de que maneira ele sabia, mas eu já tinha saído e atravessado todo o beco, quando ouvi que ele me alcançava sem o quepe: "Tu, Agáfiuchka,[59] diz ele, se por acaso te ordenarem: 'Dize ao teu senhor que ele é o homem mais inteligente de toda a cidade', não te esqueças de lhe responder na bucha: 'Nós mesmos sabemos perfeitamente disso e lhe desejamos o mesmo...'".

III

Por fim houve a explicação também com o governador. O nosso amável e brando Ivan Óssipovitch acabava de voltar e acabava de ouvir a queixa tensa do clube. Não havia dúvida de que era preciso fazer alguma coisa, mas ele ficou confuso. O nosso hospitaleiro velhinho também parecia temer o seu jovem parente. Entretanto, resolveu incliná-lo a se desculpar perante o clube e o ofendido, mas de forma satisfatória e, caso se fizesse necessário, até por escrito; e depois persuadi-lo com brandura a nos deixar, partindo, por exemplo, para matar a curiosidade na Itália ou em algum lugar no estrangeiro. No salão, onde ele agora foi receber Nikolai Vsievolódovitch (que de outras vezes passeava livremente por toda a casa na condição de parente), o educado Aliocha Teliátnikov, funcionário e ao mesmo tempo homem da casa do governador, deslacrava uns pacotes em um canto da mesa; no cômodo seguinte, à janela mais próxima da porta do salão, um coronel recém-chegado, gordo

[58] Variação do patronímico Vassílievitch. (N. do T.)

[59] Tratamento íntimo do nome Agáfia. (N. do T.)

e saudável, amigo e ex-colega de serviço de Ivan Óssipovitch, lia o *Gólos*,[60] é claro que sem prestar qualquer atenção ao que se passava no salão; estava até sentado de costas. Ivan Óssipovitch começou a falar de forma distante, quase aos cochichos, mas um tanto confuso. Nicolas tinha um ar nada amável, nada familiar, estava pálido, sentado de vista baixa e ouvindo de sobrolho carregado como quem supera uma forte dor.

— Você tem um bom coração, Nicolas, e nobre — inseriu a propósito o velhote —, é um homem ilustradíssimo, circulou no alto círculo e até agora se manteve aqui como um modelo e assim tranquilizou o coração da sua mãe querida e de todos nós... E eis que agora aparece mais uma vez em um colorido enigmático e perigoso para todos! Falo como um amigo da sua casa, como um parente idoso que gosta sinceramente de você e com quem não dá para se ofender... Diga-me o que o motiva a atos tão descomedidos, fora de quaisquer condições e medidas aceitas? O que podem significar semelhantes extravagâncias que parecem cometidas em delírio?

Nicolas ouvia com enfado e impaciência. Súbito, algo como que astuto e jocoso se esboçou em seu olhar.

— Bem, eu vou lhe dizer o que motiva — proferiu em tom sombrio e, olhando ao redor, inclinou-se para o ouvido de Ivan Óssipovitch. O educado Aliocha Teliánitkov afastou-se mais uns três passos em direção à janela e o coronel tossiu atrás do *Gólos*. O pobre Ivan Óssipovitch encostou o ouvido apressado e confiante: era extremamente curioso. Foi aí que aconteceu algo absolutamente inaceitável e, por um lado, demasiado claro num certo sentido. Súbito o velho sentiu que Nicolas, em vez de lhe cochichar algum segredo interessante, prendeu-lhe a parte superior da orelha com os dentes e apertou-a com bastante força. Ele começou a tremer e perdeu o fôlego.

— Nicolas, que brincadeiras são essas! — gemeu maquinalmente feito louco.

Aliocha e o coronel ainda não haviam conseguido entender nada, além do mais não estavam vendo e até o fim lhes pareceu que os dois estavam cochichando; mas, por outro lado, o rosto desesperado do velhote os inquietava. Entreolhavam-se de olhos arregalados, sem saber se se lançavam em ajuda, como estava combinado, ou se esperavam. Nicolas possivelmente percebeu isso e mordeu a orelha com mais força ainda.

— Nicolas! Nicolas! — tornou a gemer a vítima — Ora... brincou e basta...

[60] Diário de política e literatura editado em Petersburgo entre 1863 e 1884. (N. do T.)

Mais um instante e, é claro, o coitado morreria de susto; mas o monstro teve dó e largou a orelha. Todo esse medo mortal durou um minuto inteiro, e depois disso o velhote teve um ataque. Meia hora depois Nicolas foi preso e levado por ora para um calabouço, onde foi trancafiado em uma cela especial, com uma sentinela particular à porta. A decisão foi grave, mas o nosso brando chefe ficou de tal forma zangado que resolveu assumir a responsabilidade inclusive diante da própria Varvara Pietrovna. Para a surpresa geral, essa dama, que chegou apressadamente e irritada à casa do governador para as explicações imediatas, teve o acesso barrado no terraço de entrada; assim ela fez o caminho de volta sem descer da carruagem nem acreditar nos próprios ouvidos.

Por fim tudo se explicou! Às duas da manhã o preso, que até então se mantivera surpreendentemente calmo e até adormecera, súbito começou a gritar, passou a esmurrar freneticamente a porta, com uma força antinatural arrancou da janelinha da porta a grade de ferro, quebrou o vidro e cortou as mãos. Quando o oficial de sentinela chegou correndo com um destacamento e as chaves e ordenou que abrissem a casamata para atacar o louco e amarrá-lo, verificou-se que este estava no mais forte *delirium tremens*; levaram-no para a casa da mãe. Tudo se explicou de uma só vez. Todos os nossos três médicos emitiram a opinião de que três dias antes do ocorrido o doente já podia estar delirando e, embora pelo visto dominasse a consciência e a astúcia, já não o fazia em perfeito juízo e por vontade, o que, aliás, foi confirmado pelos fatos. Verificava-se, assim, que Lipútin adivinhara antes de todos os demais. Ivan Óssipovitch, homem delicado e sensível, ficou muito atrapalhado; mas o curioso é que ele achava Nikolai Vsievolódovitch capaz de qualquer ato de loucura em pleno gozo da razão. No clube também ficaram envergonhados e perplexos por não terem percebido patavina e deixarem escapar a única explicação possível de todos esses prodígios.

Nicolas passou mais de dois meses acamado. De Moscou trouxeram um médico famoso para o concílio; toda a cidade visitou Varvara Pietrovna. Ela perdoou. Quando, com a chegada da primavera, Nicolas já estava plenamente curado e aceitou sem qualquer objeção a proposta da mãe de viajar para a Itália, ela o convenceu a nos visitar para as despedidas e se desculpar na medida do possível e onde fosse preciso. Nicolas concordou de muito boa vontade. Sabia-se no clube que ele tivera com Pável Pávlovitch Gagánov a mais delicada explicação na casa deste, a qual deixou Pável Pávlovitch absolutamente satisfeito. Ao fazer as visitas Nicolas esteve muito sério e até um pouco sombrio. Pelo visto todos o receberam com plena simpatia, mas por algum motivo todos estavam perturbados e satisfeitos por ele estar de partida para a Itália. Ivan Óssipovitch chegou até a banhar-se em lágrimas, mas, sabe-se lá por quê, não ousou abraçá-lo nem mesmo na última despedida. Palavra, alguns de nós ficaram mesmo convictos de que o canalha simplesmente zombara de todos e que a tal doença era conversa para boi dormir. Lipútin também recebeu a visita dele.

— Diga-me uma coisa — perguntou ele —, de que modo o senhor conseguiu adivinhar de antemão o que eu ia dizer sobre a sua inteligência e muniu Agáfia da resposta?

— Pelo simples fato — riu Lipútin — de que eu também o considero um homem inteligente e por isso pude prever sua resposta.

— Mesmo assim é uma coincidência notável. Mas, não obstante, me permita: quer dizer que quando mandou Agáfia me procurar o senhor me considerava um homem inteligente e não um louco?

— O mais inteligente e o mais sensato, eu estava apenas fingindo acreditar que o senhor não estava em seu juízo... Além disso, o senhor adivinhou imediatamente os meus pensamentos naquela ocasião e através de Agáfia me mandou uma patente de originalidade.

— Bem, nesse ponto o senhor está um pouco enganado; em realidade eu... estava doente... — murmurou carrancudo Nikolai Vsievolódovitch. — Ah! — exclamou ele —, será que o senhor realmente pensa que eu sou capaz de atacar as pessoas em pleno juízo? Além disso, para quê?

Lipútin curvou-se e não respondeu. Nicolas empalideceu um pouco, ou foi apenas impressão de Lipútin.

— Em todo caso o senhor tem um modo engraçado de pensar — continuou Nicolas —, e quanto a Agáfia eu, é claro, compreendo que o senhor a mandou aqui para me insultar.

— Eu não ia desafiá-lo para um duelo, não é?

— Ah, sim, pois não é? Eu ouvi mesmo dizer alguma coisa, que o senhor não gosta de duelos...

— Por que imitar os franceses? — tornou a curvar-se Lipútin.

— O senhor é adepto do populismo?

Lipútin curvou-se ainda mais.

— Ah, ah! O que é que eu estou vendo! — gritou Nicolas, notando subitamente no lugar mais visível, sobre a mesa, um volume de Considérant.[61]

[61] A obra de Considérant, *Destinée sociale*, atraiu a atenção dos socialistas russos dos anos quarenta imediatamente após a publicação, e não só pela sistematização das concepções de Fourier. Dostoiévski chama a atenção do leitor para a contradição entre as convicções de Lipútin, envolvido com as concepções de Considérant, Proudhon e Fourier, e sua sovinice. (N. da E.)

— Não será o senhor um fourierista? Vai ver que é! Então, essa aqui não é aquela mesma tradução do francês? — riu, tamborilando com os dedos no livro.

— Não, não é tradução do francês! — levantou Lipútin de um salto, até com raiva. — É uma tradução da língua universal de todos os homens e não só do francês. Da língua da república social universal dos homens e da harmonia, eis tudo! E não só do francês!...

— Arre, com os diabos, essa língua não existe! — continuou a rir Nicolas.

Às vezes até um detalhe insignificante afeta a atenção de modo excepcional e duradouro. Todo o discurso principal sobre o senhor Stavróguin está por vir; mas agora observo, a título de curiosidade, que, de todas as impressões colhidas por ele em todo o tempo que passou em nossa cidade, a que ficou gravada com mais nitidez em sua memória foi a produzida pela figurinha sem graça e quase abjeta de um funcionariozinho de província, ciumento e déspota familiar grosseiro, avarento e usurário, que trancava à chave os restos de comida e os tocos de vela e ao mesmo tempo era um sectário zeloso sabe Deus de que futura "harmonia universal", que às noites se inebriava de êxtase diante dos quadros fantásticos do futuro falanstério em cuja realização imediata, na Rússia e na nossa província, ele acreditava como na própria existência. Isso no lugar em que ele mesmo juntara para comprar uma "casinha", onde se casara pela segunda vez e recebera um dinheirinho como dote pela mulher, onde talvez, num raio de cem verstas, não houvesse uma única pessoa, a começar por ele mesmo, que tivesse sequer a aparência física de um futuro membro da "república social universal de todos os homens e da harmonia".

"Sabe Deus como são feitos esses homens!" — pensava Nicolas perplexo, lembrando-se aqui e ali do inesperado fourierista.

IV

Nosso príncipe viajou três anos e pouco, de sorte que quase havia sido esquecido na nossa cidade. Através de Stiepan Trofímovitch, sabíamos que ele percorrera toda a Europa, estivera até no Egito e fora inclusive a Jerusalém; depois se juntara a alguma expedição científica à Islândia e realmente esteve na Islândia. Diziam ainda que durante o inverno ele assistira aula em alguma universidade alemã. Pouco escrevia à mãe — uma vez por semestre e até menos; mas Varvara Pietrovna não se zangava nem se sentia ofendida. Uma vez restauradas as relações com o filho, ela as aceitou sem discussão e resignadamente, mas, é claro, todos os dias durante esses três anos esteve preocupada, com saudade e sonhando sempre com o filho Nicolas. Não comunicava a ninguém os seus sonhos nem as suas queixas. Pelo visto, até de Stiepan Trofímovitch havia se afastado um pouco. Fazia alguns planos para si e, parece, tornara-se ainda mais avarenta que antes, e passou a economizar ainda mais e zangar-se com as perdas de Stiepan Trofímovitch no jogo.

Por último, em abril do ano corrente ela recebeu de Paris uma carta em nome da generala Praskóvia Ivánovna Drozdova, amiga de infância. Na carta, Praskóvia Ivánovna — a quem Varvara Pietrovna não via e com quem já não se correspondia há oito anos — levava ao seu conhecimento que Nikolai Vsievolódovitch se tornara íntimo de sua casa e amigo de Liza (sua filha única) e tencionava acompanhá-las no verão à Suíça, a Vernex-Montreux, apesar de que na família do conde K... (pessoa muito influente em Petersburgo), que agora estava em Paris, era recebido como filho da casa, de sorte que quase morava com o conde. A carta era breve e revelava claramente seu objetivo, embora, além dos fatos acima expostos, não houvesse quaisquer conclusões. Varvara Pietrovna não pensou muito, num abrir e fechar de olhos preparou-se para viajar e, levando consigo sua pupila Dacha (irmã de Chátov), em meados de abril correu para Paris e depois para a Suíça. Voltou sozinha em julho, deixando Dacha com os Drozdov. Pela notícia que ela trouxe, os próprios Drozdov prometeram nos visitar em fins de agosto.

Os Drozdov também eram latifundiários da nossa província, mas o serviço do general Ivan Ivánovitch (ex-amigo de Varvara Pietrovna e colega de trabalho do seu marido) os impedia constantemente de visitar algum dia a sua magnífica fazenda. Após a morte do general, que acontecera no ano passado, a inconsolável Praskóvia Ivánovna viajara ao estrangeiro com a filha, aliás também com a intenção de tratar-se à base de uvas, tratamento que também se dispunha a concluir em Vernex-Montreux na segunda metade do verão. Ao voltar do estrangeiro tinha a intenção de morar na nossa província para sempre. Possuía uma casa grande na cidade, que há muitos anos estava vazia, de janelas fechadas com tábuas. Eram pessoas ricas. Praskóvia Ivánovna, senhora Túchina no primeiro casamento, era também amiga de internato de Varvara Pietrovna, também filha de um *otkúpschík*[62] do passado e também se casou levando um grande dote. O próprio capitão de cavalaria reformado, Túchin, era homem de recursos e com algumas peculiaridades. Ao morrer deixou em testamento um bom capital para sua filha única, Liza. Agora,

[62] Pessoa que adquiriu por dinheiro o direito a usufruir de rendas ou impostos do Estado. (N. do T.)

quando Lizavieta Nikoláievna tinha quase vinte e dois anos, podia-se facilmente estimar em até duzentos mil rublos apenas do seu dinheiro particular, já sem falar da fortuna que lhe devia caber com o tempo após a morte da mãe, que não tivera filhos do segundo casamento. Pelo visto Varvara Pietrovna estava muito satisfeita com sua viagem. Segundo sua opinião, conseguira entender-se satisfatoriamente com Praskóvia Ivánovna, e tão logo regressou pôs Stiepan Trofímovitch a par de tudo; foi até excessivamente expansiva com ele, o que há muito não lhe acontecia.

— Hurra! — gritou Stiepan Trofímovitch e estalou os dedos.

Estava em pleno êxtase, ainda mais porque passara em extremo isolamento todo o tempo em que estivera separado da amiga. Ao viajar para o estrangeiro, ela nem sequer se despediu devidamente dele e nada comunicou de seus planos "àquele maricas", possivelmente por temer sua indiscrição. Na ocasião estava zangada por ele ter perdido uma soma considerável no carteado, o que lhe chegou subitamente ao conhecimento. Contudo, ainda na Suíça sentiu no coração que ao retornar precisava compensar o amigo abandonado, ainda mais porque há muito tempo o vinha tratando com severidade. A separação rápida e misteriosa atingiu e torturou o tímido coração de Stiepan Trofímovitch e, como que de propósito, houve outros mal-entendidos simultâneos. Atormentava-o um compromisso monetário muito considerável e antigo, que não tinha como saldar sem a ajuda de Varvara Pietrovna. Além disso, em maio do corrente ano terminara finalmente o governo do nosso bom e brando Ivan Óssipovitch; sua substituição foi acompanhada até de algumas contrariedades. Depois, na ausência de Varvara Pietrovna, ocorreu também a chegada do nosso novo chefe, Andriêi Antónovitch von Lembke; ao mesmo tempo, começou imediatamente uma notória mudança nas relações de quase toda a nossa sociedade provinciana com Varvara Pietrovna e, consequentemente, com Stiepan Trofímovitch. Pelo menos ele já conseguira reunir algumas observações um tanto desagradáveis embora preciosas e, parece, ficara muito intimidado sozinho, sem Varvara Pietrovna. Ele suspeitava, com inquietação, de que já o tivessem denunciado como homem perigoso ao novo governador. Ficou sabendo positivamente que algumas das nossas damas tencionavam deixar de visitar Varvara Pietrovna. A respeito da futura governadora (que só era esperada na nossa cidade no outono), repetiam que ela, embora fosse orgulhosa como se ouvia dizer, em compensação já era uma verdadeira aristocrata e não uma "coitada qualquer como a nossa Varvara Pietrovna". Todos sabiam ao certo e com detalhes, sabe-se lá de que fonte, que outrora a nova governadora e Varvara Pietrovna já se haviam encontrado na sociedade e tinham se despedido com animosidade, de sorte que a simples menção à senhora Von Lembke produziria em Varvara Pietrovna uma impressão mórbida. O ar animado e triunfal de Varvara Pietrovna, a desdenhosa indiferença com que ela ouvia as opiniões das nossas damas e as inquietações da sociedade ressuscitaram o espírito caído do tímido Stiepan Trofímovitch e num abrir e fechar de olhos o deixaram alegre. Ele passou a descrever para ela a chegada do novo governador com um humor alegre e servil.

— Sabe sem qualquer dúvida, *excellente amie*[63] — dizia ele com ar coquete e arrastando as palavras com faceirice —, o que é um administrador russo, em linhas gerais, e o que é o administrador russo recém-chegado, ou seja, novinho em folha, recém-instalado... *Ces interminables mots russes!...*[64] Mas dificilmente poderia saber na prática o que significa o êxtase administrativo e que brincadeira é precisamente essa.

— Êxtase administrativo? Não sei o que é isso.

— Ou seja... *Vous savez, chez nous... En un mot*,[65] coloque alguma nulidade, a última das últimas, para vender umas porcarias de passagens para a estrada de ferro e essa nulidade imediatamente se achará no direito de olhar para você como um Júpiter quando você for comprar a passagem, *pour vous montrer son pouvoir*.[66] "Deixe, diz ela, que eu lhe mostro o meu poder..." E nelas isso chega ao êxtase administrativo... *En un mot*, eu li que um diaconozinho de uma das nossas igrejas no exterior — *mais c'est très curieux*[67] — pôs para fora, isto é, literalmente pôs para fora da igreja uma magnífica família inglesa, *les dames charmantes*,[68] bem no momento em que ia começar o grande serviço divino da Páscoa — *vous savez, ces chants et le livre de Job...*[69] —, unicamente sob o pretexto de que "estrangeiros circulando pelas igrejas russas é uma desordem, e que devem aparecer no momento indicado...". E as levou ao desmaio... Esse diaconozinho estava com um ataque de êxtase administrativo *et il a montré son pouvoir...*[70]

[63] "excelente amiga". (N. do T.)

[64] "Essas intermináveis palavras russas!..." (N. do T.)

[65] "Você sabe, entre nós... Numa palavra" (N. do T.)

[66] "para lhe mostrar o seu poder". (N. do T.)

[67] "no entanto isso é muito curioso". (N. do T.)

[68] "damas encantadoras". (N. do T.)

[69] "você conhece os cantos e o livro de Jó..." (N. do T.)

[70] "e ele mostrou o seu poder..." (N. do T.)

— Abrevie, se puder, Stiepan Trofímovitch.

— O senhor Von Lembke saiu para percorrer a província. *En un mot*, esse Andriêi Antónovitch, embora seja um russo alemão, ortodoxo, e até — eu lhe faço essa concessão — um homem admiravelmente bonito, de uns quarenta anos...

— De onde você tirou que é um homem bonito? Ele tem olhos de carneiro.

— Ao extremo. Mas eu faço a concessão, assim seja, à opinião das nossas senhoras...

— Mudemos de assunto, Stiepan Trofímovitch, eu lhe peço! Aliás você está usando gravata vermelha, faz tempo?

— Isso eu... só hoje...

— E você tem dado os seus passeios? Tem caminhado diariamente as seis verstas, como o médico lhe prescreveu?

— Nem... nem sempre.

— Eu bem que sabia! Ainda na Suíça eu pressentia isso! — gritou irritada. — Agora você vai caminhar não seis mas dez verstas! Você decaiu horrivelmente, horrivelmente! Não é que tenha envelhecido, ficou decrépito... me impressionou quando eu o vi há pouco, apesar da sua gravata vermelha... *quelle idée rouge!*[71] Continue falando de Von Lembke, se realmente tem o que dizer, e termine algum dia, eu lhe peço; estou cansada.

— *En un mot*, ora, eu só quis dizer que ele é um desses administradores que começam aos quarenta que até os quarenta vegetam na insignificância e de repente se projetam através de uma esposa que adquiriu subitamente ou por algum outro meio não menos desesperado... Ou seja, neste momento ele está fora... ou seja, estou querendo dizer que a meu respeito cochicharam imediatamente ao pé de ambos os ouvidos dele que eu sou um corruptor da juventude e um implantador do ateísmo na província... No mesmo instante ele começou a procurar informações.

— Será verdade?

— Eu até tomei medidas. Quando a seu respeito in-for-ma-ram que você "dirige a província", *vous savez*,[72] ele se permitiu exprimir que "coisa semelhante não acontecerá mais".

— Foi assim que disse?

[71] "que ideia extravagante!" (N. do T.)

[72] "você sabe". (N. do T.)

— Que "coisa semelhante não vai mais acontecer", *avec cette morgue...*[73] Yúlia Mikháilovna, a esposa, nós veremos aqui em fins de agosto; vem diretamente de Petersburgo.

— Do estrangeiro. Nós nos encontramos lá.

— *Vraiment?*[74]

— Em Paris e na Suíça. Ela é parenta dos Drozdov.

— Parenta? Que coincidência magnífica! Dizem que é ambiciosa e... que teria grandes relações!

— Tolice, tem umas relaçõezinhas! Ela ficou solteirona e sem um copeque até os quarenta e cinco anos, e agora arremessou-se no casamento com o seu Von Lembke e, é claro, todo o seu objetivo agora é fazer dele alguém. Ambos são intrigantes.

— E, como dizem, é dois anos mais velha do que ele?

— Cinco. Em Moscou, a mãe dela arrastava a cauda à minha porta; no tempo de Vsievolod Nikoláievitch cansava-se de pedir para ser convidada aos bailes que eu dava. E chegava a passar a noite inteira sozinha sentada em um canto sem dançar, com sua mosca de turquesa na testa, de sorte que por volta das três eu lhe mandava só de pena o primeiro cavaleiro. Tinha na época vinte e cinco anos, mas a faziam aparecer na sociedade com um vestidinho curto feito menina. Ficou inconveniente recebê-los.

— Parece que estou vendo aquela mosca.

— É o que eu estou lhe dizendo, cheguei e fui logo dando de cara com uma intriga. Você acabou de ler a carta da Drozdova; o que poderia ser mais claro? O que eu encontro? A própria imbecil da Drozdova — ela sempre foi apenas uma imbecil — de repente me olha interrogativa: para que, pensa ela, eu vim? Pode imaginar o quanto eu fiquei surpresa! Olho e vejo esse Lembke se desfazendo em bajulação e com ela aquele primo, sobrinho do velho Drozdov — tudo claro! Sem dúvida eu refiz tudo num abrir e fechar de olhos e Praskóvia está outra vez do meu lado, mas haja intriga, intriga!

— Que, não obstante, você venceu. Oh, você é um Bismarck!

— Sem ser Bismarck eu, não obstante, sou capaz de perceber a falsidade e a tolice onde as encontro. Lembke é a falsidade e Praskóvia, a tolice. Raramente tenho encontrado mulher mais moleirona, além disso está com as pernas inchadas, e ainda por cima é bondosa. O que pode haver de mais tolo que um bonachão tolo?

[73] "com essa empáfia..." (N. do T.)

[74] "Deveras?" (N. do T.)

— Um imbecil mau, *ma bonne amie*,[75] um imbecil mau é ainda mais tolo — objetou com dignidade Stiepan Trofímovitch.

— É possível que você tenha razão; não está lembrado de Liza?

— *Charmante enfant!*[76]

— Só que agora não é mais uma *enfant* e sim uma mulher, e uma mulher de caráter. Nobre e ardente, e nela gosto do fato de não desculpar a mãe, aquela imbecil crédula. Aí por pouco não saiu uma história por causa do tal primo.

— Puxa, mas acontece que na realidade ele não tem nenhum parentesco com Lizavieta Nikoláievna... Estará de olho nela?

— Veja, é um jovem oficial, de muito pouca conversa, até modesto. Eu sempre procuro ser justa. Parece-me que ele mesmo está contra toda essa intriga e nada deseja, a Lembke é que anda armando isso. Ele respeitava muito Nicolas. Você compreende que toda a questão depende de Liza, mas eu a deixei em magníficas relações com Nicolas e ele mesmo me prometeu vir sem falta para cá em novembro. Portanto só Lembke está fazendo intriga neste caso, pois Praskóvia é apenas uma mulher cega. De repente ela me diz que todas as minhas suspeitas são uma fantasia; e eu lhe respondo na cara que ela é uma imbecil. E estou disposta a confirmar isto no dia do Juízo. E se não fosse o pedido de Nicolas para que eu deixasse temporariamente essa questão de lado, eu não teria saído de lá sem desmascarar aquela mulher falsa. Ela tentou, através de Nicolas, cair nas graças do conde K., tentou separar a mãe do filho. Mas Liza está do meu lado e com Praskóvia cheguei a um acordo. Você sabe que Karmazínov é parente dela?

— Como? Parente de madame Von Lembke?

— Sim, dela. Distante.

— Karmazínov, o novelista?

— Sim, o escritor, por que essa surpresa? É claro que ele mesmo se considera grande. É uma besta enfatuada! Ela mesma virá com ele, mas por enquanto só cuida dele por lá. Tem a intenção de organizar alguma coisa aqui, algumas reuniões literárias. Ele vem passar um mês aqui, está querendo vender a última fazenda aqui. Por pouco não o encontrei na Suíça, e não desejava nada disso. Aliás, espero que ele se digne de me reconhecer. Antigamente me escrevia cartas, frequentou minha casa. Eu gostaria que você se vestisse

[75] "minha boa amiga". (N. do T.)

[76] "Uma criança encantadora!" (N. do T.)

melhor, Stiepan Trofímovitch; a cada dia que passa você vem ficando tão desleixado... Oh, como você me atormenta! O que está lendo agora?

— Eu... eu...

— Compreendo. Continua com os amigos, continua bebendo, indo ao clube e no carteado, e com a reputação de ateu. Não gosto dessa reputação, Stiepan Trofímovitch. Eu não gostaria que o chamassem de ateu, não gostaria particularmente agora. Já antes eu não queria, porque tudo isso é só conversa fiada. Afinal isso precisa ser dito.

— *Mais, ma chère...*[77]

— Ouça, Stiepan Trofímovitch, em tudo o que é erudito eu, é claro, sou uma ignorante diante de você, mas ao viajar para cá pensei muito em você. Cheguei a uma convicção.

— Qual?

— Que nós dois não somos as pessoas mais inteligentes do mundo e que há gente mais inteligente que nós.

— Sutil e preciso. Há pessoas mais inteligentes, quer dizer que as pessoas estão mais certas e nós podemos errar, não é assim? *Mais, ma bonne amie*,[78] suponhamos que eu me engane, eu não tenho o meu direito constante, supremo e livre que todo homem tem à livre consciência? Tenho eu o direito de não ser santarrão nem fanático, se quiser, e por isso serei naturalmente odiado por senhores vários até a consumação do século. *Et puis, comme on trouve toujours plus de moines que de raison*,[79] e uma vez que estou completamente de acordo com isso...

— Como, como você disse?

— Eu disse: *Et puis, comme on trouve toujours plus de moines que de raison*, e uma vez que estou...

— Isso certamente não é seu; você certamente o copiou de algum lugar?

— Foi Pascal que disse isso.

— Eu bem que pensei... que não tinha sido você! Por que você mesmo nunca fala assim, de modo tão sucinto e preciso, mas sempre se alonga tanto? Isso é bem melhor do que aquilo que você falou ainda agora sobre o êxtase administrativo...

[77] "Mas, minha querida..." (N. do T.)

[78] "Mas, minha boa amiga". (N. do T.)

[79] "E ademais, como sempre se encontram mais monges do que bom senso." (São palavras que Dostoiévski incorporou de *Lettres écrites à un provincial par Blaise Pascal*). (N. do T.)

— *Ma foi, chère...*[80] por quê? Em primeiro lugar, porque provavelmente eu não sou Pascal, apesar de tudo, *et puis...*,[81] em segundo, nós russos não sabemos dizer nada em nossa língua... pelo menos até hoje ainda não dissemos nada...

— Hum! Pode ser que isso não seja verdade. Você poderia ao menos anotar e gravar na memória essas palavras, sabe, para a eventualidade de uma conversa... Ah, Stiepan Trofímovitch, vim para cá querendo falar seriamente, seriamente com você!

— *Chère, chère amie!*[82]

— Agora, quando todos esses Lembke, todos esses Karmazínov... Oh, Deus, como você decaiu! Oh, como você me atormenta!... Eu desejaria que essas pessoas nutrissem respeito por você, porque elas não merecem um dedo seu, o seu mindinho, mas você, como se comporta? O que eles verão? O que vou lhes mostrar? Em vez de servir como um testemunho nobre, de continuar a ser um exemplo, você se cerca de um canalha qualquer, adquiriu uns hábitos inaceitáveis, lê apenas Paul de Kock e não escreve nada, ao passo que lá todos eles escrevem; todo o seu tempo está se perdendo em conversas fiadas. É possível, é permissível ter amizade com um canalha como o seu inseparável Lipútin?

— Por que ele é *meu* e *inseparável*? — protestou timidamente Stiepan Trofímovitch.

— Por onde ele anda agora? — continuou Varvara Pietrovna em tom severo e ríspido.

— Ele... ele tem um imenso respeito pela senhora e viajou a S-k, para receber a herança que ficou da mãe.

— Parece que ele não faz outra coisa senão receber dinheiro. E Chátov? Continua na mesma?

— *Irascible, mais bon.*[83]

— Não consigo suportar o seu Chátov; é mau e pensa muito em si!

— Como vai a saúde de Dária Pávlovna?

— Você está falando de Dacha? Por que isso lhe veio à cabeça? — Varvara Pietrovna olhou curiosa para ele. — Está com saúde, deixei-a com os Drozdov... Na Suíça ouvi falar alguma coisa sobre seu filho, coisa ruim, não boa.

[80] "Palavra, minha querida..." (N. do T.)

[81] "e depois..." (N. do T.)

[82] "Querida, querida amiga!" (N. do T.)

[83] "Irascível, mas bom." (N. do T.)

— *Oh, c'est une histoire bien bête! Je vous attendais, ma bonne amie, pour vous raconter...*[84]

— Basta, Stiepan Trofímovitch, deixe-me em paz; estou exausta. Teremos tempo para nos fartar de conversar, particularmente sobre coisas ruins. Você começa a borrifar-se de perdigotos quando ri, e isso já é sinal de decrepitude! E de que modo estranho você ri agora... Deus, quantos maus hábitos você acumulou! Karmazínov não irá à sua casa. Já existem motivos demais para o deleite dessa gente... Agora você se expõe por inteiro. Bem, basta, basta, estou cansada! Enfim, uma criatura merece pena!

Stiepan Trofímovitch "teve pena da criatura", mas se retirou perturbado.

V

O nosso amigo realmente havia adquirido um bocado de maus hábitos, particularmente nos últimos tempos. Decaíra de forma visível e rápida e é verdade que se tornara desleixado. Bebia mais, tornara-se mais choramingueiro e mais fraco dos nervos; ficara excessivamente sensível ao elegante. Seu rosto havia adquirido a estranha capacidade de mudar com uma rapidez incomum, passando, por exemplo, da expressão mais solene à mais cômica e até tola. Não suportava a solidão e ansiava incessantemente por que o divertissem o mais depressa possível. Era preciso lhe contar forçosamente algum mexerico, alguma anedota da cidade, e ademais diariamente nova. Se por muito tempo ninguém aparecia, ele se punha a andar melancólico pelos quartos, chegava-se à janela e movia os lábios com ar contemplativo, suspirava fundo e por fim quase chegava a choramingar. Estava sempre pressentindo algo, temendo algo, o inesperado, o inevitável; tornou-se assustadiço; passou a dar grande atenção aos sonhos.

Passou todo esse dia e a noite extremamente triste, mandou me chamar, estava muito inquieto, falou demoradamente, demoradamente contou uma história, mas tudo de modo bastante desconexo. Varvara Pietrovna sabia há muito tempo que ele não escondia nada de mim. Finalmente me pareceu que algo especial o preocupava, e algo que ele mesmo talvez não pudesse imaginar. Era hábito antigo que, quando estávamos a sós e ele começava a me fazer queixas, depois de algum tempo quase sempre trazia uma garrafinha e a coi-

[84] "Oh, essa é uma história bastante tola! Eu estava à sua espera, minha boa amiga, para contá-la..." (N. do T.)

sa ficava bem mais confortável. Dessa vez não havia vinho, e ele reprimia visivelmente em si o desejo contínuo de mandar buscá-lo.

— E com que ela está sempre zangada? — queixava-se a todo instante como uma criança. — *Tous les hommes de génie et de progrès en Russie étaient, sont et seront toujours des* beberrões *qui boivent en zapoï...*[85] E eu ainda não sou absolutamente nem esse jogador nem esse beberrão... Ela me censura perguntando por que não escrevo nada? Estranho pensamento! Por que fico deitado? Você, diz ela, deve servir de "exemplo e censura". *Mais, entre nous soit dit,*[86] o que resta fazer ao homem que está destinado a servir como "censura" senão ficar deitado — será que ela sabe?

E, enfim, se elucidou para mim a melancolia principal, particular que dessa vez o atormentava tão obsessivamente. Nessa noite foi muitas vezes ao espelho e parou demoradamente diante dele. Por fim, virou-se do espelho para mim e pronunciou com um estranho desespero:

— *Mon cher, je suis*[87] um homem decaído.

De fato, até agora, até esse dia só de uma coisa ele continuava permanentemente convicto, apesar de todas as "novas opiniões" e de todas as mudanças das ideias de Varvara Pietrovna: de que ele ainda continuava fascinante para o seu coração feminino, ou seja, não só como deportado ou como um cientista famoso, mas também como um homem bonito. Durante vinte anos esteve arraigada nele essa convicção lisonjeira e tranquilizadora, e talvez de todas as suas convicções lhe fosse mais difícil separar-se desta. Será que naquela noite ele pressentiu que provação colossal se preparava para ele em um futuro tão próximo?

VI

Passo agora a descrever o caso particularmente divertido a partir do qual começa verdadeiramente a minha crônica.

Em pleno fim de agosto finalmente retornaram também os Drozdov. A sua aparição antecipava para uns poucos a vinda da parenta deles há muito aguardada por toda a cidade, a nossa nova governadora, e em linhas gerais

[85] "Todos os homens de talento e progressistas da Rússia foram, são e serão sempre jogadores de baralho e bêbados, que bebem sem parar..." (N. do T.)

[86] "Mas, cá entre nós". (N. do T.)

[87] "Meu querido, eu sou". (N. do T.)

produziu uma notável impressão na sociedade. Entretanto tratarei depois de todos esses acontecimentos curiosos; agora vou me limitar apenas ao fato de que Praskóvia Ivánovna trouxe para Varvara Pietrovna, que a aguardava com impaciência, o mais preocupante enigma: Nicolas se despedira deles ainda em julho e, ao encontrar no Reno o conde K., viajara com ele e sua família para Petersburgo. (N. B.: o conde tinha três filhas, todas casadouras.)

— Não consegui arrancar nada de Lizavieta, por causa do seu orgulho e da sua rebeldia — concluiu Praskóvia Ivánovna —, mas vi com meus próprios olhos que alguma coisa aconteceu entre ela e Nikolai Vsievolódovitch. Desconheço os motivos, mas parece que você, minha amiga Varvara Pietrovna, terá de perguntar sobre os motivos à sua Dária Pávlovna. A meu ver, Liza estava muito ofendida. Estou para lá de contente por ter lhe trazido finalmente a sua favorita e a entrego das minhas para as suas mãos: uma preocupação a menos sobre os ombros.

Essas palavras venenosas foram pronunciadas com uma notável irritação. Via-se que a "mulher moleirona" as havia preparado antecipadamente e se deliciava de antemão com o seu efeito. Mas não era a Varvara Pietrovna que se podia desconcertar com efeitos e enigmas sentimentais. Ela exigiu as explicações mais precisas e satisfatórias. Praskóvia Ivánovna baixou imediatamente o tom, e inclusive terminou se debulhando em pranto e caindo nos mais amigáveis desabafos. Essa senhora irritante porém sentimental, como Stiepan Trofímovitch, também precisava constantemente de uma amizade verdadeira, e a sua queixa principal contra a filha Lizavieta Nikoláievna era precisamente que "a filha não é sua amiga".

Entretanto, de todas as suas explicações e desabafos, só veio a ser exato que entre Liza e Nicolas realmente houvera alguma desavença, mas do tipo de desavença Praskóvia Ivánovna pelo visto não conseguiu fazer uma ideia definida. Das acusações feitas a Dária Pávlovna, ela não só acabou desistindo como ainda pediu especialmente para não dar às suas recentes palavras nenhuma importância, porque ela as havia pronunciado "com irritação". Em suma, tudo saía muito vago, até suspeito. Segundo seus relatos, a desavença fora provocada pelo caráter "insubordinado e zombeteiro" de Liza; "o orgulhoso Nikolai Vsievolódovitch, mesmo estando fortemente apaixonado, ainda assim não conseguiu suportar as zombarias e ele mesmo se tornou zombeteiro".

— Logo depois conhecemos um jovem, parece que sobrinho do seu "professor" e aliás com o mesmo sobrenome...

— Filho e não sobrinho — corrigiu Varvara Pietrovna. Já antes Praskóvia Ivánovna nunca conseguira memorizar o sobrenome de Stiepan Trofímovitch e sempre o chamava de "professor".

— Bem, filho, que seja filho, melhor ainda, mas para mim dá no mesmo. Um jovem como qualquer outro, muito vivo e desenvolto, mas sem nada de especial. Bem, aí a própria Liza não agiu bem, aproximou-se do jovem a fim de provocar ciúmes em Nikolai Vsievolódovitch. Não condeno muito isso: coisa de moça, comum, até encanta. Só que em vez de ficar enciumado, Nikolai Vsievolódovitch, ao contrário, ficou amigo do próprio jovem como se não notasse nada, como se para ele fosse indiferente. Foi isso que fez Liza explodir. O jovem logo partiu (tinha muita pressa de ir a algum lugar) e Liza passou a implicar com Nikolai Vsievolódovitch sempre que aparecia um caso propício. Notou que às vezes ele conversava com Dacha e começou a enfurecer-se, e aí começou a apoquentar a mim, a mãe. Os médicos me proibiram de me irritar, e o alardeado lago deles me saturou, só me deixou uma dor de dentes e um tremendo reumatismo. Publicam inclusive que o lago de Genebra provoca dor de dente: tem essa qualidade.[88] Nisso Nikolai Vsievolódovitch recebeu de repente uma carta da condessa e imediatamente partiu; em um dia preparou-se. Eles se despediram amigavelmente e Liza, ao se despedir, estava muito alegre e frívola e gargalhava muito. Só que tudo aquilo era afetação. Ele partiu, ela ficou muito pensativa, deixou inteiramente de mencioná-lo e me proibiu de fazê-lo. E a você eu aconselharia, querida Varvara Pietrovna, não tocar nesse assunto com Liza, isso só prejudicaria o caso. Se você mesma fizer silêncio ela será a primeira a tocar no assunto com você; e então você saberá de mais coisa. Acho que eles voltarão a se entender, se Nikolai Vsievolódovitch não demorar a vir como prometeu.

— Vou escrever a ele imediatamente. Se é que tudo foi assim, então foi uma desavença fútil; tudo tolice! E Dária eu também conheço bem demais; tolice.

— Quanto a Dáchenka,[89] confesso, menti. Houve apenas conversas comuns, e ainda assim em voz alta. A mim, mãe, tudo isso me deixou muito perturbada naquela ocasião. E Liza também, eu mesma vi, também voltou ao mesmo carinho com ela...

Nesse mesmo dia Varvara Pietrovna escreveu a Nicolas e lhe implorou que viesse pelo menos um mês antes do prazo que ele estabelecera. Mas ainda assim restava aí algo vago e desconhecido para ela. Passou toda a tarde e

[88] Anna Grigórievna Dostoiévskaia, segunda mulher do romancista, escreveu: "No inverno de 1867-1868 Fiódor Mikháilovitch tinha frequentes dores de dente... e assegurava que isso se devia à proximidade do Lago de Genebra, e que lera a respeito dessa qualidade do Lago". Grossman, *Seminários*, pp. 61-62. (N. da E.)

[89] Variação íntima do nome Dária. (N. do T.)

toda a noite pensando. A opinião de Praskóvia lhe parecia demasiadamente ingênua e sentimental. "Durante toda a vida, desde o internato, Praskóvia fora demasiadamente sensível — pensava ela. — Nicolas não é do tipo que foge por causa de zombarias de uma mocinha. Aí existe outro motivo, se é que houve a desavença. No entanto aquele oficial está aqui, elas o trouxeram e ele se hospedou na casa delas como parente. E quanto a Dária, Praskóvia assumiu cedo demais a culpa: certamente guardou consigo alguma coisa que não quis dizer..."

Ao amanhecer tinha amadurecido em Varvara Pietrovna o projeto de acabar de uma vez ao menos com esse mal-entendido — projeto notável pelo que nele havia de inesperado. O que tinha no coração quando o concebeu? É difícil dizer, e não me atrevo a interpretar de antemão todas as contradições de que ele se constitui. Como cronista, eu me limito a representar os acontecimentos de forma precisa, exatamente como se deram, e não tenho culpa se eles parecerem inverossímeis. Mas, não obstante, devo testemunhar mais uma vez que, ao amanhecer, não restavam a ela quaisquer suspeitas contra Dacha e, para falar a verdade, estas nunca haviam começado: tinha confiança demais nela. Aliás, ela não conseguia sequer admitir a ideia de que o seu Nicolas pudesse ter se apaixonado por ela... "Dária". De manhã, quando Dária Pávlovna servia-se de chá à mesa, Varvara Pietrovna a observava demorada e fixamente, e talvez pela vigésima vez desde a véspera tenha pronunciado com convicção de si para si:

— É tudo um absurdo!

Ela observou apenas que Dacha tinha a aparência um tanto cansada e que estava ainda mais quieta que antes, ainda mais apática. Depois do chá, seguindo um hábito estabelecido para sempre, ambas se sentaram para os bordados. Varvara Pietrovna lhe ordenou que fizesse um relatório completo das suas impressões no estrangeiro, de preferência sobre a natureza, as populações, as cidades, os costumes, a arte deles, a indústria — sobre tudo o que ela conseguira observar. Nenhuma pergunta sobre os Drozdov nem sobre a vida dos Drozdov. Dacha, sentada ao lado dela diante de uma mesinha de trabalho e ajudando-a a bordar, narrava para ela há coisa de meia hora com sua voz igual, monótona, mas um tanto fraca.

— Dária — interrompeu-a de repente Varvara Pietrovna —, tu não tens nada de especial que gostarias de me comunicar?

— Não, nada — pensou um pouquinho Dacha e olhou para Varvara Pietrovna com seus olhos claros.

— Na alma, no coração, na consciência?

— Nada — repetiu Dacha com uma firmeza sombria.

— Eu bem que sabia! Saiba, Dária, que tu nunca me deixas em dúvida. Agora, fica aí sentada e ouve. Passa para essa cadeira, senta-te defronte, quero te ver inteira. Assim. Ouve, queres te casar?

Dacha respondeu com um longo olhar interrogatório, aliás não excessivamente admirado.

— Espera, cala. Em primeiro lugar existe diferença de idade, muito grande; mas tu sabes melhor do que ninguém como isso é absurdo. Tu és sensata e em tua vida não deve haver erros. Pensando bem, ele ainda é um homem bonito... Numa palavra, Stiepan Trofímovitch, que tu sempre respeitaste. Então?

Dacha olhou com ar ainda mais interrogativo e desta vez não só surpresa mas corou visivelmente.

— Espera, fica calada; não tenhas pressa! Mesmo que tenhas dinheiro, que te deixo em meu testamento, se eu morrer, o que será de ti, mesmo com dinheiro? Te enganarão e tomarão teu dinheiro, e aí estarás liquidada. Mas, casando-se com ele, serás a esposa de um homem famoso. Olha agora a coisa do outro lado: morra eu agora — mesmo que eu o deixe amparado —, o que será dele? Mas contigo eu posso contar. Espera, eu não terminei: ele é leviano, moleirão, cruel, egoísta, tem hábitos baixos, mas procura apreciá-lo, em primeiro lugar porque existe gente bem pior. Porque não estás pensando que quero me livrar de ti dando-te a um canalha qualquer, não é? O principal nisso é que eu estou pedindo, e é por isso que tu irás apreciá-lo — interrompeu de repente em tom irritado —, estás ouvindo? Por que essa teimosia?

Dacha era toda silêncio e ouvidos.

— Espera, aguarda mais um pouco. Ele é um maricas, mas para ti é melhor. Aliás um maricas lastimável; não valeria absolutamente a pena nenhuma mulher amá-lo. Entretanto ele merece ser amado pelo desamparo, e tu deves amá-lo pelo desamparo. Estás me entendendo? Estás me entendendo?

Dacha meneou a cabeça em tom afirmativo.

— Eu bem que sabia, não esperava menos de ti. Ele vai te amar porque deve, deve; ele deve te adorar! — ganiu Varvara Pietrovna de um modo particularmente irritante. — Aliás, ele vai se apaixonar por ti até mesmo sem dever, eu o conheço. Além do mais, eu mesma estarei por aqui. Não te preocupes, eu sempre estarei por aqui. Ele passará a se queixar de ti, começará a te caluniar, irá cochichar a teu respeito com a primeira pessoa que encontrar, irá beber, beber eternamente; irá escrever cartas para ti de um cômodo a outro, umas duas cartas por dia, mas mesmo assim não conseguirá viver sem ti, e nisso está o principal. Obriga-o a obedecer; se não conseguires obrigá-lo serás uma boba. Vai querer enforcar-se, fará ameaças, mas não acredites; será tudo absurdo! Não acredites, mas mesmo assim fica alerta, em má hora acabará se enforcando: acontece com esse tipo de gente; as pessoas não se enforcam por força, mas por fraqueza; por isso nunca leves a coisa ao último limite — essa é a primeira regra na vida conjugal. Lembra-te ainda de que ele é um poeta. Ouve, Dária: não há felicidade maior do que sacrificar a si mesma. E além do mais me darás uma grande satisfação, e isso é o principal. Não penses que estou dizendo uma tolice; eu compreendo o que estou dizendo. Eu sou egoísta, sê tu também egoísta. Vê que não estou forçando; tudo está na tua vontade, o que disseres será feito. Então, por que ficas aí sentada? Fala alguma coisa!

— Para mim é indiferente, Varvara Pietrovna, se tenho forçosamente de me casar — pronunciou Dacha com firmeza.

— Forçosamente? Que insinuação estás fazendo? — Varvara Pietrovna lançou-lhe um olhar severo e fixo.

Dacha calava, esgaravatando os dedos com a agulha.

— Embora sejas inteligente, ainda assim fraquejaste. Mesmo sendo verdade que resolvi te casar forçosamente agora, não é por necessidade mas apenas porque isso me veio à cabeça, e só com Stiepan Trofímovitch. Não fosse Stiepan Trofímovitch, nem me passaria pela cabeça casar-te agora, embora tu já tenhas vinte anos... Então?

— Farei como a senhora quiser, Varvara Pietrovna.

— Quer dizer que estás de acordo! Para, cala-te, para onde vais com essa pressa, eu ainda não terminei: pelo meu testamento te cabem quinze mil rublos. Eu os entrego a ti imediatamente após o casamento. Deles tu darás oito mil a ele, ou seja, não a ele, mas a mim. Ele me deve oito mil; eu saldarei a dívida, mas é preciso que ele saiba que o fiz com o teu dinheiro. Sete mil ficarão em tuas mãos, e de maneira nenhuma darás a ele nem um rublo, nunca. Nunca pagues as dívidas dele. Se uma vez pagares, depois não conseguirás proteger-te. Aliás eu sempre estarei por aqui. De mim vocês receberão anualmente mil e duzentos rublos para manutenção e mais mil e quinhentos em dinheiro extra, além de casa e comida que também ficarão por minha conta, da mesma forma como ele usufrui atualmente. Só arranja criadagem tua. O dinheiro do ano eu te entregarei todo de uma só vez, diretamente em tuas mãos. Mas sê também bondosa: dá às vezes a ele alguma coisa, e deixa que os amigos o visitem, uma vez por semana; se for mais, põe para fora. Mas eu mesma estarei por aqui. Se eu morrer, a pensão de vocês não cessará até a morte dele, estás ouvindo?, *só* até a morte dele, porque a pensão é dele e não tua. Para ti, além dos sete mil atuais que te caberão integralmente, se tu mesma não fores tola, ainda te deixarei oito mil em testamento. De minha parte não receberás mais nada, é preciso que saibas. Então, estás de acordo? Dirás finalmente alguma coisa?

— Eu já disse, Varvara Pietrovna.

— Lembra-te de que é plena vontade tua, será como quiseres.

— Permita-me apenas perguntar, Varvara Pietrovna, por acaso Stiepan Trofímovitch já lhe falou alguma coisa?

— Não, ele não falou nada e não sabe, porém... falará agora mesmo.

Ela saiu como um raio e atirou sobre os ombros o xale preto. Dacha tornou a corar um pouco e a acompanhou com um olhar interrogativo. Varvara Pietrovna virou-se subitamente para ela com o rosto ardendo de fúria.

— És uma idiota! — investiu contra ela como um gavião. — Uma idiota ingrata! O que tens em mente? Será que achas que posso te comprometer com alguma coisa, nem com um tantinho assim! Ora, ele mesmo vai se arrastar e pedir de joelhos, ele deve morrer de felicidade, é assim que a coisa sairá! Tu sabes que não deixarei que te ofendam! Ou tu pensas que ele vai concordar em se casar contigo por esses oito mil e eu vou correr agora para te vender? Idiota, idiota, todas vocês são umas idiotas ingratas! Me dá a sombrinha!

E saiu voando a pé pela calçada de tijolo molhado e pelas pequenas pontes de madeira para a casa de Stiepan Trofímovitch.

VII

É verdade que ela não permitira que "Dária" fosse prejudicada; ao contrário, ainda mais agora que se considerava sua benfeitora. A indignação mais nobre e irrepreensível desencadeou-se em sua alma quando, ao pôr o xale, captou o olhar embaraçado e desconfiado que sua pupila lhe dirigia. Gostava sinceramente dela desde a sua infância. Era com razão que Praskóvia Ivánovna chamava Dária Pávlovna de sua favorita. Há muito tempo resolvera de uma vez por todas que "o caráter de Dária não se parecia com o do irmão" (ou seja, com o caráter do irmão, Ivan Chátov), que ela era tranquila e dócil, capaz de um grande sacrifício, distinguia-se pela lealdade, por uma modéstia incomum e uma sensatez rara, e principalmente pela gratidão. Ao que parece, até então Dacha satisfazia todas as suas expectativas. "Nessa vida não haverá erros" — dissera Varvara Pietrovna quando a mocinha ainda estava com doze anos, e uma vez que tinha a qualidade de prender-se de forma obstinada e apaixonada a cada sonho que a fascinava, a cada novo plano de ação que traçava, a cada pensamento acalentado que lhe parecia luminoso, no mesmo instante resolveu educar Dacha como filha. Destinou-lhe imediatamente um capital e convidou uma governanta, *miss* Kreegs, que morou em sua casa até a pupila fazer doze anos e por algum motivo foi subitamente dispensada. À casa dela iam também professores do colégio, entre eles um francês autêntico, que ensinou francês a Dacha. Esse também foi dispensado de chofre, literalmente posto para fora. Uma senhora pobre, de fora, viúva de um nobre, ensinou piano. Mas mesmo assim o pedagogo principal foi Stiepan Trofímovitch. Ele foi o primeiro a descobrir Dacha de verdade: passou a ensinar à criança tranquila ainda quando Varvara Pietrovna nem pensava nela. Torno a repetir: era surpreendente como as crianças se afeiçoavam a ele! Lizavieta Nikoláievna Túchina estudou com ele dos oito aos onze anos (é claro que Stiepan Trofímovitch lhe ensinava sem receber recompensa e por nada nesse mundo a aceitaria dos Drozdov). Mas ele mesmo se apaixonou pela encantadora criança e lhe narrava uns poemas acerca da organização do mundo, da terra, sobre a história da humanidade. As aulas que tratavam do homem primitivo e dos povos primitivos eram mais interessantes do que as histórias árabes. Liza, que ficava fascinada com esses relatos, arremedava Stiepan Trofímovitch em casa de forma engraçadíssima. Ele ficou sabendo disso e uma vez a pegou em flagrante. A atrapalhada Liza lançou-se nos braços dele e pôs-se a chorar. E Stiepan Trofímovitch também chorou, só que de êxtase. Mas Liza logo partiu e só ficou Dacha. Quando os professores começaram a ir à casa de Dacha, Stiepan Trofímovitch interrompeu suas aulas com ela e pouco a pouco foi deixando de prestar qualquer atenção ao seu nome. Isso durou muito. Uma vez, quando ela já estava com dezessete anos, ele ficou subitamente impressionado com a sua graciosidade. Isso aconteceu à mesa de Varvara Pietrovna. Ele se pôs a conversar com a jovem, esteve muito satisfeito com as suas respostas e terminou propondo dar-lhe um curso sério e amplo de história da literatura russa. Varvara Pietrovna elogiou e agradeceu a ele pela magnífica ideia, e Dacha estava exultando. Stiepan Trofímovitch passou a preparar-se de modo especial para as aulas e estas finalmente tiveram início. Começavam pelo período mais antigo; a primeira aula foi interessante; Varvara Pietrovna assistiu. Quando Stiepan Trofímovitch terminou e, ao sair, anunciou à aluna que da próxima vez iria analisar *Os cantos do exército de Igor*, Varvara Pietrovna levantou-se de súbito e anunciou que não haveria mais aulas. Stiepan Trofímovitch fez uma careta mas ficou calado, Dacha inflamou-se; não obstante, assim terminou o passatempo. Isso aconteceu exatamente três anos antes da inesperada fantasia que agora Varvara Pietrovna alimentava.

O coitado do Stiepan Trofímovitch estava em casa sozinho e nada pressentia. Tomado de uma reflexão triste, há muito olhava pela janela para ver se não estaria chegando algum dos seus conhecidos. Mas ninguém queria chegar. Lá fora chuviscava, esfriava; era preciso acender a estufa; ele deu um suspiro. Súbito uma visão terrível apareceu aos seus olhos: Varvara Pietrovna vinha à sua casa num clima daquele e numa hora daquela! E a pé! Ele ficou tão pasmo que se esqueceu de trocar de roupa e a recebeu como estava, em sua eterna jaqueta acolchoada cor-de-rosa.

— *Ma bonne amie!...* — bradou-lhe ao encontro com voz fraca.

— Você está só e fico contente: não consigo suportar seus amigos! Como você sempre enche tudo de fumaça de tabaco; Deus, que ar! Não acabou de tomar nem o chá, e lá fora já passa das onze! Seu deleite é a desordem! Seu prazer é o lixo! Que papéis rasgados são esses no chão? Nastácia, Nastácia! O que faz a sua Nastácia? Minha cara, abre as janelas, os postigos, as portas, tudo inteiramente. Enquanto isso nós dois vamos para a sala; tenho um assunto a tratar com você. Minha cara, vê se varre pelo menos uma vez na vida!

— Sujam! — piou Nastácia com uma vozinha irritada e queixosa.

— Mas varre, varre quinze vezes ao dia! Sua sala é uma porcaria (quando entraram na sala). Feche a porta mais solidamente, ela vai ficar escutando. Precisa trocar sem falta o papel de parede. Eu lhe mandei um tapeceiro com amostras, por que você não escolheu? Sente-se e escute. Sente-se finalmente, eu lhe peço. Aonde vai? Aonde vai? Aonde vai?

— Eu... volto num instante — gritou da outra sala Stiepan Trofímovitch —, eis-me aqui de novo!

— Ah, você trocou de roupa! — examinou-o com ar zombeteiro. (Ele havia jogado a sobrecasaca sobre a jaqueta.) Assim será realmente mais adequado... para a nossa conversa. Sente-se, por fim, eu lhe peço.

Ela lhe explicou tudo de uma vez, de forma ríspida e convincente. Fez menção também aos oito mil de que ele precisava com premência. Narrou minuciosamente sobre o dote. Stiepan Trofímovitch arregalava os olhos e tremia. Ouviu tudo, mas não conseguiu entender com clareza. Quis falar, mas a voz sempre morria na garganta. Sabia apenas que tudo seria assim mesmo, como dizia ela, que tanto seria inútil objetar quanto concordar, e que ele era um homem irreversivelmente casado.

— *Mais, ma bonne amie,*[90] pela terceira vez e na minha idade... e com

[90] "Mas, minha boa amiga". (N. do T.)

uma criança como essa! — pronunciou finalmente ele. — *Mais c'est une enfant!*[91]

— Uma criança de vinte anos, graças a Deus! Não revire as pupilas, por favor, eu lhe peço, você não está no teatro. Você é muito inteligente e erudito, mas nada entende da vida, precisa permanentemente de uma aia. Eu morro, e o que será de você? Mas ela será uma boa aia; é uma moça modesta, firme, sensata; além do mais, eu mesma estarei por aqui, não é agora que eu vou morrer. Ela é caseira, um anjo de docilidade. Essa ideia feliz me veio à cabeça ainda na Suíça. Será que você compreende, se eu mesma estou lhe dizendo que ela é um anjo de docilidade? — súbito gritou em fúria. — Na sua casa tem lixo, ela vai impor a limpeza, a ordem, tudo ficará como um espelho... Ora, será que você está sonhando que eu ainda devo lhe pedir humildemente que aceite esse tesouro, enumerar todas as vantagens, bancar a casamenteira! Ora, é você que deveria pedir de joelhos... Oh, homem fútil, fútil, pusilânime!

— Mas eu... já sou um velho!

— O que significam os seus cinquenta e três anos! Cinquenta anos não são o fim, mas metade da vida. Você é um homem bonito e sabe disso. Sabe ainda que ela o estima. Morra eu, e o que será dela? Com você ela estará tranquila e eu estarei tranquila. Você tem importância, tem nome, um coração amoroso; recebe uma pensão que considero minha obrigação. É possível que você venha a salvá-la, a salvá-la! Em todo caso lhe fará uma honra. Você irá prepará-la para a vida, fará desabrochar-lhe o coração, orientará seus pensamentos. Hoje em dia, quanta gente morre por ter dado uma orientação ruim aos seus pensamentos! A essa altura você terá conseguido escrever a sua obra e se fará lembrar de vez.

— Precisamente — balbuciou ele já lisonjeado com a astuta lisonja de Varvara Pietrovna —, precisamente agora estou me preparando para começar os meus "relatos da história espanhola"...[92]

— Como está vendo, veio precisamente a calhar.

— Mas... e ela? Você falou com ela?

— Com ela não precisa preocupar-se, e ademais não tem nada que ficar bisbilhotando. É claro que você mesmo deve pedir a ela, implorar-lhe para que lhe faça a honra, está entendendo? Mas não se preocupe, eu mesma estarei por aqui. Além do mais você a ama...

[91] "Mas ela é uma criança!" (N. do T.)

[92] T. N. Granóvski escreveu vários ensaios sobre história da Espanha. (N. da E.)

A cabeça de Stiepan Trofímovitch começou a girar; as paredes rodaram ao redor. Aí havia uma ideia terrível com a qual ele não podia.

— *Excellente amie!* — súbito sua voz começou a tremer. — Eu... eu nunca pude imaginar que você resolvesse me... dar em casamento a outra... mulher.

— Você não é uma donzela, Stiepan Trofímovitch; só donzelas se dão em casamento, você mesmo vai casar-se — chiou em tom venenoso Varvara Pietrovna.

— *Oui, j'ai pris un mot pour un autre. Mais... c'est égal*[93] — fixou o olhar nela com um ar consternado.

— Estou vendo que *c'est égal* — ajuntou ela com desdém. — Deus! Ele desmaiou! Nastácia, Nastácia! Traz água!

Mas não se precisou da água. Ele voltou a si. Varvara Pietrovna pegou seu guarda-chuva.

— Estou vendo que é inútil falar com você agora...

— *Oui, oui, je suis incapable.*[94]

— Mas até amanhã você estará descansado e irá ponderar. Fique em casa, se alguma coisa acontecer faça-me saber, ainda que seja à noite. Não escreva cartas, que eu não vou ler. Amanhã nesse mesmo horário eu mesma virei aqui, sozinha, para ouvir a resposta final e espero que seja satisfatória. Procure fazer com que não tenha ninguém em casa e que não haja lixo, porque, o que isso parece? Nastácia, Nastácia!

É claro que ele concordou com o dia seguinte; aliás, não podia deixar de concordar. Aí havia uma circunstância especial...

VIII

Aquilo que entre nós se chamava a fazenda de Stiepan Trofímovitch (umas cinquenta almas pelo cálculo antigo e contígua a Skvoriéchniki) não era absolutamente dele mas da sua primeira mulher, logo, era agora do seu filho Piotr Stiepánovitch Vierkhoviénski. Stiepan Trofímovitch era apenas o tutor, mas depois, quando o filhote emplumou, agia por uma procuração formal passada por ele para dirigir a propriedade. Para o jovem o negócio era vantajoso: recebia anualmente do pai em torno de mil rublos em forma

[93] "Sim, eu usei uma palavra no lugar de outra. Mas... dá no mesmo". (N. do T.)

[94] "Sim, sim, eu não estou em condição." (N. do T.)

de renda da propriedade, quando esta, pelas novas regras, não rendia nem quinhentos (e talvez ainda menos). Sabe Deus como se estabeleceram semelhantes relações. Aliás, todo esse milhar era inteiramente enviado por Varvara Pietrovna, e Stiepan Trofímovitch não entrava com um só rublo no negócio. Ao contrário, metia no bolso toda a renda da terra e, além disso, acabou por levá-la à ruína ao arrendá-la a um industrial e, às escondidas de Varvara Pietrovna, vendeu o bosquete para ser derrubado, isto é, o principal artigo de valor da propriedade. Há muito tempo ele vinha negociando esse bosquete em vendas esporádicas. Todo ele valia ao menos uns oito mil, mas ele cobrou apenas cinco. É que às vezes ele perdia dinheiro demais no jogo no clube, mas temia pedir a Varvara Pietrovna. Ela rangeu os dentes quando finalmente soube de tudo. E eis que agora o filhinho informava que vinha pessoalmente vender as suas posses de qualquer jeito, e incumbia o pai de tratar da venda sem delongas. Era claro que, sendo decente e desinteressado, Stiepan Trofímovitch sentiu vergonha diante de *ce cher enfant*[95] (que vira pela última vez há exatos nove anos em Petersburgo, ainda estudante). Inicialmente toda a propriedade podia valer uns treze ou quatorze mil, agora dificilmente apareceria quem desse nem cinco mil por ela. Não há dúvida de que, pelo sentido da procuração formal, Stiepan Trofímovitch tinha pleno direito de vender a madeira e, considerando a impossível renda anual de mil rublos que durante tantos anos enviara cuidadosamente ao filho, podia proteger-se fortemente no ato de ajuste de contas. Mas Stiepan Trofímovitch era decente, com aspirações superiores. Passou-lhe pela cabeça um pensamento admiravelmente belo: quando aparecesse Pietruchka,[96] ele poria decentemente na mesa o *maximum* do valor da propriedade, mesmo que fossem quinze mil, sem fazer qualquer menção à soma que lhe havia enviado até então, banhado em lágrimas apertaria com grande força contra o peito *ce cher fils*,[97] e com isso todas as contas estariam encerradas. Começou a desenvolver esse quadro de maneira distante e cautelosa diante de Varvara Pietrovna. Insinuou que isso daria até um matiz especial e nobre à ligação dos dois... à sua "ideia". Colocaria numa imagem muito desinteressada e generosa os antigos pais e em geral as pessoas antigas em comparação com a nova juventude, leviana e social. Ele ainda falou muito, mas Varvara Pietrovna era toda silêncio. Por fim lhe anunciou secamente que concordava em comprar a terra deles e daria o

[95] "essa criança querida". (N. do T.)

[96] Diminutivo de Piotr. (N. do T.)

[97] "esse filho querido". (N. do T.)

maximum do preço, ou seja, uns seis ou sete mil (até por quatro dava para comprar). Sobre os oito mil restantes, que haviam voado com o bosque, ela não disse uma palavra.

Isso aconteceu um mês antes do noivado. Stiepan Trofímovitch estava perplexo e começou a meditar. Antes ainda podia haver a esperança de que o filhinho talvez nem viesse — ou seja, uma esperança vista de fora, sob a ótica de algum estranho. Já Stiepan Trofímovitch, como pai, rejeitaria indignado a própria ideia de tal esperança. Fosse como fosse, até então não paravam de chegar à nossa cidade uns estranhos boatos sobre Pietrucha. Primeiro, depois de concluir o curso na universidade, há uns seis anos, andava batendo pernas em Petersburgo sem ocupação. Súbito nos chegou a notícia de que ele havia participado de alguma proclamação secreta e estava sendo processado. Depois aparecera de repente no estrangeiro, na Suíça, em Genebra — pode ser que tivesse fugido.

— Isso me surpreende — pregava então Stiepan Trofímovitch para nós, fortemente atrapalhado —, Pietrucha *c'est une si pauvre tête*![98] Ele é bom, decente, muito sensível e naquela ocasião, em Petersburgo, eu fiquei feliz ao compará-lo com a juventude de hoje, mas *c'est un pauvre sire tout de même...*[99] Sabem, tudo isso se deve à mesma imaturidade, ao sentimentalismo! O que cativa esses jovens não é o realismo mas o lado sensível, ideal do socialismo, por assim dizer, seu matiz religioso, sua poesia... que eles conhecem de ouvir dizer, é claro. E, não obstante, o que é que eu tenho a ver com isso! Aqui eu tenho tantos inimigos, *lá* ainda mais, vão atribuir à influência do pai... Deus! Pietrucha agitador! Em que época vivemos!

Aliás, Pietrucha logo em seguida enviou seu endereço exato na Suíça para que lhe fizessem a remessa habitual de dinheiro: logo, não era inteiramente emigrante. E agora, depois de uns quatro anos no estrangeiro, reaparecia de chofre em sua pátria e anunciava a vinda breve: consequentemente, não era acusado de nada. Além do mais, parecia até que havia alguém por trás disso e lhe dando proteção. Agora escrevia do sul da Rússia, onde se encontrava cumprindo missão de alguém, particular porém importante, e lá batalhava por alguma coisa. Tudo isso era magnífico, mas, não obstante, onde arranjar os restantes sete ou oito mil para compor o preço *maximum* decente da propriedade? E se o rapaz levantasse um clamor e em vez do quadro majestoso se chegasse a um processo? Alguma coisa dizia a Stiepan Trofímovitch

[98] "é tão medíocre!" (N. do T.)

[99] "mesmo assim é um coitado..." (N. do T.)

que o sensível Pietrucha não abriria mão dos seus interesses. "Porque tenho notado — murmurou-me Stiepan Trofímovitch naquela ocasião — que todos esses socialistas e comunistas desesperados são ao mesmo tempo incríveis unhas de fome, compradores, proprietários, e a coisa chega a tal ponto que quanto mais socialistas, quanto mais avançados, mais intensa é a sua postura de proprietários... Por que isso? Será que isso também vem do sentimentalismo?" Não sei se existe verdade nessa observação de Stiepan Trofímovitch; sei apenas que Pietrucha tinha algumas informações sobre a venda do bosquete e outras coisas mais, Stiepan Trofímovitch sabia que ele tinha essas informações. Tive ainda a oportunidade de ler as cartas de Pietrucha ao pai; escrevia com extrema raridade, uma vez por ano e ainda menos. Só ultimamente, ao dar ciência de sua vinda breve, enviara duas cartas, quase uma atrás da outra. Todas as suas cartas eram breves, secas, constituídas exclusivamente de disposições, e uma vez que, a meu ver, desde Petersburgo pai e filho se tuteavam, as cartas de Pietrucha tinham terminantemente a forma das antigas prescrições dos senhores de terra da capital para os servos que eles colocavam na direção de suas propriedades. E de repente esses oito mil, que resolviam a questão, agora saíam voando da proposta de Varvara Pietrovna, e nisso ela fazia sentir claramente que eles não podiam mais sair voando de lugar nenhum. Está entendido que Stiepan Trofímovitch concordou.

Tão logo ela saiu, ele mandou me chamar e trancou-se o dia inteiro, evitando todos os demais. É claro que chorou, falou muito e bem, atrapalhou-se muito, intensamente, disse por acaso um trocadilho e ficou satisfeito com ele, depois teve um leve acesso de colerina — numa palavra, tudo transcorreu em ordem. Depois tirou um retrato de sua alemãzinha, que morrera fazia já vinte anos, e começou a invocar em tom queixoso: "Será que vais me perdoar?". Em linhas gerais, estava algo desnorteado. Bebemos um pouco por causa do desespero. Aliás, logo ele adormeceu docemente. Na manhã seguinte, deu um laço de mestre na gravata, vestiu-se com esmero e ficou indo frequentemente se olhar no espelho. Borrifou o lenço com perfume, aliás só um pouquinho, e mal avistou Varvara Pietrovna pela janela pegou apressadamente outro lenço e escondeu o perfumado debaixo do travesseiro.

— Magnífico! — elogiou Varvara Pietrovna ao ouvir o seu "de acordo". — Em primeiro lugar, é uma decisão nobre, em segundo, você ouviu a voz da razão, à qual obedece tão raramente nos nossos assuntos particulares. Ademais não há motivo para pressa — acrescentou, examinando o laço da gravata branca dele —, por ora mantenha-se calado e eu também vou me manter calada. Dentro em breve será o dia do seu aniversário: estarei em sua casa com ela. Prepare um chá para a noitinha e, por favor, sem vinho nem salgados; pensando bem, eu mesma vou organizar tudo. Convide os seus amigos — aliás, faremos juntos a escolha. Na véspera fale com ela, se for necessário; na sua festa não vamos propriamente fazer o anúncio ou algum acordo, apenas insinuaremos ou faremos saber sem qualquer solenidade. E umas duas semanas depois faremos o casamento, na medida do possível sem qualquer barulho... vocês dois podem até viajar por um tempo, logo depois do casamento, ainda que seja a Moscou, por exemplo. É possível que eu também viaje com vocês... mas o principal é que se mantenha até então calado.

Stiepan Trofímovitch estava surpreso. Titubeou um pouco, dizendo que para ele era impossível que fosse assim, que, não obstante, precisava conversar com a noiva, mas Varvara Pietrovna investiu irritada contra ele:

— Isso para quê? Em primeiro lugar, ainda é possível que nada aconteça...

— Como, como não acontecer! — balbuciou o noivo, já completamente aturdido.

— Isso mesmo. Eu ainda vou ver... Aliás, tudo será como eu disse, e não se preocupe, eu mesma vou prepará-la. Você não precisa fazer nada. Tudo o que for necessário será dito e feito, você nada tem a fazer lá. Para quê? Para desempenhar que papel? Você mesmo não me apareça nem escreva cartas. Não dê nem sinal de vida, eu lhe peço. Também vou fazer silêncio.

Ela decididamente não queria dar explicações e saiu visivelmente perturbada. Parece que a excessiva disposição de Stiepan Trofímovitch a deixara pasma. Que pena, decididamente ele não compreendia a sua situação e ainda não via a questão de outros pontos de vista. Ao contrário, aparecia nele um novo tom, algo triunfal e leviano. Ele bazofiava.

— Estou gostando disso! — exclamava, parando à minha frente e sem saber o que fazer. — Você ouviu? Ela quer levar o assunto a um ponto em que eu acabe recusando! "Fique em casa, você nada tem a fazer lá", mas, enfim, por que devo me casar forçosamente? Só porque uma fantasia ridícula apareceu na cabeça dela? Eu sou um homem sério e posso não querer sujeitar-me às fantasias ociosas de uma mulher mimada! Tenho obrigações para com meu filho e... para comigo mesmo! Estou fazendo um sacrifício — será que ela compreende isso? É possível que eu tenha concordado porque a vida me enfastia e acho tudo indiferente. Mas ela pode me irritar, e então tudo já não me será indiferente; eu me ofenderei e recusarei. *Et enfin, le ridicule...*[100] O que dirão no clube? O que dirá... Lipútin? "Ainda é possível que

[100] "E enfim, o ridículo..." (N. do T.)

nada aconteça" — Qual? Mas isso é o cúmulo! Isso é... o que é isso? *Je suis un forçat, un Badinguet*,[101] um homem imprensado contra a parede!...

Ao mesmo tempo, uma presunção caprichosa, algo levianamente brejeiro transparecia entre todas essas exclamações queixosas. À noite tornamos a beber.

[101] "Eu sou um galé, um Badinguet." Badinguet era o pedreiro em cuja roupa e com cujo nome o príncipe Luís Napoleão Bonaparte, futuro imperador Napoleão III, fugiu da fortaleza de Ham no dia 25 de maio de 1846. Mais tarde o nome Badinguet foi empregado pelos inimigos de Napoleão III como alcunha cômica para desmoralizá-lo. (N. da E.)

III
PECADOS ALHEIOS

I

Transcorreu cerca de uma semana e o caso começou a avançar.

Observo de passagem que durante essa infeliz semana eu suportei muita melancolia, permanecendo quase inseparavelmente ao lado do meu pobre amigo nubente como seu confidente mais próximo. Oprimia-o, principalmente, a vergonha, embora durante essa semana não tivéssemos visto ninguém e permanecêssemos o tempo todo sozinhos; mas ele sentia vergonha até de mim, e a tal ponto que quanto mais me fazia revelações mais se agastava comigo por isso. Por cisma, desconfiava de que todo mundo já soubesse de tudo, toda a cidade, mas temia aparecer não só no clube como também no seu círculo. Até para passear, para a sua indispensável *motion*,[102] só saía ao fim do crepúsculo, quando já estava inteiramente escuro.

Passou-se uma semana, e ele ainda continuava sem saber se era ou não noivo, e não havia jeito de sabê-lo ao certo por mais que se debatesse. Ainda não se avistara com a noiva, e nem sequer sabia se ela era sua noiva; não sabia nem se havia algo de sério em tudo aquilo! Sabe-se lá por quê, Varvara Pietrovna se negava terminantemente a recebê-lo em casa. Respondendo a uma de suas primeiras cartas (e ele lhe escrevia uma infinidade de cartas), ela pediu francamente que por ora a livrasse de quaisquer relações com ele porque estava ocupada, e tendo de lhe comunicar pessoalmente muita coisa importante, aguardava especialmente um instante mais livre e *com o tempo* ela mesma lhe faria saber quando poderia recebê-lo em casa. Prometia devolver as cartas lacradas, porque isso "é só um mimo exagerado". Eu mesmo li esse bilhete; ele mesmo me mostrou.

Não obstante, todas essas grosserias e indefinições, tudo isso era nada em comparação com a principal preocupação dele. Essa preocupação o atormentava em excesso, constantemente; fazia-o emagrecer e cair em desânimo. Era aquele tipo de coisa de que mais se envergonhava e sobre o que se ne-

[102] Em francês: caminhada ou passeio para manter a saúde ou para diversão. (N. do T.)

gava terminantemente a falar até comigo; ao contrário, sempre que podia mentia e fingia diante de mim como uma criança pequena; mas, por outro lado, ele mesmo me mandava chamar todos os dias, não conseguia passar duas horas sem mim, precisava de mim como da água ou do ar.

Esse comportamento ofendia um pouco o meu amor-próprio. Eu, evidentemente, havia decifrado esse seu segredo principal há muito tempo e percebia tudo integralmente. Pela mais profunda convicção que eu tinha naquele momento, a revelação desse segredo, dessa preocupação principal de Stiepan Trofímovitch, não acrescentava nada em proveito de sua honra e por isso eu, como homem ainda jovem, ficava um pouco indignado com a grosseria do seu sentimento e a fealdade de algumas de suas suspeitas. Irrefletidamente — e, confesso, enfastiado de ser confidente —, eu talvez o acusasse demais. Por minha crueldade, procurava levá-lo a me confessar tudo, embora, por outro lado, admitisse que talvez fosse embaraçoso confessar certas coisas. Ele também me compreendia inteiramente, ou seja, percebia com nitidez que eu o compreendia integralmente e até me enfurecia com ele, e ele mesmo se enfurecia comigo porque eu me enfurecia com ele e o compreendia integralmente. Vai ver que minha irritação era miúda e tola; mas o isolamento dos dois às vezes prejudica excessivamente uma verdadeira amizade. De certo ponto de vista ele compreendia corretamente alguns aspectos da sua situação, e até a definia com muita sutileza naqueles pontos que não achava necessário esconder.

— Oh, sabe lá se ela já era assim naquele tempo! — dizia-me às vezes, falando de Varvara Pietrovna. — Sabe lá se já era assim antes, quando conversávamos... Sabe que naquela época ela ainda sabia falar? Pode acreditar que naquela época tinha ideias, suas ideias! Hoje está tudo mudado! Diz que tudo isso não passa de antiga conversa fiada! Despreza o passado... agora é uma espécie de feitor, de economista, uma criatura obstinada e sempre zangada...

— Por que ela se zanga agora, quando você cumpriu todas as suas exigências? — objetei.

Ele me olhou de um jeito sutil.

— *Cher ami*, se eu não concordasse ela ficaria terrivelmente zangada, ter-ri-vel-men-te! Mas mesmo assim menos do que agora, que eu concordei.

Ficou contente com essa frasezinha e naquela noite consumimos uma garrafa. Mas isso foi apenas um instante; no dia seguinte estava mais horrível e mais sorumbático que nunca.

No entanto, eu me agastava mais com ele porque ele não se decidia sequer a fazer a necessária visita aos Drozdov, que acabavam de retornar, a fim de renovar a amizade, o que, como se ouvia dizer, eles mesmos desejavam, pois já andavam perguntando por ele, o que o deixava dia a dia melancólico. De Lizavieta Nikoláievna ele falava com um entusiasmo incompreensível para mim. Não há dúvida de que recordava nela a criança que ele tanto amara; mas, além disso, sem que se soubesse por quê, imaginava que ao lado dela iria encontrar imediatamente o alívio para todos seus tormentos presentes e até resolver suas dúvidas mais importantes. Em Lizavieta Nikoláievna ele supunha encontrar um ser fora do comum. E ainda assim não a procurava, embora todo dia se preparasse para fazê-lo. O principal é que naquele momento eu mesmo queria muitíssimo ser apresentado e recomendado a ela, para o que podia contar única e exclusivamente com Stiepan Trofímovitch. Naqueles idos causavam impressões extraordinárias em mim os nossos frequentes encontros, é claro que na rua, quando ela saía para passear vestida à amazona e montada em um belo cavalo, acompanhada de um pretenso parente, um belo oficial, sobrinho do falecido general Drozdov. Minha cegueira durou apenas um instante, logo me conscientizei de toda a impossibilidade do meu sonho, mas ele existiu em realidade, ainda que por um instante, e por isso dá para imaginar como às vezes me indignava com o meu pobre amigo pela sua obstinada reclusão.

Desde o início, todos os nossos foram oficialmente avisados de que Stiepan Trofímovitch não iria receber ninguém durante algum tempo e pedia que o deixassem em absoluta paz. Insistia em que esse aviso fosse feito em forma de circular, embora eu o desaconselhasse. A seu pedido, levei todos na conversa e lhes disse que Varvara Pietrovna incumbira o nosso "velho" (era assim que entre nós chamávamos Stiepan Trofímovitch) de algum trabalho extra: pôr em ordem alguma correspondência de vários anos; que ele se trancara e eu o ajudava, etc., etc. Só não tive tempo de procurar Lipútin, e estava sempre adiando, ou melhor, eu temia ir à casa dele. Sabia de antemão que ele não iria acreditar em nenhuma palavra minha, que iria forçosamente imaginar que ali havia um segredo que queriam ocultar propriamente dele, e tão logo eu deixasse sua casa ele sairia pela cidade inteira assuntando e bisbilhotando. Enquanto eu imaginava tudo isso, aconteceu que esbarrei involuntariamente nele na rua. Verificou-se que já ficara sabendo de tudo através dos nossos, a quem eu acabara de avisar. Contudo, coisa estranha, não só não estava curioso como nem perguntou por Stiepan Trofímovitch e, ao contrário, ainda me interrompeu quando eu fazia menção de me desculpar por não ter ido à sua casa antes, e imediatamente mudou de assunto. É verdade que andava cheio de coisa para contar; estava com o espírito extremamente excitado e se alegrou por me pegar como ouvinte. Começou a falar das notícias da cidade, da chegada da mulher do governador "cheia de conversa nova", de uma oposição que já se formara no clube, que todo mundo andava gritando sobre as novas ideias e que estas haviam pegado em todos, etc., etc. Falou cerca de um quarto de hora, e de modo tão engraçado que não consegui me despregar do assunto. Embora eu não conseguisse suportá-lo, mesmo assim confesso que tinha o dom de se fazer ouvir, sobretudo quando ficava muito furioso com alguém. A meu ver, aquele homem era um espião de verdade e nato. Em qualquer momento estava a par de todas as últimas novidades e de todos os podres da nossa cidade, predominantemente no que tangia às canalhices, e era de admirar o quanto tomava a peito coisas que às vezes absolutamente não lhe diziam respeito. Sempre me parecia que o traço principal do seu caráter era a inveja. Quando, na mesma noite, transmiti a Stiepan Trofímovitch a notícia do encontro com Lipútin e da nossa conversa, ele, para minha surpresa, ficou sumamente inquieto e me fez uma pergunta absurda: "Lipútin está sabendo ou não?". Procurei lhe demonstrar que não havia possibilidade de que ele ficasse sabendo tão cedo e, ademais, não havia de quem: mas Stiepan Trofímovitch fez finca-pé.

— Bem, acredite ou não — concluiu por fim de forma inesperada —, estou convencido de que ele não só já sabe de tudo, e com todos os detalhes, sobre a *nossa* situação, como ainda sabe mais do que isso, sabe algo que nem você nem eu ainda sabemos e talvez nunca venhamos a saber, ou talvez saibamos quando já for tarde, quando já não houver mais retorno!...

Calei-me, mas essas palavras aludiam a muita coisa. Depois, passamos cinco dias inteiros sem dizer uma palavra que mencionasse Lipútin; para mim era claro que Stiepan Trofímovitch lamentava muito ter dado com a língua nos dentes e me haver revelado tais suspeitas.

II

Certa vez pela manhã — ou seja, sete ou oito dias depois que Stiepan Trofímovitch aceitara o noivado —, quando, por volta das onze horas, eu ia com a pressa de sempre para a casa do meu aflito amigo, aconteceu-me um incidente.

Encontrei Karmazínov, o "grande escritor", como Lipútin o chamava. Desde a infância que eu lia Karmazínov. Suas novelas e contos eram conhecidos de toda a geração passada e da nossa também; eu mesmo me deleitava com eles; eram o deleite da minha adolescência e da minha mocidade. Mais tarde sua pena me suscitou certa frieza; as novelas de tendência, que ultimamente não parava de escrever, já não me agradavam tanto como as suas primeiras obras, nas quais havia tanta poesia imediata; mas eu não gostava nem um pouco de suas últimas obras.

Em linhas gerais — se me atrevo a exprimir também minha opinião em um assunto tão delicado —, todos esses nossos senhores são talentos de médio porte, que durante suas vidas costumam ser considerados quase gênios, mas quando morrem não só desaparecem da memória das pessoas quase sem deixar vestígios e meio de repente, como acontece que até em vida acabam sendo esquecidos e desprezados por todos com incrível rapidez, mal cresce a nova geração que substitui aquela em que eles atuavam. De certo modo, isso acontece subitamente entre nós, como se fosse uma mudança de decoração de teatro. Mas aqui não é absolutamente o que acontece com os Púchkins, Gógols, Molières, Voltaires, com todos esses homens ativos que vieram para dizer sua palavra nova! Ainda é verdade que, no declínio dos seus honrosos anos, esses mesmos senhores de talento de médio porte se esgotam entre nós, e do modo habitualmente mais lamentável, sem que sequer o percebam inteiramente. Não raro, verifica-se que o escritor a quem durante muito tempo se atribuiu uma excepcional profundidade de ideias e do qual se esperava uma influência excepcional e séria sobre o movimento da sociedade, ao fim e ao cabo, revela que sua ideiazinha básica era tão rala e pequena que ninguém sequer lamenta que ele tenha conseguido esgotar-se com tamanha brevidade. Mas os velhinhos grisalhos não notam tal coisa e se zangam. Justo ao término da sua atividade, seu amor-próprio às vezes ganha proporções dignas de espanto. Deus sabe por quem eles começam a tomar a si mesmos — quando nada por deuses. A respeito de Karmazínov, falam que ele quase chega a prezar mais as relações com os homens fortes e a alta sociedade do que com a própria alma. Dizem que, se encontra uma pessoa, cumula-a de atenções, lisonjeia, encanta com sua simplicidade, sobretudo se por algum motivo precisar dela e, é claro, se ela lhe tiver sido previamente recomendada. Mas, diante do primeiro príncipe, da primeira condessa ou da primeira pessoa que lhe infunda temor, considera um dever sagrado esquecer aquela pessoa com o mais ofensivo desprezo, como um cavaco, uma mosca, no mesmo instante, antes que tal pessoa ao menos tenha tempo de sair de sua casa; acha seriamente que isso é o mais elevado e o mais belo tom. Apesar do pleno autodomínio e do conhecimento absoluto das boas maneiras, dizem que é tão egoísta, tão histérico, que de maneira nenhuma consegue esconder sua irritabilidade de autor mesmo naqueles círculos da sociedade que pouco se interessam por literatura. Se por acaso alguém o desconcerta com sua indiferença, fica morbidamente ofendido e procura vingar-se.

Faz um ano que li numa revista um artigo dele, escrito com a terrível pretensão de atingir a mais ingênua poesia e, além disso, a psicologia. Descreve a destruição de um navio[103] em algum porto inglês, ocorrência de que fora testemunha, e viu salvarem os que estavam morrendo e resgatarem os afogados. Todo esse artigo é bastante longo e prolixo, e ele o escreveu com a única finalidade de autopromover-se por algum motivo. Lê-se nas entrelinhas: "Interessem-se por mim, vejam como eu me portei naquele instante. De que lhes valem esse mar, essa tempestade, os rochedos, as lascas do navio? Ora, eu lhes descrevi suficientemente tudo isso com a minha vigorosa pena. Por que ficam olhando para essa afogada com a criança morta nos braços mortos? É melhor que observem a mim, a maneira como não suportei esse espetáculo e lhe dei as costas. Aqui estou de costas; aqui estou tomado de horror e sem forças para olhar para trás; apertando os olhos; não é verdade que isso é interessante?". Quando transmiti minha opinião sobre o artigo de Karmazínov a Stiepan Trofímovitch, ele concordou comigo.

Quando em nossa cidade correram recentemente os boatos de que Karmazínov estava para chegar, eu, é claro, desejei muitíssimo vê-lo e, se possível, conhecê-lo. Sabia que podia fazê-lo através de Stiepan Trofímovitch; outrora os dois haviam sido amigos. E eis que de súbito eu dou de cara com ele em um cruzamento. Imediatamente o reconheci; já mo haviam mostrado uns três dias antes, quando ele passava de carruagem com a mulher do governador.

Era um velhote nada alto, afetado, aliás, não passava dos cinquenta e cinco anos, rostinho bastante corado, cabelos cacheados bastos e grisalhos, que escapavam por baixo da cartola e se enrolavam ao redor das orelhas pequenas, limpinhas e rosadas. Tinha um rostinho limpo não inteiramente bonito, lábios finos, longos e de feição astuta, nariz um tanto carnudo e penetrantes olhinhos castanhos, inteligentes e miúdos. Vestia-se meio à antiga, com uma capa por cima como as que se usavam naquela estação em algum lugar da Suíça ou do norte da Itália. Mas pelo menos as coisinhas do seu vestuário — as abotoadurazinhas, o colarinhozinho, os botõezinhos, o lornhão de tartaruga com uma fitinha preta fina, o anelzinho — eram, sem dúvida, daquelas que usam as pessoas de irrepreensível bom-tom. Estou certo de que no verão ele usa os sapatinhos coloridos de *prunelle*[104] ladeados de botõezinhos de madrepérola. Quando nos esbarramos, parou um pouco numa cur-

[103] Esse fato está ligado ao naufrágio do navio *Nicolau I* em maio de 1838, descrito por Turguêniev no conto *Incêndio no mar* (1883), pouco antes de sua morte. (N. da E.)

[104] Em francês: tecido fino de algodão ou lã usado para calçados, forro de móveis, etc. (N. da E.)

va e olhou atentamente ao redor. Ao notar que eu o olhava com curiosidade, perguntou-me com a vozinha melosa, embora um tanto cortante:

— Com licença, qual é o caminho mais próximo para a rua Bíkova?

— Para a rua Bíkova? Fica aqui mesmo, pertinho — bradei com uma inquietação incomum. — Sempre em frente por esta rua e depois dobre a segunda à esquerda.

— Sou-lhe muito grato.

Momento maldito: parece que eu me intimidei e fiquei olhando com ar servil! Num abrir e fechar de olhos ele notou tudo e, é claro, percebeu tudo no mesmo instante, ou seja, soube que eu já sabia quem era ele, que eu o lia e o venerava desde a infância, que agora eu estava intimidado e o olhava com ar servil. Sorriu, tornou a fazer um sinal de cabeça e seguiu em frente como eu lhe havia indicado. Não sei por que dei meia-volta atrás dele; não sei para que corri dez passos ao seu lado. Súbito tornou a parar.

— O senhor não poderia me indicar onde posso encontrar uma carruagem de aluguel mais perto? — tornou a gritar para mim.

Um grito detestável; uma voz detestável!

— Uma carruagem? as carruagens ficam... bem pertinho daqui... na frente da igreja, estão sempre lá — e por pouco não saí correndo para chamar uma carruagem. Desconfio de que era isso mesmo o que ele esperava de mim. É claro que no mesmo instante atinei e parei, mas ele percebeu muito bem o meu movimento e me acompanhou com o mesmo sorriso detestável. Aí aconteceu aquilo que nunca irei esquecer.

Súbito ele deixou cair uma sacolinha que segurava na mão esquerda. Aliás, não era uma sacolinha mas uma caixinha qualquer, ou melhor, uma pastinha ou, melhor ainda, uma *réticulezinha*,[105] daquele tipo antigo de *réticule* usado pelas senhoras; pensando bem, não sei o que era, sei apenas que, parece, me precipitei para apanhá-la.

Estou plenamente convicto de que não a apanhei, mas o primeiro movimento que fiz foi indiscutível; já não consegui escondê-lo e corei como um imbecil. O finório extraiu imediatamente da circunstância tudo o que poderia extrair.

— Não se preocupe, eu mesmo a apanho — pronunciou com ar encantador, isto é, quando já havia notado perfeitamente que eu não iria apanhar a *réticule*, ele mesmo a apanhou como se se antecipasse a mim, fez um sinal com a cabeça e seguiu seu caminho, deixando-me com cara de bobo. Seria

[105] Em francês: sacola de uso feminino. (N. do T.)

indiferente que eu a apanhasse. Durante uns cinco minutos eu me considerei plena e eternamente desmoralizado; mas, ao me aproximar da casa de Stiepan Trofímovitch, dei uma súbita gargalhada. O encontro me pareceu tão engraçado que resolvi imediatamente distrair Stiepan Trofímovitch com a narração e representar para ele toda a cena, inclusive com mímica.

III

Mas dessa vez, para minha surpresa, eu o encontrei extremamente mudado. É verdade que se precipitou para mim com certa avidez mal eu entrei, e ficou a me ouvir, mas com um ar desnorteado de quem inicialmente não parecia compreender as minhas palavras. No entanto, mal eu pronunciei o nome de Karmazínov, perdeu inteiramente as estribeiras.

— Não me fale, não pronuncie! — exclamou quase em fúria. — Veja, leia! Leia!

Puxou a gaveta e lançou na mesa três pequenos pedaços de papel escritos às pressas a lápis, todos de Varvara Pietrovna. O primeiro bilhete era de dois dias antes, o segundo da véspera e o último chegara hoje há apenas uma hora; seu conteúdo era o mais insignificante, tudo sobre Karmazínov, e denunciavam a inquietação fútil e ambiciosa de Varvara Pietrovna movida pelo medo de que Karmazínov se esquecesse de visitá-la. Eis o primeiro, recebido anteontem (provavelmente trasanteontem e talvez ainda há quatro dias):

> "Se hoje ele finalmente lhe fizer a honra, peço que não diga uma palavra a meu respeito. Nem a mínima alusão. Não fale em mim nem me mencione.
>
> V. S."

O de ontem:

> "Se ele resolver finalmente lhe fazer uma visita hoje pela manhã, o mais decente, acho eu, é não o receber em absoluto. Essa é a minha opinião, não sei a sua.
>
> V. S."

O de hoje e último:

> "Estou certa de que na sua casa há uma carroça inteira de lixo e uma coluna de fumaça de tabaco. Vou mandar Mária e Fómuchka

à sua casa; em meia hora eles limparão tudo. Não atrapalhe e fique sentado na cozinha enquanto eles fazem a faxina. Mando-lhe um tapete de Bukhara e dois vasos chineses: há muito eu pretendia presenteá-lo; mando-lhe ainda o meu Teniers[106] (provisoriamente). Os vasos podem ser colocados na janela, mas o Teniers você pendure à direita do retrato de Goethe, ali fica mais visível e pela manhã sempre há luz. Se ele finalmente aparecer, receba-o com gentileza refinada, mas procure falar de insignificâncias, de alguma coisa erudita, e com um ar que dê a impressão de que vocês se despediram apenas ontem. A meu respeito nenhuma palavra. Pode ser que à noite eu vá até aí.

V. S.

P.S. Se ele não vier hoje, então não virá em absoluto."

Li e me admirei de que ele estivesse tão inquieto por tais bobagens. Olhando-o de modo interrogativo, súbito notei que, enquanto eu lia, ele conseguira trocar a eterna gravata branca por uma vermelha. O chapéu e a bengala estavam na mesa. Ele estava pálido e as mãos tremiam.

— Não quero saber das inquietações dela! — gritava em fúria, respondendo ao meu olhar interrogativo. — *Je m'en fiche!*[107] Ela tem ânimo para inquietar-se por causa de Karmazínov mas não responde às minhas cartas! Veja, veja uma carta minha, lacrada, que ela me devolveu ontem, está ali na mesa, debaixo do livro, debaixo do *L'Homme qui rit.*[108] Que me importa que ela esteja se consumindo por causa de Ni-kó-lien-ka! *Je m'en fiche et je proclame ma liberté. Au diable le Karmazínov! Au diable la Lembke.*[109] Escondi os vasos na antessala e o Teniers na cômoda, e exigi que ela me recebesse imediatamente. Ouça: exigi! Enviei-lhe um pedaço de papel igual, escrito a lápis, sem lacre, por Nastácia, e estou esperando. Quero que Dária Pávlovna me declare ela mesma e dos próprios lábios perante o céu ou pelo menos perante você. *Vous me seconderez, n'est ce pas, comme ami et témoin?*[110]

[106] David Teniers (1610-1690): pintor flamengo, famoso pelos quadros sobre o cotidiano, banquetes, festas rurais, casamentos. (N. da E.)

[107] "Não ligo para isso!" (N. do T.)

[108] *O homem que ri*, romance de Victor Hugo, escrito em 1869. (N. do T.)

[109] "Não ligo para isso e proclamo minha liberdade. Ao diabo com esse Karmazínov! Ao diabo com essa Lembke." (N. do T.)

[110] "Você me apoiará como amigo e testemunha, não é?" (N. do T.)

Não quero corar, não quero mentir, não quero segredos, não permitirei segredos nesse assunto! Que me confessem tudo, com franqueza, simplicidade, nobreza, e então... Então eu talvez deixe toda a geração admirada da minha magnanimidade!... Sou ou não um canalha, meu caro senhor? — concluiu de repente, olhando-me com ar ameaçador, como se fosse eu que o considerasse canalha.

Pedi-lhe que tomasse um pouco de água; eu ainda não o havia visto daquele jeito. Durante todo o tempo em que falou, correu de um canto a outro do cômodo, mas parou súbito à minha frente, fazendo uma pose incomum.

— Porventura você pensa — recomeçou com uma arrogância doentia, observando-me da cabeça aos pés —, porventura você pode supor que eu, Stiepan Trofímovitch, não encontrarei em mim força moral bastante para pegar meu baú — meu baú de mendigo! —, lançá-lo sobre os fracos ombros, sair pelo portão e sumir daqui para sempre quando assim o exigirem a honra e o grande princípio da independência? Não é a primeira vez que Stiepan Vierkhoviénski irá rechaçar o despotismo com a magnanimidade, ainda que seja o despotismo de uma mulher louca, ou seja, o despotismo mais ofensivo e cruel que pode existir na face da terra, mesmo que o senhor tenha acabado de dar a impressão de rir das minhas palavras, meu caro senhor! Oh, o senhor não acredita que eu possa encontrar em mim magnanimidade bastante para saber terminar a vida na casa de um comerciante como preceptor ou morrer de fome ao pé de uma cerca! Responda, responda imediatamente: acredita ou não?

Mas eu calava de propósito. Até fingi que não me atrevia a ofendê-lo com uma resposta negativa, mas não podia. Em toda aquela irritação havia qualquer coisa que me ofendia terminantemente, e não era pessoal, oh, não! Entretanto... depois eu me explico.

Ele chegou até a empalidecer.

— Será que eu o aborreço, G-v (esse é meu sobrenome), e você deseja... deixar definitivamente de vir à minha casa? — pronunciou com aquele tom de pálida tranquilidade que costuma anteceder alguma explosão singular. Levantei-me de um salto, assustado; no mesmo instante entrou Nastácia e entregou a Stiepan Trofímovitch um papel com algo escrito a lápis. Ele correu os olhos sobre o papel e o lançou para mim. No papel havia três palavras escritas a lápis pela mão de Varvara Pietrovna: "Fique em casa".

Stiepan Trofímovitch agarrou a bengala e o chapéu e saiu rapidamente do cômodo; segui maquinalmente atrás dele. Súbito se fizeram ouvir vozes e o ruído dos passos rápidos de alguém no corredor. Ele parou como que fulminado por um raio.

— É Lipútin, e estou perdido! — murmurou, agarrando-me pelo braço. No mesmo instante Lipútin entrou no cômodo.

IV

Por que estaria perdido por causa de Lipútin eu não sabia e, aliás, não dei importância à palavra; eu atribuía tudo aos nervos. Mas mesmo assim o susto dele era incomum, e resolvi observar com atenção.

Só o aspecto de Lipútin ao entrar já anunciava que dessa vez ele tinha um direito especial de fazê-lo, a despeito de todas as proibições. Trazia consigo um senhor desconhecido, pelo visto recém-chegado. Em resposta ao olhar apalermado do estupefato Stiepan Trofímovitch, foi logo exclamando em voz alta:

— Trago uma visita, e especial! Atrevo-me a perturbar o retiro. O senhor Kiríllov, excelentíssimo engenheiro civil. E o principal é que conhece o seu filho, o prezado Piotr Stiepánovitch; e é muito íntimo; e vem com uma missão da parte dele. Acabou de chegar.

— A missão foi você que acrescentou — observou rispidamente a visita —, não houve missão nenhuma, e quanto a Vierkhoviénski, é verdade que o conheço. Deixei-o na província de Kh-skaia, faz dez dias.

Stiepan Trofímovitch estendeu maquinalmente a mão e indicou uma cadeira; olhou para mim, olhou para Lipútin e súbito, como se voltasse a si, sentou-se depressa, mas ainda segurando o chapéu e a bengala sem se dar conta.

— Puxa, o senhor está de saída! Mas me disseram que estava totalmente enfermo de tanto trabalhar.

— Sim, estou doente e agora ia sair para um passeio, eu... — Stiepan Trofímovitch parou, largou o chapéu e a bengala no sofá e corou.

Nesse ínterim examinou apressadamente a visita. Era um homem ainda jovem, de aproximadamente vinte e sete anos, bem-vestido, esbelto, um moreno magro, de rosto pálido com matiz um tanto manchado e olhos negros sem brilho. Parecia meio pensativo e desatento, falava com voz entrecortada e cometendo erros de gramática, repondo as palavras na ordem de maneira meio estranha e confundindo-se se tinha de fazer uma frase mais longa. Lipútin notou todo o susto extraordinário de Stiepan Trofímovitch e estava visivelmente satisfeito. Sentou-se numa cadeira de vime, que arrastou quase até o centro do cômodo para ficar a igual distância entre o anfitrião e a visita, que se haviam disposto frente a frente em dois sofás opostos. Seus olhos penetrantes farejavam todos os cantos com curiosidade.

— Eu... faz tempo que não vejo Pietrucha... Vocês se encontraram no estrangeiro? — murmurou com dificuldade Stiepan Trofímovitch para a visita.

— Tanto aqui quanto no estrangeiro.

— O próprio Aleksiêi Nílitch acaba de voltar do estrangeiro depois de quatro anos ausente — secundou Lipútin —, foi aperfeiçoar-se em sua especialidade e veio para cá com a esperança fundamentada de arranjar emprego na construção da nossa ponte ferroviária, e agora está aguardando resposta. Conhece os Drozdov e Lizavieta Nikoláievna através de Piotr Stiepánovitch.

O engenheiro estava ali sentado, parecendo macambúzio, e escutava com uma impaciência desajeitada. Parecia-me zangado com alguma coisa.

— Conhece também Nikolai Vsievolódovitch? — quis saber Stiepan Trofímovitch.

— Conheço também esse.

— Eu... já não vejo Pietrucha há um tempo extraordinariamente grande e... me acho tão pouco no direito de me chamar de pai... *c'est le mot*;[111] eu... como o senhor o deixou?

— Eu o deixei assim, assim... ele mesmo virá para cá — mais uma vez o senhor Kiríllov tentou livrar-se do assunto. Estava terminantemente zangado.

— Virá! Até que enfim eu... veja, faz tempo demais que não vejo Pietrucha! — repisou essa frase Stiepan Trofímovitch. — Agora espero o meu pobre menino, diante do qual... oh, diante do qual tenho tanta culpa! Ou seja, propriamente estou querendo dizer que ao deixá-lo naquela ocasião em Petersburgo, eu... numa palavra, eu o considerava um nada, *quelque chose dans ce genre*.[112] Sabe, o menino é nervoso, muito sensível e... timorato. Quando ia se deitar para dormir, inclinava-se quase até o chão e fazia o sinal da cruz sobre o travesseiro para não morrer de noite... *je m'en souviens. Enfin*,[113] nenhum sentimento do elegante, isto é, de algo superior, fundamental, de algum embrião da futura ideia... *c'était comme un petit idiot*.[114] Aliás, parece que eu mesmo me confundi, desculpe, eu... o senhor me encontrou...

— O senhor falava sério quando disse que ele fazia o sinal da cruz sobre o travesseiro? — súbito quis saber o engenheiro com alguma curiosidade especial.

— Sim, fazia...

[111] "é a palavra". (N. do T.)

[112] "alguma coisa desse gênero". (N. do T.)

[113] "eu me lembro. Enfim". (N. do T.)

[114] "era como um pequeno idiota". (N. do T.)

— Não, perguntei por perguntar; continue.

Stiepan Trofímovitch olhou interrogativo para Lipútin.

— Eu lhe sou muito grato pela visita mas, confesso, agora eu... não estou em condição... Permita, entretanto, saber, onde está hospedado.

— Na rua Bogoiavliénskaia,[115] no edifício Fillípov.

— Ah, é lá onde mora Chátov — observei sem querer.

— Exatamente, no mesmo prédio — exclamou Lipútin. — Só que Chátov mora em cima, no mezanino, e ele se hospedou embaixo, na casa do capitão Lebiádkin. Ele conhece Chátov e conhece também a esposa de Chátov. Encontrava-se com ela no estrangeiro e tinham muita intimidade.

— *Comment!*[116] Então quer dizer que o senhor sabe alguma coisa sobre esse matrimônio infeliz *de ce pauvre ami*[117] e conhece essa mulher? — exclamou Stiepan Trofímovitch subitamente levado pelo sentimento. — O senhor é a primeira pessoa que eu encontro que está pessoalmente a par disso; e se...

— Que absurdo! — cortou o engenheiro todo corado. — Como você acrescenta isso, Lipútin! Nunca vi a mulher de Chátov; eu a avistei uma única vez, de longe, e não de perto, absolutamente... Chátov eu conheço. Por que você acrescenta coisas diferentes?

Deu uma volta brusca no sofá, pegou o chapéu, depois o colocou de volta e, tornando a sentar-se como antes, fixou com certo desafio seus olhos negros e incandescentes em Stiepan Trofímovitch. Não consegui entender essa estranha irritabilidade.

— Queiram me desculpar — observou Stiepan Trofímovitch com imponência —, eu compreendo que essa questão pode ser delicadíssima...

— Aqui não há nenhuma questão delicadíssima, isso é até vergonhoso, não foi com o senhor que eu gritei que era um "absurdo" mas com Lipútin, porque ele acrescentou. Desculpe-me, se o senhor tomou isso para si. Chátov eu conheço mas a mulher dele absolutamente não conheço... absolutamente não conheço!

— Entendi, entendi, e se insisti foi unicamente porque gosto muito do nosso pobre amigo, *notre irascible ami*,[118] e sempre me interessei... A meu ver, esse homem mudou de modo excessivamente brusco de ponto de vista,

[115] Literalmente, rua da Epifania. (N. do T.)

[116] "Como!" (N. do T.)

[117] "desse pobre amigo". (N. do T.)

[118] "nosso irascível amigo". (N. do T.)

seus pensamentos anteriores, talvez demasiado jovens, mesmo assim eram corretos. E agora brada tantas coisas diferentes sobre a *notre sainte Russie* que há muito tempo eu já venho atribuindo essa reviravolta em seu organismo — não quero denominá-la de outro modo — a alguma forte comoção familiar e precisamente ao seu fracassado casamento. Eu, que estudei a minha pobre Rússia como os meus dois dedos[119] e consagrei ao povo russo toda a minha vida, posso lhe assegurar que ele não conhece o povo russo,[120] e ainda por cima...

— Eu também desconheço inteiramente o povo russo e... não tenho tempo algum para estudá-lo! — tornou a cortar o engenheiro, e outra vez virou-se bruscamente no sofá. Stiepan Trofímovitch cortou o discurso pelo meio.

— Ele estuda, estuda — secundou Lipútin —, já começou a estudar e está escrevendo um curiosíssimo artigo sobre as causas dos casos de suicídio que se tornaram frequentes na Rússia[121] e em geral sobre as causas que aceleram ou inibem a difusão do suicídio na sociedade. Chegou a resultados surpreendentes.

O engenheiro ficou muitíssimo inquieto.

— Você não tem nenhum direito de falar isso — murmurou irado —, não estou escrevendo artigo nenhum. Não vou escrever bobagens. Eu lhe fiz uma pergunta confidencial, de modo totalmente involuntário. Não se trata de artigo nenhum; eu não publico, e você não tem o direito...

Lipútin se deliciava visivelmente.

— Desculpe, pode ser que eu tenha me enganado ao chamar seu trabalho literário de artigo. Ele apenas reúne observações, mas não toca absolutamente na essência da questão ou, por assim dizer, no seu aspecto moral; até rejeita inteiramente a própria moral e professa o princípio moderno da destruição universal com vistas a objetivos definitivos, bons. Já exige mais de cem milhões de cabeças para a implantação do bom senso na Europa, bem mais do que exigiram no último congresso da paz. Nesse sentido, Aleksiêi Nílitch superou todos os outros.

[119] Stiepan Trofímovitch deturpa a expressão russa "*kak svoí pyat páltziev*", "como os meus cinco dedos", que equivale à nossa "como a palma da mão". (N. do T.)

[120] Nessas palavras há uma ironia com a seguinte passagem de *Trechos escolhidos da correspondência com amigos*, de Gógol: "Esperavam que eu conhecesse a Rússia como os cinco dedos da mão; mas não sei coisíssima nenhuma a respeito dela". (N. da E.)

[121] O tema do suicídio ocupou seriamente Dostoiévski na década de 1870, e ele o atribuía à desordem geral da sociedade russa depois da reforma de 1861. (N. da E.)

O engenheiro ouvia com um sorriso desdenhoso e pálido. Todos ficaram cerca de meio minuto em silêncio.

— Tudo isso é uma tolice, Lipútin — pronunciou finalmente o senhor Kiríllov com certa dignidade. — Se lhe mencionei inadvertidamente alguns pontos e você os secundou, é problema seu. Mas você não tem esse direito, porque nunca falo nada para ninguém. Sinto desprezo por falar... Se há convicções, para mim está claro... mas você fez uma tolice. Não discuto questões que estão inteiramente encerradas. Não posso discutir agora. Nunca sinto vontade de discutir...

— E talvez proceda magnificamente — não se conteve Stiepan Trofímovitch.

— Eu me desculpo perante os senhores, mas não estou zangado com ninguém aqui — continuou a visita, atropelando as palavras com exaltação —, vi pouca gente em quatro anos... Durante quatro anos conversei pouco e, tendo em vista os meus objetivos, procurei evitar pessoas que não tivessem nada com o assunto, durante quatro anos. Lipútin descobriu e vive troçando. Eu compreendo e não ligo. Não sou melindroso, mas a liberdade dele me aborrece. E se não exponho ideias com os senhores — concluiu inesperadamente e percorrendo todos nós com o olhar firme —, não é por nenhum temor de que me denunciem ao governo; isso não; por favor não pensem bobagens nesse sentido...

A essas palavras já ninguém respondeu nada, as pessoas apenas trocaram olhares. Até o próprio Lipútin esqueceu suas risadinhas.

— Senhores, lamento muito — Stiepan Trofímovitch levantou-se decidido do sofá —, mas eu me sinto muito pouco saudável e perturbado. Desculpem.

— Ah, isso é para a gente sair — apercebeu-se o senhor Kiríllov agarrando o quepe —, foi bom o senhor ter falado, porque sou esquecido.

Levantou-se e com ar bonachão aproximou-se de Stiepan Trofímovitch com a mão estendida.

— Lamento que o senhor não esteja bem, mas eu vim...

— Eu lhe desejo todo tipo de sucesso aqui — respondeu Stiepan Trofímovitch, apertando-lhe a mão com boa vontade e sem pressa. — Compreendo que, segundo as suas palavras, o senhor passou tanto tempo no estrangeiro evitando as pessoas por causa dos seus fins e esqueceu a Rússia, então é claro que deve olhar involuntariamente para nós, russos autóctones, com surpresa, e nós de igual maneira para o senhor. *Mais cela passera.*[122] Só uma

[122] "Mas isso passa." (N. do T.)

coisa me deixa embaraçado: o senhor quer construir a nossa ponte e ao mesmo tempo anuncia que é a favor do princípio da destruição universal. Não vão deixar o senhor construir a nossa ponte!

— Como? Como o senhor disse isso... ah, diabos! — exclamou estupefato Kiríllov, e súbito desatou a rir com o riso mais alegre e vivo. Por um instante seu rosto ganhou a expressão mais infantil e me pareceu que isso lhe caía muito bem. Lipútin esfregava as mãos em êxtase por causa da palavrinha adequada de Stiepan Trofímovitch. Quanto a mim, só me admirava: em que Lipútin tanto assustara Stiepan Trofímovitch e por que ao ouvir sua voz gritara "estou perdido"?

V

Estávamos todos no umbral da porta. Era aquele momento em que os anfitriões e as visitas trocam às pressas as últimas palavrinhas mais gentis e em seguida se despedem bem.

— Tudo isso é porque hoje ele está sombrio — inseriu súbito Lipútin já saindo inteiramente do cômodo e, por assim dizer, voando —, porque há pouco levantou-se um barulho com o capitão Lebiádkin por causa da irmãzinha. Todo dia o capitão Lebiádkin açoita sua bela irmãzinha louca de manhã e de tarde com uma *nagaika*[123] cossaca legítima. Assim Aleksiêi Nílitch ocupou no mesmo prédio a casa dos fundos para ficar de fora. Bem, até à vista.

— A irmã? Doente? Com *nagaika*? — foi o que gritou Stiepan Trofímovitch, como se ele mesmo recebesse de repente uma vergastada de *nagaika*. — Que irmã? Que Lebiádkin?

O susto de há pouco voltou num abrir e fechar de olhos.

— Lebiádkin? Ah, é um capitão da reserva; antes chamava-se apenas capitão...

— Ora, o que é que eu tenho a ver com a patente! Que irmã? Meu Deus... o senhor diz: Lebiádkin? É que entre nós houve um Lebiádkin...

— É esse mesmo, o *nosso* Lebiádkin, está lembrado, em casa de Virguinski?

— Mas aquele não foi preso com notas falsificadas?

— Acontece que voltou, já faz quase três semanas, e nas circunstâncias mais especiais.

— Só que é um patife!

[123] Látego de correias. (N. do T.)

— Como na nossa cidade não pudesse haver um patife! — ofendeu-se de chofre Lipútin, como que apalpando Stiepan Trofímovitch com seus olhinhos brejeiros.

— Ah, meu Deus, não é nada disso que estou falando... se bem que no tocante a patifes estou de pleno acordo com o senhor, precisamente com o senhor. Mas, e depois, e depois? O que o senhor quis dizer com isso?... Sim, porque com isso o senhor está querendo forçosamente dizer alguma coisa!

— Ora, tudo isso são tamanhas bobagens... ou seja, esse capitão, ao que tudo indica, partiu daqui naquela ocasião não para tratar de notas falsificadas, mas unicamente para procurar a irmãzinha, e esta parecia estar se escondendo dele em lugar desconhecido; mas agora ele a trouxe para cá, e aí está toda a história. O que precisamente o assusta, Stiepan Trofímovitch? Aliás, estou falando tudo isso por causa da tagarelice dele quando está bêbado, porque quando está sóbrio ele mesmo faz silêncio sobre essa questão. É um homem irascível e, como é que se pode dizer, ostenta uma estética militar, mas é de mau gosto. E essa irmãzinha não é só louca como também coxa. Teria sido seduzida e desonrada por alguém, e por isso o senhor Lebiádkin já viria há muitos anos recebendo um tributo anual do sedutor como recompensa pela nobre ofensa; ao menos é o que se depreende da tagarelice dele — a meu ver é apenas conversa de bêbado. Anda simplesmente se vangloriando. Ademais esse tipo de coisa sai bem mais barato. E quanto ao fato de que está endinheirado, isso é absolutamente verdadeiro; há uma semana e meia andava descalço e agora, eu mesmo vi, tem centenas de rublos nas mãos. A irmãzinha tem uns ataques diários, gane, e ele a "põe em ordem" com a *nagaika*. Como dizem, à mulher é preciso infundir respeito. Só não entendo como Chátov ainda consegue se dar bem com eles. Aleksiêi Nílitch aguentou apenas três dias com eles, já se conheciam desde Petersburgo, e agora ocupa o pavilhão ao lado para evitar os incômodos.

— Tudo isso é verdade? — perguntou Stiepan Trofímovitch ao engenheiro.

— Você fala pelos cotovelos, Lipútin — murmurou o outro com ira.

— Mistérios, segredos! De onde tantos mistérios e segredos apareceram de súbito por aqui! — exclamou Stiepan Trofímovitch sem se conter.

O engenheiro fechou a cara, corou, deu de ombros e fez menção de sair do cômodo.

— Aleksiêi Nílitch chegou até a tomar-lhe a *nagaika*, quebrou-a, atirou-a pela janela, e os dois brigaram muito — acrescentou Lipútin.

— Por que você tagarela, Lipútin? É uma tolice, por quê? — Aleksiêi Nílitch tornou a virar-se num abrir e fechar de olhos.

— A troco de que esconder por modéstia os mais nobres movimentos da alma, ou seja, da sua alma? Não estou falando da minha.

— Que coisa tola... e totalmente desnecessária... Lebiádkin é tolo e totalmente vazio — e inútil para a ação e... absolutamente nocivo. Por que você tagarela tanto? Estou indo.

— Ah, que pena! — exclamou Lipútin com um sorriso vivo. — Senão, Stiepan Trofímovitch, eu ainda o faria rir com mais uma historiazinha. Até vim para cá com a intenção de comunicá-la, se bem que na certa o senhor já ouviu falar. Bem, fica para outra vez. Aleksiêi Nílitch está com tanta pressa... Até logo. Houve uma historiazinha com Varvara Pietrovna, ela me fez rir anteontem, mandou me chamar de propósito, simplesmente humor. Até logo.

Mas nesse ponto Stiepan Trofímovitch agarrou-se a ele: agarrou pelos ombros, fê-lo voltar bruscamente para a sala e o sentou numa cadeira. Lipútin ficou até acovardado.

— Sim, como não? — começou ele mesmo, olhando cautelosamente para Stiepan Trofímovitch de sua cadeira. — De repente me chamou e me perguntou "confidencialmente" qual era a minha opinião pessoal: Nikolai Vsievolódovitch está louco ou em perfeito juízo? É ou não é espantoso?

— O senhor enlouqueceu! — resmungou Stiepan Trofímovitch, e súbito pareceu fora de si: — Lipútin, o senhor sabe bem demais que veio aqui unicamente a fim de contar alguma torpeza como essa e... mais alguma coisa pior!

Em um instante me veio à lembrança a suposição dele de que, no nosso assunto, Lipútin não só sabia mais do que nós como sabia algo mais que nós nunca iríamos saber.

— Perdão, Stiepan Trofímovitch! — balbuciava Lipútin como se estivesse tomado de terrível susto. — Perdão...

— Cale-se e comece! Eu lhe peço muito, senhor Kiríllov, que também volte e presencie, peço muito! Sente-se. E o senhor, Lipútin, vá direto ao assunto, com simplicidade... e sem os mínimos rodeios!

— Se ao menos eu soubesse que isso o deixaria tão pasmo, nem sequer teria começado... E eu que pensava que Varvara Pietrovna já o havia informado de tudo!

— O senhor não pensava nada disso! Comece, estou lhe dizendo!

— Só que faça o favor, sente-se o senhor também, senão como é que eu vou ficar sentado enquanto o senhor fica à minha frente nessa agitação toda... correndo. Vai ficar esquisito.

Stiepan Trofímovitch se conteve e deixou-se cair na poltrona com ar imponente. O engenheiro fixou o olhar no chão com ar sombrio. Lipútin olhava para eles com um prazer frenético.

— Sim, mas o que vou começar... me confundiram tanto...

VI

— Súbito, anteontem ela mandou um criado me procurar: pede, diz ele, que o senhor apareça lá amanhã às doze horas. Pode imaginar? Deixei os afazeres e ontem exatamente ao meio-dia estava tocando a sineta. Introduziram-me diretamente no salão; esperei coisa de um minuto e ela apareceu; fez-me sentar e sentou-se à minha frente. Estou sentado e me nego a acreditar; o senhor mesmo sabe que ela sempre me tratou por cima dos ombros. Começa sem nenhum rodeio, à sua maneira de sempre: "O senhor está lembrado, diz ela, de que quatro anos atrás Nikolai Vsievolódovitch, doente, cometeu alguns atos estranhos, de sorte que deixou toda a cidade perplexa enquanto não se explicou tudo. Um daqueles atos dizia respeito ao senhor pessoalmente. Naquele momento, atendendo a um pedido meu, Nikolai Vsievolódovitch deu uma passada em sua casa depois que ficou bom. Estou sabendo ainda que já antes ele conversara várias vezes com o senhor. Diga, com franqueza e sinceridade, como o senhor... (aí ela titubeou um pouco), como o senhor encontrou Nikolai Vsievolódovitch naquela ocasião... O que o senhor achou dele naquele momento, de um modo geral... que opinião pôde fazer sobre ele e... pode fazer agora?...".

Aí ela titubeou completamente, de sorte que até aguardou um minuto inteiro e súbito corou. Fiquei assustado. Recomeça em um tom não propriamente comovedor, isso não lhe cai bem, mas muito imponente:

"Desejo, diz ela, que o senhor me compreenda bem e de forma inequívoca. Mandei-o chamar agora porque o considero um homem perspicaz e espirituoso, capaz de fazer uma observação correta (que cumprimentos!). O senhor, diz ela, evidentemente compreenderá ainda que é uma mãe que está lhe falando... Nikolai Vsievolódovitch experimentou na vida alguns infortúnios e muitas mudanças. Tudo isso, diz ela, pode ter influenciado o estado de espírito dele. É claro, diz ela, eu não estou falando de loucura, isso nunca será possível! (pronunciou com firmeza e orgulho). Mas podia haver alguma coisa estranha, especial, algum modo de pensar, uma tendência para alguma concepção especial (tudo aqui são palavras exatas dela, e fiquei surpreso, Stiepan Trofímovitch, com a precisão com que Varvara Pietrovna sabe explicar um assunto. É uma mulher de alta inteligência!). Pelo menos, diz ela, eu mesma notei nele alguma preocupação constante e um anseio por inclinações especiais. No entanto, eu sou a mãe e o senhor é um estranho, por conseguinte, com a inteligência que tem, capaz de formar uma opinião mais independente. Eu lhe imploro finalmente (assim foi pronunciado: imploro) que me diga toda a verdade, e sem fazer nenhum trejeito, e se, além disso, o senhor me prometer que depois não vai esquecer nunca que lhe falei confidencialmente, pode contar com a minha boa vontade absoluta e doravante contínua de lhe mostrar o meu reconhecimento em qualquer oportunidade". Então, que tal?

— O senhor... o senhor me deixa tão pasmo... — balbuciou Stiepan Trofímovitch —, que não acredito nas suas palavras...

— Não, repare, repare — secundou Lipútin como se não tivesse ouvido Stiepan Trofímovitch —, quais devem ser a agitação e preocupação quando faz uma pergunta como essa e de tamanha altura a uma pessoa como eu, e ainda se digna pedir pessoalmente para guardar segredo. O que é isso? Não terá recebido inesperadamente algumas notícias sobre Nikolai Vsievolódovitch?

— Não sei... de quaisquer notícias... faz alguns dias que eu não a vejo, entretanto... entretanto eu lhe observo... — balbuciava Stiepan Trofímovitch, pelo visto mal se dando conta dos seus pensamentos —, no entanto eu lhe observo, Lipútin, que se lhe foi dito de forma confidencial e agora diante de todos o senhor...

— Absolutamente confidencial! Eu quero que Deus me parta se eu... Já que estamos aqui... então qual é o problema? Porventura somos estranhos, incluindo até mesmo Aleksiêi Nílitch?

— Eu não partilho desse ponto de vista; não há dúvida de que nós três aqui guardaremos o segredo, mas o quarto, o senhor, eu temo e não acredito em nada do que diz!

— Puxa, por que o senhor fala assim? De todos eu sou o maior interessado, pois me foi prometida eterna gratidão! A esse respeito, eu queria precisamente apontar um caso extraordinariamente estranho, por assim dizer mais psicológico que simplesmente estranho. Ontem à noite, sob a influência da conversa com Varvara Pietrovna (o senhor mesmo pode imaginar que impressão aquilo me deixou), eu me dirigi a Aleksiêi Nílitch e lhe fiz uma pergunta distante: o senhor, digo, antes já conhecia Nikolai Vsievolódovitch no estrangeiro e em Petersburgo; o que é que o senhor acha dele, digo, no tocante à inteligência e à capacidade? Ele responde de uma forma um tanto lacônica, a seu modo, que, diz, é pessoa de inteligência fina e bom senso. E durante esses anos não observou, pergunto, como que um desvio, digo eu, das ideias ou do modo especial de pensar, ou uma espécie, por assim dizer, de loucura?

Em suma, repito a pergunta da própria Varvara Pietrovna. Imagine: Aleksiêi Nílitch ficou subitamente pensativo e fez uma careta exatamente como agora: "Sim, diz ele, às vezes me parecia algo estranho". Repare, além disso, que se algo podia parecer estranho a Aleksiêi Nílitch, então o que isso realmente poderia ser, hein?

— Isso é verdade? — perguntou Stiepan Trofímovitch a Aleksiêi Nílitch.

— Eu não gostaria de falar sobre isso — respondeu Aleksiêi Nílitch, levantando subitamente a cabeça e com os olhos brilhando —, quero contestar o seu direito, Lipútin. O senhor não tem qualquer direito de falar a meu respeito neste caso. Eu não falei em absoluto de toda a minha opinião. Embora eu fosse seu conhecido em Petersburgo, isso já faz muito tempo, e mesmo eu tendo encontrado Nikolai Stavróguin, eu o conheço muito mal. Peço que me deixe fora disso e... tudo isso parece bisbilhotice.

Lipútin levantou os braços aparentando uma inocência forçada.

— Bisbilhoteiro! Ora, não seria espião? Para você, Aleksiêi Nílitch, é fácil criticar quando você mesmo se exclui de tudo. Pois é, Stiepan Trofímovitch, mas o senhor não vai acreditar; parece que o capitão Lebiádkin, parece mesmo, é tolo como... ou seja, dá até vergonha de dizer como é tolo; existe uma comparação em russo que traduz o grau dessa tolice; mas acontece que ele também se sente ofendido por Nikolai Vsievolódovitch, embora reverencie a espirituosidade dele: "Estou perplexo com esse homem, diz ele: é uma sábia serpente" (palavras dele). E eu lhe digo (sempre sob a mesma influência de ontem e já depois da conversa com Aleksiêi Nílitch): então, capitão, digo eu, como o senhor supõe de sua parte: sua sábia serpente é louca ou não? Pois bem, acreditem ou não, foi como se de repente eu o tivesse chicoteado por trás, sem a permissão dele; simplesmente se levantou de um salto: "Sim, diz ele, sim, diz, só que isso, diz ele, não pode influenciar..."; influenciar o quê, ele não disse; mas depois ficou tão amargamente pensativo, tão pensativo que a embriaguez passou. Nós estávamos na taverna de Filipp. E só meia hora depois deu um murro na mesa: "Sim, diz ele, vai ver que é louco, só que isso não pode influenciar..." — e mais uma vez não disse o que não podia influenciar. Eu, é claro, só estou lhe transmitindo um extrato da conversa, mas o pensamento é claro; a quem quer que se pergunte, um pensamento vem à cabeça de todos, embora antes não viesse à cabeça de ninguém: "Sim, dizem que é louco; muito inteligente mas também pode ser louco".

Stiepan Trofímovitch estava pensativo e procurava intensamente entender.

— E por que Lebiádkin sabe?

— Sobre isso talvez fosse o caso de perguntar Aleksiêi Nílitch, que aqui acabou de me chamar de espião. Eu sou espião e não sei, enquanto Aleksiêi Nílitch conhece todos os podres e cala.

— Eu não sei de nada ou sei pouco — respondeu o engenheiro com a mesma irritação —, você embebeda Lebiádkin para assuntar. Você também me trouxe para cá com o fim de assuntar e de que eu o dissesse. Por conseguinte, você é um espião!

— Eu ainda não o embebedei, e aliás ele não vale esse dinheiro, com todos os seus segredos, eis o que ele significa para mim; para o senhor, não sei. Ao contrário, ele está jogando dinheiro pela janela, ao passo que doze dias atrás apareceu em minha casa mendigando quinze copeques; e é ele que me serve champanhe para beber, e não eu a ele. Mas você me dá uma ideia; se for necessário eu também vou embebedá-lo e precisamente para assuntar, e pode ser que eu venha a assuntar... todos os seus segredos — rebateu furiosamente Lipútin.

Stiepan Trofímovitch olhava perplexo para os dois contendores. Ambos se denunciavam e, o mais importante, sem fazer cerimônia. Achei que Lipútin tinha trazido esse Aleksiêi Nílitch à nossa presença justo com o fim de introduzi-lo na necessária conversa através de um terceiro; era sua manobra preferida.

— Aleksiêi Nílitch conhece bem demais Nikolai Vsievolódovitch — continuou ele em tom irritado —, mas fica só escondendo. E quanto ao que o senhor pergunta sobre o capitão Lebiádkin, este conheceu Nikolai Vsievolódovitch antes de todos nós em Petersburgo, há uns cinco ou seis anos, na época pouco conhecida — se é que se pode falar assim — da vida de Nikolai Vsievolódovitch, quando ele nem sequer pensava em nos deixar felizes com a sua vinda para cá. Nosso príncipe, é preciso concluir, fez então uma escolha bastante estranha de amigos ao seu redor em Petersburgo. E, ao que parece, foi então que conheceu Aleksiêi Nílitch.

— Cuidado, Lipútin, estou avisando que Nikolai Vsievolódovitch estava com a intenção de vir brevemente para cá, e ele sabe se defender.

— O que é que eu tenho com isso? Sou o primeiro a gritar que é um homem da inteligência mais refinada e elegante, e quanto a isso deixei Varvara Pietrovna totalmente tranquila ontem. "Já quanto ao caráter dele, digo a ela, não posso responder." Lebiádkin também disse isso ontem com uma frase: "Ele sofreu, disse ele, por causa do caráter". Ora, Stiepan Trofímovitch, para o senhor é fácil gritar que há bisbilhoteiros e espiões e isso, observe, depois que o senhor mesmo se inteirou de tudo por meu intermédio e ainda por cima com tão excessiva curiosidade. Mas ontem Varvara Pietrovna tocou bem direto no próprio ponto: "O senhor, diz ela, estava pessoalmente interessado na questão, por isso estou me dirigindo ao senhor". Ora, pudera! Que objetivos eu podia ter aí, quando sofri ofensa pessoal de sua excelência perante toda a sociedade! Parece que tenho motivos para me interessar não apenas por bisbilhotices. Hoje ele aperta a sua mão, mas amanhã, sem quê nem para quê, é só lhe dar na telha e responde à sua hospitalidade batendo-lhe na cara perante toda a sociedade honesta. Por capricho! Mas para ele o principal é o sexo feminino. Mariposas e galinhos de briga! Latifundiários com asinhas como os antigos Cupidos, uns Pietchórins-devoradores de corações![124] É fácil para o senhor, Stiepan Trofímovitch, um solteirão convicto, falar dessa maneira e por causa de sua excelência me chamar de bisbilhoteiro. Mas o senhor bem que poderia casar-se, uma vez que ainda tem esse belo aspecto, com uma mocinha bonitinha e jovenzinha, e então talvez viesse a trancar sua porta com gancho e levantar barricadas contra o nosso príncipe em sua própria casa! Por que o espanto: pois se essa *mademoiselle* Lebiádkin, que é chicoteada, não fosse louca nem coxa, eu juro que pensaria que era ela mesma a vítima das paixões do nosso general e que foi por isso mesmo que o capitão Lebiádkin sofreu "em sua dignidade familiar", como ele mesmo se exprime. Só que isso talvez contrarie o seu gosto elegante, mas para essa gente isso não é nenhuma desgraça. Qualquer florzinha entra na dança unicamente para atender à disposição deles. Pois bem, o senhor fala de bisbilhotice, mas por acaso sou eu que falo muito quando toda a cidade já anda martelando e eu me limito a escutar e fazer coro? Fazer coro não é proibido.

— A cidade anda martelando? Sobre o que a cidade anda martelando?

— Ou seja, é o capitão Lebiádkin que grita bêbado para toda a cidade, bem, não dá no mesmo se toda a praça está gritando? De que eu sou culpado? Eu me interesso pela coisa apenas entre amigos, porque, apesar de tudo, aqui eu me considero entre amigos — correu os olhos sobre nós com ar inocente. — Aí houve um caso, imaginem só: dizem que sua excelência teria enviado ainda da Suíça por uma mocinha nobilíssima e, por assim dizer, uma órfã modesta, que tenho a honra de conhecer, trezentos rublos para serem entregues ao capitão Lebiádkin. Porém, um pouco mais tarde Lebiádkin recebeu a mais precisa notícia, não vou dizer de quem, só que de pessoa também nobilíssima e, por conseguinte, sumamente digna de fé, de que não tinham sido enviados trezentos mas mil rublos!... Por conseguinte, grita Lebiádkin, a moça me surrupiou setecentos rublos, e ele pretende recuperá-los quase que por via policial, pelo menos faz ameaça e brada para toda a cidade...

[124] Alusão a Pietchórin, personagem central do romance de Liérmontov *O herói do nosso tempo*, que sentia um prazer especial na conquista das mulheres. (N. do T.)

— Isso é infame, é infame da sua parte! — o engenheiro deu subitamente um salto da cadeira.

— Acontece que você mesmo é essa pessoa nobilíssima que confirmou a Lebiádkin, em nome de Nikolai Vsievolódovitch, que não haviam sido enviados trezentos, mas mil rublos. Ora, o próprio capitão me disse isso quando estava bêbado.

— Isso... isso é um infeliz mal-entendido. Alguém se enganou e deu nisso... É um absurdo, sua atitude é infame!...

— Sim, eu também quero crer que é um absurdo, e é com pesar que escuto falar porque, como queira, a nobilíssima moça está implicada, em primeiro lugar, em setecentos rublos e, em segundo, em evidentes intimidades com Nikolai Vsievolódovitch. Sim, porque o que custa a sua excelência comprometer uma moça nobilíssima ou desonrar a esposa alheia à semelhança do *casus* que aconteceu comigo? Apareça-lhe à mão um homem cheio de generosidade, e ele o obrigará a encobrir pecados alheios com seu nome honrado. Foi exatamente o que aconteceu comigo; estou falando de mim...

— Cuidado, Lipútin! — Stiepan Trofímovitch soergueu-se do sofá e empalideceu.

— Não acredite, não acredite! Alguém se enganou, e Lebiádkin é um bêbado! — exclamou o engenheiro numa agitação indescritível. — Tudo será explicado, e quanto a mim não aguento mais... considero isso uma baixeza... e basta, basta!

Saiu correndo da sala.

— Ora, o que você está fazendo? Nesse caso eu vou com você! — agitou-se Lipútin, levantou-se de um salto e correu atrás de Aleksiêi Nílitch.

VII

Stiepan Trofímovitch refletiu cerca de um minuto em pé, olhou para mim como se não me enxergasse, pegou o chapéu e a bengala e saiu devagarinho da sala. Tornei a segui-lo como há pouco. Ao atravessar o portão e notar que eu o seguia, disse:

— Ah, sim, você pode servir de testemunha... *de l'accident. Vous m'accompagnerez, n'est-ce pas?*[125]

— Stiepan Trofímovitch, porventura você está indo outra vez para lá? Reflita, o que pode acontecer?

[125] "... do acidente. Você vai me acompanhar, não é verdade?" (N. do T.)

Com o sorriso triste e consternado — o sorriso da vergonha e do absoluto desespero, e ao mesmo tempo de algum estranho êxtase, ele me murmurou, parando por um instante:

— Não posso eu me casar com os "pecados alheios"!

Era só essa palavra que eu estava esperando. Até que enfim essa palavrinha cara, escondida de mim, foi pronunciada depois de uma semana inteira de rodeios e trejeitos. Fiquei terminantemente fora de mim:

— E uma ideia tão suja como essa, tão... baixa pôde ocorrer à sua inteligência luminosa, Stiepan Vierkhoviénski, em seu coração bondoso e... ainda antes que aparecesse Lipútin!

Ele olhou para mim, não respondeu e seguiu pelo mesmo caminho. Eu não queria ficar para trás. Queria testemunhar perante Varvara Pietrovna. Eu o perdoaria por sua pusilanimidade feminil se ele tivesse acreditado só em Lipútin, mas agora já estava claro que ele inventara tudo ainda bem antes de Lipútin, e agora Lipútin apenas confirmava as suas suspeitas e punha lenha na fogueira. Ele não hesitara em suspeitar da moça desde o primeiro dia sem ter ainda quaisquer fundamentos, nem mesmo os de Lipútin. Explicava a si mesmo as ações despóticas de Varvara Pietrovna apenas como o desejo desesperado dela de disfarçar o mais depressa os pecadilhos nobres do seu inestimável Nicolas por meio do casamento com um homem de respeito. Eu queria forçosamente que ele fosse castigado por isso.

— *O! Dieu qui est si grand et si bon!*[126] Oh, quem me trará o sossego! — exclamou, percorrendo mais uns cem passos e parando subitamente.

— Vamos agora para casa e eu lhe explico tudo! — bradei, virando-o à força para a sua casa.

— É ele! É o senhor, Stiepan Trofímovitch? É o senhor? — ouviu-se uma voz fresca, jovem e alegre como uma música ao nosso lado.

Nós não vimos nada, mas ao nosso lado apareceu de chofre a amazona Lizavieta Nikoláievna, com seu eterno acompanhante. Ela parou o cavalo.

— Venha, venha depressa! — chamava em voz alta e alegre. — Fazia doze anos que não o via e o reconheci, mas ele... Será possível que não está me reconhecendo?

Stiepan Trofímovitch agarrou a mão que ela lhe estendida e a beijou com veneração. Olhava para ela como se estivesse orando e não conseguia pronunciar uma palavra.

— Reconheceu e está contente! Mavrikii Nikoláievitch, está encantado

[126] "Oh, Deus, grande e misericordioso!" (N. do T.)

por me ver! Por que o senhor ficou duas semanas inteiras sem caminhar? Minha tia insistia em que o senhor estava doente e não se podia perturbá-lo; mas eu sei que a tia está mentindo. Eu sempre batia com os pés e o ofendia, mas eu queria forçosamente, forçosamente que o senhor mesmo fosse o primeiro a aparecer, por isso não mandei chamá-lo. Deus, ele não mudou nada! — ela o examinava inclinando-se da cela. — É até engraçado que ele não tenha mudado! Ah, não, está com umas ruguinhas, com muitas ruguinhas nos olhos e nas faces, e tem cabelos grisalhos, mas os olhos são os mesmos! E eu, mudei? Mudei? Ora, por que o senhor continua calado?

Lembrei-me nesse instante de que haviam contado que ela por pouco não adoecera quando fora levada aos onze anos para Petersburgo; teria chorado, doente, pedindo que chamassem Stiepan Trofímovitch.

— A senhora... eu... — agora ele balbuciava com voz entrecortada de alegria —, eu acabei de gritar: quem me trará o sossego!... e ouvi sua voz... Considero isso um milagre *et je commence à croire.*[127]

— *En Dieu? En Dieu, qui est là-haut et qui est si grand et si bon?*[128] Está vendo, eu me lembro de cor de todas as suas aulas. Mavrikii Nikoláievitch, que fé *en Dieu, qui est si grand et si bon!* ele me pregava naquela época. O senhor se lembra das suas histórias de como Colombo descobriu a América e todos gritaram: "Terra, terra!"? A aia Aliena Frólovna[129] conta que depois daquilo eu passei a noite delirando e gritando em sonhos: "Terra, terra!". Lembra-se de como me contou a história do príncipe Hamlet? Lembra-se de como me descreveu como os emigrantes pobres eram transferidos da Europa para a América? Era tudo inverdade, depois eu fiquei sabendo de tudo, de como eles eram transferidos, mas como ele me mentiu bem naquela época, Mavrikii Nikoláievitch, era quase melhor do que a verdade! Por que o senhor está olhando assim para Mavrikii Nikoláievitch? Ele é o melhor e o mais verdadeiro dos homens em todo o globo terrestre, e o senhor deve gostar forçosamente dele como de mim. *Il fait tout ce que je veux.*[130] Mas, meu caro Stiepan Trofímovitch, quer dizer que o senhor está novamente infeliz, já que grita no meio da rua sobre quem lhe trará o sossego. Está infeliz, não é mesmo? Não é mesmo?

[127] "e começo a crer". (N. do T.)

[128] "Em Deus? No Deus supremo, que é tão grande e tão misericordioso?" (N. do T.)

[129] Nome de pessoa real. Durante anos uma aia de nome Aliena Frólovna serviu na família dos pais de Dostoiévski e criou seus filhos. (N. da E.)

[130] "Ele faz tudo que eu quero". (N. do T.)

— Agora, feliz...

— A tia o ofende? — prosseguia ela sem ouvir —, continua a mesma tia má, injusta e eternamente preciosa para nós! Lembra-se de como o senhor se lançava em meus braços no jardim e eu o consolava e chorava — ora, não tenha receio de Mavrikii Nikoláievitch; ele sabe de tudo a seu respeito, de tudo, há muito tempo, o senhor pode chorar no ombro dele o quanto quiser que ele ficará de pé o quanto for preciso!... Levante o chapéu, tire-o inteiramente por um minuto, chegue a cabeça, fique na ponta dos pés, vou lhe dar um beijo na testa como o dei da última vez quando nos despedíamos. Veja, aquela moça está se deleitando conosco da janela... Vamos, mais perto, mais perto. Deus, como ele encaneceu!

E ela, inclinando-se levemente na cela, deu-lhe um beijo na testa.

— Bem, agora para casa! Eu sei onde o senhor mora. Agora mesmo, nesse instante estarei em sua casa. Vou lhe fazer a primeira visita, seu teimoso, e depois levá-lo para minha casa por um dia inteiro. Ande, prepare-se para me receber.

E saiu a galope com o seu cavaleiro. Voltamos. Stiepan Trofímovitch sentou-se no sofá e começou a chorar.

— *Dieu! Dieu!* — exclamou ele — *enfin une minute de bonheur!*[131]

Não mais que dez minutos depois ela apareceu como prometera, acompanhada do seu Mavrikii Nikoláievitch.

— Um ramo de flores para o senhor; acabei de ir à casa de *madame* Chevalier, ela tem flores para aniversariantes durante todo o inverno. Aqui está também Mavrikii Nikoláievitch, peço que se conheçam. Eu queria trazer um bolo em vez de buquê, mas Mavrikii Nikoláievitch assegura que isto não é do espírito russo.

Esse Mavrikii Nikoláievitch era um capitão de artilharia de uns trinta e três anos, um senhor alto, de feições impecavelmente bonitas, expressão imponente e à primeira vista até severa, apesar da sua bondade admirável e delicadíssima, de que qualquer um fazia ideia quase no primeiro momento em que travava conhecimento com ele. Aliás, era calado, parecia ter sangue muito frio e não insistia em fazer amizade. Depois muitos em nossa cidade andaram dizendo que ele era medíocre; mas isso não era inteiramente justo.

Não vou descrever a beleza de Lizavieta Nikoláievna. Toda a cidade já clamava sobre sua beleza, embora algumas das nossas senhoras e senhoritas discordassem indignadas. Entre elas havia até quem já odiasse Lizavieta

[131] "Deus! Deus!... enfim um minuto de felicidade!" (N. do T.)

Nikoláievna e, em primeiro lugar, pelo orgulho: os Drozdov quase ainda não haviam começado a fazer visitas, o que era uma ofensa, embora a culpa pela demora fosse realmente o estado doentio de Praskóvia Ivánovna. Em segundo, odiavam-na porque ela era parenta da mulher do governador; em terceiro, porque passeava diariamente a cavalo. Entre nós até então não haviam aparecido amazonas; é natural que o aparecimento de Lizavieta Nikoláievna, que passeava a cavalo e ainda não visitara ninguém, devia ofender a sociedade. Por outro lado, todos já sabiam que ela andava a cavalo por prescrição dos médicos, e nesse sentido falavam em tom mordaz de sua doença. Ela realmente estava doente. O que se notava nela à primeira vista era uma inquietação doentia, nervosa, constante. Uma pena! a pobrezinha sofria muito, e tudo isso se esclareceu posteriormente. Agora, relembrando o passado, já não afirmo que ela era a beldade que me pareceu naquela ocasião. Talvez nem fosse nada bonita. Alta, esbelta, mas leve e forte, chegava até a impressionar com a incorreção das linhas do rosto. Tinha os olhos oblíquos como os calmuques;[132] era pálida, de maçãs salientes, morena e de rosto magro; mas nesse rosto havia qualquer coisa de triunfal e atraente! Uma força qualquer transparecia no olhar ardente de seus olhos escuros; ela aparecia "como vencedora e para vencer". Parecia orgulhosa e às vezes até petulante; não sei se conseguia ser boa; mas sei que ela o desejava muitíssimo e se torturava tentando obrigar-se a ser um tanto bondosa. Nessa natureza, é claro, havia muitas aspirações belas e as iniciativas mais justas; todavia tudo nela como que procurava eternamente seu padrão e não o encontrava, tudo estava no caos, na agitação, na inquietude. É possível que se impusesse exigências excessivamente rigorosas, sem jamais encontrar em si força para satisfazer essas exigências.

Sentou-se no sofá e olhou ao redor da sala.

— Por que em momentos como este eu sempre fico triste? Adivinhe, homem sábio. A vida inteira pensei que só Deus saberia como eu ficaria contente quando o visse, e lembro-me de tudo, mas é como se eu não estivesse nem um pouco contente, apesar de gostar do senhor... Ah, Deus, ele tem um retrato meu pendurado na parede! Dê-me cá, eu me lembro dele, me lembro!

A magnífica miniatura de retrato em aquarela de Liza aos doze anos havia sido enviada de Petersburgo a Stiepan Trofímovitch pelos Drozdov uns nove anos atrás. Desde então esteve permanentemente pendurada na parede dele.

[132] Calmuque, povo asiático que habitava entre os rios Volga e Don. (N. do T.)

— Será que eu era uma criança tão bonitinha? Será que esse rosto é o meu?

Ela se levantou e se olhou no espelho com o retrato na mão.

— Pegue-o depressa! — exclamou, devolvendo o retrato. — Agora não o pendure mais, não quero olhar para ele. — Tornou a sentar-se no sofá. — Uma vida passou, outra começou, depois outra passou e começou uma terceira, e tudo num sem-fim. Ela corta todos os fins como se usasse tesouras. Está vendo que coisas antigas eu conto, mas quanta verdade!

Deu uma risadinha, olhou para mim; já havia olhado para mim várias vezes, mas, em sua agitação, Stiepan Trofímovitch se esquecera de que havia prometido me apresentar a ela.

— Por que meu retrato está pendurado na sua parede debaixo de punhais? E por que o senhor tem tantos punhais e sabres?

Na parede dele realmente havia, não sei para quê, dois iatagãs em cruz, e sobre eles um verdadeiro sabre circassiano. Ao perguntar, ela olhou tão direto para mim que eu quis responder alguma coisa, mas me contive. Stiepan Trofímovitch finalmente se deu conta e me apresentou.

— Estou sabendo, estou sabendo — disse ela —, muito prazer. *Mamá* também ouviu falar muito a seu respeito. Conheça Mavrikii Nikoláievitch, é um homem magnífico. Sobre o senhor eu já fiz uma ideia engraçada: o senhor não é o confidente de Stiepan Trofímovitch?

Corei!

— Ah, desculpe, por favor, não era nada disso o que eu ia dizer; nada de engraçado, mas assim... (Ela corou e atrapalhou-se.) Aliás, por que o senhor se envergonha de ser um homem magnífico? Bem, está na nossa hora, Mavrikii Nikoláievitch! Stiepan Trofímovitch, daqui a meia hora esteja em nossa casa. Deus, quanta coisa iremos conversar! Agora eu sou a sua confidente, e em tudo, em *tudo*, está entendendo?

— Stiepan Trofímovitch assustou-se de chofre.

— Oh, Mavrikii Nikoláievitch está sabendo de tudo, não se perturbe com ele!

— Sabendo de quê?

— Ora, o que o senhor teme! — bradou admirada. — Ah, veja só, também é verdade que eles estão escondendo! Eu não queria acreditar. Também estão escondendo Dacha. Há pouco minha tia não me deixou ir ter com Dacha, disse que ela estava com dor de cabeça.

— Mas... mas como você ficou sabendo?

— Ah, Deus, como todo mundo. Grande coisa!

— Mas por acaso todos?...

— Sim, e como não? É verdade que mamãe soube inicialmente por Aliena Frólovna, minha aia; sua Nastácia correu e contou a ela. Por que o senhor não falou com Nastácia? Ela diz que o senhor mesmo lhe falou.

— Eu... eu falei uma vez... — balbuciou Stiepan Trofímovitch todo vermelho — porém... eu apenas... insinuei... *j'étais si nerveux et malade, et puis...*[133]

Ela deu uma gargalhada.

— Mas não apareceu um confidente à mão e Nastácia veio a propósito; mas chega! Ela tem comadres espalhadas por toda a cidade! Bem, mas basta, porque tudo isso é indiferente; que saibam, é até melhor. Venha o mais depressa, nós almoçamos cedo... Sim, ia esquecendo — ela tornou a sentar-se —, escute, quem é esse Chátov?

— Chátov? É irmão de Dária Pávlovna...

— Sei que é irmão; puxa, como o senhor é! — interrompeu com impaciência. — Eu quero saber o que ele é, que pessoa é!

— *C'est un pense-creux d'ici. C'est le meilleur et le plus irascible homme du monde...*[134]

— Eu mesma ouvi dizer que ele é um tanto estranho. Aliás não é disso que quero falar; ouvi dizer que ele sabe três línguas, até o inglês, e que pode fazer um trabalho de literatura. Neste caso tenho muito trabalho para ele; preciso de um auxiliar, e quanto mais depressa melhor. Será que ele vai pegar o trabalho ou não? Ele me foi recomendado...

— Oh, sem falta, *et vous fairez un bienfait...*[135]

— Não estou pensando em nenhum *bienfait*, eu preciso de um auxiliar.

— Eu conheço muito bem Chátov — disse eu —, e se a senhora me incumbir de lhe transmitir isso, irei à casa dele agora mesmo.

— Diga a ele para aparecer amanhã às doze horas. Maravilhoso! Grata. Mavrikii Nikoláievitch, está pronto?

Eles se foram. Eu, é claro, corri no mesmo instante para a casa de Chátov.

— *Mon ami!* — alcançou-me Stiepan Trofímovitch na saída. — Esteja sem falta em minha casa às dez ou às onze quando eu voltar. Oh, eu sou excessivamente, excessivamente culpado perante você e... perante todos, perante todos.

[133] "eu estava muito nervoso e doente, e ainda por cima..." (N. do T.)

[134] "É o fantasista daqui. É o melhor e mais irascível homem do mundo..." (N. do T.)

[135] "e você fará um benefício..." Assim está no original: "fairez" e não "ferez". (N. do T.)

VIII

Não encontrei Chátov em casa; voltei lá duas horas depois e, mais uma vez, nada. Por fim, já depois das sete, fui à casa dele a fim de encontrá-lo ou deixar um bilhete; novamente não o encontrei. O apartamento estava fechado, e ele morava só, sem qualquer criadagem. Cheguei a pensar se não seria o caso de descer até a casa do capitão Lebiádkin e perguntar por Chátov; mas ela também estava fechada e de lá não se ouvia nem ruído nem resposta, como se estivesse deserta. Passei curioso ao lado da porta de Lebiádkin, influenciado pelo que há pouco ouvira falar. No fim das contas resolvi ir lá no dia seguinte mais cedo. Demais, é verdade que eu não tinha muita esperança no bilhete; Chátov poderia desprezá-lo, ele é muito teimoso, tímido. Amaldiçoando o fracasso e já saindo pelo portão, esbarrei de chofre no senhor Kiríllov; ele entrava no prédio e me reconheceu primeiro. Como ele mesmo começou a interrogar, contei-lhe tudo nos pontos principais e disse que trazia um bilhete.

— Vamos — disse ele —, eu faço tudo.

Lembrei-me de que, segundo as palavras de Lipútin, ele ocupava desde a manhã daquele dia uma casa de madeira nos fundos do pátio. Nessa casa, ampla demais para ele, morava também uma velha surda que lhe servia de criada. O dono do prédio mantinha uma taverna em outro prédio novo, seu e situado em outra rua, e essa velha, que, parece, era sua parenta, ficara ali tomando conta de todo o velho prédio. Os cômodos da casa eram bastante limpos, mas o papel de parede estava sujo. No que nós entramos os móveis eram mistos, heterogêneos e tudo refugo: duas mesas de jogo, uma cômoda de amieiro, uma grande mesa de tábuas vinda de alguma isbá ou cozinha, cadeiras e um sofá com encosto treliçado e almofadões de couro duros. Em um canto ficava um ícone antigo, diante do qual a mulher acendera a lamparina ainda antes da nossa chegada, e nas paredes havia pendurados dois retratos a óleo grandes e pálidos: um era do falecido imperador Nikolai Pávlovitch, pintado, ao que tudo indica, ainda nos anos vinte; o outro era um bispo qualquer.

Ao entrar, o senhor Kiríllov acendeu a vela e tirou da mala, que estava em um canto e ainda não havia sido desfeita, um envelope, um lacre e um sinete de cristal.

— Lacre o seu bilhete e sobrescreva o envelope.

Eu ia objetar que não era preciso mas ele insistiu. Após sobrescrever o envelope, peguei o quepe.

— E eu pensava que o senhor ia tomar chá — disse ele —, comprei chá. Quer?

Não recusei. A mulher logo trouxe o chá, isto é, uma chaleira enorme com água fervendo, uma chaleira pequena com chá fervido em abundância, duas pequenas xícaras de pedra com desenhos grosseiros, pão de trigo em roscas e um prato fundo cheio de açúcar pilé.

— Gosto de chá — disse ele — à noite;[136] muito, ando e bebo; até o amanhecer. No estrangeiro é desconfortável tomar chá à noite.

— O senhor se deita ao amanhecer?

— Sempre; há muito tempo. Como pouco; sempre bebo chá; Lipútin é ladino mas impaciente.

Surpreendeu-me que ele quisesse conversar; resolvi aproveitar o instante.

— De manhã houve mal-entendidos desagradáveis — observei.

Ele ficou muito carrancudo.

— Isso é uma tolice; grandes disparates. Aí só há disparates, porque Lebiádkin é um bêbado. Eu não disse, apenas expliquei os disparates a Lipútin; porque ele deturpou tudo. Lipútin fantasia muito, faz de um argueiro um cavaleiro. Ontem eu acreditava em Lipútin.

— E hoje em mim? — ri.

— Sim, porque você já sabe de tudo desde de manhã. Lipútin é fraco ou impaciente, ou nocivo, ou... invejoso.

A última palavra me surpreendeu.

— Aliás, você apresentou tantas categorias que não é de estranhar que ele se enquadre em uma delas.

— Ou em todas ao mesmo tempo.

— Sim, isso também é verdade. Lipútin é o caos! É verdade que ontem ele mentiu ao dizer que você pretende escrever alguma obra?

— Por que mentiu? — tornou a ficar carrancudo, com o olhar fixo no chão.

Pedi desculpas e passei a assegurar que não estava inquirindo. Ele corou.

— Ele disse a verdade; estou escrevendo. Só que isso é indiferente.

Calamos em torno de um minuto; súbito ele sorriu com o sorriso infantil de há pouco.

— A história das cabeças foi ele próprio que inventou, tirou de um livro, ele mesmo me contou logo no início, e a compreende mal; já eu me limito a procurar a causa pela qual os homens não se atrevem a matar-se; eis tudo. E isso é indiferente.

[136] Segundo palavras de Anna G. Dostoiévskaia, Dostoiévski gostava de chá "forte quase como cerveja... e particularmente à noite, quando trabalhava". (N. da E.)

— Como não se atrevem? Por acaso há poucos suicídios?[137]

— Muito poucos.

— Não me diga, você acha isso?

Ele não respondeu, levantou-se e ficou a andar para a frente e para trás com ar meditativo.

— A seu ver, o que impede as pessoas de cometerem o suicídio? — perguntei.

Ele olhou distraído, como se tentasse se lembrar do que estávamos falando.

— Eu... eu ainda sei pouco... dois preconceitos o impedem, duas coisas; só duas; uma, muita pequena, a outra, muito grande. Mas até a pequena também é muito grande.

— Qual é a pequena?

— A dor.

— A dor? Será que isso é tão importante... neste caso?

— De primeiríssima importância. Há duas espécies de suicida: aqueles que se matam ou por uma grande tristeza ou de raiva, ou por loucura, ou seja lá por que for... esses se matam de repente. Esses pensam pouco na dor, se matam de repente. E aqueles movidos pela razão — estes pensam muito.

— E por acaso há esse tipo que se mata por razão?

— Muitos. Se não houvesse preconceito esse número seria maior; muito maior; seriam todos.

— Mas todos mesmo?

Ele fez silêncio.

— E porventura não há meios de morrer sem dor?

— Imagine — parou ele diante de mim —, imagine uma pedra do tamanho de uma casa grande; ela está suspensa e você debaixo dela; se lhe cair em cima, na cabeça, sentirá dor?

— Uma pedra do tamanho de uma casa? É claro que dá medo.

— Não estou falando do medo; sentirá dor?

— Uma pedra do tamanho de uma montanha, milhões de *puds*?[138] É claro que não há dor nenhuma.

— Mas se você realmente ficar debaixo, e enquanto ela estiver suspensa, vai ter muito medo de sentir dor. O primeiro cientista, o primeiro dou-

[137] Essas palavras correspondem ao estado real das coisas. Um correspondente do jornal *Gólos* escreveu em 23 de maio de 1871: "Ultimamente os jornais têm noticiado quase diariamente diversos casos de suicídio...". (N. da E.)

[138] Medida antiga, correspondente a 16,3 kg. (N. do T.)

tor, todos, todos sentirão muito medo. Cada um saberá que não sentirá dor e cada um terá muito medo de sentir dor.

— Bem, e a segunda causa, a grande?

— É o outro mundo.

— Ou seja, o castigo?

— Isso é indiferente. O outro mundo; só o outro mundo.

— Por acaso não há ateus que não acreditam absolutamente no outro mundo?

Tornou a calar-se.

— Você não estará julgando por si?

— Ninguém pode julgar senão por si mesmo — pronunciou ele enrubescendo. — Haverá toda a liberdade quando for indiferente viver ou não viver. Eis o objetivo de tudo.

— Objetivo? Neste caso é possível que ninguém queira viver?

— Ninguém — pronunciou de modo categórico.

— O homem teme a morte porque ama a vida, eis o meu entendimento — observei —, e assim a natureza ordenou.

— Isso é vil e aí está todo o engano! — os olhos dele brilharam. — A vida é dor, a vida é medo, e o homem é um infeliz. Hoje tudo é dor e medo. Hoje o homem ama a vida porque ama a dor e o medo. E foi assim que fizeram. Agora a vida se apresenta como dor e medo, e nisso está todo o engano. Hoje o homem ainda não é aquele homem. Haverá um novo homem, feliz e altivo. Aquele para quem for indiferente viver ou não viver será o novo homem. Quem vencer a dor e o medo, esse mesmo será Deus. E o outro Deus não existirá.

— Então, a seu ver o outro Deus existe mesmo?

— Não existe, mas ele existe. Na pedra não existe dor, mas no medo da pedra existe dor. Deus é a dor do medo da morte. Quem vencer a dor e o medo se tornará Deus. Então haverá uma nova vida, então haverá um novo homem, tudo novo... Então a história será dividida em duas partes: do gorila à destruição de Deus e da destruição de Deus...

— Ao gorila?

— À mudança física da terra e do homem. O homem será Deus e mudará fisicamente. O mundo mudará, e as coisas mudarão, e mudarão os pensamentos e todos os sentimentos. O que você acha, então o homem mudará fisicamente?

— Se for indiferente viver ou não viver, todos matarão uns aos outros e eis, talvez, em que haverá mudança.

— Isso é indiferente. Matarão o engano. Aquele que desejar a liberdade essencial deve atrever-se a matar-se. Aquele que se atrever a matar-se terá descoberto o segredo do engano. Além disso não há liberdade; nisso está tudo, além disso não há nada. Aquele que se atrever a matar-se será Deus. Hoje qualquer um pode fazê-lo porque não haverá Deus nem haverá nada. Mas ninguém ainda o fez nenhuma vez.

— Houve milhões de suicidas.

— Mas nada com esse fim, tudo com medo e não com esse fim. Não com o fim de matar o medo. Aquele que se matar apenas para matar o medo imediatamente se tornará Deus.

— Talvez não consiga — observei.

— Isso é indiferente — respondeu baixinho, com uma altivez tranquila, quase com desdém. — Lamento que você pareça estar rindo — acrescentou meio minuto depois.

— Acho estranho que pela manhã você estivesse tão irritadiço mas agora esteja tão tranquilo, embora falando com ardor.

— Pela manhã? Pela manhã foi ridículo — respondeu com um sorriso —, não gosto de injuriar e nunca rio — acrescentou com ar triste.

— É, é triste o seu jeito de passar as noites tomando chá. — Levantei-me e peguei o quepe.

— Você acha? — sorriu ele com certa surpresa. — E por quê? Não, eu... eu não sei — atrapalhou-se subitamente —, não sei como fazem os outros, mas sinto que não posso fazê-lo como qualquer um. Qualquer um pensa, e logo depois pensa em outra coisa. Não posso pensar em outra coisa, pensei na mesma coisa a vida inteira. Deus me atormentou a vida inteira — concluiu de súbito com uma surpreendente expansividade.

— Diga-me, se me permite; por que o russo que você fala não é lá muito correto? Terá desaprendido em cinco anos de estrangeiro?

— Por acaso não é correto? Não sei. Não é porque estive no estrangeiro. Falei assim a vida inteira... para mim é indiferente.

— Mais uma pergunta mais delicada: eu acredito inteiramente que você não é dado a encontros com as pessoas e pouco conversa com elas. Por que agora soltou a língua comigo?

— Com você? Pela manhã você se portou bem e você... aliás, é indiferente... você é muito parecido com meu irmão, muito, extraordinariamente — pronunciou corando —, ele morreu há sete anos;[139] mais velho, muito, muito mais.

[139] Passagem autobiográfica. O irmão de Dostoiévski, M. M. Dostoiévski, realmente morrera em 1864, isto é, sete anos antes de 1871, momento em que *Os demônios* está sendo escrito. (N. da E.)

— Pelo visto teve grande influência sobre o seu modo de pensar.

— N-não, ele era de pouca conversa; não falava nada. Eu entrego o seu bilhete.

Ele me acompanhou com o lampião até o portão para fechá-lo depois de minha saída. "É claro que é louco" — resolvi cá comigo. No portão deu-se um novo encontro.

IX

Mal eu pus um pé na soleira alta da saída, uma forte mão me agarrou de chofre pelo peito.

— Quem é esse? — mugiu ao lado a voz de alguém —, amigo ou inimigo? Confesse!

— É dos nossos, dos nossos! — ganiu ao lado a vozinha de Lipútin — é o senhor G-v, um jovem de instrução clássica e com relações na mais alta sociedade.

— Gosto, se tem vínculo com a sociedade, instrução clás-si-c..., quer dizer, e-ru-di-tíssimo... Capitão reformado Ignat Lebiádkin, a serviço do mundo e dos amigos... se são fiéis, se são infiéis, os canalhas!

O capitão Lebiádkin, de uns dez *vierchóks* de altura, gordo, carnudo, cabelo crespo, vermelho e extremamente bêbado, mal se segurava nas pernas diante de mim e pronunciava as palavras com dificuldade. Aliás, eu já o havia visto de longe.

— Mas, e esse! — tornou a mugir, notando Kiríllov, que ainda não voltara para casa com sua lanterna; ia levantando o punho mas o baixou no mesmo instante.

— Desculpo pela erudição! Ignat Lebiádkin, erudi-tís-simo...

Do amor a ardente granada
Estourou no peito de Ignat.
E outra vez amarga dor
Por Sevastópol o maneta chorou.

— Ainda que eu não conheça Sevastópol nem seja maneta; mas que rimas! — Lebiádkin me importunava com sua fuça de bêbado.

— Ele não tem tempo, não tem tempo, está indo embora — tranquilizava-o Lipútin —, amanhã ele vai contar isso a Lizavieta Nikoláievna.

— A Lizavieta!... — tornou a berrar. — Pare, espere! Veja essa variante:

E adeja a estrela montada
Em ciranda com outras amazonas;
E sorri para mim do cavalo
A aris-to-crática criança.
"À estrela-amazona".

— Sim, mas isso é um hino! Se você não é um asno, é um hino! Os vagabundos não compreendem! Espere! — agarrou-se ao meu sobretudo, embora eu me precipitasse com todas as forças para a porteira. — Diga que eu sou o cavaleiro da honra e Dachka... Dachka eu vou agarrar com dois dedos... É uma escrava serva e não vai se atrever...

Nisso ele caiu porque me desvencilhei à força de suas mãos e corri pela rua. Lipútin correu no meu encalço.

— Aleksiêi Nílitch o levantará. Sabe o que eu acabei de ficar sabendo através dele? — tagarelava apressado. — Ouviu os versinhos? Pois bem, ele meteu esses mesmos versinhos à "Estrela-Amazona" num envelope e vai mandá-lo amanhã para Lizavieta Nikoláievna com sua assinatura completa. Que tipo!

— Aposto que você mesmo o convenceu.

— E perde! — gargalhou Lipútin. — Está apaixonado, apaixonado como um gato, e fique sabendo que isso começou pelo ódio. Da primeira vez ele teve tanto ódio de Lizavieta Nikoláievna, porque ela estava a cavalo, que por pouco não a xingou em voz alta na rua; aliás até xingou! Anteontem mesmo xingou, quando ela passava a cavalo — por sorte ela não ouviu, e de repente esses versos de hoje! Está sabendo que ele quer arriscar uma proposta? É sério, sério!

— Me admiro de você, Lipútin, onde quer que apareça esse calhorda você logo assume o comando! — pronunciei enfurecido.

— Só que você está indo longe, senhor G-v; não terá sido seu coraçãozinho que saltou de susto com medo do rival, hein?

— O quê-ê-ê? — gritei, parando.

— Mas acontece que para seu castigo não vou lhe dizer mais nada! E no entanto, como você gostaria de ouvir! Já pelo simples fato de que esse imbecil agora não é um simples capitão mas um senhor de terras da nossa aldeia, e ainda por cima muito importante, porque por esses dias Nikolai Vsievolódovitch lhe vendeu toda a sua fazenda, aquelas antigas duzentas almas; pois bem, não lhe estou mentindo, juro por Deus! acabei de saber, e ainda de fonte para lá de fidedigna. Bem, agora você que sonde tudo; não direi mais nada; até logo!

X

Stiepan Trofímovitch me esperava numa inquietação histérica. Já fazia uma hora que retornara. Encontrei-o como que bêbado; pelo menos nos primeiros cinco minutos pensei que estivesse bêbado. Infelizmente a visita aos Drozdov o fizera perder de vez as estribeiras.

— *Mon ami*, perdi inteiramente minha linha... *Lise*... eu amo e estimo esse anjo como antes; precisamente como antes; no entanto, acho que estava me esperando unicamente com o fim de descobrir alguma coisa por meu intermédio, isto é, simplesmente de arrancá-la de mim; depois, eu que me fosse com Deus... É isso!

— Como você não se envergonha! — bradei sem me conter.

— Meu amigo, agora estou completamente só. *Enfin, c'est ridicule*.[140] Imagine que até elas lá estão cheias de mistérios. Lançaram-se literalmente em cima de mim, querendo saber dessas histórias de narizes e orelhas e de alguns mistérios de Petersburgo. Pois veja que só aqui elas vieram a saber pela primeira vez das histórias passadas aqui com Nicolas quatro anos atrás: "O senhor estava aqui, o senhor viu, não é verdade que ele é louco?". De onde saiu essa ideia eu não entendo. Por que Praskóvia quer porque quer que Nicolas seja louco? Quer, essa mulher quer! *Ce Maurice*[141] ou, como o chamam, Mavrikii Nikoláievitch, *brave homme tout de même*;[142] mas será que ela o está favorecendo, depois que ela mesma foi a primeira a escrever de Paris a *cette pauvre amie*...[143] *Enfin*, essa Praskóvia, como a chama *cette chère amie*,[144] esse tipo é a Koróbotchka[145] da memória imortal de Gógol, só que uma Koróbotchka má, uma Koróbotchka provocante e em forma infinitamente ampliada.

— Sim, mas isso acaba sendo um baú; e ainda ampliado?

— Bem, ampliado, dá no mesmo, só peço que não me interrompa porque tudo isso está dando voltas na minha cabeça. Lá elas estão de relações inteiramente cortadas; exceto *Lise*; esta ainda fica repetindo: "Titia, titia", mas *Lise* é astuta e aí existe alguma coisa a mais. Mistérios. Todavia briga-

[140] "Enfim, isso é ridículo." (N. do T.)

[141] "Esse Maurício". (N. do T.)

[142] "é um bravo, apesar de tudo". (N. do T.)

[143] "àquela pobre amiga..." (N. do T.)

[144] "aquela querida amiga". (N. do T.)

[145] Personagem de *Almas mortas*, de Gógol. (N. do T.)

ram com a velha. *Cette pauvre*, é verdade, é uma déspota com todos... Mas aí entram a mulher do governador, o desrespeito da sociedade, e o "desrespeito" de Karmazínov; de repente vem essa ideia da loucura, *ce Lipoutine, ce que je ne comprends pas*,[146] dizem que ela anda refrescando a cabeça com vinagre, enquanto nós dois ficamos aqui com as nossas queixas e as nossas cartas... Oh, como eu a atormentei e num momento como esse! *Je suis un ingrat!*[147] Imagine que eu volto e encontro uma carta dela; leia, leia! Oh, como foi indecente da minha parte.

Entregou-me a carta que acabara de receber de Varvara Pietrovna. Parece que ela se arrependia do seu "fique em casa" daquela manhã. A cartinha era gentil, mas mesmo assim decidida e lacônica. Pedia que Stiepan Trofímovitch fosse à sua casa dois dias depois, às doze horas em ponto, e sugeria que levasse algum dos seus amigos (meu nome estava entre parênteses). De sua parte prometia chamar Chátov como irmão de Dária Pávlovna. "Você pode receber dela a resposta definitiva, isso lhe bastará? Era dessa formalidade que você fazia questão?"

— Observe essa frase irritante do final sobre a formalidade. Pobre, pobre amiga de toda a minha vida! Confesso que a decisão *repentina* do meu destino realmente me deixou esmagado... Confesso que ainda tinha esperança, mas agora *tout est dit*,[148] sei que é o fim; *c'est terrible*.[149] Oh, caso não houvesse absolutamente esse domingo, mas fosse tudo à antiga: você iria e eu ficaria aqui...

— Você ficou desnorteado com todas aquelas torpezas, aquelas bisbilhotices de Lipútin.

— Meu amigo, você acabou de tocar em outro ponto fraco com o seu dedo amigo. No geral esses dedos amigos são cruéis, só que às vezes ineptos, *pardon*; não sei se acredita, mas eu quase havia esquecido tudo, as torpezas, isto é, eu não tinha esquecido nada, todavia, por tolice minha, enquanto estive com *Lise* procurei ser feliz e assegurei a mim mesmo que era feliz, mas agora... Oh, agora estou falando dessa mulher magnânima, humana, tolerante com os meus defeitos vis — ou seja, mesmo que não seja inteiramente tolerante, no entanto veja como eu mesmo sou, com o meu caráter vazio, ruim! Porque eu sou uma criança estabanada, com todo o egoísmo da criança mas

146 "esse Lipútin, esse que eu não compreendo". (N. do T.)

147 "Eu sou um ingrato!" (N. do T.)

148 "tudo foi dito". (N. do T.)

149 "é terrível". (N. do T.)

sem a sua inocência. Durante vinte anos ela zelou por mim como uma aia, *cette pauvre* tia, como *Lise* a chama graciosamente... E súbito, vinte anos depois, a criança resolve casar-se, quer porque quer que o casem, escreve uma carta atrás da outra, e ela com a cabeça no vinagre e... e eis que conseguiu, domingo serei um homem casado, é brincadeira... E em que eu mesmo insistia, por que ficava escrevendo cartas? É, esqueci: *Lise* abençoa Dária Pávlovna, pelo menos diz isso; diz a respeito dela: "*C'est un ange*",[150] só que um tanto dissimulado. Ambas aconselhavam, até Praskóvia... se bem que Praskóvia não aconselhava. Oh, quanto veneno há naquela Koróbotchka! Aliás, *Lise* propriamente não aconselhou: "Para que o senhor vai se casar? já lhe bastam os prazeres da erudição". Gargalha. Perdoei essa gargalhada porque ela mesma anda cheia de desassossego. Entretanto, dizem elas, o senhor não pode passar sem mulher. O tempo das suas doenças se aproxima, e ela irá cuidar do senhor, ou seja lá como... *Ma foi*,[151] enquanto estive sentado aqui todo esse tempo com você, pensei comigo que a providência a manda para mim no declínio dos meus dias tempestuosos, e que ela cuidará de mim, ou como... *enfin*, vou precisar de quem administre o lar. Veja quanto lixo em minha casa, veja, olhe, tudo rolando, há pouco mandei arrumar, há um livro no chão. *La pauvre amie* está sempre zangada por ver lixo em minha casa... Oh, agora não mais ecoará a voz dela! *Vingt ans!*[152] E parece que elas receberam cartas anônimas, imagine, Nicolas teria vendido a propriedade a Lebiádkin. *C'est un monstre; et enfin*,[153] quem é Lebiádkin? *Lise* escuta, escuta, oh, como escuta! Perdoei-lhe a gargalhada, vi com que expressão do rosto ela ouvia, e *ce Maurice*... eu não gostaria de estar no papel dele agora, *brave homme tout de même*, porém um tanto tímido; aliás, que fique com Deus...

Calou-se; fatigado, desnorteado, estava ali sentado de cabeça baixa, olhando imóvel para o chão com os olhos cansados. Aproveitei o intervalo e contei da minha visita ao prédio de Fillípov, e ainda exprimi, em tom brusco e seco, minha opinião de que algum dia a irmã de Lebiádkin (que eu não vira) podia realmente ter sido vítima de Nicolas, naquele momento enigmático de sua vida como se exprimia Lipútin, e que era muito possível que por algum motivo Lebiádkin recebesse dinheiro de Nicolas, e isso era tudo. Quanto aos mexericos sobre Dária Pávlovna, era tudo absurdo, tudo invenção do cana-

[150] "É um anjo". (N. do T.)

[151] "Palavra". (N. do T.)

[152] "Vinte anos!" (N. do T.)

[153] "É um monstro; e afinal" (N. do T.)

lha do Lipútin, e que pelo menos era isso que afirmava com ardor Aleksiêi Nílitch, de quem não havia fundamento para descrer. Stiepan Trofímovitch ouviu as minhas asseverações com um ar distraído, como se não lhe dissessem respeito. Mencionei a propósito também minha conversa com Kiríllov e acrescentei que Kiríllov talvez fosse louco.

— Ele não é louco, mas é daquelas pessoas de ideias curtinhas — balbuciou com indolência e como que sem querer. — *Ces gens-là supposent la nature et la société humaine autres que Dieu ne les a faites et qu'elles ne sont réelement.*[154] São bajuladas, menos por Stiepan Vierkhoviénski. Eu os vi naquela época em Petersburgo, *avec cette chère amie* (oh, como eu a ofendi naquele momento!), e eu não só não temi as suas injúrias como nem mesmo os elogios. Nem agora os temo, *mais parlons d'autre chose...*[155] Parece que fiz coisas horríveis; imagine que ontem mandei uma carta a Dária Pávlovna e... como me amaldiçoo por isso!

— Sobre o que você escreveu?

— Oh, meu amigo, acredite que tudo isso saiu com muita nobreza. Eu lhe assegurei que escrevera a Nicolas ainda uns cinco dias antes, e também com nobreza.

— Agora eu estou entendendo! — bradei com ardor. — E que direito você tinha de confrontá-los dessa maneira?

— Arre, *mon cher*, não me esmague definitivamente, não grite comigo; eu mesmo já estou totalmente esmagado como... como uma barata e, enfim, acho que tudo isso é muito nobre. Suponha que realmente tenha havido alguma coisa por lá... *en Suisse*... ou começado. Devo perguntar previamente aos corações deles para... *enfin*, para não atrapalhar os corações nem me tornar um poste no seu caminho... Fiz isso unicamente por nobreza.

— Oh, Deus, que tolice você fez! — deixei escapar involuntariamente.

— Tolice, tolice! — retrucou até com avidez. Você nunca disse nada mais inteligente, *c'était bête, mais que faire, tout est dit.*[156] Seja como for, vou me casar, ainda que seja com "pecados alheios"; então para que precisava escrever? Não é verdade?

— Você volta a bater na mesma tecla!

— Oh, agora você já não me assusta com seu grito, agora já não está

[154] "Essas pessoas imaginam a natureza e a sociedade humana diferentes da maneira como Deus as criou e como são em realidade." (N. do T.)

[155] "mas falemos de outra coisa..." (N. do T.)

[156] "foi tolice, mas que fazer, está dito". (N. do T.)

mais à sua frente aquele Stiepan Vierkhoviénski; aquele está enterrado; *enfin, tout est dit*. Demais, por que você está gritando? Unicamente porque não é você mesmo que está se casando e nem vai ter de usar um certo adorno na cabeça. Outra vez chocado? Pobre amigo meu, você não conhece a mulher, e eu não fiz outra coisa a não ser estudá-la. "Se queres vencer o mundo inteiro, vence a ti mesmo" — foi a única coisa que Chátov, irmão de minha esposa e outro romântico como você, conseguiu dizer bem. É de bom grado que tomo de empréstimo uma sentença dele. Pois bem, eu também estou disposto a vencer a mim mesmo, e vou me casar, e no entanto o que vou conquistar em lugar do mundo inteiro? Oh, meu amigo, o casamento é a morte moral de toda alma altiva, de toda independência. A vida de casado vai me corromper, tirar-me a energia, a coragem de servir a uma causa, virão os filhos que, vai ver, ainda nem serão meus, ou seja, é claro que não serão meus; um sábio não teme encarar a verdade... Há pouco Lipútin propôs salvar-me de Nicolas com barricadas; esse Lipútin é um tolo. A mulher engana o próprio olho que tudo vê. *Le bon Dieu*,[157] ao criar a mulher, já sabia, é claro, a que estava se expondo, mas estou certo de que ela mesma o atrapalhou e o obrigou a criá-la desse jeito e... com tais atributos; senão, quem iria querer encher-se gratuitamente de tamanhas preocupações? Nastácia, eu sei, pode se zangar comigo por causa desse livre pensamento, mas... *enfin, tout est dit*.

Ele não seria o próprio se passasse sem esse livre pensar barato e figurado, que tanto florescera em sua época, mas pelo menos agora eles se consolavam com um trocadilhozinho, só que não por muito tempo.

— Oh, por que não iria haver esse depois de amanhã, esse domingo! — exclamou de súbito, mas já em total desespero —, por que não pode haver pelo menos esta semana sem um domingo — *si le miracle existe?*[158] Ora, o que custaria à providência riscar do calendário pelo menos um domingo, bem, ao menos para demonstrar sua força a um ateu, *et que tout soit dit!*[159] Oh, como eu a amei! durante vinte anos, durante todos aqueles vinte anos, e ela nunca me compreendeu!

— Mas de quem você está falando; eu também não o entendo! — perguntei surpreso.

— *Vingt ans!* E não me compreendeu uma só vez, oh, isso é cruel! Será que ela pensa que eu me caso por medo, por necessidade? Oh, vergonha! Ti-

[157] "O bom Deus". (N. do T.)

[158] "se existem milagres?" (N. do T.)

[159] "e que tudo seja dito!" (N. do T.)

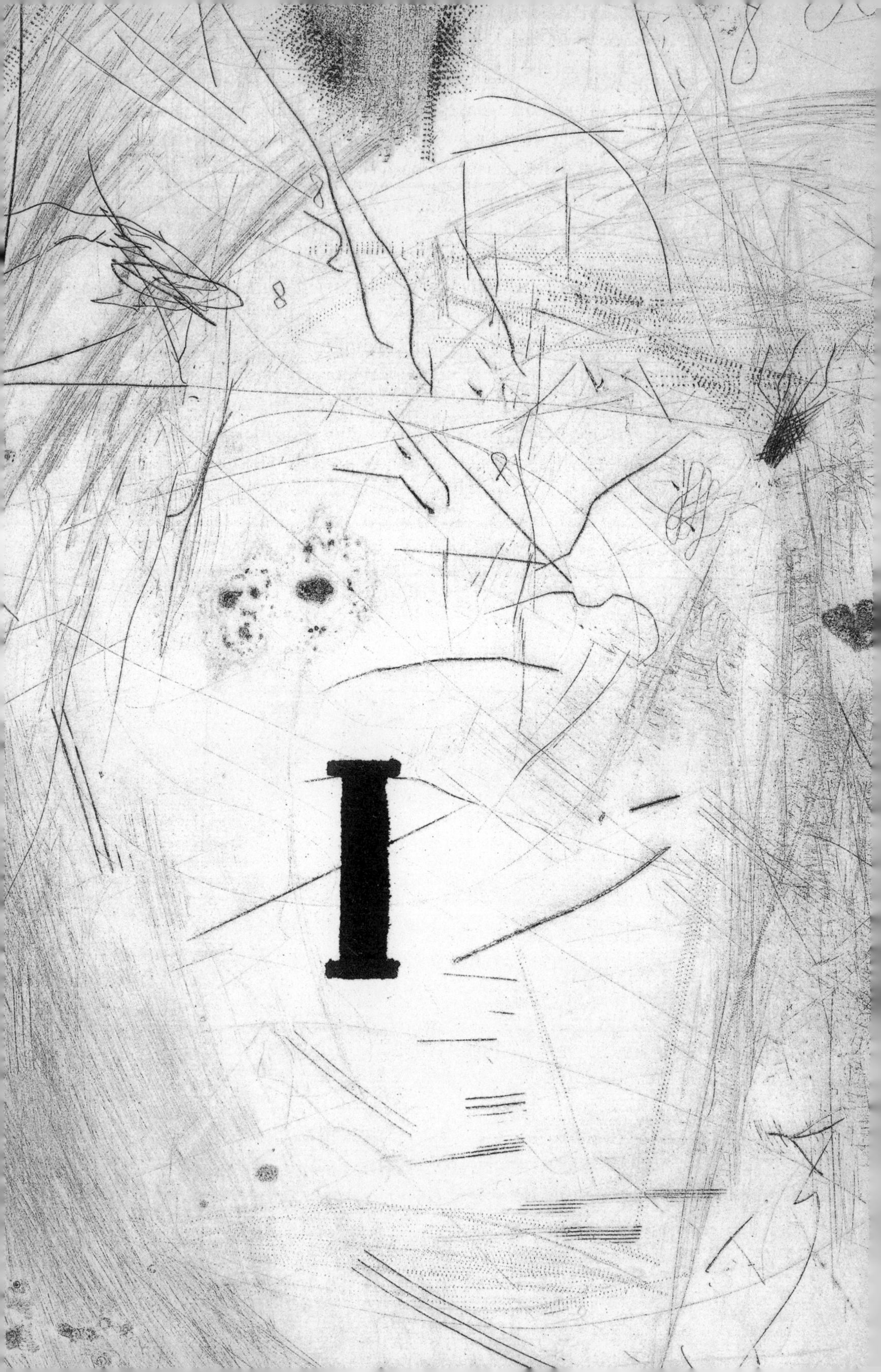
I

tia, titia, eu te!... Oh, que saiba ela, essa tia, que ela é a única mulher que adorei durante vinte anos. Ela deve ficar sabendo disso, do contrário não haverá, do contrário só à força me arrastarão para *ce qu'on appelle le*[160] casamento!

Foi a primeira vez que eu ouvi essa confissão, e expressa de modo tão enérgico. Não escondo que tive uma terrível vontade de desatar a rir. Eu não tinha razão.

— Ele é o único, o único que agora me restou, minha única esperança! — levantou súbito os braços como que assaltado inesperadamente por uma nova ideia —, agora só ele, meu pobre menino, me salvará e, oh, por que ele não chega! Oh, filho meu, oh, meu Pietrucha... E mesmo que eu não seja digno de ser chamado de pai mas antes de tigre, entretanto... *laissez-moi, mon ami!*,[161] vou me deitar um pouco para juntar as ideias. Estou tão cansado, tão cansado, e você também, acho, já é hora de dormir, *voyez-vous*,[162] são doze horas...

[160] "isso que se chama". (N. do T.)

[161] "deixe-me, meu amigo!" (N. do T.)

[162] "veja você". (N. do T.)

IV
A COXA

I

Chátov não fez birra e, atendendo ao meu bilhete, apareceu ao meio-dia na casa de Lizavieta Nikoláievna. Entramos quase juntos; eu também estava ali fazendo a minha primeira visita. Todos eles, isto é, Liza, a mãe e Mavrikii Nikoláievitch, estavam na sala grande e discutiam. A mãe exigia que Liza tocasse para ela uma valsa qualquer ao piano, e quando ela começou a tocar a valsa exigida ela passou a assegurar que a valsa não era aquela. Mavrikii Nikoláievitch, por sua simplicidade, defendeu Liza e assegurou que a valsa era aquela mesma; a velha se debulhou em lágrimas de raiva. Estava doente e até andava com dificuldade. Tinha as pernas inchadas e há vários dias andava com caprichos e arranjava toda sorte de pretextos, mesmo sentindo um certo medo de Liza. Nossa chegada deixou todos alegres. Liza corou de satisfação e me disse um *merci*, evidentemente por Chátov, caminhou para ele e ficou a examiná-lo com curiosidade.

Chátov parou desajeitado à porta. Depois de agradecer-lhe pela vinda, ela o conduziu para *mamá*.

— Este é o senhor Chátov de quem eu lhe falei, e esse aqui é o senhor G-v, grande amigo meu e de Stiepan Trofímovitch. Mavrikii Nikoláievitch também o conheceu ontem.

— Quem é o professor?

— Não há professor nenhum, mamãe.

— Não, há, você mesma me falou que viria um professor; certamente é este — apontou para Chátov com nojo.

— Nunca lhe falei absolutamente que haveria um professor. O senhor G-v é servidor e o senhor Chátov, ex-estudante.

— Estudante, professor, tudo isso é da universidade. Você só sabe discutir. Mas aquele da Suíça tinha bigode e cavanhaque.

— É o filho de Stiepan Trofímovitch que *mamá* não para de chamar de professor — disse Liza, e levou Chátov para sentar-se no sofá no outro extremo da sala.

— Quando ela está com os pés inchados sempre fica assim; o senhor entende, doente — cochichou para Chátov, continuando a examiná-lo com a mesma curiosidade extraordinária, particularmente o topete dele.

— O senhor é militar? — dirigiu-se a mim a velha, com quem Liza me deixou de forma tão cruel.

— Não, sirvo...

— O senhor G-v é um grande amigo de Stiepan Trofímovitch — tornou a interferir Liza.

— Serve com Stiepan Trofímovitch? Então, ele também não é professor?

— Ah, mamãe, a senhora certamente está sonhando com professores à noite — gritou Liza com enfado.

— Já me basta demais o que vejo na realidade. E você procurando eternamente contradizer a mãe. O senhor estava aqui quando Nikolai Vsievolódovitch esteve, estava aqui há quatro anos?

Respondi que estava.

— E aqui não havia um inglês com o senhor?

— Não, não havia.

Liza desatou a rir.

— Como se vê que não houve inglês nenhum, quer dizer que estão mentindo. E tanto Varvara Pietrovna quanto Stiepan Trofímovitch estão mentindo. Aliás, todo mundo mente.

— Ontem a titia e Stiepan Trofímovitch acharam que haveria semelhança entre Nikolai Vsievolódovitch e o príncipe Harry de *Henrique IV* de Shakespeare, e por isso *mamá* diz que não houve inglês — explicava-nos Liza.

— Se Harry não estava, o inglês também não estava. Só Nikolai Vsievolódovitch fazia das suas.

— Eu lhe asseguro que *mamá* está fazendo isso de propósito — achou Liza necessário explicar a Chátov —, ela conhece muito bem Shakespeare. Eu mesma li para ela o primeiro ato de *Otelo*; mas agora ela anda sofrendo muito. *Mamá*, está ouvindo? está dando doze horas, é a hora do seu remédio.

— O médico chegou — apareceu a copeira à porta.

A velha soergueu-se e passou a chamar o cão: "Zemirka, Zemirka, ao menos tu vens comigo!".

Zemirka, o cãozinho feio, velho e pequeno, não deu ouvidos e meteu-se debaixo do sofá em que Liza estava sentada.

— Não queres? Então eu também não te quero. Adeus, meu caro, não sei o seu nome nem patronímico — dirigiu-se a mim.

— Anton Lavriéntiev...

X

— Ah, tanto faz, entra por um ouvido meu e sai pelo outro. Não me acompanhe, Mavrikii Nikoláievitch, eu só chamei Zemirka. Graças a Deus que eu mesma consigo andar e amanhã vou passear.

Saiu zangada da sala.

— Anton Lavriéntiev, enquanto isso converse com Mavrikii Nikoláievitch, eu lhe asseguro que ambos têm a ganhar se vierem a conhecer-se melhor — disse Liza e deu um risinho amigável para Mavrikii Nikoláievitch, que ficou todo radiante com o olhar dela. Eu, sem ter o que fazer, fiquei conversando com Mavrikii Nikoláievitch.

II

O assunto que Lizavieta Nikoláievna tinha com Chátov, para minha surpresa, veio a ser de fato apenas literário. Não sei por quê, mas eu sempre achava que ela o tivesse chamado por algum outro assunto. Nós, isto é, eu e Mavrikii Nikoláievitch, vendo que não nos ocultavam nada e falavam muito alto, aguçamos o ouvido; depois convidaram também a nós dois para o conselho. Tudo consistia em que há tempos Lizavieta Nikoláievna já havia pensado em editar um livro, que achava útil, mas por absoluta inexperiência necessitava de um colaborador. A seriedade com que se pôs a explicar seu plano a Chátov até me deixou maravilhado. "Deve ser dos novos[163] — pensei —, não é à toa que esteve na Suíça." Chátov ouvia com atenção, de olhos fixos no chão, e sem se admirar o mínimo de que uma senhorita distraída da alta sociedade se metesse em assuntos que lhe pareceriam inadequados.

O empreendimento literário era da seguinte espécie. Edita-se na Rússia uma infinidade de jornais e revistas das capitais das províncias, e eles informam diariamente sobre uma infinidade de acontecimentos. Os anos passam, em toda parte os jornais são arrumados em armários, viram lixo, são rasgados, passam a servir como sacos e papel de embrulho. Muitos fatos publicados produzem impressão e ficam na memória do público, mas depois são esquecidos com o passar dos anos. Mais tarde muitas pessoas desejariam consultá-los, mas quanto trabalho procurá-los em um mar de folhas, frequentemente sem saber o dia nem o mês, e nem mesmo o ano em que se deu um certo acontecimento! Por outro lado, se todos os fatos de um ano inteiro se condensam em um só livro, obedecendo a um plano determinado e a um pen-

[163] "Novos": *nóvie liudi* ou gente nova — assim eram chamadas as pessoas progressistas ou representantes das novas ideias no tempo da ação de *Os demônios*. (N. do T.)

samento determinado, com títulos, orientações, especificação de meses e números, esse conjunto reunido em um todo poderia desenhar toda a característica da vida russa em um ano inteiro, apesar de se publicar uma fração excessivamente pequena dos fatos em comparação com todo o ocorrido.

— Em vez de uma infinidade de folhas serão publicados alguns livros grossos, e eis tudo — observou Chátov.

Entretanto, Lizavieta Nikoláievna defendia com ardor o seu plano, a despeito das dificuldades e da falta de habilidade para exprimir-se. Deve-se publicar apenas um livro, inclusive não muito grosso — disse com ardor. Mas temos de supor que o livro, mesmo que venha a ser grosso, seja claro, porque a questão central do plano é o caráter da representação dos fatos. É claro que não se vai coligir tudo e publicar. Os ucasses, os atos do governo, as ordens locais, as leis, tudo isso, mesmo sendo fatos excessivamente importantes, na publicação que sugerimos esse tipo de fatos pode ser inteiramente descartado. Podemos descartar muita coisa e nos limitarmos apenas a uma escolha dos acontecimentos que exprimem mais ou menos a vida moral do povo, a personalidade do povo russo em um dado momento. É claro que tudo pode entrar: curiosidades, incêndios, sacrifícios, toda espécie de assuntos bons e ruins, todo tipo de palavra e discurso, talvez até notícias sobre cheias de rios, talvez até alguns ucasses do governo, mas devemos coligir dentre tudo isso apenas aquilo que desenha a época; tudo entrará com uma certa visão de mundo, com orientação, com intenção, com pensamento que enfoque a totalidade, todo o conjunto. E, por fim, o livro deve ser curioso até para uma leitura leve, já sem falar de que será necessário para consultas! Seria, por assim dizer, um quadro da vida espiritual e moral russa no decorrer de um ano inteiro. "É preciso que todos comprem, é preciso que o livro se torne livro de cabeceira — afirmava Liza —; eu compreendo que toda a questão está no plano, e por isso estou procurando pelo senhor" — concluiu. Estava muito exaltada, e, apesar de sua explicação ter sido obscura e incompreensível, Chátov começou a compreender.

— Quer dizer que vai ser alguma coisa com tendência, a escolha dos fatos com uma certa tendência — murmurou ele, ainda sem levantar a cabeça.

— De maneira nenhuma, não se devem reunir fatos sob tendência, e não haverá tendência nenhuma. Só a imparcialidade — eis a tendência.

— Mas tendência não é um mal — mexeu-se Chátov —, e aliás não vai conseguir evitá-la assim que se evidenciar alguma escolha. Na escolha dos fatos é que estará a orientação, segundo compreendo. Sua ideia não é má.

— Então um livro como esse é possível? — Liza ficou contente.

— É preciso examinar a questão e considerar. É um negócio imenso. Não se inventa algo de chofre. É necessário ter experiência. Demais, quando publicarmos o livro é pouco provável que já tenhamos conhecimento de edição. Isso só depois de muitas experiências; mas as ideias brotam.

É um pensamento útil.

Por fim ele levantou os olhos e estes até brilharam de satisfação, tão interessado ele estava.

— Foi a senhorita mesma que imaginou isso? — perguntou de forma afetuosa e como que tímida a Liza.

— Imaginar não é problema, o problema é o plano — sorriu Liza —, eu compreendo pouco e não sou muito inteligente, eu só persigo aquilo que para mim mesma está claro.

— Persegue?

— Não seria essa a palavra, certo? — quis saber rapidamente Liza.

— Pode ser essa palavra também, perguntei por perguntar.

— Ainda no estrangeiro achei que eu também posso ser útil em alguma coisa. Tenho dinheiro que está mofando à toa, então, por que eu também não posso trabalhar um pouco por uma causa comum? Além do mais, de certo modo a ideia me chegou por si mesma; não a inventei nem um pouco e fiquei muito contente com ela; mas agora percebi que não posso passar sem um colaborador, porque eu mesma não sei fazer nada. O colaborador, é claro, será também o coeditor. Faremos meio a meio: o seu plano e o trabalho, minha ideia inicial e os meios para a edição. Será que o livro vai compensar?

— Se arranjarmos o plano certo, o livro terá saída.

— Quero preveni-lo de que não estou atrás de lucro, mas desejo muito que o livro tenha saída e ficarei orgulhosa com os lucros.

— Sim, mas o que é que eu tenho com isso?

— Ora, eu o estou convidando para colaborar... meio a meio. O senhor cria o plano.

— Como é que a senhorita sabe que estou em condições de criar um plano?

— Falaram-me a seu respeito, e aqui também ouvi falar... Sei que o senhor é muito inteligente e... trabalha e... pensa muito; Piotr Stiepánovitch Vierkhoviénski me falou a seu respeito na Suíça — acrescentou apressadamente. — Ele é um homem muito inteligente, não é verdade?

Chátov lançou-lhe um olhar instantâneo, quase fugidio, mas logo baixou a vista.

— Até Nikolai Vsievolódovitch me falou muito a seu respeito...

Chátov corou subitamente.

— Aliás, aqui estão os jornais. — Liza agarrou apressadamente em uma

cadeira um pacote de jornais preparado e amarrado. — Aqui eu tentei destacar os fatos para a escolha, fazer uma seleção e numerei... o senhor verá.

Chátov apanhou o pacote.

— Leve-o para casa, examine-o; onde o senhor mora?

— Na rua Bogoiavliénskaia, edifício de Fillípov.

— Conheço. Dizem que um certo capitão mora lá ao seu lado, o senhor Lebiádkin, não é? — Liza continuava apressada.

Distante, com o pacote nas mãos, do jeito que o recebeu ficou sentado um minuto inteiro sem responder, olhando para o chão.

— Para esse assunto a senhora podia ter escolhido outro, não lhe sou absolutamente útil — pronunciou finalmente, baixando a voz de um jeito estranhíssimo, quase cochichando.

Liza explodiu.

— De que assunto o senhor está falando? Mavrikii Nikoláievitch — gritou ela —, traga aqui a carta que chegou há pouco.

Eu também fui até a mesa atrás de Mavrikii Nikoláievitch.

— Olhe isso — dirigiu-se subitamente a mim, abrindo a carta muito agitada. — O senhor viu alguma vez algo parecido? Por favor, leia em voz alta; preciso que o senhor Chátov ouça.

Não foi com pouca surpresa que li em voz alta a seguinte mensagem:

"À perfeição da donzela Túchina.
Minha senhora,
Elizavieta Nikoláievna![164]

Oh, que encanto o dela,
Elizavieta Túchina,
Quando voa na feminina sela,
Na companhia do parente.
Madeixas brincando com os ventos
Ou com a mãe na igreja prosternada,
E vendo-se o rubor dos rostos reverentes!
Então, desejo os prazeres legítimos do casamento
E por trás dela e da mãe envio uma lágrima.

(Composto por um homem
sem sabedoria durante uma discussão)

[164] Pronuncia-se Ielizavieta. (N. do T.)

Minha senhora! Lamento mais do que ninguém não ter perdido um braço em Sevastópol, para minha glória, por nunca ter estado lá, pois passei toda a campanha no torpe serviço de provisões, que considerava uma baixeza. A senhora é uma deusa da Antiguidade, eu não sou nada, mas adivinhei o infinito. Considere isso como um poema e só, porque, apesar de tudo, o poema é uma tolice e justifica aquilo que em prosa se chama petulância. Pode o sol zangar-se com um infusório se este lhe faz um poema de dentro de uma gota d'água, onde há uma infinidade deles se olhados por um microscópio? Até o próprio clube filantrópico para animais de grande porte,[165] na alta sociedade de Petersburgo, ao compadecer-se justamente de um cão e de um cavalo, despreza o pequeno infusório ao não fazer qualquer menção a ele, porque ele não acabou de crescer. Nem eu acabei de crescer. A ideia do casamento pareceria cômica; mas dentro em breve receberei as antigas duzentas almas de um misantropo que a senhora despreza. Tenho muita informação a dar, e com base em documentos me ofereço até para enfrentar a Sibéria. Não despreze a proposta. Entenda essa carta de um infusório como feita em versos.

Capitão Lebiádkin,
amigo ultrassubmisso, que também tem seu lazer"

— Quem escreveu isso foi um bêbado e canalha! — exclamei indignado. — Eu o conheço!

— Recebi esta carta ontem — pôs-se a explicar Liza, corada e com pressa —, no mesmo instante compreendi que vinha de algum imbecil e até agora ainda não a mostrei à *mamá* para não perturbá-la ainda mais. Mas se ele insistir não sei como vou proceder. Mavrikii Nikoláievitch quer ir à casa dele e proibi-lo. Como eu via o senhor como um colaborador — dirigiu-se a Chátov — e como o senhor mora lá, resolvi lhe perguntar o que ainda se pode esperar dele.

— É um bêbado e canalha — murmurou Chátov como que sem querer.

— Então, ele é sempre esse paspalhão?

— Não, ele não é inteiramente paspalhão quando não está bêbado.

— Conheci um general que escrevia versos iguaizinhos a esses — observei rindo.

[165] Alusão à Sociedade Russa Protetora dos Animais, fundada em 1865 em São Petersburgo. (N. da E.)

— Até por essa carta se vê que é um finório — meteu-se inesperadamente na conversa o calado Mavrikii Nikoláievitch.

— Dizem que ele mora com uma certa irmã? — perguntou Liza.

— Sim, com a irmã.

— Dizem que ele a tiraniza, isso é verdade?

Chátov tornou a olhar para Liza, franziu o cenho e rosnou: "O que é que eu tenho com isso?" — e moveu-se em direção à porta.

— Ah, espere — gritou Liza inquieta —, para onde o senhor vai? Nós ainda temos tanto o que conversar...

— Conversar sobre o quê? Amanhã faço saber...

— Sim, é sobre o mais importante, é sobre a tipografia! Acredite, não estou brincando, estou querendo levar essa coisa a sério — assegurava Liza numa inquietação crescente. — Se resolvermos publicar, então onde imprimir? Porque essa é a questão mais importante, pois não vamos com esse fim a Moscou, e na tipografia daqui uma edição como essa é impossível. Há muito tempo eu resolvi adquirir minha própria tipografia, ainda que seja no seu nome, e *mamá*, eu sei, vai me permitir, contanto que fique no seu nome...

— Como a senhora sabe que eu posso me encarregar de uma tipografia? — perguntou Chátov com ar sombrio.

— Porque ainda na Suíça Piotr Stiepánovitch indicou precisamente o senhor, dizendo que o senhor pode dirigir uma tipografia e conhece o assunto. Quis até mandar em seu próprio nome um bilhete para o senhor, mas eu o esqueci.

Como me lembro agora, Chátov mudou de feição. Ficou mais alguns segundos postado e súbito deixou a sala.

Liza zangou-se.

— Ele sempre sai assim? — virou-se ela para mim.

Dei de ombros, mas de repente Chátov voltou, foi direto à mesa e pôs nela o pacote de jornais que havia pegado:

— Não vou ser colaborador, não tenho tempo.

— Por quê? Por quê? O senhor parece zangado! — perguntava Liza com voz amargurada e suplicante.

O som da voz dela pareceu surpreendê-lo; por alguns instantes ele a examinou fixamente como se desejasse penetrar-lhe na própria alma.

— Dá no mesmo — murmurou baixinho —, eu não quero...

E se foi de vez. Liza estava estupefata, de certo modo até completamente fora da medida; foi o que me pareceu.

— É um homem impressionantemente estranho! — observou em voz alta Mavrikii Nikoláievitch.

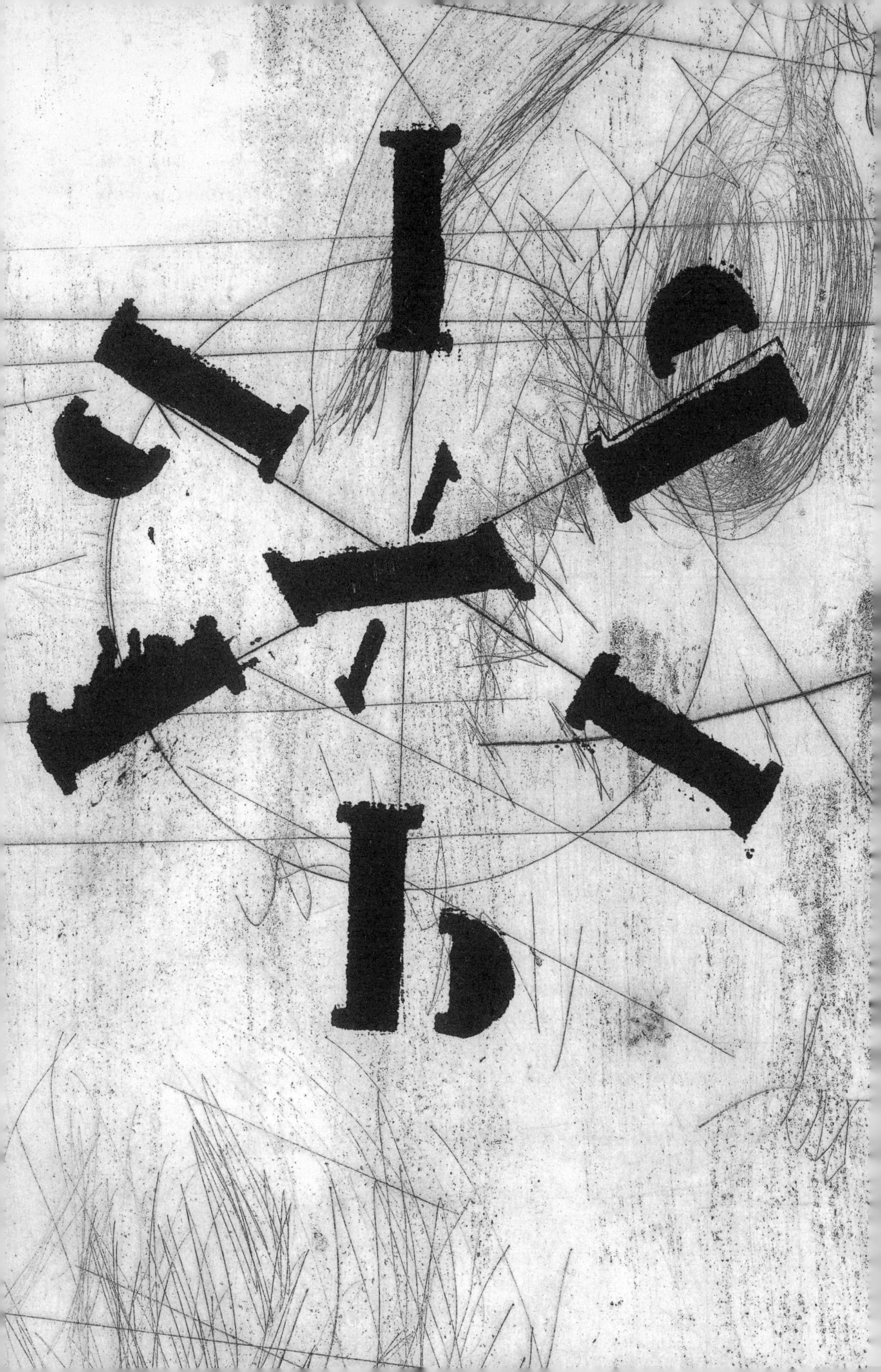

III

Claro, é "estranho", mas em tudo isso houve coisas vagas demais. Havia algo subentendido. Eu descria terminantemente desse projeto de publicações; depois veio aquela carta tola, mas que sugeria de forma excessivamente clara alguma denúncia "com base em documentos", sobre o que todos silenciavam e falavam coisas inteiramente diversas; por último a tipografia e a saída repentina de Chátov justamente porque tocaram no assunto da tipografia. Tudo isso me fez pensar que ainda antes da minha chegada acontecera ali alguma coisa que eu não sabia; logo, que eu estava sobrando e que nada daquilo me dizia respeito. Aliás estava mesmo na hora de eu ir embora; aquilo já era o bastante para uma primeira visita. Fui até Lizavieta Nikoláievna fazer-lhe uma reverência.

Ela parecia até ter esquecido que eu estava na sala e continuava no mesmo lugar ao pé da mesa, muito pensativa, com a cabeça baixa e olhando imóvel para um ponto escolhido do tapete.

— Ah, é o senhor, até logo — balbuciou com o habitual tom carinhoso. — Transmita minha reverência a Stiepan Trofímovitch e convença-o a vir me visitar o quanto antes. Mavrikii Nikoláievitch, Anton Lavriéntievitch está de saída. Desculpe, *mamá* não pode vir se despedir do senhor...

Saí, já estava descendo a escada quando um criado subitamente me alcançou no alpendre:

— A patroa pede muito para o senhor voltar...

— A patroa ou Lizavieta Nikoláievna?

— Ela.

Encontrei Liza não mais na sala grande em que estávamos sentados mas na sala de visitas mais próxima. A porta da sala em que Mavrikii Nikoláievitch ficara sozinho estava fechada.

Liza sorriu para mim, mas estava pálida. Encontrava-se no centro da sala em visível indecisão, em visível luta; mas me segurou num repente pelo braço e, em silêncio, conduziu-me rapidamente para a janela.

— Quero vê-*la* imediatamente — murmurou, fixando em mim o olhar ardente, intenso e impaciente, que não admitia nem sombra de contradição. — Devo vê-*la* com meus próprios olhos e peço a sua ajuda.

Estava tomada de total furor e desesperada.

— Quem a senhora quer ver, Lizavieta Nikoláievna? — perguntei assustado.

— A Lebiádkina, a coxa... É verdade que ela é coxa?

Fiquei perplexo.

— Nunca a vi, mas ouvi dizer que é coxa, ontem mesmo ouvi dizer — balbuciei com uma disposição apressada e também murmurando.

— Devo vê-la sem falta. O senhor poderia arranjar isso hoje mesmo?

Fiquei horrorizado e com pena.

— Isso é impossível, e além do mais eu não teria a menor ideia de como fazê-lo — comecei a persuadi-la —, vou procurar Chátov...

— Se o senhor não arranjar um encontro até amanhã eu mesma irei procurá-la, sozinha, porque Mavrikii Nikoláievitch se recusa. O senhor é a minha única esperança, não tenho mais ninguém; falei tolamente com Chátov... Estou segura de que o senhor é inteiramente honesto e talvez seja uma pessoal leal a mim, só peço que arranje.

Surgiu em mim uma vontade ardente de ajudá-la em tudo.

— Veja o que eu vou fazer — pensei um pouquinho —, eu mesmo vou lá e hoje certamente, *com certeza* a verei! Vou dar um jeito de vê-la, dou-lhe minha palavra de honra; só peço que me permita fiar-me em Chátov.

— Diga a ele que estou com essa vontade e que já não posso mais esperar, mas que eu não o enganei há pouco. Talvez ele tenha ido embora por ser um homem muito honesto e não ter gostado de achar que eu o estivesse enganando. Eu não o estava enganando; quero realmente editar e fundar uma tipografia...

— Ele é honesto, honesto — confirmei com ardor.

— Bem, se até amanhã o senhor não arranjar o encontro, eu mesma irei procurá-la, aconteça o que acontecer e mesmo que todos fiquem sabendo.

— Antes das três da tarde não poderia estar em sua casa amanhã — observei, voltando um pouco a mim.

— Quer dizer, então, que às três horas. Quer dizer que ontem, em casa de Stiepan Trofímovitch, eu supus a verdade, que o senhor é uma pessoa um tanto leal a mim? — sorriu, apertando-me apressadamente a mão ao despedir-se e voltando às pressas para Mavrikii Nikoláievitch, que havia deixado.

Saí deprimido com a minha promessa e sem compreender o que havia acontecido. Vi uma mulher tomada de verdadeiro desespero, sem temer comprometer-se ao fazer confidências a um homem quase desconhecido. Em um instante tão difícil para ela, seu sorriso feminil e a alusão de que na véspera ela já havia notado os meus sentimentos foi como se me cortassem o coração; mas eu estava com pena, com pena — eis tudo! Súbito os seus segredos se tornaram algo sagrado para mim, e se agora alguém começasse a mos revelar eu, ao que parece, arrolharia os ouvidos e me negaria a continuar ouvindo fosse lá o que fosse. Eu apenas pressentia algo... E, não obstante, não fazia a menor ideia de como iria arranjar alguma coisa. Além do mais, apesar de tudo eu continuava sem saber o que precisamente tinha de arranjar: um encontro, mas que encontro? Demais, como juntar as duas? Toda a minha esperança estava em Chátov, embora eu pudesse saber de antemão que ele não iria ajudar em nada. Mas ainda assim me precipitei para a casa dele.

IV

Só à noite, já depois das sete, eu o encontrei em casa. Para a minha surpresa havia visitas em casa dele — Aleksiêi Nílitch e mais um senhor meio conhecido, um tal de Chigalióv, irmão da mulher de Virguinski.

Pelo visto, esse Chigalióv já estava há uns dois meses em visita à nossa cidade; não sei de onde veio; a seu respeito eu ouvira falar apenas que publicara um artigo qualquer em uma revista progressista de Petersburgo. Virguinski me apresentara a ele por acaso, na rua. Em minha vida nunca tinha visto um homem com o rosto tão sombrio, carrancudo e soturno. O olhar dele era o de quem parecia esperar a destruição do mundo, e não Deus sabe quando, segundo profecias que poderiam nem se realizar, mas num dia absolutamente definido, por exemplo, depois de amanhã pela manhã, exatamente às dez horas e quinze minutos. Aliás, naquela ocasião quase não trocamos uma única palavra, limitamo-nos a apertar as mãos um do outro com aparência de dois conspiradores. O que mais me impressionou foram as suas orelhas de tamanho antinatural, longas, largas e grossas, de certo modo particularmente afastadas da cabeça. Seus movimentos eram desajeitados e lentos. Se Lipútin sonhava que um dia o falanstério pudesse realizar-se em nossa província, esse certamente sabia o dia e a hora em que isso ia acontecer. Ele produzira em mim uma impressão sinistra; ao encontrá-lo agora em casa de Chátov, fiquei ainda mais admirado porque Chátov não gostava absolutamente de receber visitas.

Ainda da escada dava para ouvir que eles falavam muito alto, os três ao mesmo tempo, e parece que discutiam; mas foi só eu chegar e todos se calaram. Discutiam em pé, mas agora todos se sentavam subitamente, de sorte que eu também devia sentar-me. Durante três minutos completos não se quebrou aquele silêncio idiota. Chigalióv, mesmo me conhecendo, fingia não conhecer e certamente não por hostilidade, mas gratuitamente. Eu e Aleksiêi Nílitch trocamos leves reverências, mas em silêncio e, sabe-se lá por quê, sem nos apertarmos as mãos. Por fim Chigalióv começou a olhar para mim com ar severo e carrancudo, com a mais ingênua certeza de que eu iria me levantar de chofre e sair. Por último, Chátov soergueu-se da cadeira e todos subitamente também se levantaram de um salto. Saíram sem se despedir, e só Chigalióv disse à porta a Chátov, que os acompanhava:

— Lembre-se de que você está obrigado a fazer um informe.

— Que se dane o seu informe, eu não tenho obrigação com diabo nenhum — acompanhou-o Chátov e fechou a porta com o gancho.

— Imbecis! — disse ele olhando para mim, com um risinho meio torto.

Estava com a cara zangada e para mim era estranho que ele mesmo começasse a falar. Antes, quando eu ia à sua casa (aliás, muito raramente), ele costumava ficar sentado em um canto, carrancudo, respondia zangado às perguntas e só depois de longo tempo ficava inteiramente animado e começava a falar com prazer. Por outro lado, ao se despedir, sempre voltava a ficar forçosamente carrancudo e nos despedia como quem se livra do seu inimigo pessoal.

— Ontem eu tomei chá na casa de Aleksiêi Nílitch — observei —, parece que ele anda com mania de ateísmo.

— O ateísmo russo nunca passou de um jogo de palavras — rosnou Chátov, colocando uma vela nova no lugar do velho toco.

— Não, esse não me pareceu autor de trocadilhos; parece que não consegue simplesmente falar, menos ainda fazer trocadilhos.

— É uma gente de papel; tudo isso vem da lacaiagem do pensamento[166] — observou calmamente Chátov, sentando-se numa cadeira num canto e apoiando as palmas das mãos nos joelhos.

— Aí também existe ódio — pronunciou ele depois de um minuto de pausa —, eles seriam os primeiros grandes infelizes se de repente a Rússia conseguisse transformar-se, ainda que fosse à maneira deles, e de algum modo se tornasse subitamente rica e feliz além da medida. Nesse caso, eles não teriam quem odiar, para quem se lixar, nada de que zombar! Aí existe apenas um ódio animalesco e infinito à Rússia, ódio que se cravou fundo no organismo... E não haveria nenhuma lágrima invisível ao mundo sob um riso visível![167] Nunca na Rússia se disse coisa mais falsa que essas tais lágrimas invisíveis![168] — gritou ele quase tomado de fúria.

[166] Em nota aos manuscritos de *Crime e castigo*, Dostoiévski escreve: "O niilismo é uma lacaiagem do pensamento. O niilista é um lacaio do pensamento". (N. da E.)

[167] Alusão às célebres palavras de Gógol. (N. do T.)

[168] Essas reflexões de Chátov são dirigidas contra Saltikov-Schedrin. O próprio Dostoiévski escreveu certa vez sobre as "lágrimas invisíveis ao mundo": "... Ele [Gógol] passou a vida inteira rindo tanto de si mesmo quanto de nós, e todos nós rimos com ele, e rimos tanto que acabamos chorando levados pelo nosso riso". (N. da E.)

— Bem, sabe Deus o que é isso! — ri.

Mas você é um "liberal moderado" — deu um risinho Chátov. — Sabe de uma coisa — secundou de súbito —, talvez eu tenha dito um absurdo quando falei de "lacaiagem do pensamento"; na certa você vai logo me dizer: "Foi você que nasceu filho de lacaio, mas eu não sou lacaio".

— Eu não quis dizer nada disso... o que você está dizendo!

— Não precisa se desculpar, não tenho medo de você. Naquele tempo eu era apenas filho de lacaio, mas agora eu mesmo me tornei um lacaio, assim como você. O nosso liberal russo é antes de tudo um lacaio, e fica só aguardando para limpar as botas de alguém.

— Que botas? Que alegoria é essa?

— Que alegoria há aqui! Estou vendo que você ri... Stiepan Trofímovitch disse a verdade quando afirmou que eu estou deitado debaixo de uma pedra, achatado mas não esmagado, apenas me torcendo; foi uma boa comparação que ele fez.

— Stiepan Trofímovitch assegura que você enlouqueceu com os alemães — ria eu —; seja como for, nós surrupiamos alguma coisa dos alemães.

— Pegamos vinte copeques e entregamos cem rublos.

Fizemos uma pausa de um minuto.

— Foi na América que ele pegou isso.

— Quem? Pegou o quê?

— Estou falando de Kiríllov. Nós dois passamos lá quatro meses num casebre dormindo no chão.

— Por acaso vocês estiveram na América? — admirei-me. — Você nunca me falou disso.

— Contar o quê? No ano retrasado fomos nós três em um navio de emigrantes para os Estados Unidos, com o último dinheiro, "com o fim de experimentar em nós mesmos a vida do operário americano[169] e assim verificar com a *própria* experiência o estado de um homem na sua situação social mais dura". Eis o objetivo com que fomos para lá.

— Meu Deus! — comecei a rir. — Ora, o melhor que vocês poderiam ter feito com esse fim era viajar a uma das nossas províncias no período da colheita para "testar com a própria experiência", mas deu na telha de irem para a América!

[169] Reprodução, com algumas mudanças, das palavras do diário de viagem de P. I. Ogoródnikov, *De Nova York a São Francisco e de volta à Rússia*, onde o autor escreve: "... experimentar a vida do operário americano e assim verificar por experiência própria a condição do operário na sua mais difícil situação social". As alusões à lei de Lynch também estão ligadas ao diário de Ogoródnikov. (N. da E.)

— Lá nós nos empregamos como operários de um explorador; todos nós, russos, éramos seis homens — estudantes, havia até fazendeiros, até oficiais, e todos com o mesmo objetivo majestoso. Bem, trabalhamos, suamos, sofremos, nos cansamos e finalmente eu e Kiríllov saímos — adoecemos, não aguentamos. O patrão explorador nos roubou ao acertar as contas, em vez dos trinta dólares combinados me pagou oito e quinze a Kiríllov; lá também nos bateram mais de uma vez. Mas aqui também eu e Kiríllov passamos quatro meses numa cidadezinha dormindo no chão um ao lado do outro; ele pensava numa coisa, eu em outra.

— Não me diga que o patrão bateu em vocês, isso na América? Ora, mas vocês o devem ter injuriado!

— Nem um pouco. Ao contrário, eu e Kiríllov resolvemos no mesmo instante que "nós, russos, somos umas criancinhas perante os americanos e que é preciso nascer na América ou pelo menos familiarizar-se longos anos com os americanos para se colocar no nível deles". Veja só: quando nos cobravam um dólar por um objeto que valia um copeque, nós pagávamos não só com prazer mas até mesmo com fervor. Nós elogiávamos tudo: o espiritismo, a lei de Lynch, os revólveres, os vagabundos. Uma vez íamos pela rua, um homem meteu a mão no meu bolso, tirou minha escova de cabelo e começou a pentear-se; eu e Kiríllov apenas trocamos olhares e resolvemos que aquilo era bom e que nos agradava muito...

— É estranho que entre nós isso não só passa pela cabeça como acontece — observei.

— É uma gente feita de papel — repetiu Chátov.

— Mas, não obstante, atravessar o oceano em um navio de emigrantes rumo a uma terra desconhecida, mesmo com o fim de "conhecer por experiência própria", etc. — nisso, juro, parece existir alguma firmeza magnânima... Sim, mas como é que vocês saíram de lá?

— Escrevi a uma pessoa na Europa e ela me enviou cem rublos.

Como era seu hábito, ao falar Chátov olhava fixo para o chão, até mesmo quando se entusiasmava. De repente levantou a cabeça:

— Quer saber o nome dessa pessoa?

— Quem é ela, então?

— Nikolai Stavróguin.

Levantou-se de chofre, virou-se para a sua escrivaninha de tília e começou a vasculhar alguma coisa nela. Entre nós corria um boato vago porém autêntico de que a mulher dele mantivera durante certo tempo um caso com Nikolai Stavróguin em Paris e precisamente dois anos antes, quer dizer, quando Chátov estava na América, é verdade que muito tempo depois de o ter deixado em Genebra. "Sendo assim, por que agora lhe dava na telha evocar o nome e estender o assunto?" — pensei.

— Até hoje eu não lhe paguei — tornou a voltar-se subitamente para mim e, olhando-me fixamente, sentou-se no lugar de antes no canto e perguntou com voz entrecortada e já bem diferente:

— Você, é claro, veio para cá por alguma coisa; o que está querendo?

Contei-lhe imediatamente tudo, em ordem histórica precisa, e acrescentei que, embora só agora eu tivesse caído em mim depois da recente agitação, estava ainda mais confuso: compreendi que aí havia algo de muito importante para Lizavieta Nikoláievna; desejaria dar-lhe um forte apoio, mas todo o mal estava em que eu não só não sabia como cumprir a promessa que fizera como ainda não me lembrava do que exatamente havia prometido. Em seguida, lhe confirmei mais uma vez que ela não queria nem pensava em enganá-lo, que aí houvera algum mal-entendido e que ela estava muito amargurada com aquela incomum saída dele.

Ele ouviu com muita atenção.

— É possível que eu, por hábito, realmente tenha feito uma tolice há pouco... Bem, se ela mesma não compreendeu por que eu saí, então... é até melhor para ela.

Ele se levantou, foi até a porta, entreabriu-a e ficou escutando na escada.

— Você faz questão de ver essa pessoa?

— É disso que preciso, mas como fazê-lo? — Levantei-me de um salto, contente.

— Simplesmente vamos lá enquanto ela está só. Ele vai chegar e espancá-la muito se souber que estivemos lá. Frequentemente vou lá às escondidas. Hoje o surrei quando ele mais uma vez começou a espancá-la.

— Você fez isso?

— Justamente; eu o apartei dela arrastando-o pelos cabelos; ele quis me espancar por isso mas eu o assustei e assim terminou tudo. Temo que ele volte bêbado, lembre-se e por isso a espanque muito.

Descemos no mesmo instante.

V

A porta dos Lebiádkin estava apenas entreaberta e não fechada e entramos livremente. Todo o apartamento era constituído de dois quartinhos ruinzinhos, com paredes escurecidas, nas quais farrapos de papel de parede enegrecido pela fumaça apareciam literalmente pendurados. Ali, alguns anos antes, havia uma taverna, até que Fillípov, o dono, a transferiu para um novo prédio. Os outros cômodos, que serviam de taverna, estavam agora fechados e os Lebiádkin ocupavam aqueles dois. O mobiliário era formado por simples bancos e mesas de ripa, à exceção de uma velha poltrona sem braços. No segundo cômodo, em um canto, havia uma cama coberta por um lençol de chita pertencente a *mademoiselle* Lebiádkina, e o próprio capitão, ao deitar-se para passar a noite, sempre se estirava no chão, não raro com a roupa que estava. Tudo estava coberto de farelos, lixo, empoçado; no chão do primeiro cômodo, no centro, havia um trapo grande, grosso, ensopado, e ali mesmo, na mesma poça, um velho sapato gasto. Via-se que ali ninguém fazia nada; não aqueciam a estufa, não acendiam o fogão, não faziam comida; não tinham nem samovar, como Chátov contou em detalhes. O capitão chegara ali com a irmã na absoluta miséria e, como dizia Lipútin, no início realmente andou esmolando de casa em casa; contudo, depois de receber um dinheiro inesperado, começou imediatamente a beber e ficou aturdido pelo vinho, de sorte que já não tinha tempo para cuidar da casa.

Mademoiselle Lebiádkina, que eu tanto desejava ver, estava sentada tranquilamente e em silêncio em um canto do segundo cômodo, à mesa de ripas da cozinha, em um banco. Não nos deu atenção quando abrimos a porta e sequer se moveu do lugar. Chátov disse que eles nem fechavam a porta, que uma vez passara a noite inteira escancarada para o vestíbulo. À luz de uma velinha fina e opaca posta em um candelabro de ferro, vi uma mulher talvez de uns trinta anos, uma magreza doentia, metida em um velho vestido de chita preta, sem nada cobrindo o pescoço longo e ralos cabelos escuros, presos sobre a nuca em um coque da grossura de um punho de uma criança de dois anos. Ela nos lançou um olhar bastante alegre; além do candelabro, na mesa diante dela havia um pequeno espelho rústico, um baralho velho, um gasto livreto de cantigas e um pão branco alemão, que já havia levado umas duas dentadas. Dava para notar que *mademoiselle* Lebiádkina passava pó de arroz e ruge no rosto e algo nos lábios. Pintava também as sobrancelhas, que já eram longas, finas e escuras. Na testa estreita e alta, apesar da brancura, distinguiam-se com bastante nitidez três longas rugas. Eu já sabia que ela era coxa, mas desta feita não se levantou nem andou uma única vez na nossa presença. Outrora, quando bem jovem, aquele rosto magro podia até não ter sido feio; mas os olhos castanhos, serenos e carinhosos continuavam magníficos até agora; algo de sonhador e sincero brilhava em seu olhar sereno, quase alegre. Essa alegria serena, tranquila, que se traduzia no sorriso, surpreendeu-me depois de tudo o que eu ouvira a respeito da *nagaika* cossaca e de todos os excessos do irmão. Era estranho que, em vez da repugnância penosa e até tímida que se costuma sentir na presença de todas as criaturas castigadas por Deus, cheguei a achar quase agradável olhar para ela ao primeiro instante, e só a compaixão — nada de repulsa — se apoderou de mim depois.

— Aí está ela sentada, e passa literalmente dias a fio totalmente só, sem se mover, deitando as cartas ou se olhando no espelho — apontou Chátov da porta —, ele nem sequer lhe dá de comer. Vez por outra a velha da galeria lhe traz alguma coisa em nome de Cristo; como podem deixá-la sozinha com a vela?

Para minha surpresa Chátov falava alto, como se ela nem estivesse no cômodo.

— Olá, Chátuchka![170] — pronunciou amistosamente *mademoiselle* Lebiádkina.

— Vim visitá-la, Mária Timofêievna, trouxe uma visita — disse Chátov.

— Bem, a visita é uma honra. Não sei quem trouxeste, não me lembro dele — olhou fixamente para mim por trás da vela e no mesmo instante tornou a Chátov (e não mais se ocupou de mim durante todo o restante da conversa, como se eu não estivesse ao seu lado).

— Estarás enfadado de ficar só no teu quartinho? — riu, e expôs duas fileiras de dentes magníficos.

— Estava enfadado e me deu vontade de te visitar.

Chátov aproximou um banquinho da mesa, sentou-se e me fez sentar ao seu lado.

— Sempre me alegra conversar, só que mesmo assim te acho meio engraçado, Chátuchka, como se fosses um monge. Há quanto tempo não te penteias? Deixa eu te pentear mais uma vez — tirou um pente do bolso —, vai ver que desde a última vez que te penteei não mexeste no cabelo.

— Ora, nem pente eu tenho — riu Chátov.

— Verdade? Então eu vou te dar o meu, não esse, mas outro, mas vê se não esqueces.

E com o ar mais sério se pôs a penteá-lo, fazendo até uma risca de lado, inclinou-se um pouco para trás, observou se estaria bom e tornou a pôr o pente no bolso.

— Sabes de uma coisa, Chátuchka? — balançou a cabeça —, és um homem sensato, mas aborreces. Para mim é estranho olhar para todos vocês; não compreendo como essas pessoas vivem com tédio. Nostalgia não é tédio. Eu sou alegre.

[170] Variação íntima do sobrenome Chátov. (N. do T.)

— E alegre com o irmão?

— Estás falando de Lebiádkin? Ele é meu lacaio. Para mim dá absolutamente no mesmo se ele está aqui ou não. Eu lhe grito: "Lebiádkin, me traga água; Lebiádkin, me dê meus sapatos" — e ele corre; às vezes ajo mal, fica engraçado olhar para ele.

— E é exatamente assim — Chátov se dirigiu a mim outra vez, falando alto e sem cerimônia —, ela o trata exatamente como um lacaio; eu mesmo a ouvi gritar-lhe: "Lebiádkin, me traga água", e ao fazê-lo gargalhava; a única diferença é que ele não corre para buscar água mas a espanca por isso; no entanto ela não tem nenhum medo dele. Tem alguns ataques de nervos, quase diários, e perde a memória, de sorte que depois deles esquece tudo o que acabou de acontecer e sempre confunde o tempo. Você pensa que ela se lembra de quando nós entramos; é possível que se lembre, mas na certa já refez tudo a seu modo e neste momento nos recebe como umas pessoas diferentes do que somos, embora se lembre de que eu sou Chátuchka. Não faz mal que eu fale alto; deixa imediatamente de ouvir os que não falam com ela e no mesmo instante se lança no devaneio de si para si; isso mesmo, se lança. É sumamente sonhadora; passa oito horas, o dia inteiro sentada no mesmo lugar. Veja esse pão aí; desde a manhã talvez tenha comido apenas uma fatia e vai terminá-lo amanhã. Veja, agora está pondo as cartas...

— Pôr as cartas eu ponho, Chátuchka, mas a coisa não dá certo — pegou de chofre a deixa Mária Timofêievna ao ouvir a última palavra e, sem olhar ao redor, estendeu a mão esquerda até o pão (também provavelmente por ter ouvido a palavra "pão"). Finalmente agarrou o pão, mas, depois de segurá-lo algum tempo com a mão esquerda e deixando-se levar pela conversa que recomeçava, colocou-o de volta na mesa sem reparar, sem mordê-lo uma única vez. — É sempre a mesma conversa: viagem, homem mau, traição de alguém, um leito de morte, uma carta chegada não se sabe de onde, uma notícia inesperada — tudo mentira, acho eu, Chátuchka, o que você acha? Se as pessoas mentem, por que as cartas não iriam mentir? — súbito misturou as cartas. — Eu mesma disse isso uma vez à madre Praskóvia, mulher respeitável, que sempre vinha à minha cela para eu pôr as cartas às escondidas da madre superiora. Aliás ela não vinha só. Elas se punham a gemer, a balançar a cabeça, a falar disso e daquilo, enquanto eu ria: "E de onde a senhora vai receber cartas, madre Praskóvia, se há doze anos não chega nenhuma?". A filha dela foi levada para algum lugar da Turquia pelo marido e faz doze anos que não dá sinal de vida. Pois no dia seguinte, à noite, estou tomando chá com a madre superiora (a família dela é de príncipes), há uma senhorinha de fora na casa dela, uma grande sonhadora, e também um monge do Monte Atos, bastante engraçado, a meu ver. Pois vê só, Chátuchka, aquele mesmo monge, naquela mesma manhã, trouxe da Turquia para a madre Praskóvia uma carta da filha — eis aí o valete de ouros —, uma notícia inesperada! Estamos bebendo esse chá, e o monge do Monte Atos diz à madre superiora: "Bendita madre superiora, Deus abençoou mais que tudo o vosso mosteiro porque, diz ele, conserva esse tesouro tão precioso no seio dele". — "Que tesouro é esse?" — pergunta a madre superiora. "A bem-aventurada madre Lizavieta." Pois essa bem-aventurada Lizavieta vive numa cela de uma braça de comprimento e dois *archins*[171] de altura, embutida no muro, atrás de grades de ferro há mais de dezesseis anos, passando inverno e verão metida num só camisão de linho caseiro sempre forrado de toda espécie de palha ou talos de folhas que ela juntava ao pano, sem falar nada, nem se coçar, nem tomar banho nesses mais de dezesseis anos. No inverno lhe metem pelas grades uma sobrecasaca e todos os dias um pedaço de pão e uma caneca de água. Os peregrinos olham, gemem, suspiram, e depositam dinheiro. "Eis que acharam um tesouro — responde a madre superiora (está zangada; detesta horrivelmente Lizavieta) —, Lizavieta está lá só por raiva, só por teimosia, e tudo não passa de fingimento." Não gostei daquilo; eu mesma quis me enclausurar: "A meu ver, digo eu, Deus e a natureza são a mesma coisa". Todos eles me disseram a uma só voz: "Vejam só!". A superiora começou a rir, cochichou alguma coisa com a senhorinha, chamou-me, me fez um afago, e a senhorinha me deu um lacinho cor-de-rosa, quer que eu lhe mostre? Bem, o monge começou a me fazer sermão, mas como falava em tom carinhoso e tranquilo e com uma inteligência grande, eu fiquei ali a ouvi-lo. "Entendeste?" — pergunta. "Não, digo eu, não entendi nada e me deixe, digo eu, em plena paz." E desde então eles me deixam em plena paz, Chátuchka. Enquanto isso, ao sair da igreja uma velha, que vivia entre nós em penitência por umas profecias que andara fazendo, me cochicha: "Quem é a Mãe de Deus, o que achas?" — "É a grande mãe, respondo, é o enlevo da espécie humana." — "Então, diz ela, a Mãe de Deus é a grande mãe terra úmida, e grande porque encerra a alegria para o homem. Toda a melancolia terrestre e toda lágrima terrestre são alegria para nós; e quando sacias com as tuas lágrimas a terra aos teus pés na profundidade de um *archin*, no mesmo instante te alegras de tudo e, diz ela, nenhuma mágoa tua existirá mais, essa é a profecia, diz ela." Naquele momento essa palavra me calou fundo. Desde então passei a rezar, inclinando-me até o chão, beijando sempre a terra, eu mes-

[171] Medida de comprimento equivalente a 0,71 m. (N. do T.)

ma beijando e chorando. E eu te digo, Chátuchka: nessas lágrimas não há nada de mau; e embora tu nunca tenhas experimentado uma aflição, mesmo assim tuas lágrimas vão correr só de alegria. As próprias lágrimas correm, é verdade. Vez por outra eu mesma ia à beira do lago: de um lado fica o nosso mosteiro, do outro, a nossa montanha Aguda, é montanha Aguda que se chama. Eu também vou subir essa montanha, virar-me de rosto para o Oriente, cair no chão, chorar, chorar, e sem me lembrar de quanto tempo chorei, e então não me lembrarei e não saberei de nada. Depois vou me levantar, voltar, o sol vai se pôr, grande, suntuoso, glorioso — gostas de olhar para o sol, Chátuchka? — é bom mas é triste. Tornarei a me virar para o Oriente, e a sombra, a sombra da nossa montanha vai estar espalhada bem longe no lago, como uma seta, correndo, estreita, comprida-comprida, uma versta além até a ilha que fica no lago, e aquela ilha de pedras, tal qual existe, vai cortar o sol ao meio e, quando cortá-lo ao meio, o sol vai se pôr totalmente e tudo se apagará de repente. Aí também eu começarei a sentir completa nostalgia, e aí até a memória me virá de repente; tenho medo do lusco-fusco, Chátuchka. E choro cada vez mais pelo meu filhinho...

— E por acaso ele existiu? — Chátov me cutucou com o cotovelo; ficara o tempo todo ouvindo com extrema aplicação.

— Que dúvida: era pequeno, rosadinho, umas perninhas miúdas, e toda a minha melancolia está em que não me lembro se era menino ou menina. Ora me lembro de um menino, ora de uma menina. E tão logo dei à luz, eu o enrolei com cambraia e renda, com fitinhas rosadas, cobri-o de flores, enfeitei-o, rezei por ele, levei-o pagão, atravessei o bosque — tenho medo de bosques, estava apavorada, e o que mais me faz chorar é que eu o dei à luz mas não conheço o marido.

— Mas poderá ter existido? — perguntou cauteloso Chátov.

— Tu és engraçado, Chátuchka, com esse raciocínio. Existiu, pode ser que tenha existido, mas que adianta ter existido se de qualquer forma nem existiu? Eis um enigma fácil para ti, procura decifrá-lo! — riu.

— Para onde você levou a criança?

— Para o tanque — suspirou.

Chátov tornou a me cutucar com o cotovelo.

— E se você não teve filho nenhum e tudo isso é apenas um delírio, hein?

— Estás me fazendo uma pergunta difícil, Chátuchka — respondeu com ar meditativo e sem qualquer surpresa diante da pergunta —, a esse respeito não vou te dizer nada, pode ser até que nem tenha existido; acho que é apenas uma curiosidade tua; seja como for, eu não vou deixar de chorar por ele, porque não sonhei com ele, não é? — E lágrimas graúdas brilharam em seus olhos. — Chátuchka, Chátuchka, é verdade que tua mulher fugiu de ti? — súbito pôs as duas mãos nos ombros dele e o olhou com uma expressão de pena. — Não fiques zangado, porque eu mesma também sinto náusea. Vê, Chátuchka, que sonho eu tive: ele torna a me procurar, me faz sinal, grita: "Gatinha, diz ele, minha gatinha, venha a mim!". Pois o que mais me deixou alegre foi a "gatinha": ele me ama, penso.

— Pode ser que ele venha em realidade — murmurou Chátov a meia-voz.

— Não, Chátuchka, isso é mesmo um sonho... ele não vai aparecer na realidade, você conhece a cantiga:

Dispenso o sobrado alto e novo
Ficarei nesta celinha aqui
A viver para me salvar
E a Deus por ti orar.

— Oh, Chátuchka, Chátuchka, meu querido, por que nunca me perguntas nada?

— Ora, você não diz nada, por isso não pergunto.

— Não direi, não direi, ainda que me degolem, não direi — respondeu depressa —, mesmo que me queimem, não direi. E por mais que eu sofra, não direi nada, as pessoas não ficarão sabendo!

— Está vendo, está vendo, quer dizer que cada um tem o seu segredo — pronunciou Chátov com voz ainda mais baixa, baixando cada vez mais e mais a cabeça.

— Mas se me pedisses talvez eu dissesse; talvez eu dissesse! — repetiu com entusiasmo. — Por que não perguntas? Pede-me, pede-me direitinho, Chátuchka, pode ser que eu te diga; implora-me, Chátuchka, de forma que eu mesma concorde... Chátuchka, Chátuchka!

Mas Chátuchka calava; fez-se uma pausa geral de cerca de um minuto. As lágrimas correram devagarinho pelas faces embranquecidas de pó de arroz; ela continuava sentada com as mãos esquecidas nos ombros de Chátov, mas já sem olhar para ele.

— Ora, o que posso querer de você, é até pecado — súbito Chátov se levantou do banco. — Levante-se! — Puxou zangado o banco em que eu estava sentado, pegou-o e o pôs onde estava antes.

— Quando ele chegar, é bom que não adivinhe a nossa visita; já está na nossa hora.

— Ah, sempre falando do meu lacaio! — sorriu de repente Mária Timofêievna. — Estás com medo! Bem, adeus, boas visitas; mas escuta um minutinho o que eu vou dizer. Ainda agora apareceram aqui aquele Nílitch e Fillípov, o senhorio, o de barbicha ruiva, e o meu lacaio estava me atacando na ocasião. O senhorio o agarrou, o arrastou pelo quarto, enquanto o meu lacaio gritava: "Não é minha culpa, estou pagando pela culpa alheia!". Pois bem, acredite você que todos nós rolamos de rir...

— Ora, Timofêievna, era eu e não aquele de barba ruiva, pois fui eu que ainda agora o separei de ti puxando-o pelos cabelos; quanto ao senhorio, anteontem ele veio aqui brigar com vocês, você confundiu tudo.

— Espera, eu realmente confundi, talvez tu também. Mas por que discutir sobre bobagens; para ele não é indiferente quem o arrasta? — riu ela.

— Vamos — súbito Chátov me puxou —, o portão rangeu; se ele nos encontrar aqui vai espancá-la.

Ainda não tivéramos tempo de subir correndo a escada e já ouvíamos no portão um grito de bêbado e xingamentos. Chátov, depois de me fazer entrar em sua casa, fechou a porta com o cadeado.

— Você vai ter de esperar um minuto se quiser evitar um escândalo. Veja, grita como um leitão, mais uma vez deve ter ficado preso na entrada; é sempre a mesma coisa.

Entretanto não se evitou o escândalo.

VI

Chátov estava em pé junto à porta de sua casa com o ouvido atento para a escada; súbito deu um salto para trás.

— Está vindo para cá, eu bem que sabia! — murmurou em fúria. — Pelo jeito não vai desgrudar antes da meia-noite.

Ouviram-se vários murros na porta.

— Chátov, Chátov, abra! — berrou o capitão. — Chátov, meu amigo!...

Eu vim para te saudar,
Con-contar que o sol surgiu,
Que com sua luz quen-q-quente
Nos... bosques... tre-tre-meluziu.
Te contar que acordei, diabo que te carregue,
Sob... ramos des-per-tei...

— Como se estivesse debaixo de varas, ah, ah!

Todo pássaro... pede sede.
Vou contar que vou beber,
Beber... não sei o que vou beber.

— Pois bem, ao diabo com essa tola curiosidade! Chátov, tu compreendes como é bom viver no mundo!

— Não responda — tornou a me cochichar Chátov.

— Abre, vamos! Tu entendes que existe alguma coisa superior a uma briga... entre os homens? Há momentos em uma pessoa no... nobre... Chátov, eu sou bom; eu te perdoo... Chátov, ao diabo com os panfletos, hein?

Silêncio.

— Tu compreendes, asno, que eu estou apaixonado, comprei um fraque, olha só, o fraque do amor, quinze rublos; amor de capitão requer decoro de sociedade... abre! — berrou de repente como um selvagem e tornou a dar socos frenéticos.

— Vai para o diabo! — berrou subitamente também Chátov.

— Es-cr... cravo! Escravo servo, e tua irmã também é uma escrava... uma la-dra!

— E tu vendeste a própria irmã.

— Mentira! Estou sofrendo uma calúnia, quando puder dar uma explicação... compreendes quem ela é?

— Quem? — Chátov chegou-se subitamente à porta tomado de curiosidade.

— Ora, não o compreendes?

— Sim, vou compreender se me disseres quem é.

— Eu me atrevo a dizer! Eu sempre me atrevo a dizer tudo em público!...

— Bem, duvido que te atrevas — provocou Chátov, e fez sinal de cabeça para que eu ouvisse.

— Não me atrevo?

— Acho que não te atreves.

— Não me atrevo?

— Então diz, diz, se não temes as varas do teu senhor... porque és um covarde, e ainda por cima capitão!

— Eu... eu... ela... ela é... — balbuciava o capitão com voz trêmula e agitada.

— Então? — Chátov encostou o ouvido na porta.

Fez-se ao menos meio minuto de silêncio.

— Ca-a-na-lha! — ouviu-se finalmente do outro lado da porta, e o capitão se retirou rapidamente para baixo, resfolegando como um samovar, descendo com ruído cada degrau.

— Não, ele é um finório e beberrão, não vai deixar escapar. — Chátov afastou-se da porta.

— O que significa isso? — perguntei.

Chátov deu de mão, abriu a porta e tornou a escutar o que vinha da escada; escutou longamente, chegou até a descer devagarinho vários degraus. Por fim retornou.

— Não se ouve nada, não a espancou; quer dizer que desabou e dormiu. Está na sua hora.

— Escute, Chátov, o que vou concluir depois de tudo isso?

— Ora, conclua o que quiser! — respondeu com voz cansada e enojada e sentou-se à sua escrivaninha.

Saí. Um pensamento inverossímil se consolidava mais e mais em minha imaginação. Pensava com tristeza no amanhã...

VII

Esse "dia de amanhã", isto é, o próprio domingo em que devia decidir-se irremediavelmente o destino de Stiepan Trofímovitch, foi um dos mais notáveis dias de minha crônica. Foi um dia de surpresas, um dia de desfechos do velho e de desencadeamentos do novo, de vários esclarecimentos e de ainda mais confusão. Pela manhã, como o leitor já sabe, eu estava obrigado a acompanhar meu amigo à casa de Varvara Pietrovna, conforme ela mesma havia marcado, e às três horas já deveria estar em casa de Lizavieta Nikoláievna para lhe contar — eu mesmo não sei o quê — e ajudá-la — eu mesmo não sei em quê. Enquanto isso, tudo se resolveu de um modo que ninguém havia suposto. Em suma, foi um dia de coincidências surpreendentes.

Para começar, quando eu e Stiepan Trofímovitch chegamos à casa de Varvara Pietrovna às doze em ponto, segundo ela mesma marcara, não a encontramos em casa; ainda não voltara da missa. O meu pobre amigo estava tão disposto, ou melhor, tão indisposto, que esse fato o deixou imediatamente transtornado: deixou-se cair quase sem força na poltrona da sala de visitas. Eu lhe ofereci um copo d'água; contudo, apesar da sua palidez e até do tremor nas mãos, ele o recusou com dignidade. A propósito, desta vez seu traje se distinguia por um requinte incomum: uma camisa de cambraia bordada, quase de baile, uma gravata branca, um chapéu novo nas mãos, luvas novas em tom palha e uma pitada de perfume. Mal nos sentamos, entrou

Chátov introduzido pelo criado, e estava claro que também havia sido convidado oficialmente. Stiepan Trofímovitch fez menção de levantar-se e lhe estender a mão, mas Chátov, depois de nos olhar atentamente, virou-se para o canto, sentou-se ali e nem sequer nos fez sinal com a cabeça. Stiepan Trofímovitch tornou a me olhar assustado.

Assim ficamos mais alguns minutos em absoluto silêncio. Súbito Stiepan Trofímovitch quis me cochichar algo muito breve, mas não ouvi; aliás, tomado pela agitação, não concluiu e desistiu. Tornou a entrar o criado a fim de ajeitar algo na mesa; o mais certo, porém, é que vinha nos olhar. Súbito, Chátov lhe fez uma pergunta em voz alta:

— Aleksiêi Iegóritch, você não sabe se Dária Pávlovna foi com ela?

— Varvara Pietrovna foi sozinha à igreja, Dária Pávlovna ficou em seu quarto lá em cima, e não está se sentindo muito bem — informou Aleksiêi Iegóritch em tom edificante e solene.

Meu pobre amigo tornou a trocar comigo um olhar fugidio e inquieto, de modo que acabei ficando de costas para ele. Súbito ouviu-se à entrada um ruído de carruagem, e um movimento distante na casa nos denunciava que a anfitriã estava de volta. Todos nos levantamos num salto das poltronas, no entanto veio uma nova surpresa: ouviu-se o ruído de muitos passos; quer dizer que a anfitriã não voltava só, e isso já era um tanto estranho, uma vez que ela mesma havia marcado conosco para aquela hora. Ouviu-se enfim que alguém entrava numa velocidade estranha, como se corresse, e Varvara Pietrovna não podia entrar assim. E súbito ela entrou quase voando na sala, ofegante e em extraordinária agitação. Depois dela, um pouco atrasada e bem mais devagar, entrou Lizavieta Nikoláievna, e de mãos dadas com Mária Timofêievna Lebiádkina! Se eu visse aquilo em sonho, nem assim eu acreditaria.

Para explicar essa absoluta surpresa, é necessário voltar a história a uma hora antes e contar em maiores detalhes a aventura incomum ocorrida com Varvara Pietrovna na igreja.

Em primeiro lugar, na missa esteve reunida quase toda a cidade, isto é, subentendendo-se a camada superior da nossa sociedade. Sabia-se que a mulher do governador ia aparecer pela primeira vez desde a sua chegada à nossa cidade. Observo que já corriam boatos de que ela era uma livre-pensadora e partidária dos "novos modos de pensar". Todas as senhoras sabiam ainda que ela estaria vestida de forma magnífica e com uma elegância incomum; por isso, desta vez os trajes das nossas damas distinguiam-se pelo requinte e pela suntuosidade. Só Varvara Pietrovna estava vestida com modéstia, e como sempre toda de preto. Era assim que ela sempre se vestia ao longo dos últimos quatro anos. Ao chegar à igreja, ocupou seu lugar de sempre, à esquerda, na primeira fila, e o criado de libré colocou diante dela um travesseiro de veludo para as genuflexões; numa palavra, tudo como de costume. Mas observaram também que desta vez, ao longo de toda a missa, ela rezou com um zelo de certa forma excessivo; mais tarde, como todos os pormenores foram rememorados, chegou-se até a assegurar que ela estivera inclusive com lágrimas nos olhos. Enfim a missa terminou e o nosso arcipreste, padre Pável, apareceu para fazer o sermão solene. Em nossa cidade gostavam dos seus sermões e lhes tinham alto apreço; tentaram convencê-lo inclusive a publicá-los, mas ele continuava hesitando. Desta feita o sermão foi algo particularmente longo.

E eis que durante o sermão uma senhora chegou à igreja em uma *drojki*[172] de feitio antigo, isto é, daqueles em que as mulheres só podiam sentar-se de lado, segurando-se no cinturão do cocheiro e sacolejando como um talo de erva sacudida pelo vento. Até hoje essas *vankas*[173] ainda circulam pela nossa cidade. Parados na esquina da igreja — porque junto aos portões havia uma infinidade de carruagens e até gendarmes —, a senhora desceu da *drojki* de um salto e entregou ao cocheiro quatro copeques de prata.

— O que é isso, por acaso é pouco, Vánia?! — gritou ela notando a careta dele. — É tudo o que eu tenho — acrescentou queixosa.

— Qual, fique com Deus, não combinei o preço — deu de mão o cocheiro e olhou para ela como se pensasse: "Ora, é até pecado te ofender"; em seguida meteu o porta-níqueis de couro na algibeira, tocou o cavalo e se foi, acompanhado das zombarias dos cocheiros que estavam perto. As zombarias e até a surpresa acompanharam também a senhora todo o tempo em que ela caminhou para os portões da igreja entre as carruagens e a criadagem que aguardava para breve a saída dos seus senhores. Sim, havia realmente algo incomum e inesperado para todos no aparecimento daquela criatura na rua, no meio da multidão, de forma súbita e sem que se soubesse de onde vinha. Era de uma magreza doentia e coxeava, tinha o rosto fortemente coberto de pó de arroz e ruge, um pescoço longo completamente nu, sem xale, sem capa, trajava apenas um vestido escuro velhinho, apesar do dia de setembro frio e ventoso, ainda que claro; com a cabeça totalmente descoberta, tinha os cabelos presos num coque minúsculo sobre a nuca e apenas uma rosa artificial do lado direito, daquelas que enfeitam querubins nos domingos de Ramos. Na véspera eu notara um querubim desses com uma coroa de rosas de papel

[172] Carruagem leve, aberta, de quatro rodas. (N. do T.)

[173] Carruagem pobre puxada por pangarés. (N. do T.)

em um canto, sob os ícones, quando estivera em casa de Mária Timofêievna. Para concluir tudo isso a senhora, ainda que caminhando de olhos modestamente baixos, ao mesmo tempo sorria de um modo alegre e malicioso. Se ela tivesse demorado um pouquinho mais, é bem possível que não a tivessem deixado entrar na igreja... Mas conseguiu deslizar e entrou no templo, abrindo caminho adiante sem ser notada.

Embora o sermão estivesse no meio e toda a multidão, que enchia o templo, o ouvisse com uma atenção completa e silenciosa, ainda assim alguns olhos, curiosos e preplexos, olharam de esguelha para a recém-chegada. Ela caiu de joelhos sobre o tablado da igreja, baixou sobre ele o rosto branqueado, e assim ficou longo tempo, pelo visto, chorando; contudo, tornou a levantar a cabeça e, erguendo-se, logo se recompôs e alegrou-se. De um jeito alegre, com uma satisfação visível e extraordinária, deslizava os olhos pelos rostos, pelas paredes da igreja; olhava com curiosidade particular para as outras senhoras, para o que se soerguia na ponta dos pés e inclusive sorriu umas duas vezes, dando até uma risadinha estranha. Mas o sermão terminou e trouxeram a cruz. A governadora foi a primeira a se aproximar da cruz, mas, antes de dar dois passos, parou, pelo visto desejando ceder o lugar a Varvara Pietrovna, que por sua vez já se aproximava de modo excessivamente direto e como se não notasse ninguém à sua frente. A cortesia inusitada da governadora continha, sem dúvida, uma mordacidade notória e espirituosa em seu gênero; foi assim que todos a interpretaram; é de crer que Varvara Pietrovna também; mas ainda sem notar ninguém e com o tipo mais inabalável de dignidade, ela beijou a cruz e imediatamente tomou o rumo da saída. O criado de libré abria caminho à frente dela, embora todos já lhe dessem passagem. Mas em plena saída, no adro, uma densa aglomeração de pessoas bloqueou por um instante a passagem. Varvara Pietrovna parou e de repente um ser estranho, fora do comum, uma mulher com uma rosa de papelão na cabeça, abriu caminho entre as pessoas e ajoelhou-se diante dela. Varvara Pietrovna, a quem era difícil desconcertar com alguma coisa, particularmente em público, fitou-a com ar imponente e severo.

Apresso-me a observar aqui, na forma mais breve possível, que mesmo tendo Varvara Pietrovna se tornado excessivamente econômica nos últimos anos, segundo se dizia, e até avarenta, nunca regateava dinheiro com a filantropia propriamente dita. Era membro de uma sociedade filantrópica da capital. Em um recente ano de fome,[174] enviara ao comitê principal ali encar-

[174] Os anos de 1867 e 1868 foram os anos de fome mais próximos do tempo da escrita de *Os demônios*. Em 1868 a fome tomou proporções catastróficas e as autoridades orga-

regado de receber subvenções para as vítimas a quantia de quinhentos rublos, e isso se comentava na nossa cidade. Por fim, bem recentemente, antes da nomeação do novo governador, fundara um comitê local de mulheres para angariar fundos de auxílio às mães mais pobres da cidade e da província. Em nossa cidade a censuravam muito por ambição; mas faltou pouco para que a conhecida impetuosidade do caráter e a persistência de Varvara Pietrovna triunfassem a um só tempo sobre os obstáculos; a sociedade já estava quase organizada, e no entanto a ideia inicial se ampliava mais e mais na mente extasiada da fundadora: ela já sonhava com a fundação de um comitê semelhante em Moscou, com a extensão gradual de suas ações a todas as províncias. E eis que tudo parou com a repentina nomeação do governador; a nova governadora, como dizem, já conseguira emitir na sociedade algumas objeções mordazes e, principalmente, precisas e sensatas, a respeito de uma pretensa falta de praticidade da ideia básica de semelhante comitê, o que, é claro, já havia sido transmitido com exageros a Varvara Pietrovna. Só Deus conhece a profundeza dos corações, mas suponho que agora Varvara Pietrovna tenha parado com certo prazer bem à saída da igreja, sabendo que a governadora deveria estar passando ao lado, e os demais também, "pois que ela veja como para mim é indiferente o que possa pensar e até que caçoe da vaidade da minha filantropia. Que saibam todos vocês!".

— O que você quer, querida, o que está pedindo? — Varvara Pietrovna examinava atentamente a pedinte ajoelhada à sua frente. A outra a fitava com o olhar imensamente intimidado, gelado mas quase reverente, e súbito deu a mesma risadinha estranha.

— O que ela quer? Quem é ela? — Varvara Pietrovna correu sobre os presentes ao redor um olhar imperativo e interrogativo. Todos calavam.

— Você é infeliz? Precisa de auxílio?

— Eu preciso... eu vim... — balbuciava a "infeliz" com uma voz entrecortada pela emoção. — Vim apenas para beijar a sua mão... — e deu mais uma risadinha. Com o mais infantil dos olhares com que as crianças fazem afagos implorando alguma coisa, ela se esticou para agarrar a mão de Varvara Pietrovna mas pareceu assustar-se, recolheu de chofre as mãos.

— Veio só para isso? — sorriu Varvara Pietrovna com um sorriso de compaixão, mas no mesmo instante tirou do bolso seu porta-níqueis de madrepérola e dele uma nota de dez rublos e a entregou à desconhecida. Esta a

nizaram coletas de doações para as vítimas desse infortúnio. A imprensa publicou várias matérias conclamando a população a ajudar. (N. da E.)

recebeu. Varvara Pietrovna estava muito interessada, e pelo visto não considerava a desconhecida uma pedinte qualquer do povo.

— Estão vendo, ela deu dez rublos — pronunciou alguém na multidão.

— Queira me dar a mãozinha — balbuciava a "infeliz", agarrando com força com os dedos da mão esquerda um canto da nota de dez rublos que recebera e balançava ao vento. Por algum motivo Varvara Pietrovna franziu levemente o cenho e com um ar sério, quase severo, estendeu a mão; a outra a beijou com veneração. Seu olhar agradecido brilhou com uma espécie de êxtase. Nesse exato momento aproximou-se a governadora e afluiu uma multidão inteira das nossas damas e de velhos altos funcionários. A governadora teve de parar involuntariamente por um instante no meio do aperto; muitos pararam.

— Você está tremendo, está com frio? — observou de súbito Varvara Pietrovna e, deixando cair a sua capa, que o criado apanhou no ar, tirou dos ombros o xale preto (nada barato) e com as próprias mãos envolveu o colo nu da pedinte, que ainda continuava ajoelhada.

— Ora, levante-se, levante-se desse chão, eu lhe peço! — A outra se levantou.

— Onde você mora? Enfim, será que ninguém sabe onde ela mora? — Varvara Pietrovna tornou a olhar com impaciência ao redor. Mas já não havia a aglomeração de antes; viam-se apenas conhecidos, gente da alta sociedade, que observavam a cena, uns com uma severa surpresa, outros com uma curiosidade maliciosa e ao mesmo tempo com uma ingênua sede de um escandalozinho, enquanto terceiros já começavam até a rir.

— Parece que é dos Lebiádkin — disse finalmente uma alma bondosa, respondendo à pergunta de Varvara Pietrovna; era o nosso honrado e muito respeitado comerciante Andrêiev, de óculos, barba grisalha, em trajes russos, com um chapéu tipo cartola que agora segurava nas mãos —, eles moram no prédio de Fillípov, na rua Bogoiavliénskaia.

— Lebiádkin? O prédio de Fillípov? Já ouvi falar alguma coisa... Obrigada, Nikon Semiónitch, mas quem é esse Lebiádkin?

— Ele se diz capitão, é um homem, é preciso que se diga, descuidado. E essa na certa é irmã dele. É de se supor que ela tenha acabado de escapar da vigilância dele — pronunciou Nikon Semiónitch baixando a voz e olhou significativamente para Varvara Pietrovna.

— Eu o compreendo; obrigada, Nikon Semiónitch. Você, minha querida, é a senhora Lebiádkina?

— Não, eu não sou Lebiádkina.

— Então Lebiádkin talvez seja seu irmão?

— É, meu irmão é Lebiádkin.

— Veja o que eu vou fazer agora, minha querida; vou levá-la comigo, e da minha casa você já será levada para a sua família; quer vir comigo?

— Ah, quero! — bateu palmas a senhora Lebiádkina.

— Titia, titia? Leve-me também para a sua casa! — ouviu-se a voz de Lizavieta Nikoláievna. Observo que Lizavieta Nikoláievna viera à missa com a governadora, e enquanto isso Praskóvia Ivánovna, por prescrição médica, fora passear de carruagem e para se distrair levara consigo Mavrikii Nikoláievitch. Liza deixara subitamente a governadora e correra para Varvara Pietrovna.

— Minha querida, sabes que sempre me trazes alegria, mas o que irá dizer a tua mãe? — começou com garbo Varvara Pietrovna, mas de repente se perturbou ao notar a agitação incomum de Liza.

— Titia, titia, quero ir obrigatoriamente agora com a senhora — implorava Liza, beijando Varvara Pietrovna.

— *Mais qu'avez-vous donc, Lise?*[175] — pronunciou a governadora com expressiva surpresa.

— Ah, desculpe, minha cara, *chère cousine*,[176] vou para a casa da titia — enquanto isso voltou-se rapidamente para a sua *chère cousine*, desagradavelmente surpresa, e lhe deu dois beijos.

— E diga também à *mamá* que não venha me buscar agora na casa da titia; *mamá* queria sem falta, sem falta ir até lá, ainda agora me disse, e me esqueci de lhe avisar — falava Liza pelos cotovelos —, a culpa é minha, não se zangue. *Julie... chère cousine...* Titia, estou pronta.

— Titia, se a senhora não me levar vou correr gritando atrás da sua carruagem — murmurou com rapidez e desespero ao ouvido de Varvara Pietrovna; ainda bem que ninguém ouviu. Varvara Pietrovna chegou até a recuar, e olhou para a moça louca com um olhar penetrante. Esse olhar decidiu tudo: ela deliberou levar Liza consigo de qualquer jeito.

— É preciso terminar com isso — deixou escapar. — Está bem, eu te levo com prazer, Liza — acrescentou no mesmo instante em voz alta —, é claro que se Yúlia Mikháilovna concordar em te liberar — voltou-se diretamente para a governadora com ar franco e uma dignidade sincera.

— Oh, não há dúvida de que eu não quero privá-la desse prazer, ainda mais porque eu mesma... — balbuciou subitamente Yúlia Mikháilovna com

175 "Mas o que você tem, Liza?" (N. do T.)

176 "querida prima". (N. do T.)

uma amabilidade surpreendente — eu mesma... sei bem o que é uma cabecinha fantasiosa e prepotente sobre os nossos ombros (Yúlia Mikháilovna deu um sorriso encantador)...

— Eu lhe agradeço sumamente — agradeceu Varvara Pietrovna com uma reverência gentil e garbosa.

— Para mim é ainda mais agradável — continuou seu balbucio Yúlia Mikháilovna quase já com êxtase, até toda corada pela agradável agitação — que, além do prazer de estar em sua casa, Liza agora se deixa levar por um sentimento tão belo e tão, posso dizer, elevado... pela compaixão... (olhou para a "infeliz") e... em pleno adro do templo...

— Esse ponto de vista muito a honra — aprovou magnificamente Varvara Pietrovna. Yúlia Mikháilovna lhe estendeu a mão num impulso e Varvara Pietrovna a tocou com os dedos com plena disposição. A impressão geral era magnífica, os rostos de alguns presentes se iluminaram de prazer, apareceram alguns sorrisos doces e servis.

Numa palavra, revelou-se súbita e claramente a toda a cidade que não era Yúlia Mikháilovna que até então desprezava Varvara Pietrovna e não lhe fizera uma visita, mas, ao contrário, a própria Varvara Pietrovna é que "mantinha Yúlia Mikháilovna nos limites, ao passo que esta talvez corresse até a pé para lhe fazer uma visita se estivesse certa de que Varvara Pietrovna não a poria porta afora". A autoridade de Varvara Pietrovna elevava-se extraordinariamente.

— Sente-se, querida — Varvara Pietrovna apontou a carruagem que se aproximava para *mademoiselle* Lebiádkina; a "infeliz" correu alegremente para as portinholas da carruagem, e o criado a apoiou para subir.

— Como! Você coxeia! — bradou Varvara Pietrovna como se estivesse totalmente assustada, e empalideceu. (Todos notaram, mas não compreenderam...)

A carruagem partiu. A casa de Varvara Pietrovna ficava muito perto da igreja. Mais tarde Liza me contou que Lebiádkina riu histericamente durante todos os três minutos da viagem, enquanto Varvara Pietrovna "parecia estar tendo algum sonho mágico", segundo a própria expressão de Liza.

V
A SAPIENTÍSSIMA SERPENTE

I

Varvara Pietrovna tocou o sininho e lançou-se numa poltrona junto à janela.

— Sente-se aqui, minha querida — apontou a Mária Timofêievna um lugar no meio da sala, junto a uma grande mesa redonda. — Stiepan Trofímovitch, o que é isto? Veja, veja, olhe para essa mulher, o que é isto?

— Eu... eu... — fez menção de balbuciar Stiepan Trofímovitch...

Mas o criado apareceu.

— Uma xícara de café, especialmente agora, e o mais depressa possível! Não desfaça a carruagem.

— *Mais, chère et excellente amie, dans quelle inquiétude...*[177] — exclamou Stiepan Trofímovitch com uma voz sumida.

— Ah, em francês, em francês! Logo se vê que é a alta sociedade! — bateu palmas Mária Timofêievna, preparando-se embevecida para ouvir uma conversa em francês. Varvara Pietrovna olhou fixo para ela, quase assustada.

Todos nós calávamos e aguardávamos algum desfecho. Chátov não levantava a cabeça e Stiepan Trofímovitch estava perturbado, como se fosse o culpado por tudo; o suor brotou-lhe das têmporas. Olhei para Liza (estava sentada no canto, quase ao lado de Chátov). Seus olhos corriam penetrantes de Varvara Pietrovna para a mulher coxa e vice-versa; em seus lábios crispados aparecia um sorriso, porém mau. Varvara Pietrovna notou esse sorriso. Enquanto isso, Mária Timofêievna estava completamente envolvida: observava com deleite e sem qualquer perturbação a bela sala de visitas de Varvara Pietrovna — o mobiliário, os tapetes, os quadros nas paredes, o teto antigo coberto de pinturas, um grande crucifixo de bronze em um canto, a lâmpada de porcelana, os álbuns, os bibelôs sobre a mesa.

— Até tu estás aqui, Chátuchka! — exclamou de chofre. — Imagina que há muito tempo estou te vendo e pensando: não é ele! Como ele viria para cá? — e desatou a rir alegremente.

[177] "Mas, querida e excelente amiga, em que inquietude..." (N. do T.)

— Você conhece essa mulher? — voltou-se no mesmo instante para ele Varvara Pietrovna.

— Conheço — murmurou Chátov, fez menção de levantar-se da cadeira mas continuou sentado.

— O que você sabe? Depressa, por favor!

— O que... — riu um riso desnecessário e titubeou... — a senhora mesma está vendo.

— O que estou vendo? Vamos, fale alguma coisa!

— Mora no mesmo prédio que eu... com o irmão... um oficial.

— Então?

Chátov tornou a titubear.

— Não vale a pena falar... — mugiu com firmeza e calou-se. Chegou até a corar de sua firmeza.

— É claro, de você não há mais o que esperar — interrompeu indignada Varvara Pietrovna. Agora estava claro para ela que todos sabiam de alguma coisa e ao mesmo tempo todos tinham medo e fugiam às suas perguntas, queriam lhe esconder alguma coisa.

Entrou o criado e lhe trouxe numa pequena bandeja de prata a xícara de café especialmente encomendada, mas no mesmo instante, a um sinal dela, dirigiu-se a Mária Timofêievna.

— Minha cara, você ainda agora estava com muito frio; beba depressa e se aqueça.

— *Merci* — Mária Timofêievna pegou a xícara e num átimo caiu na risada por ter dito "*merci*" ao criado. Contudo, ao encontrar o olhar ameaçador de Varvara Pietrovna, intimidou-se e pôs a xícara na mesa.

— Titia, a senhora não está zangada, não é? — balbuciou com uma faceirice fútil.

— O quê-ê-ê? — Varvara Pietrovna soergueu-se de supetão e endireitou-se na poltrona. — Que espécie de tia sou eu para você? O que você está subentendendo?

Mária Timofêievna, que não esperava semelhante ira, foi toda tomada de um tremor miúdo e convulsivo, como se estivesse sob um ataque, e recuou para o encosto da poltrona.

— Eu... pensava que devesse proceder assim — balbuciou, olhando de olhos arregalados para Varvara Pietrovna —, foi assim que Liza tratou a senhora.

— E que Liza é essa?

— Aquela senhorita ali — apontou com o dedinho Mária Timofêievna.

— Quer dizer que você já a está tratando por Liza?

— Ainda agora a senhora mesma a tratou assim — animou-se um pouco Mária Timofêievna. — Eu sonhei com uma moça bela igualzinha a ela — deu um risinho meio involuntário.

Varvara Pietrovna apercebeu-se e acalmou-se um pouco; chegou até a sorrir levemente depois da última palavra de Mária Timofêievna. A outra, percebendo o sorriso, levantou-se da poltrona e, coxeando, chegou-se timidamente a ela.

— Tome, esqueci-me de devolver, não se zangue pela falta de polidez — tirou subitamente dos ombros o xale preto que Varvara Pietrovna há pouco lhe pusera.

— Ponha de novo agora mesmo e fique com ele para sempre. Vá para a poltrona e sente-se, beba o seu café e, por favor, não tenha medo de mim, minha cara, fique calma. Estou começando a compreendê-la.

— *Chère amie*... — permitiu-se mais uma vez Stiepan Trofímovitch.

— Ah, Stiepan Trofímovitch, mesmo sem sua interferência aqui já se perde todo o tino, pelo menos você me poupe... por favor, toque essa campainha que está ao seu lado para o quarto das moças.

Fez-se silêncio. O olhar dela deslizava desconfiado e irritado por todos os nossos rostos. Apareceu Agacha, sua copeira predileta.

— Meu xale xadrez, que comprei em Genebra. O que Dária Pávlovna está fazendo?

— Ela não está se sentindo muito bem.

— Vai lá e pede que venha aqui. Acrescenta que estou pedindo muito, mesmo que não esteja se sentindo bem.

Nesse instante tornou-se a ouvir dos cômodos contíguos um ruído incomum de passos e vozes, semelhante ao que se ouvira ainda há pouco, e apareceu de chofre à porta Praskóvia Ivánovna arquejando e "perturbada". Mavrikii Nikoláievitch a segurava pelo braço.

— Ah, meu Deus, a muito custo me arrastei até aqui; Liza, louca, o que estás fazendo com tua mãe? — ganiu, pondo nesse ganido tudo o que havia acumulado de irritação, como é hábito de todas as criaturas fracas porém muito irritadiças.

— Varvara Pietrovna, minha cara, vim buscar minha filha!

Varvara Pietrovna a olhou de soslaio, fez menção de levantar-se para cumprimentá-la e pronunciou, mal escondendo o enfado:

— Bom dia, Praskóvia Ivánovna; faze o favor, senta-te. Eu sabia mesmo que virias.

II

Para Praskóvia Ivánovna, nessa recepção não poderia haver nada de inesperado. Desde a infância, Varvara Pietrovna tratava sua ex-amiga de internato despoticamente e quase com desprezo sob aparência de amizade. Mas no presente caso até a situação era especial. Nos últimos dias as duas senhoras haviam caminhado para o rompimento completo, coisa que eu já mencionei de passagem. Por enquanto as causas do incipiente rompimento ainda eram misteriosas para Varvara Pietrovna e, por conseguinte, ainda mais ofensivas; o principal, porém, é que Praskóvia Ivánovna conseguira assumir diante dela uma postura singularmente arrogante. É claro que Varvara Pietrovna estava ofendida e, por outro lado, começaram a lhe chegar alguns boatos estranhos, que também a irritavam além da medida e precisamente pela falta de clareza. Varvara Pietrovna era de índole franca e orgulhosamente aberta, desprovida de maiores reflexões, se é permitida essa expressão. O que ela menos conseguia suportar eram as acusações secretas, furtivas, e sempre preferia a guerra aberta. Fosse como fosse, já fazia cinco dias que as senhoras não se viam. A outra visita fora feita por Varvara Pietrovna, que acabara deixando a casa das "Drozdikha"[178] ofendida e confusa. Posso dizer sem erro que Praskóvia Ivánovna entrava agora com a ingênua convicção de que Varvara Pietrovna devesse acovardar-se diante dela por algum motivo; isso já se via pela expressão do seu rosto. Vê-se, porém, que Varvara Pietrovna era tomada pelo demônio do mais notório orgulho quando chegava a ter a mínima desconfiança de que, por algum motivo, alguém a considerava humilhada. Já Praskóvia Ivánovna, como muitas criaturas fracas que se permitem longamente humilhar sem protestar, distinguia-se pelo entusiasmo incomum no ataque com a primeira mudança da situação a seu favor. É verdade que ela agora andava doente e na doença se tornava sempre mais irritadiça. Acrescento, por último, que todos nós, que ali estávamos, não poderíamos constranger absolutamente com a nossa presença as duas amigas de infância se entre elas irrompesse uma briga; nós nos considerávamos de casa e quase subordinados. Não foi sem medo que compreendi isso naquela ocasião. Stiepan Trofímovitch, que não se sentara desde a chegada de Varvara Pietrovna, deixou-se cair prostrado numa cadeira ao ouvir o ganido de Praskóvia Ivánovna e tentou com desespero apanhar o meu olhar. Chátov virou-se bruscamente na cadeira e até mugiu algo de si para si. Parece-me que quis levantar-se e ir embora. Liza soergueu-se levemente, mas no mesmo instante tornou a sentar-se sem sequer

[178] Forma depreciativa do sobrenome Drozdova. (N. do T.)

dar a devida atenção ao ganido da mãe, porém não o fez por "rebeldia de caráter" e sim porque estava toda sob o poder de alguma outra impressão poderosa. Olhava agora para algum ponto no espaço, quase distraída, e deixara inclusive de prestar atenção a Mária Timofêievna como antes.

III

— Oh, aqui! — Praskóvia Ivánovna indicou uma poltrona junto à mesa e deixou-se cair pesadamente nela com auxílio de Mavrikii Nikoláievitch. — Não fossem as pernas, eu não me sentaria em sua casa, minha cara! — acrescentou com voz forçada.

Varvara Pietrovna ergueu levemente a cabeça, apertando com ar dorido os dedos da mão direita contra a têmpora direita e pelo visto sentindo ali uma forte dor (*tic douloureux*).[179]

— Por que isso, Praskóvia Ivánovna, por que não te sentarias em minha casa? Durante toda a minha vida gozei da sincera amizade do teu falecido marido, e nós duas ainda meninas brincamos de boneca no internato.

Praskóvia Ivánovna agitou as mãos.

— Eu bem que sabia. Você sempre começa a falar do internato quando resolve implicar, é um subterfúgio seu. Para mim isso é mera eloquência. Agora não suporto esse seu internato.

— Parece que vieste para cá com um péssimo humor; o que há com tuas pernas? Vê, estão te trazendo café, peço a gentileza de tomá-lo e sem zanga.

— Varvara Pietrovna, minha cara, você me trata como se eu fosse uma menina. Não quero café, é isso!

E com um gesto de animosidade afastou o criado que lhe trazia o café. (Aliás, os outros também recusaram o café, menos eu e Mavrikii Nikoláievitch. Stiepan Trofímovitch esboçou tomá-lo, mas deixou a xícara na mesa. Mária Timofêievna, embora quisesse muito tomar outra xícara — chegou até a estirar o braço —, repensou e recusou cerimoniosamente, pelo visto satisfeita com o próprio gesto.)

— Sabes de uma coisa, minha amiga Praskóvia Ivánovna, na certa tornaste a imaginar algo e assim entraste aqui. Levaste uma vida inteira de mera imaginação. Ficaste furiosa com a menção ao internato; mas te lembras de como chegaste lá, asseguraste a toda a classe que o hussardo Chablíkin pedira tua mão, e no mesmo instante *madame* Lefébure denunciou tua menti-

[179] "tique doloroso". (N. do T.)

ra? Ora, não estavas mentindo, simplesmente imaginaste aquilo como consolo. Bem, fala: o que é que tens em mente agora? Que mais imaginaste, com que estás descontente?

— Mas no internato você se apaixonou pelo pope, o que nos ensinava catecismo. Aí está para você, que até hoje tem esse espírito rancoroso — ah, ah, ah!

Deu uma gargalhada cheia de fel e desatou a tossir.

— Ah-ah, tu não esqueceste o pope... — fitou-a com ódio Varvara Pietrovna.

Seu rosto ficou verde. Súbito Praskóvia Ivánovna tomou ares de valente.

— Minha cara, neste momento eu não estou para riso; porque você meteu minha filha no seu escândalo perante toda a cidade, eis o que me trouxe aqui!

— No meu escândalo? — aprumou-se num átimo Varvara Pietrovna com ar ameaçador.

— *Mamá*, eu também peço que a senhora modere — pronunciou de chofre Lizavieta Nikoláievna.

— Como tu disseste? — a mãe esboçou ganir de novo, mas interrompeu subitamente a fala diante do olhar cintilante da filha.

— Como é que a senhora pôde falar de escândalo, *mamá*? — explodiu Liza. — Eu mesma vim para cá com a permissão de Yúlia Mikháilovna, porque queria conhecer a história dessa infeliz e lhe ser útil.

— "A história dessa infeliz"! — arrastou Praskóvia Ivánovna com um riso maldoso. — Ora, será que te vais meter em semelhantes "histórias"? Oh, minha cara! Já nos chega o seu despotismo! — voltou-se furiosa para Varvara Pietrovna. — Dizem, não sei se verdade ou não, que você pôs o cabresto em toda esta cidade, mas é evidente que até a tua hora chegou!

Varvara Pietrovna estava aprumada na poltrona, como uma seta pronta para disparar do arco. Por uns dez segundos olhou imóvel e severa para Praskóvia Ivánovna.

— Bem, Praskóvia, agradece a Deus pelo fato de todos os presentes serem gente de casa — pronunciou por fim com uma tranquilidade sinistra —, tu falaste demais.

— Ora, minha cara, eu não tenho tanto medo da opinião da sociedade como certas pessoas; é você que, sob a aparência de orgulho, treme perante a opinião da sociedade. O fato de todos aqui serem gente de casa não é melhor para ti do que se fossem estranhos.

— Será que ficaste mais inteligente durante esta semana?

— Não fiquei mais inteligente esta semana, mas, pelo visto, nesta semana a verdade veio à tona.

— Que verdade veio à tona esta semana? Ouve, Praskóvia Ivánovna, não me irrites, explica agora mesmo, eu te peço por uma questão de honra: que verdade veio à tona e o que subentendes por isso?

— Aí está ela, toda a verdade sentada! — Praskóvia Ivánovna apontou de chofre para Mária Timofêievna, com aquela firmeza desesperada de quem já não se preocupa com as consequências, tendo como único fim impressionar no momento. Mária Timofêievna, que o tempo todo a fitara com uma alegre curiosidade, desatou a rir de alegria ao ver o dedo da irada visita apontado para ela e mexeu-se alegremente na poltrona.

— Meu Senhor Jesus Cristo, será que todos endoidaram? — exclamou Varvara Pietrovna e, pálida, recostou-se no espaldar da poltrona.

Estava tão pálida que até suscitou ansiedade. Stiepan Trofímovitch foi o primeiro a se precipitar em sua direção; eu também me aproximei; até Liza se levantou do lugar, embora permanecesse junto à sua poltrona; no entanto, quem mais se assustou foi a própria Praskóvia Ivánovna: deu um grito, levantou-se como pôde e quase berrou com voz chorosa:

— Minha cara Varvara Pietrovna, desculpe a minha estupidez raivosa! Vamos, vamos, alguém pelo menos lhe traga água.

— Por favor, sem choramingos, Praskóvia Ivánovna, eu te peço, e afastem-se, senhores, façam o favor, não preciso de água! — pronunciou Varvara Pietrovna com firmeza embora em voz baixa e com os lábios pálidos.

— Minha cara! — continuou Praskóvia Ivánovna um pouco mais calma —, minha amiga Varvara Pietrovna, mesmo eu tendo culpa pelas minhas palavras imprudentes, o que mais me irritou foram essas cartas anônimas com que uma gentinha qualquer está me bombardeando; bem, que escrevessem também para você, já que também a mencionam, mas eu tenho uma filha, minha cara!

Varvara Pietrovna olhava calada para ela com os olhos arregalados e ouvia surpresa. Nesse instante abriu-se em silêncio a porta lateral do canto e apareceu Dária Pávlovna. Parou e olhou ao redor; ficou impressionada com a nossa ansiedade. É possível que não tenha distinguido de imediato Mária Timofêievna, de cuja presença não a haviam prevenido. Stiepan Trofímovitch foi o primeiro a notá-la, fez um rápido movimento, corou e anunciou em voz alta com alguma intenção: "Dária Pávlovna!", de sorte que todos os olhos se voltaram para a recém-chegada.

— Quer dizer então que essa é a sua Dária Pávlovna! — exclamou Mária Timofêievna. — Bem, Chátuchka, tua irmã não se parece contigo! Como é que o meu lacaio pode chamar esse encanto de Dachka, a serva!

Enquanto isso Dária Pávlovna já se aproximara de Varvara Pietrovna;

contudo, surpresa ante a exclamação de Mária Timofêievna, voltou-se rapidamente e assim ficou diante da sua cadeira, fitando a idiota com um olhar longo e fixo.

— Senta-te, Dacha — pronunciou Varvara Pietrovna com uma tranquilidade terrificante —, aqui mais perto, assim; mesmo sentada podes ver essa mulher. Tu a conheces?

— Nunca a vi — respondeu Dacha baixinho e, logo depois de uma pausa, acrescentou: — Deve ser a irmã doente do senhor Lebiádkin.

— E a senhora, minha cara, eu também estou vendo pela primeira vez, embora há muito tempo eu tivesse a curiosidade de conhecê-la, porque em cada gesto seu noto educação — gritou admirada Mária Timofêievna. — Se o meu lacaio xinga, não será porque a senhora, tão educada e encantadora, pegou dinheiro dele? Porque a senhora é encantadora, encantadora, encantadora, eu lhe digo de minha parte! — concluiu com entusiasmo, agitando a mão à sua frente.

— Estás entendendo alguma coisa? — perguntou Varvara Pietrovna com uma dignidade altiva.

— Estou entendendo tudo...

— E ouviu sobre o dinheiro?

— Isso é verdade, é aquele mesmo dinheiro que ainda na Suíça, a pedido de Nikolai Vsievolódovitch, peguei para entregar a esse senhor Lebiádkin, irmão dela.

Seguiu-se o silêncio.

— O próprio Nikolai Vsievolódovitch te pediu?

— Ele estava querendo muito enviar aquele dinheiro, apenas trezentos rublos, ao senhor Lebiádkin. E como não sabia o endereço dele e sabia apenas que ele chegaria à nossa cidade, então me incumbiu de entregá-lo, na eventualidade de o senhor Lebiádkin aparecer.

— E que dinheiro foi esse que... sumiu? O que essa mulher acabou de falar?

— Isso eu já não sei; também chegou ao meu conhecimento que o senhor Lebiádkin teria dito em voz alta que eu não havia entregue todo o dinheiro; mas não compreendo essas palavras. Eram trezentos rublos e eu enviei trezentos rublos.

Dária Pávlovna já estava quase inteiramente calma. E observo, em linhas gerais, que era difícil alguma coisa deixar aquela moça apreensiva por muito tempo e desnorteá-la, independentemente do que ela sentisse no seu íntimo. Deu agora todas as suas respostas sem pressa, respondendo no ato a cada pergunta com precisão, em voz baixa e regular, sem qualquer vestígio de sua agitação inicial e repentina e sem qualquer perturbação que pudesse testemunhar a consciência de alguma culpa por mínima que fosse. O olhar de Varvara Pietrovna não se desviou dela durante todo o tempo em que ela falava. Varvara Pietrovna pensou em torno de um minuto.

— Se — pronunciou por fim em tom firme e dirigindo-se visivelmente aos espectadores, embora olhando apenas para Dacha —, se Nikolai Vsievolódovitch não fez essa incumbência nem a mim mas pediu a ti, quer dizer, é claro, que teve os seus motivos para agir dessa maneira. Não me considero no direito de assuntar sobre a questão se me fizeram segredo dela. Mas a tua simples participação nesse assunto me deixa absolutamente tranquila, saibas tu, Dária, antes de tudo. Mas repara, minha amiga, por desconheceres a sociedade podes ter cometido alguma imprudência de consciência limpa; e a cometeste ao entrar em contato com um canalha qualquer. Os boatos espalhados por esse canalha confirmam o teu erro. Mas vou me inteirar dele, e como sou tua defensora poderei tomar a tua defesa. Mas agora isso precisa ter fim.

— Quando ele aparecer — interveio de súbito Mária Timofêievna, assomando de sua poltrona —, o melhor a fazer é mandá-lo servir como lacaio. Ele que fique lá com eles jogando baralho em cima de um caixote enquanto nós ficamos aqui tomando café. Pode-se até lhe mandar uma xícara de café, mas eu o desprezo profundamente.

E sacudiu expressivamente a cabeça.

— É preciso terminar com isso — repetiu Varvara Pietrovna, depois de ouvir minuciosamente Mária Timofêievna —, eu lhe peço, Stiepan Trofímovitch, que toque a campainha.

Stiepan Trofímovitch tocou e súbito deu um passo adiante todo tomado de agitação.

— Se... se eu... — balbuciou com ardor, corando, interrompendo-se e gaguejando —, se eu também ouvi a mais abominável história, ou melhor, uma calúnia, então... com absoluta indignação... *enfin, c'est un homme perdu et quelque chose comme un forçat évadé...*[180]

Interrompeu a fala e não concluiu; Varvara Pietrovna o olhava de cima a baixo de cenho franzido. Entrou o cerimonioso Aleksiêi Iegóritch.

— Traze a carruagem — ordenou Varvara Pietrovna —, e tu, Aleksiêi Iegóritch, prepara-te para levar a senhora Lebiádkina para casa, aonde ela mesma indicar.

— O próprio senhor Lebiádkin está esperando lá embaixo há algum tempo e pediu muito para anunciar a sua presença.

[180] "... em suma, é um homem perdido, algo como um galé fugitivo..." (N. do T.)

— Isso é impossível, Varvara Pietrovna — súbito interveio preocupado Mavrikii Nikoláievitch, que até então sempre estivera num silêncio imperturbável. — Se me dá licença, esse não é o tipo de homem que possa entrar na sociedade, é... é... é um homem impossível, Varvara Pietrovna.

— Espere um pouco — dirigiu-se Varvara Pietrovna a Aleksiêi Iegóritch e este sumiu.

— *C'est un homme malhonnête et je crois même que c'est un forçat évadé ou quelque chose dans ce genre,*[181] — murmurou outra vez Stiepan Trofímovitch, tornando a corar e a interromper-se.

— Liza, é tempo de ir embora — anunciou Praskóvia Ivánovna enojada e soerguendo-se. — Parece que já lamentava por se ter chamado ainda agora de estúpida, levada pelo susto. Quando Dária Pávlovna falava, ela já ouvia com um trejeito arrogante nos lábios. Contudo, o que mais me impressionou foi o aspecto de Lizavieta Nikoláievna desde o instante em que Dária Pávlovna entrou: em seus olhos brilharam o ódio e o desprezo que já não era possível disfarçar.

— Espera um instante, Praskóvia Ivánovna, eu te peço — reteve-a Varvara Pietrovna com a mesma tranquilidade excessiva —, faze o favor, senta-te. Tenho a intenção de falar tudo e estás com dor nas pernas. Ah, sim, obrigada. Ainda agora eu perdi o controle e te disse umas palavras intoleráveis. Desculpa-me, por favor; fiz uma tolice e sou a primeira a confessar, porque gosto da justiça em tudo. É claro que tu também, fora de ti, mencionaste um autor anônimo. Toda denúncia anônima merece o desprezo já pelo fato de não ser assinada. Se tu entendes de outro modo, não te invejo. Em todo caso, no teu lugar eu não mencionaria semelhante lixo, não me sujaria. Mas tu te sujaste. Já que tu mesma começaste, eu te digo que também recebi há uns seis dias uma carta também anônima, uma carta histriônica. Nela um canalha qualquer me assegura que Nikolai Vsievolódovitch enlouqueceu e que preciso temer uma mulher coxa, que irá "desempenhar um papel excepcional no meu destino", e gravei a expressão. Refletindo e sabendo que Nikolai Vsievolódovitch tem inimigos demais, mandei chamar um homem daqui, um inimigo secreto e o mais vingativo e desprezível de todos os inimigos dele, e na conversa com ele me convenci, num abrir e fechar de olhos, da desprezível origem do anônimo. Se a ti também, minha pobre Praskóvia Ivánovna, incomodaram *por minha causa* com as mesmas cartas desprezíveis e, como te exprimiste, foste "bombardeada", então é claro que eu sou a primeira a lamentar

[181] "É um homem indigno e suponho até que seja um galé foragido ou coisa do gênero". (N. do T.)

por ter servido de motivo inocente disso tudo. Eis tudo o que eu queria te dizer como explicação. Lamento ver que estás tão cansada e agora descontrolada. Além do mais, decidi *receber* de qualquer jeito esse homem suspeito, sobre quem Mavrikii Nikoláievitch usou uma expressão não inteiramente adequada: disse que não se pode *recebê-lo*. Liza, em particular, nada tem a fazer aqui. Liza, minha amiga, vem aqui e deixa-me te dar mais um beijo.

Liza atravessou a sala e parou calada diante de Varvara Pietrovna. Esta lhe deu um beijo, segurou-a pelas mãos, afastou-a um pouco, olhou para ela com sentimento, depois a benzeu e tornou a beijá-la.

— Bem, Liza, adeus (na voz de Varvara Pietrovna quase se ouviu um pranto), acredita que não deixarei de gostar de ti, independentemente do que doravante o destino venha a te reservar... Fica com Deus. Sempre me foi bendita a Sua sagrada mão direita...

Ela ainda quis dizer alguma coisa, mas se conteve e calou-se. Liza fez menção de voltar para o seu lugar, no mesmo silêncio e como que pensativa, mas parou de chofre diante da mãe.

— *Mamá*, eu ainda não vou, por enquanto vou ficar com a titia —, pronunciou em voz baixa, mas nessas palavras em voz baixa soou uma firmeza férrea.

— Meu Deus, o que é isso! — gritou Praskóvia Ivánovna, levantando os braços sem força. Mas Liza não respondeu e era como se nem tivesse escutado; sentou-se no canto anterior e mais uma vez ficou a olhar para um ponto no espaço.

No rosto de Varvara Pietrovna brilhou um quê de triunfal e altivo.

— Mavrikii Nikoláievitch, eu tenho um pedido extraordinário a lhe fazer; faça-me o favor de descer e examinar aquele homem lá embaixo, e se houver a mínima possibilidade de *recebê-lo* traga-o para cá.

Mavrikii Nikoláievitch fez reverência e saiu. Um minuto depois trouxe o senhor Lebiádkin.

IV

Referi-me de certo modo à aparência desse senhor: homenzarrão alto, forte, cabelo crespo, uns quarenta anos, rosto avermelhado, um tanto inchado e obeso, bochechas que tremiam a cada movimento da cabeça, olhinhos miúdos, sanguíneos, às vezes bastante astutos, bigodes, suíças e um pomo de adão carnudo e volumoso de aspecto bastante desagradável. No entanto o que mais impressionava nele é que agora aparecia de fraque e camisa limpa. "Há pessoas para as quais uma camisa limpa é até uma indecência", exprimiu-se certa vez Lipútin em objeção a uma censura brincalhona que lhe fizera Stiepan Trofímovitch ao acusá-lo de desleixado. O capitão também estava de luvas pretas, segurando na mão a luva direita ainda não calçada, enquanto a esquerda, enfiada a custo e desabotoada, cobria a metade da carnuda manopla esquerda, na qual ele segurava um chapéu redondo lustroso, novinho em folha, que provavelmente usava pela primeira vez. Verificava-se, por conseguinte, que o tal "fraque do amor", sobre o qual ele gritara na véspera para Chátov, realmente existia. Tudo isso, isto é, o fraque e a camisa branca, fora providenciado (como depois fiquei sabendo) a conselho de Lipútin com certos fins misteriosos. Não havia dúvida de que também agora ele viera (numa carruagem de aluguel) forçosamente por incitação alheia e com a ajuda de alguém; sozinho não teria conseguido adivinhar, assim como vestir-se, preparar-se e resolver-se em três quartos de hora, supondo-se inclusive que ficara imediatamente a par até da cena no adro da igreja. Não estava bêbado, mas naquele estado pesadão e turvo de um homem que despertara de chofre após inúmeros dias de bebedeira. Parecia que bastavam apenas umas duas sacudidelas no ombro para que imediatamente voltasse à embriaguez.

Ele ia entrar voando no salão, mas súbito tropeçou no tapete da entrada. Mária Timofêievna morreu de rir. Ele lhe lançou um olhar feroz e deu alguns passos rápidos em direção a Varvara Pietrovna.

— Estou aqui, minha senhora... — troou em voz de clarim.

— Meu senhor — aprumou-se Varvara Pietrovna —, faça-me o favor, tome assento ali, naquela cadeira. De lá também o ouvirei, e daqui eu o vejo melhor.

O capitão parou, lançando um olhar estúpido à sua frente, mas, não obstante, deu meia-volta e sentou-se no lugar indicado, bem junto à porta. Seu rosto estampava uma forte insegurança e, ao mesmo tempo, descaramento e uma certa irritabilidade constante. Estava apavorado e isso era visível, mas o seu amor-próprio também sofria, e dava para perceber que, apesar da covardia, o amor-próprio exasperado poderia levá-lo até a apelar para alguma desfaçatez se houvesse oportunidade. Era visível que temia cada movimento do seu desajeitado corpo. É sabido que o principal sofrimento de semelhantes senhores, que por um acaso miraculoso aparecem na sociedade, vem das suas próprias mãos e da permanente consciência de que é impossível lidar direito com elas. O capitão gelou em sua cadeira com o chapéu e suas luvas nas mãos e sem desviar o olhar absurdo do rosto severo de Varvara Pietrovna. Talvez desejasse olhar mais atentamente ao redor, porém ainda não se havia decidido. Mária Timofêievna, provavelmente achando a figura dele mais uma vez extremamente cômica, tornava a gargalhar, mas ele não se mexia. Varvara Pietrovna o manteve impiedosamente um minuto inteiro nessa posição, examinando-o com um olhar implacável.

— Para começar, permita-me saber do senhor mesmo o seu nome — pronunciou ela em tom plácido e significativo.

— Capitão Lebiádkin — trovejou o capitão. — Estou aqui, minha senhora... — tornou a mexer-se.

— Com licença! — tornou a detê-lo Varvara Pietrovna. — Esta criatura lastimável, que tanto me interessou, é realmente sua irmã?

— É minha irmã, minha senhora, escapou da minha vigilância, pois está nessa situação...

Titubeou de repente e ficou vermelho.

— Não me compreenda mal, minha senhora — desconcertou-se horrivelmente —, um irmão não vai manchar... numa situação como essa... quer dizer, não numa situação como essa... no sentido em que mancha a reputação... nos últimos tempos...

Interrompeu-se de chofre.

— Meu senhor! — Varvara Pietrovna levantou a cabeça.

— Veja em que situação! — concluiu de chofre, batendo com o dedo no meio da testa. Seguiu-se certo silêncio.

— E faz muito que ela sofre disso? — estendeu um pouco Varvara Pietrovna.

— Minha senhora, eu estou aqui para agradecer pela magnanimidade praticada no adro da igreja, à maneira russa, como irmão...

— Como irmão?

— Ou seja, não como irmão, mas unicamente no sentido de que eu sou o irmão da minha irmã, minha senhora, e acredite, minha senhora — matraqueava, voltando a ficar vermelho —, que eu não sou tão ignorante como posso parecer à primeira vista no seu salão. Eu e minha irmã não somos nada, minha senhora, em comparação com a suntuosidade que se vê por aqui. E ainda por cima tenho caluniadores. Mas quanto à reputação, Lebiádkin é orgulhoso, minha senhora, e... e... vim aqui para agradecer... eis dinheiro, minha senhora...

Nesse instante puxou do bolso uma carteira, arrancou desta um maço de notas e passou a contá-las com os dedos trêmulos num ataque frenético de impaciência. Via-se que desejava esclarecer depressa alguma coisa, e precisava muito disso; mas, provavelmente sentindo que a própria atrapalhação com o dinheiro lhe dava um aspecto ainda mais tolo, perdeu o que lhe restava de autocontrole: não havia como o dinheiro deixar-se contar, os dedos se confundiam e, para culminar a vergonha, uma nota verde de três rublos escapou da carteira e voou em zigue-zagues para o tapete.

— Vinte rublos, minha senhora — levantou-se subitamente de um salto com o maço de notas na mão e o rosto banhado de suor pelo sofrimento; ao notar no chão a nota que havia voado, fez menção de levantá-la mas por algum motivo envergonhou-se, desistiu.

— Para a sua gente, minha senhora, o criado irá apanhá-la; que se lembre de Lebiádkin!

— Isto eu não permito de maneira nenhuma — pronunciou Varvara Pietrovna às pressas e meio assustada.

— Neste caso...

Abaixou-se, apanhou a nota, enrubesceu e, aproximando-se subitamente de Varvara Pietrovna, estendeu-lhe o dinheiro contado.

— O que é isso? — Enfim ela estava assustada e chegou até a recuar para a poltrona. Mavrikii Nikoláievitch, eu e Stiepan Trofímovitch demos todos um passo adiante.

— Acalmem-se, acalmem-se, eu não sou louco, juro que não sou louco! — assegurava agitado o capitão para todos os lados.

— Não, meu senhor, o senhor enlouqueceu.

— Minha senhora, não é nada do que a senhora está pensando! Eu, é claro, sou um elo insignificante... Oh, minha senhora, rico é o seu palacete e pobre é a casa de Mária, a Desconhecida, minha irmã, nascida Lebiádkina, mas que por enquanto chamamos Mária, a Desconhecida, por enquanto, minha senhora, apenas *por enquanto*, porque o próprio Deus não permitirá que seja para sempre! Minha senhora, a senhora lhe deu dez rublos, e ela os aceitou, mas somente porque foi *da senhora*, minha senhora! Está ouvindo, minha senhora, essa Mária, a Desconhecida, não aceitaria dinheiro de ninguém nesse mundo, senão iria mexer-se na cova o oficial superior, avô dela, morto no Cáucaso às vistas do próprio Iermólov; mas só da senhora, só da senhora ela aceita, minha senhora. Só que ela recebe com uma das mãos e com a outra já lhe estende vinte rublos como doação para um dos comitês de filantropia da capital, do qual a senhora é membro... como a senhora mesma, minha senhora, publicou no *Boletim de Moscou*, aqui mesmo na nossa cidade a senhora mantém um livro da sociedade filantrópica no qual cada um pode inscrever-se.

O capitão parou de chofre; respirava com dificuldade como quem o faz depois de uma difícil façanha. Tudo o que dizia respeito ao comitê filantrópico provavelmente havia sido preparado de antemão, talvez até por instrução de Lipútin. Ele estava ainda mais suado; gotas de suor brotavam literalmente de suas têmporas. Varvara Pietrovna o observava com o olhar penetrante.

— Esse livro — pronunciou ela com severidade — está sempre lá embaixo com o porteiro da minha casa, lá o senhor pode inscrever a sua doação se o quiser. Por isso eu lhe peço que guarde agora o seu dinheiro e não fique a agitá-lo no ar. Ah, sim. Peço-lhe ainda que ocupe o seu lugar anterior. Assim mesmo. Lamento muito, meu senhor, que eu tenha me enganado a respeito da sua irmã e lhe dado uma esmola como pobre quando ela é tão rica. Só não entendo por que ela pode aceitar unicamente de mim e não quereria aceitar de outros. O senhor insistiu tanto nisso que desejo uma explicação absolutamente precisa.

— Minha senhora, este é um segredo que só pode ser guardado na sepultura! — respondeu o capitão.

— Por quê? — perguntou Varvara Pietrovna já sem tanta firmeza.

— Oh, minha senhora, minha senhora!...

Calou-se com ar sombrio, olhando para o chão e pondo a mão direita no coração. Varvara Pietrovna aguardava sem desviar dele os olhos.

— Minha senhora — mugiu de chofre —, a senhora me permitiria lhe fazer uma pergunta, apenas uma, só que abertamente, francamente, à moda russa, do fundo da alma?

— Faça o favor.

— A senhora já sofreu na vida, minha senhora?

— O senhor quer saber se já sofri por causa de alguém ou se sofro?

— Minha senhora, minha senhora! — tornou a levantar-se de um salto, provavelmente sem notar o que fazia e batendo no peito. — Aqui, neste coração, acumulou-se tanta coisa, tanta, que o próprio Deus ficará surpreso quando o descobrir no dia do Juízo.

— Hum, o senhor se exprimiu com intensidade.

— Minha senhora, talvez eu fale uma linguagem irritante...

— Não se preocupe, eu mesma sei quando devo fazê-lo parar.

— Posso lhe fazer mais uma pergunta, minha senhora?

— Faça mais uma pergunta.

— Pode-se morrer unicamente de nobreza da alma?

— Não sei, não me fiz semelhante pergunta.

— Não sabe! Não se fez semelhante pergunta!! — gritou com uma ironia patética. — Já que é assim, já que é assim:

Cala-te, coração desesperado!

E bateu freneticamente no peito.

Já andava novamente pela sala. O traço característico desse tipo de pessoa é a absoluta impotência para conter seus desejos; é a aspiração irresistível de revelá-los imediatamente, até mesmo de modo atabalhoado e mal eles começam a germinar. Ao encontrar-se em uma sociedade que não é a sua, esse tipo de senhor habitualmente começa com timidez, mas é só alguém lhe fazer um fio de cabelo de concessão que imediatamente ele passa para a insolência. O capitão estava excitado, andava, agitava as mãos, não ouvia as perguntas, falava a seu respeito muito, muito, de tal forma que às vezes enrolava a língua e, sem concluir, pulava para outra frase. Na verdade, é pouco provável que estivesse inteiramente sóbrio; ali também estava sentada Lizavieta Nikoláievna, para quem ele não olhara uma única vez mas cuja presença, parece, lhe fazia a cabeça girar intensamente. Aliás, isso já é apenas uma suposição. Por conseguinte, existia mesmo um motivo pelo qual Varvara Pietrovna, depois de vencer a repulsa, resolveu ouvir aquele homem. Praskóvia Ivánovna simplesmente tremia de pavor, é verdade que pelo visto sem entender bem de que se tratava. Stiepan Trofímovitch também tremia, só que ao contrário, porque tinha sempre a inclinação de entender demais. Mavrikii Nikoláievitch assumia a postura do defensor geral. Liza estava pálida, não desviava a vista, olhava de olhos arregalados para o selvagem capitão. Chátov continuava na pose de antes; no entanto o mais estranho era que Mária Timofêievna não só deixara de rir como ficara tristíssima. Apoiara-se na mão direita sobre a mesa e com um olhar longo e triste observava o irmão declamar. Só Dária Pávlovna me parecia tranquila.

— Tudo isso são alegorias absurdas — zangou-se por fim Varvara Pietrovna —, o senhor não respondeu à minha pergunta: "Por quê?". Eu insisto na resposta.

— Não respondi "por quê"? Espera a resposta ao "por quê"? — falou o capitão piscando os olhos. — Essa palavrinha "por quê" está diluída em todo o universo desde o primeiro dia da criação do mundo, minha senhora, e a cada instante toda a natureza grita para o seu criador — "por quê?" — e eis que há sete mil anos não recebe a resposta. Será que só o capitão Lebiádkin tem que responder, isso seria justo, minha senhora?

— Tudo isso é um absurdo e não é disto que se trata! — Varvara Pietrovna tomava-se de ira e perdia a paciência. — É uma alegoria; além do mais, o senhor se permite falar demais, meu senhor, o que considero uma impertinência.

— Minha senhora — não ouvia o capitão —, pode ser que eu desejasse me chamar Ernesto, mas enquanto isso sou forçado a ter o nome grosseiro de Ignat; por que isso, o que a senhora acha? Eu gostaria de me chamar príncipe de Montbard, e no entanto sou apenas Lebiádkin, derivado de Lébied[182] — por quê? Sou um poeta, minha senhora, um poeta de alma, e poderia receber mil rublos de uma editora, mas enquanto isso sou forçado a morar numa pequena tina, por quê? por quê? Minha senhora! A meu ver, a Rússia é uma brincadeira da natureza, não mais!

— O senhor terminantemente não consegue falar de forma mais clara?

— Eu posso ler para a senhora a peça *A Barata*, minha senhora?

— O quê-ê-ê?

— Minha senhora, eu ainda não estou louco! Ficarei louco, ficarei com certeza, mas ainda não estou louco! Minha senhora, um amigo meu — pessoa no-bi-líssima — copiou uma fábula de Krilov com o título de *A Barata* — eu a posso ler?

— O senhor quer ler que fábula de Krilov?[183]

— Não, não é uma fábula de Krilov que eu quero ler, mas a minha fábula, minha própria, de minha autoria! Permita, minha senhora, sem ofensa, que eu não seja tão ignorante e depravado que não compreenda que a Rússia tem o grande fabulista Krilov, ao qual o ministro da Educação erigiu um monumento no Jardim de Verão para que as crianças brinquem ao redor. A senhora pergunta, minha senhora: "Por quê?". A resposta está no fundo dessa fábula, em letras de fogo!

— Leia a sua fábula.

Era uma vez uma barata,
Barata desde pequena,
Que depois caiu num copo
Cheio de pega-moscas...

— Meu Deus, o que é isso? — exclamou Varvara Pietrovna.

— Quer dizer quando é verão — precipitou-se o capitão, agitando intensamente as mãos, com a irritadiça impaciência do autor a quem impedem de ler —, quando é verão as moscas se metem dentro do copo e aí age o pega-moscas, qualquer imbecil compreende, não interrompa, não interrompa, a senhora verá, a senhora verá... (Ele continuava a agitar os braços.)

[182] Cisne. (N. do T.)

[183] Ivan Andrêievitch Krilov (1768-1844), famoso fabulista russo. (N. do T.)

A barata ocupou o lugar,
As moscas se queixaram.
"Muito cheio o nosso copo" —
Para Júpiter gritaram.

Mas enquanto elas gritavam,
Apareceu Nikífor,
Velhote no-bi-líssimo...

Eu ainda não terminei, mas tanto faz, mais algumas palavras! — matraqueava o capitão. — Nikífor pega o copo e, apesar da gritaria, lança na tina toda a comédia, as moscas e a barata, como devia ter feito há muito tempo. Mas note, note, minha senhora, a barata não se queixa. Eis a resposta à sua pergunta: "Por quê?" — bradou ele em tom triunfal: "— A ba-ra-ta não se queixa!". Quanto a Nikífor, ele representa a natureza — acrescentou ele matraqueando e andou pela sala satisfeito.

Varvara Pietrovna estava no auge da raiva.

— Dê licença de perguntar: como o senhor se atreveu de acusar uma pessoa de minha casa de não lhe haver entregue toda a quantia em dinheiro que o senhor teria recebido de Nikolai Vsievolódovitch?

— É uma calúnia! — berrou Lebiádkin, erguendo o braço direito num gesto trágico.

— Não, não é calúnia.

— Minha senhora, há circunstâncias que antes nos fazem suportar uma vergonha familiar que proclamar a verdade alto e bom som. Lebiádkin não vai dizer, minha senhora!

Era como se estivesse cego; estava inspirado; sentia a sua importância; na certa imaginava alguma coisa. Já estava com vontade de ofender, de fazer alguma sujeira, de mostrar seu poder.

— Stiepan Trofímovitch, toque a sineta, por favor — pediu Varvara Pietrovna.

— Lebiádkin é astuto, minha senhora! — piscou com um sorriso detestável —, é astuto, mas ele tem um obstáculo, tem o seu limiar das paixões! E esse limiar é a velha garrafa de combate do hussardo, cantada por Denis Davídov.[184] Pois é quando ele está nesse limiar, minha senhora, que aconte-

[184] Denis Vassílievitch Davídov (1784-1839), poeta russo muito conhecido por sua lírica hussarda. Foi herói guerrilheiro na guerra da Rússia contra Napoleão. Dostoiévski o apreciava muito. (N. do T.)

ce de ele enviar a carta em versos, mag-ni-ficentíssima, mas que depois gostaria de recuperar à custa das lágrimas de toda a vida, porque aí se viola o sentimento do belo. Mas depois que o pássaro levantou voo já não se consegue segurá-lo pela cauda! Foi nesse limiar, minha senhora, que Lebiádkin pôde falar a respeito da moça nobre, em forma de nobre indignação de uma alma revoltada com as ofensas, e foi disso que os seus caluniadores se aproveitaram. Mas Lebiádkin é astuto, minha senhora. E é inútil que esse lobo funesto fique a espreitá-lo, servindo mais bebida a cada minuto e aguardando o desfecho: Lebiádkin não vai falar, e a cada duas garrafas, em vez do esperado, vai aparecer sempre a Astúcia de Lebiádkin! Mas basta, oh, basta! Minha senhora, o seu magnífico palacete poderia pertencer à mais nobre das pessoas, mas a barata não se queixa! Repare, finalmente repare que não se queixa, e conhecerá o grande espírito.

Nesse instante ouviu-se da portaria lá embaixo o toque da sineta e quase no mesmo instante apareceu Aleksiêi Iegóritch, que se demorara a atender o chamado de Stiepan Trofímovitch. O velho e cerimonioso criado estava em um estado de excitação fora do comum.

— Nikolai Vsievolódovitch acabou de chegar e está vindo para cá — pronunciou em resposta ao olhar interrogativo de Varvara Pietrovna.

Eu a tenho particularmente na memória nesse instante: primeiro ela empalideceu, mas seus olhos brilharam subitamente. Aprumou-se na poltrona com ar de uma firmeza incomum. Aliás, todos estavam perplexos. A chegada de todo inesperada de Nikolai Vsievolódovitch, que só esperávamos dentro de um mês, era estranha não só pelo que tinha de surpresa, mas precisamente por uma coincidência fatal com o momento presente. Até o capitão parou como um poste no meio da sala, boquiaberto e olhando para a porta com um aspecto terrivelmente tolo.

E eis que do cômodo vizinho, um salão longo, ouviram-se passos apressados que se aproximavam, passos miúdos, demasiado frequentes; era como se alguém corresse, e súbito entrou voando na sala um jovem que nada tinha de Nikolai Vsievolódovitch e era completamente desconhecido.

V

Permito-me deter-me por um momento e esboçar ao menos com alguns traços breves essa pessoa que chegava de supetão.

Era um jovem de uns vinte e sete anos ou coisa aproximada, um pouco acima da estatura mediana, cabelos ralos e louros bastante longos e nesgas mal esboçadas de um bigode e uma barbicha. Vestia-se com esmero e até na moda, mas sem janotismo; à primeira vista parecia encurvado e malfeito de corpo mas, apesar disso, não tinha nada de encurvado e era até desenvolto. Parecia algo extravagante, mas depois todos nós achamos que suas maneiras eram bastante decentes e sua conversa sempre ia direto ao assunto.

Ninguém diria que era feio, mas seu rosto não agradava a ninguém. Tinha a cabeça alongada no sentido da nuca e meio achatada dos lados, de sorte que o rosto parecia agudo. A testa era alta e estreita, mas os traços do rosto, miúdos; os olhos, penetrantes, o nariz, pequeno e pontiagudo, os lábios longos e finos. A expressão do rosto era como que doentia, mas isso foi apenas impressão. Tinha uma ruga seca nas faces e junto das maçãs do rosto, o que lhe dava a aparência de alguém recuperado depois de uma grave doença, e no entanto era inteiramente sadio, forte e jamais estivera doente.

Seu andar e seus movimentos eram muito precipitados, mas não tinha pressa de ir a lugar nenhum. Parecia que ninguém conseguia perturbá-lo; em quaisquer circunstâncias e em qualquer sociedade permaneceria o mesmo: havia nele uma grande autossuficiência, mas ele mesmo não reparava o mínimo nisso.

Falava rápido, apressado, mas ao mesmo tempo era seguro de si e não tinha papas na língua. Apesar do seu aspecto apressado, suas ideias eram tranquilas, precisas e definidas — e isso sobressaía particularmente. A pronúncia era surpreendentemente clara; as palavras brotavam em profusão dos lábios como grãozinhos uniformes, sempre escolhidas e sempre disponíveis para nós. A princípio agradava, mas depois a gente detestava, e precisamente por causa daquela pronúncia demasiado clara, daquele rosário de palavras eternamente prontas. De certo modo a gente começa a imaginar que a língua dele deve ser de uma forma algo especial, algo excepcionalmente longa e fina, de um vermelho intenso e uma ponta demasiado aguda, que se mexe de modo contínuo e involuntário.

Pois bem, foi esse jovem que acabou de entrar voando no salão e, palavra, até agora me parece que ainda na sala contígua começou a falar e falando entrou. Em um instante viu-se diante de Varvara Pietrovna.

— ... Imagine, Varvara Pietrovna — desfiava um rosário de palavras —, que entro pensando que ele já estivesse aqui há quinze minutos; ele já chegou faz uma hora e meia; nós nos encontramos em casa de Kiríllov; meia hora atrás ele veio direto para cá e me ordenou que também viesse quinze minutos depois...

— Mas quem? Quem lhe ordenou que viesse para cá? — interrogava Varvara Pietrovna.

— Ora, o próprio Nikolai Vsievolódovitch! Será que a senhora só acabou de saber nesse instante? Mas ao menos a bagagem dele já deve ter chegado há muito tempo, como é que não lhe disseram? Quer dizer que eu sou o primeiro a anunciar. No entanto, seria possível mandar chamá-lo em algum lugar, se bem que ele certamente vai aparecer agora em pessoa e, ao que parece, no justo momento que responder a algumas de suas expectativas e a alguns cálculos. — Nesse ponto ele percorreu a sala com um olhar e o deteve particularmente no capitão. — Ah, Lizavieta Nikoláievna, como estou contente em encontrá-la logo na chegada, muito contente de lhe apertar a mão — chegou-se rapidamente a ela para segurar a mão que Liza lhe estendia com um sorriso alegre — e, pelo que noto, a mui estimada Praskóvia Ivánovna também parece não ter esquecido o seu "professor" e nem estar zangada com ele como sempre se zangava na Suíça. Mas, não obstante, como estão as suas pernas aqui, Praskóvia Ivánovna, e terá tido razão a junta médica suíça ao lhe prescrever o clima da pátria?... como vão as aplicações da solução medicamentosa? isso deve ser muito útil; mas como eu lamentei, Varvara Pietrovna (tornou a virar-se rapidamente para ela), por não haver encontrado a senhora no estrangeiro naquela ocasião e lhe testemunhar pessoalmente o meu respeito; de mais a mais tinha muito a lhe informar... Eu informei aqui ao meu velho, mas ele, como de costume, parece...

— Pietrucha! — bradou Stiepan Trofímovitch, saindo por um instante do torpor; ergueu os braços e precipitou-se para o filho. — *Pierre, mon enfant*, vê, não te reconheci! — apertou-o num abraço e as lágrimas lhe rolaram dos olhos.

— Vamos, comporta-te, comporta-te, sem gestos, bem, basta, basta, eu te peço — resmungava apressado Pietrucha, procurando livrar-se dos abraços.

— Eu sempre, sempre fui culpado diante de ti!

— Bem, mas basta; disso falaremos depois. Eu bem que sabia que não irias te comportar. Mas sê um pouco mais razoável, estou te pedindo.

— Mas acontece que não te vejo há dez anos!

— Por isso há menos motivo para efusões...

— *Mon enfant!*

— Bem, acredito, acredito que tu gostes de mim, tira as mãos, estás atrapalhando os outros... Ah, aí está Nikolai Vsievolódovitch; comporta-te, enfim, estou te pedindo!

Nikolai Vsievolódovitch já estava realmente na sala; entrou devagar e parou por um instante à porta, lançando um olhar sereno aos presentes.

Tal como quatro anos antes, quando o vira pela primeira vez, agora eu também fiquei impressionado ao primeiro olhar que lhe dirigi. Não o havia esquecido nem um pouco; mas parece que há fisionomias que sempre que aparecem é como se trouxessem consigo algo de novo que você ainda não notara nelas, ainda que as tenha encontrado cem vezes antes. Pelo visto ele continuava o mesmo de quatro anos antes: igualmente elegante, igualmente altivo, entrou com a mesma imponência daquele momento, até quase tão jovem. Seu leve sorriso era tão formalmente afetuoso quanto autossuficiente; o olhar era igualmente severo, pensativo e como que disperso. Numa palavra, parecia que nos havíamos separado apenas na véspera. No entanto uma coisa me deixou impressionado: antes, embora o considerassem belo, seu rosto realmente "parecia uma máscara", como se exprimiam algumas senhoras maldizentes da nossa sociedade. Agora, porém, não sei por que motivo, à primeira vista ele já me pareceu terminante e indiscutivelmente belo, de sorte que não havia como afirmar que seu rosto se parecia com uma máscara. Não se deveria isso ao fato de que ele ficara levemente mais pálido que antes e, parece, um tanto mais magro? Ou será que algum pensamento novo brilhava agora em seu olhar?

— Nikolai Vsievolódovitch! — bradou toda aprumada Varvara Pietrovna sem sair da poltrona, detendo-o com um gesto imperioso. — Pare por um minuto!

Contudo, para explicar a terrível pergunta que se seguiu subitamente a esse gesto e essa exclamação — pergunta cuja possibilidade eu nem sequer poderia supor na própria Varvara Pietrovna —, peço ao leitor que se lembre de que tipo de caráter fora Varvara Pietrovna em toda a sua vida e da impetuosidade incomum desse caráter em alguns momentos excepcionais. Peço considerar também que, apesar da firmeza incomum da sua alma e da considerável dose de bom senso e de tato prático que ela, por assim dizer, possuía até no trato das coisas domésticas, mesmo assim havia em sua vida momentos aos quais ela se entregava toda, de chofre, integralmente e, se é lícita a expressão, sem nenhum comedimento. Peço, por último, que se leve em conta que, para ela, o presente momento podia ser de fato daqueles em que, como em um foco, concentra-se num átimo toda a essência da vida — de todo o passado, de todo o presente e talvez do futuro. Menciono de passagem também a carta anônima que recebera, sobre a qual ainda agora falara com tanta irritação a Praskóvia Ivánovna e sobre cujo conteúdo parece que fez silêncio; talvez a carta contivesse a decifração da possibilidade da terrível pergunta que fez de chofre ao filho.

— Nikolai Vsievolódovitch — repetiu, escandindo as palavras com voz firme, na qual soava um desafio ameaçador —, eu lhe peço que responda neste momento, sem sair deste lugar: será verdade que a infeliz dessa mulher coxa — veja, ali está ela, olhe para ela! — será verdade que ela... é sua legítima mulher?

Eu me lembro demais desse instante; ele nem sequer pestanejava e olhava fixo para a mãe; não houve a mínima alteração em seu rosto. Por fim sorriu com um sorriso algo condescendente e, sem dizer uma única palavra, chegou-se tranquilamente à mãe, pegou-lhe a mão, levou-a respeitosamente aos lábios e a beijou. E era tão forte e insuperável a influência que ele sempre exercera sobre a mãe, que nem neste momento ela ousou retirar a mão. Apenas olhava para ele, toda mergulhada na pergunta, e todo o seu aspecto dizia que se transcorresse mais um instante ela não suportaria a incerteza.

Mas ele continuava calado. Depois de beijar-lhe a mão, tornou a percorrer toda a sala com o olhar e como antes, sem pressa, dirigiu-se diretamente a Mária Timofêievna. É muito difícil descrever a fisionomia das pessoas em alguns momentos. Ficou-me na memória, por exemplo, que Mária Timofêievna, inteiramente gelada de susto, levantou-se ao encontro dele e, como se lhe implorasse, ficou de mãos postas; lembra-me, ao mesmo tempo, o êxtase do seu olhar, um êxtase algo louco, que quase lhe deformava os traços — um êxtase que as pessoas têm dificuldade de suportar. É possível que houvesse aí uma e outra coisa, tanto susto quanto êxtase; lembro-me, porém, de que caminhei rapidamente para ela (eu estava quase ao lado) e tive a impressão de que naquele instante ela ia desmaiar.

— A senhora não pode estar aqui — disse-lhe Nikolai Vsievolódovitch com uma voz carinhosa, melódica, e em seus olhos brilhou uma ternura incomum. Estava diante dela na postura mais respeitosa, e em cada gesto seu manifestava-se o mais sincero respeito. A coitada balbuciou com um meio murmúrio impetuoso, arfando:

— E eu posso... neste momento... me ajoelhar perante o senhor?

— Não, de maneira nenhuma — sorriu magnânimo para ela, de sorte que ela também deu um riso súbito e alegre. Com a mesma voz melódica e persuadindo-a como se fosse uma criança, ele acrescentou com ar importante:

— Pense que a senhora é uma moça e eu, mesmo sendo seu mais dedicado amigo, ainda assim sou um estranho, nem marido, nem pai, nem noivo. Dê-me seu braço e vamos; eu a acompanho até a carruagem e, se me permite, eu mesmo a levarei para sua casa.

Ela obedeceu e, como se refletisse, inclinou a cabeça.

— Vamos — disse ela, suspirando e dando-lhe o braço.

Mas nesse instante lhe aconteceu um pequeno desastre. Pelo visto, deu uma meia-volta algo descuidada e pisou com a perna doente e curta — em suma, caiu toda de lado na poltrona, e se não fosse essa poltrona teria se estatelado no chão. Num abrir e fechar de olhos ele a segurou e apoiou, tomou-a com força pelo braço e com um gesto de simpatia a conduziu cautelosamente para a porta. Ela estava visivelmente amargurada com a queda, perturbou-se, corou e ficou horrivelmente envergonhada. Olhando calada para o chão, coxeando muito, ela o acompanhou quase pendurada no braço dele. Assim os dois saíram. Eu vi Liza levantar-se de um salto da poltrona movida sabe-se lá por quê, enquanto os dois saíam, e acompanhá-los imóvel com o olhar até a saída. Depois tornou a sentar-se calada, mas em seu rosto havia um movimento convulsivo, como se ela tivesse tocado em algum réptil.

Enquanto transcorria essa cena entre Nikolai Vsievolódovitch e Mária Timofêievna, ficamos todos calados, estupefatos; dava para ouvir o voo de uma mosca; entretanto, mal os dois saíram, todos se puseram subitamente a conversar.

VI

Aliás, falava-se pouco, exclamava-se mais. Hoje me foge um pouco da memória a ordem em que tudo aquilo aconteceu, porque a coisa virou uma barafunda. Stiepan Trofímovitch exclamou alguma coisa em francês e levantou os braços, mas Varvara Pietrovna não tinha tempo para ele. Até Mavrikii Nikoláievitch murmurou algo com voz entrecortada e rápida. No entanto o mais excitado era Piotr Stiepánovitch; procurava desesperadamente convencer Varvara Pietrovna de alguma coisa, fazia grandes gestos, mas durante muito tempo não consegui compreender. Dirigia-se também a Praskóvia Ivánovna e Lizavieta Nikoláievna, e por afobação chegou a gritar de passagem alguma coisa para o pai — em suma, girava muito pela sala. Varvara Pietrovna, toda vermelha, levantou-se e gritou para Praskóvia Ivánovna: "Tu ouviste, ouviste o que ele acabou de dizer a ela?". Mas a outra já não podia responder e limitou-se a murmurar algo, sem ligar. A coitada tinha a sua preocupação: virava a cabeça a cada instante na direção de Liza e olhava para ela com um medo descontrolado, mas não se atrevia nem a pensar em levantar e sair enquanto a filha não se levantasse. Enquanto isso, o capitão certamente queria esgueirar-se, isso eu percebi. Estava tomado de um medo intenso, indiscutível, desde o momento em que Nikolai Vsievolódovitch aparecera; mas Piotr Stiepánovitch o agarrou pelo braço e não o deixou sair.

— Isso é indispensável, indispensável — desfiava seu rosário de palavras perante Varvara Pietrovna, procurando sempre convencê-la. Estava em pé à sua frente, ela já tornara a sentar-se na poltrona e, pelo que me lembro, o ouvia com sofreguidão; ele acabou conseguindo o que queria e se fez ouvir atentamente.

— Isso é indispensável. A senhora mesma verá, Varvara Pietrovna, que aí existe um mal-entendido, parece haver muita coisa esquisita, e no entanto a questão é clara como uma vela e simples como um dedo. Eu compreendo bem demais que não estou autorizado por ninguém a contar e talvez tenha até um aspecto ridículo ao insistir pessoalmente. Mas, em primeiro lugar, o próprio Nikolai Vsievolódovitch não dá a essa questão nenhuma importância, e, por fim, há mesmo casos em que um homem tem dificuldade de se explicar por si só, sendo forçoso que o faça uma terceira pessoa, para quem é mais fácil dizer algumas coisas delicadas. Acredite, Varvara Pietrovna, que Nikolai Vsievolódovitch não tem culpa de nada por não ter dado no mesmo instante uma explicação radical em face da sua pergunta, mesmo que o caso seja insignificante; eu o conheço desde Petersburgo. Além do mais, toda a história só honra Nikolai Vsievolódovitch, caso seja mesmo forçoso empregar essa indefinida palavra "honra"...

— O senhor está querendo dizer que foi testemunha de algum caso que gerou... esse mal-entendido? — perguntou Varvara Pietrovna.

— Testemunha e participante — confirmou apressadamente Piotr Stiepánovitch.

— Se o senhor me dá a palavra de que isso não irá ofender a delicadeza de Nikolai Vsievolódovitch em certos sentimentos dele para comigo, de quem ele não esconde nada... E se ademais o senhor está tão seguro de que ainda lhe está propiciando uma satisfação...

— Sem sombra de dúvida é uma satisfação, porque eu mesmo estou me imbuindo de uma satisfação particular. Estou convencido de que ele mesmo me pediria.

Era bastante estranho e fora dos procedimentos comuns esse desejo obsessivo desse senhor, caído de chofre do céu, de contar histórias alheias. Mas fez Varvara Pietrovna morder a isca ao tocar em pontos excessivamente frágeis. Naquele momento eu ainda não conhecia plenamente o caráter daquele homem e menos ainda as suas intenções.

— Estamos ouvindo — anunciou Varvara Pietrovna de modo contido e cauteloso, um pouco aflita por sua condescendência.

— A coisa é breve; se quiser, em verdade não é nem uma anedota — desfiava o rosário de palavras. — Aliás, na falta do que fazer, um romancista poderia fazer disso um romance. É uma coisa bastante interessante, Praskóvia Ivánovna, e estou certo de que Lizavieta Nikoláievna irá ouvi-la com curiosidade, porque aí há muitas coisas, se não maravilhosas, pelo menos extravagantes. Há uns cinco anos, em Petersburgo, Nikolai Vsievolódovitch conheceu esse senhor — esse mesmo senhor Lebiádkin, vejam, que está em pé boquiaberto e parece que tencionava esgueirar-se agora. Desculpe, Varvara Pietrovna. Aliás, senhor funcionário aposentado do antigo serviço de provisões (como vê, eu o conheço muito bem), eu não o aconselho a sair apressadamente. Eu e Nikolai Vsievolódovitch estamos informados demais das suas vigarices por aqui, pelas quais, não esqueça, o senhor terá de prestar contas. Mais uma vez peço desculpas, Varvara Pietrovna. Naquele período Nikolai Vsievolódovitch chamava esse senhor de seu Falstaff; pelo visto (explicou de súbito) trata-se de algum antigo caráter *burlesque*, do qual todos riem e o qual permite que riam de si mesmo contanto que lhe paguem por isso. Naquele tempo, Nikolai Vsievolódovitch levava em Petersburgo uma vida, por assim dizer, de galhofa — não consigo defini-la por outra palavra, porque esse homem não se deixa levar pela decepção, e na ocasião ele mesmo desdenhava qualquer ocupação. Eu estou me referindo apenas àquele período, Varvara Pietrovna. Esse Lebiádkin tinha uma irmã — aquela mesma que estava aqui sentada. O irmão e a irmã não tinham o seu canto para morar e levavam uma vida errante ocupando cantos em casa de estranhos. Ele andava sob os arcos do Gostini Dvor, sempre metido no antigo uniforme, parava os transeuntes mais bem-vestidos, e o que conseguia torrava na bebida. A irmã se alimentava como uma ave do céu. Ajudava as pessoas naquelas casas e prestava serviços para compensar as privações. A Sodoma era das mais horríveis; vou evitar o quadro da vida levada naqueles cantos, vida à qual até Nikolai Vsievolódovitch se entregou naquele momento por extravagância. Estou me referindo apenas àquele período, Varvara Pietrovna; quanto à "extravagância", essa já é uma expressão própria dele. Ele não esconde muita coisa de mim. *Mademoiselle* Lebiádkina, que em um período teve oportunidade de encontrá-lo com excessiva frequência, estava impressionada com a aparência dele. Era, por assim dizer, um brilhante no fundo sujo da vida dela. Eu descrevo mal os sentimentos e por isso vou passar ao largo; no entanto, uma gentinha reles começou imediatamente a ridicularizá-la e ela entristeceu. Riam dela, mas no início ela não notava. Já naquela ocasião sua cabeça não andava em ordem, mas ainda assim não era como hoje. Há fundamentos para supor que na infância ela quase tenha recebido educação através de alguma benfeitora. Nikolai Vsievolódovitch nunca lhe deu a mínima atenção e levava a maior parte do tempo jogando *préférence* com os funcionários a um quarto de copeque com um baralho sebento. Mas uma vez, quando a estavam ofendendo, ele (sem indagar a causa) agarrou um funcionário pelo colarinho e o lançou pela janela do segundo andar. Aí não houve qualquer indignação de cavalheiro por causa de uma inocência ofendida; toda a operação transcorreu sob riso geral, e quem mais ria era o próprio Nikolai Vsievolódovitch; quando tudo terminou bem, eles fizeram as pazes e ficaram a beber ponche. Mas a própria inocência oprimida não esqueceu o fato. É claro que a coisa terminou com a comoção definitiva das suas faculdades mentais. Repito, descrevo mal os sentimentos, mas o principal aí é a fantasia. E, como se fosse de propósito, Nikolai Vsievolódovitch excitou ainda mais essa fantasia: em vez de cair na risada, passou de repente a tratar *mademoiselle* Lebiádkina com um respeito inesperado. Kiríllov, que estava presente (um extraordinário esquisitão, Varvara Pietrovna, e excepcionalmente intempestivo; a senhora provavelmente irá conhecê-lo algum dia, atualmente ele está aqui), pois bem, esse Kiríllov, que costuma calar sempre, súbito ficou excitado e, segundo me lembro, observou a Nikolai Vsievolódovitch que este andava tratando aquela senhora como a uma marquesa e assim acabando definitivamente com ela. Acrescento que Nikolai Vsievolódovitch nutria um pouco de respeito por esse Kiríllov. O que a senhora acha que ele respondeu? "O senhor, Kiríllov, supõe que estou rindo dela; trate de dissuadir-se, eu realmente a estimo porque ela é melhor do que todos nós." E fique sabendo que disse isso com o tom mais sério. Por outro lado, durante aqueles três meses ele propriamente não dirigiu a ela uma única palavra, a não ser "bom dia" e "adeus". Eu, que a tudo assistia, lembro-me perfeitamente de que no final ela já chegara a tal ponto que o considerava algo como seu noivo, que não se atrevia a "raptá-la" unicamente porque tinha muitos inimigos, obstáculos familiares ou coisa do gênero. Aí houve muito riso! No fim das contas, quando Nikolai Vsievolódovitch teve de partir para cá, antes da viagem tomou as providências para a manutenção dela e, parece, estabeleceu uma pensão anual bastante considerável, de pelo menos uns trezentos rublos, não sei se mais. Numa palavra, podemos supor que tudo aquilo era um mimo excessivo da parte dele, a fantasia de um homem prematuramente cansado; por fim, como dizia Kiríllov, pode ser até que se tratasse de um novo estudo levado a cabo por um homem farto, com a finalidade de saber a que ponto poderia ser levada a louca aleijada. "O senhor, diz ele, escolheu de propósito a última das criaturas, uma aleijada, alvo de eterna ignomínia e de espancamentos — e sabendo, ainda por cima, que essa criatura morre de um amor cômico pelo senhor —, e de repente o senhor passa a engambelá-la com o único fim de ver em que isso vai dar!" Enfim, qual é particularmente a culpa de um homem pelas fantasias de uma mulher louca com a qual, observem, ele dificilmente terá pronunciado duas frases durante todo aquele tempo! Varvara Pietrovna, há coisas sobre as quais não só não se pode falar com inteligência como é até falta de inteligência falar sobre elas. Enfim, que seja uma extravagância, no entanto não se pode dizer mais nada; por outro lado, porém, agora acharam de fazer disso uma história... Varvara Pietrovna, estou parcialmente informado do que está acontecendo por aqui.

O narrador parou subitamente e fez menção de voltar-se para Lebiádkin, mas Varvara Pietrovna o deteve; ela estava na mais intensa exaltação.

— O senhor terminou? — perguntou.

— Ainda não; para completar a história, se a senhora me permite, eu precisaria interrogar esse senhor sobre uma coisa... Agora a senhora verá em que consiste a questão, Varvara Pietrovna.

— Basta, depois, pare por um instante, eu lhe peço. Oh, como fiz bem ao permitir que o senhor falasse!

— E repare, Varvara Pietrovna — agitou-se Piotr Stiepánovitch —, poderia o próprio Nikolai Vsievolódovitch explicar pessoalmente à senhora tudo isso em resposta àquela sua pergunta talvez categórica demais?

— Oh, sim, demais!

— E eu não tive razão ao dizer que, em certos casos, para uma terceira pessoa é bem mais fácil explicar do que para o próprio interessado?

— Sim, sim... No entanto o senhor se enganou em um ponto e infelizmente vejo que continua enganado.

— Será? Em quê?

— Veja... Aliás, talvez seja bom o senhor se sentar, Piotr Stiepánovitch.

— Oh, como lhe aprouver, estou mesmo cansado, obrigado.

Num piscar de olhos ele puxou uma poltrona e a colocou de tal modo que ficou entre Varvara Pietrovna, por um lado, Praskóvia Ivánovna, que estava junto à mesa, por outro, e de frente para o senhor Lebiádkin, de quem ele não desviava os olhos um só instante.

— O senhor se engana quando chama isso de "extravagância"...

— Oh, se for só isso...

— Não, não, não, espere — deteve-o Varvara Pietrovna, pelo visto preparando-se para falar muito e com embevecimento. Tão logo percebeu isto, Piotr Stiepánovitch foi todo atenção.

— Não, aquilo foi algo superior a uma extravagância e, asseguro, algo até sagrado. Um homem altivo e cedo ofendido, que chegou a essa "galhofa" que o senhor mencionou com tanta precisão, em suma, o príncipe Harry, com quem Stiepan Trofímovitch o comparou magnificamente numa ocasião, o que seria absolutamente correto se ele não se parecesse ainda mais com Hamlet, pelo menos no meu entendimento.

— *Et vous avez raison*[185] — interveio Stiepan Trofímovitch com sentimento e ponderação.

— Obrigada, Stiepan Trofímovitch, a você em particular eu agradeço justamente pela sua eterna fé em Nicolas, na elevação de sua alma e nas suas inclinações. Você inclusive consolidou essa fé em mim quando eu caía em desânimo.

— *Chère, chère*... — Stiepan Trofímovitch ia dando um passo adiante mas parou, meditando que seria perigoso interromper.

— E se ao lado de Nicolas (em parte já cantava Varvara Pietrovna) estivesse o sereno Horácio, grande em sua humildade — outra expressão magnífica sua, Stiepan Trofímovitch —, é possível que há muito tempo ele já estivesse a salvo desse triste e "repentino demônio da ironia" que o atormentou a vida inteira. (O demônio da ironia é mais uma vez uma admirável expressão sua, Stiepan Trofímovitch.) Mas ao lado de Nicolas nunca esteve nem Horácio nem Ofélia. Esteve apenas sua mãe, mas o que pode fazer uma mãe sozinha e ainda em tais circunstâncias? Sabe, Piotr Stiepánovitch, eu até compreendo bem demais que uma criatura como Nicolas pudesse aparecer até mesmo naqueles guetos sujos que o senhor mencionou. Agora ficam muito claras para mim aquela "galhofa" da vida (expressão admiravelmente precisa do senhor!), aquela insaciável sofreguidão de contraste, aquele fundo sombrio do quadro em que ele aparece como um brilhante, mais uma vez segundo comparação sua, Piotr Stiepánovitch. E lá ele encontra um ser que todos ofendiam, uma aleijada e semilouca e, ao mesmo tempo, talvez cheia de sentimentos nobres!

— Hum, é, suponhamos.

— E depois disso o senhor não compreende que ele não ri dela como os demais! Oh, gente! O senhor não compreende que ele a defende dos ofensores, cerca-a de respeito, "como uma marquesa" (pelo visto esse Kiríllov deve compreender as pessoas com uma profundidade incomum, embora não tenha compreendido Nicolas!). Se quiser, foi justo através desse contraste que aconteceu a desgraça; se a infeliz estivesse em outra situação, talvez não chegasse a essa fantasia desvairada. Uma mulher, só uma mulher pode compreender isso, Piotr Stiepánovitch, e que pena que o senhor... ou seja, não é uma pena que o senhor não seja uma mulher, mas que ao menos desta vez o fosse para compreender!

— Ou seja, no sentido de que quanto pior, melhor, eu compreendo,

[185] "E você tem razão". (N. do T.)

compreendo, Varvara Pietrovna. Isso é como na religião: quanto pior vive um homem ou quanto mais desamparado ou mais pobre é todo um povo, mais obstinadamente ele sonha com a recompensa no paraíso, e se aí ainda há cem mil sacerdotes insistindo, insuflando o sonho e especulando com ele, então... eu a compreendo, Varvara Pietrovna, fique tranquila.

— Suponhamos que isso não seja inteiramente assim, mas me diga; será que Nicolas, para aplacar esse devaneio nesse organismo infeliz (não consegui entender por que Varvara Pietrovna empregou aí a palavra "organismo"), será que ele mesmo deveria rir dela e tratá-la como os outros funcionários? Será que o senhor rejeita a alta compaixão, o tremor nobre de todo o organismo com que Nicolas responde de chofre e severamente a Kiríllov: "Não estou rindo dela". Uma resposta elevada, santa!

— *Sublime* — murmurou Stiepan Trofímovitch.

— E note que ele não era nada tão rico como o senhor pensa; a rica sou eu e não ele, e naquele tempo ele quase não pegava dinheiro comigo.

— Compreendo, compreendo tudo isso, Varvara Pietrovna — agitava-se Piotr Stiepánovitch já um tanto impaciente.

— Oh, é o meu caráter! Eu me reconheço em Nicolas. Eu reconheço essa juventude, essa potencialidade de impulsos tempestuosos, temíveis... E se um dia nos tornarmos amigos, Piotr Stiepánovitch, o que de minha parte desejo muito sinceramente, ainda mais porque lhe devo tanto, então pode ser que o senhor compreenda...

— Oh, acredite, de minha parte eu o desejo — murmurou Piotr Stiepánovitch com voz entrecortada.

— Então o senhor compreenderá o impulso que nessa cegueira de nobreza nos leva a pegar subitamente uma pessoa até indigna de nós em todos os sentidos, uma pessoa profundamente incapaz de nos compreender, que está disposta a nos atormentar na primeira oportunidade que se apresente, e nós, contrariando tudo, transformamos de repente essa pessoa numa espécie de ideal, no nosso sonho, reunimos nela todas as nossas esperanças, baixamos a cabeça diante dela, amamos essa pessoa a vida inteira sem ter qualquer noção do porquê, talvez justamente por ela não ser digna de nós... Oh, como eu sofri a vida inteira, Piotr Stiepánovitch!

Stiepan Trofímovitch captou meu olhar com ar dorido; mas eu o evitei a tempo.

— ... E ainda há pouco, há pouco — oh, como sou culpada perante Nicolas!... O senhor não acredita, eles me atormentaram de todas as maneiras, todos, todos, os inimigos, essa gentinha, e os amigos; os amigos talvez mais que os inimigos. Quando me enviaram a primeira desprezível carta anônima, Piotr Stiepánovitch, o senhor não acredita, acabou me faltando desprezo com que responder a toda aquela raiva... Nunca, nunca vou me perdoar pela minha pusilanimidade!

— Eu já ouvi alguma coisa sobre as cartas anônimas que circulam por aqui — animou-se subitamente Piotr Stiepánovitch — e vou descobrir para a senhora de onde vêm, pode ficar tranquila.

— Mas o senhor não pode imaginar que intrigas começaram por aqui! Elas atormentaram até nossa pobre Praskóvia Ivánovna, e que motivo tinham para fazer isso com ela? Hoje eu talvez tenha sido excessivamente culpada diante de você, minha querida Praskóvia Ivánovna — acrescentou num impulso magnânimo de comoção, mas não sem certa ironia triunfal.

— Basta, minha cara — murmurou a outra a contragosto —, acho que se deveria pôr um fim nisso; já se falou demais... — e tornou a olhar timidamente para Liza, mas esta olhava para Piotr Stiepánovitch.

— E quanto a esse ser pobre e infeliz, a essa louca, que perdeu tudo e conservou apenas o coração, agora pretendo adotá-la — exclamou de súbito Varvara Pietrovna —, é um dever que tenho a intenção de cumprir de forma sagrada. A partir deste dia eu a tomo sob minha proteção!

— E isso será até muito bom em certo sentido — animou-se Piotr Stiepánovitch. — Desculpe, eu não terminei o que estava falando há pouco. Falava precisamente de proteção. A senhora pode imaginar que quando Nikolai Vsievolódovitch partiu (estou começando precisamente de onde parei, Varvara Pietrovna) aquele senhor ali, esse mesmo senhor Lebiádkin, imaginou-se no mesmo instante no direito de dispor inteiramente da pensão destinada à irmã dele; e dispôs. Não sei com precisão como Nikolai Vsievolódovitch procedeu naquele momento, mas um ano depois, já no estrangeiro, ficou sabendo do que se passava e foi forçado a tomar outras providências. Mais uma vez desconheço os detalhes, ele mesmo tratará deles; sei apenas que instalaram a interessante criatura em algum mosteiro distante, até com muito conforto, mas sob uma vigilância amistosa — está entendendo? Então, o que a senhora acha que pensou o senhor Lebiádkin? Primeiro fez todos os esforços para descobrir onde lhe escondiam a fonte da sua renda, isto é, a irmãzinha, e só recentemente atingiu seu objetivo, tirou-a do mosteiro invocando sabe-se lá que direitos sobre ela, e a trouxe para cá. Aqui não lhe dá de comer, bate nela, tiraniza-a, por fim recebe por algum meio uma quantia considerável de Nikolai Vsievolódovitch, lança-se imediatamente na bebedeira, e em vez da gratidão termina fazendo um desafio acintoso a Nikolai Vsievolódovitch, apresenta exigências absurdas, ameaçando processá-lo caso não pagasse a pensão diretamente a ele. Desse modo, interpreta como tributo uma dádiva voluntária de Nikolai Vsievolódovitch — a senhora pode imaginar? Senhor Lebiádkin, é verdade *tudo* o que acabei de falar?

O capitão, que até então estivera calado e de olhos baixos, deu subitamente dois passos adiante e enrubesceu inteiramente.

— Piotr Stiepánovitch, o senhor agiu cruelmente comigo — murmurou, como se cortasse a conversa.

— Como cruelmente, e por quê? Com licença, de crueldade ou brandura falaremos depois, mas agora eu lhe peço apenas que responda à primeira pergunta: é ou não verdade *tudo* o que acabei de dizer? Se o senhor achar que não é verdade, então pode fazer imediatamente a sua declaração.

— Eu... o senhor mesmo sabe, Piotr Stiepánovitch... — murmurou o capitão, titubeou e calou-se. Cabe observar que Piotr Stiepánovitch estava sentado numa poltrona, com as pernas cruzadas, e o capitão em pé à sua frente na mais respeitosa postura.

Ao que parece, as vacilações do senhor Lebiádkin desagradaram muito Piotr Stiepánovitch; seu rosto foi tomado de uma convulsão raivosa.

— Mas será que o senhor não quer mesmo declarar nada? — olhou sutilmente para o capitão. — Neste caso faça o favor, estamos aguardando.

— O senhor mesmo sabe, Piotr Stiepánovitch, que não posso declarar nada.

— Não, eu não sei disso, é até a primeira vez que ouço falar; por que o senhor não pode declarar nada?

O capitão calava, de vista baixa.

— Permita-me que me retire, Piotr Stiepánovitch — pronunciou com firmeza.

— Mas não antes que o senhor me dê alguma resposta à primeira pergunta: é verdade *tudo* o que eu disse?

— É verdade — pronunciou Lebiádkin com voz abafada e olhou para o seu algoz. Até suor lhe brotou nas têmporas.

— *Tudo* verdade?

— Tudo verdade.

— Será que o senhor não acha alguma coisa para acrescentar, para observar? Se sente que estamos sendo injustos, declare isso. Proteste, proclame em voz alta a sua insatisfação.

— Não, não quero nada.

— O senhor ameaçou recentemente Nikolai Vsievolódovitch?

— Isso... isso foi mais efeito do vinho, Piotr Stiepánovitch. (Súbito levantou a cabeça.) Piotr Stiepánovitch! Se a honra de uma família e a vergonha que um coração não mereceu clamam entre os homens, então, será que até neste caso o homem é culpado? — vociferou, esquecendo de repente o que acabavam de conversar.

— E agora está sóbrio, senhor Lebiádkin? — Piotr Stiepánovitch lançou-lhe um olhar penetrante.

— Eu... estou sóbrio.

— O que querem dizer essa honra de família e essa vergonha que o coração não mereceu?

— Isso não é sobre ninguém, não quis aludir a ninguém. Estava falando de mim... — tornou a afundar-se o capitão.

— Parece que ficou muito ofendido com minhas expressões a respeito do senhor e do seu comportamento? É muito irascível, senhor Lebiádkin. Mas dê licença, eu ainda não comecei a falar nada sobre o seu verdadeiro comportamento. Vou começar a falar, isso bem pode acontecer, mas ainda não comecei *de verdade*.

Lebiádkin estremeceu e fixou um olhar feroz em Piotr Stiepánovitch.

— Piotr Stiepánovitch, só agora estou começando a despertar!

— Hum. E fui eu que o acordei?

— Sim, foi o senhor que me acordou, Piotr Stiepánovitch, pois passei quatro anos dormindo debaixo de nuvens. Posso finalmente me retirar, Piotr Stiepánovitch?

— Agora pode, desde que Varvara Pietrovna não ache necessário...

Mas a outra deu de ombros.

O capitão fez uma reverência, deu dois passos na direção da porta, parou de repente, pôs a mão no coração, quis dizer alguma coisa, não disse e se foi correndo. Mas na saída esbarrou precisamente em Nikolai Vsievolódovitch; este deu passagem; subitamente o capitão encolheu-se todo diante dele e ficou petrificado, sem conseguir desviar o olhar, como um coelho diante de uma jiboia. Depois de esperar um pouco, Nikolai Vsievolódovitch o afastou levemente com a mão e entrou na sala.

VII

Estava alegre e calmo. Talvez acabasse de lhe acontecer algo muito bom, que ainda não sabíamos; mas parecia que até estava particularmente satisfeito com alguma coisa.

— Será que me perdoas, Nicolas? — não se conteve Varvara Pietrovna e levantou-se apressadamente ao encontro dele.

Mas Nicolas caiu de vez na risada.

— Isso mesmo! — exclamou em tom de bonomia e brincadeira. — Estou vendo que a senhora já sabe de tudo. Tão logo saí daqui, pensei comigo na carruagem: "Eu devia ao menos ter contado a anedota, porque, quem sai daquele jeito?". Mas quando me lembrei de que Piotr Stiepánovitch ficava aqui, a preocupação se desfez.

Enquanto falava, lançou ao redor um olhar fugidio.

— Piotr Stiepánovitch nos contou uma antiga história da vida de um extravagante, passada em Petersburgo — secundou Varvara Pietrovna com entusiasmo —, de um homem caprichoso e louco, mas sempre elevado nos seus sentimentos, sempre imbuído de uma nobreza cavalheiresca...

— Cavalheiresca? Será que vocês já chegaram a esse ponto? — ria Nicolas. — Aliás, desta vez sou muito grato a Piotr Stiepánovitch pela sua pressa (e trocou com ele um olhar instantâneo). A senhora, *mamá*, precisa saber que Piotr Stiepánovitch concilia todo mundo; esse é o seu papel, sua doença, seu cavalo de batalha. E eu o recomendo à senhora particularmente desse ponto de vista. Faço ideia do que ele lhe andou matraqueando. Ele matraqueia quando conta alguma coisa; tem um arquivo na cabeça. Observe que como realista ele não pode mentir e que a verdade lhe é mais cara que o sucesso... Bem entendido, exceto naqueles casos particulares em que o sucesso vale mais que a verdade. (Ao falar isso não parava de olhar ao redor.) Assim, *mamá*, a senhora vê com clareza que não é a senhora que deve me pedir perdão e que se nisso existe alguma loucura, então vem antes de tudo de mim, evidentemente, e no fim das contas significa que apesar de tudo sou um louco — a gente precisa mesmo é manter a reputação por aqui...

E ao dizer isso abraçou a mãe com ternura.

— Em todo caso, esse assunto agora está narrado e encerrado, portanto pode-se deixá-lo de lado — acrescentou, e em sua voz ouviu-se alguma nota seca, firme. Varvara Pietrovna compreendeu essa nota; mas sua exaltação não passava, muito pelo contrário.

— Não te esperava senão daqui a um mês, Nicolas!

— É claro que eu mesmo vou lhe explicar tudo, *mamá*, mas, mas agora...

E dirigiu-se a Praskóvia Ivánovna. No entanto esta mal virou a cabeça para ele, apesar de meia hora antes ter ficado pasma com sua primeira aparição. Agora tinha outras preocupações: desde o instante em que o capitão saíra e esbarrara à porta com Nikolai Vsievolódovitch, Liza caíra subitamente na risada — a princípio baixinho, depois com ímpetos, mas o riso crescia cada vez mais e mais, mais alto e mais evidente. Estava vermelha. O contraste com o seu aspecto sombrio de há pouco era extraordinário. Enquanto Nikolai Vsievolódovitch conversava com Varvara Pietrovna, ela chamara

Mavrikii Nikoláievitch umas duas vezes com um aceno, como se quisesse lhe cochichar alguma coisa; no entanto, mal este se inclinou em sua direção ela desatou imediatamente a rir; poder-se-ia concluir que ria logo do pobre Mavrikii Nikoláievitch. Aliás, era visível que procurava conter-se e levava o lenço aos lábios. Nikolai Vsievolódovitch lhe fez uma saudação com o ar mais inocente e simples.

— Você me desculpe, por favor — respondeu atropelando as palavras —, você, você, é claro, notou Mavrikii Nikoláievitch... Meu Deus, como você é intolerantemente alto, Mavrikii Nikoláievitch!

E tornou a rir. Mavrikii Nikoláievitch era de estatura alta, mas nunca tão intolerante.

— Você... faz tempo que chegou? — murmurou, contendo-se mais uma vez, até atrapalhada, mas com os olhos brilhando.

— Há duas horas e pouco — respondeu Nicolas, examinando-a fixamente. Observo que ele era extraordinariamente contido e gentil, mas, deixando de lado a gentileza, tinha um ar de total indiferença, até indolente.

— E onde vai morar?

— Aqui.

Varvara Pietrovna também observava Liza, mas uma ideia a assaltou de repente.

— Onde estiveste até agora, Nicolas, durante essas duas horas e pouco? — aproximou-se dele. — O trem chega às dez.

— Primeiro levei Piotr Stiepánovitch à casa de Kiríllov. Tinha encontrado Piotr Stiepánovitch em Matvêievo (três estações antes) no vagão e viajamos juntos.

— Eu estava esperando em Matvêievo desde o amanhecer — interveio Piotr Stiepánovitch —, os nossos vagões traseiros descarrilaram durante a noite, por pouco não quebrei as pernas.

— Quebrou as pernas! — bradou Liza. — *Mamá, mamá*, e nós quisemos ir a Matvêievo na semana passada; também poderíamos ter quebrado as pernas!

— Deus nos livre! — benzeu-se Praskóvia Ivánovna.

— *Mamá, mamá*, minha querida, não se assuste se eu realmente vier a quebrar as duas pernas; isso até pode me acontecer, é a senhora mesma quem diz que todo dia eu corro desvairadamente a cavalo. Mavrikii Nikoláievitch, você vai me conduzir coxa! — tornou a gargalhar. — Se isso acontecer, nunca vou deixar que ninguém me conduza a não ser você, leve isso em conta sem vacilar. Mas suponhamos que eu quebre apenas uma perna... Bem, faça a gentileza de dizer que irá considerar uma felicidade.

— Que felicidade é essa só com uma perna? — franziu seriamente o cenho Mavrikii Nikoláievitch.

— Em compensação você irá me conduzir, só você, ninguém mais!

— Até nesse caso você irá me conduzir, Lizavieta Nikoláievna — resmungou Mavrikii Nikoláievitch em tom ainda mais sério.

— Meu Deus, ele quis fazer um trocadilho! — exclamou Liza quase horrorizada. — Mavrikii Nikoláievitch, nunca se atreva a enveredar por esse caminho! Quero ver até onde vai seu egoísmo! Para honra sua, estou convicta de que neste momento você está caluniando a si próprio; ao contrário: vai me assegurar da manhã à noite que fiquei mais interessante sem uma perna! Uma coisa não tem remédio: você é de uma altura fora da medida, e sem uma perna vou ficar pequenininha, e então quero ver como é que vai me conduzir pelo braço; não seremos par um para o outro!

E caiu numa risada doentia. Os gracejos e alusões eram bastante superficiais, mas pelo visto ela não estava ligando para a reputação.

— Isso é histeria! — cochichou-me Piotr Stiepánovitch. — Seria o caso de trazerem um copo d'água bem depressa.

Ele adivinhou; um minuto depois todos se agitaram, trouxeram água. Liza abraçava a mãe, dava-lhe beijos calorosos, chorava em seu ombro e no mesmo instante, afastando-se e examinando-a no rosto, pôs-se a gargalhar. Por fim, até a mãe riu. Varvara Pietrovna levou as duas para o seu quarto, pela mesma porta por onde Dária Pávlovna nos havia chegado ainda há pouco. Mas passaram pouco tempo lá, uns quatro minutos, não mais...

Agora procuro recordar cada traço dos últimos instantes daquela manhã memorável. Lembro-me de que, quando ficamos sozinhos, sem as senhoras (à exceção apenas de Dária Pávlovna, que não se movera do lugar), Nikolai Vsievolódovitch passou por todos nós e cumprimentou cada um, com exceção de Chátov, que continuava sentado no seu canto e de cabeça ainda mais baixa do que antes. Stiepan Trofímovitch fez menção de falar com Nikolai Vsievolódovitch sobre alguma coisa sumamente espirituosa, mas este apressou o passo na direção de Dária Pávlovna. No entanto, Piotr Stiepánovitch lhe atravessou o caminho quase à força e o puxou para a janela, onde se pôs a cochichar rapidamente com ele sobre alguma coisa pelo visto muito importante, a julgar pela expressão do rosto e os gestos que acompanhavam os cochichos. Nikolai Vsievolódovitch o ouvia com muita indolência e distraído, com seu risinho contido e por fim até com impaciência, e o tempo todo era como se tivesse ímpetos de ir-se. Afastou-se da janela no justo momento em que as nossas senhoras voltavam; Varvara Pietrovna sentou Liza onde ela estava antes, assegurando que devia esperar pelo menos uns dez minutos e descansar, e que o ar fresco dificilmente seria útil aos nervos doentes naquele momento. Cuidava muito de Liza e sentou-se ela mesma ao seu lado. Livre, Piotr Stiepánovitch correu imediatamente para elas e começou uma conversa rápida e alegre. Enfim, Nikolai Vsievolódovitch chegou-se a Dária Pávlovna com seu andar sossegado; à aproximação dele, Dacha ficou agitada e soergueu-se rapidamente em visível perturbação e com o rubor espalhado por todo rosto.

— Parece que posso lhe dar os parabéns... ou ainda não? — pronunciou, fazendo uma ruga especial no rosto.

Dacha lhe respondeu alguma coisa, mas era difícil ouvir.

— Desculpe pela indiscrição — levantou ele a voz —, mas, como você sabe, fui especialmente informado. Está sabendo?

— Sim, estou sabendo que você foi especialmente informado.

— Mas espero não estar atrapalhando em nada com os meus parabéns — riu —, e se Stiepan Trofímovitch...

— Por quê, por que parabenizá-la? — chegou-se de repente Piotr Stiepánovitch. — Por que parabenizá-la, Dária Pávlovna? Puxa, não será por aquilo? Seu rubor é uma prova de que eu acertei. De fato, por que parabenizar as nossas encantadoras e virtuosas donzelas e quais são as felicitações que as deixam mais coradas? Bem, se acertei, aceite também meus parabéns, pague a aposta: lembre-se de que na Suíça você apostou que nunca se casaria... Ah, sim, a propósito da Suíça — o que foi que me deu? Imagine que em parte foi isso que me trouxe para cá e quase ia esquecendo. Dize tu também — voltou-se rapidamente para Stiepan Trofímovitch —, quando irás à Suíça?

— Eu... à Suíça? — admirou-se e perturbou-se Stiepan Trofímovitch.

— Como? por acaso não irás? Ora, também estás te casando... tu mesmo não escreveste?

— Pierre! — exclamou Stiepan Trofímovitch.

— Ora, Pierre o quê?... Vê, se isso te agrada, então eu vim voando para te dizer que não tenho nada contra, uma vez que tu mesmo desejaste a minha opinião mais rápida possível; se, porém (desfiava), é preciso "salvar-te", como tu mesmo escreves e imploras naquela mesma carta, mais uma vez estou ao teu dispor. É verdade que ele vai se casar, Varvara Pietrovna? — virou-se rapidamente para ela. — Espero não estar sendo indiscreto; tu mesmo escreves que toda a cidade está sabendo e te felicita, de sorte que, para evitar isso, estás saindo apenas às noites. Tua carta está em meu bolso. Mas acredite, Varvara Pietrovna, que não entendo nada do que ali está escrito! Só peço que me digas uma coisa, Stiepan Trofímovitch: preciso te dar os parabéns ou te "salvar"? A senhora não vai acreditar, ao lado das linhas mais felizes há umas desesperadíssimas... Mas, pensando bem, não posso deixar de dizer: imagine, o homem me viu duas vezes em toda a vida e assim mesmo por acaso, e agora, ao partir para o terceiro casamento, imagina de repente que está violando algumas obrigações de pai para comigo, me implora a mil verstas de distância que eu não me zangue e lhe dê permissão! Não te ofendas, Stiepan Trofímovitch, por favor, é um sinal do tempo, eu vejo as coisas de forma ampla e não o condeno, e é de supor que isso te honre, etc., etc., no entanto, mais uma vez o principal é que eu não estou entendendo o principal. Há na carta uma alusão a certos "pecados cometidos na Suíça". Vou me casar, diz ele, levado por pecados, ou por causa de pecados alheios, ou seja lá como ele escreve — numa palavra, "pecados". "A moça, diz ele, é pérola e diamante" e, é claro, ele "é indigno dela" — é assim que se expressa; no entanto, é por causa de não sei que pecados de alguém ou de certas circunstâncias que ele está sendo "forçado a casar-se e viajar para a Suíça", e por isso "larga tudo e vem me salvar". Depois disso a senhora consegue entender alguma coisa? Pensando bem... pensando bem, pela expressão dos rostos eu noto (girava com a carta na mão examinando os rostos com um sorriso inocente) que, por hábito meu, parece que cometi uma gafe... por causa de minha franqueza tola ou precipitação, como diz Nikolai Vsievolódovitch. É que eu pensava que aqui fôssemos de casa, isto é, que eu fosse gente tua e de tua casa, Stiepan Trofímovitch, gente tua e de tua casa, mas no fundo sou um estranho e estou vendo... que todos sabem de alguma coisa, e justo eu é que não sei.

Ele continuava olhando ao redor.

— Stiepan Trofímovitch lhe escreveu assim mesmo, que ia se casar com "pecados alheios cometidos na Suíça", e que o senhor viesse voando para "salvá-lo", disse com essas mesmas expressões? — Varvara Pietrovna chegou-se subitamente a ele, toda amarela, com o rosto contorcido e os lábios trêmulos.

— Ou seja, veja, se eu não entendi alguma coisa nessa carta — Piotr Stiepánovitch pareceu assustar-se e se apressou ainda mais —, a culpa evidentemente é dele, que escreve desse jeito. Eis a carta. Sabe, Varvara Pietrovna, as cartas não têm fim e não cessam, nos últimos dois, três meses eu simplesmente recebia uma carta atrás da outra; confesso que por fim às vezes eu nem as terminava de ler. Desculpa-me, Stiepan Trofímovitch, pela minha confissão tola, mas por favor hás de convir que mesmo endereçando as cartas para mim, escrevias mais para os pósteros, de sorte que para ti é indiferente... Vamos, vamos, não te zangues; apesar de tudo nós dois somos familiares! Mas esta carta, Varvara Pietrovna, esta carta eu terminei de ler. Esses "pecados" — e esses "pecados alheios" — são certamente alguns pecadilhos nossos, e aposto que os mais inocentes, por causa dos quais achamos de inventar de repente uma história horrível com matiz nobre — justamente com vistas a um matiz nobre. Veja, a nossa contabilidade está claudicando em alguma coisa aí — no fim das contas é preciso confessar. Como a senhora sabe, temos um grande fraco pelo baralho... mas, pensando bem, isto é dispensável, isso já é completamente dispensável; desculpe, eu exagero na tagarelice, mas juro, Varvara Pietrovna, que ele me assustou e eu realmente me preparei para, em parte, "salvá-lo". Por fim eu mesmo estou envergonhado. O que hei de fazer, pôr a faca no pescoço dele? Por acaso sou um credor implacável? Aí ele escreve alguma coisa sobre um dote... então, Stiepan Trofímovitch, tu te casas ou não? Ora, até isso é possível, porque falamos, falamos, e mais por uma questão de efeito... Ah, Varvara Pietrovna, estou seguro de que a senhora possivelmente está me censurando neste momento, e justo por esse meu jeito de também falar...

— Pelo contrário, pelo contrário, vejo que o fizeram perder a paciência e, é claro, teve motivos para isso — emendou raivosa Varvara Pietrovna.

Ela ouviu com um prazer raivoso todas as "verídicas" tagarelices de Piotr Stiepánovitch, que pelo visto representava um papel (qual não consegui saber na ocasião, mas o papel era evidente e até desempenhado de modo excessivamente grosseiro).

— Pelo contrário — continuou ela —, eu lhe estou grata demais por ter falado; sem o senhor eu acabaria sem ficar sabendo. É a primeira vez que abro os olhos em vinte anos. Nikolai Vsievolódovitch, você acabou de dizer que foi especialmente informado: Stiepan Trofímovitch não lhe terá escrito coisas desse gênero?

— Recebi dele uma carta inocentíssima e... e muito nobre...

— Você hesita, procura as palavras, basta! Stiepan Trofímovitch, espero do senhor um favor extraordinário — dirigiu-se de chofre a ele com os olhos cintilantes —, faça-me uma gentileza, deixe-nos imediatamente, e doravante não atravesse mais a porta da minha casa.

Peço que recorde a "exaltação" de agora há pouco, que ainda não havia passado. É verdade que Stiepan Trofímovitch teve culpa! Mas eis o que terminantemente me fez pasmar na ocasião: ele suportou com uma admirável dignidade até as "invectivas" de Pietrucha, sem pensar em interrompê-las, e a "maldição de Varvara Pietrovna". De onde lhe veio tanto espírito? Eu sabia apenas que ele estava sem dúvida e profundamente ofendido com o primeiro encontro de ainda agora com Pietrucha, precisamente por aqueles abraços. Essa já era uma mágoa profunda e *verdadeira* para o coração dele, ao menos aos olhos dele. Naquele instante ele ainda experimentava outra mágoa, e precisamente a própria consciência mordaz de que tivera um comportamento infame; isso ele mesmo me confessou mais tarde com toda franqueza. Mas acontece que a mágoa *verdadeira* e indiscutível é às vezes capaz de tornar grave e resistente até um homem fenomenalmente fútil, ainda que seja por pouco tempo; ademais, uma mágoa autêntica, verdadeira, às vezes faz até imbecis ficarem inteligentes, também, é claro, por um tempo; isso já é uma qualidade dessa mágoa. Sendo assim, então, o que poderia acontecer com um homem como Stiepan Trofímovitch? Uma completa reviravolta, claro que também por um tempo.

Ele fez uma reverência com dignidade a Varvara Pietrovna e não disse uma palavra (é verdade que não lhe restava mesmo o que dizer). Já se preparava para sair de vez, mas não se conteve e foi até Dária Pávlovna. Esta parece que o pressentiu, porque imediatamente começou a falar toda tomada de susto, como que se apressando em preveni-lo:

— Por favor, Stiepan Trofímovitch, pelo amor de Deus, não diga nada — começou atropelando as palavras com fervor, com uma expressão dorida no rosto e lhe estendendo apressadamente a mão —, esteja certo de que eu continuo a respeitá-lo... e a ter o mesmo apreço e... também pense coisas boas a meu respeito, Stiepan Trofímovitch, e eu hei de apreciar muito isto, muito...

Stiepan Trofímovitch lhe fez uma reverência profunda, profunda.

— À tua vontade, Dária Pávlovna, tu sabes que em todo esse assunto a vontade é toda tua! Era e continua sendo, agora e doravante — concluiu em tom grave Varvara Pietrovna.

— Puxa, agora eu também estou entendendo tudo! — Piotr Stiepánovitch bateu na testa. — Entretanto... entretanto, em que situação eu fui posto depois disto! Dária Pávlovna, por favor, desculpe!... O que fizeste comigo depois disto, hein? — dirigiu-se ao pai.

— Pierre, tu podias falar comigo de outro modo, não é verdade, meu amigo? — proferiu Stiepan Trofímovitch já com voz bem baixa.

— Por favor, não grites — agitou os braços Pierre —, acredita que tudo isso vem dos teus velhos nervos doentes, e gritar não vai servir para nada. É melhor que me digas, porque podias supor que eu viesse a falar logo no primeiro momento: por que não me preveniste?

Stiepan Trofímovitch olhou para ele de um jeito penetrante:

— Pierre, tu que sabes tanto do que se passa aqui, será que na verdade não sabias nada deste caso, não ouviste falar nada?

— O quê-ê-ê? Como são as pessoas! Então, como se não bastasse que fôssemos crianças velhas ainda somos crianças más? Varvara Pietrovna, a senhora ouviu o que ele disse?

Ergueu-se um zum-zum; mas de súbito houve um incidente que já ninguém poderia esperar.

VIII

Lembro antes de tudo que nos últimos dois ou três minutos um novo movimento tomou conta de Lizavieta Nikoláievna; cochichava alguma coisa rapidamente com *mamá* e Mavrikii Nikoláievitch, que se inclinara para ela. Seu rosto estava inquieto mas ao mesmo tempo exprimia firmeza. Por fim levantou-se, pelo visto apressando-se para sair e apressando a *mamá*, que Mavrikii Nikoláievitch começara a soerguer do sofá. Ao que parece não lhes estava destinado sair sem ver tudo até o fim.

Chátov, a quem todos haviam esquecido completamente em seu canto (não longe de Lizavieta Nikoláievna) e que, pelo visto, não sabia ele mesmo por que estava ali sentado e não fora embora, súbito levantou-se da cadeira e atravessou toda a sala com passo lento porém firme na direção de Nikolai Vsievolódovitch, e encarando-o. O outro ainda de longe notou sua aproximação e deu um riso leve; mas parou de rir quando Chátov chegou bem perto.

Quando Chátov parou diante dele, em silêncio e sem desviar o olhar, todos o notaram e num átimo se calaram, Piotr Stiepánovitch depois; Liza e *mamá* pararam no meio da sala. Assim transcorreram uns cinco segundos; uma expressão de acintosa perplexidade foi substituída pela fúria no rosto de Nikolai Vsievolódovitch, ele franziu o cenho e súbito...

Súbito Chátov sacudiu o braço longo e pesado e lhe bateu com toda força na face. Nikolai Vsievolódovitch balançou fortemente no lugar.

Chátov bateu de um modo especial, bem diferente da maneira como se costuma dar bofetões (se é que se pode falar assim), não com a palma da mão mas com todo o punho, e o punho era grande, pesado, ossudo, coberto de uma penugem ruiva e sardas. Se o murro tivesse sido no nariz o teria quebrado. Mas fora na face, acertando o canto esquerdo da boca e os dentes superiores, dos quais o sangue jorrou imediatamente.

Parece que se ouviu um grito instantâneo, talvez Varvara Pietrovna tenha gritado — disso eu não me lembro, porque no mesmo instante foi como se tudo voltasse a congelar. Aliás, toda a cena não durou mais que uns dez segundos.

Mesmo assim coisas demais transcorreram nesses dez segundos.

Torno a lembrar aos leitores que Nikolai Vsievolódovitch pertencia àquele tipo de natureza que não conhece o medo. Em um duelo poderia colocar-se de sangue-frio sob a mira do inimigo, ele mesmo poderia fazer pontaria e matar com uma tranquilidade que chegava a bestial. Ao que me parece, se alguém lhe batesse na face ele não o desafiaria para um duelo mas mataria ali mesmo o ofensor; era justamente desse tipo, e mataria em plena consciência, nunca fora de si. Parece-me até que nunca conhecera aqueles impulsos de ira que cegam, sob os quais já não se consegue raciocinar. Tomado de uma raiva infinita que às vezes se apoderava dele, ainda assim sempre era capaz de manter pleno domínio de si e, por conseguinte, compreender que por um assassinato não cometido em duelo o mandariam forçosamente para um campo de trabalhos forçados. Mesmo assim ele acabaria matando o ofensor e sem a mínima vacilação.

Nesses últimos tempos eu vinha estudando Nikolai Vsievolódovitch e, por circunstâncias particulares, no momento em que escrevo isto conheço a seu respeito muitos fatos. Talvez eu o comparasse a outros senhores do passado, sobre os quais algumas lembranças lendárias permanecem intactas em nossa sociedade. Por exemplo, sobre o decabrista L-n,[186] contavam que passara toda a vida procurando o perigo de propósito, deleitava-se com a sensação dele, transformou-a em necessidade da sua natureza; na mocidade ia a duelo por nada; na Sibéria atacou um urso apenas com uma faca, gostava de encontrar-se com galés fugitivos nas matas siberianas, os quais, observo de passagem, eram mais terríveis que um urso. Não havia dúvida de que esses senhores lendários eram capazes de experimentar, e talvez até em forte grau, o sentimento do medo — do contrário estariam bem mais tranquilos e não transformariam a sensação de perigo em necessidade da sua natureza. Mas vencer em si a covardia — eis o que naturalmente os cativava. O enlevo constante com a vitória e a consciência de que você nunca foi vencido por ninguém — eis o que os envolvia. Ainda antes de ser galé, esse L-n lutou durante algum tempo com a fome e com um trabalho duro conseguia o pão unicamente porque por nada nesse mundo queria sujeitar-se às exigências do pai rico, que considerava injustas. Portanto, tinha uma compreensão ampla da luta; não era só com os ursos e nem apenas nos duelos que ele apreciava a sua firmeza e sua força de caráter.

Contudo, desde então se passaram muitos anos e a natureza nervosa, atormentada e desdobrada dos homens da nossa época nem chega a admitir hoje a necessidade daquelas sensações imediatas e integrais que então pro-

[186] L-n: V. S. Lúnin (1787-1845), famoso participante do movimento contra a monarquia conhecido como decabrismo. Segundo seus amigos e contemporâneos, Lúnin era um duelista obcecado e encontrava prazer nos perigos. (N. do T.)

curavam alguns senhores daquele velho e bom tempo, inquietos em sua atividade. É possível que Nikolai Vsievolódovitch tratasse L-n de cima, que até o chamasse de covarde eternamente metido a valente, de galo — é verdade que não diria isso em voz alta. Mataria um inimigo a tiros num duelo, atacaria um urso caso precisasse e rechaçaria o ataque de um bandido no bosque com tanto sucesso e com tanto destemor como L-n, mas em compensação já sem qualquer sensação de deleite e unicamente movido por uma necessidade desagradável, de modo indolente, preguiçoso, até com tédio. Na raiva, é claro, revelava um progresso em comparação com L-n, até com Liérmontov.[187] Talvez em Nikolai Vsievolódovitch houvesse mais raiva do que nesses dois juntos, mas essa raiva era fria, tranquila, e, se é lícita a expressão, *sensata*, logo, a mais repugnante e a mais terrível que pode haver. Torno a repetir: naquele tempo eu o considerava, e ainda o considero hoje (quando tudo já está terminado), precisamente o homem que se recebesse um murro na cara ou uma ofensa equivalente mataria seu inimigo no mesmo instante, no ato, no mesmo lugar e sem desafio para duelo.

E, não obstante, no presente caso aconteceu algo diferente e esquisito.

Mal se aprumou depois de balançar vergonhosamente para um lado, quase meio corpo, com a bofetada que recebera, e, parece, na sala ainda não havia cessado o som vil e como que úmido provocado pelo soco no rosto, imediatamente agarrou Chátov pelos ombros com ambas as mãos; mas incontinenti, quase no mesmo instante, afastou as mãos e as cruzou para trás. Olhava em silêncio para Chátov e empalidecia como um papel. Mas, estranho, sua visão como que se apagava. Dez segundos depois os olhos tinham uma expressão fria — estou certo de que não minto — e tranquila. Estava apenas com uma palidez horrível. É claro que não sei o que havia dentro do homem, eu o via por fora. Parece-me que se houvesse um homem que agarrasse, por exemplo, uma barra de ferro vermelho de incandescente e a fechasse na mão com a finalidade de experimentar sua firmeza e, durante dez segundos, procurasse vencer a dor insuportável e terminasse por vencê-la, acho que esse homem suportaria alguma coisa parecida com o que Nikolai Vsievolódovitch experimentava nesses dez segundos.

O primeiro dos dois a baixar a vista foi Chátov, e ao que parece porque se viu constrangido. Depois deu meia-volta lentamente e saiu da sala, só que

[187] Mikhail Yuriêvitch Liérmontov (1814-1841), poeta, prosador e dramaturgo. A alusão a Liérmontov se deve às opiniões dos seus amigos e contemporâneos, que apontavam nele uma forte presença da mordacidade, da zombaria e da disposição de sempre responder à altura quando provocado. (N. do T.)

sem nada daquele andar com que ainda há pouco a havia atravessado. Saía devagar, com as costas meio encurvadas de um modo particularmente desajeitado, de cabeça baixa e como que pensando alguma coisa consigo mesmo. Parece que cochichava algo. Chegou à porta cuidadosamente, sem esbarrar em nada nem derrubar nada, entreabriu nela uma fresta e por ela passou quase de lado. Ao atravessá-la, o tufo de cabelo eriçado sobre a nuca aparecia particularmente.

Em seguida ouviu-se um grito terrível antes de todos os outros. Vi Lizavieta Nikoláievna agarrar a *mamá* pelo ombro e Mavrikii Nikoláievitch pelo braço e dar uns dois ou três puxões, arrastando-os da sala, mas de repente deu um grito e desabou de corpo inteiro no chão, desmaiada. Ainda hoje me parece ouvir a pancada da nuca no tapete.

SEGUNDA PARTE

I
A NOITE

I

Transcorreram oito dias. Agora, depois que tudo passou e escrevo esta crônica, já sabemos do que se trata; mas naquele momento ainda não sabíamos de nada e era natural que várias coisas nos parecessem estranhas. Não obstante, eu e Stiepan Trofímovitch nos enclausuramos no primeiro momento e ficamos observando de longe, assustados. Eu mesmo ainda ia a algum lugar e, como antes, trazia-lhe diferentes notícias, sem o que ele não poderia passar.

É dispensável dizer que pela cidade correram os mais diversos boatos, isto é, a respeito da bofetada, do desmaio de Lizavieta Nikoláievna e de outros acontecimentos daquele domingo. Mas uma coisa nos deixava surpresos: através de quem tudo aquilo poderia ter vazado com tal velocidade e precisão? Ao que parece, nenhum dos que lá estiveram naquele momento precisava nem lucraria nada em violar o segredo do ocorrido. Na ocasião não havia criados; só Lebiádkin poderia tagarelar alguma coisa, não tanto por raiva, porque saíra extremamente assustado (e o medo do inimigo destrói também a raiva por ele), mas unicamente por imoderação. No entanto, Lebiádkin desapareceu no dia seguinte com a irmã; não foi encontrado no prédio de Fillípov, mudara-se sem que se soubesse para onde e parecia ter sumido. Chátov, de quem eu queria receber informações sobre Mária Timofêievna, trancara-se e, parece, ficara em casa durante todos esses oito dias, tendo até interrompido seus afazeres na cidade. Não me recebeu. Fui procurá-lo na terça-feira e bati-lhe à porta. Não houve resposta mas tornei a bater, certo de que, pelos dados evidentes, ele estava em casa. Ele veio até a porta em passos largos, pelo visto depois de ter saltado da cama, e me gritou a plenos pulmões: "Chátov não está". E assim eu fui embora.

Eu e Stiepan Trofímovitch acabamos fincando pé em uma ideia, não sem certo temor pela ousadia de tal suposição, e nos estimulando um ao outro: decidimos que o culpado pelos boatos que se espalharam só podia ser Piotr Stiepánovitch, embora algum tempo depois este assegurasse, em conversa com o pai, que já encontrara a história de boca em boca, sobretudo no clube, e inteiramente conhecida nos mínimos detalhes pela mulher do governador e seu marido. Veja-se o que é ainda mais notável: já no segundo dia, na segunda-feira à tarde, encontrei Lipútin, que já sabia de tudo nos mínimos detalhes, logo, não há dúvida de que fora um dos primeiros a saber.

Muitas das senhoras (e das mais aristocráticas) assuntavam também sobre a "enigmática coxa" — assim chamavam Mária Timofêievna. Apareceu até quem quisesse vê-la a qualquer custo e conhecê-la em pessoa, de sorte que os senhores que se apressaram em esconder os Lebiádkin parece terem agido intencionalmente. E todavia estava em primeiro plano o desmaio de Lizavieta Nikoláievna, e por ele se interessava "toda a sociedade" já pelo simples fato de que a questão dizia respeito diretamente a Yúlia Mikháilovna, como parenta e protetora de Lizavieta Nikoláievna. O que é que não se falava! O lado misterioso da situação também contribuía para o falatório: as duas casas se encontravam totalmente fechadas; segundo se contava, Lizavieta Nikoláievna estava acamada com uma excitação febril; a mesma coisa se dizia a respeito de Nikolai Vsievolódovitch, com os detalhes abomináveis do dente que teria sido arrancado e da face inchada por causa do abscesso. Andavam dizendo pelos cantos que em nossa cidade talvez houvesse um assassinato, que Stavróguin não era daqueles que suportassem semelhante ofensa, e que mataria Chátov, mas o faria às escondidas como numa vendeta córsega. Essa ideia agradava; no entanto, a maioria dos jovens da nossa alta sociedade ouvia tudo isso com desprezo e com o ar da mais desdenhosa indiferença, é claro que falsa. Em linhas gerais, a antiga hostilidade da nossa sociedade por Nikolai Vsievolódovitch definiu-se com nitidez. Até pessoas austeras procuravam acusá-lo, embora elas mesmas não soubessem de quê. Falavam aos cochichos que ele teria destruído a honra de Lizavieta Nikoláievna e que entre eles houvera um amorico na Suíça. É claro que as pessoas cautelosas se continham, mas, não obstante, ouviam com apetite. Havia também outras conversas, se bem que não gerais e sim particulares, raras e quase ocultas, sumamente estranhas e cuja existência eu só menciono para prevenir os leitores, unicamente com vistas aos futuros acontecimentos do meu relato: uns diziam de cenho franzido, e sabe Deus com que fundamento, que Nikolai Vsievolódovitch tinha algum negócio especial na nossa província; que, através do conde K., havia estabelecido altas relações em Petersburgo, que talvez estivesse a serviço e quase até cumprindo incumbências de alguém.[1]

[1] Na descrição irônica dos vários boatos em torno de Stavróguin, Dostoiévski retoma

Quando as pessoas muito austeras e contidas sorriam diante desse boato, observando, com bom senso, que o homem que vivia de escândalos e em nossa cidade começava a aparecer por causa de um abscesso não parecia um funcionário, então lhes observavam ao pé do ouvido que o serviço não era propriamente oficial, era, por assim dizer, confidencial[2] e, neste caso, o próprio serviço exigia que o serventuário tivesse a mínima aparência possível de um funcionário. Essa observação surtia efeito; entre nós era sabido que a *zemstvo*[3] da nossa cidade era vista na capital com uma atenção particular. Repito, esses boatos apenas se insinuaram e desapareceram sem deixar vestígios, antes do momento em que Nikolai Vsievolódovitch fez sua primeira aparição; observo, porém, que a causa de muitos boatos eram, em parte, algumas palavras breves porém raivosas, pronunciadas de forma vaga e entrecortada no clube pelo capitão Artêmi Pávlovotich Gagánov, recém-retornado de Petersburgo, imenso senhor de terras da nossa província e do distrito, homem das altas rodas da capital e filho do falecido Pável Pávlovitch Gagánov, aquele mesmo velhote respeitável com quem Nikolai Vsievolódovitch tivera pouco mais de quatro anos antes aquela desavença inusitada por sua grosseria e surpresa, que já mencionei no início do meu relato.

No mesmo instante, todos ficaram sabendo que Yúlia Mikháilovna fizera uma visita extraordinária a Varvara Pietrovna e que lhe haviam comunicado no alpendre da casa que "ela não pode recebê-la porque não está bem". De sorte que, uns dois dias depois da visita, Yúlia Mikháilovna mandou um mensageiro especial pedir informações sobre a saúde de Varvara Pietrovna. Por fim, passou a "defender" Varvara Pietrovna em toda parte, é claro que no sentido mais elevado, ou seja, na medida do possível, naquilo que era mais vago. Ouvia com ar severo e frio todas as alusões iniciais e apressadas à história daquele domingo, de tal modo que nos dias seguintes elas já não foram retomadas na sua presença. Assim, reforçou-se em toda parte a ideia de que Yúlia Mikháilovna sabia não só de toda aquela misteriosa história como também de todo o seu sentido misterioso nos mínimos detalhes, e não como uma estranha mas como uma copartícipe. Observo, a propósito, que pouco a pouco ela começava a ganhar entre nós aquela influência suprema pela qual se ba-

o clima que se criou em *Almas mortas* de Gógol em torno da personagem central Tchítchikov. (N. da E.)

[2] Isto é, era agente da polícia secreta. (N. da E.)

[3] Órgão de autogestão local dotado de direitos muito restritos na Rússia anterior a 1917. (N. do T.)

tia e a qual desejava ardentemente de modo tão indubitável, e já começava a se ver "cercada". Uma parte da sociedade reconhecia nela senso prático e tato... mas disto falaremos depois. Atribuía-se em parte à sua proteção até os sucessos muito rápidos de Piotr Stiepánovitch na nossa sociedade — sucessos que então deixaram Stiepan Trofímovitch particularmente apreensivo.

Nós dois talvez exagerássemos. Em primeiro lugar, Piotr Stiepánovitch travou conhecimento quase instantâneo com toda a cidade já nos primeiros quatro dias após sua chegada. Chegara no domingo, e na terça-feira já o encontraram passeando de caleche com Artêmi Pávlovitch Gagánov, homem orgulhoso, irascível e arrogante, apesar de todo o seu aristocratismo, e com quem era bastante difícil conviver por causa de seu caráter. O governador também recebeu Piotr Stiepánovitch magnificamente, a tal ponto que este assumiu a posição de jovem íntimo ou, por assim dizer, cumulado de atenções; almoçava quase diariamente em casa de Yúlia Mikháilovna. Travara conhecimento com ela ainda na Suíça, mas o seu rápido sucesso na casa de Sua Excelência tinha realmente algo curioso. Todavia, outrora ele figurara como um revolucionário no estrangeiro, participara, não se sabe se verdade ou não, de certas publicações e congressos no estrangeiro, "o que pode até ser provado pelos jornais", como me disse com raiva em uma conversa Aliocha Teliátnikov, que hoje, infelizmente, é um funcionário aposentado, mas outrora também foi um jovem cumulado de atenções na casa do antigo governador. Contudo, veja só, aí havia um fato: o ex-revolucionário aparecera na amável pátria, não só sem qualquer preocupação como ainda quase estimulado; portanto, é possível que não houvesse mesmo nada. Lipútin me cochichou uma vez que, segundo boatos que andavam espalhando, Piotr Stiepánovitch teria feito sua confissão em um certo lugar e recebido o perdão depois de mencionar alguns nomes e, assim, talvez já tivesse conseguido expiar a culpa, prometendo ser útil à pátria também doravante. Transmiti essa frase venenosa a Stiepan Trofímovitch, e este caiu em intensa meditação, apesar de estar quase sem condição de compreender. Mais tarde se descobriu que Piotr Stiepánovitch viera para a nossa cidade com cartas de recomendação sumamente respeitáveis, pelo menos trouxera uma para a governadora enviada por uma velhota de extraordinária importância em Petersburgo, onde seu marido era um dos velhotes mais considerados. Essa velhota, madrinha de Yúlia Mikháilovna, mencionava em sua carta que o conde K. conhecia bem Piotr Stiepánovitch através de Nikolai Vsievolódovitch, cumulava-o de atenções e o considerava um "jovem digno, apesar dos antigos equívocos". Yúlia Mikháilovna apreciava ao extremo suas ligações com o "alto mundo", escassas e mantidas a tanto custo, e, é claro, já se contentava com uma carta vinda de uma velhota importante; mas, apesar de tudo, aí restava qualquer coisa de especial. Inclusive ela colocara seu marido numa relação quase familiar com Piotr Stiepánovitch, de sorte que o senhor Von Lembke se queixava... mas disto também falaremos depois. Observo ainda, a título de lembrança, que o grande escritor tratou Piotr Stiepánovitch com muita benevolência e o convidou imediatamente para visitá-lo. Essa pressa de um homem tão cheio de si foi o que espicaçou Stiepan Trofímovitch da forma mais dolorosa; no entanto, dei a mim mesmo outra explicação: ao convidar um niilista à sua casa, o senhor Karmazínov evidentemente tinha já em vista suas ligações com os jovens progressistas das duas capitais. O grande escritor tinha estremecimentos mórbidos diante dos modernos jovens revolucionários, e imaginando, por desconhecer o assunto, que nas mãos deles estavam as chaves do futuro da Rússia, lambia-lhes os pés de maneira humilhante, principalmente porque eles não lhe davam nenhuma atenção.

II

Piotr Stiepánovitch passou umas duas vezes pela casa do pai e, para o meu azar, ambas na minha ausência. Fez-lhe a primeira visita na quarta-feira, isto é, só no terceiro dia após aquele encontro, e ainda assim para tratar de negócios. Aliás, os planos dos dois para a fazenda terminaram meio invisíveis e em silêncio. Varvara Pietrovna assumiu tudo e saldou tudo, é claro que adquirindo a terrinha; limitou-se a informar a Stiepan Trofímovitch que tudo estava encerrado, e Aleksiêi Iegórovitch, criado de Varvara Pietróvna e incumbido da questão, trouxe alguma coisa para ele assinar, o que ele fez em silêncio e com extraordinária dignidade. Quanto à dignidade, observo que naqueles dias quase não reconheci o nosso velhote de antes. Ele se comportava como nunca, tornara-se surpreendentemente calado, não escreveu sequer uma única carta a Varvara Pietrovna desde o domingo, o que me parecia um milagre, e, o principal, estava tranquilo. Firmara-se em uma ideia definitiva e extraordinária, que lhe dava tranquilidade, e isso era visível. Encontrara essa ideia e ficara à espera de algo, sentado. Aliás, no início adoeceu, particularmente na segunda-feira; estava com colerina. Também não podia passar sem notícias durante todo aquele tempo; no entanto, tão logo eu deixava de lado os fatos, passava à essência da questão e emitia algumas suposições, no mesmo instante ele me fazia um gesto com a mão para que eu parasse. Contudo, as duas conversas com o filho surtiram um efeito doloroso sobre ele, se bem que não o fizessem vacilar. Nos dois dias posteriores aos encontros ele ficou deitado no divã, com um lenço embebido de vinagre enrolado na cabeça; mas continuava tranquilo, no sentido mais elevado da palavra.

Aliás, às vezes não me fazia gestos com a mão. Vez por outra eu também achava que a misteriosa firmeza que ele adotara parecia deixá-lo e que ele começava a lutar com um novo e sedutor afluxo de ideias. Isso acontecia por instantes, mas faço o registro. Eu desconfiava de que ele estivesse com muita vontade de tornar a marcar presença, saindo da reclusão, de propor a luta, de dar o último combate.

— *Cher*, eu os destroçaria! — deixou escapar na quarta-feira à tarde, depois do segundo encontro com Piotr Stiepánovitch, quando estava deitado, estirado no divã, com uma toalha enrolada na cabeça.

Até esse instante ele passara o dia inteiro sem dar uma palavra comigo.

— "*Fils, fils chéri*",[4] etc., concordo que todas essas expressões sejam um absurdo, vocabulário de cozinheira, bem, vá lá, agora eu mesmo o vejo. Não lhe dei de comer nem de beber, mandei-o de Berlim para a província -skaia ainda criança de peito, pelo correio, etc., concordo. "Tu, diz ele, não me deste de comer e me expediste pelo correio, e ainda me roubaste aqui." Mas, infeliz, grito-lhe, por tua causa eu sofri do coração a vida inteira, mesmo te expedindo pelo correio! *Il rit.*[5] Mas concordo, concordo... vamos que tenha sido pelo correio — concluiu como que delirando.

— *Passons*[6] — recomeçou cinco minutos depois. — Não compreendo Turguêniev. Seu Bazárov[7] é uma pessoa fictícia, sem qualquer existência; ele mesmo foi o primeiro a recusá-lo no momento da publicação por não parecer coisa nenhuma. Esse Bazárov é uma espécie de mistura vaga de Nózdriev[8] com Byron, *c'est le mot*.[9] Observe os dois atentamente: como dão cambalhotas e ganem de alegria como filhotes de cão ao sol, são felizes, são vitoriosos! Que Byron existe aí!... e, ademais, que trivialidades! Que irritabilidade vulgar no amor-próprio, que sedezinha banal de *faire du bruit autour de son nom*,[10] sem perceber que *son nom*... oh, caricatura! Que coisa, grito-lhe, será

[4] "Filho, amado filho". (N. do T.)

[5] "Ele ri". (N. do T.)

[6] "Passemos adiante". (N. do T.)

[7] Personagem central do famoso romance de Turguêniev *Pais e filhos*. (N. do T.)

[8] Personagem de *Almas mortas*, de Gógol. (N. do T.)

[9] "isso mesmo". (N. do T.)

[10] "fazer rumor em torno do próprio nome". (N. do T.)

possível que queres propor a ti mesmo, como és, como substituto de Cristo para os homens? *Il rit beaucoup, il rit trop.*[11] Tem um estranho sorriso nos lábios. A mãe dele não tinha esse sorriso. *Il rit toujours.*[12]

Tornou o silêncio.

— Eles são uns finórios; combinaram tudo no domingo... — deixou escapar de repente.

— Oh, sem dúvida — bradei, aguçando os ouvidos —, tudo isso foi mal alinhavado, e ainda representado muito mal.

— Não é disso que eu estou falando. Você sabe que tudo foi mal alinhavado de propósito para que notassem aqueles... que deveriam. Está entendendo?

— Não, não estou entendendo.

— *Tant mieux. Passons.*[13] Hoje estou muito irritado.

— E por que discutiu com ele, Stiepan Trofímovitch? — pronunciei em tom de censura.

— *Je voulais le convertir.*[14] Ria de mim, ria de mim, é claro. *Cette pauvre* tia, *elle entendra de belles choses!*[15] Oh, meu amigo, acredite que ainda agora me senti um patriota. Aliás, sempre tive a consciência de que eu sou um russo... e um russo de verdade não pode ser senão como nós dois. *Il y a là dedans quelque chose d'aveugle et de louche.*[16]

— Sem dúvida.

— Meu amigo, a verdade verdadeira é sempre inverossímil, você sabia? Para tornar a verdade mais verossímil, precisamos necessariamente adicionar-lhe a mentira. Foi assim que as pessoas sempre agiram. É possível que aí haja algo que não compreendemos. O que você acha, existe algo que não compreendemos nesse ganido inverossímil? Eu desejaria que houvesse. Desejaria.

Fiz silêncio. Ele também fez longa pausa.

— Dizem que é a inteligência francesa... — balbuciou de súbito como se estivesse com febre —, é mentira, sempre foi assim. Por que caluniar a inteligência francesa? Aí se trata simplesmente da indolência russa, da nossa humilhante impotência para produzir uma ideia, do nosso repugnante para-

[11] "Ele ri muito, ri demais". (N. do T.)

[12] "Ele ri sempre." (N. do T.)

[13] "Melhor. Vamos adiante." (N. do T.)

[14] "Queria convertê-lo." (N. do T.)

[15] "Aquela pobre tia, ela vai escutar boas coisas!" (N. do T.)

[16] "Aí se esconde qualquer coisa cega e suspeita." (N. do T.)

sitismo entre os povos. *Ils sont tout simplement des paresseux*,[17] não é a inteligência francesa. Oh, os russos devem ser exterminados, para o bem da humanidade, como parasitas nocivos! Não era nada disso, nada disso a que aspirávamos; não compreendo nada. Deixei de compreender! Mas será que compreendes, grito para ele, será que compreendes que se vocês põem a guilhotina no primeiro plano e com tamanho entusiasmo é porque cortar cabeças é a coisa mais fácil, ao passo que ter ideias é a coisa mais difícil?[18] *Vous êtes des paresseux! Votre drapeau est une guenille, une impuissance.*[19] Essas carroças, ou no dizer deles: "O bater das carroças que transportam o pão para a humanidade",[20] são mais úteis que a Madona Sistina ou, como eles dizem... *une bêtise dans ce genre.*[21] Mas será que compreendes, grito, será que compreendes que, além da felicidade, o homem precisa igualmente e tanto quanto da infelicidade? *Il rit.* Tu, diz ele, ficas aí fazendo gracinha, "coçando o saco (exprimiu-se de modo ainda mais indecente) em um divã de veludo...". Observe que é nosso esse hábito de pai e filho se tratarem por *tu*: tudo bem quando os dois estão de acordo, mas e quando se destratam?

Fizemos nova pausa de um minuto.

— *Cher* — concluiu de súbito, soerguendo-se rápido —, você sabe que isso vai dar forçosamente em alguma coisa?

— Sim, é claro — respondi.

— *Vous ne comprenez pas. Passons.*[22] Mas... no mundo isso costuma terminar não dando em nada, e no entanto aqui terá forçosamente um final, forçosamente!

Levantou-se, andou pela sala na mais forte agitação e, retornando ao divã, desabou sem forças sobre ele.

Na sexta-feira de manhã Piotr Stiepánovitch viajou a algum lugar do

[17] "Eles são simplesmente uns preguiçosos". (N. do T.)

[18] As palavras de Stiepan Trofímovitch remontam à seguinte passagem do livro *Tempos idos e reflexões* (*Bíloe i dúmi*) de Herzen: "... sobrou espírito para cortar cabeças mas faltou para cortar ideias". (N. da E.)

[19] "Vocês são uns preguiçosos! A sua bandeira é um trapo, a personificação da impotência." (N. do T.)

[20] Com essas palavras de Stiepan Trofímovitch, Dostoiévski faz menção à polêmica entre Herzen e V. S. Pietchérin, presente na correspondência de 1853 entre os dois. [Observe-se ainda que esse tipo de discussão marca também a polêmica entre eslavófilos e ocidentalistas, particularmente nas falas de Liébediev em *O idiota* (N. do T.)] (N. da E.)

[21] "uma bobagem nesse gênero". (N. do T.)

[22] "Você não compreende. Deixemos para lá." (N. do T.)

distrito e lá permaneceu até a segunda-feira. Eu soube da partida através de Lipútin e no mesmo instante, em meio à conversa, me inteirei de que os Lebiádkin, o irmão e a irmã, estavam para as bandas da vila Gorchétchnaia, do outro lado do rio. "Fui eu mesmo que os levei" — acrescentou Lipútin e, interrompendo o assunto dos Lebiádkin, informou de chofre que Lizavieta Nikoláievna ia casar-se com Mavrikii Nikoláievitch e que, mesmo sem anúncio, já houvera os esponsais e a questão estava decidida. No dia seguinte encontrei Lizavieta Nikoláievna a cavalo, acompanhada de Mavrikii Nikoláievitch; era a primeira vez que saía depois da doença. De longe seus olhos brilharam para mim, ela desatou a rir e me fez um sinal muito amistoso de cabeça. Tudo isso eu contei a Stiepan Trofímovitch; ele prestou alguma atenção apenas à notícia sobre os Lebiádkin.

Agora, depois de descrever a nossa enigmática situação ao longo daqueles oito dias em que ainda não sabíamos de nada, passo a descrever os acontecimentos subsequentes de minha crônica, e já, por assim dizer, com conhecimento de causa, na forma em que aparecem hoje, depois de tudo revelado e explicado. Começo justamente pelo oitavo dia após aquele domingo, ou seja, pela segunda-feira à noite, porque, no fundo, foi a partir daquela noite que começou uma "nova história".

III

Eram sete da noite. Nikolai Vsievolódovitch estava sozinho em seu gabinete, seu quarto preferido, alto, atapetado, mobiliado com móveis de estilo antigo e um tanto pesado. Estava sentado em um canto do divã, vestido como se fosse sair, mas, ao que parece, não pretendia ir a lugar nenhum. Na mesa em frente havia uma lâmpada em um quebra-luz. As laterais e os cantos do grande quarto ficavam na sombra. Tinha o olhar pensativo e concentrado, não inteiramente tranquilo; o rosto cansado e um tanto emagrecido. Estava de fato com um abscesso; mas o boato sobre o dente arrancado era um exagero. O dente tinha sofrido apenas um abalo, mas agora estava novamente firme; o lábio superior também sofrera um corte interno, mas já estava cicatrizado. O inchaço só não cedera durante a semana porque o doente não quis receber o médico e permitir que abrisse o abscesso, esperava que se abrisse sozinho. Não só se recusava a receber o médico como mal permitia que mesmo a mãe entrasse, e quando o fazia era por um instante, uma vez durante o dia e forçosamente no lusco-fusco, quando já estava escuro e ainda não haviam acendido a luz. Negava-se a receber também Piotr Stiepánovitch, que, não obstante, ia de duas a três vezes ao dia à casa de Varvara Pietrovna enquanto estava na cidade. Mas eis que finalmente, na segunda-feira, depois de regressar pela manhã após três dias de ausência, de percorrer toda a cidade e almoçar com Yúlia Mikháilovna, Piotr Stiepánovitch finalmente apareceu ao anoitecer na casa de Varvara Pietrovna, que o aguardava com ansiedade. Levantara-se o veto, Nikolai Vsievolódovitch estava recebendo. A própria Varvara Pietrovna acompanhou o visitante até a porta do gabinete; há muito desejava o encontro dos dois, e Piotr Stiepánovitch lhe deu a palavra de que iria vê-la depois de Nicolas e contar-lhe tudo. Bateu timidamente à porta de Nikolai Vsievolódovitch e, sem receber resposta, atreveu-se a entreabri-la uns cinco dedos.

— Nicolas, posso introduzir Piotr Stiepánovitch? — perguntou em voz baixa e contida, procurando ver Nikolai Vsievolódovitch por trás da lâmpada.

— Pode, pode, é claro que pode! — gritou alto e alegre o próprio Piotr Stiepánovitch, abriu ele mesmo a porta e entrou.

Nikolai Vsievolódovitch não ouvira a batida na porta e distinguiu apenas a voz tímida da mãe, mas não teve tempo de responder. Nesse instante estava à sua frente uma carta que ele acabara de ler e que o deixara intensamente pensativo. Estremeceu ao ouvir a repentina resposta de Piotr Stiepánovitch e cobriu depressa a carta com um mata-borrão que lhe estava à mão, mas sem o conseguir inteiramente: um canto da carta e quase todo o envelope estavam aparecendo.

— Gritei de propósito com toda a força para que você tivesse tempo de se preparar — murmurou apressado Piotr Stiepánovitch com uma ingenuidade surpreendente, correndo para a mesa e fixando por um instante o olhar no mata-borrão e no canto da carta.

— E, é claro, teve tempo de ver como escondi de você debaixo do mata-borrão uma carta que acabei de receber — pronunciou calmamente Nikolai Vsievolódovitch, sem se mexer do lugar.

— Uma carta? Fique com Deus e com sua carta, que me interessa! — exclamou a visita. — Mas... o principal — tornou a murmurar virando-se para a porta já fechada e fazendo com a cabeça um sinal para lá.

— Ela nunca fica escutando — observou friamente Nikolai Vsievolódovitch.

— E ainda que escutasse! — emendou num abrir e fechar de olhos Piotr Stiepánovitch, elevando alegremente a voz e sentando-se numa poltrona. — Não tenho nada contra isso, só agora pude vir aqui para conversarmos a sós... Bem, enfim consegui vê-lo! Em primeiro lugar, como vai a saúde? Vejo que está magnífica, e pode ser que amanhã você apareça por lá, não?

— É possível.

— Ponha finalmente o pessoal a par, e a mim também! — gesticulava freneticamente com um ar brincalhão e agradável. — Se você soubesse o que eu tive de dizer a eles. Aliás, você sabe — desatou a rir.

— De tudo não sei. Só soube por minha mãe que você andou muito... azafamado.

— Quer dizer, eu não disse nada de concreto — precipitou-se de repente Piotr Stiepánovitch como quem se defende de um ataque terrível —, sabe, pus em circulação a mulher de Chátov, isto é, os boatos sobre as suas relações com ela em Paris, o que explica, é claro, aquele incidente do domingo... Você não está zangado?

— Estou convencido de que você se empenhou muito.

— Pois veja, era só isso que eu temia. Mas o que significa: "se empenhou muito"? Isso é uma censura. Ademais, você está colocando a questão diretamente, o que eu mais temia ao vir para cá era que você não quisesse colocar a questão diretamente.

— Eu não quero colocar nada diretamente — pronunciou Nikolai Vsievolódovitch com certa irritação, mas riu no mesmo instante.

— Não é disso que eu estou falando; não é disso, não cometa um engano, não é disso! — agitava os braços Piotr Stiepánovitch, falando pelos cotovelos e contentando-se ao mesmo tempo com a irritação do anfitrião. — Não vou irritá-lo com *nosso* assunto, sobretudo na sua situação atual. Vim aqui apenas para falar do incidente de domingo, e ainda assim do estritamente necessário, porque não se pode deixar de falar. Vim para cá com as explicações mais francas de que necessito, e o principal é que sou eu que necessito e não você — isso é bom para o seu amor-próprio, mas ao mesmo tempo é verdade. Vim aqui para dizer que doravante sempre serei franco.

— Então antes não era franco?

— Você mesmo sabe disso. Muitas vezes apelei para artimanhas... você sorriu, fico muito contente pelo sorriso como pretexto para a explicação; provoquei propositadamente o sorriso com a palavra jactanciosa "artimanha" para que você logo ficasse zangado: como tive a ousadia de pensar que podia usar de artimanha com você para me explicar logo em seguida? Veja, veja como agora fiquei franco! Então, deseja ouvir?

A expressão do rosto de Nikolai Vsievolódovitch, desdenhosamente tranquila e até zombeteira, a despeito de todo o evidente desejo do hóspede de irritar o anfitrião com o descaramento das suas grosseiras tiradas ingênuas, preparadas de antemão e de forma deliberada, acabou traduzindo uma curiosidade um tanto inquietante.

— Mas escute — agitou-se Piotr Stiepánovitch ainda mais que antes. — Ao vir para cá, isto é, para cá num sentido geral, para esta cidade, dez dias atrás, eu, evidentemente, resolvi assumir um papel. O melhor seria não ter nenhum papel, estar com a própria cara, não é? Não há nada mais astuto que a própria cara, porque ninguém lhe dá crédito. Confesso que quis bancar o bobo, porque é mais fácil bancar o bobo do que aparecer com a própria cara; no entanto, uma vez que o bobo é todavia um extremo, e o extremo desperta a curiosidade, então eu assumi definitivamente a minha própria cara. Portanto, qual é mesmo a minha cara? É a *aurea mediocritas*: nem bobo nem inteligente, bastante medíocre e caído da lua, como dizem por aqui as pessoas sensatas, não é?

— Quem sabe, pode até ser isso — sorriu levemente Nikolai Vsievolódovitch.

— Ah, você está de acordo. Fico muito contente; eu sabia de antemão que eram suas próprias ideias... Não se preocupe, não se preocupe, não estou zangado e não me defini dessa maneira com qualquer fim de receber em troca os seus elogios: "Não, quer dizer, você não é medíocre, não, quer dizer, você é inteligente"... E você está rindo de novo!... Mais uma vez me dei mal. Não me diria "você é inteligente", bem, cabe supor; eu admito tudo. *Passons*, como diz o papai, e entre parênteses, não se zangue com a minha prolixidade. A propósito, aí está um exemplo: eu sempre falo muito, isto é, uso muitas palavras, e me precipito, e sempre empaco. Por que pronuncio muitas palavras e sempre empaco? Porque não sei falar. Quem sabe falar bem é sucinto. Eis, portanto, a minha mediocridade — não é verdade? Uma vez que em mim esse dom da mediocridade já é natural, então por que eu não haveria de aproveitá-lo artificialmente? E aproveito. É verdade que ao vir para cá pensei primeiro em ficar calado; mas acontece que calar é um grande talento, por conseguinte não me ficaria bem; em segundo lugar, seja como for, calar é perigoso; pois bem, resolvi em definitivo que o melhor é a gente falar, e precisamente por mediocridade, isto é, muito, muito, muito, apressar-se muito em demonstrar e acabar sempre se enredando em suas próprias demonstrações, de modo que o ouvinte sempre se afaste de você, fique sem saber o que dizer, mas o melhor é que dê de ombros. Verifica-se, em primeiro lugar, que você conseguiu fazer crer na sua simplicidade, saturou muita gente e foi confuso — todas as três vantagens de uma vez! Com licença, depois disso quem vai suspeitar de que você tem intenções misteriosas? Sim, qualquer um deles ficaria ofendido com quem dissesse que eu tenho intenções secretas. Além do mais, às vezes eu faço rir — e isso já é precioso. Agora eles sempre me perdoam, já pelo simples fato de que o sábio que editou os panfletos lá no estrangeiro aqui se revelou mais tolo do que eles, não é? Pelo seu sorriso vejo que aprova.

Aliás, Nikolai Vsievolódovitch não estava absolutamente rindo, mas, ao contrário, ouvia de cenho franzido e um tanto impaciente.

— Ah? O quê? Você parece ter dito "tanto faz"? — papagueava Piotr Stiepánovitch (Nikolai Vsievolódovitch não dizia absolutamente nada). — É claro, é claro; asseguro-lhe que não tinha nenhuma intenção de comprometê-lo com a sociedade. Sabe, hoje você está horrivelmente arredio; corri para cá com a alma aberta e alegre, e você censura cada palavra minha; asseguro que hoje não vou falar de nada delicado, dou minha palavra, e de antemão concordo com todas as suas condições!

Nikolai Vsievolódovitch calava deliberadamente.

— Hein? O quê? Você disse alguma coisa? Estou vendo, vendo que parece que dei mais uma mancada; você não propôs condições, e aliás não vai propor, acredito, acredito, mas fique tranquilo; é que eu mesmo sei que não vale a pena me propor, não é? Estou respondendo antecipadamente por você e, é claro, por mediocridade; mediocridade e mais mediocridade... Você ri? Hein? O quê?

— Não é nada — deu finalmente um risinho Nikolai Vsievolódovitch —, agora eu me lembro de que certa vez eu realmente o chamei de medíocre, mas você não estava presente, logo, lhe contaram... eu lhe pediria que fosse mais depressa ao assunto.

— Sim, eu estou mesmo indo ao assunto, precisamente a respeito de domingo! — balbuciou Piotr Stiepánovitch. — Vamos, o que, o que eu representei no domingo, qual é a sua opinião? Justamente a média precipitada da mediocridade; tomei conta da conversa pela força e da forma mais medíocre. No entanto me desculparam tudo porque eu, em primeiro lugar, caí da lua, como todos por aqui parecem ter concluído; em segundo, porque contei uma historieta encantadora e dei uma mãozinha a vocês todos, não foi, não foi?

— Quer dizer, você narrou precisamente com o fito de deixar dúvida e revelar um conluio entre nós adulterando fatos, uma vez que não houve conluio e eu não lhe pedi coisíssima nenhuma.

— Isso mesmo, isso mesmo! — pegou a deixa Piotr Stiepánovitch como que em êxtase. — Agi exatamente com o fim de que você notasse todo o móbil; ora, foi principalmente por você que fiz aquela fita, porque o surpreendi e quis comprometê-lo. Queria saber principalmente até que ponto você estava com medo.

— Curioso, por que está sendo franco agora?

— Não se zangue, não se zangue, não me olhe com esses olhos faiscantes... Aliás, não estão faiscando. Está curioso em saber por que estou sendo tão franco? Justamente porque agora tudo mudou, tudo terminou, passou e a areia cobriu. Súbito mudei de ideia a seu respeito. O velho caminho chegou inteiramente ao fim; agora nunca mais irei comprometê-lo com o velho caminho, agora será com o novo caminho.

— Mudou de tática?

— Não há tática. Agora em toda parte impera toda a sua vontade, isto é, você quer dizer *sim*, mas tem vontade e diz *não*. Eis a minha nova tática. E quanto à *nossa* causa, não tocarei nem de leve no assunto enquanto você mesmo não ordenar. Está rindo? Ria à vontade; eu mesmo também rio. Mas agora estou falando sério, sério, sério, embora quem assim se precipita é evidentemente um medíocre, não é verdade? Tanto faz, que seja medíocre, mas estou falando sério, sério.

Ele realmente falou sério, inteiramente em outro tom e com uma agitação particular, de sorte que Nikolai Vsievolódovitch o olhou com curiosidade.

— Você disse que mudou de ideia a meu respeito? — perguntou.

— Mudei de ideia a seu respeito naquele momento em que você recolheu as mãos para trás depois da bofetada de Chátov, e basta, basta, por favor, sem perguntas, agora não vou dizer mais nada.

Fez menção de levantar-se de um salto, agitando as mãos como quem se livra de perguntas; mas como não houve perguntas, não tinha por que sair e tornou a sentar-se na poltrona um pouco tranquilizado.

— A propósito, entre parênteses — taramelou no mesmo instante —, uns andam dizendo por aqui que você iria matá-lo, fazem apostas, de sorte que Lembke chegou até a pensar em movimentar a polícia, mas Yúlia Mikháilovna o proibiu... Basta, basta de falar sobre isso, quis apenas informar. A propósito, mais uma vez: no mesmo dia enviei os Lebiádkin de barco, você está sabendo; recebeu meu bilhete com o endereço deles?

— Recebi no mesmo dia.

— Isso já não fiz por "mediocridade", fiz por sinceridade, com empenho. Se saiu medíocre, em compensação o fiz com sinceridade.

— Ora, isso não é nada, talvez precisasse ser assim... — deixou escapar Nikolai Vsievolódovitch com ar meditativo. Só que não me escreva mais bilhetes, eu lhe peço.

— Não tive saída, foi apenas um.

— Então Lipútin está sabendo?

— Era impossível não saber; mas Lipútin, você mesmo sabe, não se atreverá... A propósito, precisamos fazer uma visita aos nossos, ou seja, a eles e não aos *nossos*, senão você vai me censurar de novo. Mas não se preocupe, não vai ser agora e sim noutra oportunidade. Agora está chovendo. Eu os farei saber; marcaram reunião e nós apareceremos à noite. Estão esperando de bico aberto como filhotes de gralha no ninho, para ver que guloseima lhes vamos levar. É uma gente cheia de ardor. Levaram os livros, preparam-se para discutir. Virguinski é um humanitarista, Lipútin um fourierista com grande inclinação para assuntos policiais; eu lhe digo que é um homem caro em um sentido mas em todos os outros requer severidade; e, por fim, aquele de orelhas compridas, aquele que propaga o seu próprio sistema. Sabe, estão ofendidos comigo porque os trato com displicência e despejo uma ducha de água fria sobre eles, eh, eh! Mas é preciso visitá-los sem falta.

— Você me apresentou lá como algum tipo de chefe? — deixou escapar Nikolai Vsievolódovitch com a maior displicência possível. Piotr Stiepánovitch olhou rápido para ele.

— Aliás — emendou, como se não tivesse ouvido bem e depressa dissimulando —, eu visitei a prezada Varvara Pietrovna umas duas ou três vezes, e também fui forçado a falar muito.

— Imagino!

— Não, não imagina, eu disse simplesmente que você não matará e ainda outras coisas doces. Imagine: no dia seguinte ela já sabia que eu fizera Mária Timofêievna atravessar o rio; foi você que lhe contou?

— Não pensei nisso.

— Eu bem que sabia que não tinha sido você. Quem poderia ter sido além de você? Interessante.

— Lipútin, é claro!

— N-não, não foi Lipútin — murmurou Piotr Stiepánovitch, franzindo o cenho —, sei quem foi. Parece coisa de Chátov... Aliás, é um absurdo, deixemos para lá! Se bem que é muito importante... A propósito, estive sempre esperando que de repente sua mãe me fizesse a pergunta principal... Em todos os primeiros dias ela esteve horrivelmente sombria, e de repente chego aqui hoje e a vejo toda radiante. O que aconteceu?

— Ela está assim porque hoje lhe dei a palavra de que daqui a cinco dias vou ficar noivo de Lizavieta Nikoláievna — pronunciou de chofre Nikolai Vsievolódovitch com uma franqueza inesperada.

— Ah, vá... sim, é claro — murmurou Piotr Stiepánovitch como que atrapalhado —, por lá andam falando de noivado, você está sabendo? Mas é verdade. Porém você tem razão, ela largará o noivo na igreja, é só você gritar. Não se zanga que eu fale isso?

— Não, não me zango.

— Noto que hoje está sendo difícil demais deixá-lo zangado e começo a temê-lo. Estou com a enorme curiosidade de saber como você vai aparecer amanhã. Na certa preparou muitas brincadeiras. Não se zanga por eu estar falando assim?

Nikolai Vsievolódovitch não respondeu nada, o que deixou Piotr Stiepánovitch totalmente irritado.

— A propósito, você falou a sério com sua mãe a respeito de Lizavieta Nikoláievna? — perguntou.

Nikolai Vsievolódovitch olhou para ele fixa e friamente.

— Ah, entendo, foi apenas para acalmá-la, isso mesmo.

— E se tivesse sido a sério? — perguntou com firmeza Nikolai Vsievolódovitch?

— Sendo assim, que fique com Deus, como se costuma dizer nesses casos, não vai prejudicar a causa (veja que eu não disse nossa causa, você não gosta da palavra *nossa*), e quanto a mim... quanto a mim, estou ao seu dispor, você mesmo sabe.

— Você acha?

— Não acho nada, nada — apressou-se Piotr Stiepánovitch, rindo —, porque sei que nos seus negócios você pondera tudo de antemão e tem tudo pensado. Digo apenas que estou seriamente ao seu dispor, sempre e em toda parte e em qualquer caso, ou seja, em tudo, está entendendo?

Nikolai Vsievolódovitch bocejou.

— Você está saturado de mim — levantou-se de um salto Piotr Stiepánovitch, pegando seu chapéu redondo e novinho em folha e fazendo menção de sair, mas, ao mesmo tempo, ainda permanecendo e falando sem parar, embora em pé, às vezes dando uns passos pelo quarto e batendo com o chapéu no joelho nas passagens animadas da conversa.

— Eu ainda estava pensando em diverti-lo com os Lembke — bradou alegre.

— Não, isso fica para depois. Entretanto, como vai a saúde de Yúlia Mikháilovna?

— Que procedimento aristocrático é esse de vocês todos: para você a saúde dela é tão indiferente quanto a saúde de um gato cinzento, e entretanto pergunta. Louvo isso. Ela está bem e o estima a ponto de ser supersticiosa, espera tanto de você que chega a ser supersticiosa. Sobre o incidente de domingo faz silêncio e está segura de que você mesmo vencerá tudo ao dar as caras. Juro, ela imagina que você pode sabe Deus o quê. Aliás, você agora é uma pessoa enigmática e romântica mais do que em qualquer momento — é uma posição extraordinariamente vantajosa. Chega a ser incrível o quanto todos o estão aguardando. Quando eu viajei a coisa estava quente, mas agora ainda mais. Ah, sim, mais uma vez obrigado pela carta. Todos eles temem o conde K. Sabe que parece que eles o consideram um espião? Eu faço coro, você não se zanga?

— Não.

— Isso não é nada; será necessário daqui para a frente. Aqui eles têm as suas normas. Eu, é claro, estimulo; Yúlia Mikháilovna está à frente, Gagánov também... você está rindo? Só que eu tenho uma tática: minto, minto, e súbito digo uma palavra inteligente no justo momento em que todos a procuram. Eles vão me assediar e tornarei a mentir. Todos já me deixaram de lado; "É capaz, dizem, mas caiu da lua". Lembke me convida para o serviço público para que eu tome jeito. Sabe, eu o maltrato terrivelmente, isto é, o comprometo, e ele não tira os olhos de mim. Yúlia Mikháilovna estimula. Sim, a propósito, Gagánov está muitíssimo zangado com você. Ontem em Dúkhovo falou muito mal de você para mim. No mesmo instante lhe contei toda a verdade, isto é, evidentemente, não toda. Passei com ele o dia inteiro em Dúkhovo. Magnífica fazenda, uma casa boa.

— Por acaso ele continua até agora em Dúkhovo? — levantou-se de súbito Nikolai Vsievolódovitch, quase saltando do assento e avançando muito.

— Não, foi ele que me trouxe para cá pela manhã, voltamos juntos — pronunciou Piotr Stiepánovitch como se não tivesse notado absolutamente o instantâneo nervosismo de Nikolai Vsievolódovitch. — O que é isso, derrubei um livro — inclinou-se para apanhar o *keepsake*[23] derrubado. — *Les femmes* de Balzac com ilustrações — abriu de súbito o livro —, não li. Lembke também escreve romances.

— É? — perguntou Nikolai Vsievolódovitch como quem se interessa pelo assunto.

— Em russo, às escondidas, evidentemente. Yúlia Mikháilovna sabe e permite. É um simplório; aliás tem técnica; tem isso elaborado. Que austeridade nas formas, que comedimento! Ah, se tivéssemos algo parecido.

— Você está elogiando a administração?

— Ora, pudera não elogiar! É a única coisa de real que se conseguiu na Rússia... não vou, não vou falar — exclamou de chofre —; não é disso que estou falando, não vou dizer uma palavra sobre essa questão delicada. Mas adeus, você está meio verde.

— Estou com febre.

[23] Edição de luxo ilustrada. (N. da E.)

— Dá para acreditar, deite-se. Sabe, aqui no distrito há eunucos,[24] uma gente curiosa... Aliás, isso depois. De resto, mais uma historieta: existe um regimento de infantaria aqui no distrito. Sexta-feira à noite bebi com os oficiais. Há três amigos nossos lá, *vous comprenez*?[25] Falamos de ateísmo e, é claro, abolimos Deus. Estão contentes, dão ganidos. Por outro lado, Chátov assegura que se for para começar uma rebelião na Rússia, então é preciso que se comece forçosamente pelo ateísmo. Talvez isso seja verdade. Estava lá um capitão *burbom*[26] de cabelos grisalhos, o tempo todo sentado, sempre calado, sem dizer uma palavra; de repente se posta no centro do cômodo e fala em voz alta como se falasse consigo: "Se Deus não existe, então que capitão sou eu depois disso?".[27] Pegou o quepe, ficou sem saber o que dizer e saiu.

— Exprimiu uma ideia bastante natural — bocejou pela terceira vez Nikolai Vsievolódovitch.

— É? Não entendi; queria lhe perguntar. Bem, que mais lhe contar: há a fábrica interessante dos Chpigúlin; como você mesmo sabe, tem quinhentos operários, um foco de cólera, faz quinze anos que não limpam o local, subtraem o salário dos operários na hora do pagamento; são uns comerciantes-milionários. Asseguro que alguns dos operários têm uma noção da *Internationale*. O que é, está rindo? Você mesmo verá, dê-me apenas um prazo, o

[24] Trata-se da seita dos *skoptzi*, plural de *skopiétz*, derivado de *oskopliênie*, que significa "castração". Segundo o historiador A. P. Schápov, a seita dos *skoptzi* era "uma das mais funestas", uma seita "oriental selvagem de eunucos". Fundada a partir da "seita dos homens de Deus" ou *khlistóvstvo*, na segunda metade do século XVIII pelo camponês da província de Oriol Kondrati Sielivánov, que se dizia Pedro III e Cristo, a seita visava principalmente à erradicação do "pecado" proveniente das lutas corpo a corpo e autoflagelações cometidas em transe de fanatismo religioso, e à disseminação da castração. O fenômeno era corrente na região do sistema fluvial dos rios Volga (região de Tvier, espaço da ação de *Os demônios*) e Oká. A lei punia os integrantes da seita com a cassação de todos os direitos de propriedade. Há referências elogiosas de Dostoiévski à obra de Schápov. Há referências aos *skoptzi* em *Crime e castigo*, *O idiota* e *O adolescente*. (N. da E.)

[25] "você compreende?" (N. do T.)

[26] Grosseiro, descortês; diz-se do capitão que começou a carreira como soldado. (N. do T.)

[27] É possível que nas palavras do capitão *burbom* haja uma alusão tanto às famosas palavras de Voltaire: "Se Deus não existisse caberia inventá-lo", quanto à sentença de Marco Aurélio: "Se os deuses não existem ou nada têm a ver com os homens, então qual é o sentido de eu viver em um mundo em que não existem deuses nem a providência? Mas os deuses existem...". (N. da E.)

mais curto! Eu já lhe pedi um prazo, mas agora estou lhe pedindo de novo, e então... De resto peço desculpa, não vou mais falar do assunto, não vou mais, não é disso que eu estou falando, não faça trejeitos. No entanto, adeus. O que estou fazendo? — voltou de repente. — Tinha me esquecido inteiramente do principal: acabaram de me dizer que a nossa caixa chegou de Petersburgo.

— Quer dizer então? — Nikolai Vsievolódovitch olhou sem entender.

— Quer dizer, a sua caixa, as suas coisas, com os fraques, as calças e a roupa branca; chegou? É verdade?

— Sim, há pouco me disseram alguma coisa.

— Ah, mas será que não poderia ser agora!...

— Pergunte ao Aleksiêi.

— Então, amanhã, amanhã? Porque lá estão as suas coisas e um paletó meu, um fraque e três calças, foram enviadas por Charmeur,[28] por recomendação sua, está lembrando?

— Ouvi dizer que você anda bancando o *gentleman*, é isso? — deu um risinho Nikolai Vsievolódovitch. — É verdade que está querendo ter aulas com um mestre de equitação?

Piotr Stiepánovitch deu um sorriso torto.

— Sabe — começou de repente com uma pressa extraordinária, com voz trêmula e embargada —, sabe, Nikolai Vsievolódovitch, vamos deixar de fazer alusões a pessoas, e de uma vez por todas, não é? É claro que você pode me desprezar o quanto lhe aprouver se achar graça nisso, mas mesmo assim seria melhor que ficássemos algum tempo sem mencionar pessoas, não é?

— Está bem, não o farei mais — proferiu Nikolai Vsievolódovitch. Piotr Stiepánovitch deu um riso, bateu com o chapéu no joelho, deu alguns passos e assumiu o ar de antes.

— Aqui alguns me consideram até seu rival em relação a Lizavieta Nikoláievna, como não vou me preocupar com a aparência? — desatou a rir. — Entretanto, quem lhe fez essa denúncia? Hum. Oito horas em ponto; bem, estou a caminho; prometi ir ter com Varvara Pietrovna mas desisto, e você vá se deitar que amanhã estará mais animado. Lá fora está chovendo e escuro, mas estou com uma carruagem de aluguel porque as ruas daqui andam intranquilas à noite... Ah, sim: Fiedka Kátorjni,[29] fugitivo da Sibéria, anda

[28] E. S. Charmeur, famoso alfaiate de Petersburgo da época, que fazia as roupas de Dostoiévski. Seu nome também aparece em *Crime e castigo*. (N. do T.)

[29] Fiedka, tratamento íntimo de Fiódor; *kátorjni*, galé, indivíduo condenado a trabalhos forçados. (N. do T.)

circulando aqui pela cidade e arredores, imagine, meu ex-servo, que meu pai vendeu como soldado há uns quinze anos. É uma pessoa excelente.

— Você... falou com ele? — levantou os olhos Nikolai Vsievolódovitch.

— Falei. De mim ele não se esconde. É um indivíduo disposto a tudo, a tudo; por dinheiro, é claro, mas também tem convicções, a seu modo, evidentemente. Ah, sim, mais uma vez a propósito: se você estava falando sério daquela sua intenção a respeito de Lizavieta Nikoláievna, está lembrado?, então eu torno a reiterar que também sou um indivíduo disposto a tudo, em todos os sentidos, sejam quais forem, e estou inteiramente ao seu dispor... O que é isso, o que é isso, está pegando a bengala? Ah, não, não é a bengala... Imagine que me pareceu que estivesse pegando a bengala.

Nikolai Vsievolódovitch não estava procurando nada nem dizia nada, mas realmente se erguera de um modo meio súbito, com um gesto estranho no rosto.

— Se você também precisar de alguma coisa em relação ao senhor Gagánov — deixou escapar subitamente Piotr Stiepánovitch, fazendo um sinal de cabeça direitinho para o mata-borrão —, então, é claro, posso arranjar tudo e estou certo de que você não vai me deixar de fora.

Saiu de supetão, sem esperar a resposta, e mais uma vez enfiou a cabeça pela porta.

— Estou falando assim — gritou, atropelando as palavras — porque Chátov, por exemplo, não teve razão de arriscar a vida domingo passado quando se aproximou de você, não é? Eu gostaria que você observasse isso.

Tornou a sumir sem esperar resposta.

IV

Ao sumir, ele talvez pensasse que Nikolai Vsievolódovitch, uma vez sozinho, começaria a dar murros na parede, e, é claro, teria ficado contente em assistir à cena se isso fosse possível. Mas cometeria um grande equívoco: Nikolai Vsievolódovitch permanecia calmo. Ficou uns dois minutos em pé ao lado da mesa na mesma posição, pelo visto muito pensativo; mas em seus lábios logo apareceu um sorriso murcho, frio. Sentou-se lentamente no divã, no mesmo canto de antes, e fechou os olhos como se estivesse cansado. A ponta da carta continuava aparecendo debaixo do mata-borrão, mas ele não se mexeu para ajeitá-la.

Logo ferrou no sono. Varvara Pietrovna, que nesses dias andava atormentada de preocupações, não se conteve e, depois da saída de Piotr Stiepánovitch, que prometera ir ter com ela e não cumprira a promessa, arriscou visitar pessoalmente Nicolas, apesar da hora imprópria. Sempre se insinuava em sua mente: não iria ele dizer finalmente alguma coisa definitiva? Bateu baixinho à porta como o fizera antes e, mais uma vez sem receber resposta, entreabriu-a. Ao ver Nicolas sentado totalmente imóvel, chegou-se cuidadosamente ao divã com o coração batendo. Ficou um tanto impressionada com o fato de ele ter adormecido tão depressa e que conseguisse dormir daquele jeito, sentado tão reto e imóvel; quase não dava para ouvir sua respiração. O rosto estava pálido e severo, mas como que inteiramente congelado, imóvel; tinha o sobrolho um pouco levantado e o cenho franzido; terminantemente, parecia uma figura de cera, sem alma. Ficou uns três minutos a observá-lo, respirando com dificuldade, e de repente o medo a assaltou; saiu na ponta dos pés, parou à porta, benzeu-o às pressas e afastou-se sem ser notada, com uma nova sensação pesada e uma nova angústia.

Ele dormiu um sono longo, de mais de uma hora, e com o mesmo torpor; nenhum músculo no seu rosto se mexia, nem um mínimo movimento se esboçava em todo o corpo; o sobrolho continuava severamente levantado. Se Varvara Pietrovna permanecesse ali por mais uns três minutos, certamente não teria suportado a sensação angustiante desse imobilismo letárgico e o teria acordado. Mas ele mesmo abriu de chofre os olhos e, imóvel como antes, permaneceu sentado mais uns dez minutos como se examinasse com persistência e curiosidade um objeto que o impressionara num canto do quarto, embora ali não houvesse nada de novo ou especial.

Por fim ouviu-se um som baixo e denso do grande relógio de parede, que batia uma vez. Com certa intranquilidade, virou a cabeça a fim de olhar para o mostrador, mas quase no mesmo instante abriu-se a porta de trás, que dava para o corredor, e apareceu o criado Aleksiêi Iegórovitch. Trazia um sobretudo quente, um cachecol e um chapéu numa das mãos, e na outra um pratinho de prata com um bilhete.

— Nove e meia — anunciou com voz baixa e, depois de pôr a roupa que trazia em uma cadeira no canto, levou no prato o bilhete, um papelote não lacrado, com duas linhas escritas a lápis. Tendo passado os olhos por essas linhas, Nikolai Vsievolódovitch também pegou um lápis na mesa, rabiscou duas palavras no fim do bilhete e o pôs de volta no prato.

— Entrega-o assim que eu sair, e agora, veste-me — disse, levantando-se do divã.

Notando que estava com um paletó de veludo leve, pensou e ordenou que lhe trouxessem outra sobrecasaca de tecido, usada para visitas noturnas mais cerimoniosas. Por fim, já inteiramente vestido e de chapéu, fechou a porta por onde Varvara Pietrovna entrara, tirou a carta escondida de debaixo do mata-borrão e saiu calado para o corredor, acompanhado de Aleksiêi Iegórovitch. Do corredor chegaram à escada de pedra estreita dos fundos e desceram para o vestíbulo que dava direto para o jardim. Em um canto do vestíbulo havia uma lanterna e um guarda-chuva grande, preparados de antemão.

— Quando chove demais a lama é insuportável nas ruas daqui — informava Aleksiêi Iegórovitch, esboçando pela última vez uma tentativa distante de demover o senhor do passeio. Mas o senhor abriu o guarda-chuva e saiu calado para o jardim úmido e molhado, escuro como uma adega subterrânea. O vento rugia e balançava as copas das árvores seminuas, os estreitos caminhos de areia eram mínimos e escorregadios. Aleksiêi Iegórovitch ia do jeito que estava, de fraque e sem chapéu, iluminando o caminho com a lanterna uns três passos adiante.

— Será que não vão notar? — perguntou de chofre Nikolai Vsievolódovitch.

— Das janelas não se notará nada, além do que tudo foi previsto de antemão — respondeu o criado em voz baixa e compassada.

— Minha mãe está deitada?

— Trancou-se às noves horas em ponto, como vem sendo hábito nos últimos dias, e agora não se pode saber nada. A que horas ordena que eu espere? — acrescentou, ousando perguntar.

— À uma, uma e meia, não depois das duas.

— Está bem.

Depois de atravessar todo o jardim por caminhos sinuosos, que os dois conheciam de cor, chegaram à cerca de pedra e aí, bem no canto do muro, encontraram uma portinha que dava para um beco estreito e silencioso, quase sempre fechada, mas cuja chave aparecia agora nas mãos de Aleksiêi Iegórovitch.

— Será que a porta não range? — tornou a informar-se Nikolai Vsievolódovitch.

Mas Aleksiêi Iegórovitch informou que ainda ontem havia lubrificado a porta, "assim como hoje". Já estava todo molhado. Tendo aberto a porta, entregou a chave a Nikolai Vsievolódovitch.

— Se resolveu ir longe, informo que não estou seguro da gentinha daqui, particularmente nos becos ermos, e menos ainda do outro lado do rio — mais uma vez não se conteve. Era o velho criado, antigo aio de Nikolai Vsievolódovitch e que outrora o ninara no colo, homem sério e severo que gostava de obedecer e ler as Sagradas Escrituras.

— Não se preocupe, Aleksiêi Iegóritch.[30]

— Deus o abençoe, senhor, mas só em caso de boas ações.

— Como? — parou Nikolai Vsievolódovitch, que já atravessara o portão na direção do beco.

Aleksiêi Iegórovitch repetiu com firmeza o seu desejo; nunca antes ousaria exprimi-lo em tais palavras e em voz alta perante o seu senhor.

Nikolai Vsievolódovitch trancou a porta, pôs a chave no bolso e saiu pela viela, atolando uns três *vierchóks* na lama a cada passo que dava. Por fim chegou a uma rua calçada, longa e deserta. Conhecia a cidade como a palma da mão; mas a rua Bogoiavliénskaia ainda estava longe. Já passava das dez quando finalmente parou diante dos portões fechados do velho prédio de Fillípov. Com a partida dos Lebiádkin, o andar inferior estava agora inteiramente vazio, com as janelas pregadas, mas havia luz no mezanino de Chátov. Como não havia sineta, começou a bater com a mão no portão. Abriu-se uma janelinha e Chátov olhou para a rua; a escuridão era terrível e quase não se enxergava nada; Chátov levou quase um minuto tentando enxergar.

— É você? — perguntou de chofre.

— Eu — respondeu a visita não convidada.

Chátov bateu a janela, desceu e abriu o portão. Nikolai Vsievolódovitch atravessou o alto umbral e, sem dizer palavra, passou ao lado, direto para o pavilhão de Kiríllov.

V

Aí estava tudo aberto, nem sequer encostado. O saguão e os dois primeiros cômodos estavam escuros, mas do último, onde Kiríllov morava e tomava chá, brilhava a luz e ouviam-se risos e alguns gritinhos estranhos. Nikolai Vsievolódovitch caminhou para a claridade mas parou à porta, sem entrar. Havia chá na mesa. No centro da sala estava uma velha em pé, parenta da senhoria, cabeça descoberta, só de saia, sapatos sem meias e um colete de pele de coelho. Tinha nas mãos uma criança de um ano e meio, metida em uma pequena camisa e com as perninhas nuas, as bochechinhas coradas, cabelinhos louros, que acabara de sair do berço. Parecia ter acabado de chorar; ainda havia lágrimas sob os olhos; mas naquele instante agitava as mãozinhas, batia palminhas e gargalhava como gargalham as criancinhas,

[30] Forma íntima e popular de Iegórovitch. (N. do T.)

soluçando. Diante dela, Kiríllov jogava no chão uma grande bola de borracha vermelha; a bola ricocheteava até o teto, tornava a cair, e a criança gritava: "Bó, bó!". Kiríllov captava o "bó" e lhe entregava a bola, ela mesma a lançava com as mãozinhas desajeitadas, e Kiríllov corria para tornar a levantá-la. Por fim a "bó" rolou para debaixo do armário. "Bó, bó!" — gritava a criança. Kiríllov se abaixou até o chão e estendeu-se, tentando tirar a "bó" de debaixo do armário com a mão. Nikolai Vsievolódovitch entrou na sala; ao vê-lo, a criança agarrou-se à velha e desatou num longo choro; ela a levou dali imediatamente.

— Stavróguin? — disse Kiríllov, soerguendo-se do chão com a bola nas mãos, sem a mínima surpresa diante da inesperada visita. — Quer chá?

E se pôs de pé.

— Muito, não recuso se estiver morno — disse Nikolai Vsievolódovitch —, estou encharcado.

— Está morno, até quente — confirmou Kiríllov com satisfação. — Sente-se, você está enlameado; mas não tem importância, depois passo um pano molhado no chão.

Nikolai Vsievolódovitch acomodou-se e bebeu quase de um gole a xícara servida.

— Mais? — perguntou Kiríllov.

— Obrigado.

Kiríllov, que até então não se sentara, sentou-se imediatamente defronte dele e perguntou:

— O que o trouxe aqui?

— Um negócio. Leia esta carta, é de Gagánov; está lembrado, eu lhe falei em Petersburgo.

Kiríllov pegou a carta, leu, colocou-a na mesa e ficou esperando.

— Esse Gagánov — começou a explicar Nikolai Vsievolódovitch —, como você sabe, eu o encontrei no mês passado em Petersburgo pela primeira vez na vida. Nós nos deparamos umas três vezes em público. Sem me conhecer nem entrar em conversa comigo, ainda assim encontrou oportunidade de ser muito petulante. Eu lhe disse isso na ocasião; mas veja o que você não sabe: ao sair de Petersburgo antes de mim naquela ocasião, enviou-me subitamente uma carta que, embora não fosse igual a esta, mesmo assim era indecente e o cúmulo de estranha já por não trazer o motivo pelo qual fora escrita. Respondi-lhe no mesmo instante, também por carta, e disse com absoluta franqueza que ele provavelmente andava zangado comigo por causa do incidente com seu pai quatro anos antes no clube daqui e que, de minha parte, eu estava disposto a lhe apresentar todas as desculpas possíveis, já que a minha atitude não fora premeditada e ocorrera durante a doença. Pedi que levasse as minhas desculpas em conta. Ele não respondeu e viajou; e eis que o encontro aqui já inteiramente em fúria. Fui informado a respeito de algumas opiniões emitidas por ele em público a meu respeito, absolutamente ofensivas e com acusações surpreendentes. Por fim, hoje me chega esta carta, do tipo que certamente ninguém jamais recebeu, com injúrias e expressões como "suas fuças quebradas". Estou aqui na esperança de que você não se negue a ser meu padrinho de duelo.

— Você disse que ninguém jamais recebeu uma carta desse tipo — observou Kiríllov —, podem escrevê-la em um acesso de fúria; e escrevem várias. Púchkin escreveu a Hekkern.[31] Está bem, eu aceito. Diga-me: como agir?

Nikolai Vsievolódovitch explicou que desejava entrar em ação já no dia seguinte, e obrigatoriamente renovando as desculpas e até prometendo uma segunda carta com pedidos de desculpas, contanto que Gagánov, por sua vez, prometesse não mais escrever cartas. Essa carta que acabara de receber seria considerada como se nunca houvesse sido escrita.

— Há concessões demais, ele não vai concordar — pronunciou Kiríllov.

— Estou aqui antes de tudo para saber se você concorda em levar a ele essas condições.

— Eu as levo. O negócio é seu. Mas ele não vai concordar.

— Sei que não vai concordar.

— Ele está querendo briga. Diga-me como vai bater-se.

— O problema é que eu gostaria de terminar tudo isso forçosamente amanhã. Aí pelas nove da manhã você estará na casa dele. Ele vai ouvi-lo e não aceitará, mas o colocará em contato com seu padrinho; suponhamos que por volta das onze. Aí vocês tomam a decisão e em seguida, à uma ou duas da tarde, todos deverão estar no lugar. Por favor, procure agir assim. As armas evidentemente serão pistolas, e lhe peço em particular que organize a coisa da seguinte maneira: defina barreiras de dez passos; depois coloque cada um de nós a dez passos da barreira e, atendendo ao sinal, iremos ao encontro um do outro. Cada um deve ir obrigatoriamente até sua barreira, mas pode atirar ainda antes de atingi-la, enquanto caminha. Eis tudo, acho eu.

— Dez passos entre as barreiras é pouco — observou Kiríllov.

[31] Na carta escrita por Púchkin (morto em duelo por G. Dantes) ao barão L. Hekkern no dia 26 de janeiro de 1837, às vésperas do duelo, o poeta ofende deliberadamente o barão e seu filho adotivo G. Dantes. (N. da E.)

— Então, doze, só que não mais, você compreende que ele está querendo bater-se seriamente. Você sabe carregar uma pistola?

— Sei. Eu tenho pistolas. Dou a ele a palavra de que você não atirou com elas. O padrinho dele também dará a palavra a respeito das suas; são dois pares, e tiraremos par ou ímpar; a sorte dele ou a nossa?

— Magnífico.

— Quer examinar as pistolas?

— Pode ser.

Kiríllov acocorou-se em um canto diante de sua mala, ainda não desfeita, mas de onde as coisas iam sendo tiradas à medida que ele precisava. Tirou do fundo da mala uma caixa de palma forrada de veludo vermelho e de lá um par de pistolas elegantes, caríssimas.

— Tem tudo: pólvora, balas, cartuchos. Ainda tem um revólver, espere um pouco.

Tornou a remexer a mala e tirou outra caixa com um revólver americano de seis balas.

— Você tem muitas armas, e muito caras.

— Muito, extraordinariamente.

Pobre, quase miserável, Kiríllov, que aliás nunca reparara em sua miséria, mostrava agora com visível farolagem os seus tesouros em armas, sem dúvida adquiridos com extraordinários sacrifícios.

— Você ainda continua com aquelas mesmas ideias? — perguntou Stavróguin depois de um minuto de silêncio e com certa precaução.

— As mesmas — respondeu Kiríllov de forma lacônica, percebendo incontinenti pelo tom da voz o que lhe perguntavam, e pôs-se a retirar as armas da mesa.

— Quando, então? — perguntou com mais cautela ainda Nikolai Vsievolódovitch, novamente depois de alguma pausa.

Nesse ínterim Kiríllov colocou as duas caixas na mala e sentou-se no lugar de antes.

— Isso não depende de mim, como você sabe; será quando disserem — murmurou como se estivesse um tanto constrangido com a pergunta, mas ao mesmo tempo visivelmente disposto a responder a todas as outras. Olhava para Stavróguin com seus olhos negros sem brilho, sem desviar a vista, com um sentimento sereno, bom e afável.

— É claro que compreendo o suicídio — retomou Nikolai Vsievolódovitch um tanto carrancudo depois de um longo e pensativo silêncio de três minutos —, vez por outra eu mesmo tenho imaginado isso, mas aí sempre me vem um pensamento novo: se for para cometer algum crime ou, o principal, uma desonra, ou seja, uma ignomínia, que seja muito infame e... engraçada, de sorte que as pessoas venham a lembrar-se dela por mil anos e por mil anos repudiá-la; e de chofre me vem uma ideia: "Um golpe nas têmporas e não restará nada". Que importam as pessoas e que elas passem mil anos repudiando, não é?

— Você chama isso de nova ideia? — proferiu Kiríllov, pensando um pouco.

— Eu... não chamo... quando uma vez pensei nisso, senti-o como uma ideia inteiramente nova.

— "Sentiu uma ideia"? — falou Kiríllov. — Isso é bom. Há muitas ideias que estão sempre aí e que subitamente se tornam novas. Isso é verdade. Hoje vejo muita coisa como se fosse pela primeira vez.

— Suponhamos que você tenha vivido na lua — interrompeu Stavróguin sem ouvir e continuando seu pensamento —, suponhamos que lá você tenha feito toda sorte de sujeiras engraçadas... Daqui você sabe com certeza que lá vão rir e desdenhar do seu nome durante mil anos, eternamente, enquanto houver lua. Mas agora você está aqui e daqui olha para a lua: aqui, que lhe importa tudo o que fez por lá e que lá fiquem mil anos desdenhando de você, não é verdade?

— Não sei — respondeu Kiríllov —, não estive na lua — acrescentou sem qualquer ironia, unicamente para destacar o fato.

— De quem era aquela criança?

— A sogra da velha chegou; não, foi a nora... Dá tudo no mesmo. Faz três dias. Está acamada, doente, com uma criança; mas grita muito durante a noite, é a barriga. A mãe dorme e a velha a traz para cá; brincam com uma bola. A bola eu trouxe de Hamburgo. Comprei-a em Hamburgo para lançá-la e apanhá-la: reforça a coluna. É uma menininha.

— Você gosta de criança?

— Gosto — respondeu Kiríllov, satisfeito, aliás indiferente.

— Então gosta da vida.

— Sim, gosto também da vida, e daí?

— Mas decidiu se matar...

— E daí? Por que as duas juntas? A vida é um particular, a morte também é um particular. A vida existe, mas a morte não existe absolutamente.

— Você passou a acreditar na futura vida eterna?

— Não, não na futura vida eterna, mas na vida eterna aqui. Há momentos, você chega a esses momentos, em que de repente o tempo para e acontece a eternidade.

— Você espera chegar a esse momento?

— Sim.

— Dificilmente isso seria possível em nossa época — respondeu Nikolai Vsievolódovitch também sem qualquer ironia, de modo lento e como que pensativo. — No Apocalipse,[32] o anjo jura que não haverá mais tempo.

— Sei. Isso é muito verdadeiro; preciso e nítido. Quando o homem em seu todo atingir a felicidade, não haverá mais tempo, por que eu não sei. É uma ideia muito verdadeira.

— Então onde irão escondê-lo?

— Não irão escondê-lo em lugar nenhum. O tempo não é um objeto mas uma ideia. Vai extinguir-se na mente.

— Os velhos lugares-comuns da filosofia, os mesmos desde o início dos séculos — resmungou Stavróguin com um pesar enojado.

— Os mesmos! Os mesmos desde o início dos séculos e jamais outros quaisquer que sejam! — emendou Kiríllov com o olhar cintilante, como se nessa ideia houvesse quase uma vitória.

— Você parece muito feliz, Kiríllov.

— Sim, muito feliz — respondeu ele como quem dá a resposta mais comum.

— Mas até há poucos dias você não andava ainda amargurado, e zangado com Lipútin?

— Hum... agora eu não xingo. Naquele momento eu ainda não sabia que era feliz. Você já viu uma folha, uma folha de árvore?

— Vi.

— Há poucos dias vi uma amarela, meio verde, com as bordas podres. Arrastada pelo vento. Quando eu tinha dez anos fechava os olhos de propósito no inverno e imaginava uma folha — verde, viva, com as nervuras, e o sol brilhando. Eu abria os olhos e não acreditava porque era muito bonito, e tornava a fechá-los.

— O que é isso, uma alegoria?

— N-não... Por quê? Não estou falando de alegoria mas simplesmente de uma folha, de uma folha. A folha é bonita. Tudo é bonito.

— Tudo?

— Tudo. O homem é infeliz porque não sabe que é feliz; só por isso.

[32] "E jurou por aquele que vive pelos séculos dos séculos, o mesmo que criou o céu, a terra e o mar e tudo quanto neles existe: Já não haverá demora". Apocalipse de João, 10, 6. [Na citação da Bíblia em russo, lê-se "não haverá tempo" em vez de "não haverá demora". (N. do T.)] Dostoiévski recorre a essa mesma passagem do Apocalipse em *O idiota*. (N. da E.)

Isso é tudo, tudo! Quem o souber no mesmo instante se tornará feliz, no mesmo instante. Aquela nora vai morrer, mas a menininha vai ficar — tudo é bom. Eu o descobri de repente.

— E se alguém morre de fome, se alguém ofende e desonra uma menina, isso é bom?

— Bom. Se alguém estoura os miolos por causa de uma criança, isso também é bom; e se alguém não estoura, também é bom. Tudo é bom, tudo. É bom para todos aqueles que sabem que tudo é bom. Se eles soubessem que estão bem, então estariam bem, mas enquanto não sabem que estão bem não estão bem. Eis toda a ideia, toda, e não há mais outra.

— Quando você soube que era tão feliz?

— Na semana passada, terça-feira, não, quarta, porque já era quarta, de noite.

— Mas qual foi o motivo?

— Não me lembro, foi assim, assim; andava pelo quarto... era tudo indiferente. Parei o relógio, eram duas horas e trinta e sete minutos.

— Como um emblema de que o tempo devia parar?

Kiríllov fez uma pausa.

— Eles são maus — recomeçou de súbito — porque não sabem que são bons. Quando souberem não irão violentar uma menina. Precisam saber que são bons, e no mesmo instante todos se tornarão bons, todos, sem exceção.

— Pois bem, você ficou sabendo, então você é bom?

— Sou bom.

— Aliás, concordo com isso — murmurou Stavróguin com ar carrancudo.

— Aquele que ensinar que todos são bons concluirá o mundo.

— Aquele que ensinou foi crucificado.

— Ele há de vir, e seu nome é homem-Deus.

— Deus-homem?

— Homem-Deus, nisso está a diferença.[33]

[33] As ideias de Kiríllov remontam ao Círculo de Pietrachévski, particularmente às discussões ali travadas em torno das concepções de Ludwig Feuerbach sobre religião. N. A. Mombelli admitia que no interior do homem há algo ideal que o aproxima de uma divindade, que o bem acabaria triunfando e transformando os homens em divindades éticas, em deuses perfeitos, apenas com corpo humano. Pietrachévski considerava que os deuses são apenas uma forma superior do pensamento humano e que o único ser efetivamente supremo é o homem na natureza. Spiéchniev fazia coro com Feuerbach, proclamando uma nova religião na qual *Homo homini deus est*, um antropoteísmo no qual o Deus-homem era substituído pelo Homem-deus. (N. do T.)

— Não terá sido você que acendeu a lamparina para o ícone?

— Sim, fui eu que acendi.

— Passou a acreditar?

— A velha gosta que a lamparina... mas hoje ela está sem tempo — resmungou Kiríllov.

— Você mesmo ainda não reza?

— Rezo por tudo. Veja, aquela aranha está subindo pela parede; olho agradecido por estar subindo.

Seus olhos tornaram a brilhar. Continuava encarando Stavróguin com o olhar firme e contínuo. Stavróguin o acompanhava com ar carrancudo e enojado, mas não havia galhofa em seu olhar.

— Aposto que quando eu voltar aqui você já estará acreditando em Deus — pronunciou, levantando-se e agarrando o chapéu.

— Por quê? — soergueu-se também Kiríllov.

— Se você já soubesse que acredita em Deus você acreditaria; mas como você ainda não sabe que acredita em Deus então não acredita — deu um risinho Nikolai Vsievolódovitch.

— Não é isso — ponderou Kiríllov —, você pôs o meu pensamento de cabeça para baixo. Uma brincadeira mundana. Lembre-se do que representou em minha vida, Stavróguin.

— Adeus, Kiríllov.

— Venha à noite; quando?

— Não me diga que esqueceu o caso de amanhã?

— Ah, esqueci, fique tranquilo que não vou perder a hora; às nove horas. Sei acordar quando quero. Deito-me e digo: vou acordar às sete horas, às sete horas; às dez horas, e acordo aí pelas dez horas.

— Você tem umas qualidades notáveis — Nikolai Vsievolódovitch olhou para o rosto pálido dele.

— Vou abrir o portão.

— Não se preocupe, Chátov me abrirá.

— Ah, Chátov. Está bem, adeus!

VI

O alpendre da casa vazia em que morava Chátov não estava fechado; entretanto, ao chegar ao vestíbulo Stavróguin viu-se na escuridão absoluta e passou a procurar às apalpadelas a escada que dava para o mezanino. Súbito uma porta se abriu no alto e apareceu luz; Chátov não saiu pessoalmente mas apenas abriu a sua porta. Quando Nikolai Vsievolódovitch parou à porta do quarto dele, avistou-o postado em um canto junto à mesa, esperando.

— Você me recebe para tratar de um assunto? — perguntou da entrada.

— Entre e sente-se — respondeu Chátov —, feche a porta, espere, eu mesmo fecho.

Fechou a porta à chave, voltou para a mesa e sentou-se diante de Nikolai Vsievolódovitch. Durante a semana emagrecera e agora parecia febril.

— Você me deixou atormentado — pronunciou meio murmurando, com a vista baixa —, por que não apareceu?

— Você estava tão certo de que eu viria?

— Alto lá, eu estava delirando... pode ser que agora eu ainda esteja delirando... espere.

Soergueu-se e tirou um objeto qualquer de um canto da prateleira superior das três de sua estante de livros. Era um revólver.

— Uma noite eu sonhei que você vinha aqui para me matar, e na manhã seguinte, cedo, comprei do vadio do Liámchin um revólver com o último dinheiro que tinha; não queria me render a você. Depois voltei a mim... Não tenho pólvora nem balas. Desde então ele está assim na prateleira. Espere...

Soergueu-se e fez menção de abrir o postigo.

— Não o jogue fora, para que isso? — deteve-o Nikolai Vsievolódovitch. — Ele vale dinheiro, e amanhã as pessoas irão dizer que há revólveres rolando ao pé da janela de Chátov. Guarde-o de novo, assim, sente-se. Agora me diga, por que parece confessar-me que eu viria aqui para matá-lo? Neste momento também não estou aqui para fazer as pazes e sim para falar do necessário. Esclareça para mim, em primeiro lugar; você não terá me dado aquele soco por minha relação com sua mulher?

— Você mesmo sabe que não — Chátov tornou a olhar para o chão.

— E também não foi porque acreditou na bisbilhotice tola sobre Dária Pávlovna?

— Não, não, é claro que não! Isso é uma tolice! Desde o início minha irmã me contou... — pronunciou Chátov com impaciência e rispidez, quase batendo com os pés.

— Então eu adivinhei e você também adivinhou — continuou Stavróguin em um tom tranquilo —, você tem razão: Mária Timofêievna Lebiádkina é minha mulher legítima, casada comigo em Petersburgo há quatro anos e meio. Foi por causa dela que você me deu o soco?

Totalmente pasmo, Chátov ouvia e calava.

— Adivinhei e não acreditei — resmungou finalmente, olhando com ar estranho para Stavróguin.

— E me deu o soco?

Chátov corou e balbuciou quase sem nexo:

— Foi por sua queda... pela mentira. Não me aproximei com o intuito de castigá-lo; enquanto me aproximava não sabia que ia dar o soco... Fiz aquilo pelo muito que você tinha significado em minha vida... Eu...

— Compreendo, compreendo, poupe as palavras. Lamento que você esteja com febre; tenho um assunto de extrema necessidade.

— Eu o esperei tempo demais — quase todo trêmulo, Chátov quis soerguer-se —, diga qual é o assunto e eu também direi... depois...

Sentou-se.

— O assunto não é daquela categoria — começou Nikolai Vsievolódovitch, observando-o com curiosidade —, algumas circunstâncias me forçaram a escolher hoje mesmo esta hora e vir aqui preveni-lo de que talvez o matem.

Chátov olhava para ele horrorizado.

— Eu sei que poderia estar correndo riscos — pronunciou compassadamente —, no entanto, como é que você pode estar sabendo disso?

— Porque eu também sou um deles, como você, sou tão membro da sociedade deles quanto você.

— Você... você é membro da sociedade?

— Pelos seus olhos vejo que você esperava tudo de mim, menos isso — Nikolai Vsievolódovitch deu um risinho leve —, mas, permita-me, quer dizer que você já sabia que ia sofrer um atentado?

— Nem pensava nisso. E nem agora estou pensando, apesar das suas palavras, se bem... se bem que quem pode pôr a mão no fogo por aqueles idiotas! — gritou subitamente tomado de fúria e deu um murro na mesa. — Não tenho medo deles! Rompi com eles. Aquele veio até aqui quatro vezes e disse que era possível... mas — olhou para Stavróguin — o que você está sabendo precisamente?

— Não se preocupe, não o estou enganando — prosseguiu Stavróguin com bastante frieza, com ar de quem apenas cumpre uma obrigação. — Você está me inquirindo o que eu sei? Sei que ingressou nessa sociedade no exterior, dois anos atrás, e ainda na antiga organização, justamente antes de partir para a América e, parece, logo após a nossa última conversa, sobre a qual você me escreveu tanto em sua carta da América. A propósito, me desculpe por não lhe ter respondido por carta, mas me limitado...

— A enviar dinheiro; espere — Chátov o deteve, puxou apressadamente uma gaveta da mesa e tirou de debaixo de papéis uma nota irisada —, aqui estão os cem rublos que você me enviou, receba-os, sem sua ajuda eu teria morrido lá. Eu iria ficar muito tempo sem pagar se não fosse sua mãe: esses cem rublos ela me deu nove meses atrás por causa de minha pobreza, depois da minha doença, mas continue, por favor...

Arfava.

— Na América você mudou de pensamentos e ao voltar à Suíça quis desistir. Eles não lhe responderam nada, mas lhe deram a incumbência de assumir aqui na Rússia uma tipografia de alguém e mantê-la até entregá-la a uma pessoa que o procuraria em nome deles. Não sei de tudo com plena precisão, mas o principal parece que é isso, não? Você assumiu na esperança ou sob a condição de que essa seria a última exigência deles e que depois disso o liberariam por completo. Assim ou assado, fiquei sabendo de tudo não através deles mas por mero acaso. Eis o que até agora você parece não saber: esses senhores não têm nenhuma intenção de deixá-lo.

— Isso é um absurdo! — vociferou Chátov. — Eu avisei honestamente que estava rompendo com eles em tudo! É um direito meu, um direito da consciência e do pensamento... Não vou admitir! Não há força que me possa...

— Sabe, não grite — deteve-o muito seriamente Nikolai Vsievolódovitch —, esse Vierkhoviénski é um homem capaz de estar nos escutando nesse momento, com os seus ouvidos ou os ouvidos de outros, talvez até no seu vestíbulo. Até o beberrão do Lebiádkin está quase obrigado a espioná-lo e talvez você a ele, não é? É melhor que diga: agora Vierkhoviénski concordou com os seus argumentos ou não?

— Concordou; ele disse que eu posso e que tenho esse direito...

— Bem, então ele o está enganando. Estou sabendo que até Kiríllov, que quase não faz parte do grupo deles, forneceu informações a seu respeito; e eles têm muitos agentes, inclusive uns que nem sabem que trabalham para a sociedade. Eles estão sempre de olho em você. Aliás, Piotr Vierkhoviénski veio para cá com a finalidade de resolver inteiramente o seu problema e para isso tem plenos poderes, ou seja: veio para eliminá-lo no momento propício como um homem que sabe demais e pode denunciá-los. Repito que isso é coisa certa; permita-me acrescentar que, por algum motivo, estão absolutamente convictos de que você é um espião e de que, se ainda não os denunciou, irá denunciá-los. Não é verdade?

Chátov entortou a boca ao ouvir essa pergunta feita em tom tão comum.

— Se eu fosse espião, a quem eu iria denunciá-los? — pronunciou com raiva, sem responder diretamente. — Não, deixe-me, o diabo que me carregue! — gritou, agarrando-se subitamente a uma ideia inicial que o havia impressionado demais e que por todos os indícios era incomparavelmente mais forte para ele do que a notícia sobre o próprio perigo. — Stavróguin, como você foi se meter nessa tolice desavergonhada, inepta, de lacaio! Você, membro da sociedade deles! Isso lá é façanha de um Nikolai Stavróguin! — gritou quase que em desespero.

Ele chegou até a erguer os braços, como se para ele não pudesse haver nada mais amargo e desolador que essa descoberta.

— Desculpe — surpreendeu-se de fato Nikolai Vsievolódovitch —, mas parece que você me olha como se eu fosse algum sol e a si mesmo como um inseto qualquer comparado a mim. Eu notei isso até pela carta que você me escreveu da América.

— Você... você sabe... Ah, é melhor que deixemos de vez de falar de mim, inteiramente... — interrompeu de súbito Chátov. — Se pode explicar alguma coisa a seu respeito, então explique... Responda à minha pergunta! — repetiu exaltado.

— Com prazer. Você pergunta: como pude me meter em semelhante gueto? Depois do meu comunicado, sou até obrigado a lhe fazer alguma revelação a esse respeito. Veja, no rigor da palavra não pertenço absolutamente a essa sociedade, não pertenci antes e bem mais do que você tenho o direito de deixá-la, porque nem cheguei a ingressar nela. Ao contrário, desde o início declarei que não sou companheiro deles e, se por acaso ajudei, foi unicamente na condição de homem ocioso. Em parte, participei da reorganização da sociedade segundo o novo plano, e só. Mas agora eles pensaram melhor e resolveram entre si que é perigoso liberar também a mim e, parece, também estou condenado.

— Oh, entre eles tudo é pena de morte e tudo se faz à base de ordens postas em papel e carimbadas, assinadas por três homens e meio. E você acredita que eles estão em condições!

— Nisso, em parte você tem razão; em parte, não — continuou Stavróguin com a anterior indiferença, até com indolência. — Não há dúvida de que há muita fantasia, como sempre acontece nesses casos: um punhado de pessoas exagera sua estatura e sua importância. Se quiser, acho que eles são apenas Piotr Vierkhoviénski, e este é bondoso demais, considera-se apenas um agente da sua sociedade. Aliás, a ideia básica não é mais tola do que as outras desse gênero. Eles estão ligados à *Internationale*; conseguiram recrutar agentes na Rússia, descobriram até um procedimento bastante original... mas, é claro, apenas em termos teóricos. Quanto às intenções dele aqui, o movimento da nossa organização russa é uma coisa tão obscura e quase sempre tão inesperada que aqui realmente se pode experimentar tudo. Observe que Vierkhoviénski é um homem obstinado.

— Aquele percevejo, ignorante, paspalhão, que não entende nada de Rússia! — gritou Chátov em fúria.

— Você o conhece mal. É verdade que, em linhas gerais, todos eles pouca coisa entendem de Rússia, só que um pouco menos do que nós dois; além do mais Vierkhoviénski é um entusiasta.

— Vierkhoviénski entusiasta?

— Oh, sim. Existe um ponto em que ele deixa de ser um bufão e se transforma em... meio louco. Eu lhe peço que se lembre de uma de suas próprias expressões: "Sabe como um homem pode ser forte?". Por favor, não ria, ele é muito capaz de puxar o gatilho. Está certo de que eu também sou um espião. Por incapacidade de conduzir a causa, todos eles gostam demais de acusar de espionagem.

— Mas você não tem medo, não é?

— N-não... não tenho muito medo... mas o seu caso é inteiramente outro. Eu o preveni para que mesmo assim levasse em conta. Acho que aí não é o caso de ofender-se por estar sendo ameaçado por imbecis; o problema não é a inteligência deles: eles não levantaram o braço só contra pessoas como nós. Bem, são onze e quinze — olhou para o relógio e levantou-se da cadeira —, eu gostaria de lhe fazer uma pergunta totalmente à parte.

— Por Deus! — exclamou Chátov, pulando de um ímpeto do lugar.

— Então? — olhou-o interrogativo Nikolai Vsievolódovitch.

— Faça, faça a sua pergunta, pelo amor de Deus — repetiu Chátov numa inquietação inexprimível —, mas contanto que eu também lhe faça uma pergunta. Imploro que permita... não consigo... faça a sua pergunta!

Stavróguin aguardou um pouco e começou:

— Ouvi dizer que você teve aqui alguma influência sobre Mária Timofêievna, e que ela gostava de vê-lo e ouvi-lo. Isso é verdade?

— Sim... ouvia... — Chátov ficou meio perturbado.

— Tenho a intenção de anunciar publicamente por esses dias aqui na cidade o meu casamento com ela.

— Por acaso isso é possível? — murmurou Chátov quase tomado de horror.

— Ou seja, em que sentido? Aí não há nenhuma dificuldade; as testemunhas do casamento estão aqui. Tudo aconteceu naquela ocasião em Petersburgo de modo absolutamente legítimo e tranquilo, e se até agora não foi revelado, foi unicamente porque duas testemunhas do casamento, Kiríllov e Piotr Vierkhoviénski, e, por fim, o próprio Lebiádkin (que agora tenho a satisfação de considerar meu parente), deram na ocasião a palavra de que iriam silenciar.

— Não é disso que eu estou falando... você fala com tanta tranquilidade... mas continue! Ouça, você não foi obrigado à força a esse casamento, não é?

— Não, ninguém me obrigou pela força — sorriu Nikolai Vsievolódovitch diante da pressa desafiadora de Chátov.

— E o fato de ela andar falando de um filho? — apressou-se Chátov exaltado e sem nexo.

— Anda falando de um filho? Arre! Eu não sabia, é a primeira vez que ouço falar. Ela nunca teve filho e nem poderia: Mária Timofêievna é virgem.

— Ah! Era o que eu pensava! Ouça!

— O que há com você, Chátov?

Chátov cobriu o rosto com as mãos, virou-se, mas de repente agarrou Stavróguin pelos ombros com força.

— Você sabe, você ao menos sabe — gritou — para que fez tudo isso e por que se decide por esse castigo agora?

— Sua pergunta é inteligente e venenosa, mas eu também pretendo surpreendê-lo: sim, eu quase sei por que me casei com ela naquela ocasião e por que agora me decido por esse "castigo", como você se exprimiu.

— Deixemos isso... falemos disso depois, espere; falemos do principal, do principal: eu o esperei dois anos.

— Foi?

— Fazia tempo demais que eu o esperava, pensei em você continuamente. Você é a única pessoa que poderia... Eu já lhe escrevi sobre isso da América.

— Eu me lembro bem da sua longa carta.

— Longa para ser lida? Concordo; seis folhas de papel de carta. Cale-se, cale-se! Diga-me uma coisa: pode me conceder mais dez minutos, só que agora, agora mesmo... Eu esperei demais!

— De acordo, eu lhe concedo meia hora, só que não mais, se para você isso é possível.

— Mas — respondeu Chátov exaltado —, contanto que você mude de tom. Ouça, estou exigindo quando deveria suplicar... compreende o que significa exigir quando se deveria suplicar?

— Compreendo que dessa maneira você se projeta acima de tudo o que é comum com fins mais elevados — riu levemente Nikolai Vsievolódovitch —, e é com pesar que também noto que está febril.

— Peço respeito para comigo, exijo! — gritou Chátov —, não por minha pessoa — o diabo que a carregue, mas por outra coisa, só agora, para algumas palavras... Somos dois seres e nos encontramos no infinito... pela última vez no mundo. Deixe de lado o seu tom e assuma um tom humano. Fale ao menos uma vez na vida com voz humana. Não estou pedindo para mim, mas para você. Compreenda que deve me desculpar por aquele soco na cara, já pelo simples fato de que lhe dei a oportunidade de conhecer aí a sua força ilimitada... Novamente você ri com seu enojado riso aristocrático. Oh, quando irá me compreender! Fora o fidalgo! Compreenda finalmente que eu exijo isso, do contrário não quero falar, não falarei por nada!

Sua exaltação chegava ao delírio; Nikolai Vsievolódovitch ficou carrancudo e como que mais cauteloso.

— Se eu fiquei por mais meia hora — deixou escapar com imponência e seriedade — quando o tempo me é tão caro, então acredite que tenho a intenção de ouvi-lo quanto mais não seja com interesse e... estou convicto de que ouvirei de você muita coisa nova.

Sentou-se na cadeira.

— Sente-se! — gritou Chátov e também se sentou meio de repente.

— Contudo, permita lembrar — tornou a notar Stavróguin — que eu comecei lhe fazendo um pedido a respeito de Mária Timofêievna, ao menos para ela muito importante...

— Então? — Chátov ficou subitamente carrancudo, com ar de quem foi interrompido de chofre no ponto mais importante e, embora olhe para a pessoa, ainda não conseguiu compreender a pergunta que ela lhe fez.

— E você também não me permitiu terminar — acrescentou com um sorriso Nikolai Vsievolódovitch.

— Ora, isso é uma tolice, depois! — Chátov esquivou-se enojado, finalmente compreendendo a queixa, e passou diretamente ao seu tema principal.

VII

— Você sabe — começou em tom quase ameaçador, projetando-se para a frente na cadeira, com um brilho no olhar e o dedo da mão direita em riste (pelo visto sem o notar) —, você sabe que hoje, em toda a face da terra, o único povo "teóforo", que vai renovar e salvar o mundo em nome de um novo Deus, e o único a quem foi dada a chave da vida e da nova palavra... você sabe quem é esse povo e qual é o seu nome?

— Pelo jeito como você fala, sou forçado a concluir e, parece, o mais rápido possível, que é o povo russo...

— E você já está rindo, ô raça! — Chátov fez menção de levantar-se de um salto.

— Fique tranquilo, eu lhe peço; ao contrário, eu esperava justamente algo desse gênero.

— Esperava algo desse gênero? E a você mesmo essas palavras são desconhecidas?

— São muito conhecidas; de antemão vejo perfeitamente para onde você está levando a questão. Toda a sua frase e até a expressão povo "teóforo" são apenas uma conclusão daquela nossa conversa de pouco mais de dois anos atrás, no estrangeiro, um pouco antes da sua partida para a América... Pelo menos tanto quanto posso me lembrar agora.

— A frase é inteiramente sua e não minha. Sua própria, e não apenas uma conclusão da nossa conversa. Não houve nenhuma "nossa" conversa: houve um mestre que conhecia palavras de alcance imenso, e havia um discípulo que ressuscitara dos mortos. Eu sou aquele discípulo e você, o mestre.

— Mas, se nos lembrarmos, foi precisamente depois das minhas palavras que você ingressou na sociedade e só depois partiu para a América.

— Sim, eu lhe escrevi da América a respeito; escrevi sobre tudo. É, não pude me separar de forma imediata e profunda daquilo para que cresci desde pequeno, em que se aplicaram todos os encantos das minhas esperanças e todas as lágrimas do meu ódio... É difícil trocar de deuses. Naquele momento não acreditei em você porque não queria acreditar, e me agarrei pela última vez àquela cloaca... mas a semente permaneceu e cresceu. Diga-me a sério, a sério; não leu até o fim minha carta que lhe enviei da América? É possível que não a tenha lido inteiramente?

— Li três páginas, as duas primeiras e a última, e, além disso, corri a vista pela página do meio. Aliás, estava sempre querendo...

— Ora, é tudo indiferente, deixe para lá, aos diabos! — Chátov deu de ombros. — Se agora você renuncia àquelas palavras sobre o povo, como pôde pronunciá-las naquela ocasião?... Eis o que agora me oprime.

— Nem naquele momento eu estava brincando com você; ao persuadi-lo, talvez me preocupasse ainda mais comigo do que com você — pronunciou Stavróguin em tom enigmático.

— Não estava brincando! Na América, passei três meses deitado na palha, ao lado de um... infeliz, e soube por ele que enquanto você implantava Deus e a pátria em meu coração, exatamente ao mesmo tempo, talvez até naqueles mesmos dias, você envenenou o coração daquele infeliz, do maníaco do Kiríllov... você implantou nele a mentira e a calúnia e levou a razão dele ao delírio... Vá lá agora e olhe para ele, é sua criação... Aliás, você viu.

— Em primeiro lugar, eu lhe observo que o próprio Kiríllov acabou de me dizer que é feliz e belo. Sua hipótese de que tudo aconteceu ao mesmo tempo é quase correta; bem, o que se conclui de tudo isso? Repito, não enganei nenhum de vocês.

— Você é ateu? Hoje é ateu?

— Sim.

— E naquela época?

— Exatamente como hoje.

— Eu não lhe pedi respeito por mim ao iniciar a conversa; inteligente como é, você poderia compreender isso — murmurou Chátov indignado.

— Não me levantei ao ouvir sua primeira palavra, não encerrei a conversa, não fui embora, mas até agora estou aqui sentado e respondendo tranquilamente às suas perguntas e... gritos, logo, ainda não violei o respeito por você.

Chátov interrompeu, deu de ombros:

— Você se lembra da sua expressão: "Um ateu não pode ser russo, um ateu deixa imediatamente de ser russo", está lembrado?

— Verdade? — era como se Nikolai Vsievolódovitch pedisse para repetir.

— Você pergunta? Esqueceu? No entanto, é uma das assertivas mais precisas a respeito de uma das peculiaridades fundamentais do espírito russo que você adivinhou. Você não poderia ter esquecido isso, não é? Lembro-lhe ainda mais; naquela mesma ocasião você ainda disse: "Não sendo ortodoxo não pode ser russo".

— Suponho que isso seja uma ideia eslavófila.

— Não; os eslavófilos de hoje a rejeitariam. Hoje o povo está mais inteligente. No entanto você foi mais longe ainda: acreditava que o Catolicismo romano já não era Cristianismo; afirmava que Roma proclamou um Cristo que se deixou seduzir pela terceira tentação do demônio e que, ao anunciar ao mundo que Cristo não conseguia preservar-se sem o reino terrestre na terra, o Catolicismo proclamou o Anticristo e assim arruinou todo o mundo ocidental. Você afirmou precisamente que se a França se atormentava era unicamente por culpa do Catolicismo, pois ela rejeitara o fétido deus romano e não encontrara um novo. Eis o que você conseguia dizer naquela época! Eu me lembro das nossas conversas.

— Se eu cresse, sem dúvida repetiria isso também agora; eu não estava mentindo ao falar como pessoa que crê — pronunciou Nikolai Vsievolódovitch com muita seriedade. — Mas lhe asseguro que essa repetição das minhas ideias passadas produz sobre mim uma impressão demasiadamente desagradável. Não poderia parar?

— Se cresse? — gritou Chátov sem dar a mínima atenção ao pedido. — Mas não foi você mesmo que me disse que, se lhe provassem matematicamente que a verdade estava fora de Cristo, você aceitaria melhor ficar com Cristo do que com a verdade?[34] Você disse isso? Disse?

[34] As palavras de Chátov repetem com alguma alteração uma ideia do próprio Dos-

— Mas permita que finalmente eu também pergunte — Stavróguin levantou a voz —; em que vai dar todo esse exame impaciente e... raivoso?

— Esse exame passará para sempre e nunca mais será lembrado.

— Você está sempre insistindo em que estamos fora do espaço e do tempo...

— Cale-se! — gritou subitamente Chátov. — Sou um tolo e desajeitado, mas deixe que meu nome morra no ridículo! Permita que eu lhe repita todo o seu pensamento principal daquela época... Oh, só dez linhas, apenas a conclusão.

— Repita, se for só a conclusão...

Stavróguin fez menção de olhar para o relógio, mas se conteve e não olhou.

Chátov tornou a inclinar-se sobre a cadeira e por um instante até reergueu o dedo.

— Povo nenhum — começou como se lesse algo ao pé da letra e ao mesmo tempo continuando a olhar ameaçadoramente para Stavróguin —, nenhum povo se organizou até hoje sobre os princípios da ciência e da razão; não houve uma única vez semelhante exemplo, a não ser por um instante, por tolice. O socialismo, por sua essência, já deve ser um ateísmo, precisamente porque proclamou desde o início que é uma instituição ateia e pretende organizar-se exclusivamente sobre os princípios da ciência e da razão. A razão e a ciência, hoje e desde o início dos séculos, sempre desempenharam apenas uma função secundária e auxiliar; e assim será até a consumação dos séculos. Os povos se constituem e são movidos por outra força que impele e domina, mas cuja origem é desconhecida e inexplicável. Essa força é a força do desejo insaciável de ir até o fim e que ao mesmo tempo nega o fim. É a força da confirmação constante e incansável do seu ser e da negação da morte. O espírito da vida, como dizem as Escrituras,[35] são "rios de água viva" com cujo esgotamento o Apocalipse tanto ameaça. O princípio estético, como di-

toiévski sobre o seu símbolo de fé, externada em carta de 20 de fevereiro de 1854 a N. D. Fonvízina: "Esse símbolo é muito simples: acreditar que não há nada mais belo, mais profundo, mais simpático, mais racional, mais corajoso e perfeito que Cristo, e não só não há como eu ainda afirmo com um amor cioso que não pode haver. Além disso, se alguém me demonstrasse que Cristo está fora da verdade e se *realmente* a verdade estivesse fora de Cristo, melhor para mim seria querer ficar com Cristo que com a verdade". (N. da E.)

[35] "O terceiro anjo tocou a trombeta, e caiu do céu sobre a terça parte dos rios e sobre as fontes das águas uma grande estrela ardendo como tocha. O nome da estrela é Absinto" (Apocalipse, 8, 10-1). (N. da E.)

zem os filósofos, é um princípio moral, como o identificam eles mesmos. É a "procura de Deus", como eu chamo tudo o mais. O objetivo de todo movimento do povo, de qualquer povo e em qualquer período da sua existência, é apenas e unicamente a procura de Deus, do seu deus, forçosamente o próprio, e a fé nele como o único verdadeiro. Deus é a personalidade sintética de todo um povo tomado do início ao fim. Ainda não aconteceu que todos ou muitos povos tivessem um deus comum, mas cada um sempre teve um deus particular. Quando os deuses começam a ser comuns, é sinal da destruição dos povos. Quando os deuses se tornam comuns, morrem os deuses e a fé neles junto com os próprios povos. Quanto mais forte é um povo, mais particular é o seu deus. Ainda não existiu, nunca, um povo sem religião, ou seja, sem um conceito de bem e de mal. Cada povo tem seu próprio conceito de bem e de mal e seu próprio bem e mal. Quando entre muitos povos começam a tornar-se comuns os conceitos de bem e de mal, os povos se extinguem e a própria diferença entre o bem e o mal começa a obliterar-se e desaparecer. A razão nunca esteve em condição de definir o bem e o mal ou até de separar o bem do mal ainda que aproximadamente; ao contrário, sempre os confundiu de forma vergonhosa e lastimável; a ciência, por sua vez, apresentou soluções de força. Com isso se distinguiu em particular a semiciência, o mais terrível flagelo da humanidade, pior que a peste, a fome e a guerra, flagelo desconhecido até o século atual. A semiciência é um déspota como jamais houve até hoje. É um déspota que tem os seus sacerdotes e escravos, um déspota diante do qual tudo se prosternou com amor e uma superstição até hoje impensável, diante do qual até a própria ciência treme e é vergonhosamente tolerante. Tudo isso são suas próprias palavras, Stavróguin, com exceção apenas das palavras sobre a semiciência; estas são minhas, porque eu mesmo sou apenas uma semiciência, logo, tenho um ódio particular por ela. Não mudei uma única palavra nas suas próprias ideias e nem mesmo nas próprias palavras.

— Não acho que você não tenha mudado — observou com cautela Stavróguin —, você as aceitou fervorosamente e fervorosamente as modificou sem se dar conta. O simples fato de que você rebaixou Deus a um simples atributo do povo...

Súbito ele começou a observar Chátov com uma atenção redobrada e especial e não tanto às suas palavras quanto a ele próprio.

— Eu rebaixo Deus a um atributo do povo! — gritou Chátov. — Ao contrário, elevo o povo a Deus. Aliás, algum dia já foi diferente? O povo é o corpo de Deus. Todo povo só tem sido povo até hoje enquanto teve o seu Deus particular e excluiu todos os outros deuses no mundo sem qualquer conciliação; enquanto acredita que com seu Deus vence e expulsa do mundo todos os outros deuses. Assim acreditaram todos desde o início dos séculos, pelo menos todos os grandes povos, todos aqueles que se destacaram um mínimo, todos os que estiveram na liderança da humanidade. Não se pode ir contra o fato. Os judeus viveram apenas para esperar o Deus verdadeiro, e legaram ao mundo um Deus verdadeiro. Os gregos divinizaram a natureza e legaram ao mundo sua religião, ou seja, a filosofia e a arte. Roma divinizou o povo na figura do Estado e legou aos povos o Estado. A França, em toda sua longa história, foi apenas a materialização e o desenvolvimento da ideia do deus romano, e se finalmente jogou no abismo o seu deus romano e bandeou-se para o ateísmo, que por enquanto lá chamam de socialismo, foi única e exclusivamente porque o ateísmo, apesar de tudo, é mais sadio que o Catolicismo romano. Se um grande povo não crê que só nele está a verdade (precisamente só e exclusivamente nele), se não crê que só ele é capaz e está chamado a ressuscitar e salvar a todos com sua verdade, então deixa imediatamente de ser um grande povo e logo se transforma em material etnográfico, mas não em um grande povo. Um verdadeiro grande povo nunca pode se conformar com um papel secundário na sociedade humana e nem sequer com um papel primacial, mas forçosa e exclusivamente com o primeiro papel. Quando perde essa fé, já não é povo. Mas a verdade é uma só e, consequentemente, só um povo único entre os povos pode ter um Deus verdadeiro, ainda que os outros povos tenham os seus deuses particulares e grandes. O único povo "teóforo" é o povo russo e... e... e porventura, porventura você me considera um imbecil tamanho, Stavróguin — de repente berrou exaltado —, que já não consegue distinguir se neste instante suas palavras são um farelório velho e caduco, moído em todos os moinhos dos eslavófilos moscovitas, ou uma palavra completamente nova, a última palavra, a única palavra da renovação e da ressurreição e... pouco se me dá que você esteja rindo! Pouco se me dá se você não me compreende inteiramente, absolutamente, nem uma palavra, nem um som!... Oh, como desprezo o seu riso orgulhoso e o seu olhar neste instante!

Levantou-se de um salto; até espuma apareceu em seus lábios.

— Ao contrário, Chátov, ao contrário — pronunciou Stavróguin de modo excepcionalmente sério e contido, sem se levantar do lugar —, ao contrário, com suas palavras ardentes você ressuscitou em mim muitas lembranças extraordinariamente fortes. Em suas palavras eu reconheço meu próprio estado de ânimo de dois anos atrás, e agora já não lhe digo, como fiz há pouco, que você exagerou minhas ideias daquele período. Parece-me até que elas foram ainda mais exclusivas, ainda mais despóticas, e lhe asseguro pela terceira vez que gostaria muito de confirmar tudo o que você acabou de dizer, até mesmo a última palavra, porém...

— Porém você precisa de uma lebre?

— O quê-ê?

— É uma expressão sórdida sua — Chátov riu maldosamente, tornando a sentar-se —, "para fazer molho de uma lebre é preciso uma lebre, para crer em Deus é preciso um Deus". Dizem que você andou dizendo isso em Petersburgo, como Nózdriev, que quis pegar uma lebre pelas patas traseiras.

— Não, esse se gabou justamente de a ter pegado. A propósito, permita-me, todavia, também incomodá-lo com uma pergunta, ainda mais porque acho que agora tenho pleno direito de fazê-la. Diga: você pegou a sua lebre ou ela ainda anda correndo?

— Não se atreva a me perguntar com essas palavras, pergunte com outras, com outras! — Chátov tremeu subitamente de corpo inteiro.

— Permita-me fazê-la com outras — Nikolai Vsievolódovitch olhou severamente para ele —, eu queria apenas saber: você mesmo crê ou não em Deus?

— Eu creio na Rússia, creio na sua religião ortodoxa... creio no corpo de Cristo... creio que o novo advento acontecerá na Rússia... Creio... — balbuciou Chátov com frenesi.

— E em Deus? Em Deus?

— Eu... eu hei de crer em Deus.

Nenhum músculo se moveu no rosto de Stavróguin. Chátov olhava para ele com ar ardoroso e desafiante, como se quisesse incinerá-lo com o olhar.

— Veja, eu não lhe disse que não creio totalmente! — gritou por fim —, faço apenas saber que sou um livro infeliz, enfadonho e nada mais por enquanto, por enquanto... Ora, que se dane o meu nome! O problema está em você, não em mim... Sou um homem sem talento e posso apenas dar o meu sangue e nada mais, como qualquer pessoa sem talento. Que se dane também o meu sangue! Estou falando de você, fiquei dois anos aqui à sua espera... Para você estou aqui dançando nu há meia hora. Você, você é o único que poderia levantar essa bandeira!...

Não concluiu e, como se estivesse em desespero, apoiou os cotovelos na mesa e cobriu a cabeça com ambas as mãos.

— Apenas lhe observo a propósito, como uma coisa estranha — interrompeu subitamente Stavróguin —; por que esse negócio de estarem sempre me impondo alguma bandeira? Piotr Vierkhoviénski também está convicto de que eu poderia "levantar a bandeira deles", pelo menos me transmitiram as suas palavras. Ele está acalentando a ideia de que eu poderia desempenhar para eles o papel de Stienka Rázin[36] "por minha capacidade incomum para o crime" — também palavras dele.

— Como? — perguntou Chátov. — "Pela capacidade incomum para o crime"?

— Isso mesmo.

— Hum! É verdade que você — deu um riso malévolo —, é verdade que em Petersburgo você pertenceu a uma sociedade secreta de voluptuosos bestiais? É verdade que o Marquês de Sade poderia aprender com você? É verdade que você atraía crianças e as pervertia? Fale, não ouse mentir — gritou, saindo totalmente de si —, Nikolai Stavróguin não pode mentir perante Chátov, que lhe bateu no rosto! Diga tudo, e se for verdade eu o mato imediatamente, agora mesmo, aqui neste lugar!

— Eu disse essas palavras, no entanto não ofendi crianças — pronunciou Stavróguin, mas só depois de uma pausa demasiado longa. Estava pálido e seus olhos em fogo.

— Mas você disse! — continuou Chátov em tom imperioso, sem desviar dele os olhos cintilantes. — É verdade que teria assegurado que não sabe distinguir a beleza entre uma coisa voluptuosa e bestial e qualquer façanha, ainda que se trate de sacrificar a vida em prol da humanidade? É verdade que em ambos os polos você descobriu coincidências da beleza, os mesmos prazeres?

— É impossível responder assim... Não quero responder — murmurou Stavróguin, que bem poderia levantar-se e ir embora, mas não se levantava nem saía.

— Eu também não sei por que o mal é detestável e o bem é belo, mas sei por que a sensação dessa diferença se apaga e se perde em senhores como Stavróguin — Chátov, todo trêmulo, não desistia —, você sabe por que se casou naquela ocasião de forma tão ignominiosa e vil? Justamente porque aí a ignomínia e o contrassenso atingiam a genialidade! Oh, você não vagueia pelo precipício mas se atira nele ousadamente de cabeça para baixo. Você se casou pela paixão de atormentar, pela paixão pelo remorso, por uma voluptuosidade moral. Aí houve uma depressão nervosa... O desafio ao bom senso era sedutor demais! Stavrógin e a coxa miserável, desgraciosa, pobre de espírito! Quando você mordeu a orelha do governador sentiu volúpia? Sentiu, fidalgote errante, ocioso?

[36] Stienka Rázin (1630-1671), chefe dos cossacos do Don, liderou uma revolta no sul e no leste da Rússia que durou de 1667 a 1670, quando foi preso e depois executado. (N. do T.)

— Você é um psicólogo — Stavróguin empalidecia mais e mais —, embora em parte esteja enganado quanto às causas do meu casamento... Aliás, quem poderia lhe fornecer todas essas informações — deu um riso forçado —, não me diga que foi Kiríllov? Mas ele não participou...

— Você está ficando pálido?

— Ora, o que você está querendo? — enfim Nikolai Vsievolódovitch levantou a voz. — Passei meia hora sentado debaixo do seu chicote, e você poderia pelo menos me despedir com cortesia... Se realmente não tem nenhum objetivo sensato para agir dessa maneira comigo.

— Objetivo sensato?

— Sem dúvida. Era sua obrigação pelo menos me explicar finalmente o seu objetivo. Fiquei o tempo todo aqui esperando que você o fizesse, mas vi apenas uma raiva frenética. Peço, abra-me o portão.

Levantou-se da mesa. Chátov se precipitou furioso atrás dele.

— Beije a terra, banhe-a de lágrimas, peça perdão! — gritou, agarrando-o pelos ombros.

— Entretanto não o matei... naquela manhã... mas pus as duas mãos para trás... — proferiu Stavróguin quase com dor, baixando a vista.

— Conclua, conclua! Você veio aqui me prevenir do perigo, me permitiu falar, amanhã pretende anunciar publicamente o seu casamento!... Porventura não vejo em seu rosto que está dominado por alguma ideia ameaçadora?... Stavróguin, por que estou condenado a acreditar em você para todo o sempre? Porventura poderia falar assim com outro? Sou um homem recatado, mas não temi minha nudez porque estava falando com Stavróguin. Não temi caricaturar a grande ideia ao tocar nela porque Stavróguin estava me ouvindo... Porventura não vou beijar o seu rastro quando você se for? Não consigo arrancá-lo do meu coração, Nikolai Stavróguin!

— Lamento não poder gostar de você, Chátov — proferiu friamente Nikolai Vsievolódovitch.

— Eu sei que não pode e sei que não mente. Ouça, posso consertar tudo: vou conseguir uma lebre para você!

Stavróguin calava.

— Você é ateu porque é um fidalgote, o último fidalgote. Você perdeu a capacidade de distinguir o mal do bem porque deixou de reconhecer o seu povo. Uma nova geração está se desenvolvendo oriunda diretamente do coração do povo, e nem você, nem os Vierkhoviénski, o filho e o pai, nem eu a reconhecemos porque eu também sou um fidalgote, sou filho do seu criado servil Pascha... Ouça, conquiste Deus pelo trabalho; toda a essência está aí, ou desaparecerá como um reles bolor; conquiste-o pelo trabalho.

— Conquistar Deus pelo trabalho? Que trabalho?

— De mujique. Vá, largue a sua riqueza! Ah! Você está rindo, está com medo que isso dê num *kunchtik*?[37]

Mas Stavróguin não ria.

— Você supõe que se pode conquistar Deus pelo trabalho, e justamente pelo trabalho de mujique? — falou ele, refletindo como se realmente tivesse encontrado algo de novo e sério que valesse a pena considerar. — A propósito — passou de repente a um novo pensamento —, você acabou de me lembrar: sabe que não sou nada rico, de sorte que não tenho nada a largar? Estou quase sem condição de assegurar sequer o futuro de Mária Timofêievna... Veja mais: vim aqui para lhe pedir que não abandone Mária Timofêievna também doravante, se isso lhe for possível, uma vez que só você poderia exercer certa influência sobre sua pobre mente... Estou falando por via das dúvidas.

— Está bem, está bem que você tenha falado de Mária Timofêievna — agitou a mão Chátov, segurando com a outra uma vela —, está bem, depois naturalmente... Ouça, faça uma visita a Tíkhon.

— A quem?

— A Tíkhon. Tíkhon, ex-bispo ortodoxo, vive agora retirado por motivo de doença aqui na cidade, no perímetro urbano, em nosso mosteiro da virgem de Efein.

— O que vem a ser isso?

— Não é nada. Ele recebe visitas que chegam a pé e transportadas. Vá lá; que lhe custa? Ande, que lhe custa?

— É a primeira vez que ouço falar e... eu ainda não vi esse tipo de gente. Agradeço, vou visitá-lo.

Chátov iluminava a escada.

— Vá — escancarou a cancela para a rua.

— Não tornarei a visitá-lo, Chátov — pronunciou Stavróguin em voz baixa atravessando a cancela.

O negrume e a chuva continuavam como antes.

[37] Transcrição russificada do alemão *Kunststück*, que significa prestidigitação, truque, tramoia, ardil etc. (N. do T.)

II
A NOITE
(continuação)

I

Ele atravessou toda a rua Bogoiavliénskaia; por fim desceu um monte e atolou os pés na lama, e súbito descortinou-se perante ele um espaço vasto e brumoso como que deserto — o rio. As casas se converteram em casebres, a rua se perdeu no meio de uma infinidade de vielas desordenadas. Durante muito tempo Nikolai Vsievolódovitch abriu caminho ao lado das cercas, sem se separar da margem mas encontrando sem vacilação o caminho, e é até duvidoso que tenha pensado muito nele. Estava ocupado com coisa inteiramente diferente e olhou surpreso ao redor quando, despertando de chofre de uma reflexão profunda, viu-se quase no meio do nosso longo pontão molhado. Ao redor não havia viva alma, de sorte que lhe pareceu estranho quando de repente, quase ao lado do seu cotovelo, ouviu-se uma voz cortesmente familiar, aliás bastante agradável, com aquele acento meloso e escandido que entre nós costumam ostentar os pequeno-burgueses excessivamente civilizados ou os jovens caixeiros de cabelos encaracolados do Gostini Riad.

— Será que não me permitiria, meu senhor, aproveitar o seu guarda-chuva?

De fato, uma figura qualquer se metera ou apenas queria dar a impressão de que se metera debaixo do guarda-chuva. O vagabundo caminhava ao lado dele, quase "sentindo o seu cotovelo", como dizem os soldados. Retardando o passo, Nikolai Vsievolódovitch inclinou-se para examiná-lo tanto quanto era possível no escuro. Era um homem de estatura mediana e parecia um pequeno-burguês farrista; estava vestido sem agasalhos e sem graça; sobre os cabelos encaracolados e despenteados pendia um boné de pano molhado com a pala meio arrancada. Parecia de um moreno intenso, magro e bronzeado; olhos graúdos, negros, de um brilho forte e com cambiantes amarelos, como os dos ciganos; isso dava para notar até no escuro. Tinha pelo visto uns quarenta anos e não estava bêbado.

— Tu me conheces? — perguntou Nikolai Vsievolódovitch.

— Senhor Stavróguin, Nikolai Vsievolódovitch; domingo passado me mostraram o senhor na estação mal o trem parou. Além disso, já ouvira falar do senhor antes.

— Por Piotr Stiepánovitch? Tu... tu és o Fiedka Kátorjni?

— Fui batizado como Fiódor Fiódorovitch; até hoje tenho mãe natural nestas paragens, uma velha de Deus, está caminhando para a cova, leva dias e noites rezando por nós para assim não perder em vão o seu tempo de velhice.

— Tu és um fugitivo dos trabalhos forçados?

— Mudei de sorte. Entreguei os livros e os sinos e as coisas da igreja, porque peguei pena longa nos trabalhos forçados, de sorte que ia ter de esperar muito tempo o cumprimento do prazo.

— O que fazes aqui?

— Vou passando dias e noites. Um tio também nosso morreu na semana passada na prisão daqui, onde estava por falsificação de dinheiro, e eu fiz uma homenagem fúnebre a ele atirando duas dezenas de pedras nos cachorros — foi tudo o que tive de fazer até agora. Além disso, Piotr Stiepánovitch me garantiu que ia arranjar um passaporte de comerciante para eu andar por toda a Rússia, de sorte que também estou esperando este obséquio dele. Porque, diz ele, meu pai te perdeu no baralho no clube inglês; e eu, diz ele, acho isso injusto e desumano. O senhor poderia me dar três rublos para um chazinho, para me aquecer?

— Quer dizer que estavas me espreitando aqui; não gosto disso. Por ordem de quem?

— Esse negócio de ordem eu não recebi de ninguém, estou aqui unicamente porque conheço o seu lado humano, todo mundo conhece. Os nossos ganhos, o senhor mesmo sabe, são um molho de feno com uma pancada de forcado do lado. Sexta-feira quase arrebentei a pança de comer como um animal; desde então fiquei um dia sem comer, o outro na espera, e no terceiro novamente não comi. Tem água no rio à vontade, criei carpas no bucho... Pois bem, eu não receberia uma graça sua por generosidade? Justo perto daqui uma comadre me espera, só que ninguém se meta a aparecer lá sem dinheiro.

— O que foi que Pior Stiepánovitch te prometeu de minha parte?

— Não é que ele tenha prometido, mas disse em suas palavras que eu posso, quem sabe, ser útil à Sua Graça se, por exemplo, houver ocasião, mas em que propriamente ele não me explicou com precisão, porque Piotr Stiepánovitch, por exemplo, experimenta a minha paciência cossaca e não alimenta nenhuma confiança em mim.

— Por quê?

— Piotr Stiepánovitch é um astrólogo e descobriu todos os planos divi-

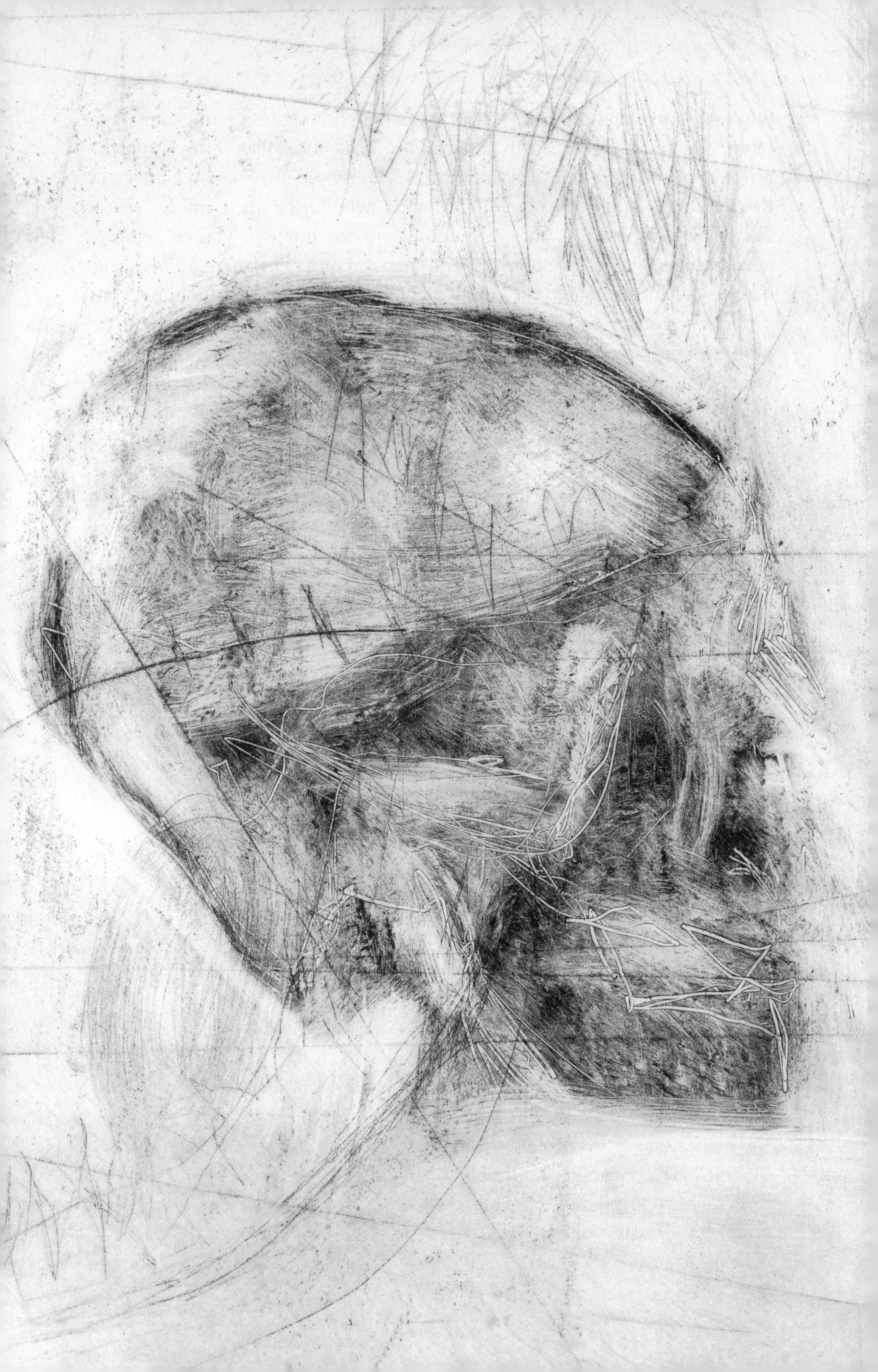

nos, mas também está sujeito à crítica. À sua frente, senhor, estou como diante do Verdadeiro, porque ouvi falar muito do senhor. Piotr Stiepánovitch é uma coisa e o senhor, vai ver, é outra. Se ele diz que um homem é um canalha, além de canalha ele não vê mais nada nele. Se diz que é imbecil, então além de imbecil ele não tem outro nome para esse homem. Mas eu posso ser apenas imbecil às terças e quartas-feiras, mas na quinta já sou mais inteligente do que ele. Pois bem, agora ele sabe que eu ando com muita saudade do passaporte — porque na Rússia não se pode andar sem documento de jeito nenhum —, pois bem, ele acha que salvou a minha alma. Para Piotr Stiepánovitch, senhor, eu lhe digo que pelo visto é fácil viver no mundo, porque ele imagina um tipo de homem e com esse tipo vive. Além disso, é sovina de doer. Acha que sem a permissão dele eu não me atrevo a incomodar o senhor, mas, diante do senhor, é como se eu estivesse diante do Verdadeiro — eis que estou aqui pela quarta noite esperando Sua Graça nesta ponte, por essa razão posso encontrar sem ele meu próprio caminho, com meus passos suaves.

— E quem te disse que eu ia passar pela ponte à noite?

— Quanto a isso, confesso, fiquei sabendo à parte, mas pela tolice do capitão Lebiádkin, porque não há jeito que faça ele se conter... De sorte que cabem à Sua Graça três rublos, por exemplo, pela nostalgia dos três dias e três noites. E quanto à roupa encharcada, engulo calado.

— Eu vou para a esquerda, tu para a direita; a ponte terminou. Ouça, Fiódor, gosto de que minha palavra seja compreendida de uma vez por todas: não vou te dar nem um copeque, doravante não me encontres nem na ponte nem em lugar nenhum, não preciso de ti e nem vou precisar, e se tu não obedeceres, eu te amarro e entrego à polícia. Dá o fora!

— Sim, senhor, podia me dar alguma coisa ao menos pela companhia, seria mais divertido ir em frente.

— Fora!

— Será que o senhor conhece o caminho por aqui? Porque tem tanta viela... eu poderia orientar, porque essa cidade parece que o diabo trouxe num cesto, que arrebentou e ela se espalhou.

— Olha, eu amarro! — voltou-se Nikolai Vsievolódovitch com ar ameaçador.

— O senhor pode refletir; vai ficar muito tempo ofendendo um órfão?

— Não, pelo visto estás seguro de ti!

— Estou seguro do senhor, mas não estou muito seguro de mim.

— Não preciso de ti para nada, já te disse!

— Mas eu preciso do senhor, eis a questão. Vou esperar o senhor na volta, é assim que vai ser.

— Eu te dou a minha palavra: se te encontrar, vou te amarrar.

— Sendo assim vou preparar um cinto. Boa viagem, senhor, aqueceu um órfão debaixo do seu guarda-chuva, só por isso serei grato até a sepultura.

Ele ficou. Nikolai Vsievolódovitch chegou preocupado ao destino. Esse homem caído do céu estava absolutamente convencido de que era indispensável para ele e se apressou de modo excessivamente descarado em declará-lo. Em linhas gerais, não faziam cerimônia com ele. Mas podia acontecer também que o vagabundo não estivesse mentindo em tudo e implorasse o serviço realmente só em nome próprio e justamente às escondidas de Piotr Stiepánovitch; e isso era mesmo o mais curioso.

II

A casa a que chegou Nikolai Vsievolódovitch ficava literalmente em pleno extremo da cidade, numa viela deserta, entre cercas atrás das quais se estendiam hortas. Era uma casinhola de madeira totalmente isolada, recém-construída e ainda não revestida de ripas. Em uma das janelas os contraventos estavam deliberadamente abertos e uma vela ardia na soleira — pelo visto para servir de farol ao hóspede tardio, esperado para aquela noite. Ainda a uns trinta passos, Nikolai Vsievolódovitch distinguiu no alpendre a figura de um homem alto, provavelmente o dono do estabelecimento que saíra impaciente a fim de observar o acesso à casa. Ouviu-se a voz dele, impaciente e como que tímido:

— É o senhor? O senhor?

— Sou eu — respondeu Nikolai Vsievolódovitch, não antes de chegar ao alpendre e fechar o guarda-chuva.

— Até que enfim! — sapateou e agitou-se o capitão Lebiádkin — era ele —; por favor, o guarda-chuva; está muito úmido; vou abri-lo aqui no canto, no chão, por favor, por favor.

A porta que dava do vestíbulo para um cômodo iluminado por duas velas estava escancarada.

— Não fosse a sua palavra de que viria sem falta, eu teria deixado de acreditar.

— São quinze para a uma — Nikolai Vsievolódovitch olhou para o relógio ao entrar no cômodo.

— E com essa chuva e numa distância tão curiosa... Não tenho relógio e da janela só se avistam hortas, de sorte que... a gente fica atrasada em relação aos acontecimentos... Mas não estou propriamente me queixando porque eu não me atrevo, não me atrevo, mas unicamente por uma impaciência que me consumiu durante toda a semana para finalmente... decidir-me.

— Como?

— A ouvir sobre o meu destino, Nikolai Vsievolódovitch. Faça o favor.

Fez uma reverência e apontou para um lugar junto à mesa, diante do divã.

Nikolai Vsievolódovitch olhou ao redor; o cômodo era minúsculo, baixinho; o mobiliário era o indispensável, cadeiras e um divã de madeira, também de feitio inteiramente novo, sem estofamento nem almofadas, duas mesinhas de tília, uma perto do divã e outra no canto, com toalha, cheia de alguma coisa e coberta por uma toalhinha limpíssima. Aliás, pelo visto todo o cômodo era mantido em grande limpeza. Já fazia uns oito dias que o capitão Lebiádkin não estava bêbado; tinha o rosto como que inchado e amarelado, o olhar intranquilo, curioso e evidentemente atônito: percebia-se ademais que ele mesmo ainda não sabia com que tom podia entabular a conversa e a maneira mais vantajosa de ir direto ao assunto.

— Como está vendo — mostrou ao redor —, vivo como Zossima.[38] Abstemia, isolamento e miséria — votos dos antigos cavaleiros.

— Você supõe que os cavaleiros antigos faziam tais votos?

— Será que perdi o tino? Infelizmente sou um homem limitado. Estraguei tudo! Não sei se acredita, Nikolai Vsievolódovitch, aqui despertei pela primeira vez das paixões vergonhosas — nem uma taça, nem uma gota! Tenho um canto e há seis dias venho experimentando a prosperidade da consciência. Até as paredes cheiram a resina, lembrando a natureza. E o que era eu, como vivia?

Errando à noite sem albergue,
E de dia estirando a língua —

segundo a expressão genial do poeta! Entretanto... o senhor está tão encharcado... Não gostaria de tomar um chá?

— Não se preocupe.

— O samovar esteve fervendo desde as sete horas mas... se apagou... como tudo no mundo. Até o sol, como dizem, também se apagará quando chegar sua vez... Aliás, se for preciso, eu dou um jeito. Agáfia está acordada.

[38] O mais provável é que o Zossima referido por Lebiádkin seja sinônimo de algum eremita. Não caberia, porém, imaginá-lo como protótipo do futuro *stárietz* Zossima, de *Os irmãos Karamázov*. (N. do T.)

— Diga-me, Mária Timofêievna...

— Está aqui, está aqui — respondeu imediatamente Lebiádkin, murmurando —, quer dar uma olhada? — apontou a porta entreaberta de outro quarto.

— Não está dormindo?

— Oh, não, não, seria possível? Ao contrário, desde que anoiteceu está esperando, e tão logo soube fez imediatamente a toalete — fez menção de torcer a boca num riso jocoso mas se conteve no mesmo instante.

— Como está em linhas gerais? — perguntou Nikolai Vsievolódovitch franzindo o cenho.

— No geral? O senhor mesmo sabe (deu de ombros como quem lamenta), mas agora... agora vive sentada e deitando as cartas...

— Está bem, depois; primeiro preciso terminar a conversa com você.

— Nikolai Vsievolódovitch sentou-se no divã. O capitão puxou no mesmo instante a outra cadeira para si e inclinou-se sobre ela para ouvir numa expectativa trêmula.

— O que você tem ali no canto, debaixo daquela toalhinha? — súbito Nikolai Vsievolódovitch prestou atenção.

— Aquilo — Lebiádkin também se voltou. — Aquilo vem da sua própria generosidade, com vistas, por assim dizer, a comemorar a nova casa, também considerando a viagem longa e o cansaço natural — deu um risinho comovido, em seguida levantou-se e, na ponta dos dedos, de modo respeitoso e cauteloso, tirou a toalhinha da mesa no canto. Apareceu uma ceia pronta de frios: presunto, vitela, sardinha, queijo, um pequeno vaso esverdeado e uma longa garrafa de Bordeaux; tudo estava arrumado com asseio, conhecimento de causa e quase com elegância.

— Foi você que preparou isso?

— Eu. Desde ontem, e tudo o que pude para fazer a honra... Como o senhor sabe, Mária Timofêievna é indiferente a isso. O principal é que isso é produto da sua generosidade, da sua própria, uma vez que o dono da casa aqui é o senhor e não eu; eu, por assim dizer, sou apenas o seu administrador, porque, apesar de tudo, apesar de tudo, Nikolai Vsievolódovitch, apesar de tudo sou independente por espírito! Não me tire esse meu último bem! — concluiu com enternecimento.

— Hum!... Você podia tornar a sentar-se.

— Agra-de-cido, agradecido e independente! (Sentou-se.) Ah, Nikolai Vsievolódovitch, neste coração acumulou-se tanta coisa, que eu não sabia como esperar a sua chegada! Agora o senhor vai decidir o meu destino e... daquela infeliz, e aí... aí, como acontecia antes, na antiguidade, vou desabafar tudo perante o senhor como quatro anos atrás! Naquele tempo o senhor se dignava me ouvir, lia versos... Não importa que então me considerassem o seu Falstaff de Shakespeare, mas o senhor representava tanto no meu destino!... Hoje eu ando com grandes temores, e espero unicamente do senhor um conselho e a luz. Piotr Stiepánovitch está me tratando de forma horrível!

Nikolai Vsievolódovitch ouvia com curiosidade e observava com o olhar fixo. Era visível que o capitão Lebiádkin, mesmo tendo deixado a bebedeira, ainda assim nem de longe estava em estado harmonioso. Em beberrões de tantos anos como ele, no fim das contas, acaba sempre se consolidando algo descosido, inebriado, algo como que afetado e louco, embora eles engasopem, usem de astúcia e malandragem quase do mesmo modo que os outros, se for necessário.

— Estou vendo que você não mudou nada nesses quatro anos e pouco, capitão — pronunciou Nikolai Vsievolódovitch como que um tanto mais carinhoso. — Vê-se, é verdade, que toda a segunda metade da vida de um homem é constituída apenas dos hábitos acumulados na primeira metade.

— Palavras elevadas! O senhor decifra o enigma da vida! — bradou o capitão, metade finório e metade deveras tomado de um autêntico entusiasmo, porque era um grande adepto das palavras. — De todas as suas expressões, Nikolai Vsievolódovitch, lembrei-me predominantemente de uma, o senhor a exprimiu ainda em Petersburgo: "É preciso ser realmente um grande homem para ser capaz de se preservar até contra o bom senso". Foi isso!

— Tanto quanto um imbecil.

— Sim, que seja também um imbecil, mas o senhor andou desfiando espirituosidade a vida inteira, e eles? Vá Lipútin, vá Piotr Stiepánovitch proferir algo semelhante! Oh, com que crueldade Piotr Stiepánovitch me tratou!...

— No entanto, capitão, como o senhor também andou se comportando?

— Como um bêbado, e além do mais toda uma infinidade de meus inimigos! Mas agora tudo passou, tudo, e eu me revigorei como uma serpente. Nikolai Vsievolódovitch, sabe que estou escrevendo meu testamento e que já o concluí?

— Curioso. O que você está deixando e para quem?

— Para a pátria, a humanidade e os estudantes. Nikolai Vsievolódovitch, li nos jornais a biografia de um americano. Ele deixou toda a sua imensa fortuna para as fábricas e as ciências positivas, o seu esqueleto para os estudantes, para a academia de lá, a pele para tambores a fim de que batam neles dia e noite o hino nacional americano. Infelizmente, somos pigmeus em comparação com o voo do pensamento dos Estados da América do Norte; a Rússia é um jogo da natureza e não da inteligência. Tente eu legar a minha pele para tambores, por exemplo, para o regimento de infantaria de Akmolinsk, no qual tive a honra de iniciar o meu serviço, a fim de que todos os dias toquem nele diante do regimento o hino nacional russo, e vão considerar isso liberalismo, proibir a minha pele... e por isso me limitei apenas aos estudantes. Quero legar o meu esqueleto à academia mas contanto, contanto que me coloquem para sempre na testa um rótulo com as palavras: "Um livre-pensador arrependido". É isso!

O capitão falava com ardor e, é claro, já acreditava na beleza do testamento do americano, mas era também finório e estava com muita vontade de fazer rir Nikolai Vsievolódovitch, diante de quem muito tempo antes fizera o papel de bufão. Mas o outro não riu e, ao contrário, perguntou de modo um tanto desconfiado:

— Quer dizer que você está com a intenção de publicar seu testamento ainda em vida e receber por ele uma recompensa?

— Ah, pelo menos isso, Nikolai Vsievolódovitch, pelo menos isso! — perscrutou cautelosamente Lebiádkin. — Veja que destino o meu! Deixei até de escrever versos, mas houve época em que até o senhor se divertiu com meus versos, Nikolai Vsievolódovitch, ao pé de uma garrafa, está lembrado? Mas a pena se esgotou. Escrevi apenas um poema, como Gógol a *Última novela*;[39] o senhor se lembra de que ele anunciou à Rússia que ela "se fez brotar" do seu peito. Assim eu também o cantei, e basta.

— Que poema?

— "Caso ela quebre a perna!"

— O quê-ê?

Era só o que o capitão esperava. Ele estimava e apreciava desmedidamente os seus versos, mas também, por uma certa duplicidade finória da alma, gostava ainda do fato de que Nikolai Vsievolódovitch sempre se divertira com os seus versos e gargalhara com eles, às vezes rolava de rir. Assim ele atingia dois objetivos — um poético e outro subserviente; mas agora havia um terceiro objetivo, particular e muito delicado: ao pôr em cena os versos, o capitão pensava justificar-se em um ponto que por algum motivo era o que ele mais receava e no qual mais se sentia culpado.

— "Caso ela quebre uma perna!", ou seja, caso esteja montada. Uma fantasia, Nikolai Vsievolódovitch, um delírio, mas um delírio de poeta: uma

[39] Em *Trechos escolhidos da correspondência com os amigos*, Gógol se refere ao seu projetado último livro *Novela de despedida* (*Proschálnaia póviest*), afirmando que não inventou, não criou a obra: ela teria brotado por si mesma de dentro de sua alma. (N. do T.)

vez fiquei impressionado ao passar e encontrar a amazona, e fiz uma pergunta material: "O que aconteceria?", ou seja, no caso de. Coisa clara: todos os aventureiros dariam meia-volta, todos os pretendentes cairiam fora, era uma vez, só o poeta permaneceria fiel com o coração esmagado no peito. Nikolai Vsievolódovitch, até um piolho, até esse poderia se apaixonar, e lei nenhuma o proibiria. E mesmo assim a fulana ficou ofendida com a carta e com os versos. Dizem que até o senhor ficou zangado, será?; isso dói; eu nem quis acreditar. Bem, quem eu poderia prejudicar com uma simples imaginação? Além disso, juro por minha honra, Lipútin teve culpa: "Escreva, escreva, qualquer homem tem direito de correspondência" — e eu enviei.

— Parece que você se propôs como noivo?

— É conversa dos inimigos, dos inimigos, dos inimigos!

— Declame os versos — interrompeu Nikolai Vsievolódovitch com ar severo.

— É um delírio, antes de tudo um delírio.

No entanto ele se aprumou, estendeu o braço e começou:

A bela das belas quebrou uma perna
E ficou duas vezes mais atraente,
E ficou duas vezes apaixonado
Quem já não estava pouco apaixonado.

— Bem, chega — Nikolai Vsievolódovitch abanou a mão.

— Sonho com Piter[40] — Lebiádkin pulou depressa de assunto, como se nunca tivesse falado de versos —, sonho com o retorno... Meu benfeitor! Posso esperar que o senhor não me negará recursos para a viagem? Passei a semana inteira esperando o senhor como quem espera o sol.

— Ah não, ah não, eu estou quase sem recurso nenhum, e, além disso, por que eu haveria de lhe dar dinheiro?...

Nikolai Vsievolódovitch pareceu zangar-se de repente. Enumerou de forma breve e seca todos os delitos do capitão: bebedeira, mentira, esbanjamento do dinheiro destinado a Mária Timofêievna, o fato de ele a ter tirado do mosteiro, as cartas atrevidas com ameaças de publicar o segredo, a atitude em relação a Dária Pávlovna, etc., etc. O capitão se agitava, gesticulava, começava a objetar, mas Nikolai Vsievolódovitch sempre o detinha com ar imperioso.

[40] Tratamento carinhoso de Petersburgo. (N. do T.)

— E com licença — observou por fim —, você anda sempre escrevendo sobre uma tal "desonra familiar". Que desonra pode haver para você no fato de sua irmã estar casada legitimamente com um Stavróguin?

— Mas o casamento não se concretizou, Nikolai Vsievolódovitch, o casamento não se concretizou, é um segredo fatal. Recebo dinheiro do senhor e de repente me pergunto: por que esse dinheiro? Fico tolhido e não consigo responder, e isso prejudica minha irmã, prejudica a dignidade da família.

O capitão levantou o tom: gostava desse tema e contava fortemente com ele. Infelizmente não pressentia como estava sendo apanhado. De modo tranquilo e preciso, como se se tratasse da mais costumeira disposição doméstica, Nikolai Vsievolódovitch lhe comunicou que por esses dias, talvez até amanhã ou depois de amanhã, tinha a intenção de tornar seu casamento conhecido em toda parte, "tanto à polícia quanto à sociedade", logo, terminaria de per si também a questão da dignidade familiar e com ela a questão dos subsídios. O capitão arregalou os olhos; não conseguiu nem entender; era preciso lhe explicar.

— Mas ela é... meio louca.

— Vou tomar essas providências.

— Mas... como vai reagir sua mãe?

— Bem, isso é com ela.

— Mas o senhor vai introduzir sua mulher em sua casa?

— Talvez sim. Aliás, isso está inteiramente fora da sua alçada e você não tem nada a ver com isso.

— Como não tenho nada a ver? — bradou o capitão. — E eu, como fico?

— Bem, é claro que você não vai para minha casa.

— Mas acontece que sou parente.

— De parentes como você as pessoas fogem. Por que eu haveria de lhe dar dinheiro? Julgue você mesmo.

— Nikolai Vsievolódovitch, Nikolai Vsievolódovitch, isso não pode ser, talvez o senhor ainda reflita, o senhor não deseja a desgraça... o que vão pensar, o que vão dizer na sociedade?

— Estou morrendo de medo da sua sociedade. Eu me casei com a sua irmã quando quis, depois de um jantar de bebedeira, por causa de uma aposta por vinho, e agora vou tornar isso público... e se agora isso me diverte?

Ele pronunciou isso de modo particularmente irritado, de sorte que Lebiádkin começou a acreditar, horrorizado.

— Mas acontece que eu, eu como, ora, o principal nesse caso sou eu!... Será que o senhor está brincando, Nikolai Vsievolódovitch?

— Não, não estou brincando.

— Como quiser, Nikolai Vsievolódovitch, mas eu não acredito no senhor... Neste caso vou entrar com recurso.

— Você é tolo demais, capitão.

— Que seja, mas isso é tudo o que me resta! — o capitão estava completamente desnorteado. — Antes, pelos serviços que ela prestava lá, pelo menos nos davam moradia, mas o que vai acontecer agora se o senhor me abandonar inteiramente?

— Você está querendo ir a Petersburgo para mudar de carreira. Aliás, é verdade o que eu ouvi, que você pretende ir lá fazer denúncia, na esperança de ser perdoado acusando todos os outros?

O capitão ficou boquiaberto, arregalou os olhos e não respondeu.

— Ouça, capitão — falou subitamente Stavróguin de modo sumamente sério e inclinando-se sobre a mesa. Até então ele falava de modo meio ambíguo, de sorte que Lebiádkin, experimentado no papel de bufão, até o último instante estivera um pouquinho incrédulo apesar de tudo: seu senhor estaria realmente zangado ou apenas brincando, estaria de fato com a terrível intenção de anunciar o casamento ou estava apenas brincando? Agora, porém, o ar inusitadamente severo de Nikolai Vsievolódovitch era tão convincente que o capitão chegou a sentir um calafrio. — Ouça e diga a verdade, Lebiádkin: você já fez algum tipo de denúncia ou não? Já conseguiu fazer alguma coisa de fato? Não terá enviado alguma carta por tolice?

— Não, não tive tempo de fazer nada e... nem pensei — o capitão olhava imóvel.

— Ora, está mentindo ao dizer que não pensou. É com esse fim que está querendo ir a Petersburgo. Se não escreveu, não terá deixado escapar alguma coisa para alguém aqui? Diga a verdade, ouvi dizer alguma coisa.

— Bêbado, falei alguma coisa a Lipútin. Lipútin é um traidor. Abri meu coração para ele — murmurou o pobre capitão.

— Coração é coração, mas nem por isso é preciso ser paspalhão. Se você estava com a ideia, devia tê-la mantido para si; hoje as pessoas inteligentes se calam e não ficam falando do assunto.

— Nikolai Vsievolódovitch — o capitão começou a tremer —, o senhor mesmo não participou de nada, ora, não foi o senhor que eu...

— Claro, você não se atreveria a denunciar sua vaca leiteira.

— Nikolai Vsievolódovitch, imagine, imagine!... — e, tomado de desespero e em lágrimas, o capitão começou a expor apressadamente a sua história de todos aqueles quatro anos. Era a mais tola história de um imbecil que se metera em assunto que não era seu e quase não compreendia a sua importância até o último instante, por viver na bebedeira e na farra. Ele disse que ainda em Petersburgo "se envolvera a princípio simplesmente por amizade, como um verdadeiro estudante, embora nem fosse estudante" e, sem saber de nada, "sem ter culpa nenhuma", distribuiu diferentes panfletos pelas escadas, deixou dezenas ao pé das portas, das sinetas, introduziu-os no lugar dos jornais, levou ao teatro, meteu nos chapéus, nos bolsos. Depois passou a receber dinheiro por eles, "porque meus recursos, o senhor sabe quais são os meus recursos!". Distribuíra "toda sorte de porcaria" nos distritos de duas aldeias. — Oh, Nikolai Vsievolódovitch — bradou —, o que mais me deixava indignado era que aquilo era absolutamente contrário às leis civis e predominantemente às leis pátrias! Súbito foi feita uma publicação conclamando a que os homens saíssem com os seus forcados e se lembrassem de que quem saísse de casa pobre pela manhã, poderia voltar rico à noite. Imagine! Dava-me tremura, mas eu distribuía. Ou de repente um panfleto de cinco ou seis linhas dirigidas a toda a Rússia, sem quê nem para quê: "Fechem depressa as igrejas, destruam Deus, violem os matrimônios, eliminem o direito de herança, peguem seus facões" e só, e o diabo sabe o que mais. Pois bem, com esse papelote de cinco linhas por pouco não fui apanhado, no regimento os oficiais me deram uma sova, bem, Deus lhes dê saúde, e me soltaram. E lá, no ano passado, quase me capturaram quando eu entreguei a Korováiev uma nota de cinquenta rublos falsificada pelos franceses; bem, graças a Deus Korováiev achou de cair bêbado em um tanque nesse período e morreu afogado, e então não conseguiram me desmascarar. Aqui, em casa de Virguinski, proclamei a liberdade da esposa social. No mês de junho tornei a distribuir panfletos no distrito de -sk. Dizem que ainda vão me obrigar... De repente Piotr Stiepánovitch faz saber que eu devo obedecer; há muito tempo ele vem fazendo ameaças. Veja como me tratou domingo passado! Nikolai Vsievolódovitch, sou um escravo, sou um verme e não Deus, e é só isso que me distingue de Dierjávin.[41] Mas os meus recursos, veja os meus recursos!

Nikolai Vsievolódovitch ouviu tudo com curiosidade.

— Eu não sabia nada a respeito de muita coisa — disse ele —, é claro que muita coisa poderia ter-lhe acontecido... Ouça — disse, depois de pensar —, se quiser diga a eles, bem, você sabe a quem, que Lipútin mentiu e que você queria apenas me assustar com a denúncia, supondo que eu também estivesse comprometido e com a finalidade de arrancar mais dinheiro de mim... está entendendo?

[41] Gavrila Románovitch Dierjávin (1743-1816), poeta russo. (N. do T.)

— Nikolai Vsievolódovitch, meu caro, será mesmo que tamanho perigo me ameaça? Eu estava apenas à sua espera para lhe perguntar isso.

Nikolai Vsievolódovitch deu um risinho.

— É claro que não o deixarão ir a Petersburgo, ainda que eu lhe dê o dinheiro para a viagem... aliás já é hora de ver Mária Timofêievna — e levantou-se da cadeira.

— Nikolai Vsievolódovitch, e como vai ser com Mária Timofêievna?

— Do jeito que eu falei.

— Será que isso é verdade?

— Você ainda não acredita?

— Será que o senhor vai me abandonar como uma velha bota gasta?

— Vou ver — Nikolai Vsievolódovitch desatou a rir —, vamos, deixe-me passar.

— Não me ordena que eu fique no alpendre... para que não escute alguma coisa por acaso?... porque os cômodos são minúsculos.

— É o caso; fique no alpendre. Pegue o guarda-chuva.

— O seu guarda-chuva... eu o mereço? — adocicou demais o capitão.

— Qualquer um merece um guarda-chuva.

— O senhor define de uma vez o mínimo dos direitos humanos...

Mas ele já balbuciava maquinalmente; estava esmagado demais pelas notícias e perdera inteiramente o norte. E, não obstante, quase no mesmo instante em que saiu para o alpendre e abriu sobre a cabeça o guarda-chuva, mais uma vez começou a grudar em sua cabeça volúvel e marota a ideia tranquilizadora de que estavam armando ardis para ele e mentindo, e, sendo assim, não era ele quem teria de temer, mas ser temido.

"Se estão mentindo e armando ardis, então em que consiste precisamente a coisa?" — martelou-lhe na cabeça. Tornar público o casamento lhe parecia um absurdo: "É verdade que tudo se pode esperar de um tipo tão prodigioso; vive para fazer mal às pessoas. Mas e se ele mesmo está com medo depois da afronta de domingo passado, e ainda como nunca esteve? Foi por isso que correu para cá, a fim de assegurar que ele mesmo vai divulgar por medo de que eu divulgue. Lebiádkin, não erre o alvo! E por que aparecer tarde da noite, às escondidas, quando ele mesmo deseja publicidade? E se está com medo, quer dizer que está com medo agora, precisamente agora, justo nesses poucos dias... Ei, Lebiádkin, não meta o bedelho!...".

"Está me assustando com Piotr Stiepánovitch. Ai, é pavoroso, ai, é pavoroso; não, isso é mesmo pavoroso! E achei de dar com a língua nos dentes com Lipútin. O diabo sabe o que esses demônios andam tramando, não consigo entender. Outra vez estão se mexendo como cinco anos atrás. Verdade, a quem eu denunciaria? 'Não terá escrito a alguém por tolice?' Hum. Quer dizer que se pode escrever sob a aparência de quem estaria cometendo uma tolice. Isso não seria uma sugestão? 'Você vai a Petersburgo com esse fim.' Vigarista, eu apenas sonhei e ele já decifrou o sonho! Como se ele mesmo me insuflasse a ir. Aqui na certa há duas coisas, ou uma ou outra: ou mais uma vez ele mesmo está com medo porque aprontou das suas, ou... ou não está com medo de nada mas apenas me insufla a denunciar todos eles! Oh, é pavoroso, Lebiádkin. Oh, não me venha errar o alvo!..."

Ele estava tão envolvido em seu pensamento que se esqueceu de escutar. Aliás era difícil escutar; a porta era grossa, de um só batente, e os dois falavam muito baixo; ouviam-se alguns sons vagos. O capitão chegou até a cuspir e tornou a sair meditativo para assobiar no alpendre.

III

O quarto de Mária Timofêievna era o dobro do quarto do capitão e mobiliado com o mesmo mobiliário tosco; mas a mesa diante do divã estava coberta por uma elegante toalha colorida; em cima dela ardia um candeeiro; por todo o chão estendia-se um belo tapete; uma cortina verde que atravessava todo o quarto separava a cama e, além disso, junto à mesa havia uma grande poltrona macia na qual, não obstante, Mária Timofêievna não se sentava. Em um canto, como no apartamento anterior, ficava um ícone com uma lamparina acesa à frente e na mesa as mesmas coisinhas indispensáveis: um baralho, um espelhinho, um cancioneiro e até um pãozinho doce. Além disso, apareceram dois livrinhos com figuras coloridas, um com trechos de um popular livro de viagens adaptados para a idade adolescente e outro, uma coletânea de relatos leves moralizantes, a maioria relatos da cavalaria, destinado às festas da árvore de Natal[42] e a institutos. Havia ainda um álbum com diversas fotografias. Mária Timofêievna, é claro, esperava a visita como anunciara o capitão; mas quando Nikolai Vsievolódovitch entrou em seu quarto, ela dormia reclinada no divã, curvada sobre um travesseiro de fios de lã. A visita fechou silenciosamente a porta atrás de si e ficou a observar a mulher adormecida sem sair do lugar.

O capitão mentira ao informar que ela se arrumara. Ela trajava o mesmo vestido escuro do domingo em casa de Varvara Pietrovna. Tinha os ca-

[42] Festa infantil de Ano-Novo ou Natal, com danças ao redor da árvore enfeitada. (N. do T.)

belos igualmente enrolados em um coque sobre a nuca; estava igualmente nu o pescoço longo e seco. O xale presenteado por Varvara Pietrovna encontrava-se no divã cuidadosamente dobrado. Ela continuava com o rosto grosseiramente pintado de pó de arroz e carmim. Antes que Nikolai Vsievolódovitch permanecesse um minuto ali em pé, ela acordou subitamente como se tivesse sentido o olhar dele sobre si, abriu os olhos e aprumou-se rapidamente. Mas decerto algo estranho acontecera ao visitante; ele continuou em pé no mesmo lugar junto à porta; imóvel e com o olhar penetrante, observava calado e obstinado o rosto dela. Talvez esse olhar fosse severo demais, talvez exprimisse asco, talvez até um prazer malévolo com o susto dela — a menos que não fosse essa a impressão que teve Mária Timofêievna mal despertando do sonho; só que de repente, após quase um minuto de espera, no rosto da pobre estampou-se o completo pavor; convulsões correram sobre ele, ela ergueu os braços trêmulos e súbito começou a chorar, tal qual uma criança assustada; mais um instante e ela começaria a gritar. Mas a visita recobrou-se; num abrir e fechar de olhos seu rosto mudou e ele se chegou à mesa com um sorriso mais afável e carinhoso.

— Perdão, eu a assustei ao despertar, Mária Timofêievna, com minha chegada imprevista — pronunciou estendendo-lhe a mão.

O som das palavras carinhosas produziu seu efeito, o susto desapareceu, embora ela continuasse a olhar com medo, pelo visto se esforçando por entender alguma coisa. Com ar temeroso, também estendeu a mão. Por fim um sorriso mexeu-se timidamente em seus lábios.

— Boa noite, príncipe — murmurou, olhando-o de modo um tanto estranho.

— Na certa teve algum sonho ruim? — continuou ele sorrindo do mesmo modo afável e carinhoso.

— E como o senhor soube que eu sonhei *com aquilo*?...

E súbito ela tornou a tremer e recuou, erguendo à frente o braço como quem se defende e preparando-se para tornar a chorar.

— Recomponha-se, basta! de que ter medo, porventura não me reconheceu? — persuadia-a Nikolai Vsievolódovitch, mas dessa vez não conseguiu tranquilizá-la por muito tempo; ela olhava calada para ele, com a mesma perplexidade angustiante e com alguma ideia penosa em sua pobre cabeça e fazendo o mesmo esforço para atinar alguma coisa. Ora baixava a vista, ora lançava a ele um olhar rápido e abrangente. Por fim, não é que se tivesse acalmado, mas pareceu decidir-se.

— Sente-se, eu lhe peço, ao meu lado para que depois eu possa observá-lo — pronunciou ela com bastante firmeza, com um objetivo evidente e como que novo. — Agora, não se preocupe, eu mesma não vou olhar para o senhor, vou olhar para o chão. O senhor também não olhe para mim antes que eu mesma peça. Sente-se — acrescentou até com impaciência.

Uma nova sensação visivelmente se apoderava dela cada vez mais.

Nikolai Vsievolódovitch sentou-se e ficou esperando; fez-se um silêncio bastante longo.

— Hum! Tudo isso me é muito estranho — murmurou ela de repente quase com nojo —, é claro que maus sonhos se apoderaram de mim; no entanto, por que o senhor me apareceu desse mesmo jeito em sonho?

— Ora, deixemos os sonhos — pronunciou ele com impaciência, voltando-se para ela apesar da proibição, e é possível que a expressão de há pouco tenha passado pelos olhos dele. Ele notava que várias vezes ela quisera muito olhar para ele mas se continha obstinadamente e olhava para o chão.

— Ouça, príncipe — súbito elevou a voz —, ouça, príncipe...

— Por que você me deu as costas, por que não olha para mim, para que essa comédia? — bradou ele sem se conter.

Mas era como se ela não o ouvisse absolutamente.

— Ouça, príncipe — repetiu pela terceira vez com voz firme, fazendo uma careta desagradável e inquieta. — Quando o senhor me disse naquele momento, na carruagem, que o casamento seria anunciado, temi que o segredo terminasse. Agora já não sei; não parei de pensar e vejo com clareza que não lhe sirvo absolutamente. Sei me arrumar, acho que também sei receber: não é grande coisa convidar para uma xícara de chá, especialmente quando se tem criados. O problema é como a coisa vai ser vista de fora. Naquela ocasião, no domingo, eu observei muita coisa naquela casa pela manhã. Aquela senhorinha bonita ficou o tempo todo olhando para mim, particularmente quando o senhor entrou. Porque foi o senhor que entrou, não foi? A mãe dela é simplesmente uma velhota mundana ridícula. Meu Lebiádkin também se distinguiu; para não desatar a rir, fiquei o tempo todo olhando para o teto, o teto de lá tem uma pintura bonita. A mãe *dele* poderia ser apenas a madre superiora; tenho medo dela, embora ela tenha me presenteado com o xale preto. Na certa todos lá fizeram de mim uma ideia intempestiva; não me zango, naquele momento eu me limitei a ficar sentada, pensando: que parenta sou eu para elas? É claro que de uma condessa exigem-se apenas qualidades espirituais — porque ela tem muitos criados para os afazeres domésticos — e ainda algum coquetismo mundano para saber receber visitantes estrangeiros. Mas mesmo assim elas olharam para mim com desespero naquele domingo. Só Dacha é um anjo. Temo muito que elas o amargurem, *a ele*, com alguma referência imprudente a meu respeito.

— Não tenha medo nem se preocupe — torceu a boca Nikolai Vsievolódovitch.

— Aliás, para mim não tem nenhuma importância se ele ficar um pouco envergonhado comigo, porque aí sempre há mais pena do que vergonha, é claro que conforme a pessoa. Porque ele sabe que antes sou eu que tenho pena delas, e não elas de mim.

— Parece que você está muito zangada com elas, Mária Timofêievna?

— Quem, eu? não — ela deu um riso simplório. — De jeito nenhum. Naquele momento eu observei vocês todos: estão sempre zangados, sempre brigando; reunidos, não conseguem nem rir com gosto. Tanta riqueza e tão pouca alegria — tudo isso é torpe para mim. Aliás, neste momento não tenho pena de ninguém, a não ser de mim mesma.

— Ouvi dizer que você e seu irmão tiveram dificuldade de viver sem mim?

— Quem lhe disse isso? Absurdo; agora está bem pior; agora tenho sonhos ruins, e os sonhos se tornaram ruins depois que o senhor chegou. É o caso de perguntar: por que o senhor apareceu, pode fazer o favor de dizer?

— Não quer voltar para o mosteiro?

— Bem, eu bem que pressentia que eles tornariam a propor o mosteiro! Grande coisa seu mosteiro para mim! Além do mais, por que eu iria para lá agora, com que fim? Agora eu estou só, sozinha! Para mim é difícil começar uma terceira vida.

— Você está muito zangada com alguma coisa, não estará temendo que eu tenha deixado de amá-la?

— Não tenho nenhuma preocupação com o senhor. Eu mesma é que temo deixar de gostar inteiramente de alguém.

Ela deu um riso de desdém.

— Eu devo ser culpada diante *dele* por alguma coisa muito grande — acrescentou de repente como que consigo mesma —, só que não sei de quê, e nisso está todo o meu mal. Sempre, sempre durante todos esses cinco anos eu temi dia e noite que tivesse alguma culpa perante ele. Acontecia de rezar, rezar, e pensar sempre na minha grande culpa perante ele. E o que se deu foi que era verdade.

— E o que se deu?

— Temo apenas que haja aí alguma coisa da parte *dele* — continuava ela sem responder à pergunta e inclusive sem ouvi-la absolutamente. — Mais uma vez não podia ele entender-se com aquela gentinha. A condessa me devoraria com alegria, embora tenha me colocado consigo na carruagem. Todos estão conspirando — será que ele também? Será que ele também traiu?

(Seu queixo e seus lábios tremeram.) Ouça o senhor: leu sobre Gríchka Otrépiev, que foi amaldiçoado em sete catedrais?

Nikolai Vsievolódovitch calava.

— Pensando bem, agora vou me virar para o senhor e olhá-lo — resolveu como que de repente —, vire-se também para mim e olhe-me, só que mais fixamente. Quero me certificar pela última vez.

— Há muito tempo estou olhando para você.

— Hum — proferiu Mária Timofêievna, olhando-o intensamente —, o senhor engordou muito...

Quis dizer mais alguma coisa, mas súbito, pela terceira vez, o susto de há pouco deformou-lhe por um instante o rosto e ela tornou a recuar, levantando o braço à frente.

— O que é que você tem? — gritou Nikolai Vsievolódovitch quase em fúria.

Mas o susto durou apenas um instante; um riso estranho, desconfiado, desagradável entortou o rosto dela.

— Eu lhe peço, príncipe, levante-se e entre — pronunciou de chofre com uma voz firme e persistente.

— Como *entre*? Onde eu entro?

— Durante todos esses cinco anos eu fiquei apenas imaginando como *ele* entraria. Levante-se agora e vá para além daquela porta, para o outro quarto. Vou ficar sentada como se não esperasse por nada, vou pegar um livro, e de repente o senhor vai entrar depois de cinco anos de viagem. Quero ver como será isso.

Nikolai Vsievolódovitch rangeu os dentes consigo mesmo e resmungou algo indistinto.

— Basta — disse ele, dando um tapa na mesa. — Peço-lhe que me ouça, Mária Timofêievna, faça o favor, reúna, se puder, toda a sua atenção. Porque você não é totalmente louca! — deixou escapar em sua impaciência. — Amanhã vou anunciar o nosso casamento. Você nunca irá viver em palácios, tire isso da cabeça. Quer viver comigo a vida inteira, só que muito longe daqui? Será nas montanhas, na Suíça, lá existe um lugar... Não se preocupe, nunca vou abandoná-la nem entregá-la a um manicômio. Tenho dinheiro o bastante para viver sem pedir. Você terá uma empregada; não fará trabalho nenhum. Tudo o que desejar de possível lhe será conseguido. Irá rezar, ir aonde quiser e fazer o que quiser. Não irei tocá-la. Também não sairei do meu lugar para lugar nenhum a vida inteira. Se quiser, ficarei a vida inteira sem falar com você, se quiser, pode me contar as suas histórias toda tarde, como outrora naqueles recantos de Petersburgo. Lerei livros para você se o desejar. Mas, por outro lado, será a vida inteira, no mesmo lugar, e o lugar é sombrio. Quer? decide-se? Não irá arrepender-se, atormentar-me com lágrimas, com maldições?

Ela ouviu com extraordinária curiosidade e por muito tempo calou e pensou.

— Tudo isso me é inverossímil — pronunciou finalmente com ar de galhofa e nojo. — E assim vou passar talvez quarenta anos naquelas montanhas? — Desatou a rir.

— Por que não? Passaremos quarenta anos — Nikolai Vsievolódovitch ficou muito carrancudo.

— Hum. Não vou de jeito nenhum.

— Nem comigo?

— E quem é o senhor para que eu o acompanhe? Passar quarenta anos com ele na montanha — vejam só como se insinua. Como as pessoas de hoje estão ficando tolerantes, palavra! Não, não pode acontecer que um falcão se torne um mocho. Meu príncipe não é assim! — Ela levantou a cabeça altiva e triunfante.

Foi como se ele se apercebesse de algo.

— A troco de que você me chama de príncipe e... por quem me toma? — perguntou rapidamente.

— Como? por acaso o senhor não é um príncipe?

— Nunca fui.

— Então o senhor mesmo, o senhor mesmo, assim na cara, confessa que não é um príncipe!

— Digo que nunca fui.

— Senhor! — ergueu os braços —, eu esperava tudo dos inimigos *dele*, mas nunca uma petulância como essa! Será que ele está vivo? — bradou com frenesi, investindo contra Nikolai Vsievolódovitch. — Tu[43] o mataste ou não? confessa!

— Por quem me tomas? — levantou-se de um salto com o rosto deformado; mas já era difícil assustá-la, ela triunfava.

— E quem te[44] conhece, quem és tu e de onde brotaste? Só o meu coração, o meu coração farejou toda a intriga durante todos esses cinco anos! Eu aqui sentada, admirada: que coruja cega é essa que se chegou? Não, meu caro, tu és um mau ator, pior até que Lebiádkin. Faze em meu nome uma reverên-

[43] Nesse ponto as personagens começam a misturar os pronomes de tratamento. (N. do T.)

[44] Mária Timofêievna começa a misturar os pronomes pessoais. (N. do T.)

cia profunda à condessa e dize-lhe que me mande gente mais limpa do que tu. Dize, ela te contratou? Moras de favor na cozinha dela? Vejo de fio a pavio toda a tua mentira, compreendo todos vocês, um por um!

Ele agarrou os braços dela com mais força ainda, acima dos cotovelos; ela gargalhava na cara dele:

— Tu te pareces, pareces muito, talvez sejas um parente dele — gente astuta! Só que o meu é um falcão luminoso e um príncipe, enquanto tu és um mocho e vendeiro! O meu se quiser fará uma reverência até a Deus, se não quiser não fará; quanto a ti, Chátuchka (o amável, o querido, o meu caro!) te deu um tabefe na cara, meu Lebiádkin me contou. E por que te acovardaste naquele momento, por que entraste? Quem te assustou naquele momento? Assim que vi tua cara vil quando caí e tu me seguraste, foi como se um verme se metesse em meu coração: mas não é *ele*, pensei, não é *ele*! Meu falcão nunca sentiria vergonha de mim perante uma grã-senhora mundana! oh Deus! Durante todos esses cinco anos eu me senti feliz com o simples fato de que meu falcão vivia e voava em algum lugar, lá atrás das montanhas, e contemplava o sol... Fala, impostor, recebeste uma grande bolada? Foi por uma grande soma de dinheiro que concordaste? Eu não te daria uma migalha. Ah, ah, ah! ah, ah, ah!...

— Ô, idiota! — rangeu os dentes Nikolai Vsievolódovitch, ainda segurando-a com força pelas mãos.

— Fora, impostor! — bradou ela em tom imperioso. — Eu sou mulher do meu príncipe e não tenho medo da tua faca!

— Faca!

— Sim, faca! tens uma faca no bolso. Pensavas que eu dormisse mas eu estava vendo: assim que entraste, há pouco, tiraste a faca!

— O que disseste, infeliz, que sonhos andas tendo! — vociferou ele e a empurrou com toda a força, de tal forma que ela bateu com os ombros e a cabeça no divã de modo doloroso. Ele se precipitou para correr; mas no mesmo instante ela se levantou e saiu em seu encalço, mancando e pulando. E já do alpendre, segura com todas as forças pelo assustado Lebiádkin, ainda conseguiu gritar-lhe, ganindo e gargalhando na escuridão:

— Gríchka Ot-rep-iev, mal-di-ção!

IV

"Uma faca, uma faca!" — repetia ele com uma raiva insaciável, andando a passos largos pela lama e pelas poças sem prestar atenção no caminho.

É verdade que por momentos tinha uma imensa vontade de gargalhar, alto, com furor; mas por algum motivo se continha e segurava o riso. Só voltou a si na ponte, justamente no mesmo lugar em que havia pouco encontrara Fiedka; o mesmo Fiedka o esperava ali mesmo também agora e, ao vê-lo, tirou o boné, arreganhou alegremente os dentes e no mesmo instante começou a tagarelar com vivacidade e alegria sobre alguma coisa. Inicialmente Nikolai Vsievolódovitch passou sem parar, durante algum tempo nem sequer ouviu o vagabundo que tornava a segui-lo colado nele. Assaltou-o de repente a ideia de que o esquecera por completo, e no justo momento em que ele mesmo repetia de instante em instante para si: "A faca, a faca". Agarrou o vagabundo pela gola e com toda a raiva que acumulara bateu com ele contra a ponte com toda a força. Por um instante o outro pensou em lutar, mas ato contínuo, apercebendo-se de que estava diante do seu adversário, que, ademais, o atacara quase acidentalmente — como uma palhinha que caísse sobre ele —, calou o bico e ficou quietinho, sem sequer esboçar a mínima resistência. De joelhos, pressionado contra o chão e com os cotovelos torcidos sobre as costas, o finório vagabundo aguardava tranquilamente o desfecho, parece que sem dar o mínimo crédito ao perigo.

Não se enganou. Nikolai Vsievolódovitch já ia tirando com a mão esquerda o cachecol quente para amarrar as mãos do seu prisioneiro; mas por algum motivo o largou de repente e o afastou. O outro levantou-se de um salto, virou-se, e uma faca de sapateiro curta e larga, que aparecera não se sabe de onde, brilhou em sua mão.

— Fora com essa faca, guarda, guarda agora mesmo! — *ordenou* Nikolai Vsievolódovitch com um gesto impaciente, e a faca desapareceu tão instantaneamente quanto aparecera.

Nikolai Vsievolódovitch seguiu o seu caminho mais uma vez calado e sem olhar para trás; mas o teimoso vagabundo ainda assim não desgrudava dele, é verdade que agora já sem tagarelar e inclusive mantendo respeitosamente a distância de um passo inteiro atrás dele. Assim os dois atravessaram a ponte e desembocaram na margem, desta vez guinando para a esquerda, e enveredaram por um beco longo e ermo pelo qual ficava mais perto chegar ao centro da cidade do que pelo caminho anterior, que passava pela rua Bogoiavliénskaia.

— É verdade o que andam dizendo, que por esses dias tu roubaste uma igreja aqui no distrito? — perguntou de súbito Nikolai Vsievolódovitch.

— Quer dizer, primeiro eu entrei mesmo para rezar — respondeu o vagabundo com gravidade e cortesia, como se nada tivesse acontecido; inclusive não é que falasse com gravidade, mas quase com dignidade. Da familiaridade "amistosa" de ainda há pouco não restava nem sombra. Via-se ali um homem prático e sério, verdade que ofendido em vão, mas que sabia esquecer também as ofensas.

— Bem, assim que Deus me fez entrar lá — continuou ele —, eita bem-aventurança celeste, pensei! Por causa do meu desamparo essa coisa aconteceu, porque no nosso destino não há jeito de passar sem uma subvenção. E acredite, senhor, por Deus, que levei a pior, Deus me castigou pelos pecados: pelo turíbulo e pela casula do diácono, consegui apenas doze rublos. O resplendor de São Nicolau, prata pura, saiu de mão beijada: dizem que é imitação.

— Degolaste o vigia?

— Quer dizer, nós dois juntos surrupiamos a igreja, mas já depois, ao amanhecer, na beira do rio, surgiu entre nós uma discussão para saber quem carregava o saco. Cometi um pecado e o aliviei um pouquinho.

— Continuas degolando gente, assaltando.

— A mesma coisa que o senhor Piotr Stiepánitch[45] me aconselha, porque ele é avarento demais e duro de coração quando se trata de dar um auxílio. Além disso já não acredita nem um pouquinho no criador celestial, que nos fez de barro, e diz que foi a natureza que fez tudo, teria feito até o último animal; ademais, não compreende que nós, pelo nosso destino, não temos nenhum jeito de passar sem a subvenção de um benfeitor. A gente começa a lhe explicar e ele fica olhando como um carneiro para a chuva, a gente só pode se admirar dele. Veja, não sei se acredita, quando o capitão Lebiádkin, que o senhor acabou de visitar, ainda morava no prédio de Fillípov, antes do senhor chegar aqui, uma vez a porta ficou a noite inteira aberta, ele mesmo dormindo morto de bêbado e o dinheiro se espalhando de todos os bolsos para o chão. Tive oportunidade de observar com meus próprios olhos, porque esse é o nosso jeito, porque não há como passar sem uma subvenção...

— Como com os próprios olhos? Quer dizer que entrou lá à noite?

— Pode ser que tenha entrado, só que ninguém sabe disso.

— Por que não o degolou?

— Fiz as contas, fiquei mais ajuizado. Por que, sabendo na certa que sempre podia tirar cento e cinquenta rublos, por que eu iria fazer isso quando podia tirar todos os mil e quinhentos, bastando apenas esperar um pouco? Porque o capitão Lebiádkin (ouvi com meus próprios ouvidos) sempre depositou muita esperança no senhor quando estava bêbado, e aqui não existe

[45] Variação do patronímico Stiepánovitch. (N. do T.)

uma taverna, nem mesmo o último dos botecos, onde ele não tenha anunciado isso com todas as letras. De sorte que, ao ouvir sobre isso de muitas bocas, eu também passei a depositar toda a minha esperança na Sua Graça. Eu, senhor, lhe falo como a um pai ou a um irmão, porque nem Piotr Stiepánitch nem qualquer ser vivente nunca saberá isso de mim. Então, o senhor conde vai se dignar de me dar três rublos ou não? O senhor me tiraria do sufoco para que eu, quer dizer, conhecesse toda a verdade verdadeira, porque nós não temos como passar sem uma subvenção de jeito nenhum.

Nikolai Vsievolódovitch deu uma gargalhada alta e, tirando do bolso o moedeiro em que havia uns cinquenta rublos em notas miúdas, lançou-lhe uma nota do maço, depois outra, uma terceira, uma quarta. Fiedka as agarrava no ar, lançava-se, as notas se esparramavam na lama, Fiedka as apanhava e gritava: "Sim, senhor, sim, senhor!". Por fim Nikolai Vsievolódovitch lançou contra ele todo o maço e, gargalhando, meteu-se beco adentro, desta vez já sozinho. O vagabundo ficou procurando, com os joelhos enroscados na lama, as notas que voavam ao vento e afundavam nas poças, e durante uma hora inteira ainda dava para ouvir na escuridão os seus gritos entrecortados: "Sim, senhor!".

III
O DUELO

I

No dia seguinte, às duas da tarde, o presumido duelo aconteceu. Contribuiu para o rápido desfecho do assunto o desejo irreprimível de Artêmi Pávlovitch Gagánov de duelar a qualquer custo. Ele não compreendia o comportamento do seu adversário e estava furioso. Já fazia um mês inteiro que o ofendia impunemente e mesmo assim não conseguia esgotar-lhe a paciência. Era indispensável o desafio da parte do próprio Nikolai Vsievolódovitch, uma vez que ele mesmo não tinha pretexto direto para desafiá-lo. Por alguma razão, tinha escrúpulos em confessar suas motivações secretas, ou seja, simplesmente o ódio doentio que nutria por Stavróguin pela ofensa familiar de quatro anos antes. Ademais, ele mesmo considerava tal pretexto impossível, particularmente devido às desculpas humildes já duas vezes apresentadas por Nikolai Vsievolódovitch. Resolveu de si para si que o outro era um covarde desavergonhado; não conseguia entender como ele pudera suportar a bofetada de Chátov; assim, decidiu finalmente enviar sua carta, inusitada de tão grosseira, que enfim motivou o próprio Nikolai Vsievolódovitch a propor o duelo. Depois de enviar essa carta na véspera e ficar aguardando o desafio numa impaciência febril, calculando de forma doentia as chances para tal, ora esperançoso, ora desesperado, por via das dúvidas naquela mesma tarde providenciou um padrinho, precisamente Mavrikii Nikoláievitch Drozdov, seu amigo, colega de escola e pessoa que gozava de sua estima particular. Assim, quando Kiríllov apareceu na manhã do dia seguinte, às nove horas, com sua missão, já encontrou o terreno inteiramente preparado. Todas as desculpas e as concessões inauditas de Nikolai Vsievolódovitch foram rejeitadas imediatamente, às primeiras palavras e com um arroubo incomum. Mavrikii Nikoláievitch, que só na véspera tomara conhecimento do curso das coisas, diante de propostas tão inauditas ficou boquiaberto e quis imediatamente insistir na conciliação, mas ao notar que Artêmi Pávlovitch, adivinhando as suas intenções, quase estremeceu em sua cadeira, calou-se e não disse palavra. Não fosse a palavra dada ao colega, ele teria se retirado imediatamente; ficou, porém, na única esperança de prestar ao menos alguma ajuda quando chegasse a hora. Kiríllov transmitiu o desafio; todas as condições do duelo, determinadas por Stavróguin, foram aceitas imediata e literalmente sem a mínima objeção. Fez-se apenas um adendo, aliás muito cruel, ou seja: se dos primeiros tiros não resultasse nada decisivo, duelariam pela segunda vez; se da segunda não resultasse nada, duelariam pela terceira. Kiríllov franziu o cenho, negociou a respeito da terceira, mas como não conseguiu nenhuma concessão, concordou; não obstante: "três vezes é possível, uma quarta está totalmente fora de cogitação". Nesse ponto a outra parte cedeu. Assim, às duas da tarde houve o duelo em Bríkov, isto é, num bosquete nos arredores da cidade entre Skvoriéchniki, de um lado, e a fábrica dos Chpigúlin, do outro. A chuva da véspera cessara completamente, mas estava molhado, úmido e ventava. Nuvens baixas, turvas e dispersas deslizavam pelo céu frio; as árvores rugiam densa e alternadamente em suas copas e rangiam em suas raízes; era uma manhã muito triste.

Gagánov e Mavrikii Nikoláievitch chegaram ao lugar num elegante charabã puxado por uma parelha de cavalos que Artêmi Pávlovitch guiava; com eles vinha um criado. Quase no mesmo instante apareceram Nikolai Vsievolódovitch e Kiríllov, mas não em carruagem e sim a cavalo, e também acompanhados de um criado montado. Kiríllov, que nunca montara um cavalo, mantinha-se na sela bravo e aprumado, segurando com a mão direita a pesada caixa das pistolas, que não queria confiar ao criado, e com a esquerda, por inabilidade, girando e puxando as rédeas, fazendo o cavalo agitar a cabeça e mostrar vontade de empinar, o que, aliás, não assustava nem um pouco o cavaleiro. O cismado Gagánov, que se ofendia rápida e profundamente, considerou a chegada dos dois a cavalo como uma nova ofensa, no sentido de que os inimigos estavam confiantes demais no sucesso, uma vez que não supunham sequer a necessidade de uma carruagem para a eventualidade de transportar o ferido. Desceu de seu charabã todo amarelo de fúria e sentiu que lhe tremiam as mãos, o que comunicou a Mavrikii Nikoláievitch. Não devolveu absolutamente a reverência feita por Nikolai Vsievolódovitch e voltou-lhe as costas. Os padrinhos tiraram a sorte: saiu para as pistolas de Kiríllov. Mediram a barreira, puseram os adversários na posição, afastaram a carruagem e os cavalos com os criados uns trinta passos. As armas foram carregadas e entregues aos adversários.

É uma pena que seja preciso desenvolver a narração mais depressa e sem tempo para descrição; mas tampouco se podem evitar algumas observações. Mavrikii Nikoláievitch estava triste e preocupado. Em compensação, Kiríllov estava absolutamente tranquilo e indiferente, muito preciso nos detalhes da obrigação que assumira, mas sem a mínima agitação e quase sem curiosidade pelo desfecho fatal e tão próximo da questão. Nikolai Vsievolódovitch estava mais pálido que de costume, vestido com bastante leveza, em um sobretudo e um chapéu de feltro branco. Parecia muito cansado, de quando em quando ficava carrancudo e não achava a mínima necessidade de esconder o seu desagradável estado de espírito. Mas nesse instante Artêmi Pávlovitch era o mais digno de nota, de sorte que não há como deixar de dizer totalmente em particular algumas palavras sobre ele.

II

Até agora não tivemos oportunidade de mencionar a sua aparência. Era um homem alto, branco, saciado, como diz a plebe, quase gorducho, cabelos louros lisos, de uns trinta e três anos e, talvez, até com traços bonitos de rosto. Reformara-se como coronel e, se tivesse servido até chegar ao generalato, na patente de general seria ainda mais imponente, e é muito possível que tivesse dado um bom general de combate.

Para caracterizar esse homem, não se pode omitir que o principal motivo para a sua reforma foi o pensamento relacionado com a desonra da família, que o perseguira por tanto tempo e de modo angustiante depois da ofensa causada ao pai, quatro anos antes, no clube, por Nikolai Stavróguin. Por uma questão de consciência, ele considerou uma desonra continuar no serviço militar e lá com seus botões estava certo de que afetava o regimento e os camaradas, embora nenhum deles soubesse do ocorrido. É verdade que já uma vez antes desejara deixar o serviço militar, há muito tempo, muito antes da ofensa e por um motivo bem diferente, mas até então vacilava. Por mais estranho que seja escrever isso, esse motivo inicial, ou melhor, a motivação para pedir a reforma foi o manifesto de 19 de fevereiro, que tratava da libertação dos camponeses. Artêmi Pávlovitch, latifundiário riquíssimo da nossa província, que inclusive nem perdeu tanto depois do manifesto, ainda que fosse capaz de se convencer do aspecto humano da medida e quase compreender as vantagens econômicas da reforma, sentiu-se de repente como que ofendido pessoalmente com a publicação do manifesto. Isso era algo inconsciente, como um sentimento qualquer, porém tanto mais forte quanto mais inconsciente. Aliás, antes da morte do pai não se decidiu a empreender algo decisivo; mas em Petersburgo sua maneira "nobre" de pensar o tornou conhecido entre muitas pessoas notáveis, com quem mantinha assíduas relações. Era um homem ensimesmado, fechado. Mais um traço: pertencia à categoria daqueles nobres estranhos, mas ainda preservados na Rússia, que apreciam extraordinariamente a antiguidade e a pureza de sua linhagem nobre e se interessam por isso com excessiva seriedade. Ao mesmo tempo, não conseguia suportar a história da Rússia e até certo ponto considerava uma porcaria todos os costumes russos. Ainda na infância, naquela escola militar especial para pupilos mais nobres e ricos na qual ele teve a felicidade de iniciar e concluir sua formação, radicaram-se nele algumas concepções poéticas: gostava dos castelos, da vida medieval, de toda a sua parte grandiloquente, da cavalaria; já naquele tempo quase chorava de vergonha ao ver como o tsar era capaz de castigar fisicamente o boiardo russo dos tempos do reinado de Moscou, e corava ao fazer comparações. Esse homem duro, extraordinariamente severo, que conhecia magnificamente o seu serviço e cumpria com as suas obrigações, era uma alma sonhadora. Diziam que ele sabia falar nas reuniões e tinha o dom da palavra; mas, não obstante, passara todos os seus trinta e três anos calado com os seus botões. Até no importante meio de Petersburgo em que circulava ultimamente mantinha-se numa moderação incomum. O encontro que teve em Petersburgo com Nikolai Vsievolódovitch, que voltava do estrangeiro, por pouco não o deixou louco. Neste momento, postado ali na barreira, estava tomado de uma terrível intranquilidade. Não o deixava a impressão de que por alguma coisa a questão ainda não se resolveria, e o mínimo retardamento fazia-o tremer. Seu rosto exprimiu uma impressão doentia quando Kiríllov, ao invés de dar o sinal para a luta, começou de repente a falar, verdade que *pro forma*, o que ele mesmo declarou alto e bom som:

— É apenas *pro forma*; agora que as pistolas já estão nas mãos e é preciso comandar, não seria o caso, pela última vez, de se reconciliarem? É obrigação do padrinho.

Como se fosse de propósito, Mavrikii Nikoláievitch, que até então permanecera calado mas desde a véspera sofria por causa de seu espírito conciliador e por complacência, súbito secundou o pensamento de Kiríllov e também falou:

— Eu me junto inteiramente às palavras do senhor Kiríllov... Essa ideia de que não se pode reconciliar-se na barreira é um preconceito que serve para os franceses... Ademais não compreendo a ofensa, seja como o senhor quiser, há muito tempo eu estava querendo dizer... porque estão sendo propostas desculpas de toda sorte, não é assim?

Corou inteiramente. Raramente lhe acontecia falar tanto e com tanta emoção.

— Torno a confirmar a minha proposta de apresentar toda sorte de desculpas — secundou Nikolai Vsievolódovitch numa pressa extraordinária.

— Porventura isso é possível? — gritou frenético Gagánov, dirigindo--se a Mavrikii Nikoláievitch e batendo furiosamente com o pé. — Explique a esse homem, se você é meu padrinho e não meu inimigo, Mavrikii Nikoláievitch (ele apontou com a pistola na direção de Nikolai Vsievolódovitch), que tais concessões apenas reforçam as ofensas! Ele não acha possível receber uma ofensa de minha parte!... Ele não considera uma vergonha fugir de mim na barreira! Aos seus olhos, por quem ele me toma depois disso... e você ainda é meu padrinho! Você apenas me irrita para que eu não acerte. — Tornou a bater com o pé salpicando saliva nos lábios.

— As negociações terminaram. Peço que obedeçam ao comando! — gritou com toda a força Kiríllov. — Um! Dois! Três!

Pronunciada a palavra *três*, os adversários marcharam um contra o outro. Gagánov levantou imediatamente a pistola e no quinto ou sexto passo disparou. Deteve-se por um segundo e, certificando-se de que havia errado, foi rapidamente para a barreira. Nikolai Vsievolódovitch também se aproximou, levantou a pistola, mas um tanto alto demais, e disparou sem fazer nenhuma pontaria. Em seguida, tirou o lenço e envolveu com ele o mindinho da mão direita. Só então se notou que Artêmi Pávlovitch não havia errado completamente, mas sua bala apenas roçara o dedo, a carne, sem atingir o osso; houve um arranhão insignificante. Kiríllov declarou imediatamente que se os adversários não estivessem satisfeitos o duelo continuaria.

— Declaro — falou Gagánov com voz rouca (estava com a garganta seca), dirigindo-se novamente a Mavrikii Nikoláievitch — que esse homem (tornou a apontar na direção de Stavróguin) disparou propositadamente para o ar... de caso pensado... é uma nova ofensa! Ele quer tornar o duelo impossível!

— Tenho o direito de atirar como quiser, contanto que siga as normas — declarou com firmeza Nikolai Vsievolódovitch.

— Não, não tem! Expliquem a ele, expliquem! — gritou Gagánov.

— Junto-me inteiramente à opinião de Nikolai Vsievolódovitch — anunciou Kiríllov.

— Para que ele me poupa? — Gagánov estava furioso, não ouvia. — Eu desprezo sua clemência... Eu escarro... Eu...

— Dou minha palavra de que não tive nenhuma intenção de ofendê-lo — pronunciou com impaciência Nikolai Vsievolódovitch —, atirei para o alto porque não quero mais matar ninguém, seja o senhor, seja outro, não lhe diz respeito pessoalmente. É verdade que não me considero ofendido e lamento que isso o deixe zangado. Mas não permito a ninguém interferir no meu direito.

— Se ele tem tanto medo de sangue, então perguntem por que me desafiou — ganiu Gagánov, sempre se dirigindo a Mavrikii Nikoláievitch.

— Como não desafiá-lo? — interveio Kiríllov. — O senhor não queria ouvir nada, como nos livrarmos do senhor?

— Observo apenas uma coisa — pronunciou Mavrikii Nikoláievitch, que discutia o assunto com esforço e sofrimento —, se o adversário declara de antemão que vai atirar para o ar, então o duelo realmente não pode continuar... por motivos delicados e... claros.

— Eu não anunciei de maneira nenhuma que vou sempre atirar para o ar! — gritou Stavróguin, já perdendo inteiramente a paciência. — O senhor não sabe absolutamente o que tenho em mente e como agora voltarei a atirar. Não estou tolhendo em nada o duelo.

— Sendo assim, o duelo pode continuar — dirigiu-se Mavrikii Nikoláievitch a Gagánov.

— Senhores, ocupem os seus lugares! — comandou Kiríllov.

Mais uma vez se posicionaram, mais uma vez Gagánov errou, e mais uma vez Stavróguin atirou para o ar. Ainda se podia discutir sobre esses disparos para o ar: Nikolai Vsievolódovitch poderia afirmar francamente que estava atirando da forma devida, já que ele mesmo não confessava o erro intencional. Não apontara a pistola diretamente para o céu ou para uma árvore, apontara como que para o adversário, embora, não obstante, tivesse mirado um *archin*[46] acima do chapéu. Desta vez o alvo da pontaria esteve até mais baixo, até mais verossímil; no entanto já não era possível dissuadir Gagánov.

— Outra vez! — rangeu os dentes. — Tudo é indiferente! Fui desafiado e me valho do direito. Quero atirar pela terceira vez... custe o que custar.

— Tem todo o direito — cortou Kiríllov. Mavrikii Nikoláievitch não disse nada. Colocaram-se os adversários pela terceira vez na posição, deram voz de comando; desta vez Gagánov foi até a barreira e dali, a doze passos, começou a fazer pontaria. Suas mãos tremiam demais para um tiro certo. Stavróguin estava com a pistola abaixada e esperava imóvel o disparo.

— Está demorando demais, demorando demais na pontaria! — gritou com ímpeto Kiríllov. — Atire! a-ti-re! — Mas o tiro se fez ouvir e desta vez o chapéu branco de feltro voou da cabeça de Nikolai Vsievolódovitch. O tiro foi bastante certeiro, perfurou a copa do chapéu bem embaixo; meia polegada abaixo e tudo estaria terminado. Kiríllov apanhou o chapéu e o entregou a Nikolai Vsievolódovitch.

[46] Antiga medida de comprimento russa, equivalente a 0,71 m. (N. do T.)

— Atire, não retenha o adversário! — gritou Mavrikii Nikoláievitch com extraordinária inquietação, ao ver que Stavróguin parecia ter esquecido o tiro ao examinar o chapéu com Kiríllov. Stavróguin estremeceu, olhou para Gagánov, deu-lhe as costas e desta vez, já sem qualquer delicadeza, atirou para um lado, na direção do bosque. O duelo terminou. Gagánov parecia esmagado. Mavrikii Nikoláievitch chegou-se a ele e começou a falar algo, mas era como se o outro não compreendesse. Ao retirar-se, Kiríllov tirou o chapéu e fez um sinal de cabeça para Mavrikii Nikoláievitch; mas Stavróguin esqueceu a antiga polidez; depois de atirar no bosque nem chegou a virar-se para a barreira, entregou a pistola a Kiríllov e apressou-se na direção dos cavalos. Tinha o furor estampado no rosto, calava. Kiríllov também calava. Montaram e saíram a galope.

III

— Por que está calado? — perguntou Kiríllov com impaciência já perto de casa.

— O que você quer? — respondeu o outro quase caindo do cavalo, que empinara.

Stavróguin se conteve.

— Eu não quis ofender aquele... imbecil, mas tornei a ofender — pronunciou em voz baixa.

— Sim, você tornou a ofendê-lo — atalhou Kiríllov —, e ademais ele não é imbecil.

— Não obstante, fiz tudo o que pude.

— Não.

— O que eu devia ter feito?

— Não desafiá-lo.

— E ainda aguentar uma bofetada na cara?

— Sim, aguentar até uma bofetada.

— Começo a não entender nada! — pronunciou Stavróguin com raiva. — Por que todo mundo espera de mim o que não espera dos outros? Por que tenho de suportar o que ninguém suporta e implorar por fardos que ninguém consegue suportar?

— Eu acho que você mesmo procura esses fardos.

— Eu procuro fardos?

— Sim.

— É tão visível isso?

— Sim.

Calaram cerca de um minuto. Stavróguin tinha um aspecto muito preocupado, estava quase estupefato.

— Não atirei porque não queria matar e não houve mais nada, eu lhe asseguro — disse com pressa e inquietação, como quem se justifica.

— Não precisava ter ofendido.

— Como eu deveria ter agido?

— Devia ter matado.

— Você lamenta que eu não o tenha matado?

— Não lamento nada. Acho que você queria mesmo matar. Não sabe o que procura.

— Procuro um fardo — riu Stavróguin.

— Se você mesmo não deseja sangue, por que lhe deu a oportunidade de matar?

— Se eu não o desafiasse ele me mataria assim mesmo, sem duelo.

— Isso não é da sua conta. Pode ser que ele não o matasse.

— E apenas me desse uma sova?

— Não é da sua conta. Suporte o fardo. Do contrário não há mérito.

— Estou me lixando para o seu mérito, não o procuro em ninguém!

— Acho que procura — concluiu Kiríllov com terrível sangue-frio.

Entraram no pátio da casa.

— Quer entrar? — propôs Nikolai Vsievolódovitch.

— Não, vou para casa, adeus. — Apeou e pôs sua caixa debaixo do braço.

— Pelo menos você não está com raiva de mim? — estendeu-lhe a mão Stavróguin.

— Nem um pouco, nem um pouco! — voltou Kiríllov para apertar a mão dele. — Se eu suporto o fardo com facilidade é porque isso vem da natureza, já no seu caso possivelmente é mais difícil suportá-lo porque essa é a natureza. Não há muito de que se envergonhar, só um pouco.

— Sei que tenho uma índole fraca, mas também não me intrometo nas fortes.

— E não se meta mesmo; o senhor não é um homem forte. Apareça para tomar chá.

Nikolai Vsievolódovitch entrou em casa fortemente perturbado.

IV

No mesmo instante ele soube de Aleksiêi Iegórovitch que Varvara Pietrovna, muito satisfeita com a saída de Nikolai Vsievolódovitch — a primeira saída depois de oito dias de doença — para passear a cavalo, ordenou que equipassem a carruagem e saiu sozinha para "tomar ar fresco a exemplo dos dias anteriores, uma vez que já fazia oito dias que se esquecera do que significa respirar ar puro".

— Foi sozinha ou com Dária Pávlovna? — com uma pergunta rápida Nikolai Vsievolódovitch interrompeu o velho, e ficou muito carrancudo ao ouvir que Dária Pávlovna "recusou-se a acompanhá-la por motivo de saúde e agora está em seu quarto".

— Ouve, meu velho — pronunciou ele como se decidisse de repente —, fica à espreita hoje o dia todo e se notares que ela vem para o meu quarto, detém-na imediatamente e dize-lhe que pelo menos durante alguns dias não vou recebê-la... que eu mesmo mandarei chamá-la... e quando chegar a ocasião eu mesmo a chamo — estás ouvindo?

— Vou transmitir — pronunciou Aleksiêi Iegórovitch com voz triste, olhando para o chão.

— Mas não antes de veres claramente que ela está vindo para cá.

— Não precisa se preocupar, não haverá erro. Até hoje todas as visitas foram feitas por meu intermédio; sempre pediram minha colaboração.

— Sei. Mesmo assim, não antes que ela mesma venha. Traze-me chá e se puderes o mais depressa.

Mal o velho saiu, quase ato contínuo a mesma porta se abriu e Dária Pávlovna apareceu à entrada. Tinha o olhar tranquilo mas o rosto pálido.

— De onde você vem? — exclamou Stavróguin.

— Eu estava aqui mesmo, esperando que ele saísse para entrar em seu quarto. Ouvi as incumbências que você lhe dava e quando ele acabou de sair eu me escondi atrás do pilar à direita e ele não me notou.

— Há muito tempo eu queria romper com você, Dacha... enquanto... há tempo. Não pude recebê-la esta noite apesar do seu bilhete. Tinha a intenção de lhe escrever pessoalmente mas não sei escrever — acrescentou ele com enfado, até como se estivesse enojado.

— Eu mesma pensava que era preciso romper. Varvara Pietrovna desconfia demais das nossas relações.

— Deixe que desconfie.

— Não quero que ela se preocupe. Então, é esperar até o fim?

— Você ainda espera forçosamente o fim?

— Sim, estou segura.

— Nada termina nesse mundo.

— Nesse caso, haverá fim. Quando for o momento me chame e eu virei. Agora, adeus.

— E qual será o fim? — Nikolai Vsievolódovitch deu um risinho.

— Você não está ferido e... nem derramou sangue? — perguntou ela sem responder a pergunta sobre o fim.

— Foi uma tolice; não matei ninguém, não se preocupe. Aliás, hoje mesmo você ficará sabendo de todo mundo a meu respeito. Estou passando um pouco mal.

— Eu vou indo. O anúncio do casamento não sairá hoje? — acrescentou ela com indecisão.

— Não sairá hoje; não sairá amanhã; depois de amanhã não sei, talvez morramos todos nós e assim será melhor. Deixe-me, deixe-me, enfim.

— Você não vai desgraçar a outra... a louca?

— Não vou desgraçar as loucas, nem aquela, nem a outra, mas parece que vou desgraçar a ajuizada: sou tão infame e torpe, Dacha, que parece que realmente vou chamá-la "para o último fim", como você diz, e você virá apesar do seu juízo. Por que você mesma se destrói?

— Sei que no fim das contas só eu ficarei com você e... espero por isso.

— E se no fim das contas eu não chamá-la e fugir de você?

— Isso não é possível, você vai chamar.

— Aí existe muito desprezo por mim.

— Você sabe que não é só desprezo.

— Quer dizer que todavia há desprezo?

— Não foi assim que eu me exprimi. Deus é testemunha de que eu desejaria sumamente que você nunca precisasse de mim.

— Uma frase vale a outra. Eu também desejaria não destruí-la.

— Nunca e com nada você poderá me desgraçar, você mesmo sabe disso melhor do que todos — pronunciou Dária Pávlovna com rapidez e firmeza. — Se não ficar com você, vou ser irmã de caridade, auxiliar de enfermagem, cuidar de doentes ou ser vendedora ambulante de livros, vender o Evangelho. Tomei essa decisão. Não posso ser esposa de ninguém; nem posso viver numa casa como esta. Não quero isso... Você sabe de tudo.

— Não, nunca consegui saber o que você quer; parece-me que você se interessa por mim tal como velhas auxiliares de enfermagem, sabe-se lá por quê, preferem um doente aos demais, ou melhor, assim como essas velhotas piedosas, que andam de enterro em enterro, preferem uns cadáveres por julgá-los mais bonitos que outros. Por que me olha de maneira tão estranha?

— Você está muito doente? — perguntou ela com interesse, mirando-o de um modo meio especial. — Meu Deus! E esse homem querendo passar sem mim.

— Ouve, Dacha, atualmente estou sempre vendo fantasmas. Ontem um demoninho me propôs na ponte esfaquear Lebiádkin e Mária Timofêievna para acabar com o meu casamento legítimo e deixar a coisa ficar no ninguém sabe, ninguém viu. Pediu-me três rublos de sinal, mas deixou claro que toda a operação não custará menos de mil e quinhentos. Isso sim é um demônio calculista! Um contador! Ah, ah!

— Mas você está firmemente convicto de que se tratava de um fantasma?

— Oh, não, não tinha nada de fantasma! Era simplesmente o Fiedka Kátorjni, bandido que fugiu dos trabalhos forçados. Mas esse não é o problema; o que você acha que eu fiz? Dei-lhe todo o dinheiro que tinha no moedeiro, e agora ele está absolutamente convicto de que lhe dei o sinal!

— Você o encontrou à noite e ele lhe fez essa proposta? Ora, será que você não percebe que está envolvido por todos os lados pela rede deles?

— Vamos, deixe-os para lá. Sabe, você tem uma pergunta lhe martelando a cabeça, vejo pelos seus olhos — acrescentou ele com um sorriso raivoso e irritado.

Dacha assustou-se.

— Não há nenhuma pergunta e nem quaisquer dúvidas, o melhor é você se calar! — bradou ela inquieta, como se procurasse livrar-se da pergunta.

— Quer dizer que você está certa de que não vou procurar Fiedka?

— Oh, Deus! — ela ergueu os braços —, por que você me atormenta tanto?

— Bem, desculpe a minha brincadeira tola, eu devo estar copiando as maneiras ruins deles. Sabe, desde a noite de ontem ando com uma terrível vontade de rir, rir sempre, sem parar, por muito tempo, muito. É como se estivesse contagiado pelo riso... Psiu! Minha mãe chegou; conheço pelas batidas, quando a carruagem para diante do alpendre.

Dacha agarrou-lhe a mão.

— Que Deus o proteja contra o seu demônio e... me chame depressa!

— Oh, que demônio o meu! É simplesmente um demoninho pequeno, torpezinho, escrofuloso, gripado, daqueles fracassados. E você, Dacha, mais uma vez não se atreve a dizer alguma coisa?

Ela o fitou com mágoa e censura e voltou-se para a porta.

— Ouça! — bradou ele atrás dela com um sorriso raivoso e torcido. — Se..., bem, numa palavra, *se*... você entende, bem, se eu fosse procurar Fiedka e depois a chamasse, você viria depois?

Ela saiu sem olhar para trás nem responder, cobrindo o rosto com as mãos.

— Virá mesmo depois! — murmurou ele após refletir, e um desprezo com misto de nojo estampou-se em seu rosto: — Auxiliar de enfermagem! Hum!... Mas, pensando bem, vai ver que é disso mesmo que estou precisando.

IV
TODOS NA EXPECTATIVA

I

A impressão causada em toda a nossa sociedade pela história rapidamente divulgada do duelo foi notável, em particular, pela unanimidade com que todos se apressaram a declarar-se partidários incondicionais de Nikolai Vsievolódovitch. Muitos dos seus ex-inimigos se declararam terminantemente seus amigos. A causa principal dessa reviravolta inesperada na opinião pública foram algumas palavras, proferidas em voz alta e com extraordinária precisão, de uma pessoa que até então nada dissera e que deram ao acontecimento um súbito significado que suscitou um interesse excepcional na grande maioria. A coisa se deu assim: logo no dia seguinte ao acontecimento, reuniu-se toda a cidade na casa da esposa do decano da nobreza da nossa província, que aniversariava naquele dia. Estava presente, ou melhor, ocupava o primeiro lugar Yúlia Mikháilovna, que chegara com Lizavieta Nikoláievna, esta resplandecendo de beleza e particularmente de alegria, o que desta vez muitas das nossas senhoras acharam particularmente suspeito. A propósito: seus esponsais com Mavrikii Nikoláievitch já não podiam deixar nenhuma dúvida. A uma pergunta brincalhona de um general reformado porém importante, de quem falaremos adiante, Lizavieta Nikoláievna respondeu de forma direta, na mesma noite, que estava noiva. E o que se viu? Terminantemente, nenhuma das nossas senhoras queria acreditar nesses esponsais. Todas persistiam em supor algum romance, algum fatal segredo de família acontecido na Suíça e, por algum motivo, com a inevitável participação de Yúlia Mikháilovna. É difícil dizer por que esses boatos ou até, por assim dizer, fantasias perseveravam tanto e por que acharam tão obrigatório meter Yúlia Mikháilovna nisso. Mal ela entrou, todos se voltaram para ela com olhares estranhos, cheios de expectativa. Cabe observar que, pela proximidade do acontecimento e por algumas circunstâncias que o acompanhavam, na festa ainda falavam dele com certa cautela, em voz baixa. Ademais, as disposições das autoridades ainda eram totalmente desconhecidas. Segundo constava, os dois duelistas não haviam sido incomodados. Todos sabiam, por exemplo, que

Artêmi Pávlovitch viajara de manhã cedo para a sua fazenda em Dúkhovo sem qualquer obstáculo. Enquanto isso, todos estavam naturalmente sequiosos de que alguém tocasse primeiro no assunto em voz alta e assim abrisse a porta à impaciência do público. Depositavam a esperança precisamente no referido general, e não se enganaram.

Esse general, um dos mais garbosos membros do nosso clube, latifundiário não muito rico mas dotado de um modo admirável de pensar, galante à moda antiga, tinha, por outro lado, um gosto extraordinário por falar alto nas grandes reuniões, valendo-se da sua autoridade de general, sobre aquilo de que todos ainda falavam em cauteloso murmúrio. Nisso consistia, por assim dizer, o papel especial que ele desempenhava em nossa sociedade. Ademais, arrastava as palavras de um jeito particular e as pronunciava com doçura, hábito provavelmente assimilado dos russos que viajavam ao estrangeiro ou daqueles latifundiários russos que eram ricos antes da reforma camponesa e foram os que mais faliram depois dela. Certa vez, Stiepan Trofímovitch chegou até a observar que quanto maior era a falência do latifundiário, mais docemente ele ceceava e arrastava as palavras. Ele mesmo, aliás, arrastava docemente as palavras e ceceava, mas não se dava conta.

O general começou a falar como homem competente. Além de ser parente distante de Artêmi Pávlovitch, embora andasse brigado e até em litígio com ele, ainda por cima estivera em duelo duas vezes no passado e numa delas fora até confinado no Cáucaso como soldado. Alguém fez menção a Varvara Pietrovna — que pelo segundo dia "depois da doença" retomava suas saídas —, aliás não especificamente a ela mas à magnífica seleção da quadriga cinzenta de sua carruagem, do haras próprio dos Stavróguin. Súbito o general observou que encontrara naquele mesmo dia o "jovem Stavróguin" a cavalo... Todos calaram no ato. O general estalou os lábios e pronunciou, girando nos dedos a tabaqueira de ouro recebida como presente:

— Lamento não ter estado aqui alguns anos atrás... isto é, eu estava em Karlsbad... Hum. Muito me interessa esse jovem, sobre quem naquela época ouvi tantos boatos. Hum. É verdade mesmo que ele é louco? Foi o que então ouvi de alguém. Súbito ouço dizer que foi ofendido aqui por um estudante, na presença das primas, e que se meteu debaixo da mesa com medo dele; mas ontem ouvi de Stiepan Vissótski que Stavróguin lutou em duelo com esse... Gagánov. E unicamente com o galante objetivo de expor sua testa a um homem enfurecido; e só para se livrar dele. Hum. Isso faz parte dos costumes da guarda dos anos vinte. Ele frequenta a casa de alguém aqui?

O general calou como se esperasse a resposta. A porta da impaciência pública estava aberta.

— Que pode haver de mais simples? — levantou a voz Yúlia Mikháilovna, irritada pelo fato de que todos subitamente dirigiram para ela os olhares como se obedecessem a um comando. — Porventura é possível a surpresa de que Stavróguin tenha duelado com Gagánov e não haja respondido ao estudante? Ora, ele não podia desafiar para duelo um ex-servo seu!

Palavras notáveis! Uma ideia simples e clara que, não obstante, até então não ocorrera a ninguém. Palavras que tiveram consequências incomuns. Tudo o que havia de escândalo e bisbilhotice, tudo o que era miúdo e anedótico foi colocado de chofre em segundo plano; destacou-se outro significado. Apareceu uma pessoa nova, sobre quem todos se haviam equivocado, uma pessoa com um rigor de conceitos quase ideal. Ofendido de morte por um estudante, isto é, por um homem instruído e não mais servo, ele desprezava a ofensa porque o ofensor era um ex-servo seu. Burburinho e mexericos na sociedade; a sociedade leviana vê com desprezo um homem que apanhou na cara; ele despreza a opinião de uma sociedade que ainda não atingiu o nível dos conceitos verdadeiros mas, não obstante, discute sobre eles.

— Enquanto isso, Ivan Alieksándrovitch, ficamos aqui discutindo conceitos verdadeiros — observa um velhote do clube a outro com nobre arroubo de autoacusação.

— É, Piotr Mikháilovitch, é — fez coro com prazer o outro —, e o senhor ainda fala da juventude.

— Aí não se trata da juventude, Ivan Alieksándrovitch — observa um terceiro —, aí não se trata da juventude; trata-se de um astro e não de um qualquer desses jovens; é assim que se deve entender a coisa.

— E é disso que precisamos; estamos pobres de homens.

O essencial aí consistia em que o "novo homem", além de se revelar um "nobre indiscutível", era, ainda por cima, o mais rico senhor de terras da província e, por conseguinte, não podia deixar de ser um reforço e um homem de destaque na província. Aliás, já antes mencionei de passagem o estado de espírito dos nossos senhores de terra.

Deixaram-se levar pelo entusiasmo.

— Além de ele não ter desafiado o estudante, ainda pôs as mãos para trás, repare nisso em particular, excelência — acrescentou um.

— E não o arrastou para um novo tribunal — ajuntava outro.

— Apesar de que no novo tribunal ele seria condenado a pagar quinze rublos pela ofensa *pessoal* a um nobre, eh-eh-eh!

— Não, eu vou lhes dizer o segredo dos novos tribunais — entrava em frenesi um terceiro. — Se alguém rouba ou comete uma fraude e é apanhado com a mão na massa, flagrado, trate de correr para casa enquanto há tempo e matar a mãe. Num abrir e fechar de olhos será absolvido e as senhoras agitarão seus lenços de cambraia no teatro; uma verdade indubitável!

— Verdade, verdade!

As anedotas também eram inevitáveis. Mencionaram as relações de Nikolai Vsievolódovitch com o conde K. As opiniões severas e isoladas do conde sobre as últimas reformas eram conhecidas. Conhecia-se igualmente a sua magnífica atividade, um tanto parada ultimamente. E eis que para todos tornou-se fora de dúvida que Nikolai Vsievolódovitch estava noivo de uma das filhas do conde, embora nada fornecesse pretexto exato a semelhante boato. E quanto a certas aventuras maravilhosas de Lizavieta Nikoláievna na Suíça, até as senhoras deixaram de mencioná-las. Mencionemos, a propósito, que justo a essa altura as Drozdov tinham feito todas as visitas que até então vinham adiando. Não havia dúvida de que todos já achavam Lizavieta Nikoláievna a mais comum das moças, que apenas "ostentava com elegância" sua doença nervosa. Agora já se explicava o seu desmaio no dia da chegada de Nikolai Vsievolódovitch simplesmente como um susto diante da horrível atitude do estudante. Chegavam até a reforçar a trivialidade daquilo a que antes tanto se empenhavam em dar um colorido fantástico; quanto a uma certa coxa, haviam-na esquecido terminantemente; tinham até vergonha de lembrar-se. "Ora, que tenha havido umas cem coxas — quem não foi jovem!" Destacavam o respeito de Nikolai Vsievolódovitch pela mãe, procuravam para ele virtudes várias, falavam com benevolência de sua erudição adquirida em quatro anos nas universidades alemãs. Declararam definitivamente indelicada a atitude de Artêmi Pávlovitch: "Não conhece gente da própria gente"; quanto a Yúlia Mikháilovna, reconheceram nela a suma perspicácia.

Assim, quando finalmente Nikolai Vsievolódovitch apareceu, todos o receberam com a mais ingênua seriedade, em todos os olhares dirigidos a ele notavam-se as mais impacientes expectativas. Nikolai Vsievolódovitch recolheu-se imediatamente ao mais severo silêncio, o que, é claro, deixou todos bem mais satisfeitos do que se ele se pusesse a falar pelos cotovelos. Em suma, ele conseguia tudo, estava na moda. Numa sociedade provincial, se alguém aparece já não terá nenhum meio de se esconder. Nikolai Vsievolódovitch voltou a seguir todas as normas provinciais, chegando até às sutilezas. Não o achavam alegre: "O homem sofreu, não é um homem como os outros; tem motivo para ficar pensativo". Agora respeitavam e até gostavam do orgulho e daquela inacessibilidade repulsiva por que tanto o haviam odiado em nossa cidade quatro anos antes.

Entre todos, quem mais triunfava era Varvara Pietrovna. Não posso dizer se ela ficara muito aflita com os sonhos frustrados a respeito de Lizavieta

Nikoláievna. Nisso, é claro, ajudou também o orgulho familiar. Uma coisa era estranha: de repente Varvara Pietrovna passou a acreditar piamente que Nicolas realmente "escolhera" uma das filhas do conde K., contudo, o que é mais estranho, acreditava pelos boatos que lhe chegavam, como chegavam a todos, pelo vento. Ela mesma temia perguntar diretamente a Nikolai Vsievolódovitch. Entretanto, umas duas ou três vezes não se conteve e o censurou, em tom alegre e furtivo, que ele não andava lá tão franco com ela; Nikolai Vsievolódovitch riu e continuou em silêncio. O silêncio foi tomado como sinal de consentimento. Pois bem: apesar de tudo isso, ela nunca esquecia a coxa. O pensamento voltado para ela era como uma pedra em seu coração, um pesadelo, atormentava-a com estranhos fantasmas e suposições, e tudo isso em conjunto e simultaneamente com os sonhos com as filhas do conde K. Mas disto ainda falaremos depois. É claro que na sociedade voltaram a tratar Varvara Pietrovna com um respeito extraordinário e amável, mas ela pouco se valia dele e saía com extrema raridade.

Entretanto, ela fez uma visita solene à governadora. É claro que ninguém estava mais cativado e encantado do que ela com as significativas palavras pronunciadas por Yúlia Mikháilovna na festa da decana da nobreza: elas aliviaram muito a tristeza do seu coração e resolveram de uma vez muito do que a vinha atormentando desde aquele domingo infeliz. "Eu não compreendia esta mulher!" — pronunciou ela, e, com seu ímpeto peculiar, anunciou francamente a Yúlia Mikháilovna que estava ali para *agradecer*-lhe. Yúlia Mikháilovna estava lisonjeada mas se manteve com ares de independência. Àquela altura ela já começara a sentir o seu valor, talvez até com um pouco de exagero. No meio da conversa anunciou, por exemplo, que nunca ouvira falar nada da atividade e da erudição de Stiepan Trofímovitch.

— Eu, é claro, recebo e acarinho o jovem Vierkhoviénski. Ele é imprudente, mas ainda é jovem; aliás tem sólidos conhecimentos. Mesmo assim, não é um ex-crítico aposentado qualquer.

No mesmo instante, Varvara Pietrovna se apressou em observar que Stiepan Trofímovitch jamais fora crítico mas, ao contrário, vivera a vida toda em sua casa. Era, porém, famoso pelas circunstâncias de sua carreira inicial, "conhecido demais de toda a sociedade", e mais ultimamente por seus trabalhos sobre a história da Espanha; pretendia também escrever sobre a situação das atuais universidades alemãs e, parece, algo ainda sobre a Madona de Dresden. Numa palavra, em relação a Stiepan Trofímovitch, Varvara Pietrovna não queria dar o braço a torcer perante Yúlia Mikháilovna.

— Sobre a Madona de Dresden? Não é a Madona Sistina? *Chère* Varvara Pietrovna, passei duas horas diante desse quadro e saí frustrada. Não entendi nada e fiquei muito surpresa. Karmazínov também diz que é muito difícil entender. Hoje ninguém acha nada, nem russos, nem ingleses. Toda essa fama foi proclamada pelos velhos.

— Quer dizer que se trata de uma nova moda?

— É que eu acho que não se deve desprezar também a nossa juventude. Bradam que eles são comunistas mas, a meu ver, precisamos respeitá-los e valorizá-los. Atualmente eu leio tudo — todos os jornais, assuntos sobre comunas, ciências naturais —, recebo matéria sobre tudo, porque ao fim e ao cabo precisamos saber onde vivemos e com quem lidamos. Não se pode passar a vida inteira nas alturas de sua própria fantasia. Cheguei a uma conclusão e tomei como norma afagar a juventude e assim segurá-la à beira do extremo. Acredite, Varvara Pietrovna, que só nós, a sociedade, com nossa influência salutar e precisamente com nosso carinho, podemos segurá-los à beira do abismo a que os empurra a intolerância de todos esses velhotes. Aliás, fico contente com sua informação a respeito de Stiepan Trofímovitch. A senhora me dá uma ideia: ele pode ser útil em nossas leituras literárias. Sabe, estou organizando um dia inteiro de entretenimentos, por subscrição, em favor das preceptoras pobres da nossa província. Elas estão espalhadas pela Rússia; só do nosso distrito há seis; além disso, duas são telegrafistas, duas estudam numa academia, as outras gostariam de estudar mas não têm recursos. A sorte da mulher russa é terrível, Varvara Pietrovna! Por isso se levanta atualmente a questão universitária, e houve até uma reunião do Conselho de Estado. Em nossa estranha Rússia pode-se fazer qualquer coisa. Por isso, mais uma vez, só com o carinho e a participação imediata e afetuosa de toda a sociedade poderíamos colocar essa grande causa no verdadeiro caminho. Oh, Deus, haverá entre nós muitas belas almas? É claro que há, mas estão dispersas. Unamo-nos e seremos mais fortes. Em suma, em minha casa haverá primeiro uma matinê literária, depois um almoço leve, depois um intervalo e no mesmo dia à noite um baile. Gostaríamos de começar a festa com quadros vivos, mas parece que os gastos são muitos e por isso haverá para o público uma ou duas quadrilhas com máscaras e trajes típicos representando certas correntes literárias. Foi Karmazínov que propôs essa ideia jocosa; ele tem me ajudado muito. Sabe, ele lerá sua última obra, que ninguém ainda conhece. Vai largar a pena e deixar de escrever; esse último artigo é a sua despedida do público. É uma peçazinha encantadora chamada *Merci*. O título é francês, mas ele acha isso ainda mais jocoso e até mais sutil. Eu também, e fui até eu que o sugeri. Acho que Stiepan Trofímovitch também poderia ler, se for uma coisa mais breve e... que não seja lá muito erudita. Parece que Piotr Stiepánovitch e mais alguém vai ler alguma coisa. Piotr Stiepánovitch irá à sua casa e lhe comunicará o programa; ou, melhor, permita que eu mesma o leve para a senhora.

— E permita-me também inscrever-me em sua lista. Eu mesma transmitirei a Stiepan Trofímovitch e lhe farei o pedido.

Varvara Pietrovna voltou para casa definitivamente encantada; defendia com todas as forças Yúlia Mikháilovna e, sabe-se lá por quê, já estava totalmente zangada com Stiepan Trofímovitch; e o coitado se encontrava em casa sem saber de nada.

— Estou apaixonada por ela, e não compreendo como pude me enganar tanto a respeito daquela mulher — dizia ela a Nikolai Vsievolódovitch e a Piotr Stiepánovitch, que aparecera por lá ao anoitecer.

— E apesar de tudo a senhora precisa fazer as pazes com o velho — informou Piotr Stiepánovitch —, ele está desesperado. A senhora o mantém inteiramente confinado. Ontem ele cruzou com a sua carruagem, fez uma reverência e a senhora lhe deu as costas. Sabe, vamos promovê-lo; tenho alguns cálculos para ele, e ele ainda pode ser útil.

— Oh, ele vai ler.

— Não é disso que estou falando. Eu mesmo estava querendo ir à casa dele hoje. Então, posso lhe comunicar?

— Se quiser. Aliás, não sei como você vai arranjar isso — pronunciou ela com indecisão. — Eu mesma tinha a intenção de me explicar com ele e queria marcar o dia e o lugar. — Ficou muito carrancuda.

— Bem, não vale a pena marcar dia. Simplesmente lhe darei o seu recado.

— Faça isso. Aliás, acrescente sem falta que vou marcar um dia para ele. Acrescente sem falta.

Piotr Stiepánovitch correu, dando risinhos. Em geral, pelo que me lembro, nesse período ele andava um tanto raivoso e até se permitia extravagâncias extremamente intoleráveis quase com todo mundo. O estranho é que de algum modo todos o perdoavam. Em linhas gerais, estabelecera-se a opinião de que era necessário tratá-lo de modo um tanto especial. Observo que ele odiou o duelo de Nikolai Vsievolódovitch. Isso o pegou de surpresa; chegou até a ficar verde quando lhe contaram. Aí talvez o amor-próprio tenha saído ferido: ele só soube no dia seguinte, quando todo mundo já sabia.

— Acontece que você não tinha o direito de se bater — cochichou para Stavróguin já no quinto dia, ao encontrá-lo por acaso no clube. É digno de nota que, durante esses cinco dias, os dois não se encontraram em lugar nenhum, embora Piotr Stiepánovitch fosse quase todos os dias à casa de Varvara Pietrovna.

Nikolai Vsievolódovitch o fitou com ar distraído, como se não entendesse do que se tratava, e passou sem parar. Atravessou todo o grande salão do clube em direção ao bufê.

— Você foi à casa de Chátov... Está querendo tornar público o seu casamento com Mária Timofêievna — corria atrás dele, agarrando-o pelo ombro com certa distração.

Súbito Nikolai Vsievolódovitch tirou-lhe a mão do seu ombro e virou-se rápido para ele de cara ameaçadoramente fechada. Piotr Stiepánovitch o fitou com um riso estranho e demorado. Tudo durou um instante. Nikolai Vsievolódovitch seguiu em frente.

II

Tão logo saiu da casa de Varvara Pietrovna, Piotr Stiepánovitch foi à casa do velho, e se estava tão apressado era unicamente por maldade, com o fito de vingar-se da ofensa anterior, da qual até então eu não fazia ideia. É que no último encontro que tiveram, exatamente na quarta-feira da semana anterior, Stiepan Trofímovitch, que, aliás, começara pessoalmente a discussão, acabara expulsando Piotr Stiepánovitch a bengaladas. Na ocasião ele me escondeu esse fato; agora, porém, mal Piotr Stiepánovitch entrou correndo com o seu risinho de sempre, tão ingenuamente arrogante e vasculhando os cantos com o olhar desagradavelmente curioso, imediatamente Stiepan Trofímovitch me fez um sinal secreto para que eu não deixasse o recinto. Assim se revelaram a mim as suas verdadeiras relações, pois dessa vez ouvi toda a conversa.

Stiepan Trofímovitch estava sentado, estirado no canapé. Da última quinta-feira para cá ele emagrecera e estava amarelo. Piotr Stiepánovitch sentou-se ao lado dele com o ar mais íntimo, encolhendo as pernas sem cerimônia, e ocupou no canapé um lugar bem maior que o mínimo de respeito pelo pai requeria. Stiepan Trofímovitch afastou-se calado e com dignidade.

Havia na mesa um livro aberto. Era o romance *Que fazer?*[47] Infelizmente, devo confessar uma estranha pusilanimidade do nosso amigo: o sonho de que precisava sair do isolamento e dar o último combate predominava cada vez mais em sua imaginação seduzida. Adivinhei que ele conseguira o romance e o *estava estudando* com o único fim de, caso houvesse o choque inevitável com os "gritadores", saber de antemão quais os seus procedimentos e argumentos com base no próprio "catecismo" deles e, desse

[47] Romance de N. G. Tchernichévski (1828-1889). (N. do T.)

modo, uma vez preparado, refutar triunfalmente a todos *aos olhos dela*. Oh, como aquele livro o atormentava! Às vezes ele o largava em desespero, levantava-se de um salto de onde estava e ficava caminhando pelo quarto quase tomado de fúria.

— Sei que a ideia básica do autor está correta — dizia-me febril —, mas veja que isso é ainda mais horrível! É a nossa mesma ideia, justamente a nossa; fomos nós, nós os primeiros que a plantamos, que a fizemos crescer, que a preparamos — então, o que eles poderiam dizer de novo depois de nós? Oh, Deus, como tudo isso está expresso, deturpado, estropiado! — exclamava ele batendo com os dedos no livro. — Era a essas conclusões que nós visávamos? Quem pode identificar aí o sentido inicial?

— Estás te ilustrando? — Piotr Stiepánovitch deu um risinho, tirou o livro de cima da mesa e leu o título. — Há muito já era tempo. Posso te trazer até coisa melhor, se quiseres.

Stiepan Trofímovitch tornou a calar-se com dignidade. Eu estava sentado em um canto do divã.

Piotr Stiepánovitch explicou rapidamente a causa da sua presença. É claro que Stiepan Trofímovitch estava estupefato além da medida e ouvia com um susto misturado a uma indignação extraordinária.

— E essa Yúlia Mikháilovna espera que eu vá ler em sua casa!

— Isto é, ela não precisa tanto assim de ti. Ao contrário, está querendo ser amável contigo e assim adular Varvara Pietrovna. Bem, é claro que tu não te atreverás a recusar a leitura. Aliás, acho que tu mesmo estás querendo — deu um risinho —, vocês todos, essa velharia tem uma ambição dos infernos. Mas, escuta, não obstante, é preciso que a coisa não saia tão chata. Sobre o que escreveste, foi sobre a história da Espanha? Uns três dias antes deixa-me dar uma olhada, senão vais fazer a plateia dormir.

A grosseria apressada e demasiado nua dessas alfinetadas era notoriamente premeditada. Fingia que com Stiepan Trofímovitch não se podia falar numa linguagem diferente, mais sutil, e através de conceitos. Stiepan Trofímovitch continuava firmemente sem notar as ofensas. Mas os acontecimentos comunicados iam produzindo nele uma impressão cada vez mais estupefaciente.

— E ela mesma, ela *mesma* mandou me dizer isso por intermédio... *do senhor*? — perguntou ele, empalidecendo.

— Quer dizer, vê, ela quer marcar para ti o dia e o lugar para uma explicação mútua; são restos do sentimentalismo de vocês dois. Tu te exibiste com ela ao longo de vinte anos e a acostumaste aos mais ridículos procedimentos. Mas não te preocupes, a coisa agora é bem diferente; ela mesma diz a todo instante que só agora começou a "ver as coisas com clareza". Eu expliquei francamente a ela que toda essa amizade de vocês dois é apenas uma lavagem mútua de roupa suja. Meu irmão, ela me contou muita coisa; arre, que função de lacaio tu exerceste durante todo esse tempo. Cheguei até a corar por tua causa.

— Eu exerci função de lacaio? — não se conteve Stiepan Trofímovitch.

— Pior, foste um parasita, quer dizer, um lacaio voluntário. Para trabalhar a gente tem preguiça, mas tem aquele apetite para um dinheirinho. Agora até ela compreende tudo isso; pelo menos foi um horror o que ela contou a teu respeito. Ah, irmão, que gargalhadas eu dei lendo tuas cartas para ela; é uma vergonha e sórdido. É que vocês são tão depravados, tão depravados! Na esmola há algo que deprava de uma vez por todas — tu és um exemplo notório!

— Ela te mostrou as minhas cartas!

— Todas. Quer dizer, é claro, onde eu as haveria de ler? Arre, quanto papel tu escreveste, acho que passa de duas mil cartas... Sabes, velho, acho que houve um instante em que ela estava disposta a se casar contigo. Deixaste escapar da forma mais tola! É claro que estou falando do teu ponto de vista, mas mesmo assim teria sido melhor do que agora, quando por pouco não te casaram com os "pecados alheios", como um palhaço, para divertir, por dinheiro.

— Por dinheiro? Ela, ela diz que foi por dinheiro?! — vociferou dorido Stiepan Trofímovitch.

— E como não? Ora, o que tens? eu até te defendi. Porque esse é o teu único caminho de justificação. Ela mesma compreende que tu precisavas de dinheiro, como qualquer um, e que desse ponto de vista talvez estejas certo. Demonstrei-lhe, como dois e dois são quatro, que vocês dois viviam em vantagens mútuas: ela é capitalista e em casa dela tu eras um palhaço sentimental. Aliás, não é pelo dinheiro que ela está zangada, embora tu a tenhas ordenhado como a uma cabra. Ela só fica com raiva porque acreditou durante vinte anos em ti, porque tu a enganaste muito com tua dignidade e a fizeste mentir durante tanto tempo. Ela nunca reconhece que mentiu, mas por isso mesmo pagarás em dobro. Não entendo como não adivinhaste que algum dia terias de pagar. Ora, havia em ti ao menos alguma inteligência. Ontem sugeri a ela que te internasse num asilo para velhos — não te preocupes, num bom asilo, não será uma ofensa; parece que é o que ela vai fazer. Estás lembrado da última carta que me escreveste para a província de Kh-, três semanas atrás?

— Não me digas que a mostraste a ela? — Stiepan Trofímovitch levantou-se de um salto, horrorizado.

— Pudera não mostrar! Foi a primeira coisa que fiz. Aquela mesma carta em que tu me fazias saber que ela te explora, tem inveja do teu talento, bem, e mais aquela história de "pecados alheios". Ah, meu caro, aliás, não obstante, tu tens amor-próprio! Dei muitas risadas. No geral as tuas cartas são chatíssimas; teu estilo é um horror. Às vezes eu não as lia absolutamente, uma delas anda até agora rolando entre as minhas coisas, lacrada; amanhã te mando. Bem, essa tua última carta — é o cúmulo da perfeição! Quanta gargalhada eu dei, quanta gargalhada!

— Monstro, monstro! — berrou Stiepan Trofímovitch.

— Arre, com os diabos, não dá nem para conversar contigo. Escuta aqui, estás novamente zangado como da última vez?

Stiepan Trofímovitch aprumou-se com ar ameaçador:

— Como te atreves a falar comigo nessa linguagem?

— Que linguagem? Simples e clara?

— Mas dize enfim, seu monstro, és meu filho ou não?

— Tu deves saber melhor. É claro que nesse caso todo pai tende à cegueira...

— Cala-te, cala-te! — Stiepan Trofímovitch tremeu de corpo inteiro.

— Vejam só, estás gritando e insultando como na última quinta-feira, quando ameaçaste levantar a bengala, mas naquela ocasião eu encontrei um documento. Por curiosidade passei a tarde toda remexendo numa mala. É verdade que não há nada de preciso, podes ficar consolado. É apenas um bilhete da minha mãe para aquele polaco. Bem, a julgar pelo caráter dela...

— Mais uma palavra e te dou na cara.

— Que gente! — Piotr Stiepánovitch dirigiu-se subitamente a mim. — Veja, isso está acontecendo com nós dois desde a quinta-feira passada. Estou contente porque agora pelo menos o senhor está aqui e poderá julgar. Primeiro o fato: ele me censura porque eu falo assim da minha mãe, mas não foi ele quem me impeliu a fazer o mesmo que ele? Em Petersburgo, quando eu ainda era colegial, não era ele que me acordava duas vezes por noite, me abraçava e chorava como uma mulher, e o que o senhor acha que ele me contava nessas noites? As mesmas histórias indecentes sobre minha mãe! Foi dele que eu primeiro as ouvi.

— Oh, eu falava no sentido supremo! Oh, tu não me entendeste. Não entendeste nada, nada.

— Mas mesmo assim a tua história é mais sórdida do que a minha, mais sórdida, reconhece. Bem, faze como quiseres, para mim dá no mesmo. Estou falando do teu ponto de vista. Do meu ponto de vista, não te preocupes: não culpo minha mãe; tu és tu, o polaco é o polaco, para mim dá no mesmo. Não tenho culpa se a história de vocês dois em Berlim terminou de forma tão tola. Aliás, de vocês dois poderia sair algo mais inteligente? Bem, depois de tudo isso, como vocês não seriam ridículos! Para ti não dá no mesmo que eu seja ou não teu filho? Ouça — tornou a dirigir-se a mim —, durante toda a vida ele não gastou um rublo comigo, até os dezesseis anos não me conhecia absolutamente, depois me roubou aqui e agora fica gritando que durante toda a vida torceu por mim de coração, e fica fazendo fita à minha frente como um ator. Ora veja, eu não sou Varvara Pietrovna, poupa-me!

Levantou-se e pegou o chapéu.

— Eu te amaldiçoo doravante pelo meu nome! — levantou o braço sobre ele Stiepan Trofímovitch, pálido como a morte.

— Vejam só a que tolice o homem chega! — Piotr Stiepánovitch ficou até surpreso. — Bem, velhice, adeus, nunca mais virei à tua casa. Não te esqueças de mandar o artigo antes, e se puderes procura evitar os absurdos. Fatos, fatos e fatos, e o principal: sê breve. Adeus.

III

Aliás, aí houve também a influência de motivos alheios. Piotr Stiepánovitch realmente tinha alguns projetos para o pai. A meu ver, ele contava com levar o velho ao desespero e assim empurrá-lo para algum escândalo flagrante. Precisava disso para seus fins posteriores, estranhos, de que ainda falaremos adiante. Naquela época ele havia acumulado um número extraordinário desses cálculos e planos, é claro que quase todos fantásticos. Tinha ainda em vista outro mártir além de Stiepan Trofímovitch. No cômputo geral, ele não tinha poucos mártires, como se verificou posteriormente; mas contava particularmente com esse, que era o próprio senhor Von Lembke.

Andriêi Antónovitch von Lembke pertencia àquela tribo favorecida (pela natureza), cuja composição chega na Rússia a várias centenas de milhares, e que talvez desconheça ela mesma que sua massa constitui nesse país uma liga rigorosamente organizada. E, é claro, uma liga não premeditada nem inventada, mas existente por si só no conjunto da tribo, sem palavras nem tratado, como algo moralmente obrigatório e constituído do apoio mútuo de todos os membros dessa tribo, um ao outro e sempre, em toda parte e em quaisquer circunstâncias. Andriêi Antónovitch teve a honra de ser educado em uma daquelas instituições superiores de ensino da Rússia, que são povoadas pelos jovens das famílias mais dotadas de relações ou riqueza. Os pupilos desse estabelecimento, quase imediatamente após o término do curso, eram nomeados para o exercício de funções bastante importantes em algum setor do serviço do Estado. Andriêi Antónovitch tinha um tio coronel-engenheiro e outro padeiro; mas ingressou na escola superior e ali encontrou membros bastante semelhantes da mesma tribo. Ele era um colega alegre; bastante obtuso nos estudos, mas todos gostavam dele. E quando, já nas classes superiores, muitos dos jovens, predominantemente russos, aprendiam a discutir sobre questões bastante elevadas da atualidade e com tal ar que mal esperavam a diplomação para resolver todas as questões, Andriêi Antónovitch ainda continuava fazendo as coisas mais ingênuas dos tempos de escola. Fazia todos rirem, é verdade que com tiradas muito simplórias se bem que cínicas, mas se impusera esse objetivo. Ora se assoava de modo espantoso quando o professor lhe fazia perguntas na aula — o que suscitava o riso dos colegas e do professor —, ora representava no dormitório um vivo episódio cínico provocando aplausos gerais, ora tocava apenas com o nariz (e com bastante arte) a abertura de *Fra Diavolo*. Distinguia-se ainda por um desleixo premeditado, por algum motivo achando isso espirituoso. No último ano, passou a escrever versos russos. Sabia de modo muito falho a língua de sua própria tribo, como muitos dessa tribo na Rússia. Essa inclinação para os versos o aproximou de um colega sombrio e como que deprimido por alguma coisa, filho de um general pobre, dos russos, e que no estabelecimento era considerado o grande literato do futuro. Este o tratou com proteção. Mas aconteceu que, já três anos após ter deixado o estabelecimento, esse colega sombrio, que largara o serviço público em prol da literatura russa e por isso já andava fazendo fita em botas rasgadas e tiritando de frio metido em um sobretudo de verão no outono avançado, subitamente encontrou por acaso, na ponte Anítchkov, o seu *ex-protégé* "Lembka", como todos aliás o chamavam na escola. Pois bem! Nem chegou a reconhecê-lo à primeira vista e parou surpreso. Diante dele estava um jovem impecavelmente vestido, com suíças arruivadas cuidadosamente aparadas, de pincenê, botas envernizadas, luvas novíssimas, sobretudo folgado e uma pasta debaixo do braço. Lembke foi amável com o colega, deu-lhe o endereço e o convidou à sua casa algum dia à noitinha. Verificou-se ainda que ele já não era o "Lembka", mas "Von Lembke". Entretanto, o colega foi à sua casa, talvez unicamente por maldade. Na escada, bastante feia e sem nada de escada principal porém forrada por um feltro vermelho, foi recebido por um porteiro que lhe fez muitas e detalhadas perguntas. Em cima soou alto a sineta. No entanto, em vez da riqueza que o visitante esperava encontrar, ele encontrou o seu "Lembka" em um quartinho lateral muito pequeno, de aspecto escuro e vetusto, dividido ao meio por uma cortina verde-escura, com um mobiliário verde-escuro vetusto e estofado, cortinas verde-escuras nas janelas altas e estreitas. Von Lembke se instalara na casa de um general, parente muito distante que o protegia. Ele recebeu o visitante amistosamente, esteve sério e elegantemente polido. Falaram de literatura, mas nos limites convenientes. Um criado de gravata branca serviu um chá fraco, com uns biscoitos miúdos, redondos e secos. Por maldade, o colega pediu água de Seltz. Serviram-na, mas com certo atraso, notando-se que Lembke ficou meio desconcertado ao chamar o criado mais uma vez e lhe dar a ordem. Aliás, ele mesmo perguntou se a visita não queria comer alguma coisa e ficou visivelmente satisfeito quando o outro recusou e finalmente se foi. Lembke começava pura e simplesmente sua carreira, mas morava de favor na casa do general membro da sua tribo porém importante.

Naquela época ele suspirava pela quinta filha do general e parece que era correspondido. Mas mesmo assim, quando chegou o tempo, casaram Amália com um velho industrial alemão, velho colega do velho general. Andriêi Antónovitch não chorou muito, mas montou um teatro de papel. Levantava-se a cortina, os atores saíam, faziam gestos de mão; o público ocupava os camarins; movida por um mecanismo, a orquestra fazia os arcos deslizarem nos violinos, o regente girava a batuta e na plateia cavalheiros e oficiais batiam palmas. Tudo foi feito de papel, tudo inventado e posto em funcionamento pelo próprio Von Lembke; ele passou meio ano montando o teatro. O general organizou intencionalmente um sarau íntimo, o teatro fez sua exibição; todas as cinco filhas do general, incluindo a recém-casada Amália, seu industrial e muitas senhoras e senhoritas com seus alemães, observavam atentamente e elogiavam o teatro; depois dançaram. Lembke estava muito satisfeito e logo se consolou.

Passaram-se os anos e sua carreira entrou nos eixos. Ele servia sempre em postos de destaque, e sempre sob a chefia de gente da mesma tribo, e chegou finalmente a uma patente muito significativa considerando-se a sua idade. Há muito tempo queria casar-se e há muito tempo sondava cautelosamente a coisa. Às escondidas do chefe, enviou uma novela à redação de uma revista, mas não a publicaram. Em compensação, montou um verdadeiro trem de passageiros, e mais uma vez saiu uma coisinha bem-acabada: o público saía da estação, com malas e mochilas, crianças e cães, e subia aos vagões. Os condutores e empregados iam e vinham, faziam soar o sininho, davam o sinal e o trem se punha a caminho. Levou meio ano fazendo essa coisinha engenhosa. Mas mesmo assim precisava casar-se. O círculo dos seus conhecimentos era bastante amplo, em sua maior parte no mundo alemão; mas ele circulava também nas esferas russas, é claro que por indicação da chefia. Por fim, quando completou trinta e oito anos, recebeu também uma herança.

Morreu seu tio padeiro e lhe deixou treze mil rublos em testamento. A questão agora era um posto. O senhor Von Lembke, apesar do gênero bastante elevado de sua esfera de serviços, era um homem modesto. Ficaria muito satisfeito com algum empreguinho público à parte, no qual estivesse sob suas ordens o recebimento da lenha pública, ou com alguma coisinha doce que fosse para toda a vida. Mas aí, em vez de alguma Minna ou Ernestina que estava em sua expectativa, apareceu de repente Yúlia Mikháilovna. Sua carreira se tornou imediatamente um grau mais visível. O modesto e cuidadoso Von Lembke sentiu que ele também podia ser ambicioso.

Segundo estimativas antigas, Yúlia Mikháilovna tinha duzentas almas e, além disso, trazia consigo uma grande proteção. Por outro lado, Von Lembke era bonito e ela já passara dos quarenta. Cabe notar que ele foi se apaixonando por ela pouco a pouco e de fato na medida em que se sentia cada vez mais e mais noivo. No dia do casamento mandou-lhe uns versos pela manhã. Ela gostava muito de tudo isso, inclusive dos versos: quarenta anos não são brincadeira. Pouco tempo depois ele recebeu uma determinada patente e uma determinada medalha, e em seguida foi nomeado para a nossa província.

Enquanto preparava a vinda para a nossa província, Yúlia Mikháilovna empenhou-se em trabalhar o marido. Segundo sua opinião, ele não era desprovido de talento; sabia entrar e fazer-se notar, ouvir compenetrado e calar, assumira várias posturas muito convenientes, era até capaz de pronunciar um discurso; tinha inclusive alguns retalhos e pontinhas de ideias e pegara o verniz do moderno e necessário liberalismo. Apesar de tudo, preocupava-a o fato de que de certo modo ele era muito pouco suscetível e, depois da longa e eterna procura da carreira, começava terminantemente a sentir a necessidade de paz. Ela queria transfundir nele a sua ambição, e de repente ele começou a montar um templo protestante: o pastor aparecia para fazer o sermão, os fiéis ouviam de mãos postas com ar devoto, uma senhora enxugava as lágrimas com um lenço, um velhote se assoava; por fim soava um órgãozinho que fora propositadamente encomendado e trazido da Suíça, apesar dos gastos. Mal soube da sua existência, Yúlia Mikháilovna recolheu todo o trabalho com certo receio e o trancou em uma caixa sua; em troca permitiu que ele escrevesse um romance, mas aos pouquinhos. Desde então passou a contar de fato somente consigo. O mal era que nisso havia um bocado de futilidade e pouca medida. O destino a mantivera tempo demais como solteirona. Agora, uma ideia após outra se esboçava em sua mente ambiciosa e um tanto irritada. Alimentava projetos, queria decididamente dirigir a província, sonhava ver-se imediatamente cercada, escolhia a orientação. Von Lembke chegou até a ficar um tanto assustado, embora, com seu tino de funcionário, logo adivinhasse que não tinha nada a temer com a governança propriamente dita. Os dois ou três primeiros meses transcorreram de modo até muito satisfatório. Mas aí apareceu Piotr Stiepánovitch e passou a acontecer algo estranho.

É que desde os primeiros momentos o jovem Vierhkoviénski revelou um terminante desrespeito por Andriêi Antónovitch e assumiu sobre ele uns direitos estranhos, enquanto Yúlia Mikháilovna, sempre tão ciosa da importância do seu marido, negava-se terminantemente a notar isso; pelo menos não lhe dava importância. O jovem se tornou seu favorito, comia, bebia e quase dormia na casa dela. Von Lembke começou a defender-se, chamava-o de "jovem" em público, dava-lhe tapinhas protetoras no ombro, mas nada incutia com isso: era como se Piotr Stiepánovitch estivesse sempre rindo na cara dele, até quando aparentemente conversava a sério, mas em público lhe dizia as coisas mais surpreendentes. Certa vez, ao voltar para casa, ele encontrou o jovem em seu gabinete, dormindo no divã sem ter sido convidado. O outro explicou que tinha dado uma chegada mas, como não o encontrara em casa, "aproveitara para tirar uma soneca". Von Lembke ficou ofendido e tornou a queixar-se à mulher; depois de rir da irascibilidade dele, ela observou com alfinetadas que pelo visto ele mesmo não sabia colocar-se na devida posição; pelo menos com ela "esse menino" nunca se permite intimidades e, aliás, "é ingênuo e verde, embora não se enquadre à sociedade". Von Lembke ficou amuado. Dessa vez ela levou os dois a fazerem as pazes. Não é que Piotr Stiepánovitch tivesse pedido desculpas, mas se saiu com uma brincadeira grosseira que em outra ocasião poderia ter sido tomada como uma nova ofensa, mas dessa vez foi interpretada como arrependimento. O ponto frágil consistia em que Antónovitch tomara o bonde errado desde o início, ou seja, contara-lhe sobre o seu romance. Imaginando nele um jovem cheio de ardor e poesia e há muito tempo sonhando com um ouvinte, ainda nos primeiros dias em que se conheceram leu para ele dois capítulos do livro em uma tarde. O outro ouviu sem esconder o tédio, bocejou de forma grosseira, não fez um único elogio e ao sair pediu o manuscrito para em casa, no ócio, formar uma opinião, e Andriêi Antónovitch lhe deu. Desde então, Piotr Stiepánovitch não devolvera o manuscrito embora aparecesse diariamente por lá, e quando perguntado respondia apenas com o riso; por fim anunciou que o havia perdido no mesmo dia na rua. Ao saber disso, Yúlia Mikháilovna zangou-se terrivelmente com o marido.

— Não me digas que lhe falaste até do templo? — ela ficou agitada, quase com medo.

Von Lembke começou a cair em evidente meditação, e meditar lhe era prejudicial e proibido pelos médicos. Além dos muitos quefazeres pela província, de que falaremos depois, aí havia uma matéria especial, que fazia até sofrer o coração, e não apenas o amor-próprio de administrador. Ao casar-se, por nada nesse mundo Andriêi Antónovitch supunha a possibilidade de desavenças familiares e choques no futuro. Assim imaginara toda a vida quando sonhava com Minna e Ernestina. Percebeu que não estava em condições de suportar tempestades familiares. Por fim, Yúlia Mikháilovna se explicou com ele de modo franco.

— Tu não podes te zangar com isso — disse ela —, já pelo fato de que és três vezes mais sensato e imensuravelmente superior na escala social. Nesse menino ainda há muitos resíduos dos antigos hábitos de livre-pensador, e acho que isso é simplesmente uma travessura; não se pode agir de chofre, deve-se fazê-lo paulatinamente. Precisamos apreciar os nossos jovens; sou afável com eles e os seguro à beira do extremo.

— Mas o diabo sabe o que ele diz — objetava Von Lembke. — Não posso ser tolerante quando ele afirma em público e na minha presença que o governo embebeda deliberadamente o povo com vodca para embrutecê-lo e assim evitar que ele se subleve. Imagina o meu papel quando sou forçado a ouvir isso em público.

Ao falar isso, Von Lembke mencionou uma conversa recente que tivera com Piotr Stiepánovitch. Com o ingênuo objetivo de desarmá-lo com o liberalismo, mostrou-lhe sua coleção íntima de panfletos de toda espécie, russas e estrangeiras, que ele reunia cuidadosamente desde 1859, não propriamente como apreciador mas simplesmente movido por uma curiosidade útil. Ao adivinhar o seu objetivo, Piotr Stiepánovitch disse grosseiramente que numa só linha de tais panfletos havia mais sentido do que em qualquer chancelaria, "sem excluir mesmo a sua".

Lembke ficou chocado.

— Mas entre nós isso é cedo, cedo demais — pronunciou quase suplicante, apontando para as proclamações.

— Não, não é cedo; veja, o senhor mesmo está com medo, logo não é cedo.

— Mas, não obstante, aí existe, por exemplo, o convite à destruição das igrejas.

— E por que não? Ora, o senhor é um homem inteligente e, é claro, não crê, mas compreende bem demais que precisa da fé para embrutecer o povo. A verdade é mais honesta que a mentira.

— De acordo, de acordo, estou completamente de acordo com o senhor, mas entre nós isso é cedo, cedo... — Von Lembke franzia o cenho.

— Então, depois disso que funcionário do governo é o senhor, se pessoalmente concorda com destruir as igrejas e marchar armado de pau contra Petersburgo, colocando toda a diferença apenas no prazo?

Pego de forma tão grosseira, Lembke ficou fortemente mordido.

— Não é isso, não é isso — deixava-se arrebatar, cada vez mais irascível em seu amor-próprio —, como jovem e principalmente ignorante dos nossos objetivos, o senhor está equivocado. Veja, amabilíssimo Piotr Stiepánovitch, o senhor nos chama de funcionários do governo? Pois bem, funcionários independentes? Pois bem. Mas veja como agimos. Nós temos uma responsabilidade, e daí resulta que somos tão úteis à causa comum quanto os senhores. Apenas seguramos o que os senhores abalam e aquilo que sem nós se desfaria em muitos pedaços. Não somos seus inimigos, de maneira nenhuma, e dizemos: sigam em frente, implantem o progresso, podem até abalar, isto é, abalar todo o velho que precisa ser refeito; mas quando for preciso, conteremos também os senhores nos limites necessários e assim os salvaremos de si próprios, porque sem nós os senhores apenas deixariam a Rússia fortemente abalada, privando-a da decência, e nossa tarefa é nos preocuparmos com a decência. Compenetrem-se de que somos indispensáveis uns aos outros. Na Inglaterra há os *whigs* e os *tories*, que também são indispensáveis uns aos outros. Então: nós somos os *tories* e os senhores, os *whigs*, é assim mesmo que compreendo.

Andriêi Antónovitch ficou até enfático. Gostava de falar de modo inteligente e liberal desde Petersburgo, e aí não havia ninguém à escuta. Piotr Stiepánovitch calava e se comportava de modo sério, um tanto fora do habitual. Isso incitou ainda mais o orador.

— O senhor deve saber que eu sou "o dono da província" — continuou, andando pelo gabinete —, deve saber que com a infinidade de obrigações que tenho não consigo desempenhar nenhuma e, por outro lado, posso dizer com a mesma certeza que nada tenho a fazer aqui. Todo o segredo consiste em que aqui tudo depende dos pontos de vista do governo. Deixe que o governo funde por lá até mesmo uma república, levado por razão política ou até para aplacar ânimos, mas, por outro lado, que reforce paralelamente o poder do governador e nós, governadores, devoraremos a república; ora, e não só a república: tudo o que quiser devoraremos; eu pelo menos sinto que estou preparado... numa palavra, que o governo me proclame por telefone uma *activité dévorante*, e desenvolverei uma *activité dévorante*. Neste caso eu disse diretamente na cara: "Meus senhores, para o equilíbrio e o florescimento de todas as instituições provinciais, é necessária uma coisa: o reforço do poder dos governadores". Veja, é preciso que todas essas instituições — do *ziemstvo* ou jurídicas — tenham, por assim dizer, uma vida dupla, ou seja, é preciso que elas existam (concordo que seja necessário) mas, por outro lado, é preciso que elas não existam. Tudo a julgar pelo ponto de vista do governo. A coisa vai chegar a um ponto em que de repente as instituições se mostrarão necessárias e imediatamente eu as terei à mão. Passará a necessidade e eu não encontrarei nem sombra delas. É assim que eu compreendo a *activité dévorante*, e esta não acontecerá sem o reforço do poder dos governadores. Nós dois estamos falando olho no olho. Sabe, já falei em Petersburgo da necessidade de um guarda especial à porta da casa do governador. Estou aguardando a resposta.

— O senhor precisa de dois — pronunciou Piotr Stiepánovitch.

— Para que dois? — Von Lembke parou diante dele.

— Acho que um é pouco para o senhor ser respeitado. O senhor precisa sem falta de dois.

Andriêi Antónovitch crispou o rosto.

— O senhor... sabe Deus o que o senhor se permite, Piotr Stiepánovitch. Valendo-se da minha bondade o senhor dá alfinetadas e representa uma espécie de *bourru bienfaisant*...[48]

— O senhor é quem sabe — murmurou Piotr Stiepánovitch —, mesmo assim o senhor abre o caminho para nós e prepara o nosso sucesso.

— Quer dizer, para nós quem, e que sucesso? — surpreso, Von Lembke fixou nele o olhar mas não recebeu a resposta.

Ao ouvir o relato dessa conversa, Yúlia Mikháilovna ficou muito insatisfeita.

— Só que eu — defendia-se Von Lembke —, como dirigente, não posso tratar por cima dos ombros o teu favorito e ainda por cima olho no olho... Posso ter deixado escapar... por bom coração.

— Bom até demais. Não sabia que tinhas uma coleção de proclamações, faze o favor de me mostrá-la.

— Mas... mas ele as pediu por um dia.

— E o senhor mais uma vez lhe deu — zangou-se Yúlia Mikháilovna. — Que mancada!

— Vou agora mesmo pegá-las de volta.

— Ele não vai entregar.

— Vou exigir! — enfureceu-se Von Lembke e até levantou-se de um salto. — Quem é ele para que eu o tema e quem sou eu para não ousar fazer nada?

[48] "benfeitor grosseirão..." (N. do T.)

— Sente-se e acalme-se — deteve-o Yúlia Mikháilovna —, vou responder à sua primeira pergunta: ele me foi muito bem recomendado, tem talento e às vezes diz coisas sumamente inteligentes. Karmazínov me assegurou que ele tem relações em quase toda parte e uma influência extraordinária sobre os jovens da capital. E se através dele eu atrair a todos e agrupá-los ao meu redor, eu os desviarei da destruição, apontando um novo caminho para a sua ambição. Ele me é dedicado de todo coração e me ouve em tudo.

— Mas acontece que enquanto nós os mimamos eles podem... fazer o diabo sabe o quê. É claro que é uma ideia... — defendia-se vagamente Von Lembke —, mas... mas ouvi dizer que no distrito -sk apareceram umas proclamações.

— Acontece que esse boato já apareceu no verão — proclamações, dinheiro falso, grande coisa, só que até agora nada foi encontrado. Quem lhe disse isso?

— Eu o ouvi de Von Blum.

— Ora, poupe-me do seu Blum e nunca se atreva a mencioná-lo!

Yúlia Mikháilovna ficou furiosa e por um instante nem conseguiu falar. Von Blum era um funcionário da chancelaria da província que ela odiava particularmente. Disto falaremos depois.

— Por favor, não se preocupe com Vierkhoviénski — concluiu ela a conversa —, se ele tivesse participado de uma traquinice qualquer não estaria falando como fala contigo e com todos daqui. Os paroleiros não são perigosos e posso te dizer até mesmo que, se acontecer alguma coisa, serei a primeira a saber através dele. Ele me é fanaticamente, fanaticamente dedicado.

Prevenindo os acontecimentos, observo que sem a presunção e a ambição de Yúlia Mikháilovna, vai ver que não teria havido nada daqueles estragos que essa gentinha reles conseguiu fazer em nossa cidade. Ela tem muita responsabilidade por isso!

V
ANTES DA FESTA

I

O dia da festa programada por Yúlia Mikháilovna por subscrição em favor das preceptoras da nossa província já havia sido marcado e remarcado várias vezes. Em torno dela gravitavam invariavelmente Piotr Stiepánovitch, o pequeno funcionário e leva e traz Liámchin, que outrora visitava a casa de Stiepan Trofímovitch e caíra subitamente nas graças da casa do governador por tocar piano; em parte Lipútin, que Yúlia Mikháilovna destinava ao posto de redator do futuro jornal independente da província; algumas senhoras e senhoritas, e, por último, até Karmazínov, que, embora não gravitasse em torno dela, anunciou em voz alta e com ar satisfeito que teria o prazer de deixar todos encantados quando começasse a quadrilha da literatura. As subscrições e doações atingiram um volume extraordinário e contaram com a participação de toda a sociedade seleta da cidade; no entanto, foram admitidos também os menos seletos, desde que aparecessem com dinheiro. Yúlia Mikháilovna observou que às vezes até se deviam admitir segmentos sociais mistos, "senão quem haverá de ilustrá-los?". Formou-se um secreto comitê doméstico, no qual foi decidido que a festa seria democrática. O volume exorbitante de subscrições incitava a gastos; a vontade era fazer algo maravilhoso, e daí vinha o adiamento. Ainda não se havia decidido onde fazer o baile da noite: na imensa casa da decana da nobreza, que a havia cedido para esse dia, ou na casa de Varvara Pietrovna em Skvoriéchniki? Em Skvoriéchniki ficaria longinho, mas muitos dos membros do comitê insistiam em que lá a coisa ficaria "mais livre". A própria Varvara Pietrovna queria demais que marcassem em sua casa. É difícil definir por que essa mulher orgulhosa andava quase bajulando Yúlia Mikháilovna. Provavelmente gostava de ver a outra, por sua vez, quase se humilhando perante Nikolai Vsievolódovitch e cobrindo-o de amabilidades como a ninguém. Torno a repetir: Piotr Stiepánovitch continuava o tempo todo e permanentemente a arraigar com murmúrios na casa do governador a ideia que antes lançara de que Nikolai Vsievolódovitch tinha as ligações mais secretas no mais secreto mundo e certamente estava ali com alguma missão.

Era estranho o estado de ânimo que então imperava. Estabeleceu-se, particularmente na sociedade feminina, uma espécie de leviandade, e não se pode dizer que isso tenha sido aos poucos. Várias ideias ousadíssimas foram lançadas como que ao vento. Começara algo muito alegre, leve, não afirmo que sempre agradável. Estava em moda uma certa desordem das mentes. Depois, quando tudo terminou, acusaram Yúlia Mikháilovna, seu círculo e sua influência; mas é pouco provável que tudo tenha partido apenas de Yúlia Mikháilovna. Ao contrário, no início um número muito grande de pessoas procuravam superar umas às outras nos elogios à nova governadora por sua capacidade de unir a sociedade e tornar as coisas de repente mais alegres. Houve inclusive alguns escândalos pelos quais Yúlia Mikháilovna já não tinha culpa; mas na ocasião todo mundo não fazia senão gargalhar e divertir-se, e não havia quem desse um paradeiro na situação. É verdade que ficava de fora um grupo bastante considerável de pessoas, que tinham opinião particular sobre o curso daqueles acontecimentos; mas essas tampouco resmungavam; chegavam até a sorrir.

Lembro-me de que, naquela ocasião, formou-se como que naturalmente um círculo bastante amplo cujo centro, como é de crer, ficava realmente no salão de Yúlia Mikháilovna. Nesse círculo íntimo que gravitava em torno dela, entre os jovens, é claro, eram permitidas e até viraram regra as mais diversas peraltices, às vezes realmente bem atrevidas. Faziam parte do círculo algumas senhoras até muito amáveis. Os jovens organizavam piqueniques, saraus, às vezes saíam pela cidade em verdadeira cavalgada, em carruagens e a cavalo. Procuravam aventuras, até as inventavam e organizavam por brincadeira com o único fito de provocar uma história alegre. Tratavam por cima dos ombros nossa cidade como alguma Cidade dos Tolos.[49] Eram chamados de zombadores ou galhofeiros porque não se detinham diante de nada. Aconteceu, por exemplo, que a mulher de um tenente local, uma moreninha ainda muito jovem embora macilenta por causa do mau sustento que o marido lhe dava, em uma festinha, sentou-se por leviandade à mesa para apostar alto no *ieralach*,[50] na esperança de ganhar para comprar uma mantilha, mas em vez de ganhar perdeu quinze rublos. Temendo o marido e sem ter com que pagar, tomou-se da recente ousadia e resolveu pedir na mesma festinha, às escondidas, um empréstimo ao filho do nosso prefeito, rapazinho detestável, precocemente gasto. Este, além de recusar, ainda procurou o marido para contar-lhe o fato entre sonoras gargalhadas. O tenente, que, vivendo só do soldo, realmente levava uma vida pobre, conduziu a mulher para casa

[49] Alusão à obra *Viagem a uma cidade*, de Saltikov-Schedrin, publicada em 1861, na qual a cidade objeto da viagem é grotescamente representada como cidade de tolos. (N. do T.)

[50] Antigo jogo de cartas semelhante ao uíste. (N. do T.)

e surrou-a até fartar-se, apesar dos gemidos, dos gritos e pedidos de perdão feitos de joelhos. Essa história revoltante suscitou apenas riso em todas as partes da cidade, e, embora a pobre mulher do tenente não pertencesse àquela sociedade que cercava Yúlia Mikháilovna, uma das damas dessa "cavalgada", pessoa excêntrica e esperta que conhecia mais ou menos o tenente, foi até a casa dela e a levou pura e simplesmente como hóspede para sua casa. No mesmo instante os nossos peraltas se apoderaram dela, amimaram-na, cumularam-na de presentes e a seguraram por uns quatro dias, sem devolvê-la ao marido. Ela estava na casa da dama esperta e passava dias inteiros com ela e toda a sociedade farrista passeando pela cidade, participava de divertimentos e bailes. Durante todo o tempo incitavam-na a levar o marido à justiça, a armar uma história. Asseguravam que todos a apoiariam, que testemunhariam. O marido calava, não se atrevia a lutar. Por fim a coitada se apercebeu de que se metera numa enrascada e, mais morta do que viva de medo, fugiu dos seus protetores para o seu tenente ao lusco-fusco do quarto dia. Não se sabe ao certo o que aconteceu entre o casal; mas os dois contraventos da baixa casinha de madeira em que o tenente alugava um quarto mantiveram-se fechados por duas semanas. Informada de tudo, Yúlia Mikháilovna zangou-se com os peraltas e ficou muito descontente com a atitude da esperta dama, embora esta lhe tivesse apresentado a mulher do tenente no primeiro dia de seu sequestro. Aliás, isso logo foi esquecido.

Outra vez, um jovem chegado de outro distrito, também pequeno funcionário, casou-se com uma moça de dezessete anos e beldade conhecida de todos na cidade, filha de um pequeno funcionário, pai de família de aspecto respeitável. Súbito, porém, soube-se que na primeira noite do casamento o jovem esposo tratou a beldade com muita descortesia, vingando-se dela porque era desonrada. Liámchin, que quase fora testemunha do caso porque enchera a cara no dia do casamento e ficara para pernoitar na casa, mal o dia amanheceu espalhou pela cidade a alegre notícia. Num piscar de olhos formou-se uma turma de uns dez homens, todos a cavalo, alguns em cavalos cossacos alugados, como, por exemplo, Piotr Stiepánovitch e Lipútin, o qual, apesar dos cabelos grisalhos, participava então de quase todos os escândalos da nossa fútil juventude. Quando os recém-casados apareceram na rua em uma *drojki*, fazendo as visitas legitimadas pelos nossos costumes obrigatoriamente no dia seguinte ao casamento, a despeito de quaisquer eventualidades, toda aquela cavalgada cercou a *drojki* e os acompanhou com um riso divertido pela cidade a manhã inteira. É verdade que não entraram nas casas, mas ficaram nos portões esperando em seus cavalos; contiveram-se de ofensas especiais ao noivo e à noiva, mas mesmo assim provocaram um escândalo. Toda a cidade começou a falar. É claro que todos gargalhavam. Mas aí Von Lembke zangou-se e houve uma nova e viva cena com Yúlia Mikháilovna. Esta também ficou no auge da raiva e teve a intenção de recusar sua casa aos peraltas. Mas já no dia seguinte perdoou a todos, levada por exortações de Piotr Stiepánovitch e algumas palavras de Karmazínov. Este achou a "brincadeira" bastante espirituosa.

— Isso faz parte dos costumes daqui — disse ele —, pelo menos foi peculiar e... ousado; e, veja, todos estão rindo e só a senhora está indignada.

Mas houve travessuras já intoleráveis, com um certo matiz.

Apareceu na cidade uma vendedora de livros vendendo o Evangelho, mulher respeitável ainda que modesta. Começaram a falar dela porque acabavam de sair histórias curiosas sobre vendedoras de livros nos jornais da capital. Mais uma vez Liámchin, o mesmo finório, ajudado por um seminarista, um vadio que aguardava o lugar de mestre numa escola, fingindo comprar um livro, enfiou às escondidas na sacola da vendedora um maço inteiro de sedutoras e abjetas fotografias estrangeiras, doadas, como se soube depois, propositadamente para o caso por um velhote muito respeitável cujo nome omitimos, homem que usava uma medalha importante no peito e, segundo sua própria expressão, gostava de um "riso sadio" e de "brincadeira divertida". Quando a pobre mulher começou a tirar da sacola os livros sagrados no nosso *Gostíni Riad*,[51] espalharam-se também as fotos. Ouviram-se risos, murmúrios; a turba aglomerou-se, houve insultos, a coisa teria acabado em espancamento se a polícia não houvesse chegado a tempo. Meteram a vendedora no xadrez e só à noite, graças ao empenho de Mavrikii Nikoláievitch, que ficara indignado ao saber dos detalhes íntimos dessa história abjeta, puseram-na em liberdade e para fora da cidade. Neste caso Yúlia Mikháilovna quis expulsar categoricamente Liámchin, mas na mesma noite toda a turba o levou à sua casa, informando que ele inventara uma coisinha nova e especial ao piano, e a persuadiram a apenas ouvi-lo. A coisinha realmente veio a ser engraçada sob o título de "Guerra franco-prussiana". Começava pelos sons ameaçadores da *Marselhesa*:

Qu'un sang impur abreuve nos sillons![52]

Ouve-se um desafio afetado, o êxtase das futuras vitórias. Mas de repente, junto com os compassos do hino que variam com maestria, em algum

[51] Espécie de centro comercial. (N. do T.)

[52] "Que um sangue impuro inunde nossos campos!" (N. do T.)

lugar ao lado, embaixo, em um canto, mas muito próximo, ouvem-se os sons torpes do *Mein lieber Augustin.*[53] A *Marselhesa* não os percebe, a *Marselhesa* está no ponto supremo do embevecimento com sua grandeza; mas *Augustin* ganha força, *Augustin* é insolente, e eis que os compassos de *Augustin* começam como que inesperadamente a coincidir com os compassos da *Marselhesa*. Esta começa como que a zangar-se; finalmente percebe *Augustin*, tem vontade de lançá-lo para fora, de expulsá-lo como uma mosca insignificante e importuna, mas *Mein lieber Augustin* está firme e forte; é alegre e presunçoso; alegre e descarado; e como que de repente a *Marselhesa* fica horrivelmente tola; já não esconde que está irritada e ofendida; são brados de indignação, são lágrimas de juramentos com os braços estendidos para a Providência;

Pas un pouce de notre terrain, pas une pierre de nos forteresses![54]

Mas a *Marselhesa* já é constrangida a cantar no mesmo compasso com *Mein lieber Augustin*. Seus sons se transformam meio estupidamente no *Augustin*, ela declina, extingue-se. De raro em raro irrompe, faz-se ouvir outra vez o "*qu'un sang impur...*", mas no mesmo instante se converte injuriosamente numa valsa torpe. Submete-se por completo: é Jules Favre soluçando no peito de Bismarck e entregando tudo, tudo... Mas aí até *Augustin* já está furioso: ouvem-se sons roufenhos, notam-se o vinho desmedidamente bebido, o furor da bazófia, exigências de bilhões, de charutos finos, de champanhe e reféns; *Augustin* se transforma em um mugido frenético... A guerra franco-prussiana termina. Os nossos aplaudem, Yúlia Mikháilovna sorri e diz: "Ora, como haveria de expulsá-lo?". A paz está selada. O patife realmente tinha talento. Uma vez Stiepan Trofímovitch me assegurou que os mais elevados talentos artísticos podem ser os mais terríveis canalhas e que uma coisa não impede a outra. Depois correu um boato segundo o qual Liámchin havia roubado aquela pecinha de um jovem forasteiro de talento e modesto, seu conhecido, e que acabara desconhecido do público; mas deixemos isso de lado. Esse patife, que durante vários anos gravitou em torno de Stiepan Trofímovitch e ao mínimo pedido imitava em seus saraus vários judeus, a confissão de uma mulher surda ou os gritos de uma parturiente, agora vez por outra caricaturava comicamente, em casa de Yúlia Mikháilovna, o próprio Stiepan Trofímovitch, a quem chamava de "liberal dos anos quarenta". Todos rolavam de

[53] Título de uma canção popular alemã cantada sob motivo de valsa que, na execução de Liámchin, se transforma em símbolo belicista do pequeno-burguês alemão. (N. do T.)

[54] "Nem um palmo da nossa terra, nem uma pedra das nossas fortalezas!" (N. do T.)

rir, de tal forma que no fim das contas era absolutamente impossível expulsá-lo: tornara-se um homem necessário demais. Além disso, bajulava servilmente Piotr Stiepánovitch, que, por sua vez, a essa altura adquirira uma influência tão forte sobre Yúlia Mikháilovna que chegava a ser estranho...

Eu não falaria em particular desse canalha e ele não mereceria que me detivesse nele; mas aconteceu uma história revoltante, da qual ele também participou, segundo se assegura, portanto não tenho como omiti-la em minha crônica.

Certa manhã espalhou-se por toda a cidade a notícia de um sacrilégio horrendo e revoltante. À entrada da nossa imensa praça do mercado fica a vetusta igreja da Natividade de Nossa Senhora, magnífico monumento antigo de nossa cidade. Ao lado do portão do muro ficava há muito tempo um grande ícone de Nossa Senhora em um nicho envidraçado embutido na parede e protegido por uma grade de ferro. Pois uma noite assaltaram o ícone, quebraram o vidro do nicho, arrebentaram a grade e do adorno metálico do ícone arrancaram várias pedras e pérolas não sei se muito preciosas. Mas o grave em tudo isso foi que, além do roubo, houve um sacrilégio escarnecedor totalmente absurdo: dizem que por trás do vidro quebrado encontraram pela manhã um rato vivo. Agora, quatro meses depois, sabe-se positivamente que o delito foi cometido pelo galé Fiedka, mas por algum motivo acrescentam aí a participação de Liámchin também. Na ocasião ninguém mencionou Liámchin e não se tinha nenhuma suspeita dele, mas agora todos afirmam que foi ele quem pôs o rato lá. Lembro-me de que todas as nossas autoridades ficaram um pouco desconcertadas. O povo se aglomerava diante do lugar do crime desde o amanhecer. Havia uma multidão permanente, sabe Deus de que tipo de gente, mas mesmo assim de umas cem pessoas. Uns chegavam, outros saíam. Os que chegavam se benziam, beijavam o ícone; começaram as esmolas, apareceu um prato da igreja e, com o prato, um monge, e só por volta das três da tarde as autoridades se deram conta de que podiam ordenar que o povo não se aglomerasse e quem tivesse rezado, beijado o ícone e feito sua doação tratasse de ir circulando. Esse infeliz acontecimento produziu em Von Lembke a mais sombria impressão. Segundo fui informado, Yúlia Mikháilovna disse mais tarde que, desde aquela manhã funesta, passara a observar em seu marido aquele estranho desânimo que não cessou até o dia em que ele partiu de nossa cidade dois meses depois, por motivo de doença, e parece que o acompanha até agora também na Suíça, onde continua em repouso depois de sua breve passagem por nossa província.

Lembro-me de que logo após as doze horas fui à praça; a multidão estava calada e tinha no rosto uma expressão entre imponente e sombria. Um comerciante gordo e amarelo, que chegou de *drojki*, desceu do carro, fez uma reverência até o chão, beijou o ícone, doou um rublo, saiu soltando ais em direção à *drojki* e partiu. Chegou também uma carruagem com duas de nossas senhoras acompanhadas por dois de nossos peraltas. Os jovens (um dos quais não era inteiramente jovem) também desceram da carruagem e abriram caminho em direção ao ícone, afastando o povo com bastante desdém. Os dois não tiraram o chapéu e um pôs o pincenê na ponta do nariz. No meio do povo começaram os murmúrios, verdade que surdos, mas desaprovadores. O rapagão de pincenê tirou do moedeiro, abarrotado de notas, um copeque de cobre e o lançou ao prato; rindo e falando alto, os dois deram meia-volta em direção à carruagem. Nesse instante Lizavieta Nikoláievna chegou a galope, acompanhada de Mavrikii Nikoláievitch. Ela desceu do cavalo, lançou a rédea para o seu acompanhante, que por ordem sua permanecera montado, e aproximou-se do ícone no mesmo instante em que o copeque fora lançado. O rubor de indignação banhou-lhe as faces; ela tirou o chapéu redondo, as luvas, caiu de joelhos perante o ícone, em plena calçada suja, e fez com devoção três reverências até o chão. Depois tirou o moedeiro e, como ali só apareceram algumas moedas de dez copeques, num piscar de olhos tirou os brincos de brilhantes e os pôs no prato.

— Posso, posso? Para o adorno do ícone? — perguntou ao monge, tomada de inquietação.

— É permitido — respondeu ele —, todo donativo é bom.

O povo calava, não emitia reprovação nem aprovação; Lizavieta Nikoláievna montou a cavalo em seu vestido sujo e saiu a galope.

II

Dois dias após o acontecimento aqui descrito, encontrei-a em numerosa companhia, indo a algum lugar em carruagens cercadas de cavaleiros. Chamou-me com um aceno de mão, parou a carruagem e insistiu que eu me juntasse ao grupo. Apareceu um lugar para mim na carruagem e ela, rindo, apresentou-me às suas acompanhantes, senhoras esplêndidas, e me explicou que todos estavam em uma interessantíssima expedição. Gargalhava e parecia algo feliz, um tanto fora da medida. Bem recentemente tornara-se alegre e até meio travessa. De fato, o empreendimento era excêntrico: todos se dirigiam ao outro lado do rio, à casa do comerciante Sievastiánov, em cuja galeria já morava há uns dez anos, em paz, na abastança e cercado de cuidados o nosso beato e profeta Semión Yákovlievitch, famoso tanto em nossa cidade quanto nas províncias das redondezas e até na capital. Todos o visitavam, sobretudo forasteiros, tentando ouvir a palavra do *iuród*,[55] fazendo-lhe reverências e deixando suas doações. Às vezes as doações eram consideráveis e, se o próprio Semión Yákovlievitch não as empregava logo, eram enviadas com gesto devoto à casa de Deus, de preferência ao nosso Mosteiro da Natividade; para tanto, um monge do mosteiro fazia plantão permanente em casa de Semión Yákovlievitch. Todos os componentes do nosso grupo esperavam um grande divertimento. Nenhum deles jamais havia visto Semión Yákovlievitch. Só Liámchin estivera ali antes, e agora assegurava que ele mandara expulsá-lo a vassouradas e lhe atirara com as próprias mãos duas grandes batatas cozidas. Entre os cavaleiros, notei também Piotr Stiepánovitch, novamente montado em um cavalo cossaco alugado, sobre o qual se segurava de modo muito precário, e Nikolai Vsievolódovitch, também a cavalo. Stavróguin nunca declinava divertimentos concorridos e em tais casos sempre trazia no rosto uma ótima expressão de alegria, embora continuasse a falar pouco e raramente. Quando, ao descer para a ponte, a expedição emparelhou com o hotel da cidade, alguém anunciou subitamente que em um quarto do hotel acabavam de encontrar um forasteiro que se suicidara com um tiro e que estavam aguardando a polícia. No mesmo instante surgiu a ideia de ver o suicida. A ideia foi aprovada: nossas damas nunca haviam visto suicidas. Lembro-me de que uma delas disse ali mesmo, em voz alta, que "tudo já está tão dominado pelo tédio que não há por que fazer cerimônia com divertimentos, contanto que sejam interessantes". Só algumas pessoas ficaram esperando à entrada do hotel; o resto entrou em bando pelo corredor sujo, e, para minha surpresa, notei entre elas Lizavieta Nikoláievna. O quarto do suicida estava aberto e, é claro, não se atreveram a barrar nossa entrada. Era um rapazinho bem jovem, de uns dezenove anos, no máximo, muito bonito, de bastos cabelos louros, feições ovais regulares, testa bela e limpa. O corpo já estava duro, seu rosto branco parecia de mármore. Na mesa havia um bilhete, que ele escrevera de próprio punho, pedindo que não culpassem ninguém por sua morte e declarando que se suicidara porque "esbanjara" quatrocentos rublos. A palavra "esbanjar" estava no bilhete: em quatro linhas foram encontrados três erros de gramática. Junto dele soltava ais um fazendeiro gordo, pelo visto seu vizinho, que ocupava outro quarto onde tratava de assuntos particulares. Soube-se por suas palavras que o rapazinho fora enviado à cidade pela família, a mãe viúva, as irmãs e a tia do campo, para que, orientado por uma parenta que ali morava, fizesse vá-

[55] *Iuród*: tipo atoleimado, meio excêntrico e inimputável, ou miserável, louco com dons proféticos. (N. do T.)

rias compras para o enxoval da irmã mais velha, que ia casar-se, e as levasse para casa. Entre um ai e outro de medo, sermões intermináveis, orações e sinais da cruz, confiaram-lhe aqueles quatrocentos rublos poupados ao longo de decênios. Até então o rapazinho fora modesto e merecedor de confiança. Chegara três dias antes à cidade, não procurara a parenta, hospedara-se no hotel e fora direto ao clube, na esperança de encontrar em algum cômodo dos fundos algum banqueiro de fora ou ao menos arriscar no carteado. Mas naquela noite não houve carteado e tampouco banqueiro. Retornando ao quarto por volta da meia-noite, pediu champanhe, charutos havana e um jantar de seis ou sete pratos. Mas ficou embriagado com o champanhe, os charutos lhe deram tontura, de modo que nem tocou na comida e deitou-se para dormir já quase desmaiado. Acordou na manhã seguinte fresco como uma maçã, foi imediatamente a um arraial na outra margem do rio, um acampamento de ciganos do qual ouvira falar no clube na véspera, e ficou dois dias sem aparecer no hotel. Por fim, em torno das cinco da tarde do dia anterior, chegou embriagado ao hotel, deitou-se imediatamente e dormiu até as dez. Depois de acordar pediu almôndegas, uma garrafa de Château-Yquem e uvas, papel, tinta e a conta. Ninguém notou nada de especial nele; estava tranquilo, sereno e amável. Tudo indica que se suicidou por volta da meia-noite, embora seja estranho que ninguém tenha ouvido o disparo e só o tenham descoberto hoje, à uma da tarde, depois de baterem à porta e, não obtendo resposta, arrombarem-na. A garrafa de Château-Yquem estava consumida pela metade, sobrara também meio prato de uvas. O tiro fora dado com um pequeno revólver de três tiros diretamente no coração. Correra muito pouco sangue; o revólver caíra no tapete. O próprio jovem estava meio deitado num canto do divã. Pelo visto a morte fora instantânea; não se notava nenhum sinal da agonia da morte no rosto. A expressão era serena, quase feliz, faltava pouco para estar vivo. Todos os nossos o examinaram com uma curiosidade ávida. De um modo geral, em toda desgraça do próximo há sempre algo que alegra o olho estranho — não importa de quem seja. As nossas senhoras o examinaram em silêncio; já os acompanhantes se distinguiram pela agudeza do pensamento e pela suprema presença de espírito. Um observou que aquela era a melhor saída e que o rapazola não podia ter pensado nada mais inteligente; outro concluiu que ele vivera bem, ainda que pouco. O terceiro disparou de repente: por que em nosso país as pessoas andam se enforcando e se suicidando a tiro, como se houvessem se desprendido das raízes, como se tivesse faltado o chão debaixo dos seus pés? Lançaram ao sentencioso um olhar pouco amável. Em compensação Liámchin, que achava uma honra fazer o papel de bufão, arrancou do prato um pequeno cacho de uvas, outro o imitou rindo e um terceiro já ia estirando a mão para o Château-Yquem. Mas foi impedido pelo delegado de polícia, que acabava de chegar e inclusive pediu que "evacuassem o quarto". Uma vez que todos já estavam fartos de olhar, saíram imediatamente sem discutir, embora Liámchin esboçasse implicar por alguma coisa com o delegado. O divertimento geral, o riso e o murmúrio alegre quase dobraram na metade restante do caminho.

Chegaram à casa de Semión Yákovlievitch à uma da tarde em ponto. O portão da casa do comerciante, bastante grande, estava escancarado e o acesso ao pavilhão, livre. No mesmo instante souberam que Semión Yákovlievitch estava almoçando, mas recebia. Toda a nossa turma entrou de uma só vez. O cômodo em que o beato recebia e almoçava era bastante espaçoso, de três janelas, e dividido transversalmente em duas partes iguais por uma grade de madeira que chegava à cintura e ia de uma parede a outra. Os visitantes comuns ficavam atrás da grade, os felizardos, por indicação do beato, tinham permissão para entrar pela portinha da grade para a metade em que ele ficava, e ele os fazia sentar-se, quando queria, nas suas velhas poltronas de couro e no divã; ele mesmo se sentava invariavelmente numa velha e gasta poltrona Voltaire. Era um homem bastante grande, balofo, de rosto amarelo, uns cinquenta e cinco anos, louro e calvo, cabelos ralos, barba escanhoada, face direita inchada e boca meio torta, uma grande verruga perto da narina esquerda, olhinhos apertados e tranquilos e uma expressão grave e sonolenta no rosto. Vestia-se à alemã, com uma sobrecasaca preta, mas sem colete nem gravata. Por baixo da sobrecasaca aparecia uma camisa bastante grossa, porém branca; os pés, ao que parece doentes, calçavam chinelos. Ouvi dizer que outrora fora funcionário e tinha uma patente. Acabara de almoçar uma sopa leve de peixe e começara o segundo prato — batatas cozidas em casca com sal. Não comia nada diferente, nunca; bebia apenas muito chá, de que era apreciador. Ao seu lado andavam num vaivém três criados mantidos pelo comerciante; um dos criados usava fraque, o outro parecia um entregador, o terceiro, um sacristão. Havia ainda um rapazola de uns dezesseis anos, muito esperto. Além dos criados, estava presente um respeitável monge de cabelos grisalhos, de uma gordura um pouco exagerada e segurando uma caneca na mão. Sobre uma das mesas fervia um imenso samovar e havia uma bandeja com quase duas dúzias de copos. Na outra mesa, defronte, ficavam as oferendas: alguns pães de açúcar e libras de açúcar, umas duas libras de chá, um par de chinelos bordados, um lenço de fular, um corte de tecido de lã, outro de linho etc. As doações em dinheiro iam quase todas para a caneca do monge. O quarto estava cheio — uns doze visitantes, dois dos quais sentados ao lado de Semión Yákovlievitch além da grade; eram um velhote devoto, "gente simples", e um mongezinho magricela, baixote e forasteiro, que estava sentado com ar cerimonioso e de vista baixa. Todos os outros visitantes estavam do lado oposto da grade, a maioria gente simples, à exceção de um comerciante gordo, chegado de uma cidade do distrito, barbudo, vestido à russa e conhecido como o homem dos cem mil; uma fidalga idosa e pobre e um senhor de terras. Todos esperavam por sua felicidade, não se atreviam a começar a falar eles mesmos. Havia umas quatro pessoas ajoelhadas, mas entre elas quem mais chamava a atenção era um latifundiário, homem gordo, de uns quarenta e cinco anos, que estava ajoelhado ao pé da grade mais à vista que os demais e aguardava com veneração o olhar benévolo ou uma palavra de Semión Yákovlievitch. Já fazia perto de uma hora que estava ali, mas o outro não o notava.

As nossas damas se aglomeraram ao pé da grade, cochichando e rindo alegremente. Afastaram ou encobriram os que estavam ajoelhados e todos os outros visitantes, com exceção do latifundiário, que continuava obstinadamente à vista com as mãos agarradas à grade. Os olhares alegres e tomados de uma curiosidade ávida se voltaram para Semión Yákovlievitch, assim como os lornhões, os pincenês e até os binóculos; Liámchin, pelo menos, olhava de binóculo. Num gesto tranquilo e indolente, Semión Yákovlievitch correu sobre todos seus olhos miúdos.

— Os exibidos! os exibidos! — pronunciou em voz baixa e roufenha, com uma leve exclamação.

Todos os nossos começaram a rir: "O que significaria exibidos?". Mas Semión Yákovlievitch mergulhou no silêncio e acabou de comer suas batatas. Por fim limpou a boca com o guardanapo e lhe serviram o chá. Costumava tomar o chá acompanhado e servia também às visitas, mas, longe de servir a qualquer um, ele mesmo costumava indicar os felizardos. Essas ordens sempre impressionavam pela surpresa. Evitando ricos e dignatários, às vezes mandava servir o chá a um mujique ou a alguma velhota decrépita; outra vez, evitando o irmão miserável, servia a algum comerciante rico e balofo. Servia-se também de diferentes maneiras, a uns com açúcar, a outros com torrões de açúcar para roer e a outros sem nenhum açúcar. Desta vez os felizardos foram o monge de fora, que recebeu um copo com açúcar, e o velhote devoto, que foi servido sem nenhum açúcar. Por algum motivo nada foi servido ao monge do mosteiro e da caneca, embora até então este recebesse o seu copo todos os dias.

— Semión Yákovlievitch, diga-me alguma coisa, eu desejava conhecê-lo há tanto tempo — entoou com um riso e apertando os olhos a mesma dama esplêndida da nossa carruagem, que ainda há pouco observara que não se devia fazer nenhuma cerimônia com divertimentos contanto que fossem interessantes. Semión Yákovlievitch nem sequer olhou para ela. O latifundiário ajoelhado deu um suspiro alto e fundo, como se houvesse acionado um fole.

— Com açúcar! — Semión Yákovlievitch apontou de súbito para o comerciante dos cem mil; este avançou e colocou-se ao lado do latifundiário.

— Mais açúcar para ele! — ordenou Semión Yákovlievitch quando já lhe haviam servido um copo; puseram mais uma porção. — Mais, mais para ele! — Serviram açúcar pela terceira vez e finalmente pela quarta. O comerciante começou a beber seu xarope sem objeção.

— Senhor! — O povo começava a cochichar e a benzer-se. O latifundiário deu um novo suspiro alto e fundo.

— Pai! Semión Yákovlievitch! — ouviu-se de repente a voz da senhora pobre que os nossos haviam empurrado para a parede, voz amargurada, mas tão aguda que era até difícil esperar tal coisa. — Querido, estou há uma hora inteira esperando que tua bem-aventurança desça sobre mim. Pronuncia-me algo, dá razão a mim, esta órfã.

— Faz a pergunta — Semión Yákovlievitch fez sinal para o criado-sacristão. Este foi à grade.

— Cumpriu o que Semión Yákovlievitch lhe ordenou da última vez? — perguntou à viúva com voz baixa e cadenciada.

— Qual cumprir, pai Semión Yákovlievitch, cumprir com eles! — vociferou a viúva. — São uns canibais, entraram com ação contra mim no tribunal distrital, ameaçam recorrer ao Senado; e isso contra a própria mãe!...

— Dá-lhe!... — Semión Yákovlievitch apontou para um pão de açúcar. O rapazola correu, agarrou um pão de açúcar e o levou para a viúva.

— Oh, pai, grande é a tua bondade. E que vou fazer com tanto? — bradou a viúva.

— Mais, mais! — premiava-a Semión Yákovlievitch.

Pegaram mais um pão de açúcar. "Mais, mais" — ordenava o beato; trouxeram o terceiro e por fim o quarto. A viúva ficou cercada de açúcar por todos os lados. O monge do mosteiro suspirou: "Isso tudo poderia chegar ao mosteiro hoje mesmo, a exemplo do que se fazia antes".

— Ora, o que vou fazer com tanto? — gemia a contragosto a viúva. — Sozinha vou vomitar!... Aliás, não será isso alguma profecia, pai?

— Isso mesmo, é uma profecia — pronunciou alguém da turba.

— Mais uma libra para ela, mais! — Semión Yákovlievitch não se satisfazia.

Na mesa ainda restava um pão de açúcar inteiro, mas Semión Yákovlievitch indicou que lhe dessem uma libra, e deram uma libra à viúva.

— Senhor, senhor! — suspirava e se benzia o povo — vê-se que é uma profecia.

— Primeiro deve adoçar o coração com sua bondade e com a clemência e depois vir aqui queixar-se dos próprios filhos, sangue do seu sangue, é isso que deve supor que significa esse emblema — pronunciou em voz baixa, porém cheio de si, o monge do mosteiro, gordo mas privado do chá, assumindo a explicação num ataque de irritado amor-próprio.

— Ora, pai, o que é isso? — enfureceu-se de repente a viúva — eles me puxaram com um laço para o fogo quando houve um incêndio na casa dos Vierkhíchin. Eles trancaram um gato morto no meu bauzinho, quer dizer, são capazes de qualquer excesso...

— Ponham-na para fora, para fora! — Semión Yákovlievitch agitou subitamente as mãos.

O sacristão e o rapazola irromperam do outro lado da grade. O sacristão agarrou a viúva pelo braço, e ela, resignada, foi arrastada para a saída, olhando para trás, na direção dos pães de açúcar que o rapazola levava atrás dela.

— Tome um pão, tome-o! — ordenou Semión Yákovlievitch ao carregador que ficara com ele. Este correu atrás dos que haviam saído e todos os três criados retornaram algum tempo depois, trazendo de volta um pão de açúcar dado e retomado à viúva; ainda assim ela levou três.

— Semión Yákovlievitch — ouviu-se uma voz por trás das portas —, eu sonhei com um pássaro, uma gralha, ela levantava voo da água para o fogo. O que esse sonho significa?

— É sinal de frio — pronunciou Semión Yákovlievitch.

— Semión Yákovlievitch, por que o senhor não me responde nada, eu venho me interessando pelo senhor há tanto tempo — tornou a recomeçar a nossa dama.

— Pergunta! — súbito, sem olhar para ela, Semión Yákovlievitch apontou o latifundiário ajoelhado.

O monge do mosteiro, a quem fora indicado perguntar, chegou-se com gravidade ao latifundiário.

— Qual foi o seu pecado? Não lhe foi ordenado cumprir alguma coisa?

— Não brigar, controlar as mãos — respondeu o latifundiário com voz roufenha.

— Cumpriu? — perguntou o monge.

— Não consigo cumprir, minha própria força não deixa.

— Ponha-o para fora, para fora! A vassouradas! — agitou os braços Semión Yákovlievitch. Sem esperar a execução do castigo, o latifundiário levantou-se de um salto e saiu correndo do cômodo.

— Deixou uma moeda de ouro — declarou o monge, levantando do chão uma moeda de cinco rublos.

— Para aquele ali! — Semión Yákovlievitch apontou o dedo para o comerciante dos cem mil. O dos cem mil não se atreveu a recusar e recebeu a moeda.

— Ouro chama ouro — não se conteve o monge do mosteiro.

— Para este com açúcar — apontou de repente Semión Yákovlievitch para Mavrikii Nikoláievitch. O criado serviu o chá e ia levá-lo por engano ao almofadinha de pincenê.

— Ao comprido, ao comprido — corrigiu Semión Yákovlievitch.

Mavrikii Nikoláievitch pegou o copo, fez meia reverência militar e começou a beber. Não sei por quê, todos os nossos desataram a rir.

— Mavrikii Nikoláievitch! — Liza falou subitamente para ele — aquele senhor que estava ajoelhado foi embora, fique de joelhos no lugar dele.

Mavrikii Nikoláievitch olhou perplexo para ela.

— Eu lhe peço, você estará me dando um grande prazer. Ouça, Mavrikii Nikoláievitch — começou de chofre com um matraqueado persistente, teimoso e tenso —, é indispensável que se ajoelhe, quero que se ajoelhe obrigatoriamente. Se não se ajoelhar não apareça mais em minha casa. Quero, é indispensável, é indispensável!...

Não sei o que ela quis dizer com isso; mas exigia de modo insistente, implacável, como se tivesse um ataque. Mavrikii Nikoláievitch explicou bem explicado, como veremos adiante, aqueles rompantes de capricho, sobretudo frequentes nos últimos tempos, atribuindo-os a acessos de um ódio cego nutrido por ele, não a alguma cólera — ao contrário, ela o estimava, amava-o e respeitava-o, e ele mesmo o sabia —, mas a algum ódio inconsciente particular que em alguns instantes ela não conseguia dominar.

Ele entregou calado o copo a uma velhota que estava atrás, abriu a portinhola da grade, deu um passo para dentro da metade reservada de Semión Yákovlievitch sem ser convidado e ajoelhou-se no meio do quarto à vista de todos. Acho que sua alma delicada e simples estava abalada demais com a extravagância grosseira e escarnecedora de Liza aos olhos de toda a sociedade. Talvez pensasse que ela se envergonharia de si mesma ao vê-lo naquela humilhação em que tanto insistia. É claro que, além dele, ninguém ousaria corrigir uma mulher por meio tão ingênuo e arriscado. Ele estava ajoelhado com seu imperturbável ar de importância estampado no rosto, comprido, desajeitado, cômico. Mas os nossos não riam; a inesperada atitude produziu um efeito dorido. Todos olhavam para Liza.

— Um lenitivo, um lenitivo! — murmurou Semión Yákovlievitch.

Súbito Liza empalideceu, deu um grito, soltou uma exclamação e precipitou-se para o outro lado da grade. Aí houve uma cena rápida, histérica: com todas as forças ela passou a levantar Mavrikii Nikoláievitch da posição genuflexa, puxando-o pelos cotovelos com ambas as mãos.

— Levante-se, levante-se! — gritava como que fora de si —, levante-se agora, agora! Como se atreveu a ajoelhar-se!

Mavrikii Nikoláievitch levantou-se. Ela apertava com suas mãos os braços dele acima dos cotovelos e lhe fitava fixamente o rosto. Em seu olhar estava estampado o pavor.

— Exibidos, exibidos! — tornou a repetir Semión Yákovlievitch.

Finalmente ela conseguiu arrastar Mavrikii Nikoláievitch de volta ao outro lado da grade; mas em toda a nossa turma houve uma agitação. A dama da nossa carruagem, provavelmente desejando aliviar a impressão, pela terceira vez perguntou com voz sonora e esganiçada e com o mesmo sorriso dengoso a Semión Yákovlievitch: — Então, Semión Yákovlievitch, será que não vai "proferir" alguma coisa também para mim? E eu que contava tanto com o senhor.

— Vai se ..., vai se ...! — súbito Semión Yákovlievitch pronunciou uma palavra extremamente obscena dirigida a ela. A palavra foi dita em tom furioso e com uma nitidez estarrecedora. Nossas damas deram ganidos e se precipitaram para fora, os cavaleiros deram uma gargalhada homérica. Assim terminou a nossa visita a Semión Yákovlievitch.

E, não obstante, dizem que ali houve mais um caso sumamente enigmático e, confesso, foi por ele que mencionei tão minuciosamente essa viagem.

Dizem que quando todo o bando se precipitou para fora Liza, apoiada por Mavrikii Nikoláievitch, deparou subitamente com Nikolai Vsievolódovitch à saída, no empurra-empurra. É preciso dizer que, desde aquele domingo de manhã e o desmaio, os dois, ainda que tivessem se encontrado, não se aproximaram um do outro nem trocaram uma palavra. Vi como os dois se chocaram na saída; pareceu-me que por um instante ambos pararam e se entreolharam de modo um tanto estranho. Mas posso ter visto mal no meio da multidão. Asseguravam, ao contrário e com absoluta seriedade, que Liza, ao olhar para Nikolai Vsievolódovitch, levantou rapidamente a mão, mais ou menos à altura do rosto dele, e certamente lhe teria dado uma bofetada se o outro não tivesse se desviado a tempo. Pode ser que ela não tenha gostado da expressão do rosto ou de algum risinho seu, particularmente agora depois daquele episódio com Mavrikii Nikoláievitch. Confesso que eu mesmo não vi nada, mas, em compensação, todos asseguravam que haviam visto, embora nem todos tivessem como ver por causa do rebuliço, e só alguns o conseguiram. Eu, porém, na ocasião não acreditei nisso. Só me lembro de que em todo o caminho de volta Nikolai Vsievolódovitch esteve um tanto pálido.

III

Enfim, quase ao mesmo tempo e precisamente no mesmo dia houve o encontro de Stiepan Trofímovitch com Varvara Pietrovna, o qual esta há muito tempo tinha em mente e há muito comunicara a seu ex-amigo, mas por algum motivo vinha adiando. O encontro foi em Skvoriéchniki. Varvara Pietrovna chegara à sua casa nos arredores da cidade cheia de afazeres: na véspera fora definido de uma vez por todas que a festa seria na casa da decana da nobreza. Mas, com sua mente rápida, Varvara Pietrovna percebeu imediatamente que depois da festa nada impedia que desse sua festa particular, já em Skvoriéchniki, e que tornasse a convidar a cidade inteira. Nessa ocasião todos poderiam perceber qual era a melhor casa e onde se sabia receber melhor e dar um baile com mais gosto. No geral, ela estava irreconhecível. Era como se houvesse renascido, e daquela antiga "dama superior" (expressão de Stiepan Trofímovitch) inacessível se transformara na mulher mundana mais comum e estabanada. Aliás, isso podia ser mera aparência.

Ao chegar à casa vazia, ela percorreu os cômodos acompanhada do seu velho e fiel Aleksiêi Iegórovitch e de Fômuchka, homem experiente e especialista em decoração. Começaram as sugestões e considerações: que móveis trazer da casa da cidade; que objetos, que quadros; onde colocá-los; onde ficariam melhor a estufa e as flores; onde fazer novas decorações, onde instalar o bufê, e se seria um ou dois? etc., etc. E eis que em meio a todos esses intensos afazeres ela teve a súbita ideia de mandar uma carruagem buscar Stiepan Trofímovitch.

Este estava informado e preparado há muito tempo, e todo dia esperava precisamente esse convite repentino. Benzeu-se ao tomar a carruagem; decidia-se o seu destino. Encontrou a amiga no salão, sentada em um pequeno divã em um nicho, diante de uma pequena mesa de mármore, com lápis e papel na mão: Fômuchka media com um *archin*[56] as galerias e janelas, enquanto a própria Varvara Pietrovna registrava os números e fazia anotações na margem. Sem se desviar do assunto, fez sinal de cabeça na direção de Stiepan Trofímovitch e, quando este murmurou alguma saudação, deu-lhe a mão às pressas e, sem olhar para ele, mandou-o sentar-se a seu lado.

[56] Antiga medida de comprimento russa, equivalente a 0,71 m. (N. do T.)

"Passei cinco minutos sentado e esperando 'com o coração apertado' — contou-me ele depois. — O que eu via não era aquela mulher que conhecera há vinte anos. A mais plena convicção de que tudo chegara ao fim me dava forças e até a surpreendia. Confesso que ela estava admirada com a minha firmeza naquela última hora."

Súbito Varvara Pietrovna pôs o lápis na mesinha e virou-se rapidamente para Stiepan Trofímovitch.

— Stiepan Trofímovitch, precisamos falar de negócios. Estou segura de que você preparou todas as suas palavras pomposas e expressões várias, mas o melhor é irmos direto ao assunto, não é?

Ele ficou transtornado. Ela se apressava demais em anunciar o seu tom; o que poderia vir depois?

— Espere, fique calado, deixe-me falar, depois é a sua vez, embora, palavra, eu não saiba o que você poderia me responder — continuou, atropelando as palavras. — Os mil e duzentos rublos da sua pensão eu considero obrigação sagrada de minha parte até o fim da sua vida. Quer dizer, por que obrigação sagrada? simplesmente um acordo, isso será muito mais real, não acha? Se quiser, nós o faremos por escrito. Para a eventualidade da minha morte, deixo disposições particulares. Mas, além disso, você vai receber de mim agora casa e criadagem e todo o sustento. Traduzindo isso em dinheiro, serão mil e quinhentos rublos, não é? Eu ainda ponho mais trezentos rublos extras, o que dá três mil redondos. Isso lhe basta para o ano? Parece que não é pouco. Em casos extraordinários acrescentarei alguma coisa. Portanto, receba o dinheiro, devolva-me os meus criados e viva a seu modo, onde quiser, em Petersburgo, em Moscou, no estrangeiro ou aqui, contanto que não seja na minha casa. Está ouvindo?

— Não faz muito me foi transmitida com a mesma persistência, a mesma rapidez e dos mesmos lábios outra exigência — proferiu Stiepan Trofímovitch em tom lento e com uma nitidez triste. — Eu me resignei e... dancei o *kazatchok*[57] para lhe agradar. *Oui, la comparaison peut être permise. C'était comme un petit cozak du Don, qui sautait sur sa propre tombe.*[58] Agora...

— Pare, Stiepan Trofímovitch. Você é terrivelmente prolixo. Você não dançou, e sim veio à minha casa de gravata nova, camisa branca, luvas, besuntado de brilhantina e perfumado. Asseguro que você gostaria muito de ter casado; estava escrito no seu rosto e, acredite, sua expressão não tinha nenhu-

[57] Dança popular cujo ritmo aumenta gradualmente. (N. do T.)

[58] "Sim, essa comparação é admissível. É como um cossaco do Don que dança sobre a própria sepultura." (N. do T.)

ma graça. Se eu não lhe fiz essa observação naquele momento foi unicamente por delicadeza. Mas você desejava, você desejava casar-se apesar das indecências que escreveu em caráter íntimo a respeito de mim e da sua noiva. Agora a coisa é inteiramente outra. E por que esse *cozak du Don* em cima da própria sepultura? Não entendo que comparação é essa. Ao contrário, procure não morrer, mas viver; e viver o máximo que puder, ficarei muito contente.

— Num asilo?

— Num asilo? Ninguém vai para um asilo com três mil rublos de renda. Ah, agora me lembro — deu um risinho —, uma vez Piotr Stiepánovitch realmente fez uma brincadeira com o asilo. Arre, trata-se realmente de um asilo especial sobre o qual vale a pena pensar. Destina-se às pessoas mais respeitáveis, lá acomodam coronéis, até um general está querendo ir para lá. Se você ingressar lá com todo o seu dinheiro, encontrará paz, abastança e criadagem. Lá você irá dedicar-se às ciências e sempre poderá jogar uma partida de *préférence*...

— *Passons*.[59]

— *Passons*? — aborreceu-se Varvara Pietrovna. — Bem, neste caso chega; você está avisado, doravante vamos viver cada um para o seu lado.

— E é tudo? Tudo o que restou dos vinte anos? É o nosso último adeus?

— Você gosta demais de exclamações, Stiepan Trofímovitch. Hoje isso está inteiramente fora de moda. Fala-se de forma grosseira, porém simples. Você só sabe falar dos nossos vinte anos! Foram vinte anos de mútuo amor-próprio e mais nada. Cada carta que você me endereçava não era escrita para mim, mas para a posteridade. Você é um estilista e não um amigo, e a amizade, no fundo, não passa de palavra louvada: foi uma troca de água suja...

— Meu Deus, quantas palavras alheias! Lições decoradas! Eles também já puseram seu uniforme em você! Você também está contente, você também está no sol; *chère, chère*, por que prato de lentilhas você lhes vendeu a sua liberdade?

— Eu não sou papagaio para repetir palavras dos outros — encolerizou-se Varvara Pietrovna. — Fique certo de que eu acumulei minhas próprias palavras. O que você fez para mim nesses vinte anos? Você me recusava até os livros que eu mandava vir para você e que, não fosse o encadernador, nem seriam abertos. O que você me dava para ler, quando nos primeiros anos eu lhe pedi para me orientar? Sempre Kapefigue e mais Kapefigue. Você tinha inveja até do meu desenvolvimento intelectual e procurava impedi-lo. Mas, por outro lado, todos riem de você. Confesso que sempre o considerei ape-

[59] "Deixemos isso." (N. do T.)

nas um crítico; você é um crítico literário e nada mais. Quando a caminho de Petersburgo eu lhe anunciei que tinha intenção de editar uma revista e dedicar a ela toda a minha vida, imediatamente você me olhou com ar irônico e de repente ficou um horror de arrogante.

— Não era isso, não era isso... Naquele momento nós temíamos perseguições.

— Era isso sim, e em Petersburgo você não tinha nenhum motivo para temer perseguições. Lembra-se de que quando mais tarde, em fevereiro, a notícia se espalhou, você correu assustado para mim e exigiu que eu lhe desse imediatamente um certificado por escrito atestando que a revista que eu tinha em mente não lhe dizia respeito, que os jovens procuravam a mim e não a você e que você era apenas um professor particular que morava em minha casa porque ainda não lhe haviam pago os vencimentos, não foi? Está lembrado disso? Você se distinguiu por uma atitude singular durante toda a nossa vida, Stiepan Trofímovitch.

— Foi apenas um minuto de pusilanimidade, um minuto de olho no olho — exclamou ele amargurado —, mas porventura, porventura vamos romper com tudo por impressões tão mesquinhas? Será que não sobrou nada entre nós de todos esses longos anos?

— Você é um horror de calculista; está sempre querendo fazer tudo de tal forma que eu ainda fique em dívida com você. Quando você retornou do estrangeiro, passou a me olhar por cima dos ombros e não me deixava dizer uma palavra, e quando eu mesma viajei e depois lhe falei das impressões que a Madona me deixara, você não me ouviu até o fim e pôs-se a sorrir com ar presunçoso e com desdém, como se eu não pudesse ter os mesmos sentimentos que você.

— Não foi isso, provavelmente não foi isso... *J'ai oublié*.[60]

— Não, foi isso mesmo, e ademais não havia por que vangloriar-se diante de mim, porque tudo isso é uma tolice e não passa de invencionice sua. Hoje ninguém, ninguém mais se encanta com a Madona nem perde tempo com isso, a não ser os velhotes incorrigíveis. Isso está provado.

— E já está até provado?

— Ela não serve para coisa nenhuma. Este jarro é útil porque nele se pode pôr água; este lápis é útil porque com ele se pode escrever tudo, mas ali o rosto de mulher é pior do que todos os outros rostos ao natural. Procure desenhar uma maçã e no mesmo instante ponha uma maçã de verdade ao lado — com qual das duas você ficará? Vai ver que não se enganará. É a isso que

[60] "Eu esqueci." (N. do T.)

hoje se reduzem todas as suas teorias, a luz da livre investigação acaba de iluminá-las.

— Pois é, pois é.

— Você dá um risinho irônico. Mas o que você me falou sobre a esmola, por exemplo? A propósito, o prazer decorrente da esmola é um prazer arrogante e amoral, é o prazer do rico com a sua riqueza, com o seu poder e com a comparação da sua importância à importância do miserável. A esmola perverte tanto quem dá quanto quem recebe, e ainda por cima não atinge o objetivo porque apenas reforça a mendicância. Os preguiçosos que não querem trabalhar se aglomeram ao redor do doador como jogadores ao lado da mesa de jogo na esperança de ganhar. Enquanto isso, os míseros trocados que lhe atiram não chegam nem para uma centésima parte do necessário. Você terá dado muita esmola em sua vida? Umas oito moedas de dez copeques, não mais, procure lembrar-se. Procure lembrar-se de quando deu esmola pela última vez; dois anos atrás ou talvez quatro. Você grita e só atrapalha a coisa. Também na sociedade de hoje a esmola deve ser proibida por lei. No novo regime não haverá nenhum pobre.

— Oh, que deturpação das palavras dos outros! Como já conseguiu chegar ao novo regime? Infeliz, Deus a ajude!

— Sim, cheguei, Stiepan Trofímovitch; você escondia cuidadosamente de mim todas as novas ideias, agora todo mundo as conhece, e você fazia isso unicamente por ciúme, com o fito de ter poder sobre mim. Hoje até essa Yúlia está cem verstas à minha frente. Mas agora eu também abri os olhos. Eu o defendi quanto pude, Stiepan Trofímovitch; você é categoricamente acusado por todo mundo.

— Basta! — fez menção de levantar-se — basta! O que ainda posso desejar-lhe, não me diga que é arrependimento?

— Sente-se por um minuto, Stiepan Trofímovitch, eu ainda preciso lhe fazer uma pergunta. Você recebeu um convite para ler na matinê literária; isso foi arranjado por meu intermédio. Diga-me, o que precisamente vai ler?

— Precisamente sobre essa rainha das rainhas, sobre esse ideal da humanidade, a Madona Sistina, que na sua opinião não vale um copo ou um lápis.

— Então você não vai ler sobre história? — admirou-se amargurada Varvara Pietrovna. — Só que não vão ouvi-lo. Você não sabe falar senão dessa Madona! Que gosto é esse de fazer todo mundo dormir? Pode estar certo, Stiepan Trofímovitch, de que estou falando unicamente no seu interesse. Seria outra coisa se você pegasse alguma historinha cortês medieval, breve porém interessante, tirada da história da Espanha ou, melhor dizendo, pegasse uma anedota e a completasse com outras, ou com palavras espirituosas de sua autoria. Ali havia suntuosos palácios, damas notáveis, envenenamentos. Karmazínov diz que seria estranho se você não lesse alguma coisa interessante ligada à história da Espanha.

— Karmazínov, aquele toleirão ultrapassado, procurando tema para mim!

— Karmazínov é quase uma inteligência de homem de Estado! Você é impertinente demais nas palavras, Stiepan Trofímovitch.

— Seu Karmazínov é uma velha ultrapassada, enraivecida! *Chère, chère*, já faz tempo que você está subjugada por eles, oh Deus!

— Também agora eu não consigo suportá-lo pela imponência, mas faço justiça à inteligência dele. Repito, eu o defendia com todas as forças, quanto pude. Por que você terá forçosamente de se mostrar ridículo e enfadonho? Faça o contrário, apareça no estrado com um sorriso respeitável, como um representante do século passado, e conte três anedotas com toda a sua espirituosidade, daquele jeito com que só você sabe às vezes contar. Vamos que você seja um velho, vamos que você seja de um século arcaico, por fim, vamos que esteja atrasado em relação a eles; mas na abertura confesse isso com um sorriso, e todos verão que você é um despojo amável, bondoso e espirituoso... Numa palavra, que é um homem do velho sal mas tão avançado que é capaz de reconhecer o que há de indecente em algumas ideias que tem professado. E faça-me este obséquio, eu lhe peço.

— *Chère*, basta! Não peça, não posso. Vou ler sobre a Madona, mas vou levantar tal tempestade que esmagará a todos eles ou deixará só a mim estupefato!

— Seguramente só a você, Stiepan Trofímovitch.

— É essa a minha sina. Vou falar daquele escravo torpe, daquele lacaio fedorento e depravado que será o primeiro a subir a escada com tesouras na mão e a despedaçar a face divina do grande ideal em nome da igualdade, da inveja e... da digestão. E que retumbe a minha maldição, e então, e então...

— Para o manicômio?

— É possível. Mas, seja como for, vencido ou vencedor, na mesma noite pego minha sacola, minha sacola de miserável, largo todos os meus trastes, todos os presentes que você me deu, todas as pensões e promessas de bens futuros e saio por aí a pé para terminar a vida como preceptor da casa de um comerciante ou morrer de fome em algum lugar ao pé de uma cerca. Tenho dito. *Alea jacta est*.[61]

Tornou a levantar-se.

[61] "A sorte está lançada." (N. do T.)

— Eu estava certa — Varvara Pietrovna levantou-se com os olhos brilhando —, há anos eu estava certa de que você vivia precisamente para acabar denegrindo a mim e a minha casa com calúnias! O que está querendo dizer com esse ser preceptor na casa do comerciante ou com a morte ao pé de uma cerca? Raiva, calúnia e nada mais!

— Você sempre me desprezou; mas eu vou terminar como cavaleiro, fiel à minha dama, porque a sua opinião sempre foi para mim a coisa mais cara. A partir deste momento não aceito nada e considero isso um ato desinteressado.

— Que tolice!

— Você nunca me respeitou. Posso ter um abismo de fraquezas. Sim, eu fui um comensal em sua casa; estou falando a linguagem do niilismo; mas comer nunca foi o princípio supremo dos meus atos. Aconteceu por acontecer, por si mesmo, não sei como... Sempre achei que entre nós restasse algo superior à comida e nunca, nunca fui um canalha! Pois bem, estou a caminho para reparar as coisas! Em um caminho tardio, lá fora já é outono tardio. A bruma já cobre os campos, a geada gelada da velhice cobre o meu futuro caminho e o vento enuncia a morte próxima... Mas a caminho, a caminho, a um novo caminho:

Cheio de um puro amor,
A um doce sonho fiel...[62]

Oh, adeus, sonhos meus! Vinte anos! *Alea jacta est!*

O rosto dele estava salpicado de lágrimas que irromperam de repente; ele pegou o chapéu.

— Não entendo nada de latim — pronunciou Varvara Pietrovna, procurando a todo custo manter-se firme.

Quem sabe, pode ser que ela também quisesse chorar, mas a indignação e o capricho mais uma vez falaram mais alto.

— Só sei uma coisa; justamente que tudo isso é criancice. Você nunca esteve em condição de cumprir suas ameaças cheias de egoísmo. Você não irá a lugar nenhum, à casa de nenhum comerciante, vai é terminar tranquilamente os dias nas minhas mãos, recebendo a pensão e reunindo os seus amigos inúteis às terças-feiras. Adeus, Stiepan Trofímovitch.

— *Alea jacta est!* — fez-lhe uma reverência profunda e voltou para casa mais morto do que vivo de inquietação.

[62] Versos do poema de Púchkin "O cavaleiro pobre". (N. do T.)

VI
PIOTR STIEPÁNOVITCH AZAFAMADO

I

O dia da festa fora definitivamente marcado, mas Von Lembke estava cada vez mais triste e pensativo. Andava cheio de pressentimentos estranhos e funestos, e isso deixava Yúlia Mikháilovna muito intranquila. É verdade que nem tudo ia bem. Aquele brando governador de antes deixara a administração não inteiramente em ordem; o cólera avançava; em alguns lugares anunciava-se forte mortandade do gado; durante todo o verão incêndios vinham assolando vilas e cidades e no meio do povo criava raízes cada vez mais fortes o tolo murmúrio sobre incêndios criminosos. Os saques duplicavam em comparação com os números anteriores. Tudo isso, evidentemente, seria mais do que comum não fossem outras causas mais ponderáveis que perturbavam a tranquilidade do até então feliz Andriêi Antónovitch.

O que mais impressionava Yúlia Mikháilovna era vê-lo cada dia mais calado e, coisa estranha, mais fechado. Pensando bem, o que ele tinha a esconder? É verdade que raramente lhe fazia objeções e na maioria dos casos obedecia inteiramente. Por exemplo, por insistência dela foram tomadas duas ou três medidas sumamente arriscadas, quase ilegais, com vistas ao reforço do poder do governador. Com o mesmo fim, cometeram-se atos de complacência vários e funestos; por exemplo, pessoas que mereciam julgamento e confinamento na Sibéria foram condecoradas por exclusiva insistência dela. Decidiu-se deixar sistematicamente sem resposta algumas queixas e interpelações. Tudo isso foi descoberto depois. Lembke não só assinava tudo como sequer discutia o grau de participação da esposa no cumprimento de suas próprias obrigações de governador. Por outro lado, de quando em quando eriçava-se de repente por "absolutas ninharias", deixando Yúlia Mikháilovna admirada. É claro que sentia a necessidade de compensar-se pelos dias de obediência com pequenos minutos de rebeldia. Infelizmente Yúlia Mikháilovna, a despeito de toda a sua perspicácia, não conseguia compreender essa nobre sutileza em um caráter nobre. Ai! não estava em condição de perceber isso, o que redundou em muitos mal-entendidos.

Não me cabe e, aliás, não sei narrar sobre certos assuntos. Discutir acerca de erros administrativos também foge à minha alçada e, ademais, deixo inteiramente de lado toda essa parte administrativa. Ao começar a crônica propus-me outros objetivos. De mais a mais, muita coisa será descoberta pelo inquérito agora instaurado em nossa província, é só esperar um pouco. E ainda assim é impossível evitar alguns esclarecimentos.

Contudo, continuo falando sobre Yúlia Mikháilovna. A pobre senhora (tenho muita pena dela) podia atingir tudo por que se sentia tão atraída e seduzida (a fama, etc.) sem fazer nenhum desses gestos fortes e excêntricos a que se entregara desde que dera os primeiros passos em nossa cidade. Não se sabe se por excesso de poesia ou por causa dos longos e tristes reveses da primeira mocidade, mal seu destino mudou, por alguma razão sentiu-se tomada de uma vocação excessiva e especial, quase que ungida, uma pessoa "sobre quem súbito se projetou essa linguagem",[63] e era nessa linguagem que estava o mal; seja como for, essa linguagem não é uma peruca capaz de cobrir todas as cabeças femininas. Contudo, o mais difícil nessa verdade é convencer a mulher; ao contrário, quem quisesse fazer coro com ela o conseguiria, e muitos se atropelaram fazendo esse coro. A coitada se viu num instante como um joguete das mais diferentes influências, ao mesmo tempo imaginando-se inteiramente original. Muita gente esperta fez negociatas ao seu redor e aproveitou-se da sua credulidade em sua breve governança. E que barafunda se viu aí sob a forma de independência! Ela gostava da grande propriedade da terra, e do elemento aristocrático, e do reforço do poder do governador, e do elemento democrático, e das novas instituições, e da ordem, e do livre-pensar, e das ideiazinhas sociais, e do tom rigoroso do salão aristocrático, e da sem-cerimônia quase de botequim dos jovens que a cercavam. Ela sonhava *dar a felicidade* e conciliar o inconciliável, ou melhor, unir todos e tudo na adoração a sua própria pessoa. Tinha também seus favoritos; gostava muito de Piotr Stiepánovitch, que a tratava, aliás, com lisonjas extremamente grosseiras. Mas ainda gostava dele por outro motivo, que desenhava da forma mais singular e mais característica o perfil da pobre senhora: ela estava sempre na esperança de que ele lhe apontasse uma verdadeira conspiração contra o Estado! Por mais difícil que seja imaginar tal coisa, era o que acontecia. Sabe-se lá por quê, parecia-lhe que na província escondia-se forçosamente um complô contra o Estado. Com seu silêncio em alguns casos e suas insinuações em outros, Piotr Stiepánovitch contribuía para que sua estranha ideia criasse raízes. Por sua vez, ela o imaginava ligado a tudo o que havia de revolucionário na Rússia, mas ao mesmo tempo dedicado a ela a

[63] Dostoiévski usa um verso do poema de Púchkin "O herói", no qual se lê: "Para nós já é sagrada a fronte/ Sobre a qual brotou essa linguagem". (N. do T.)

ponto de adorá-la. A descoberta da conspiração, o agradecimento de Petersburgo, a carreira pela frente, a influência sobre a juventude "mediante a ternura" para segurá-la à beira do precipício — tudo isso se amoldava perfeitamente em sua cabeça fantasiosa. Ora, se salvara, se cativara Piotr Stiepánovitch (tinha a esse respeito uma convicção incontestável), salvaria todos os outros; ela os separaria; era assim que informaria sobre eles; agiria sob a forma da suprema justiça, e era até possível que a história e todo o liberalismo russo lhe bendissessem o nome; mas a conspiração seria descoberta, apesar de tudo. Todas as vantagens de uma vez.

Entretanto, era necessário que Andriêi Antónovitch ficasse mais desanuviado até a festa. Era preciso distraí-lo e acalmá-lo a qualquer custo. Com este fim mandou que Piotr Stiepánovitch fosse ter com ele, na esperança de que lhe atenuasse o desânimo com o modo tranquilizador que conhecia. Talvez até com algumas informações, por assim dizer, saídas diretamente das primeiras fontes. Ela confiava plenamente na habilidade de Piotr Stiepánovitch. Fazia tempo que este não ia ao gabinete do senhor Von Lembke. Chegou ao gabinete no justo momento em que o paciente estava em um estado de ânimo particularmente tenso.

II

Houve uma maquinação que o senhor Von Lembke não teve como resolver. No distrito (no mesmo em que Piotr Stiepánovitch se banqueteara recentemente), um alferes recebeu uma censura verbal do seu comandante imediato. Isso aconteceu perante toda a companhia. O alferes ainda era um homem jovem, recém-chegado de Petersburgo, sempre calado e sorumbático, de ar imponente, embora baixo, gordo e de faces coradas. Não suportou a censura e investiu de chofre contra o comandante, com a cabeça baixa, de forma meio selvagem, e com um guincho inesperado que deixou surpresa toda a companhia; deu um soco no comandante e mordeu-lhe um ombro com toda a força; conseguiram afastá-lo à força. Não havia dúvida de que enlouquecera, pelo menos se descobriu que ultimamente andara envolvido nas mais impossíveis esquisitices. Por exemplo, lançara para fora de seu quarto dois ícones da senhoria e cortara um deles com um machado; em seu quarto pusera sobre suportes em forma de três atris obras de Vogt, Moleschott e Büchner,[64]

[64] As obras de ciências naturais desses autores eram uma espécie de bíblia dos jovens radicais de Petersburgo nos anos sessenta. (N. do T.)

e diante de cada atril acendera velas votivas de cera. Pelo número de livros encontrados em seu quarto poder-se-ia concluir que era um homem instruído. Se tivesse cinquenta mil francos, talvez navegasse para as ilhas Marquesas, como aquele "cadete" mencionado com tão alegre humor pelo senhor Herzen em uma de suas obras. Quando o prenderam, encontraram em seu quarto e em seus bolsos um maço de panfletos dos mais arrojados.

Em si mesmos os panfletos também são uma coisa fútil e, acho eu, nada preocupante. Quantos não temos visto por aí! Demais, eram panfletos sem nada de novo: como foi dito depois, recentemente haviam sido espalhados similares na província de Kh-skaia, e Lipútin, que um mês e meio antes estivera no distrito e na província vizinha, assegurava que já então vira panfletos iguaizinhos. O mais grave, porém, o que deixou Andriêi Antónovitch estupefato, foi que naquele mesmo momento o administrador da fábrica dos Chpigúlin levou à polícia dois ou três pacotes de panfletos absolutamente iguais aos do alferes, lançados à noite na fábrica. Os pacotes ainda não haviam sido abertos e nenhum dos operários conseguira ler sequer um deles. O fato era tolo, mas Andriêi Antónovitch ficou muitíssimo pensativo. A questão se lhe apresentava numa forma desagradavelmente complexa.

Nessa fábrica acabara de começar aquela mesma "história dos Chpigúlin" sobre a qual tanta grita se levantara entre nós e que chegara aos jornais da capital com tantas variantes. Umas três semanas antes um operário adoecera e morrera ali de cólera asiático; depois mais alguns homens adoeceram. Todos na cidade ficaram com medo, porque o cólera avançava da província vizinha. Observo que, na medida do possível, em nossa cidade foram tomadas providências sanitárias satisfatórias para receber o intruso. Mas a fábrica dos Chpigúlin, milionários e homens de relações, de certo modo foi deixada de lado. E eis que de repente todos começaram a ganir que era nela que se escondiam a raiz e o broto da doença, que na própria fábrica e particularmente nos compartimentos dos operários havia uma arraigada falta de higiene, e que, mesmo que ali não houvesse cólera nenhum, este teria de surgir por si só. É claro que as medidas foram tomadas imediatamente, e Andriêi Antónovitch insistiu em tom enérgico que fossem executadas logo. Durante umas três semanas limparam a fábrica, mas por algum motivo os Chpigúlin a fecharam. Um dos irmãos Chpigúlin tinha residência fixa em Petersburgo, o outro, depois da ordem das autoridades para a limpeza da fábrica, viajou para Moscou. O administrador fez o pagamento dos operários e, como agora se verifica, roubou-os descaradamente. Os operários começaram a murmurar, queriam um pagamento justo, por tolice foram à polícia, aliás, sem maiores gritos nem maiores inquietações. Pois foi nesse momento que chegaram a Andriêi Antónovitch os panfletos entregues pelo administrador.

Piotr Stiepánovitch entrou voando e sem esperar no gabinete, como bom amigo e gente de casa e, além disso, com a incumbência que recebera de Yúlia Mikháilovna. Ao vê-lo, Von Lembke franziu o cenho num gesto sombrio e permaneceu sentado à mesa com ar inamistoso. Antes disso andara pelo gabinete discutindo algo olho no olho com Blum, funcionário de sua chancelaria, um alemão extremamente desajeitado e sorumbático que ele trouxera de Petersburgo apesar de fortíssima oposição de Yúlia Mikháilovna. À chegada de Piotr Stiepánovitch o funcionário recuou para a porta, mas não saiu. Piotr Stiepánovitch teve até a impressão de que ele trocara olhares significativos com seu chefe.

— Ah, eu o peguei, governador dissimulado da cidade! — berrou Piotr Stiepánovitch rindo e cobriu com a palma da mão um panfleto que estava em cima da mesa. — Isso vai multiplicar a sua coleção, hein?

Andriêi Antónovitch ficou colérico. De repente algo pareceu entortar em seu rosto.

— Largue, largue agora! — gritou, tremendo de ira — e não se atreva... senhor...

— Por que isso? Parece que o senhor está zangado?

— Permita observar-lhe, meu senhor, que doravante não tenho nenhuma intenção de suportar a sua *sans-façon*[65] e peço lembrar-se...

— Arre, com os diabos, não é que ele está falando sério!

— Cale-se, cale-se! — Von Lembke bateu os pés no tapete — e não se atreva...

Sabe Deus aonde isso haveria chegado. Ai, além de tudo aí havia mais uma circunstância inteiramente desconhecida quer de Piotr Stiepánovitch, quer inclusive da própria Yúlia Mikháilovna. O infeliz Andriêi Antónovitch chegara a tal perturbação que nos últimos dias passara a sentir no íntimo ciúme da esposa com Piotr Stiepánovitch. Na solidão, particularmente às noites, ele passava por minutos desagradabilíssimos.

— E eu que pensava que, se alguém passa dois dias seguidos lendo um romance nosso a sós depois de altas horas da noite e queremos sua opinião a respeito, esse alguém já estivesse pelo menos dispensado dessas formalidades... A mim Yúlia Mikháilovna recebe como íntimo da casa; sendo assim, o que posso achar do senhor? — pronunciou Piotr Stiepánovitch até com cer-

[65] "falta de cerimônia". (N. do T.)

ta dignidade. — Bem, aí está o seu romance — e pôs na mesa um grande caderno pesado, em rolo, firmemente envolto por um papel azul.

Lembke corou e titubeou.

— Onde o encontrou? — perguntou cautelosamente com um acesso de alegria difícil de conter, mas que conteve mediante todos os esforços.

— Imagine, como estava em rolo, rolou para trás da cômoda. Na certa eu o atirei desajeitadamente em cima da cômoda assim que entrei. Só anteontem o encontraram quando lavavam o assoalho; que trabalho o senhor me deu!

Lembke baixou a vista com ar severo.

— Passei duas noites seguidas sem dormir graças ao senhor. Ele foi encontrado ainda anteontem, mas eu o retive, li tudo — nunca tenho tempo, portanto li à noite. Bem, fiquei descontente: a ideia nada tem a ver comigo. Aliás, que se dane, nunca fui crítico; mas, meu caro, não consegui despregar a vista, mesmo estando descontente! O quarto e o quinto capítulos são... são... são... o diabo sabe o quê! De quanto humor o senhor os entulhou, dei gargalhadas. Que capacidade essa sua de provocar o riso *sans que cela paraisse*![66] Bem, os capítulos nono e décimo são todos sobre amor, não me dizem respeito; mesmo assim são espetaculares; ao ler a carta de Igrêniev quase choraminguei, mesmo o senhor tendo colocado a questão com tanta finura... Sabe, a carta é sensível, mas é como se o senhor quisesse mostrá-la ao mesmo tempo pelo lado falso, não é? Adivinhei ou não? Bem, pelo final eu simplesmente o espancaria. Afinal, qual é a sua ideia? Sim, porque se trata do antigo endeusamento da felicidade conjugal, da multiplicação dos filhos, do capital, do ir vivendo e acumulando bens — faça-me o favor! Vai deixar o leitor encantado, porque nem eu consegui desgrudar da leitura, e isso é o pior. O leitor continua tolo, seria o caso de pessoas inteligentes explicarem a ele, mas o senhor... Pois é, mas chega, e adeus. De outra vez não fique zangado; vim aqui para lhe dizer duas palavrinhas necessárias; mas o senhor está de um jeito...

Nesse ínterim, Andriêi Antónovitch pegou seu romance e trancou-o à chave na estante de carvalho, conseguindo de passagem piscar para Blum, indicando que se escafedesse. O outro saiu desapontado e triste.

— Eu não estou *de um jeito*, é que simplesmente... ando cheio de preocupações — murmurou de cara fechada porém já sem ira e sentando-se à mesa —, sente-se e diga as suas palavras. Faz tempo que não o vejo, Piotr Stiepánovitch, e peço apenas que não entre aqui voando como é sua maneira... às vezes quando estou tratando de assuntos...

[66] "sem que o pareça!" (N. do T.)

— Só tenho essas maneiras...

— Sei, e acredito que você não tem intenção, mas algumas vezes, quando a gente está com preocupações... Sente-se!

Piotr Stiepánovitch voou para o divã e num piscar de olhos sentou-se sobre as pernas cruzadas.

III

— Quais são as suas preocupações; não me diga que são essas bobagens? — fez sinal de cabeça para um panfleto. — Posso lhe trazer panfletos como esse o quanto quiser, já os tinha visto na província de Kh-skaia.

— Quer dizer, quando o senhor andou morando por lá?

— Sim, é claro, não foi na minha ausência. Tinha até vinheta, com um machado desenhado no alto. Com licença (pegou um panfleto); isso mesmo, aqui também tem machado; é o mesmo, igualzinho.

— Sim, um machado. Veja, um machado.

— O que é isso, está com medo do machado?

— Não é por causa do machado... e nem estou com medo, mas esse caso... um caso dessa natureza, aí há circunstâncias.

— Quais? Por que o trouxeram da fábrica? Eh-eh. Fique sabendo que nessa fábrica os próprios operários brevemente estarão redigindo panfletos.

— Como assim? — Von Lembke fixou severamente o olhar nele.

— Isso mesmo. O senhor fica aí só olhando para eles. O senhor é um homem brando demais, Andriêi Antónovitch; romancista. Esse caso requer agir à antiga.

— O que quer dizer à antiga, que sugestões são essas? A fábrica foi desinfetada; mandei, e desinfetaram.

— Mas há rebelião entre os operários. É só açoitar todos eles, e assunto encerrado.

— Rebelião? Absurdo; mandei, e desinfetaram a fábrica.

— Ora, Andriêi Antónovitch, o senhor é um homem brando!

— Em primeiro lugar não sou nada brando, e em segundo... — Von Lembke ficou novamente picado. Violentava-se conversando com o jovem, levado pela curiosidade de que o outro lhe trouxesse alguma novidade.

— Ah-ah, uma velha conhecida! — interrompeu Piotr Stiepánovitch, fixando-se em outro papelzinho debaixo do pesa-papéis, também uma espécie de panfleto, pelo visto de impressão estrangeira, mas em versos. — Bem, este eu sei de cor: "Bela alma"! Deixe-me dar uma olhada; isso mesmo, é a

"Bela alma".[67] Conheço essa pessoa desde o estrangeiro. Onde a desenterraram?

— Você está dizendo que a viu no estrangeiro? — animou-se Von Lembke.

— Como não, quatro meses atrás ou até cinco.

— Mas quanta coisa você viu no estrangeiro — Von Lembke o olhou de um jeito sutil. Sem dar ouvidos, Piotr Stiepánovitch abriu o papel e leu em voz alta o poema:

Bela alma

Não era de berço nobre,
Cresceu no meio do povo,
Mas o perseguiram o tsar,
O ódio e a inveja do boiardo,
E condenou-se ao sofrimento,
A torturas, execuções, tormentos
E ao povo ele enunciava
Liberdade, igualdade, fraternidade.

Deflagrada a insurreição,
Para outras plagas fugia
Da casamata do tsar,
Do chicote, das tenazes e do carrasco.
E o povo, disposto ao levante
Contra o severo destino, esperou
De Smoliensk a Tachkend
Ansioso o estudante.

Esperou ele um a um,
Para ir sem discussão
Liquidar enfim os boiardos
Liquidar por completo o tsarismo,
Tornar comuns as fazendas
E proclamar para sempre a vingança
Contra a igreja, os matrimônios e a família —
Os crimes do velho mundo!

[67] Paródia do poema "O estudante", de N. P. Ogarióv (1813-1877), poeta, publicista e revolucionário oriundo de um antigo ramo da nobreza russa. (N. da E.)

— Devem ter tirado isso daquele oficial, não? — perguntou Piotr Stiepánovitch.

— E você também conhece esse oficial?

— Pudera não conhecer. Passamos dois dias nos banqueteando juntos lá. Ele tinha mesmo que enlouquecer.

— Pode ser que ele não tenha enlouquecido.

— Não terá sido porque começou a morder?

— Com licença, se você viu esse poema no estrangeiro e depois na casa do tal oficial aqui...

— O quê? Isso é intrincado! Pelo que estou vendo, Andriêi Antónovitch, o senhor estará me interrogando? Veja — começou de repente com uma imponência fora do comum —, o que eu vi no estrangeiro, ao voltar para cá, expliquei a quem de direito, e minhas explicações foram consideradas satisfatórias, do contrário eu não teria brindado esta cidade com minha presença. Considero que minhas atividades neste caso estão encerradas e não devo relatório a ninguém. E não porque eu seja delator, mas porque não poderia ter agido de outra maneira. Quem escreveu a Yúlia Mikháilovna com conhecimento de causa referiu-se a meu respeito como um homem honrado... Bem, é tudo, mas, com os diabos, vim aqui lhe dizer uma coisa séria e ainda bem que o senhor mandou o seu borra-botas sair. Para mim a coisa é importante, Andriêi Antónovitch; tenho um pedido excepcional para lhe fazer.

— Um pedido? Hum, faça o favor, estou esperando e, confesso, com curiosidade. Acrescento que de um modo geral você me surpreende bastante, Piotr Stiepánovitch.

Von Lembke estava meio inquieto. Piotr Stiepánovitch cruzou as pernas.

— Em Petersburgo — começou ele — fui franco em relação a muita coisa, mas quanto a isso (bateu com o dedo no "Bela alma"), por exemplo, silenciei; em primeiro lugar porque não valia a pena falar e, em segundo, porque falei só do que me perguntaram. Nesses casos não gosto de me antecipar; nisso eu vejo a diferença entre o canalha e o homem honrado, que foi pura e simplesmente arrastado pelas circunstâncias... Em suma, deixemos isso de lado. Só que agora... agora que esses imbecis... que isso vem à tona e já está em suas mãos e, pelo que vejo, não se consegue esconder nada do senhor — porque o senhor é um homem que tem olhos e não pode ser desvelado de antemão —, mas enquanto isso esses imbecis continuam, eu... eu... pois bem, eu, numa palavra, vim aqui lhe pedir que salve um homem, também um bobalhão, talvez louco, mas por sua mocidade, um infeliz, em nome do humanitarismo do senhor... O senhor não é humano só nos romances de sua própria lavra! — cortou de repente a fala com impaciência e um sarcasmo grosseiro.

Em suma, via-se ali um homem franco, mas desajeitado e desprovido de tato, levado por um excedente de sentimentos humanos e por um provável excesso de delicadeza, principalmente um homem limitado, como ao primeiro contato Von Lembke o julgara com uma sutileza excepcional, e como o supusera há muito, particularmente na última semana, quando, sozinho em seu gabinete, sobretudo à noite, insultava-o de si para si com todas as forças por seus inexplicáveis sucessos com Yúlia Mikháilovna.

— Por quem você está pedindo e o que significa tudo isso? — quis saber ele com ar imponente, procurando esconder a curiosidade.

— É por... por... diabos... Ora, não tenho culpa de acreditar no senhor! Que culpa tenho de considerar o senhor o homem mais decente e sobretudo inteligente... ou seja, capaz de compreender... diabos...

Pelo visto, o pobrezinho não sabia se controlar.

— Por fim procure entender — continuou ele —, procure entender que ao lhe mencionar o nome eu o estou entregando ao senhor; estou entregando, não é? Não é?

— No entanto, como é que eu vou adivinhar se você não se decide a dizer o nome?

— Aí é que está a coisa, o senhor sempre nos derruba com essa sua lógica, diabos... com os diabos... essa "bela alma" e esse "estudante" é Chátov... eis tudo!

— Chátov? Como assim, como Chátov?

— Chátov é o "estudante", esse mencionado no poema. Ele mora aqui; é um ex-servo, bem, o que deu a bofetada.

— Estou sabendo, estou sabendo! — Lembke franziu o cenho. — Mas, permita-me, de que ele está sendo propriamente acusado e, o mais importante, por que motivo você está intercedendo?

— Ora, estou pedindo que o salve, o senhor compreende! Porque eu já o conhecia há oito anos, porque eu talvez fosse amigo dele — Piotr Stiepánovitch perdia o controle. — Pois bem, não lhe devo informações sobre minha vida pregressa — abanou a mão —, tudo isso são insignificâncias, tudo se resume a pouco mais de três homens, pois no estrangeiro não chegávamos nem a dez; mas o principal é que eu nutri esperança no humanitarismo do senhor, na sua inteligência. O senhor mesmo compreenderá e exporá a questão tal qual ela é e não sabe Deus como, isto é, como uma fantasia tola de um homem estrambótico... movido por infortúnios, repare, por longos infortúnios, e não como um complô inexistente contra o Estado que só o diabo conhece!...

Estava quase arfando.

— Hum. Vejo que ele está implicado nos panfletos com o machado — concluiu Lembke com um ar quase majestoso. — Contudo, permita perguntar; se ele está só, como conseguiu distribuí-los aqui, nas províncias, e inclusive na província de Kh- e... por fim, o mais importante: onde os conseguiu?

— Bem, estou lhe dizendo que, pelo visto, eles são somente e apenas cinco pessoas, bem, dez, como é que eu vou saber?

— O senhor não sabe?

— Ora, diabos, como é que eu haveria de saber?

— No entanto, veja, sabia que Chátov é um dos cúmplices.

— Sim, senhor! — Piotr Stiepánovitch fez um gesto de mão como se tentasse defender-se da esmagadora perspicácia do interrogador — bem, ouça, vou lhe dizer toda a verdade: não sei nada sobre os panfletos, isto é, rigorosamente nada, com os diabos, sabe o que significa nada?... Bem, é claro, aquele alferes, e ainda alguém mais, e mais alguém ainda, aqui... talvez Chátov também, e mais alguém ainda, bem, aí estão todos, um calhorda e *miser*...[68] mas eu vim aqui pedir por Chátov, é preciso salvá-lo porque esse poema é dele, é composição dele e através dele foi impresso no estrangeiro; eis o que eu sei ao certo; agora, quanto aos panfletos, não sei rigorosamente de nada.

— Se o poema é dele, então certamente as proclamações também. Entretanto, que elementos o levam a suspeitar do senhor Chátov?

Com ar de quem haviam esgotado definitivamente a paciência, Piotr Stiepánovitch tirou a carteira do bolso e dela um bilhete.

— Eis os elementos! — gritou atirando o papel sobre a mesa. Lembke o abriu; verificava-se que o bilhete fora escrito meio ano antes, dali da cidade para algum lugar no estrangeiro, lacônico, em duas palavras:

> "Aqui não posso imprimir o 'Bela alma', como, aliás, não posso nada; imprima-o aí no estrangeiro.
>
> Iv. Chátov"

Lembke fixou o olhar em Piotr Stiepánovitch. Varvara Pietrovna falara a verdade quando disse que ele tinha um olhar meio de carneiro, sobretudo algumas vezes.

— Ou seja, isso quer dizer — precipitou-se Piotr Stiepánovitch — que ele escreveu esses versos aqui há meio ano, mas aqui não pôde imprimir, bem, a tipografia é clandestina, e por isso pede que seja publicado no estrangeiro... Não parece claro?

[68] Em latim: pobre, miserável. (N. do T.)

— Sim, claro, mas a quem ele pede? é isso que ainda não está claro — observou Lembke com uma ironia muitíssimo astuta.

— A Kiríllov, enfim; o bilhete foi escrito para Kiríllov no estrangeiro... O senhor não sabia? Só lamento que o senhor talvez esteja apenas fingindo diante de mim, mas há muito tempo já esteja a par desse poema e de tudo o mais! De que maneira os panfletos apareceram em sua escrivaninha? Conseguiram aparecer! Por que me tortura se é verdade?

Com um gesto convulso enxugou o suor na testa com um lenço.

— É possível que eu saiba de alguma coisa... — desviou-se com astúcia Lembke — mas quem é esse Kiríllov?

— Ora, é um engenheiro de fora, foi padrinho de Stavróguin no duelo, o maníaco, louco; é possível que o seu alferes realmente esteja só com uma perturbação mental, mas esse outro é doido varrido, varridíssimo, isso eu garanto. Sim, senhor, Andriêi Antónovitch, se o governo soubesse quem é essa gente nem se daria o trabalho de levantar a mão para ela. O que precisa fazer é meter todos num manicômio; fartei-me de observá-los ainda na Suíça e também nos congressos.

— É de lá que dirigem esse movimento daqui?

— Ora, quem dirige? três homens e um meio homem. Dá até enfado só de olhar para eles. E que movimento é esse daqui? Um movimento de panfletos? Ademais, quem foi recrutado: um alferes com perturbação mental e mais uns dois ou três estudantes! O senhor é um homem inteligente, e eu vou lhe fazer uma pergunta: por que eles não recrutam pessoas de mais importância, por que só estudantes e ainda rapazotes de vinte e dois anos? E, aliás, seriam muitos? Vai ver que há um milhão de cães à procura deles, mas terão encontrado muitos? Sete pessoas. Eu lhe digo que dá até enfado.

Lembke ouviu com atenção, mas com uma expressão que dizia: "Fábulas não alimentam rouxinóis".

— Com licença, não obstante o senhor afirmou que o bilhete foi endereçado ao estrangeiro; mas aqui não há endereço; de que jeito o senhor soube que o bilhete foi endereçado ao senhor Kiríllov e, por fim, ao estrangeiro e... e... que foi realmente escrito pelo senhor Chátov?

— Bem, pegue agora mesmo a letra de Chátov e confira. Em sua chancelaria deve haver obrigatoriamente alguma assinatura dele. E, quanto ao fato de ter sido endereçado a Kiríllov, foi o próprio Kiríllov quem me mostrou na ocasião.

— Então você mesmo...

— Ah, sim, eu mesmo, é claro. O que não me mostraram por lá! E, quanto a esses versos, teriam sido escritos pelo falecido Herzen para Chátov, quando este andava perambulando pelo estrangeiro, parece que como lembrança de um encontro entre os dois, como um elogio, como recomendação, bem, aos diabos... e Chátov o divulga entre os jovens. Como se fosse a opinião do próprio Herzen sobre ele.

— É isso mesmo — enfim Lembke percebeu toda a questão —, é isso o que eu acho: dá para entender os panfletos, mas os versos, qual é o seu fim?

— Ora, como é que o senhor não entende? O diabo sabe para que eu dei com a língua nos dentes com o senhor! Ouça, deixe Chátov comigo e que o diabo esfole todos os outros, até Kiríllov, que agora vive trancado no prédio de Fillípov, onde Chátov também se esconde. Eles não gostam de mim porque regressei... mas me prometa Chátov e eu lhe sirvo todos os outros no mesmo prato. Serei útil, Andriêi Antónovitch! Suponho que todo esse grupinho insignificante seja formado por umas nove ou dez pessoas. Eu mesmo venho espionando todos. Já conheço três: Chátov, Kiríllov e aquele alferes. Nos outros ainda estou *só de olho*... aliás, não sou inteiramente míope. É o mesmo que aconteceu na província de Kh-; lá foram apanhados com panfletos dois estudantes, um colegial, dois nobres de vinte anos, um professor e um major da reserva de uns sessenta anos, que ficou abobalhado de tanto beber; eis tudo, e acredite que é tudo; o senhor está até admirado de que seja tudo. Mas precisamos de seis dias. Eu já fiz as contas; seis dias e não antes. Se quiser algum resultado não mexa com eles nos próximos seis dias, e eu os prenderei em um só laço para o senhor; se mexer antes, todo o ninho baterá asas. Mas me dê Chátov. Por Chátov eu... O melhor será chamá-lo de forma secreta e amistosa, nem que seja aqui ao gabinete, e interrogá-lo, levantando a cortina diante dele... É, certamente ele se lançará a seus pés e começará a chorar! É um homem nervoso, infeliz; sua mulher vive na farra com Stavróguin. Afague-o, e ele lhe abrirá tudo, mas o senhor precisa de seis dias... E o principal: nem meia palavra com Yúlia Mikháilovna. É segredo. Pode guardar segredo?

— Como? — Lembke arregalou os olhos — por acaso você não... abriu nada para Yúlia Mikháilovna?

— Para ela? De jeito nenhum, sem essa! Sim senhor, Andriêi Antónovitch! Veja: aprecio por demais a amizade dela e lhe tenho alta estima... e tudo o mais... só que não vou cometer essa falha. Não a contrario, porque contrariá-la é perigoso, e o senhor mesmo sabe. Talvez eu lhe tenha deixado escapar uma palavrinha, porque ela gosta disso, mas até lhe entregar esses nomes ou mais alguma coisa, como acabo de fazer com o senhor, pois sim, meu caro! Ora, por que vim procurá-lo agora? Porque o senhor é homem, é homem sério, com uma firme e antiga experiência de serviço. O senhor viu de tudo.

Acho que em assuntos dessa natureza conhece de cor e salteado cada passo dado desde os exemplos a que teve acesso em Petersburgo. Dissesse eu a ela esses dois nomes, por exemplo, ela entraria em frenesi... Ora, daqui ela quer deixar Petersburgo surpresa. Não, ela é cabeça quente demais, eis a questão.

— Sim, há nela algo tempestuoso — murmurou Andriêi Antónovitch não sem prazer, ao mesmo tempo lamentando profundamente que esse ignorantão parecesse atrever-se a falar meio à vontade sobre Yúlia Mikháilovna. Provavelmente Piotr Stiepánovitch achou que isso ainda era pouco e precisava dar mais corda para deixar "Lembka" lisonjeado e então cativá-lo plenamente.

— Isso mesmo, algo tempestuoso — fez coro —, vamos que seja uma mulher talvez genial, versada em literatura, mas espantaria a caça. Não aguentaria seis horas, quanto mais seis dias. Ah, Andriêi Antónovitch, não imponha a uma mulher uma espera de seis dias! O senhor há de reconhecer que tenho alguma experiência, isto é, nesses casos; de fato, sei de alguma coisa, e o senhor também sabe que eu posso saber de alguma coisa. Não estou lhe pedindo seis dias por complacência, mas porque o caso o exige.

— Ouvi dizer... — Lembke hesitava em externar o pensamento — ouvi dizer que o senhor, ao retornar do estrangeiro, manifestou a quem de direito... uma espécie de arrependimento?

— Ora, que importa o que tenha havido por lá!

— Aliás, eu, é claro, também não quero entrar... mas até agora você me pareceu que falava aqui em um estilo inteiramente diverso, sobre a fé cristã, por exemplo, sobre normas sociais e, por fim, sobre o governo...

— Pouco importa o que falei. Agora também estou dizendo a mesma coisa, só que essas ideias não devem ser tomadas assim como o fazem aqueles imbecis, essa é a questão. E daí que eu tenha mordido o ombro de alguém? O senhor mesmo concordou comigo, ressalvando apenas que era cedo.

— Não foi propriamente sobre isso que concordei e disse que era cedo.

— Mas cada palavra sua vem com subterfúgio, eh-eh, o senhor é cauteloso! — súbito observou Piotr Stiepánovitch em tom alegre. — Ouça, pai querido, eu precisava conhecê-lo e por isso falei no meu estilo. Não é só com o senhor que travo conhecimento assim, mas com muitas pessoas. Talvez eu precisasse descobrir o seu caráter.

— Para que precisa do meu caráter?

— Ora, como vou saber para quê? (Tornou a rir.) Veja, meu caro e prezado Andriêi Antónovitch, o senhor é astuto, mas a coisa ainda não chegou a *esse ponto* e certamente não chegará, compreende? Será que me compreende? Embora eu tenha apresentado a quem de direito as minhas explicações ao retornar do estrangeiro e, palavra, não sei por que um homem de convicções conhecidas não poderia agir em proveito das suas sinceras convicções... entretanto *de lá* ninguém me encomendou até agora informações sobre o seu caráter e *de lá* ainda não recebi nenhuma encomenda semelhante. Examine o senhor mesmo: eu poderia mesmo abrir os dois nomes não primeiramente para o senhor, mas indicá-los direto *para lá*, ou seja, lá onde apresentei os meus primeiros esclarecimentos; e, se eu me empenhasse nisso por problemas financeiros ou por proveito, é claro que seria uma imprudência de minha parte, porque agora eles seriam gratos ao senhor e não a mim. Estou aqui unicamente por Chátov — acrescentou com dignidade Piotr Stiepánovitch —, só por Chátov, em virtude da nossa antiga amizade... mas, quando o senhor pegar da pena para escrever *para lá*, pode me elogiar, se quiser... não haverei de contrariar, eh-eh! Mas *adieu*, fiquei tempo demais aqui, e não precisava ter tagarelado tanto! — acrescentou não sem um ar agradável e levantou-se do divã.

— Ao contrário, estou muito contente que o caso, por assim dizer, esteja se definindo — e levantou-se Von Lembke também com ar amável, pelo visto sob o efeito das últimas palavras. — Aceito com gratidão os seus serviços, e esteja certo de que, no tocante a referências ao seu empenho, tudo o que estiver ao meu alcance...

— Seis dias, o principal, seis dias de prazo, e que durante os seis dias o senhor não se mexa, é disso que preciso.

— Está bem.

— É claro que não lhe ato as mãos e nem me atrevo. O senhor não pode deixar de me vigiar; só que não assuste o ninho antes do tempo, é aí que eu confio na sua inteligência e na sua experiência. Bem, o senhor deve estar bem munido dos seus cães de guarda e agentes de toda espécie, eh-eh! — disse Piotr Stiepánovitch em tom alegre e fútil (como o de um jovem).

— Não é bem assim — esquivou-se Lembke de um jeito agradável. — É um preconceito da juventude esse de que estou excessivamente munido... mas, a propósito, permita-me uma palavrinha: veja, se esse Kiríllov foi padrinho de Stavróguin, então neste caso o senhor Stavróguin...

— O que tem Stavróguin?

— Quer dizer, se eles são tão amigos!

— Ah não, não, não! Aí o senhor errou o golpe, embora seja astuto. E até me surpreende. Eu efetivamente pensava que o senhor não estivesse sem provas nessa questão... Hum, Stavróguin é absolutamente o oposto, isto é, absolutamente... *Avis au lecteur*.[69]

[69] "Aviso ao leitor." (N. do T.)

— Não me diga! E pode ser? — pronunciou Lembke com desconfiança. — Yúlia Mikháilovna me disse que, segundo informações que recebeu de Petersburgo, ele veio para cá com certas, por assim dizer, instruções...

— Não sei de nada, não sei de nada, de absolutamente nada. *Adieu. Avis au lecteur!* — Piotr Stiepánovitch esquivou-se de modo súbito e patente. Precipitou-se para a porta.

— Permita, Piotr Stiepánovitch — gritou Lembke —, mais uma coisinha à toa, e não vou retê-lo.

Tirou um envelope da gaveta da escrivaninha.

— Eis um exemplar, da mesma categoria, e com isto estou lhe demonstrando que tenho a máxima confiança em você. Pois bem, qual é a sua opinião?

No envelope havia uma carta — carta estranha, anônima, endereçada a Lembke e recebida por ele só na véspera. Para seu supremo desgosto, Piotr Stiepánovitch leu o seguinte:

"Excelência!

Porque pelo seu cargo é esse o tratamento. Pela presente, anuncio um atentado contra a vida de generais e a pátria; porque é para isso que se caminha. Eu mesmo o divulguei por toda parte anos e anos a fio. Há também a questão do ateísmo. Há uma rebelião sendo preparada, vários milhares de panfletos, e atrás de cada um deles aparecerão cem homens, estirando a língua, se as autoridades não os recolherem a tempo, porque foi feita uma infinidade de promessas de recompensa e a gente simples é tola, e ainda existe a vodca. Ao reconhecer o culpado, o povo arrasa as duas partes e eu, temendo ambas, arrependo-me do que não cometi, tais são as minhas circunstâncias. Se quiser receber a denúncia para salvar a pátria e também as igrejas e os ícones, sou a única pessoa capaz de fazê-la. Mas com a condição de que a Terceira Seção[70] me envie imediatamente pelo telégrafo o perdão só para mim, e os outros que respondam. Para efeito de sinal, deixe na janelinha do porteiro uma vela acesa todas as noites às sete horas. Ao vê-la, terei confiança e aparecerei para beijar a mão misericordiosa vinda da capital, mas contanto que me deem uma pensão, pois de que hei de viver? O senhor não se arrependerá porque vai

[70] Subdivisão da polícia secreta. (N. do T.)

ser condecorado com uma estrela. É preciso agir em silêncio, senão me quebram o pescoço.

Aos pés de Vossa Excelência um homem desesperado, um livre-pensador arrependido.

Incógnito"

Von Lembke explicou que a carta havia aparecido na véspera, na portaria, quando lá não havia ninguém.

— Então, o que o senhor acha disso? — perguntou Piotr Stiepánovitch em tom quase grosseiro.

— Eu suporia que se trata de um pasquim anônimo com o intuito de zombar.

— O mais provável é que seja isso mesmo. Ninguém o engazopa.

— E o grave é que é muito tolo.

— E aqui o senhor tem recebido outros pasquins?

— Umas duas vezes, anônimos.

— Bem, é claro que não vão assinar. Com estilo diferente? Com letra diferente?

— Com estilo diferente e letra diferente.

— E eram de brincadeira como este?

— Sim, eram de brincadeira e, sabe... muito torpes.

— Bem, se eram os mesmos, certamente continuam sendo.

— E o grave é que são muito tolos. Porque aquelas pessoas são instruídas e certamente não escrevem de maneira tão tola.

— É isso mesmo, isso mesmo.

— Bem, e se de fato for alguém realmente querendo fazer uma denúncia?

— É inverossímil — cortou secamente Piotr Stiepánovitch. — O que significa aquele telegrama da Terceira Seção e a pensão? Um evidente pasquim.

— Sim, sim — Lembke ficou envergonhado.

— Sabe de uma coisa, deixe isso comigo. Na certa vou descobrir. Antes de entregar-lhe os outros.

— Leve-o — concordou Von Lembke, aliás, com certa vacilação.

— O senhor o mostrou a alguém?

— Não, como poderia? a ninguém.

— Isto é, a Yúlia Mikháilovna?

— Deus me livre, e pelo amor de Deus não lhe mostre você mesmo! — bradou Von Lembke assustado. — Ela ficaria tão abalada... iria zangar-se terrivelmente comigo.

— Sim, o senhor seria o primeiro a pagar o pato, ela diria que o senhor fizera por merecer, já que lhe escrevem assim. O senhor conhece a lógica feminina. Bem, adeus. Pode ser que dentro de uns três dias eu lhe apresente esse autor. O principal é a persuasão!

IV

Piotr Stiepánovitch não era talvez um homem tolo, mas Fiedka Kátorjni o definira corretamente como um homem que "inventa uma pessoa e com ela vive". Saiu do gabinete de Von Lembke plenamente convicto de que o havia tranquilizado ao menos para os próximos seis dias, prazo de que precisava extremamente. No entanto a ideia era falsa, e tudo se baseava apenas no fato de que inventara, desde o início e definitivamente, um Andriêi Antónovitch como o mais perfeito papalvo.

Como toda pessoa sofridamente cismada, Andriêi Antónovitch sempre caía numa extraordinária e alegre credulidade no primeiro instante em que saía de uma incerteza. O novo rumo que as coisas haviam tomado se lhe apresentou inicialmente num aspecto bastante agradável, apesar de algumas preocupantes complicações que tornavam a aparecer. Pelo menos as velhas dúvidas haviam se dissipado. Ademais, estava tão cansado nos últimos dias, sentia-se tão estafado e impotente, que sua alma experimentava um anseio forçado pela paz. Mas, ai, estava novamente intranquilo. O longo convívio em Petersburgo deixara em sua alma marcas indeléveis. Conhecia bastante a história oficial e até secreta da "nova geração" — era um homem curioso e colecionava panfletos —, mas nela nunca compreendia o principal. Agora estava perdido: pressentia com todo o seu instinto que nas palavras de Piotr Stiepánovitch havia algo de todo incongruente, avesso a quaisquer moldes e convenções — "embora o diabo saiba o que pode acontecer nessa 'nova geração' e como as coisas se passam entre eles!" — refletia, perdendo-se em conjecturas.

Nesse instante, como se fosse de propósito, Blum tornou a enfiar a cabeça pela porta da sala. Durante toda a visita de Piotr Stiepánovitch ele ficara aguardando ali por perto. Esse Blum chegava até a ser parente distante de Andriêi Antónovitch, mas isso foi cuidadosa e timidamente escondido durante toda a vida. Peço desculpas ao leitor por dedicar aqui ao menos algumas palavras a esse personagem insignificante. Blum fazia parte daquela estranha espécie de "alemães" infelizes, e não por sua extrema mediocridade, em absoluto, mas justamente por uma razão desconhecida. Os alemães "infelizes" não são um mito, mas existem de fato até na Rússia e têm um tipo próprio. Durante toda a vida Andriêi Antónovitch nutrira por Blum a mais comovente simpatia e, na medida em que seus próprios sucessos na carreira o permitiam, sempre o promovia a um postinho sob sua subordinação em qualquer repartição que estivesse; mas ele não dava sorte em lugar nenhum. Ora o posto era reservado a um estatutário, ora mudava a administração, e uma vez quase o levaram a julgamento. Era esmerado, mas de um modo um tanto exagerado, desnecessário e em detrimento de si mesmo, e sorumbático; ruivo, alto, encurvado, desanimado e até sensível e, a despeito de toda a sua humildade, era teimoso e insistente como uma mula, embora nunca o fizesse de propósito. Ele, a mulher e os muitos filhos nutriam por Andriêi Antónovitch uma afeição reverente de muitos anos. Além de Andriêi Antónovitch ninguém jamais gostara dele. Yúlia Mikháilovna o desaprovou imediatamente, no entanto não conseguiu superar a persistência de seu esposo. Foi a primeira briga do casal, e aconteceu logo após o casamento, nos primeiros dias da lua de mel, quando súbito lhe apareceu Blum, que até então lhe haviam escondido cuidadosamente, e com o injurioso segredo do parentesco com ela. Andriêi Antónovitch implorou de mãos postas, contou de maneira sensível toda a história de Blum e da amizade dos dois desde a infância, mas Yúlia Mikháilovna se considerou desonrada para todo o sempre e até apelou para o desmaio. Von Lembke não cedeu um passo e anunciou que não abandonaria Blum por nada neste mundo e não o afastaria de si, de sorte que ela acabou engolindo a surpresa e forçada a admitir Blum. Foi decidido apenas que o parentesco seria escondido na medida do possível, de forma ainda mais cuidadosa do que o fora até então, e que até o nome e o patronímico de Blum seriam modificados porque, por algum motivo, ele também se chamava Andriêi Antónovitch. Na nossa cidade Blum não travou conhecimento com ninguém, à exceção apenas de um alemão farmacêutico, não visitava ninguém e, por hábito, vivia com parcimônia e isolado. Conhecia há muito tempo os pecadilhos literários de Andriêi Antónovitch. Era o ouvinte preferido de Lembke na leitura secreta de seu romance quando os dois estavam a sós, passava seis horas seguidas sentado feito um poste; transpirava, usava de todas as forças para não dormir e sorrir; ao chegar em casa, lamentava-se com a mulher pernalta e descarnada por causa da infeliz fraqueza do seu benfeitor pela literatura russa.

Andriêi Antónovitch olhou com ar de sofrimento para Blum, que entrava.

— Blum, eu te peço, deixa-me em paz — começou com um matraqueado inquieto, pelo visto querendo adiar a retomada da recente conversa interrompida pela chegada de Piotr Stiepánovitch.

— E, entretanto, isso pode ser arranjado da forma mais delicada, inteiramente secreta; o senhor tem todos os poderes — insistia Blum de modo respeitoso porém persistente, curvando-se e chegando-se cada vez mais e mais perto de Andriêi Antónovitch a passos miúdos.

— Blum, tu me és tão dedicado e prestimoso que sempre te olho desconcertado de medo.

— O senhor sempre diz coisas agudas e depois, satisfeito com o que disse, vai dormir tranquilamente, mas com isso se prejudica.

— Blum, acabei de me convencer de que não é nada disso, nada disso.

— Não será por causa das palavras desse jovem falso e viciado de quem o senhor mesmo desconfia? Ele o venceu com os elogios lisonjeiros[71] ao seu talento em literatura.

— Blum, tu não entendes nada; teu projeto é um absurdo, estou te dizendo. Não vamos descobrir nada, e ainda se levantará uma grita terrível, depois a zombaria, e depois Yúlia Mikháilovna.

— Não há dúvida de que vamos descobrir tudo o que procuramos — Blum marchou firme em sua direção com a mão direita no coração. — Faremos uma inspeção de surpresa, de manhã cedo, observando toda a delicadeza pela pessoa e todo o rigor prescrito nas formas da lei. Os jovens Liámchin e Teliátnikov asseguram demais que encontraremos tudo o que desejamos. Eles foram assíduos frequentadores daquele lugar. O senhor Vierkhoviénski não conta com a simpatia atenciosa de ninguém. A generala Stavróguina negou-lhe ostensivamente os seus favores, e qualquer pessoa honesta, se é que existe tal nesta cidade grosseira, está convencida de que lá sempre se escondeu a fonte da descrença e da doutrina social. Ele guarda todos os livros proibidos, as *Reflexões* de Rilêiev, todas as obras de Herzen... Para todos os efeitos, tenho um catálogo aproximado...

— Oh, Deus, todo mundo tem esses livros; como és simplório, meu pobre Blum!

— E muitos panfletos — continuou Blum sem ouvir as observações. — Terminaremos por cair na pista dos panfletos daqui. Esse jovem Vierkhoviénski é muito e muito suspeito para mim.

— Mas não mistures o pai com o filho. Eles não se dão; o filho zomba ostensivamente do pai.

— Isso não passa de máscara.

— Blum, juraste me atormentar! Pensa, seja como for ele é uma pessoa que se faz notar aqui. Foi professor, é um homem conhecido, é só ele gritar,

[71] No original, *Lstívie pokhváli* — literalmente, elogios lisonjeiros. (N. do T.)

e imediatamente as zombarias correrão pela cidade, e será tudo por falha nossa... e pensa no que será de Yúlia Mikháilovna.

Blum avançava e não ouvia.

— Ele foi apenas docente, apenas docente, e pelo título não passa de assessor de colégio aposentado — batia com a mão no peito —, não tem nenhuma condecoração, foi demitido do serviço público por suspeitas de tramar contra o governo. Esteve sob vigilância secreta e não há dúvida de que ainda está. E, em face das desordens que acabam de ser descobertas, o senhor tem, sem dúvida, as obrigações que o dever lhe impõe. Do contrário, o senhor deixa escapar a sua condecoração protegendo o verdadeiro culpado.

— Yúlia Mikháilovna! Vai embora, Blum! — gritou de repente Von Lembke ao ouvir a voz de sua mulher na sala contígua.

Blum estremeceu, mas não se entregou.

— Dê-me permissão, dê-me permissão — insistia, apertando ainda com mais força as duas mãos sobre o peito.

— Sai! — rangeu os dentes Andriêi Antónovitch. — Faze o que quiseres... depois... Oh, meu Deus!

A cortina subiu e apareceu Yúlia Mikháilovna. Parou com ar majestoso ao ver Blum, lançou-lhe um olhar arrogante e ofensivo como se a simples presença daquele homem ali lhe fosse uma ofensa. Blum lhe fez uma reverência profunda em silêncio e, cheio de respeito, saiu na ponta dos pés em direção à porta com os braços ligeiramente abertos.

Talvez por ter ele interpretado de fato a última exclamação histérica de Andriêi Antónovitch como permissão direta para agir na forma como havia solicitado ou por transigir com a consciência nesse caso em proveito direto de seu benfeitor, confiante demais em que o final coroaria o caso — como veremos adiante —, essa conversa do chefe com seu subordinado redundou na coisa mais surpreendente, que fez muita gente rir, depois de tornada pública, provocou a ira cruel de Yúlia Mikháilovna e assim desnorteou definitivamente Andriêi Antónovitch, mergulhando-o, no momento mais tenso, na mais lamentável indecisão.

V

O dia foi cheio de afazeres para Piotr Stiepánovitch. De Von Lembke ele correu apressadamente para a rua Bogoiavliénskaia, mas, ao passar pela rua Bíkova, ao lado da casa em que morava Karmazínov, parou de repente, deu um risinho e entrou. Responderam-lhe “Estão à sua espera”, o que o deixou muito interessado, uma vez que não tinha feito nenhum aviso de sua chegada.

No entanto o grande escritor realmente o aguardava, e até desde a véspera e a antevéspera. Há três dias lhe entregara o manuscrito de seu *Merci* (que pretendia ler na matinê literária no dia da festa de Yúlia Mikháilovna) e o fizera por amabilidade, plenamente convicto de que lisonjearia agradavelmente o amor-próprio de um homem, permitindo-lhe conhecer de antemão a grande obra. Já fazia muito tempo que Piotr Stiepánovitch notara que esse senhor orgulhoso, mimado e ofensivamente inacessível aos não eleitos, essa "inteligência quase de homem de Estado", estava pura e simplesmente querendo cair nas suas graças, e até com avidez. Parece-me que o jovem finalmente percebeu que o outro, se não o considerava o cabeça de tudo o que havia de secretamente revolucionário em toda a Rússia, ao menos o consideraria um dos mais iniciados nos segredos da revolução russa e dono de uma influência indiscutível sobre a juventude. O estado das ideias do "homem mais inteligente da Rússia" interessava a Piotr Stiepánovitch, mas, por alguns motivos, até então ele se esquivava dos esclarecimentos.

O grande escritor estava hospedado na casa da irmã, mulher de um camarista e latifundiária; os dois, marido e mulher, veneravam o famoso parente, mas nesta sua vinda estavam ambos em Moscou, para o seu imenso pesar, de sorte que quem teve a honra de recebê-lo foi uma velhota, parenta muito distante e pobre do camarista, que morava na casa e há muito tempo administrava toda a economia doméstica. Com a chegada do senhor Karmazínov a casa inteira andava na ponta dos pés. A velhota informava quase todos os dias a Moscou como ele passara a noite e o que comera, e uma vez mandou um telegrama informando que ele tivera de tomar uma colher de remédio depois de um almoço a que fora convidado na casa do prefeito. Só raramente ela se atrevia a entrar no quarto dele, embora ele a tratasse de forma cortês, se bem que seca, e só falasse com ela em caso de alguma necessidade. Quando Piotr Stiepánovitch entrou, ele comia seu croquete matinal com meio copo de vinho tinto. Piotr Stiepánovitch já o visitara antes e sempre o encontrara às voltas com esse croquete matinal, que comia em sua presença, mas não lhe oferecera uma única vez. Depois do croquete ainda lhe serviam uma pequena xícara de café. O criado que lhe trazia a comida usava fraque, botas macias e silenciosas e luvas.

— Ah, ah! — soergueu-se Karmazínov do divã, limpando a boca com um guardanapo e, com ar da mais pura alegria, se precipitou para beijá-lo, hábito característico dos russos quando são famosos demais. No entanto, a experiência do passado lembrava a Piotr Stiepánovitch que ele investia para beijar,[72] mas oferecia a face, e por isso fez a mesma coisa dessa vez; ambas as faces se encontraram. Karmazínov, sem deixar transparecer que o havia notado, sentou-se no divã e num gesto agradável indicou a Piotr Stiepánovitch uma poltrona à sua frente, na qual o outro se sentou.

— Bem, o senhor não... Não é servido do desjejum? — perguntou o anfitrião, desta vez traindo o hábito, mas, é claro, com um gesto que sugeria claramente uma cortês resposta negativa. Piotr Stiepánovitch imediatamente desejou desjejuar. Uma sombra de melindrada surpresa cobriu o rosto do anfitrião, mas apenas por um instante; ele chamou nervosamente o criado e, apesar de toda a sua educação, levantou a voz com asco, ordenando que servisse outro desjejum.

— O que o senhor deseja, croquete ou café? — quis saber mais uma vez.

— E croquete, e café, e mande acrescentar mais vinho, estou com fome — respondeu Piotr Stiepánovitch, examinando com uma atenção tranquila o traje do anfitrião. O senhor Karmazínov usava uma espécie de jaqueta doméstica de lã, com botões de madrepérola, porém curta demais, o que não combinava nem um pouco com a barriguinha bem saciada e as partes fortemente arredondadas do início de suas pernas; mas os gostos variam. Tinha sobre os joelhos uma manta de lã xadrez estendida até o chão, embora o quarto estivesse quente.

— Está doente? — observou Piotr Stiepánovitch.

— Não, não estou doente, mas temo adoecer nesse clima — respondeu o escritor com sua voz cortante e, ademais, escandindo com meiguice cada palavra num ceceio agradável, à maneira senhoril —, desde ontem estava à sua espera.

— Por quê? se eu não havia prometido.

— Sim, mas o senhor está com o meu manuscrito. O senhor... leu?

— Manuscrito? qual?

Karmazínov ficou muito surpreso.

— Mas, não obstante, o senhor o trouxe consigo? — inquietou-se de chofre e a tal ponto que até parou de comer e fitou Piotr Stiepánovitch com um olhar assustado.

— Ah, estará falando do *Bonjour*...

— Do *Merci*.

— Está bem. Tinha esquecido completamente e não o vi, não tive tem-

[72] Em carta de 16 de agosto de 1867, endereçada a A. N. Máikov, Dostoiévski se referiu a Turguêniev: "Também não gosto do farisaico abraço aristocrático com que ele investe para beijar mas oferece a face". (N. da E.)

po. Palavra que não sei, nos bolsos não está... devo ter deixado em cima da mesa. Não se preocupe, será encontrado.

— Não, o melhor mesmo é mandar alguém buscar agora mesmo. Ele pode desaparecer e, enfim, podem roubá-lo.

— Ora, quem precisa disso! E por que o senhor está tão assustado, pois Yúlia Mikháilovna me disse que o senhor sempre manda fazer várias cópias;[73] uma fica no estrangeiro com o tabelião, outra em Petersburgo, uma terceira em Moscou, depois envia outra ao banco.

— Sim, mas Moscou pode ser devorada por um incêndio e com ela meu manuscrito. Não, o melhor é mandar buscá-lo agora.

— Espere, aqui está! — Piotr Stiepánovitch tirou do bolso traseiro um maço de papel de cartas. — Está um pouco amarrotado. Imagine, desde que eu o recebi de suas mãos ele ficou o tempo todo no bolso traseiro junto com o lenço; eu tinha esquecido.

Karmazínov agarrou com avidez o manuscrito, examinou-o com cuidado, contou as folhas e com toda estima o colocou por ora a seu lado, numa mesinha especial, mas de um jeito que ficasse sempre à vista.

— Parece que o senhor não é de ler muito? — sibilou sem se conter.

— Não, não muito.

— Nem de literatura russa o senhor lê nada?

— De literatura russa? Espere, li alguma coisa... *A caminho*, *Tomando o caminho*... ou *Na encruzilhada dos caminhos*, coisa assim, não me lembro. Faz muito tempo que li, uns cinco anos. E não tenho tempo.

Fez-se um certo silêncio.

— Quando cheguei aqui, assegurei a todo mundo que o senhor é dotado de uma inteligência extraordinária, e parece que agora todos andam loucos pelo senhor.

— Grato — respondeu calmamente Piotr Stiepánovitch.

Trouxeram o desjejum. Piotr Stiepánovitch atacou com apetite extraordinário o croquete, num fechar de olhos o comeu, bebeu o vinho e tomou o café.

"Esse ignorantão — Karmazínov o examinava meditabundo com o rabo do olho, acabando de comer o último pedaço e tomando o último gole —, esse ignorantão provavelmente acabou de compreender toda a mordacidade da minha frase... e, é claro, leu o manuscrito com avidez e fica aí mentindo por puro fingimento. Contudo, também pode ser que não esteja men-

[73] Alusão irônica a Turguêniev, que trabalhava longa e minuciosamente cada uma de suas obras. (N. da E.)

tindo, mas sendo um bobo absolutamente sincero. Gosto do homem genial quando é meio bobo. Não será ele realmente algum gênio entre eles? Aliás, o diabo que o carregue." — Levantou-se do divã e começou a andar de um canto a outro do quarto, para se exercitar, o que sempre fazia depois do desjejum.

— Vai partir daqui em breve? — perguntou Piotr Stiepánovitch da poltrona, depois de acender um cigarro.

— Estou aqui propriamente para vender uma fazenda e agora dependo do meu administrador.

— Mas o senhor, ao que parece, não veio para cá porque lá aguardavam uma epidemia depois da guerra?

— N-não, não foi exclusivamente por isso — continuou o senhor Karmazínov, escandindo as frases com ar benevolente, perneando animadamente sobre o pezinho direito, aliás, só um pouquinho, a cada ida e vinda de um canto a outro da sala. — De fato — deu um risinho não desprovido de veneno — tenho a intenção de viver o máximo que puder. Na nobreza russa existe algo que se desgasta com uma rapidez extraordinária, sob todos os aspectos. Mas eu pretendo retardar o máximo possível o meu desgaste e agora estou me preparando para me fixar definitivamente no estrangeiro; lá o clima é melhor, as edificações são de pedra, e tudo é mais sólido. A Europa vai durar tanto quanto eu, acho. O que o senhor acha?

— Como é que vou saber?

— Hum. Se a Babilônia de lá realmente vier a desmoronar, o tombo será enorme (nisso estou plenamente de acordo com o senhor, embora pense que ela venha a durar tanto quanto eu), já aqui na Rússia não há nem o que desmoronar, falando em termos comparativos. Aqui não vão cair pedras, aqui tudo vai se esparramar na lama. Em todo o mundo a Santa Rússia é quem menos pode resistir a alguma coisa. A gente simples ainda arranja um jeito de se segurar com o deus russo; mas, a julgar pelas últimas informações, o deus russo é muito malvisto e dificilmente terá resistido sequer à reforma camponesa; quanto mais não seja, saiu fortemente abalado. E ainda há as estradas de ferro, há os senhores... bem, não creio absolutamente no deus russo.

— E no europeu?

— Não acredito em deus nenhum. Fui caluniado perante a juventude russa. Sempre tive simpatia por todos os seus movimentos. Mostraram-me esses panfletos daqui. Todos ficam atônitos com eles porque temem a forma, mas, não obstante, todos estão certos do seu poderio, mesmo sem terem consciência disso. Tudo vem ruindo há muito tempo e há muito tempo todo mundo sabe que não há em que se agarrar. Só por isso estou convencido do sucesso dessa propaganda secreta, porque em todo o mundo é principalmente na Rússia que hoje qualquer coisa pode acontecer sem a mínima resistência. Compreendo bem demais por que os russos de condição estão todos debandando para o estrangeiro, e em número cada vez maior a cada ano que passa. Simplesmente por instinto. Se o navio está afundando, os ratos são os primeiros a fugir. A Santa Rússia é um país de madeira, miserável e... perigoso, um país de miseráveis orgulhosos em suas camadas superiores, enquanto a imensa maioria mora em pequenas isbás de alicerces instáveis. Ela ficará contente com qualquer saída, basta apenas que lhe expliquem bem. Só o governo ainda quer resistir, mas fica agitando um porrete no escuro e batendo na sua própria gente. Aqui tudo está sentenciado e condenado. A Rússia como é não tem futuro. Eu me tornei alemão e considero isso uma honra para mim.

— Não, o senhor começou falando dos panfletos; diga o que acha deles.

— Todo mundo os teme, logo, são poderosos. Desmascaram abertamente a mentira e demonstram que não temos a que nos agarrar e em que nos apoiar. Eles falam alto quando todos calam. O que têm de mais triunfal (apesar da forma) é essa inaudita ousadia de encarar diretamente a verdade. Essa capacidade de encarar diretamente a verdade pertence exclusivamente a uma geração russa. Não, na Europa ainda não são tão ousados: lá o reino é de pedra, lá as pessoas ainda têm em que se apoiar. Até onde vejo e até onde posso julgar, toda a essência da ideia revolucionária russa consiste na negação da honra. Gosto de ver isso expresso de modo tão ousado e destemido. Não, na Europa isso ainda não seria compreendido, mas aqui é precisamente para essa ideia que todos haverão de precipitar-se. Para o homem russo a honra é apenas um fardo supérfluo. Aliás, em toda a sua história sempre foi um fardo. O que mais pode atraí-lo é o franco "direito à desonra".[74] Sou da velha geração e confesso que ainda sou favorável à honra, mas isso apenas por hábito. Apenas gosto das velhas formas, suponhamos que por pusilanimidade; de algum jeito precisamos viver a vida até o fim.

Parou de chofre.

[74] Dostoiévski joga com uma passagem da *Publicação da Sociedade Vingança do Povo*: "Nós, do povo... guiados pelo ódio a tudo o que não é do povo, somos isentos do conceito de obrigações morais e de honra em relação ao mundo que odiamos e do qual nada esperamos a não ser o mal...". Mais tarde, em 1876, ao falar dos "pais liberais" da juventude de sua época, Dostoiévski ressaltou que "em sua maioria eles eram apenas uma massa grosseira de pequenos ateus e grandes sem-vergonhas, no fundo, dos mesmos aproveitadores e 'pequenos tiranos', porém fanfarrões do liberalismo no qual só conseguiram enxergar o direito à desonra". (N. da E.)

"Eu falo, falo — pensou Karmazínov — enquanto ele só cala e observa. Veio para cá com o fim de que eu lhe fizesse uma pergunta direta. E vou fazê-la."

— Yúlia Mikháilovna me pediu que eu usasse de astúcia e fizesse o senhor confessar: que tipo de surpresa está preparando para o baile de depois de amanhã? — perguntou de repente Piotr Stiepánovitch.

— É, realmente vai ser uma surpresa, e realmente vou deixar maravilhados... — deu-se ares Karmazínov —, mas não vou lhe dizer em que consiste o segredo.

Piotr Stiepánovitch não insistiu.

— Existe por aqui um tal de Chátov — indagou o grande escritor —, e, imagine, ainda não o vi.

— É uma pessoa muito boa. Qual é o problema?

— Não é por nada, ele anda dizendo umas coisas. Não foi ele que deu na cara de Stavróguin?

— Ele.

— E o que o senhor acha de Stavróguin?

— Não sei; é um conquistador qualquer.

Karmazínov tomara-se de ódio a Stavróguin porque este pegara o hábito de ignorá-lo completamente.

— Esse conquistador — disse com uma risadinha —, se aqui acontecer alguma coisa do que está sendo pregado nos panfletos, provavelmente será o primeiro a ser enforcado no galho de uma árvore.

— Pode acontecer até antes — disse de chofre Piotr Stiepánovitch.

— Seria bem feito — fez coro Karmazínov, já sem rir e de um jeito até sério demais.

— O senhor já disse isso uma vez, e fique sabendo que eu transmiti a ele.

— Como, não me diga que transmitiu? — tornou a rir Karmazínov.

— Ele disse que se o enforcarem, ao senhor bastarão umas chicotadas, só que não por questão de honra, mas para doer, como se açoitam os mujiques.

Piotr Stiepánovitch pegou o chapéu e levantou-se. Karmazínov lhe estendeu ambas as mãos na despedida.

— Então — piou num átimo com sua vozinha melosa e uma entonação especial, ainda segurando as mãos dele nas suas —, então, se estiver destinado a realizar-se tudo... o que planejam, então... quando isso poderia acontecer?

— Como é que eu vou saber? — respondeu Piotr Stiepánovitch de um modo um tanto grosseiro. Ambos se olharam fixamente, olho no olho.

— Mais ou menos? aproximadamente? — piou Karmazínov de forma ainda mais adocicada.

— O senhor vai ter tempo de vender a fazenda e também de cair fora — murmurou Piotr Stiepánovitch em tom ainda mais grosseiro. Ambos ainda se olhavam fixamente.

Fez-se um minuto de silêncio.

— Aí pelo início de maio começará e até a festa do Manto da Virgem Santíssima[75] tudo estará terminado — proferiu subitamente Piotr Stiepánovitch.

— Agradeço sinceramente — pronunciou Karmazínov com voz cheia, apertando-lhe as mãos.

"Terás tempo de deixar o navio, rato! — pensava Piotr Stiepánovitch saindo para a rua. — Bem, já que essa 'inteligência quase de Estado' indaga com tanta segurança sobre o dia e a hora e agradece de forma tão respeitosa a informação recebida, depois disso não devemos mais duvidar de nós mesmos. (Deu um risinho.) Hum. Ele realmente não é bobo e... é apenas um rato fujão; esse não denunciará!"

Correu para a rua Bogoiavliénskaia, para o prédio de Fillípov.

VI

Piotr Stiepánovitch foi primeiro à casa de Kiríllov. Este, como de costume, estava só e desta vez fazendo ginástica no centro da sala, ou seja, com as pernas abertas girando as mãos sobre a cabeça num movimento singular. No chão havia uma bola. A mesa ainda estava posta com o chá da manhã, já frio. Piotr Stiepánovitch demorou-se cerca de um minuto à entrada.

— Como se vê, você cuida muito da saúde — proferiu em voz alta e alegremente, entrando no quarto —; mas que bola magnífica, arre, como pula; é só para ginástica?

Kiríllov vestiu uma sobrecasaca.

— Sim, também para a saúde — murmurou secamente —, sente-se.

— Vim por um minuto. Aliás, vou me sentar. Saúde é saúde, mas vim aqui lembrar sobre o acordo. Aproxima-se "em certo sentido" o nosso prazo — concluiu com um gesto desajeitado.

— Que acordo?

[75] A festa do Manto da Virgem Santíssima era comemorada no dia 1º de outubro. Segundo os planos aprovados em outubro de 1869 pelo grupo de Nietcháiev, seria desencadeada uma atividade revolucionária que envolveria toda a Rússia e culminaria na insurreição a ser iniciada na primavera de 1870. (N. da E.)

— Como que acordo? — Piotr Stiepánovitch agitou-se, ficou até assustado.

— Não é um acordo nem uma obrigação, não assumi nada e você está equivocado.

— Escute, o que você está fazendo? — Piotr Stiepánovitch se levantou de um salto.

— Fazendo a minha vontade.

— Qual?

— A antiga.

— Ou seja, como entender isso? Significa que você mantém as ideias antigas?

— Significa. Só que não há nem houve acordo, e eu não assumi nada. O que havia era a minha vontade e agora só existe a minha vontade.

Kiríllov se exprimia com rispidez e nojo.

— De acordo, de acordo, seja feita a sua vontade, contanto que essa vontade não tenha mudado — tornou a sentar-se Pior Stiepánovitch com ar satisfeito. — Você se zanga por causa das palavras. Ultimamente você anda muito zangado; por isso tenho evitado visitá-lo. Aliás, eu estava absolutamente convicto de que você não iria trair.

— Não gosto nada de você; mas pode ficar absolutamente certo. Mesmo que eu não reconheça traição e não traição.

— Mas sabe — tornou a agitar-se Piotr Stiepánovitch —, precisávamos tornar a conversar para você não se desnortear. O caso exige precisão e você alterca terrivelmente comigo. Permite conversar?

— Fale — cortou Kiríllov olhando para um canto.

— Há muito tempo você decidiu pôr termo à vida... ou seja, você tinha essa ideia. Então, eu me exprimi corretamente? Não há algum erro aí?

— Até hoje mantenho essa ideia.

— Ótimo. Observe que ninguém o forçou a isso.

— Também pudera; quanta tolice você diz.

— Vá lá, vá lá; eu me exprimi de forma muito tola. Sem dúvida seria uma grande tolice forçar a tal coisa; eu prossigo: você era membro da Sociedade ainda sob a velha forma de organização e na ocasião se abriu com um dos membros da Sociedade.

— Eu não me abri, mas simplesmente me manifestei.

— Vá lá. E seria ridículo "abrir-se" num assunto como esse; isso lá é confissão? Você simplesmente se manifestou, e ótimo.

— Não, não é ótimo porque você delonga muito. Não lhe devo nenhuma prestação de conta e você não pode compreender as minhas ideias. Eu quero me privar da vida porque essa é a minha ideia, porque não quero o pavor da morte, porque... porque você não tem nada que saber disso... O que quer? Quer chá? Está frio. Espere, vou lhe trazer outro copo.

Piotr Stiepánovitch realmente quis agarrar a chaleira e procurou uma vasilha disponível. Kiríllov foi ao armário e trouxe um copo limpo.

— Acabei de desjejuar em casa de Karmazínov — observou a visita —, depois o ouvi falar, fiquei suado, e corri para cá; também fiquei suado, estou morrendo de vontade de beber.

— Beba. Chá frio é bom.

Kiríllov tornou a sentar-se na cadeira e a fixar os olhos em um canto.

— Na Sociedade divulgou-se a ideia — continuou com a mesma voz — de que poderei ser útil se me matar, de que, quando vocês aprontarem alguma coisa e a polícia passar a procurar os culpados, de repente eu meto um tiro na cabeça e deixo uma carta dizendo que fui eu que fiz tudo, e então vocês poderão ficar um ano inteiro fora de suspeita.

— Pelo menos alguns dias; e um dia é precioso.

— Está bem. Neste sentido me foi dito que eu esperasse, se quisesse. Eu disse que esperaria até que me dissessem o prazo dado pela Sociedade, porque para mim é indiferente.

— Sim; lembre-se, porém, de que você assumiu a obrigação de que, quando fosse escrever a carta antes da morte, não o faria senão junto comigo e, depois de chegar à Rússia, ficaria à minha... bem, numa palavra, à minha disposição, isto é, só neste caso, é claro, porque em todos os outros você evidentemente está livre — acrescentou Piotr Stiepánovitch quase com amabilidade.

— Eu não assumi obrigação, eu concordei, porque para mim é indiferente.

— Ótimo, ótimo, não tenho a mínima intenção de constranger o seu amor-próprio, no entanto...

— Aí não se trata de amor-próprio.

— Contudo, lembre-se de que juntaram para você cento e vinte táleres para a viagem, logo, você aceitou o dinheiro.

— De jeito nenhum — explodiu Kiríllov —, o dinheiro não foi para isso. Não se recebe dinheiro por isso.

— Às vezes recebem.

— Mentira. Eu o declarei por carta em Petersburgo, e em Petersburgo lhe paguei cento e vinte táleres, em mãos... E o dinheiro foi enviado para lá, se é que você não o embolsou.

— Está bem, está bem, não discuto nada, foi enviado. O importante é que você mantenha as mesmas ideias de antes.

— As mesmas. Quando você aparecer e disser “chegou a hora”, farei tudo. Então, é para muito breve?

— Não faltam muitos dias... Mas, lembre-se, vamos escrever juntos o bilhete, na mesma noite.

— Pode ser até de dia. Você disse que eu tinha de assumir os panfletos?

— E algo mais.

— Tudo não vou assumir.

— O que você não vai assumir? — tornou a agitar-se Piotr Stiepánovitch.

— O que não quiser; basta. Não quero mais falar disso.

Piotr Stiepánovitch se conteve e mudou de assunto.

— Quero falar de outra coisa — avisou —, vai estar hoje à noite com os nossos? É aniversário do Virguinski, e é com esse pretexto que vamos nos reunir.

— Não quero.

— Faça o favor, vá. É necessário. Precisamos impressionar pelo número e pelas caras... Você está com uma cara... bem, numa palavra, você está com uma cara fatal.

— Você acha? — Kiríllov desatou a rir. — Está bem, vou; só que não pela cara. Quando?

— Oh, cedo, às seis e meia. E saiba que pode entrar, sentar-se e não conversar com ninguém, não importa quantas pessoas estejam lá. Só que não se esqueça de levar papel e lápis.

— Para que isso?

— Ora, para você é indiferente; esse é um pedido particular meu. Você vai apenas ficar lá sentado, sem falar absolutamente com ninguém, ouvindo, e de quando em quando insinuando umas anotações; pode até desenhar alguma coisa.

— Que absurdo, e para quê?

— É porque um membro da Sociedade, inspetor, encalhou em Moscou, e eu disse a alguém de lá que talvez tivéssemos a visita de um inspetor; hão de pensar que você é o inspetor, e, como você já está aqui há três semanas, vão ficar ainda mais surpresos.

— Isso são truques. Você não tem inspetor nenhum em Moscou.

— Vá lá que não tenha, o diabo que o carregue; mas o que é que você tem com isso e o que há de complicado nisso? Você mesmo é membro da Sociedade.

— Diga a eles que eu sou o inspetor; vou ficar sentado e calado, mas não quero lápis nem papel.

— Por quê?

— Não quero.

Piotr Stiepánovitch ficou furioso, até verde, mas tornou a conter-se, levantou-se e pegou o chapéu.

— *Aquele fulano* está em sua casa? — perguntou subitamente a meia--voz.

— Em minha casa.

— Isso é bom. Logo o tiro daqui, não se preocupe.

— Não estou preocupado. Ele apenas pernoita. A velha está no hospital, a nora morreu; faz dois dias que estou só. Mostrei a ele um lugar na cerca de onde se pode tirar uma tábua; ele passa sem ninguém o notar.

— Logo eu o tiro daqui.

— Ele diz que tem muitos lugares onde pernoitar.

— Mentira, estão à procura dele, e aqui por enquanto não dá para ser notado. Por acaso dá conversa a ele?

— Sim, a noite toda. Ele fala muito mal de você. Li o Apocalipse para ele à noite e servi chá. Ouviu muito; muito mesmo, a noite toda.

— Que diabo, você vai convertê-lo ao Cristianismo!

— Ele já é cristão. Não se preocupe, ele degolará. Quem você quer que ele degole?

— Não, não é para isso que o tenho comigo; é para outra coisa... E Chátov, está sabendo sobre Fiedka?

— Não tenho dado uma palavra com Chátov, nem o tenho visto.

— Estão de mal?

— Não, não estamos de mal, apenas nos evitamos. Passamos tempo demais deitados um ao lado do outro na América.

— Vou passar na casa dele agora.

— Como quiser.

— É possível que eu e Stavróguin também venhamos visitá-lo depois de sair de lá, aí pelas dez.

— Venham.

— Preciso conversar com ele sobre um assunto importante... Sabe, dê--me de presente a sua bola; para que ela lhe serve agora? Também quero fazer exercício. Posso lhe pagar.

— Leve de graça.

Piotr Stiepánovitch pôs a bola no bolso traseiro.

— Só que eu não vou lhe fornecer nada contra Stavróguin — murmurou Kiríllov atrás dele ao despedir-se. O outro o olhou surpreso, mas não respondeu.

As últimas palavras de Kiríllov deixaram Piotr Stiepánovitch extrema-

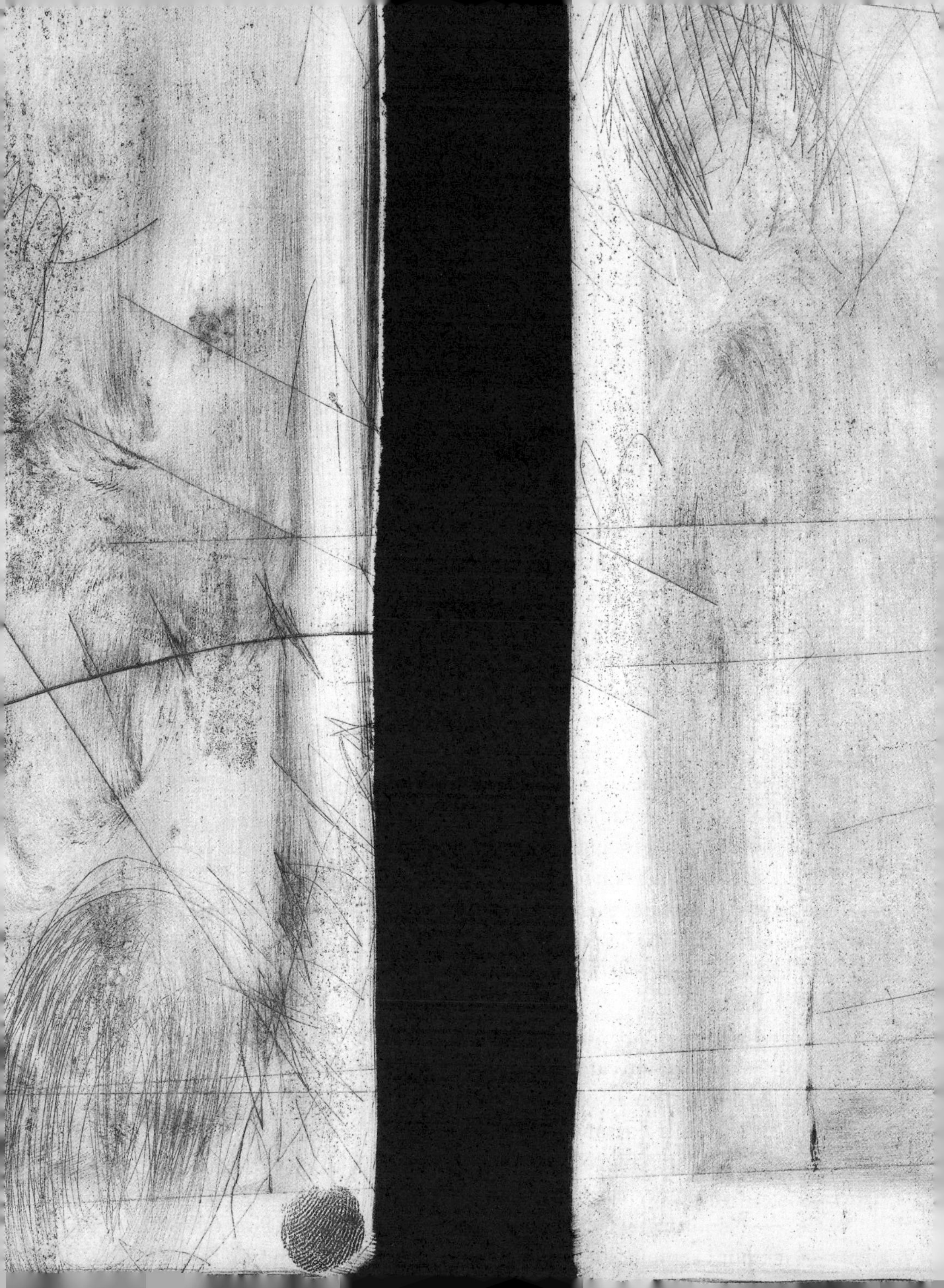

mente perturbado; ainda não conseguira compreendê-las, e já na escada da casa de Chátov procurou transformar seu ar descontente em afável. Chátov se encontrava em casa e um pouco doente. Estava deitado na cama, aliás, vestido.

— Veja que falta de sorte — bradou Piotr Stiepánovitch à entrada. — É doença séria?

Súbito a expressão afável de seu rosto desapareceu; algo raivoso brilhou-lhe nos olhos.

— Nem um pouco — Chátov se levantou nervosamente de um salto —, não estou com doença nenhuma, a cabeça está um pouco...

Ficou até desnorteado; o súbito aparecimento de semelhante visita o deixou definitivamente assustado.

— Vim tratar precisamente daquele tipo de caso em que não vale a pena adoecer — começou Piotr Stiepánovitch de modo rápido e como que imperioso. — Permita-me sentar (sentou-se), e você torne a sentar-se em seu leito, assim. Hoje, aproveitando o aniversário de Virguinski, nosso pessoal vai se reunir na casa dele; aliás, a reunião não terá nenhum outro matiz, as providências já foram tomadas. Vou para lá com Nikolai Stavróguin. Você, é claro, eu não levaria para lá conhecendo o seu atual modo de pensar... ou seja, para que não o atormentassem e não porque achemos que você possa denunciar. Mas a coisa saiu de tal forma que você terá de ir. Vai encontrar lá as mesmas pessoas com quem decidiremos definitivamente de que maneira você deixará a Sociedade e a quem deverá entregar o que está em suas mãos. Faremos a coisa discretamente; eu o levarei para um canto; haverá muita gente, e não há razão para que todos fiquem sabendo. Confesso que por sua causa tive de gastar muita conversa fiada; mas parece que agora eles também estão de acordo, contanto, evidentemente, que você entregue o linotipo e todos os papéis. E então você estará plenamente livre.

Chátov ouviu carrancudo e com raiva. O recente susto nervoso passara inteiramente.

— Não reconheço nenhuma obrigação de prestar contas o diabo sabe a quem — pronunciou categoricamente —, ninguém pode me dar a liberdade.

— Não é bem assim. Muita coisa lhe foi confiada. Você não tinha o direito de romper diretamente. E, por fim, você nunca declarou isso com clareza, de sorte que colocou o pessoal numa situação ambígua.

— Assim que cheguei aqui eu fiz uma declaração clara por escrito.

— Não, não foi clara — contestou tranquilamente Piotr Stiepánovitch —, eu, por exemplo, lhe mandei o "Bela alma" para imprimir aqui e guardar os exemplares em sua casa até que fossem solicitados; e mais dois panfletos. Você os devolveu com uma carta ambígua que não significava nada.

— Eu me recusei francamente a imprimir.

— Sim, mas não francamente. Você escreveu: "Não posso", mas não explicou por que motivo. "Não posso" não significa "não quero". Dava para pensar que você não podia simplesmente por causas materiais. Foi assim que o pessoal compreendeu e considerou que, apesar de tudo, você estava de acordo em continuar ligado à Sociedade, logo, a gente podia novamente lhe confiar alguma coisa, consequentemente, comprometer-se. Neste caso, o pessoal diz que você simplesmente quis enganar com a finalidade de denunciar depois de receber alguma informação importante. Eu o defendi com todas as forças e mostrei sua resposta escrita em duas linhas como um documento a seu favor. Mas, relendo agora o texto, sou forçado a confessar que aquelas duas linhas não estão claras e induzem a engano.

— E você conservou aquela carta com tanto cuidado?

— Não tem importância que ela esteja comigo; continua comigo até agora.

— Bem, vá lá, com os diabos!... — gritou Chátov furioso. — Deixe que os seus idiotas achem que denunciei, que me importa! Eu queria ver o que você podia fazer comigo.

— Você ficaria marcado e ao primeiro sucesso da revolução seria enforcado.

— Isso quando você tomar o poder supremo e subjugar a Rússia?

— Não ria. Repito, eu o defendi. Seja como for, recomendo que apareça por lá hoje, apesar de tudo. Para que servem palavras inúteis movidas por algum orgulho falso? Não seria melhor uma separação amigável? Porque, de qualquer forma, você terá de devolver o prelo, os tipos e a velha papelada, e é sobre isso que vamos conversar.

— Vou — rosnou Chátov, baixando a cabeça pensativo. Piotr Stiepánovitch o examinava de seu lugar com o rabo do olho.

— Stavróguin vai? — perguntou de chofre Chátov, levantando a cabeça.

— Sem falta.

— Eh-eh!

Fez-se novo silêncio de um minuto. Chátov deu um risinho com nojo e irritação.

— E aquele seu torpe "Bela alma", que me recusei a imprimir aqui, foi impresso?

— Foi.

— Andam assegurando aos ginasianos que o próprio Herzen autografou seu álbum.

— Sim, o próprio Herzen.

Fizeram uma nova pausa de uns três minutos. Por fim Chátov se levantou da cama.

— Saia da minha casa, não quero a sua companhia.

— Estou saindo — pronunciou Piotr Stiepánovitch até com certa alegria e levantando-se lentamente. — Só mais uma palavra: Kiríllov, parece, está vivendo totalmente só na galeria, sem a criada?

— Absolutamente só. Vai indo, não quero permanecer com você no mesmo quarto.

"Ah, você agora está ótimo! — ponderava com alegria Piotr Stiepánovitch ao chegar à rua — à noite também estará ótimo, e é assim mesmo que preciso de você agora, melhor não poderia desejar! O próprio deus russo está ajudando!"

VII

É provável que no corre-corre daquele dia Piotr Stiepánovitch tenha quebrado muita lança — e pelo visto com êxito —, o que se manifestou na expressão satisfeita de sua fisionomia quando à noite, às seis horas em ponto, apareceu em casa de Nikolai Vsievolódovitch. Entretanto, não teve acesso imediato a ele; Mavrikii Nikoláievitch acabava de trancar-se no gabinete com Nikolai Vsievolódovitch. Por um instante essa notícia o deixou preocupado. Sentou-se bem à porta do gabinete com o intuito de aguardar a saída do visitante. Dava para ouvir a conversa, mas sem captar as palavras. A visita durou pouco. Logo se ouviu um ruído, uma voz alta e ríspida demais, após o que a porta se abriu e Mavrikii Nikoláievitch saiu com o rosto completamente pálido. Não notou Piotr Stiepánovitch e passou rapidamente ao lado. No mesmo instante Piotr Stiepánovitch correu para o gabinete.

Não posso deixar de relatar minuciosamente esse encontro extremamente breve dos dois "rivais", encontro pelo visto impossível nas circunstâncias criadas, mas que houve, não obstante.

Deu-se da seguinte maneira: Nikolai Vsievolódovitch cochilava no canapé em seu gabinete depois do almoço quando Aleksiêi Iegórovitch informou da chegada do inesperado visitante. Ao ouvir o nome anunciado, ele chegou até a levantar-se de um salto e não quis acreditar. Mas em seus lábios logo um sorriso apareceu — o sorriso do triunfo arrogante e ao mesmo tempo de uma surpresa estúpida e desconfiada. Ao entrar, parece que Mavrikii Nikoláievitch ficou impressionado com a expressão daquele sorriso, por via das dúvidas parou de repente no meio do quarto como se vacilasse: ir em frente ou dar meia-volta? O anfitrião conseguiu mudar imediatamente a expressão do rosto e, com ar de grave perplexidade, caminhou ao encontro dele. O outro não apertou a mão que lhe foi estendida, puxou desajeitadamente uma cadeira e sem dizer palavra sentou-se ainda antes do anfitrião, sem esperar o convite. Nikolai Vsievolódovitch sentou-se de lado no canapé e ficou esperando calado, observando Mavrikii Nikoláievitch.

— Se puder, case-se com Lizavieta Nikoláievna — brindou-lhe de chofre Mavrikii Nikoláievitch e, o mais curioso, pela entonação da voz não havia como saber o que era aquilo: um pedido, uma recomendação, uma concessão ou uma ordem.

Nikolai Vsievolódovitch continuou calado; mas, pelo visto, a visita já dissera tudo o que a levara ali e olhava fixamente para o outro, aguardando a resposta.

— Se não me engano (aliás, isso era sumamente verdadeiro), Lizavieta Nikoláievna já é sua noiva — pronunciou finalmente Stavróguin.

— É minha noiva oficial — confirmou Mavrikii Nikoláievitch com firmeza e clareza.

— Vocês... brigaram?... Desculpe, Mavrikii Nikoláievitch.

— Não, ela me "ama e me respeita", palavras dela. As palavras dela são a coisa mais preciosa.

— Quanto a isso não há dúvida.

— Mas saiba que, se ela estiver diante do próprio altar na hora do casamento e o senhor a chamar, ela deixará a mim e a todos e irá atrás do senhor.

— Na hora do casamento?

— Até depois do casamento.

— O senhor não estará enganado?

— Não. Debaixo daquele ódio constante, sincero e o mais completo pelo senhor, a cada instante resplandece o amor e... a loucura... o amor mais sincero e desmedido e... a loucura! Ao contrário, debaixo daquele amor que ela sente por mim, também sincero, a cada instante resplandece o ódio — grande demais! Antes eu nunca poderia imaginar todas essas... metamorfoses.

— Mas eu me admiro como o senhor, não obstante, pode vir aqui e dispor da mão de Lizavieta Nikoláievna. Tem esse direito? Ou ela o autorizou?

Mavrikii Nikoláievitch ficou carrancudo e por um instante baixou a cabeça.

— Veja, isso são meras palavras da sua parte — proferiu de repente —, palavras vingativas e triunfantes: estou certo de que o senhor compreende o que está nas entrelinhas; será que aí há lugar para uma vaidade mesquinha?

Está pouco satisfeito? Será que tenho de me estender e colocar os pingos nos "is"? Se quiser eu os coloco, caso precise tanto da minha humilhação: direito eu não tenho, autorização é impossível; Lizavieta Nikoláievna não sabe de nada, e seu noivo perdeu o último pingo de juízo e merece o manicômio, e para cúmulo vem aqui informá-lo disso. No mundo inteiro o senhor é o único capaz de fazê-la feliz e eu sou o único capaz de fazê-la infeliz. O senhor a disputa, a persegue, mas não sei por que não se casa. Se isso é uma briga de amor acontecida no estrangeiro e para suspendê-la é necessário o meu sacrifício, então me sacrifique. Ela é infeliz demais e eu não posso suportar isso. Minhas palavras não são uma permissão, uma ordem, e por isso não há ofensa ao seu amor-próprio. Se o senhor quisesse ocupar o meu lugar diante do altar, poderia fazê-lo sem nenhuma permissão de minha parte e eu, é claro, não teria razão para vir aqui lhe exibir a minha loucura. Ainda mais porque este meu passo inviabiliza totalmente o nosso casamento. Não posso levá-la ao altar sendo um patife. O que estou fazendo aqui, cedendo-a ao senhor, talvez seu inimigo mais inconciliável, é a meu ver uma infâmia que, evidentemente, nunca haverei de suportar.

— Vai meter um tiro na cabeça quando estiverem nos casando?

— Não, será bem mais tarde. Por que sujar com o meu sangue o seu vestido de noiva? Talvez eu nunca chegue a me suicidar, nem agora, nem mais tarde.

— Ao falar assim, está provavelmente desejando me acalmar?

— Ao senhor? O que um respingo de sangue a mais pode significar para o senhor?

Ele empalideceu e seus olhos brilharam. Fez-se um minuto de pausa.

— Desculpe-me pelas perguntas que lhe fiz — recomeçou Stavróguin —, algumas delas eu não tinha nenhum direito de fazer, mas, parece, tenho pleno direito de fazer uma: diga-me que elementos o levam a concluir a respeito dos meus sentimentos por Lizavieta Nikoláievna? Compreendo o grau desses sentimentos e foi por estar seguro deles que o senhor veio me procurar e... se arriscar com tal proposta.

— Como? — Mavrikii Nikoláievitch até estremeceu um pouco. — Por acaso o senhor não a requesta? Não requesta nem quer requestá-la?

— Em linhas gerais, não posso falar em voz alta dos meus sentimentos por essa ou aquela mulher com terceiros, seja ele quem for, senão exclusivamente com essa mulher. Desculpe, é uma estranheza do organismo. Mas em troca eu lhe digo todo o resto da verdade: sou casado e para mim é impossível casar-me ou "requestar".

Mavrikii Nikoláievitch ficou tão surpreso que chegou a recuar para o encosto da poltrona e durante algum tempo olhou imóvel para o rosto de Stavróguin.

— Imagine, nunca pude pensar nisso — murmurou —, naquela manhã o senhor me disse que não era casado... por isso acreditei que não fosse casado...

Ficou terrivelmente pálido; súbito deu um murro na mesa com toda a força.

— Se depois dessa confissão o senhor não deixar Lizavieta Nikoláievna em paz e a fizer infeliz, eu o matarei a pauladas como se mata um cachorro ao pé de uma cerca!

Levantou-se de um salto e saiu rapidamente do quarto. Piotr Stiepánovitch, que entrou correndo, encontrou o anfitrião no mais inesperado estado de espírito.

— Ah, é você! — Stavróguin deu uma sonora gargalhada; parecia gargalhar apenas para a figura de Piotr Stiepánovitch, que entrara correndo num grande assomo de curiosidade. — Estava escutando atrás da porta? Espere, o que veio fazer aqui? Acho que eu tinha lhe prometido algo... Ah, puxa! Lembrei-me: é a reunião com os "nossos"! Vamos, estou muito contente, neste momento você não poderia inventar nada mais a propósito.

Pegou o chapéu e os dois saíram sem demora da casa.

— Está rindo de antemão porque vai ver os "nossos"? — bajulava-o alegremente Piotr Stiepánovitch, ora tentando caminhar ao lado do companheiro pela estreita calçada de tijolos, ora até pulando para a rua, no meio da lama, porque o acompanhante não observava absolutamente que caminhava sozinho em pleno meio da calçada e, por conseguinte, ocupava-a toda sozinho.

— Não estou rindo nem um pouco — respondeu em tom alto e alegre Stavróguin —, ao contrário, estou convencido de que você reuniu lá a gente mais séria.

— Os "broncos lúgubres",[76] como você se exprimiu.

— Não há nada mais divertido do que um bronco lúgubre.

— Ah, você está falando de Mavrikii Nikoláievitch! Estou convencido de que ele acabou de vir lhe ceder a noiva, não foi? Fui eu que o insuflei in-

[76] Mais tarde o próprio Dostoiévski revelou o sentido dessa expressão nos manuscritos do romance *O adolescente*: "No fundo, os niilistas éramos nós, eternos buscadores da ideia suprema. Hoje o que se vê são broncos indiferentes ou monges. Os primeiros são os 'homens de ação', que, aliás, não raro se suicidam a despeito de toda a sua atividade. Já os monges são os socialistas, os que têm fé a ponto de enlouquecer". (N. da E.)

diretamente, você pode imaginar. E se não ceder nós mesmos a tomaremos, não é?

É claro que Piotr Stiepánovitch sabia que estava se arriscando ao se meter em tais esquisitices, mas, quando ele mesmo estava excitado, preferia antes arriscar tudo a deixar-se ficar na incerteza. Nikolai Vsievolódovitch apenas riu.

— E você continua contando com me ajudar? — perguntou.

— Se pedir. Mas sabe que existe melhor caminho.

— Sei qual é esse seu caminho.

— Ah, não. Por enquanto é segredo. Lembre-se apenas de que segredo custa dinheiro.

— Sei quanto custa — rosnou consigo Stavróguin, mas se conteve e calou-se.

— Quanto? o que você disse? — agitou-se Piotr Stiepánovitch.

— Eu disse: você que vá ao diabo com segredo e tudo! É melhor que me diga: quem estará lá? Sei que estamos indo para um aniversário, mas quem precisamente estará lá?

— Oh, todo tipo de gente! Até Kiríllov.

— Todos membros do círculo?

— Diabos, como você é apressado! Ainda não se conseguiu formar um círculo.

— Então como você distribuiu tantos panfletos?

— Lá, para onde vamos, há apenas quatro membros do círculo. Os outros estão à espera, empenhando-se em se espionar uns aos outros e me relatando. É uma gente confiável. É todo um material que precisa ser organizado e arrumado. Aliás, você mesmo redigiu os estatutos, não há o que lhe explicar.

— Quer dizer então que a coisa está andando com dificuldade? Há obstáculos?

— Andando? Não podia ir melhor. Vou fazê-lo rir: a primeira coisa que surte um efeito terrível é o uniforme. Não há nada mais forte do que um uniforme. Eu invento de propósito patentes e funções: tenho secretários, agentes secretos, um tesoureiro, presidentes, registradores e suplentes — a coisa agrada muito e foi magnificamente aceita. A força seguinte é o sentimentalismo, é claro. Sabe, entre nós o socialismo vem se difundindo predominantemente por sentimentalismo. Mas aí há um mal, esses alferes com mania de morder; de vez em quando a gente esbarra neles. Depois vêm os vigaristas genuínos; bem, esses são uma gente boa, às vezes muito proveitosa, mas se perde muito tempo com ela, precisa-se de uma vigilância infatigável. Por fim a força mais importante — o cimento que liga tudo — é a vergonha da própria opinião. Isso sim é que é força. E de quem foi essa obra, quem foi essa "gentil" criatura que se deu ao trabalho de não deixar uma única ideia própria na cabeça de ninguém?! Acham uma vergonha ter ideia própria.

— Sendo assim, por que você se empenha?

— Se a coisa corre frouxo, se ela se oferece a todo mundo, como deixar de empalmá-la? Como se você não acreditasse seriamente na possibilidade do sucesso! Ora, fé existe, o que falta é vontade. Pois é justamente com esse tipo de gente que o êxito é possível. Eu lhe digo que sob meu comando se atiram no fogo, basta apenas que eu lhes grite que não são suficientemente liberais. Os imbecis censuram, dizendo que engazopei todo mundo aqui com a história do comitê central e as "inúmeras ramificações". Uma vez você mesmo me censurou por isso; agora, de que engazopamento se pode falar: o comitê central somos eu e você, e ramificações haverá tantas quantas quisermos.

— E toda essa canalha!

— É o material. Eles também vão ter serventia.

— E você ainda continua contando comigo?

— Você é o chefe, você é a força; ficarei apenas ao seu lado, como secretário. Como você sabe, nós dois tomaremos um grande barco à vela, com remos de bordo, velas de seda, e na popa a bela donzela, a luz Lizavieta Nikoláievna... ou, diabos, como é mesmo que diz aquela canção deles...[77]

— Tropeçou, hein! — gargalhou Stavróguin. — Não, é melhor eu lhe narrar um adágio. Você conta nos dedos as forças que compõem o círculo? Todo esse funcionalismo e esse sentimentalismo, tudo isso é um bom grude, mas existe uma coisa ainda melhor: convença quatro membros do círculo a matarem um quinto sob o pretexto de que ele venha a denunciá-los, e no mesmo instante você prenderá todos com o sangue derramado como se fosse um nó. Eles se tornarão seus escravos, não se atreverão a rebelar-se nem irão pedir prestação de contas. Quá-quá-quá!

"Não obstante... não obstante deverás me pagar por essas palavras — pensou consigo Piotr Stiepánovitch —, e hoje mesmo à noite. Estás te excedendo."

Era assim ou quase assim que Piotr Stiepánovitch devia estar refletindo. Aliás, já se aproximavam da casa de Virguinski.

— Você, é claro, disse a eles que sou membro da organização no estrangeiro, um inspetor ligado à Internacional? — perguntou súbito Stavróguin.

[77] Palavras tiradas da letra de uma canção da região do Volga, segundo a qual a "bela donzela", amante do *ataman* (chefe cossaco), teve um pesadelo: "O ataman capturado,/ O capitão enforcado,/ Os valentes decapitados/ E eu, bela donzela, encarcerada". (N. da E.)

— Não, não como inspetor; o inspetor não será você; você é membro fundador vindo do estrangeiro, que conhece os segredos mais importantes — é esse o seu papel. Você evidentemente vai falar, não é?

— De onde você tirou isso?

— Agora está obrigado a falar.

Stavróguin chegou até a parar surpreso no meio da rua, perto do lampião. Piotr Stiepánovitch suportou seu olhar com impertinência e tranquilidade. Stavróguin deu de ombros e seguiu em frente.

— E você, vai falar? — perguntou de repente a Piotr Stiepánovitch.

— Não, vou ouvi-lo.

— Diabo que o carregue! Você realmente está me dando uma ideia!

— Qual? — Piotr Stiepánovitch deu um salto.

— Bem, eu vou falar lá, mas em compensação depois vou lhe dar uma sova, e saiba que sovo bem.

— A propósito, há pouco eu falei a seu respeito com Karmazínov, e disse que você teria dito que ele precisava levar uns açoites, e não simplesmente por questão de honra, mas daqueles que doem, daqueles que são aplicados aos mujiques.

— Sim, mas eu nunca disse isso, ah-ah!

— Não faz mal. *Se non è vero...*[78]

— Então, obrigado, agradeço sinceramente.

— Saiba ainda o que diz Karmazínov: que no fundo a nossa doutrina é uma negação da honra, e que a maneira mais fácil de atrair o homem russo é pregar abertamente o direito à desonra.

— Magníficas palavras! Palavras de ouro! — bradou Stavróguin. — Acertou direto na mosca! Direito à desonra. Ora, todo mundo vai correr para nós, não sobrará ninguém do lado de lá! Escute, Vierkhoviénski, você não será da polícia secreta, hein?

— Quem tem perguntas como essas em mente não as formula.

— Compreendo, mas nós estamos a sós.

— Não, por enquanto não sou da polícia secreta. Basta, chegamos. Forje uma expressão, Stavróguin; eu sempre forjo a minha quando vou estar com eles. Fique mais sorumbático, e basta, não precisa de mais nada; é uma coisa bem simples.

[78] Provérbio italiano: *Se non è vero, è ben trovato*, "Se não é verdade, foi bem pensado". (N. do T.)

VII
COM OS NOSSOS

I

Virguinski morava em casa própria, isto é, em casa de sua mulher na rua Muravínaia.[79] Era uma casa de madeira, de um andar, e sem inquilinos. Sob o pretexto do aniversário do anfitrião, reuniram-se uns quinze convidados; no entanto, o serão não tinha nenhuma semelhança com o habitual serão de província do dia do santo.[80] Desde o início de sua vida conjugal, o casal Virguinski decidira entre si, de uma vez por todas, que reunir convidados no dia de aniversário era uma coisa muito tola, e além do mais "não há motivo para regozijos". Durante alguns anos conseguiram de certo modo isolar-se inteiramente da sociedade. Embora ele tivesse aptidões e não fosse "um pobre qualquer", algo levava todo mundo a achá-lo um esquisitão, adepto do isolamento, além de "desdenhoso" no falar. A própria *madame* Virguínskaia, que exercia a profissão de parteira, já por isso se colocava abaixo das demais mulheres na escala social; abaixo até das mulheres de pope, apesar da patente de oficial[81] do marido. Contudo, não se notava nela uma humildade correspondente ao título profissional. Depois de sua relação tolíssima e imperdoavelmente franca e sem princípio com um vigarista, o capitão Lebiádkin, até as senhoras mais condescendentes da nossa cidade lhe deram as costas com um desprezo notório. Mas *madame* Virguínskaia interpretou tudo como se tivesse feito por merecê-lo. O que admira é que essas mesmas senhoras severas, quando em estado interessante, procuravam Arina Prókho-

[79] Literalmente, rua das Formigas. (N. do T.)

[80] Na religião ortodoxa, festa pessoal de alguém, a qual coincide com o dia em que a Igreja comemora a festa do santo homônimo. Se o indivíduo se chama Jorge mas nasceu no dia de São João, sempre que for dia de São Jorge ele irá comemorá-lo como o dia do seu santo. No presente capítulo, aparecem como a mesma coisa dia do santo — *imenini* — e dia do aniversário — *dién rojdéniya*. (N. do T.)

[81] Virguinski era civil, mas os funcionários públicos russos tinham patentes equivalentes às dos militares. (N. do T.)

rovna (isto é, Virguínskaia) sempre que possível, evitando as outras três parteiras da cidade. Era requisitada até do distrito pelas mulheres dos senhores de terras, a tal ponto todos acreditavam em seu título, em sua sorte e na sua habilidade em casos decisivos. No fim das contas, ela passou a praticar unicamente nas casas mais ricas; era ávida por dinheiro. Sentindo a plenitude de seu poder, acabou por não tolher minimamente sua índole. Ao praticar a profissão nas casas mais ilustres, assustava, talvez até de propósito, as parturientes fracas dos nervos com um inaudito menosprezo niilista pelas conveniências ou, enfim, zombando de "tudo o que era sagrado", e justo naqueles momentos em que o "sagrado" poderia ser mais útil. Nosso médico Rozánov, que também era parteiro, testemunhou efetivamente uma cena em que uma parturiente berrava com as dores do parto e invocava o todo-poderoso nome de Deus, e justamente um desses livres pensamentos de Arina Prókhorovna, repentino "como um tiro de espingarda", deu um susto na paciente, contribuindo para que ela se livrasse o mais depressa do fardo. Embora fosse niilista, quando necessário Arina Prókhorovna não desprezava absolutamente não só os costumes mundanos mais preconceituosos como também os antigos, se estes pudessem lhe trazer proveito. Por exemplo, nada a faria perder o batismo de uma criança que ajudara a pôr no mundo, e ademais aparecia trajando um vestido de seda com cauda e com um penteado de frisados e madeixas, ao passo que em qualquer outra ocasião chegava a deleitar-se com o próprio desleixo. Embora sempre mantivesse "a pose mais impertinente" durante o sacramento, a ponto de confundir os oficiantes, ao término do ritual nunca faltava champanhe, que ela mesma levava (era para tanto que comparecia e enfeitava-se), e ai de quem, depois de pegar a taça, deixasse de lhe dar sua "gorjeta".

As visitas que dessa vez se reuniam em casa de Virguinski (quase todos homens) davam uma impressão de algo acidental e urgente. Não havia nem salgados nem baralho. No meio da grande sala de visitas, forrada magnificamente por um velho papel de parede azul, viam-se duas mesas cobertas por uma toalha grande, aliás, não inteiramente limpa, e sobre as duas ardiam dois samovares. Ocupavam a ponta da mesa uma bandeja grande com vinte e cinco copos e um cesto com o habitual pão francês branco, cortado numa infinidade de fatias como nos internatos para alunos e alunas nobres. Servia o chá uma donzela de trinta anos, irmã da anfitriã, sem sobrancelhas e loura, criatura calada e venenosa, mas que partilhava das novas ideias e de quem o próprio Virguinski tinha pavor na vida doméstica. Na sala havia apenas três mulheres: a própria anfitriã, a irmã sem sobrancelhas e uma irmã de Virguinski, a jovem Virguínskaia, que acabava de chegar de Petersburgo. Arina Prókhorovna, mulher de uns vinte e sete anos, de boa presença e nada feia, meio despenteada e trajando um vestido simples de lã esverdeada, estava sentada e fitava os visitantes com seus olhos ousados, como se dissesse com seu olhar: "Vejam como eu não tenho medo de nada". A jovem Virguínskaia, recém-chegada, também nada feia, estudante e niilista, nutrida e gorduchinha como uma bola, de faces muito bonitas e baixa estatura, acomodara-se ao lado de Arina Prókhorovna, ainda metida quase no mesmo traje da viagem e, segurando um rolo de papel nas mãos, observava os presentes com os olhos tremelicantes. Nessa noite o próprio Virguinski não estava bem de saúde, mas mesmo assim apareceu e sentou-se numa poltrona à mesa do chá. Todos os presentes também estavam sentados, e, nessa distribuição solene das cadeiras em torno da mesa, pressentia-se que se tratava de uma reunião. Pelo visto todos aguardavam alguma coisa, e enquanto esperavam conversavam em voz alta, mas sobre assuntos que aparentemente não vinham ao caso. Quando apareceram Stavróguin e Vierkhoviénski fez-se um súbito silêncio.

Contudo, permito-me algum esclarecimento por uma questão de clareza.

Acho que todos aqueles senhores estavam de fato reunidos ali com a agradável esperança de ouvir algo particularmente curioso, e haviam sido prevenidos. Representavam a flor do liberalismo mais nitidamente vermelho da nossa antiga cidade e haviam sido selecionados com muito cuidado por Virguinski para essa "reunião". Observo ainda que alguns deles (aliás, muito poucos) nunca haviam frequentado a sua casa antes. É claro que a maioria dos presentes não sabia com clareza por que havia sido prevenida. É verdade que naquele momento todos consideravam Piotr Stiepánovitch um emissário vindo do exterior com plenos poderes; essa ideia logo se enraizou e, naturalmente, os lisonjeava. Por outro lado, nesse grupo de cidadãos ali reunidos sob o pretexto de comemorar o dia do santo já se encontravam alguns que haviam recebido propostas definidas. Piotr Vierkhoviénski conseguira moldar na nossa cidade um "quinteto" semelhante ao que já havia formado em Moscou e ainda, como se verifica agora, ao que moldara no nosso distrito, entre oficiais. Diziam que ele também tinha outro na província de Kh-. Aqueles cinco escolhidos estavam ali agora em torno da grande mesa e, com muita habilidade, conseguiam assumir o aspecto das pessoas mais comuns, de tal forma que ninguém poderia reconhecê-los. Eram — já que agora não é mais segredo —, em primeiro lugar, Lipútin, depois Virguinski, Chigalióv — o de orelhas compridas, irmão da senhora Virguínskaia —, Liámchin e por fim um tal de Tolkatchenko, sujeito estranho, homem já na casa dos quarenta e famoso por um imenso estudo do povo — predominantemente vigaristas e bandidos —, que andava deliberadamente de botequim em botequim (aliás, não só com o fim de estudar o povo) e ostentava entre nós sua roupa grosseira, as botas alcatroadas, um aspecto finório e sinuosas frases populares. Uma ou duas vezes antes, Liámchin o levara a um serão em casa de Stiepan Trofímovitch, onde, aliás, não produziu grande efeito. Aparecia de tempos em tempos na cidade, principalmente quando estava desempregado, e trabalhava em estradas de ferro. Todos aqueles cinco ativistas formaram o seu grupo acreditando entusiasticamente que eram apenas uma unidade entre centenas e milhares de quintetos semelhantes espalhados pela Rússia e que todos dependiam de algum órgão central, imenso e secreto, que por sua vez estava organicamente vinculado à revolução mundial na Europa. Infelizmente, porém, devo reconhecer que já naquele momento a discórdia começava a manifestar-se entre eles. Acontece que eles, ainda que desde a primavera aguardassem Piotr Vierkhoviénski — que lhes fora anunciado primeiro por Tolkatchenko e depois pelo recém-chegado Chigalióv —, dele esperassem maravilhas extraordinárias e tivessem ingressado imediatamente no círculo sem a mínima crítica e ao primeiro chamado dele, mal formaram o quinteto, todos pareceram ofendidos, e, como suponho, justamente pela rapidez com que haviam aceitado o convite. Ingressaram, é claro, movidos por um pudor generoso, para que depois não dissessem que não haviam se atrevido a ingressar; mas, apesar de tudo, Piotr Vierkhoviénski deveria apreciar-lhes a nobre façanha e ao menos recompensá-los, contando-lhes uma história da mais alta importância. Mas Vierkhoviénski não tinha a menor vontade de satisfazer essa legítima curiosidade e não contou nada de mais; de modo geral, tratava-os com patente severidade e até com negligência. Isso os irritava deveras, e Chigalióv, membro do círculo, já instigava os outros a "exigir prestação de contas", claro que não agora, em casa de Virguinski, onde havia tantos estranhos reunidos.

Quanto aos estranhos, tenho a ideia de que os referidos membros do primeiro quinteto tendiam a suspeitar que, entre os convidados de Virguinski naquela noite, havia ainda membros de alguns grupos desconhecidos, também recrutados na cidade para a mesma organização e pelo mesmo Vierkhoviénski, de sorte que no fim das contas todos os ali reunidos desconfiavam uns dos outros e assumiam entre si diferentes posturas, o que dava a toda a reunião um aspecto confuso e em parte até romanesco. Aliás, ali também havia pessoas acima de qualquer suspeita. Era o caso, por exemplo, de um major da ativa, parente próximo de Virguinski, homem completamente ingênuo, que nem havia sido convidado e viera por iniciativa própria visitar o aniversariante, portanto não havia como deixar de recebê-lo. Mas, apesar de tudo, o aniversariante estava tranquilo porque "o major não tinha a mínima possibilidade de denunciar", pois, apesar de toda a sua tolice, a vida inteira gostara de aparecer em todos os lugares por onde circulavam liberais extremados; ele próprio não era simpatizante, mas gostava muito de ouvi-los falar. Ademais, estava até comprometido: quando era jovem, pacotes inteiros do *Kólokol*[82] e de panfletos passaram por suas mãos, e, embora tivesse até medo de abri-los, considerava uma baixeza negar-se a divulgá-los — e assim são outros russos até o dia de hoje. Os outros presentes representavam ou o tipo do nobre amor-próprio bilioso de tão reprimido ou o tipo do primeiro arroubo nobre da ardorosa mocidade. Havia dois ou três professores secundários, um deles coxo, de uns quarenta e cinco anos, professor de um colégio, muito venenoso e notoriamente vaidoso, e mais uns dois ou três oficiais. Um destes, da artilharia, muito jovem, acabara de chegar de uma escola militar; era um rapazinho calado, que ainda não havia conseguido fazer amizades, e agora aparecia de repente em casa de Virguinski de lápis na mão, quase não participava da conversa e a cada instante anotava alguma coisa em seu caderno. Todos notavam isto mas, por algum motivo, fingiam não notar. Estava ainda ali o seminarista vadio que na companhia de Liámchin metera as fotografias obscenas na mochila da vendedora de Bíblias; era um rapagão de maneiras desembaraçadas mas ao mesmo tempo desconfiadas, com um sorriso invariavelmente acusatório e o aspecto tranquilo de quem encarna a perfeição triunfal. Estava também, não se sabe com que fim, o filho do nosso prefeito, aquele mesmo rapazinho detestável que se desgastara prematuramente e que já mencionei ao contar a história da jovem mulher do tenente. Este passou a noite toda calado. Por fim, para concluir, um ginasiano, rapazinho muito exaltado, de cabelos eriçados e uns dezoito anos, estava ali sentado com ar sombrio de jovem ofendido em sua dignidade e pelo visto angustiado por causa de seus dezoito anos. Essa criança já era chefe de um grupo de conspiradores independentes, que se formara numa turma superior do ginásio, o que se descobriu posteriormente para a surpresa geral. Não mencionei Chátov: ele se sentara bem ali na quina posterior da mesa, com a cadeira um pouco adiante de sua fileira, olhando para o chão, calado e com ar sombrio; recusou o pão e o chá e o tempo todo não largou o quepe, como se com isso quisesse declarar que não era visita, que fora ali para tratar da sua questão e, quando quisesse, se levantaria e iria embora. Não longe dele sen-

[82] *O Sino*, jornal democrático, fundado em 1857 por A. I. Herzen e N. P. Ogarióv. (N. do T.)

tara-se também Kiríllov, igualmente muito calado, porém sem olhar para o chão e, ao contrário, examinando fixamente cada falante com seu olhar imóvel e sem brilho e ouvindo tudo sem a mínima inquietação ou surpresa. Alguns dos presentes, que nunca o tinham visto antes, examinavam-no com ar pensativo e às furtadelas. Não se sabe se a própria *madame* Virguínskaia tinha algum conhecimento da existência do quinteto. Suponho que soubesse de tudo e justamente através do esposo. A estudante, é claro, não tomava parte em nada, mas tinha a sua preocupação; tencionava ficar apenas um ou dois dias e depois seguir adiante e mais adiante, percorrendo todas as cidades universitárias a fim de "participar do sofrimento dos estudantes pobres e despertá-los para o protesto". Levava consigo várias centenas de exemplares de um apelo litografado, parece que de composição própria. É digno de nota que o ginasiano sentiu por ela um ódio quase mortal à primeira vista, embora a visse pela primeira vez na vida, e ela teve atitude semelhante à dele. O major era seu tio e a encontrava ali pela primeira vez depois de dez anos. Quando entraram Stavróguin e Vierkhoviénski, tinha ela as faces vermelhas como um pimentão: acabara de brigar com o tio por suas convicções a respeito da questão feminina.

II

Vierkhoviénski deixou-se cair com visível displicência numa cadeira em uma ponta da mesa, quase sem cumprimentar ninguém. Estava com cara de nojo e quase arrogante. Stavróguin fez uma reverência cortês, mas, apesar de todos estarem apenas a aguardá-los, os dois fingiram quase não notá-los, como se obedecessem a um comando. A anfitriã dirigiu-se severamente a Stavróguin mal este se sentou.

— Stavróguin, aceita um chá?

— Pode servir — respondeu.

— Chá para Stavróguin — comandou para a moça que estava servindo. — E você, quer? (Essa pergunta já era para Vierkhoviénski.)

— Sirva, é claro, isso lá é pergunta que se faça a uma visita? Quero também creme, em sua casa sempre servem uma tremenda porcaria em vez de chá; até mesmo quando há aniversário.

— Quer dizer que você também reconhece o dia do santo? — riu de repente a estudante. — Estávamos falando sobre isso.

— Isso é antiquado — rosnou o ginasiano do outro extremo da mesa.

— O que é antiquado? Desprezar as superstições, mesmo as mais ingênuas, não é antiquado, mas, ao contrário, é uma coisa nova até o dia de hoje, para vergonha geral — declarou de chofre a estudante, projetando-se da cadeira para a frente. — Não existem superstições ingênuas — acrescentou com obstinação.

— Eu quis apenas dizer — inquietou-se terrivelmente o ginasiano — que as superstições, embora sejam evidentemente coisa antiga e precisem ser exterminadas, no que tange ao dia do santo, todos sabem que é uma tolice e uma coisa muito antiquada para que se perca o precioso tempo com elas, tempo que, aliás, o mundo todo já perdeu, de modo que seria possível usar a espirituosidade com coisas mais necessárias...

— Você mastiga demais, não se entende nada — gritou a estudante.

— Acho que qualquer um tem direito à palavra em igualdade com o outro, e se eu quero expor minha opinião como qualquer outra pessoa, então...

— Ninguém está lhe tirando o direito à palavra — cortou rispidamente a própria anfitriã —, pedem apenas que não mastigue tanto, porque ninguém consegue entendê-lo.

— Entretanto permita-me observar que a senhora está me faltando com o respeito; se eu não consegui concluir meu pensamento, não foi por falta de ideias, mas antes por excesso de ideias... — murmurou o ginasiano quase em desespero, e atrapalhou-se por completo.

— Se não sabe falar então fique calado — retrucou a estudante.

O ginasiano chegou até a saltar da cadeira.

— Eu quis apenas declarar — gritou quase ardendo de vergonha e temendo olhar ao redor — que você só se meteu a bancar a inteligente porque o senhor Stavróguin acabou de entrar; é isso aí!

— Sua ideia é sórdida e imoral e exprime toda a insignificância da sua evolução. Peço que não se dirija mais a mim — matraqueou a estudante.

— Stavróguin — começou a anfitriã —, antes da sua chegada aqui andaram falando aos gritos a respeito dos direitos da família: foi esse oficial (apontou com um sinal de cabeça o major seu parente). É claro que não vou incomodá-lo com uma tolice tão antiga, já resolvida há muito tempo. Mas, não obstante, de onde poderiam advir os direitos e as obrigações da família na forma desse preconceito como hoje são concebidos? Eis a pergunta. Qual é a sua opinião?

— Como de onde poderiam advir? — Stavróguin repetiu a pergunta.

— Quer dizer, sabemos, por exemplo, que o preconceito de Deus vem do trovão e do relâmpago — voltou subitamente à carga a estudante, quase fazendo seus olhos saltarem sobre Stavróguin —, sabe-se demais que os homens primitivos, por medo do trovão e do relâmpago, endeusaram um inimigo invisível por se sentirem fracos diante dele. Mas de onde vem o preconceito com a família? De onde pôde advir a própria família?

— Isso não é exatamente a mesma coisa... — quis detê-la a senhoria.

— No meu entender a resposta a essa questão não é simples — respondeu Stavróguin.

— Como assim? — empinou-se a estudante.

Mas no grupo de professores ouviu-se um risinho que encontrou eco imediatamente em Liámchin e no ginasiano, no outro extremo da mesa, e em seguida ouviu-se a gargalhada roufenha também do major.

— Você poderia escrever um *vaudeville* — observou a anfitriã a Stavróguin.

— Isso depõe demais contra a sua dignidade, não sei como o senhor se chama — cortou a estudante com decidida indignação.

— E tu não metas o bedelho! — deixou escapar o major. — Tu és uma senhorita, deves te comportar com modéstia, mas parece que estás em brasa.

— Faça o favor de ficar calado e não se atreva a me tratar com essa familiaridade e essas comparações obscenas. É a primeira vez que o vejo e não quero saber de nenhum parentesco.

— Ora, mas acontece que sou teu tio; eu te carreguei nos braços quando eras uma criança de colo.

— Que me importa quem o senhor tenha carregado? Não lhe pedi para me carregar, quer dizer que o senhor mesmo sentia prazer com isso, seu oficial descortês. E permita-me observar: se não me tratar como cidadã, não se atreva a me tratar por *tu*, eu o proíbo de uma vez por todas.

— Veja, são todos assim! — o major deu um murro na mesa, dirigindo-se a Stavróguin, que estava sentado à sua frente. — Não, com licença, gosto do liberalismo e da atualidade, e gosto de ouvir conversas inteligentes, só que de homens, previno. De mulheres, dessas avoadas de hoje, não, isso é o meu tormento! Fica quieta no teu canto — gritou para a estudante, que se levantava de um ímpeto da cadeira. — Não, eu também peço a palavra, estou ofendido.

— Só está atrapalhando os outros, e você mesmo não sabe falar — rosnou indignada a anfitriã.

— Não, vou me manifestar — excitava-se o major, dirigindo-se a Stavróguin. — Conto com o senhor, Stavróguin, como um homem que acabou de entrar, embora não tenha a honra de conhecê-lo. Sem os homens elas morrerão como moscas, eis minha opinião. Toda a questão feminina que elas levantam é apenas falta de originalidade. Eu lhe asseguro que toda essa questão feminina foram os homens que inventaram para elas, por tolice, jogando

o problema nas próprias costas — graças a Deus que não sou casado! Não variam em nada, não inventam um simples bordado; são os homens que inventam os bordados por elas! Veja, eu a carreguei nos braços, dancei mazurca com ela quando ela estava com dez anos; ela aparece aqui hoje, precipito-me naturalmente para abraçá-la e, ao articular a segunda palavra, já me diz que Deus não existe. Que dissesse ao menos na terceira, não na segunda palavra, mas é apressada! Bem, suponhamos que as pessoas inteligentes não acreditem, só que isso é porque são inteligentes, mas tu, uma bolha, o que é que entendes de Deus? Ora, foi um estudante que te industriou, mas se tivesse te ensinado a acender lamparinas diante de ícones tu as acenderias.

— Tudo o que o senhor está dizendo é mentira, o senhor é um homem muito mau, acabei de traduzir convincentemente a sua inconsistência — respondeu a estudante com desdém e como que desprezando uma longa explicação com semelhante homem. — Há pouco eu lhe dizia precisamente que todos nós fomos ensinados pelo catecismo: "Se honrares pai e mãe, viverás muito e receberás riquezas".[83] Isso está no décimo mandamento. Se Deus achou necessário prometer recompensa pelo amor, então esse seu Deus é amoral. Foi com essas palavras que acabei de lhe demonstrar, e não com a segunda palavra, porque o senhor proclamou os seus direitos. De quem é a culpa se o senhor é um bronco e até agora não entendeu nada? O senhor está ofendido e furioso — isso decifra o enigma da sua geração.

— Paspalhona! — proferiu o major.

— E o senhor é imbecil!

— Vai insultando!

— Com licença, Kapiton Maksímovitch, o senhor mesmo disse que não acreditava em Deus — piou Lipútin do outro extremo da mesa.

— Que importa o que eu tenha dito, eu sou outra história! Talvez eu acredite, só que não inteiramente. Mesmo que eu não acredite inteiramente, ainda assim não afirmo que se deva fuzilar Deus. Quando ainda era hussardo, refleti muito a respeito de Deus. Todos os poemas dizem que o hussardo vive bebendo e farreando; bem, eu posso ter bebido, mas, acreditem ou não, pulava da cama de noite só de meias e dava de me benzer diante do ícone pedindo que Deus me mandasse fé, porque nem naquela época eu conseguia ter sossego e vivia a me perguntar: Deus existe ou não? Em que apuros isso me deixava! De manhã, é claro, eu me divertia, e novamente era como se a fé

[83] No Êxodo, 20, 12, está escrito: "Honra a teu pai e a tua mãe, para que se prolonguem os teus dias na terra que o Senhor teu Deus te dá". (N. do T.)

desaparecesse; aliás, de um modo geral observei que de dia sempre se perde um pouco a fé.

— Vocês não teriam um baralho? — perguntou Vierkhoviénski à anfitriã, escancarando a boca num bocejo.

— Endosso demais, demais a sua pergunta! — disparou a estudante, corando de indignação com as palavras do major.

— Perde-se um tempo precioso ouvindo conversas tolas — cortou a anfitriã e olhou para o marido com ar exigente.

A estudante encolheu-se:

— Eu queria comunicar à reunião o sofrimento e o protesto dos estudantes,[84] e uma vez que estamos perdendo tempo com conversas amorais...

— Aqui não há nada de moral nem de amoral! — não se conteve o ginasiano e retrucou em cima da bucha, mal a estudante começou a falar.

— Isso, senhor ginasiano, eu já sabia muito antes que lhe ensinassem.

— Mas eu afirmo — enfureceu-se o outro — que você veio criança de Petersburgo com o fim de ilustrar a todos nós quando nós mesmos já estamos a par das coisas. Quanto ao mandamento: "honrarás pai e mãe", que você foi incapaz de citar e é amoral, já se conhecia na Rússia desde os tempos de Bielínski.

— Será que isso algum dia vai ter fim? — pronunciou categoricamente *madame* Virguínskaia para o marido. Na condição de anfitriã, ela corava diante da insignificância das conversas, particularmente depois de ter observado alguns sorrisos e inclusive perplexidade entre os hóspedes que ali estavam pela primeira vez.

— Senhores — súbito Virguinski levantou a voz —, se alguém deseja levantar alguma questão mais diretamente relacionada ao assunto ou tem algo a declarar, proponho que comece sem perda de tempo.

— Eu me atrevo a fazer uma pergunta — pronunciou em tom brando o professor coxo, que até então permanecera calado e estava sentado numa atitude particularmente cerimoniosa —, eu gostaria de saber se nós aqui, neste momento, estamos em alguma reunião ou somos apenas um aglomerado de simples mortais em visita? Pergunto mais por uma questão de ordem e para não ficar na ignorância.

A "astuta" pergunta produziu impressão; todos se entreolharam, ca-

[84] O protótipo da jovem estudante Virguínskaia foi A. Dementieva-Tkatchova, jovem de dezenove anos que custeou a tipografia clandestina do grupo de Nietcháiev, na qual ela, segundo sua declaração durante o julgamento, publicou o panfleto "À Sociedade", com o fim de suscitar solidariedade à situação de pobreza dos estudantes. (N. da E.)

da um como que esperando a resposta do outro, e de repente todos voltaram os olhares para Vierkhoviénski e Stavróguin como se obedecessem a um comando.

— Proponho simplesmente que votemos a resposta à pergunta: "Somos uma reunião ou não?" — pronunciou *madame* Virguínskaia.

— Eu me incorporo inteiramente à proposta — respondeu Lipútin —, embora ela seja meio vaga.

— Eu também me incorporo, e eu — ouviram-se vozes.

— Eu também acho que realmente haverá mais ordem — reforçou Virguinski.

— Então vamos aos votos! — anunciou a anfitriã. — Liámchin, peço que se sente ao piano: de lá você também pode anunciar seu voto quando começar a votação.

— De novo! — gritou Liámchin. — Eu já tamborilei bastante.

— Insisto no pedido, sente-se para tocar; não quer ser útil à causa?

— Eu lhe asseguro, Arina Prókhorovna, que ninguém está à escuta das nossas conversas. Isso é só fantasia sua. Além do mais, as janelas são altas, e quem iria compreender alguma coisa mesmo que estivesse à escuta?

— Mas nós também não estamos compreendendo do que se trata — resmungou uma voz.

— E eu lhes digo que a precaução é sempre indispensável. É para a eventualidade de haver espiões — explicava a Vierkhoviénski. Deixem que escutem da rua que estamos comemorando o dia do santo e com música.

— Ah, diabos! — xingou Liámchin, sentou-se ao piano e começou a martelar uma valsa, batendo gratuitamente quase com os punhos no teclado.

— Uma proposta: quem desejar que haja reunião que levante o braço direito — propôs *madame* Virguínskaia.

Uns levantaram o braço, outros não. Houve alguns que levantaram e baixaram. Baixaram e tornaram a levantar.

— Arre, diabos! Não estou entendendo nada — gritou um oficial.

— Nem eu — gritou outro.

— Não, eu estou entendendo — gritou um terceiro —, se é *sim*, então levante o braço.

— E o que significa *sim*?

— Significa reunião.

— Não, não é reunião.

— Eu votei pela reunião — gritou o ginasiano, dirigindo-se a *madame* Virguínskaia.

— Então por que não levantou o braço?

— Fiquei esperando pela senhora, e como a senhora não levantou eu também não levantei.

— Que tolice, fiz assim porque fui eu que propus, por isso não levantei o braço. Senhores, torno a propor, agora o contrário: quem quiser reunião permaneça como está, sem levantar o braço, e quem não quiser que levante o braço direito.

— Quem não quiser? — tornou a perguntar o ginasiano.

— O que é isso, está fazendo de propósito? — gritou irada *madame* Virguínskaia.

— Não, com licença, quem quiser ou quem não quiser, porque isso precisa ser mais bem definido — ouviram-se umas duas ou três vozes.

— Quem não quer, *não* quer.

— Sim, mas o que é para fazer, levantar ou não levantar se *não* quiser? — gritou o oficial.

— Puxa, ainda não estamos acostumados à constituição! — observou o major.

— Senhor Liámchin, por favor, do jeito que o senhor está batendo ninguém consegue distinguir nada — observou o professor coxo.

— Vamos, Arina Prókhorovna, palavra que ninguém está nos escutando — levantou-se Liámchin de um salto. — E, ademais, não quero tocar! Vim aqui em visita e não para ficar martelando ao piano!

— Senhores — propôs Virguinski —, respondam todos numa só voz: somos ou não somos uma reunião?

— Reunião, reunião! — ouviu-se de todos os lados.

— Sendo assim, não há por que votar; chega. Estão satisfeitos, senhores, ainda é preciso votar?

— Não, não, todo mundo entendeu!

— Será que alguém não quer a reunião?

— Não, não, todos queremos.

— Sim, mas o que é reunião? — gritou uma voz. Ninguém lhe respondeu.

— Precisamos eleger um presidente — gritaram de todos os lados.

— O anfitrião, o anfitrião, é claro!

— Senhores, sendo assim — começou o eleito Virguinski —, eu apresento a proposta que fiz há pouco: se alguém deseja levantar alguma questão mais diretamente relacionada ao assunto ou tem algo a declarar, que comece sem perda de tempo.

Silêncio geral. Todos os olhares tornaram a voltar-se para Stavróguin e Vierkhoviénski.

— Vierkhoviénski, você não tem nada a declarar? — perguntou diretamente a anfitriã.

— Rigorosamente nada — espreguiçou-se na cadeira, bocejando. — Aliás, eu queria uma taça de conhaque.

— Stavróguin, você não deseja?

— Obrigado, eu não bebo.

— Não estou perguntando se você deseja beber ou não, não estou falando de conhaque.

— Falar sobre o quê? Não, não quero.

— Vão trazer o seu conhaque — respondeu ela a Vierkhoviénski.

Levantou-se a estudante. Ela já fizera várias investidas.

— Vim aqui falar dos sofrimentos dos estudantes infelizes, e de como incitá-los ao protesto em toda parte...

Mas interrompeu-se; no outro extremo da mesa já aparecia outro concorrente, e todos os olhares se voltaram para ele. Chigalióv, o de orelhas compridas, levantou-se lentamente, carrancudo e com olhar sombrio, e num gesto melancólico pôs na mesa um caderno grosso e escrito em letra extremamente miúda. Estava em pé e calado. Muitos olharam desconcertados para o caderno, mas Lipútin, Virguinski e o professor coxo pareciam satisfeitos com alguma coisa.

— Peço a palavra — declarou Chigalióv com ar sorumbático porém firme.

— Tem a palavra — resolveu Virguinski.

O orador sentou-se, ficou meio minuto calado e pronunciou com voz imponente:

— Senhores...

— Aí está o conhaque — cortou em tom enojado e desdenhoso a parenta que servia o chá; fora buscar o conhaque e agora o punha diante de Vierkhoviénski com a taça que trouxe na ponta dos dedos, sem bandeja nem prato.

O orador, interrompido, parou com dignidade.

— Não é nada, continue, não estou ouvindo — gritou Vierkhoviénski enchendo sua taça.

— Senhores, recorrendo à atenção de todos — recomeçou Chigalióv — e, como verão em seguida, pedindo a sua ajuda em um ponto de importância primordial, é meu dever fazer algumas observações preliminares.

— Arina Prókhorovna, você não me arranjaria uma tesoura? — perguntou subitamente Piotr Stiepánovitch.

— Para que você quer tesoura? — ela arregalou os olhos para ele.

— Esqueci-me de cortar as unhas, há três dias venho tentando — proferiu ele com a maior tranquilidade, examinando as unhas compridas e sujas.

Arina Prókhorovna inflamou-se, mas a donzela Virguínskaia pareceu gostar.

— Parece que eu a vi aqui na janela. — Ela se levantou da mesa, foi à janela, encontrou a tesoura e no mesmo instante a trouxe. Piotr Stiepánovitch sequer a olhou, pegou a tesoura e começou a mexer nela. Arina Prókhorovna compreendeu que isso era uma atitude autêntica e envergonhou-se de sua suscetibilidade. Os presentes se entreolharam em silêncio. O professor coxo observava Vierkhoviénski com raiva e inveja. Chigalióv prosseguiu:

— Depois de empenhar minhas energias no estudo da organização social da sociedade do futuro, que substituirá a atual, convenci-me de que todos os criadores dos sistemas sociais, desde os tempos mais antigos até o nosso ano de 187..., foram sonhadores, fabulistas, tolos, que se contradiziam e não entendiam nada de ciências naturais nem desse estranho animal que se chama homem. Platão, Rousseau, Fourier[85] são colunas de alumínio — tudo isso só serve para pardais, e não para a sociedade humana. Mas como a forma social do futuro é necessária precisamente agora, quando finalmente nos preparamos para agir sem mais vacilações, então proponho meu próprio sistema de organização do mundo. Ei-lo! — bateu no caderno. — Gostaria de expor meu livro aos presentes na forma mais sumária possível; mas vejo que ainda é necessário acrescentar uma infinidade de explicações orais, e por isso toda a exposição vai requerer pelo menos dez serões, de acordo com o número de capítulos do livro. (Ouviu-se um riso.) Além disso, anuncio de antemão que o meu sistema não está concluído. (Novo riso.) Enredei-me nos meus próprios dados, e minha conclusão está em franca contradição com a ideia inicial da qual eu parto. Partindo da liberdade ilimitada, chego ao despotismo ilimitado. Acrescento, não obstante, que não pode haver nenhuma solução da fórmula social a não ser a minha.

O riso se intensificava cada vez mais, porém quem ria eram os mais jovens e, por assim dizer, pouco iniciados. Os rostos da anfitriã, de Lipútin e do professor coxo estampavam certo enfado.

— Se o senhor mesmo não conseguiu moldar o seu sistema e chegou ao

[85] Chigalióv faz ironia com esses três pensadores como fundadores de sistemas utópicos de organização da sociedade do futuro. A eles se associa também Tchernichévski como autor de *Que fazer?*, cuja personagem central, Vera Pávlovna, sonha com palácios de cristal sobre colunas de alumínio. Nas palavras de Chigalióv, há também um quê de paródia do famoso discurso de Bakúnin no congresso da Liga da Paz e da Liberdade realizado em 1867, em Genebra. (N. da E.)

desespero, então o que estamos fazendo aqui? — observou cautelosamente um oficial.

— Tem razão, senhor oficial da ativa — virou-se bruscamente para ele Chigalióv —, e ainda mais porque empregou a palavra "desespero". Sim, cheguei ao desespero; não obstante, tudo o que está exposto em meu livro é insubstituível e não há outra saída; ninguém vai inventar nada. É por isso que me apresso, sem perda de tempo, a convidar toda a Sociedade a expor sua opinião após ouvir a exposição do meu livro durante dez serões. Se seus membros não quiserem me ouvir, então que nos dispersemos logo no início — os homens para o seu serviço público, as mulheres para as suas cozinhas, porque, depois de terem rejeitado meu livro, não encontrarão outra saída. Ne-nhu-ma! Se deixarem escapar o momento, sairão prejudicados, pois mais tarde voltarão inevitavelmente ao mesmo tema.

Começou uma agitação: "O que será ele, um louco?" — ouviram-se vozes.

— Quer dizer que toda a questão se resume ao desespero de Chigalióv — concluiu Liámchin —, mas a questão essencial é esta: estar ou não estar ele em desespero?

— A proximidade de Chigalióv com o desespero é uma questão pessoal — declarou o ginasiano.

— Proponho votar o seguinte: até que ponto o desespero de Chigalióv diz respeito à causa comum e, ao mesmo tempo, vale a pena ouvi-lo ou não? — resolveu o oficial em tom alegre.

— Não se trata disso — interveio finalmente o coxo. Em geral, ele falava com um riso meio debochado, de sorte que talvez fosse difícil entender se estava sendo sincero ou brincando. — Não se trata disso. O senhor Chigalióv é dedicado demais ao seu objetivo, além de excessivamente modesto. Conheço o seu livro. Ele propõe, como solução final do problema, dividir os homens em duas partes desiguais. Um décimo ganha liberdade de indivíduo e o direito ilimitado sobre os outros nove décimos.[86] Estes devem perder a personalidade e transformar-se numa espécie de manada e, numa submissão ilimitada, atingir uma série de transformações da inocência primitiva, uma

[86] No *Diário de um escritor*, de 1876, Dostoiévski externou seu ardente protesto contra o sacrifício de nove décimos da humanidade em prol das vantagens de "um décimo": "Nunca pude entender a ideia segundo a qual só um décimo dos homens deve atingir o máximo de sua evolução, enquanto os nove décimos restantes devem apenas servir como material e meio para esse fim e continuar no obscurantismo. Não quero pensar e viver senão acreditando que todos os nossos noventa milhões de russos [...] serão um dia instruídos, humanizados e felizes". (N. da E.)

espécie de paraíso primitivo, embora, não obstante, continuem trabalhando. As medidas que o autor propõe para privar de vontade os nove décimos dos homens e transformá-los em manada através da reeducação de gerações inteiras são excelentes, baseiam-se em dados naturais e são muito lógicas. Podemos discordar de algumas conclusões, mas é difícil duvidar da inteligência e dos conhecimentos do autor. É uma pena que a condição dos dez serões seja absolutamente incompatível com as circunstâncias, senão poderíamos ouvir muita coisa curiosa.

— Será que está falando sério? — perguntou ao coxo *madame* Virguínskaia até meio alarmada. — Esse homem, por não saber o que fazer da humanidade, transforma seus nove décimos em escravos? Há muito tempo eu desconfiava dele.

— Quer dizer, a senhora está falando do seu irmão? — perguntou o coxo.

— Parentesco? Estará debochando de mim?

— Além disso, trabalhar para aristocratas e obedecer a eles como deuses é uma infâmia! — observou furiosa a estudante.

— Eu não proponho uma infâmia, mas o paraíso, o paraíso terrestre, e não pode haver outro na terra — concluiu Chigalióv em tom imperioso.

— Pois eu — bradou Liámchin —, em vez do paraíso pegaria esses nove décimos da humanidade, se não tivesse onde metê-los, e os mandaria para os ares com uma explosão, e deixaria apenas um punhado de pessoas instruídas, que passariam a levar a vida com base na ciência.

— Só um palhaço pode falar assim! — inflamou-se a estudante.

— Ele é um palhaço, mas é útil — murmurou-lhe *madame* Virguínskaia.

— E talvez essa fosse a melhor solução do problema! — virou-se Chigalióv para Liámchin com entusiasmo. — Você, é claro, nem sabe que coisa profunda conseguiu dizer, senhor alegre. Mas, como sua ideia é quase inexequível, então temos de nos limitar ao paraíso terrestre, se é que foi assim que você o chamou.

— Mas que grandessíssima asneira! — como que escapou dos lábios de Vierkhoviénski. Aliás, ele continuava cortando as unhas com absoluta indiferença e sem levantar a vista.

— Por que asneira? — replicou o coxo incontinenti, como se estivesse esperando a primeira palavra dele para aferrar-se à discussão. — Por que precisamente asneira? O senhor Chigalióv é, em parte, um fanático do humanitarismo; mas procure lembrar-se de que Fourier, Cabet e até o próprio Proudhon, em particular, apresentaram uma infinidade de pré-soluções as mais despóticas e as mais fantasiosas para esse problema. O senhor Chigalióv pode até estar resolvendo a questão de um modo bem mais sensato que eles. Eu lhe asseguro que depois de ler o livro dele é quase impossível não concordar com algumas coisas. É possível que ele tenha se afastado do realismo menos que os outros e que seu paraíso terrestre seja quase de verdade, seja o mesmo pelo qual a sociedade humana tem suspirado depois de perdê-lo, se é que algum dia existiu.

— Eu bem que sabia que toparia com isso — tornou a murmurar Vierkhoviénski.

— Com licença — o coxo se exaltava cada vez mais —, as conversas e juízos sobre a organização social do futuro são quase uma necessidade premente de todos os homens pensantes da atualidade. Foi só com isso que Herzen se preocupou a vida inteira. Bielínski, como sei de fonte fidedigna, passava tardes inteiras com seus amigos debatendo e resolvendo de antemão os detalhes mais ínfimos, de cozinha, por assim dizer, da futura organização social.

— Uns chegam até a enlouquecer — observou de repente o major.

— Mesmo assim, é possível chegarmos a algum tipo de acordo em vez de ficarmos aqui sentados e calados com ar de ditadores — sibilou Lipútin, como se finalmente se atrevesse a partir para o ataque.

— Eu não disse que me referi a Chigalióv quando afirmei que era tolice — mastigou Vierkhoviénski. — Vejam, senhores — ergueu levemente a vista —, a meu ver todos esses livros, Fourier, Cabet, todos esses "direitos ao trabalho", esse "pensamento de Chigalióv", tudo isso parece romances que podem ser escritos aos milhares. Um passatempo estético. Compreendo que os senhores sintam tédio aqui nesta cidadezinha, por isso se lançam ao manuscrito.

— Com licença — o coxo teve um tique na cadeira —, embora sejamos provincianos e por isso, é claro, dignos de pena, entretanto sabemos que por enquanto ainda não aconteceu no mundo nada de tão novo que nos fizesse chorar, que não tenhamos percebido. Vejam, através de vários panfletos de feitio estrangeiro, lançados às escondidas por aqui, propõe-se que cerremos fileiras e formemos grupos com o único objetivo de provocar a destruição geral, pretextando que é impossível curar o mundo todo por mais que tratemos dele, mas, cortando radicalmente cem milhões de cabeças, facilitaremos a nossa parte e tornaremos possível a transposição do pequeno fosso com mais segurança. A ideia é magnífica, não há dúvida, mas é no mínimo tão incompatível com a realidade quanto o "pensamento de Chigalióv", ao qual o senhor acabou de se referir com tanto desdém.

— Sim, mas não vim aqui para discutir — Vierkhoviénski falhou consideravelmente ao dizer isso e, como se não notasse absolutamente a falha, trouxe a vela para perto de si, desejando mais claridade.

— É uma pena, uma grande pena que o senhor não tenha vindo para discutir, e é uma grande pena que neste momento esteja tão ocupado com a sua toalete.

— E o que o senhor tem a ver com a minha toalete?

— É tão difícil cortar cem milhões de cabeças quanto reformar o mundo com propaganda. Talvez seja até mais difícil, particularmente se for na Rússia — tornou a arriscar Lipútin.

— É na Rússia que hoje se depositam as esperanças — pronunciou o oficial.

— Ouvimos falar que se depositam — replicou o coxo. — Sabemos que há um *index*[87] secreto apontado para a nossa bela pátria como o país mais capaz de cumprir o grandioso objetivo. Mas vejam só uma coisa: caso se alcance gradualmente o objetivo com propaganda, hei de obter ao menos alguma recompensa pessoal, mesmo que seja jogar conversa fora de maneira agradável e receber de meus superiores uma patente pelos serviços prestados à causa social. Depois, numa solução rápida que passe pelos cem milhões de cabeças, qual será propriamente a minha recompensa? A gente se mete a fazer propaganda e vai ver que ainda nos arrancam a língua.

— A sua forçosamente irão arrancar — disse Vierkhoviénski.

— Vejam. Como, nas circunstâncias mais favoráveis, não se vai terminar essa carnificina antes de cinquenta anos, bem, de trinta, porque eles não são carneiros e talvez não se deixem degolar, não seria melhor pegar os seus trastes, mudar-se para umas ilhas sossegadas além dos mares tranquilos e lá fechar os olhos serenamente? Acredite — bateu significativamente com os dedos na mesa —, com essa propaganda o senhor só vai conseguir a emigração, nada mais!

Concluiu com ar triunfal. Era uma cabeça forte da província. Lipútin ria de um jeito traiçoeiro, Virguinski ouvia com certo desânimo, todos os outros observavam a discussão com uma atenção extraordinária, sobretudo as mulheres e os oficiais. Todos compreendiam que o agente dos cem milhões de cabeças havia sido encostado contra a parede e esperavam o desfecho.

— O senhor disse bem — falou Vierkhoviénski com indolência, ainda mais indiferente do que antes, até com uma espécie de tédio. — Emigrar é uma boa ideia. Mas, não obstante, apesar de todas as notórias desvantagens que pressente, a cada dia que passa aparecem mais soldados para a causa comum, de sorte que o senhor é até dispensável. Aqui, meu caro, uma nova religião está substituindo a antiga, por isso estão aparecendo tantos solda-

[87] Em latim: dedo. (N. do T.)

dos, e a causa é grande. Mas o senhor vai emigrar! E, sabe, eu lhe sugiro Dresden e não as tais ilhas sossegadas. Em primeiro lugar, essa cidade nunca viu epidemia nenhuma, e, como o senhor é um homem evoluído, certamente tem medo da morte; em segundo, fica perto da fronteira russa, de sorte que pode receber mais rápido as rendas provenientes da amável pátria; em terceiro, possui os chamados tesouros das artes, e o senhor é um homem estético, ex-professor de literatura, parece; bem, e por fim tem em si sua própria Suíça em miniatura, o que já serve para a inspiração poética, porque seguramente o senhor faz versos. Numa palavra, um tesouro numa tabaqueira.

Todos se moveram; mexeram-se particularmente os oficiais. Mais um instante e todos começariam a falar ao mesmo tempo. Mas o coxo se precipitou, irritado, para morder a isca:

— Não, pode ser que nós ainda não estejamos deixando a causa comum! É preciso entender isso...

— Como assim, por acaso o senhor entraria para um quinteto se eu lhe propusesse? — deixou escapar Vierkhoviénski, e pôs a tesoura na mesa.

Todos pareceram estremecer. O homem enigmático abriu-se com excessiva precipitação. Até falou diretamente do "quinteto".

— Qualquer pessoa se sente honrada e não se desvia da causa comum — crispou-se o coxo —, porém...

— Não, aqui não cabe nenhum *porém* — interrompeu Vierkhoviénski de modo imperioso e brusco. — Senhores, declaro que preciso de resposta direta. Compreendo por demais que, tendo chegado aqui e reunido todos os senhores, eu lhes devo explicações (mais uma revelação inesperada), mas não posso dar nenhuma antes de saber o que os senhores pensam. Deixando as conversas de lado — porque não vamos passar mais trinta anos jogando conversa fora como passaram esses últimos trinta anos —, pergunto o que os senhores preferem: o caminho lento da escrita de romances sociais e da pré-solução burocrática dos destinos humanos, no papel, com mil anos de antecedência, enquanto o despotismo vai comendo os bons bocados que voam para as bocas dos senhores e, no entanto, os senhores mesmos deixam escapar, ou os senhores mantêm a decisão da ação urgente, qualquer que seja, mas que finalmente desatará as nossas mãos e deixará que a sociedade humana construa ela mesma, com ampla liberdade, sua organização social, já de fato e não no papel? Ouve-se gritar: "Cem milhões!". Isso ainda pode ser uma metáfora, mas por que temer esse número se, a perdurar os lentos sonhos no papel, o despotismo vai devorar não cem, mas quinhentos milhões de cabeças num espaço qualquer de cem anos? Observem ainda que o doente incurável não vai ser mesmo curado, quaisquer que sejam as receitas que lhe venham a prescrever no papel, mas, ao contrário, se a coisa demorar, ele acabará apodrecendo de tal forma que nos contaminará, estragará todas as forças frescas com as quais hoje ainda podemos contar, de sorte que nós todos acabaremos arruinados. Concordo plenamente que deitar falação à moda liberal é eloquente e muitíssimo agradável e que agir sai meio caro... Aliás, não sei falar; trouxe para cá uns comunicados, e por isso peço a toda a respeitosa assistência não propriamente que vote, mas declare franca e simplesmente o que prefere: o passo de tartaruga na lama ou atravessar a lama a todo vapor?

— Sou positivamente pela travessia a todo o vapor! — gritou entusiasmado o ginasiano.

— Eu também — interveio Liámchin.

— É claro que a escolha não deixa dúvida — murmurou um oficial, depois outro, depois mais alguém. O principal é que todos ficaram impressionados com o fato de que Vierkhoviénski tinha "feito o comunicado" e ele mesmo prometia falar agora.

— Senhores, estou vendo que quase todos decidem segundo o espírito dos panfletos — pronunciou ele, olhando a Sociedade.

— Todos, todos — ouviu-se a maioria das vozes.

— Confesso que estou mais para uma decisão humana — pronunciou o major —, mas, como todos já se pronunciaram, então fico com todos.

— Quer dizer então que você também não é contra? — perguntou Vierkhoviénski ao coxo.

— Não é que eu... — corou um pouco o outro —, mas se agora estou de acordo com todos é unicamente para não perturbar...

— Vejam só como são os senhores! Estão dispostos a passar meio ano discutindo por uma questão de eloquência liberal, mas acabam votando com o resto! Não obstante, senhores, julguem: será verdade que todos estão prontos? (Prontos para quê? — a pergunta era vaga, mas terrivelmente sedutora.)

— É claro que todos... — ouviram-se declarações. Todos, porém, se entreolharam.

— Será que depois não vão ficar ofendidos por terem concordado tão rápido? Sim, porque é quase sempre assim o que ocorre com os senhores.

Houve uma inquietação variada, muita inquietação. O coxo investiu contra Vierkhoviénski.

— Permita, porém, que lhe observe que respostas a semelhantes perguntas são condicionais. Se tomamos a decisão, note que mesmo assim uma pergunta feita de modo tão estranho...

— Que modo estranho?

— Do modo como não se fazem semelhantes perguntas.

— Faça o favor de ensinar. Sabe, eu estava mesmo seguro de que o senhor seria o primeiro a ofender-se.

— O senhor nos fez responder que estávamos dispostos a uma ação imediata, mas que direitos tem para agir dessa maneira? Onde estão seus plenos poderes para fazer semelhantes perguntas?

— O senhor podia ter tido a ideia de perguntar isso antes! Por que respondeu? Concordou e só depois se deu conta.

— Mas eu acho que a franqueza fútil da sua pergunta principal me sugere a ideia de que o senhor não tem nem poderes nem direito, e move-se apenas por curiosidade própria.

— Mas de que é que está falando, de quê? — gritou Vierkhoviénski, já esboçando muita intranquilidade.

— Estou dizendo que as filiações, sejam quais forem, se fazem pelo menos olho no olho, e não numa sociedade desconhecida integrada por vinte pessoas! — deixou escapar o coxo. Dissera tudo, mas já estava irritado demais. Vierkhoviénski se dirigiu rapidamente aos presentes com um ar alarmado magistralmente fingido.

— Senhores, considero um dever anunciar a todos que tudo isso são tolices e nossa conversa já foi longe. Eu ainda não filiei rigorosamente ninguém, e ninguém tem o direito de dizer que estou filiando, já que nós falamos apenas de opiniões. Não é assim? Mas, seja como for, o senhor está me deixando muito preocupado — tornou a virar-se para o coxo —, eu nunca poderia imaginar que aqui tivesse de falar olho no olho sobre coisas quase inocentes. Ou o senhor está com medo de uma denúncia? Será possível que aqui entre nós possa haver um delator?

Houve uma inquietação extraordinária. Todos começaram a falar.

— Senhores, se é assim — continuou Vierkhoviénski —, então quem mais se comprometeu entre todos fui eu, e por isso proponho que respondam a uma pergunta, evidentemente se quiserem. Fiquem plenamente à vontade.

— Que pergunta? que pergunta? — gritaram todos.

— É uma pergunta para que fique claro se devemos permanecer juntos ou cada um vai pegar o seu chapéu e sair para o seu canto.

— A pergunta, a pergunta.

— Se cada um de nós soubesse que se tramava um assassinato político, denunciaria, prevendo todas as consequências, ou ficaria em casa aguardando os acontecimentos?[88] Neste caso, as opiniões podem ser diferentes. A res-

[88] Em palestra com A. S. Suvórin, em fins de 1870, a respeito de crimes políticos e de

posta à pergunta dirá com clareza se devemos nos dispersar ou permanecer juntos, e nem de longe só por esta noite. Permita-me que lhe pergunte primeiro — voltou-se para o coxo.

— Por que primeiro a mim?

— Porque o senhor começou tudo. Faça o favor de não se esquivar, a astúcia não vai ajudar. Aliás, como quiser; a vontade é toda sua.

— Desculpe, mas semelhante pergunta é até ofensiva.

— Ah, não, não poderia ser mais preciso?

— Nunca fui agente da polícia secreta — crispou-se ainda mais o outro.

— Faça o favor, seja mais preciso, não protele.

O coxo estava tão zangado que até deixou de responder. Calado, fixava por baixo dos óculos um olhar furioso no torturador.

— Sim ou não? Denunciaria ou não denunciaria? — gritou Vierkhoviénski.

— É claro que *não* denunciaria! — gritou o coxo duas vezes mais forte.

— Ninguém denunciaria, é claro, ninguém — ouviram-se muitas vozes.

— Permita-me perguntar-lhe, senhor major, denunciaria ou não denunciaria? — continuou Vierkhoviénski. — Observe, eu estou lhe perguntando de propósito.

— Não denunciaria.

— Bem, mas se soubessem que uma pessoa queria matar e assaltar outra, um simples mortal, o senhor denunciaria, preveniria?

— É claro, só que este é um caso civil, mas estamos falando de delação política. Nunca fui agente da polícia secreta.

— Aliás, ninguém aqui jamais foi — ouviram-se vozes novamente. — A pergunta é inútil. Todos têm a mesma resposta. Aqui não há delatores.

— Por que aquele senhor está se levantando? — gritou a estudante.

— É Chátov. Por que você se levantou, Chátov? — gritou a anfitriã.

Chátov realmente se levantara; segurava o chapéu na mão e olhava para Vierkhoviénski. Parecia que queria lhe dizer algo, mas vacilava. Tinha o rosto pálido e tomado de fúria, mas se conteve, não disse uma palavra e saiu calado da sala.

— Chátov, veja que isso não é vantajoso para você! — gritou-lhe Vierkhoviénski com ar enigmático.

uma eventual explosão do Palácio de Inverno, Dostoiévski fez a mesma pergunta: "Como nós dois agiríamos? — perguntou a Suvórin. — Iríamos ao Palácio de Inverno prevenir da explosão ou procuraríamos a polícia, o chefe de polícia, para que prendesse essas pessoas? Você iria? É claro que não. Nem eu". (N. da E.)

— Mas em compensação é proveitoso para ti como espião e canalha! — gritou-lhe Chátov da porta e saiu de vez.

Novos gritos e exclamações.

— Eis o teste — gritou uma voz.

— Foi proveitoso! — gritou outra.

— O proveito não terá vindo tarde? — observou uma terceira.

— Quem o convidou? Quem o aceitou? Quem é ele? Quem é Chátov? Vai ou não vai delatar? — espalhavam-se as perguntas.

— Se fosse um delator ele fingiria, mas mandou tudo às favas e saiu — observou alguém.

— Vejam, Stavróguin também está se levantando, Stavróguin também não respondeu à pergunta — gritou a estudante.

Stavróguin realmente se levantara, e com ele, no outro extremo da mesa, Kiríllov também se levantou.

— Com licença, senhor Stavróguin — perguntou-lhe bruscamente a anfitriã —, todos nós aqui respondemos à pergunta, enquanto o senhor está saindo calado?

— Não vejo necessidade de responder a uma pergunta do seu interesse — murmurou Stavróguin.

— Acontece que nós nos comprometemos e você não — gritaram várias vozes.

— E que me importa que vocês tenham se comprometido? — riu Stavróguin, mas seus olhos brilhavam.

— Como que me importa? Como que me importa? — ouviram-se exclamações. Muitos saltaram das cadeiras.

— Com licença, senhores, com licença — gritava o coxo —, o senhor Vierkhoviénski também não respondeu à pergunta, ele apenas a fez.

A observação produziu um efeito impressionante. Todos se entreolharam. Stavróguin deu uma gargalhada na cara do coxo e saiu, e Kiríllov atrás dele. Vierkhoviénski correu atrás deles para a antessala.

— O que está fazendo comigo? — balbuciou, agarrando Stavróguin pela mão e apertando-a com força na sua. O outro puxou com ímpeto a mão em silêncio.

— Vá agora à casa de Kiríllov, eu irei... Eu preciso, preciso!

— Eu não preciso — cortou Stavróguin.

— Stavróguin vai — concluiu Kiríllov. — Stavróguin, você precisa. Lá eu lhe mostro.

Saíram.

VIII
IVAN TSARIÊVITCH

Saíram. Piotr Stiepánovitch ia precipitar-se para a "reunião", com o fim de acabar com o caos, mas, provavelmente julgando que não valia a pena se meter, largou tudo e dois minutos depois já voava atrás dos que haviam saído. Enquanto corria, lembrou-se de um beco por onde era mais perto chegar ao prédio de Fillípov; com lama até os joelhos, correu pelo beco e realmente chegou no mesmo instante em que Stavróguin e Kiríllov passavam pelo portão.

— Você já está aqui? — observou Kiríllov. — Isso é bom. Entre.

— Como é que você dizia que morava sozinho? — perguntou Stavróguin ao passar pelo saguão ao lado de um samovar ligado e já fervendo.

— Agora mesmo você vai ver com quem eu moro — murmurou Kiríllov —, entrem.

Mal entraram, Vierkhoviénski tirou do bolso a tal carta anônima que pegara com Lembke e a pôs diante de Stavróguin. Todos os três se sentaram. Stavróguin leu a carta em silêncio.

— Então? — perguntou.

— Esse patife vai fazer o que está na carta — esclareceu Vierkhoviénski. — Como está à sua disposição, ensine como agir. Eu lhe asseguro que talvez amanhã mesmo ele vá procurar Lembke.

— Que vá.

— Como "que vá"? Principalmente se podemos evitar.

— Engano seu, ele não depende de mim. E, ademais, para mim é indiferente; ele não é nenhuma ameaça para mim, mas para você é.

— Para você também.

— Não acho.

— Mas pode ser que outros não o poupem, será que não compreende? Ouça, Stavróguin, isso é mero jogo de palavras. Será que está com pena do dinheiro?

— Por acaso se precisa de dinheiro?

— Impreterivelmente, uns dois mil ou mil e quinhentos no *minimum*.[89] Você pode me entregar amanhã ou hoje mesmo, e amanhã até o anoitecer eu

[89] Em latim, no original. (N. do T.)

o mando para Petersburgo, pois é isso mesmo que ele está querendo. Se você quiser, com Mária Timofêievna, note isso.

Havia nele algo completamente desnorteado, falava de um jeito meio descuidado, deixava escapar palavras irrefletidas. Stavróguin o olhava fixo e surpreso.

— Não tenho por que mandar Mária Timofêievna para lá.

— Será que nem está querendo? — sorriu ironicamente Piotr Stiepánovitch.

— Pode ser que eu não queira mesmo.

— Em suma, vai ou não vai dar o dinheiro? — gritou com Stavróguin numa impaciência raivosa e num tom meio imperioso. O outro o observou com seriedade.

— Dinheiro eu não dou.

— Veja lá, Stavróguin! Você está sabendo de alguma coisa ou já fez alguma coisa? Está brincando!

Seu rosto crispou-se, os lábios estremeceram e de repente ele sorriu um sorriso completamente vago e despropositado.

— Mas acontece que você já recebeu dinheiro do seu pai pela fazenda — observou tranquilamente Nikolai Vsievolódovitch. — *Mamá* lhe entregou uns seis ou oito mil em nome de Stiepan Trofímovitch. Pois bem, pague os mil e quinhentos com seu dinheiro. Até que enfim não quero pagar pelos outros, já andei distribuindo muito dinheiro, isso me ofende... — Ele riu das suas próprias palavras.

— Ah, você está começando a brincar...

Stavróguin se levantou da cadeira, incontinenti. Vierkhoviénski também se levantou de um salto e colocou-se maquinalmente de costas para a porta como se bloqueasse a saída. Nikolai Vsievolódovitch já esboçava o gesto de afastá-lo da porta e sair, mas parou de chofre.

— Não vou lhe ceder Chátov — disse. Piotr Stiepánovitch estremeceu; ambos se entreolharam.

— Ainda há pouco eu lhe disse para que você precisa do sangue de Chátov — os olhos de Stavróguin brilhavam. — Com essa massa você quer moldar seus grupos.[90] Acabou de expulsar muito bem Chátov: sabia perfeitamente que ele não diria: "não delatarei", e no entanto acharia uma baixeza mentir

[90] A. K. Kuznietzov, membro do grupo de Nietcháiev e um dos participantes do assassinato de Ivanov, escreveu em 1926: "Não havia nenhum fundamento sério para o ato terrorista contra Ivanov; Nietcháiev precisava dele para nos prender mais fortemente com sangue". (N. da E.)

na sua frente. Mas eu, eu, para que lhe sirvo agora? Você vem me importunando quase desde os tempos do estrangeiro. A explicação que me deu até agora não passa de delírio. Enquanto isso, procura dar a entender que eu, entregando mil e quinhentos rublos a Lebiádkin, estaria dando a Fiedka a oportunidade de degolá-lo. Sei que tem em mente que ao mesmo tempo quero degolar minha mulher. Ligando-me ao crime, pensa, é claro, obter poder sobre mim, é ou não é isso? Para que precisa de poder? Para que diabos eu lhe sirvo? De uma vez por todas examine melhor se faço parte de sua gente, e deixe-me em paz.

— O próprio Fiedka esteve em sua casa? — pronunciou Vierkhoviénski arquejando.

— Sim, esteve, ele também cobra mil e quinhentos... Aliás, ele mesmo pode confirmar, ali está ele... — Stavróguin apontou com a mão.

Piotr Stiepánovitch olhou rapidamente para trás. No limiar, uma nova figura saía do escuro — era Fiedka, metido numa peliça curta, mas sem chapéu, como se está em casa. Em pé, arreganhava os dentes brancos e regulares num sorriso. Os olhos negros, com cambiantes de amarelo, corriam cautelosamente de um canto a outro do quarto, observando os senhores. Havia algo que ele não estava entendendo; pelo visto Kiríllov acabava de trazê-lo, e para este se dirigia seu olhar interrogativo; estava à porta, mas não queria entrar no cômodo.

— Ele está aqui de reserva, provavelmente para ouvir o nosso regateio ou até ver o dinheiro nas mãos, não é? — perguntou Stavróguin e, sem esperar a resposta, saiu do recinto. Vierkhoviénski o alcançou no portão, quase enlouquecido.

— Pare! Nem um passo adiante — gritou, agarrando-o pelo cotovelo. Stavróguin deu um puxão no braço, mas não o tirou. Ficou tomado de fúria: agarrando Vierkhoviénski pelos cabelos com a mão esquerda, atirou-o no chão com toda a força e saiu pelo portão. Mas antes que desse trinta passos o outro tornou a alcançá-lo.

— Façamos as pazes, façamos as pazes — sussurrou-lhe com um murmúrio convulso.

Nikolai Vsievolódovitch sacudiu os ombros, mas não parou nem olhou para trás.

— Ouça, amanhã mesmo eu lhe trago Lizavieta Nikoláievna, quer? Não? Por que não responde? Diga o que quer, que eu faço. Ouça: eu lhe cedo Chátov, quer?

— Então é verdade que você estava decidido a matá-lo? — gritou Nikolai Vsievolódovitch.

— Mas para que lhe serve Chátov? — continuou o desvairado, arquejando no seu matraqueado e a todo instante correndo para a frente e agarrando o cotovelo de Stavróguin, provavelmente sem se dar conta disso. — Ouça, eu o cedo, façamos as pazes. Você está calculando alto, mas... façamos as pazes!

Stavróguin finalmente olhou para ele e ficou impressionado. Não era o mesmo olhar, nem a voz de sempre e de ainda agora no quarto; via um rosto que quase chegava a ser outro. A entonação da voz não era a mesma: Vierkhoviénski implorava, suplicava. Era um homem que ainda não se apercebera da situação, de quem estavam tomando ou já haviam tomado a coisa mais preciosa.

— Mas o que é que você tem? — gritou Stavróguin. O outro não respondeu, ficou correndo atrás dele e fitando-o com o mesmo olhar suplicante, mas ao mesmo tempo inflexível.

— Façamos as pazes! — tornou a murmurar. — Ouça, eu tenho uma faca escondida na bota como Fiedka, mas faço as pazes com você.

— Ora, para que afinal eu lhe sirvo, diabo! — gritou Stavróguin deveras irado e surpreso. — Existe algum segredo? Eu virei um talismã para você?

— Ouça, vamos levantar um motim — balbuciava o outro rápido e quase delirando. — Não acredita que vamos levantar um motim? Vamos levantar tamanho motim que tudo sairá dos alicerces. Karmazínov tem razão quando diz que não temos a que nos agarrar. Karmazínov é muito inteligente. Com apenas uns dez grupos como esses espalhados pela Rússia eu me tornarei inatingível.

— Compostos dos mesmos imbecis — deixou escapar Stavróguin involuntariamente.

— Oh, seja mais tolo, Stavróguin, seja você mesmo mais tolo! Sabe, você não é tão inteligente a ponto de desejar isso: você tem medo, não acredita, assusta-se com as dimensões da coisa. E por que são imbecis? Não são tão imbecis; hoje ninguém é dono da própria inteligência. Hoje o número de inteligências singulares é ínfimo. Virguinski é um homem puríssimo, mais puro do que pessoas como nós dois, dez vezes mais; bem, que fique para lá. Lipútin é um vigarista, mas conheço seu ponto. Não há um vigarista que não tenha seu ponto fraco. Só Liámchin não tem ponto nenhum, mas em compensação está em minhas mãos. Mais uns grupos assim e terei passaportes e dinheiro em toda parte; pelo menos isso, não? Pelo menos isso. E ainda terei esconderijos seguros, e deixem que procurem. Desentocam um grupo, mas empacam com outro. Vamos levantar o motim... Será que você não acredita que nós dois somos mais do que suficientes?

— Fique com Chigalióv, mas me deixe em paz...

— Chigalióv é um homem genial! Sabe, é um gênio como Fourier; porém mais ousado que Fourier, mais forte que Fourier; vou cuidar dele. Ele inventou a "igualdade"!

"Está com febre, e delirando; aconteceu-lhe alguma coisa muito especial" — olhou-o mais uma vez Stavróguin. Os dois caminhavam sem parar.

— O caderno dele tem boas coisas escritas — continuou Vierkhoviénski —, tem espionagem. No esquema dele cada membro da sociedade vigia o outro e é obrigado a delatar. Cada um pertence a todos, e todos a cada um. Todos são escravos e iguais na escravidão. Nos casos extremos recorre-se à calúnia e ao assassinato, mas o principal é a igualdade. A primeira coisa que fazem é rebaixar o nível da educação,[91] das ciências e dos talentos. O nível elevado das ciências e das aptidões só é acessível aos talentos superiores, e os talentos superiores são dispensáveis! Os talentos superiores sempre tomaram o poder e foram déspotas. Os talentos superiores não podem deixar de ser déspotas, e sempre trouxeram mais depravação do que utilidade; eles serão expulsos ou executados. A um Cícero corta-se a língua, a um Copérnico furam-se os olhos, um Shakespeare mata-se a pedradas — eis o chigaliovismo. Os escravos devem ser iguais: sem despotismo ainda não houve nem liberdade nem igualdade, mas na manada deve haver igualdade, e eis aí o chigaliovismo! Ah, ah, ah, está achando estranho? Sou a favor do chigaliovismo!

Stavróguin procurava apressar o passo e chegar o mais depressa em casa. "Se esse homem está bêbado, onde teve tempo de embriagar-se? — passou-lhe pela cabeça. — Terá sido o conhaque?"

— Ouça, Stavróguin: igualar as montanhas é uma ideia boa, e não é cômica. Sou a favor de Chigalióv! Não precisamos de educação, chega de ciência! Já sem a ciência há material suficiente para mil anos, mas precisamos organizar a obediência. No mundo só falta uma coisa: obediência. A sede de educação já é uma sede aristocrática. Basta haver um mínimo de família ou amor, e já aparece o desejo de propriedade. Vamos eliminar o desejo: vamos espalhar a bebedeira, as bisbilhotices, a delação; vamos espalhar uma depravação inaudita; vamos exterminar todo e qualquer gênio na primeira infância. Tudo será reduzido a um denominador comum, é a plena igualdade. "Aprendemos o ofício, somos gente honesta, não precisamos de mais nada" — é essa a resposta recente dos operários ingleses. Só o indispensável é indis-

[91] Dostoiévski parodia várias teses do famoso artigo de Nietcháiev "Fundamentos da sociedade do futuro". (N. da E.)

pensável — eis a divisa do globo terrestre daqui para a frente. Mas precisamos também da convulsão; disso cuidaremos nós, os governantes. Os escravos devem ter governantes. Plena obediência, ausência total de personalidade, mas uma vez a cada trinta anos Chigalióv lançará mão também da convulsão, e de repente todos começam a devorar uns aos outros, até um certo limite, unicamente para não se cair no tédio. O tédio é uma sensação aristocrática; no chigaliovismo não haverá desejos. Desejo e sofrimento para nós, para os escravos o chigaliovismo.

— Você exclui a si mesmo? — outra vez deixou escapar Stavróguin.

— A você também. Sabe, pensei em entregar o mundo ao papa. Que ele saia andando a pé e descalço e apareça à plebe: "Vejam, dirá, a que me levaram!" — e todos se precipitarão atrás dele, até as tropas. O papa na cúpula, nós ao redor, e abaixo de nós o chigaliovismo. Basta apenas que a Internacional concorde com o papa; assim será. O velhote concordará num piscar de olhos. Aliás, não lhe restará outra saída, você há de ver, ah, ah, ah; tolice? Diga, é tolice ou não?

— Basta — murmurou Stavróguin com enfado.

— Basta! Escute, abandonei o papa! Ao diabo com o chigaliovismo! Ao diabo com o papa! Precisamos de um tema do dia a dia e não do chigaliovismo, porque o chigaliovismo é coisa de ourivesaria. É o ideal, é coisa do futuro. Chigalióv é um ourives e um tolo como qualquer filantropo. Precisamos de trabalho braçal, mas Chigalióv despreza o trabalho braçal. Ouça, o papa ficará no Ocidente, e aqui, aqui na Rússia, ficará você!

— Largue de mim, seu bêbado! — murmurou Stavróguin, e apressou o passo.

— Stavróguin, você é belo! — bradou Piotr Stiepánovitch quase em êxtase. — Você sabe que é belo! O mais valioso em você é que às vezes você não sabe disso. Oh, eu o estudei! Frequentemente eu o olho de lado, de um canto! Em você há até simplicidade e ingenuidade, sabia disso? Ainda há, há! Vai ver que você sofre, e sofre sinceramente por causa dessa simplicidade. Amo a beleza. Sou niilista, mas amo a beleza. Porventura os niilistas não amam a beleza? Eles só não gostam de ídolos, mas eu amo o ídolo! Você é meu ídolo! Você não ofende ninguém, e no entanto o odeiam; você vê todos como iguais e todos o temem, isso é bom. Ninguém chegará a você e lhe dará um tapinha no ombro. Você é um tremendo aristocrata. Quando o aristocrata caminha para a democracia ele é encantador! Para você nada significa sacrificar a vida, a sua e a dos outros. Você é justamente a pessoa de que preciso. Eu, eu preciso justamente de alguém assim como você. Não conheço ninguém assim a não ser você. Você é o chefe, o sol, e eu sou seu verme...

Súbito beijou-lhe a mão. Stavróguin sentiu um calafrio e arrancou a mão assustado. Os dois pararam.

— Louco! — murmurou Stavróguin.

— Talvez eu esteja até delirando, talvez esteja até delirando! — replicou o outro, matraqueando — mas descobri o primeiro passo a ser dado. Chigalióv nunca irá descobrir o primeiro passo. Há muitos Chigalióv! Mas só um, só um homem na Rússia descobriu o primeiro passo e sabe como dá-lo. Esse homem sou eu. Por que me olha assim? Preciso, preciso de você, sem você sou um zero. Sem você sou uma mosca, uma ideia dentro de uma garrafa, um Colombo sem América.

Em pé, Stavróguin olhava fixamente seus olhos loucos.

— Ouça, primeiro vamos levantar um motim — apressava-se em demasia Vierkhoviénski, a todo instante agarrando Stavróguin pelo braço esquerdo. — Eu já lhe disse: vamos penetrar no seio do próprio povo. Sabe que já agora somos terrivelmente fortes? Os nossos não são apenas aqueles que degolam e ateiam fogo, e ainda fazem disparos clássicos ou mordem. Gente assim só atrapalha. Não concebo nada sem disciplina. Ora, sou um vigarista e não um socialista, eh, eh! Ouça, tenho uma relação de todos eles: o professor de colégio que ri com as crianças do Deus delas e do berço delas, já é dos nossos. O advogado que defende o assassino culto que por essa condição já é mais evoluído do que suas vítimas e que, para conseguir dinheiro, não pode deixar de matar, já é dos nossos. Os colegiais que matam um mujique para experimentar a sensação, são dos nossos. Os jurados que absolvem criminosos a torto e a direito são dos nossos. O promotor que treme no tribunal por não ser suficientemente liberal é dos nossos. Os administradores, os escritores, oh, os nossos são muitos, um horror, e eles mesmos não sabem disso! Por outro lado, a obediência dos colegiais e dos imbecis chegou ao último limite; os preceptores andam cheios de bílis; em toda parte a vaidade atingiu dimensões incomensuráveis, há um apetite feroz, inaudito... Sabe você, sabe você de quantas ideias prontas lançamos mão? Quando saí daqui grassava a tese de Littré,[92] segundo a qual o crime é uma loucura; quando voltei, o crime já não era uma loucura, mas justamente o bom senso, quase um dever — quando nada um protesto nobre. "Ora, como um assassino evoluído deixaria de matar se precisa de dinheiro!" Mas isso são apenas filigranas. O Deus russo já se rendeu à "vodca barata". O povo está bêbado, as mães estão bê-

[92] A referência a E. Littré (1801-1881) está equivocada. A tese "o crime é uma loucura", propagada na Rússia por V. A. Záitzev, é de autoria do matemático belga A. Quetelet (1796-1874). (N. da E.)

badas, as crianças estão bêbadas, as igrejas estão vazias, e ouve-se nos tribunais: "um balde de vodca ou duzentas chibatadas".[93] Oh, deixem crescer a geração! Só lamento que não haja tempo para esperar, senão era só deixá-la ainda mais beberrona! Ah, que pena que não haja proletários! Mas haverá, haverá, para isso caminhamos...

— Também é uma pena que tenhamos ficado tolos — murmurou Stavróguin e seguiu em frente.

— Ouça, eu mesmo vi uma criança de seis anos levando a mãe bêbada para casa, e esta a insultava com palavras indecentes. Você pensa que estou contente com isso? Quando a coisa estiver em nossas mãos, talvez os curemos... Se for necessário, nós os mandaremos para o deserto por quarenta anos... Mas hoje precisamos da depravação por uma ou duas gerações; de uma depravação inaudita, torpe, daquela em que o homem se transforma num traste abjeto, covarde, cruel, egoísta — eis de que precisamos! E de mais um "sanguinho fresco" para que se acostumem. De que está rindo? Eu não me contradigo. Contradigo apenas os filantropos e chigaliovianos, mas não a mim. Sou um vigarista e não um socialista. Ah, ah, ah! Só é pena que o tempo seja pouco. Prometi a Karmazínov começar em maio, aí pelo Dia do Manto da Virgem. Falta pouco? Eh, eh! Saiba o que vou lhe dizer, Stavróguin: até hoje não houve cinismo no povo russo, embora ele xingue com palavras indecentes. Sabe que esse escravo servo respeitava mais a si mesmo do que Karmazínov se respeita? Era açoitado, mas defendia os seus deuses, já Karmazínov não defende.

— Bem, Vierkhoviénski, é a primeira vez que o ouço, e ouço com surpresa — pronunciou Nikolai Vsievolódovitch —, quer dizer que você não é francamente um socialista, mas um político... egoísta?

— Um vigarista, um vigarista. Você se preocupa que eu seja assim? Vou lhe dizer agora que eu sou assim, que era a isso que eu queria chegar. Não foi à toa que beijei sua mão. Mas é preciso que o povo também acredite que somos pessoas que sabem o que querem e não só "agitam o porrete e batem nos seus". Ah se houvesse tempo! O único mal é que não há tempo. Proclamaremos a destruição... porque... porque mais uma vez essa ideiazinha é muito fascinante. Mas precisamos, precisamos desentorpecer os ossos. Espalharemos incêndios... Espalharemos lendas... Aí qualquer "grupo" sarnento será útil. No meio desses mesmos grupos encontrarei pessoas tão dispostas que darão qualquer tipo de tiro e ainda ficarão agradecidas pela honra. Bem, aí

[93] Essas palavras traduzem o ceticismo da sociedade russa em face dos novos tribunais, que mantinham o antigo arbítrio administrativo e o hábito da concussão. (N. da E.)

começará o motim! Haverá uma desordem daquelas que o mundo nunca viu... A Rússia ficará mergulhada em trevas, a terra haverá de chorar os velhos deuses... Bem, é aí que nós vamos lançar... Quem?

— Quem?

— Ivan Tsariêvitch.

— Quem?

— Ivan Tsariêvitch; você, você!

Stavróguin pensou por um minuto.

— Um impostor? — perguntou de súbito, olhando profundamente surpreso para o desvairado. — Ah, enfim eis o seu plano.

— Diremos que ele "está escondido" — pronunciou Vierkhoviénski baixinho, com um sussurro algo afetuoso, como se estivesse mesmo bêbado. — Você sabe o que significa a expressão "ele está escondido"? Só que ele vai aparecer, vai aparecer, espalharemos a legenda melhor do que os *skoptzi*.[94] Ele existe, mas ninguém ainda o viu. Oh, que lenda podemos espalhar! E o principal é que uma nova força está se formando. E é dela que se precisa, é por ela que se suspira. O que o socialismo trouxe: destruiu as velhas forças e não introduziu novas. Mas no nosso caso existe força, e que força, inaudita! Precisamos de uma alavanca, só por uma vez, para levantar o mundo. E tudo se levantará!

— Quer dizer que você contava seriamente comigo? — Stavróguin deu um riso maldoso.

— De que está rindo com tanta maldade? Não me assuste. Neste momento sou como uma criança, podem me dar um susto de morte só com um riso assim. Ouça, não vou mostrá-lo a ninguém, a ninguém: assim é preciso. Ele existe, mas nunca ninguém o viu, está escondido. Sabe, poderia mostrá-lo a um só em cem mil, por exemplo. E por toda a terra se espalharia: "Vimos, vimos". E vimos Ivan Fillípovitch, o deus Sabaoth, subindo ao céu numa carruagem diante das pessoas, vimos com os "próprios" olhos. Mas você não é Ivan Fillípovitch; você é belo, orgulhoso como um deus, não procura nada para si, tem a auréola do sacrifício, "está escondido". O principal é a lenda! Você os vencerá, lançará um olhar, vencerá. Traz uma nova verdade e "está escondido". E aí lançaremos mão de umas duas ou três sentenças de Salomão. Os grupos, os quintetos, não precisam de jornais! Se de dez mil pedidos você atender a apenas um, todos nos seguirão com seus pedidos. Em

[94] Plural do substantivo *skopiétz*, derivado de *oskopliênie*, que significa "castração". Os *skoptzi* eram membros de uma seita religiosa surgida em fins do século XVIII na Rússia, que pregava a castração como meio de luta contra a carne. (N. do T.)

cada *volost*[95] qualquer mujique saberá que em algum lugar existe um oco de árvore com indicação para depositar os pedidos. E toda a terra gemerá lamentos: "Uma nova lei justa está em vigor", e o mar ficará encapelado, e o barracão de madeira desmoronará, e então pensaremos como construir um edifício de pedra. Pela primeira vez! *Nós* haveremos de construir, nós, só nós!

— Isso é um desvario! — pronunciou Stavróguin.

— Por que, por que você não quer? Tem medo? Veja, eu me agarrei a você porque você não tem medo de nada. Será isso insensatez? Vamos, por ora eu ainda sou um Colombo sem América; porventura é razoável um Colombo sem América?[96]

Stavróguin calava. Nesse ínterim chegaram à sua casa e pararam à entrada.

— Ouça — Vierkhoviénski inclinou-se para o ouvido dele —, você não precisa me pagar para fazer isso; amanhã eu termino o assunto Mária Timofêievna... sem pagamento, e amanhã mesmo lhe trago Liza. Quer Liza amanhã mesmo?

"Será que ele enlouqueceu de fato?" — sorriu Stavróguin. A porta do alpendre abriu-se.

— Stavróguin, a América é nossa? — Vierkhoviénski segurou-lhe o braço pela última vez.

— Para quê? — pronunciou Nikolai Vsievolódovitch em tom sério e severo.

— Você não tem vontade, eu bem que sabia! — bradou o outro num ímpeto de raiva desvairada. — Está mentindo, fidalgote reles, lascivo, estragado; não acredito, seu apetite é enorme!... Compreenda, afinal, que a conta em que agora o tenho é alta demais e não posso abrir mão de você! Na terra não existe outro como você! Eu o inventei mal cheguei do estrangeiro; inventei-o enquanto o fitava. Se não o tivesse observado de um canto nada me teria vindo à cabeça!...

Stavróguin se foi escada acima sem responder.

— Stavróguin — gritou-lhe Vierkhoviénski —, eu lhe dou um dia... dois... bem, três; mais de três não posso, e então você me dará a resposta.

[95] Menor unidade administrativa da Rússia. (N. do T.)

[96] A expressão "Colombo sem América" foi usada por Herzen em *Idos e reflexões* para qualificar Bakúnin, e Dostoiévski tomou-a de empréstimo. (N. da E.)

IX
STIEPAN TROFÍMOVITCH REVISTADO

Enquanto isso, houve em nossa cidade um incidente que me deixou surpreso e Stiepan Trofímovitch abalado. Às oito da manhã Nastácia chegou da casa dele à minha correndo, com a notícia de que o patrão havia sido "revistado". A princípio não consegui entender nada: soube apenas que havia sido "revistado" por funcionários, que chegaram lá e pegaram papéis, que um soldado havia feito uma trouxa com eles e "levado num carrinho de mão". A notícia era extravagante. Corri no mesmo instante à casa de Stiepan Trofímovitch.

Encontrei-o em um estado surpreendente: abalado e em grande agitação, mas ao mesmo tempo com um ar de indubitável triunfo. Na mesa, no meio do quarto, ardia um samovar e havia um copo de chá cheio, mas intocado e esquecido. Stiepan Trofímovitch andava a esmo ao lado da mesa de um canto a outro do quarto sem se dar conta de seus movimentos. Vestia sua costumeira malha vermelha, mas ao me ver apressou-se em vestir o colete e a sobrecasaca, o que nunca fazia antes quando algum dos amigos o surpreendia de malha. No mesmo instante me agarrou calorosamente a mão.

— *Enfin un ami!*[97] (Deu um suspiro a plenos pulmões.) *Cher*, mandei procurar só você, ninguém mais sabe de nada. Preciso mandar Nastácia fechar as portas e não deixar ninguém entrar, exceto, é claro, *aqueles*... *Vous comprenez?*[98]

Olhava intranquilo para mim, como se esperasse uma resposta. É claro que me pus a interrogar, e de sua fala desconexa, com pausas e adendos desnecessários, soube de algum jeito que às sete da manhã, "de repente", lhe chegara em casa um funcionário do governador...

— *Pardon, j'ai oublié son nom. Il n'est pas du pays,*[99] mas parece que

[97] "Enfim um amigo!" (N. do T.)

[98] "Você compreende?" (N. do T.)

[99] "Desculpe, esqueci o nome dele. Não é daqui". (N. do T.)

foi trazido por Lembke, *quelque chose de bête et d'allemand dans la physionomie. Il s'appelle Rosenthal.*[100]

— Não seria Blum?

— Blum. Foi com esse nome mesmo que se apresentou. *Vous le connaissez? Quelque chose d'hébété et de très content dans la figure, pourtant très sévère, raide et sérieux.*[101] É uma figura da polícia, um desses subservientes, *je m'y connais.*[102] Eu ainda estava dormindo e, imagine, ele pediu para "dar uma olhada" nos meus livros e manuscritos, *oui, je m'en souviens, il a employé ce mot.*[103] Não me prendeu, apenas levou os livros... *Il se tenait à distance.*[104] E quando começou a me explicar o motivo da sua presença tinha a aparência de que... *enfin, il avait l'air de croire que je tomberai sur lui immédiatement et que je commencerai à le battre comme plâtre. Tous ces gens du bas étage sont comme ça,*[105] quando tratam com gente decente. É claro que compreendi incontinenti. *Voilà vingt ans que je m'y prépare.*[106] Abri todas as caixas para ele e lhe entreguei todas as chaves; eu mesmo entreguei, entreguei-lhe tudo. *J'étais digne et calme.*[107] Entre os livros ele levou os de Herzen publicados no estrangeiro, um exemplar encadernado do *Kólokol*, quatro cópias do meu poema, *et, enfin, tout ça.*[108] Em seguida, pegou papéis e cartas *et quelques unes de mes ébauches historiques, critiques et politiques.*[109] Levaram tudo isso. Diz Nastácia que um soldado levou tudo num carrinho de mão coberto por um avental; *oui, c'est cela,*[110] por um avental.

Aquilo era um delírio. Quem poderia entender alguma coisa ali? Tor-

[100] "na expressão do rosto há algo de estúpido e alemão. Chama-se Rosenthal". (N. do T.)

[101] "Você o conhece? Tem algo de bronco e muito satisfeito na aparência, e ao mesmo tempo é muito severo, inacessível e sério." (N. do T.)

[102] "entendo disso". (N. do T.)

[103] "sim, estou lembrado, ele empregou essa palavra". (N. do T.)

[104] "Manteve-se a distância." (N. do T.)

[105] "enfim, era como se pensasse que eu ia investir imediatamente contra ele e começar a espancá-lo sem piedade. Todas essas pessoas de condição inferior são assim". (N. do T.)

[106] "Já faz vinte anos que venho me preparando para isso." (N. do T.)

[107] "Mantive-me tranquilo e digno." (N. do T.)

[108] "em suma, tudo aquilo". (N. do T.)

[109] "e alguma coisa dos meus esboços de história, crítica e política". (N. do T.)

[110] "isso mesmo". (N. do T.)

nei a cobri-lo de perguntas: Blum teria vindo só ou não? por que exatamente? com que direito? como se atreveu? como explicou?

— *Il était seul, bien seul,*[111] aliás, ainda havia mais alguém *dans l'antichambre, oui, je m'en souviens, et puis...*[112] Pensando bem, parece que havia mais alguém, um guarda estava no saguão. Preciso perguntar a Nastácia; está mais a par de tudo isso. *J'étais surexcité, voyez-vous. Il parlait, il parlait... un tas de choses;*[113] aliás, ele falava muito pouco, eu é que falava tudo isso... Contei a minha vida, é claro que de um ponto de vista... *J'étais surexcité, mais digne, je vous l'assure.*[114] Ademais, receio ter chorado, tenho essa impressão. Pegaram o carrinho de mão com o vendeiro, aqui ao lado.

— Oh, Deus, como tudo isso pôde acontecer! Mas pelo amor de Deus seja mais preciso, Stiepan Trofímovitch, porque o que você está contando é um sonho!

— *Cher*, eu mesmo pareço estar sonhando... *Savez-vous, il a prononcé le nom de Teliátnikov,*[115] e eu acho que era este que estava escondido no saguão. Ah, me lembrei; ele me sugeriu o promotor, e parece que foi Dmitri Mítritch... *qui me doit encore quinze roubles de ieralach, soit dit en passant. Enfin, je n'ai pas trop compris.*[116] Eu os enganei, e que me importa Dmitri Mítritch? Parece que lhe pedi muito que mantivesse a coisa em segredo, pedi muito, muito, temo até que tenha me humilhado, *comment croyez-vous? Enfin il a consenti.*[117] Ah, me lembrei, foi ele mesmo que pediu, dizendo que seria melhor que ficasse em segredo porque tinha vindo aqui apenas "dar uma olhada", *et rien de plus,*[118] e nada mais, nada mais... E que, se nada fosse encontrado, nada aconteceria. E assim terminamos tudo, *en amis, je suis tout-à-fait content.*[119]

[111] "Estava só, totalmente só". (N. do T.)

[112] "na antessala, estou lembrado, e depois..." (N. do T.)

[113] "Eu estava excitadíssimo, veja você. Ele falava, falava... um monte de coisas". (N. do T.)

[114] "Eu estava excitadíssimo, mas digno, eu lhe asseguro." (N. do T.)

[115] "Sabe, ele mencionou o nome de Teliátnikov". (N. do T.)

[116] "que, aliás, me deve quinze rublos do *ieralach*. Em suma, não entendi inteiramente". (N. do T.)

[117] "o que você acha? Finalmente ele concordou". (N. do T.)

[118] "e nada mais". (N. do T.)

[119] "amigavelmente, estou plenamente satisfeito". (N. do T.)

— Ora, mas ele lhe ofereceu o regulamento e as garantias conhecidas nesses casos, e você mesmo recusou! — bradei com uma indignação amigável.

— Não, assim é melhor, sem garantia. Por que levantar escândalo? Que seja de vez em quando *en amis*...[120] Você sabe que se ficarem sabendo na nossa cidade... *mes ennemis... et puis à quoi bon ce procureur, ce cochon de notre procureur, qui deux fois m'a manqué de politesse et qu'on a rossé à plaisir l'autre année chez cette charmante et belle* Natália Pávlovna, *quand il se cacha dans son boudoir. Et puis, mon ami*,[121] não me faça objeção nem me desencoraje, porque quando a gente está infeliz não há nada mais insuportável que algum amigo dizer que a gente fez bobagem. Mas sente-se, e tome chá, confesso que estou muito cansado... Não seria o caso de me deitar e aplicar uma compressa de vinagre à cabeça, o que você acha?

— Indispensável — bradei —, e seria até bom acrescentar gelo. Você está muito abalado. Está pálido, com as mãos trêmulas. Deite-se, descanse um pouco e pare de contar. Eu me sento ao lado e fico esperando.

Ele não se resolvia a deitar-se, mas eu insisti. Nastácia trouxe o vinagre numa tigela, molhei uma toalha e lhe pus na cabeça. Em seguida, Nastácia subiu numa cadeira e acendeu a lamparina ao pé do ícone em um canto. Notei isso admirado; antes nunca houvera lamparina nenhuma, e agora ela aparecia de repente.

— Foi uma ordem que acabei de dar mal eles se foram — murmurou Stiepan Trofímovitch depois de me lançar um olhar finório — *quand on a de ces choses-là dans sa chambre et qu'on vient vous arrêter*,[122] pois isso é sugestivo e eles devem informar que viram...

Depois de acender a lamparina, Nastácia ficou em pé à porta, levou a mão ao rosto e se pôs a fitá-lo com ar de pena.

— *Eloignez-la*[123] sob algum pretexto — fez-me sinal do divã —, não consigo suportar essa compaixão russa, *et puis ça m'embête*.[124]

[120] "amigavelmente..." (N. do T.)

[121] "meus inimigos... e depois a troco de quê esse promotor, o porco do nosso promotor, que duas vezes me tratou de modo descortês e em quem no ano passado deram com prazer uma surra na casa da bela e encantadora Natália Pávlovna, quando ele se escondia no gabinete dela. E depois, meu amigo". (N. do T.)

[122] "quando você tem esse tipo de coisa no quarto e aparecem para prendê-lo". (N. do T.)

[123] "Afaste-a". (N. do T.)

[124] "e depois isso me importuna". (N. do T.)

Mas ela mesma se foi. Notei que ele não tirava os olhos da porta e aguçava o ouvido para a antessala.

— *Il faut être prêt, voyez-vous*[125] — olhou significativamente para mim —, *chaque moment...*[126] eles chegam, me prendem, e pimba — sumiu o homem!

— Meu Deus! Quem virá? Quem irá prendê-lo?

— *Voyez-vous, mon cher*,[127] perguntei diretamente a ele quando estava saindo: o que vão fazer comigo agora?

— O melhor era você ter perguntado para onde iriam mandá-lo! — bradei com a mesma indignação.

— Era isso que eu subentendia ao perguntar, mas ele se foi e nada respondeu. *Voyez-vous*: quanto à roupa branca, ao vestuário, aos agasalhos em particular, será como eles quiserem; se mandarem levar, levarei, mas podem me mandar até de capote de soldado. No entanto (baixou de repente a voz, olhando para a porta por onde Nastácia havia saído), enfiei trinta e cinco rublos sorrateiramente num rasgão do bolso do colete, nesse aqui, apalpe... Acho que não vão mandar tirar o colete, e para despistar deixei sete rublos no moedeiro: "é, digo, tudo o que eu tenho". Sabe, deixei os miúdos e um troco em moedas de cobre em cima da mesa, de sorte que não vão adivinhar que eu escondi o dinheiro, mas pensar que ali está tudo. Ora, Deus sabe onde terei de pernoitar hoje.

Baixei a cabeça diante de semelhante loucura. É evidente que não poderiam prender ou revistar daquele jeito que ele transmitiu e, é claro, ele estava desnorteado. É verdade que isso aconteceu naquela época, ainda antes das últimas leis que vigoram hoje. Também é verdade que lhe ofereceram (segundo palavras dele) um procedimento mais correto, porém ele os *levou na conversa* e recusou-o... É verdade que antes, em tempo ainda não tão distante, o governador podia, em casos extremos... Entretanto, que caso extremo mais uma vez poderia haver ali? Era isso que me desnorteava.

— Aí certamente havia um telegrama de Petersburgo — disse subitamente Stiepan Trofímovitch.

— Um telegrama? A seu respeito? Por causa das obras de Herzen e também do seu poema? você está louco, por que iriam prendê-lo por isso?

Eu estava simplesmente furioso. Ele fez uma careta e ficou visivelmente

[125] "Preciso estar preparado, veja você". (N. do T.)

[126] "a cada instante..." (N. do T.)

[127] "Veja você, meu caro". (N. do T.)

ofendido — não pelo meu grito, mas pela ideia de que não havia por que prendê-lo.

— Quem pode saber em nossos dias por que podem prendê-lo? — murmurou com ar enigmático. Uma ideia extravagante e sumamente absurda me passou pela mente.

— Stiepan Trofímovitch, me diga como amigo — bradei —, como amigo de verdade, não vou delatá-lo: você pertence ou não a alguma sociedade secreta?

E eis que, para a minha surpresa, até nisto ele estava inseguro: se participava ou não de alguma sociedade secreta.

— Bem, como julgar isso, *voyez-vous*...

— Como "como julgar"?

— Quando se pertence de todo coração ao progresso e... quem pode assegurar: você pensa que não pertence, mas aí você olha e verifica que pertence a alguma coisa.

— Como isso é possível? aí é sim ou não.

— *Cela date de Pétersbourg*,[128] quando eu e ela quisemos fundar uma revista lá. Eis onde está a raiz. Na ocasião escapulimos e eles nos esqueceram, mas agora se lembraram. *Cher*, por acaso você não sabe! — bradou com ar dorido. — Vão nos prender, meter num trenó coberto e tocar para a Sibéria até o fim da vida, ou nos esquecerão numa casamata...

E de repente começou a chorar lágrimas quentes, quentes. As lágrimas jorraram. Cobriu os olhos com o fular vermelho e soluçou, soluçou uns cinco minutos, convulsivamente. Estremeci todo. Aquele homem, que durante vinte anos nos fizera profecias, fora nosso pregador, mestre, patriarca, um Kúkolnik, que se colocava de modo tão elevado e majestoso acima de todos nós, a quem reverenciávamos do fundo da alma e considerávamos isso uma honra — de repente estava ali soluçando, soluçando como um menino pequenino, travesso, que aguardasse a vara que o preceptor fora buscar. Senti uma pena terrível dele. Pelo visto acreditava no "trenó" como acreditava que eu estava sentado ao seu lado, e o esperava precisamente naquela manhã, naquele momento, naquele instante, e tudo por causa das obras de Herzen e por um poema qualquer seu! Um desconhecimento tão completo, tão absoluto da realidade corriqueira era comovedor e de certo modo repugnante.

Por fim parou de chorar, levantou-se do divã e voltou a andar pelo quarto, continuando a conversa comigo, mas a cada instante olhando para a ja-

[128] "Isso começou em Petersburgo". (N. do T.)

nelinha e prestando atenção na antessala. Nossa conversa continuava desconexa. Tudo o que eu assegurava e dizia para acalmá-lo entrava por um ouvido e saía pelo outro. Ele mal ouvia, mas apesar de tudo precisava tremendamente de que eu o tranquilizasse e com esse fim falasse sem parar. Eu via que agora ele não conseguia passar sem mim e por nada me deixaria sair. Permaneci, passamos mais de duas horas juntos. Na conversa ele se lembrou de que Blum levara consigo dois panfletos que encontrara com ele.

— Como panfletos! — assustei-me por tolice. — Porventura você...

— É, meteram uns dez debaixo da minha porta — respondeu com enfado (falava comigo ora com enfado e arrogância, ora de modo imensamente queixoso e humilde) —, mas já dei o devido destino a oito, e Blum só levou dois...

E súbito ficou vermelho de indignação.

— *Vous me mettez avec ces gens-là!*[129] Porventura supõe que posso estar com esses canalhas, com esses que distribuem panfletos às escondidas, com meu filho Piotr Stiepánovitch, *avec ces esprits forts de la lâcheté*![130] Oh, Deus!

— Bah, será que não o confundiram com alguém?... Se bem que isso é um absurdo, é impossível! — observei.

— *Savez-vous!*[131] deixou escapar num átimo — em alguns momentos eu sinto que *je ferai là-bas quelque esclandre.*[132] Oh, não vá, não me deixe só! *Ma carrière est finie aujourd'hui, je le sens.*[133] Sabe, é possível que lá eu me lance contra alguém e o morda, como aquele alferes...

Lançou-me um olhar estranho, assustado e ao mesmo tempo como que desejoso de assustar. De fato, ia ficando cada vez mais e mais irritado com alguém e com alguma coisa na medida em que o tempo passava e não chegava o "trenó"; estava até zangado. Súbito Nastácia, que por algum motivo saíra da cozinha para a antessala, esbarrou e derrubou o porta-chapéus. Stiepan Trofímovitch tremeu e quase morreu de susto; mas quando a coisa ficou clara quase ganiu com Nastácia e, sapateando, expulsou-a de volta à cozinha. Um minuto depois pronunciou, olhando-me com desespero:

— Estou liquidado! *Cher* — sentou-se de repente ao meu lado e me olhou fixo nos olhos com uma expressão bem lastimável —, *cher*, não é a Sibéria

[129] "Você me mistura com essa gente!" (N. do T.)

[130] "com esses espíritos fortes da vilania!" (N. do T.)

[131] "Sabe!" (N. do T.)

[132] "vou provocar algum escândalo lá". (N. do T.)

[133] "Minha carreira terminou hoje, eu o sinto." (N. do T.)

que eu temo, juro, *oh, je vous jure*[134] (chegaram até a brotar lágrimas de seus olhos), é outra coisa que eu temo...

Só por sua aparência adivinhei que finalmente queria me comunicar alguma coisa de extraordinário, mas que até então se contivera.

— Temo a vergonha — murmurou com ar misterioso.

— Que vergonha? Ora, é o contrário! Acredite, Stiepan Trofímovitch, que tudo isso vai se esclarecer hoje e terminar a seu favor...

— Você está tão seguro de que irão me perdoar?

— Ora, o que significa "irão perdoar"! Que palavras! O que você fez de tão grave? Asseguro que você não fez nada!

— *Qu'en savez-vous*,[135] toda a minha vida foi... *cher*... Eles estão lembrados de tudo... e se não descobrirem nada será *até pior* — acrescentou subitamente de modo inesperado.

— Como até pior?

— Pior.

— Não estou entendendo.

— Meu amigo, meu amigo, que me mandem para a Sibéria, para Arkhanguelsk, privado dos direitos — se é para morrer, morramos! Mas... é outra coisa que eu temo (outra vez o murmúrio, o ar assustado e o mistério).

— Mas o que teme, o quê?

— Que me açoitem — proferiu e me olhou com ar consternado.

— Quem iria açoitá-lo? Onde? Por quê? — bradei, temendo que ele estivesse enlouquecendo.

— Onde? Ora, lá... onde isso se faz.

— Mas onde é que isso se faz?

— Oh, *cher* — cochichou-me quase ao pé do ouvido —, de repente o chão se move debaixo dos seus pés, você desce até a metade... todo mundo sabe disso.

— Fábulas! — gritei, adivinhando — velhas fábulas, e não me diga que até hoje você tem acreditado nelas? — dei uma gargalhada.

— Fábulas! mas essas fábulas saíram de alguma coisa; o açoitado não irá contar. Dez mil vezes concebi isso na imaginação!

— Mas você, você por quê? Ora, você não fez nada.

— Pior ainda, verão que não fiz nada e me açoitarão.

— E você está certo de que por isso o levarão a Petersburgo!

[134] "oh, eu lhe juro". (N. do T.)

[135] "O que você sabe". (N. do T.)

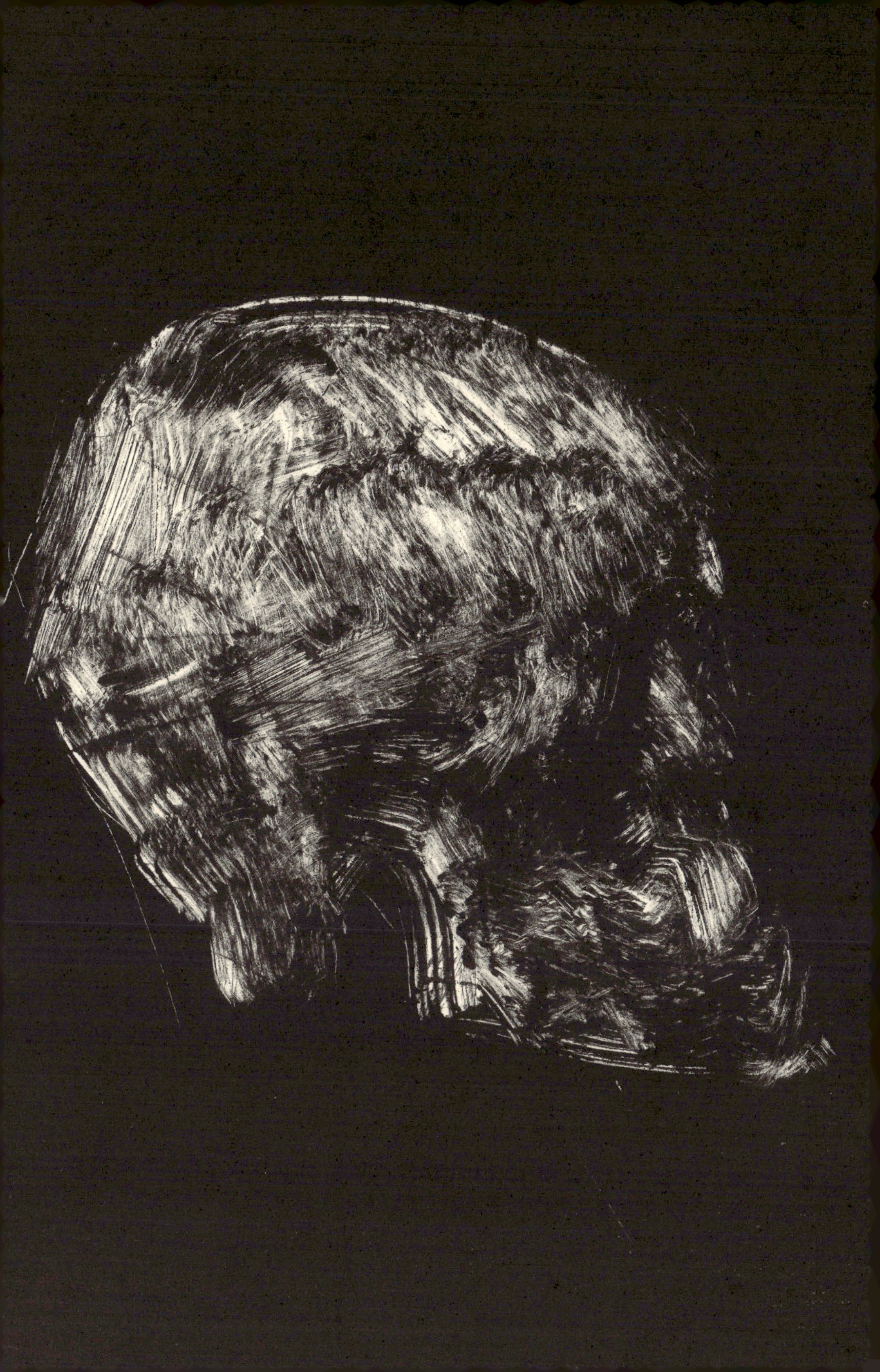

— Meu amigo, eu já disse que não lamento nada, *ma carrière est finie.*[136] Desde o momento em que ela se despediu de mim em Skvoriéchniki não lamento por minha vida... Mas a vergonha, a vergonha, *que dira-t-elle*,[137] se souber?

Olhou-me desesperado e, coitado, corou por inteiro. Eu também baixei a vista.

— Ela não vai saber de nada porque nada vai acontecer com você. Stiepan Trofímovitch, você me surpreendeu a tal ponto esta manhã que é como se eu estivesse falando com você pela primeira vez na vida.

— Meu amigo, acontece que isso não é medo. Vamos que me perdoem, vamos que me tragam de volta para cá e nada façam — pois bem, é aí que estarei liquidado. *Elle me soupçonnera toute sa vie...*[138] De mim, de mim, poeta, pensador, um homem a quem ela reverenciou vinte e dois anos a fio!

— Isso nem passará pela cabeça dela.

— Passará — murmurou com profunda convicção. — Eu e ela conversamos várias vezes a esse respeito em Petersburgo, durante a Páscoa, antes da partida, quando nós dois temíamos... *Elle me soupçonnera toute sa vie...* e como dissuadi-la? Seria uma coisa inverossímil. Ademais, quem nesta cidadezinha iria acreditar? *C'est invraisemblable... Et puis les femmes...*[139] Ela vai ficar contente. Ficará muito amargurada, muito, sinceramente, como uma amiga de verdade, mas no íntimo ficará contente... Darei a ela uma arma contra mim para toda a vida. Oh, minha vida acabou! Vinte anos de uma felicidade tão plena com ela... e veja no que deu!

Cobriu o rosto com as mãos.

— Stiepan Trofímovitch, não seria o caso de levar o ocorrido agora ao conhecimento de Varvara Pietrovna? — sugeri.

— Deus me livre! — estremeceu e levantou-se de um salto. — Por nada, nunca, depois do que ela me disse na despedida em Skvoriéchniki, ja-mais.

Seus olhos brilharam.

Ficamos ainda uma hora ou mais sentados, acho eu, esperando alguma coisa — já que essa era a ideia. Ele tornou a deitar-se, até fechou os olhos, e assim continuou por uns vinte minutos sem dizer uma palavra, de sorte que cheguei a pensar que tivesse adormecido ou estivesse dormitando. Súbito

[136] "minha carreira chegou ao fim". (N. do T.)

[137] "que dirá ela?" (N. do T.)

[138] "Ela suspeitará de mim por toda a sua vida..." (N. do T.)

[139] "Isso é inverossímil... E depois as mulheres..." (N. do T.)

soergueu-se num ímpeto, arrancou a toalha da cabeça, levantou-se de um salto do divã, correu para o espelho e com as mãos trêmulas deu o laço na gravata e gritou em voz alta para Nastácia lhe trazer o sobretudo, o chapéu novo e a bengala.

— Não posso mais suportar — pronunciou com voz entrecortada —, não posso, não posso!... Eu mesmo vou.

— Para onde? — também me levantei de um salto.

— Procurar Lembke. *Cher*, eu devo, eu tenho a obrigação. É um dever. Sou um cidadão e um homem, não um cavaco, tenho direitos, quero os meus direitos... Durante vinte anos não reclamei meus direitos, durante a vida inteira eu os esqueci de maneira criminosa... mas agora vou reclamá-los. Ele deve me dizer tudo, tudo. Recebeu um telegrama, não se atreverá a me atormentar, ou então me prenda, prenda, prenda!

Ele exclamava dando uns ganidos e sapateando.

— Tem minha aprovação — disse eu de propósito e do modo mais tranquilo possível, embora temesse muito por ele —, verdade, isso é melhor do que ficar aqui nessa angústia, mas não aprovo o seu estado de espírito; olhe a sua aparência, e como vai aparecer lá. *Il faut être digne et calme avec Lembke.*[140] De fato, neste momento você pode atacar e morder alguém lá.

— Vou me denunciar. Vou cair direto na goela do leão...

— E eu também vou com você.

— Eu não esperava menos de você, aceito o seu sacrifício, o sacrifício do verdadeiro amigo, mas até a casa, só até a casa: você não deve, você não tem o direito de comprometer-se além da associação comigo. *Oh, croyez-moi, je serai calme!*[141] Tenho consciência de que neste momento estou *à la hauteur de tout ce qu'il y a de plus sacré...*[142]

— É possível que eu também entre na casa com você — interrompi-o. — Ontem fui informado pelo tolo comitê, através de Vissotzki, que contam comigo e me convidam para essa festa de amanhã como um dos responsáveis ou, segundo eles... como um dos seis jovens destinados a tomar conta das bandejas, cuidar das senhoras, levar os convidados aos seus lugares, e usar um laço de fita escarlate mesclada de branco no ombro esquerdo. Quis recusar, mas, agora, por que não iria entrar na casa a pretexto de me explicar com a própria Yúlia Mikháilovna... Pois bem, assim entraremos os dois juntos.

[140] "Com Lembke você deve se portar de modo digno e tranquilo." (N. do T.)

[141] "Oh, creia-me, estarei calmo!" (N. do T.)

[142] "à altura de tudo que existe de mais sagrado..." (N. do T.)

Ele ouviu, meneando a cabeça, mas parece que não entendeu nada. Estávamos na porta.

— *Cher* — estendeu a mão para a lamparina no canto —, *cher*, nunca acreditei nisso, mas... vá lá, vá lá! (Benzeu-se.) *Allons!*[143]

"Bem, assim é melhor — pensei, saindo com ele para o alpendre —, durante o trajeto o ar fresco vai ajudar e ficaremos tranquilos, voltaremos para casa e nos deitaremos para dormir..."

Mas a minha conjectura não incluía o anfitrião. Foi no trajeto mesmo que justamente se deu o incidente que abalou ainda mais Stiepan Trofímovitch e indicou-lhe definitivamente o caminho... de sorte que, confesso, não esperava do nosso amigo uma agilidade tão grande como a que ele subitamente revelou naquela manhã. Pobre amigo, bom amigo!

[143] "Vamos!" (N. do T.)

X
OS FLIBUSTEIROS — MANHÃ FATAL

I

O incidente ocorrido em nosso trajeto também foi daqueles que surpreendem. Mas é preciso contar tudo pela ordem. Uma hora antes da nossa saída, uma turba de homens, operários da fábrica dos Chpigúlin, uns setenta ou talvez mais, passou pela cidade e provocou a curiosidade de muitos. A turba passou cerimoniosamente, quase calada, em ordem deliberada. Depois afirmaram que aqueles setenta eram representantes eleitos de todos os operários dos Chpigúlin, uns novecentos, iam procurar o governador e, na ausência dos patrões, pedir que ele pusesse um freio no gerente da fábrica, que, ao fechá-la e despedir os operários, havia enganado descaradamente a todos na conta — fato que em nossos dias não deixa nenhuma dúvida. Outras pessoas entre nós até hoje refutam aquela eleição, afirmando que setenta homens eram um número excessivo para representantes escolhidos e que aquela turba era simplesmente constituída daqueles que se sentiam mais ofendidos e tinham vindo pedir por si mesmos, de sorte que não teria havido nenhuma "rebelião" geral das fábricas, como depois trombetearam tanto. Terceiros asseguram entusiasticamente que aqueles setenta homens não eram simples rebeldes, mas rebeldes politicamente decididos, isto é, além de serem dos mais impetuosos, ainda haviam sido incitados pelos panfletos distribuídos secretamente. Numa palavra, se houve ali a influência ou o incitamento de alguém é coisa que até hoje não se sabe com precisão. Minha opinião pessoal é que os operários não haviam lido nenhum daqueles panfletos secretos e, se os leram, não compreenderam uma palavra, já pelo simples fato de que os seus autores, em que pese toda a explicitude do seu estilo, escrevem de maneira extremamente confusa. Uma vez que os operários das fábricas estavam numa situação difícil — e a polícia a quem recorreram não queria tomar suas dores —, o que poderia ser mais natural que a ideia de irem juntos ao "próprio general", se possível até levando um documento, enfileirarem-se cerimoniosamente diante do seu alpendre e, mal ele aparecesse, ajoelharem-se todos, rogando em altos brados como se roga à própria providência? A meu ver, nesse caso não há necessidade nem de rebelião nem mesmo de representantes eleitos, pois esse recurso é velho, histórico; desde tempos imemoriais o povo russo sempre gostou de conversar com o "próprio general", já pelo simples prazer de conversar, e até sem se importar com o resultado da conversa.

É daí que vem minha plena convicção de que, mesmo que Piotr Stiepánovitch, Lipútin e possivelmente alguém mais, talvez até o próprio Fiedka, tivessem circulado previamente entre os operários (uma vez que realmente há indicações bastante sólidas que apontam para essa circunstância) e conversado com eles, na certa conversaram no máximo com dois, três, digamos cinco, unicamente para sondá-los, e essa conversa não deu em nada. Quanto à rebelião, se os operários entenderam mesmo alguma coisa da propaganda, seguramente logo a desprezaram como algo tolo e de todo inconveniente. Outra coisa é Fiedka: este parece que teve mais sorte do que Piotr Stiepánovitch. Como hoje está fora de dúvida, Fiedka realmente foi acompanhado por dois operários da fábrica no incêndio que três dias depois provocou na cidade, e um mês após foram presos mais três operários do distrito, também acusados de incêndio e roubo. E se Fiedka conseguiu atraí-los para a ação direta e imediata, também não foi além daqueles cinco, pois não se ouviu falar nada semelhante a respeito de outros.

Seja como for, toda a turba de operários finalmente chegou à pracinha diante da casa do governador e ali se alinhou de forma cerimoniosa e em silêncio. Depois começaram a esperar, olhando boquiabertos para o alpendre. Contaram-me que, mal se posicionaram, tiraram imediatamente os chapéus de pele, isto é, talvez meia hora antes da chegada do senhor da província, que, como de propósito, não estava em casa naquele momento. A polícia apareceu no mesmo instante, primeiro em grupos isolados e depois com o efetivo mais completo possível; é claro que começou com ameaças, dando ordem para que se dispersassem. Mas os operários fincaram pé, como um rebanho de carneiros que chegou ao cercado, e responderam laconicamente que tinham vindo procurar o "próprio *general*"; sua sólida resolução era visível. Os gritos afetados cessaram; foram rapidamente substituídos pela meditação, por uma misteriosa habilidade para ordenar aos sussurros e por uma solicitude austera e preocupada que fazia franzir o cenho da autoridade. O chefe de polícia preferiu aguardar a chegada do próprio Von Lembke. É um disparate dizer que ele, Iliá Ilitch, chegou a toda brida numa troica e já ensaiando briga ao descer. Ele realmente voava e gostava de voar pela cidade em sua *drojki* de traseira amarela, e à medida que os "cavalos pervertidos" iam ficando cada vez mais loucos, deixando em êxtase todos os comerciantes do Gostini Riad, punha-se em pé na *drojki*, de corpo inteiro, segurando-se numa correia especialmente colocada de um lado, esticava o braço direito para o ar como um monumento e assim percorria a cidade com o olhar. Mas no caso presente ele não brigava e, embora não conseguisse descer da *drojki* sem dizer um palavrão, fazia isto unicamente para não perder a popularidade. É um disparate ainda maior dizer que trouxe soldados com baionetas caladas e solicitou pelo telégrafo o envio de artilharia e de cossacos: são fábulas em que hoje nem seus inventores acreditam. É ainda um disparate dizer que trouxe tonéis de bombeiros com água para jogar no povo. Iliá Ilitch, exaltado, gritou pura e simplesmente que com ele ninguém sairia da água sem se molhar; provavelmente foi daí que saíram os tais tonéis, que assim acabaram aparecendo nas correspondências dos jornais da capital. A variante mais certa, cabe supor, é a de que primeiro cercaram a turba com todos os policiais que estavam à disposição e mandaram a Lembke um emissário especial, o comissário de polícia do primeiro departamento, que voou na *drojki* do chefe de polícia a caminho de Skvoriéchniki, sabendo que meia hora antes Lembke fora para lá em sua carruagem...

Confesso, porém, que, apesar de tudo, até hoje uma questão não está resolvida para mim: de que modo uma turba insigificante, isto é, uma simples turba de peticionários — é verdade que eram setenta homens —, a despeito de tudo foi logo de saída transformada em rebelião que ameaçava abalar os fundamentos da ordem? Por que o próprio Lembke atirou-se a essa ideia quando apareceu vinte minutos depois do emissário? Eu suporia (também como opinião pessoal) que para Iliá Ilitch, mancomunado com o gerente da fábrica, era até vantajoso apresentar a Von Lembke aquela turba sob essa luz, e precisamente para impedir que ele fizesse o verdadeiro inquérito da questão; aliás, o próprio Von Lembke lhe deu essa ideia. Nos últimos dois dias tivera com ele duas conversas misteriosas e urgentes, aliás, bastante confusas, mas das quais Iliá Ilitch acabou percebendo que o governador estava obstinado com a ideia dos panfletos e de que alguém havia incitado os operários dos Chpigúlin à rebelião social, e a obstinação era tanta que ele talvez viesse a lamentar se essa incitação se revelasse um disparate. "Está querendo ser notado em Petersburgo — pensou o nosso astuto Iliá Ilitch ao deixar Von Lembke —, pois bem, isso nos favorece."

Estou certo, porém, de que o pobre Andriêi Antónovitch não desejaria a rebelião nem mesmo para sobressair-se pessoalmente. Era um funcionário extremamente consciencioso, que mantivera sua inocência até o casamento. Ademais, que culpa tinha se, em vez de um inocente carguinho público e da igualmente inocente Minna, uma princesa quarentona o elevara à altura de si mesma? Sei quase ao certo que foi justamente a partir dessa manhã fatal que começaram os primeiros sintomas evidentes do estado que, como dizem, levou o pobre Andriêi Antónovitch àquele famoso estabelecimento especial da Suíça, onde atualmente estaria reunindo novas forças. Mas, se admitirmos que foi justamente a partir dessa manhã que se manifestaram fatos evidentes de *alguma coisa*, então acho possível admitir que na véspera tais fatos já pudessem ter se manifestado, mesmo sem tanta evidência. Sei por rumores os mais íntimos (bem, imagine que mais tarde a própria Yúlia Mikháilovna me contou parte dessa história, porém com um tom não mais triunfal e sim *quase* arrependido — porque a mulher nunca se arrepende *plenamente*) que Andriêi Antónovitch procurou sua esposa na véspera, já alta noite, aí pelas três da madrugada, acordou-a e exigiu que ela ouvisse o "seu ultimato". A exigência era tão categórica que ela foi forçada a levantar-se do leito tomada de indignação e com a cabeça cheia de papelotes e, sentando-se no canapé, acabou por ouvi-lo, ainda que com um desdém sarcástico. Só então ela compreendeu pela primeira vez como o seu Andriêi Antónovitch tinha ido longe e ficou horrorizada. Enfim, ela devia reconsiderar e abrandar-se, mas escondeu o pavor e caiu numa obstinação ainda mais firme. Tinha (como, parece, toda esposa) sua maneira de tratar Andriêi Antónovitch, que já experimentara mais de uma vez e mais de uma vez o levara à loucura. Essa maneira consistia em um silêncio desdenhoso, de uma hora, de duas, de vinte e quatro, e quase até de três dias, um silêncio a qualquer custo, a despeito do que ele falasse, do que fizesse, mesmo que subisse e se jogasse da janela do terceiro andar — maneira insuportável para um homem sensível! Estaria Yúlia Mikháilovna punindo seu esposo pelas falhas que ele cometera nos últimos dias e pela inveja carregada de ciúme que, como chefe da cidade, nutria pelas aptidões administrativas dela; estaria indignada com a crítica que ele fazia ao seu comportamento com os jovens e com toda a nossa sociedade, sem compreender que a moviam objetivos políticos sutis e clarividentes; estaria zangada com o ciúme obtuso e absurdo que ele tinha dela com Piotr Stiepánovitch? — fosse lá o que fosse, agora ela resolvera não se abrandar, ainda que fossem três da madrugada e nunca tivesse visto uma agitação como aquela em Andriêi Antónovitch. Andando fora de si para a frente e para trás e em todas as direções pelos tapetes da saleta da esposa, ele lhe expôs tudo, tudo, é verdade que sem nenhum nexo, mas, em compensação, *tudo* o que se acumulara, pois "passara dos limites". Começou dizendo que todos riam dele e o "levavam no bico". "Estou pouco ligando para a expressão — ganiu incontinenti, respondendo ao sorriso dela — 'no bico', pois veja, só que é verdade!..." "Não, senhora, chegou o momento; fique sabendo que esta não é hora de riso nem de dengo feminino. Não estamos numa saleta de mulher faceira, mas somos como que dois seres abstratos que se encontraram em um balão para dizer a verdade." (Ele, é claro, se atrapalhava e não encontrava as formas exatas para seus pensamentos, aliás corretos.) "Foi a senhora, a senhora que me tirou da minha antiga condição, assumi este cargo unicamente pela senhora, para satisfazer a sua ambição... Está com um sorriso sarcástico? Não cante vitória, não se precipite. Sabe, sabe, senhora, que eu poderia, que eu seria capaz de dar conta desse cargo, e não só desse cargo, mas de dezenas de cargos semelhantes, porque tenho aptidões; mas com a senhora, na sua presença não consigo dar conta; porque na sua presença não tenho aptidões. Dois centros não podem existir, e a senhora criou dois — um comigo, o outro com a senhora na sua saleta —, dois centros de poder, senhora, mas isto não vou permitir, não vou permitir!! No serviço, como na vida conjugal, existe um centro, dois é impossível... Como a senhora me pagou? — exclamou em seguida. — Nossa vida conjugal tem sido assim: a toda hora a senhora sempre me demonstra que sou uma nulidade, um tolo e até vil, e a toda hora eu me vejo sempre forçado a lhe demonstrar de forma humilhante que não sou uma nulidade, não tenho nada de tolo e impressiono a todos com minha dignidade; então, isso não é humilhante para ambas as partes?" Nesse ponto começou um sapateado rápido e frequente sobre o tapete, forçando Yúlia Mikháilovna a soerguer-se com uma dignidade severa. Rapidamente ele se calou, mas ao mesmo tempo passou ao sentimentalismo e começou a soluçar (sim, soluçar), batendo no peito durante quase cinco minutos, cada vez mais fora de si por causa do profundíssimo silêncio de Yúlia Mikháilovna. Por fim, meteu os pés pelas mãos e deixou escapar que tinha ciúme dela com Piotr Stiepánovitch. Percebendo que fizera uma tolice além da medida, ficou louco de fúria e gritou que "não permitiria que se negasse Deus"; que dispensaria o "salão devasso e incréu" dela; que o governador da cidade era até obrigado a acreditar em Deus, "por conseguinte, sua mulher também"; que não suportava os jovens; que "a senhora, a senhora, por uma questão de dignidade própria, devia preocupar-se com o marido e defender a inteligência dele, mesmo se ele tivesse más aptidões (e eu não tenho nenhuma aptidão ruim!), mas enquanto isso a senhora é a causa do desprezo que todos aqui nutrem por mim, foi a senhora quem dispôs todos!...". Ele gritava que ia destruir a questão feminina, que faria seu cheiro evaporar, que amanhã mesmo proibiria e dissolveria a absurda festa por subscrição para as preceptoras (o diabo que as carregue!); que no dia seguinte mesmo expulsaria da província "com o emprego de um cossaco!",[144] "deliberadamente, deliberadamente!",

[144] Os cossacos eram tropas de elite que o tsarismo empregava na repressão a manifestações, sobretudo políticas. (N. do T.)

a primeira preceptora que encontrasse, gania ele. "Sabe, sabe — gritava — que os homens da fábrica foram incitados pelos seus patifes e que estou a par de tudo? Sabe que andam distribuindo panfletos com essa intenção, com essa in-ten-ção! Sabe que sei os nomes dos quatro patifes e que estou enlouquecendo, estou enlouquecendo definitivamente, definitivamente!!!..." Mas nesse ponto Yúlia Mikháilovna rompeu de repente o silêncio e anunciou com ar severo que há muito tempo ela mesma sabia das intenções criminosas e que tudo isso era tolice que ele levara a sério e, quanto aos travessos, ela não só conhecia os quatro como todos os outros (mentiu); que não tinha nenhuma intenção de enlouquecer por isso mas, ao contrário, acreditava ainda mais em sua própria inteligência e esperava levar tudo a um final harmonioso: incentivando os jovens, chamando-os à razão, súbito demonstrando que os seus planos eram conhecidos e indicando-lhes novos objetivos para uma atividade sensata e mais radiosa. Oh, como ficou Andriêi Antónovitch nesse instante! Ao saber que Piotr Stiepánovitch tornara a engazopá-lo e zombara tão grosseiramente dele, que abrira para ela muito mais coisas e ainda antes do que o fizera para ele e que, por fim, o próprio Piotr Stiepánovitch talvez fosse o principal fomentador de todos os planos criminosos; ficou uma fúria. "Fica sabendo, mulher inepta mas venenosa — exclamava ele, rompendo de vez todas as correntes —, fica sabendo que vou prender agora mesmo teu amante indigno, algemá-lo e mandá-lo para uma fortaleza, ou lançá-lo agora mesmo da janela na tua presença!" A essa tirada Yúlia Mikháilovna, verde de raiva, explodiu numa gargalhada longa, sonora, com modulações e estrondo, exatamente como no teatro francês, quando uma atriz parisiense, que foi contratada por cem mil e faz o papel de coquete, ri na cara do marido que se atreveu a ter ciúme dela. Von Lembke fez menção de precipitar-se pela janela, mas parou de chofre como se estivesse plantado, cruzando os braços e pálido como morto, e fitou com um olhar sinistro a mulher que ria. "Tu sabias, sabias, Yúlia... — pronunciou arquejante, com voz de súplica —, sabias que sou capaz de fazer alguma coisa?" Mas diante da nova explosão de gargalhada, ainda mais forte, que se seguiu às suas últimas palavras, ele trincou os dentes, deu um gemido e de repente investiu — não para a janela, mas contra a esposa, levantando o punho sobre ela! Não o baixou — não, três vezes não; mas em compensação consumou ali a sua derrota. Caindo de cansaço, conseguiu chegar ao gabinete, e como estava, vestido, lançou-se de bruços na cama arrumada para ele, enfiou a cabeça debaixo do travesseiro num gesto convulso e assim ficou deitado umas duas horas, sem dormir, sem refletir, com uma pedra no peito e um desespero bruto e estático na alma. De quando em quando um tremor febril e torturante lhe estremecia o corpo inteiro. Vieram-lhe à memória umas coisas desconexas, totalmente dissociadas da situação: ora pensava no velho relógio de parede que possuíra uns quinze anos antes em Petersburgo e do qual caíra o ponteiro dos minutos; ora recordava o alegre funcionário Millebois e o pardal que os dois haviam apanhado no parque Alieksándrovski e como, ao apanhá-lo, lembraram-se, rindo para todo o parque, que um dos dois já era assessor de colégio. Penso que ele adormeceu aí pelas sete da manhã sem se dar conta disso, dormiu com prazer e teve sonhos magníficos. Despertando por volta das nove, levantou-se de um salto da cama, assustado, num átimo lembrou-se de tudo e deu uma palmada forte na testa: não quis desjejuar nem receber Blum, nem o chefe de polícia, nem o funcionário que lhe veio lembrar que os membros da assembleia de -ski o esperavam para presidi-la naquela manhã, não ouviu nem quis se lembrar de nada, mas correu feito louco para os aposentos de Yúlia Mikháilovna. Ali Sófia Antrópovna, velha nobre que já morava há muito tempo com Yúlia Mikháilovna, explicou-lhe que desde as nove horas ela havia partido em grande companhia de três carruagens para a casa de Varvara Pietrovna Stavróguina em Skvoriéchniki, com o fim de ali examinar o lugar para a futura festa, a segunda já planejada para duas semanas depois, o que já havia sido combinado na antevéspera com a própria Varvara Pietrovna. Fulminado com a notícia, Andriêi Antónovitch voltou para o gabinete e ordenou num ímpeto que lhe providenciassem os cavalos. Mal conseguiu esperar. Sua alma estava sequiosa por Yúlia Mikháilovna, apenas para fitá-la, passar uns cinco minutos ao seu lado; talvez ela o fitasse, talvez o notasse, lhe sorrisse como antes, ou o perdoasse — oh, oh! "Que importam os cavalos?" Abriu maquinalmente um livro grosso que estava na mesa (às vezes procurava adivinhar algo no livro ao abri-lo ao acaso e ler três linhas na página da direita, de cima para baixo). Leu: "*Tout est pour le mieux dans le meilleur des mondes possibles*". Voltaire, *Candide*.[145] Encolheu os ombros e correu para tomar a carruagem: "Para Skvoriéchniki!". O cocheiro contou que o senhor o apressara durante todo o trajeto, no entanto, mal começara a se aproximar da casa senhorial, mandou de repente que desse meia-volta e regressasse à cidade: "Mais depressa, mais depressa, mais depressa". Antes que chegassem ao aterro da cidade, "ele mandou que eu tornasse a parar, desceu da carruagem e atravessou a estrada em direção ao campo; pensei que fosse alguma fraqueza, mas ele parou e ficou examinando umas florzinhas, e as-

[145] "Tudo caminha para o melhor no melhor dos mundos possíveis" — frase famosa do Dr. Pangloss, personagem do *Cândido*, de Voltaire. (N. da E.)

sim ficou algum tempo, de um jeito esquisito; palavra, fiquei totalmente confuso". Foi esse o depoimento do cocheiro. Lembro-me do tempo que fazia naquela manhã: era um dia de setembro frio e claro, porém ventoso; diante de Andriêi Antónovitch, que atravessara a estrada, descortinava-se a paisagem severa de um campo pelado onde havia muito o trigo fora colhido: o vento uivante ondulava uns míseros remanescentes de mortas florzinhas amarelas... Estaria ele querendo comparar a si e seu destino àquelas florzinhas estioladas e mortas pelo outono e pelo frio? Não creio. Penso até que certamente não era isso, e que ele nada tinha em mente acerca daquelas florzinhas, a despeito do depoimento do cocheiro e do delegado de polícia do primeiro departamento, que chegou naquele instante na *drojki* do chefe de polícia e depois afirmou que realmente encontrara o governador com um molho de flores amarelas na mão. Esse delegado, Vassili Ivánovitch Flibustiêrov, entusiasta da administração, era pessoa ainda recente em nossa cidade, mas que já se destacara e ganhara fama por seu zelo desmesurado, seus gestos meio impensados em todos os procedimentos usados no desempenho da função e pelo congênito estado de embriaguez. Saltando da *drojki* e sem vacilar um mínimo ao ver o que fazia o governador, informou de chofre, com ar desvairado porém convicto: "A cidade está intranquila".

— Hein, o quê? — voltou-se para ele Andriêi Antónovitch com expressão severa, mas sem a mínima surpresa e totalmente esquecido da carruagem e do cocheiro, como se estivesse em seu gabinete.

— Delegado do primeiro departamento Flibustiêrov, excelência. Há uma rebelião na cidade.

— Flibusteiros? — perguntou Andriêi Antónovitch com ar pensativo.

— Exatamente, excelência. Os operários dos Chpigúlin estão rebelados.

— Dos Chpigúlin!...

A menção aos operários "dos Chpigúlin" pareceu lembrar-lhe algo. Chegou até a estremecer e levar um dedo à testa: "dos Chpigúlin!". Calado, mas ainda pensativo, caminhou sem pressa para a carruagem, tomou assento e ordenou o caminho da cidade. O delegado o seguiu na *drojki*.

Imagino que no trajeto lhe vieram confusamente à cabeça muitas coisas muito interessantes, muitos temas, mas é pouco provável que ele tivesse alguma ideia firme ou alguma intenção definida ao chegar à praça diante da casa do governador. Entretanto, mal avistou a turba de "rebelados" enfileirada e firme, a corrente de policiais, o chefe de polícia impotente (de caso pensado, talvez) e a expectativa geral voltada para ele, todo o sangue lhe afluiu ao coração. Pálido, desceu da carruagem.

— Tirar os chapéus! — pronunciou com voz que mal se ouvia e arquejando. — De joelhos![146] — ganiu inesperadamente, inesperadamente para si mesmo, e esse inesperado talvez contivesse todo o desfecho subsequente do caso. O mesmo acontece nas montanhas durante o inverno; contudo, trenós que voam montanha abaixo podem parar no meio? Como por azar, Andriêi Antónovitch se distinguira em toda a sua vida pela lucidez e jamais gritara nem batera os pés com ninguém; e com gente como aquela era mais perigoso, pois podia acontecer que por alguma razão seus trenós despencassem montanha abaixo. Tudo girou em volta dele.

— Flibusteiros! — vociferou de modo ainda mais esganiçado e mais absurdo, e ficou com a voz embargada. Estava postado ainda sem saber o que fazer, mas sabendo e percebendo com todo o seu ser que faria inevitavelmente alguma coisa a qualquer momento.

"Meu Deus!" — ouviu-se do meio da turba. Um rapaz começou a benzer-se; uns três ou quatro homens realmente fizeram menção de ajoelhar-se, mas outros avançaram em massa enorme uns três passos adiante e num repente todos começaram a falar ao mesmo tempo: "Excelência... fomos contratados a quarenta copeques... o gerente... tu não podias dizer!" etc., etc. Não se conseguia entender nada.

Ai! Andriêi Antónovitch não conseguia entender: as florzinhas ainda estavam em suas mãos. A rebelião lhe era evidente como ainda há pouco o eram os trenós cobertos para Stiepan Trofímovitch. E no meio da turba de "rebelados", que tinha os olhos arregalados para ele, Piotr Stiepánovitch, que os "incitara", que não deixara Andriêi Antónovitch um só instante desde a véspera, andava ali num vaivém à frente dele — Piotr Stiepánovitch, o Piotr Stiepánovitch que ele detestava...

— Tragam os açoites! — gritou de um modo ainda mais inesperado.

Fez-se um silêncio de morte.

Eis como isso aconteceu desde o início, a julgar pelas informações mais exatas e por minhas conjecturas. Com o desenrolar dos acontecimentos, porém, as informações foram se tornando não tão precisas, assim como as minhas conjecturas. De resto, dispomos de alguns fatos.

Primeiro os açoites apareceram com excessiva precipitação; pelo visto, haviam sido reservadas pelo sagaz chefe de polícia na expectativa do que iria

[146] Paródia das palavras pronunciadas no dia 22 de junho de 1831 por Nicolau I na praça Siénnaia, em Petersburgo, diante de uma multidão durante o famoso levante contra o cólera: "O que estão fazendo, seus imbecis. O que lhes deu na telha, o que os move? Trata-se de um castigo de Deus. De joelhos, idiotas! Orem a Deus!". (N. da E.)

acontecer. Aliás, castigaram apenas dois operários, acho que nem chegaram a três; insisto nesse ponto. É pura invencionice que tenham castigado todos ou sequer metade dos homens. Também é um disparate a versão de que uma senhora pobre, porém nobre, que passava por ali, foi agarrada e imediatamente açoitada sob algum pretexto; entretanto, mais tarde eu mesmo li a respeito dessa senhora numa correspondência de um dos jornais de Petersburgo. Em nossa cidade muito se falou de Avdótia Pietrovna Tarapíguina, moradora de um asilo para velhos anexo ao cemitério; contavam que ao voltar para o asilo depois de uma visita e passar pela praça, abrira caminho entre os espectadores por uma curiosidade natural e, ao ver o que acontecia, teria exclamado: "Que vergonha!", e dado uma cuspida. Por essa atitude teria sido agarrada e também "recebido uma lição". Não só escreveram sobre esse incidente em nossa cidade como até organizaram uma subscrição em benefício dela. Eu mesmo subscrevi vinte copeques. E o que aconteceu? Verifica-se agora que nunca houve em nossa cidade nenhuma asilada com nome de Tarapíguina! Eu mesmo fui tomar informações no asilo anexo ao cemitério: lá nunca tinham ouvido falar de Tarapíguina nenhuma; ademais, ainda ficaram muito ofendidos quando lhes contei o boato que andava correndo pela cidade. Menciono propriamente essa inexistente Avdótia Pietrovna porque quase aconteceu com Stiepan Trofímovitch a mesma história que se dera com ela (se é que ela realmente existiu); de certa forma, é até possível que ele tenha dado origem a todo esse boato absurdo sobre Tarapíguina, isto é, que na evolução subsequente do boato simplesmente o tenham pegado e transformado numa Tarapíguina qualquer. O principal é que não compreendo como ele se esgueirou de mim mal nós dois entramos na praça. Pressentindo algo muito ruim, quis levá-lo diretamente para o alpendre do governador contornando a praça, mas eu mesmo fui tomado de curiosidade e parei apenas por um minuto para indagar da primeira pessoa que encontrei, e de repente notei que Stiepan Trofímovitch não estava ao meu lado. Por instinto, precipitei-me imediatamente a procurá-lo no lugar mais perigoso; por alguma razão pressenti que seus trenós haviam rolado montanha abaixo. E de fato já fui encontrá-lo em pleno centro do acontecimento. Lembro-me de que o agarrei pelo braço; mas ele me olhou com ar tranquilo e orgulhoso e com uma autoridade desmedida:

— *Cher* — pronunciou com uma voz em que tremia uma corda arrebentada. — Se eles todos aqui, na praça, na nossa presença, procedem com tanta sem-cerimônia, então o que se deve esperar *daquele ali*... se vier a agir com independência?

E ele, tremendo de indignação e com uma desmedida vontade de desafiar, levantou seu ameaçador dedo indicador para Flibustiêrov, que estava a dois passos e tinha os olhos arregalados para nós.

— *Aquele ali!* — exclamou o outro louco de raiva. — Aquele quem? E tu, quem és? — acercou-se de punho cerrado. — E tu, quem és? — berrou com ar furioso, mórbido e desesperado (observo que ele conhecia muito bem Stiepan Trofímovitch pelo rosto). Mais um instante e, é claro, ele o agarraria pelo colarinho; mas por sorte Lembke virou a cabeça ao ouvir o grito. Lançou um olhar perplexo porém fixo a Stiepan Trofímovitch, como se atinasse alguma coisa, e num repente fez um gesto impaciente com a mão. Flibustiêrov aquietou-se. Arrastei Stiepan Trofímovitch do meio da turba. Aliás, é possível que ele mesmo já quisesse afastar-se.

— Para casa, para casa — insisti —, se não nos deram uma sova foi evidentemente graças a Lembke.

— Vá, meu amigo, você está se expondo por minha culpa. Tem o futuro pela frente e uma carreira, mas quanto a mim, *mon heure a sonné*.[147]

Entrou firme no alpendre da casa do governador. O porteiro me conhecia; anunciei que nós dois íamos ter com Yúlia Mikháilovna. Sentamo-nos na sala de recepção e ficamos a esperar. Eu não queria deixar o meu amigo, mas achava dispensável lhe dizer mais alguma coisa. Seu aspecto era o de um homem que se condenara a algo como a morte certa pela pátria. Não nos sentamos lado a lado, mas em cantos diferentes, eu mais perto da porta de entrada, ele defronte e longe, de cabeça baixa, refletindo e apoiado levemente na bengala com ambas as mãos. Segurava na mão esquerda o chapéu de abas longas. Assim ficamos uns dez minutos.

II

Lembke entrou de chofre, a passos rápidos, acompanhado pelo chefe de polícia, olhou distraído para nós e sem nos dar atenção guinou à direita em direção ao gabinete, mas Stiepan Trofímovitch se pôs em sua frente e lhe bloqueou a passagem. A figura alta e ímpar de Stiepan Trofímovitch produziu impressão; Lembke parou.

— Quem é esse? — murmurou perplexo, como se perguntasse ao chefe de polícia, aliás, sem se voltar um mínimo para ele e continuando a examinar Stiepan Trofímovitch.

[147] "soou a minha hora". (N. do T.)

— Assessor de colégio aposentado Stiepan Trofímovitch Vierkhoviénski, excelência — respondeu Stiepan Trofímovitch, baixando a cabeça com garbo. Sua excelência continuou a examiná-lo com o olhar, diga-se de passagem, muito estúpido.

— Qual é o assunto? — com um laconismo de autoridade, voltou com nojo e impaciência o ouvido para Stiepan Trofímovitch, interpretando-o finalmente como um simples peticionário que trazia algum pedido por escrito.

— Hoje fui alvo de revista em minha casa por um funcionário que agia em nome de vossa excelência; portanto, gostaria...

— O nome? o nome? — perguntou Lembke impaciente, como se de repente tivesse se apercebido de alguma coisa. Stiepan Trofímovitch repetiu seu nome de um modo ainda mais garboso.

— Ah, ah, ah!... É... aquele foco... Meu senhor, o senhor se revelou de um ponto... É professor? É professor?

— Outrora tive a honra de proferir algumas conferências para os jovens da universidade de -ski.

— Para os jo-vens! — Lembke pareceu estremecer, embora eu aposte que ainda estivesse compreendendo pouco do que se tratava e talvez até com quem falava. — Meu caro senhor, isso eu não admito — súbito ficou terrivelmente zangado. — Não admito os jovens. Tudo isso é por causa dos panfletos. É um ataque à sociedade, meu senhor, um ataque marítimo, um flibusteirismo... Qual é o seu pedido?

— Ao contrário, foi sua esposa que me pediu que eu fizesse uma conferência na festa dela amanhã. Não sou eu que estou pedindo, vim aqui procurar os meus direitos...

— Na festa? Não haverá festa. Não vou admitir a sua festa! Conferências? conferências? — gritava feito louco.

— Eu gostaria muito que o senhor falasse comigo com mais cortesia, excelência, que não batesse com os pés nem gritasse comigo como se eu fosse um menino.

— Será que o senhor compreende com quem está falando? — corou Lembke.

— Perfeitamente, excelência.

— Eu protejo a sociedade e o senhor a destrói. Destrói! O senhor... Aliás, eu me lembro do senhor: o senhor foi *governeur* em casa da generala Stavróguina!

— Sim, fui... *governeur*... em casa da generala Stavróguina.

— E durante vinte anos foi o foco de tudo o que hoje se acumulou... Todos os frutos... parece que acabei de vê-lo na praça. Mas deve temer, meu senhor, deve temer; a tendência dos seus pensamentos é conhecida. Fique certo de que estou de olho. Meu senhor, não posso permitir as suas conferências, não posso. Não me faça esses pedidos.

Mais uma vez fez menção de ir-se.

— Repito que o senhor está equivocado, excelência: foi sua esposa que me pediu para ler, não uma conferência, mas algo de literatura na festa de amanhã. Mas neste momento eu mesmo me recuso a ler. Peço encarecidamente que me explique, se for possível: de que modo, por que e para que fui alvo de revista na manhã de hoje? Levaram de minha casa alguns livros, papéis, cartas privadas e caras para mim, e levaram pela cidade num carrinho de mão...

— Quem revistou? — Lembke agitou-se, apercebeu-se inteiramente do que acontecera e súbito corou. Voltou-se rapidamente para o chefe de polícia. Neste instante apareceu à porta a figura encurvada, longa e desajeitada de Blum.

— Foi aquele funcionário ali — apontou Stiepan Trofímovitch para ele. Blum avançou com ar de culpa, mas nunca de derrota.

— *Vous ne faites que des bêtises*[148] — lançou-lhe Lembke com enfado e raiva, e súbito pareceu transformar-se todo e voltou de vez a si. — Desculpe... — balbuciou numa extraordinária atrapalhação e corando até onde era possível — tudo isso... provavelmente tudo isso foi apenas falta de jeito, um mal-entendido... apenas um mal-entendido.

— Excelência — observou Stiepan Trofímovitch —, quando jovem fui testemunha de um caso característico. Certa vez, no corredor de um teatro, um homem se aproximou rapidamente de outro e deu-lhe uma sonora bofetada diante de todo o público. Ao perceber no ato que a pessoa atingida não era absolutamente aquela a que se destinava a sua bofetada, mas outra bem diferente, apenas um pouco parecida, ele, com raiva e apressado, como homem que não tinha condição de perder seu tempo de ouro, pronunciou tal qual o senhor acabou de pronunciar, excelência: "Eu me enganei... desculpe, foi um mal-entendido, apenas um mal-entendido". E quando o ofendido, apesar de tudo, continuou ofendido e gritou, o outro lhe observou com extraordinário enfado: "Mas estou lhe dizendo que foi um mal-entendido, por que ainda está gritando?".

— Isso... isso, é claro, é muito engraçado... — Lembke deu um sorriso amarelo — porém... porém será que o senhor não percebe como eu mesmo sou infeliz?

Quase deu um grito e... e parece que quis cobrir o rosto com as mãos.

[148] "Você só faz besteira". (N. do T.)

Essa inesperada exclamação dorida, quase um pranto, era insuportável. Provavelmente era, desde a véspera, o instante da primeira consciência nítida e plena de tudo o que havia acontecido e, ato contínuo, do desespero completo, humilhante, traiçoeiro; quem sabe, mais um instante, e ele talvez se desfizesse em pranto diante dos presentes. Stiepan Trofímovitch primeiro olhou assustado para ele, depois baixou de repente a cabeça e pronunciou com voz profundamente penetrante:

— Excelência, não se preocupe mais com a minha queixa de rabujento e ordene apenas que me devolvam os livros e as cartas...

Foi interrompido. Nesse mesmo instante Yúlia Mikháilovna voltava ruidosamente com todo o seu séquito. Mas isso eu gostaria de descrever da forma mais minuciosa possível.

III

De início, a turba das três carruagens entrou toda de uma vez na sala de recepção. A entrada para os aposentos de Yúlia Mikháilovna era especial, à esquerda, diretamente do alpendre; mas desta vez todos passaram pela sala e, suponho, justamente porque ali se encontrava Stiepan Trofímovitch e tudo o que acontecera com ele, assim como tudo o que dizia respeito aos operários dos Chpigúlin, já havia sido comunicado a Yúlia Mikháilovna na chegada à cidade. Fora Liámchin quem comunicara, pois, por alguma falta cometida, havia sido deixado em casa, não tomara parte na viagem e assim se informara de tudo antes dos outros. Com uma alegria malévola, precipitara-se em um cavalo cossaco de aluguel pela estrada de Skvoriéchniki ao encontro da cavalgada que retornava e levando as alegres notícias. Creio que Yúlia Mikháilovna, em que pese sua suprema firmeza, ainda assim ficou um pouco confusa ao ouvir tão surpreendentes novidades; se bem que isso provavelmente aconteceu apenas por um instante. O aspecto político da questão, por exemplo, não podia preocupá-la: Piotr Stiepánovitch já lhe havia incutido umas quatro vezes que os turbulentos operários dos Chpigúlin precisavam ser todos açoitados; e de certo tempo para cá Piotr Stiepánovitch realmente se tornara uma autoridade extraordinária para ela. "Mas... mesmo assim ele há de me pagar por isso" — seguramente pensou ela de si para si, e ademais esse *ele* se referia, é claro, ao marido. Observo de passagem que desta vez Piotr Stiepánovitch, como que de propósito, também não participara da viagem geral, e desde o amanhecer ninguém o havia visto em nenhuma parte. Lembro ainda, a propósito, que Varvara Pietrovna, depois de ter recebido as visitas, voltou com elas para a cidade (na mesma carruagem que Yúlia Mikháilovna) com o intuito de não faltar, em hipótese alguma, à última reunião do comitê encarregado da festa do dia seguinte. É claro, as notícias comunicadas por Liámchin sobre Stiepan Trofímovitch também deviam interessá-la e talvez até inquietá-la.

O ajuste de contas com Andriêi Antónovitch começou imediatamente. Ai, ele o sentiu ao primeiro olhar para a sua maravilhosa esposa. De um jeito franco, com um sorriso escancarado, ela se chegou rapidamente a Stiepan Trofímovitch, estendeu-lhe a mão metida numa bela luva e o cobriu das mais lisonjeiras saudações, como se toda aquela manhã sua única preocupação tivesse sido correr o mais rápido possível e acarinhar Stiepan Trofímovitch por vê-lo finalmente em sua casa. Nenhuma alusão à revista daquela manhã; como se ela mesma não soubesse de nada. Nenhuma palavra para o marido, nem um olhar em sua direção, como se ele nem estivesse na sala. Além do mais, no mesmo instante confiscou imperiosamente Stiepan Trofímovitch e o levou para o salão, como se ele não tivesse quaisquer explicações com Lembke e ademais nem valesse a pena continuá-las, se é que as tivera antes. Torno a repetir: parece-me que, apesar de todo o seu elevado tom, neste caso Yúlia Mikháilovna cometeu mais um grande deslize. Nisso recebeu particularmente a ajuda de Karmazínov (que participara da viagem a pedido especial de Yúlia Mikháilovna e assim, ainda que de forma indireta, fizera finalmente a visita a Varvara Pietrovna, pelo que esta, por sua pusilanimidade, ficou em absoluto êxtase). Ainda da porta (foi o último a entrar) gritou ao ver Stiepan Trofímovitch e lançou-se para ele aos abraços, interrompendo inclusive Yúlia Mikháilovna.

— Há quanto tempo, há quanto tempo! Até que enfim... *Excellent ami.*

Pôs-se a beijá-lo e, naturalmente, ofereceu a face. Desconcertado, Stiepan Trofímovitch foi forçado a beijá-la.

— *Cher* — dizia-me à noite, relembrando tudo o que ocorrera naquele dia —, pensei naquele instante: quem de nós é mais vil? Ele, que me abraça com o fim de me humilhar ali mesmo, ou eu, que desprezo a ele e à sua face e ali mesmo a beijei, embora pudesse dar-lhe as costas... arre!

— Mas me conte, me conte tudo — arrastava e ceceava Karmazínov, como se fosse possível pegar e contar-lhe toda a vida num transcurso de vinte e cinco anos. No entanto, aquela leviandade tola era de tom "superior".

— Lembre-se de que nos vimos pela última vez em Moscou naquele jantar em homenagem a Granóvski, e desde então vinte e quatro anos se passaram... — começou de modo muito sensato (logo, em tom não muito superior) Stiepan Trofímovitch.

— *Ce cher homme*[149] — interrompeu Karmazínov num gesto vulgar e íntimo, apertando-lhe o ombro de modo já excessivamente amistoso —, leve--nos depressa para o seu salão, Yúlia Mikháilovna, lá ele se senta e conta tudo.

— Entretanto, nunca fui íntimo daquele maricas irascível — continuou Stiepan Trofímovitch a queixar-se para mim naquela mesma noite, todo trêmulo de raiva. — Nós ainda éramos quase jovens e já naquela época eu começava a odiá-lo... assim como ele a mim, é claro...

O salão de Yúlia Mikháilovna encheu-se rapidamente. Varvara Pietrovna estava particularmente excitada, embora procurasse parecer indiferente, mas eu captei uns dois ou três olhares dela cheios de ódio para Karmazínov e de ira para Stiepan Trofímovitch — ira antecipada, ira por ciúme, por amor; se desta vez Stiepan Trofímovitch cometesse alguma falha e deixasse que Karmazínov o estraçalhasse na presença de todos, acho que ela se levantaria incontinenti, de um salto, e o espancaria. Esqueci-me de dizer que Liza também estava lá, e eu ainda não a havia visto mais radiante, com uma alegria despreocupada e feliz. É claro que Mavrikii Nikoláievitch também estava. Depois, no meio da multidão de jovens senhoras e rapazes meio desleixados, que formavam o séquito habitual de Yúlia Mikháilovna e entre os quais esse desleixo era tido como divertimento e o cinismo barato, como inteligência, notei umas duas ou três caras novas: um polaco de fora e muito bajulador, um médico alemão, velhote robusto, que a todo instante ria alto e com prazer de suas próprias *Witz*[150] e, por último, um principezinho muito jovem de Petersburgo, que parecia um autômato, com postura de homem de Estado e colarinhos extremamente longos. Mas era visível que Yúlia Mikháilovna prezava muito esse hóspede e até se preocupava com o seu salão...

— *Cher monsieur Karmazínoff*[151] — falou Stiepan Trofímovitch, que se sentara no divã com ar enfatuado e de repente começara a cecear como Karmazínov —, *cher monsieur Karmazínoff*, mesmo em um intervalo de vinte e cinco anos, a vida de um homem do nosso tempo antigo e de certas convicções tinha de parecer monótona...

O alemão deu uma gargalhada alta e entrecortada como se relinchasse, supondo, pelo visto, que Stiepan Trofímovitch havia dito algo extremamente engraçado. Este o olhou com uma surpresa estudada, sem, entretanto, produzir nenhum efeito sobre ele. O príncipe também olhou, virando-se para

[149] "Esse caro homem". (N. do T.)

[150] Em alemão: gracejos, brincadeiras. (N. do T.)

[151] "Meu caro senhor Karmazínov". (N. do T.)

o alemão com todo o seu colarinho e pondo o pincenê, embora sem esboçar a mínima curiosidade.

— ... Tinha de parecer monótona — repetiu de propósito Stiepan Trofímovitch, arrastando cada palavra da forma mais longa e incerimoniosa. — Assim foi também a minha vida ao longo de todo esse quartel de século, *et comme on trouve partout plus de moines que de raison*,[152] e como estou absolutamente de acordo com isso, então ocorreu que ao longo de todo esse quartel de século eu...

— *C'est charmant, les moines*[153] — murmurou Yúlia Mikháilovna, voltando-se para Varvara Pietrovna, sentada ao lado.

Varvara Pietrovna respondeu com um olhar altivo. Mas Karmazínov não suportou o êxito da frase em francês e interrompeu Stiepan Trofímovitch com rapidez e voz cortante.

— Quanto a mim, estou tranquilo a esse respeito e já faz seis anos que moro em Karlsruhe. E quando, no ano passado, o Conselho Municipal decidiu instalar uma nova tubulação de água, senti em meu coração que aquela questão da água em Karlsruhe me era mais cara e íntima do que todos os problemas enfrentados por minha amável pátria... durante toda a época das chamadas reformas daqui.

— Sou forçado a endossar, ainda que contrariando o meu coração — suspirou Stiepan Trofímovitch, inclinando a cabeça num gesto muito significativo.

Yúlia Mikháilovna triunfava: a conversa se tornava profunda e voltada para um fim.

— Tubulação para passagem de sujeiras? — perguntou o médico em voz alta.

— Tubulação de água, doutor, tubulação de água, eu até os ajudei a redigir o projeto na ocasião.

O médico deu uma estrondosa gargalhada. Foi seguido por muitos, que desta vez já riam na cara dele, que não o notava e estava muitíssimo contente ao ver que todos riam.

— Permita-me discordar do senhor, Karmazínov — apressou-se a intervir Yúlia Mikháilovna. — Em Karlsruhe as coisas seguem a sua ordem, mas o senhor gosta de mistificar e desta vez não lhe vamos dar crédito. Quem entre os russos, entre os escritores, levantou tantos tipos dos mais atuais, percebeu tantas questões das mais atuais, apontou precisamente para aqueles pon-

[152] "e como em toda parte se encontram mais monges do que bom senso..." (N. do T.)

[153] "Os monges... é encantador". (N. do T.)

tos atuais de que se constitui o tipo do homem atuante de hoje? O senhor, só o senhor e ninguém mais. Depois disso assegura a sua indiferença para com a pátria e seu imenso interesse pela canalização de Karlsruhe! Eh, eh!

— Sim, fui eu, é claro — ceceou Karmazínov —, que coloquei no tipo de Pogójiev todos os defeitos dos eslavófilos, e no tipo de Nikodímov todos os defeitos dos ocidentalistas...[154]

— Como se tivessem sido *todos* mesmo — cochichou Liámchin.

— Mas eu faço isso de passagem, apenas como um meio de matar de alguma forma o tempo obsessivo e... satisfazer a todas essas reivindicações obsessivas dos compatriotas.

— Provavelmente é do seu conhecimento, Stiepan Trofímovitch — continuou Yúlia Mikháilovna entusiasmada —, que amanhã teremos o prazer de ouvir magníficas linhas... uma das últimas e mais belas inspirações do beletrismo de Semión Iegórovitch que se chama *Merci*. Nessa peça ele anuncia que não irá mais escrever e não mudará sua decisão por nada neste mundo, nem que um anjo do céu, ou melhor, nem que toda a alta sociedade lhe implore. Numa palavra, deixará a pena pelo resto da vida, e esse gracioso *Merci* é dirigido ao público num sinal de gratidão por aquele encantamento permanente com que acompanhou durante tantos anos o constante serviço que ele prestou ao honrado pensamento russo.

Yúlia Mikháilovna estava no auge da felicidade.

— Sim, vou me despedir: direi meu *Merci* e parto, e lá... em Karlsruhe... fecharei meus olhos — Karmazínov começava a esmorecer pouco a pouco.

Como muitos dos nossos grandes escritores (e entre nós há muitos grandes escritores), ele não aguentou o elogio e logo começou a fraquejar, apesar da sua espirituosidade. Mas eu acho que isso é desculpável. Dizem que um dos nossos Shakespeares declarou abertamente numa conversa privada que "para nós, *grandes homens*, não pode ser de outro jeito" etc., e nem chegou a se dar conta do que disse.

— Lá, em Karlsruhe, hei de fechar meus olhos. A nós, grandes homens, depois de concluída a nossa obra, só resta fechar os olhos o mais depressa possível, sem procurar recompensa. Eu também farei assim.

[154] Essas palavras parodiam uma afirmação feita por Turguêniev no artigo "A respeito de *Pais e filhos*": "Sou um ocidentalista radical e incorrigível e nunca o escondi nem escondo; apesar disso, contudo, mostrei com um prazer especial na personagem Pánchin (*Ninho de fidalgos*) todos os aspectos cômicos e torpes do ocidentalismo; fiz o eslavófilo Lavrietzki arrasá-lo. Por que procedi assim, se considero o filoeslavismo uma doutrina falsa e estéril? Porque... quis ser sincero e verdadeiro". (N. da E.)

— Dê-me o endereço e eu irei visitá-lo em seu túmulo em Karlsruhe — gargalhava desmedidamente o alemão.

— Hoje em dia até de trem se transportam mortos — pronunciou inesperadamente um dos jovens insignificantes.

Liámchin gania de êxtase. Yúlia Mikháilovna ficou carrancuda. Entrou Nikolai Stavróguin.

— Arre, me disseram que o senhor tinha sido levado para a delegacia de polícia! — pronunciou ele em voz alta, dirigindo-se antes de tudo a Stiepan Trofímovitch.

— Não, tratou-se apenas de um acaso *particular* — fez trocadilho Stiepan Trofímovitch.[155]

— Mas espero que ele não tenha a mínima influência no meu pedido — tornou a intervir Yúlia Mikháilovna —, espero que o senhor, a despeito de toda essa infeliz contrariedade, da qual até agora não faço ideia, não traia as nossas melhores expectativas nem nos prive do prazer de ouvir a sua leitura na matinê literária.

— Não sei, eu... agora...

— Palavra, eu sou muito azarada, Varvara Pietrovna... Imagine que justo quando estava sequiosa de conhecer pessoalmente e mais rápido uma das inteligências russas mais notáveis e independentes, eis que de repente Stiepan Trofímovitch anuncia a intenção de se afastar de nós.

— O elogio foi pronunciado em tão alta voz que eu, é claro, deveria fazer ouvidos moucos — escandiu Stiepan Trofímovitch —, mas não acredito que minha pobre pessoa seja tão necessária amanhã para a sua festa. Aliás, eu...

— Ora, a senhora o está mimando! — gritou Piotr Stiepánovitch, correndo para o salão. — Mal consegui controlá-lo, e de repente numa só manhã uma revista, uma prisão, um policial o agarra pelo colarinho, e agora as damas o ninam no salão do governador da cidade! Sim, cada osso dele está gemendo de prazer neste momento; ele nem sonhara com semelhante benefício. Pois agora vai começar a delatar os socialistas!

— É impossível, Piotr Stiepánovitch. O socialismo é uma ideia grandiosa demais para que Stiepan Trofímovitch não tenha consciência disso — interveio com energia Yúlia Mikháilovna.

— A ideia é grandiosa, mas os que propagam nem sempre são gigantes,

[155] O trocadilho consiste no seguinte: em russo, delegacia é *tchast*, que também significa "parte" e dá origem ao adjetivo *tchástnii*, que significa "particular". (N. do T.)

et brisons-là, mon cher[156] — concluiu Stiepan Trofímovitch, dirigindo-se ao filho e levantando-se com elegância.

Mas nesse ponto aconteceu o mais inesperado. Von Lembke já estava há algum tempo no salão, mas era como se ninguém o houvesse notado, embora todos tivessem visto quando entrou. Aferrada à ideia anterior, Yúlia Mikháilovna continuava a ignorá-lo. Ele ficara ao lado da porta e escutava as conversas com ar sombrio e severo. Ao ouvir as alusões aos acontecimentos da manhã, pôs-se a virar-se com certa intranquilidade na cadeira, fixou o olhar no príncipe, na certa impressionado com o seu colarinho de pontas projetadas para a frente e duro de goma; depois pareceu ter um súbito estremecimento ao ouvir a voz e avistar Piotr Stiepánovitch, que entrava correndo, e, mal Stiepan Trofímovitch conseguiu pronunciar sua sentença sobre os socialistas, chegou-se de chofre a ele, dando de passagem um esbarrão em Liámchin, que imediatamente recuou com um gesto estudado e admirado, esfregando o ombro e dando a entender que o haviam machucado de forma dolorosa.

— Basta! — pronunciou Von Lembke, agarrando energicamente pela mão o assustado Stiepan Trofímovitch e apertando-a com toda a força na sua. — Basta, os flibusteiros da nossa época foram identificados. Nem uma palavra mais. As medidas foram tomadas...

Pronunciou em voz alta para que todo o salão ouvisse, e concluiu em tom enérgico. Causou uma impressão mórbida. Todos sentiram algum infortúnio no ar. Vi como Yúlia Mikháilovna empalideceu. O efeito disso se consumou num imprevisto estúpido. Depois de anunciar que as medidas haviam sido tomadas, Lembke deu uma brusca meia-volta e saiu rapidamente do salão, mas ao segundo passo tropeçou no tapete, cambaleou de nariz para a frente e por pouco não caiu. Parou por um instante, olhou para o lugar onde havia tropeçado e pronunciou em voz alta: "Trocar" — e saiu porta afora. Yúlia Mikháilovna correu atrás dele. Com a saída dela levantou-se um burburinho no qual era difícil compreender alguma coisa. Uns diziam que estava "perturbado", outros, que estava "propenso". Terceiros faziam um gesto com um dedo em um lado da testa: em um canto, Liámchin fez um gesto com dois dedos acima da testa. Insinuavam alguns incidentes domésticos, tudo aos sussurros, naturalmente. Ninguém pegava o chapéu, todos aguardavam. Não sei o que Yúlia Mikháilovna conseguiu fazer, mas uns cinco minutos depois ela voltou, fazendo todos os esforços para parecer calma. Respondia com evasivas que Andriêi Antónovitch estava um pouco agitado, mas que não era

[156] "e neste ponto terminamos, meu caro". (N. do T.)

nada, que isso lhe acontecia desde a infância, que ela sabia "bem melhor" que ninguém e que a festa de amanhã, é claro, iria alegrá-lo. Depois disse mais algumas palavras lisonjeiras a Stiepan Trofímovitch, mas unicamente por uma questão de bom-tom, e conclamou em voz alta os membros do comitê a iniciarem imediatamente a reunião. Só então os que não participavam do comitê começaram a se preparar para sair; entretanto os incidentes daninhos daquela manhã fatal ainda não haviam terminado.

Ainda no mesmo instante em que entrou Nikolai Vsievolódovitch, notei que Liza olhou rápida e fixamente para ele e depois ficou longo tempo sem desviar dele o olhar, e por tanto tempo que acabou chamando a atenção. Vi Mavrikii Nikoláievitch inclinar-se para ela por trás, e parece que quis murmurar alguma coisa, mas pelo visto mudou de ideia e aprumou-se rapidamente, olhando com ar de culpa para todos. Nikolai Vsievolódovitch também despertou curiosidade: seu rosto estava mais pálido do que de costume, o olhar, extraordinariamente distraído. Depois de fazer sua pergunta a Stiepan Trofímovitch ao entrar, logo pareceu esquecê-lo e, palavra, tenho até a impressão de que se esqueceu de ir até a anfitriã. Para Liza não olhou uma única vez, não por falta de vontade, mas porque — isto eu afirmo — também a ignorava inteiramente. E de repente, depois de certo silêncio que se seguiu ao convite de Yúlia Mikháilovna para abrir a última reunião sem perda de tempo, de repente ouviu-se a voz sonora, deliberadamente sonora de Liza. Chamava Nikolai Vsievolódovitch.

— Nikolai Vsievolódovitch, um certo capitão, que se diz seu parente, irmão da sua mulher e de sobrenome Lebiádkin, continua a me escrever cartas indecentes e nelas faz queixas contra você, propondo-me revelar uns certos segredos a seu respeito. Se ele é de fato seu parente, proiba-o de me ofender e poupe-me de aborrecimentos.

Um terrível desafio se fez ouvir nessas palavras, todos o compreenderam. A acusação era notória, embora talvez fosse repentina para ela mesma. Parecia com aquela situação em que, de cenho franzido, uma pessoa se atira de um telhado.

Entretanto, a resposta de Nikolai Vsievolódovitch foi ainda mais admirável.

Em primeiro lugar, já foi estranho que ele não manifestasse nenhuma surpresa e ouvisse Liza com a mais tranquila atenção. Seu rosto não traduziu nem embaraço nem ira. Simplesmente respondeu com firmeza, e até aparentando plena prontidão, à pergunta fatal:

— Sim, tenho a infelicidade de ser parente desse homem. Sou marido de sua irmã, Lebiádkina de nascença, já faz cinco anos. Pode estar certa de que transmitirei a ele as suas exigências o mais breve possível, e assumo a responsabilidade de que ele não voltará a incomodá-la.

Nunca haverei de esquecer o horror que se estampou no rosto de Varvara Pietrovna. Levantou-se com ar de louca, soerguendo a mão direita à sua frente como quem se defende. Nikolai Vsievolódovitch olhou para ela, para Liza, para os espectadores, e de repente sorriu com uma altivez sem limites; saiu do salão sem pressa. Todos viram como Liza pulou do divã, mal Nikolai Vsievolódovitch deu meia-volta para sair, e fez um nítido gesto de correr atrás dele, mas caiu em si e não correu, limitando-se a sair devagarinho, também sem dizer uma única palavra nem olhar para ninguém, naturalmente acompanhada de Mavrikii Nikoláievitch, que se precipitou atrás dela.

Não vou mencionar o burburinho e os falatórios que houve na cidade naquela tarde. Varvara Pietrovna trancou-se em sua casa da cidade, e, segundo ouvi dizer, Nikolai Vsievolódovitch foi diretamente para Skvoriéchniki sem se avistar com a mãe. Stiepan Trofímovitch me mandou à noite à casa de *cette chère amie* para lhe implorar permissão de visitá-la, mas não me receberam. Ele estava abaladíssimo, chorava. "Um casamento desses! Um casamento desses! Um horror desses em família" — repetia a cada instante. Entretanto, lembrou-se também de Karmazínov e disse horrores dele. Preparava-se energicamente também para a leitura do dia seguinte, e — natureza artística! — preparava-se diante do espelho e esforçava-se por recordar todas as palavrinhas e trocadilhos mais agudos de toda a sua vida, anotados à parte em um caderno para inseri-los na leitura do dia seguinte.

— Meu amigo, faço isso por uma grande ideia — dizia-me, decerto justificando-se. — *Cher ami*, movo-me do lugar onde morei vinte e cinco anos e de repente parto, para onde não sei, mas parto...

TERCEIRA PARTE

I
A FESTA

I

Houve a festa, a despeito de todos os mal-entendidos do passado dia da "gente dos Chpigúlin". Penso que se Lembke até houvesse morrido naquela mesma noite, ainda assim a festa teria acontecido na manhã seguinte, tanta coisa encerrava o significado especial que Yúlia Mikháilovna a ela associava. Ai, até o último minuto ela esteve ofuscada e não entendeu o estado de ânimo da sociedade. Por fim, ninguém acreditava que o dia solene transcorresse sem algum incidente colossal, sem o "desfecho", como alguns se expressavam antecipadamente, esfregando as mãos. É verdade que muitos procuravam assumir o ar mais carrancudo e político; mas, em linhas gerais, qualquer rebuliço social escandaloso deixa o homem russo numa alegria desmedida. É verdade que em nossa cidade havia algo muito mais sério que a simples sede de escândalo: havia uma irritação geral, algo insaciavelmente maldoso; parecia que todos estavam no auge da saturação com tudo. Reinava um cinismo geral, confuso, um cinismo tenso, como que forçado. Só as senhoras não perdiam o fio, e ainda assim em apenas um ponto: no ódio implacável a Yúlia Mikháilovna. Nisto confluíram todas as tendências das senhoras. Enquanto isso, a coitada nem sequer desconfiava; até o último instante continuou segura de que estava "assediada" e de que todos ainda lhe eram "fanaticamente dedicados".

Já insinuei que em nossa cidade havia aparecido uma gentinha vária. Nos tempos incertos de indecisão ou transição aparece sempre e em toda parte uma gentinha vária. Não estou me referindo aos chamados "progressistas", que na sua pressa sempre se antecipam aos demais (essa é a sua preocupação principal) com um objetivo muito amiúde o mais tolo, mas apesar de tudo mais ou menos definido. Não, estou falando apenas da canalha. Em qualquer período de transição ergue-se essa canalha existente em qualquer sociedade, e já se ergue não só sem nenhum objetivo como até mesmo sem nenhum esboço de pensamento, apenas usando de todos os meios para ser a expressão da intranquilidade e da intolerância.

Entrementes, mesmo sem o saber, essa canalha quase sempre acaba comandada por aquele punhado de "progressistas" que atua com um objetivo determinado e encaminha todo esse lixo para onde lhe aprouver, desde que não seja constituído apenas de idiotas rematados, o que, aliás, também acontece. Agora que tudo já passou, andam dizendo entre nós que Piotr Stiepánovitch foi orientado pela Internacional, que Piotr Stiepánovitch orientou Yúlia Mikháilovna e esta, sob comando dele, pôs toda a canalha sob seu regulamento. Hoje, as mais sólidas das nossas inteligências se admiram de como de repente falharam naquele momento. Em que consistia o nosso tempo confuso e por que havia transição em nossa cidade eu não sei e, aliás, acho que ninguém sabe, a não ser alguns visitantes de fora. Enquanto isso, a gentinha mais reles de repente conseguiu a primazia, pôs-se a criticar em voz alta tudo o que havia de sagrado, ao passo que antes nem sequer se atrevia a abrir a boca, e a gente de primeira, que até então mantivera muito bem a primazia, passou subitamente a ouvi-la e ela mesma a calar-se; outros passaram a dar risadinhas da maneira mais vergonhosa. Uns tais de Liámchin, Teliánitkov, os latifundiários Tentiétnikov,[1] os fedelhos broncos dos Radíschev, uns judeuzinhos que sorriam com ar aflito porém presunçoso, os ridentes viajantes de fora, poetas tendenciosos da capital, poetas que em vez da tendência e do talento ostentavam casacos pregueados na cintura e botas alcatroadas, majores e coronéis que riam do absurdo do seu título e por um rublo a mais se dispunham a largar imediatamente a espada e sorrateiramente virar escriturários na estrada de ferro; generais que viravam advogados às correrias; medíocres evoluídos, comerciantes em evolução, inúmeros seminaristas, mulheres que representavam a questão feminina — tudo isso assumiu de repente a plena primazia em nossa cidade, e sobre quem? Sobre o clube, sobre os respeitáveis dignatários, sobre os generais que usavam pernas de pau, sobre a nossa rigorosíssima e inacessibilíssima sociedade feminina. Se até Varvara Pietrovna esteve, antes da catástrofe com o filho, quase a serviço de toda essa canalha, até certo ponto é desculpável a imbecilização a que foram levadas outras das nossas Minervas. Agora se atribui tudo à Internacional, como eu já disse. Essa ideia já está tão consolidada que até estranhos que aqui chegam o denunciam. Ainda recentemente o conselheiro Kurbikov, homem de sessenta e dois anos que ostenta no pescoço uma medalha de São Estanislau, apareceu sem que ninguém o chamasse e anunciou, com voz cheia, que passara três meses a fio sob a indubitá-

[1] Personagem de *Almas mortas* de Gógol, jovem senhor de terras ilustrado, liberal e livre-pensador, que pouco a pouco entorpece intelectual e moralmente e acaba ocioso, dedicado apenas a acumular bens. (N. da E.)

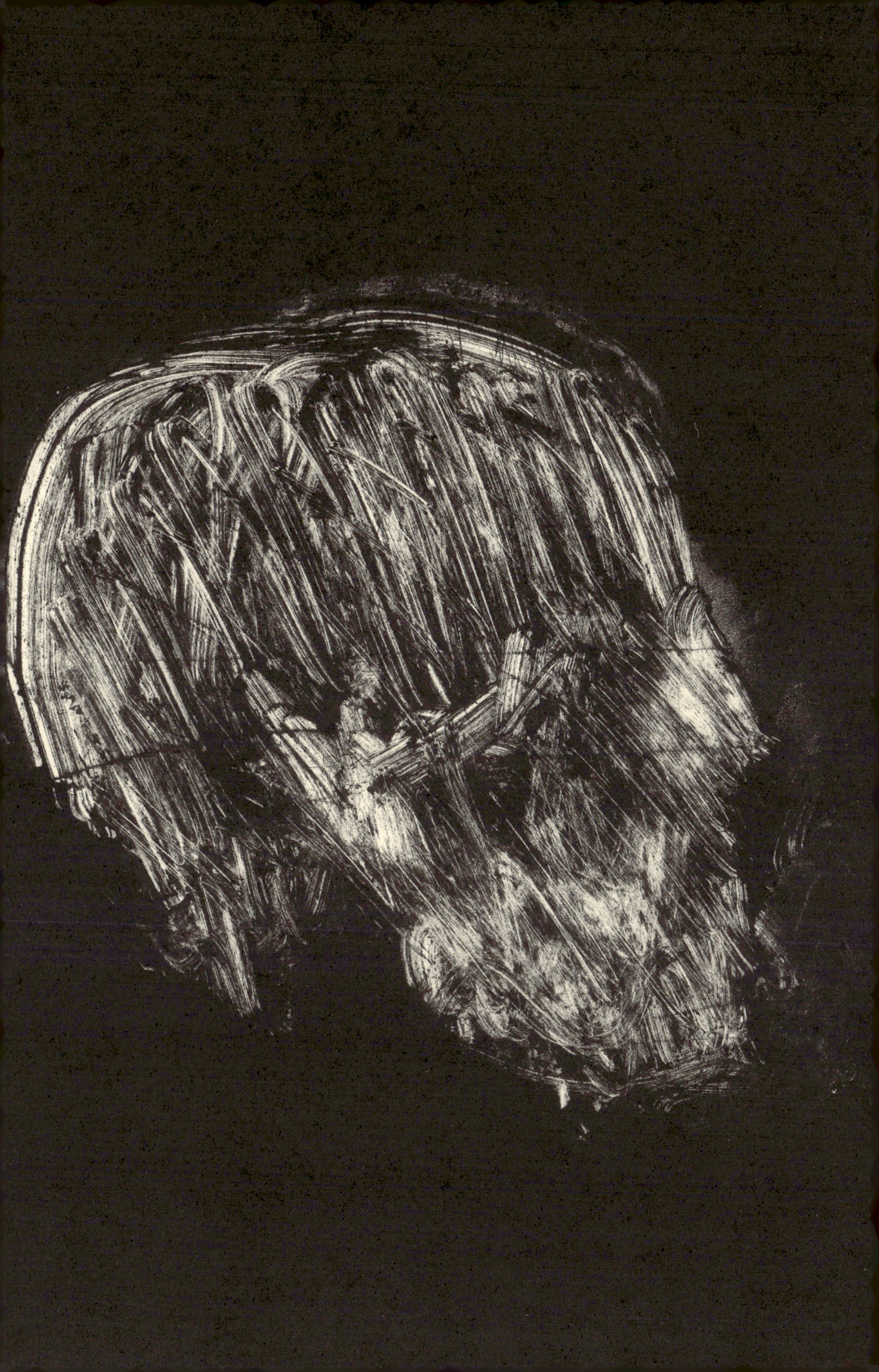

vel influência da Internacional. Quando lhe solicitaram — com todo o respeito por seus anos e méritos — que desse uma explicação mais satisfatória, ele, mesmo sem conseguir apresentar quaisquer documentos e limitando-se a afirmar que "experimentara com todos os seus sentimentos", ainda assim manteve com firmeza sua declaração, de modo que já não o interrogaram mais.

Torno a repetir. Manteve-se também em nossa cidade um punhado de pessoas cautelosas, que desde o início se isolaram e até se trancaram à chave. Mas que chave resiste à lei natural? De igual maneira, as mais cautelosas famílias criam moças que precisam dançar. E eis que todas essas pessoas também acabaram fazendo suas subscrições para as preceptoras. Quanto ao baile, imaginavam que seria muito brilhante, além da medida; contavam maravilhas; corriam boatos sobre príncipes vindos de fora com seus lornhões, sobre uma dezena de responsáveis, todos cavaleiros jovens com uma fita no ombro esquerdo; sobre certos mecanismos trazidos de Petersburgo; sobre Karmazínov, que, com o intuito de multiplicar a coleta, concordara em ler o *Merci* fantasiado de preceptora de nossa província; sobre uma programada "quadrilha da literatura", também toda fantasiada, cada fantasia representando alguma tendência. Por fim, também fantasiado, iria dançar um tal de "honesto pensamento russo", o que em si já representava uma completa novidade. Então, como não iriam fazer as subscrições? Todos as fizeram.

II

O dia da festa foi dividido em duas partes conforme o programa: a matinê literária, do meio-dia às quatro, e depois o baile, que começou às nove e atravessou a noite. Contudo, nessa mesma ordem já estavam implícitos os germes da desordem. Em primeiro lugar, desde o início enraizou-se no público o boato sobre o almoço imediatamente após a matinê literária ou até durante a própria, com um intervalo especialmente estabelecido — um almoço naturalmente gratuito, que fazia parte do programa e era acompanhado de champanhe. O preço exorbitante da entrada (três rublos) contribuíra para que o boato criasse raízes. "Então eu iria subscrever a troco de nada? A festa está programada para um dia e uma noite, pois tratem de arranjar comida. A gente vai sentir fome" — era assim que raciocinavam em nossa cidade. Devo confessar que até a própria Yúlia Mikháilovna, com sua leviandade, deu fundamento para esse boato nocivo. Um mês antes, ainda dominada pelo primeiro encanto do grande plano, ela murmurava sobre sua festa com a primeira pessoa que encontrava, dizendo que seriam feitos brindes e que havia comunicado até a um dos jornais da capital. O principal é que naquela ocasião ela se sentia lisonjeada por esses brindes: ela mesma queria fazê-los e, enquanto os aguardava, estava sempre a engenhá-los. Eles deveriam elucidar a nossa principal bandeira (qual? aposto que a coitada acabou não engenhando nada) e chegar em forma de correspondências aos jornais da capital, comover e encantar as autoridades superiores e depois se espalhar por todas as províncias, despertando surpresa e imitação. Mas para os brindes precisava-se de champanhe, e, como não se pode beber champanhe em jejum, o desjejum se tornava de per si necessário. Depois, quando os esforços resultaram na formação do comitê e passou-se seriamente à ação, foi-lhe demonstrado, de imediato e com clareza, que se ela sonhasse com banquetes sobraria muito pouco para as preceptoras, mesmo que se conseguisse uma riquíssima coleta. Assim, a questão apresentava duas alternativas: um festim de Baltazar, com brindes e noventa rublos para as preceptoras, ou a realização de uma coleta considerável durante a festa, por assim dizer, só *pro forma*. Aliás, o comitê queria apenas assustar, porque ele mesmo, é claro, pensou em uma terceira solução, que conciliava também o sensato, isto é, uma festa ótima em todos os sentidos mas sem champanhe, e assim sobraria uma soma muito boa, bem acima dos noventa rublos. Mas Yúlia Mikháilovna não concordou; sua índole desprezava o meio-termo pequeno-burguês. Decidiu no ato que, se a primeira ideia era inexequível, teriam de lançar-se imediata e integralmente ao extremo oposto, ou seja, realizar uma coleta colossal de fazer inveja a todas as províncias. "O público finalmente deve compreender — concluiu ela seu inflamado discurso no comitê — que a consecução de objetivos humanos gerais é incomparavelmente mais sublime que minutos de prazer físico, que a festa é, em essência, apenas a proclamação da grande ideia, e por isso deve contentar-se com o baile mais econômico, do tipo alemão, unicamente para efeito de alegoria, e se for mesmo impossível evitar esse baile insuportável!" — tamanho era o ódio que de repente ela tomara ao baile. Mas finalmente conseguiram acalmá-la. Foi nessa ocasião, por exemplo, que pensaram e sugeriram a "quadrilha literária" e outras coisas estéticas para substituir os prazeres físicos. Foi então que o próprio Karmazínov concordou definitivamente em ler o *Merci* (até então ele se limitara a vacilar e protelar) e assim liquidar até a própria ideia da refeição na mente do nosso incontido público. Portanto, o baile voltava a ser uma solenidade esplêndida, ainda que já não fosse desse gênero. E, para não ficarem inteiramente devaneando, decidiram que no início do baile poderiam servir chá com limão e uns biscoitinhos, depois acrescentar refresco e limonada e, por fim, até sorvete, e só. Para aqueles que sempre e em qualquer lugar sentiam fome e principalmente sede, seria possível montar no fim da série de cômodos um bufê especial, que ficaria a cargo de Prókhoritch (o cozinheiro-chefe do clube) e sob rigoroso controle do comitê serviria o que se desejasse, mas contra pagamento especial, devendo-se anunciar especialmente à entrada da sala das subscrições que o bufê estava fora do programa. Mas pela manhã decidiram não abrir bufê nenhum para não atrapalhar a leitura, apesar de terem destinado à sua instalação cinco cômodos antes do Salão Branco no qual Karmazínov concordara em ler seu *Merci*. É curioso que no comitê parecia haver quem desse a esse acontecimento, isto é, à leitura do *Merci*, uma atenção excessiva, colossal, e o faziam até as pessoas de mais senso prático. Quanto às pessoas de inclinação poética, a decana anunciou a Karmazínov, por exemplo, que depois da leitura ordenaria imediatamente que se embutisse na parede do seu Salão Branco um quadro de mármore com uma inscrição dourada, no qual se poderia ler que em tal dia de tal ano, ali, naquele lugar, o grande escritor russo e europeu, ao depor a pena, leu o *Merci* e, assim, pela primeira vez se despediu do público russo personificado pelos representantes de nossa cidade, e que essa inscrição já seria lida no baile, ou seja, apenas cinco horas depois da leitura do *Merci*. Sei ao certo que principalmente Karmazínov exigiu que não houvesse bufê pela manhã enquanto ele estivesse lendo, sob nenhum pretexto, apesar de alguns membros do comitê terem observado que isso não estava inteiramente nos nossos costumes.

Assim estavam as coisas quando em nossa cidade todo mundo ainda continuava acreditando no festim de Baltazar, isto é, no bufê sugerido pelo comitê; acreditaram até o último instante. Inclusive as senhoritas, que sonhavam com uma infinidade de bombons e geleias, e mais algo inaudito. Todos sabiam que a coleta era riquíssima, que toda a cidade apostava que viria gente dos distritos e faltariam bilhetes. Sabia-se também que haviam sido feitas contribuições consideráveis acima do valor estabelecido: Varvara Pietrovna, por exemplo, pagara trinta rublos por sua entrada e dera para enfeitar o salão todas as flores de sua estufa. A decana (membro do comitê) cedeu a casa e a iluminação; o clube, a música e a criadagem, e para o dia cedeu Prókhoritch. Ainda houve outras contribuições, se bem que não tão vultosas, de maneira que se aventou a ideia de diminuir de três para dois rublos o preço inicial do bilhete. De início o comitê realmente temeu que as senhoras não pagassem três rublos e sugeriu bilhetes familiares, ou seja, que cada família pagasse apenas por uma senhorita e que todas as outras senhoritas pertencentes a essa família, ainda que chegassem ao número de dez, entrassem de graça. Mas todos os temores se mostraram vãos: ao contrário, as senhoritas compareceram. Até os funcionários mais pobres trouxeram as suas filhas, e ficou claro demais que se não fossem as moças nem passaria pela cabeça deles a ideia de fazer as subscrições. Um secretário ultrainsignificante trouxe todas as sete filhas, sem contar, é claro, a esposa e mais uma sobrinha, e cada uma dessas criaturas tinha na mão seu bilhete de três rublos. Pode-se, porém, imaginar que revolução houve na cidade. Considerando-se que a festa foi dividida em duas partes, eram necessários dois trajes para cada dama — um matinal, para a leitura, e um de gala, para as danças. Como depois se verificou, muitos integrantes da classe média empenharam tudo para esse dia, até a roupa da família, até lençóis, e por pouco não empenharam os calçados com os nossos *jides*, que, como de propósito, havia dois anos vinham reforçando terrivelmente sua presença na nossa cidade e com o passar do tempo a aumentavam cada vez mais. Quase todos os funcionários públicos pediram adiantado os vencimentos, e alguns senhores de terra venderam o gado necessário com o único fito de trazer as suas senhoritas como marquesas e não ficar abaixo de ninguém. Desta vez, a magnificência dos trajes foi uma coisa inaudita em nosso lugar. Ainda duas semanas antes a cidade foi inundada de piadas de famílias, que imediatamente foram levadas para a casa de Yúlia Mikháilovna por nossos galhofeiros. Começaram a circular caricaturas de famílias. Eu mesmo vi alguns desenhos desse tipo no álbum de Yúlia Mikháilovna. Tudo isso ficou perfeitamente conhecido nos lugares de onde partiam as anedotas; eis, a meu ver, a razão que fez crescer nas famílias esse ódio por Yúlia Mikháilovna no último momento. Agora todo mundo insulta e range os dentes quando rememora os fatos. No entanto, já antes estava claro que se alguém fizesse algum desagrado ao comitê com alguma coisa, que se o baile tivesse alguma falha, a explosão de indignação seria inaudita. Era por isso que cada um esperava consigo um escândalo; e se todo mundo o esperava, então, como não haveria de acontecer?

Ao meio-dia em ponto a orquestra entrou em ação. Estando entre os responsáveis, isto é, entre os doze "jovens com fita no ombro", vi com meus próprios olhos como começou esse dia vergonhoso para a memória. Principiou com um desmedido empurra-empurra na entrada. Como pôde acontecer que todos falharam desde o início, a começar pela polícia? Não culpo o verdadeiro público: os pais de família não só não se apinharam nem apertaram ninguém, apesar dos títulos que ostentavam, como, ao contrário, dizem que se desconcertaram ainda na rua ao verem aquela pressão da multidão — desusada para nossa cidade —, que cercava a entrada e tomava de assalto o acesso, em vez de simplesmente entrar. Enquanto isso, as carruagens não paravam de chegar e acabaram abarrotando a rua. Neste momento em que escrevo, disponho de dados sólidos para afirmar que elementos da abominável canalha de nossa cidade foram simplesmente levados sem convites por Liámchin e Lipútin, talvez até por mais alguém que, como eu, estava entre os responsáveis. E apareceram até pessoas inteiramente desconhecidas, vindas dos distritos e sabe-se lá de onde mais. Aqueles selvagens, mal entraram no salão, foram logo perguntando, e em uníssono (como se tivessem sido instigados), onde ficava o bufê e, ao tomarem conhecimento de que não havia bufê, começaram a insultar sem nenhum tato político e com uma impertinência até então singular em nossa cidade. É verdade que alguns deles chegaram bêbados. Alguns pasmaram, como selvagens, com a magnificência do salão da decana, pois jamais haviam visto nada semelhante e, ao entrarem, ficaram em silêncio por um instante, observando boquiabertos. Aquele Salão Branco, ainda que de construção vetusta, era realmente magnífico: de dimensões enormes, duas fileiras de janelas sobrepostas, teto desenhado à antiga e puxando para o dourado, galerias, espelhos nas paredes entre portas e janelas, cortinados vermelhos sobre fundo branco, estátuas de mármore (fossem lá o que fossem, mas mesmo assim eram estátuas), um mobiliário antigo, pesado, da época napoleônica, branco alternando com dourado e forrado de veludo vermelho. No final do salão elevava-se um estrado alto para os literatos que iriam ler, e todo o salão estava cheio de cadeiras enfileiradas com amplas passagens para o público, como na plateia de um teatro. Contudo, depois dos primeiros minutos de admiração, começaram as perguntas e declarações mais absurdas. "Pode ser que a gente ainda não esteja a fim de leitura... Nós pagamos... O público foi descaradamente enganado... Os anfitriões somos nós, não os Lembke!..." Em suma, era como se tivessem sido postos ali para isso. Lembro-me particularmente de um incidente no qual se distinguiu o principezinho chegado na véspera, que na manhã daquele dia estivera em casa de Yúlia Mikháilovna, com seu colarinho longo e aspecto de autômato. A pedido insistente dela, ele também aceitou pregar a fita no ombro esquerdo e tornar-se nosso colega-responsável. Verificou-se que aquela muda figura de cera sobre molas sabia, se não falar, agir a seu modo. Quando começou a importuná-lo um capitão reformado sardento e colossal, apoiado por um grupelho de canalhas de toda espécie que se aglomerava à sua volta, perguntando como chegar ao bufê, ele piscou para um policial. A ordem foi imediatamente cumprida: apesar dos insultos do capitão bêbado, ele foi retirado do salão. Entrementes, o "verdadeiro" público começou finalmente a aparecer, e três longas linhas se estenderam pelas três passagens entre as cadeiras. O elemento da desordem começou a silenciar, mas o ar do público, até do mais "puro", era de insatisfação e até de surpresa; algumas das senhoras estavam simplesmente assustadas.

Enfim se acomodaram; a música também parou. Começaram a assoar-se, a olhar ao redor. Aguardavam com ar já excessivamente solene, o que em si mesmo já é um sinal sempre ruim. Mas os "Lembkes" ainda não haviam aparecido. Sedas, veludos e brilhantes resplandeciam, brilhavam de todos os lados; uma fragrância se espalhou pelo ar. Os homens estavam com todas as suas medalhas, os velhotes, até fardados. Por fim chegou também a decana, acompanhada de Liza. Nunca antes Liza estivera tão ofuscantemente bela como naquela manhã e naquela roupa esplêndida. Os cabelos em cachos, os olhos brilhantes, um sorriso resplandecendo no rosto. Pelo visto produzia efeito; olhavam atentamente para ela, murmuravam a seu respeito. Diziam que procurava Stavróguin com os olhos, mas nem Stavróguin nem Varvara Pietrovna haviam chegado. Na ocasião não compreendi a expressão do seu rosto: por que naquele olhar havia tanta felicidade, alegria, energia e força? Eu me lembrava do incidente da véspera e caía no impasse. Mas, não obstante, nada de os "Lembkes" aparecerem. Aquilo já era um erro. Depois fiquei sabendo que Yúlia Mikháilovna esperara até o último minuto por Piotr Stiepánovitch, sem o qual sequer conseguia andar ultimamente, apesar de nunca reconhecer isso. Observo, entre parênteses, que na véspera, na última reunião do comitê, Piotr Stiepánovitch recusara a fita de responsável, o que a deixou amargurada, até em lágrimas. Para sua surpresa e, depois, sua extraordinária confusão (o que anuncio de antemão), Piotr Stiepánovitch sumiu durante toda a manhã e nem sequer apareceu para a leitura, de sorte que até o entardecer ninguém o viu. Por fim o público começou a mostrar uma notória impaciência. No estrado também não aparecia ninguém. Nas fileiras de trás começaram a aplaudir como no teatro. Os velhotes e os grão-senhores franziam o cenho: pelo visto os "Lembkes" já estavam se fazendo demais de importantes. Até entre a parte melhor do público começou um murmúrio absurdo: a festa talvez nem fosse mesmo acontecer, o próprio Lembke talvez estivesse de fato muito doente, etc., etc. Mas graças a Deus os "Lembkes" finalmente apareceram: ele a conduzia pelo braço; confesso que eu mesmo temia sobremaneira a aparição deles. E, como se viu, as lorotas se dissiparam e a verdade prevaleceu. Era como se o público tivesse sossegado. O próprio Lembke parecia estar em pleno gozo da saúde, como concluíram todos, pelo que me lembro, porque dá para imaginar o quanto os olhares se voltaram para ele. Observo, a título de referência, que, de modo geral, muito pouca gente de nossa alta sociedade supunha que Lembke estivesse com alguma doença; seus atos foram considerados perfeitamente normais, a tal ponto que a história ocorrida na praça, na manhã da véspera, foi recebida com anuência. "Era assim que devia ter agido desde o início", diziam os dignatários.

"Senão chegam aqui como filantropos mas terminam do mesmo jeito de sempre, sem notar que isso é indispensável para a própria filantropia" — pelo menos foi assim que raciocinaram no clube. Só censuraram o fato de ele ter se exaltado. "Devia ter agido com mais sangue-frio, porém o homem é um novato", diziam os peritos. Com a mesma avidez todos os olhares se voltaram também para Yúlia Mikháilovna. É claro que ninguém está no direito de exigir de mim, como narrador, detalhes excessivamente exatos acerca de um ponto: aí existe um mistério, aí existe a mulher; mas de uma coisa eu sei: à noitinha da véspera, ela entrou no gabinete de Andriêi Antónovitch e ficou com ele até bem depois da meia-noite. Andriêi Antónovitch foi perdoado e consolado. O casal chegou a um acordo em tudo, tudo foi esquecido, e quando, ao final das explicações, Von Lembke ainda assim se ajoelhou, recordando com horror o principal episódio conclusivo da noite da véspera, a mãozinha encantadora e em seguida os lábios da esposa premiaram os ardorosos desabafos contidos nos discursos de arrependimento daquele homem de delicadeza cavalheiresca, mas enfraquecido pelo enternecimento. Todos viam a felicidade dela estampada no rosto. Ela caminhava com ar franco, em um vestido magnífico. Parecia estar no auge dos desejos; a festa — objetivo e coroamento da sua política — estava realizada. Ao chegarem aos seus lugares diante do estrado, ambos os Lembke se inclinaram e responderam às reverências. Foram imediatamente assediados. A decana se levantou e foi ao encontro deles... Mas nesse instante houve um deplorável mal-entendido: sem quê nem para quê, a orquestra tocou uma fanfarra — não uma fanfarra qualquer, mas simplesmente uma daquelas tocadas em refeitório, como em nosso clube se toca à mesa quando num almoço oficial bebem à saúde de alguém. Hoje sei que quem cuidou daquilo foi Liámchin na sua condição de responsável, como se fosse em homenagem aos "Lembkes" que entravam. É claro que ele sempre podia se justificar, dizendo que fizera aquilo por tolice ou por um zelo excepcional... Ai, na ocasião eu ainda não sabia que ninguém mais se preocupava com justificações e que, a partir daquele dia, estavam concluindo tudo. Mas a coisa não terminou com a fanfarra: junto com a lamentável perplexidade e os sorrisos do público, ouviu-se de repente, no final do salão, um "hurra" em coro, também como que em homenagem aos Lembke. As vozes não eram muitas mas, confesso, duraram algum tempo. Yúlia Mikháilovna inflamou-se, seus olhos brilharam. Lembke parou em seu lugar e, voltando-se para o lado dos gritalhões, olhou com majestade e severidade para o salão... Sentaram-no às pressas. Foi com pavor que tornei a notar-lhe no rosto aquele sorriso perigoso com que, na manhã da véspera, ele olhara para Stiepan Trofímovitch no salão de sua esposa, postado, antes de chegar-

-se a ele. Agora também me parecia que em seu rosto havia uma expressão algo sinistra e, o pior de tudo, um tanto cômica — a expressão de um ser que, como era inevitável, se sacrificava com o único fito de satisfazer os objetivos supremos de sua esposa... Yúlia Mikháilovna me chamou às pressas e me cochichou para que eu corresse até Karmazínov e lhe implorasse para começar. Pois foi só eu dar meia-volta que houve outra torpeza, só que bem mais detestável que a primeira. No estrado, no estrado deserto, para onde até aquele instante se voltavam todos os olhares e todas as expectativas, e onde se avistava apenas uma pequena mesa com uma cadeira, e na mesa um copo com água numa bandeja — no estrado deserto de repente apareceu num relance a figura colossal do capitão Lebiádkin de fraque e gravata branca. Fiquei tão estupefato que não acreditei em meus próprios olhos. O capitão pareceu atrapalhar-se e parou no fundo do estrado. Súbito se ouviu no público um grito: "Lebiádkin! É você?". Após essas palavras, a estúpida cara vermelha do capitão (estava chapado de bêbado) se desfez num sorriso largo e aparvalhado. Levantou a mão, enxugou a testa, sacudiu a cabeça desgrenhada e, como quem se decide a tudo, deu dois passos adiante e... de repente bufou uma risada, não alta, mas sonora e modulada, longa, feliz, que fez sacudir-se toda a sua massa fornida e encolherem-se os olhos miúdos. Diante dessa visão, quase metade do público desatou a rir, vinte pessoas começaram a aplaudir. O público sério se entreolhava com ar sombrio; todavia, tudo não durou mais que meio minuto. Súbito Lipútin apareceu no estrado com sua fita de responsável e dois criados; pegaram cautelosamente o capitão pelo braço, enquanto Lipútin lhe cochichava alguma coisa. O capitão franziu o cenho, murmurou: "Bem, já que é assim", deu de ombros, voltou para o público suas imensas costas e desapareceu com os acompanhantes. Mas um instante depois Lipútin tornou a irromper no estrado. Tinha nos lábios o sorriso de sempre, dos mais adocicados, que costumavam lembrar vinagre com açúcar, e nas mãos uma folha de papel de carta. Chegou-se a passos miúdos porém frequentes a um canto frontal do estrado.

— Senhores — dirigiu-se ao público —, por causa de um imprevisto houve um mal-entendido cômico que já foi superado; no entanto, cheio de esperança aceitei a missão e o pedido profundo e o mais respeitoso de um dos nossos vates locais... Imbuído de um objetivo humano e elevado... apesar do seu aspecto... daquele mesmo objetivo que une a nós todos... de enxugar as lágrimas das moças pobres e instruídas da nossa província... esse senhor, isto é, quero dizer, esse poeta local... desejando manter-se incógnito... gostaria muito de ver seu poema declamado antes do início do baile... ou seja, eu quis dizer da sessão literária. Embora esse poema não esteja no programa nem venha a integrá-lo... porque faz meia hora que recebi... *a nós* (nós quem? Vou citar palavra por palavra esse discurso entrecortado e confuso) pareceu que, pela notável ingenuidade do sentimento, unida a uma também notória alegria, o poema poderia ser lido, isto é, não como algo sério, mas como algo adequado à solenidade... Numa palavra, à ideia... Ainda mais porque alguns versos... e eu quero pedir permissão ao distintíssimo público.

— Leia! — berrou uma voz no final do salão.

— Vai ler assim?

— Leia, leia! — ouviram-se muitas vozes.

— Vou ler com a permissão do público — tornou a torcer-se Lipútin com o mesmo sorriso açucarado. Apesar de tudo, era como se ele não se decidisse, e cheguei até a achar que estivesse nervoso. A despeito de toda a impertinência desse tipo de gente, ainda assim ela às vezes tropeça. Pensando bem, o seminarista não tropeçaria, mas Lipútin já pertencia à sociedade.

— Previno, ou seja, tenho a honra de prevenir que, todavia, não é propriamente uma ode, como aquelas que antigamente se escreviam para as festas, mas é, por assim dizer, quase uma brincadeira, só que movida por um sentimento indubitável, unido a um divertimento jocoso e, por assim dizer, por uma verdade bastante real.

— Leia, leia!

Ele desenrolou o papel. É claro que ninguém conseguiu detê-lo. Ademais, ele apareceu com sua fita de responsável. Declamou com voz sonora:

"Para a preceptora pátria destas paragens. Uma homenagem do poeta pelo ensejo desta festa".

Salve, salve, preceptora!
Diverte-te e comemora,
Retrógrada ou George Sand,
Tanto faz: te regozija agora!

— Ora, isso é de Lebiádkin! De Lebiádkin mesmo! — ouviram-se várias vozes. Ouviu-se um riso e até aplausos, ainda que pouco numerosos.

A crianças com muco ensinas,
O abecedário em francês
Pronta a piscar a quem te leve,
Até sacristão tem vez!

— Hurra! Hurra!

Mas neste século de grandes reformas
Nem um sacristão te quer:
Moça, arranja uma "graninha",
Ou voltas pro á-bê-cê.

— Isso mesmo, isso mesmo, isso é que é realismo, sem "uma graninha" não se dá um passo!

Mas neste banquete, aqui,
Um capital nós juntamos
E dançando um dote a ti
Destas salas te enviamos —

Retrógrada ou George Sand,
Tanto faz: te regozija agora!
Tens dote, preceptora,
Cospe em tudo e comemora!

Confesso que não acreditava em meus próprios ouvidos. Tratava-se de uma desfaçatez tão notória que não era possível desculpar Lipútin nem pela tolice. Mas de tolo Lipútin não tinha nada. A intenção era clara, ao menos para mim: era como se precipitassem a desordem. Alguns versos desse poeta idiota, por exemplo o último, eram de tal espécie que nenhuma tolice poderia admiti-lo. Parece que o próprio Lipútin sentiu que havia assumido coisas demais: tendo realizado sua façanha, ficou tão surpreso com a própria petulância que nem se retirou do estrado e permaneceu ali como se desejasse acrescentar mais alguma coisa. Na certa supunha que aquilo tomaria outro aspecto; entretanto, até o grupinho de desordeiros que o aplaudira durante a extravagância calou-se de repente, também como que boquiabertos. O mais tolo de tudo foi que muitos deles interpretaram pateticamente a extravagância, isto é, não como uma pasquinada, absolutamente, mas de fato como uma verdade real sobre a preceptora, tomaram aquilo como versos com tendência. Mas no fim das contas até eles ficaram estupefatos com a excessiva sem-cerimônia dos versos. Quanto ao resto do público, todo o salão não só ficou escandalizado como também visivelmente ofendido. Não cometo equívoco ao transmitir a impressão. Yúlia Mikháilovna disse depois que, mais um instante, e ela teria desmaiado. Um dos velhotes mais respeitosos levantou sua velhota e os dois deixaram o salão sob os olhares inquietos do público que os acompanhava. Quem sabe, talvez o exemplo tivesse atraído mais algumas pessoas se nesse instante não tivesse aparecido o próprio Karmazínov no estrado, de fraque, gravata branca e com um caderno na mão. Yúlia Mikháilovna lhe dirigiu um olhar extasiado como quem olha para o salvador... Mas eu já estava nos bastidores; precisava falar com Lipútin.

— Você fez isso de propósito! — pronunciei, agarrando-o pelo braço, indignado.

— Eu, juro, não pensei nada disso — encolhia-se, logo começando a mentir e fingir-se infeliz —, acabaram de trazer os versos e eu pensei que fossem uma brincadeira divertida...

— Você não pensou nada disso. Não me diga que acha aquela porcaria medíocre uma brincadeira divertida?

— Sim, acho.

— Você está simplesmente mentindo, e não acabaram de lhe trazer aquilo coisa nenhuma. Você mesmo o compôs com Lebiádkin, talvez ainda ontem, com o fim de provocar um escândalo. O último verso é sem dúvida seu, o que fala do sacristão também. Por que ele apareceu de fraque? Então você o estava preparando até para ler, se ele não tivesse enchido a cara?

Lipútin me lançou um olhar frio e cheio de veneno.

— E você, o que tem a ver com isso? — perguntou de repente com uma estranha tranquilidade.

— Como o quê? Você também está usando esta fita... Onde está Piotr Stiepánovitch?

— Não sei; está por aqui; e por quê?

— Porque agora vejo a coisa de ponta a ponta. Trata-se simplesmente de um complô contra Yúlia Mikháilovna, com a finalidade de ultrajar o dia...

Lipútin tornou a me olhar de esguelha.

— E isso é da sua conta? — deu um risinho, deu de ombros e afastou-se.

Tive como que um estalo. Todas as minhas suspeitas se justificaram. Eu ainda tinha esperança de estar equivocado! O que me restava fazer? Passou-me pela cabeça trocar ideias com Stiepan Trofímovitch, mas ele estava em pé diante do espelho, experimentando vários sorrisos e conferindo sem cessar o papel no qual fizera umas anotações. Agora era a sua vez de ir ao estrado depois de Karmazínov, e ele já não estava em condição de conversar comigo. Correr para Yúlia Mikháilovna? Mas para recorrer a ela era cedo: ela precisava de uma lição bem mais forte para se curar da convicção de que estava "assediada" e de que era objeto de uma "dedicação fanática" geral. Não iria acreditar em mim e acharia que eu estava vendo fantasmas. Demais, de que forma ela poderia ajudar? "Ora — pensei —, convenhamos, o que eu realmente tenho a ver com isso? vou tirar a fita e dar o fora *quando começar*". Foi assim mesmo que pronunciei, "quando começar"; eu me lembro disso.

Mas era preciso ouvir Karmazínov. Olhando pela última vez ao redor nos bastidores, notei o vaivém de uma gente bastante estranha e até um entra e sai de mulheres. Aqueles "bastidores" eram um espaço bastante apertado, bem separado do público por uma cortina, e seu fundo se comunicava com outros cômodos pelo corredor. Ali os nossos palestrantes aguardavam sua vez. Mas naquele instante fiquei particularmente impressionado com o lente que sucedia Stiepan Trofímovitch. Era também uma espécie de professor (nem hoje sei ao certo quem era ele) que se afastara voluntariamente de um estabelecimento de ensino depois de uma certa história com estudantes e viera com algum fim para a nossa cidade fazia apenas alguns dias. Também foi recomendado a Yúlia Mikháilovna, e ela o recebeu com veneração. Hoje sei que ele esteve em sua casa apenas uma noite, antes da matinê literária, passou toda aquela noite calado, rindo de forma ambígua das brincadeiras e do tom da companhia que cercava Yúlia Mikháilovna, e produziu sobre todos uma impressão desagradável pelo ar desdenhoso e ao mesmo tempo assustadiço de tão melindroso. Foi a própria Yúlia Mikháilovna que o recrutou para a leitura. Agora ele andava de um canto a outro e, como Stiepan Trofímovitch, também murmurava de si para si, mas olhava para o chão e não para o espelho. Não experimentava sorrisos, embora sorrisse com frequência e lascívia. Estava claro que também não dava para conversar com ele. De baixa estatura, aparentava uns quarenta anos, era calvo, tinha um cavanhaque grisalho e estava bem-vestido. Contudo, o mais interessante era que a cada volta que dava levantava o punho direito, agitava-o no ar sobre a cabeça e de repente o baixava, como se transformasse algum inimigo em pó. Fazia esse truque a cada instante. Fiquei apavorado. Corri apressado para ouvir Karmazínov.

III

Mais uma vez havia qualquer coisa de anormal no salão. Anuncio de antemão: eu me inclino diante da grandeza do gênio; mas por que esses senhores, nossos gênios, ao término dos seus anos gloriosos às vezes agem exatamente como garotinhos? E daí que ele fosse Karmazínov e se apresentasse no estrado com postura equivalente à de cinco camaristas? Porventura é possível manter um público como o nosso uma hora inteira preso a apenas um artigo? Em linhas gerais, observei que ele podia até ser o suprassumo do gênio, mas segurar sozinho o público por mais de vinte minutos, impunemente, numa leitura pública e leve de literatura não seria possível. É verdade que o aparecimento do grande gênio foi recebido com um respeito que chegava ao extremo. Até os velhotes mais severos manifestaram anuência e curiosidade, as senhoras, até um certo êxtase. Os aplausos, não obstante, foram breves e de certa forma desordenados, confusos. Mas, em compensação, nas últimas fileiras não houve uma única extravagância até o instante em que o senhor Karmazínov começou a falar, e mesmo aí não aconteceu quase nada de particularmente mau, apenas um quê de mal-entendido. Já mencionei que ele tinha uma voz excessivamente cortante, um pouco feminil até e, ademais, com um verdadeiro ceceio[2] nobre, fidalgo. Mal pronunciou algumas palavras, alguém se permitiu rir alto, provavelmente algum tolinho inexperiente, que ainda não assistira a nada aristocrático e, além disso, era risão por natureza. Mas não houve a mínima hostilidade; ao contrário, fizeram o imbecil calar a boca e ele ficou arrasado. Mas eis que o senhor Karmazínov entoa com faceirice que "a princípio não concordara por nada em ler" (precisava muito anunciar!). "Há, diz ele, linhas que a gente arranca do coração como um canto, de tal maneira que não dá nem para exprimi-las, de sorte que não há meio de levar essa relíquia ao público" (então por que mesmo assim a levou?); "mas, como lhe suplicaram, ele a levou, e como, além do mais, está depondo a pena para sempre e jurou não tornar a escrever por nada, então que assim seja, escreveu essa última obra; e como jurou que por nada jamais iria ler coisa nenhuma em público, que assim seja, leria esse último artigo para o público", etc., etc. — tudo coisa desse gênero.

Entretanto, nada disso teria importância; quem não conhece os preâmbulos dos autores? Mas observo que diante da pouca escolaridade do nosso público e da irascibilidade das últimas fileiras, tudo isso poderia influenciar. Contudo, não seria melhor ler uma pequena novela, um continho minúsculo daqueles que ele escrevia antes, isto é, ainda que burilado e amaneirado, mas que aqui e ali fosse espirituoso? Isso salvaria tudo. Não, não foi o que se viu ali! Começou pelo argumento![3] Deus, o que não houve ali! Afirmo categori-

[2] Vários contemporâneos que conviveram com Turguêniev, entre eles A. Ya. Panáieva, salientaram esse aspecto macio e meio feminil da voz do escritor, que destoava muito de seu tipo físico. (N. da E.)

[3] A despedida dos leitores, que inicia e conclui o *Merci*, parodia a mensagem de Turguêniev aos leitores "A propósito de *Pais e filhos*" e, pela composição, lembra *Os espectros* (*Prízraki*) e *Basta* (*Dovolno*), do próprio Turguêniev. (N. da E.)

camente que o público, não só o nosso mas até o da capital, foi levado ao pasmo. Imagine quase dois folhetos da tagarelice mais amaneirada e inútil; para completar, esse senhor ainda leu com certo desdém, meio desanimado, como se estivesse fazendo um favor, de modo que foi até uma ofensa para o nosso público. O tema... Ora, o tema, quem conseguia entendê-lo? Era uma espécie de relatório sobre certas impressões, sobre certas lembranças. Mas de quê? Mas sobre o quê? Por mais que nossas testas provincianas ficassem franzidas durante toda a primeira metade da leitura, nada conseguiram apreender, de sorte que ouviram a segunda metade unicamente por cortesia. É verdade que muito se falou de amor, de amor do gênio por certa pessoa, mas, confesso, a coisa saiu um tanto desajeitada. Para a figurinha não alta e gorducha do genial escritor, a meu ver era meio destoante falar do seu primeiro beijo... E o que mais uma vez ofendia era que aqueles beijos foram de certa forma diferentes dos beijos do resto da humanidade. Aí há forçosamente giestas ao redor (forçosamente giestas ou alguma relva sobre a qual cabe procurar informações em botânica). Além disso, o céu deve ter infalivelmente algum matiz violeta que, é claro, nenhum dos mortais jamais observou, ou seja, todos viram mas não foram capazes de notar, mas "eis que eu, diz ele, notei e descrevi para os senhores, seus imbecis, como a coisa mais comum". A árvore, debaixo da qual se sentou o interessante casal, é forçosamente de alguma cor alaranjada. Estão os dois sentados em algum ponto da Alemanha. De repente avistam Pompeu ou Cássio às vésperas de uma batalha e sentem-se ambos penetrados pelo frio do êxtase. Uma sereia piou no meio dos arbustos. Gluck tocou violino numa cana. A peça que ele tocou é mencionada *en toutes lettres*,[4] mas ninguém a conhece, de maneira que é preciso consultar o dicionário de música. Enquanto isso, a névoa se junta em nuvens, junta-se tanto, tanto que mais parece um milhão de travesseiros do que uma névoa. E de repente tudo desaparece e o grande gênio atravessa o Volga no inverno, no degelo. Duas páginas e meia de travessia, mas mesmo assim acaba chegando a uma abertura no gelo. O gênio afunda — você acha que ele se afogou? Nem pensou nisso; tudo isso era para que, quando ele já estivesse se afogando mesmo e ofegante, um bloquinho de gelo aparecesse à sua frente, um minúsculo bloquinho de gelo do tamanho de uma ervilha, porém limpo e transparente "como uma lágrima congelada", e nesse bloquinho de gelo se refletisse a Alemanha, ou melhor, o céu da Alemanha, e esse reflexo, com seu jogo irisado, lembrou-lhe a mesma lágrima que "como te lembras, rolou dos

[4] "integralmente". (N. do T.)

teus olhos quando estávamos debaixo daquela árvore esmeralda e tu exclamaste alegremente: 'O crime não existe!'. 'Sim — disse eu entre lágrimas —, mas, já que é assim, também não existem justos.' Nós soluçamos e nos separamos para sempre". Ela fica em algum lugar à beira-mar, ele, em alguma caverna; e eis que ele desce, desce, há três anos que desce em Moscou sob a torre de Súkhariev, e de repente, em pleno subsolo, numa caverna, encontra uma lamparina e, diante dela, um monge asceta. O monge reza. O gênio chega a uma minúscula janelinha gradeada e ouve um súbito suspiro. Os senhores acham que foi o monge que suspirou? Ele está pouco ligando para o vosso monge! Não, esse suspiro pura e simplesmente "lembrou-lhe o primeiro suspiro dela trinta e sete anos antes", quando, "estás lembrada quando, na Alemanha, nós dois estávamos sentados debaixo de uma árvore cor de ágata e tu me disseste: 'Para que amar? Olha, ao nosso redor nasce o limo e eu amo, mas se o limo deixar de nascer eu vou deixar de amar?'". Nisso a névoa tornou a formar uma nuvem, apareceu Hoffmann, uma sereia assobiou um trecho de Chopin e num átimo Anco Márcio apareceu no meio da névoa sobre os telhados de Roma, usando uma coroa de louros. "Um arrepio de êxtase correu pelas nossas costas e nós nos separamos para sempre", etc., etc. Em suma, pode ser que eu não esteja transmitindo direito e não consiga transmitir, mas o sentido da tagarelice foi precisamente dessa natureza. Enfim, que paixão vergonhosa é essa das nossas grandes inteligências por trocadilhos no sentido máximo! O grande filósofo europeu, o grande cientista e inventor, trabalhador, mártir — todas essas pessoas que ficam fatigadas e se sobrecarregam[5] em prol do nosso grande gênio russo são terminantemente uma espécie de cozinheiros na cozinha dele. Ele é um grão-senhor, e eles aparecem à sua frente de gorro nas mãos e aguardando as ordens. É verdade que ele ri desdenhosamente também da Rússia, e para ele não há nada mais agradável do que proclamar a falência da Rússia em todos os sentidos perante as grandes inteligências da Europa, mas quanto a ele mesmo — não, ele já se projetou acima dessas grandes inteligências; elas são apenas material para os seus trocadilhos. Ele pega uma ideia alheia, inventa, acrescenta-lhe a sua antítese e o trocadilho está pronto. O crime existe, o crime não existe; a verdade não existe, os justos não existem;[6] o ateísmo, o darwinismo, os sinos de Moscou;

[5] Expressão do Evangelho de Mateus, 11, 28: "Vinde a mim todos os que estais cansados e sobrecarregados, e eu vos aliviarei". (N. da E.)

[6] Em *Basta*, de Turguêniev, lemos: "Shakespeare tornaria a obrigar seu rei Lear a repetir seu cruel 'não há culpados', o que, em outras palavras, significa: 'também não há justos'". (N. da E.)

Roma, os louros... mas ele nem sequer acredita em louros... Aí há um ataque de estereótipos de nostalgia byroniana, uma careta tirada de Heine, algo de Pietchórin, e a máquina entra em movimento, move-se, apita... "Pensando bem, elogiem, elogiem, porque eu gosto demais; ora, estou falando por falar que vou depor a pena; aguardem, ainda vou saturá-los trezentas vezes, haverão de se cansar de ler..."

É claro que a coisa não terminou tão bem assim; o mal, porém, é que foi por ele que ela se iniciara. Havia muito tempo o público começara a arrastar os pés, a assoar-se, a tossir, e tudo o mais que acontece quando em uma leitura de literatura o escritor, seja ele quem for, retém o público por mais de vinte minutos. Mas o genial escritor não notava nada daquilo. Continuou ceceando e mastigando as palavras, sem tomar nenhum conhecimento do público, de maneira que todos começaram a ficar perplexos. De repente, das últimas fileiras ouviu-se uma voz solitária, porém alta:

— Senhores, que asneira!

Aquilo saiu involuntariamente e, estou certo, sem nada de ostensivo. O homem simplesmente estava cansado. Mas o senhor Karmazínov parou, olhou com ar zombeteiro para o público e súbito ceceou com a postura de um camarista ferido:

— Parece que eu os saturei um bocado, senhores?

Eis que a sua culpa foi justamente a de ter sido o primeiro a falar; pois, desafiando assim a resposta, ele deu a oportunidade para que qualquer canalha também começasse a falar e, por assim dizer, até de forma legítima, ao passo que se ele se contivesse teriam se assoado, se assoado, e a coisa morreria aí... Talvez ele esperasse aplausos como resposta à sua pergunta; mas não houve aplausos; ao contrário, todos pareceram assustar-se, encolheram-se e calaram-se.

— O senhor nunca viu nenhum Anco Márcio, tudo isso é estilo — ouviu-se subitamente uma voz irritada, até como que dorida.

— Isso mesmo — pegou a deixa outra voz —, hoje não existem fantasmas e sim ciências naturais. Consulte as ciências naturais.

— Senhores, o que eu menos esperava eram essas objeções — admirou-se sumamente Karmazínov. O grande gênio se desacostumara inteiramente da pátria em Karlsruhe.

— Em nosso século é uma vergonha achar que o mundo se equilibra sobre três peixes — matraqueou de repente uma moça. — O senhor, Karmazínov, não poderia descer a uma caverna para a companhia de um ermitão. E, ademais, quem hoje em dia fala de ermitões?

— Senhores, o que mais me surpreende é que isso esteja sendo levado tão a sério. Pensando bem... pensando bem, os senhores estão totalmente certos. Além de mim, ninguém mais respeita a verdade real...

Embora ele sorrisse com ar irônico, estava fortemente surpreso. Tinha estampado no rosto: "Ora, eu não sou o que os senhores pensam, estou a favor dos senhores, basta que me elogiem, me elogiem mais, o máximo que puderem, eu gosto demais disso...".

— Senhores — bradou por fim, todo melindrado —, estou vendo que o meu pobre poema foi lido no lugar errado. Aliás, parece que eu também estou no lugar errado.

— Apontou para um corvo, acertou numa vaca — gritou a plenos pulmões um imbecil qualquer, pelo visto bêbado, e, é claro, não valia a pena lhe dar atenção. É verdade que se ouviu um riso desrespeitoso.

— Numa vaca, é isso que está dizendo? — perguntou Karmazínov. Sua voz ia se tornando cada vez mais estridente. — Quanto aos corvos e vacas, senhores, permitam-me conter-me. Respeito demais qualquer público para me permitir comparações, mesmo as ingênuas; contudo, eu achava...

— Mas, meu senhor, o senhor não foi lá muito... — gritou alguém das últimas fileiras.

— No entanto, eu supunha que, ao depor a pena e me despedir do leitor, iria ser ouvido...

— Não, não, nós desejamos ouvir, desejamos — ouviram-se algumas vozes da primeira fila, que finalmente se atreveram.

— Leia, leia! — responderam algumas extasiadas vozes femininas, e enfim prorromperam aplausos, se bem que miúdos, ralinhos. Karmazínov deu um sorriso amarelo e levantou-se.

— Acredite, Karmazínov, que todos acham até uma honra... — nem a própria decana se conteve.

— Senhor Karmazínov — ouviu-se subitamente uma fresca voz juvenil do fundo do salão. Era a voz de um professor muito jovem de uma escola do distrito, um belo jovem, sereno e nobre, que ainda havia pouco chegara à nossa cidade. Até soergueu-se. — Senhor Karmazínov, se eu tivesse a felicidade de amar da maneira como o senhor descreve, palavra, eu não falaria do meu amor em um artigo destinado à leitura pública...

Chegou até a corar por inteiro.

— Senhores — bradou Karmazínov — eu terminei. Omito o final e me retiro. Permitam-me, porém, ler apenas as seis linhas conclusivas.

"Sim, amigo leitor, adeus! — começou imediatamente pelo manuscrito e já sem se sentar na poltrona. — Adeus, leitor; nem insisto em nos despedirmos como amigos: de fato, por que te incomodar? Até insulta-me, oh, insulta-me o quanto quiseres, se isto te dá algum prazer. Mas o melhor é que nos esqueçamos um do outro para sempre. E se todos os senhores, leitores, ficassem de repente tão bondosos que, de joelhos, começassem a me implorar entre lágrimas: 'Escreva, oh, escreva para nós, Karmazínov, para a pátria, para a posteridade, para as coroas de louros', ainda assim eu lhes responderia, é claro que depois de agradecer com toda a civilidade: 'Ah, não, ah, não, já nos ocupamos o bastante uns com os outros, amáveis compatriotas, *merci!* Já é hora de cada um de nós tomar o seu rumo! *Merci, merci, merci*'."

Karmazínov inclinou-se cerimoniosamente e, todo vermelho, como se o tivessem fritado, tomou o rumo dos bastidores.

— E ninguém vai mesmo se ajoelhar; uma fantasia absurda.

— Mas que amor-próprio!

— Isso é apenas humor — corrigiu alguém de modo mais inteligente.

— Não, livre-me do seu humor.

— Mas, senhores, isso é uma insolência.

— Pelo menos agora terminou.

— Vejam que tédio provocou!

No entanto, todas essas exclamações ignorantes das últimas fileiras (aliás, não só das últimas) foram abafadas pelos aplausos de outra parte do público. Pediam bis a Karmazínov. Algumas damas, encabeçadas por Yúlia Mikháilovna e a decana, aglomeraram-se ao pé do estrado. Nas mãos de Yúlia Mikháilovna apareceu uma esplêndida coroa de louros sobre um travesseiro de veludo branco, e outra coroa de rosas vivas.

— Louros! — pronunciou Karmazínov com um risinho sutil e um tanto venenoso. — Eu, é claro, estou comovido e aceito com um sentimento vivo essa coroa preparada de antemão, mas que ainda não teve tempo de murchar; contudo, *mes dames*, de repente eu me tornei tão realista que em nosso século acho os louros bem mais adequados nas mãos de um cozinheiro habilidoso do que nas minhas...

— Sim, o cozinheiro é mais útil — gritou o mesmo seminarista que estivera na "reunião" em casa de Virguinski. A ordem fora um tanto violada. Da minha fileira muitos se levantaram de um salto a fim de ver a cerimônia da coroa de louros.

— Hoje eu ainda dou três rublos por um cozinheiro — interferiu em altos brados outra voz, altos até demais, altos e persistentes.

— Eu também.

— Eu também.

— Mas será que aqui não tem um bufê?

— Senhores, isto é simplesmente uma tapeação...

Aliás, é preciso reconhecer que todas essas vozes descomedidas ainda sentiam forte temor dos nossos dignatários, e também do chefe de polícia que estava no salão. De certo modo, uns dez minutos depois todos haviam voltado aos seus lugares, mas a ordem anterior já não se restabelecera. E eis que nesse princípio de caos apareceu o coitado do Stiepan Trofímovitch...

IV

Não obstante, corri mais uma vez para ele nos bastidores e, fora de mim, consegui preveni-lo de que, a meu ver, tudo fora por água abaixo e o melhor seria ele desistir de vez de apresentar-se e ir imediatamente para casa, pretextando nem que fosse uma colerina, e eu jogaria fora a fita e o acompanharia. Nesse ínterim ele já se dirigia ao estrado, parou de repente, lançou-me um olhar presunçoso da cabeça aos pés e pronunciou em tom solene:

— Meu senhor, por que me acha capaz de semelhante baixeza?

Recuei. Estava convicto, como dois e dois são quatro, de que ele não sairia dali sem uma catástrofe. Entrementes, eu estava totalmente desanimado, reapareceu à minha frente a figura do antigo professor a quem caberia suceder Stiepan Trofímovitch no estrado e que ainda há pouco levantava e baixava o punho com forte impulso. Ele continuava andando dum lado para o outro, absorto e balbuciando algo com voz fanhosa e um sorriso sardônico, mas triunfal. Assim meio sem intenção (também aí me deu na telha), cheguei-me a ele.

— Sabe — disse-lhe —, muitos exemplos mostram que, se um leitor retém o público por mais de vinte minutos, este já não o escuta. Nem mesmo uma celebridade, nenhuma, consegue retê-lo meia hora...

Ele parou de supetão e pôs-se a tremer todo pela ofensa. Uma presunção imensa estampou-se em seu rosto.

— Não se preocupe — murmurou com desdém, e foi em frente. Nesse instante ouviu-se no salão a voz de Stiepan Trofímovitch.

"Ora, danem-se vocês todos!" — pensei, e corri para o salão.

Stiepan Trofímovitch sentou-se na poltrona ainda em meio a um resto de desordem. As primeiras filas o receberam com olhares visivelmente inamistosos. (De certa forma, nos últimos tempos tinham deixado de gostar dele no clube e o respeitavam bem menos do que antes.) Aliás, já era até bom que não o vaiassem. Desde a véspera eu andava com uma ideia estranha: continuava achando que iriam apupá-lo tão logo ele aparecesse. Mas dessa vez nem chegaram a notar logo sua presença em meio a certa desordem que ainda persistia. O que aquele homem poderia esperar se até com Karmazínov haviam agido daquela maneira? Ele estava pálido; fazia dez anos que não se apresentava ao público. Pelo nervosismo e por tudo o que eu conhecia bem demais nele, para mim estava claro que nesse momento ele também via esse seu aparecimento no estrado como a solução do seu destino ou coisa parecida. Pois era isso o que eu temia. Aquele homem me era caro. E o que aconteceu comigo quando ele abriu a boca e ouvi sua primeira frase!

— Senhores! — pronunciou de repente, como se tivesse se decidido a tudo e ao mesmo tempo quase sem voz. — Senhores! Ainda hoje, pela manhã, eu tinha à minha frente um desses papelotes ilegais lançados por aí, e pela centésima vez me fiz a pergunta: "Qual é o segredo deles?".

Todo o salão silenciou de vez, todos os olhares se voltaram para ele, uns, assustados. De fato, sabia provocar o interesse com as primeiras palavras. Até dos bastidores apareceram cabeças; Lipútin e Liámchin ouviam com avidez. Yúlia Mikháilovna tornou a me fazer um sinal com a mão:

— Detenha-o a qualquer custo! — murmurou-me alarmada. Limitei-me a dar de ombros; porventura era possível deter um homem *decidido*? Ai, eu compreendi Stiepan Trofímovitch.

— Xi, está falando dos panfletos! — murmuraram na plateia; todo o salão agitou-se.

— Senhores, decifrei todo o segredo. Todo o segredo do efeito deles está na sua tolice! (Seus olhos brilharam.) Sim, senhores, fosse essa tolice deliberada, falsificada por um cálculo, oh, isso seria até genial! Mas é preciso que sejamos justos com eles: nada falsificaram. Trata-se da tolice mais nua, mais simplória, mais lacônica — *c'est la bêtise dans son essence la plus pure, quelque chose comme un simple chimique.*[7] Fosse isso expresso ao menos com um tiquinho mais de inteligência e qualquer um perceberia no ato toda a miséria dessa tolice lacônica. Mas neste momento todos andam perplexos: ninguém acredita que isso tenha sido tão tolo na origem. "É impossível que aí não haja mais nada" — diz qualquer um e procura o segredo, enxerga o segredo, procura ler nas entrelinhas, e o efeito está atingido! Oh, nunca a tolice havia recebido uma recompensa tão solene, apesar de tê-la merecido com tanta frequência... Pois, *en parenthèses*, a tolice, assim como o mais elevado gênio, são igualmente úteis nos destinos da humanidade...

— Trocadilhos dos anos quarenta — ouviu-se a voz de alguém, aliás bastante modesta, mas em seguida tudo foi por água abaixo; começaram o burburinho e a algazarra.

[7] "trata-se da tolice na sua mais pura essência, algo como um simples elemento químico". (N. do T.)

— Senhores, hurra! Proponho um brinde à tolice — bradou Stiepan Trofímovitch, já em completo frenesi, bravateando com o público.

Corri até ele a pretexto de lhe servir água.

— Stiepan Trofímovitch, pare, Yúlia Mikháilovna está implorando...

— Não, deixe-me, jovem ocioso! — investiu contra mim a plenos pulmões. Eu tentava persuadi-lo. — *Messieurs!* — continuou ele — por que essa inquietação, por que esses gritos de indignação que estou ouvindo? Vim para cá com um ramo de oliva. Trouxe a última palavra, porque nesse assunto eu tenho a última palavra — e faremos as pazes.

— Fora! — gritaram alguns.

— Silêncio, deixem que fale, deixem que se pronuncie — vociferou a outra parte. Estava particularmente inquieto um jovem professor que, uma vez atrevendo-se a falar, parecia que já não podia parar.

— *Messieurs*, a última palavra desse assunto é o perdão de tudo. Sou um velho ultrapassado, proclamo solenemente que o espírito da vida continua soprando como antes e a força viva não se exauriu na nova geração. O entusiasmo da juventude de hoje é tão puro e luminoso quanto nos nossos tempos. Aconteceu apenas uma coisa: a mudança dos fins, a substituição de uma beleza por outra! Toda a dúvida está apenas em saber: o que é mais belo, Shakespeare ou um par de botas, Rafael ou o petróleo?[8]

— Isso é uma delação? — rosnaram alguns.

— Perguntas comprometedoras?

— *Agent provocateur!*

— Eu proclamo — ganiu Stiepan Trofímovitch no último grau de arroubo —, proclamo que Shakespeare e Rafael estão acima da libertação dos camponeses, acima da nacionalidade, acima do socialismo, acima da nova geração, acima da química, acima de quase toda a humanidade, porque são o fruto, o verdadeiro fruto de toda a humanidade e, talvez, o fruto supremo, o único que pode existir! É a forma da beleza já atingida, e sem atingi-la eu talvez já não concordasse em viver... Oh, Deus! — ergueu os braços — dez anos atrás eu bradava do mesmo jeito em Petersburgo, de cima de um estra-

[8] Nessas palavras transparece a polêmica de Dostoiévski com diversos autores de sua época. Segundo palavras de V. A. Záitziev (*Rússkoe Slovo*, 1864, nº 3, p. 64), "... não há um encerador de chão, não há um limpador de fossas que não seja infinitamente mais útil que Shakespeare". Referindo-se ao célebre escritor Saltikov-Schedrin no artigo "Cisão entre os niilistas", Dostoiévski escreve: "... sem Púchkin pode-se passar, sem botas, não há como". Petróleo: alusão a petroleiros, termo com que a imprensa de direita russa e ocidental qualificava os comunardos para lhes atribuir o incêndio do palácio de Tuileries durante os combates de rua da Comuna de Paris de 1871. (N. da E.)

do, quase com as mesmas palavras e com o público sem entender quase nada, rindo e apupando como agora; entes pequenos, o que lhes falta para compreender? Ora, sabem os senhores, sabem que sem o inglês a humanidade ainda pode viver, sem a Alemanha pode, sem o homem russo é possível demais, sem a ciência pode, sem o pão pode, só não pode sem a beleza, porque nada restaria a fazer no mundo![9] Todo o segredo está aí, toda a história está aí! A própria ciência não sobreviveria um minuto sem a beleza — sabem disso, senhores ridentes? —, ela se converteria em banalidade, não inventaria um prego!... Não cederei! — bradou de forma estúpida ao concluir, e deu um murro na mesa com toda a força.

Mas, enquanto ele gania à toa e sem ordem, violava-se a ordem também no salão. Muitos pularam dos seus lugares, outros se precipitaram para a frente, para mais perto do estrado. No geral, tudo aconteceu bem mais rápido do que descrevo e nem houve tempo para providências. Vai ver até que nem quiseram tomá-las.

— Para os senhores é bom receber casa e comida, seus mimados! — berrou ao pé do estrado aquele seminarista, arreganhando os dentes com satisfação para Stiepan Trofímovitch. Este notou e correu para a beira do estrado:

— Não fui eu, não fui eu que acabei de proclamar que o entusiasmo da nova geração é tão puro e luminoso quanto o era o da minha, e que ela está se destruindo somente porque se equivoca com as formas do belo? Os senhores acham pouco? E se considerarmos que quem o proclamou foi um pai liquidado, ofendido, então será possível — oh, curtos de inteligência —, será possível ser mais imparcial e sereno nos pontos de vista?... Ingratos... injustos... por que não querem a reconciliação!...

E súbito começou a soluçar histericamente. Limpava com os dedos as lágrimas que rolavam. Os ombros e o peito tremiam com o pranto... Ele esqueceu tudo no mundo.

Um susto fortíssimo se apoderou do público, quase todos se levantaram de seus lugares. Yúlia Mikháilovna também se levantou rapidamente, segurando o marido pelo braço e erguendo-o da poltrona... O escândalo passava da medida.

— Stiepan Trofímovitch! — berrou alegre o seminarista — Fiedka Kátorjni, galé fugitivo, anda aqui pela cidade e pelas redondezas. Assalta, e acaba

[9] Palavras semelhantes foram escritas pelo próprio Dostoiévski no artigo "G-bov. e a questão da arte": "A necessidade da beleza e da arte que a personifica é inseparável do homem, e sem ela o homem possivelmente não desejaria viver no mundo". (N. da E.)

de cometer um novo crime. Permita-me perguntar: se quinze anos atrás o senhor não o tivesse cedido como recruta para pagar uma dívida de jogo, se simplesmente não o tivesse perdido no baralho, será que ele teria acabado como galé, degolando pessoas, como hoje, na luta pela sobrevivência? O que me diz, senhor esteta?

Nego-me a descrever a cena que seguiu. Em primeiro lugar, ouviram-se aplausos frenéticos. Aplaudiram não todos, só um quinto da plateia, mas aplaudiram freneticamente. Todo o resto do público precipitou-se para a saída, mas como a parte que aplaudia continuava o empurra-empurra na direção do estrado, houve uma confusão geral. As damas davam gritinhos, algumas senhoritas choravam e pediam para ir embora. Lembke, em pé no seu lugar, olhava amiúde e aterrorizado ao redor. Yúlia Mikháilovna estava totalmente desconcertada — pela primeira vez desde que assumira seu papel em nossa cidade. Quanto a Stiepan Trofímovitch, no primeiro instante pareceu literalmente arrasado com as palavras do seminarista; mas ergueu subitamente ambos os braços, como se os abrisse sobre o público, e ganiu:

— Renego, esconjuro... é o fim... é o fim... — e, dando meia-volta, correu para os bastidores, agitando os braços e ameaçando.

— Ele ofendeu a sociedade!... Tragam Vierkhoviénski! — berravam os frenéticos. Quiseram até correr atrás dele e persegui-lo. Contê-los era impossível, ao menos naquele instante; de repente a catástrofe definitiva desabava como uma bomba sobre a reunião e estourava no meio dela: o terceiro leitor,[10] aquele maníaco que estivera o tempo todo agitando o punho nos bastidores, de repente apareceu correndo no estrado.

Tinha um aspecto completamente louco. Com um sorriso largo, triunfal, cheio de uma presunção desmedida, examinava o salão inquieto e parecia ele mesmo contente com a desordem. Não o perturbava o mínimo que tivesse de ler naquele rebuliço; ao contrário, era visível seu contentamento. Isso era tão notório que logo chamou a atenção.

— O que é mais essa? — ouviram-se perguntas — quem é mais esse? Psiu! o que estará querendo dizer?

— Senhores! — gritou com toda a força o maníaco, postado à beira do estrado e com uma voz quase tão esganiçada e feminil quanto a de Karmazínov, mas sem o ceceio nobre. — Senhores, vinte anos atrás, às vésperas da guerra com meia Europa, a Rússia era um ideal aos olhos de todos os conse-

[10] Dostoiévski tomou como protótipo desse "terceiro leitor" Platon Vassílievitch Pávlov (1823-1895), conhecido professor liberal de história da Rússia da Universidade de São Petersburgo. (N. da E.)

lheiros secretos e de Estado. A literatura servia à censura;[11] as universidades lecionavam marcha militar;[12] o exército se transformou num corpo de balé, enquanto o povo pagava impostos e calava debaixo do chicote da servidão. O patriotismo se transformou num meio de arrancar propinas do vivo e do morto. Quem não aceitava propina era considerado rebelde,[13] pois perturbava a harmonia. As matas de bétula foram liquidadas para ajudar a ordem. A Europa tremia... Mas a Rússia, em todo o seu inepto milênio de existência, nunca chegara a tamanha vergonha.[14]

Levantou o punho, agitando-o num gesto extasiado e ameaçador sobre a cabeça, e o baixou num átimo, com furor, como se fizesse o inimigo em cinzas. Um clamor frenético se ouviu de todos os lados, explodiram aplausos ensurdecedores. Já era quase metade da plateia a aplaudir; os mais inocentes se empolgavam: desonrava-se a Rússia perante todo o povo, publicamente, e porventura era possível não berrar de êxtase?

— Isso é que é! Assim é que é a coisa! Hurra! Não, isso já não é estética![15]

O maníaco continuava em êxtase:

— Desde então vinte anos se passaram. Abriram-se e multiplicaram-se as universidades. A aula de marcha militar transformou-se em lenda; o número de oficiais não chega a mil. As estradas de ferro comeram todos os capitais e envolveram a Rússia como uma teia de aranha, de sorte que daqui a uns quinze anos talvez se possa até ir a algum lugar. As pontes pegam fogo só raramente, mas os incêndios nas cidades são regulares, seguem uma or-

[11] Na época de Nicolau I, vários escritores trabalharam para a censura, entre eles S. T. Aksakov, P. Ya. Vyazemski, F. N. Glinka, F. Yu. Tiúttchev e inclusive I. A. Gontcharóv, autor do célebre romance *Oblómov*. (N. da E.)

[12] Nicolau I introduziu procedimentos militares na Universidade de Moscou: os estudantes usavam sobrecasacas militares, espadas, etc. (N. da E.)

[13] O tema do suborno generalizado era objeto constante da imprensa satírica do período descrito no romance. (N. da E.)

[14] Palavras semelhantes às pronunciadas pelo professor Pávlov (cf. nota 10) contra os eslavófilos oficiais quando das comemorações do milênio da Rússia. Pávlov fez uma avaliação severa do passado histórico do país e da situação da monarquia tsarista de então. (N. da E.)

[15] Ao representar a recepção do discurso do "esteta" Stiepan Trofímovitch pelo público, Dostoiévski baseou-se no artigo "Os realistas" (1864), do crítico D. I. Píssariev (1840-1868), que resume os debates entre defensores e adversários da estética, escrevendo: "A estética e o realismo realmente se encontram numa inconciliável hostilidade mútua, e o realismo deve extirpar radicalmente a estética, que, hoje, envenena e tira o sentido de todos os campos da nossa atividade científica... a estética é o mais sólido elemento da estagnação intelectual e o mais seguro inimigo do progresso da razão". (N. da E.)

dem estabelecida na temporada dos incêndios. Os tribunais fazem julgamentos salomônicos e os jurados recebem propinas unicamente em sua luta pela sobrevivência, quando são levados a morrer de fome. Os servos estão livres e dão surras de chibata uns nos outros no lugar dos antigos senhores. Mares e oceanos de vodca são bebidos para ajudar o orçamento do Estado, enquanto em Nóvgorod, defronte da antiga e inútil igreja de Sófia, foi erigido solenemente um colossal globo de bronze[16] em homenagem ao já passado milênio de desordem e inépcia. A Europa franze o cenho e torna a inquietar-se... Quinze anos de reformas! Entretanto, mesmo nas épocas mais caricaturais da sua inépcia, a Rússia jamais chegou...

As últimas palavras nem sequer dava para ouvir por causa do alarido da multidão. Viu-se o orador tornar a levantar o braço e tornar a baixá-lo com ar triunfal. O êxtase ultrapassava todos os limites: ganiam, aplaudiam, até algumas damas gritavam: "Basta! Não conseguirá dizer nada melhor!". Pareciam bêbados. O orador correu o olhar por todos os presentes, como se se derretesse no próprio triunfo. Vi de passagem Lembke indicando algo para alguém e tomado de uma inquietação inexprimível. Yúlia Mikháilovna, toda pálida, dizia algo ao príncipe, que correra até ela... Mas nesse instante uma turba inteira, uns seis homens, pessoas mais ou menos oficiais, irrompeu dos bastidores no estrado, agarrou o orador e o levou para os bastidores. Não compreendo de que jeito ele se livrou deles, mas se livrou, tornou a correr para a beira do estrado e ainda conseguiu gritar com toda a força, agitando o punho:

— Mas a Rússia jamais havia chegado...

Contudo, já tornavam a arrastá-lo. Vi talvez uns quinze homens precipitando-se para libertá-lo nos bastidores, mas sem atravessar o palco e caminhando por um lado, quebrando um tabique leve, que acabou caindo... Vi depois, sem acreditar nos meus próprios olhos, uma estudante irromper não se sabe de onde no estrado — a parenta de Virguinski, com o mesmo embrulho debaixo do braço, com a mesma roupa, igualmente vermelha, igualmente bem alimentada, cercada por umas duas ou três mulheres, uns dois ou três homens, acompanhada do colegial, seu inimigo mortal. Consegui até ouvir a frase:

— Senhores, vim aqui para denunciar o sofrimento dos estudantes infelizes e despertá-los para o protesto onde quer que estejam.

Mas corri. Escondi minha fita no bolso e, pela porta dos fundos, que eu conhecia, saí da casa para a rua. É claro que fui antes de tudo à casa de Stiepan Trofímovitch.

[16] Por ocasião do milênio da Rússia, foi erigido no dia 8 de setembro de 1862 o famoso monumento do escultor M. O. Mikêchin (1836-1896) na cidade de Nóvgorod. (N. da E.)

II
O FINAL DA FESTA

I

Ele não me recebeu. Estava trancado e escrevendo. Quando bati pela segunda vez e o chamei, respondeu do outro lado da porta:

— Meu amigo, já terminei tudo, quem pode exigir mais de mim?

— Você não terminou nada, apenas contribuiu para que tudo fosse por água abaixo. Pelo amor de Deus, Stiepan Trofímovitch, sem trocadilhos, abra. Precisamos tomar providências; ainda podem aparecer aqui e ofendê-lo!

Achei-me no direito de ser particularmente severo e até exigente. Temia que ele fizesse algo ainda mais louco. Contudo, para minha surpresa, encontrei uma firmeza incomum:

— Não seja o primeiro a me ofender. Eu lhe agradeço por tudo o que houve antes, mas repito que encerrei tudo em relação às pessoas, as boas e as más. Eu estou escrevendo uma carta a Dária Pávlovna, que até agora eu havia esquecido de maneira tão imperdoável. Amanhã você a leva, se quiser, mas por ora "*merci*".

— Stiepan Trofímovitch, eu lhe asseguro que a coisa é mais séria do que você pensa. Pensa que fez alguém em pedaços? Você não fez ninguém, fez foi a si mesmo em cacos como a um vidro vazio (oh, fui grosseiro e descortês; recordo com amargura!). Você não tem nenhum motivo para escrever a Dária Pávlovna... e onde vai se meter agora sem mim? O que está urdindo de concreto? Na certa ainda está urdindo alguma coisa! Vai apenas afundar ainda mais se tornar a inventar alguma coisa...

Ele se levantou e veio até a porta.

— Você passou pouco tempo com eles, mas já está contaminado pela sua linguagem e o seu tom; *Dieu vous pardonne, mon ami, et Dieu vous garde.*[17] Mas eu sempre notei em você embriões de decência e você talvez ainda mude de ideia — *après le temps*,[18] é claro, como todos nós, russos. Quanto

[17] "Deus o perdoe, meu amigo, e o proteja". (N. do T.)

[18] "com o tempo". (N. do T.)

à sua observação sobre minha falta de praticidade, eu lhe lembro uma antiga ideia minha: que na nossa Rússia um mundo de gente não faz outra coisa senão atacar a falta de praticidade alheia de modo cada vez mais furioso e com uma chatice particular, acusando dessa falta de praticidade a todos e cada um, menos a si próprio. *Cher*, lembre-se de que eu estou inquieto e não me atormente. Mais uma vez eu lhe digo *merci* por tudo e nos separemos como fez Karmazínov com o público, ou seja, esqueçamos um ao outro da forma mais magnânima possível. Ele foi ladino ao suplicar demais que seus antigos leitores o esquecessem; *quant à moi*,[19] não sou tão cheio de amor-próprio, e no que mais confio é na juventude do seu cândido coração: a troco de quê você teria de ficar gastando lembrança com um velho inútil? "Tenha mais anos de vida", meu amigo, como nos aniversários passados me desejava Nastácia (*ces pauvres gens ont quelquefois des mots charmants et pleins de philosophie*).[20] Não lhe desejo muita felicidade — isso enfastia; também não lhe desejo mal; porém, seguindo a filosofia popular, repito simplesmente: "Tenha mais anos de vida" e procure dar um jeito de não se aborrecer muito; esse voto inútil já acrescento de minha parte. Bem, adeus, e adeus a sério. E não fique à minha porta, não vou abri-la.

Afastou-se, e não consegui mais nada. Apesar da "inquietação", ele falava com suavidade, sem pressa, com ponderação, e é de crer que procurava impressionar. Era claro que estava um tanto agastado comigo e vingava-se de mim indiretamente, bem, talvez pelos "trenós" da véspera e pelo "chão que se move debaixo dos pés". As lágrimas derramadas em público naquela manhã, apesar de alguma espécie de vitória, colocavam-no em uma posição meio cômica e ele o sabia, e não havia um homem que se preocupasse tanto com a beleza e o rigor das formas em relação aos amigos quanto Stiepan Trofímovitch. Oh, não o culpo! Mas foram esse pedantismo e o sarcasmo que permaneciam nele, apesar de todas as comoções, que me tranquilizaram naquela ocasião: um homem que aparentemente mudara tão pouco diante da mesmice naquele momento evidentemente não estava disposto a algo trágico ou fora do comum. Foi assim que julguei na ocasião e, meu Deus, como me enganei. Foi demais o que perdi de vista...

Prevenindo os acontecimentos, cito algumas das primeiras linhas dessa carta a Dária Pávlovna, que ela realmente recebeu no dia seguinte.

[19] "quanto a mim". (N. do T.)

[20] "essa pobre gente se sai às vezes com magníficas exclamações cheias de sentido filosófico". (N. do T.)

"*Mon enfant*, minha mão treme, mas terminei tudo. Você não esteve presente na minha última refrega com os homens; você não foi àquela 'leitura' e fez bem. Mas lhe contarão que em nossa Rússia empobrecida de caracteres levantou-se um homem cheio de ânimo e, apesar das ameaças mortais que se faziam ouvir de todos os lados, disse àqueles bobos a verdade deles, ou seja, que são uns bobos: *Oh, ce sont des pauvres petits vauriens et rien de plus, des petits* tolos — *voilà le mot!*[21] A sorte está lançada; vou-me embora para sempre desta cidade e não sei para onde. Todos de quem eu gostava me deram as costas. Mas você, você, criatura pura e ingênua, você, dócil, cujo destino por pouco não se uniu ao meu por vontade de um coração caprichoso e prepotente, você, que talvez olhasse com desdém quando eu derramava minhas lágrimas tíbias às vésperas do nosso frustrado casamento; você, seja lá quem for, que não pode me ver senão como uma pessoa cômica, é para você, para você que envio o último grito do meu coração, é com você a minha última dívida, só com você. Não posso deixá-la para sempre fazendo de mim a ideia que se faz de um toleirão ingrato, um ignorante e um egoísta, como provavelmente lhe afirma dia a dia um coração ingrato e cruel que, ai, não consigo esquecer..."

E assim por diante, e assim por diante, em apenas quatro páginas de formato grande.

Depois de dar três murros na porta em resposta ao "não vou abrir" dele e de gritar que, naquele mesmo dia, ele mandaria Nastácia três vezes me procurar e que eu mesmo não apareceria, eu o deixei e corri para a casa de Yúlia Mikháilovna.

II

Aqui eu testemunhei uma cena revoltante: enganavam uma pobre mulher na minha cara e eu não podia fazer nada. De fato, o que eu lhe poderia dizer? Já conseguira voltar um pouco a mim e julgar que eu tinha apenas certas sensações, uns pressentimentos suspeitos e nada mais. Encontrei-a em lágrimas, quase num ataque histérico, aplicando-se soluções de água-de-colônia e diante de um copo com água. À sua frente estava Piotr Stiepánovitch falando sem parar, e o príncipe, em silêncio, como se o tivessem trancado à

[21] "Oh, são uns pobres e pequenos patifes e nada mais, míseros tolos — eis a palavra!" (N. do T.)

chave. Às lágrimas e aos gritos ela censurava Piotr Stiepánovitch pela "apostasia". De imediato fiquei impressionado ao vê-la atribuir unicamente à ausência de Piotr Stiepánovitch todo o fracasso, toda a ignomínia daquela manhã, em suma, tudo.

Notei nele uma importante mudança: parecia excessivamente preocupado com alguma coisa, quase sério. De hábito nunca parecia sério, ria sempre, até quando se zangava, e se zangava com frequência. Oh, agora ele também estava zangado, falava de modo grosseiro, displicente, com enfado e impaciência. Assegurava que estivera com dor de cabeça e vomitando na casa de Gagánov, para onde fora acidentalmente de manhã cedo. Ai, como a pobre mulher ainda queria ser enganada! A questão principal que encontrei na mesa era a seguinte: haver ou não haver o baile, isto é, a segunda metade da festa? Por nada Yúlia Mikháilovna concordava em aparecer no baile depois das "ofensas de ainda há pouco", por outras palavras, desejava com todas as forças ser forçada a isso e necessariamente por ele, Piotr Stiepánovitch. Fitava-o como a um oráculo e, parece, se naquele instante ele se retirasse ela cairia de cama. Mas ele não tinha nenhuma vontade de se retirar: ele mesmo queria à fina força que o baile se realizasse naquele dia e que Yúlia Mikháilovna comparecesse infalivelmente...

— Ora, por que esse choro! Precisa porque precisa de uma cena? Em quem vai descarregar a raiva? Vamos, descarregue em mim, só que depressa, porque o tempo está passando e é preciso decidir. Estragaram a coisa com a leitura, a gente a embeleza com o baile. Aí está o príncipe, que é da mesma opinião. Demais, se não fosse o príncipe, como essa coisa teria terminado?

De início o príncipe estava contra o baile (ou seja, contra o aparecimento de Yúlia Mikháilovna nele, porque, apesar de tudo, o baile devia ser realizado), mas depois de duas ou três referências à sua opinião começou pouco a pouco a mugir em sinal de acordo.

Surpreendeu-me ainda a descortesia excessivamente incomum do tom de Piotr Stiepánovitch. Oh, rejeito indignado a bisbilhotice vil que já depois se disseminou a respeito de certas relações que estaria havendo entre Yúlia Mikháilovna e Piotr Stiepánovitch. Não havia nem poderia haver nada semelhante. Ele se impôs a ela apenas porque desde o início envidou todos os esforços ao fazer coro com ela em todas as suas fantasias de influenciar a sociedade e o ministério, passou a fazer parte dos planos dela, ele mesmo os criou para ela, lançava mão da mais grosseira lisonja, envolveu-a da cabeça aos pés e se lhe tornou indispensável como o ar.

Ao me ver ela bradou, com os olhos brilhando:

— Pois bem, pergunte a ele, ele também não se afastou de mim durante

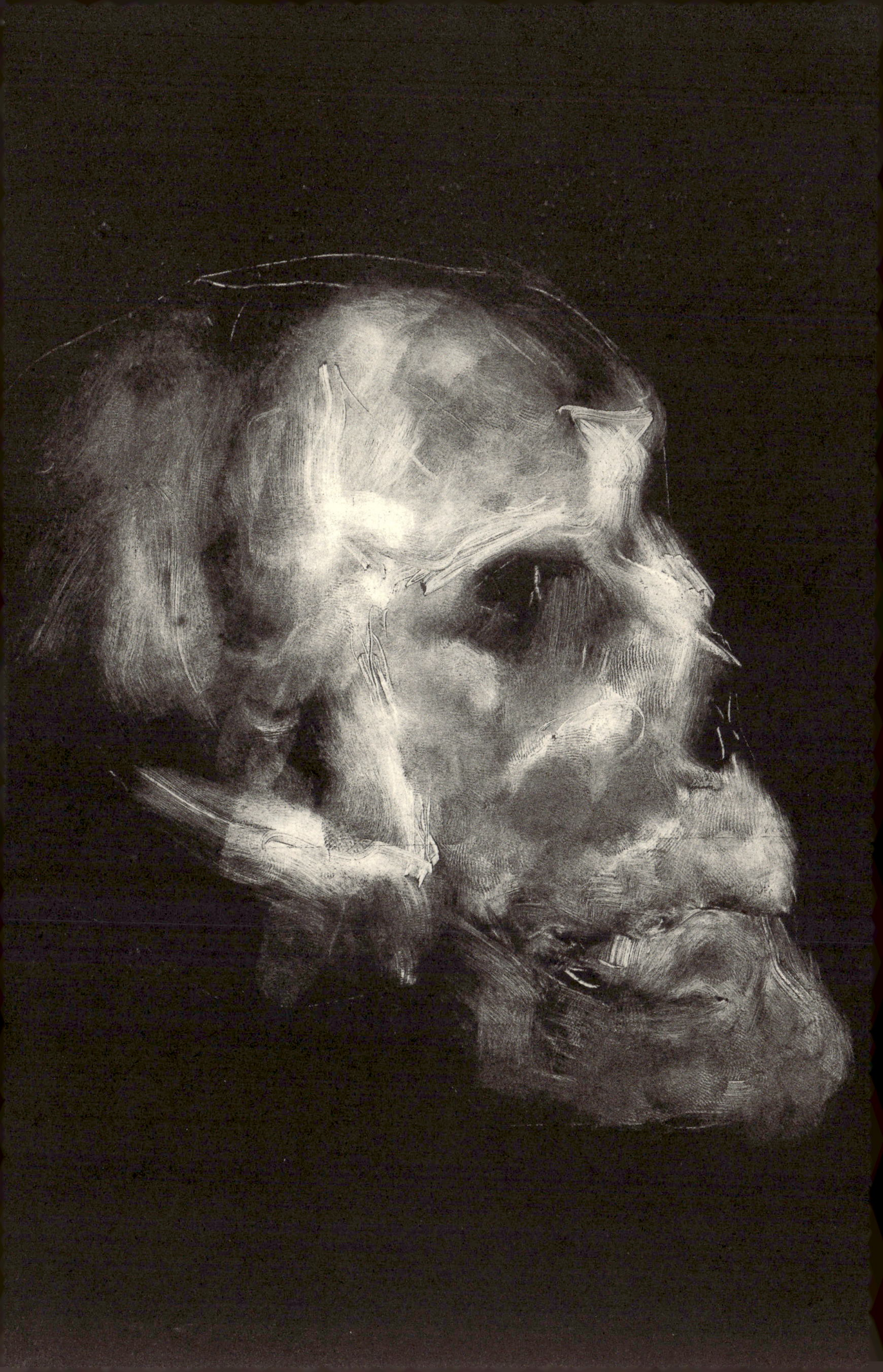

o tempo todo, como o príncipe. Diga-lhe, não está evidente que tudo isso é um complô, um complô baixo, engenhoso, com o fim de fazer tudo o que pode haver de mal a mim e a Andriêi Antónovitch? Oh, combinaram tudo! Tinham um plano. É um verdadeiro partido, um verdadeiro partido!

— Foi muito longe, como sempre. Anda eternamente com um poema na cabeça. Aliás, estou contente com o senhor... (fingiu que esquecera meu nome), ele mesmo nos dirá sua opinião.

— Minha opinião — apressei-me — está plenamente de acordo com a opinião de Yúlia Mikháilovna. O complô é evidente demais. Eu lhe trouxe essas fitas, Yúlia Mikháilovna. Se o baile vai ou não se realizar é claro que não é problema meu, porque não está em meu poder; mas meu papel como responsável está terminado. Desculpe pela minha precipitação, mas não posso agir em detrimento do bom senso e da convicção.

— Está ouvindo, está ouvindo! — ela ergueu os braços.

— Estou ouvindo, e ouça o que vou lhe dizer — virou-se ele para mim —, acho que todos vocês comeram alguma coisa e por isso estão todos delirando. A meu ver, não aconteceu nada, rigorosamente nada que antes não tivesse acontecido nem pudesse acontecer sempre nesta cidade. Que complô? A coisa saiu feia, tola a ponto de ser vergonhosa, mas onde está o complô? Contra Yúlia Mikháilovna que os mima, que os protege, que à toa lhes perdoou todas as criancices? Yúlia Mikháilovna! O que foi que lhe incuti o mês inteiro sem me calar? De que a preveni? Por que toda aquela gente esteve em sua festa? Precisava meter-se com aquela gentalha! Por quê, para quê? Unir a sociedade? Ora, por acaso se pode unir aquela gente? Tenha dó!

— Quando foi que você me preveniu? Ao contrário, você aprovou meu plano e até exigiu... Eu confesso, estou tão surpresa... Você mesmo trouxe à minha presença muitas pessoas estranhas.

— Ao contrário, eu discuti com a senhora, não a aprovei, e, quanto a trazer, realmente trouxe, mas já depois que eles mesmos acorreram às dúzias, e assim mesmo só ultimamente, com o fim de formar a "quadrilha da literatura"; não se consegue passar sem aqueles grosseirões. Até aposto que hoje trouxeram uma outra dezena de grosseirões iguais sem bilhete de entrada.

— Sem dúvida — confirmei.

— Veja, o senhor já está concordando. Lembrem-se do tom que vigorou por aqui ultimamente, em toda esta cidadezinha. Pois aquilo descambou unicamente em descaramento, em sem-vergonhice; ora, foi um escândalo cheio de boatos sem intervalo. E quem estimulou isso? Quem encobriu isso com sua autoridade? Quem deixou todo mundo desnorteado? Quem enfureceu toda a gentalha? No álbum da senhora estão reproduzidos todos os segredos das famílias daqui. Não foi a senhora que passou a mão na cabeça de todos os seus poetas e pintores? Não foi a senhora que deu a mãozinha para Liámchin beijar? Não foi na sua presença que o seminarista destratou o conselheiro efetivo de Estado e estragou-lhe o vestido da filha com as botas alcatroadas? Por que ainda fica surpresa com o fato de o público estar contra a senhora?

— Sim, mas tudo isso foi você, você mesmo! Oh, meu Deus!

— Não, eu a preveni, nós brigamos, está ouvindo, nós brigamos!

— Ora, você está mentindo na minha cara.

— Ora vejam só, é claro que não lhe custa nada dizer isso. Agora a senhora precisa de uma vítima para vomitar sua raiva nela; então vomite em mim, já lhe disse. É melhor eu me dirigir ao senhor... (Ele não conseguia se lembrar do meu nome.) Contemos nos dedos: eu afirmo que além de Lipútin não houve nenhum complô, contra ninguém, contra nin-guém! Vou provar, mas primeiro analisemos Lipútin. Ele foi ao estrado com versos do imbecil do Lebiádkin — então a senhora acha isso um complô? E a senhora sabe que para Lipútin aquilo poderia parecer simplesmente espirituoso? Seriamente, seriamente espirituoso? Ele foi ao estrado com a simples finalidade de fazer rir e divertir todo mundo, e em primeiro lugar a protetora Yúlia Mikháilovna, eis tudo. Não acredita? Bem, isso não estaria no tom de tudo o que aconteceu por aqui durante um mês inteiro? Se quiser eu digo tudo: palavra, em outras circunstâncias aquilo talvez tivesse passado! A brincadeira foi grosseira, vá lá, foi indecente, mas e daí, foi engraçada, não foi engraçada?

— Como? Você acha a atitude de Lipútin espirituosa? — gritou Yúlia Mikháilovna com terrível indignação. — Uma tolice como aquela, uma inconveniência como aquela, aquela baixeza, aquela torpeza, aquele propósito, oh, se você está brincando! E depois você participou do complô com eles!

— Sem dúvida, eu estava sentado atrás, escondido, controlando toda a engrenagem! Ora, se eu tivesse participado do complô — compreenda pelo menos isso! —, a coisa não teria se limitado a Lipútin! Logo, segundo a senhora, eu estive no complô até com meu pai, para que ele fizesse aquele escândalo deliberadamente? Vamos, de quem é a culpa de ter permitido que meu pai lesse? Quem ontem tentou demovê-la, ainda ontem, ontem?

— Oh, *hier il avait tant d'esprit*,[22] eu contava tanto com ele, e de mais a mais ele tem aquelas maneiras: eu achava que ele e Karmazínov... e vejam no que deu!

[22] "ontem ele esteve tão espirituoso". (N. do T.)

— Sim, e vejam no que deu. Pois bem, apesar de todo o *tant d'esprit*, o paizinho estragou tudo, mas se eu soubesse de antemão que ele ia causar aquele estrago, então, fazendo parte do indubitável complô contra sua festa, sem dúvida eu ontem não teria tentado demovê-la de botar raposa no galinheiro, não é? E, no entanto, ontem eu tentei demovê-la, demovê-la porque pressenti aquilo. É claro que não era possível prevenir tudo: na certa, um minuto antes ele mesmo ainda não sabia como fazer a coisa sem mais preâmbulos. Ora, esses velhotes nervosos lá parecem gente! Mas ainda é possível uma salvação: para dar satisfação ao público, amanhã mesmo mande dois médicos à casa dele, em caráter oficial, e com todas as honras, para se certificarem da sua saúde, o que poderia ser feito até hoje, e meta-o direto no hospital para lhe aplicarem compressas de gelo. Pelo menos todos irão rir e ver que não há motivo para estarem ofendidos. Ainda hoje eu anuncio essa medida no baile, uma vez que sou filho. Outra coisa é Karmazínov; este foi ao estrado como um asno verde e ficou uma hora inteira arrastando seu artigo; esse sim, sem dúvida, está no complô comigo! Como quem diz: deixe comigo, vou avacalhar a coisa para prejudicar Yúlia Mikháilovna.

— Oh, Karmazínov, *quelle honte*![23] Fiquei morta, morta de vergonha pelo nosso público!

— Bem, eu não teria morrido, eu o teria fritado. O público está com a razão. Mais uma vez, de quem é a culpa por Karmazínov? Eu o impus à senhora, ou não? Participei do endeusamento dele, ou não? Ora bolas, o diabo que o carregue; agora, quanto àquele terceiro maníaco, o político, bem, essa aí já é outra história. Aí todo mundo deu mancada, não fui só eu com meu complô.

— Ah, nem fale, foi um horror, um horror! Aí a culpa é toda minha!

— É claro, é claro, mas aí eu a absolvo. Ora, quem pode vigiar essa gente, esses tipos francos! Nem em Petersburgo a gente não se livra deles, mas ele foi recomendado à senhora; e ainda como! Portanto, convenha que agora a senhora tem até a obrigação de aparecer no baile. É uma coisa séria, porque foi a senhora mesma quem o levou a aparecer no estrado. Agora é a senhora mesma que deve declarar em público que não está solidária com aquela gente, que o rapagão já está nas mãos da polícia e que a senhora foi inexplicavelmente enganada. Deve declarar com indignação que foi vítima de um louco. Porque se trata de um louco e nada mais. É assim que precisa falar sobre ele. Não consigo suportar esses que se mordem. Talvez eu até fale ainda mais,

[23] "que vergonha!" (N. do T.)

mas não o faço do estrado. E agora eles andam gritando justamente a respeito de um senador.

— De que senador? Quem anda gritando?

— Veja, eu mesmo não compreendo nada. A senhora, Yúlia Mikháilovna, não está sabendo nada sobre um tal senador?

— Um senador?

— Veja, eles estão convencidos de que um senador foi nomeado para cá e que de Petersburgo estão substituindo a senhora. Ouvi isso de muita gente.

— Também ouvi — confirmei.

— Quem disse isso? — inflamou-se toda Yúlia Mikháilovna.

— Quer dizer, quem foi o primeiro a falar? Como é que eu vou saber? Sei lá, andam dizendo. A massa anda falando. Falaram particularmente ontem. Andam dizendo coisas muito sérias, embora não se consiga entender nada. É claro que os mais inteligentes e os mais competentes não falam, mas alguns deles prestam atenção.

— Que baixeza! E... que tolice!

— Pois bem, é justamente agora que a senhora deve aparecer para mostrar àqueles imbecis.

— Confesso que eu mesma sinto que tenho até a obrigação... no entanto... Se me esperar outra vergonha? E se não estiverem dispostos a comparecer? Porque ninguém vai comparecer, ninguém, ninguém!

— Mas que ardor! Logo eles não vão comparecer? E as roupas que mandaram fazer, e os vestidos das moças? Ora, depois dessa eu a renego como mulher. Isso é que é conhecer o ser humano!

— A decana não irá comparecer, não irá!

— Ora, mas o que finalmente aconteceu! Por que não haveriam de vir? — gritou ele, enfim com uma impaciência raivosa.

— Difamação, vergonha — eis o que aconteceu. Aconteceu não sei o quê, mas foi uma coisa depois da qual não me é possível aparecer no baile.

— Por quê? Ora, mas de que finalmente a senhora é culpada? A troco de que está assumindo a culpa? Será que a culpa não é antes do público, dos seus velhotes, dos seus pais de família? Eles deveriam ter contido os canalhas e os vadios, porque ali havia apenas vadios e canalhas e nada de sério. Em nenhuma sociedade e nenhum lugar consegue-se resolver as coisas só com a polícia. No nosso país cada um exige, ao entrar, que um destacamento especial de polícia venha atrás a protegê-lo. Não compreendem que a sociedade defende a si mesma. Mas o que fazem entre nós os pais de família, os dignatários, as esposas, as moças em tais circunstâncias? Calam-se e ficam amuados. A tal ponto que uma iniciativa social é insuficiente para conter os peraltas.

— Ah, essa é uma verdade de ouro! Calam-se, amuam-se e ficam olhando ao redor.

— E já que é verdade, então é o caso de a senhora proclamá-la, em voz alta, com altivez, com severidade. Justamente para mostrar que a senhora não está aniquilada. Mostrar precisamente a esses velhotes e mães. Oh, a senhora o saberá, a senhora tem dom quando a cabeça está clara. A senhora os reúne em grupo e diz em voz alta, em voz alta. E depois manda uma correspondência para os jornais *Gólos* e *Birjevie*. Espere, eu mesmo me encarrego de tudo, eu mesmo organizo tudo. É claro que se precisa de mais atenção, vigiar o bufê; pedir ao príncipe, pedir ao senhor... O senhor não pode nos deixar, *monsieur*, quando se precisa justamente recomeçar tudo. Bem, por fim a senhora aparece de mãos dadas com Andriêi Antónovitch. Como vai a saúde de Andriêi Antónovitch?

— Oh, com que injustiça, com que equívoco, com que ofensa você sempre julgou esse homem angelical! — bradou de repente Yúlia Mikháilovna, com ímpeto inesperado e quase às lágrimas, levando o lenço aos olhos. No primeiro momento, Piotr Stiepánovitch chegou até a titubear:

— Por favor, eu... sim, foi que eu... eu sempre...

— Você nunca, nunca! Nunca foi justo com ele!

— A gente nunca vai entender a mulher! — rosnou Piotr Stiepánovitch com um risinho torto.

— Ele é o homem mais verdadeiro, mais delicado, mais angelical. O homem mais bondoso!

— Ora, o que eu falei acerca da bondade... pela bondade sempre tive...

— Nunca! Mas deixemos isso. Fui desajeitada demais ao falar. Ainda há pouco aquela decana jesuíta também soltou algumas insinuações sarcásticas sobre o dia de ontem.

— Oh, ela agora não está para insinuações sobre o ontem, está para o hoje. E por que a senhora se preocupa tanto que ela não compareça ao baile? É claro que não virá, já que saiu no meio daquele escândalo. Pode ser que ela nem tenha culpa, mas mesmo assim aí entra a reputação; está com as mãozinhas sujas.

— O que é isso, não estou entendendo: por que as mãos sujas? — Yúlia Mikháilovna olhou perplexa.

— Quer dizer, eu não estou afirmando, mas já andam alardeando pela cidade que foi ela que comandou.

— O que é isso? Comandou quem?

— Ora, por acaso a senhora ainda não está sabendo? — bradou com uma surpresa magnificamente simulada. — Stavróguin e Lizavieta Nikoláievna.

— Como? O quê? — gritamos todos nós.

— Puxa, por acaso não estão sabendo? Uau. Pois foi um tragirromance: Lizavieta Nikoláievna dignou-se de passar direto da carruagem da decana para a de Stavróguin e escapuliu com "este último" para Skvoriéchniki em plena luz do dia. Há apenas uma hora, não faz nem uma hora.

Ficamos estupefatos. É claro que investimos para ele com um interrogatório, mas, para nossa surpresa, embora ele mesmo tivesse sido testemunha "involuntária", mesmo assim não conseguiu contar nada de concreto. A coisa teria acontecido assim: quando a decana levava Liza e Mavrikii Nikoláievitch da "leitura" para a casa da mãe de Liza (sempre doente das pernas), perto da entrada, a uns vinte e cinco passos, uma carruagem a esperava à parte. Quando Liza desceu, na entrada da casa, correu direto para essa carruagem; a portinhola se abriu, bateu. Liza gritou para Mavrikii Nikoláievitch: "Tenha piedade de mim!" — e a carruagem precipitou-se a toda para Skvoriéchniki. Às nossas perguntas apressadas: "A coisa havia sido combinada? Quem estava na carruagem?", Piotr Stiepánovitch respondeu que não sabia de nada; que, é claro, havia combinação, mas que o próprio Stavróguin não pusera a cara para fora da carruagem; pode ser que lá estivesse o criado, o velhote Aleksiêi Iegóritch. À pergunta: "Como você se encontrava lá? Por que sabe ao certo que a carruagem foi para Skvoriéchniki?", respondeu que estava ali porque ia passando ao lado e, ao ver Liza, chegou até a correr para a carruagem (mas mesmo assim não conseguiu ver quem estava nela, a despeito de sua curiosidade!), e que Mavrikii Nikoláievitch não só não correu atrás de Liza como sequer tentou detê-la, inclusive ficou segurando a decana, que gritava a plenos pulmões: "Ela está indo para Stavróguin, ela está indo para Stavróguin!". Aí eu perdi de repente a paciência e, tomado de fúria, gritei para Piotr Stiepánovitch:

— Foste tu, seu canalha, que cuidaste de tudo isso? Foi nisso que mataste a manhã. Tu ajudaste Stavróguin, vieste na carruagem, tu a colocaste... tu, tu, tu! Yúlia Mikháilovna, este é o seu inimigo, ele vai arruinar a senhora também! Proteja-se!

E saí como um raio da casa dela.

Até hoje não compreendo e eu mesmo me admiro de lhe haver gritado aquilo naquele momento. Mas acertei em cheio: tudo havia acontecido quase do jeito como me exprimi, o que se verificou posteriormente. O essencial é que era notório demais o procedimento evidentemente falso com que ele comunicou a notícia. Não foi logo entrando e contando como a última notícia, e extraordinária, mas fez de conta que nós já estivéssemos sabendo antes dele, o que era impossível em um prazo tão curto. E mesmo que soubéssemos, ainda assim não poderíamos calar sobre o assunto até que ele começasse a falar. Ele tampouco poderia ter ouvido falar que na cidade já andavam "alardeando" a respeito da decana, e novamente pela brevidade do prazo. Além do mais, sorriu umas duas vezes de um jeito torpe e leviano ao narrar, provavelmente nos considerando imbecis já perfeitamente enganados. Mas ele já não me interessava: eu acreditava no fato principal e saí correndo da casa de Yúlia Mikháilovna fora de mim. A catástrofe me atingiu em pleno coração. Minha dor quase me levava às lágrimas; é, talvez eu tenha até chorado. Não tinha nenhuma ideia do que fazer. Precipitei-me para a casa de Stiepan Trofímovitch, mas o deplorável homem mais uma vez não me abriu a porta. Nastácia me assegurou, com um murmúrio reverente, que ele se deitara para dormir, mas eu não acreditei. Na casa de Liza consegui interrogar os criados; confirmaram a fuga, mas eles mesmos não sabiam de nada. A casa estava alarmada; a grã-senhora, doente, começara a ter desmaios; estava acompanhada de Mavrikii Nikoláievitch. Achei impossível chamar Mavrikii Nikoláievitch. Confirmaram os meus interrogatórios sobre Piotr Stiepánovitch, afirmando que em todos os últimos dias ele andara farejando pela casa, até duas vezes ao dia. Os criados estavam tristes e falavam de Liza com um respeito especial; gostavam dela. Que tinha se perdido, e se perdido em definitivo, disso eu não duvidava, mas decididamente eu não compreendia o aspecto psicológico da questão, sobretudo depois da cena da véspera entre ela e Stavróguin. Correr pela cidade e tomar informações com os conhecidos, nas casas maldosas, por onde a notícia agora evidentemente já se espalhara, parecia-me repugnante e, ademais, humilhante para Liza. Mas o estranho é que eu corri à casa de Dária Pávlovna, onde, aliás, não me receberam (na casa dos Stavróguin não recebiam ninguém desde a véspera); não sei o que eu poderia lhe dizer e para que corri até lá. Da casa dela corri para a casa do seu irmão. Chátov me ouviu com ar soturno e calado. Observo que o encontrei com um ânimo sombrio como ainda não vira antes; estava horrivelmente pensativo e fez esforço para me ouvir. Não disse quase nada e pôs-se a andar para a frente e para trás, de um canto a outro do cubículo, pisando duro com as botas mais do que o habitual. Quando eu já estava quase deixando a escada, gritou-me às costas para que eu fosse até a casa de Lipútin: "Lá ficará sabendo de tudo". No entanto, não fui à casa de Lipútin mas, depois de andar muito, voltei à casa de Chátov e, entreabrindo a porta mas sem entrar, sugeri-lhe em tom lacônico e sem quaisquer explicações: hoje não seria o caso de fazer uma visitinha a Mária Timofêievna? Às minhas palavras, Chátov saiu-se com um insulto e eu me fui. Registro, para não esquecer, que na mesma noite ele foi especialmente ao extremo da cidade, à casa de Mária Timofêievna,

a quem não via fazia já um tempinho. Encontrou-a com a boa saúde possível e disposta, e Lebiádkin, morto de bêbado, dormindo no divã do primeiro cômodo. Eram nove horas em ponto. Foi isso que ele mesmo me contou no dia seguinte, ao cruzar às pressas comigo na rua. Já por volta das dez resolvi dar uma olhada no baile, porém já não como "jovem responsável" (aliás, minha fita ficara em casa de Yúlia Mikháilovna), mas por uma irresistível curiosidade de assuntar (sem perguntar): qual estaria sendo o falatório geral em nossa cidade sobre todos aqueles acontecimentos? Ademais, queria ver Yúlia Mikháilovna, ainda que fosse de longe. Eu me censurava muito por ter corrido daquele jeito de sua casa.

III

Toda aquela noite, com seus acontecimentos absurdos e o terrível "desfecho" na manhã seguinte, até hoje se me afigura um pesadelo horroroso, que representa — ao menos para mim — a parte mais penosa da minha crônica. Embora eu tenha me atrasado para o baile, ainda assim cheguei para o fim, tão depressa ele estava destinado a terminar. Já passava das dez quando cheguei à entrada da casa. O mesmo Salão Branco em que houvera a leitura já estava arrumado, apesar do pouco tempo, e preparado para servir de principal salão de dança para toda a cidade, como estava previsto. Contudo, por mais inclinado que eu estivesse contra o baile desde a manhã daquele dia, ainda assim não pressenti toda a verdade: nenhuma família do alto círculo compareceu; até os funcionários minimamente importantes faltaram — e isso já era um fortíssimo indício. Quanto às senhoras e senhoritas, os cálculos que Piotr Stiepánovitch fizera ainda há pouco (agora já notoriamente traiçoeiros) se revelavam extremamente incorretos: pouquíssimas compareceram; dificilmente havia uma dama para quatro cavaleiros, e ainda por cima que damas! "Umas" mulheres de oficiais subalternos do regimento, uma arraia-miúda vária dos correios e do serviço público, três mulheres de médicos com as filhas, umas duas ou três fazendeiras das pobres, as sete filhas e uma sobrinha daquele secretário que já mencionei antes, mulheres de comerciantes — era isso que Yúlia Mikháilovna esperava? Até os comerciantes faltaram pela metade. Quanto aos homens, apesar da ausência compacta de toda a nossa aristocracia, ainda assim formavam uma massa densa, mas produziam uma impressão ambígua e suspeita. É claro que ali havia alguns oficiais muito quietos e respeitosos com suas esposas, alguns pais de família dos mais obedientes, como aquele mesmo secretário, por exemplo, o pai das sete filhas.

Toda essa gente pacífica e insignificante compareceu; por assim dizer, "era inevitável", segundo se exprimiu um desses presentes. Mas, por outro lado, a massa de pessoas espertas e, além disso, daquelas de quem eu e Piotr Stiepánovitch desconfiávamos ainda há pouco como trazidas sem entradas parecia até maior do que a da manhã. Por enquanto todos estavam no bufê e, ao chegarem, iam direto para lá, como se ali fosse o lugar combinado de antemão. Pelo menos foi o que me pareceu. O bufê ficava no final de uma série de salas, num salão amplo onde se instalou Prókhoritch com todas as tentações da cozinha do clube e sua sedutora exposição de comes e bebes. Ali notei algumas pessoas de sobrecasacas quase rasgadas, nos trajes mais suspeitos e sem nada a ver com trajes de baile, que pelo visto tinham dado imenso trabalho para serem desembriagadas e ainda assim por pouco tempo, e uns forasteiros trazidos sabe Deus de onde. Eu, é claro, sabia que a ideia de Yúlia Mikháilovna era a do baile mais democrático, "sem rejeitar sequer os nossos pequeno-burgueses, se aparecesse alguém dentre eles que pagasse a entrada". Ela podia pronunciar corajosamente essas palavras em seu comitê, na plena convicção de que a nenhum dos pequeno-burgueses da nossa cidade, todos miseráveis, passaria pela cabeça comprar uma entrada. Mesmo assim duvidei de que se pudesse permitir a entrada daquelas pessoas sombrias de cafetãs andrajosos e grosseiros, a despeito de todo o democratismo do comitê. Contudo, quem os deixou entrar e com que fim? Lipútin e Liámchin já haviam sido privados das suas fitas de responsáveis (ainda que estivessem presentes no baile e participando da "quadrilha da literatura"); para minha surpresa, porém, Lipútin fora substituído por aquele mesmo seminarista que mais ridicularizara a "matinê" com sua altercação com Stiepan Trofímovitch, e Liámchin fora substituído pelo próprio Piotr Stiepánovitch; neste caso, o que se poderia esperar? Procurei escutar as conversas. Algumas me deixaram estupefato pela crueldade. Afirmava-se em uma das rodas, por exemplo, que toda a história de Stavróguin com Liza fora armada por Yúlia Mikháilovna, pelo que ela recebera dinheiro de Stavróguin. Mencionava-se até a quantia. Afirmava-se que até a festa havia sido organizada com esse fim; por isso, dizia-se, metade da cidade não comparecera, pois ficara sabendo do que se tratava, e o próprio Lembke ficou de tal forma desconcertado que teve um "distúrbio da razão" e agora ela o "conduzia" louco. Aí se ouviam também muitas gargalhadas, roufenhas, cruéis e dissimuladas. Todos também criticavam horrivelmente o baile e destratavam Yúlia Mikháilovna sem nenhuma cerimônia. Em linhas gerais, a falação era desordenada, entrecortada, de bêbados e intranquila, de sorte que era difícil entender e tirar alguma conclusão. Ali mesmo no bufê acomodara-se uma gente simplesmente divertida, havia até algumas senhoras daquelas que já não se admiram de nada e com nada se assustam, extremamente dadas e alegres, em sua maioria mulheres de oficiais com seus maridos. Estavam acomodadas em grupos em mesas separadas e tomavam chá alegremente. O bufê se transformou em um refúgio confortável para quase metade do público presente. Não obstante, algum tempo depois toda essa massa deveria irromper no salão; era até pavoroso pensar.

Enquanto isso, no Salão Branco formaram-se três quadrilhinhas ralas com a participação do príncipe. As senhoritas dançavam sob os olhares alegres dos pais. Mas também aí muitas dessas respeitáveis pessoas já começavam a pensar em retirar-se na melhor oportunidade, depois de distrair as filhas, e não "quando a coisa começasse". Todos estavam definitivamente convictos de que era inevitável. Para mim era difícil imaginar o estado de espírito da própria Yúlia Mikháilovna. Não cheguei a conversar com ela, embora passasse bem perto. Ela não respondeu à reverência que lhe fiz ao entrar porque não me notou (realmente não notou). Tinha o rosto doentio, o olhar desdenhoso e arrogante, mas vago e inquieto. Superava-se com visível tormento — para quê e para quem? Era forçoso retirar-se e, o principal, levar o marido, mas permanecia! Pela expressão do rosto dava para notar que os olhos estavam "absolutamente abertos" e que não tinha mais o que esperar. Não chegou sequer a chamar para junto de si Piotr Stiepánovitch (ele próprio parecia evitá-la; eu o vi no bufê, estava numa alegria extraordinária). Mesmo assim ela permanecia no baile e não deixava Andriêi Antónovitch afastar-se um só instante. Oh, até o último instante ela rejeitaria com sincera indignação qualquer alusão à saúde dele, até mesmo naquela manhã. Agora seus olhos deviam abrir-se também para essa questão. Quanto a mim, à primeira vista Andriêi Antónovitch me pareceu pior do que naquela manhã. Parecia absorto, sem atinar direito onde estava. Vez por outra olhava ao redor com uma severidade inesperada; por exemplo, olhou-me duas vezes. Uma vez tentou conversar sobre alguma coisa, começou em voz alta e não concluiu, provocando quase um susto em um funcionário velho e humilde que estava ao seu lado. Mas até essa metade humilde do público presente no Salão Branco evitava Yúlia Mikháilovna de modo sombrio e receoso, lançando ao mesmo tempo ao seu marido olhares estranhíssimos, olhares que, por fixos e francos, estavam em excessiva desarmonia com o jeito assustado dessas pessoas.

"Pois foi aquele aspecto que me traspassou, e de repente comecei a suspeitar do que se passava com Andriêi Antónovitch" — confessou-me mais tarde a própria Yúlia Mikháilovna.

É, mais uma vez a culpa era dela! Provavelmente, depois da minha fuga ela decidira com Piotr Stiepánovitch que haveria o baile e que iria comparecer; provavelmente voltara ao gabinete de um Andriêi Antónovitch já definitivamente "abalado" com a "leitura", mais uma vez usara de toda a sua sedução e o levou consigo. Mas como devia estar atormentada agora! E mesmo assim não ia embora! Se era o orgulho que a atormentava ou estava simplesmente desnorteada, não sei. A despeito de todo o seu orgulho, tentou, com humilhação e sorrisos, entabular conversas com algumas damas, mas estas logo se perturbavam, respondiam com monossílabos desconfiados "sim" e "não" e a evitavam visivelmente.

Dos dignatários indiscutíveis da nossa cidade só um compareceu ao baile — aquele mesmo importante general da reserva que já descrevi uma vez e que "abrira a porta à indignação pública" na casa da decana depois do duelo de Stavróguin com Gagánov. Ele andava com imponência pelos salões, observando e escutando as conversas, e procurava dar a impressão de que estava ali mais pela observância dos costumes do que com indiscutível prazer. Terminou se acomodando completamente ao lado de Yúlia Mikháilovna e dela não se afastou um passo sequer, pelo visto procurando animá-la e tranquilizá-la. Sem dúvida, era um homem boníssimo, imponente e já tão velho que dele se poderia suportar até a compaixão. Mas confessar a si mesma que aquele velho tagarela se atrevia a lhe ter compaixão e quase protegê-la, compreendendo que a honrava com a sua presença, era demais para Yúlia Mikháilovna. E o general não arredava pé e tagarelava sem parar.

— A cidade, como dizem, não resiste sem sete justos... sete, parece, não me lembro do número es-ta-be-le-ci-do. Não sei quantos desses sete... justos indiscutíveis da nossa cidade... tiveram a honra de comparecer ao vosso baile, mas, apesar da sua presença, começo a me sentir inseguro. *Vous me pardonnerez, charmante dame, n'est-ce pas?*[24] Falo por a-le-go-ria, mas fui ao bufê e estou contente por ter saído inteiro de lá... Nosso inestimável Prókhoritch está deslocado e ao que parece sua barraca será arrasada antes do amanhecer. Aliás, me faz rir. Só estou esperando para ver a "quadrilha da li-te-ra-tura", e depois vou para a cama. Perdoe esse velho gotoso, eu durmo cedo, e a aconselharia a ir "dar uma dormidinha", como se diz *aux enfants*.[25] Vim mesmo para ver as jovens beldades... que, é claro, não posso encontrar em lugar nenhum numa profusão tão rica quanto aqui... Todas estão do outro lado do rio, mas lá eu não vou. A mulher de um oficial... parece que do regi-

[24] "A senhora me perdoará, encantadora dama, não é verdade?" (N. do T.)

[25] "às crianças". (N. do T.)

mento de caçadores... até muito bem-apessoada, muito e... a senhora mesma sabe. Conversei com a finória; é disposta e... Bem, são meninas viçosas; mas é só; além do frescor não têm nada. Aliás, estou cheio de satisfação. Há uns brotinhos; só têm os lábios grossos. De modo geral, na beleza russa dos rostos femininos há pouco daquela regularidade e... e lembram um pouco uma panqueca... *Vous me pardonnerez, n'est-ce pas...*[26] Mas, por outro lado, os olhos são bonitos... olhinhos risonhos. Esses botõezinhos são en-can-ta-dores durante os dois e até três anos de sua mocidade... Mas aí engordam para sempre... produzindo em seus maridos aquele melancólico in-di-fe-rentismo que tanto contribui para o desenvolvimento da questão feminina... se é que eu compreendo corretamente essa questão... Hum. O salão é bonito; a arrumação das salas não é má. Podia ser pior. A música podia ser bem pior... não digo deve ser. O efeito ruim vem de que, no geral, há poucas damas. Não menci-o-no os trajes. É um mal que aquele ali de calça cinza se permita fazer o cancã com tanta franqueza. Eu o perdoo se ele faz isso com alegria e por ser o farmacêutico daqui... mas por volta das onze horas, apesar de tudo, é cedo até para um farmacêutico... No bufê dois brigaram e não foram postos para fora. Por volta das onze horas ainda se deve pôr para fora os brigões, sejam quais forem os costumes do público... Já não falo das três horas, pois aí é necessária uma concessão à opinião pública — se é que este baile vai conseguir passar das duas. Varvara Pietrovna, não obstante, não manteve a palavra nem deu as flores. Hum, ela não está para flores, *pauvre mère!*[27] E da pobre Liza, ouviu falar? Dizem que é uma história cheia de mistério e... mais uma vez na arena de Stavróguin... Hum. Eu devia ir dormir... estou totalmente cabeceando. E quando é que vem essa "quadrilha da li-te-ra-tura"?

Enfim começou a "quadrilha da literatura".[28] Ultimamente, mal se começava a falar em algum lugar do baile iminente, logo entrava forçosamente essa "quadrilha da literatura", e, como ninguém conseguia fazer ideia do que era isso, ela suscitava uma curiosidade desmedida. Não poderia haver nada de mais perigoso para o sucesso e — qual não foi a frustração!

Abriram-se as portas laterais do Salão Branco, até então fechadas, e num repente apareceram várias máscaras. O público abriu passagem com avidez. Todo o bufê, até o último homem, irrompeu de chofre no salão. As másca-

[26] "A senhora me perdoará, não é verdade?" (N. do T.)

[27] "pobre mãe!" (N. do T.)

[28] Dostoiévski parodia uma "quadrilha da literatura" apresentada pelo Círculo de Artes de Moscou na Assembleia da Nobreza em fevereiro de 1869. (N. da E.)

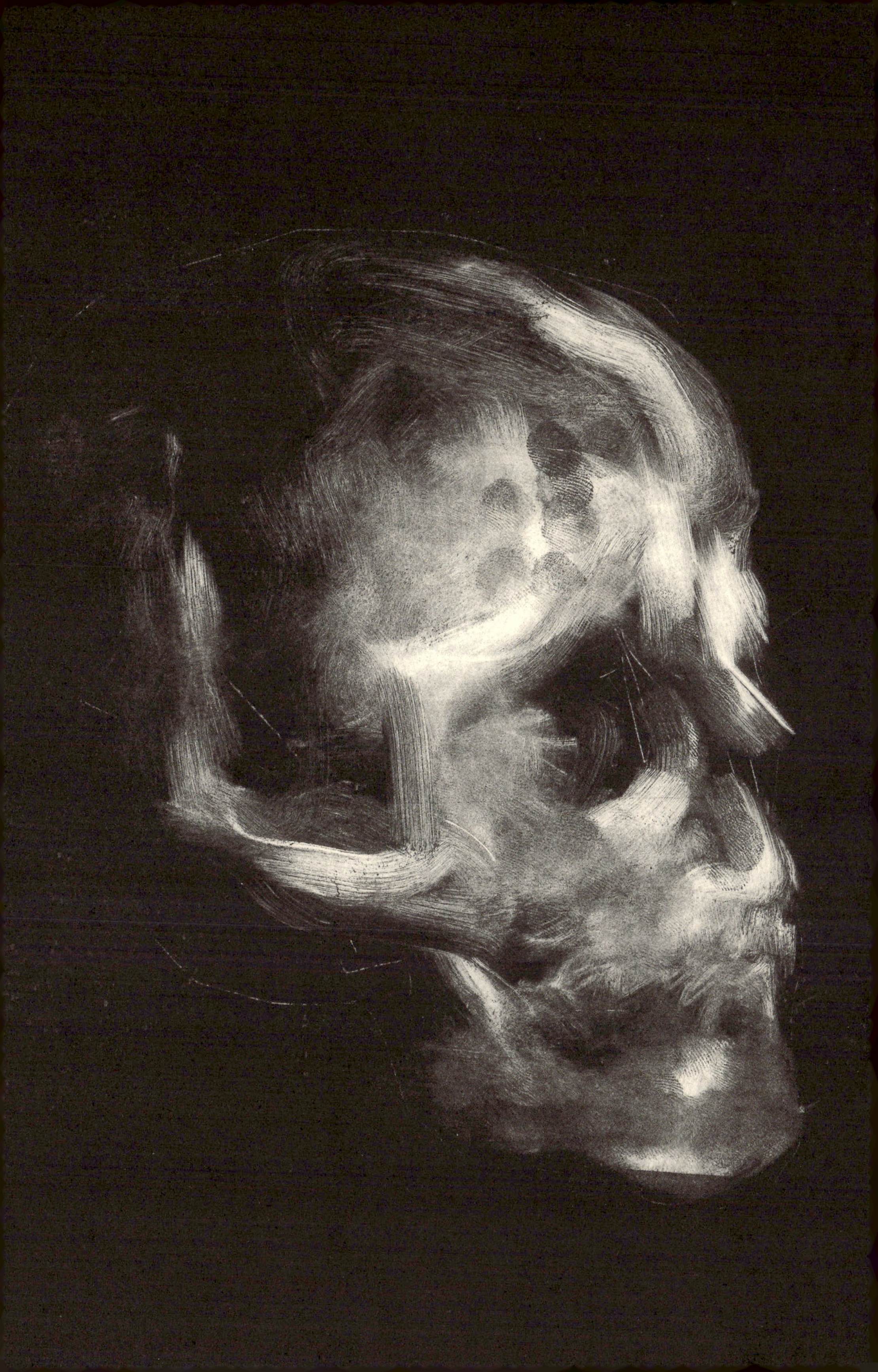

ras se posicionaram para dançar. Consegui me acotovelar no primeiro plano e me acomodei justamente atrás de Yúlia Mikháilovna, de Von Lembke e do general. Nisso correu para Yúlia Mikháilovna Piotr Stiepánovitch, que até então estivera sumido.

— Estou o tempo todo no bufê e observando — cochichou com ar de colegial culpado, aliás deliberadamente simulado, com o fim de irritá-la ainda mais. Ela explodiu de ira.

— Pelo menos desta vez poderia não me enganar, seu descarado! — deixou escapar quase em voz alta, de tal forma que o público ouviu. Piotr Stiepánovitch afastou-se correndo, num extraordinário contentamento consigo mesmo.

Era difícil imaginar uma alegoria mais deplorável, mais banal, mais inepta e insípida que essa "quadrilha da literatura". Não era possível conceber nada mais inadequado ao nosso público; e todavia a conceberam; dizem que foi Karmazínov. Na verdade, quem organizou foi Lipútin, trocando ideias com aquele professor coxo que esteve na festa de Virguinski. Mas mesmo assim Karmazínov deu a ideia, e dizem até que ele mesmo quis fantasiar-se e assumir algum papel particular e independente. A quadrilha era formada por seis pares de máscaras deploráveis; que quase nem eram máscaras porque vestiam os mesmos trajes que os demais. Por exemplo, um senhor idoso, baixo, de fraque — em suma, vestido como todos os outros —, com uma respeitável barba grisalha (postiça, e nisso consistia todo o seu traje), pôs-se a girar em volta do mesmo lugar com uma expressão grave no rosto, num sapateado frequente e miúdo e quase sem sair do lugar. Produzia alguns sons em um baixo moderado porém rouco, e era essa rouquidão da voz que deveria simbolizar um jornal famoso.[29] Diante desse mascarado dançavam dois gigantes X e Z, e essas letras estavam coladas nos fraques, mas o que simbolizavam aqueles X e Z acabou não sendo esclarecido. O "honesto pensamento russo" era representado na imagem de um senhor de média idade, de óculos, de fraque, de luvas e acorrentado (em correntes de verdade).[30] Esse pensamento trazia debaixo das axilas uma pasta contendo algum "caso". Do bolso pendia uma carta aberta vinda do exterior, contendo um atestado da honestidade do "honesto pensamento russo" para aqueles que duvidassem. Tudo

[29] Alusão a A. A. Kraievski e seu jornal *Gólos*.

[30] Alusão à revista *Dielo*, publicada em Petersburgo de 1866 a 1868, e à repressão do governo contra os colaboradores dessa publicação, vinculados ao pensamento progressista local e aos imigrantes revolucionários. (N. da E.)

isso já foi explicado pelos responsáveis oralmente, porque não era possível ler a carta que pendia do bolso. Erguida, a mão direita do "honesto pensamento russo" segurava uma taça como se desejasse fazer um brinde. De ambos os lados e ombro a ombro com ele vinham duas niilistas de cabelos cortados, e *vis-à-vis*[31] dançava um senhor também idoso, de fraque, mas com um porrete pesado na mão, como que representando uma publicação não petersburguense, mas temível,[32] e como se dissesse: "Arrebento...". Entretanto, apesar do seu porrete, ele não conseguia suportar absolutamente os olhos que nele fixava o "honesto pensamento russo" e procurava olhar para os lados, mas ao fazer o *pas de deux* inclinava-se, girava e não sabia onde se meter, a tal ponto sua consciência provavelmente o atormentava... Pensando bem, não vou mencionar todas essas obtusas invenções; tudo era da mesma espécie, de sorte que ao fim e ao cabo senti uma vergonha angustiante. E eis que precisamente a mesma impressão de uma espécie de vergonha se refletiu em todo o público, até mesmo nas caras mais sorumbáticas que apareceram do bufê. Por algum tempo todos ficaram calados e observando com uma perplexidade zangada. O homem tomado de vergonha habitualmente começa a zangar-se e inclinar-se para o cinismo. Pouco a pouco o nosso público começou a chiar:

— O que significa isso? — murmurou em um grupo alguém do bufê.

— Alguma asneira.

— É uma literatura qualquer. Estão criticando o *Gólos*.

— E o que eu tenho a ver com isso?

Ouviu-se de outro grupo:

— Asnos!

— Não, eles não são asnos, asnos somos nós.

— Por que és um asno?

— Ora, eu não sou asno.

— Se tu não és asno, muito menos eu.

Ouviu-se de um terceiro grupo:

— Seria o caso de jogar creme em todos e mandá-los ao diabo!

— Sacudir todo o salão.

Ouviu-se de um quarto grupo:

— Como os Lembke não se envergonham de assistir?

[31] "defronte". (N. do T.)

[32] Alusão ao reacionário jornal moscovita *Moskóvskie Viédomosti*, de M. N. Katkov, que publicava regularmente artigos e denúncias contra a imprensa progressista, particularmente contra o *Dielo*. (N. da E.)

— Por que eles teriam vergonha? Você não tem vergonha.

— Sim, eu também estou com vergonha, mas ele é o governador.

— E tu és um porco.

— Em minha vida nunca vi um baile tão vulgar — pronunciou com ar venenoso uma senhora bem ao lado da própria Yúlia Mikháilovna, pelo visto desejando ser ouvida. Era uma senhora de uns quarenta anos, corpulenta e corada, vestida de seda clara; quase todos a conheciam na cidade, mas ninguém a recebia. Era viúva de um conselheiro de Estado, que lhe deixara uma casa de madeira e uma pensão módica, mas ela vivia bem e criava cavalos. Uns dois meses antes fizera sua primeira visita a Yúlia Mikháilovna, mas esta não a recebeu.

— Com efeito, era até previsível — acrescentou, olhando impertinente Yúlia Mikháilovna nos olhos.

— Se era previsível, então por que compareceu? — não se conteve Yúlia Mikháilovna.

— Por ingenuidade — cortou a desenvolta senhora, e agitou-se toda (ardendo de vontade de engalfinhar-se); mas o general se interpôs entre as duas:

— *Chère dame* — inclinou-se para Yúlia Mikháilovna —, palavra, devíamos ir embora. Nós só os constrangemos, e sem nossa presença vão se divertir magnificamente. A senhora fez tudo, abriu o baile para eles, agora os deixe em paz... Aliás, Andriêi Antónovitch não parece inteiramente sa-tis-fei-to... Tomara que não aconteça uma desgraça!

Mas já era tarde.

Durante toda a quadrilha, Andriêi Antónovitch observou os dançarinos com uma perplexidade resvalando para a raiva, e quando aquilo começou a repercutir no público passou a olhar preocupado ao redor. Aí lhe saltaram à vista pela primeira vez algumas pessoas que estavam no bufê: seu olhar exprimia uma surpresa extraordinária. Súbito ouviu-se um riso estridente, provocado por uma maroteira da quadrilha: o editor da "temível publicação não petersburguense", que dançava com o porrete na mão, ao sentir em definitivo que não podia suportar sobre si os óculos do "honesto pensamento russo" e sem saber como se livrar dele, de repente, na última figura da quadrilha, foi de encontro aos óculos de pernas para o ar, o que, a propósito, devia simbolizar a permanente deturpação — de pernas para o ar — do bom senso na "temível publicação não petersburguense". Uma vez que só Liámchin sabia andar de pernas para o ar, ele assumira a representação do editor com o porrete na mão. Yúlia Mikháilovna não sabia que iriam andar de pernas para o ar. "Esconderam isso de mim, esconderam" — repetia-me mais tarde, tomada de desespero e indignação. Era claro que a gargalhada da multidão saudava não a alegoria, para a qual ninguém estava ligando, mas simplesmente aquele andar de pernas para o ar de fraque com abas. Lembke ficou furioso e pôs-se a tremer.

— Patife! — gritou, apontando para Liámchin. — Agarrem o canalha, virem... virem-no de pernas... de cabeça... de cabeça para cima... para cima!

Liámchin saltou sobre as pernas. A gargalhada aumentava.

— Expulsem todos os canalhas que estão rindo! — ordenou Lembke.

A multidão começou a uivar, soltou uma estrondosa gargalhada.

— Assim é impossível, Excelência.

— Não se pode destratar o público.

— Imbecil é o senhor! — ouviu-se de algum canto.

— Flibusteiros! — gritou alguém de outro extremo.

Lembke voltou-se rapidamente na direção do grito e empalideceu todo. Um sorriso estúpido estampou-se em seus lábios, como se de repente ele tivesse compreendido ou recordado algo.

— Senhores — falou Yúlia Mikháilovna para a multidão que avançava, puxando ao mesmo tempo o marido atrás de si —, senhores, desculpem Andriêi Antónovitch, Andriêi Antónovitch não está bem... desculpem... desculpem-no, senhores!

Ouvi direitinho ela dizer: "desculpem". A cena foi muito rápida. Mas me lembro nitidamente de que naquele mesmo instante uma parte do público já se precipitava para fora do salão, como que assustada, justamente depois dessas palavras de Yúlia Mikháilovna. Lembro-me de um grito histérico de mulher entre lágrimas:

— Oh, de novo como ainda há pouco!

Súbito, nesse quase empurra-empurra que já começara, estourou mais uma bomba, e "de novo como ainda há pouco":

— Incêndio! Toda Zariétchie está em chamas!

Só não me lembro de onde se ouviu pela primeira vez esse horrível grito: se foi nos salões ou se alguém chegou correndo da escada da antessala, mas seguiu-se tamanho alarme que nem me atrevo a contá-lo. Mais da metade do público presente ao baile era de Zariétchie — donos das casas de madeira de lá ou moradores. Precipitaram-se num abrir e fechar de olhos para as janelas, afastaram as cortinas, arrancaram os estores. Zariétchie estava em chamas. É verdade que o incêndio apenas começava, mas ardia em três pontos totalmente diversos — e era isso o que assustava.

— Atearam fogo! Foram os operários dos Chpigúlin! — bradaram na multidão.

Gravei na memória algumas exclamações muito peculiares:

— Bem que meu coração pressentia que iam atear fogo, ele o sentiu todos esses dias!

— Foram os operários dos Chpigúlin, eles, mais ninguém.

— Fomos reunidos aqui de caso pensado, para que pudessem provocar o incêndio!

Esse último grito feminino, o mais surpreendente, não premeditado e involuntário, foi de alguma Koróbotchka vitimada pelo incêndio. Todos se precipitaram para a saída. Não vou descrever o empurra-empurra na antessala, o ganido das mulheres assustadas, o choro das senhoritas enquanto apanhavam os casacos, os xales e as capas. É pouco provável que tenha havido algum roubo, mas não surpreende que em semelhante desordem alguns tenham acabado saindo sem o agasalho porque não o encontraram, o que depois foi motivo de longas falações e lendas exageradas pela cidade. Lembke e Yúlia Mikháilovna quase foram pisoteados pela multidão na saída.

— Parem todo mundo! Não deixem ninguém sair! — bradou Lembke, estendendo ameaçadoramente a mão para as pessoas aglomeradas. — Revistem todo mundo com o maior rigor, imediatamente!

Fortes injúrias se ouviram no salão.

— Andriêi Antónovitch, Andriêi Antónovitch! — exclama Yúlia Mikháilovna em completo desespero.

— Prendam esta primeira! — gritou ele, apontando ameaçadoramente o dedo para ela. — Revistem esta primeira. Organizaram o baile com o fim de provocar o incêndio!

Ela deu um grito e desmaiou (oh, é claro que desmaiou de verdade). Eu, o príncipe e o general nos precipitamos para socorrê-la; houve outras pessoas que nos ajudaram naquele instante difícil, até algumas senhoras. Levamos a infeliz daquele inferno para a carruagem; mas ela voltou a si mal nos aproximávamos da casa, e seu primeiro apelo foi novamente para Andriêi Antónovitch. Destruídas todas as suas fantasias, só Andriêi Antónovitch ficara com ela. Mandaram chamar o médico. Esperei uma hora inteira em sua casa, o príncipe também; num acesso de magnanimidade, o general (embora também muito assustado) quis passar a noite inteira sem arredar pé "do leito da infeliz", mas dez minutos depois adormeceu no salão ainda à espera do médico, numa poltrona onde o acabamos deixando.

O chefe de polícia, que já conseguira ir do baile ao incêndio, voltou a tempo de nos acompanhar, levou Andriêi Antónovitch e o pôs na carruagem com Yúlia Mikháilovna, fazendo todos os esforços para convencer Sua Excelência a "ficar calmo". Mas não insistiu, o que não compreendo. É claro que Andriêi Antónovitch não queria nem ouvir falar de calma e se precipitava para o local do incêndio; mas essa não era a razão. No fim das contas, ele acabou por levá-lo em sua *drojki* para o local do incêndio. Depois contaram que Lembke passara a viagem toda gesticulando e "gritando ideias tais, que era impossível levá-las à prática pelo que tinham de inusitado". Mais tarde, informou-se que naquele momento a "subitaneidade do susto" já deixara Sua Excelência fortemente perturbado.

Nem vale a pena contar como terminou o baile. Algumas dezenas de farristas, e com eles até algumas damas, permaneceram nos salões. Não havia ninguém da polícia. Não deixavam os músicos saírem e os que tentavam eram espancados. Ao amanhecer todo o "palácio de Prókhoritch" havia sido arrasado, bebiam até perder os sentidos, dançavam desatinadamente, emporcalharam os cômodos, e só com o amanhecer do dia uma parte desse bando, totalmente bêbada, conseguiu chegar aos escombros do incêndio para cometer novas desordens... A outra metade acabou pernoitando nos salões, em sofás de veludo e no chão, morta de bêbada, com todas as consequências da embriaguez. De manhã, na primeira oportunidade foram arrastados pelas pernas para a rua. Assim terminaram as festividades em benefício das preceptoras da nossa província.

IV

O incêndio assustou todo o público de Zariétchie, justamente porque era evidente que fora premeditado. Cabe notar que, quando se ouviu o primeiro grito de "Fogo!", ouviu-se imediatamente o grito "a gente dos Chpigúlin está botando fogo". Hoje já se sabe perfeitamente que três operários dos Chpigúlin participaram de fato do incêndio criminoso, mas é só; todos os outros da fábrica foram inteiramente absolvidos tanto pela opinião geral como oficialmente. Além daqueles três patifes (um dos quais foi capturado e confessou, mas os outros dois até agora andam foragidos), está fora de dúvida que Fiedka Kártojni também participou do incêndio. Eis tudo o que por ora se sabe com precisão sobre a origem do incêndio; outra coisa bem diferente são as hipóteses. O que moveu aqueles três patifes, teriam sido orientados por alguém? É muito difícil responder a tudo isso, mesmo agora.

Graças ao vento forte, às casas quase todas de madeira em Zariétchie e, por fim, por ter sido ateado em três extremos, o fogo estendeu-se rapidamente e abrangeu um lote inteiro com uma força extraordinária (aliás, deve-se considerar que o incêndio partiu antes de duas extremidades: o terceiro foco foi dominado e extinto quase no mesmo instante em que eclodiu, do que falaremos depois). Mas ainda assim os jornais da capital exageraram a nossa desgraça: não queimou mais que um quarto (talvez até menos) de toda Zariétchie, em termos aproximados. Nosso corpo de bombeiros, ainda que fraco se levarmos em conta o espaço e a população da cidade, mesmo assim agiu com muito cuidado e abnegação. No entanto não teria feito muito, mesmo contando com a colaboração unânime dos moradores, se ao amanhecer o vento não tivesse mudado e diminuído de repente. Quando, só uma hora depois de fugir do baile, consegui chegar a Zariétchie, o fogo já estava em pleno vigor. A rua inteira, paralela ao rio, encontrava-se em chamas. Estava claro como o dia. Não vou descrever em detalhes o quadro do incêndio: quem não o conhece na Rússia? Nas vielas próximas à rua em chamas, a agitação e o aperto eram desmedidos. Ali a chegada do fogo era dada como certa, e os habitantes arrastavam os seus bens para fora, mas mesmo assim não se afastavam das suas casas e permaneciam na expectativa, sentados em baús e edredons, cada um diante das suas janelas. Uma parte da população masculina dava duro, derrubava impiedosamente as cercas e até desmontava cabanas inteiras que estavam mais próximas do fogo e sujeitas ao vento. Só choravam as crianças despertadas, uivavam e se lamentavam as mulheres que haviam conseguido tirar para fora os seus cacarecos. Quem não o havia conseguido arrastava-os em silêncio e com energia. Fagulhas e seixos voavam para longe; apagavam-nos na medida do possível. Em volta do próprio incêndio aglomeravam-se espectadores que acudiram de todos os cantos da cidade. Uns ajudavam a apagar, outros arregalavam os olhos como aficionados do fogo. Um grande incêndio de noite sempre produz uma impressão que irrita e alegra; é nisso que se baseiam os fogos de artifício; mas, nesse caso, os fogos são distribuídos por configurações graciosas e regulares e, com sua plena segurança, produzem uma impressão de brejeirice e leveza como depois de uma taça de champanhe. Outra coisa é um incêndio de verdade: aí o horror, uma espécie de sentimento de perigo pessoal e ao mesmo tempo uma impressão hilariante deixada pelo fogo noturno produzem no espectador (é claro que não no próprio morador vítima do incêndio) certo abalo cerebral e algo como um convite aos seus próprios instintos destrutivos que, ai!, estão ocultos em qualquer alma, até na alma do conselheiro titular mais obediente e familiar... Essa sensação sombria é quase sempre enlevante. "Palavra que não sei se se pode contemplar um incêndio sem algum prazer!" Isso me foi dito, palavra por palavra, por Stiepan Trofímovitch ao voltar certa vez de um incêndio noturno ao qual chegara por acaso, e à primeira impressão do espetáculo. É claro que o aficionado de incêndios noturnos se lança ele mesmo ao fogo para salvar uma criança ou uma velha vítimas desse fogo; no entanto isso já é um assunto bem diferente.

Acotovelando-me atrás da multidão de curiosos, cheguei sem fazer indagações ao ponto principal e mais perigoso, onde finalmente avistei Lembke, que a própria Yúlia Mikháilovna me incumbira de encontrar. A situação dele era surpreendente e excepcional. Estava postado sobre os escombros de uma cerca; a uns trinta passos à sua esquerda pendia o esqueleto negro de uma casa de madeira de dois andares já quase inteiramente consumida pelo fogo, com buracos no lugar das janelas em ambos os andares, o teto caído e uma chama ainda serpenteando sobre troncos de madeira em algum canto. No fundo do pátio, a uns vinte passos da casa queimada, começava a arder uma galeria também de dois andares, e sobre ela os bombeiros se empenhavam com todas as forças. À direita, os bombeiros e o povo defendiam uma construção de madeira bastante grande, que ainda não pegara fogo mas várias vezes já fora vítima de incêndio e estava fadada a ser consumida pelas chamas. Lembke gritava e gesticulava de frente para a galeria e dava ordens que ninguém cumpria. Eu quis pensar que simplesmente o haviam largado e se afastado inteiramente dele. Quanto mais não seja, uma multidão densa e extremamente heterogênea, que o rodeava e na qual uns senhores e até o arcipreste da catedral se misturavam a gente de toda espécie, ouvia-o com curiosidade e admiração, embora ninguém conversasse com ele ou tentasse levá-lo dali. Pálido e com os olhos cheios de brilho, Lembke pronunciava as coisas mais surpreendentes; para completar, estava sem o chapéu, e o havia perdido fazia muito tempo.

— Tudo isso é incêndio criminoso! Isso é o niilismo! Se alguma coisa arde é o niilismo! — ouvi quase com horror, e, embora já não houvesse por que me surpreender, a realidade concreta sempre encerra algo emocionante.

— Excelência — apareceu-lhe ao lado um policial —, se o senhor se permitisse experimentar a paz doméstica... Porque aqui é até perigoso para Vossa Excelência permanecer.

Como fiquei sabendo depois, aquele policial fora deixado especialmente ao lado de Andriêi Antónovitch pelo chefe de polícia com a finalidade de observá-lo e procurar por todos os meios levá-lo para casa e, em caso de perigo, até usar a força — missão, como é evidente, acima das forças do executor.

— As lágrimas das vítimas do incêndio serão enxugadas, mas vão destruir a cidade com fogo. Tudo isso é obra daqueles quatro patifes, quatro e meio. Prendam o patife! Aqui ele está só, mas caluniou os quatro e meio. Ele se insinua na honra das famílias. Usaram as preceptoras para incendiar as casas. Isso é vil, vil! Ai, o que ele está fazendo! — gritou, ao notar de repente um bombeiro em cima do telhado da galeria em chamas, debaixo do qual o teto já havia queimado e o fogo eclodia ao redor. — Tirem-no, tirem-no, ele vai despencar, vai se queimar, abafem-no... o que é que ele está fazendo ali?

— Está apagando, Excelência.

— É incrível. O incêndio está nas mentes e não nos telhados das casas. Tirem-no e larguem tudo! É melhor largar, é melhor largar! Deixem as coisas ao deus-dará! Ai, quem ainda está chorando? Uma velha! A velha está gritando, por que esqueceram a velha?

De fato, no térreo da galeria em chamas gritava uma velha esquecida, uma parenta octogenária do comerciante dono da casa em chamas. No entanto não a haviam esquecido, ela mesma é que girava em torno da casa em chamas, enquanto era possível, com o louco objetivo de tirar do cubículo do canto seu colchão de penas ainda inteiro. Arquejando no meio da fumaça e gritando de calor, porque o cubículo também pegara fogo, ainda assim fazia todos os esforços para enfiar os braços decrépitos pela vidraça quebrada da janela e tirar o colchão. Lembke se precipitou para ajudá-la. Todos o viram correr para a janela, agarrar-se a um canto do colchão e começar a puxá-lo pela janela com toda a força. Como por azar, nesse mesmo instante voou do telhado uma tábua quebrada e atingiu o infeliz. Não o matou, uma ponta lhe atingiu o pescoço apenas de raspão, mas a carreira de Andriêi Antónovitch chegou ao fim, pelo menos em nossa cidade: a pancada o derrubou e ele caiu desmaiado.

Por fim, chegou uma alvorada sombria, lúgubre. O incêndio diminuiu; depois do vento fez-se subitamente o silêncio, que foi seguido de uma chuva miúda e lenta, como se passasse por uma peneira. Eu já estava na outra parte de Zariétchie, longe do lugar onde caíra Lembke, e aí ouvi na multidão conversas muito estranhas. Descobrira-se um fato estranho: bem na extremidade do quarteirão, em um terreno baldio, atrás das hortas, a não menos de cinquenta passos das outras casas, havia uma pequena casa de madeira recém-reformada, e essa casa isolada pegara fogo quase que antes de todas as outras, bem no início do incêndio. Se tivesse sido consumida pelo fogo, a distância, não poderia ter espalhado o fogo a nenhuma das casas da cidade e, ao contrário, se toda Zariétchie tivesse sido consumida pelo fogo, apenas aquela casa poderia ficar incólume, qualquer que fosse o vento que estivesse soprando. Verificava-se que ardera em separado e sozinha, por conseguinte, não sem alguma razão. Mas o principal é que não conseguira ser consumida pelo fogo e, ao amanhecer, descobriram-se coisas assombrosas em seu interior. O dono dessa casa nova, um pequeno-burguês que morava no arrabalde mais próximo, mal avistou o incêndio em sua nova casa, precipitou-se para ela e conseguiu defendê-la, espalhando com a ajuda dos vizinhos a lenha que estava arrumada junto a uma parede lateral e pegara fogo. Mas na casa moravam inquilinos — um capitão conhecido na cidade e a irmã, e com eles uma empregada doméstica idosa, e naquela noite todos os três foram esfaqueados e, pelo visto, roubados. (Pois foi ali que apareceu o chefe de polícia com o corpo de bombeiros quando Lembke salvava o colchão.) Ao amanhecer a notícia se espalhou, e uma massa enorme de gente de toda espécie e até de vítimas do incêndio de Zariétchie precipitou-se para a casa nova do terreno baldio. Era até difícil passar, tão grande era a aglomeração. No mesmo instante me contaram que o capitão fora encontrado com a garganta cortada, em um banco, vestido, e provavelmente estava morto de bêbado quando o degolaram, de sorte que não ouviu nada, mas o sangue jorrava dele "como de um boi"; que sua irmã, Mária Timofêievna, havia sido toda "picada" de faca mas estava estirada no chão junto à porta, de sorte que seguramente se batera, lutara contra o assassino já acordada. A empregada, também certamente acordada, teve a cabeça totalmente quebrada. Segundo contou o senhorio, ainda na manhã da véspera o capitão estivera com ele, bêbado, vangloriando-se e mostrando muito dinheiro, uns duzentos rublos. A carteira velha, verde e surrada do capitão foi encontrada vazia no chão; mas o baú de Mária Timofêievna não havia sido tocado, e o adorno de prata do ícone também estava intocado; a roupa do capitão também estava inteira. Via-se que o ladrão tivera pressa e era pessoa que conhecia as coisas do capitão, fora ali apenas pelo dinheiro e sabia onde ele estava. Se o senhorio não houvesse corrido no mesmo instante, a madeira que pegara fogo seguramente teria consumido a casa e "seria difícil descobrir a verdade a partir de cadáveres calcinados".

Assim foi contada a história. Acrescentava-se ainda mais uma informação: que aquela casa fora alugada para o capitão e a irmã pelo próprio senhor Stavróguin, Nikolai Vsievolódovitch, o filhinho da generala Stavróguina, que ele mesmo procurara o dono para alugá-la, persuadira-o demoradamente porque o dono não queria alugá-la e destinava a casa para um botequim, mas Nikolai Vsievolódovitch não regateara e pagara meio ano adiantado.

— Esse incêndio não foi à toa — ouviu-se na multidão.

Mas a maioria calava. As caras estavam sombrias, mas não notei uma irritação grande, visível. Ao redor, porém, continuavam as histórias sobre Nikolai Vsievolódovitch e dizia-se que a morta era sua esposa; que na véspera ele seduzira uma moça da primeira casa da cidade, da generala Drozdova, filha dela, "de um modo desonesto", e que iriam apresentar queixa contra ele em Petersburgo; e que a esposa havia sido esfaqueada, pelo visto para que ele se casasse com a Drozdova. Skvoriéchniki não ficava a mais de duas verstas e meia e, lembro-me, cheguei a pensar: não seria o caso de levar ao conhecimento da gente de lá? Aliás, não notei se havia alguém instigando especialmente a multidão, não quero cometer esse pecado, embora eu tivesse avistado de relance umas duas ou três daquelas caras "do bufê", que apareceram pela manhã no local do incêndio e no ato as reconheci. Mas eu me lembro particularmente de um rapaz magricela, alto, pequeno-burguês, embriagado, cabelos encaracolados, que parecia tisnado; serralheiro, como fiquei sabendo mais tarde. Não estava bêbado, mas, ao contrário da multidão sombria, estava como que fora de si. Não parava de se dirigir ao povo, embora eu não me lembre das suas palavras. Tudo o que dizia, de forma desconexa, não era mais longo do que a frase: "Meus irmãos, o que é isso? Será que isso é possível?" — e nisso agitava os braços.

III
ROMANCE TERMINADO

I

Do grande salão de Skvoriéchniki (no mesmo em que se deu o último encontro de Varvara Pietrovna e Stiepan Trofímovitch) o incêndio era visto como na palma da mão. No alvorecer, depois das cinco da manhã, Liza estava ao pé da janela do canto à direita e olhava fixamente para o clarão que se extinguia. Estava sozinha no cômodo. Trajava o vestido da véspera, de gala, com que fora à matinê — verde-claro, elegante, todo rendado, se bem que já amassado, vestido às pressas e com displicência. Ao notar de repente o decote aberto corou, ajeitou apressadamente o vestido, apanhou de uma poltrona o xale vermelho que largara na véspera ao entrar e o atirou sobre o pescoço. Os cabelos exuberantes se projetavam sobre o vestido em madeixas dispersas sobre o ombro direito. Tinha o rosto cansado, preocupado, mas os olhos brilhavam sob o cenho franzido. Tornou a chegar-se à janela e encostou a testa quente na vidraça fria. A porta se abriu e entrou Nikolai Vsievolódovitch.

— Mandei um mensageiro a cavalo — disse ele —, em dez minutos saberemos de tudo; por enquanto andam dizendo que queimou uma parte de Zariétchie, próxima da margem, à direita da ponte. Começou a queimar logo depois das onze; agora o fogo está se extinguindo.

Não foi até a janela, mas ficou parado atrás dela a uns três passos; contudo, ela não se voltou para ele.

— Pelo calendário, dentro de mais uma hora deve clarear, mas ainda é quase noite — pronunciou ela com despeito.

— Os calendários sempre mentem — observou ele com um risinho gentil, mas sentiu vergonha e apressou-se em acrescentar: — Viver pelo calendário aborrece, Liza.

E calou-se de vez, agastado com a nova banalidade que dissera; Liza deu um risinho torto.

— Você está tão triste que não encontra sequer uma palavra para trocar comigo. Mas fique tranquilo, você disse a propósito: eu sempre vivo pelo calendário, cada passo que dou está calculado pelo calendário. Está admirado?

Ela deu rápida meia-volta da janela e sentou-se numa poltrona.

— Sente-se você também, por favor. Não ficaremos muito tempo juntos e quero dizer tudo o que me aprouver... Por que você também não diz tudo o que quer?

Nikolai Vsievolódovitch sentou-se com ela e lhe segurou a mão devagarinho, quase com temor.

— Que significa essa linguagem, Liza? De onde ela apareceu de repente? O que significa "não ficaremos muito tempo juntos"? Essa já é a segunda frase enigmática nessa meia hora depois que você acordou.

— Você deu para achar minhas frases enigmáticas? — sorriu ela. — Está lembrado de que ontem, ao entrar, eu me apresentei como morta? Mas isso você achou por bem esquecer. Esquecer ou não notar.

— Não me lembro, Liza. Por que uma morta? É preciso viver...

— E calou-se? Sua eloquência desapareceu inteiramente. Vivi minha hora no mundo e basta. Lembra-se de Kristófor Ivánovitch?

— Não, não me lembro — ele fechou a cara.

— Kristófor Ivánovitch, em Lausanne. Ele o deixava horrivelmente saturado. Abria a porta e dizia sempre: "Só um minuto", mas ficava o dia inteiro. Não quero parecer Kristófor Ivánovitch e passar o dia inteiro.

Uma impressão dorida estampou-se no rosto dele.

— Liza, essa linguagem depressiva me aflige. Esse trejeito sai caro para você mesma. A troco de quê? Para que serve?

Os olhos dela alumiaram-se.

— Liza — exclamou —, juro que agora eu a amo mais do que ontem quando você entrou em meu quarto!

— Que confissão estranha! Por que esse ontem e hoje, e essas duas medidas?

— Você não vai me deixar — continuou ele quase em desespero —, partiremos juntos, hoje mesmo, não é? Não é?

— Ai, não me aperte a mão de forma tão dolorosa! Para onde nós dois haveremos de partir hoje mesmo? Há algum lugar para uma nova "ressurreição"? Não, chega de provas... além do mais é lento para mim; e ainda por cima não sou capaz; é elevado demais para mim. Se é para partir, então que seja para Moscou, e lá faremos visitas e nós mesmos receberemos — eis o meu ideal, você sabe; não lhe escondi como sou, isso ainda na Suíça. Uma vez que não nos é possível ir para Moscou e fazer visitas, porque você é casado, então não temos nada que ficar falando disso.

— Liza! O que aconteceu ontem?

— Aconteceu o que aconteceu.

— Isso não é possível! Isso é cruel!

— E daí que seja cruel? suporte, já que é cruel.

— Você está se vingando de mim pela fantasia de ontem... — murmurou ele com um risinho raivoso. Liza explodiu.

— Que pensamento baixo!

— Então por que você me deu... "tanta felicidade"? Tenho o direito de saber?

— Não, dê um jeito de passar sem esses direitos; não conclua a baixeza da sua suposição com uma tolice. Hoje você não vai conseguir. A propósito, você não teme a opinião aristocrática, e que venham a condená-lo por "tanta felicidade"? E já que é assim, pelo amor de Deus não se aflija. Nesse caso você não é causa de nada e não responde perante ninguém. Quando abri sua porta ontem você nem sequer sabia quem estava entrando. Aí está justamente uma fantasia minha, como você acabou de se exprimir, e nada mais. Você pode olhar todo mundo nos olhos com ar audacioso e triunfal.

— Já faz uma hora que suas palavras, esse riso, infundem em mim o frio do horror. Essa "felicidade", de que você fala com tanto frenesi, me custa... tudo. Porventura posso perdê-la agora? Juro que ontem a amava menos. Por que você tira tudo de mim hoje? Sabe você o que ela, essa nova esperança, me custou? Dei a vida por ela.

— A sua ou uma alheia?

Stavróguin soergueu-se rapidamente.

— O que isso significa? — pronunciou, olhando imóvel para ela.

— Pagou com a sua vida ou com a minha? eis o que eu queria perguntar. Ou agora perdeu totalmente a capacidade de compreender? — explodiu Liza. — Por que se levantou tão de repente? Por que me olha desse jeito? Você me assusta. De que está sempre com medo? Faz tempo que notei que você sente medo, e sobretudo agora, sobretudo neste momento... Deus, como está ficando pálido!

— Se você sabe de alguma coisa, Liza, juro que *eu* não sei... e não foi a nada *disso* que me referi ao dizer que tinha pago com a vida...

— Não estou entendendo nada do que está dizendo — pronunciou ela, gaguejando amedrontada.

Por fim um risinho lento e meditativo apareceu nos lábios dele. Sentou-se devagar, pôs os cotovelos nos joelhos e cobriu o rosto com as mãos.

— Um sonho ruim e um delírio... Estávamos falando de duas coisas diferentes.

— Não sei absolutamente do que você estava falando... Será que ontem você não sabia que eu o deixaria hoje, sabia ou não? Não minta, sabia ou não?

— Sabia... — deixou escapar baixinho.

— Então por que vem com essa: sabia e reservou o "instante" para si. Com que você contava?

— Diga-me toda a verdade — bradou ele em profundo sofrimento —, quando ontem você abriu a minha porta, você mesma sabia que a estava abrindo só por uma hora?

Ela o olhou com ódio.

— É verdade que o homem mais sério pode fazer as perguntas mais surpreendentes. Por que está tão intranquilo? Será por amor-próprio, porque é a mulher que o está deixando primeiro e não você a ela? Sabe, Nikolai Vsievolódovitch, enquanto estive com você, convenci-me, entre outras coisas, de que você é magnânimo demais comigo, e isso não posso suportar em você.

Ele se levantou e deu alguns passos pela sala.

— Está bem, vá lá que a coisa tenha de terminar assim... Mas como tudo isso pôde ter acontecido?

— Veja só que preocupação! E o mais importante é que você sabia perfeitamente disso e compreende melhor que ninguém; e você mesmo contava com isso. Sou uma jovem fidalga, meu coração foi educado na ópera, foi daí que tudo começou, eis a solução do enigma.

— Não.

— Aí não há nada que possa estraçalhar o seu amor-próprio, é tudo a pura verdade. Começou com um instante belo a que não conseguiu resistir. Anteontem, quando eu o "ofendi" em público e você me respondeu com aquele cavalheirismo, voltei para casa e no mesmo instante adivinhei que você estava fugindo de mim porque era casado e nunca porque me desprezasse, o que eu mais temia como uma grã-senhorinha aristocrática. Compreendi que você, ao fugir, protegia a mim, esta insensata. Está vendo como eu aprecio a sua magnanimidade. Foi então que Piotr Stiepánovitch me apareceu às pressas e me explicou tudo. Revelou-me que você estava vacilando por causa de uma grande ideia, perante a qual eu e ele éramos um nada completo, e apesar de tudo eu lhe havia atravessado o caminho. Aí ele incluiu a si mesmo; queria a qualquer custo ser o terceiro entre nós e disse coisas para lá de fantásticas sobre um barco e remos de bordo, tiradas de alguma canção russa. Eu o elogiei, chamei-o de poeta, o que ele interpretou como a moeda mais preciosa. E, como eu já sabia há muito tempo que eu bastava apenas para um instante, peguei e decidi. Eis tudo, e basta; e, por favor, sem mais explicações. Podemos até brigar. Não precisa temer ninguém, eu assumo tudo. Sou uma tonta, cheia de caprichos, fui seduzida pelo barco da ópera, sou uma jovem fidalga... Sabe, apesar de tudo eu achava que você me amava muitíssimo. Não despreze esta imbecil e não ria dessa lagrimazinha que acabou de rolar. Gosto demais de chorar "com pena de mim mesma". Mas chega, chega. Não sou capaz de coisa nenhuma, e você também não é capaz de coisa nenhuma; dois piparotes de ambas as partes e com isso estaremos consolados. Pelo menos o amor-próprio não sairá ferido.

— Um sonho e uma loucura! — bradou Nikolai Vsievolódovitch, cruzando os braços e andando pela sala. — Liza, pobre, o que você fez consigo?

— Eu me queimei numa vela e nada mais. Não me diga que você também está chorando? Seja mais decente, seja mais insensível...

— Por que, por que você veio à minha casa?

— Você não compreende em que situação cômica está enfim se colocando perante a opinião aristocrática com semelhantes perguntas?

— Por que você se destruiu de forma tão monstruosa, e tão tola, e o que fazer agora?

— E quem diz isso é Stavróguin, o "sanguinário Stavróguin", como aqui o chama uma senhora apaixonada por você! Ouça, eu já lhe disse: planejei minha vida para vivê-la apenas uma hora e estou tranquila. Planeje também a sua... Pensando bem, isso não faz o seu gênero; você ainda terá pela frente muitas "horas" e "instantes".

— Tantas quanto, tantas quanto você; dou-lhe toda a minha palavra que não terei nem uma hora mais do que você!

Ele continuava andando e sem lhe notar o olhar rápido e penetrante, que de repente parecia iluminado de esperança. Mas o raio de luz se apagou no mesmo instante.

— Se você soubesse o preço da minha sinceridade *impossível* deste momento, Liza, se eu pudesse lhe revelar...

— Revelar? Você quer me revelar alguma coisa? Deus me defenda das suas revelações! — interrompeu quase assustada.

Ele parou e ficou esperando, intranquilo.

— Devo lhe confessar que ainda lá na Suíça fortaleceu-se em mim a ideia de que você tem alguma coisa terrível, sórdida e sangrenta na alma e... ao mesmo tempo algo que lhe dá um aspecto extremamente cômico. Evite me revelar, se for verdade: vou rir de você. Vou gargalhar de você pelo resto da sua vida... Ai, você está empalidecendo de novo? Não vou, não vou, agora estou indo embora — levantou-se de um salto com um movimento de nojo e desdém.

— Me atormente, me execute, derrame sua raiva sobre mim — gritou ele em desespero. — Você tem todo o direito! Eu sabia que não a amava e a arruinei. Sim, "reservei um instante para mim"; eu tinha esperança... há muito tempo... a última... Eu não pude resistir contra a luz que me iluminou o coração quando ontem você entrou em meu quarto, você mesma, sozinha, a primeira... Talvez até neste momento eu ainda acredite.

— Vou lhe pagar por essa revelação tão nobre com a mesma moeda: não quero ser sua irmã compassiva. Talvez eu venha realmente a ser auxiliar de enfermagem, caso não consiga aproveitar e morrer hoje mesmo; mas mesmo que eu venha a ser enfermeira não será para servi-lo, embora você, é claro, mereça um perneta ou maneta qualquer. Sempre achei que você me levaria para algum lugar onde morasse uma enorme aranha má, do tamanho de uma pessoa, e que ali passaríamos toda a vida olhando para ela com medo. É assim que passará o nosso amor recíproco. Procure Dáchenka; essa o acompanhará aonde você quiser.

— E nem nesse caso você consegue esquecê-la?

— Pobre cadelinha! Faça-lhe uma reverência. Ela sabe que ainda na Suíça você a reservou para sua velhice? Que preocupação! Que precaução! Ai, quem está aí?

No fundo do salão a porta se abriu aos poucos; a cabeça de alguém apareceu e apressadamente se escondeu.

— És tu, Aleksiêi Iegóritch? — perguntou Stavróguin.

— Não, apenas eu — tornou a aparecer Piotr Stiepánovitch, pela metade. — Bom dia, Lizavieta Nikoláievna, apesar de tudo bom dia. Eu bem que sabia que encontraria vocês dois neste salão. Vim só por um instante, Nikolai Vsievolódovitch, vim a qualquer custo para dar duas palavras... sumamente necessárias... apenas duas palavras.

Stavróguin foi, mas depois de três passos voltou-se para Liza. — Se você ouvir alguma coisa agora, Liza, fique sabendo: sou o culpado.

Ela estremeceu e o olhou assustada.

II

O cômodo de onde apareceu Piotr Stiepánovitch era uma antessala grande e oval. Antes Aleksiêi Iegóritch estava ali, mas ele o despachara. Nikolai Vsievolódovitch entreabriu a porta que dava para a antessala e parou, aguardando. Piotr Stiepánovitch o observou com um gesto rápido e inquiridor.

— Então?

— Bem, se você já sabe — apressou-se Piotr Stiepánovitch, que parecia desejoso de pular com os olhos dentro da alma dele —, então, é claro, nenhum dos nossos tem culpa de nada, e antes de tudo você, porque nisso aí houve aquele concurso... aquela coincidência de fatos... numa palavra, juridicamente não pode lhe dizer respeito, e corri para preveni-lo.

— Foram consumidos pelo fogo? Esfaqueados?

— Foram esfaqueados, mas não consumidos pelo fogo, e isso é que é ruim, mas lhe dou a palavra de honra que aí também não tenho culpa, por mais que você desconfie de mim, porque talvez desconfie, hein? Quer saber de toda a verdade: veja, a ideia realmente me passou pela cabeça — você mesmo a insinuou, não a sério, mas para me provocar (porque você não me queria insinuá-la a sério) —, mas eu não me decidia, e não me decidiria por nada, nem por cem rublos... e ademais aquilo não trazia nenhuma vantagem, isto é, para mim, para mim... (Ele estava com uma pressa terrível e matraqueava.) Mas veja que coincidência de circunstâncias: dei do meu próprio dinheiro (está ouvindo, do meu, do seu não havia um só rublo, e o principal é que você mesmo sabe disso) duzentos e trinta rublos àquele beberrão e paspalhão do Lebiádkin, anteontem, ainda à tarde, está ouvindo, anteontem e não ontem depois da "leitura"; repare: essa é uma coincidência muito importante, porque na ocasião eu não tinha nenhuma certeza se Lizavieta Nikoláievna viria ou não para sua casa; dei do meu próprio bolso, porque anteontem você aprontou, deu-lhe na telha revelar o seu segredo a todo mundo. Bem, nisso não me meto... é problema seu... cavalheiro... mas confesso, fiquei surpreso como se levasse uma cacetada na testa. Mas como essas tragédias me aborreceram um bocado — e repare que estou falando a sério —, como tudo isso acaba prejudicando os meus planos, dei a mim mesmo a palavra de despachar os Lebiádkin a qualquer custo e sem o seu conhecimento para Petersburgo, ainda mais porque ele mesmo estava morrendo de vontade de ir para lá. Houve apenas um erro: dei-lhe dinheiro em seu nome; foi um erro, ou não? Pode não ter sido, hein? Agora ouça, ouça como tudo aconteceu... — No calor da fala ele chegou bem perto de Stavróguin e começou a segurá-lo pela lapela da sobrecasaca (talvez de propósito, palavra). Stavróguin deu um solavanco e aplicou-lhe um tapa no braço.

— Ora, por que você... basta... assim vai me quebrar o braço... o importante aí é como tudo aconteceu — tornou a falar sem a mínima surpresa com o tapa. — Ainda à tarde lhe dei o dinheiro para que ele e a irmãzinha partissem no dia seguinte assim que amanhecesse; confiei esse caso à toa ao patife do Lipútin, para que ele mesmo os colocasse no trem e os despachasse. Mas o canalha do Lipútin achou de fazer criancice com o público — você não terá ouvido falar? Durante a "matinê literária"? Mas, ouça, ouça: os dois ficam bebendo, fazendo versos, metade de Lipútin; aí ele põe um fraque em Lebiádkin, e enquanto isso me assegura que já o despachou desde o amanhecer, mas o mantém num cubículo dos fundos para que ele apareça de repente no estrado. Só que ele se embebeda de forma rápida e inesperada. Depois veio o famoso escândalo, levaram-no para casa meio morto, e enquanto isso Lipútin lhe tira às escondidas duzentos rublos, deixando uns trocados. Mas, por azar, acontece que já de manhã o outro havia tirado do bolso aqueles duzentos rublos, vangloriava-se e o mostrava onde não devia. E como Fiedka só esperava por isso e ouvira algo em casa de Kiríllov (está lembrado da sua insinuação?), então resolveu se aproveitar. Eis toda a verdade. Estou contente ao menos pelo fato de que Fiedka não achou o dinheiro, e este canalha contava com mil rublos! Precipitou-se e parece que ele mesmo teve medo do incêndio... Acredite, esse incêndio está na minha cabeça como uma acha de lenha. Não, o diabo sabe o que é isso, é um despotismo... Como vê, por esperar tanto de você não lhe escondo nada: ah, sim, há muito tempo essa ideiazinha do incêndio já vinha amadurecendo em minha cabeça por ser tão oriunda do povo e popular; de sorte que eu a conservei para o momento crítico, para aquele momento precioso em que nós nos levantaremos e... Mas de repente eles acharam de agir por conta própria e sem ordem justo agora, num momento como esse, em que era preciso justamente se esconder e ficar respirando na concha das mãos! Não, isso é uma prepotência!... numa palavra, ainda não sei de nada, andam falando de dois operários dos Chpigúlin... mas se aí também houver *gente nossa*, se pelo menos um deles tiver metido a mão aí — azar o dele. Veja o que significa afrouxar um pingo que seja! Não, essa canalha democrática com os seus quintetos é um mau sustentáculo; aí se precisa de uma vontade magnífica, vontade de ídolo, despótica, apoiada em algo que não seja ocasional e se situe fora... E então os quintetos encolherão o rabo da obediência e com servilismo irão servir numa eventualidade. Mas, apesar de tudo, ainda que agora andem trombeteando aos quatro ventos que Stavróguin precisava incinerar a esposa, e que por isso a cidade pegou fogo, não obstante...

— E já estão trombeteando aos quatro ventos?

— Quer dizer, ainda não, absolutamente, e, confesso, não ouvi rigorosamente nada, mas o que se pode fazer com o povo, sobretudo com vítimas de incêndio: *Vox populi, vox dei*. Custa lançar esse tolíssimo boato ao vento?... Mas, no fundo, você não tem rigorosamente o que temer. Em termos jurídicos é de todo inocente, em termos de consciência, também — porque você mesmo não queria, não é? Não queria? Não há nenhuma prova, apenas uma coincidência... A não ser que Fiedka mencione as palavras imprudentes que você pronunciou naquela ocasião em casa de Kiríllov (por que você as pronunciou naquela ocasião?), mas acontece que isso não prova nada, e nós vamos pôr um freio em Fiedka. Hoje mesmo eu ponho um freio nele...

— E os cadáveres não ficaram nem um pouco queimados?

— Nem um pouco; aquela canalha não foi capaz de fazer nada como se deve. Mas estou contente ao menos porque você está tão tranquilo... porque, mesmo você não tendo nenhuma culpa nessa história, nem em pensamento, não obstante... E ainda convenha que tudo dá um excelente jeito em sua situação: de repente você é um viúvo livre, e nesse instante pode casar-se com uma bela moça, dona de enorme soma de dinheiro, que, de mais a mais, já está em suas mãos. Veja o que pode fazer uma coincidência de circunstâncias simples e grosseira, hein?

— Você está me ameaçando, cabeça tonta?

— Ora, basta, basta, neste momento eu estou sendo mesmo uma cabeça tonta, e que tom é esse? Queria trazer alguma alegria, mas você... Vim voando para cá com a intenção de colocá-lo a par o mais rápido... E, ademais, como eu haveria de ameaçá-lo? De que você me serviria ameaçado! Preciso de você com boa vontade e não com medo. Você é a luz e o sol... Sou eu que tenho medo imenso de você e não você de mim! Ora, veja, eu não sou Mavrikii Nikoláievitch... Imagine, venho voando para cá numa *drojki* de corrida e encontro Mavrikii Nikoláievitch aqui, ao pé do gradil do jardim, no canto de trás... de capote, todo encharcado; pelo visto passou a noite inteira ali! Coisa esquisita! a que ponto as pessoas podem perder o juízo!

— Mavrikii Nikoláievitch? É verdade?

— Verdade, verdade. Está sentado ao pé do gradil do jardim. A uns trezentos passos daqui, acho eu. Passei depressa ao lado dele, mas ele me viu. Você não sabia? Neste caso fico muito contente de não ter me esquecido de informar. O maior perigo aí é ele estar armado de revólver e, enfim, a noite, o tempo chuvoso, a irritação natural; porque, qual não é a situação dele, eh, eh! Por que está lá, o que você acha?

— Naturalmente está esperando Lizavieta Nikoláievna.

— Que coisa! E a troco de que ela iria ter com ele? E... numa chuva como essa... Veja só que imbecil!

— Agora mesmo ela vai sair para ter com ele.

— Eta! Isso é que é notícia! Por conseguinte... Mas, escute, a situação dela agora está totalmente mudada: para que Mavrikii lhe serve agora? Ora, você é um viúvo livre e amanhã mesmo pode se casar com ela. Ela ainda não está sabendo. Deixe comigo que eu agora mesmo dou um jeito em tudo. Onde ela está? preciso alegrá-la.

— Alegrá-la?

— Como não? e já vou indo.

— E você acha que ela não vai adivinhar a existência desses cadáveres? — Stavróguin apertou os olhos de um jeito um tanto peculiar.

— É claro que não vai adivinhar — disse Piotr Stiepánovitch bancando o verdadeiro bobo —, porque juridicamente... Você, hein! E mesmo que adivinhe! Isso tudo deixa as mulheres numa baita confusão, você ainda não conhece as mulheres! Além disso, agora ela tem todas as vantagens de se casar com você porque, seja como for, já está falada, e além disso eu lhe falei do "barco": notei precisamente que o "barco" surtiu efeito nela, logo, vê-se de que calibre é a moça. Não se preocupe, ela vai passar por cima desses cadáveres cantarolando!... Ainda mais porque você está de todo, de todo inocente, não é verdade? Ela apenas vai se valer desses cadaverezinhos para depois o alfinetar no segundo ano do casamento. Toda mulher, ao se casar, vai juntando coisas do passado do marido, e então... o que vai ser dentro de um ano? Eh, eh, eh!

— Se você veio numa *drojki* de corrida, leve-a agora mesmo até Mavrikii Nikoláievitch. Ela acabou de me dizer que não consegue me suportar e que vai me deixar, e, é claro, não vai querer uma carruagem minha.

— Que coisa! Será que vai embora de verdade? O que é que fez isso acontecer? — Piotr Stiepánovitch assumiu um ar atoleimado.

— De alguma forma adivinhou nessa noite que absolutamente não a amo... O que, é claro, sempre soube.

— E por acaso você não a ama? — perguntou Piotr Stiepánovitch com ar de uma surpresa sem limite. — Sendo assim, por que a deixou ficar ontem em sua casa do jeito que ela entrou e não lhe disse francamente, como um homem decente, que não a ama? Isso é terrivelmente torpe de sua parte; e, além do mais, com que vil aspecto você me deixa perante ela!

Súbito Stavróguin desatou a rir.

— Estou rindo do meu macaco — explicou de chofre.

— Ah! percebeu que eu estava fazendo papel de palhaço — Piotr Stiepánovitch também riu com imensa alegria —, que eu estava querendo fazê-lo rir! Imagine que assim que você saiu para falar comigo, notei pela sua cara que lhe havia acontecido uma "desgraça". Talvez, quem sabe, um fracasso completo, hein? Ora, aposto — gritou quase sufocado de prazer — que você passou a noite inteira sentado nas cadeiras da sala ao lado e perdeu todo o precioso tempo pensando na mais alta decência... Mas me desculpe, desculpe; pouco se me dá: ontem eu já sabia na certa que você ia fazer isso redundar numa bobagem. Eu a trouxe para você unicamente com o fim de distraí-lo e mostrar que comigo você não cairia no tédio; trezentas vezes serei útil nesse tipo de coisa; no geral eu gosto de ser agradável às pessoas. Se agora ela não lhe serve, com o que eu já contava e por isso vim para cá, então...

— Quer dizer então que você a trouxe para cá unicamente para me distrair?

— Se não, para quê?

— E não foi para me forçar a matar minha mulher?

— Que coisa, por acaso você a matou? Que homem trágico!

— Seja como for, você a matou.

— Por acaso eu a matei? Eu lhe digo que não estou nem um tiquinho metido nisso. No entanto você começa a me preocupar!

— Continue, você disse: "Se agora ela não lhe serve, então...".

— Então, deixe comigo, é claro! Vou casá-la magnificamente com Mavrikii Nikoláievitch que, aliás, não fui eu, absolutamente, que o plantei no jardim, não vá meter também isso na cabeça. Agora eu tenho medo dele. Você se referiu à *drojki* de corrida, mas acontece que eu passei bem ao lado dele... Palavra, e se ele estiver armado de revólver?... Ainda bem que eu trouxe o meu. Veja (tirou do bolso o revólver, mostrou-o e imediatamente tornou a guardá-lo), eu o peguei porque a viagem era longa... Aliás, digo-lhe sem pestanejar: justo neste exato momento o coraçãozinho dela está gemendo por Mavrikii... deve estar pelo menos gemendo... e, sabe, juro que estou até com um pouco de pena dela! Levo-a até Mavrikii, e no mesmo instante ela começará a se lembrar de você, elogiando-o para ele e a ele mesmo destratando na cara — é o coração da mulher! E você ainda torna a rir? Estou contente demais por vê-lo tão alegre. Bem, vamos indo, vou começar diretamente por Mavrikii Nikoláievitch, e quanto àqueles... os mortos... não seria o caso de silenciar agora, não é? De qualquer forma ela ficará sabendo depois.

— Sabendo de quê? Quem foi morto, o que você disse sobre Mavrikii Nikoláievitch? — Liza abriu de chofre a porta.

— Ah! Você estava escutando?

— O que você acabou de dizer sobre Mavrikii Nikoláievitch? Ele foi morto?

— Ah! Quer dizer que você não ouviu! Fique tranquila, Mavrikii Nikoláievitch está vivo e são, o que você pode verificar num instante, porque ele está aqui na estrada, ao pé do gradil do jardim... e parece que passou a noite inteira lá; está encharcado, de capote... passei por ele, ele me viu.

— Não é verdade, você disse "morto"... Quem está morto? — insistia ela com uma desconfiança angustiante.

— Só quem está morta é minha mulher, o irmão dela, Lebiádkin, e a empregada deles — declarou com firmeza Stavróguin.

Liza estremeceu e ficou terrivelmente pálida.

— Um caso animalesco e estranho, Lizavieta Nikoláievna, um tolíssimo caso de assalto — papagueou imediatamente Piotr Stiepánovitch —, de assalto que se valeu de um incêndio; trabalho do bandido Fiedka Kátorjni e do imbecil do Lebiádkin, que andou mostrando dinheiro a todo mundo... Foi com este fim que vim voando para cá... como se tivesse levado uma pedrada na testa. Stavróguin mal se manteve em pé quando lhe comuniquei. Estávamos trocando ideias: informar a você ou não?

— Nikolai Vsievolódovitch, ele está dizendo a verdade? — Liza mal conseguiu falar.

— Não, não está falando a verdade.

— Como não a verdade! — estremeceu Piotr Stiepánovitch. — O que significa mais isso?

— Meu Deus, vou enlouquecer! — bradou Liza.

— Compreenda pelo menos que neste momento ele está louco! — gritou com todas as forças Piotr Stiepánovitch. — Seja como for, a mulher dele está morta. Veja como está pálido... Ora, ele passou a noite inteira com você, não se afastou nem por um instante, como haveriam de suspeitar dele?

— Nikolai Vsievolódovitch, diga-me, como se estivesse perante Deus, se é culpado ou não, e eu lhe juro que acreditarei na sua palavra como se fosse a de Deus e irei com você até o fim do mundo, oh, irei! Irei como uma cadelinha...

— Por que razão você a atormenta, seu cabeça cheia de fantasia! — tomava-se de fúria Piotr Stiepánovitch. — Lizavieta Nikoláievna, podem arrebentar, mas ele não tem culpa, ao contrário, ele mesmo está morto e delirando, você está vendo. Não está implicado em nada, em nada, nem em pensamento!... Tudo isso é apenas coisa de bandidos, que certamente serão encontrados dentro de uma semana e castigados a chicotadas... Aí estão implicados Fiedka Kátorjni e gente dos Chpigúlin, toda a cidade o está dizendo, por isso eu também.

— É isso? É isso? — Liza, toda trêmula, esperava sua última sentença.

— Não matei e fui contra, mas eu sabia que eles iriam matá-los e não detive os assassinos. Afaste-se de mim, Liza — deixou escapar Stavróguin e entrou no salão.

Liza cobriu o rosto com as mãos e saiu da casa. Piotr Stiepánovitch ia correr atrás dela, mas voltou no mesmo instante para o salão.

— Então você está assim? Então você está assim? Então você não teme nada? — investiu ele contra Stavróguin em fúria total, balbuciando de forma desconexa, quase sem encontrar as palavras, botando espuma pela boca.

Stavróguin estava em pé no meio do salão e não dizia uma única palavra em resposta. Com a mão esquerda segurava levemente um tufo de seus cabelos e sorria com ar perdido. Piotr Stiepánovitch o puxou com força pela manga do casaco.

— Está se achando perdido? Então é assim que pensa agir? Denunciar todo mundo e você mesmo ir para um mosteiro ou para o diabo... Mas acabo com você; mesmo que não tenha medo de mim!

— Ah, é você que está papagueando isso? — finalmente Stavróguin o discerniu. — Corra — num átimo voltou a si —, corra atrás dela, ordene que entre na carruagem, não a deixe... Corra, vá correndo! Acompanhe-a até chegar em casa para que ninguém fique sabendo e que ela não vá para lá... ver os corpos... os corpos... meta-a na carruagem à força. Aleksiêi Iegóritch! Aleksiêi Iegóritch!

— Pare, não grite! A essa altura ela já está nos braços de Mavrikii. Na sua carruagem Mavrikii não vai entrar... Pare! A coisa vale mais do que uma carruagem!

Tornou a tirar o revólver; Stavróguin olhou sério para ele.

— Então, mate-me — falou baixinho, em tom quase conciliatório.

— Arre, diabos, a que falsidade um homem pode recorrer! — Piotr Stiepánovitch até tremeu. — Juro que seria o caso de matá-lo! Ela deveria de verdade era escarrar em você!... Que "barco" é você, você é uma barca velha, furada e que só serve para o fogo!... Devia recobrar-se ao menos movido pela raiva, ao menos pela raiva! Eta ferro! Para você seria indiferente se você mesmo metesse uma bala na cabeça?

Stavróguin deu um risinho estranho.

— Se você não fosse o palhaço que é, talvez eu lhe dissesse na bucha: sim... Se fosse ao menos um tiquinho mais inteligente...

— Eu sou mesmo um palhaço, mas não quero que você, minha metade principal, seja um palhaço! Você me entende?

Stavróguin entendia, talvez só ele entendesse. Chátov ficara surpreso quando Stavróguin lhe disse que em Piotr Stiepánovitch havia entusiasmo.

— Vá agora daqui para o diabo, e até amanhã arrancarei alguma coisa de mim mesmo. Apareça amanhã.

— Sim? Sim?

— Como é que eu vou saber? É, como é que eu vou saber!... Vá para o inferno! Vá para o inferno!

E saiu do salão.

— Vai ver que isso é até para melhor — murmurou consigo Piotr Stiepánovitch, guardando o revólver.

III

Precipitou-se para alcançar Lizavieta Nikoláievna. Esta ainda não havia se afastado muito, estava apenas a alguns passos da casa. Aleksiêi Iegórovitch tentou retê-la, seguindo-a agora um passo atrás dela, de fraque, fazendo uma reverência respeitosa e sem chapéu. Implorava insistentemente que ela aguardasse a carruagem; o velho estava assustado e quase chorando.

— Vá, o patrão está pedindo chá e não há quem o sirva — Piotr Stiepánovitch o empurrou e segurou Lizavieta Nikoláievna pelo braço.

Ela não puxou o braço, mas parecia que não estava em juízo perfeito, que ainda não se recobrara.

— Em primeiro lugar, esse não é seu caminho — balbuciou Piotr Stiepánovitch —, precisamos ir por aqui e não pelo lado do jardim; em segundo lugar, de jeito nenhum dá para ir a pé, daqui à sua casa são três verstas e você não está com a roupa adequada. Se você esperasse um pouquinho... Estou com a *drojki* de corrida, o cavalo está aqui no pátio, num abrir e fechar de olhos eu o trago, ajudo-a a subir e a levo para casa, de sorte que ninguém verá.

— Como você é bom... — pronunciou Liza carinhosamente.

— Por favor, em semelhantes circunstâncias qualquer pessoa dotada de humanidade em meu lugar também...

Liza olhou para ele e surpreendeu-se.

— Ah, meu Deus, e eu pensando que você ainda fosse aquele velhote!

— Ouça, estou supercontente que você veja a coisa dessa maneira, porque tudo isso é um terrível preconceito; e já que estamos falando disso, não será melhor que eu mande aquele velho preparar a carruagem agora mesmo, em apenas dez minutos, e então a gente volta e eu a deixo à entrada de sua casa, hein?

— Antes eu quero... onde estão os tais mortos?

— Ora, mais uma fantasia! Era o que eu temia... Não, é melhor deixar aquela droga para lá; além do mais, você não tem nada que ver com aquilo.

— Sei onde estão, sei que estão naquela casa.

— E daí que você saiba! Tenha paciência, está chovendo, nublado (sim senhor, vejam só o que arranjei, uma obrigação sagrada!)... Ouça, Lizavieta Nikoláievna, das duas uma: ou você vai comigo na *drojki*, e então terá de me esperar sem sair daqui, ou Mavrikii Nikoláievitch fatalmente nos notará se dermos vinte passos adiante.

— Mavrikii Nikoláievitch! Onde está, onde?

— Bem, se você quiser ter com ele até posso conduzi-la um pouco ou lhe mostrar onde ele está, pois sou um servo obediente; neste momento não quero me aproximar dele.

— Ele está me esperando, meu Deus! — ela parou de chofre e o rubor lhe banhou o rosto.

— Alto lá, se ele for um homem sem preconceitos! Sabe, Lizavieta Nikoláievna, eu não tenho nada a ver com isso; estou inteiramente fora dessa história, e você mesma sabe disso; mas apesar de tudo quero o seu bem... Se o nosso "barco" não deu certo, se não passou de uma barcaça velha e podre, que só serve para lixo...

— Ah, maravilhoso! — bradou Liza.

— Maravilhoso, mas em seu rosto as lágrimas estão rolando. Aí é preciso coragem. É preciso não ceder em nada ao homem. Em nosso século, quando a mulher... Arre, diabo! (Por pouco Piotr Stiepánovitch não se cuspiu.) O principal é que não há o que lamentar: pode ser que isso tenha uma saída excelente. Mavrikii Nikoláievitch é um homem... numa palavra, um homem sensível, ainda que caladão, o que, aliás, também é bom, claro que desde que não tenha preconceitos...

— Maravilhoso, maravilhoso! — Liza desatou a rir histericamente.

— Ah, com os diabos... Lizavieta Nikoláievna — retrucou Piotr Stiepánovitch, alfinetando —, veja só, precisamente para servi-la eu... veja o que eu... Ontem eu lhe prestei um serviço quando você mesma o quis, mas hoje... Bem, repare que daqui se avista Mavrikii Nikoláievitch; olhe lá ele sentado, não está nos vendo. Sabe, Lizavieta Nikoláievna, você leu *Polinka Saks*.[33]

— O que é isso?

— Existe uma novela chamada *Polinka Saks*. Eu a li quando ainda era estudante... Trata de um funcionário, Saks, dono de grande fortuna, que prendeu a mulher numa *datcha* por infidelidade... Bem, aí, diabo, que se dane! Pois bem, você verá que ainda antes de chegar à sua casa Mavrikii Nikoláievitch lhe proporá casamento. Ele ainda não está nos vendo.

— Ah, que não nos veja! — bradou de repente Liza feito louca. — Vamos daqui! Vamos daqui! Para o bosque, para o campo!

E ela voltou correndo.

[33] Novela de A. V. Drujínin (1824-1864). Escrita sob a influência de George Sand, a novela aborda o tema da emancipação da mulher. O herói magnânimo, ao saber que sua mulher ama outro mais jovem, concede-lhe a liberdade e a ajuda a unir-se ao amado. Em sua tentativa de consolar Liza, Piotr Stiepánovitch faz alusão à novela com a notória intenção de comparar Mavrikii Nikoláievitch com o herói idealizado de Drujínin. (N. da E.)

— Lizavieta Nikoláievna, isso já é muita covardia! — corria atrás dela Piotr Stiepánovitch. — Por que não quer que ele a veja? Ao contrário, olhe-o com altivez e direto nos olhos... Se você estiver pensando *naquilo*... de donzela... vamos, isso é um grande preconceito, um grande atraso... e para onde você vai, para onde vai? Sim senhor, está fugindo. É melhor que voltemos para a casa de Stavróguin e peguemos a minha *drojki*... Mas para onde você vai, lá é o campo... vejam, caiu!...

Piotr Stiepánovitch parou. Liza voava como um passarinho, sem saber para onde, e ele já estava uns cinquenta passos para trás. Ela caiu depois de tropeçar num montículo. No mesmo instante ouviu-se atrás, de um lado, um terrível grito, o grito de Mavrikii Nikoláievitch, que vira a fuga e a queda e corria atrás dela pelo campo. Num piscar de olhos Piotr Stiepánovitch retirou-se para a entrada da casa dos Stavróguin com o intuito de tomar o mais depressa a sua *drojki*.

Enquanto isso, Mavrikii Nikoláievitch, terrivelmente assustado, já estava ao lado de Liza, que se levantara, inclinado para ela e segurando-lhe uma das mãos entre as suas. Todo o inusitado clima desse encontro afetou-lhe a razão e as lágrimas lhe correram pelo rosto. Ele via a mulher que tanto venerava correndo loucamente pelo campo numa hora daquela, num tempo daquele, apenas de vestido, no elegante vestido da véspera, agora amassado, sujo da queda... Ele não conseguia dizer uma palavra, tirou o capote e com as mãos trêmulas cobriu-lhe os ombros. Súbito deu um grito, ao sentir que ela lhe tocara a mão com os lábios.

— Liza! — gritou ele — não tenho capacidade para nada, mas não me enxote!

— Oh, sim, vamos sair depressa daqui, não me deixe! — e ela mesma o agarrou pela mão e o conduziu. — Mavrikii Nikoláievitch — de repente ela baixou a voz, assustada —, lá eu fui corajosa o tempo todo, mas aqui estou com medo de morrer. Vou morrer, brevemente vou morrer, mas tenho medo, tenho medo de morrer... — murmurava, segurando com força a mão dele.

— Oh, pelo menos se alguém! — ele olhava ao redor tomado de desespero — pelo menos se alguém passasse! Você vai encharcar os pés, você... vai perder o juízo.

— Não há de ser nada, não há de ser nada — ela o animava —, veja, na sua presença tenho menos medo, segure-me pela mão, conduza-me... Para onde vamos agora, para casa? Não, primeiro quero ver os mortos, eles, pelo que dizem, esfaquearam a mulher dele, mas ele diz que ele mesmo a esfaqueou; mas isso não é verdade, não é verdade? Eu mesma quero ver os esfaqueados... Por mim... por causa deles ele deixou de me amar essa noite... Eu os verei e ficarei sabendo de tudo. Depressa, depressa, conheço aquela casa... um incêndio por lá houve... Mavrikii Nikoláievitch, meu amigo, não perdoe essa desonrada! Por que me perdoar? Por que você está chorando? Dê-me uma bofetada e me mate aqui no campo, como uma cadela!

— Neste momento ninguém pode ser seu juiz — pronunciou com firmeza Mavrikii Nikoláievitch —, que Deus a perdoe; quanto a mim, quem menos pode julgá-la sou eu.

Contudo, seria estranho descrever a conversa entre os dois. Enquanto isso, caminhavam de mãos dadas, às pressas, acelerando o passo, feito amalucados. Foram direto para o local do incêndio. Mavrikii Nikoláievitch ainda continuava na esperança de encontrar ao menos alguma telega, mas ninguém aparecia. Uma chuvinha miúda penetrava todos os arredores, devorando todo o brilho e todo o matiz e transformando tudo em uma massa fumarenta, plúmbea, indiferente. Há muito já era dia, mas ainda parecia não ter amanhecido. E súbito, daquela neblina fumarenta e fria, brotou uma figura, estranha e desajeitada, que caminhava ao encontro deles. Imaginando hoje, acho que eu não acreditaria em meus próprios olhos, ainda que estivesse no lugar de Lizavieta Nikoláievna; e entretanto ela deu um grito de alegria e reconheceu no mesmo instante o homem que se aproximava. Era Stiepan Trofímovitch. Como ele saiu de casa, de que maneira pôde realizar-se a ideia louca da fuga que tinha na cabeça, falaremos depois. Menciono apenas que, naquela manhã, ele já estava febricitante, mas nem a doença o deteve: caminhava com firmeza pela terra molhada; via-se que planejara o empreendimento tão logo conseguiu fazê-lo melhor a despeito de toda a sua inexperiência forjada na solidão do gabinete. Vestia traje "de viagem", isto é, um capote de mangas compridas sob um largo cinto de couro envernizado e afivelado, e calçava botas novas e pantalonas enfiadas nos canos longos das botas. Provavelmente já vinha se imaginando há muito tempo um homem com o pé na estrada, e alguns dias antes adquirira o cinto e as botas altas de hussardo com seus canos brilhantes. Um chapéu de abas largas, um cachecol de fios de lã envolvendo fortemente o pescoço, uma bengala na mão direita e na esquerda uma mochila minúscula abarrotada completavam o vestuário. Acrescentava-se aí um guarda-chuva aberto na mesma mão direita. Esses três objetos — o guarda-chuva, a bengala e a mochila — davam muito trabalho para conduzir ao longo de toda a primeira versta e ficaram pesados a partir da segunda.

— Será que é mesmo o senhor? — bradou Liza, observando-o com uma surpresa aflita, que substituía seu primeiro ímpeto de alegria inconsciente.

— *Lise!* — bradou Stiepan Trofímovitch, precipitando-se para ela também quase em delírio. — *Chère, chère*, será que é você... numa neblina como esta? Veja: um clarão! *Vous êtes malheureuse, n'est-ce pas?*[34] Estou vendo, estou vendo, não precisa contar, mas também não me faça perguntas. *Nous sommes tous malheureux, mais il faut les pardonner tous. Pardonnons, Lise,*[35] e seremos livres para sempre. Para nos livrarmos do mundo e nos tornarmos plenamente livres, *il faut pardonner, pardonner et pardonner*![36]

— Mas por que está se ajoelhando?

— Porque, ao me despedir do mundo, quero, na sua imagem, me despedir de todo o meu passado! — começou a chorar e levou as duas mãos aos olhos chorosos. — Ajoelho-me diante de tudo o que foi belo em minha vida, osculo e agradeço! Agora estou dividido ao meio: lá ficou um louco que sonhava voar ao céu, *vingt deux ans*![37] Aqui está um velho *governeur* morto e gelado... *chez ce marchand, s'il existe pourtant ce marchand...*[38] Mas como você está encharcada, *Lise!* — bradou, pulando de pé em pé, sentindo que até os joelhos estavam encharcados naquele chão molhado — e como você pode estar com esse vestido?... e a pé, neste campo... Está chorando? *Vous êtes malheureuse?*[39] Arre, ouvi falar alguma coisa... No entanto, de onde você está vindo agora? — acelerava as perguntas com ar aflito, olhando para Mavrikii Nikoláievitch com profunda perplexidade — *mais savez-vous l'heure qu'il est?*[40]

— Stiepan Trofímovitch, o senhor ouviu falar alguma coisa sobre os mortos lá... É verdade? Verdade?

— Aquela gente! Vi o clarão provocado pela ação deles durante toda a noite. Não podiam terminar de outra maneira... (Seus olhos tornaram a brilhar.) Estou correndo movido por um delírio, por um sonho febril, estou indo procurar a Rússia — *existe-t-elle la Russie? Bah, c'est vous, cher capitaine!*[41] Nunca duvidei de que a encontraria em algum lugar cometendo uma alta façanha... Mas pegue meu guarda-chuva, e por que estão necessariamente a

[34] "Você está infeliz, não é verdade?" (N. do T.)

[35] "Somos todos infelizes, mas é preciso perdoar todos eles. Perdoemos, Liza". (N. do T.)

[36] "é preciso perdoar, perdoar e perdoar!" (N. do T.)

[37] "vinte e dois anos!" (N. do T.)

[38] "em casa daquele comerciante, se é que existe aquele comerciante..." (N. do T.)

[39] "Você está infeliz?" (N. do T.)

[40] "mas será que você sabe que horas são?" (N. do T.)

[41] "será que ela, a Rússia, existe? Bah, é o senhor, meu caro capitão!" (N. do T.)

pé? Pelo amor de Deus, pegue ao menos o guarda-chuva, porque, seja como for, vou alugar uma carruagem em algum lugar. Estou a pé porque se Stasie (isto é, Nastácia) soubesse que eu estava partindo, gritaria para que toda a rua ouvisse; por isso escapuli o mais incógnito que pude. Não sei, o *Gólos* anda escrevendo que há banditismo por toda parte, mas acho que não é possível que logo agora que peguei a estrada vá encontrar um bandido. *Chère Lise*, parece que você disse que alguém tinha matado alguém? *O mon Dieu*, você está se sentindo mal!

— Vamos indo, vamos indo! — gritou Liza como se estivesse com histeria e mais uma vez puxando Mavrikii Nikoláievitch. — Espere. Stiepan Trofímovitch — ela se voltou súbito para ele —, espere, pobrezinho, deixe-me abençoá-lo. Talvez fosse melhor amarrá-lo, mas é melhor que o abençoe. Reze o senhor também pela "pobre" Liza, um pouco, não se dê muito ao trabalho. Mavrikii Nikoláievitch, devolva o guarda-chuva a essa criança, devolva-o sem demora. Assim... Vamos indo! Vamos indo!

A chegada deles ao lugar fatal aconteceu justo no instante em que a densa multidão que se amontoara diante da casa já se fartara de ouvir falar de Stavróguin e da grande vantagem de matar a mulher. Mesmo assim, repito, a imensa maioria continuava a ouvir calada e imóvel. Só estavam fora de si os bêbados gritalhões e as pessoas que "perderam as estribeiras", como aquele pequeno-burguês que agitava os braços. Todos o conheciam como pessoa até serena, mas de repente parecia perder as estribeiras e saía precipitadamente sem destino se algo o afetasse de alguma forma. Não vi como Liza e Mavrikii Nikoláievitch chegaram. Notei primeiro Liza, petrificada de surpresa, no meio da multidão já longe de mim, mas a princípio nem cheguei a notar Mavrikii Nikoláievitch. Parece que houve um instante em que ele ficou uns dois passos atrás dela no meio do aperto ou o afastaram. Liza, que abrira caminho entre a multidão, sem ver nem notar nada ao seu redor, como se estivesse febricitante, como se tivesse fugido de um hospital, naturalmente foi logo chamando a atenção: começaram a falar alto e de repente a berrar. Nesse ponto alguém gritou: "É a de Stavróguin!" e, do outro lado: "Acha pouco ter matado e ainda vem conferir!". Vi, de chofre, o braço de alguém erguer-se por trás e cair-lhe sobre a cabeça; Liza caiu. Ouviu-se um terrível grito de Mavrikii Nikoláievitch, que se precipitava para ajudar e deu com todas as forças um soco no homem que lhe bloqueava o acesso a Liza. Mas no mesmo instante o tal pequeno-burguês o agarrou por trás com ambas as mãos. Durante algum tempo não se conseguiu distinguir nada na confusão que ali começara. Parece que Liza se levantou, mas tornou a ser derrubada por outro golpe. Súbito a turba recuou e formou-se um pequeno círculo em volta de Liza, que estava caída, e Mavrikii Nikoláievitch, sangrando e enlouquecido, inclinado sobre ela, gritava, chorava e torcia os braços. Não me lembro com plena precisão do que aconteceu depois; só me lembro de que subitamente levaram Liza nos braços. Corri atrás dela; ainda estava viva e talvez até com sentidos. No meio da turba prenderam o pequeno-burguês e mais três homens. Até hoje esses três negam qualquer participação no delito, assegurando persistentemente que os prenderam por engano; pode ser que tenham razão. O pequeno-burguês, mesmo tendo sido preso em flagrante, inepto como é, até hoje não consegue explicar de forma minuciosa o ocorrido. Eu também, como testemunha ocular, ainda que distante, tive de prestar meu depoimento durante as investigações: declarei que tudo acontecera por um extremo acaso, praticado por pessoas que, embora estivessem possivelmente dispostas para aquilo, não obstante pouco se davam conta do que faziam, estavam bêbadas e já haviam perdido a noção das coisas. Até hoje mantenho essa opinião.

IV
A ÚLTIMA DECISÃO

I

Naquela manhã muitos viram Piotr Stiepánovitch; quem o viu lembrava-se de que ele estava numa extraordinária excitação. Às duas da tarde fez uma visita a Gagánov, que apenas um dia antes chegara do campo e cuja casa ficara cheia de visitas, que falavam muito e acaloradamente dos últimos acontecimentos. Piotr Stiepánovitch era o que mais falava e se fazia ouvir. Em nossa cidade sempre o consideraram um "estudante tagarela de cabeça oca", mas agora ele falava de Yúlia Mikháilovna e, no rebuliço geral, o tema era envolvente. Na qualidade de seu confidente mais íntimo e recente, informou a seu respeito muitos detalhes, muitos deles novos e inesperados; expôs involuntariamente (e, é claro, com imprudência) algumas opiniões pessoais dela sobre todas as pessoas conhecidas da cidade e com isso feriu o amor-próprio de um bocado de gente. De sua fala, resultava confuso e incoerente como um homem desprovido de astúcia mas, como pessoa honesta, colocado na angustiante necessidade de explicar de uma vez toda uma montanha de mal-entendidos, em sua cândida inabilidade não sabia ele mesmo por onde começar e por onde terminar. Também deixou escapar com bastante imprudência que Yúlia Mikháilovna conhecia todo o segredo de Stavróguin e ela mesma conduzira toda a maquinação. Ela, dizia ele, também deixou a ele, Piotr Stiepánovitch, em maus lençóis, porque ele mesmo era apaixonado pela infeliz da Liza, e entretanto o "enredaram" de tal forma que ele mesmo *quase* a acompanhou na carruagem ao encontro de Stavróguin. "É, é, para os senhores é bom rir, mas se eu soubesse ao menos como isso iria terminar!" — concluiu. Diante das várias perguntas inquietas sobre Stavróguin, declarou francamente que a catástrofe com Lebiádkin, segundo sua opinião, fora mero acaso e a culpa por tudo cabia ao próprio Lebiádkin, que andara exibindo dinheiro. Nesse ponto deu particularmente uma boa explicação. Um dos ouvintes lhe observou que ele estava "simulando" em vão; que comera, bebera e por pouco não dormira em casa de Yúlia Mikháilovna e agora era o primeiro a denegri-la, e que isso não era nada bonito como ele supunha. Mas Piotr Stiepánovitch se defendeu no ato: "Comi e bebi não porque me faltasse dinheiro, e não tenho culpa se lá me convidavam. Permitam-me que eu mesmo julgue o quanto devo ser grato por isso".

De modo geral, a impressão que ficou foi favorável a ele: "Vamos que seja ele um rapaz absurdo e, é claro, vazio, mas que culpa pode ter pelas bobagens de Yúlia Mikháilovna? Ao contrário, vê-se que ele mesmo a continha...".

Por volta das duas espalhou-se de repente a notícia de que Stavróguin, objeto de tantas conversas, partira de repente ao meio-dia para Petersburgo. Isso despertou muito interesse; muitos dos presentes ficaram de semblante carregado. Piotr Stiepánovitch ficou tão estupefato que, segundo contam, até mudou de expressão e gritou estranhamente: "Mas quem pôde deixá-lo sair?". Ele também fugiu da casa de Gagánov. Mas ainda foi visto em umas duas ou três casas.

Por volta do crepúsculo encontrou uma oportunidade para penetrar em casa de Yúlia Mikháilovna, ainda que com imensa dificuldade, porque ela se negava categoricamente a recebê-lo. Só três semanas depois fiquei sabendo desse fato por ela mesma, antes de sua partida para Petersburgo. Não me comunicou os detalhes, mas observou com estremecimento que "naquele momento ele a deixou surpresa além da medida". Suponho que ele simplesmente a tenha intimidado com ameaça de cumplicidade caso lhe passasse pela cabeça a ideia de "falar". A necessidade de intimidar estava estreitamente vinculada aos seus planos naquele momento, os quais ela, naturalmente, desconhecia, e só mais tarde, uns cinco dias depois, ela adivinhou por que ele tanto duvidara do seu silêncio e tanto temera novas explosões de sua indignação...

Entre as sete e as oito da noite, quando já escurecera por completo, todo o quinteto dos *nossos* se reuniu em um extremo da cidade, na casa do alferes Erkel, uma casinhola torta que ficava no beco Fomin. A reunião geral fora marcada para aquele lugar pelo próprio Piotr Stiepánovitch; mas ele estava imperdoavelmente atrasado e os membros do quinteto já o aguardavam fazia uma hora. Esse alferes Erkel era aquele mesmo oficial de fora que na festa de Virguinski passara o tempo todo sentado, de lápis na mão, à frente de um caderno de notas. Chegara à cidade recentemente, morava isolado, como inquilino, em um beco ermo na casa de duas irmãs, velhas pequeno-burguesas, e deveria partir em breve; sua casa era onde uma reunião menos dava na vista. Aquele estranho rapazola se distinguia por um mutismo incomum; era capaz de passar dez horas a fio sentado com um grupo barulhento e ouvindo as conversas mais fora do comum sem dizer uma palavra, mas acompanhando os falantes com seus olhos infantis e ouvindo-os com uma extraordinária atenção. Tinha um rosto muito bonito e era até como que inteligente. Não pertencia ao quinteto; os *nossos* supunham que ele tivesse certas incumbências, recebidas sabe-se lá de onde, e para a parte puramente executiva. Hoje se sabe que não tinha incumbência nenhuma e é pouco provável que ele mesmo compreendesse sua situação. Apenas baixara a cabeça perante Piotr Stiepánovitch, que conhecera um pouco antes. Se encontrasse algum monstro prematuramente depravado e este, sob algum pretexto romântico-social, o incitasse a fundar uma quadrilha de bandidos e, para testá-lo, o mandasse matar e saquear o primeiro homem que encontrasse, ele fatalmente o faria e obedeceria. Tinha uma mãe doente, a quem enviava metade dos seus parcos vencimentos; como, é de crer, a mãe beijava aquela pobre cabeça loura, como tremia por ela, como rezava por ela! Se falo tanto nele é porque ele me dá muita pena.

Os *nossos* estavam excitados. Os acontecimentos da noite passada os deixaram estupefatos e, parece, acovardados. O escândalo simples, ainda que sistemático, do qual até então haviam participado com tanta assiduidade, redundava num desfecho inesperado para eles. O incêndio da noite, o assassinato dos Lebiádkin, a violência da turba contra Liza — tudo isso eram surpresas que eles não supunham em seu programa. Com ardor, acusavam de despotismo e falta de sinceridade a mão que os movia. Numa palavra, enquanto esperavam por Piotr Stiepánovitch, estavam todos em tal disposição que mais uma vez resolveram exigir definitivamente dele uma explicação categórica, e se, mais uma vez, como já havia acontecido, ele se esquivasse, então seria o caso de até desfazer o quinteto, contanto que em seu lugar fundassem uma nova sociedade secreta de "propaganda de ideias", mas já em nome próprio, sobre princípios isonômicos e democráticos. Lipútin, Chigalióv e o conhecedor do povo apoiaram particularmente essa ideia; Liámchin calava, ainda que com ar de anuência. Virguinski vacilava e desejava primeiro ouvir Piotr Stiepánovitch. Decidiram ouvir Piotr Stiepánovitch, mas nada de este aparecer; essa negligência deitava ainda mais veneno. Erkel era todo silêncio e ordenou apenas que servissem chá, que ele trouxe das senhorias com as próprias mãos em uma bandeja, sem o samovar, e não permitiu que a empregada o fizesse.

Piotr Stiepánovitch só apareceu às oito e meia. Chegou-se a passos rápidos à mesa redonda diante do divã em que a turma estava sentada; manteve o chapéu de pele na mão e recusou o chá. Tinha uma aparência raivosa, severa e arrogante. Pelo visto notara imediatamente pelas caras que estavam "sublevados".

— Antes que eu abra a boca, desembuchem tudo, vocês estão com as caras um tanto severas — observou com um risinho malévolo, percorrendo as fisionomias com o olhar.

Lipútin começou "em nome de todos" e, com a voz trêmula pela ofensa, declarou que "se for continuar assim, eu mesmo posso quebrar a cara". Oh, eles não têm nenhum medo de quebrar a cara e estão até dispostos, mas unicamente pela causa comum. (Agitação geral e aprovação.) Por isso, que sejam francos com eles para que sempre estejam informados de antemão, "senão, o que irá acontecer?". (Nova agitação e alguns sons guturais.) "Agir assim é humilhante e perigoso... Não estamos dizendo nada disso por medo, mas se um age e os outros são apenas fantoches, então um mente e todos são apanhados. Um mente e todos caem." (Exclamações: apoiado, apoiado! Apoio geral.)

— Com os diabos, o que é que vocês estão querendo?

— Que relação têm com a causa comum — encolerizou-se Lipútin — as maquinações do senhor Stavróguin? Vá lá que ele pertença de alguma maneira ao centro, se é que esse centro fantástico realmente existe, além do mais não queremos saber disso. Acontece, porém, que foi cometido um assassinato e a polícia está mobilizada; vão pegar a linha e chegar ao novelo.

— Você e Stavróguin vão cair e nós também cairemos — acrescentou o conhecedor do povo.

— E uma coisa totalmente inútil para a causa comum — concluiu desanimado Virguinski.

— Que absurdo é este! O assassinato foi um acaso, foi cometido por Fiedka para roubar.

— Hum. Entretanto, é uma coincidência estranha — encolheu-se Lipútin.

— Se quiserem, foi através de vocês.

— Como, de nós?

— Em primeiro lugar, você mesmo, Lipútin, participou dessa maquinação; em segundo e o principal, recebeu ordem e dinheiro para embarcar Lebiádkin, e o que você fez? Se o tivesse embarcado nada teria acontecido.

— Ora, não foi você mesmo que me deu a ideia de que seria bom deixá-lo ler aqueles versos?

— Ideia não é ordem. A ordem foi embarcá-lo.

— Ordem. Uma palavra bastante estranha... Ao contrário, foi você mesmo que deu ordem para sustar o embarque.

— Você se enganou e se revelou tolo e insubordinado. Já o assassinato é coisa de Fiedka e ele agiu só, com o intuito de roubar. Você ouviu falar e não acreditou. Acovardou-se. Stavróguin não é tão tolo, e a prova disso é que foi embora ao meio-dia depois de uma entrevista com o vice-governador; se houvesse alguma coisa não o teriam deixado partir para Petersburgo em plena luz do dia.

— Acontece que nós não estamos absolutamente afirmando que o próprio senhor Stavróguin matou — retrucou Lipútin com ar venenoso e sem acanhamento —, ele podia até nem saber, assim como eu; já você sabe bem demais que eu não sabia de nada, embora eu tenha entrado nessa história como boi no matadouro.

— Quem vocês estão acusando? — Piotr Stiepánovitch olhou com ar sombrio.

— Os mesmos que precisavam atear fogo na cidade.

— O pior de tudo é que você está tirando o corpo fora. Pensando bem, vai ver que seria útil ler isso e mostrar aos outros; apenas a título de informação.

Tirou do bolso a carta anônima de Lebiádkin a Lembke e entregou a Lipútin. Este leu, pelo visto surpreendeu-se e, com ar pensativo, passou-a ao vizinho; a carta percorreu rapidamente o círculo.

— É mesmo a letra de Lebiádkin? — observou Chigalióv.

— É a letra dele — declararam Lipútin e Tolkatchenko (isto é, o conhecedor do povo).

— Eu a trouxe apenas a título de informação e por saber que vocês estavam tão comovidos com Lebiádkin — repetiu Piotr Stiepánovitch, pegando de volta a carta —; assim, senhores, um Fiedka qualquer nos livra por total acaso de um homem perigoso. Eis o que às vezes significa o acaso! Não é verdade que é instrutivo?

Os membros do quinteto se entreolharam rapidamente.

— E agora, senhores, chegou a minha vez de perguntar — deu-se ares Piotr Stiepánovitch. — Permitam-me perguntar a título de que vocês se permitiram incendiar a cidade sem permissão?

— O que é isso! Nós, nós ateamos fogo na cidade? Eis o que pode sair de uma cabeça doente! — ouviram-se exclamações.

— Compreendo que vocês se deixaram levar demais pela brincadeira — continuou com persistência Piotr Stiepánovitch —, mas acontece que isso não é um escandalozinho com Yúlia Mikháilovna. Eu os reuni aqui, senhores, para lhes esclarecer o grau de perigo que atraíram para si e que ameaça muito mais coisas além de vocês mesmos.

— Com licença, nós, ao contrário, estávamos com a intenção de lhe falar neste momento sobre o grau do despotismo e desigualdade com que, à revelia dos membros da organização, foi tomada uma medida tão séria e ao mesmo tempo estranha — declarou com indignação Virguinski, que até então permanecera calado.

— Então vocês negam? Eu afirmo que foram vocês que atearam fogo e ninguém mais. Não mintam, tenho informações precisas. Com sua insubordinação, vocês puseram a perigo até a causa comum. Vocês são apenas um nó na infinita rede de nós e devem uma obediência cega ao centro. Entretanto, três de vocês incitaram gente dos Chpigúlin para o incêndio, sem que tivessem para isso a mínima instrução, e o incêndio aconteceu.

— Três quem? Quais foram esses três entre nós?

— Anteontem, depois das três da manhã, você, Tolkatchenko, incitou Fomka Zaviálov no Niezabúdka.[42]

— Com licença — levantou-se o outro de um salto —, eu mal disse uma palavra, e ainda por cima sem intenção, falei por falar, porque o haviam açoitado pela manhã, e no mesmo instante desisti, vi que estava bêbado demais. Se você não mencionasse, eu não me lembraria absolutamente. Uma palavra não poderia desembocar num incêndio.

— O senhor se parece com aquele que se admiraria de ver que uma minúscula fagulha faria voar pelos ares uma fábrica inteira de pólvora.

— Eu cochichei, e em um canto, ao pé do ouvido dele, como você poderia saber? — refletiu de repente Tolkatchenko.

— Eu estava lá sentado debaixo da mesa. Não se preocupem, conheço todos os seus passos. Está rindo com sarcasmo, senhor Lipútin? Mas eu sei, por exemplo, que há quatro dias você cobriu de beliscões a sua esposa à meia-noite, em sua cama, ao deitar-se.

Lipútin ficou boquiaberto e pálido.

(Soube-se mais tarde que ele tomara conhecimento da façanha de Lipútin através de Agáfia, a empregada de Lipútin, que desde o início ele pagava por espionagem, coisa que só depois se esclareceu.)

— Posso constatar um fato? — levantou-se de repente Chigalióv.

— Constate.

Chigalióv sentou-se e aprumou-se:

— Até onde pude compreender, e aliás não dá para não compreender, o senhor mesmo, no início e depois mais de uma vez, desenvolveu de modo muito eloquente — ainda que excessivamente teórico — um quadro da Rússia coberta por uma rede infinita de nós. Por sua vez, cada um dos grupos em ação, ao fazer prosélitos e disseminar-se em seções laterais ao infinito, tem como tarefa desacreditar constantemente, mediante uma propaganda sistemática de denúncias, a importância do poder local, gerar perplexidade nos povoados, engendrar o cinismo e escândalos, a total descrença no que quer

[42] Nome de taverna. (N. do T.)

que exista, a sede do melhor e, por fim, lançando mão de incêndios como meio predominantemente popular, no momento determinado lançar o país até no desespero em caso de necessidade. São ou não são suas essas palavras que procurei lembrar literalmente? É ou não é seu esse programa de ação, comunicado pelo senhor na qualidade de representante de um tal comitê central, ainda hoje absolutamente desconhecido e quase fantástico para nós?

— Está certo, só que o senhor delonga demais.

— Cada um tem direito à palavra. Procuremos conjecturar que os nós particulares da rede geral, que já cobriu a Rússia, cheguem hoje a algumas centenas e, desenvolvendo a hipótese de que, se cada um faz o seu trabalho com sucesso, toda a Rússia, dentro de um determinado prazo, atendendo a um sinal...

— Ah, o diabo que o carregue, nós já temos muito o que fazer! — virou-se Piotr Stiepánovitch na poltrona.

— Pois bem, vou resumir e terminar só com uma pergunta: já vimos escândalos, vimos a insatisfação de populações, assistimos e participamos da queda da administração daqui e, por último, vimos um incêndio com os próprios olhos. Com que o senhor está descontente? por acaso não é esse o seu programa? De que nos pode acusar?

— De insubordinação! — gritou em fúria Piotr Stiepánovtich. — Enquanto eu estiver aqui os senhores não se atreverão a agir sem a minha permissão. Basta. A denúncia está pronta e talvez amanhã mesmo ou hoje à noite os senhores sejam presos. Eis o que quero lhes dizer. A notícia é verdadeira.

Nesse ponto todos ficaram boquiabertos.

— Serão apanhados não só como instigadores do incêndio, mas também como quinteto. O delator conhece todo o segredo da rede. Eis o que os senhores aprontaram!

— Na certa foi Stavróguin! — gritou Lipútin.

— Como... por que Stavróguin? — súbito Piotr Stiepánovitch como que titubeou. — Eh, diabo — rearticulou-se no mesmo instante —, é Chátov! Parece que todos os senhores já sabem que outrora Chátov pertenceu à causa. Devo revelar que, espionando-o através de pessoas de quem ele não desconfia, para minha surpresa fiquei sabendo que para ele não é segredo nem a estrutura da rede nem... numa palavra, tudo. Para se salvar da acusação pela participação antiga, ele vai denunciar todo mundo. Até hoje vinha vacilando, e eu o poupei. Agora, com esse incêndio, os senhores o liberaram: ele está estupefato e já não vacila. Amanhã mesmo seremos presos como instigadores e criminosos políticos.

— Será isso verdade? Por que Chátov está sabendo?

A agitação era indescritível.

— Tudo absolutamente verdadeiro. Não tenho direito de lhes revelar as vias que segui e como descobri, mas veja o que por ora eu posso fazer pelos senhores: através de uma certa pessoa posso influenciar Chátov de tal forma que ele, sem suspeitar de nada, segurará a denúncia, porém não por mais de um dia. Por mais de um dia não posso. Portanto, os senhores podem se considerar garantidos até depois de amanhã pela manhã.

Todos calavam.

— Ora, mande-o finalmente para o inferno! — Tolkatchenko foi o primeiro a gritar.

— E era o que se devia ter feito há muito tempo! — interveio com raiva Liámchin, dando um murro na mesa.

— Mas como fazê-lo? — murmurou Lipútin.

Piotr Stiepánovitch agarrou no ar a pergunta e expôs seu plano. Consistia em atrair Chátov, no dia seguinte, no início da noite, para o lugar isolado onde estava enterrado o linotipo secreto pelo qual ele era responsável, e "uma vez lá decidir". Ele entrou em muitos detalhes necessários que agora omitimos e explicou minuciosamente as verdadeiras e ambíguas relações de Chátov com a sociedade central, que o leitor já conhece.

— Tudo bem — observou sem firmeza Lipútin —, contudo, como novamente... um novo incidente dessa espécie... vai impressionar demais as mentes.

— Sem dúvida — confirmou Piotr Stiepánovitch —, mas até isso foi previsto. Existe um meio de desviar inteiramente a suspeita.

E com a precisão anterior falou sobre Kiríllov, sobre sua intenção de suicidar-se, disse que ele prometera aguardar o sinal e, ao morrer, deixar um bilhete e assumir a responsabilidade por tudo o que lhe ditassem. (Em suma, tudo o que já é do conhecimento do leitor.)

— A firme intenção, filosófica e, a meu ver, louca, que ele tem de se privar da vida chegou ao conhecimento de *lá* (continuou esclarecendo Piotr Stiepánovitch). *Lá* não perdem nem um fiozinho nem um grão de poeira, tudo transcorre em proveito da causa comum. Prevendo a utilidade e convencidos de que a intenção dele é absolutamente séria, propuseram-lhe vir para a Rússia (por alguma razão ele queria porque queria morrer na Rússia), deram-lhe uma missão que ele se comprometeu a cumprir (e cumpriu) e, ademais, obrigaram-no a fazer a promessa que os senhores já conhecem de só se matar quando lhe dessem o sinal. Ele prometeu tudo. Reparem que a sua filiação à causa tem fundamentos especiais e ele deseja ser útil; mais não lhes posso revelar. Amanhã, *depois de Chátov*, eu lhe ditarei um bilhete dizendo que ele é a causa da morte de Chátov. Isso será muito provável: os dois eram amigos e foram juntos para a América, lá brigaram, e tudo isso será explicado no bilhete... e... e inclusive, dependendo das circunstâncias, será possível ditar ainda mais alguma coisa a Kiríllov, por exemplo, sobre os panfletos e talvez, em parte, sobre o incêndio. Aliás, eu pensarei sobre isso. Não se preocupem, ele não é supersticioso; assinará tudo.

Ouviram-se dúvidas. A história pareceu fantástica. Aliás, todos já haviam ouvido falar mais ou menos de Kiríllov; Lipútin mais que os outros.

— Se de repente ele mudar de ideia e não quiser — disse Chigalióv —, seja como for, ele é, apesar de tudo, louco, logo a esperança é incerta.

— Não se preocupem, senhores, ele vai querer — cortou Piotr Stiepánovitch. — Pelo acordo, sou obrigado a preveni-lo na véspera, quer dizer, hoje mesmo. Convido Lipútin a ir agora mesmo comigo à casa dele para tomar ciência, e ele, ao voltar, comunicará aos senhores, se for preciso hoje mesmo, se estou ou não falando a verdade. Aliás — cortou com desmedida irritação, como se de repente tivesse percebido que estava dando honra demais a uma gentinha como aquela, tentando persuadi-la a ficar e se metendo com ela —, se bem que ajam como quiserem. Se não se decidirem a organização estará desfeita, mas unicamente por causa da insubordinação e da traição dos senhores. Assim, a partir deste momento, iremos todos cada um para o seu canto. Mas fiquem sabendo que, neste caso, além da contrariedade e das consequências que advirão da denúncia de Chátov, os senhores ainda atrairão sobre si mais uma pequena contrariedade, que lhes foi comunicada com firmeza no ato de formação da organização. Quanto a mim, senhores, não lhes tenho maiores medos... Não pensem que eu esteja tão ligado aos senhores... Aliás, isso é indiferente.

— Não, vamos nos decidir — declarou Liámchin.

— Não há outra saída — murmurou Tolkatchenko —, e desde que Lipútin confirme o que foi dito sobre Kiríllov, então...

— Sou contra; protesto com todas as forças da minha alma contra essa decisão sangrenta! — levantou-se Virguinski do seu lugar.

— Mas? — perguntou Piotr Stiepánovitch.

— *Mas* o quê?

— O senhor disse *mas*... e estou esperando.

— Eu, parece que não disse *mas*... eu quis apenas dizer que se tomassem a decisão, então...

— Então?

Virguinski calou.

— Acho que se pode desprezar a própria segurança da vida — Erkel abriu subitamente a boca —, mas se a causa comum pode sair prejudicada, então acho que não se deve ter a ousadia de desprezar a própria segurança da vida...

Atrapalhou-se e corou. Por mais ocupados que todos estivessem cada um com seus botões, todos o olharam admirados, a tal ponto era surpreendente que ele também conseguisse falar.

— Sou pela causa comum — pronunciou num átimo Virguinski.

Todos se levantaram de seus lugares. Ficou decidido que ao meio-dia do dia seguinte tornariam a se comunicar ainda que não estivessem todos juntos, e já então combinariam o resto em definitivo. Foi informado o lugar em que o linotipo estava enterrado, distribuíram-se os papéis e as obrigações. Lipútin e Piotr Stiepánovitch foram juntos imediatamente para a casa de Kiríllov.

II

Todos os *nossos* acreditaram que Chátov denunciaria; que Piotr Stiepánovitch jogava com eles como fantoches, também acreditaram. E depois todos sabiam que, fosse como fosse, na manhã seguinte estariam todos no lugar combinado e o destino de Chátov estava selado. Sentiam que de repente haviam caído como moscas na teia de uma enorme aranha; estavam furiosos, mas tremiam de medo.

Não há dúvida de que Piotr Stiepánovitch era culpado perante eles: tudo poderia ter saído bem mais concorde e *leve* se ele tivesse se preocupado em enfeitar minimamente a realidade. Em vez de apresentar o fato sob uma luz decente, com um quê de cívico-romano ou coisa do gênero, só apresentou um medo grosseiro e a ameaça à própria pele, o que já era simplesmente descortês. É claro que transparecia em tudo a luta pela sobrevivência, e outro princípio não há, todo mundo sabe disso, mas ainda assim...

Mas Piotr Stiepánovitch não tinha tempo de mexer com os romanos; ele mesmo estava fora dos trilhos. A fuga de Stavróguin o deixara aturdido e esmagado. Mentiu ao dizer que Stavróguin tivera um encontro com o vice-governador; o fato é que o outro partira sem se avistar com ninguém, nem mesmo com a mãe, e já era de fato estranho que nem sequer o houvessem importunado. (Posteriormente a administração foi forçada a responder especialmente por isso.) Piotr Stiepánovitch passara o dia todo assuntando, mas ainda não havia descoberto nada, e nunca estivera tão alarmado. Ademais, poderia ele, poderia ele abrir mão de Stavróguin daquele jeito, de uma vez! Era essa a razão pela qual não conseguiu ser afetivo demais com os *nossos*.

Além do mais, eles o deixavam de mãos atadas: já havia decidido correr imediatamente atrás de Stavróguin, mas enquanto isso Chátov o retinha, era preciso consolidar em definitivo o quinteto para alguma eventualidade. "Não vou largá-lo à toa, pode ser até que ainda venha a servir." Assim raciocinava ele, acho eu.

Quanto a Chátov, estava absolutamente certo de que ele delataria. Tudo o que disse aos *nossos* sobre a denúncia era mentira: nunca havia visto tal denúncia nem ouvido falar nela, mas estava certo dela como dois e dois são quatro. Achava de fato que Chátov não suportaria por nada o presente momento — a morte de Liza, a morte de Mária Timofêievna — e agora mesmo é que tomaria finalmente a decisão. Quem sabe, pode ser até que dispusesse de alguns dados para tal suposição. Sabe-se também que odiava pessoalmente Chátov; outrora os dois haviam brigado, e Piotr Stiepánovitch não perdoava ofensa. Estou até convencido de que foi isso mesmo a causa principal.

As calçadas da nossa cidade são estreitinhas, de tijolo, e assim também as pontes. Piotr Stiepánovitch caminhava pelo meio da calçada, ocupando-a toda e sem dar a mínima atenção a Lipútin, para quem não sobrava lugar ao lado, de sorte que este devia acompanhá-lo ou um passo atrás ou, para caminhar conversando ao lado, correr para a rua, na lama. Súbito Piotr Stiepánovitch se lembrou de como ainda recentemente ele trotara exatamente do mesmo modo pela lama para acompanhar Stavróguin, que, como ele agora, caminhava no meio, ocupando toda a calçada.

Mas Lipútin também estava com a alma tomada de raiva. Que Piotr Stiepánovitch tratasse os *nossos* como quisesse, mas a ele? Ora, ele *sabia* mais que todos os *nossos*, estava mais próximo da causa que todos eles, mais intimamente familiarizado com ela que todos eles e até agora participara constantemente dela, ainda que de forma indireta. Oh, sabia que *em último caso* Piotr Stiepánovitch podia arruiná-lo mesmo agora. Mas já fazia tempo que odiava Piotr Stiepánovitch, não pelo perigo que corria, mas pela arrogância com que ele tratava as pessoas. Agora, quando tinham de decidir-se por uma coisa como aquela, ele estava mais furioso do que todos os *nossos* juntos. Ai, sabia que, "como um escravo", seria forçosamente o primeiro a chegar ao lugar no dia seguinte e ainda conduzir todos os demais, e se pudesse dar um jeito de matar Piotr Stiepánovitch agora, antes de amanhã, ele o mataria infalivelmente.

Mergulhado em suas sensações, calava e se acovardava atrás do seu algoz. Este parecia esquecido dele; só de raro em raro lhe dava por descuido e descortesia uma cotovelada. Súbito, na mais movimentada das ruas da nossa cidade, parou e entrou numa taverna.

— Aonde você vai? — encolerizou-se Lipútin — isso aí é uma taverna.

— Quero comer um bife.

— Tenha paciência, isso está sempre cheio de gente.

— Que esteja.

— Mas... estamos atrasados. Já são dez horas.

— Para ele isso não é atraso.

— Mas acontece que eu estou atrasado! Eles estão esperando a minha volta.

— Pois que esperem; só que é uma tolice você aparecer na frente deles. Por causa da sua trapalhada não almocei hoje. E quanto mais tarde chegarmos à casa de Kiríllov, mais seguro.

Piotr Stiepánovitch ocupou um recinto particular. Lipútin sentou-se furioso e amuado numa poltrona à parte e ficou vendo o outro comer. Transcorreu meia hora ou mais. Piotr Stiepánovitch não tinha pressa, comia com gosto, tocava o sininho, pedia outra mostarda, depois cerveja, e tudo sem dizer uma palavra. Estava numa meditação profunda. Podia fazer as duas coisas: comer com gosto e meditar profundamente. Por fim Lipútin tomou-se de tal ódio por ele que não tinha forças para arredar pé dali. Era algo como um ataque de nervos. Contava cada pedaço de bife que o outro encaminhava à boca, odiava-o pela maneira como ele a escancarava, como mastigava, como chupava um pedaço mais gorduroso, saboreando-o, odiava o próprio bife. Por fim as coisas começavam a se misturar de certo modo em seus olhos; a cabeça começou a girar levemente; um calor lhe correu pela espinha, seguido de frio.

— Você não está fazendo nada, leia — súbito Piotr Stiepánovitch lhe atirou um papel. Lipútin chegou-se à vela. O papel estava escrito em letras miúdas, com letra ruim e com correções em cada estrofe. Quando o assimilou Piotr Stiepánovitch já pagara e estava saindo. Na calçada Lipútin lhe devolveu o papel.

— Fique com ele; depois lhe digo. Aliás, o que você acha?

Lipútin estremeceu todo.

— Na minha opinião... semelhante panfleto... não passa de um absurdo cômico.

A raiva irrompeu; sentiu que o haviam como que apanhado e o carregavam.

— Se resolvermos — estava todo tomado de um tremor miúdo — divulgar semelhantes panfletos, com nossa tolice e incompreensão da causa faremos com que nós mesmos nos desprezemos.

— Hum. Penso diferente — caminhava firme Piotr Stiepánovitch.

— Eu também penso diferente; será que foi você mesmo que o compôs?

— Isso não é da sua conta.

— Eu também acho que os versinhos de "Bela alma" são a maior porcaria que pode haver e jamais poderiam ter sido compostos por Herzen.

— Está enganado; os versos são bons.

— Surpreende-me ainda, por exemplo — Lipútin continuava a toda pressa, aos saltos e botando a alma pela boca —, que nos proponham agir de forma a que tudo vá por água abaixo. Na Europa é natural desejar que tudo vá por água abaixo porque lá existe proletariado, enquanto aqui há apenas amadores e, a meu ver, só levantamos poeira.

— E eu pensava que você fosse um fourierista.

— Em Fourier o tratamento é outro, bem outro.

— Sei que é um absurdo.

— Não, em Fourier não há absurdo... Desculpe, não posso acreditar de maneira nenhuma que no mês de maio possa haver uma insurreição.

Lipútin chegou até a desabotoar-se, tanto era o calor que sentia.

— Mas chega, e agora, antes que eu me esqueça — Piotr Stiepánovitch mudou de assunto com um terrível sangue-frio —, você deve compor de próprio punho esse panfleto e imprimi-lo. Vamos desenterrar o linotipo de Chátov e amanhã mesmo você o assume. No tempo mais breve possível você compõe e imprime o maior número possível de exemplares e depois os distribui durante todo o inverno. Os recursos serão indicados. O maior número possível de exemplares, porque lhe solicitarão de outros lugares.

— Não, desculpe, não posso assumir essa... nego-me.

— E entretanto vai assumir. Trabalho por instrução do comitê central a que você deve obedecer.

— Mas eu acho que os nossos centros no estrangeiro esqueceram a realidade russa e romperam toda e qualquer ligação, e por isso ficam apenas delirando... Acho até que em lugar das muitas centenas de quintetos na Rússia nós somos o único, e não existe rede nenhuma — Lipútin acabou perdendo o fôlego.

— É mais desprezível que você, sem acreditar na causa, tenha corrido atrás dela... e agora corra atrás de mim como um cachorrinho torpe.

— Não, não estou correndo. Temos todo o direito de sair e formar uma nova sociedade.

— Im-be-cil! — retumbou em tom de ameaça Piotr Stiepánovitch com os olhos brilhando.

Os dois ficaram algum tempo frente a frente. Piotr Stiepánovitch virou-se e num gesto autossuficiente retomou o caminho. Passou como um raio pela mente de Lipútin: "Dou meia-volta e retorno: se não der meia-volta agora, nunca voltarei". Assim pensou enquanto dava exatos dez passos, mas no décimo primeiro uma ideia nova e desesperada ferveu em sua mente: não deu meia-volta nem retornou.

Chegaram ao prédio de Fillípov mas, ainda antes da chegada, tomaram uma viela ou, melhor dizendo, uma senda imperceptível ao longo da cerca, de sorte que durante certo tempo tiveram de abrir caminho pela inclinação abrupta do canal, por onde não dava para firmar os pés e precisavam agarrar-se à cerca. No canto mais escuro da cerca sinuosa, Piotr Stiepánovitch tirou uma tábua: formou-se um buraco pelo qual ele passou imediatamente. Lipútin ficou surpreso, mas passou por sua vez; em seguida repuseram a tábua no lugar. Era aquela passagem secreta pela qual Fiedka ia à casa de Kiríllov.

— Chátov não deve saber que estamos aqui — cochichou severamente Piotr Stiepánovitch a Lipútin.

III

Como sempre acontecia nesse horário, Kiríllov estava sentado em seu divã de couro e tomando chá. Não se soergueu ao encontro dos recém-chegados, levantou-se empinado e olhou inquieto para eles.

— Você não se enganou — disse Piotr Stiepánovitch —, vim aqui para tratar daquilo.

— É hoje?

— Não, não, é amanhã... Mais ou menos neste horário.

Sentou-se apressadamente à mesa, observando com certa intranquilidade o inquieto Kiríllov. O outro, aliás, já se acalmara e recobrara o aspecto de sempre.

— Veja, esse é dos que continuam não acreditando. Você não se zanga por eu ter trazido Lipútin?

— Hoje não me zango, mas amanhã quero estar sozinho.

— Mas não antes da minha chegada, e por isso na minha presença.

— Eu queria fazê-lo sem sua presença.

— Você está lembrado de que prometeu escrever e assinar tudo o que eu ditasse?

— Para mim é indiferente. Mas, agora, vai se demorar?

— Preciso ver uma pessoa e falta cerca de meia hora, de sorte que, queira você ou não, essa meia hora vou ficar aqui.

Kiríllov calou-se. Enquanto isso Lipútin acomodou-se à parte, debaixo do retrato de um bispo. A ideia desesperada de ainda há pouco se apoderava mais e mais de sua mente. Kiríllov quase não o notava. Lipútin já conhecia a teoria de Kiríllov e antes sempre rira dela; mas agora calava e olhava com ar sombrio ao seu redor.

— Eu não teria nada contra um chá — deslocou-se Piotr Stiepánovitch —, acabei de comer um bife e estava justamente contando com o seu chá.

— Tome-o, por favor.

— Antes você mesmo oferecia — observou Piotr Stiepánovitch em tom azedo.

— É indiferente. Que Lipútin também tome.

— Não, eu... não posso.

— Não quero ou não posso? — voltou-se Piotr Stiepánovitch rapidamente para ele.

— Na casa dele não vou beber — recusou expressivamente Lipútin.

Piotr Stiepánovitch franziu o cenho.

— Isso está cheirando a misticismo; que espécie de gente são vocês todos, só o diabo sabe!

Ninguém lhe respondeu; fez-se um minuto inteiro de silêncio.

— Mas uma coisa eu sei — acrescentou rispidamente —, que nenhuma superstição impedirá que cada um de nós cumpra com o seu dever.

— Stavróguin foi embora? — perguntou Kiríllov.

— Foi.

— Fez bem.

Piotr Stiepánovitch esboçou um olhar chamejante, mas se conteve.

— Para mim é indiferente o que você pensa, contanto que cada um mantenha sua palavra.

— Eu mantenho minha palavra.

— Aliás, sempre estive certo de que você cumpriria o seu dever como homem independente e progressista.

— Já você é ridículo.

— Que seja, fico muito contente em fazer rir. Fico sempre contente se posso servir.

— Você está querendo muito que eu meta uma bala na cabeça e teme que de repente não o faça?

— Quer dizer, veja, você mesmo ligou seu plano às nossas ações. Contando com seu plano, nós já fizemos alguma coisa, de maneira que você já não pode desistir de jeito nenhum porque iria nos lograr.

— Direito vocês não têm nenhum.

— Compreendo, compreendo, a vontade é toda sua e nós não somos nada, contanto apenas que essa sua vontade se cumpra plenamente.

— E eu devo assumir todas as suas torpezas?

— Escute, Kiríllov, você não estará acovardado? Se quer desistir, diga-o agora mesmo.

— Não estou acovardado.

— É que você está perguntando muito.

— Você vai sair logo?

— Outra vez perguntando?

Kiríllov o examinou com desdém.

— Pois veja — continuou Piotr Stiepánovitch, que ia ficando cada vez mais e mais zangado e preocupado e não encontrava o devido tom —, você quer que eu vá embora para ficar só, para se concentrar; mas tudo isso são sinais perigosos para você mesmo, para você em primeiro lugar. Quer pensar muito. Acho que melhor seria não pensar, mas tratar de fazer. E, palavra, você me preocupa.

— Só uma coisa me enoja; na hora H ter ao meu lado um canalha como você.

— Ora, isso é indiferente. Bem, no instante preciso eu saio e fico no alpendre. Se você vai morrer e não é indiferente, então... tudo isso é muito perigoso. Saio para o alpendre e pode supor que não compreendo nada e que sou infinitamente inferior a você.

— Não, não é infinitamente; você tem capacidade, mas muita coisa não compreende porque é um homem vil.

— Fico muito contente, muito contente. Eu já disse que fico muito contente em divertir... em um momento como esse.

— Você não entende nada.

— Quer dizer que eu... quanto mais não seja escuto com respeito.

— Você não é capaz de nada; nem neste instante é capaz de esconder uma raiva miúda, ainda que não lhe seja vantajoso mostrá-la. Você vai me irritar e de repente eu posso querer mais meio ano.

Piotr Stiepánovitch olhou para o relógio.

— Nunca entendi nada de sua teoria, mas sei que não foi para nós que você a inventou, logo, vai aplicá-la mesmo sem nós. Sei também que você não devorou a ideia, mas foi a ideia que o devorou, por conseguinte, não vai adiar.

— Como? A ideia me devorou?

— Sim.

— E não fui eu que devorei a ideia? Essa é boa. Você é curto de inteligência. Só que provoca, ao passo que eu me orgulho.

— Ótimo, ótimo. É necessário justamente que você se orgulhe.

— Basta; tomou o chá, vá embora.

— Arre, diabo, terei de ir — soergueu-se Piotr Stiepánovitch. — Mas mesmo assim é cedo. Escute, Kiríllov, será que em casa de Miásnitchikha encontrarei aquela pessoa, está entendendo? Ou ela também mentiu?

— Não vai encontrá-la porque está aqui e não lá.

— Como, aqui? Diabos, onde?

— Na cozinha, comendo e bebendo.

— E como se atreveu? — Piotr Stiepánovitch corou de fúria. — Ele tinha a obrigação de esperar... absurdo! Ele não tem nem passaporte nem dinheiro!

— Não sei. Veio aqui para se despedir; está vestido e pronto. Vai embora e não voltará. Disse que você é um canalha e não quer esperar pelo seu dinheiro.

— Ah! Está com medo de que eu... é mesmo, também agora eu posso, se... onde está ele, na cozinha?

Kiríllov abriu a porta lateral que dava para um minúsculo cômodo escuro; esse cômodo, três degraus de escada abaixo, dava para a cozinha, direto para o cubículo isolado por um tabique, onde costumava ficar a cama da cozinheira. Era ali que, em um canto, debaixo de ícones, estava Fiedka, sentado diante de uma mesa de ripas sem toalha. Na mesa, à sua frente, havia uma meia garrafa de vodca, pão em um prato e um pedaço frio de carne de gado com batata em uma vasilha de barro. Ele comia sem pressa, já meio bêbado, mas vestia uma sobrecasaca de pele e era evidente que se encontrava totalmente pronto para a viagem. Atrás do tabique fervia um samovar, mas não para Fiedka, embora havia uma semana ou mais o próprio Fiedka estivesse com a obrigação de ativá-lo e enchê-lo todas as noites para "Aleksiêi Nílitch, porque ele estava muito habituado a tomar chá à noite". Tenho forte impressão de que, na falta da cozinheira, o próprio Kiríllov havia preparado ainda pela manhã a carne de gado com batata para Fiedka.

— O que te deu na telha? — Piotr Stiepánovitch precipitou-se para baixo. — Por que não esperaste onde foi ordenado?

E deu um murro na mesa com toda a força.

Fiedka tomou ares de valente.

— Alto lá, Piotr Stiepánovitch, alto lá — começou a falar, escandindo com requinte cada palavra —, teu primeiro dever aqui é entender que estás fazendo uma visita decente ao senhor Kiríllov, Aleksiêi Nílitch, de quem sempre poderás limpar as botas porque, comparado a ti, ele é uma mente instruída e tu não passas de um... com a breca!

E deu uma cusparada seca para um lado com requinte. Viam-se o desdém, a firmeza e o arrazoado tranquilo, afetado e muito perigoso que antecedem a primeira explosão. Mas Piotr Stiepánovitch já estava sem tempo de notar o perigo e, além disso, não combinava com sua visão das coisas. As ocorrências e os fracassos do dia o haviam deixado totalmente tonto... Do cubículo escuro, três degraus acima, Lipútin olhava para baixo com curiosidade.

— Queres ou não queres ter um passaporte seguro e um bom dinheiro para a viagem para onde te foi indicado? Sim ou não?

— Sabes, Piotr Stiepánovitch, desde o início tu começaste a me enganar, porque pra mim tu és um verdadeiro patife. O mesmo que um piolho humano asqueroso — eis por quem eu te tomo. Tu me prometeste muito dinheiro para derramar sangue inocente e juraste que era em nome do senhor Stavróguin, apesar de que aí só existe a tua falta de consideração. Na verdade não tive um pingo de participação, e não só nos mil e quinhentos rublos, e o senhor Stavróguin ainda há pouco te meteu um tapa na cara, o que nós também já sabemos. Agora tu me ameaças novamente e me ofereces dinheiro, só que não dizes para quê. Mas tenho cá comigo que queres me mandar para Petersburgo com o fim de te vingares do senhor Stavróguin, Nikolai Vsievolódovitch, só por tua raiva, contando com a minha boa-fé. E por isso tu és o primeiro assassino. E sabes que só por uma coisa já mereces isto; porque, na tua depravação, deixaste de crer no próprio Deus, no verdadeiro Criador? Tudo porque adoras ídolos e estás na mesma posição de um tártaro ou um mordoviano. Aleksiêi Nílitch, por ser filósofo, te explicou muitas vezes o Deus verdadeiro, o Criador e a criação do mundo, assim como os destinos futuros e a transfiguração de toda criatura e qualquer animal com base no livro do Apocalipse. Mas tu, como um ídolo estúpido, continuas insistindo surdo e mudo e já levaste o alferes Erkel à mesma coisa, como aquele mesmo celerado sedutor, o chamado ateu...

— Ora, sua besta bêbada! Tu mesmo andas depenando ícones e ainda fica pregando Deus!

— Vê, Piotr Stiepánovitch, eu te digo que é verdade que depenei; mas só tirei as pérolas e, como sabes, pode até ser que naquele mesmo instante, no forno do Supremo, minhas lágrimas tenham se transfigurado por causa da ofensa que recebi, porque na verdade sou mesmo este órfão sem um abrigo onde ficar. Talvez saibas pelos livros que, outrora, nos tempos antigos, um certo mercador,[43] lamentando e rezando em lágrimas exatamente do mesmo jeito, roubou uma pérola do resplendor da santíssima Mãe de Deus e mais tarde, ajoelhado perante todo o povo, botou toda a soma obtida de volta no próprio pedestal, e a Mãe protetora o cobriu com o manto diante de to-

[43] Tudo indica que a palavra "mercador" foi inserida no texto por razões de censura, porque no manuscrito original do romance encontra-se a palavra "santo". (N. da E.)

das as pessoas, de sorte que isso foi um milagre até naquela época, e as autoridades ordenaram que tudo fosse transcrito nos livros oficiais tal qual aconteceu. Mas tu puseste um rato lá, portanto profanaste o próprio dedo de Deus. E se não fosses tu o meu senhor de nascença, que eu, ainda adolescente, carreguei no colo, eu te mataria de verdade agorinha mesmo, até sem sair deste lugar!

Piotr Stiepánovitch tomou-se de uma ira desmedida:

— Eu te pergunto: estiveste com Stavróguin hoje?

— Nunca te atrevas a me interrogar. O senhor Stavróguin está de fato surpreso contigo, não participou de nada nem sequer em pensamento, ainda menos dando alguma ordem ou dinheiro. Tu foste atrevido comigo.

— O dinheiro tu vais receber e os dois mil também, em Petersburgo, no lugar determinado, todinho, e vais receber mais.

— Tu, caríssimo, estás mentindo, e para mim é até engraçado te ver como és, uma cabeça crédula. Diante de ti o senhor Stavróguin é como se estivesse em uma escada, tu latindo de baixo como um cachorrinho tolo e ele, do alto, escarrando em cima de ti e ainda achando que te faz uma grande honra.

— E sabes tu, canalha — Piotr Stiepánovitch estava em fúria —, que eu não vou te deixar dar um passo para fora daqui e vou te entregar direto à polícia?

Fiedka levantou-se de um salto e, tomado de fúria, lançou um olhar chamejante. Piotr Stiepánovitch sacou o revólver. Aí houve uma cena rápida e abominável: antes que Piotr Stiepánovitch tivesse tempo de apontar o revólver, Fiedka esquivou-se como um raio e lhe deu um murro com toda a força na cara. No mesmo instante ouviu-se outro golpe terrível, depois um terceiro, um quarto, e todos no rosto. Piotr Stiepánovitch ficou aturdido, arregalou os olhos, murmurou alguma coisa e súbito desabou por inteiro no chão.

— É isso, senhores, cuidem dele! — gritou Fiedka com um gesto esquisitamente triunfal: num abrir e fechar de olhos agarrou o quepe, uma trouxa de debaixo do banco e eclipsou-se. Piotr Stiepánovitch roncava desacordado. Lipútin chegou a pensar que tivesse havido um assassinato. Kiríllov correu a toda pressa para a cozinha.

— Água nele! — gritou enfiando uma concha de ferro em um balde e despejando-a na cabeça dele. Piotr Stiepánovitch se mexeu, soergueu a cabeça, sentou-se e ficou olhando ao redor num gesto absurdo.

— Então, como está? — perguntou Kiríllov.

O outro, ainda sem entender, olhava fixamente para ele; mas ao ver Lipútin, que aparecia da cozinha, sorriu com seu sorriso nojento e súbito se levantou de um salto, apanhando o revólver do chão.

— Se lhe der na telha fugir amanhã como o canalha do Stavróguin — investiu com furor contra Kiríllov, todo pálido, gaguejando e pronunciando com imprecisão as palavras —, vou ao fim do mundo e o... enforcá-lo como uma mosca, esmagá-lo... está entendendo?

E encostou o revólver bem na testa de Kiríllov; mas quase no mesmo instante, enfim voltando inteiramente a si, recolheu o braço, meteu o revólver no bolso e sem dizer nem mais uma palavra saiu correndo da casa. Lipútin o acompanhou. Passaram pela fenda anterior e mais uma vez caminharam pelo declive, segurando-se na cerca. Piotr Stiepánovitch começou a andar rapidamente pelo beco, de tal forma que Lipútin mal conseguia acompanhá-lo. No primeiro cruzamento parou de chofre.

— Então? — virou-se com ar desafiador para Lipútin.

Lipútin estava lembrado do revólver e ainda tremia todo por causa da cena recente; mas como que por si mesma a resposta lhe escapou subitamente da língua:

— Eu acho... eu acho que "de Smoliensk a Tachkend já não esperam o estudante com tanta ansiedade".

— Viu o que Fiedka estava bebendo na cozinha?

— O que estava bebendo? Vodca.

— Pois fique sabendo que ele bebeu vodca pela última vez na vida. Recomendo que se lembre disso para futuras considerações. E agora vá para o inferno, até amanhã não preciso de você... Mas veja lá: não me faça bobagem!

Lipútin se precipitou para casa em desabalada carreira.

IV

Já fazia muito tempo que se munira de um passaporte com outro nome. É até absurdo pensar que esse homem esmerado, pequeno tirano do lar, não obstante um funcionário público (ainda que fourierista) e, por último, acima de tudo um capitalista e usurário, havia muito tempo já viesse acalentando a ideia fantástica de munir-se para alguma eventualidade desse passaporte a fim de escapulir com ele para o estrangeiro *se*... e admitia mesmo a possibilidade desse *se*! embora, é claro, ele mesmo nunca pudesse formular o que precisamente poderia designar esse *se*...

Mas agora esse *se* se formulava de repente e da maneira mais inesperada. Aquela ideia desesperada com que entrara em casa de Kiríllov depois daquele "imbecil" que ouvira de Piotr Stiepánovitch na calçada, consistia em largar tudo já no dia seguinte assim que clareasse e ir para o estrangeiro! Quem não acreditar que essas coisas fantásticas acontecem até hoje em nossa realidade cotidiana, que consulte a biografia de todos os verdadeiros emigrantes russos que vivem no estrangeiro. Nenhum deles fugiu de modo mais inteligente e real. É tudo o mesmo descomedido reino de fantasmas e nada mais.

Ao chegar em casa, começou por trancar-se, pegar uma mochila e pôr-se a arrumá-la convulsivamente. Sua principal preocupação era o dinheiro e quanto e como conseguiria salvar. Justamente salvar, pois, segundo entendia, já não podia retardar sequer uma hora e assim que clareasse precisaria estar na estrada real. Não sabia tampouco como tomaria o trem; resolveu vagamente tomá-lo em algum lugar na segunda ou terceira grande estação depois da cidade, ir até lá ainda que fosse a pé. Assim, de modo instintivo e maquinal, com um turbilhão de pensamentos na cabeça, ocupava-se com a mochila e subitamente parou, largou tudo e desabou no divã com um gemido fundo.

Percebeu com clareza e de repente tomou consciência de que fugir talvez fugisse, mas a questão: *fugir antes* ou *depois* de Chátov?, agora já estava inteiramente sem forças para resolver; de que agora ele era apenas um corpo tosco, insensível, uma massa inerte, mas que era movido por uma terrível força estranha e que, ainda que tivesse um passaporte para o estrangeiro, ainda que pudesse fugir de Chátov (senão por que estaria com tanta pressa?), fugiria não antes de Chátov, não do próprio Chátov, mas precisamente *depois* de Chátov, e que isso já estava decidido, assinado e selado. Tomado de uma insuportável melancolia, a cada instante estremecendo e surpreendendo-se consigo mesmo, gemendo e consumindo-se alternadamente, sobreviveu aos trancos e barrancos trancado e deitado no divã até as onze da manhã seguinte, e foi aí que veio de chofre o esperado impulso, que num átimo encaminhou sua decisão. Às onze horas, mal abriu a porta e apareceu aos familiares, soube deles mesmos que um bandido, o galé Fiedka, fugitivo que infundia pavor em todo mundo, ladrão de igrejas, há pouco assassino e incendiário, a quem a nossa polícia vinha seguindo e não conseguia agarrar, mal clareara a manhã fora encontrado morto, a sete verstas da cidade, na curva em que a estrada real desembocava na estrada vicinal que levava a Zakhárin, e que toda a cidade já comentava a ocorrência. No mesmo instante ele se precipitou para fora de casa em desabalada carreira com o intuito de tomar conhecimento dos detalhes, e ficou sabendo, em primeiro lugar, que Fiedka fora encontrado com a cabeça arrebentada, que por todos os indícios fora assaltado e, em segundo, que a polícia já tinha fortes suspeitas e até alguns dados sólidos para concluir que seu assassino fora Fomka, o operário dos Chpigúlin, o mesmo em cuja companhia ele sem dúvida esfaqueara os Lebiádkin e incendiara a casa, e que a briga entre eles se dera já na estrada por causa de uma grande quantia de dinheiro roubado de Lebiádkin, que Fiedka teria escondido... Lipútin correu até a casa de Piotr Stiepánovitch e soube no alpendre dos fundos, secretamente, que Piotr Stiepánovitch, mesmo tendo voltado para casa na véspera, já por volta de uma da manhã, dormira a noite inteira na maior tranquilidade em seu quarto até as oito. Estava fora de dúvida, evidentemente, que na morte do bandido Fiedka não podia haver rigorosamente nada fora do comum, e que tais desfechos eram a coisa mais frequente em tais carreiras, porém a coincidência das palavras fatais "Fiedka bebeu vodca pela última vez esta noite" com a confirmação imediata da profecia era de tal forma significativa que, de chofre, Lipútin deixou de vacilar. O impulso havia sido dado; era como se uma pedra tivesse caído em cima dele e o esmagado para sempre. Ao voltar para casa, chutou em silêncio a mochila para debaixo da cama e à noite, na hora marcada, foi o primeiro a aparecer no ponto do encontro com Chátov, é verdade que ainda com o seu passaporte no bolso...

V
A VIAJANTE

I

A catástrofe de Liza e a morte de Mária Timofêievna causaram uma impressão esmagadora em Chátov. Já mencionei que, naquela manhã, eu o vi de passagem e ele me pareceu um tanto fora do juízo. Contudo, informou que na noite da véspera, aí pelas nove horas (portanto, umas três horas antes do incêndio), estivera com Mária Timofêievna. Naquela manhã fora olhar os cadáveres, mas, até onde sei, na mesma manhã não prestou nenhum depoimento em nenhum lugar. Por outro lado, ao final do dia uma verdadeira tempestade se desencadeou em sua alma e... e parece que posso dizer afirmativamente que, no lusco-fusco, houve um momento em que ele teve vontade de levantar-se, sair e — contar tudo. O que era esse *tudo* ele mesmo não sabia. É claro que não teria conseguido nada, teria simplesmente denunciado a si mesmo. Não dispunha de nenhuma prova para denunciar o crime que acabava de acontecer, tinha apenas umas hipóteses vagas que só para ele equivaliam à plena convicção. Mas estava disposto a desgraçar-se, contanto que "esmagasse os patifes" — suas próprias palavras. Em parte Piotr Stiepánovitch adivinhou nele esse ímpeto e sabia que ele mesmo corria um grande risco ao adiar para o dia seguinte a execução do seu novo e terrível plano. De sua parte havia, como de costume, muita presunção e desprezo por toda aquela "gentinha", particularmente por Chátov. Há muito tempo já desprezava Chátov por sua "idiotice lamuriante", como se exprimira sobre ele ainda no estrangeiro, e contava firmemente dar cabo de uma pessoa tão desprovida de astúcia, isto é, não perdê-lo de vista durante todo aquele dia e barrar-lhe o caminho ao perceber o primeiro perigo. E, não obstante, os "patifes" foram salvos por um pouco mais de tempo graças a apenas uma circunstância totalmente inesperada, que eles absolutamente não haviam previsto.

Por volta das oito da noite (justamente no momento em que os *nossos* se reuniam em casa de Erkel e esperavam por Piotr Stiepánovitch, indignados e inquietos), Chátov estava estirado em sua cama, com dor de cabeça e um leve calafrio, no escuro, sem vela; atormentava-se com sua perplexidade, enraivecia-se, esboçava uma decisão e nunca chegava à decisão definitiva, e pressentia entre maldições que, não obstante, aquilo tudo não levaria a lugar nenhum. Pouco a pouco caiu num sono leve, breve, e teve um sonho algo semelhante a um pesadelo; sonhou que estava amarrado à cama por cordas, todo, e não conseguia mexer-se, enquanto por toda a casa ouviam-se batidas terríveis na cerca, no portão, em sua porta, na galeria de Kiríllov, de tal forma que todo o prédio tremia, e, de longe, uma voz conhecida porém torturante chamava-o em tom de queixume. Acordou de chofre e soergueu-se na cama. Para sua surpresa, as batidas no portão continuavam e, mesmo não sendo nem de longe tão fortes como lhe parecera no sonho, eram frequentes e obstinadas, e a voz estranha e "torturante", embora sem nenhum tom de queixume mas, ao contrário, impaciente e irritadiça, ainda se ouvia lá embaixo, ao portão, alternada com outra voz não se sabe de quem, mais moderada e comum. Levantou-se de um salto, abriu o postigo e enfiou a cabeça.

— Quem está aí? — gritou, literalmente gelado de medo.

— Se o senhor é Chátov — responderam-lhe de baixo em tom ríspido e firme —, por favor faça o obséquio de declarar de forma franca e honesta se concorda ou não em me deixar entrar.

Era aquilo mesmo; ele reconheceu aquela voz.

— Marie!... És tu?[44]

— Eu, eu, Mária Chátova, e lhe asseguro que não posso reter a carruagem por nem mais um minuto.

— Agorinha mesmo... vou só pegar a vela... — gritou Chátov com voz fraca. Em seguida lançou-se a procurar fósforos. Como costuma acontecer em casos semelhantes, não encontrou fósforos. Deixou o castiçal cair no chão com a vela e, mal tornou a ouvir a voz impaciente que vinha lá de baixo, largou tudo e saiu em desabalada carreira pela escada íngreme para abrir a porteira.

— Faça o favor de segurar a mochila enquanto acerto as contas com esse imbecil — recebeu-o embaixo a senhora Mária Chátova, e meteu-lhe nas mãos uma mochila manual de lona bastante leve e barata, enfeitada com tachinhas de bronze, trabalho de Dresden. Ela mesma investiu irritada contra o cocheiro.

— Ouso lhe assegurar que o senhor está cobrando acima do preço. Se ficou dando voltas comigo uma hora inteira a mais por essas ruas sujas daqui, a culpa é sua, porque logo se vê que o senhor mesmo não sabia onde ficavam essa rua tola e esse prédio idiota. Queira receber os seus trinta copeques e fique seguro de que não vai receber mais nada.

[44] Chátov usa o pronome "tu" no diálogo com Marie; ela, o pronome "vós". Resolvemos manter o "tu" e usar o "você" em lugar de "vós". (N. do T.)

— Eh, a senhorinha mesma indicou a rua Vosnissiénskaia, mas essa é a Bogoiavliénskaia: a Vosnissiénskaia fica acolá, daqui se avista. A senhora só fez deixar meu *miêrin*[45] estafado.

— Vosnissiénskaia, Bogoiavliénskaia, todos esses nomes tolos o senhor deveria saber mais do que eu, já que mora aqui, e ainda por cima é injusto: a primeira coisa que eu lhe disse é que era o prédio de Fillípov, mas o senhor afirmou justamente que o conhecia. Em todo caso pode dar queixa de mim amanhã no juizado de paz, mas agora peço que me deixe sossegada.

— Tome, tome mais cinco copeques! — Chátov tirou com ímpeto do bolso uma moeda de cinco copeques e a entregou ao cocheiro.

— Faça-me o favor, eu lhe peço, não se atreva a fazer isso! — ia se exaltando madame Chátova, mas o cocheiro deu partida no *miêrin* e Chátov a conduziu ao portão, segurando-a pelo braço.

— Depressa, Marie, depressa... Tudo isso é bobagem e... como estás encharcada! Devagar, tem um degrau aqui — que pena que não haja luz —, a escada é íngreme, segura-te com mais força, com mais força, bem, aqui está o meu cubículo. Desculpe, estou sem luz... Só um minuto!

Levantou o castiçal do chão, mas ainda ficou muito tempo procurando os fósforos. A senhora Chátova esperava em pé no meio do cômodo, calada e sem se mexer.

— Graças a Deus, até que enfim! — bradou ele com alegria, iluminando o cubículo. Mária Chátova correu um rápido olhar pelo cômodo.

— Ouvi dizer que você vivia mal, mas mesmo assim não pensei que fosse desse jeito — pronunciou com nojo, e encaminhou-se para a cama.

— Oh, estou cansada! — sentou-se na cama dura com ar debilitado. — Por favor, ponha a mochila no chão e sente-se você mesmo na cadeira. Aliás, faça como quiser, está aí plantado à minha frente. Vou ficar em sua casa provisoriamente até que arranje trabalho, porque não conheço nada aqui nem tenho dinheiro. Mas, se estou lhe criando constrangimento, faça o favor, peço mais uma vez, declare agora mesmo como é obrigado a fazê-lo se é um homem honesto. Apesar de tudo posso vender alguma coisa amanhã e pagar o hotel, e então lhe peço o favor de me acompanhar ao hotel... Oh, só estou cansada.

Chátov ficou todo trêmulo.

— Não precisas, Marie, não precisas de hotel! Qual hotel? Para quê, para quê?

Cruzou os braços, implorando.

[45] Cavalo castrado. (N. do T.)

— Bem, se é possível evitar o hotel, ainda assim preciso esclarecer a questão. Lembre-se, Chátov, de que nós dois vivemos casados em Genebra duas semanas e mais alguns dias, já se vão três anos desde que nos separamos, aliás, sem maiores brigas. Mas não pense que voltei para renovar nada daquelas antigas tolices. Voltei para procurar trabalho, e se vim direto para esta cidade foi porque para mim é indiferente. Não vim para me arrepender de coisa alguma; faça o favor de não pensar em mais essa tolice.

— Oh, Marie! Isso é inútil, totalmente inútil! — balbuciou Chátov de forma confusa.

— Já que é assim, já que você é tão evoluído que pode compreender até isso, permito-me acrescentar que, se agora o procuro e vim diretamente para a sua casa, é ainda porque, em parte, sempre achei que você não tinha nada de canalha e talvez fosse melhor do que todos os outros... patifes!...

Os olhos dela brilharam. Pelo visto sofrera muito por causa de alguns desses "patifes".

— E por favor esteja certo de que não estava absolutamente zombando de você ao dizer que você é bom. Falei francamente, sem grandiloquência, aliás, detesto isso. Mas tudo isso é tolice. Sempre esperei que você tivesse inteligência para não saturar... Oh, basta, eu estou cansada.

E o fitou com um olhar longo, atribulado, cansado. Chátov estava em pé à sua frente, no meio do quarto, a cinco passos, e a ouvia com ar tímido mas com um quê de renovado, um brilho inusual no rosto. Aquele homem forte e áspero, sempre com o pelo eriçado, súbito ficou todo brando e iluminou-se. Em sua alma vibrou algo inusitado, totalmente inesperado. Os três anos de separação, os três anos de um casamento desfeito nada lhe haviam extirpado do coração. E vai ver que ao longo desses três anos todos os dias ele sonhava com ela, com aquele ser querido que um dia lhe dissera: "Amo". Conhecendo Chátov, tenho certeza de que ele nunca poderia admitir e sequer sonhar que alguma mulher pudesse lhe dizer: "Amo". Era casto e absurdamente acanhado, considerava-se uma deformidade horrenda, odiava seu rosto e seu caráter, equiparava-se a um monstro que só podia ser conduzido e exibido nas feiras. Como consequência de tudo isso, achava a honestidade a coisa mais importante e era dedicado às suas convicções a ponto de ser fanático; era sorumbático, altivo, irado e de poucas palavras. Pois bem, essa criatura única que o amara por duas semanas (ele sempre, sempre acreditara nisso!) era uma criatura que ele considerava infinitamente superior a si, apesar de ter uma compreensão totalmente sensata dos seus equívocos; um ser a quem ele podia perdoar *tudo*, absolutamente tudo (e isso estava fora de questão, porque era ele, ao contrário, segundo suas próprias palavras, o culpado de tudo perante ela), e essa mulher, essa Mária Chátova novamente estava na casa dele, novamente diante dele... era quase impossível entender isso! Ele estava tão estupefato, nesse acontecimento havia para ele tanta coisa de terrível e ao mesmo tempo tanta felicidade que ele, é claro, talvez não pudesse e até não quisesse, temesse voltar a si. Era um sonho. Mas quando ela o olhou com aquele olhar atribulado, súbito ele compreendeu que aquele ser tão amado estava sofrendo, talvez ofendido. Seu coração parou. Olhava aflito para os traços do seu rosto: havia muito tempo que o brilho da primeira mocidade sumira daquele rosto cansado. É verdade que ela ainda continuava bonita — aos olhos dele continuava bela. (Em realidade, era uma mulher de uns vinte e cinco anos, de compleição bastante forte, estatura acima da mediana — mais alta do que Chátov —, de bastos cabelos de um ruivo escuro, rosto oval pálido, grandes olhos escuros, que agora emitiam um brilho febril.) Mas aquela antiga energia leviana, ingênua e simplória, que ele conhecia tão bem, fora nela substituída por uma irascibilidade sombria, pela frustração, por uma espécie de cinismo ao qual ela não se habituara mas para o qual tendia. Contudo, o principal é que estava doente, e isso ele notou com clareza. Apesar de todo o medo que sentia, chegou-se subitamente e lhe segurou as duas mãos.

— Marie... sabes... talvez estejas muito cansada, por Deus, não te zangues... se tu aceitasses, por exemplo, pelo menos um chá, hein? O chá dá muita força, hein? Se tu aceitasses!...

— Por que não haveria de aceitar, é claro que aceito, você continua a mesma criança. Se pode, então sirva. Como seu quarto é apertado! Como é frio!

— Oh, agora mesmo vou buscar lenha, lenha... eu tenho lenha! — Chátov estava exultante — lenha... quer dizer, mas..., aliás, e chá também — agitou os braços como que tomado de uma firmeza desesperada e pegou o boné.

— Para onde você vai? Isso quer dizer que não há chá em casa?

— Haverá, haverá, haverá, agora mesmo haverá tudo... eu... — agarrou o revólver que estava numa prateleira. — Vou vender este revólver agora... ou empenhá-lo...

— Que bobagem é essa, isso vai demorar muito! Pegue meu dinheiro, já que você não tem nada, aqui tem oito moedas de dez copeques, parece; é tudo. Isso aqui parece casa de loucos.

— Não preciso, não preciso do seu dinheiro, só um minuto, num piscar de olhos, vou conseguir mesmo sem empenhar o revólver...

E correu direto para a casa de Kiríllov. Isso aconteceu provavelmente umas duas horas antes da visita de Piotr Stiepánovitch e Lipútin a Kiríllov. Chátov e Kiríllov, morando no mesmo pátio, quase não se viam e, quando se cruzavam, não faziam reverência nem se falavam: tinham passado tempo demais "deitados" lado a lado na América.

— Kiríllov, você sempre tem chá; você tem chá e um samovar?

Kiríllov, que andava pelo quarto (de um canto a outro, como sempre fazia a noite inteira), parou de repente e olhou fixo para o apressado recém-chegado, aliás sem grande surpresa.

— Tenho chá, açúcar e samovar. Mas você não precisa do samovar, o chá está quente. Sente-se e simplesmente o beba.

— Kiríllov, passamos um tempo juntos deitados lado a lado na América... Minha mulher está em minha casa... Eu... Dê-me o chá... Preciso do samovar.

— Se é a mulher, então precisa do samovar. Mas o samovar fica para depois. Tenho dois. Mas agora pegue a chaleira que está na mesa. Está quente, bem quente. Pegue tudo; pegue açúcar; tudo. Pão... muito pão; todo. Tem vitela. E um rublo.

— Vamos lá, meu amigo, amanhã eu devolvo! Ah, Kiríllov!

— É aquela mesma esposa que morou na Suíça? Isso é bom. E o fato de você também ter corrido para cá também é bom.

— Kiríllov! — bradou Chátov, prendendo a chaleira por baixo do braço e o açúcar e o pão com as duas mãos. — Kiríllov! Se... se você pudesse renunciar às suas horríveis fantasias e deixar de lado seu delírio ateu... Oh, que pessoa você seria, Kiríllov!

— Pelo visto você continua amando a mulher depois do que houve na Suíça. Isso é bom, se depois da Suíça... Quando precisar de chá volte aqui. Venha durante a noite toda, não durmo nada. Haverá um samovar. Pegue o rublo. Assim. Volte para sua mulher, ficarei aqui pensando em você e em sua mulher.

Pelo visto Mária Chátova estava satisfeita com a pressa e passou a tomar o chá quase com avidez, mas não foi preciso ir atrás do samovar: ela tomou só meia xícara e engoliu apenas uma migalha do pão. Recusou a vitela com nojo e irritação.

— Estás doente, Marie? toda tua expressão é tão doentia... — observou timidamente Chátov, cercando-a de cuidados, cheio de timidez.

— É claro que estou doente; por favor, sente-se. Onde você conseguiu chá se não o tinha em casa?

Chátov contou sobre Kiríllov, de passagem, de forma resumida. Ela ouvira falar alguma coisa a respeito dele.

— Sei que é louco; por favor, basta; sabe-se lá quantos idiotas andam por aí! Então vocês estiveram na América? Ouvi dizer, você escreveu.

— Sim, eu... escrevi para Paris.

— Basta, e por favor falemos de outra coisa. Você é eslavófilo por convicção?

— Eu... não é que eu seja... Pela impossibilidade de ser russo eu me tornei um eslavófilo — deu um risinho amarelo, com o esforço de quem graceja sem propósito e constrangido.

— E você não é russo?

— Não, não sou russo.

— Bem, tudo isso é tolice. Sente-se, enfim, estou pedindo. Por que você está sempre nesse vaivém? Pensa que estou delirando? Pode ser até que eu venha a delirar. Você disse que no prédio só há vocês dois?

— Dois... embaixo...

— E todos tão inteligentes. O que há lá embaixo? Você disse lá embaixo?

— Não, não há nada.

— Nada o quê? Quero saber.

— Eu quis apenas dizer que agora somos dois no prédio, embaixo moravam antes os Lebiádkin...

— Aquela que foi esfaqueada esta noite? — súbito ela se inclinou. — Ouvi falar. Mal cheguei, ouvi falar. Houve um incêndio nesta cidade?

— Sim, Marie, sim, e pode ser que eu esteja cometendo uma terrível baixeza neste momento ao perdoar os patifes... — levantou-se de repente e começou a andar pelo quarto, erguendo os braços como que tomado de furor.

Mas Marie não o compreendeu inteiramente. Ouvia as respostas distraída. Perguntara, mas não estava ouvindo.

— Coisas maravilhosas andam fazendo na sua cidade. Oh, como tudo é vil! Que patifes são todos! Vamos, sente-se finalmente, eu lhe peço, oh, como você me irrita! — E, exausta, arriou a cabeça no travesseiro.

— Marie, não vou... Não será o caso de te deitares um pouco, Marie?

Ela não respondeu e fechou os olhos sem forças. Seu rosto pálido parecia de morto. Adormeceu quase num instante. Chátov correu a vista ao redor, ajeitou a vela, mais uma vez olhou com intranquilidade para o rosto dela, apertou fortemente as mãos e saiu do quarto na ponta dos pés para o vestíbulo. No topo da escada apoiou o rosto em um canto e assim permaneceu uns dez minutos, calado e imóvel. Permaneceria até mais tempo, no entanto uns passos silenciosos e cuidadosos se fizeram ouvir embaixo. Alguém subia. Chátov lembrou-se de que esquecera de trancar a porteira do pátio.

— Quem está aí? — perguntou num murmúrio.

O desconhecido visitante subia sem pressa e sem responder. Ao chegar ao alto parou; no escuro era impossível distingui-lo; súbito se ouviu sua pergunta cautelosa:

— É Ivan Chátov?

Chátov disse o nome, mas estirou imediatamente o braço para detê-lo; porém o outro lhe agarrou a mão e Chátov estremeceu, como se tivesse tocado em algum réptil horrível.

— Fique aqui — cochichou rapidamente —, não entre, não posso recebê-lo agora. Minha mulher está em minha casa. Vou trazer a vela.

Quando voltou com a vela ali estava um oficial jovenzinho; Chátov não sabia seu nome, mas já o tinha visto em algum lugar.

— Erkel — apresentou-se o outro. — O senhor me viu em casa de Virguinski.

— Estou lembrado; o senhor estava lá sentado e tomando nota. Escute — Chátov inflamou-se, investiu em súbita fúria contra ele, mas cochichando como antes —, você acabou de me dar um sinal com a mão quando agarrou a minha. Pois saiba que posso escarrar em todos esses sinais. Não os reconheço... não quero... posso lançá-lo agora mesmo escada abaixo, sabe disso?

— Não, não sei disso e não sei absolutamente por que o senhor está tão zangado — respondeu o visitante sem raiva e em tom quase simplório. — Posso apenas lhe transmitir algo e para isso estou aqui, principalmente sem vontade de perder tempo. O senhor está de posse de um linotipo que não lhe pertence e pelo qual tem a obrigação de prestar contas, como o senhor mesmo sabe. Recebi ordem para exigir que o devolva amanhã mesmo, às sete da noite em ponto, a Lipútin. Além disso, foi-me ordenado lhe comunicar que nunca mais vão exigir nada do senhor.

— Nada?

— Absolutamente nada. Seu pedido será cumprido e o senhor estará afastado para sempre. Foi positivamente isto que me ordenaram lhe comunicar.

— Quem lhe ordenou comunicar?

— Os que me deram o sinal.

— Você veio do estrangeiro?

— Isso... isso, eu acho que para o senhor é indiferente.

— Arre, diabo! E por que não veio antes se recebeu a ordem?

— Segui algumas instruções e não estava só.

— Compreendo, compreendo que não estava só. Arre... diabo! E por que o próprio Lipútin não veio?

— Então, amanhã venho buscá-lo às seis da tarde em ponto, e vamos a pé para lá. Além de nós três não haverá mais ninguém.

— Vierkhoviénski estará?

— Não, não estará. Vierkhoviénski vai embora da cidade amanhã pela manhã, às onze horas.

— Era o que eu achava — murmurou em fúria Chátov, e deu um soco no quadril —, o canalha fugiu!

Ficou pensativo, inquieto. E Erkel o olhava fixamente, calava e esperava.

— Como é que você vai pegá-lo? Porque não dá para pegá-lo de uma vez com as mãos e levar.

— Aliás nem precisa. O senhor vai apenas mostrar o lugar, e nós apenas nos certificaremos de que ele está realmente enterrado. Nós só sabemos onde fica o lugar, mas o ponto mesmo não sabemos. Por acaso o senhor mostrou o lugar a mais alguém?

Chátov olhou para ele.

— Você, você ainda é um menino, um menino tão bobinho, você também se meteu naquilo de cabeça, como um carneiro? Eh, eles precisam mesmo é de uma seiva assim! Bem, pode ir! Eh, eh! Aquele canalha engazopou vocês todos e fugiu.

Erkel olhava sereno e tranquilo, mas era como se não entendesse.

— Vierkhoviénski fugiu, Vierkhoviénski! — rangeu furiosamente Chátov.

— Sim, mas ele ainda está aqui, não foi embora. Só vai amanhã — observou Erkel de forma branda e convincente. — Eu o convidei particularmente para estar presente como testemunha; fiz tudo pensando nele (dava-se a franquezas como um rapazinho bem jovem e inexperiente). Mas ele, infelizmente, não concordou pretextando que ia partir; e está realmente com alguma pressa.

Chátov mais uma vez arregalou os olhos com pena para o simplório, mas de repente deu de ombros como se pensasse: "Merece pena".

— Está bem, eu vou — cortou de repente —, mas agora dê o fora, suma!

— Então às seis horas em ponto estarei aqui. — Erkel fez uma reverência polida e desceu a escada sem pressa.

— Tolinho! — Chátov não se conteve e gritou-lhe às costas.

— O quê? — perguntou o outro já embaixo.

— Não foi nada, vá saindo.

— Pensei que tivesse dito alguma coisa.

II

Erkel era aquele tipo de "tolinho" a quem só faltava o tino essencial, pois era de poucas luzes; mas tino curto, subordinado, tinha bastante, a ponto de ser até astucioso. Dedicado fanaticamente, infantilmente à "causa comum", no fundo a Piotr Vierkhoviénski, agia sob instruções que este lhe dera quando na reunião dos *nossos* combinaram e distribuíram os papéis para o dia seguinte. Piotr Stiepánovitch, ao confiar-lhe o papel de emissário, conseguiu conversar com ele uns dez minutos à parte. O lado executivo era uma necessidade dessa natureza pequena, pouco racional, com sede eterna de subordinar-se a uma vontade alheia — oh, é claro que nunca senão em prol da causa "comum" ou da "grande" causa. Mas até isso era indiferente, porque pequenos fanáticos como Erkel nunca conseguem compreender o serviço prestado a uma ideia senão como a fusão desta com a pessoa que, segundo eles, traduzem essa ideia. O sensível, afetuoso e bom Erkel era, talvez, o mais insensível de todos os assassinos que se haviam juntado contra Chátov e, sem nutrir nenhum ódio pessoal contra ele, assistiria ao seu assassinato sem pestanejar. Por exemplo, recebera, entre outras coisas, a ordem de observar as condições de Chátov enquanto estivesse em sua missão, e quando Chátov, ao recebê-lo na escada, levado pelo ardor, deixou escapar, mais provavelmente sem se dar conta, que sua mulher havia voltado para ele, incontinenti Erkel teve astúcia intuitiva bastante para não externar mais a mínima curiosidade, apesar de lhe ter passado de relance pela mente a hipótese de que a volta da mulher tinha grande importância para o sucesso do empreendimento deles.

Em essência isso foi o que aconteceu: só esse fato salvou os "patifes" da intenção de Chátov e, ao mesmo tempo, ajudou-os a "livrar-se" dele. Em primeiro lugar, deixou Chátov perturbado, fê-lo sair dos trilhos, tirou-lhe a habitual perspicácia e a cautela. Ocupado que estava com coisa inteiramente diversa, alguma ideia sobre sua própria segurança era o que menos lhe poderia vir à cabeça naquele momento. Ao contrário, acreditou entusiasmado que Piotr Stiepánovitch iria embora no dia seguinte: isso coincidia muito com as suas suspeitas! Ao voltar para o quarto tornou a sentar-se em um canto, apoiou os cotovelos nos joelhos e cobriu o rosto com as mãos. Pensamentos amargos o atormentavam...

E tornava a erguer a cabeça, levantava-se na ponta dos pés e ia olhar para ela: "Deus! Amanhã estará ardendo em febre, antes do amanhecer, vai ver até que já começou! É claro que pegou resfriado. Não está acostumada a esse clima horrível, e veio de trem, de terceira classe, com tufões e chuva por todos os lados, metida nessa capinha fria, sem nenhum agasalho... E ter de deixá-la aqui, de largá-la sem ajuda! Essa mochila, mochila minúscula, leve, enrugada, de dez libras! Pobre, como está esgotada, quanta coisa suportou! É altiva, é por isso que não se queixa. Mas está irascível, irascível! É a doença: na doença até um anjo fica irascível. Como a fronte deve estar seca, quente, que olheiras são essas e... e mesmo assim como são belos o oval desse rosto e esses cabelos bastos, como...".

E depressa desviava os olhos, depressa afastava-se, como se temesse a ideia de ver nela algo diferente da infelicidade, um ser atormentado que precisava de ajuda: "que *esperanças* pode haver aí! Oh, como o homem é vil, como é torpe!" — e foi mais uma vez para o seu canto, sentou-se, cobriu o rosto com as mãos e voltou aos sonhos, às lembranças... e mais uma vez se esboçaram esperanças em sua cabeça.

"'Ai, estou cansada, ai, estou cansada!' — recordava as exclamações dela, sua voz fraca, dorida. Senhor! Deixá-la agora, quando só tem oito moedas de dez copeques! Estendeu-me o porta-níqueis, velhinho, minúsculo! Veio procurar emprego; mas o que ela entende desses lugares, o que pessoas assim entendem de Rússia? Ora, são como crianças insensatas, estão sempre com suas fantasias que elas mesmas criaram; e se zangam, as coitadas, porque a Rússia não se parece com as fantasias que acalentaram no estrangeiro! Oh, infelizes, oh, inocentes!... Com efeito, aqui está mesmo frio..."

Recordava que ela se queixara, que ele prometera acender o fogão. "A lenha está aqui, posso trazê-la, contanto que não a desperte. Aliás, posso. E o que fazer com a vitela? Ela se levanta, talvez queira comer... Mas isso fica para depois; Kiríllov fica acordado a noite toda. Com que poderia cobri-la, ela está dormindo tão forte, mas na certa está com frio, ah, está com frio!"

E mais uma vez chegou-se na ponta dos pés para olhá-la; o vestido estava um pouco dobrado e metade da perna direita aparecendo até o joelho. Súbito deu meia-volta, quase assustado, tirou o sobretudo quente e, ficando só com uma sobrecasaca velhinha, cobriu-a, procurando não olhar para a parte nua.

Acender o fogo, andar na ponta dos pés, examinar a adormecida, sonhar sentado no canto e tornar a olhar para a adormecida levou muito tempo. Passaram-se umas duas ou três horas. E foi nesse mesmo espaço de tempo que Vierkhoviénski e Lipútin conseguiram estar com Kiríllov. Por fim ele também cochilou no canto. Ouviu-se o gemido dela; acordara, chamava por ele; ele se levantou de um salto como um criminoso.

— Marie! Eu ia adormecendo... Ah, que patife sou eu, Marie.

Marie soergueu-se olhando ao redor admirada, como se não reconhecesse onde estava, e súbito ficou toda tomada de indignação, de ira:

— Ocupei sua cama, adormeci exaurida de cansaço; como se atreveu a não me acordar? Como se atreveu a pensar que eu tivesse a intenção de ser um peso para você?

— Como eu poderia te acordar, Marie?

— Podia; devia! Você não tem outra cama e eu ocupei a sua. Não devia me colocar numa situação falsa. Ou está pensando que vim para me aproveitar dos seus favores? Queira ocupar agora mesmo sua cama, que eu me deito no canto, nas cadeiras...

— Marie, não há cadeiras para tanto, e ademais não há com que forrar.

— Sendo assim me deite simplesmente no chão. Porque não é você mesmo que terá de dormir no chão. Quero me deitar no chão, agora, agora!

Levantou-se, quis andar, mas de repente uma espécie de dor convulsiva das mais fortes lhe tirou de vez todas as forças e toda a firmeza, e com um gemido alto ela tornou a cair na cama. Chátov acorreu, mas Marie, com a cabeça afundada no travesseiro, agarrou-lhe a mão e com toda a força começou a apertá-la e torcê-la na sua. Isso durou bem um minuto.

— Marie, minha pombinha, se precisares, aqui temos o doutor Frenzel, meu conhecido, muito... Eu posso chamá-lo.

— Absurdo!

— Que absurdo! Diz, Marie, que dor tu sentes? Talvez seja o caso de botar uma compressa... na barriga, por exemplo... isso eu posso fazer até sem médico... ou então uns sinapismos.

— O que é isso? — perguntou ela em tom estranho, levantando a cabeça e olhando assustada para ele.

— O que precisamente, Marie — Chátov não entendeu —, o que estás perguntando? Oh, Deus, eu me atrapalho todo, Marie, desculpa por eu não entender nada.

— Ah, deixe para lá, não é problema seu entender. E, além disso, seria muito ridículo... — ela deu um risinho amargo. — Fale-me de alguma coisa. Ande pelo quarto e fale. Não fique ao meu lado nem me olhando, isso eu lhe peço especialmente pela quinquagésima vez!

Chátov se pôs a andar pelo quarto, olhando para o chão e fazendo todos os esforços na tentativa de não olhar para ela.

— Ali... não te zangues, Marie, eu te imploro; ali tem vitela, está perto, e chá... tu comeste tão pouco...

Ela abanou a mão com ar de nojo e raiva. Chátov mordeu a língua em desespero.

— Ouça, estou com a intenção de abrir uma oficina de encadernação aqui, com base em princípios razoáveis de associação. Como você mora aqui, o que acha: consigo ou não?

— Ora, Marie, aqui nem se lê livro; aliás, eles sequer existem. E ele iria encadernar livro?

— Ele quem?

— O leitor daqui e o morador daqui em geral, Marie.

— Então fale com mais clareza, porque você fica aí com esse *ele*, mas não se sabe quem é esse *ele*. Não conhece gramática.

— Isso está no espírito da língua, Marie — murmurou Chátov.

— Ah, dane-se você com esse seu espírito, estou cheia. Por que o morador ou leitor daqui não iria encadernar?

— Por que ler um livro e encaderná-lo são duas etapas inteiras da evolução, e enormes. Primeiro o indivíduo vai se habituando pouco a pouco a ler um livro, leva séculos, é claro, mas desgasta o livro e o larga por aí, achando que não é coisa séria. A encadernação já significa estima pelo livro, significa que ele não só aprendeu a ler, mas reconheceu a leitura como uma coisa válida. A Rússia inteira ainda não chegou a essa etapa. A Europa encaderna livros há muito tempo.

— Isso, embora seja pedante, pelo menos não foi dito de forma tola e me lembra três anos atrás; às vezes você era bastante espirituoso três anos atrás.

Disse isso do mesmo jeito enojado como dissera até então todas as suas frases caprichosas.

— Marie, Marie — Chátov se dirigiu a ela enternecido —, oh, Marie! Se tu soubesses quanta coisa se passou, aconteceu nesses três anos! Mais tarde ouvi dizer que tu estarias me desprezando pela minha mudança de convicções. Quem eu larguei? Os inimigos da vida viva; os liberaloides ultrapassados que temem a própria independência; os lacaios do pensamento, os inimigos do indivíduo e da liberdade, os caducos pregadores das coisas mortas e dos podricalhos! O que eles apregoam: a velharia, o meio-termo, a mediocridade mais pequeno-burguesa e torpe, uma igualdade invejosa, uma igualdade sem dignidade própria, uma igualdade como a concebe o lacaio ou como a concebia o francês do ano de noventa e três... O principal é que em toda parte há patifes, patifes e patifes!

— É, há muitos patifes — pronunciou ela com voz entrecortada e doentia. Estava estirada, imóvel e como que temendo mexer-se, de cabeça mergulhada no travesseiro, meio de lado, olhando para o teto com o olhar exausto porém quente. Tinha o rosto pálido, os lábios secos e crestados.

— Estás consciente, Marie, consciente! — exclamou Chátov. Ela quis fazer um sinal negativo com a cabeça, e súbito foi tomada da anterior convulsão. Tornou a esconder o rosto no travesseiro e novamente ficou um minuto inteiro segurando até doer a mão de Chátov, que correra para ela e estava enlouquecido de pavor.

— Marie, Marie! Ora, isso pode ser muito sério, Marie.

— Cale a boca... Não quero, não quero — exclamou quase com furor, novamente levantando o rosto —, não se atreva a me olhar com a sua compaixão! Ande pelo quarto, fale alguma coisa, fale...

Como um desnorteado, Chátov ensaiou balbuciar novamente alguma coisa.

— O que você faz aqui? — perguntou ela, interrompendo-o com uma impaciência enojada.

— Trabalho no escritório de um comerciante. Marie, se eu quisesse muito, até mesmo aqui poderia ganhar um bom dinheiro.

— Melhor para você...

— Ah, não fique pensando coisa, Marie, falei por falar...

— E o que faz mais? Prega? Porque você não pode deixar de pregar; essa é a sua índole!

— Prego Deus, Marie.

— No qual você mesmo não crê. Nunca pude entender essa ideia.

— Deixemos isso para depois, Marie.

— Quem era essa tal de Mária Timofêievna daqui?

— Isso também depois, Marie.

— Não se atreva a me fazer essas observações! É verdade que se pode atribuir essa morte a um crime... daquela gente?

— Sem dúvida — rangeu os dentes Chátov.

Marie levantou subitamente a cabeça e gritou com ar aflito:

— Não se atreva a me falar mais disso, nunca mais se atreva, nunca mais se atreva!

E tornou a cair na cama num acesso daquela dor convulsiva; já era a terceira vez, mas desta feita os gemidos se tornaram mais altos, transformaram-se em gritos.

— Oh, homem intragável! Oh, homem insuportável! — ela se debatia já sem dó de si mesma, afastando Chátov, que se inclinara sobre ela.

— Marie, vou fazer o que quiseres... vou andar, falar...

— Mas será que você não percebe que começou?

— Começou o quê, Marie?

— Como é que vou saber? Por acaso sei alguma coisa sobre isso... Oh, maldita! Oh, maldito seja tudo de antemão!

— Marie, se disseste que começou... então eu... o que eu vou entender se é assim?

— Você é um tagarela abstrato, inútil. Oh, maldito seja tudo no mundo!

— Marie, Marie!

Ele pensou seriamente que ela estivesse começando a enlouquecer.

— Ora, será que afinal você não vê que estou com as dores do parto! —

soergueu-se, olhando para ele com uma raiva terrível, doentia, que lhe deformava todo o rosto. — Maldita seja ela de antemão, essa criança.

— Marie — exclamou Chátov, finalmente adivinhando do que se tratava. — Marie... Mas por que não disseste antes? — apercebeu-se de repente e, com uma firmeza enérgica, agarrou o boné.

— E como é que eu ia saber ao entrar aqui? Porventura viria para sua casa? Disseram-me que ainda faltavam dez dias! Aonde você vai, aonde vai, não se atreva!

— Eu vou chamar uma parteira! Vou vender o revólver; agora o dinheiro antes de tudo.

— Não se atreva a nada; não se atreva a chamar parteira, chame simplesmente uma mulher, uma velha, tenho oito moedas de dez copeques no porta-níqueis... As mulheres do campo parem sem parteira... Se eu morrer será ainda melhor...

— Terás uma parteira e uma velha também. No entanto, como eu vou te deixar só, Marie?

Contudo, compreendendo que, apesar de todo o seu furor, seria melhor deixá-la só agora do que depois sem ajuda, não prestou ouvido aos seus gemidos nem às suas exclamações iradas e, confiando nas próprias pernas, precipitou-se escada abaixo em desabalada carreira.

III

Primeiro foi procurar Kiríllov. Já se aproximava de uma da manhã. Kiríllov estava em pé no meio da sala.

— Kiríllov, minha mulher está dando à luz!

— Como é que é?

— Dando à luz, dando à luz uma criança!

— Você... não está enganado?

— Oh, não, não, ela está com convulsões!... Preciso de uma parteira, de uma velha qualquer, impreterivelmente agora... Pode-se consegui-la agora mesmo? Você teve muitas velhas em sua casa.

— Lamento muito, não posso dar à luz — respondeu Kiríllov com ar pensativo —, quer dizer, não sou eu que não posso dar à luz, mas fazer com que alguém dê à luz é que não posso... ou... Não, não consigo dizer isso.

— Isto é, você mesmo não pode ajudar no parto; mas não é disso que eu estou falando; é uma velha, uma velha que estou pedindo, uma mulher, uma auxiliar de enfermagem, uma camareira!

— Uma velha a gente arranja, só que possivelmente não neste momento. Se quiser, eu, em vez...

— Oh, impossível; vou agora à casa de Virguinski, procurar a parteira.

— Aquela canalha!

— Oh, sim, Kiríllov, sim, mas ela é a melhor! Ah, sim, tudo isso transcorrerá sem veneração, sem alegria, com nojo, com insultos, com blasfêmias, diante de um mistério tão grande, do surgimento de um novo ser!... Oh, neste momento ela já o está amaldiçoando!...

— Se quiser, eu...

— Não, não, por ora vou correr até lá (oh, vou trazer Virguínskaia!); de vez em quando vá até minha escada e fique escutando sorrateiramente, mas não se atreva a entrar, você iria assustá-la, não entre por nada, limite-se a escutar... caso aconteça algo terrível. Bem, se acontecer o pior você entra.

— Compreendo, tenho mais um rublo. Tome-o. Eu queria comprar uma galinha, mas agora não quero. Corra depressa, corra com todas as forças. O samovar vai ficar a noite inteira aceso.

Kiríllov nada sabia das intenções em relação a Chátov, e aliás sempre ignorara todo o grau do perigo que o ameaçava. Sabia apenas que Chátov tinha umas velhas contas a ajustar com "aquela gente" e, embora ele mesmo estivesse até certo ponto implicado com essa causa por instruções que lhe haviam passado do estrangeiro (muito superficiais, diga-se de passagem, pois ele nunca participara intimamente de nada), ultimamente largara tudo, todas as incumbências, afastara-se completamente de quaisquer atividades, sobretudo da "causa comum", e entregara-se a uma vida contemplativa. Ainda que Piotr Stiepánovitch tivesse trazido Lipútin para a reunião com Kiríllov a fim de que o outro ficasse sabendo que, no momento determinado, ele assumiria o "caso Chátov", não obstante, ao se explicar com Kiríllov, não disse uma palavra sobre Chátov nem fez nenhuma insinuação, provavelmente por considerar que isso não era político e Kiríllov nem sequer era confiável, adiando a coisa para o dia seguinte, quando tudo já estivesse feito e, consequentemente, para Kiríllov já fosse "indiferente"; ao menos era assim que Piotr Stiepánovitch raciocinava sobre Kiríllov. Lipútin também notou perfeitamente que nenhuma palavra fora dita sobre Chátov, apesar da promessa, mas Lipútin estava inquieto demais para protestar.

Chátov corria como um tufão para a rua Muravínaia,[46] amaldiçoando a distância e sem lhe ver o fim.

[46] Rua das Formigas. (N. do T.)

Precisou bater demoradamente à porta de Virguinski: já fazia muito tempo que todos estavam dormindo. Mas Chátov começou a bater em um dos contraventos da janela com toda a força e sem nenhuma cerimônia. O cão de guarda do pátio tentou soltar-se e começou um latido raivoso. Os cães de toda a rua responderam; levantou-se um alarido canino.

— Por que está batendo e o que está querendo? — ouviu-se enfim ao pé da janela a voz do próprio Virguinski, branda e incompatível com a "ofensa". O contravento entreabriu-se, abriu-se também um postigo.

— Quem está aí, quem é esse patife? — rosnou com raiva a voz da solteirona parenta de Virguinski, já totalmente compatível com a ofensa.

— É Chátov, minha mulher voltou para minha casa e agora está dando à luz...

— Pois que dê à luz, dê o fora daqui!

— Vim buscar Arina Prókhorovna, não saio daqui sem Arina Prókhorovna!

— Ela não pode ir à casa de qualquer um. No meio da noite o procedimento é especial... Vá procurar Makchêieva e não se atreva a fazer barulho! — palrava a enfurecida voz feminina. Dava para ouvir como Virguinski tentava contê-la; mas a solteirona o empurrava e não cedia.

— Não arredo pé! — tornou a gritar Chátov.

— Espere, espere! — gritou enfim Virguinski depois de dominar a solteirona. — Chátov, peço que espere uns cinco minutos, vou acordar Arina Prókhorovna e, por favor, não bata nem grite... Oh, como tudo isso é horrível!

Depois de uns cinco infindáveis minutos, apareceu Arina Prókhorovna.

— Sua mulher veio para sua casa? — ouviu-se do postigo a voz dela, e, para surpresa de Chátov, sem nenhuma raiva, apenas imperiosa como de costume; porém Arina Prókhorovna não conseguia falar de outra maneira.

— Sim, minha mulher, e está em parto.

— Mária Ignátievna?

— Sim, sim, Mária Ignátievna. É claro, Mária Ignátievna!

Fez-se silêncio. Chátov esperava. Lá dentro cochichavam.

— Faz tempo que ela chegou? — tornou a perguntar *madame* Virguínskaia.

— Hoje à noite, às oito horas. Por favor, depressa.

Outra vez cochichavam, outra vez pareciam trocar ideias.

— Ouça, você não está enganado? Ela mesma mandou me chamar?

— Não, ela não mandou chamá-la, ela quer uma velha, uma simples velha, para não me sobrecarregar com despesas, mas não se preocupe, eu pago.

— Está bem, eu vou, pague você ou não. Sempre apreciei os sentimentos independentes de Mária Ignátievna, embora ela talvez não se lembre de mim.

— Você tem em casa as coisas essenciais?

— Não tenho, mas terei tudo, terei, terei...

"Afinal há magnanimidade até nessa gente! — pensava Chátov a caminho da casa de Liámchin. — As convicções e o homem, parece, são duas coisas muito diferentes. Talvez eu tenha muita culpa perante eles!... Todos são culpados, todos são culpados, e... se todos se convencessem disso!..."

Em casa de Liámchin não teve de bater por muito tempo; para sua surpresa, ele abriu o postigo num piscar de olhos, depois de saltar da cama descalço e em roupa branca, arriscando-se a pegar um resfriado; era muito cismado e se preocupava constantemente com a saúde. Mas havia uma causa especial para essa suscetibilidade e a pressa: Liámchin passara a noite inteira tremendo e até então ainda não conseguira adormecer por causa da inquietação que deixara nele a reunião dos *nossos*; durante todo esse tempo esteve com a impressão de que recebia certos visitantes intrusos e já totalmente indesejáveis. A notícia da delação de Chátov era o que mais o atormentava... E eis que de repente, como de propósito, começaram a bater tão horrivelmente no postigo...

Ficou tão acovardado ao ver Chátov que no mesmo instante bateu o postigo e correu para a cama. Chátov começou a bater e a gritar freneticamente.

— Como se atreve a bater assim no meio da noite? — gritou Liámchin em tom ameaçador, mas morrendo de medo, depois de resolver, quando nada ao cabo de uns dois minutos, tornar a abrir o postigo e se convencer, enfim, de que Chátov tinha vindo só.

— Aqui está o revólver; pegue-o de volta e me dê quinze rublos.

— O que é isso, está bêbado? Isso é um assalto; só vai me fazer pegar um resfriado. Espere um pouco, vou jogar uma manta nas costas.

— Dê-me quinze rublos agora. Se não me der vou bater e gritar até o dia amanhecer; vou quebrar seu caixilho.

— E eu vou gritar pelo guarda e o meterão na cadeia.

— E eu por acaso sou mudo? Não vou gritar pelo guarda? Quem deve temer o guarda, você ou eu?

— E você é capaz de alimentar convicções tão torpes... Sei o que você está insinuando... Espere, espere, por Deus, não bata! Tenha paciência, quem tem dinheiro de noite? E por que precisa de dinheiro, se não está bêbado?

— Minha mulher voltou para mim. Eu abati dez rublos para você, não dei um único tiro com esse revólver; pegue-o, pegue-o agora mesmo.

Liámchin estendeu maquinalmente a mão pelo postigo e recebeu o revólver; esperou um pouco e súbito, enfiando rapidamente a cabeça pelo postigo, balbuciou como que fora de si e com o frio correndo pelas costas:

— Você está mentindo, sua mulher absolutamente não voltou. E isso... é você que está simplesmente querendo fugir para algum lugar.

— Imbecil, para onde eu iria fugir? O seu Piotr Vierkhoviénski que fuja, não eu. Acabei de estar com a mulher de Virguinski, e ela concordou imediatamente em ir à minha casa. Procure se informar. Minha mulher está sofrendo; preciso de dinheiro; passe-me o dinheiro!

Toda uma cascata de ideias passou pela mente revirada de Liámchin. De repente tudo tomou outro rumo, mas o pavor continuava a impedi-lo de raciocinar.

— Mas de que jeito... Ora, você não mora com a mulher...

— E eu lhe quebro a cabeça por causa de perguntas como essa.

— Ah, meu Deus, me desculpe, compreendo, fiquei aturdido... No entanto eu compreendo, compreendo. Mas... mas... será que Arina Prókhorovna vai? Você acabou de dizer que ela foi? Veja só, isso não é verdade. Veja, veja, veja como você mente a cada instante.

— A esta altura ela certamente já está com minha mulher, não me retenha, não tenho culpa se você é um tolo.

— Não é verdade, não sou tolo. Desculpe, mas não posso, de jeito nenhum...

E já totalmente desconcertado passou a fechar a janela pela terceira vez, mas Chátov berrou de tal maneira que ele reapareceu num piscar de olhos.

— Mas isso é um verdadeiro atentado contra o indivíduo! O que você quer de mim, o quê, o quê? Formule! Repare, repare que é no meio de uma noite como essa!

— Quero quinze rublos, seu cabeça de bagre.

— Mas eu talvez não tenha nenhuma vontade de aceitar a devolução do revólver. Você não tem o direito. Comprou o objeto e assunto encerrado, não tem o direito. Não tenho nenhuma possibilidade de conseguir uma quantia como essa no meio da noite. Onde vou arranjar essa quantia?

— Tu sempre estás com dinheiro; eu te abati dez rublos, mas tu[47] és um judeuzinho conhecido.

— Apareça depois de amanhã, está ouvindo, depois de amanhã pela manhã, às doze em ponto, e lhe darei tudo, tudo, não é verdade?

Pela terceira vez Chátov bateu freneticamente no caixilho:

[47] Aqui Chátov passa a usar o tratamento "tu". (N. do T.)

— Dá-me dez rublos e amanhã, assim que clarear, mais cinco.

— Não, depois de amanhã pela manhã, pois amanhã ainda não terei, juro. Melhor que nem apareça, que nem apareça.

— Dá-me os dez, oh, canalha!

— Por que está xingando tanto? Espere, preciso acender a luz; veja, quebrou a vidraça... quem anda xingando assim pelas noites? Receba! — e enfiou a nota pela janela.

Chátov a agarrou — a nota era de cinco rublos.

— Juro que não posso, pode me degolar, mas não posso, depois de amanhã posso lhe dar dois, mas agora não posso nada.

— Daqui não arredo pé — berrou Chátov.

— Pois então receba, tome mais, tome mais, não dou mais nada. Nem que você berre a plenos pulmões eu não dou, aconteça o que acontecer; não dou, não dou e não dou!

Estava tomado de furor, de desespero, banhado de suor. As duas notas que ele deu eram de um rublo. Chátov conseguiu juntar apenas sete rublos.

— O diabo que te carregue, amanhã eu volto. Eu te dou uma surra, Liámchin, se não preparares oito rublos.

"Mas eu não vou estar em casa, imbecil!" — rapidamente pensou consigo Liámchin.

— Pare, pare! — gritou freneticamente atrás de Chátov, que já corria. — Pare, volte. Diga-me, por favor, é verdade que sua mulher voltou para você?

— Imbecil! — Chátov deu de ombros e correu para casa com todas as forças.

IV

Observo que Arina Prókhorovna nada sabia sobre os propósitos da reunião da véspera. Virguinski, tendo voltado para casa estupefato e debilitado, não ousou comunicar-lhe a decisão tomada; ainda assim não se conteve e lhe revelou a metade, isto é, toda a informação que Vierkhoviénski passara sobre a intenção de Chátov de delatar a qualquer custo; mas no mesmo instante declarou que não acreditava inteiramente nessa informação. Arina Prókhorovna ficou terrivelmente assustada. Foi por isso que quando Chátov chegou correndo para buscá-la ela resolveu atender imediatamente ao chamado, apesar de estar exausta por haver passado a noite inteira às voltas com uma parturiente. Sempre estivera certa de que "um calhorda como Chátov seria capaz de uma torpeza cívica"; mas a chegada de Mária Ignátievna colocava a coisa sob um novo ponto de vista. O susto de Chátov, o tom desesperado dos seus pedidos, a súplica por ajuda significavam uma reviravolta nos sentimentos do traidor: o homem que se decidira a denunciar até a si próprio com o único fito de prejudicar os outros parecia ter outro aspecto e um tom diferente do que aparentava em realidade. Numa palavra, Arina Prókhorovna resolveu examinar tudo ela mesma com seus próprios olhos. Virguinski ficou muito contente com sua firmeza — era como se lhe tivesse tirado um grande fardo dos ombros! Surgiu-lhe até uma esperança: o aspecto de Chátov lhe pareceu contrariar ao máximo a suposição de Vierkhoviénski.

Chátov não se enganara; ao voltar já encontrou Arina Prókhorovna com Marie. Acabara de chegar, enxotara com desdém Kiríllov, que zanzava ao pé da escada; às pressas travou conhecimento com Marie, que não a identificou como uma antiga conhecida; encontrou-a na mais "deplorável situação", ou seja, raivosa, transtornada e no "mais acovardado desespero", e em coisa de uns cinco minutos assumiu uma decisiva prevalência sobre todas as objeções dela.

— De onde você encasquetou que não queria uma parteira cara? — disse no mesmo instante em que Chátov entrava. — É um completo absurdo, são ideias falsas provenientes da anormalidade da sua situação. Com a ajuda de alguma velha simples, de uma mulher do povo, você tem cinquenta chances de se dar mal; nesse caso haveria mais afazeres e despesas do que seriam necessários com uma parteira cara. Como é que você sabe que eu sou uma parteira cara? Me pagará depois, não vou lhe cobrar a mais e garanto o sucesso; nas minhas mãos não vai morrer, já fiz partos mais difíceis. Ademais, amanhã mesmo envio a criança para um orfanato e depois para ser educada no campo, e aí a questão se encerra. Nesse ínterim você fica boa, arranja um trabalho razoável e num prazo muito curto recompensa Chátov pela hospedagem e pelos gastos, que absolutamente não serão grandes...

— Isso eu não... não tenho o direito de sobrecarregá-lo...

— Sentimentos racionais e cívicos, mas acredite que Chátov não vai gastar quase nada se quiser deixar de ser esse senhor fantasioso e se transformar um nadinha que seja num homem de ideias verdadeiras. Basta apenas que não faça tolices, que não fique tocando a rebate pelas portas das casas nem correndo pela rua com a língua de fora. Se não o segurar pelas mãos, talvez até o dia amanhecer ele levante todos os médicos daqui; levantou todos os cachorros na minha rua. Não se precisa de médico, eu já disse que garanto tudo. Talvez ainda possa contratar uma velha para servi-los, isso não custa nada. Aliás, ele mesmo pode servir para alguma coisa, não só para tolices. Tem braços, tem pernas, pode correr a uma farmácia sem ofender em nada os seus sentimentos com seu favor. Que diabo de favor! Por acaso não foi ele que a levou a essa situação? Por acaso não foi ele que a fez brigar com aquela família em cuja casa você trabalhava de governanta, com o objetivo egoísta de casar-se com você? Ora, nós ouvimos dizer... aliás ele mesmo acabou de correr à minha casa como um aturdido e gritou para que toda a rua ouvisse. Eu não me imponho a ninguém e vim unicamente por você, partindo do princípio de que todos os nossos têm obrigação de prestar solidariedade; eu declarei isso a ele ainda antes de sair de casa. Se você acha que sou dispensável, então adeus; só espero que não aconteça uma desgraça, que é tão fácil de evitar.

E chegou até a se levantar da cadeira.

Marie estava tão impotente, sofrendo tanto e, é preciso dizer a verdade, a tal ponto amedrontada com o que estava para acontecer que não se atreveu a liberá-la. Mas de repente essa mulher se lhe tornou odiosa: não dizia nada do que Marie esperava, não era nada daquilo que Marie tinha na alma! No entanto, a previsão de uma possível morte nas mãos de uma curiosa inexperiente venceu a repulsa. Por outro lado, a partir desse instante ela se tornou ainda mais exigente com Chátov, ainda mais implacável. Acabou chegando a proibir-lhe não só fitá-la como até mesmo ficar de frente para ela. As dores iam ficando cada vez mais fortes. As maldições, até palavrões se tornavam cada vez mais desenfreados.

— Ora, a gente o despacha — cortou Arina Prókhorovna —, ele está lívido, só vai assustá-la; está pálido como um defunto! O que você está querendo, faz o favor de dizer, esquisitão risível! Vejam só que comédia!

Chátov não respondia; decidira não responder nada.

— Vi pais tolos em casos como este também enlouquecendo. Mas aqueles pelo menos...

— Pare com isso ou deixe que eu me dane! Não diga uma palavra! Não quero, não quero — gritou Marie.

— É impossível que eu não diga nenhuma palavra, se é que você mesma não perdeu o juízo; é assim que eu a compreendo na situação em que você está. Pelo menos preciso falar do assunto: diga, aqui em sua casa há alguma coisa preparada? Responda você, Chátov, ela não está em condição.

— Diga de que realmente precisa.

— Quer dizer que nada foi preparado.

Ela calculou tudo o que era indispensável e, justiça lhe seja feita, limitou-se ao extremamente necessário, até ao mísero. Alguma coisa havia em casa de Chátov. Marie tirou a chave e estendeu a ele para que procurasse em sua mochila. Como as mãos dele tremiam, ele escarafunchou mais tempo do que devia, tentando abrir a fechadura desconhecida. Marie perdeu o controle, mas quando Arina Prókhorovna se precipitou para tirar a chave dele não permitiu por nada que ela espiasse a sua mochila e, com um grito insano e chorando, insistiu para que o próprio Chátov a abrisse.

Foi preciso correr à casa de Kiríllov atrás de outras coisas. Mal Chátov deu meia-volta para sair ela começou a chamá-lo freneticamente, e só se acalmou quando Chátov voltou a toda pressa da escada e lhe explicou que sairia por apenas cinco minutos atrás das coisas indispensáveis e voltaria imediatamente.

— Bem, é difícil servi-la — sorriu Arina Prókhorovna —, ora se deve ficar de cara para a parede sem se atrever a fitá-la, ora não se pode se afastar sequer por um minuto e você começa a chorar. Veja, assim ele talvez possa pensar alguma coisa. Ora, ora, não me venha com parvoíce, com esse humor dos diabos, eu só estou rindo.

— Ele não se atreverá a pensar nada.

— Ora bolas, se ele não estivesse apaixonado por você como um carneiro não ficaria correndo pela rua com a língua de fora nem levantando todos os cães da cidade. Ele quebrou o caixilho da minha janela.

V

Chátov encontrou Kiríllov andando como sempre de um canto a outro do quarto, tão distraído que até esquecera a chegada da mulher de Chátov; ouvia e não entendia.

— Ah, sim — lembrou-se de chofre, como se só a custo e por um instante se desligasse de alguma ideia que o envolvia —, sim... a velha... A esposa ou a velha? Espere: a esposa e uma velha, não é? Estou lembrado; fui lá; a velha vem, mas não agora. Leve um travesseiro. Mais alguma coisa? Sim... espere; Chátov, você tem uns instantes de harmonia eterna?

— Sabe, Kiríllov, você não pode mais passar as noites sem dormir.

Kiríllov recobrou-se e — estranho — passou a falar de forma bem mais coerente do que sempre falara; via-se que havia formulado e talvez até escrito aquilo fazia muito tempo:

— Existem segundos — apenas uns cinco ou seis[48] simultâneos — em

[48] Anna Grigórievna Dostoiévskaia observa que essa passagem em que Kiríllov narra para Chátov ataques de epilepsia reflete "as sensações experimentadas por Fiódor Mikháilovitch, narradas por ele mesmo a mim e aos nossos filhos". (N. da E.)

que você sente de chofre a presença de uma harmonia eterna plenamente atingida. Isso não é da terra; não estou dizendo que seja do céu, mas que o homem não consegue suportá-lo em sua forma terrestre. Precisa mudar fisicamente ou morrer. É um sentimento claro e indiscutível. É como se de súbito você sentisse toda a natureza e dissesse: sim, isso é verdade! Deus, quando estava criando o mundo, no fim de cada dia da criação dizia: "É, isso é verdade, isso é bom".[49] Isso... isso não é enternecimento, mas algo assim... uma alegria. Você não perdoa nada porque já não há o que perdoar. Não é que você ame — oh, a coisa está acima do amor! O mais terrível é que é extraordinariamente claro e há essa alegria. Se passar de cinco segundos a alma não suportará e deverá desaparecer. Nesses cinco segundos eu vivo uma existência e por eles dou toda a minha vida porque vale a pena. Para suportar dez segundos é preciso mudar fisicamente. Acho que o homem deve deixar de procriar. Para que filhos, para que desenvolvimento se o objetivo foi alcançado? No Evangelho está escrito que na ressurreição não haverá partos, serão como os anjos de Deus.[50] Uma alusão. Sua mulher está dando à luz?

— Kiríllov, isso lhe acontece com frequência?

— De três em três dias, uma vez por semana.[51]

— Você não tem epilepsia?

— Não.

— Então vai ter. Cuide-se, Kiríllov, ouvi dizer que é assim mesmo que a epilepsia começa. Um epiléptico me descreveu minuciosamente essa sensação que precede um ataque, tal qual você o fez; ele também contou cinco segundos e disse que não dava mais para suportar. Lembre-se do cântaro de Maomé,[52] que não conseguiu derramar-se enquanto ele percorria todo o paraíso em seu cavalo. O cântaro são esses mesmos cinco segundos; lembra demais a sua harmonia, e Maomé era epiléptico. Cuide-se, Kiríllov, é a epilepsia!

— Não vai dar tempo — riu baixinho Kiríllov.

[49] "Viu Deus tudo quanto fizera, e eis que era muito bom" (Gênesis, 1, 31). (N. da E.)

[50] "Porque na ressurreição nem se casam nem se dão em casamento; são, porém, como os anjos do céu" (Mateus, 22, 30). (N. da E.)

[51] A frase é ambígua, mas deixa subentendido que os ataques ocorrem de três em três dias ou uma vez por semana. (N. do T.)

[52] Segundo a lenda muçulmana, Maomé, despertado certa vez no meio da noite pelo anjo Gabriel, que tocou com a asa um cântaro com água, viajou a Jerusalém, conversou com Deus no céu, com um anjo e com os profetas, viu o inferno em fogo, e tudo isso em tão pouco tempo que, ao voltar, conseguiu evitar que o cântaro acabasse de cair. (N. da E.)

VI

A noite passava. Mandavam Chátov a algum lugar, destratavam-no, chamavam-no. Marie chegara ao auge do pavor pela vida. Gritara que queria viver "a qualquer custo, a qualquer custo!" e tinha medo de morrer. "Não quero, não quero!" — repetia. Não fosse Arina Prókhorovna, teria sido péssimo. Pouco a pouco ela estabeleceu pleno domínio sobre a paciente. Esta passou a obedecer-lhe a cada palavra, a cada grito, como uma criança. Arina Prókhorovna recorreu à severidade e não à afetividade, em compensação trabalhava com maestria. Começava a clarear. Súbito Arina Prókhorovna pensou que Chátov tivesse corrido para a escada e lá estivesse orando a Deus, e começou a rir. Marie também começou a rir com ar raivoso, venenoso, como se se sentisse melhor com esse riso. Por fim enxotaram Chátov de vez. A manhã chegou úmida, fria. E ele colou o rosto na parede, no canto, tal qual fizera na véspera quando Erkel entrara. Tremia como vara verde, temia pensar, mas sua mente agarrou-se a um pensamento que em tudo assumia a feição de um sonho. Os sonhos o envolviam sem cessar e sem cessar se rompiam como linhas podres. Por fim, do quarto já se ouviam não gemidos, mas gritos terríveis, puramente animalescos, insuportáveis, impossíveis. Ele quis tapar os ouvidos, mas não pôde e caiu de joelhos, repetindo inconscientemente: "Marie, Marie, Marie!". E eis que finalmente se ouviu um grito, um grito novo que fez Chátov estremecer e levantar-se de um salto da posição genuflexa, um grito de recém-nascido, fraco, de cana rachada. Ele se benzeu e precipitou-se para o quarto. Nas mãos de Arina Prókhorovna gritava e mexia-se sem parar uma criaturinha pequena, vermelha, enrugada, com uns bracinhos e umas perninhas minúsculas, desamparada de dar medo e, como um grão de poeira, dependente do primeiro sopro de vento, mas que gritava e se anunciava como se também tivesse algum direito, e o mais pleno, à vida... Marie estava estirada como que sem sentidos, mas um minuto depois abriu os olhos e olhou de um jeito estranho, estranho para Chátov: era um olhar inteiramente novo, um olhar cujo tipo preciso ele ainda não estava em condições de compreender, mas que nunca vira ou não se lembrava de ter visto nada semelhante naqueles olhos.

— É menino? É menino? — perguntou ela com voz aflita a Arina Prókhorovna.

— Um menininho! — gritou a outra em resposta, enrolando a criança em panos.

Quando ela já havia enrolado a criança e se preparava para colocá-la atravessada na cama entre dois travesseiros, deixou que Chátov a segurasse por um instante. Marie, meio furtivamente e como que temendo Arina Prókhorovna, fez um sinal de cabeça para Chátov. Este compreendeu no ato e levou-lhe o bebê para mostrá-lo.

— Que... bonitinho... — murmurou ela com voz fraca e sorriu.

— Arre, repare como ele olha! — desatou a rir com ar triunfal Arina Prókhorovna, olhando para o rosto de Chátov. — Que cara a dele!

— Alegre-se, Arina Pávlovna... essa é uma grande alegria... — balbuciou Chátov com ar de idiotamente venturoso, radiante depois das duas palavras de Marie sobre a criança.

— Que alegria tão grande é essa de vocês dois? — alegrava-se Arina Prókhorovna, azafamada, ajeitando tudo e trabalhando feito uma galé.

— É o mistério do surgimento de um novo ser, um mistério grande e inexplicável, Arina Prókhorovna, e que pena que você não compreenda isso!

Chátov balbuciava de um jeito desconexo, inebriado e extasiado. Parecia que algo vagava em sua cabeça e por si só lhe transbordava da alma a despeito de sua vontade.

— Eram duas pessoas, e de repente uma terceira, um espírito novo, inteiro, acabado, como não acontece quando feito por mãos humanas; um novo pensamento e um novo amor, até dá medo... E não há nada superior no mundo!

— Que asneira! Trata-se simplesmente do ulterior desenvolvimento do organismo e aí não há nada, nenhum mistério — gargalhava em tom sincero e alegre Arina Prókhorovna. — Assim qualquer mosca é um mistério. Mas ouçam uma coisa: não precisa nascer gente supérflua. Primeiro é preciso reforjar tudo para que as pessoas não sejam supérfluas e já depois botá-las no mundo. Senão, vejam esse aí, será preciso levá-lo depois de amanhã para um orfanato... Aliás, é o que se precisa fazer.

— Ele nunca sairá da minha casa para o orfanato! — pronunciou Chátov com firmeza e os olhos cravados no chão.

— Vai perfilhá-lo?

— Mas ele é meu filho.

— Claro, ele é um Chátov, por lei é Chátov, e você não tem nada que posar de benfeitor da espécie humana. Não podem passar sem frases. Bem, bem, ótimo, só que reparem, senhores — por fim ela terminou de arrumar —, preciso ir. Pela manhã ainda vou aparecer e aparecerei à tarde, se for preciso, mas agora, como tudo correu bem demais, preciso ir às casas das outras, estão me esperando há muito tempo. Chátov, você tem uma velha à disposição sei lá onde; velha é velha, mas você, seu maridinho, também não a deixe, fique ao lado dela, pode vir a ser útil; parece que Mária Ignátievna não vai escorraçá-lo... ora, ora, estou caçoando...

Junto ao portão, aonde Chátov a acompanhara, ela acrescentou só para ele:

— Você me fez rir para o resto da vida; não vou lhe cobrar nada; vou rir até sonhando. Nunca vi nada mais engraçado do que você esta noite.

Ela se foi totalmente satisfeita. Pela aparência e pela conversa de Chátov, ficava claro como o dia que aquele homem "se preparava para ser pai e era um trapo de derradeira mão". Embora o caminho da casa de outra paciente lhe fosse mais direto e mais próximo, ela foi intencionalmente à sua casa com a finalidade de pôr Virguinski a par desse acontecimento.

— Marie, ela mandou que esperasses algum tempo para dormir, embora, como estou vendo, isso seja difícil demais... — começou timidamente Chátov. — Vou ficar sentado ali ao pé da janela tomando conta de ti, hein?

E sentou-se ao pé da janela por trás do divã, de sorte que ela não tinha como vê-lo. Mas não se passou um minuto e ela o chamou e pediu com repulsa que lhe ajeitasse o travesseiro. Ele começou a ajeitá-lo. Ela olhava com raiva para a parede.

— Não é assim, oh, não é assim... Que mãos são essas!

Chátov tornou a ajeitá-lo.

— Incline-se para mim — pronunciou assustada, fazendo o possível para desviar o olhar.

Ele estremeceu, mas se inclinou.

— Mais... assim não... mais perto — e súbito sua mão esquerda agarrou-lhe com ímpeto o pescoço e ele sentiu na testa seu beijo forte e úmido.

— Marie!

Os lábios dela tremiam, ela se continha, mas de repente soergueu-se e, com os olhos brilhando, pronunciou:

— Nikolai Stavróguin é um patife!

E sem forças, como exaurida, caiu de cara no travesseiro, começando a chorar histericamente e apertando com força a mão de Chátov na sua.

A partir desse instante ela já não deixou que ele arredasse dali, exigiu que se sentasse à sua cabeceira. Conseguia falar pouco, mas o olhava o tempo todo e lhe sorria como uma pessoa ditosa. Era como se de repente tivesse se transformado numa tolinha. Tudo parecia renascido. Chátov ora chorava como uma criancinha, ora falava sabe Deus o quê, de um jeito extravagante, inebriado, inspirado; beijava-lhe as mãos; ela o ouvia embevecida, talvez até sem entender, mas mexia carinhosamente nos cabelos dele com sua mão fraca, afagava-os, deliciava-se com eles. Ele lhe falava de Kiríllov, de como agora iriam começar a viver, "de novo e para sempre", da existência de Deus, de como todas as pessoas eram boas... Tomados de êxtase, tornaram a pegar a criança para olhar.

— Marie — bradou, segurando a criança nos braços —, acabou-se a antiga loucura, a vergonha, a inércia! Vamos trabalhar e seguir um novo caminho nós três, é, é!... Ah, sim: que nome vamos lhe dar, Marie?

— A ele? Que nome? — perguntou ela admirada, e subitamente se estampou em seu rosto uma terrível amargura.

Ela ergueu os braços, olhou com ar de censura para Chátov e lançou-se de cara no travesseiro.

— Marie, o que tens? — bradou com um susto amargurado.

— E você foi capaz, foi capaz... Oh, ingrato!

— Marie, me desculpa, Marie... eu só perguntei que nome íamos lhe dar. Não sei...

— Ivan, Ivan — levantou o rosto afogueado e banhado em lágrimas —, será que você foi capaz de supor que fosse outro, aquele nome *horrível*?

— Marie, acalma-te, oh, como estás perturbada!

— Uma nova grosseria; o que você está atribuindo à perturbação? Aposto que se eu dissesse para dar o dele... aquele nome horrível, você teria concordado no mesmo instante, mesmo sem se dar conta! Oh, ingratos, vis, todos, todos!

Um minuto depois fizeram as pazes, é claro. Chátov a convenceu a dormir. Ela adormeceu, mas, ainda sem soltar a mão dele da sua, acordava de quando em quando, fitava-o como se temesse que ele fosse embora, e tornava a adormecer.

Kiríllov mandou a velha "dar os parabéns" e, além disso, enviou chá quente, almôndegas que acabavam de ser fritas e canja com pão branco para "Mária Ignátievna". A doente tomou a canja com sofreguidão, a velha trocou as fraldas da criança, Marie obrigou Chátov a comer almôndegas.

O tempo passava. Exausto, o próprio Chátov adormeceu na sua cadeira, com a cabeça no travesseiro de Marie. Assim os encontrou Arina Prókhorovna, que mantivera a palavra, despertou-os alegremente e conversou o que era preciso com Marie, examinou a criança e mais uma vez não permitiu que Chátov se afastasse. Depois gracejou com o "casal" com algum matiz de desdém e arrogância e se foi tão satisfeita quanto da outra vez.

Já estava completamente escuro quando Chátov acordou. Acendeu depressa a vela e correu para chamar a velha; no entanto, mal começou a descer a escada foi surpreendido por uns passos silenciosos e sem pressa de um homem que subia a escada ao seu encontro. Erkel entrou.

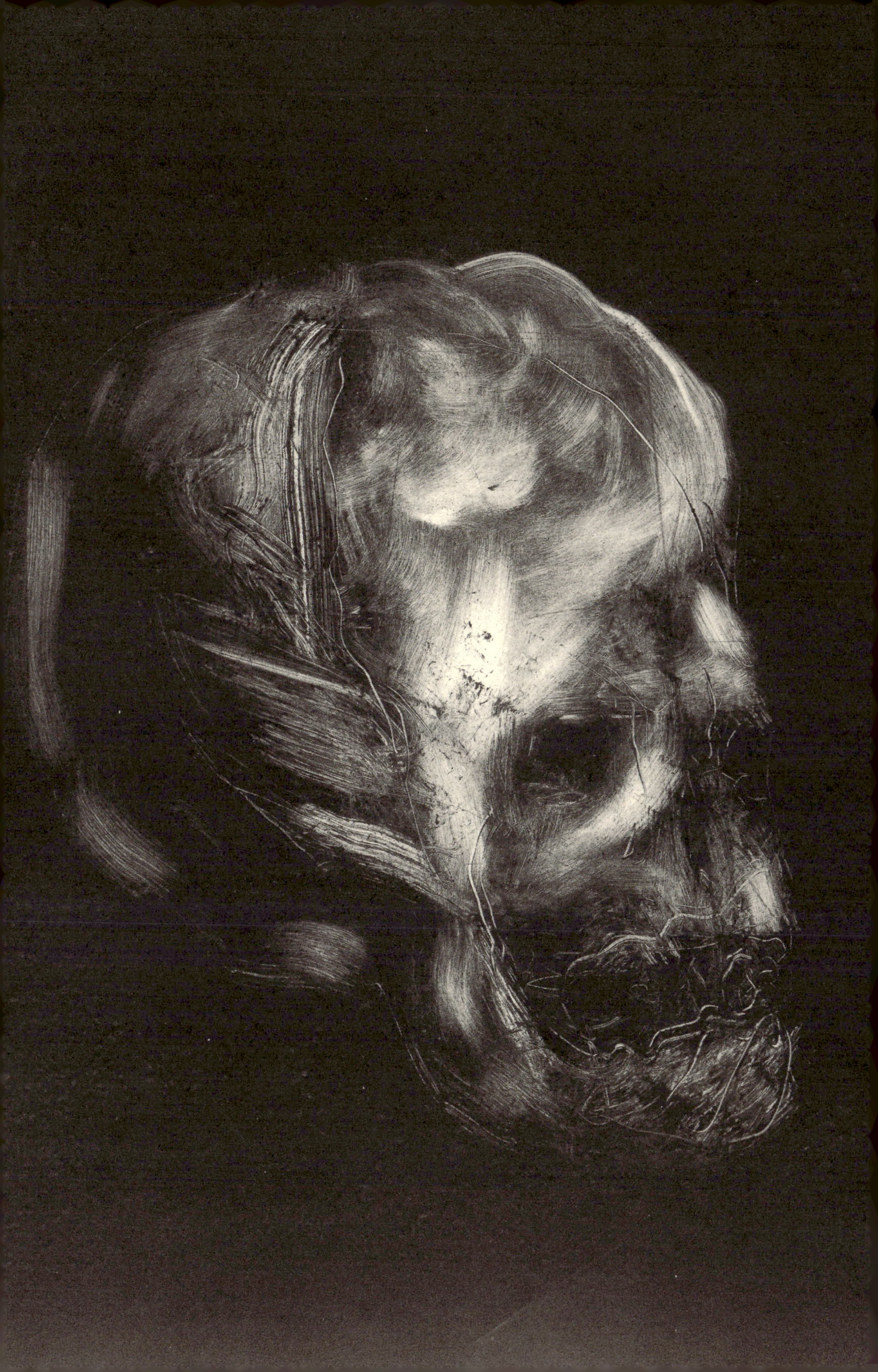

— Não entre! — murmurou Chátov e, segurando-o com ímpeto pelo braço, arrastou-o de volta ao portão. — Espere aqui, volto num instante, eu o havia esquecido por completo, por completo! Oh, de que jeito você se fez lembrar!

Estava tão apressado que nem sequer entrou na casa de Kiríllov e apenas chamou a velha. Marie caiu em desespero e ficou indignada só por ele "ter pensado em deixá-la sozinha".

— Mas — bradou ele em êxtase — esta já será a última vez! Agora é um novo caminho e nunca, nunca vamos nos lembrar daquele horror antigo!

Deu um jeito de convencê-la e lhe prometeu voltar às nove horas em ponto; beijou-a com força, beijou a criança e saiu correndo para ter com Erkel.

Os dois tomaram a direção do parque de Skvoriéchniki, onde um ano e meio antes, em um lugar isolado, em pleno extremo do parque, lá onde já começava o pinheiral, ele enterrara o linotipo que lhe fora confiado. O lugar era ermo, deserto, totalmente invisível, bastante afastado da casa de Skvoriéchniki. Do prédio de Fillípov até lá teriam de caminhar umas três verstas e meia, talvez quatro.

— Não me diga que vamos percorrer tudo isso a pé? Vou chamar um cocheiro.

— Eu lhe rogo que não chame — objetou Erkel —, foi justamente nisso que eles insistiram. O cocheiro também é uma testemunha.

— Então... com os diabos! É indiferente, contanto que termine, que termine!

Partiram imediatamente.

— Erkel, você é um menino pequeno! — bradou Chátov — já foi feliz algum dia?

— Mas você, parece, está muito feliz agora — observou Erkel com curiosidade.

VI
UMA NOITE PESADÍSSIMA

I

Durante o dia, Virguinski usou umas duas horas para percorrer as casas de todos os *nossos* e lhes anunciar que Chátov certamente não iria delatar, porque a mulher havia voltado para ele e nascera um filho e, "conhecendo o coração humano", não se podia supor que nesse instante ele pudesse ser perigoso. Mas, para sua ansiedade, não encontrou quase ninguém em casa, a não ser Erkel e Liámchin. Erkel ouviu essa notícia calado e olhando-o serenamente nos olhos; à pergunta direta: "Iria ele ou não às seis horas?", respondeu com o sorriso mais sereno que, "é claro, irá".

Liámchin estava acamado, pelo visto com doença séria, de cabeça envolta no cobertor. Levou um susto com a entrada de Virguinski e, mal o outro começou a falar, agitou as mãos por baixo do cobertor, implorando que o deixassem em paz. No entanto ouviu tudo sobre Chátov; mas, por algum motivo, ficou muitíssimo surpreso com a notícia de que ninguém estava em casa. Verificou-se também que já sabia (através de Lipútin) da morte de Fiedka e ele mesmo a contou a Virguinski, de forma apressada e desconexa, o que, por sua vez, deixou o outro surpreso. À pergunta direta de Virguinski: "Precisamos ir ou não?", voltou subitamente a implorar, agitando os braços, que "estava fora, não sabia de nada e que o deixassem em paz".

Virguinski voltou para casa acabrunhado e em forte inquietação; para ele era difícil ter de esconder da família; estava acostumado a abrir tudo para a mulher, e se naquele instante não surgisse em seu cérebro excitado uma nova ideia, um certo plano conciliador para as futuras ações, é possível que fosse para a cama como Liámchin. Mas o novo pensamento o revigorou e, além disso, passou a esperar a hora até com impaciência e foi para o ponto combinado até antes do que era preciso.

Era um lugar muito sombrio no final do imenso parque dos Stavróguin. Depois fui lá deliberadamente para ver; como devia ter parecido sombrio naquela severa noite de outono. Ali começava uma velha reserva florestal; imensos pinheiros seculares se distinguiam na escuridão como manchas sombrias e indefinidas. A escuridão era tal que a dois metros de distância eles quase não distinguiam um ao outro, mas Piotr Stiepánovitch, Lipútin e depois Erkel levaram lanternas. Não se sabe com que fim e quando, em tempos imemoriais, construíram ali uma gruta bastante ridícula de pedras brutas. A mesa e os bancos no interior da gruta havia muito já estavam podres e reduzidos a pó. A uns duzentos metros à direita terminava o terceiro tanque do parque. A partir da própria casa, aqueles três tanques se dispunham um após outro a uma distância de pouco mais de uma versta e iam até o final do parque. Era difícil supor que algum ruído, grito ou até mesmo tiro pudessem chegar aos ouvidos dos habitantes da abandonada casa dos Stavróguin. Com a partida de Nikolai Vsievolódovitch na véspera e o retorno de Aleksiêi Iegóritch, em toda a casa não haviam ficado mais de cinco pessoas e, por assim dizer, de índole inválida. Em quaisquer circunstâncias, poder-se-ia supor com plena probabilidade que, se um clamor ou grito de ajuda chegasse aos ouvidos de algum daqueles moradores isolados, infundiria neles apenas pavor, e nenhum se mexeria de suas estufas quentes e tarimbas aquecidas para prestar socorro.

Às seis e vinte quase todos já estavam no ponto do encontro, à exceção de Erkel, que conduzia Chátov. Dessa vez Piotr Stiepánovitch não se atrasou; chegou com Tolkatchenko. Tolkatchenko estava de semblante carregado e preocupado; toda a sua firmeza afetada e descaradamente jactanciosa havia desaparecido. Quase não se separava de Piotr Stiepánovitch e, ao que parecia, tornara-se de súbito infinitamente dedicado a ele; amiúde e azafamado metia-se a cochichar com ele; mas o outro quase não lhe respondia ou resmungava algo aborrecido com o intuito de livrar-se.

Chigalióv e Virguinski chegaram até um pouco antes de Piotr Stiepánovitch, e quando este apareceu eles imediatamente se afastaram um pouco para um lado, num silêncio profundo e notoriamente premeditado. Piotr Stiepánovitch levantou a lanterna e examinou os dois com uma atenção incerimoniosa e ofensiva. "Estão querendo falar", passou-lhe pela cabeça.

— Liámchin não veio? — perguntou a Virguinski. — Quem disse que ele estava doente?

— Estou aqui — respondeu Liámchin, aparecendo subitamente de trás de uma árvore. Estava com um sobretudo quente e enrolado fortemente numa manta, de sorte que era difícil ver-lhe o rosto até com uma lanterna.

— Então só Lipútin não está?

E Lipútin saiu em silêncio da gruta. Piotr Stiepánovitch tornou a levantar a lanterna.

— Por que você se escondeu ali, por que não estava aqui fora?

— Suponho que conservamos o direito à liberdade... dos nossos movimentos — resmungou Lipútin, aliás provavelmente sem entender direito o que quis exprimir.

— Senhores — elevou a voz Piotr Stiepánovitch, violando pela primeira vez o semimurmúrio, o que surtiu efeito —, os senhores, acho eu, compreendem bem que não temos por que nos estender aqui. Ontem tudo foi dito e ruminado, de modo direto e definido. Contudo, pelo que vejo pelas caras, talvez alguém queira declarar alguma coisa; neste caso peço pressa. O diabo que o carregue, temos pouco tempo e Erkel pode trazê-lo agora mesmo...

— Ele o trará infalivelmente — interveio a esmo Tolkatchenko.

— Se não estou enganado, primeiro ocorrerá a entrega do linotipo? — quis saber Lipútin, mais uma vez como se não entendesse o fim da pergunta.

— Sim, é claro, não vamos perder a coisa — Piotr Stiepánovitch levantou a lanterna para o rosto dele. — Mas acontece que ontem todos combinamos que não havia necessidade de recebê-la de verdade. Que ele indique apenas o ponto em que a enterrou; depois nós mesmos a desenterraremos. Sei que está em algum ponto a dez passos de algum dos ângulos dessa gruta... Mas que diabo, como você foi esquecer isso, Lipútin? Ficou combinado que você o encontraria sozinho e só depois nós apareceríamos... É estranho que você pergunte, ou está perguntando apenas por perguntar?

Lipútin calou com ar sombrio. Todos calaram. O vento eriçava as copas dos pinheiros.

— Não obstante, senhores, espero que cada um cumpra o seu dever — balbuciou com impaciência Piotr Stiepánovitch.

— Estou sabendo que a mulher de Chátov veio para a casa dele e deu à luz uma criança — súbito começou a falar Virguinski com inquietação, pressa, mal conseguindo pronunciar as palavras e gesticulando. — Conhecendo o coração humano... podemos estar seguros de que agora ele não vai denunciar... porque está em clima de felicidade... De sorte que passei há pouco na casa de todos vocês e não encontrei ninguém... De maneira que, agora, talvez não se precise fazer nada...

Parou: estava com a respiração cortada.

— Se ficasse de repente feliz, senhor Virguinski — caminhou para ele Piotr Stiepánovitch —, adiaria não uma delação, coisa que está fora de discussão, mas algum feito cívico arriscado, que o senhor tivesse projetado antes da chegada da felicidade e considerasse seu dever e sua obrigação, apesar do risco e da perda de felicidade?

— Não, não adiaria! Por nada adiaria! — proferiu Virguinski com um ardor terrivelmente absurdo e encolhendo-se todo.

— Preferiria ser outra vez infeliz a ser patife?

— Sim, sim... Até ao contrário, totalmente... eu preferiria ser um patife completo... quer dizer, não... embora nunca um patife mas, ao contrário, totalmente infeliz a ser patife.

— Pois fique sabendo que Chátov considera essa denúncia sua façanha cívica, a sua mais alta convicção, e a prova é que, em parte, ele mesmo se arrisca perante o governo, embora, é claro, muita coisa lhe venha a ser perdoada em troca da denúncia. Um tipo como esse já não vai desistir por nada. Nenhuma felicidade o vencerá; amanhã reconsidera, exproba-se a si mesmo e vai fazer a denúncia. Além do mais, não vejo nenhuma felicidade no fato de ter a mulher dele aparecido três anos depois para dar à luz um filho de Stavróguin.

— Mas acontece que ninguém viu a denúncia — pronunciou de súbito e com insistência Chigalióv.

— A denúncia eu vi — gritou Piotr Stiepánovitch —, ela existe, e tudo isso é uma terrível tolice, senhores.

— Mas eu — súbito Virguinski exaltou-se —, eu protesto... protesto com todas as minhas forças... quero... Veja o que quero: quero que, quando ele chegar, todos nós nos apresentemos e perguntemos sobre a questão: se for verdade, então arrancaremos dele o arrependimento e, se der a palavra de honra, nós o liberaremos. Seja como for é um julgamento; e está de acordo com um julgamento. Não se trata de nos escondermos todos e depois atacá-lo.

— Arriscar a causa comum por uma palavra de honra é o cúmulo da tolice! Arre, diabo, como isso é tolo, senhores, neste momento! E que papel os senhores assumem no momento de perigo?

— Protesto, protesto — repisou Virguinski.

— Pelo menos não grite, assim não ouviremos o sinal. Chátov, senhores... (Diabo, como isso é tolo neste momento!) Eu já lhes disse que Chátov é um eslavófilo, ou seja, uma das pessoas mais tolas... Mas, pensando bem, o diabo que o carregue, é indiferente e quero que se dane tudo! Os senhores só me desnorteiam!... Senhores, Chátov era um homem exasperado, e como assim mesmo pertencia à sociedade, quer o quisesse ou não, até o último instante tive a esperança de poder aproveitá-lo para a causa comum e usá-lo como homem exasperado. Eu o conservei e poupei, apesar das prescrições mais exatas... Eu o poupei cem vezes mais do que ele merecia! Mas ele acabou denunciando; ora, com os diabos, que se dane!... Agora tente algum dos senhores dar o fora! Nenhum tem o direito de abandonar a causa! Podem até beijá-lo, se quiserem, mas não têm o direito de trair a causa comum por uma palavra de honra! Assim agem os porcos e os subornados pelo governo!

— Quem são aqui os subornados pelo governo? — quis inteirar-se outra vez Lipútin.

— Você, talvez, é melhor que você fique calado, Lipútin, você só fala isso por hábito. Senhores, subornados são todos os que se acovardam num momento de perigo. Por medo sempre aparece um imbecil que no último instante corre e grita: "Ai, me perdoem, eu entrego todos!". Mas fiquem sabendo, senhores, que agora já não os perdoarão por nenhuma denúncia. Se reduzirem em dois graus a pena jurídica, ainda assim a Sibéria será o destino de cada um e, além disso, não escaparão da outra espada. E a outra espada é mais afiada do que a do governo.

Piotr Stiepánovitch estava em fúria e falou demais. Chigalióv deu três passos firmes na direção dele.

— De ontem para hoje ponderei a questão — começou de modo seguro e metódico como sempre fazia (e me parece que, se a terra sumisse debaixo dos seus pés, nem assim intensificaria a entonação ou mudaria uma vírgula na forma metódica de sua exposição) —, e depois de ponderar a questão, resolvi que um assassinato planejado não é apenas a perda de um tempo precioso, que poderia ser empregado de modo mais substancial e imediato, mas, ainda por cima, representa aquele desvio nocivo do caminho normal que é sempre o mais prejudicial à causa e tem adiado por decênios o seu êxito, quando as pessoas se subordinam à influência de gente leviana e predominantemente política em vez de socialistas puros. Vim para cá unicamente com o fim de protestar contra o empreendimento planejado, para que isso sirva de lição aos demais, e depois me desvincular deste momento que você, não sei por que razão, chama de momento do seu perigo. Eu me retiro não por medo desse perigo nem por suscetibilidade para com Chátov, a quem não tenho a menor vontade de beijar, mas unicamente porque toda essa questão, do começo ao fim, contraria literalmente o meu programa. Quanto à delação e ao suborno do governo, de minha parte podem estar absolutamente tranquilos: não haverá delação.

Deu meia-volta e retirou-se.

— Diabos, ele vai cruzar com eles e prevenir Chátov! — bradou Piotr Stiepánovitch e arrancou o revólver. Ouviu-se o estalo do gatilho armado.

— Podem estar seguros — Chigalióv tornou a voltar-se — de que, cruzando com Chátov a caminho eu talvez lhe faça uma reverência, mas não vou preveni-lo.

— Sabe que pode pagar por isso, senhor Fourier?

— Peço-lhe que observe que não sou Fourier. Ao me confundir com esse moleirão melífluo, você apenas demonstra que desconhece totalmente meu manuscrito, embora ele tenha andado em suas mãos. Quanto à sua vingança, digo que você armou o gatilho em vão; neste instante isso lhe é absolutamente desfavorável. Se me ameaça para amanhã ou depois de amanhã, mais uma vez nada vai ganhar me fuzilando, a não ser novas preocupações: você me mata, e mesmo assim acabará cedo ou tarde vindo para o meu sistema. Adeus.

Nesse instante, a uns duzentos passos do parque, do lado do tanque, ouviu-se um assobio. Lipútin respondeu de imediato com outro assobio, conforme o combinado na véspera (para o que ainda pela manhã comprara por um copeque em um bazar um apito infantil de barro, por não confiar em sua boca desdentada). Ainda a caminho Erkel prevenira Chátov de que haveria um apito, de sorte que o outro não teve nenhuma suspeita.

— Não se preocupe, passarei ao largo deles e não me notarão absolutamente — preveniu Chigalióv com um murmúrio imponente e, sem pressa e sem aumentar as passadas, tomou definitivamente o caminho de casa através do parque escuro.

Hoje se sabe perfeitamente, nos mínimos detalhes, como se deu aquela horrível ocorrência. Primeiro Lipútin recebeu Erkel e Chátov junto à gruta; Chátov não lhe fez reverência nem lhe estendeu a mão, mas no mesmo instante pronunciou em voz alta e apressado:

— Vamos, onde está a pá de vocês, e não haveria mais uma lanterna? E não tenham medo, aqui não há absolutamente ninguém, e nem um tiro de canhão disparado daqui seria ouvido em Skvoriéchniki. Ele está aqui, vejam, aqui, neste lugar mesmo...

E bateu com o pé realmente a dez passos do ângulo posterior da gruta, do lado da floresta. Nesse mesmo instante Tolkatchenko se lançou de detrás de uma árvore sobre as costas dele e Erkel o agarrou também por trás, pelos cotovelos. Lipútin atacou pela frente. Os três o derrubaram e o pressionaram contra o chão. Nesse instante Piotr Stiepánovitch acorreu com o revólver em punho. Dizem que Chátov teve tempo de voltar a cabeça para ele e ainda conseguiu vê-lo e reconhecê-lo. Três lanternas iluminavam a cena. Súbito Chátov soltou um grito curto e desesperado; mas não o deixaram gritar: Piotr Stiepánovitch apontou-lhe o revólver direto para a testa, com cuidado e firmeza, bem à queima-roupa, e apertou o gatilho. Parece que o tiro não foi estridente, pelo menos não se ouviu nada em Skvoriéchniki. É claro que Chigalióv ouviu, pois é improvável que tivesse conseguido dar uns trezentos passos — ouviu tanto o grito quanto o tiro, mas, segundo seu próprio depoimento posterior, não olhou para trás e sequer parou. A morte foi quase instantânea. Só Piotr Stiepánovitch manteve a plena capacidade de direção, mas não creio que o sangue-frio também. Acocorou-se e vasculhou às pressas e com firmeza os bolsos do morto. Não havia dinheiro (o moedeiro ficara de-

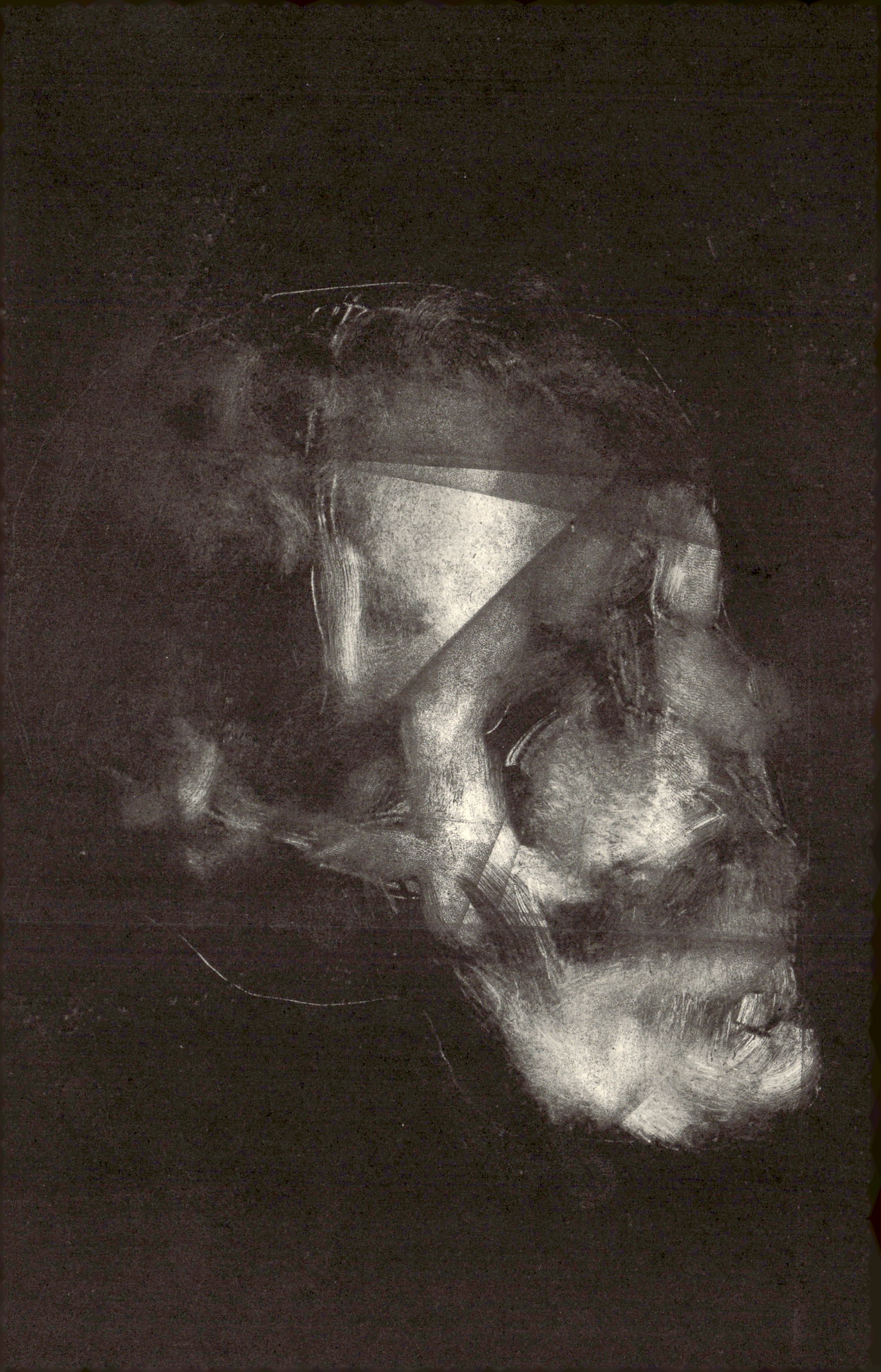

baixo do travesseiro com Mária Ignátievna). Encontrou uns dois ou três papéis sem importância: um bilhete de um escritório, o título de um livro e uma velha conta de uma taverna do estrangeiro, que sabe Deus por que motivo conservara durante dois anos no bolso. Piotr Stiepánovitch pôs os papéis em seu bolso e, notando subitamente que todos haviam se aglomerado, olhavam para o cadáver e nada faziam, começou a xingá-los e apressá-los com raiva e descortesia. Recobrando-se, Tolkatchenko e Erkel correram e num piscar de olhos trouxeram da gruta duas pedras que ali haviam reservado ainda pela manhã, de umas vinte libras cada uma, já prontas, isto é, amarradas com força e solidez por cordas. Como estava combinado que o cadáver seria levado para o tanque mais próximo (o terceiro) e ali imergido, puseram-se a amarrar as pedras nas pernas e no pescoço do morto. Piotr Stiepánovitch amarrava, enquanto Tolkatchenko e Erkel apenas as seguravam um atrás do outro. Erkel foi o primeiro a passar a pedra, e enquanto Piotr Stiepánovitch resmungava e xingava, amarrando as pernas do morto com a corda e prendendo nelas a primeira pedra, durante todo esse tempo bastante longo Tolkatchenko segurava sua pedra nos braços sobre uma escarpa, com todo o corpo muito curvado à frente, em atitude como que respeitosa, à espera do primeiro pedido para passar a pedra sem demora, e nenhuma vez pensou em arriar seu fardo no chão. Quando as duas pedras foram finalmente amarradas e Piotr Stiepánovitch se levantou do chão para olhar as caras dos presentes, súbito aconteceu uma coisa estranha, totalmente inesperada, que deixou quase todos surpresos.

Como já foi dito, quase todos estavam postados sem fazer nada, exceto Tolkatchenko e Erkel, em parte. Virguinski, embora tivesse investido contra Chátov quando todos se lançaram sobre ele, não o agarrou nem ajudou a segurá-lo. Quanto a Liámchin, apareceu no meio do grupo já depois do tiro. Em seguida, durante toda a azáfama de possivelmente uns dez minutos com o cadáver, todos eles como que perderam parte da consciência. Aglomeraram-se em um círculo e, antes de demonstrar qualquer inquietação ou alarme, experimentaram apenas uma espécie de surpresa. Lipútin estava à frente, ao pé do cadáver. Por trás dele, Virguinski olhava por cima dos seus ombros com uma curiosidade especial e meio alheada, pondo-se inclusive na ponta dos pés para ver melhor. Já Liámchin escondia-se por trás de Virguinski e só de raro em raro e timidamente olhava por trás dele e escondia-se no mesmo instante. Quando as pedras foram amarradas ao cadáver e Piotr Stiepánovitch se levantou, Virguinski foi subitamente tomado de um pequeno tremor por todo o corpo, ergueu os braços e exclamou amargurado a plenos pulmões:

— Não era nada disso! Não era nada disso!

É possível que ele ainda acrescentasse alguma coisa à sua exclamação tão tardia, mas Liámchin não o deixou terminar: súbito o enlaçou com toda a força e o apertou por trás, ganindo um ganido incrível. Há momentos intensos de medo, por exemplo, em que um homem de repente grita feito um possesso, e com uma voz que nem sequer se poderia supor que tivesse antes, e isso é às vezes muito terrível. Liámchin começou a gritar com uma voz que não era de gente, mas de algum animal. Apertando Virguinski por trás cada vez com mais e mais força e com um ímpeto convulsivo, gania sem cessar, sem intervalo, com os olhos arregalados para todos e a boca escancarada, enquanto sapateava miúdo no chão, como se ali reproduzisse o rufar de tambores. Virguinski ficou tão assustado que também gritou feito louco e, tomado de uma fúria e de um ódio que jamais se podiam esperar dele, começou a contorcer-se nas mãos de Liámchin, arranhando-o e batendo-lhe por trás com as mãos até onde conseguia atingi-lo. Finalmente Erkel o ajudou a afastar Liámchin. Mas quando Virguinski afastou-se uns dez passos para um lado, tomado de susto, Liámchin, vendo de repente Piotr Stiepánovitch, tornou a ganir e lançou-se já contra ele. Tropeçando no cadáver, caiu por cima dele sobre Piotr Stiepánovitch e o agarrou com tanta força, apertando a cabeça contra o seu peito, que no primeiro instante nem Piotr Stiepánovitch, nem Tolkatchenko, nem Lipútin puderam fazer quase nada. Piotr Stiepánovitch gritava, injuriava, dava-lhe murros na cabeça; por fim deu um jeito de livrar-se, sacou o revólver e o apontou direto contra a boca aberta de Liámchin, que continuava ganindo e já fora agarrado com força por Tolkatchenko, Erkel e Lipútin. Mas Liámchin continuou ganindo apesar do revólver. Por fim Erkel fez uma bola com seu lenço de fular, meteu-a com habilidade na boca de Liámchin e assim o grito cessou. Nesse ínterim Tolkatchenko lhe amarrou as mãos com a ponta da corda que restara.

— Isso é muito estranho — proferiu Piotr Stiepánovitch, examinando o louco com uma surpresa inquieta. Estava visivelmente estupefato.

— Eu tinha uma ideia bem diferente dele — acrescentou pensativo.

Por enquanto deixaram Erkel cuidando dele. Tinham de apressar-se com o morto: houvera tantos gritos que podiam ter ouvido em algum lugar. Tolkatchenko e Piotr Stiepánovitch levantaram as lanternas, agarraram o cadáver por baixo da cabeça; Lipútin e Virguinski seguraram as pernas e o conduziram. Com as duas pedras o fardo estava pesado, e a distância era superior a duzentos passos. O mais forte de todos era Tolkatchenko. Ele sugeriu que caminhassem lado a lado, mas ninguém lhe respondeu nada e seguiram do jeito que deu. Piotr Stiepánovitch caminhava à direita e, completamente inclinado, carregava no ombro a cabeça do morto, segurando a pedra por baixo com a mão esquerda. Como ao longo de toda a caminhada a Tolkatchenko não ocorreu ajudar a segurar a pedra, Piotr Stiepánovitch o destratou aos gritos. O grito foi inesperado e solitário; todos continuaram em silêncio, e só à beira do tanque Virguinski, inclinado sob o fardo e como que esgotado pelo peso, súbito tornou a exclamar exatamente com a mesma voz alta e chorosa:

— Não era isso, não, não, não era nada disso!

O local onde terminava esse terceiro tanque bastante grande de Skvoriéchniki, e para onde levaram o morto, era um dos lugares mais desertos e menos frequentados do parque, sobretudo em uma estação tão tardia do ano. Naquela margem, o tanque estava coberto de mato. Puseram a lanterna no chão, balançaram o cadáver e o lançaram na água. Ouviu-se um som surdo e demorado. Piotr Stiepánovitch levantou a lanterna; todos se posicionaram atrás dele, olhando com curiosidade como o morto imergia; mas já não se via nada: com as duas pedras amarradas o corpo afundou no mesmo instante. Os grandes círculos que se formaram na superfície rapidamente se extinguiram. O caso estava encerrado.

— Senhores — Piotr Stiepánovitch dirigiu-se a todos —, agora vamos nos dispersar. Sem dúvida os senhores devem estar sentindo o orgulho livre que acompanha o cumprimento de um dever livre. Se neste momento, infelizmente, o alarme os impede de experimentar esses sentimentos, não há dúvida de que os experimentarão amanhã, quando já será vergonhoso não experimentá-los. Aceito ver a inquietação excessivamente vergonhosa de Liámchin como um delírio, sobretudo porque dizem que ele estava doente de verdade ainda pela manhã. Quanto ao senhor, Virguinski, um instante de livre reflexão lhe mostrará que, em vista dos interesses da causa comum, não poderíamos agir em troca de uma palavra de honra, e sim precisamente como agimos. Os resultados lhe mostrarão que houve uma denúncia. Concordo em esquecer as suas exclamações. Quanto a perigo, nenhum está previsto. Não passará pela cabeça de ninguém suspeitar de nós algum dia, sobretudo se os senhores mesmos souberem se comportar; de sorte que a causa principal depende, apesar de tudo, dos senhores e da plena convicção na qual, espero, se firmarão amanhã mesmo. A propósito, foi para isso que se uniram em uma organização especial para a livre reunião de correligionários com o fim de, em nome da causa comum, em dado momento dividir entre si a energia e, se preciso for, vigiar e observar uns aos outros. Cada um dos senhores está ligado a um dever supremo. Estão chamados a renovar uma causa caduca e com fedor de estagnação; tenham sempre isso em vista para manter o ânimo. Agora todos os seus passos visam ao desmoronamento de tudo: tanto do Estado quanto da sua moral. Só restaremos nós, que nos predestinamos para tomar o poder: incorporaremos os inteligentes e cavalgaremos os tolos. Com isso não devem se perturbar. É preciso reeducar a geração para torná-la digna da liberdade. Ainda haverá muitos milhares de Chátov. Nós nos organizaremos para assumir a direção; seria uma vergonha não tomarmos em nossas mãos o que está no imobilismo e nos espera de braços abertos. Agora vou à casa de Kiríllov e pela manhã teremos o documento em que ele, ao morrer, assumirá tudo sob a forma de explicação para o governo. Não haverá nada mais provável do que essa combinação. Em primeiro lugar, ele tinha inimizade com Chátov; os dois moraram juntos na América, logo, tiveram tempo de brigar. Sabe-se que Chátov traiu as convicções; então, a inimizade entre os dois era motivada por convicções e pelo temor da delação, portanto, era o tipo de inimizade que nunca perdoa. É assim que tudo será escrito. Por fim será mencionado que Fiedka esteve hospedado na casa dele, no prédio de Fillípov. Assim, tudo isso afastará qualquer suspeita dos senhores, porque vai desnortear todas aquelas cabeças de bagre. Senhores, amanhã já não nos veremos; vou ficar ausente pelo mais breve período possível no distrito. Mas depois de amanhã receberão comunicados meus. Eu lhes recomendaria ficar em casa precisamente o dia de amanhã. Agora sairemos daqui de dois em dois por diferentes caminhos. A você, Tolkatchenko, peço que se encarregue de Liámchin e o deixe em casa. Pode influenciá-lo e, o principal, explicar-lhe até que ponto ele mesmo será o primeiro a sair prejudicado com a sua pusilanimidade. Do seu parente Chigalióv, senhor Virguinski, não quero duvidar, assim como do senhor: mas ele não irá delatar. Resta lamentar a atitude dele; mas, não obstante, ele ainda não declarou se deixa a sociedade e por isso ainda é cedo para enterrá-lo. Bem, senhores, aviemo-nos; mesmo que eles lá sejam uns cabeças de bagre, ainda assim cautela não faz mal...

Virguinski partiu com Erkel. Ao entregar Liámchin aos cuidados de Tolkatchenko, Erkel conseguiu levá-lo a Piotr Stiepánovitch e declarar que o outro se recobrara, estava arrependido, pedia perdão e nem sequer se lembrava do que lhe havia acontecido. Piotr Stiepánovitch partiu sozinho, fazendo um contorno na direção dos tanques ao lado do parque. Esse caminho era o mais longo. Para sua surpresa, quase na metade do caminho, Lipútin o alcançou.

— Piotr Stiepánovitch, olhe que Liámchin vai delatar!

— Não, ele vai voltar a si e compreender que será o primeiro a ser mandado para a Sibéria se delatar. Agora ninguém irá delatar. Nem você.

— E você?

— Sem dúvida confino vocês todos à primeira menção de trair, e você sabe disso. Mas você não vai trair. E foi por isso que correu duas verstas atrás de mim?

— Piotr Stiepánovitch, Piotr Stiepánovitch, talvez nunca mais nos vejamos.

— De onde você tirou isso?

— Diga-me uma coisa.

— Vamos, o quê? Aliás, quero que dê o fora.

— Uma resposta, mas que seja verdadeira: existe só um quinteto na face da terra ou é verdade que há algumas centenas de quintetos? A pergunta tem um sentido elevado, Piotr Stiepánovitch.

— Vejo pelo seu frenesi. Você sabe que é mais perigoso do que Liámchin, Lipútin?

— Sei, sei, mas a resposta, a sua resposta!

— Você é um tolo! Porque agora, ao que parece, para você dá no mesmo que seja um ou mil quintetos.

— Quer dizer que é um! Eu bem que sabia! — exclamou Lipútin. — Eu sempre soube que era um, até agora... — e, sem esperar outra resposta, deu meia-volta e rapidamente sumiu na escuridão.

Piotr Stiepánovitch ficou um pouco pensativo.

— Não, ninguém vai delatar — pronunciou com firmeza —, mas o grupelho deve permanecer um grupelho e obedecer, ou eu os... arre, que porcaria de gente, apesar de tudo!

II

Primeiro ele foi à sua casa e arrumou a mala cuidadosamente, sem pressa. Às seis da manhã tomaria o trem extra. Só uma vez por semana havia aquele trem extra na parte da manhã e o horário fora estabelecido havia muito pouco tempo, por enquanto apenas como teste. Piotr Stiepánovitch, embora tivesse prevenido os *nossos* de que se afastaria provisoriamente para o distrito, não obstante, como se verificou posteriormente, tinha intenções bem diferentes. Depois de arrumar a mala, acertou as contas com a senhoria por ele prevenida de antemão e foi de carruagem para a casa de Erkel, que morava perto da estação. Depois, mais ou menos ao fim da uma da manhã, foi para a casa de Kiríllov, onde penetrou mais uma vez pela passagem secreta de Fiedka.

O estado de ânimo de Piotr Stiepánovitch era horrível. Além de alguns desprazeres seriíssimos para ele (ainda não conseguira saber nada sobre Stavróguin), ao que parece — porque não posso afirmar ao certo — recebeu durante o dia de alguma parte (o mais provável de Petersburgo) uma notícia secreta acerca de um certo perigo que em breve o aguardava. É claro que esse momento é objeto de muitas lendas que correm em nossa cidade; se alguma coisa é tida como certa, só o sabem aqueles a quem caberia saber. Apenas suponho, por opinião própria, que Piotr Stiepánovitch pudesse ter negócios em algum lugar, até além da nossa cidade, de maneira que ele realmente podia receber avisos. Estou até convencido, contrariando a dúvida cínica e desesperada de Lipútin, de que em nosso país poderia haver realmente uns dois ou três quintetos além do nosso, por exemplo, nas capitais;[53] e se não quintetos, então contatos e ligações, talvez até muito curiosas. Não mais que três dias depois da partida de Piotr Stiepánovitch, chegou da capital à nossa cidade a ordem de prendê-lo imediatamente — se por motivos propriamente ligados à nossa cidade ou a outras, não sei. Essa ordem chegou justamente a tempo de reforçar a surpreendente impressão de medo, quase místico, que de chofre se apoderara das nossas autoridades e de nossa sociedade até então obstinadamente leviana, quando se descobriu o assassinato misterioso e muito significativo do estudante Chátov — assassinato que encheu a medida dos nossos absurdos — e as circunstâncias essencialmente enigmáticas que acompanhavam esse caso. Mas a ordem chegou atrasada: Piotr Stiepánovitch já se encontrava em Petersburgo, com outro nome, onde, depois de farejar o que estava acontecendo, escapuliu num piscar de olhos para o estrangeiro... Pensando bem, eu me antecipei demais.

Ele entrou em casa de Kiríllov com um ar raivoso e desafiador. Era como se quisesse, além da questão principal, arrancar mais alguma coisa pessoalmente de Kiríllov, descarregar algo nele. Kiríllov pareceu contente com sua chegada; via-se que o havia esperado um tempo terrivelmente longo e com uma impaciência mórbida. Tinha o rosto mais pálido que de costume, a expressão dos olhos negros pesada e imóvel.

— Pensei que não viesses — pronunciou de forma pesada do canto do divã, de onde, aliás, não se mexeu para receber a visita. Piotr Stiepánovitch ficou em pé diante dele e, antes de dizer qualquer palavra, olhou fixamente para o seu rosto.

— Então está tudo em ordem e não recuamos da nossa intenção, bravo! — sorriu com um sorriso ofensivamente protetor. — Pois veja só — acrescentou em um tom de brincadeira detestável —, se me atrasei não lhe cabe queixar-se: dei-lhe três horas de presente.

[53] Leia-se Moscou e Petersburgo. (N. do T.)

— Não quero mais horas como presente de tua parte e tu não me podes dar... imbecil.

— Como? — Piotr Stiepánovitch ia estremecendo, mas num piscar de olhos se controlou. — Isso sim é melindrice! Então, estamos em fúria? — ressaltou com o mesmo ar de arrogância ofensiva. — Em um momento como este se precisa antes de tranquilidade. O melhor neste momento é se considerar um Colombo, olhar para mim como um rato e não se zangar comigo. Foi isso que recomendei ontem.

— Não quero olhar para ti como para um rato.

— O que é isso, um elogio? Aliás, o chá também está frio, quer dizer que tudo está de pernas para o ar. Não, aqui está havendo algo suspeito. Caramba! Estou notando alguma coisa na janela, num prato (aproximou-se da janela). Ah, galinha cozida com arroz!... Por que até agora não foi tocada? Quer dizer que estava num estado de espírito tal que nem sequer a galinha...

— Eu comi, e não é da tua conta; cala a boca!

— Oh, é claro, e ademais dá no mesmo. Mas para mim agora não dá no mesmo: imagine que quase não comi nada e por isso, se agora essa galinha, como supomos, já não é necessária... hein?

— Come, se podes.

— Isso eu agradeço, e depois chá.

Acomodou-se num repente à mesa no outro extremo do divã e com uma avidez extraordinária atacou a comida; mas ao mesmo tempo observava a cada instante sua vítima. Kiríllov olhava para ele com uma aversão furiosa, como se não tivesse forças para desligar-se.

— No entanto — aprumou-se de repente Piotr Stiepánovitch continuando a comer —, no entanto, tratemos da questão? Então vamos recuar, é? E o papel?

— Eu determinei que nesta noite é indiferente para mim. Vou escrever. Sobre os panfletos?

— Sim, sobre os panfletos também. Aliás, eu dito. Porque para o senhor é indiferente. Não me diga que poderia estar preocupado com o conteúdo em um momento como este?

— Não é problema teu.

— Não é meu, é claro. Aliás, apenas algumas linhas: dizendo que o senhor e Chátov distribuíram panfletos, a propósito com a ajuda de Fiedka, que se escondia em sua casa. Este último ponto sobre Fiedka e o apartamento é muito importante, até o mais importante. Está vendo, estou sendo totalmente franco com o senhor.

— Chátov? Por que Chátov? Por nada escreverei sobre Chátov.

— Ora, mais essa, o que lhe custa? Já não pode prejudicá-lo.

— A mulher dele está em sua casa. Acordou e mandou me chamar: onde está ele?

— Ela mandou lhe perguntar onde está ele? Hum, isso não é bom. Talvez torne a mandar; ninguém deve saber que eu estou aqui...

Piotr Stiepánovitch ficou preocupado.

— Ela não vai saber, está novamente dormindo; está com a parteira Arina Virguínskaia.

— Aí é que está... não vai ouvir, será? Sabe, seria bom fechar a porta do alpendre.

— Não vai ouvir nada. E se Chátov aparecer você se esconderá naquele quarto.

— Chátov não virá; e o senhor vai escrever que brigou com ele por causa da traição e da delação... hoje à noite... e foi essa a causa da sua morte.

— Ele morreu! — bradou Kiríllov, pulando do divã.

— Hoje entre as sete e as oito da noite, ou melhor, ontem depois das sete da noite, porque agora já é uma da manhã.

— Foste tu que o mataste!... E ontem eu previ isso!

— Pudera não prever! Com este revólver aqui (tirou o revólver do bolso, pelo visto para mostrar, mas já não tornou a escondê-lo, e continuou a segurá-lo na mão direita como que de prontidão). Mesmo assim, Kiríllov, o senhor é um homem estranho, o senhor mesmo sabia que assim devia ser o fim daquele homem tolo. O que haveria de prever nisso? Várias vezes eu deixei isso bem mastigado para o senhor. Chátov estava preparando uma denúncia: eu o segui; não havia como deixá-lo de lado. Aliás, o senhor recebeu instrução para espioná-lo; o senhor mesmo me informou três semanas atrás...

— Cala a boca! Tu o mataste porque ele te cuspiu na cara em Genebra!

— Por isso também e por umas coisas mais. Por muito mais; aliás, o fiz sem nenhum ódio. Por que esse salto? Por que essa cara? Ah! Então é assim!...

Levantou-se de um salto e ergueu o revólver à sua frente. Acontece que Kiríllov pegara subitamente na janela o revólver que preparara e carregara desde a manhã. Piotr Stiepánovitch tomou posição e apontou sua arma para Kiríllov. O outro deu uma risada maldosa.

— Confessa, patife, que pegaste o revólver porque achavas que eu ia atirar em ti... Mas não vou atirar em ti... embora... embora...

E tornou a apontar o revólver para Piotr Stiepánovitch, como se experimentasse, como se não estivesse em condição de renunciar ao prazer de imaginar como atiraria nele. Piotr Stiepánovitch, ainda posicionado, aguardou até o último instante, sem apertar o gatilho, arriscando-se ele mesmo a receber uma bala na testa: de um "maníaco" tudo se pode esperar. Mas o "maníaco" finalmente baixou o braço, arquejando e tremendo e sem condição de falar.

— Já brincou e basta — Piotr Stiepánovitch também baixou a arma. — Eu bem que sabia que estava brincando, só que fique sabendo que se arriscou: eu podia ter puxado o gatilho.

E sentou-se com bastante calma no divã e se serviu de chá, se bem que com a mão um tanto trêmula. Kiríllov pôs o revólver na mesa e ficou andando para a frente e para trás.

— Não vou escrever que matei Chátov e... agora não vou escrever nada. Não haverá papel!

— Não haverá?

— Não haverá.

— Que vileza e que tolice! — Piotr Stiepánovitch ficou verde de raiva. — Aliás, eu estava pressentindo isso. Saiba que não me pega de surpresa. Mas seja como quiser. Se pudesse obrigá-lo à força eu o obrigaria. De resto, o senhor é um patife — Piotr Stiepánovitch se continha cada vez menos. — Naquele tempo o senhor nos pediu dinheiro e prometeu mundos e fundos... Só que, apesar de tudo, não vou sair daqui sem o resultado, verei pelo menos o senhor arrebentar a testa.

— Quero que saias agora — Kiríllov parou firme diante dele.

— Não, de maneira nenhuma — Piotr Stiepánovitch tornou a agarrar o revólver. — Agora é possível que, por raiva e covardia, o senhor invente de adiar tudo e amanhã denunciar com o fim de tornar a conseguir um dinheirinho; porque pagam por coisas como essa. O diabo que o carregue, gentinha como o senhor é capaz de tudo! Só que não se preocupe, eu previ tudo: não saio daqui sem lhe arrebentar o crânio com este revólver, como fiz com o patife do Chátov, se o senhor mesmo se acovardar e tiver a intenção de adiar, o diabo que o carregue!

— Queres ver obrigatoriamente também o meu sangue?

— Não é por ódio, entenda; para mim é indiferente. É para eu ficar tranquilo pela nossa causa. Não se pode confiar num homem, o senhor mesmo está vendo. Não compreendo nada daquela sua fantasia de matar-se. Não fui eu que a inventei, mas foi o senhor que, antes de mim, a manifestou primeiro aos membros da organização no estrangeiro e não a mim. E repare que nenhum deles procurou arrancar nada do senhor, nenhum deles o conhecia, mas foi o senhor mesmo que apareceu querendo se abrir, por suscetibilidade. Mas o que fazer se naquela ocasião, a partir de sua própria concordância e sua proposta (observe para si: proposta!), aquilo serviu de base para um plano de ações aqui, que agora já não há meio de mudar? Hoje o senhor está numa posição tal que já sabe de coisas demais. Se se acovardar e amanhã for denunciar, convenha que isso pode ser desfavorável para nós, o que acha? Não; o senhor se comprometeu, o senhor deu a palavra, recebeu dinheiro. Isso o senhor nunca poderá negar...

Piotr Stiepánovitch estava fortemente excitado, mas Kiríllov há muito não ouvia. Outra vez andava para a frente e para trás, meditativo.

— Tenho pena de Chátov — disse ele, parando outra vez diante de Piotr Stiepánovitch.

— Sim, mas eu também tenho pena, talvez, e porventura...

— Cala a boca, patife! — mugiu Kiríllov, fazendo um gesto medonho e inequívoco. — Eu te mato!

— Ora, ora, ora, menti, concordo, não tenho pena nenhuma. Mas basta, basta! — Piotr Stiepánovitch levantou-se de um salto, temeroso, pondo o braço à frente.

Kiríllov fez um súbito silêncio e tornou a andar.

— Não vou adiar; é agora mesmo que quero me matar: são todos uns patifes!

— Isso sim é uma ideia; é claro que todos são uns patifes, e uma vez que para um homem decente viver no mundo é um asco, então...

— Imbecil, eu também sou um patife como tu, como todos, e não um homem decente. Não existe homem decente em lugar nenhum.

— Até que enfim adivinhou. Será que até hoje o senhor não compreendeu, Kiríllov, com a sua inteligência, que todos são iguais, que não existem nem melhores nem piores, apenas mais inteligentes e mais tolos, e que se todos são patifes (o que, pensando bem, é um absurdo), então quer dizer que não deve haver não-patifes?

— Ah! Em realidade não estás rindo? — olhou Kiríllov com certa surpresa. — Falas com fervor e simplesmente... Será que gente como tu tem convicções?

— Kiríllov, nunca pude compreender por que o senhor quer se matar. Sei apenas que é por convicção... por firmeza. Mas se o senhor sente a necessidade de, por assim dizer, desabafar, estou ao seu dispor... só que deve ter em vista o tempo...

— Que horas são?

— Veja só, duas em ponto — Piotr Stiepánovitch olhou para o relógio e acendeu um cigarro.

"Parece que ainda se pode chegar a um acordo" — pensou consigo.

— Não tenho nada para te dizer — murmurou Kiríllov.

— Lembro-me de que havia aí qualquer coisa sobre Deus... porque o senhor me explicou uma vez, aliás duas. Se o senhor se matar, então se tornará um deus, não parece que é assim?

— Sim, me tornarei um deus.

Piotr Stiepánovitch nem sequer sorriu; aguardava; Kiríllov olhou sutilmente para ele.

— És um embusteiro político e um intrigante, estás querendo me levar a uma discussão de filosofia e ao entusiasmo e provocar a conciliação com o fim de dissipar a ira e, quando eu me reconciliar, me convencer a escrever que matei Chátov.

Piotr Stiepánovitch respondeu com uma candidez quase natural:

— Vamos que eu seja esse patife, só que no último minuto não lhe é indiferente, Kiríllov? A troco de que brigamos, faça o favor de me dizer: o senhor é essa pessoa, e eu sou essa pessoa, o que se conclui daí? E para completar...

— Uns patifes.

— Sim, vamos que sejamos uns patifes. Mas o senhor sabe que isso são apenas palavras.

— Durante toda a vida eu não quis que fossem apenas palavras. Tenho vivido justamente porque nunca quis. Também agora, cada dia, quero que não sejam palavras.

— E daí, cada um procura o que é melhor. O peixe... cada um procura uma espécie de conforto; e eis tudo. Isso se sabe há muito e muito tempo.

— Conforto, é isso que estás dizendo?

— Bem, não vale a pena discutir por causa das palavras.

— Não, tu disseste bem; que seja conforto. Deus é necessário, por isso deve existir.

— Bem, ótimo.

— Mas eu sei que ele não existe nem pode existir.

— Isso é mais certo.

— Porventura não compreendes que um homem com dois pensamentos como esses não pode continuar entre os vivos?

— Então tem de suicidar-se?

— Será que não compreendes que só por isso alguém pode se suicidar? Não compreendes que pode haver uma pessoa, uma pessoa em cada mil dos seus milhões, uma que não vai querer nem suportar?

— Compreendo apenas que, pelo que parece, o senhor está vacilando... isso é muito detestável.

— A ideia também devorou Stavróguin — andando com ar sombrio pelo quarto Kiríllov não se deu conta dessa observação.

— Como? — Piotr Stiepánovitch aguçou o ouvido — que ideia? Ele mesmo lhe disse alguma coisa?

— Não, eu mesmo adivinhei: Stavróguin, se crê, crê que não crê. Mas se não crê, então não crê que não crê.

— Bem, Stavróguin tem coisas mais inteligentes do que isso... — murmurou com rabugice Piotr Stiepánovitch, observando intranquilo o rumo da conversa e a palidez de Kiríllov.

"O diabo que o carregue, não vai se suicidar — pensava ele —, eu sempre pressenti; é esquisitice mental e nada mais; que droga de gente!"

— És a última pessoa a estar comigo: eu não gostaria de me despedir de ti de uma forma tola — brindou-lhe de súbito Kiríllov.

Piotr Stiepánovitch não respondeu logo. "Com os diabos, o que significa mais isso?" — tornou a pensar.

— Acredite, Kiríllov, que eu não tenho nada contra o senhor, que eu, pessoalmente, não tenho nada contra o senhor como pessoa e sempre...

— Tu és um patife de uma mente falsa. Mas sou igual a ti e vou me matar, mas tu continuarás vivo.

— Isto é, está querendo dizer que eu sou tão vil que vou querer continuar vivo?

Ainda não conseguia resolver se era vantajoso ou desvantajoso continuar a conversa naquele instante e decidiu "deixar-se levar pelas circunstâncias". Mas o tom de superioridade e de desprezo por ele que Kiríllov nunca escondera sempre o havia irritado e, por algum motivo, agora mais que antes. Talvez porque Kiríllov, que iria morrer em coisa de uma hora (apesar de tudo, Piotr Stiepánovitch tinha isso em vista), lhe parecia algo como um meio homem, algo assim a quem ele já não podia permitir arrogância.

— Parece que o senhor está se vangloriando diante de mim por que vai se suicidar.

— Sempre me surpreendeu que todos continuassem vivos — Kiríllov não ouviu a observação dele.

— Hum! Convenhamos, isso é uma ideia, no entanto.

— És um macaco e fazes coro ao que eu digo com o intuito de me cativar. Cala a boca, não compreendes nada. Se não existe Deus, então eu sou Deus.

— Pois bem, nunca consegui compreender esse ponto do seu pensamento: por que você é Deus?

— Se Deus existe, então toda a vontade é Dele, e fora da vontade Dele nada posso. Se não existe, então toda a vontade é minha e sou obrigado a proclamar o arbítrio.

— Arbítrio? E por que obrigado?

— Porque toda a vontade passou a ser minha. Será que ninguém, em todo o planeta, depois de ter eliminado Deus e acreditado no arbítrio, não se atreve a proclamar o arbítrio no seu aspecto mais pleno? É o que ocorre com aquele pobre que recebe uma herança, fica assustado e não se atreve a chegar-se ao saco por se achar fraco para possuí-lo. Quero proclamar o arbítrio. Ainda que sozinho, mas o farei.

— E faça.

— Sou obrigado a me matar, porque o ponto mais importante do meu arbítrio é: eu mesmo me matar.

— Acontece, porém, que o senhor não é o único a se matar; há muitos suicidas.

— Movidos por uma causa. Mas sem nenhuma causa e tão somente para afirmar seu arbítrio, só eu.

"Não vai se suicidar" — tornou a passar pela cabeça de Piotr Stiepánovitch.

— Sabe de uma coisa — observou irritado —, no seu lugar, para mostrar meu arbítrio eu mataria qualquer um e não a mim mesmo. Poderia vir a ser útil. Eu indico a pessoa, se o senhor não se amedrontar. Nesse caso, não se mate hoje. Podemos fazer um acordo.

— Matar outra pessoa seria a parte mais vil do meu arbítrio; isso é para ti. Eu não sou tu: quero a parte suprema e vou me matar.

"Chegou a essa conclusão por juízo próprio" — rosnou raivoso Piotr Stiepánovitch.

— Sou obrigado a proclamar a descrença — Kiríllov andava pela sala. — Para mim não existe ideia superior à de que Deus não existe. Tenho atrás de mim a história da humanidade. O homem não tem feito outra coisa senão inventar um deus para viver, sem se matar; nisso tem consistido toda a história do mundo até hoje. Sou o único na história do mundo que pela primeira vez não quis inventar um deus. Que saibam de uma vez por todas.

"Não vai se suicidar" — inquietava-se Piotr Stiepánovitch.

— Quem o saberá? — provocava ele. — Aqui estamos eu e o senhor; seria Lipútin?

— Todos terão de saber; todos saberão. Não há nada secreto que não se torne evidente. Foi *Ele* que disse.

E com um êxtase febril apontou para uma imagem do Salvador, diante da qual ardia uma lamparina. Piotr Stiepánovitch tomou-se de fúria.

— Quer dizer que ainda crê *Nele* e acendeu uma lamparina; não teria sido para "alguma eventualidade"?

O outro calava.

— Sabe de uma coisa, acho que o senhor crê, talvez até mais do que um pope.

— Em quem? *Nele?* Escuta — Kiríllov parou, imóvel, olhando à sua frente com um olhar de delírio. — Ouve uma grande ideia: um dia, no centro da terra havia três cruzes. Um dos crucificados cria tanto que disse ao outro: "Hoje estarás comigo no paraíso". Terminou o dia, ambos morreram, foram-se e não encontraram nem paraíso nem ressurreição. A sentença não se justificou. Ouve: aquele homem era superior em toda a terra, era aquilo para o que ela teria de viver. Todo o planeta, com tudo o que há nele, sem aquele homem é uma loucura. Não houve uma pessoa assim nem antes nem depois *Dele*, e nunca haverá, nem por milagre. Nisso está o milagre de nunca ter havido e não haver jamais outro igual. E se é assim, se as leis da natureza não pouparam nem *Aquele*, não pouparam nem o seu milagre, mas obrigaram até *Ele* a viver no meio da mentira e morrer pela mentira, então quer dizer que todo o planeta é uma mentira e se sustenta na mentira e em um escárnio tolo. Portanto, as próprias leis do planeta são uma mentira e um *vaudeville* dos diabos. Para que viver; responde, se és homem?

— Esse é outro aspecto da questão. Parece-me que nesse seu pensamento dois diferentes motivos se confundem; e isso é muito suspeito. Mas veja, e se o senhor for um deus? Se a mentira acabou e o senhor percebeu que toda a mentira provinha do fato de que antes houve um deus?

— Até que enfim compreendeste! — bradou Kiríllov em êxtase. — Então dá para compreender, se até uma pessoa como tu compreendeu! Agora compreendes que a salvação para todos está em provar a todos essa ideia. Quem a provará? Eu! Não compreendo como até hoje um ateu pôde saber que Deus não existe e não se matou no ato! É um absurdo alguém reconhecer que Deus não existe e no mesmo instante não reconhecer que é um Deus, senão ele mesmo se mataria. Se você o reconhece, é um rei e você mesmo já não se matará e irá viver na mais alta glória. Mas um, aquele que foi o primeiro, deve se matar infalivelmente, senão quem irá começar e provar? Serei eu mesmo a me matar infalivelmente para começar e provar. Ainda sou apenas um Deus involuntário e sou infeliz por ser *obrigado* a proclamar meu arbítrio. Todos são infelizes porque todos temem proclamar seu arbítrio. O homem foi até hoje tão infeliz e pobre porque temeu proclamar a parte essencial do seu arbítrio e exagerou no arbítrio como um colegial. Sou terrivelmente infeliz porque sinto um terrível medo. O medo é a maldição do homem. Mas proclamo o meu arbítrio e sou obrigado a crer que não creio. Começarei, terminarei, e abrirei a porta. E salvarei. Só isso salvará todos os homens, e já na geração seguinte eles renascerão fisicamente; porque na feição física de hoje, segundo penso, será impossível ao homem passar sem o antigo Deus. Durante três anos procurei o atributo da minha divindade e o encontrei: o atributo da minha divindade é o Arbítrio! Isso é tudo com que posso revelar, em sua parte central, minha insubordinação e minha liberdade nova e terrível. Porque ela é muito terrível. Mato-me para dar provas de minha insubordinação e de minha liberdade terrível e nova.

Tinha uma palidez antinatural no rosto, o olhar insuportavelmente pesado. Parecia febricitante. Piotr Stiepánovitch pensou que ele estivesse prestes a cair.

— Dá-me a caneta! — súbito Kiríllov gritou de modo inteiramente inesperado, com decidido entusiasmo. — Dita, assino tudo. Assino que matei Chátov. Dita, por enquanto acho engraçado. Não temo as ideias de escravos arrogantes! Tu mesmo verás que tudo o que é secreto se tornará evidente! E ficarás esmagado... Creio! Creio!

Piotr Stiepánovitch despregou-se do lugar e num piscar de olhos lhe entregou o tinteiro, o papel e passou a ditar, aproveitando o instante e tremendo pelo êxito.

"Eu, Alkesiêi Kiríllov, declaro..."

— Para! Não quero! Declaro a quem?

Kiríllov tremia, como se estivesse com febre. Essa declaração e uma ideia especial que ela súbito lhe sugeria pareciam absorvê-lo todo de chofre, como se fosse algum desfecho para o qual seu espírito atormentado se precipitava num ímpeto ainda que por um instante.

— A quem declaro? Quero saber, a quem?

— A ninguém, a todos, ao primeiro que vier a ler. Para que definir? A todo mundo!

— A todo mundo? Bravo! E que se dispense o arrependimento. Não quero que haja arrependimento; e não quero me dirigir às autoridades!

— Isso não, não é preciso, ao diabo com as autoridades! mas escreva, se o senhor estiver falando a sério!... — gritou histérico Piotr Stiepánovitch.

— Espera! Quero desenhar uma cara com a língua estirada no alto do papel.

— Ora, que absurdo! — enraiveceu-se Piotr Stiepánovitch. — Mesmo sem desenho isso pode ser expresso só pelo tom.

— Pelo tom? Isso é bom. Sim, pelo tom, pelo tom! Dita o tom.

"Eu, Aleksiêi Kiríllov — ditava em tom firme e imperioso Piotr Stiepánovitch, inclinado sobre o ombro de Kiríllov e observando cada letra que o outro escrevia com a mão trêmula de comoção. — Eu, Kiríllov, declaro que hoje, ... de outubro, à noite, às oito horas, matei o estudante Chátov, por traição, no parque, por ter delatado os panfletos, e Fiedka, que esteve hospedado secretamente e pernoitou durante dez dias em casa de nós dois no prédio de Fillípov. Eu mesmo me mato hoje com um revólver, não porque esteja arrependido e tema os senhores, mas porque já no estrangeiro tinha a intenção de interromper minha vida."

— Só? — exclamou Kiríllov, admirado e indignado.

— Nenhuma palavra mais! — deu de ombros Piotr Stiepánovitch, fazendo de tudo para lhe arrancar o documento.

— Para! — Kiríllov pôs a mão sobre o papel com força — para, é um absurdo! Quero dizer com quem matei. Por que Fiedka? E o incêndio? Quero assumir tudo e ainda injuriar, pelo tom, pelo tom!

— Basta, Kiríllov, eu lhe asseguro que basta! — quase implorava Piotr Stiepánovitch, temendo que ele rasgasse o papel. — Para que acreditem, é preciso que a coisa seja a mais sombria possível, assim mesmo, só com alusões. Precisa mostrar só um cantinho da verdade, exatamente o quanto for preciso para provocá-los. Sempre irão mentir mais do que nós e, é claro, acreditar mais em si do que em nós, e olhe que isso é o melhor de tudo, o melhor de tudo! Dê-me; está ótimo assim mesmo; dê-me, dê-me!

E sempre tentando arrancar o papel. De olhos arregalados, Kiríllov ouvia e era como se procurasse entender, mas parece que havia deixado de compreender.

— Arre, diabo! — Piotr Stiepánovitch tomou-se subitamente de fúria — ainda nem assinou! Por que está com esses olhos arregalados? assine!

— Estou querendo injuriar... — murmurou Kiríllov, mas pegou a pena e assinou. — Quero injuriar...

— Escreva: *Vive la république*, e basta.

— Bravo! — Kiríllov quase berrou de êxtase. — "*Vive la république démocratique, sociale et universelle, ou la mort!*"... Não, não, não. "*Liberté, égalité, fraternité ou la mort!*" Isso é melhor, isso é melhor — escreveu com êxtase sob sua assinatura.

— Basta, basta — repetia sem parar Piotr Stiepánovitch.

— Espere, mais um pouquinho... Sabe, vou assinar de novo tudo em francês: "*de Kiríllov, gentilhomme russe et citoyen du monde*". Ah, ah, ah! — soltou uma gargalhada. — Não, não, não, espere, encontrei o melhor, eureca: *gentilhomme-séminariste russe et citoyen du monde civilisé!*,[54] assim fica o melhor... — levantou-se de um salto do divã e súbito pegou o re-

[54] "nobre seminarista russo e cidadão do mundo civilizado!" (N. do T.)

vólver na soleira da janela, correu para o outro quarto e cerrou a porta. Piotr Stiepánovitch ficou um minuto refletindo, olhando para a porta.

"Se for neste instante, talvez se mate, mas se começar a pensar não vai sair nada."

Pegou o papel, sentou-se e tornou a correr os olhos sobre ele. Mais uma vez gostou da redação da declaração.

"O que é preciso por enquanto? Por enquanto é preciso desnorteá-los e despistá-los inteiramente. Parque? Na cidade não existe parque, mas concluirão pela própria cabeça que fica em Skvoriéchniki. Até chegarem lá passará o tempo, enquanto estiverem procurando novamente levarão tempo, encontrarão o cadáver e aí verão a verdade escrita; quer dizer que tudo é verdade, quer dizer que sobre Fiedka também é verdade. E o que é Fiedka? Fiedka é o incêndio, os Lebiádkin: logo, tudo saiu daqui, saiu do prédio de Fillípov, e eles não viram nada, e eles nada perceberam: isso vai deixá-los completamente tontos! Os *nossos* nem lhe passarão pela cabeça; Chátov, e Kiríllov, e Fiedka, e Lebiádkin; e por que se mataram uns aos outros — eis mais uma perguntinha para eles. Eh, diabo, mas não ouvi o tiro!..."

Embora lesse e se deliciasse com a redação, a cada instante aguçava o ouvido com uma intranquilidade torturante e súbito tomou-se de fúria. Olhou inquieto para o relógio; era tarde; já fazia uns dez minutos que o outro se afastara... Pegou a vela e foi para a porta do quarto onde Kiríllov havia se trancado. À porta, passou-lhe justamente pela cabeça que a vela estava no fim e dentro de uns vinte minutos se extinguiria, e não havia outra. Agarrou a maçaneta da porta e aguçou cuidadosamente o ouvido, mas não se ouvia o mínimo som; abriu de supetão a porta e levantou a vela: algo berrou e lançou-se contra ele. Ele bateu a porta com toda a força e tornou a apoiar-se nela, mas tudo já era silêncio — outra vez um silêncio de morte.

Ficou muito tempo em pé, indeciso, com a vela na mão. No segundo em que abriu a porta conseguiu ver muito pouco, mas, não obstante, lobrigou o rosto de Kiríllov, que estava postado no fundo do quarto ao pé da janela, e a fúria animal com que o outro se lançou contra ele. Piotr Stiepánovitch estremeceu, pôs rapidamente a vela na mesa, preparou o revólver e correu na ponta dos pés para o canto oposto, de modo que, se Kiríllov abrisse a porta e se precipitasse de revólver em punho na direção da mesa, ele ainda teria tempo de fazer pontaria e puxar o gatilho antes do outro.

Agora Piotr Stiepánovitch já não acreditava absolutamente no suicídio! "Estava no meio do quarto, pensando — passou como um tufão pela sua mente. — Além do mais, é um quarto escuro, um quarto horrível... Ele berrou e precipitou-se, e aí há duas possibilidades: ou eu o atrapalhei no instante mesmo em que ele puxava o gatilho ou... ele estava postado, e ponderando como me matar. Sim, foi isso, estava ponderando... Sabe que não vou embora sem matá-lo se ele mesmo se acovardar, portanto ele precisa me matar antes que eu o mate... E outra vez, outra vez lá está silencioso! Dá até medo: de repente ele abre a porta... A droga é que ele crê em Deus mais do que um pope... Não vai se matar por nada!... Esses que 'chegaram a essa conclusão por juízo próprio' têm proliferado muito ultimamente. Patife! Arre, diabo, a vela, a vela, vai se extinguir em quinze minutos... preciso terminar; preciso terminar custe o que custar... Então, agora posso matá-lo... De posse desse papel nunca vão pensar que eu o matei. Posso deitá-lo e ajeitá-lo no chão de uma forma que pensarão infalivelmente que ele mesmo... Arre, diabo, como então matá-lo? Abro a porta, mas ele investirá de novo contra mim e me matará antes. Eh, diabo, é claro que vai errar o tiro!"

Como se torturava, tremendo diante da fatalidade do plano e por causa de sua indecisão. Por fim pegou a vela e tornou a chegar-se à porta, levantando e preparando o revólver; posou na maçaneta a mesma mão esquerda com que segurava a vela. Mas houve um contratempo: a maçaneta estalou, fez um som e deu um rangido. "Vai atirar mesmo!" — passou pela cabeça de Piotr Stiepánovitch. Empurrou a porta com o pé com toda a força, levantou a vela e apontou o revólver; no entanto não se ouviu disparo nem grito... no quarto não havia ninguém.

Estremeceu. Era um quarto sem saída, de paredes inteiriças, e não havia para onde fugir dali. Levantou ainda mais a vela e olhou ao redor com atenção: rigorosamente ninguém. Chamou por Kiríllov a meia-voz, depois mais alto; ninguém respondeu.

"Terá fugido pela janela?"

De fato, na própria janela o postigo estava aberto. "Absurdo, não poderia fugir pelo postigo." Piotr Stiepánovitch atravessou o quarto todo e foi direto até a janela: "Ninguém conseguiria". Virou-se num átimo e algo incomum o fez estremecer.

Junto à parede do lado oposto ao da janela, à direita da porta, havia um armário. À direita desse armário, em um canto formado pela parede e o armário, Kiríllov estava em pé, numa postura estranhíssima: imóvel, esticado, em posição de sentido, com a cabeça soerguida e a nuca colada na parede, bem no canto, parecendo que queria esconder-se e sumir por completo. Por todos os indícios se escondia, mas de certa forma não dava para acreditar. Piotr Stiepánovitch estava em pé, meio de lado, no canto e podia observar apenas as partes da figura que se destacavam. Ainda continuava vacilando se se moveria para a esquerda a fim de ver Kiríllov inteiro e compreender o enigma. Seu coração começou a bater forte... Súbito foi tomado de um furor total: despregou-se do lugar, começou a gritar e, batendo com os pés, lançou-se furiosamente para o terrível canto.

Mas, ao chegar-se bem perto, tornou a parar como se estivesse plantado, ainda mais pasmado de pavor. O que principalmente o fez pasmar foi o fato de que, apesar do seu grito e da sua furiosa investida, o vulto nem sequer se moveu, não mexeu um único membro, como se estivesse petrificado ou fosse de cera. A palidez de seu rosto era antinatural, os olhos negros estavam inteiramente imóveis e fitavam algum ponto no espaço. Piotr Stiepánovitch correu a vela de cima para baixo e de baixo para cima, iluminando todos os pontos e examinando aquele rosto. Percebeu de súbito que Kiríllov, ainda que olhasse para algum lugar à sua frente, todavia o enxergava e talvez até o observasse. Nisso lhe ocorreu a ideia de levar a chama até o rosto "desse patife", queimá-lo e ver o que ele faria. Teve de chofre a impressão de que o queixo de Kiríllov havia se mexido e em seus lábios como que deslizara um sorriso de galhofa — como se o outro tivesse adivinhado o pensamento dele. Tremeu e, sem se dar conta de si, agarrou Kiríllov pelo ombro com força.

Em seguida deu-se algo tão revoltante e rápido, que depois Piotr Stiepánovitch não encontrou nenhum meio de pôr suas lembranças em alguma ordem. Mal tocou Kiríllov, este baixou rapidamente a cabeça e com uma cabeçada derrubou das mãos dele a vela; o castiçal voou tinindo pelo chão, e a vela apagou-se. No mesmo instante sentiu uma dor terrível no mindinho da mão esquerda. Deu um grito, e lembrou-se apenas de que, fora de si, batera três vezes com toda a força com o revólver na cabeça de Kiríllov, que caíra sobre ele e lhe mordera o dedo. Por fim liberou o dedo e se precipitou dali em desabalada carreira, procurando a saída na escuridão. Gritos terríveis voaram atrás dele no escuro.

— É agora, agora, agora, agora...

Umas dez vezes. Mas ele corria sem parar, e já correra até o vestíbulo, quando ouviu de chofre um tiro estridente. Parou incontinenti, no escuro, e refletiu uns cinco minutos; por fim tornou a voltar para o recinto. Mas precisava arranjar uma vela. Valia a pena procurar no chão, à direita do armário, o castiçal derrubado de suas mãos; mas com que acender o toco da vela? Veio-lhe num átimo uma lembrança obscura: recordou que, na véspera, quando correra até a cozinha para investir contra Fiedka, teria notado de relance uma grande caixa de fósforos vermelha em um canto, numa prateleira. Dirigiu-se às apalpadelas para a esquerda, na direção da porta da cozinha, achou-a, atravessou o minúsculo vestíbulo pela escada. Na prateleira, no mesmo lugar que lhe acabara de passar pela lembrança, apalpou no escuro a caixa de fósforos inteira, ainda não aberta. Sem riscar fósforo, voltou rapidamente para cima e só ao lado do armário, no mesmo lugar em que batera com o revólver em Kiríllov, que o mordera, lembrou-se subitamente do dedo mordido, e no mesmo instante sentiu nele uma dor insuportável. Com os dentes cerrados, acendeu de qualquer jeito o toco de vela, devolveu-o ao castiçal e olhou ao redor: ao pé da janela, que tinha o postigo aberto, jazia o cadáver de Kiríllov com os pés no canto direito do quarto. O tiro fora dado na têmpora direita e a bala saíra pelo lado esquerdo e perfurara o crânio. Viam-se salpicos de sangue e cérebro. O revólver permanecera na mão do suicida arriada no chão. A morte devia ter sido instantânea. Depois de examinar tudo com todo o cuidado, Piotr Stiepánovitch levantou-se e saiu na ponta dos pés, fechou a porta, pôs a vela em cima da mesa do primeiro cômodo, pensou e resolveu não apagá-la, compreendendo que ela não poderia provocar um incêndio. Depois de olhar mais uma vez para o documento sobre a mesa, deu maquinalmente um risinho e já em seguida, por alguma razão ainda na ponta dos pés, saiu da casa. Tornou a passar pela entrada de Fiedka e mais uma vez a fechou com cuidado.

III

De manhã cedo, às dez para as seis em ponto, Piotr Stiepánovitch e Erkel andavam pela estação ferroviária ao lado de uma fila bastante longa de vagões. Piotr Stiepánovitch partia e Erkel se despedia dele. A bagagem foi despachada, a maleta, levada para o lugar escolhido no vagão de segunda classe. Já havia tocado o primeiro sinal, eles esperavam o segundo. Piotr Stiepánovitch olhava abertamente para os lados, observando os passageiros que entravam nos vagões. Mas não encontrou conhecidos íntimos; apenas umas duas vezes teve de fazer sinal com a cabeça para um comerciante, conhecido distante, e depois para um jovem sacerdote de aldeia, que viajava a duas estações adiante, onde ficava sua paróquia. Erkel, pelo visto, queria conversar alguma coisa mais importante com ele nos últimos minutos, embora talvez nem ele soubesse o que precisamente; mas nada de se atrever a começar. Estava com uma impressão de que Piotr Stiepánovitch parecia meio saturado com a sua presença e esperava com impaciência os sinais restantes.

— Você olha de forma tão aberta para todo mundo — observou com certa timidez, como se quisesse preveni-lo.

— E por que não? Ainda não devo me esconder. É cedo. Não se preocupe. Só temo que o diabo não me tenha enviado Lipútin; é só farejar que virá correndo.

— Piotr Stiepánovitch, eles não são confiáveis — disse Erkel com firmeza.

— Lipútin?

— Todos, Piotr Stiepánovitch.

— Tolice, agora todos estão presos ao que aconteceu ontem. Nenhum deles vai trair. Quem marchará para a morte evidente se não tiver perdido a razão?

— Piotr Stiepánovitch, acontece que eles vão perder a razão.

Pelo visto, esse pensamento já entrara na cabeça de Piotr Stiepánovitch, e por isso a observação de Erkel o deixou ainda mais zangado:

— Será que você também não está se acovardando, Erkel? Confio mais em você do que em todos eles. Agora vejo o que cada um vale. Transmita tudo isso a eles oralmente hoje mesmo, confio-lhe diretamente todos eles. Vá à casa de cada um agora de manhã. Transmita minha instrução por escrito amanhã ou depois de amanhã, quando se reunirem e eles já estiverem em condição de ouvir... Mas acredite que amanhã mesmo estarão em condição, porque estarão terrivelmente acovardados e se tornarão maleáveis como cera... O principal é que você mesmo não desanime.

— Ah, Piotr Stiepánovitch, o melhor seria você não partir!

— Sim, mas eu vou por apenas alguns dias; volto num abrir e fechar de olhos.

— Piotr Stiepánovitch — Erkel deixou escapar com cautela, mas com firmeza —, você pode ir até para Petersburgo. Porventura não compreendo que você está apenas fazendo o que é necessário para a causa comum?

— Eu não esperaria menos de você, Erkel. Se você adivinhou que estou indo a Petersburgo, pode compreender que ontem, naquele momento, eu não podia dizer a eles que ia viajar para tão longe para não assustá-los. Você mesmo viu como estavam. Mas compreende que o estou fazendo pela causa, pela causa principal e importante, pela causa comum, e não com o fim de escapulir como um Lipútin qualquer está supondo.

— Piotr Stiepánovitch, mesmo que você esteja indo para o estrangeiro eu vou compreender; vou compreender e você precisa preservar sua própria pessoa porque você é tudo e nós não somos nada. Vou compreender, Piotr Stiepánovitch.

O pobre rapazinho ficou até com a voz trêmula.

— Agradeço, Erkel... Ai, você tocou no meu dedo doente (Erkel lhe havia apertado desajeitadamente a mão; o dedo doente estava visivelmente enfaixado de tafetá preto). Mas torno a lhe dizer positivamente que vou a Petersburgo apenas para dar uma farejada e talvez até por apenas vinte e quatro horas, e volto imediatamente. Depois de voltar vou me instalar no campo, na casa de Gagánov, para salvar as aparências. Se eles supuserem algum perigo, serei o primeiro a ir à frente dividi-lo com eles. Se, porém, me demorar em Petersburgo, no mesmo instante você será informado... pelos canais já conhecidos, e os informará.

Ouviu-se o segundo sinal.

— Ah, quer dizer que faltam apenas cinco minutos para a partida. Sabe, eu não gostaria que o grupo daqui se dispersasse. Eu mesmo não tenho medo, não se preocupe comigo; tenho laços o bastante com a rede geral, e não tenho por que ter maiores apreços a esses de cá; porém um laço a mais também não faria mal. Aliás, por você estou tranquilo, embora o deixe quase sozinho com aqueles deformados: não se preocupe, não irão denunciar, não se atreverão... Ah, ah, você também está viajando hoje? — gritou de súbito com voz inteiramente diferente e alegre para um rapaz muito jovem que se aproximava com jeito alegre para cumprimentá-lo. — Eu não sabia que você também ia viajar no trem extra. Para onde, vai visitar a mamãe?

A mamãe do jovem era uma riquíssima senhora de terras da província vizinha, e o jovem era um parente distante de Yúlia Mikháilovna que estivera cerca de duas semanas em visita à nossa cidade.

— Não, vou mais adiante, vou a R... Terei de passar umas oito horas no trem. Vai a Petersburgo? — riu o jovem.

— Por que supôs que eu iria forçosamente a Petersburgo? — riu Piotr Stiepánovitch de modo ainda mais franco.

O jovem lhe fez uma ameaça com a bengala.

— É mesmo, você adivinhou — cochichou-lhe com ar de mistério Piotr Stiepánovitch —, levo cartas de Yúlia Mikháilovna, e lá devo correr à casa de umas três ou quatro pessoas daquelas que você conhece; o diabo que as carregue, para ser franco. Uma missão dos diabos!

— Diga-me uma coisa, por que ela está tão amedrontada? — cochichou também o jovem. — Ontem nem sequer me deixou entrar em sua casa; a meu ver, não tem por que temer pelo marido; ao contrário, ele se saiu tão bem no tombo que levou durante o incêndio, por assim dizer, sacrificando até a vida.

— Pois veja você — riu Piotr Stiepánovitch —, ela teme que já tenham escrito daqui... isto é, alguns senhores... numa palavra, o principal aí é Stavróguin; isto é, o príncipe K... Arre, aí há toda uma história; durante a viagem eu lhe informo alguma coisa, aliás, o quanto o cavalheirismo permitir... Esse é meu parente, o sargento-mor Erkel, daqui do distrito.

O jovem olhou de esguelha para Erkel e tocou de leve no chapéu; Erkel fez uma reverência.

— Sabe, Vierkhoviénski, oito horas num vagão é um quinhão terrível. Na primeira classe viaja conosco Bierestov, um coronel engraçadíssimo, vizinho de fazenda; é casado com uma moça de Garínaia (*née de Garine*)[55] e, sabe, é homem decente. Tem até ideias. Passou aqui apenas quarenta e oito horas. É um caçador inveterado de *ieralach*; que tal um joguinho? Já vi o quarto parceiro — Priepukhlov, o nosso comerciante de T., que usa barba, milionário, isto é, milionário de verdade, posso lhe afirmar... Vou apresentá-lo a ele, é um interessantíssimo saco de dinheiro, teremos por que gargalhar.

— Gosto demais do *ieralach* e o jogarei com o maior prazer no trem, mas estou na segunda classe.

— Eh, basta, de jeito nenhum! Vai se sentar conosco. Agora mesmo vou mandar transferi-lo para a primeira classe. O condutor-chefe me obedece. O que você leva, uma mochila? Uma manta?

— Magnífico, vamos indo!

Piotr Stiepánovitch agarrou a mochila, a manta, o livro, e no mesmo instante se transferiu com a maior disposição para a primeira classe. Erkel ajudou. Tocou o terceiro sinal.

— Bem, Erkel — Piotr Stiepánovitch lhe estendeu a mão pela última vez já da janela do trem, com pressa e ar ocupado —, vou me sentar com eles para jogar.

— Mas para que me explicar, Piotr Stiepánovitch, eu compreendo, compreendo tudo, Piotr Stiepánovitch!

— Pois então até loguinho — virou-se de repente o outro, atendendo ao chamado do jovem, que o convidava para conhecer os parceiros. E Erkel já não viu mais seu Piotr Stiepánovitch!

Voltou para casa muito triste. Não é que temesse que Piotr Stiepánovitch os tivesse abandonado tão de repente, mas... mas lhe deu tão depressa as costas quando aquele jovem almofadinha o chamou e... e ele poderia lhe ter dito alguma coisa diferente e não "até loguinho", ou... ou ao menos ter apertado com mais força sua mão.

Essa última circunstância é que era grave. Qualquer coisa diferente começava a arranhar seu pobrezinho coração, algo ligado à noite da véspera, coisa que ele mesmo ainda não compreendia.

[55] "natural de Garínaia". (N. do T.)

VII
A ÚLTIMA ERRÂNCIA DE STIEPAN TROFÍMOVITCH

I

Estou convencido de que Stiepan Trofímovitch teve muito medo ao perceber a aproximação da hora do seu desvairado empreendimento. Estou convencido de que ele sofreu muito de pavor, sobretudo na noite da véspera, aquela noite terrível. Mais tarde, Nastácia mencionou que ele se deitara já tarde e dormira. Mas isso não prova nada; os condenados à morte dizem que dormem pesado até na véspera da execução. Mesmo tendo ele saído já à luz do dia, quando um homem nervoso sempre fica um pouco animado (o major, parente de Virguinski, deixava até de crer em Deus mal a noite passava), todavia estou convencido de que, antes, ele nunca poderia se imaginar, sem pavor, sozinho numa estrada real e naquela situação. Claro, primeiro um quê de desespero em seus pensamentos provavelmente atenuou toda a força daquela terrível sensação de repentina solidão em que subitamente se viu mal deixou Stasie[56] e seu cantinho que o aquecera durante vinte anos. Mas não fazia diferença: mesmo que tivesse a mais clara consciência de todos os horrores que o aguardavam, ainda assim tomaria a estrada real e sairia por ela! Aí havia um quê de altivez que até o extasiava, apesar de tudo. Oh, ele poderia aceitar as esplêndidas condições de Varvara Pietrovna e continuar gozando de seus favores "*comme un* simples parasita"! Mas não aceitou o favor e não ficou. E eis que ele mesmo a deixa, ergue a "bandeira da grande ideia" e está saindo para morrer por ela na estrada real! Essa devia ser mesmo a sua sensação; era assim mesmo que se lhe devia afigurar o seu ato.

Mais de uma vez ainda se me deparava uma pergunta: por que ele fugiu efetivamente, isto é, fugiu com as próprias pernas no sentido literal, e não simplesmente partiu a cavalo? A princípio atribuí isso à sua cinquentenária falta de espírito prático e ao desvio fantástico das ideias sob a influência de um sentimento forte. Eu achava que a ideia do *podorójnaia*[57] e dos cavalos

[56] Nastácia, em francês. (N. do T.)

[57] Certidão que libera viagem a qualquer lugar e atesta o direito a usar um número determinado de cavalos de posta. (N. do T.)

(ainda que usassem pequenas campainhas) devia parecer-lhe excessivamente simples e prosaica; ao contrário, a peregrinação, ainda que debaixo de um guarda-chuva, era bem mais bonita e tinha um quê de carinhosa vingança. Mas hoje, quando tudo já passou, suponho que tudo aquilo tenha sido então bem mais simples: em primeiro lugar, ele teve medo de alugar cavalos porque Varvara Pietrovna poderia descobrir e retê-lo à força, o que na certa faria e ele seguramente obedeceria, e então adeus para sempre grande ideia. Em segundo, para pegar um *podorójnaia* é preciso ao menos saber para onde se vai. Mas era justamente por saber disso que experimentava o mais grave sofrimento naquele instante: não podia, por nada, mencionar e designar o lugar. Porque, fosse ele se decidir por uma cidade qualquer, num piscar de olhos seu empreendimento se apresentaria a seus próprios olhos como absurdo e impossível; ele o pressentia muito. Ora, o que iria fazer precisamente em tal cidade e por que não em outra? Procurar *ce marchand*.[58] Mas que *marchand*? Aí tornava a apresentar-se essa segunda pergunta, e ainda mais terrível. No fundo, não havia para ele nada mais terrível do que *ce marchand*, que ele saía subitamente a procurar em desabalada carreira e era, é claro, o que ele mais temia de fato encontrar. Não, era melhor simplesmente a estrada real, simplesmente tomá-la e ir em frente sem pensar em nada, enquanto fosse possível não pensar. A estrada real é algo longo, longo, do qual não se vê o fim, como se fosse a vida de um homem, como se fosse o sonho de um homem. Na estrada real está a ideia; mas que ideia pode haver no *podorójnaia*? O *podorójnaia* é o fim da ideia... *Vive la grande route*,[59] e seja lá o que Deus quiser.

Depois do encontro súbito e inesperado com Liza, que já descrevi, seguiu em frente ainda mais ensimesmado. A estrada real passava a meia versta de Skvoriéchniki e — estranho — no início ele nem sequer reparou como penetrou nela. Raciocinar a fundo ou dar-se conta nitidamente de algo era-lhe insuportável naquele instante. A chuva miúda ora parava, ora recomeçava; mas ele tampouco notava a chuva. Também não notou como jogou a mochila nas costas e como depois disso lhe foi fácil seguir adiante. Devia ter percorrido uma versta ou versta e meia quando parou de chofre e olhou ao redor. A estrada velha, escura e sulcada por carris se estendia à sua frente como um fio sem fim, cheia de salgueiros brancos; à direita, um espaço pelado, trigais há muito ceifados; à esquerda, arbustos; adiante, uma pequena mata. E ao longe, ao longe uma linha quase invisível de uma estrada de ferro que se estendia em forma oblíqua, e sobre ela uma fumacinha de um trem qualquer;

[58] "aquele comerciante". (N. do T.)

[59] "Viva a estrada real". (N. do T.)

mas já não se ouviam os seus sons. Stiepan Trofímovitch sentiu-se um pouco intimidado, mas só por um instante. Deu um suspiro vago, encostou a mochila em um galho e sentou-se para descansar. Ao fazer o movimento para se sentar, sentiu um calafrio e enrolou-se na manta; ao notar no mesmo instante a chuva, abriu o guarda-chuva sobre a cabeça. Passou muito tempo sentado desse jeito, de raro em raro mordendo os lábios e apertando com força o cabo do guarda-chuva na mão. Diferentes imagens voavam à sua frente em fileiras febricitantes, alternando-se rapidamente em sua mente. "Lise, Lise — pensava ele —, e *ce Maurice*[60] com ela... gente estranha... mas que incêndio estranho era aquele, do que eles estavam falando, e que mortos?... Parece-me que Stasie ainda não conseguiu saber de nada e ainda está me esperando com o café... No baralho? Por acaso eu andei perdendo gente no baralho? Hum... Aqui na Rússia, durante a chamada servidão... ah, meu Deus, e Fiedka?"

Agitou-se todo, assustado, e examinou ao redor: "Bem, e se esse Fiedka estiver escondido por aí atrás de um arbusto, pois não dizem que ele tem um bando inteiro de bandidos aqui na estrada real? Oh Deus, nesse caso eu... então lhe direi toda a verdade, que sou culpado... e que passei *dez* anos sofrendo por ele, mais do que ele sofreu como soldado, e... e lhe entregarei o porta-níqueis. Hum, *j'ai en tout quarante roubles; il prendra les roubles et il me tuera tout de même*".[61]

Tomado de medo, fechou o guarda-chuva não se sabe por quê e o colocou ao lado. Ao longo apareceu uma telega na estrada que vinha da cidade; pôs-se a sondar preocupado:

"*Grâce à Dieu* é uma telega e vem a passo; isso não pode ser perigoso. Esses cavalinhos estafados daqui... sempre falei dessa raça... Piotr Ilitch, aliás, falava de raça no clube, e então eu o fiz perder no jogo, *et puis*,[62] mas o que é aquilo atrás dela e... parece uma camponesa na telega. Uma camponesa e um mujique — *cela commence à être rassurant*.[63] A camponesa atrás, o mujique na frente — *c'est très rassurant*.[64] Atrás vem uma vaca presa à telega pelos chifres, *c'est rassurant au plus haut degré*."[65]

[60] "aquele Mavrikii". (N. do T.)

[61] "tenho ao todo quarenta rublos; ele vai pegar esses rublos e mesmo assim me matar". (N. do T.)

[62] "e depois". (N. do T.)

[63] "isso começa a me tranquilizar". (N. do T.)

[64] "isso tranquiliza muito". (N. do T.)

[65] "isso é sumamente tranquilizador". (N. do T.)

A telega emparelhou-se com ele, uma telega de mujique bastante sólida e boa. A camponesa vinha sentada em um saco abarrotado, o mujique, no assento do cocheiro, com as pernas de lado no sentido de Stiepan Trofímovitch. Atrás se arrastava de fato uma vaca ruiva amarrada pelos chifres. O mujique e a camponesa olhavam para Stiepan Trofímovitch de olhos arregalados, e Stiepan Trofímovitch olhava do mesmo jeito para eles, mas, quando já os havia deixado passar uns vinte passos à sua frente, levantou-se de súbito e apressado e saiu atrás deles com o fim de alcançá-los. Na vizinhança da telega naturalmente lhe pareceu mais seguro, porém, ao alcançá-la, tornou a esquecer tudo e voltou a mergulhar nos retalhos dos seus pensamentos e imagens. Caminhava e, é claro, não desconfiava de que, para o mujique e a camponesa, naquele instante ele era o objeto mais enigmático e curioso, daqueles que só é possível encontrar numa estrada real.

— Quem é o senhor, que mal pergunte? — enfim não se conteve a camponesa, quando Stiepan Trofímovitch olhou-a subitamente, por distração. A camponesa tinha uns vinte e sete anos, era encorpada, corada e de sobrancelhas negras, de uns lábios bonitos que sorriam afetuosamente, por trás dos quais brilhavam os dentes brancos e iguais.

— A senhora... a senhora está falando comigo? — murmurou Stiepan Trofímovitch com dolorosa surpresa.

— Deve ser um desses comerciantes — pronunciou o mujique seguro de si. Era um homem alto de uns quarenta anos, um rosto largo e nada tolo e uma barba arruivada em forma de leque.

— Não, eu não sou comerciante, eu... eu... *moi c'est autre chose*[66] — respondeu de qualquer jeito Stiepan Trofímovitch, e por via das dúvidas recuou um pouquinho até a traseira da telega, de maneira que já ficou ao lado da vaca.

— Deve ser um desses senhores — resolveu o mujique ao ouvir palavras não russas, e deu um puxão no cavalo.

— É que a gente repara no senhor e pensa: terá saído para dar um passeio? — tornou a mostrar curiosidade a camponesa.

— É... é a mim que a senhora está perguntando?

— Os estrangeiros que aparecem por aqui vêm pela estrada de ferro, mas as botas do senhor é como se não fossem daqui...

— São botas militares — inseriu o mujique com ares de suficiência e importância.

— Não sou propriamente militar, eu...

[66] "eu sou outra coisa". (N. do T.)

"Uma dessas camponesinhas curiosas — enfureceu-se consigo Stiepan Trofímovitch —, e como me examinam... *mais, enfin*... Numa palavra, é estranho que eu pareça culpado perante eles, mas não tenho culpa nenhuma perante eles."

A camponesinha cochichou com o marido.

— Se o senhor não tomar como ofensa, a gente pode levá-lo, desde que ache agradável.

Súbito Stiepan Trofímovitch recobrou-se.

— Sim, sim, meus amigos, terei grande prazer, porque estou muito cansado, mas como vou subir aí?

"Como é surpreendente — pensou consigo — que eu tenha andado tanto tempo ao lado dessa vaca e não tenha me ocorrido pedir para me sentar com eles... Essa 'vida real' tem em si algo de muito peculiar..."

Não obstante, o mujique ainda não parava o cavalo.

— Mas para onde o senhor vai? — quis saber ele com certa desconfiança.

Stiepan Trofímovitch não compreendeu de imediato.

— Até Khátovo, é?

— A Khátovo? Não, não bem a Khátovo... Não o conheço em absoluto; embora tenha ouvido falar.

— O povoado de Khátovo, é um povoado que fica a nove verstas daqui.

— Um povoado? *C'est charmant*,[67] parece que eu tinha ouvido falar...

Stiepan Trofímovitch continuava caminhando e nada de o colocarem na telega. Uma hipótese genial passou-lhe pela cabeça:

— Os senhores talvez estejam pensando que eu... tenho comigo o passaporte e... sou professor, quer dizer, se quiserem, mestre... mas superior. Sou um mestre superior. *Oui, c'est comme ça qu'on peut traduire*.[68] Eu gostaria muito de me sentar aí, eu lhe compro... eu lhe compro meia garrafa de vinho.

— Eu lhe cobro cinquenta copeques, senhor, a estrada é difícil.

— Senão vai ser uma grande pena pra nós — inseriu a camponesinha.

— Cinquenta copeques? Ora, está bem, cinquenta copeques. *C'est encore mieux, j'ai en tout quarante roubles, mais*...[69]

O mujique parou, e com esforços conjuntos agarraram e sentaram Stiepan Trofímovitch na telega, ao lado da camponesa, em cima de um saco. O turbilhão de pensamentos não o abandonava. Vez por outra, ele mesmo sen-

[67] "Isso é encantador". (N. do T.)

[68] "Sim, é assim mesmo que se pode traduzir." (N. do T.)

[69] "Isso é melhor ainda, só tenho quarenta rublos, mas..." (N. do T.)

tia consigo que estava de um jeito horrivelmente distraído e não pensava nada do que era preciso, e isso o surpreendia. Por instantes, essa consciência da fraqueza doentia da mente se tornava muito pesada e até ofensiva para ele.

— Como... como é que essa vaca vem atrás? — perguntou ele de repente à camponesa.

— Até parece que o senhor nunca viu — desatou a rir a camponesa.

— Compramos na cidade — interveio o mujique —, o meu gado morreu ainda na primavera; epidemia. Ao nosso redor morreu tudo, não sobrou nem a metade; é de fazer chorar.

E tornou a açoitar o cavalinho que atolava no carril.

— É, aqui na Rússia isso acontece... e no geral nós, russos... pois é, acontece — não concluiu Stiepan Trofímovitch.

— Se o senhor é um mestre, que tem a fazer em Khátovo? Ou vai adiante?

— Eu... quer dizer, não é que eu vá adiante... *C'est-à-dire*,[70] vou à casa de um comerciante.

— É pra Spássov que tem que ir?

— Sim, sim, precisamente para Spássov. Aliás, tanto faz.

— Se vai pra Spássov, e a pé, o senhor vai caminhar uma semana de botas — desatou a rir a camponesinha.

— É, é, e dá no mesmo, *mes amis*![71] Tanto faz — interrompeu com impaciência Stiepan Trofímovitch.

"É uma gente horrivelmente curiosa; aliás, a camponesinha fala melhor do que ele, e observo que depois do dia doze de fevereiro[72] a pronúncia deles mudou um pouco e... é da conta deles se vou para Spássov ou não vou para Spássov? Aliás, vou lhes pagar; não sei por que me amolam."

— Se vai para Spássov, devia pegar um barco — o mujique não parava de importunar.

— É isso mesmo — interveio a camponesinha com animação —, porque a cavalo pela margem dá uma volta de umas trinta verstas.

— Quarenta.

— Amanhã, por volta das duas, vai encontrar um barco justamente em Ústievo — reforçou a camponesinha. Mas Stiepan Trofímovitch calava obstinado. Calaram-se também os interrogadores. O mujique dava puxões na eguinha; de raro em raro a camponesa trocava laconicamente umas obser-

[70] "Quer dizer..." (N. do T.)

[71] "meus amigos". (N. do T.)

[72] Data da promulgação do decreto do tsar que libertou os servos. (N. do T.)

vações com ele. Stiepan Trofímovitch começou a cochilar. Ficou muito surpreso quando a camponesa o despertou sorrindo, com uma sacudidela, e ele se viu em uma aldeia bastante grande, à entrada de uma isbá de três janelas.

— Cochilou, senhor?

— O que é isso? Onde estou? Ah, puxa! Puxa... tanto faz — Stiepan Trofímovitch deu um suspiro e desceu da telega.

Olhou com tristeza ao redor; o aspecto da aldeia lhe pareceu esquisito e algo horrivelmente estranho.

— Ah, tinha esquecido os cinquenta copeques! — dirigiu-se ao mujique com um gesto desmedidamente apressado; é de crer que já temia separar-se deles.

— Lá dentro o senhor paga, por favor — convidou o mujique.

— Aqui é bom — animava a camponesa.

Stiepan Trofímovitch entrou num alpendrezinho precário.

"Ora, como isso é possível?" — murmurava ele com uma perplexidade profunda e tímida, no entanto entrou na isbá. "*Elle l'a voulu*"[73] — cravou-se algo em seu coração e mais uma vez ele se esqueceu de tudo, até de que entrara na isbá.

Era uma isbá camponesa, clara, bastante limpa, de três janelas e dois cômodos; não era propriamente uma estalagem, era uma isbá para hóspedes, onde, pelo costume antigo, hospedavam-se conhecidos em trânsito. Sem se perturbar, Stiepan Trofímovitch passou para a parte da frente, esqueceu-se de cumprimentar, sentou-se e ficou pensativo. Enquanto isso, uma sensação extraordinariamente agradável de calor, depois de três horas de umidade na estrada, banhou-lhe de chofre o corpo. Súbito, com a passagem repentina do frio para o calor, até o próprio calafrio, que lhe corria de forma rápida e descontínua pelas costas, como sempre acontece em estado febril particularmente com pessoas nervosas, tornou-se estranhamente agradável para ele. Levantou a cabeça, e um cheiro adocicado de panquecas quentes, com as quais a dona da casa caprichava no fogão, fez-lhe cócegas no olfato. Sorrindo um sorriso de criança, arrastou-se até a anfitriã e balbuciou:

— O que é isso, panquecas? *Mais... c'est charmant.*[74]

— O senhor não gostaria? — propôs no ato e com cortesia a anfitriã.

— Gostaria, isso mesmo, gostaria, e... eu ainda lhe pediria chá — animou-se Stiepan Trofímovitch.

[73] "Ela quis isso". (N. do T.)

[74] "Mas... isso é encantador." (N. do T.)

— Acendo o samovar? É uma grande satisfação para nós.

Em um prato grande cheio de graúdos desenhos azuis apareceram as panquecas, as famosas panquecas camponesas, finas, de farinha de trigo mista, banhadas de manteiga quente e fresca, as mais saborosas panquecas. Stiepan Trofímovitch provou-as com prazer.

— Como isso é gorduroso e saboroso! Se fosse possível ao menos *un doigt d'eau de vie*.[75]

— Será que não é um pouquinho de vodca que o senhor está querendo?

— Isso mesmo, isso mesmo, um pouquinho, *un tout petit rien*.[76]

— Então, uns cinco copeques?

— Sim, cinco, cinco, cinco, cinco. *Un tout petit rien* — fez coro Stiepan Trofímovitch com um sorrisinho feliz.

Peça a alguém do povo que faça alguma coisa para você que ele, se puder e quiser, o fará com zelo e cordialidade; mas lhe peça para ir comprar um pouco de vodca que a costumeira e tranquila cordialidade súbito se transforma em uma obsequiosidade apressada, alegre, quase similar a uma solicitude para com você. Quem sai para comprar vodca, mesmo que só você e não ele venha a beber, e disso ele sabe de antemão, ainda assim experimenta como que uma parte do seu futuro prazer... Antes que se passassem uns três ou quatro minutos (o botequim ficava a dois passos), uma meia garrafa e um grande cálice esverdeado apareceram na mesa diante de Stiepan Trofímovitch.

— E tudo isso para mim! — ficou extraordinariamente surpreso. — Em minha casa sempre tive vodca, mas nunca soube que se poderia comprar tanta por cinco copeques.

Encheu o cálice, levantou-se e, com um certo ar de solenidade, atravessou o cômodo para o canto oposto, onde se acomodara em um saco sua companheira de viagem, a camponesinha de sobrancelhas negras que tanto o saturara com interrogatórios durante o percurso. A camponesinha ficou perturbada e fez menção de recusar, porém, depois de pronunciar tudo o que prescrevia o decoro, acabou por levantar-se, beber respeitosamente, de três goles, como bebem as mulheres e, exprimindo um extraordinário sofrimento no rosto, devolveu o cálice e fez uma mesura a Stiepan Trofímovitch. Ele devolveu com imponência a mesura e voltou à mesa com um ar até altivo.

Nele tudo isso foi motivado por uma certa inspiração: um segundo antes ele mesmo ainda não sabia que iria servir à camponesinha.

[75] "um dedo de aguardente". (N. do T.)

[76] "uma coisinha à toa". (N. do T.)

"É com perfeição, com perfeição que sei tratar o povo, eu sempre disse isso a eles" — pensou todo satisfeito, servindo-se do líquido que restara na meia garrafa; embora houvesse menos de meio cálice, a vodca o aqueceu vividamente e até subiu um pouco à cabeça.

"*Je suis malade tout à fait, mais ce n'est pas trop mauvais d'être malade.*"[77]

— O senhor não desejaria comprar? — ouviu-se ao seu lado uma voz baixa de mulher.

Levantou a vista e, para sua surpresa, viu à sua frente uma dama — *une dame et elle en avait l'air*[78] — que já passara dos trinta, de aspecto muito modesto, em trajes urbanos, vestido meio escuro e com um grande xale cinza sobre os ombros. Havia em seu rosto algo muito amável, que caiu imediatamente no agrado de Stiepan Trofímovitch. Ela acabara de voltar à isbá, onde haviam ficado suas coisas em um banco ao lado do mesmo lugar que Stiepan Trofímovitch ocupara — aliás, a pasta para a qual ele olhara com curiosidade ao entrar, e disso se lembrava, e uma pequena sacola de oleado. Dessa sacola ela tirou dois livrinhos de bela encadernação, com cruzes destacadas nas capas, e os apresentou a Stiepan Trofímovitch.

— *Eh... mais je crois que c'est l'Evangile;*[79] com a maior satisfação... Ah, agora eu compreendo... *Vous êtes ce qu'on appelle*[80] uma vendedora de livros; li reiteradas vezes... custa cinquenta copeques?

— Trinta e cinco copeques — respondeu a vendedora.

— Com a maior satisfação. *Je n'ai rien contre L'Evangile, et...*[81] Há muito tempo eu estava querendo reler...

Nesse instante passou-lhe pela cabeça que fazia pelo menos uns trinta anos que não lia o Evangelho e só sete anos atrás rememorara um pouquinho dele e ainda assim pelo *Vie de Jésus*,[82] de Renan. Como não tinha trocados, tirou suas quatro notas de dez rublos — tudo o que tinha. A anfitriã trocou uma nota e só então ele notou, após olhar ao redor, que na isbá se juntara bastante gente e que havia muito tempo já o observavam e, parece, falavam

77 "Estou bem doente, mas não é tão mau estar doente." (N. do T.)

78 "uma dama, e tinha mesmo um aspecto de dama". (N. do T.)

79 "Eh... parece que isso é o Evangelho". (N. do T.)

80 "A senhora é o que se chama..." (N. do T.)

81 "Não tenho nada contra o Evangelho, e..." (N. do T.)

82 Trata-se do livro de Ernst Renan (1823-1892), realmente publicado sete anos antes do tempo da ação do romance. (N. da E.)

a seu respeito. Falavam ainda de um incêndio na cidade, e mais que todos o dono da telega com a vaca, pois ele acabara de voltar da cidade. Falavam do incêndio provocado pelos operários dos Chpigúlin.

"Vejam só, ele falou de tudo, mas não me falou do incêndio ao me trazer" — pensou sabe lá por quê Stiepan Trofímovitch.

— Paizinho, Stiepan Trofímovitch, é o senhor que estou vendo? Por essa eu não esperava mesmo!... Ou não está me reconhecendo? — exclamou um homem idoso, pelo jeito um criado antigo, barbeado e de capote com uma longa gola aberta.

Stiepan Trofímovitch levou um susto ao ouvir seu nome.

— Desculpe — murmurou —, não me lembro absolutamente do senhor.

— Esqueceu! Ora, eu sou Aníssim, Aníssim Ivánov. Servi o falecido senhor Gagánov e, senhor, quantas vezes o vi com Varvara Pietrovna em casa da finada Avdótia Serguêievna. Levei livros que ela mandou para o senhor e duas vezes bombons de Petersburgo da parte dela...

— Ah, sim, eu me lembro de ti, Aníssim — sorriu Stiepan Trofímovitch. — É aqui que tu moras?

— Moro ao lado de Spássov, no mosteiro -V, no subúrbio, em casa de Marfa Serguêievna, irmã de Avdótia Serguêievna; talvez o senhor se lembre dela, ela quebrou uma perna pulando da carruagem quando ia a um baile. Agora está morando ao lado do mosteiro, e eu com ela; neste momento, como o senhor pode ver, estou indo para a província, visitar os meus...

— Ah, sim, ah, sim.

— Ao ver o senhor fiquei contente, o senhor era benevolente comigo — sorria Aníssim com entusiasmo. — E o senhor, para onde está indo? parece que está só, sozinho... Nunca viajou só?

Stiepan Trofímovitch o olhou assustado.

— O senhor não estará indo ter conosco em Spássov?

— Sim, estou indo para Spássov. *Il me semble que tout le monde va à Spássov...*[83]

— E não será para a casa de Fiódor Matvêievitch? Ele vai ficar contente com a sua chegada. Porque, como estimava o senhor antigamente; hoje ainda se lembra com frequência...

— Sim, sim, também vou ter com Fiódor Matvêievitch.

— Está certo, está certo. É que esses mujiques daqui estão admirados, como se o senhor tivesse sido encontrado na estrada real e a pé. É uma gente tola.

[83] "Parece-me que todo mundo vai a Spássov..." (N. do T.)

— Eu... Eu... Eu, sabes, Aníssim, eu apostei, como os ingleses, que iria a pé, e eu...

O suor lhe brotou na testa e nas têmporas.

— Está certo, está certo... — ouvia Aníssim com uma curiosidade cruel. Mas Stiepan Trofímovitch não conseguiu suportar mais. Estava tão atrapalhado que teve vontade de levantar-se e sair da isbá. Mas trouxeram o samovar, e no mesmo instante voltou a vendedora de livros que havia saído. Com um gesto de quem encontra a salvação, ele se dirigiu a ela e ofereceu chá. Aníssim cedeu e afastou-se.

De fato, a perplexidade manifestou-se entre os mujiques:

"Que homem é esse? Foi encontrado andando a pé na estrada real, diz que é professor, está vestido como um estrangeiro, mas a mente parece a de uma criança pequena, dá respostas absurdas, é como se estivesse fugindo de alguém e tem dinheiro!" Esboçava-se a ideia de levar ao conhecimento das autoridades — "pois, além do mais, a cidade não anda inteiramente tranquila". Mas Aníssim deu um jeito em tudo isso no mesmo instante. Chegando ao vestíbulo, informou a todos os que quiseram ouvir que Stiepan Trofímovitch não era propriamente um mestre, mas "é o maior sábio e se dedica a grandes ciências, e foi ele mesmo senhor de terras aqui e já mora há vinte e dois anos em casa da generala Stavróguina na condição do homem mais importante da casa, e goza do respeito extraordinário de todos na cidade. No clube da nobreza perdeu uma nota cinzenta e uma irisada[84] em uma noite, tem título de conselheiro que equivale ao de tenente-coronel, apenas uma patente abaixo da de coronel. E tem dinheiro, dinheiro sem conta, que vem da generala Stavróguina", etc., etc.

"*Mais c'est une dame, et très comme il faut*",[85] — aliviava-se Stiepan Trofímovitch do ataque de Aníssim, observando com agradável curiosidade sua vizinha vendedora de livros que, aliás, tomava o chá no pires roendo um torrão de açúcar. "*Ce petit morceau de sucre ce n'est rien...*[86] Nela há qualquer coisa de nobre e independente e ao mesmo tempo sereno. *Le comme il faut tout pur*,[87] só que de um gênero um pouco diferente."

Logo soube por ela que se chamava Sófia Matvêievna Ulítina e morava propriamente em K., que tinha ali uma irmã viúva, pequeno-burguesa; ela

[84] Notas de vinte e cinco e cem rublos, respectivamente. (N. do T.)

[85] "Mas é uma dama, e muito decente". (N. do T.)

[86] "Esse pedacinho de açúcar não é nada..." (N. do T.)

[87] "É a decência na expressão máxima". (N. do T.)

mesma também era viúva de um alferes, que fora promovido a suboficial por mérito e morto em Sevastópol.

— Mas a senhora ainda é tão jovem, *vous n'avez pas trente ans*.[88]

— Trinta e quatro — sorriu Sófia Matvêievna.

— Então a senhora entende francês também?

— Um pouquinho; depois da morte do meu marido morei quatro anos na casa de uma família nobre e aprendi com as crianças.

Contou que ficara sem o marido com apenas dezoito anos, passara algum tempo em Sevastópol trabalhando de "enfermeira", depois morara em diferentes lugares, e agora era vendedora ambulante do Evangelho.

— *Mais mon Dieu*, não terá sido com a senhora que aconteceu em nossa cidade uma história estranha, até muito estranha?

Ela corou; verificava-se que fora com ela.

— *Ces vauriens, ces malheureux!...*[89] — começou ele com a voz trêmula de indignação; a lembrança dorida e odiosa pungia-lhe o coração de modo angustiante. Por um instante ele ficou como que esquecido.

"Bah, ela tornou a sair — apercebeu-se ao notar que outra vez ela não estava a seu lado. — Ela sai com frequência e anda ocupada com alguma coisa; noto que está até alarmada... Bah, *je deviens égoiste...*"[90]

Levantou a vista e tornou a ver Aníssim, mas desta feita já numa situação das mais ameaçadoras. Toda a isbá estava cheia de mujiques, e pelo visto Aníssim os havia trazido. Ali estavam o dono da isbá, o mujique da vaca, mais dois mujiques (eram os cocheiros), mais um homem baixo meio embriagado, vestido como os mujiques, mas barbeado, com aparência de um pequeno-burguês que esbanjara tudo na bebida e falando mais que os outros. E todos falavam sobre ele, sobre Stiepan Trofímovitch. O mujique da vaca fazia finca-pé, assegurando que pela margem teriam de dar uma volta de uns quarenta quilômetros e que deveriam ir mesmo era de barco. O pequeno-burguês meio embriagado e o senhorio objetavam com ardor:

— Por que se tu, meu irmão, vais levar Sua Excelência, é claro que sairá mais perto atravessar o lago de barca; é isso mesmo; mas com esse tempo que está fazendo a barca talvez não encoste.

— Encosta, encosta, vai navegar mais uma semana — Aníssim se acalorava mais que todos os outros.

[88] "não tem nem trinta anos". (N. do T.)

[89] "Aqueles canalhas, aqueles desprezíveis!..." (N. do T.)

[90] "estou me tornando egoísta..." (N. do T.)

— É isso mesmo! Ela não cumpre horário porque a temporada já está avançada, às vezes esperam três dias por ela em Ústievo.

— Amanhã ela chega, amanhã por volta das duas ela chega no horário. Ainda antes do anoitecer o senhor chegará a Ústievo, no horário — interferia Aníssim.

"*Mais qu'est ce qu'il a cet homme?*"[91] — tremia Stiepan Trofímovitch, aguardando com pavor a sua sorte.

Os cocheiros também avançaram, começaram a combinar preço; cobravam três rublos até Ústievo. Os outros gritavam que não era um acinte, que esse era o preço, e que era o que cobravam para levar alguém dali a Ústievo no verão.

— Mas... aqui também é bom... E eu não quero — resmungava Stiepan Trofímovitch.

— Está bem, senhor, isso é justo, mas agora em Spássov está muito melhor, e Fiódor Matvêievitch ficará contente com a sua chegada.

— *Mon Dieu, mes amis,*[92] tudo isso é muito inesperado para mim.

Finalmente Sófia Matvêievna voltou. Contudo, sentou-se no banco muito abatida e triste.

— Não irei a Spássov! — disse à senhoria.

— Então a senhora também vai para Spássov? — agitou-se Stiepan Trofímovitch.

É que uma senhora de terras, Nadiejda Iegórovna Svietlítzina, mandara ainda na véspera que ela a esperasse em Khátovo e prometera levá-la até Spássov, mas não viera.

— O que vou fazer agora? — repetia Sófia Matvêievna.

— *Mais, ma chère et nouvelle amie,*[93] acontece que eu também posso levá-la, como a senhora de terras, a essa aldeia, para a viagem até lá aluguei um carro, e amanhã, bem, amanhã partiremos juntos para Spássov.

— Por acaso o senhor também vai para Spássov?

— *Mais que faire, et je suis enchanté!*[94] Eu a levarei com uma alegria extraordinária; veja, aqueles ali estão querendo e eu já contratei um... Qual foi dos senhores que eu contratei? — Súbito Stiepan Trofímovitch teve uma enorme vontade de ir para Spássov.

[91] "Mas o que tem esse homem?" (N. do T.)

[92] "Meu Deus, meus amigos". (N. do T.)

[93] "Mas minha querida e nova amiga". (N. do T.)

[94] "Que fazer, estou encantado!" (N. do T.)

Um quarto de hora depois já tomavam um carro fechado: ele estava muito animado e totalmente satisfeito; ela, com sua sacola e um sorriso agradecido ao lado dele. Aníssim o embarcava.

— Boa viagem, senhor — diligenciava ele com todas as forças ao lado do carro —, como fiquei contente em vê-lo!

— Adeus, adeus, meu amigo, adeus.

— O senhor verá Fiódor Matvêievitch...

— Sim, meu amigo, sim... verei Fiódor Matvêievitch... só que... adeus.

II

— Veja, minha amiga, a senhora me permitiu chamar-me de seu amigo, *n'est-ce pas?*[95] — começou apressado Stiepan Trofímovitch mal o carro se pôs a caminho. — Veja, eu... *J'aime le peuple, c'est indispensable, mais il me semble que je ne l'avais jamais vu de près. Stasie... cela va sans dire qu'elle est aussi du peuple... mais le vrai peuple,*[96] isto é, o verdadeiro povo, que, segundo me parece, não tem nada mais a fazer na estrada real senão querer saber para onde eu vou... Contudo, deixemos os ressentimentos. Parece que divaguei um pouco, mas a meu ver foi por causa da pressa.

— Parece que o senhor não está bem — observava-o respeitosamente Sófia Matvêievna com o olhar fixo e perscrutador.

— Não, não, é só eu me agasalhar; e ademais está soprando um vento fresco, até muito fresco, mas vamos esquecer isso. No fundo não era isso que eu estava querendo dizer. *Chère et incomparable amie,*[97] acho que estou quase feliz, e a senhora é a culpada por isso. Para mim a felicidade não é vantajosa, porque logo me meto a perdoar todos os meus inimigos...

— Ora, mas isso é muito bom.

— Nem sempre, *chère innocente. L'Evangile... Voyez-vous, désormais nous le prêcherons ensemble,*[98] e vou vender de bom grado os seus belos livrinhos. É, sinto que isso talvez seja uma ideia. *Quelque chose de très nou-*

[95] "Não é verdade?" (N. do T.)

[96] "Eu amo o povo, isso é necessário, mas acho que nunca o vi de perto. Nastácia... claro que ela também é do povo... mas o verdadeiro povo". (N. do T.)

[97] "Cara e incomparável amiga". (N. do T.)

[98] "Minha cara inocente. O Evangelho... Veja, doravante nós o pregaremos juntos". (N. do T.)

veau dans ce genre.[99] O povo é religioso, *c'est admis,*[100] mas ainda não conhece o Evangelho. Eu o exporei para ele... Na exposição oral dá para corrigir os erros desse livro magnífico que, é claro, me disponho a tratar com um respeito extraordinário. Serei útil até na estrada real. Sempre fui útil, sempre disse isso a *eles, à cette chère ingrate...*[101] Oh, perdoemos, perdoemos, antes de tudo perdoemos por tudo e sempre... Esperemos que nos perdoem a nós também. Sim, porque todos e cada um são culpados perante os outros. Todos somos culpados!...

— Ah, parece que o senhor disse isso muito bem...

— Sim, sim... Percebo que falo muito bem. Vou falar muito bem para eles, no entanto, no entanto, o que eu queria mesmo dizer de importante? Sempre me desoriento e esqueço... Permite-me não me separar da senhora? Sinto que seu olhar e... até me surpreendo com suas maneiras: a senhora é simples, a senhora põe o *s* no final de cada palavra[102] e vira a xícara no pires... rói esse repugnante torrão de açúcar; mas na senhora há qualquer coisa de encantador, e vejo por seus traços... Oh, não core nem tenha medo de mim como homem. *Chère et incomparable, pour moi une femme c'est tout.*[103] Não posso deixar de viver ao lado de uma mulher, mas só ao lado... Eu me atrapalhei terrivelmente, terrivelmente... De modo algum consigo me lembrar do que queria dizer. Oh, bem-aventurado é aquele a quem Deus manda sempre uma mulher e... acho até que estou num certo êxtase. Na estrada real existe uma ideia superior! Eis, eis o que eu queria dizer sobre a ideia; acabei de me lembrar, porque estou sempre errando. Por que nos fizeram ir adiante? Lá também estava bom, já aqui *cela devient trop froid. À propos, j'ai en tout quarante roubles et voilà cet argent,*[104] pegue-o, pegue-o, não sei guardá-lo, vou perdê-lo ou hão de tomá-lo de mim e... acho que estou com sono; algo me gira dentro da cabeça. Gira tanto, gira, gira. Oh, como a senhora é boa, com que está me cobrindo?

[99] "Algo absolutamente novo nesse gênero." (N. do T.)

[100] "isso está estabelecido". (N. do T.)

[101] "àquela querida ingrata..." (N. do T.)

[102] O homem simples russo punha um *s* no final de cada palavra em sinal de respeito pelo interlocutor. (N. do T.)

[103] "Querida e incomparável amiga, para mim a mulher é tudo." (N. do T.)

[104] "está ficando frio demais. A propósito, tenho apenas quarenta rublos, e eis o dinheiro". (N. do T.)

— Decerto o senhor está com febre alta e o cobri com minha manta, agora, quanto ao dinheiro, eu...

— Oh, por Deus, *n'en parlons plus, parce que cela me fait mal*,[105] como a senhora é boa!

Ele interrompeu a conversa com certa rapidez e com uma extraordinária brevidade caiu num sono cheio de febre e calafrios. A estrada vicinal por onde faziam aquelas dezessete verstas não era plana e o carro sacolejava cruelmente. Stiepan Trofímovitch acordava com frequência, erguia-se rapidamente do pequeno travesseiro que Sófia Matvêievna lhe colocara sob a cabeça, segurava a mão dela e perguntava: "A senhora está aqui?", como se temesse que ela o tivesse deixado. Ele ainda lhe assegurava que sonhara com uma mandíbula aberta, expondo os dentes, e que tudo isso lhe dava muito nojo. Sófia Matvêievna estava muito preocupada com ele.

O carro o levou direto a uma grande isbá de quatro janelas e com alas residenciais no pátio. Acordado, Stiepan Trofímovitch entrou apressado e foi direto ao segundo quarto da casa, o mais amplo e melhor. Seu rosto de quem acabara de passar pelo sono assumiu a expressão mais diligente. Explicou de imediato à senhoria, uma mulher alta e corpulenta de uns quarenta anos, cabelos muito negros e um esboço de bigode, que queria para si todo o quarto "e que trancasse a porta e não deixasse entrar mais ninguém ali, *parce que nous avons à parler*".

— *Oui, j'ai beaucop à vous dire, chère amie*.[106] Eu lhe pago, lhe pago! — agitou a mão para a senhoria.

Ainda que estivesse com pressa, movia a língua com certa dificuldade. A senhoria ouviu com cara de poucos amigos, mas se calou num sinal de concordância, no qual, aliás, pressentia-se algo como que ameaçador. Ele não notou nada disso e exigiu apressadamente (estava muitíssimo apressado) que ela saísse e lhe servisse o almoço o mais depressa possível, "sem a mínima demora".

Aí a mulher do bigode não se conteve.

— O senhor não está numa estalagem, não servimos almoço para hóspedes em trânsito. Posso mandar cozinhar uns lagostins ou acender o samovar, nada mais temos. Peixe fresco só amanhã.

Mas Stiepan Trofímovitch agitava os braços e repetia com uma impa-

[105] "não falemos mais sobre isso, porque me faz mal". (N. do T.)

[106] "porque precisamos conversar.
— Sim, preciso lhe dizer muita coisa, querida amiga." (N. do T.)

ciência irada: "Eu pago, só que depressa, depressa". Resolveram-se por sopa de peixe e galinha assada; a senhoria anunciou que em toda a aldeia era impossível arranjar uma galinha; entretanto, concordou em sair para procurar, mas com um ar que dava a impressão de que fazia um favor excepcional.

Mal ela saiu, num abrir e fechar de olhos Stiepan Trofímovitch sentou--se num divã e sentou Sófia Matvêievna ao seu lado. No quarto havia um divã e uma poltrona, mas de aspecto horrível. No geral, todo o quarto, bastante amplo (com um canto separado por um tabique, onde ficava a cama), com papel de parede velho, amarelo e rasgado, umas horríveis litografias nas paredes com figuras mitológicas, uma longa fileira de ícones e figuras de cobre no canto da frente, um estranho mobiliário misto, era uma mistura sem graça de algo urbano e camponês antigo. Mas ele nem sequer olhou para nada daquilo, nem chegou a ver pela janela o imenso lago que começava a dez braças da isbá.

— Enfim, estamos sós e não vamos deixar ninguém entrar! Quero lhe contar tudo, tudo desde o início.

Sófia Matvêievna o deteve até com forte intranquilidade:

— O senhor sabe, Stiepan Trofímovitch...

— *Comment, vous savez déjà mon nom?*[107] — sorriu com alegria.

— Há pouco ouvi Aníssim Ivánovitch pronunciá-lo quando o senhor conversava com ele. Veja o que me atrevo a lhe dizer de minha parte...

E ela começou a lhe cochichar rapidamente, olhando para a porta fechada com medo de que alguém estivesse à escuta, dizendo que aquela aldeia era uma desgraça. "Todos os mujiques daqui, ainda que sejam pescadores, vivem propriamente de extorquir o quanto lhes dá na telha dos hóspedes da estalagem no verão. Esta aldeia não é de passagem, mas erma, e por isso as pessoas só vêm para cá porque o barco atraca aqui, e quando ele não vem, porque é só fazer um pouquinho de mau tempo que ele não vem de jeito nenhum, junta gente por vários dias e aí todas as isbás da aldeia ficam ocupadas, e é só isso que os seus donos esperam; porque cada mercadoria sai pelo triplo do preço; o senhorio desta isbá aqui é orgulhoso e arrogante porque é muito rico para este lugar: tem uma rede de pesca que custa mil rublos."

Stiepan Trofímovitch olhava para o rosto extraordinariamente inspirado de Sófia Matvêievna quase com censura, e várias vezes fez um gesto tentando contê-la. Mas ela fez finca-pé e concluiu a narração: segundo suas palavras, já estivera ali no verão com uma "senhora muito nobre" da cidade

[107] "Como, a senhora já sabe meu nome?" (N. do T.)

e também pernoitara à espera da chegada do barco, que demorara dois dias inteiros, e passara por tal infortúnio que dava até medo rememorar. "Veja, Stiepan Trofímovitch, o senhor se permitiu pedir este quarto só para si... Estou falando apenas para preveni-lo... Aquele outro quarto já está com hóspedes, um homem idoso e um jovem, e uma senhora com crianças, e até amanhã a isbá estará abarrotada até as duas horas, porque, como o barco não aparece há dois dias, certamente virá amanhã. Portanto, por um quarto particular e pelo almoço que o senhor encomendou, e ainda pela ofensa causada a todos os que estão em trânsito, eles vão cobrar do senhor uma quantia da qual nem na capital se ouviu falar..."

Mas ele sofria, sofria de verdade:

— *Assez, mon enfant,*[108] eu lhe imploro; *nous avons notre argent, et après — et après le bon Dieu.*[109] Chego até a me surpreender que a senhora, com as suas opiniões elevadas... *Assez, assez, vous me tourmentez*[110] — pronunciou em tom histérico —, temos todo o futuro à nossa frente e a senhora... a senhora me assusta com o futuro...

E ele passou imediatamente a expor toda a sua história, com tamanha pressa que de início era até difícil entender. A exposição foi muito longa. Serviram a sopa de peixe, serviram a galinha, trouxeram finalmente o samovar, e ele continuou falando... Isso lhe saía um tanto estranho e doentio porque, ademais, estava mesmo doente. Era uma tensão repentina das forças intelectuais que, é claro — e isso Sófia Matvêievna previra durante todo o tempo da sua narração —, teria de refletir-se logo em seguida como um extraordinário abatimento em seu já abalado organismo. Começou quase da infância, quando "corria pelos campos de peito aberto"; uma hora depois havia chegado apenas aos seus dois casamentos e à vida em Berlim. Aliás, não me atrevo a rir. Ali havia algo efetivamente superior para ele e, na linguagem moderna, quase uma luta pela sobrevivência. Via à sua frente aquela que já escolhera para o futuro caminho e se apressava, por assim dizer, em colocá-la a par de tudo. Sua genialidade já não devia permanecer um segredo para ela... É possível que ele tivesse exagerado fortemente a respeito de Sófia Matvêievna, mas já a havia escolhido. Não podia passar sem mulher. Pela expressão de seu rosto via com clareza que ela não compreendia quase nada do que ele dizia, nem mesmo o essencial.

108 "Basta, minha criança". (N. do T.)

109 "temos o nosso dinheiro, e depois — e depois o bom Deus". (N. do T.)

110 "Basta, basta, a senhora me atormenta". (N. do T.)

"*Ce n'est rien, nous attendrons*,[111] por ora ela pode compreender por pressentimento..."

— Minha amiga, eu só preciso de uma coisa: do seu coração! — exclamava, interrompendo a narração. — E desse olhar amável, encantador com que a senhora me olha neste momento. Oh, não precisa corar! Eu já lhe disse...

Para a pobre Sófia Matvêievna, apanhada como ouvinte, houve muita coisa obscura, particularmente quando a história quase transbordou numa verdadeira dissertação, segundo a qual ninguém jamais conseguira compreender Stiepan Trofímovitch, "os talentos estão se destruindo entre nós na Rússia". Aquilo tudo "era muita sabedoria", contava ela mais tarde com desânimo. Ela ouvia com visível sofrimento, com os olhos um pouco arregalados. Já quando Stiepan Trofímovitch apelou para o humor e se referiu, com a mais espirituosa alfinetada, aos nossos espíritos "avançados e dominantes", ela, levada pela aflição, tentou umas duas vezes responder com um risinho ao riso dele, mas isso lhe saiu pior do que se tivesse chorado, de tal forma que o próprio Stiepan Trofímovitch acabou ficando até desnorteado e num arroubo de ódio ainda maior atacou os niilistas e os "homens novos". Aí ele simplesmente a assustou, e ela só sentiu um pouco de alívio, aliás, o alívio mais enganador, quando ele começou a falar propriamente de romance. Mulher é sempre mulher, mesmo que seja uma freira. Ela sorria, balançava a cabeça, e no mesmo instante corava muito e olhava para o chão, deixando com isso Stiepan Trofímovitch totalmente encantado e inspirado, a tal ponto que até mentiu muito. Em sua narração, Varvara Pietrovna aparecia como a mais encantadora moreninha ("que encantara Petersburgo e muitas outras capitais da Europa"), e seu marido havia morrido, "atingido por uma bala em Sevastópol", unicamente porque se sentia indigno do seu amor, cedendo o campo ao rival, isto é, ao próprio Stiepan Trofímovitch... "Não precisa ficar embaraçada, minha criatura serena, minha cristã! — exclamou para Sófia Matvêievna, quase acreditando ele mesmo em tudo o que narrava. — Aquilo era algo sublime, algo tão delicado que nós dois nunca chegamos sequer a nos declarar em toda a nossa vida." A causa de todo esse estado de coisas já era, na continuidade da narração, uma loura (se não era Dária Pávlovna, então já não sei quem Stiepan Trofímovitch subentendia aí). Essa loura devia tudo à morena e fora criada em sua casa na condição de parenta distante. Tendo, enfim, notado o amor da loura por Stiepan Trofímovitch, a morena ensimesmou-se. Por sua vez, notando o amor da morena por

[111] "Isso não é nada, aguardemos". (N. do T.)

Stiepan Trofímovitch, a loura também ficou ensimesmada. E todos os três, enlanguescidos pela magnanimidade que os dominava, assim calaram durante vinte anos, todos ensimesmados. "Oh, que paixão era aquela, que paixão era aquela! — exclamava ele, soluçando no mais sincero êxtase. — Eu assistia ao pleno desabrochar da sua beleza (da morena), reparava, 'com o coração ferido', como todos os dias passava ela ao meu lado como que envergonhada da sua beleza." (Uma vez ele disse: "Envergonhada da sua gordura".) Por fim ele fugiu, deixando todo aquele sonho febril de vinte anos. — "*Vingt ans!*[112] E eis-me agora na estrada real..." Depois, em um estado de inflamação cerebral, pôs-se a explicar a Sófia Matvêievna o que devia significar o encontro de hoje, "o encontro tão acidental e tão fatal deles dois para todo o sempre". Por fim, tomada de um terrível embaraço, Sófia Matvêievna levantou-se do divã; ele fez até uma tentativa de ajoelhar-se diante dela, de modo que ela começou a chorar. Fechava-se o crepúsculo; os dois já estavam naquele quarto fechado há várias horas...

— Não, é melhor que o senhor me deixe ir para o outro quarto — balbuciava ela —, senão o que as pessoas irão pensar?

Enfim ela se livrou; ele a liberou, dando-lhe a palavra de deitar-se imediatamente para dormir. Ao lhe dar boa-noite, queixou-se de muita dor de cabeça. Ainda ao entrar, Sófia Matvêievna deixara sua mochila e suas coisas no primeiro quarto com a intenção de pernoitar com os senhorios; mas não conseguiu descansar.

Durante a noite, Stiepan Trofímovitch teve aquele ataque de colerina tão conhecido por mim e por todos os amigos: desfecho habitual de todas as suas comoções nervosas e morais. A pobre Sófia Matvêievna passou a noite inteira sem dormir. Como, ao cuidar do doente, teve de entrar e sair com bastante frequência da isbá passando pelo quarto dos senhorios, os hóspedes em trânsito e a senhoria que ali dormiam começaram enfim até a destratá-la quando ela quis acender o samovar por volta do amanhecer. Durante toda a crise Stiepan Trofímovitch esteve em um semitorpor; às vezes tinha a vaga impressão de que acendiam o samovar, de que lhe davam algo (de framboesa) para beber, de que lhe aqueciam com alguma coisa a barriga, o peito. Mas sentia quase a cada instante que *ela* estava ali ao seu lado; que era ela que entrava e saía, que o tirava da cama e tornava a deitá-lo. Por volta das três da madrugada sentiu-se melhor; soergueu-se, desceu as pernas da cama e, sem pensar em nada, desabou no chão diante dela. Já não era a genuflexão de

[112] "Vinte anos!" (N. do T.)

pouco tempo atrás; ele simplesmente caía a seus pés e lhe beijava a fímbria do vestido.

— Basta, não mereço nada disso — balbuciava ela, procurando levantá-lo para colocá-lo na cama.

— Minha salvadora — falou de mãos postas num gesto de veneração perante ela. — *Vous êtes noble comme une marquise!*[113] Eu — eu sou um patife! Oh, a vida inteira eu fui um desonesto...

— Acalme-se — implorava Sófia Matvêievna.

— Ainda há pouco lhe menti em tudo, e muito bem, por ostentação, movido pela futilidade; em tudo, em tudo até a última palavra, oh, patife, patife!

Assim, a colerina se transformava em outro ataque, de autocondenação histérica. Já mencionei esses ataques quando falei das suas cartas endereçadas a Varvara Pietrovna. Lembrou-se subitamente de *Lise*, do encontro na manhã da véspera: "Aquilo foi muito terrível, na certa havia ali uma desgraça, mas eu não fiz perguntas, não procurei me inteirar! Pensava só em mim! Oh, o que terá acontecido com ela, a senhora não sabe o que aconteceu com ela?", implorava a Sófia Matvêievna.

Depois jurou que "não trairia", que voltaria para *ela* (isto é, para Varvara Pietrovna). "Nós iremos até o seu alpendre (isto é, sempre com Sófia Matvêievna) todo dia, quando ela estiver tomando a carruagem para o seu passeio matinal, e ficaremos observando em silêncio... Oh, quero que ela me bata na outra face; quero, com prazer! Vou lhe oferecer a minha outra face *comme dans votre livre*![114] Agora, só agora compreendi o que significa oferecer a outra... 'face'. Nunca tinha compreendido isso antes!"

Chegavam para Sófia Matvêievna os dois dias terríveis de sua vida; agora ela os rememora com estremecimento. Stiepan Trofímovitch adoecera com tanta seriedade que não conseguiu tomar o barco, que dessa vez chegou às duas da tarde em ponto; ela já não estava em condição de deixá-lo sozinho e também não foi para Spássov. Segundo sua narração, ele ficou até muito contente quando o barco partiu.

— Ah, excelente, ah, maravilhoso — murmurou da cama —, porque eu estava sempre com medo de que partíssemos. Aqui é tão bom, aqui é melhor que em qualquer lugar... a senhora não vai me deixar? Oh, a senhora não me deixou!

[113] "A senhora é nobre como uma marquesa!" (N. do T.)

[114] "como no seu livro". (N. do T.)

Contudo, esse "aqui" não era absolutamente tão bom. Ele não queria saber nada sobre as dificuldades dela; sua cabeça estava cheia só de fantasias. Achava que sua doença era algo passageiro, uma bobagem, não pensava nela absolutamente e só pensava em como eles dois sairiam por aí vendendo "esses livrinhos". Pediu-lhe que lesse o Evangelho.

— Já faz tempo que não o leio... no original. Senão alguém pode perguntar se cometi um engano; seja como for, preciso me preparar.

Sófia Matvêievna sentou-se ao lado dele e abriu o livro.

— A senhora lê maravilhosamente — interrompeu-a já na primeira linha. — Estou vendo, estou vendo que não me enganei — acrescentou de forma vaga, mas com entusiasmo. Aliás, estava sempre entusiasmado. Ela leu o Sermão da Montanha.

— *Assez, assez, mon enfant,*[115] basta... Porventura a senhora não acha que *isso* basta?

Fechou os olhos sem forças. Estava muito fraco, mas ainda não perdera a consciência. Sófia Matvêievna fez menção de levantar-se supondo que ele quisesse adormecer. Mas ele a reteve:

— Minha amiga, passei a vida inteira mentindo. Até quando falava a verdade. Nunca falei pela verdade mas apenas por mim mesmo, disso eu já sabia antes mas só agora vejo... Oh, onde estão aqueles amigos que ofendi com minha amizade durante toda a minha vida? E todos, e todos! *Savez-vous,*[116] talvez eu esteja mentindo também neste momento; certamente estou mentindo também neste momento. O essencial é que eu mesmo acredito em mim quando minto. O mais difícil na vida é viver e não mentir e... não acreditar na própria mentira, sim, sim, é isso mesmo! Mas espere, tudo isso fica para depois... Estamos juntos, estamos juntos! — Acrescentou com entusiasmo.

— Stiepan Trofímovitch — pediu timidamente Sófia Matvêievna —, não seria o caso de mandar chamar o médico na "província"?

Ele ficou terrivelmente surpreso.

— Para quê? *Est-ce que je suis si malade? Mais rien de sérieux.*[117] E para que precisamos de estranhos? Ainda ficarão sabendo, e então o que acontecerá? Não, não, nada de estranhos, estamos juntos, juntos!

— Sabe — disse depois de uma pausa —, leia-me mais alguma coisa, à sua escolha, algo que lhe caia sob os olhos.

[115] "Basta, basta, minha criança". (N. do T.)

[116] "A senhora sabe". (N. do T.)

[117] "Será que eu estou tão doente? Ora, não é nada sério." (N. do T.)

Sófia Matvêievna abriu o livro e começou a ler.

— Na página que abrir, na página que abrir ao acaso — repetiu.

— "Ao anjo da igreja em Laodiceia escreve..."

— Isso o que é? o que é? É de onde?

— É do Apocalipse.

— *Oh, je m'en souviens, oui, l'Apocalypse. Lisez, lisez,*[118] tentei adivinhar pelo livro o nosso futuro, quero saber no que deu; leia a partir do anjo, do anjo...

— "Ao anjo da igreja em Laodiceia escreve:

Estas cousas diz o Amém, a testemunha fiel e verdadeira, o princípio da criação de Deus:

Conheço as tuas obras, que nem és frio nem quente. Quem dera fosses frio ou quente!

Assim, porque és morno, e nem és quente nem frio, estou a ponto de vomitar-te da minha boca;

Pois dizes: estou rico e abastado, e não preciso de cousa alguma, e nem sabes que tu és infeliz, infeliz, miserável, pobre, cego e nu."

— Isso... isso está no seu livro! — exclamou com brilho nos olhos e soerguendo-se na cabeceira. — Eu nunca havia lido essa grande passagem! Escute: antes frio, frio que morno, que *apenas* morno. Oh, hei de provar. Só que não me deixe, não me deixe só! Haveremos de provar, haveremos de provar.

— Sim, não vou deixá-lo, Stiepan Trofímovitch. Nunca hei de deixá-lo! — Ela lhe segurou a mão nas suas, levando-as ao coração com lágrimas nos olhos e olhando para ele. ("Tive muita pena dele naquele momento", dizia ela.) Os lábios dele tremeram como numa convulsão.

— Mesmo assim, Stiepan Trofímovitch, o que vamos mesmo fazer? Não seria o caso de informar algum dos seus conhecidos ou talvez parentes?

Mas nesse ponto o susto dele foi tamanho que ela até ficou descontente por ter tornado a mencionar aquilo. Entre estremecimentos e tremores ele implorava que ela não chamasse ninguém, não fizesse nada; queria que ela desse a palavra, persuadia: "Ninguém, ninguém! Nós dois, só nós dois, *nous partirons ensemble*".[119]

O pior é que os senhorios também começavam a ficar preocupados, rosnavam e implicavam com Sófia Matvêievna. Ela lhes pagou e procurou mostrar dinheiro; isso abrandou temporariamente a situação; mas o senho-

[118] "Oh, eu me lembro disso, sim, o Apocalipse. Leia, leia". (N. do T.)

[119] "partiremos juntos". (N. do T.)

rio exigiu o "documento" de Stiepan Trofímovitch. Com um sorriso altivo, o doente apontou para a sua pequena mochila; nela Sófia Matvêievna achou o decreto de sua aposentadoria ou algo do gênero, com o qual ele vivera a vida inteira. O senhorio não sossegou e disse que "ele precisa ser levado a algum lugar, porque nossa casa não é hospital; aí ele pega e morre, o que pode ser que venha a acontecer; vamos passar por maus bocados". Sófia Matvêievna quis falar do médico também com ele, mas verificou-se que se mandassem alguém à "província" a coisa sairia tão cara que, evidentemente, teriam de desistir de qualquer ideia de chamar o médico. Ela voltou triste para o seu doente. Stiepan Trofímovitch ia ficando cada vez mais e mais fraco.

— Leia-me agora mais uma passagem... a que fala dos porcos — pronunciou num átimo.

— De quê? — Sófia Matvêievna levou um tremendo susto.

— Dos porcos... aquela mesma passagem... *ces cochons*...[120] estou lembrado, os demônios entraram nos porcos e todos se afogaram. Leia essa passagem, faço questão; depois lhe digo para quê. Quero rememorá-la ao pé da letra. Preciso dela ao pé da letra.

Sófia Matvêievna conhecia bem o Evangelho e imediatamente encontrou em Lucas a passagem que coloquei como epígrafe da minha crônica. Vou repeti-la:

"Ora, andava ali, pastando no monte, uma grande manada de porcos; rogaram-lhe que lhes permitisse entrar naqueles porcos. E Jesus o permitiu. Tendo os demônios saído do homem, entraram nos porcos, e a manada precipitou-se despenhadeiro abaixo, para dentro do lago, e se afogou. Os porqueiros, vendo o que acontecera, fugiram e foram anunciá-lo na cidade e pelos campos. Então saiu o povo para ver o que se passara, e foram ter com Jesus. De fato acharam o homem de quem saíram os demônios, vestido, em perfeito juízo, assentado aos pés de Jesus; e ficaram dominados pelo terror. E algumas pessoas que tinham presenciado os fatos contaram-lhes também como fora salvo o endemoniado."

— Minha amiga — pronunciou Stiepan Trofímovitch em grande agitação —, *savez-vous*, essa passagem maravilhosa e... inusitada foi, em toda a minha vida, uma pedra no meio do caminho... *dans ce livre*...[121] de sorte que gravei essa passagem ainda na infância. Acaba de me vir à cabeça uma ideia; *une comparaison*. Neste momento me vem à cabeça uma infinidade de ideias:

[120] "aqueles porcos..." (N. do T.)

[121] "A senhora sabe... nesse livro..." (N. do T.)

veja, isso é tal qual o que acontece na nossa Rússia. Esses demônios, que saem de um doente e entram nos porcos, são todas as chagas, todos os miasmas, toda a imundície, todos os demônios e demoniozinhos que se acumularam na nossa Rússia grande, doente e querida para todo o sempre, todo o sempre! *Oui, cette Russie, que j'aimais toujours.*[122] Mas a grande ideia e a grande vontade descerão do alto como desceram sobre aquele louco endemoniado e sairão todos esses demônios, toda a imundície, toda a nojeira que apodreceu na superfície... e eles mesmos hão de pedir para entrar nos porcos. Aliás, até já entraram, é possível! Somos nós, nós e aqueles, e também Pietrucha... *et les autres avec lui*,[123] e é possível que eu seja o primeiro, que esteja à frente, e nós nos lançaremos, loucos e endemoniados, de um rochedo no mar e todos nos afogaremos, pois para lá é que segue o nosso caminho, porque é só para isso que servimos. Mas o doente haverá de curar-se e "se assentará aos pés de Jesus"... E todos ficarão a contemplar estupefatos... Querida, *vous comprendrez après*,[124] mas agora isso me inquieta muito... *Vous comprendrez après... Nous comprendrons ensemble.*[125]

Começou a delirar e por fim perdeu a consciência. Assim continuou todo o dia seguinte. Sentada ao seu lado, Sófia Matvêievna chorava, quase não pregava o olho já pela segunda noite e evitava aparecer perante os senhorios, que, ela pressentia, já haviam começado a fazer alguma coisa. A salvação só veio no terceiro dia. Ao amanhecer Stiepan Trofímovitch voltou a si, reconheceu-a e lhe estendeu a mão. Ela se benzeu com esperança. Ele quis olhar pela janela: "*Tiens, un lac*[126] — pronunciou ele —, ah, meu Deus, ah, meu Deus, eu ainda não o tinha visto...". Nesse instante ouviu-se na entrada da isbá o barulho da carruagem de alguém e um rebuliço extraordinário se levantou na casa.

III

Era a própria Varvara Pietrovna que chegava numa carruagem de quatro lugares, uma quádrupla, com dois criados e Dária Pávlovna. O milagre

[122] "Sim, a Rússia que eu sempre amei." (N. do T.)

[123] "e os outros com ele". (N. do T.)

[124] "depois a senhora compreenderá". (N. do T.)

[125] "A senhora compreenderá depois... Nós compreenderemos juntos." (N. do T.)

[126] "Vejam, um lago". (N. do T.)

foi simples: Aníssim, morto de curiosidade, ao chegar à cidade no dia seguinte foi à casa de Varvara Pietrovna e deu com a língua nos dentes com a criadagem, contando que encontrara Stiepan Trofímovitch sozinho numa aldeia, que os mujiques haviam topado com ele sozinho na estrada real, a pé, e que estava em Ústievo, a caminho de Spássov, já acompanhado de Sófia Matvêievna. Como, por sua vez, Varvara Pietrovna já andava terrivelmente inquieta e procurara como pudera seu fugitivo amigo, então lhe informaram imediatamente sobre a presença de Aníssim. Depois de ouvir seu relato e, principalmente, sobre os detalhes da partida para Ústievo acompanhado de uma tal de Sófia Matvêievna em um carro, ela se preparou num piscar de olhos e saiu em disparada pelas pegadas frescas na direção de Ústievo. Ainda não fazia ideia da doença dele.

Ouviu-se sua voz severa e imperiosa; até os senhorios se acovardaram. Ela parou apenas para indagar e inteirar-se, segura de que Stiepan Trofímovitch já estava há muito tempo em Spássov; ao saber que estava ali e doente, entrou agitada na isbá.

— Então, onde ele está? Ah, és tu! — gritou ao avistar Sófia Matvêievna, que no justo momento aparecia à porta do segundo quarto. — Por tua cara desavergonhada adivinhei que eras tu. Fora, patifa! Que não fique nem sombra tua nesta casa! Escorracem-na, senão, minha mãe, eu te meto na prisão para sempre. Por enquanto guardem-na em outra casa. Lá na cidade ela já esteve uma vez na prisão e ainda vai voltar para lá. E peço a ti, senhoria, que não te atrevas a deixar ninguém entrar enquanto eu estiver aqui. Sou a generala Stavróguina e estou ocupando a casa toda. Quanto a ti, minha cara, terás de me prestar contas de tudo.

Os sons conhecidos abalaram Stiepan Trofímovitch. Ele começou a tremer. Mas ela já havia atravessado o tabique. Com brilho nos olhos empurrou uma cadeira com o pé e, apoiada no encosto, gritou para Dacha.

— Sai por enquanto, fica um pouco com os senhorios. Que curiosidade é essa? E fecha bem a porta ao saíres.

Durante algum tempo examinou calada e com o olhar rapace o rosto assustado dele.

— Então, como vai, Stiepan Trofímovitch. Que tal foi o passeio? — deixou escapar subitamente com uma ironia furiosa.

— *Chère* — balbuciou fora de si Stiepan Trofímovitch —, conheci a vida real russa. *Et je prêcherai l'Evangile...*[127]

[127] "Vou pregar o Evangelho..." (N. do T.)

— Oh, homem desavergonhado, vil! — vociferou ela erguendo os braços. — Como se achasse pouco me envergonhar, ainda se liga... Oh, velho devasso, desavergonhado!

— *Chère*...

Ficou com a voz embargada e não conseguiu pronunciar nada, limitando-se apenas a olhar com os olhos arregalados de pavor.

— Quem é *ela*?

— *C'est un ange... C'était plus qu'un ange pour moi*,[128] ela passou a noite inteira... Oh, não grite, não a assuste, *chère, chère*.

Súbito Varvara Pietrovna deu um salto da cadeira fazendo barulho; ouviu-se seu grito assustado: "Tragam água, água!". Embora ele tivesse voltado a si, ela ainda continuava tremendo de medo e, pálida, olhava para seu rosto desfigurado: só então percebeu pela primeira vez a dimensão da doença.

— Dária — cochichou a Dária Pávlovna —, vá imediatamente buscar um médico, Salzfisch; que Iegóritch venha agora; que alugue cavalos aqui e traga da cidade outra carruagem. Que esteja aqui à noite.

Dacha correu para cumprir a ordem. Stiepan Trofímovitch continuava a olhar com os mesmos olhos arregalados, com o olhar assustado, e seus lábios embranquecidos tremiam.

— Espere, Stiepan Trofímovitch, espere, meu caro! — ela o persuadia como uma criança. — Ora, espere, espere, Dária voltará e... Ah, meu Deus, senhoria, senhoria, ao menos tu vem cá, mãezinha!

Tomada de impaciência, ela mesma correu para a senhoria.

— Chamem *aquela* de volta agora, neste instante. Façam-na voltar, voltar!

Por sorte, Sófia Matvêievna ainda não tivera tempo de sair da casa e estava apenas atravessando o portão com sua mochila e uma trouxa. Fizeram-na voltar. Estava tão assustada que lhe tremiam as pernas e as mãos. Varvara Pietrovna agarrou-a pelo braço como um falcão agarra um pinto e arrastou-a com ímpeto para perto de Stiepan Trofímovitch.

— Bem, aí está ela. Não a devorei. Você estava achando que eu ia devorá-la.

Stiepan Trofímovitch segurou a mão de Varvara Pietrovna, levou-a aos olhos e ficou banhado em lágrimas, aos soluços, com ar doentio de quem vai ter um ataque.

— Vamos, acalme-se, acalme-se. Vamos, meu caro, vamos, paizinho!

[128] "É um anjo... Tem sido mais que um anjo para mim". (N. do T.)

Ah, meu Deus, ora, a-cal-me-se finalmente! — gritou ela com fúria. — Oh, torturador, torturador, eterno torturador meu!

— Querida — balbuciou finalmente Stiepan Trofímovitch para Sófia Matvêievna —, querida, espere um pouquinho lá, quero dizer alguma coisa agora...

No mesmo instante Sófia Matvêievna se precipitou para a saída.

— *Chérie, chérie...*[129] — ele estava arfando.

— Espere para falar, Stiepan Trofímovitch, espere um pouco, descanse por enquanto. Eis a água. Ora, es-pe-re!

Tornou a sentar-se na cadeira. Stiepan Trofímovitch lhe segurava a mão com força. Por muito tempo ela não permitiu que ele falasse. Ele levou a mão dela aos lábios e começou a beijá-la. Ela olhava para algum ponto no canto, com os dentes cerrados.

— *Je vous aimais!*[130] — deixou finalmente escapar. Ela nunca ouvira dele essa palavra pronunciada dessa maneira.

— Hum — ela respondeu com um mugido.

— *Je vous aimais toute ma vie... vingt ans!*[131]

Ela permaneceu calada uns dois minutos, uns três.

— Mas quando se preparava para ver Dacha se borrifava de perfume... — pronunciou de repente com um murmúrio medonho. Stiepan Trofímovitch ficou estupefato.

— Pôs uma gravata nova...

Mais uns dois minutos de silêncio.

— Lembra-se do charuto?

— Minha amiga — esboçou um resmungo de pavor.

— Do charuto, à noite, ao pé da janela... ao luar... depois do caramanchão em Skvoriéchniki? Está lembrado, está lembrado? — pulou da cadeira e, com ambas as mãos, agarrou o travesseiro pelas pontas e o sacudiu com a cabeça dele. — Está lembrado, homem vazio, vazio, inglório, pusilânime, eternamente, eternamente vazio! — chiava com seu murmúrio furioso, contendo o grito. Por fim, largou-o e deixou-se cair na cadeira cobrindo o rosto com as mãos. — Basta! — cortou, aprumando-se. — Vinte anos se passaram, não dá para trazê-los de volta; também fui uma idiota.

— *Je vous aimais* — tornou a ficar de mãos postas.

[129] "Amada, amada..." (N. do T.)

[130] "Eu a amava!" (N. do T.)

[131] "Eu a amei toda a minha vida... vinte anos!" (N. do T.)

— Ora, por que fica repetindo *aimais* e *aimais*! Basta — tornou a levantar-se de um salto. — Se você não adormecer agora mesmo, eu... você precisa de sossego; durma, durma agora mesmo, feche os olhos. Ah, meu Deus, talvez ele esteja querendo desjejuar! O que você tem comido? O que ele tem comido? Ah, meu Deus, onde está a outra, onde está ela?

Ia começando a confusão. Mas Stiepan Trofímovitch balbuciou com voz fraca que realmente ia tirar uma soneca de *une heure*.[132] E depois que venha *un bouillon, un thé... enfin, il est si heureux*.[133] Deitou-se e de fato pareceu adormecer (provavelmente fingia). Varvara Pietrovna esperou um pouco e saiu de trás do tabique na ponta dos pés.

Sentou-se no quarto da senhoria, pôs os senhorios para fora e ordenou que Dacha trouxesse a *outra* à sua presença. Teve início um sério interrogatório.

— Agora, minha cara, conta-me todos os detalhes; senta-te ao lado, assim. Então?

— Encontrei Stiepan Trofímovitch...

— Espera, cala a boca. Eu te previno de que, se mentires ou esconderes alguma coisa, eu te arranco até de debaixo da terra. Então?

— Encontrei Stiepan Trofímovitch... assim que cheguei a Khátovo... — Sófia Matvêievna estava quase arfando...

— Espera, cala a boca, espera; por que ficas martelando? Primeiro, que espécie de bicho és tu?

A outra narrou de qualquer jeito, aliás da forma mais lacônica, a sua vida, começando por Sevastópol. Varvara Pietrovna escutava em silêncio, aprumada na cadeira, olhando a narradora nos olhos com ar severo e tenaz.

— Por que estás tão assustada? Por que olhas para o chão? Gosto do tipo de pessoa que olha direto e discute comigo. Continua.

Ela acabou de contar sobre o encontro, os livros, a vodca que Stiepan Trofímovitch servira à camponesa...

— Isso, isso, procura não esquecer nem o mínimo detalhe — incentivava Varvara Pietrovna. Por fim ela contou como tinha sido a viagem e como Stiepan Trofímovitch falara o tempo todo, "já completamente enfermo"; disse que ele falara de toda a sua vida, desde o início, que passara inclusive algumas horas contando.

— Conta o que ele contou sobre a vida.

[132] "uma hora". (N. do T.)

[133] "um caldo, um chá... enfim, ele está tão feliz". (N. do T.)

Súbito Sófia Matvêievna titubeou e caiu num impasse total.

— Sobre isso não sei contar nada — deixou escapar quase chorando — e além disso não entendi quase nada.

— Mentira, é impossível que não tenhas entendido nada.

— Ele contou longamente sobre uma fidalga de cabelos negros — Sófia Matvêievna corou terrivelmente ao notar, aliás, os cabelos louros de Varvara Pietrovna e sua total dessemelhança com a "morena".

— Sobre a de cabelos negros? O que precisamente? Vamos, fala!

— Contou como uma senhora fidalga foi muito apaixonada por ele, a vida inteira, vinte anos inteiros; mas que nunca se atreveu a revelar e sentia vergonha diante dele porque era muito gorda...

— Imbecil — cortou Varvara Pietrovna num gesto pensativo mas categórico.

Sófia Matvêievna já estava totalmente chorosa.

— Nesse ponto não consigo contar direito porque eu mesma estava muito temerosa por ele e não conseguia entender, porque ele é uma pessoa muito inteligente...

— Não cabe a uma paspalha como tu julgar a inteligência dele. Ele te pediu em casamento?

A narradora estremeceu.

— Apaixonou-se por ti? Fala! Te propôs casamento? — Varvara Pietrovna levantou a voz.

— Foi quase isso — chorava um pouco. — Só que eu não aceitei nada disso, de maneira nenhuma, por causa da doença dele — acrescentou com firmeza, levantando a vista.

— Como te chamas: teu nome e patronímico?

— Sófia Matvêievna.

— Pois fica sabendo, Sófia Matvêievna, que ele é o homenzinho mais reles, mais vazio... Deus, Deus! Tu me achas uma patifa?

A outra arregalou os olhos.

— Uma patifa, uma tirana? Que arruinou a vida dele?

— Como isso é possível se a senhora mesma está chorando?

Varvara Pietrovna realmente estava com lágrimas nos olhos.

— Anda, senta, senta, não te assustes. Olha-me mais uma vez nos olhos, direto; por que coraste? Dacha, vem cá, olha para ela: achas que ela tem um coração puro?...

E para surpresa e talvez um pavor ainda maior de Sófia Matvêievna, de repente ela lhe deu um tapinha na face.

— Só é pena que sejas uma tola. És moça demais para essa tolice. Está bem, querida, vou cuidar de ti. Estou vendo que tudo isso é um absurdo. Por ora, ficas morando ao lado, vão te alugar casa aqui, e terás de minha parte mesa e tudo... Espera até que te mande chamar.

Sófia Matvêievna esboçou gaguejar, assustada com o fato de que precisava se apressar.

— Não tens aonde ir com essa pressa. Compro todos os teus livros e tu ficas aqui. Cala a boca, nada de desculpas. Porque, se eu não tivesse vindo, tu não o deixarias mesmo, não é?

— Eu não o teria deixado por nada — deixou escapar Sófia Matvêievna baixinho e com firmeza, limpando os olhos.

Trouxeram o doutor Salzfisch já tarde da noite. Era um velhote muito respeitável e um clínico bastante experiente, que havia pouco tempo perdera seu emprego em nossa cidade por uma desavença com seus superiores, movida por vaidade. No mesmo instante Varvara Pietrovna começara a "protegê-lo" com todas as suas forças. Ele examinou o doente com atenção, fez perguntas, e anunciou cautelosamente a Varvara Pietrovna que o estado do "paciente" era muito incerto devido ao agravamento da doença e que era preciso esperar "até pelo pior". Varvara Pietrovna, que durante vinte anos se desacostumara até da ideia de que pudesse haver algo sério e definitivo em qualquer coisa que estivesse ligada à pessoa de Stiepan Trofímovitch, ficou profundamente abalada, até empalideceu.

— Será que não há nenhuma esperança?

— Talvez não haja absolutamente nenhuma esperança, entretanto...

Ela não se deitou a noite inteira e mal esperou o amanhecer. Assim que o doente abriu os olhos e recobrou os sentidos (ainda estava consciente, embora cada vez mais fraco a cada hora que ia passando), entrou em ação da forma mais decidida.

— Stiepan Trofímovitch, é preciso prevenir tudo. Mandei chamar um padre. Você tem a obrigação de cumprir com o dever...

Conhecendo-lhe as convicções, ela estava com um medo extraordinário de uma recusa. Ele a olhou surpreso.

— É um absurdo, um absurdo! — vociferou, pensando que ele já estivesse recusando. — Isso não é hora para travessuras. Basta de tolices.

— Mas... será que eu já estou tão doente?

Ele concordou com ar pensativo. Para mim foi com grande surpresa que mais tarde eu soube por Varvara Pietrovna que ele não tivera o menor medo da morte. É possível que simplesmente não acreditasse que ia morrer, ainda achando que sua doença era uma bobagem.

Confessou-se e comungou de bom grado. Todos, inclusive Sófia Matvêievna e os criados, foram cumprimentá-lo pela comunhão com os mistérios divinos. Todos, um a um, choraram discretamente vendo-lhe o rosto macilento e esgotado e os trêmulos lábios embranquecidos.

— *Oui, mes amis*,[134] só me admira que estejam tão... azafamados. Amanhã provavelmente me levanto e nós... partiremos... *Toute cette cérémonie...*,[135] à qual, é claro, presto toda homenagem... foi...

— Padre, fique a qualquer custo com o doente — Varvara Pietrovna reteve rapidamente o padre, que já estava sem os paramentos. — Assim que servirem o chá, peço que comece a falar imediatamente com ele sobre as coisas divinas para que nele se mantenha a fé.

O padre começou a falar; todos estavam sentados ou em pé ao lado do doente.

— No nosso tempo pecaminoso — começou o padre em tom suave, com a xícara de chá nas mãos —, a fé no Supremo é o único refúgio da espécie humana em todos os sofrimentos e provações da vida, assim como a fé na felicidade eterna prometida aos justos...

Stiepan Trofímovitch pareceu animar-se todo; um risinho sutil lhe deslizou pelos lábios.

— *Mon père, je vous remercie, et vous êtes bien bon, mais...*[136]

— Nada de *mais*, sem nenhum *mais*! — exclamou Varvara Pietrovna, despregando-se da cadeira. — Padre — dirigiu-se ao sacerdote —, esse é um tipo de homem, um tipo de homem... daqui a uma hora vai ser preciso confessá-lo de novo! Veja que tipo de homem!

Stiepan Trofímovitch deu um sorriso contido.

— Meus amigos — pronunciou —, Deus já me é necessário porque é o único ser que se pode amar eternamente...

Não se sabe se ele realmente cria ou a cerimônia majestosa da extrema-unção o impressionou e despertou a suscetibilidade artística de sua natureza, mas ele pronunciou com firmeza e, dizem, com grande sentimento algumas palavras que contrariavam diametralmente muito do que havia em suas antigas convicções.

— Minha imortalidade já é necessária porque Deus não vai querer cometer um engano e apagar inteiramente o fogo do amor que já se acendeu por Ele em meu coração. E o que há de mais caro que o amor? O amor está

[134] "Sim, meus amigos". (N. do T.)

[135] "Toda essa cerimônia..." (N. do T.)

[136] "Padre, eu lhe agradeço, o senhor é muito bom, mas..." (N. do T.)

acima do ser, o amor é a coroação do ser, e como é possível que o ser não lhe seja reverente? Se eu me tomei de amor por Ele e me alegrei com meu amor, seria possível que ele apagasse a mim e a minha alegria e nos transformasse em nada? Se Deus existe, então eu também sou imortal! *Voilà ma profession de foi.*[137]

— Deus existe, Stiepan Trofímovitch. Eu lhe asseguro que existe — implorava Varvara Pietrovna —, renegue, abandone todas as suas tolices ao menos uma vez na vida! (Parece que ela não tinha compreendido inteiramente a *profession de foi* dele.)

— Minha amiga — ficava cada vez mais e mais inspirado, embora a voz lhe faltasse frequentemente —, minha amiga, quando compreendi... aquela face oferecida, eu... a compreendi e compreendi algo mais... *J'ai menti toute ma vie*,[138] toda a vida, toda! Eu gostaria... Aliás, amanhã... amanhã partiremos todos.

Varvara Pietrovna começou a chorar. Ele procurava alguém com o olhar.

— Ei-la, ela está aqui! — Agarrou Sófia Matvêievna pela mão e a levou para ele.

Ele deu um sorriso enternecido.

— Oh, eu desejaria muito tornar a viver! — exclamou ele com um extraordinário afluxo de energia. — Cada minuto, cada instante de vida deve ser uma felicidade para o homem... deve, indispensavelmente deve! É obrigação do próprio homem organizar a coisa assim; é a sua lei — latente, mas que existe indiscutivelmente... Oh, eu gostaria de ver Pietrucha... e todos eles... e Chátov!

Observo que a respeito de Chátov ainda não sábiam nem Dária Pavlovna, nem Varvara Pietrovna, nem mesmo Salzfisch, o último a chegar da cidade.

A agitação de Stiepan Trofímovitch aumentava cada vez mais, de forma doentia, acima das suas forças.

— Uma ideia que sempre existiu, segundo a qual existe algo infinitamente mais justo e mais feliz do que eu, já me preenche todo com um enternecimento infinito e — com a glória — oh, quem quer que eu tenha sido, o que quer que tenha feito! Para o homem, muito mais necessário que a própria felicidade é saber e, a cada instante, crer que em algum lugar existe uma felicidade absoluta e serena, para todos e para tudo... Toda a lei da existência humana consiste apenas em que o homem sempre pôde inclinar-se diante do

[137] "Eis minha profissão de fé." (N. do T.)

[138] "Menti toda a minha vida". (N. do T.)

infinitamente grande. Se os homens forem privados do infinitamente grande, não continuarão a viver e morrerão no desespero. O desmedido e o infinito são tão necessários ao homem como o pequeno planeta que ele habita... Meus amigos, todos, todos: viva a Grande Ideia! A eterna, a desmedida Ideia! Todo homem, quem quer que ele seja, precisa inclinar-se diante daquilo que é a Grande Ideia. Até o homem mais tolo tem ao menos a necessidade de algo grande. Pietrucha... Oh, como quero rever todos eles! Eles não sabem, não sabem que neles também está contida a mesma e eterna Grande Ideia!

O doutor Salzfisch não assistia à cerimônia. Ao entrar de supetão, ficou horrorizado e dissolveu a reunião, insistindo em que não inquietassem o doente.

Stiepan Trofímovitch faleceu três dias depois, mas já de todo inconsciente. Extinguiu-se de um modo suave, como uma vela que acabou de queimar. Varvara Pietrovna, depois de realizada ali a missa de corpo presente, transferiu o corpo do seu pobre amigo para Skvoriéchniki. O túmulo dele está no muro da igreja e já coberto por uma lápide de mármore. As inscrições e a grade ficaram para a primavera.

Toda a ausência de Varvara Pietrovna da cidade durou uns oito dias. Trouxe ao seu lado, em sua carruagem, também Sófia Matvêievna, parece que para ficar morando para sempre com ela. Observo que, mal Stiepan Trofímovitch perdeu a consciência (naquela mesma manhã), imediatamente Varvara Pietrovna tornou a afastar Sófia Matvêievna, mandando-a para fora da isbá, e ficou ela mesma cuidando do doente, sozinha até o fim; assim que ele entregou a alma, mandou que ela viesse imediatamente. Não quis ouvir nenhuma objeção dela, que estava terrivelmente assustada com a proposta (mais exatamente com a ordem) de ir morar para sempre em Skvoriéchniki.

— É tudo absurdo! Eu mesma sairei contigo vendendo o Evangelho. Agora já não tenho ninguém nesse mundo!

— Mas a senhora tem um filho — observou Salzfisch.

— Não tenho filho! — cortou Varvara Pietrovna, como se estivesse profetizando.

VIII
CONCLUSÃO

Todos os desmandos e crimes cometidos foram descobertos com uma rapidez extraordinária, bem maior do que supunha Piotr Stiepánovitch. Começou pelo fato de que a infeliz Mária Ignátievna, na noite do assassinato do marido, acordou de madrugada, sentiu falta dele e caiu numa agitação indescritível quando não o viu a seu lado. Pernoitara com ela a empregada então contratada por Arina Prókhorovna. A outra não encontrou meio de acalmá-la e, mal começou a clarear, foi chamar a própria Arina Prókhorovna, assegurando à doente que ela sabia onde estava seu marido e quando voltaria. Entrementes, a própria Arina Prókhorovna também estava um tanto preocupada: já soubera pelo marido da proeza da noite em Skvoriéchniki. Ele voltara para casa já depois das dez da noite, num estado deplorável; torcendo os braços, lançara-se de bruços na cama repetindo sem parar, sacudido por soluços convulsivos: "Não era isso, não era; não era nada disso!". Naturalmente terminou confessando tudo a Arina Prókhorovna, que o abordara — aliás, só a ela em toda a casa. Ela o deixou na cama depois de dizer-lhe severamente: "Se quiser chorar, solte seu bramido com a cara mergulhada no travesseiro para que não escutem, e será um imbecil se amanhã deixar transparecer alguma coisa". Ainda assim, pensou um pouco e tomou imediatamente as providências para qualquer eventualidade: papéis desnecessários, livros e talvez até panfletos conseguiu esconder ou destruir completamente. Depois de tudo isso julgou que ela, a irmã, a tia, a estudante e talvez até o irmão de orelhas caídas não tinham muito o que temer. Quando a auxiliar de enfermagem chegou à sua casa pela manhã, ela não pensou duas vezes e foi visitar Mária Ignátievna. Aliás, estava com uma terrível vontade de verificar o mais depressa se era verdade o que o marido lhe dissera na véspera com um murmúrio assustado e louco, parecendo delírio, sobre os planos que Piotr Stiepánovitch tinha para Kiríllov e voltados para a causa comum.

Mas já chegou tarde à casa de Mária Ignátievna: esta, depois de despachar a empregada e ficar só, não se conteve, levantou-se da cama, vestiu o que lhe veio à mão, parece que algo muito leve e inadequado para a estação, e dirigiu-se ela mesma para a galeria de Kiríllov, entendendo que talvez ele lhe desse a notícia mais verdadeira sobre o marido. Pode-se imaginar o efeito que teve sobre a parida o que ela viu ali. Cabe notar que ela não leu o bilhete deixado por Kiríllov, que estava sobre a mesa, à vista, pois tomada de susto, é claro, não o notou absolutamente. Correu para o seu quarto do sótão, agarrou o bebê e saiu com ele para a rua. A manhã estava úmida, nublada. Não encontrou transeuntes naquela rua erma. Corria sem parar, arfando, pela lama fria e finalmente começou a bater à porta das casas; em uma casa não abriram a porta, em outra demoraram a abrir; largou-a e na impaciência começou a bater numa terceira casa. Era a casa do nosso comerciante Títov. Ali ela provocou um grande rebuliço, ganiu e assegurou de maneira desconexa que "mataram o seu marido". Os Títov conheciam um pouco Chátov e parte de sua história; ficaram horrorizados ao verem aquela mulher que, segundo suas palavras, dera à luz fazia apenas um dia, correndo vestida daquela maneira pelas ruas e naquele frio, com um bebê seminu nos braços. A princípio pensaram que ela estivesse só delirando, ainda mais porque não puderam esclarecer de modo algum quem havia sido morto: Kiríllov ou o marido dela? Percebendo que não lhe davam crédito, ela fez menção de continuar correndo, mas a detiveram à força e, segundo dizem, ela gritou terrivelmente e se debateu. Foram para o prédio de Fillípov e, duas horas depois, o suicídio de Kiríllov e seu bilhete de despedida eram do conhecimento de toda a cidade. A polícia abordou a parida, que ainda estava consciente; aí verificou-se que ela não lera o bilhete de Kiríllov, e ninguém conseguiu saber por ela por que precisamente concluíra que o marido havia sido morto. Ela apenas gritava que "se o outro está morto, então o marido também está; os dois estavam juntos!". Por volta do meio-dia caiu num estado de inconsciência, do qual não saiu mais, e faleceu uns três dias depois. Gripada, a criança morreu ainda antes dela. Não encontrando Mária Ignátievna no seu lugar nem a criança e percebendo que a coisa ia mal, Arina Prókhorovna quis correr para casa, mas parou ao portão e mandou a auxiliar de enfermagem perguntar "na galeria, ao senhor, se Mária Ignátievna não estaria em sua casa e se ele não tinha alguma notícia dela". A emissária voltou gritando freneticamente para que toda a rua ouvisse. Depois de convencê-la com o famoso argumento "vais ter problema com a justiça!" a não gritar nem dizer o que vira a ninguém, Arina Prókhorovna esgueirou-se dali.

É claro que naquela mesma manhã foi incomodada como ex-parteira da parida; mas pouco conseguiram: ela relatou de modo muito prático e frio tudo o que ela mesma vira e ouvira de Chátov, mas no tocante ao ocorrido respondeu que nada sabia nem compreendia.

Pode-se imaginar o rebuliço que se levantou pela cidade. Uma nova "história", outro assassinato! Aí, porém, já havia outra coisa: ficava claro que havia, que realmente havia uma sociedade secreta de assassinos, revolucionários-incendiários, rebeldes. A morte horrível de Liza, o assassinato da mulher de Stavróguin, o próprio Stavróguin, o incêndio, o baile para as preceptoras, as licenciosidades ao redor de Yúlia Mikháilovna... Até no sumiço de Stiepan Trofímovitch queriam ver forçosamente um enigma. Cochichava-se muito, muito sobre Nikolai Vsievolódovitch. No fim do dia ficaram sabendo também da ausência de Piotr Stiepánovitch e, estranho, era dele que menos se falava. Contudo, o que mais se falava naquele dia era sobre um "senador". Durante quase toda a manhã uma multidão esteve diante do prédio de Fillípov. De fato, as autoridades haviam sido induzidas a erro pelo bilhete de Kiríllov. Acreditaram até no assassinato de Chátov por Kiríllov e no suicídio do "assassino". Pensando bem, as autoridades até se desconcertaram, mas não inteiramente. A palavra "parque", que aparecia indefinida no bilhete de Kiríllov, não desnorteou ninguém, como calculara Piotr Stiepánovitch. A polícia correu imediatamente para Skvoriéchniki, e não só porque lá havia um parque que não havia em nenhum outro lugar da nossa cidade, mas também movida até por algum instinto, uma vez que todos os horrores dos últimos dias estavam direta ou parcialmente ligados a Skvoriéchniki. Pelo menos é assim que eu entendo. (Observo que Varvara Pietrovna saíra de manhã cedo para a captura de Stiepan Trofímovitch sem saber de nada.) O corpo foi encontrado no tanque ao cair da tarde do mesmo dia, por algumas pistas; no mesmo lugar do assassinato foi encontrado o quepe de Chátov, que os assassinos esqueceram por uma leviandade extraordinária. A perícia médica e material do cadáver e mais algumas hipóteses despertaram, desde os primeiros passos, a suspeita de que Kiríllov não podia deixar de ter companheiros. Descobriu-se a existência de uma sociedade secreta de Chátov-Kiríllov, vinculada aos panfletos. Quem seriam esses companheiros? Naquele dia ainda não havia nenhuma ideia sobre nenhum dos *nossos*. Souberam que Kiríllov levava uma vida de ermitão e a tal ponto isolado que, como dizia o bilhete, Fiedka, muito procurado em toda parte, pudera morar com ele durante tantos dias... O principal, que deixava todo mundo aflito, era que de toda aquela barafunda não se conseguia concluir nada que tivesse um sentido geral e servisse de elo. É difícil imaginar a que conclusões e a que anarquia do pensamento chegaria finalmente a nossa sociedade, em pânico de tanto medo, se de repente tudo não se esclarecesse de uma vez, já no dia seguinte, graças a Liámchin.

Ele não suportou. Aconteceu-lhe o que até Piotr Stiepánovitch passara a pressentir nos últimos dias. Custodiado por Tolkatchenko e depois por Erkel, ele passou todo o dia seguinte de cama, pelo visto quieto, virado para a parede e sem dizer uma palavra, quase sem responder se começavam a lhe falar. Assim, durante todo o dia não tomou conhecimento de nada do que acontecera na cidade. Mas Tolkatchenko, que ficara sabendo perfeitamente do ocorrido, ao cair da tarde resolveu abandonar o papel que Piotr Stiepánovitch lhe havia destinado junto a Liámchin e afastar-se da cidade para o distrito, isto é, simplesmente fugir: efetivamente, tinham perdido o juízo, como Erkel profetizara. Observo, a propósito, que no mesmo dia, ainda antes do meio-dia, Lipútin também desapareceu da cidade. E com isso não se sabe como aconteceu que as autoridades só souberam do seu desaparecimento no entardecer do dia seguinte, quando passaram diretamente a interrogar sua família, assustada com a sua ausência, mas calada de pavor. No entanto, continuo falando de Liámchin. Assim que ficou só (Erkel, confiando em Tolkatchenko, fora para casa ainda antes), fugiu imediatamente de casa e, é claro, logo soube como andavam as coisas. Sem passar sequer em casa, precipitou-se numa fuga sem rumo. Mas a noite estava tão escura e o empreendimento era tão terrível e trabalhoso que, depois de atravessar umas duas ou três ruas, voltou para casa e trancou-se por toda a noite. Parece que pela manhã tentou o suicídio; mas falhou. Não obstante, permaneceu trancado quase até o meio-dia e, de repente, correu para procurar as autoridades. Dizem que se arrastou de joelhos, chorou e ganiu, beijou o chão, gritando que não era digno de beijar sequer as botas dos altos funcionários que estavam à sua frente. Acalmaram-no e até o afagaram. O interrogatório, segundo dizem, se arrastou por três horas. Ele declarou tudo, tudo, contou todo o segredo, tudo o que sabia, todos os detalhes; antecipou-se, precipitou-se com as confissões, disse até o que era desnecessário e sem ser perguntado. Verificou-se que sabia bastante e que expôs bastante bem o caso: a tragédia de Chátov e Kiríllov, o incêndio, a morte dos Lebiádkin etc. passaram a segundo plano. No primeiro plano apareciam Piotr Stiepánovitch, a sociedade secreta, a organização, a rede. À pergunta: por que tantos assassinatos, escândalos e torpezas? — respondeu com uma pressa exaltada que era "para provocar um abalo sistemático das bases da sociedade, para a desintegração sistemática da sociedade e de todos os princípios; para deixar todo mundo em desalento e transformar tudo numa barafunda e, uma vez assim abalada a sociedade, esmorecida e doente, cínica e descrente, mas com uma sede infinita de alguma ideia diretora e de autopreservação, tomar tudo de repente em suas mãos, erguendo a bandeira da rebelião e apoiando-se em toda uma rede de quintetos, que entrementes agiam, recrutavam gente e procuravam na prática todos os procedimentos e todos os pontos frágeis aos quais podiam agarrar-se". Concluiu que aqui, em nossa cidade, Piotr Stiepánovitch fizera apenas o primeiro ensaio de uma desordem sistemática, por assim dizer, montara o programa de futuras ações e destinado até mesmo a todos os quintetos e — essa já era uma ideia, uma hipótese própria dele (Liámchin) — e "que fosse necessariamente lembrado com quanta franqueza e polidez ele esclarecia o caso, e que também doravante ele poderia ser útil para prestar serviço às autoridades". À pergunta concreta: há muitos quintetos? — respondeu que havia uma infinidade, que toda a Rússia estava coberta por uma rede e, embora não apresentasse provas, eu acho que respondeu com total sinceridade. Mostrou apenas um programa impresso da organização, de impressão estrangeira, e o projeto de desenvolvimento de um sistema de ações futuras que, embora só em rascunho, havia sido escrito de próprio punho por Piotr Stiepánovitch. Verificou-se que, no tocante ao "abalo dos fundamentos", Liámchin citava literalmente esse papel, sem esquecer sequer os pontos e vírgulas, ainda que assegurasse que aquilo eram apenas considerações próprias. Referindo-se a Yúlia Mikháilovna, disse de maneira surpreendentemente engraçada e até sem ser perguntado, mas pondo o carro diante dos bois, que "ela é inocente e apenas foi feita de boba". Mas é digno de nota que resguardou completamente Nikolai Stavróguin de qualquer participação na sociedade secreta, de qualquer acordo com Piotr Stiepánovitch. (Sobre as esperanças secretas e muito cômicas de Piotr Stiepánovitch em relação a Stavróguin Liámchin não fazia a menor ideia.) Segundo suas palavras, a morte dos Lebiádkin fora organizada só e unicamente por Piotr Stiepánovitch, sem nenhuma participação de Nikolai Vsievolódovitch, com o astuto objetivo de atraí-lo para o crime e, por conseguinte, colocá-lo na dependência dele, Piotr Stiepánovitch; mas, ao invés de gratidão, com o que contava sem dúvida e levianamente, Piotr Stiepánovitch despertou apenas a total indignação e até o desespero no "nobre" Nikolai Vsievolódovitch. Concluiu sobre Stavróguin, também às pressas e sem ser perguntado, insinuando com visível intenção que ele era quase um figurão extraordinário, mas que nisso havia algum segredo; que vivera em nossa cidade por assim dizer *incógnito*, que tinha incumbências e que era muito possível que voltasse de Petersburgo (era certo para Liámchin que Stavróguin estava em Petersburgo) à nossa cidade, mas com fim totalmente diverso e em outra situação, e ainda acompanhado de um séquito de pessoas de quem possivelmente logo se ouviria falar em nossa cidade; e que ouvira tudo aquilo da boca de Piotr Stiepánovitch, "inimigo secreto de Nikolai Vsievolódovitch".

Nota bene. Dois meses depois, Liámchin confessou que havia resguardado Stavróguin de propósito, esperando a proteção dele e que, em Petersburgo, ele conseguisse aliviar sua sentença em dois graus e lhe abastecesse de dinheiro e cartas de recomendação no exílio. Essa confissão mostra que ele tinha um conceito de fato exagerado demais sobre Nikolai Stavróguin.

No mesmo dia, é claro, prenderam também Virguinski e, na afobação, todos da sua casa. (Agora, Arina Prókhorovna, a irmã, a tia e até a estudante estão há muito tempo em liberdade; dizem até que Chigalióv também será fatalmente libertado no mais breve espaço de tempo, uma vez que não se enquadra em nenhuma das categorias dos acusados; aliás, tudo isso ainda é apenas conversa.) Virguinski confessou tudo sem tardança: estava acamado e com febre quando foi preso. Dizem que ficou quase contente: "Caiu-me um peso do coração" — teria dito. Dizem que anda dando depoimentos francos, mas até com certa dignidade e sem recuar de nenhuma de suas "esperanças luminosas", amaldiçoando ao mesmo tempo a via política (oposta ao socialismo) para a qual foi atraído de modo tão inadvertido e leviano pelo "turbilhão de circunstâncias". Seu comportamento na execução do assassinato vem sendo explicado em um sentido atenuante para ele, e parece que ele também pode contar com certo abrandamento da sua sorte. Pelo menos é isso que se afirma entre nós.

Contudo, dificilmente seria possível abrandar o destino de Erkel. Este, desde a prisão, mantém-se sempre calado e, na medida do possível, deturpa a verdade. Até agora não conseguiram de sua parte uma única palavra de arrependimento. Entrementes, até nos juízes mais severos despertou alguma simpatia por sua juventude, seu desamparo, a prova concreta de que foi apenas uma vítima fanática de um sedutor político; e, mais do que tudo, pelo comportamento revelado com a mãe, a quem enviava quase que metade do seu insignificante soldo. Sua mãe está morando em nossa cidade; é uma mulher fraca e doente, uma velha prematura; chora e se arrasta literalmente aos pés das autoridades implorando pelo filho. Alguma coisa irá acontecer, mas muitos entre nós têm pena de Erkel.

Lipútin já foi preso em Petersburgo, onde morou duas semanas inteiras. Aconteceu com ele uma coisa quase inverossímil, até difícil de explicar. Dizem que tinha passaporte com nome falso, plena possibilidade de escapulir para o estrangeiro e uma quantia de dinheiro muito significativa, e no entanto permaneceu em Petersburgo e não foi para lugar nenhum. Durante algum tempo procurou Stavróguin e Piotr Stiepánovitch, e de repente deu para beber e caiu numa libertinagem desmedida, como alguém que perdeu completamente qualquer bom senso e a noção da própria situação. Pois foi preso em Petersburgo em uma dessas casas de tolerância, e ainda embriagado. Corre o boato de que atualmente não perde nem um pouco o ânimo, mente nos depoimentos e se prepara para o iminente julgamento com certo ar solene e esperança (?). Tem até a intenção de usar a palavra durante o julgamento. Tolkatchenko foi preso em algum lugar do distrito uns dez dias depois de sua fuga, mantém um comportamento incomparavelmente mais civilizado, não mente nem tergiversa, diz tudo o que sabe, não se justifica, reconhece a culpa com toda a modéstia, mas também tem tendência de falador. Fala muita coisa de bom grado, e quando se trata de conhecimento do povo e dos seus elementos revolucionários (?) chega a ser até posudo e sequioso por efeito. Pelo que se tem ouvido dizer, também está com intenção de falar durante o julgamento. No geral, ele e Lipútin não estão muito assustados, e isso é até estranho.

Repito, o caso ainda não terminou. Hoje, três meses depois daqueles acontecimentos, a nossa sociedade está em paz, recuperou-se da doença, curtiu seu lazer, tem opinião própria, e a tal ponto que Piotr Stiepánovitch está sendo considerado quase um gênio, pelo menos tem um "talento genial". "É a organização!" — dizem no clube de dedo em riste. Pensando bem, tudo isso é muito ingênuo e ademais só uns poucos falam. Outros, ao contrário, não negam nele agudeza de talento, mas veem o total desconhecimento da realidade, uma terrível tendência para a abstração e um desenvolvimento deformado, obtuso, voltado para um único sentido, e uma leviandade excepcional. No que tange aos seus aspectos morais, todos são unânimes; aí ninguém discute.

Palavra, não sei quem mencionar mais para evitar esquecer alguém. Mavrikii Nikoláievitch foi embora definitivamente não se sabe para onde. A velha Drozdova caiu na senilidade... De resto, falta contar mais uma história muito sombria. Limito-me aos fatos.

Ao voltar, Varvara Pietrovna instalou-se em sua casa da cidade. Todas as notícias acumuladas desabaram de uma vez sobre ela e a deixaram horrivelmente abalada. Trancou-se sozinha em sua casa. Era noite; todos estavam cansados e se deitaram cedo para dormir.

De manhã, uma criada de quarto entregou com ar misterioso uma carta a Dária Pávlovna. Segundo suas palavras, a carta chegara na véspera, mas tarde, quando todos estavam dormindo, de sorte que ela não se atreveu a acordá-la. Não tinha vindo pelo correio, mas para Skvoriéchniki por intermédio de um homem desconhecido e destinada a Aleksiêi Iegóritch. Mas Aleksiêi Iegóritch a entregara imediatamente nas mãos dela, ontem à tarde, e no mesmo instante voltara para Skvoriéchniki.

Com o coração batendo, Dária Pávlovna olhou demoradamente para a carta e não se atrevia a abri-la. Sabia de quem vinha: escrevia Nikolai Vsievolódovitch. Leu o sobrescrito no envelope: "Para Dária Pávlovna, aos cuidados de Aleksiêi Iegóritch, secreta".

Eis a carta, palavra por palavra, sem a correção do mais mínimo erro de estilo do fidalgo russo, que não aprendeu completamente a arte da escrita russa, a despeito de toda a sua ilustração europeia:

"Minha querida Dária Pávlovna:

Um dia você quis ser minha 'enfermeira' e me fez prometer que mandaria chamá-la quando fosse necessário. Parto dentro de dois dias e não volto mais. Quer ir comigo?

No ano passado, como Herzen, me registrei como cidadão do cantão de Uri, e ninguém sabe disso. Lá eu já comprei uma pequena casa. Ainda tenho vinte mil rublos; partiremos e lá viveremos para sempre. Não quero sair jamais para ir a algum lugar.

O lugar é muito aborrecido, tem um desfiladeiro; as montanhas oprimem a visão e o pensamento. É muito sombrio. Escolhi esse lugar porque lá havia uma pequena casa à venda. Se você não gostar, eu vendo e compro outra em outro lugar.

Estou doente, mas espero me curar das alucinações com o ar de lá. Isto no aspecto físico; quanto ao moral, você sabe de tudo; mas de tudo mesmo?

Contei-lhe muito sobre minha vida. Mas não tudo. Nem a você contei tudo! A propósito, confirmo que, conscientemente, sou culpado pela morte de minha mulher. Eu e você não nos vimos depois daquilo e por isso confirmo. Sou culpado também perante Lizavieta Nikoláievna; mas isso você sabe; aí você previu quase tudo.

É melhor que você não venha. É uma horrível baixeza eu chamá-la para minha companhia. Ademais, por que você iria enterrar sua vida comigo? Para mim você é amável e, na minha melancolia, eu me sentia bem ao seu lado: com você e só com você pude falar alto de mim mesmo. Daí nada se segue. Você mesma se destinou a 'enfermeira' — esta é uma expressão sua; por que se sacrificar tanto? Pense a fundo que eu não sinto pena de você, se a estou chamando, e não a respeito, se estou esperando. E entretanto chamo e espero. Em todo caso, preciso da sua resposta porque tenho de partir muito em breve. Caso contrário, irei sozinho.

Não espero nada de Uri; simplesmente vou para lá. Não escolhi intencionalmente um lugar lúgubre. Na Rússia não estou preso a nada — nela tudo me é tão estranho quanto em qualquer lugar. É verdade que nela, mais do que em qualquer outro lugar, não gostei de viver; mas nela não consegui sequer odiar nada!

Em toda parte experimentei minha força. Você me aconselhou a fazê-lo 'para que eu me conhecesse'. Nos testes que fiz para mim e para exibi-la, como acontecera antes em toda a minha vida, ela se revelou ilimitada. Diante dos seus olhos recebi uma bofetada do seu irmão; confessei publicamente o meu casamento. Mas em que aplicar essa força — eis o que nunca vi, não vejo tampouco agora, apesar dos seus incentivos na Suíça, nos quais acreditei. Tanto quanto antes, sempre posso desejar fazer o bem e sinto prazer com isso; ao mesmo tempo, desejo o mal e também sinto prazer. Mas tanto um quanto outro sentimento continuam mesquinhos demais como sempre foram, fortes nunca são. Meus desejos são fracos demais; não conseguem me dirigir. Num tronco pode-se atravessar um rio, num cavaco, não. Isso é para que você não pense que vou para Uri com alguma esperança.

Continuo sem culpar ninguém. Experimentei uma grande devassidão e nela esgotei minhas forças; mas não gostava e nem queria a devassidão. Você andou me vigiando ultimamente. Sabe que eu via até os nossos negadores com ódio, por inveja das suas esperanças? Mas você temia à toa: aí eu não podia ser companheiro porque não partilhava de nada. Também não podia fazê-lo para rir, por ódio, não porque temesse o risível — não posso temer o risível —, mas porque, apesar de tudo, tenho hábitos de homem decente e me sentia enojado. Mas se nutrisse ódio e inveja por eles talvez até os tivesse acompanhado. Julgue até que ponto me era fácil e o quanto eu me desvairava.

Minha amiga, criatura terna e magnânima que eu descobri! É possível que você sonhe me dar tanto amor e derramar sobre mim tanto do belo e do maravilhoso que há em sua alma que espera assim colocar finalmente diante de mim um objetivo? Não, é melhor que você seja mais cautelosa: meu amor será tão mesquinho quanto eu mesmo, e você será infeliz. Seu irmão me dizia que aquele que perde o vínculo com sua terra perde também seus deuses, isto é, todos os seus objetivos. Pode-se discutir eternamente sobre tudo, mas só consegui extravasar uma negação desprovida de qualquer magnanimidade e de qualquer força. Nem negação como tal consegui extravasar. Tudo foi sempre mesquinho e indolente. O magnânimo Kiríllov não suportou a ideia e matou-se; mas eu vejo que ele foi magnânimo porque não estava em perfeito juízo. Eu nunca posso perder o juízo e nunca posso acreditar numa ideia no mesmo grau em que ele acreditou. Não posso sequer me ocupar com uma ideia naquele grau. Nunca, nunca poderei me matar.

Sei que preciso me matar, varrer-me da face da terra como um inseto torpe; mas tenho medo do suicídio porque temo mostrar magnanimidade. Sei que isso será mais uma mentira — a última mentira na série infinita de mentiras. Que proveito haveria em mentir para mim mesmo apenas para representar magnanimidade? Em mim nunca pode haver indignação e vergonha; logo, nem desespero.

Desculpe por eu escrever tanto. Pensei melhor, isso foi sem querer. Desse jeito cem páginas não chegam e dez são suficientes. Dez páginas são suficientes para se convidar alguém para 'enfermeira'.

Desde que parti, moro na sexta estação em casa do chefe da estação. Fiz amizade com ele uns cinco anos atrás numa farra em Petersburgo. Ninguém sabe que moro lá. Escreva em nome dele. Segue junto o endereço.

Nikolai Stavróguin"

Dária Pávlovna foi sem demora mostrar a carta a Varvara Pietrovna. Esta leu e pediu que Dacha saísse para repetir a leitura; mas por alguma coisa logo tornou a chamá-la.

— Vais? — perguntou quase com timidez.

— Vou — respondeu Dacha.

— Prepara-te! Vamos juntas!

Dacha lançou-lhe um olhar interrogativo.

— O que eu tenho a fazer aqui? Não é tudo indiferente? Também vou me registrar em Uri e viver no desfiladeiro... Não te preocupes, não vou atrapalhar.

Começaram a se preparar rapidamente para alcançar o trem do meio-dia. Mas antes que transcorresse meia hora Aleksiêi Iegóritch apareceu vindo de Skvoriéchniki. Informou que Nikolai Vsievolódovitch chegara "de supetão" de manhã cedo, de trem, e estava em Skvoriéchniki, mas "com tal aspecto que não responde às perguntas, passou por todos os quartos e trancou-se na sua metade...".

— Contrariando as ordens dele resolvi vir para cá e informar — acrescentou Aleksiêi Iegóritch com ar muito imponente.

Varvara Pietrovna lançou-lhe um olhar penetrante e não fez perguntas. Num piscar de olhos trouxeram a carruagem. Foi com Dacha. Durante a viagem, dizem, benzeram-se com frequência.

Na "sua metade" todas as portas estavam abertas e Nikolai Vsievolódovitch não estava em nenhuma parte.

— Não estará no mezanino? — pronunciou cautelosamente Fômuchka.

É digno de nota que atrás de Varvara Pietrovna vários criados entraram na "sua metade"; os outros criados esperaram no salão. Antes jamais se atreveriam a semelhante violação da etiqueta. Varvara Pietrovna via e calava.

Subiram também para o mezanino. Ali havia três quartos; mas não o encontraram em nenhum.

— Será que ele não foi para lá? — apontou alguém para a porta do sótão. De fato, a porta do sótão, que estava sempre fechada, agora estava escancarada. Teriam de subir quase por cima do telhado por uma escada de madeira longa, muito estreita e terrivelmente íngreme. Lá também havia um quartinho.

— Para lá não vou. A título de que ele treparia ali? — Varvara Pietrovna ficou terrivelmente pálida olhando para os criados. Estes a olhavam e calavam. Dacha tremia.

Varvara Pietrovna precipitou-se escada acima; Dacha, atrás dela; porém, mal entrou no sótão, deu um grito e desmaiou.

O cidadão do cantão de Uri estava pendurado ali mesmo atrás da porta. Em uma mesinha havia um pequeno pedaço de papel com estas palavras escritas a lápis: "Não culpem ninguém, fui eu mesmo". Ali mesmo na mesinha havia um martelo, um pedaço de sabão e um prego grande, tudo indica que trazidos de reserva. O forte cordão de seda, pelo visto escolhido e comprado de antemão e com o qual Nikolai Vsievolódovitch se enforcou, estava abundantemente untado de sabão. Tudo significava premeditação e consciência até o último minuto.

Os nossos médicos, que fizeram a autópsia do cadáver, negaram total e categoricamente a hipótese de loucura.

Apêndice
COM TÍKHON[1]

I

Nikolai Vsievolódovitch não dormiu naquela noite e passou-a toda sentado no divã, fixando constantemente o olhar imóvel em um ponto do canto ao lado da cômoda. Esteve a noite inteira com uma lamparina acesa. Por volta das sete da manhã adormeceu sentado e quando Aleksiêi Iegórovitch, conforme seu eterno hábito, entrou no quarto às nove e meia em ponto com a xícara do café da manhã e o acordou com sua chegada, ele, já de olhos abertos, parece que ficou desagradavelmente surpreso por ter dormido tanto e já ser tão tarde. Às pressas tomou o café, às pressas vestiu-se e às pressas saiu de casa. À pergunta cautelosa de Aleksiêi Iegórovitch: "Quais são as ordens?", nada respondeu. Caminhava pela rua olhando para o chão, numa reflexão profunda, e só por instantes levantando a cabeça, vez por outra manifestava subitamente alguma intranquilidade vaga, porém forte. Em um cruzamento, ainda perto de casa, teve o caminho cortado por uma multidão de mujiques que por ali passavam, uns cinquenta homens ou mais; caminhavam cerimoniosos, quase em silêncio, em ordem definida. À porta de uma venda, ao lado da qual teve de esperar um minuto, alguém disse que eram operários "dos Chpigúlin". Mal prestou atenção neles. Por fim, em torno das dez e meia chegou ao portão do nosso mosteiro da Virgem de Spaso-Efim, no extremo da cidade, à beira do rio. Só então alguma coisa lhe veio como que de chofre à lembrança; parou, apalpou algo com pressa e inquietação no bolso late-

[1] Este capítulo, que Dostoiévski quis incluir após o capítulo VIII da segunda parte de *Os demônios*, foi terminantemente recusado por Mikhail Katkóv, redator-chefe da revista *Rússkii Viéstnik* (*O Mensageiro Russo*), onde o romance foi publicado em folhetim. O escritor tentou refazê-lo várias vezes (só o encontro de Stavróguin com Tíkhon teve oito esboços), mas não conseguiu afastar-se da essência do original. Leu-o para K. Pobiedonóssietz, homem de confiança do tsar, e para os críticos A. Máikov e N. Strakhóv, que o acharam "excessivamente real" e problemático para publicação, e o texto acabou não sendo divulgado em vida do autor. O crítico A. Dolínin o considera o "ponto culminante de todo o romance". A editora Naúka o inseriu no tomo XI das *Obras completas* de Dostoiévski, de onde fizemos a presente tradução. (N. do T.)

ral e deu um risinho. Ao entrar no pátio, perguntou ao primeiro acólito que apareceu como chegar até o bispo Tíkhon, que vivia em retiro no mosteiro. O acólito lhe fez uma reverência e no mesmo instante o conduziu ao bispo. À entrada de um pequeno alpendre, no final do longo prédio de dois andares do mosteiro, um monge gordo e grisalho o tomou do acólito num gesto imperioso e ligeiro e o conduziu pelos corredores longos e estreitos, também fazendo reverências a todo instante (embora sua gordura não lhe permitisse fazer reverência profunda e ele se limitasse a mover a cabeça com frequência e de modo descontínuo) e sempre o convidando a acompanhá-lo, embora Stavróguin já o acompanhasse. O monge não parava de fazer perguntas e de falar sobre o padre arquimandrita; sem receber respostas, ficava cada vez mais respeitoso. Stavróguin notou que era conhecido ali, embora, até onde se lembrava, tivesse visitado o mosteiro apenas na infância. Quando chegaram a uma porta bem no fim do corredor, o monge a abriu com mão como que imperiosa, informou-se em tom familiar com o auxiliar que acorrera se podia entrar e, sem sequer esperar resposta, escancarou a porta e deixou passar o "caro" visitante, fazendo-lhe uma mesura: depois de receber os agradecimentos, desapareceu rapidamente como se fugisse. Nikolai Vsievolódovitch entrou em um pequeno quarto e quase no mesmo instante apareceu à porta do cômodo contíguo um homem alto e magro, de uns cinquenta e cinco anos, vestindo uma sotaina caseira simples e com um aspecto meio doentio, um sorriso indefinido e estranho e um olhar como que tímido. Era o próprio Tíkhon, de quem Nikolai Vsievolódovitch ouvira falar pela primeira vez através de Chátov e sobre quem, desde então, conseguira reunir certas informações.

As informações eram diversas e discrepantes, mas tinham algo em comum: todos os que gostavam e não gostavam de Tíkhon (e os havia) faziam certo silêncio a seu respeito — os que não gostavam, provavelmente por desdém, os que gostavam, e entre estes até os ardorosos, por alguma discrição pareciam querer ocultar alguma coisa sobre ele, alguma fraqueza, talvez o dom profético. Nikolai Vsievolódovitch foi informado de que ele já morava no mosteiro fazia uns seis anos e era visitado tanto pela gente mais simples como por personalidades ilustríssimas; que até na distante Petersburgo tinha ardorosos admiradores e principalmente admiradoras. Ao mesmo tempo, ouviu de um garboso velhote do nosso "clube", e velhote devoto, que "esse Tíkhon é quase louco, na pior das hipóteses é uma criatura totalmente medíocre e, sem dúvida, bebe". Acrescento de minha parte, antecipando-me aos fatos, que esta última opinião era um completo absurdo, que Tíkhon tinha apenas um reumatismo crônico nas pernas e de tempos em tempos certas convulsões nervosas. Soube ainda Nikolai Vsievolódovitch que o bispo que ali vivia em retiro, não se sabe se por fraqueza de caráter ou "por um alheamento imperdoável e impróprio ao seu título", não conseguira infundir grande respeito por si no próprio mosteiro. Diziam que o padre arquimandrita, homem austero e rigoroso no tocante às suas obrigações prementes e, ademais, famoso pela sabedoria, até nutria por ele um sentimento como que hostil e o censurava (não olho no olho, mas indiretamente) pela vida displicente e quase por heresia. A irmandade do mosteiro também parecia tratar o santo doente não propriamente com muito desdém mas, por assim dizer, sem cerimônia. Os dois cômodos que formavam a cela de Tíkhon estavam mobiliados de maneira um tanto estranha. Ao lado do antigo mobiliário de carvalho com forro de couro gasto havia uns dois ou três pequenos objetos elegantes: uma poltrona riquíssima e confortável, uma grande escrivaninha de magnífica feitura, um belo armário entalhado para livros, mesinhas, uma estante, tudo doação. Havia um caro tapete de Bukhara e uma esteira. Viam-se gravuras de conteúdo "mundano" e dos tempos mitológicos e ali mesmo, em um canto, uma grande moldura com ícones banhados a ouro e prata, um deles antiquíssimo, com relíquias. A biblioteca, como diziam, também era de composição diversificada demais e heterogênea: ao lado de obras dos grandes santos e cultores do Cristianismo havia obras de teatro "e talvez até coisa pior".

Depois dos primeiros cumprimentos apressados e confusos, pronunciados com embaraço sei lá por quê de ambas as partes, Tíkhon conduziu o visitante ao seu gabinete e o sentou no divã, diante da escrivaninha, e sentou-se ele mesmo ao lado numa poltrona de vime. Nikolai Vsievolódovitch ainda continuava muito distraído por causa de uma inquietação interior que o deprimia. Parecia que se decidira por algo extraordinário e indiscutível e ao mesmo tempo quase impossível para si mesmo. Observou o gabinete coisa de um minuto, pelo visto sem notar o que observava; pensava e, é claro, não sabia em quê. Foi despertado pelo silêncio, e súbito lhe pareceu que Tíkhon olhava para o chão como se estivesse envergonhado e até com um sorriso desnecessário e engraçado nos lábios. Esse instante lhe provocou aversão; quis levantar-se e ir embora, ainda mais porque Tíkhon, segundo sua opinião, estava completamente bêbado. Mas este levantou subitamente a vista e dirigiu-lhe um olhar firme e cheio de pensamento e, ao mesmo tempo, com uma expressão tão inesperada e enigmática que ele por pouco não estremeceu. Algo lhe sugeriu que Tíkhon já sabia o motivo de sua visita, já estava prevenido (embora no mundo não houvesse ninguém capaz de saber esse motivo) e, se ele mesmo não começava a falar, era para poupá-lo, por temer humilhá-lo.

— O senhor me conhece? — perguntou de chofre com voz entrecortada — será que me apresentei ao entrar? Sou tão distraído...

— O senhor não se apresentou, mas tive a satisfação de vê-lo uma vez aqui no mosteiro ainda uns quatro anos atrás... por acaso.

Tíkhon falava em tom muito vagaroso e regular, com voz macia, pronunciando as palavras com clareza e precisão.

— Não estive neste mosteiro quatro anos atrás — objetou Nikolai Vsievolódovitch até com certa grosseria —, só estive aqui quando era pequeno, quando o senhor ainda nem estava aqui.

— Será que esqueceu? — observou Tíkhon com cautela e sem insistir.

— Não, não esqueci; e seria até ridículo que não me lembrasse — insistia Stavróguin com certa imoderação —, talvez o senhor tenha apenas ouvido falar de mim e formou algum conceito, e por isso se confundiu ao dizer que tinha me visto.

Tíkhon calava. Nikolai Vsievolódovitch observou que em seu rosto notava-se de quando em quando um tremor nervoso, sinal de antiga fraqueza dos nervos.

— Vejo apenas que hoje o senhor não está bem de saúde — disse — e talvez fosse melhor eu ir embora.

Fez até menção de levantar-se.

— Sim, desde ontem estou com fortes dores nas pernas e dormi mal à noite...

Tíkhon parou. O hóspede voltou de repente à sua vaga meditação de ainda há pouco. Fez-se uma pausa longa, de uns dois minutos.

— O senhor andou me observando? — perguntou de súbito com inquietação e desconfiança.

— Estava aqui olhando para o senhor e recordando os traços do rosto de sua mãe. Apesar da dessemelhança externa, há muita semelhança interna, espiritual.

— Não há nenhuma semelhança, sobretudo espiritual. Ab-so-lu-ta-mente nenhuma, mesmo! — tornou a inquietar-se Nikolai Vsievolódovitch, insistindo sem necessidade e com exagero, sem que ele mesmo soubesse a razão. — O senhor está falando assim... por compaixão pela minha situação, e é um absurdo — deixou escapar. — Bah! Será que a minha mãe o visita?

— Visita.

— Eu não sabia. Ela não me disse nada sobre isso. Com frequência?

— Quase todo mês, e até com mais frequência.

— Nunca, nunca ouvi falar, nunca ouvi falar. E o senhor, é claro, ouviu dela que sou louco — acrescentou de repente.

— Não, não propriamente que é louco. Aliás, ouvi falar dessa ideia, mas por outras pessoas.

— O senhor, pelo que se vê, tem memória muito boa, já que conseguiu memorizar semelhantes tolices. E da bofetada, ouviu falar?

— Alguma coisa.

— Isto é, tudo. O senhor tem tempo livre demais. E sobre o duelo?

— Sobre o duelo também.

— O senhor anda ouvindo muitas coisas por aqui. Este é um caso em que jornal não faz falta. Chátov o preveniu a meu respeito? Hein?

— Não. Aliás, conheço o senhor Chátov, mas faz tempo que não o vejo.

— Hum... que mapa é aquele ali? Bah, é o mapa da última guerra! Para que isso lhe serve?

— Estava consultando o *Landkart*.[2] A descrição é interessantíssima.

— Mostre-me; sim, a exposição não é nada má. No entanto, é uma leitura estranha para o senhor.

Puxou para si o livro e o olhou de relance. Era uma exposição volumosa e talentosa das circunstâncias da última guerra, se bem que não tanto em termos militares quanto puramente literários. Depois de virar o livro, largou-o com impaciência.

— Decididamente não sei o que vim fazer aqui — pronunciou enojado, fitando Tíkhon nos olhos como se esperasse uma resposta dele.

— O senhor parece que também não anda bem?

— Sim, não ando bem.

E súbito, aliás, com as palavras mais breves e entrecortadas, de tal modo que algumas era até difícil compreender, Stavróguin contou que sofria, sobretudo às noites, de uma espécie de alucinação, que às vezes via e sentia ao seu lado uma criatura malévola, zombeteira e "sensata", "com diferentes caras e diferentes caracteres, mas ela é a mesma, e eu sempre fico furioso...".

Eram absurdas e incoerentes essas revelações, como se realmente partissem de um louco. Mas Nikolai Vsievolódovitch falava com uma franqueza tão estranha, jamais vista nele, e com uma simplicidade tão grande, totalmente imprópria à sua índole, que súbito aquele homem antigo pareceu ter desaparecido nele completa e acidentalmente. Não teve a mínima vergonha de revelar o pavor com que falava do seu fantasma. Mas mesmo assim aquilo foi um instante e desapareceu tão subitamente quanto aparecera.

— Tudo isso é absurdo — pronunciou rápido e com uma irritação embaraçosa, recobrando-se. — Vou procurar um médico.

— Sem dúvida deve procurá-lo — assentiu Tíkhon.

[2] Mapa geográfico, em alemão. "Última guerra" é referência à guerra da Crimeia (1854-1855), sobre a qual já existia na época vasta bibliografia de autores russos. (N. da E.)

— O senhor fala de um jeito tão afirmativo... Já viu alguém que tivesse visões como essas minhas?

— Vi, mas muito raramente. Lembro-me apenas de um assim em minha vida, um oficial que perdera a esposa, a amiga insubstituível de sua vida. De outro apenas ouvi falar. Ambos foram curados no estrangeiro... E faz tempo que vem sofrendo disso?

— Cerca de um ano, mas tudo isso é absurdo. Vou procurar um médico. Tudo isso é um absurdo, um terrível absurdo. Sou eu mesmo em diferentes facetas e nada mais. Como acabei de acrescentar essa... frase, certamente o senhor está pensando que eu ainda continuo duvidando e não tenho certeza de que esse sou eu e não o demônio em realidade.

Tíkhon lançou um olhar interrogativo.

— E... o senhor o vê em realidade? — perguntou ele, isto é, afastando qualquer dúvida de que aquilo fosse evidentemente uma alucinação falsa e doentia —, o senhor realmente vê alguma imagem?

— É estranho que o senhor insista nisso quando eu já lhe disse que vejo — Stavróguin voltava a irritar-se a cada palavra —, é claro que vejo, vejo como estou vendo o senhor... e às vezes vejo e não estou seguro de que vejo, embora veja... mas às vezes não estou seguro de que vejo e não sei o que é verdade: eu ou ele... é tudo um absurdo. E o senhor, não tem nenhum meio de supor que se trata realmente do demônio? — acrescentou, começando a rir e passando de modo excessivamente brusco a um tom zombeteiro — sim, porque isso estaria mais de acordo com a sua profissão.

— É mais provável que seja uma doença, entretanto...

— Entretanto o quê?

— Sem dúvida, os demônios existem, mas o modo de concebê-los varia muito.

— O senhor tornou a baixar a vista — caçoou Stavróguin irritadiço — porque o deixo envergonhado por acreditar no demônio, mas a pretexto de não acreditar faço-lhe astuciosamente a pergunta: ele existe de fato ou não?

Tíkhon deu um sorriso vago.

— E saiba que não lhe fica nada bem baixar a vista: não é natural, é ridículo e afetado, e, para compensá-lo pela grosseria, vou lhe dizer a sério e descaradamente: acredito no demônio, acredito canonicamente, no demônio em pessoa, não na alegoria, e não tenho nenhuma necessidade de inquirir ninguém, eis tudo. O senhor deve estar terrivelmente satisfeito...

Pôs-se a rir de um jeito nervoso, afetado. Tíkhon o fitava com um olhar brando e como que meio tímido.

— Em Deus, o senhor crê — deixou escapar subitamente Stavróguin.

— Creio.

— Porque está escrito que, se crês e ordenas à montanha que se mova, ela se moverá... Aliás, é um absurdo. Não obstante, ainda assim quero bancar o curioso: o senhor moverá a montanha ou não?

— Se Deus mandar, moverei — pronunciou Tíkhon baixinho e de forma contida, voltando a baixar a vista.

— Ora, isso é o mesmo que o próprio Deus mover. Não, é ao senhor, é ao senhor que estou perguntando, como recompensa por sua fé em Deus.

— Talvez não a mova.

— "Talvez"? Nada mal. Por que duvida?

— Não creio de forma absoluta.

— Como? *o senhor* não crê de forma absoluta? plena?

— Sim... É possível que não creia de forma absoluta.

— Puxa! Ao menos crê, apesar de tudo, que ainda que seja com a ajuda de Deus moverá a montanha, e convenhamos que isso não é pouco. Todavia é mais do que o *très peu* de um também arcebispo, é verdade que debaixo de sabre.[3] O senhor, é claro, também é cristão?

— Da tua cruz, Senhor, não me envergonharei — disse Tíkhon quase murmurando um cochicho apaixonado e baixando ainda mais a cabeça. As comissuras dos seus lábios abriram-se num gesto nervoso e rápido.

— Mas é possível crer no demônio sem crer inteiramente em Deus? — sorriu Stavróguin.

— Oh, é muito possível, acontece a torto e a direito — Tíkhon levantou a vista e também sorriu.

— E está certo de que acha essa fé, apesar de tudo, mais respeitável que a total ausência de fé... Oh, pope! — gargalhou Stavróguin. Tíkhon tornou a lhe sorrir.

— Ao contrário, o ateísmo completo é mais respeitável que a indiferença mundana — acrescentou em tom alegre e simples.

[3] *Très peu* — muito pouco. Trata-se de um acontecimento do início da primeira Revolução Francesa, assim descrito por Dostoiévski em 1873: "... o arcebispo de Paris, paramentado, com a cruz nas mãos e acompanhado por numerosos clérigos, foi à praça pública e anunciou, para que todo o povo ouvisse, que até então ele e todos os seus acompanhantes haviam se guiado por superstições nocivas; mas agora, que *la Raison* havia chegado, eles tinham quase o dever de abrir mão publicamente de seu poder e de todos os seus símbolos. Dito isso, realmente se despojaram de todas as suas casulas, cruzes, cálices, do Evangelho, etc. 'Acreditas ou não em Deus?', perguntou-lhe aos gritos um operário com um sabre desembainhado na mão. '*Très peu*', balbuciou o arcebispo, esperando com esse gesto abrandar a multidão. 'Então és um patife e até hoje nos enganaste!', gritou o operário e, no ato, decapitou o arcebispo com a espada". (N. da E.)

— Vejam só como é o senhor!

— O ateísmo completo está no penúltimo degrau da fé mais perfeita (se subirá esse degrau já é outra história), já o indiferente não tem fé nenhuma, a não ser um medo tolo.

— Mas o senhor... o senhor leu o Apocalipse?

— Li.

— Está lembrado dessa passagem: "Ao anjo da igreja em Laodiceia escreve..."?

— Lembro-me. Palavras magníficas.

— Magníficas? Estranha expressão para um bispo, e no geral o senhor é um excêntrico... Onde está o livro? — Stavróguin tomou-se de uma pressa meio estranha e de inquietação ao procurar com os olhos o livro na mesa. — Quero ler para o senhor... Tem a tradução russa?

— Conheço, conheço a passagem, lembro-me muito bem — pronunciou Tíkhon.

— Lembra-se de cor? Recite!...

Ele baixou rapidamente a vista, apoiou as duas mãos nos joelhos e preparou-se impacientemente para ouvir. Tíkhon recitou, procurando recordar palavra por palavra:

"Ao anjo da igreja em Laodiceia escreve:

Estas cousas diz o Amém, a testemunha fiel e verdadeira, o princípio da criação de Deus:

Conheço as tuas obras, que nem és frio nem quente. Quem dera fosses frio ou quente!

Assim, porque és morno, e nem és quente nem frio, estou a ponto de vomitar-te da minha boca;

Pois dizes: estou rico e abastado, e não preciso de cousa alguma, e nem sabes que tu és infeliz, sim, miserável, pobre, cego e nu."

— Basta — cortou Stavróguin —, isso é para o meio-termo, é para os indiferentes, não é? Sabe, gosto muito do senhor.

— E eu do senhor — respondeu Tíkhon a meia-voz.

Stavróguin silenciou e súbito tornou a cair na meditação de ainda há pouco. Isso acontecia como se fosse por crises, já pela terceira vez. Demais, Tíkhon também disse "gosto" quase em crise, ao menos de modo inesperado para si mesmo. Transcorreu mais de um minuto.

— Não se zangue — murmurou Tíkhon, tocando-lhe de leve com o dedo no cotovelo como que timidamente. O outro estremeceu e franziu com ira o cenho.

— Como soube que eu me zangara? — pronunciou rápido.

Tíkhon quis dizer algo, mas o outro o interrompeu de chofre numa inquietação inexplicável:

— Por que supôs mesmo que eu devia fatalmente ficar furioso? Sim, fiquei com raiva, o senhor tem razão, e justamente porque lhe disse "gosto". O senhor tem razão, mas é um cínico grosseiro, pensa de forma humilhante sobre a natureza humana. Poderia haver raiva, mas só se fosse outro homem e não eu... De mais a mais, não se trata do homem, mas de mim. Seja como for o senhor é um excêntrico e um *iuród*...[4]

Ia ficando cada vez mais e mais irritado e, estranho, mais constrangido com as palavras:

— Escute, não gosto de espiões nem de psicólogos, pelo menos daqueles que se imiscuem em minha alma. Não chamo ninguém para imiscuir-se em minha alma, não preciso de ninguém, sei me arranjar sozinho. Pensa que o temo? — levantou a voz e ergueu o rosto em desafio — o senhor está completamente convicto de que vim para cá lhe revelar um segredo "terrível" e o espera com toda a curiosidade monacal de que é capaz? Pois fique sabendo que não vou lhe revelar nada, nenhum segredo, porque não preciso do senhor para nada.

Tíkhon o olhou com firmeza.

— Impressionou-o que o Cordeiro goste mais do frio que do apenas morno — disse ele —, o senhor não quer ser *apenas* morno. Pressinto que está em luta com uma intenção extraordinária, talvez terrível. Se é assim, então imploro que pare de atormentar-se e diga tudo o que o trouxe aqui.

— E o senhor certamente sabia o que me trouxe aqui?

— Eu... adivinhei pelo seu rosto — murmurou Tíkhon baixando a vista.

Nikolai Vsievolódovitch estava um tanto pálido, com as mãos um pouco trêmulas. Durante alguns segundos olhou imóvel e calado para Tíkhon, como se tomasse a decisão definitiva. Por fim, tirou do bolso lateral da sobrecasaca uns panfletos impressos e os pôs na mesa.

— Veja esses panfletos destinados à divulgação — pronunciou com voz meio entrecortada. — Se ao menos um homem os ler, fique sabendo que já não os esconderei e que todos os lerão. Está decidido. Não preciso do senhor para nada porque decidi tudo. Mas leia... Enquanto estiver lendo não diga nada, mas quando terminar diga tudo...

— Tenho que ler? — perguntou Tíkhon indeciso.

[4] Tipo atoleimado, excêntrico. Para as pessoas religiosas, mendigo, louco com dons proféticos. (N. do T.)

— Leia; há muito estou calmo.

— Não, sem óculos não enxergo, a letra é miúda, estrangeira.

— Aí estão os óculos — Stavróguin os entregou, apanhando-os da mesa, e reclinou-se no encosto do divã. Tíkhon mergulhou na leitura.

II

A impressão era realmente estrangeira — uma brochura de três folhas impressas em papel de carta comum de formato pequeno. Tudo indicava que haviam sido impressas no estrangeiro em alguma tipografia russa secreta, e à primeira vista pareciam muito com um panfleto. O título era este: "De Stavróguin".

Introduzo esse documento na íntegra em minha crônica. É de supor que hoje já seja do conhecimento de muitos. Permiti-me apenas corrigir os erros de ortografia, bastante numerosos, que até me surpreenderam um pouco, uma vez que, apesar de tudo, o autor era homem instruído e até lido (é claro que em termos relativos). Não fiz nenhuma mudança no estilo, a despeito das incorreções e até da falta de clareza. Seja como for, fica claro, antes de mais nada, que o autor não é escritor.

"De Stavróguin.

Eu, Nikolai Stavróguin, oficial reformado, em 186- morei em Petersburgo, entregando-me a uma devassidão na qual não encontrava prazer. Na época, mantive durante certo tempo três apartamentos. Em um deles eu mesmo morava com cama e criadagem, e na ocasião morava também Mária Lebiádkina, hoje minha legítima esposa. Aluguei os outros dois apartamentos por mês para amoricos: em um recebia uma senhora que me amava, no outro a sua criada de quarto, e durante certo tempo andei muito ocupado procurando juntar as duas para que a patroa e a empregada se encontrassem na presença dos meus amigos e do marido. Conhecendo a índole das duas, esperava que essa brincadeira tola me desse um grande prazer.

Ao preparar pouco a pouco esse encontro, tinha de frequentar mais amiúde um desses apartamentos em um grande edifício da rua Gorókhovaia, pois era esse que a criada frequentava. Ali eu mantinha apenas um cômodo no quarto andar, alugado de um pequeno-burguês russo. Este e sua família se acomodavam em outro quarto ao lado, mais apertado, e a tal ponto que a porta que separava os dois estava sempre aberta, e era isso que eu queria. O marido trabalhava em um escritório, saía de manhã e voltava à noite. A esposa, de uns quarenta anos, cortava e reformava roupa velha e também não raro saía de casa para entregar as costuras. Eu ficava só com a filha deles, acho que de uns quatorze anos, com aparência total de criança. Chamava-se Matriócha. A mãe a amava, mas frequentemente batia nela e, como é costume dessa gente, gritava terrivelmente com ela como fazem as mulheres. A menina me prestava serviços e arrumava minhas coisas atrás do biombo. Confesso que esqueci o número do prédio. Hoje, sei por informações que andei colhendo que o velho prédio foi demolido, revendido e, no lugar dos dois ou três prédios anteriores, há hoje um novo, muito grande. Esqueci também os nomes dos meus pequeno-burgueses (talvez não os soubesse nem naquela época). Lembro-me de que a mulher se chamava Stiepanida, parece que Mikháilovna. Do nome dele não me lembro. De quem eram, de onde eram e onde se meteram não faço a mínima ideia. Suponho que se começarmos a procurar muito e pedirmos as informações possíveis à polícia de Petersburgo poderemos descobrir pistas. O apartamento ficava no pátio, em um canto. Tudo aconteceu em junho. O prédio era azul-claro.

Certa vez desapareceu-me da mesa um canivete do qual eu não tinha a menor necessidade e vivia largado. Contei à senhoria, sem pensar, absolutamente, que ela viesse a açoitar a filha. Mas ela acabara de gritar com a criança (eu levava uma vida simples e eles não faziam cerimônias comigo) por causa do desaparecimento de um trapo, desconfiando de que ela o surrupiara, e até lhe puxou os cabelos. Quando, porém, esse mesmo trapo foi encontrado debaixo de uma toalha, a menina não disse uma palavra de censura à mãe e ficou olhando-a em silêncio. Notei isso ali mesmo naquela primeira vez e reparei bem no rosto da criança, que até então apenas entrevira. Tinha os cabelos de um louro desbotado e sardas, um rosto comum, mas com muito de infantil e quieto, extremamente quieto. A mãe não gostou de que a filha não a tivesse censurado pela surra gratuita e levantou o braço para bater-lhe, mas não bateu; foi justo nesse momento que apareceu meu canivete. De fato, além de nós três não havia ninguém, e só a menina tinha acesso às minhas coisas atrás do biombo. A mulher ficou furiosa porque pela primeira vez batia nela de forma injusta; precipitou-se para uma vassoura de ramos, arrancou-lhe umas varetas e açoitou a criança na minha presença até provocar vergões. Matriócha não gritou por causa dos açoites e limitou-se a estranhos soluços a cada golpe que recebia. E continuou soluçando por uma hora e meia.

Antes de tudo, porém, aconteceu o seguinte: no mesmo instante em que a senhoria correu para a vassoura a fim de arrancar as varetas, achei o canivete em cima de minha cama, onde caíra de algum jeito de cima da mesa. Imediatamente me passou pela cabeça não avisar o fato para que a menina fosse açoitada. A decisão foi instantânea: nesses momentos sempre me falta a respiração. Mas tenho a intenção de contar tudo com as palavras mais firmes para que nada mais fique em segredo.

Toda situação ignominiosa demais, humilhante ao extremo, torpe e principalmente cômica por que tive de passar em minha vida, sempre despertou em mim um extraordinário prazer ao lado de uma desmedida ira. O mesmo acontecia nos momentos de delitos, nos momentos de perigo de vida. Se eu roubasse alguma coisa, sentiria no ato do roubo o êxtase proveniente da consciência da profundidade de minha vileza. Não era da vileza que eu gostava (aí o meu juízo estava sempre perfeito), gostava do êxtase que me vinha da angustiante consciência da baixeza. De igual maneira, sempre que em um duelo, na condição de alvo, eu aguardava o tiro do inimigo, experimentava a mesma sensação ignominiosa e frenética, e uma vez ela até chegou a uma intensidade extraordinária. Confesso que eu mesmo a procurava com frequência, porque para mim ela é mais forte do que todas as outras do mesmo gênero. Quando recebia uma bofetada (e recebi duas em minha vida), até aí experimentava tal sensação, apesar da terrível ira. Mas, se nesse momento contivesse a ira, o prazer superaria tudo o que se pode imaginar. Nunca falei disso a ninguém, sequer o insinuei, e o escondia como vergonha e desonra. Mas, quando certa vez me bateram dolorosamente em uma taverna de Petersburgo e me arrastaram pelos cabelos, não experimentei essa sensação, mas só uma fúria extraordinária sem estar bêbado, e limitei-me a brigar. Mas se naquela ocasião, no estrangeiro, aquele francês — o visconde, que me deu um soco na cara e por isso lhe arranquei o maxilar inferior com um tiro — tivesse me agarrado pelos cabelos e me inclinado, eu teria experimentado êxtase e talvez nem houvesse sentido nenhuma ira. Foi assim que então me pareceu.

Digo tudo isso é para que todo mundo saiba que esse sentimento nunca me dominou inteiramente, pois sempre me restou a consciência, a mais plena (pois era na consciência que tudo se baseava!). E ainda que ele se apossasse de mim a ponto de me levar à loucura, nunca me fez perder o autodomínio. Quando me abrasava totalmente, nessa mesma ocasião eu podia superá-lo por completo, até detê-lo quando atingia o máximo grau; só que eu mesmo nunca quis detê-lo. Estou convencido de que poderia viver uma vida inteira como monge, apesar da voluptuosidade animalesca de que sou dotado e a qual sempre desencadeei. Entregando-me até os dezesseis anos, e com um inusual descomedimento, ao vício que Jean-Jacques Rousseau confessou, ao caminhar para os dezessete eu o suspendi no mesmo instante em que resolvi ter essa vontade. Sou sempre senhor de mim quando quero. Portanto, que seja público que não pretendo alegar minha irresponsabilidade pelos crimes atribuindo-os ao meio nem a doenças.

Quando terminou a execução pus o canivete no bolso do colete e, ao sair, atirei-o na rua longe de casa para que ninguém jamais descobrisse. Depois esperei dois dias. A menina, após chorar, ficou ainda mais calada; estou convencido de que não nutria por mim nenhuma raiva. Aliás, certamente havia alguma vergonha por ter sido castigada daquela forma na minha presença, e ela não gritava mas apenas soluçava debaixo dos golpes, evidentemente porque eu estava ali e assistia a tudo. Mas é possível que até então ela apenas tivesse medo de mim, não como pessoa mas como inquilino, como estranho, e parece que era muito tímida.

Pois foi naquela ocasião, naqueles dois dias que me perguntei se poderia desistir e fugir daquele desígnio, e no mesmo instante senti que podia, podia a qualquer momento e até naquele instante. Mais ou menos naquele tempo eu andava com vontade de me matar movido pelo mal da indiferença; pensando bem, não sei qual era o motivo. Naqueles mesmos dois ou três dias (já que tinha forçosamente de esperar que a menina esquecesse tudo) eu, provavelmente com o intuito de me desviar daquela fantasia constante ou apenas por galhofa, cometi um roubo no apartamento. Foi o único roubo de minha vida.

Naquele apartamento aninhava-se muita gente. A propósito, morava lá um funcionário com a família em dois quartinhos mobiliados; era um homem de uns quarenta anos, não completamente tolo e de aspecto decente, mas pobre. Eu não me dava com ele e ele temia o grupo que lá me assediava. Ele acabara de receber os vencimentos, trinta e cinco rublos. O que principalmente me levou a agir foi o fato de que eu estava de fato precisando de dinheiro (embora dentro de quatro dias viesse a recebê-lo pelo correio), de sorte que roubei como que por necessidade e não por brincadeira. A coisa foi descarada e às claras: simplesmente entrei em seu apartamento quando a mulher, os filhos e ele almoçavam no outro cubículo. Ali mesmo, à porta, estava seu uniforme dobrado em cima de uma cadeira. Isso me veio de chofre à cabeça ainda no corredor. Enfiei a mão no bolso e tirei a carteira. Mas o funcionário ouviu um rumor e olhou de lá do cubículo. Parece que viu ao menos alguma coisa, mas como não foi tudo é claro que não acreditou nos próprios olhos. Eu disse que ao passar pelo corredor tinha entrado lá para ver as horas no relógio dele. 'Está parado' — respondeu ele, e eu saí.

Naquela época eu bebia muito e em meu apartamento havia um verdadeiro bando, entre eles Lebiádkin. Joguei fora a carteira com os trocados, mas guardei as notas. Havia trinta e dois rublos, três notas vermelhas e duas amarelas. No mesmo instante troquei uma vermelha e mandei comprar champanhe; depois tornei a mandar uma vermelha, depois a terceira. Umas quatro horas depois, já à noite, o funcionário me esperava no corredor.

— Nikolai Vsievolódovitch, quando ainda há pouco o senhor passava não terá derrubado acidentalmente o meu uniforme da cadeira... que estava junto à porta?

— Não, não me lembro. Seu uniforme estava lá?

— Sim, estava.

— No chão?

— De início estava na cadeira, depois no chão.

— Então, o senhor o apanhou?

— Apanhei.

— Bem, sendo assim, o que o senhor ainda deseja?

— Sendo assim, nada...

Ele não se atreveu a dizer tudo, e ademais no apartamento não ousou contar a ninguém — a tal ponto essa gente é tímida. Aliás, no apartamento todos me tinham medo e um terrível respeito. Mais tarde achei bom trocar olhares com ele umas duas vezes no corredor. Aquilo logo me aborreceu.

Mal terminaram aqueles três dias, voltei para a Gorókhovaia. A mãe da menina se preparava para ir a algum lugar levando uma trouxa; o pequeno-burguês, é claro, não estava. Ficamos eu e Matriócha. As janelas estavam fechadas. O prédio sempre tivera moradores artesãos, e durante o dia inteiro ouviam-se batidas de martelo ou canções vindas de todos os andares. Já estávamos ali fazia coisa de uma hora. Matriócha em seu cubículo, sentada em um banquinho de costas para mim e esgaravatando alguma coisa com uma agulha. Mas de repente começou a cantar, muito baixinho; às vezes isso lhe acontecia. Tirei o relógio e olhei as horas: eram duas. Meu coração começou a bater. Mas nesse instante tornei a me perguntar subitamente: posso deter? No mesmo instante respondi a mim mesmo que podia. Levantei-me e fui me chegando sorrateiramente a ela. Nas janelas deles havia muitos gerânios e o sol estava claríssimo. Sentei-me calado ao seu lado, no chão. Ela estremeceu, levou de início um susto extraordinário e levantou-se de um salto. Segurei-lhe a mão e beijei-a calmamente, sentei-a de volta no banquinho e fiquei a olhá-la nos olhos. O fato de eu lhe ter beijado a mão de repente a fez rir como uma criança, mas apenas por um segundo, porque tornou a pular do banco, num ímpeto, e já tão assustada que uma convulsão se estampou em seu rosto. Olhava-me com os olhos imóveis e tomada de pavor, os lábios começaram a tremer para chorar, mas mesmo assim não se pôs a gritar. Tornei a lhe beijar as mãos, sentei-a sobre os meus joelhos, beijei-lhe o rosto e as pernas. Quando beijei as pernas ela se afastou toda e sorriu como que de vergonha, mas com um sorriso meio irônico. Todo o rosto corou de vergonha. Eu lhe cochichava algo sem parar. Por fim aconteceu de repente uma coisa tão estranha que nunca haverei de esquecer e que me deixou surpreso: a menina me enlaçou pelo pescoço com os dois braços e começou ela mesma a me beijar tremendamente. Seu rosto exprimia o êxtase completo. Por pouco não me levantei e fugi por pena, a tal ponto aquilo me pareceu desagradável numa criança tão minúscula. Mas superei o inesperado sentimento do meu medo e permaneci.

Quando tudo terminou, ela estava embaraçada. Não experimentei demovê-la e já não a acariciava. Olhava para mim sorrindo timidamente. Súbito seu rosto me pareceu tolo. A cada instante que passava o embaraço a dominava cada vez mais e mais. Por fim cobriu o rosto com as mãos e colocou-se em um canto virada para a parede, imóvel. Temi que ela tornasse a assustar-se como ainda há pouco e saí da casa em silêncio.

Suponho que todo o ocorrido lhe tenha parecido definitivamente uma imensa indecência, cheia de um pavor de morte. Apesar dos insultos russos, que ela certamente ouvira desde quando usava fraldas, assim como todo tipo de conversas estranhas, tenho plena convicção de que ainda não estava compreendendo nada. Certamente acabou lhe parecendo que havia cometido um crime tremendo pelo qual tinha uma culpa mortal — 'matara Deus'.

Naquela noite eu tive aquela briga na taverna que já mencionei de passagem. Acordei na manhã seguinte em meu apartamento, para onde fui levado por Lebiádkin. A primeira ideia que me veio ao despertar foi: será que ela contou? Foi um minuto de verdadeiro pavor, mesmo que ainda não muito forte. Eu estava muito alegre naquela manhã e muito bondoso com todos, e toda a turma estava muito satisfeita comigo. Mas larguei todo mundo lá e fui para a Gorókhovaia. Cruzei com ela ainda no térreo, no vestíbulo. Ela chegava de uma venda aonde a haviam mandado comprar chicória. Ao me ver disparou escada acima tomada de pavor. Quando entrei, a mãe já lhe batera duas vezes no rosto porque ela entrara em casa 'em desabalada carreira', o que serviu como a verdadeira causa do seu susto. Portanto, por ora tudo ainda estava tranquilo. Ela se encafuara e não apareceu durante todo o tempo em que eu estive lá. Passei cerca de uma hora e retirei-me.

Ao anoitecer voltei a sentir medo, porém um medo já incomparavelmente mais forte. É claro que eu podia negar, mas podia ser apanhado em flagrante. Eu entrevia o campo de trabalhos forçados. Nunca sentira medo e, fora esse caso em minha vida, nunca tive medo de nada antes nem depois. E particularmente da Sibéria, embora pudesse ter sido enviado mais de uma vez para lá. Mas desta feita eu estava assustado e realmente sentia medo pela primeira vez em minha vida, e não sei a razão — é uma sensação muito torturante. Além disso, à noite, em meu quarto, fui tomado de tal ódio por ela que resolvi matá-la. O ódio maior me vinha quando eu recordava o seu sorriso. Nascia em mim um misto de desprezo e um desmedido nojo da maneira como, depois de tudo, lançara-se em um canto e cobrira o rosto com as mãos, e uma fúria inexplicável, seguida de um calafrio, apoderou-se de mim; quando, ao amanhecer, começou a manifestar-se a febre, tornou a assaltar-me o medo, mas já tão intenso que eu não conhecia nenhum tormento mais forte. Contudo, já não odiava a menina; ao menos não chegava àquele paroxismo da noite. Notei que o medo forte expulsa completamente o ódio e o sentimento de vingança.

Acordei por volta do meio-dia, são, e até me admirei de algumas sensações da véspera. Não obstante, estava de mau humor e mais uma vez fui forçado a ir à Gorókhovaia, apesar de toda a repulsa. Lembro-me de que naquele instante estava com uma terrível vontade de brigar com alguém, só que a sério. No entanto, ao chegar à Gorókhovaia encontrei em meu quarto Nina Savélievna, a criada de quarto, que já me esperava há cerca de uma hora. Eu não gostava nem um pouco daquela moça, de modo que ela fora para lá meio receosa de que eu me zangasse com a visita não convidada. Mas de repente ela me deixou muito contente. Não era feia, mas era modesta e tinha umas maneiras que agradam à pequena burguesia, de sorte que há muito tempo minha senhoria lhe vinha tecendo elogios em conversa comigo. Encontrei as duas tomando café, e a senhoria extremamente satisfeita com a agradável conversa. Em um canto do cubículo notei Matriócha. Estava em pé e olhando imóvel para a mãe e a visita. Pareceu-me apenas que havia emagrecido muito e estava com febre. Afaguei Nina e tranquei a porta que dava para a senhoria, o que não fazia havia muito tempo, de modo que Nina saiu completamente satisfeita. Eu mesmo a retirei de lá e durante dois dias não voltei a Gorókhovaia. Já estava farto.

Decidi acabar com tudo, entregar os apartamentos e ir embora de Petersburgo. Mas quando cheguei para devolver o quarto encontrei a senhoria alarmada e aflita: Matriócha já estava doente fazia três dias, toda noite tinha febre e delirava. Naturalmente perguntei o que dizia no delírio (cochichávamos em meu quarto); cochichou-me que ela dizia 'horrores': 'Eu, diz ela, matei Deus'. Propus chamar um médico às minhas custas, mas ela não quis: 'Deus há de ajudar e isso passará; ela não está sempre de cama, de dia sai, acabou de ir à venda'. Resolvi encontrar Matriócha sozinha, e como a senhoria deixou escapar que por volta das cinco precisaria ir ao outro lado de Petersburgo, então resolvi voltar à tardinha.

Almocei numa taverna. Às cinco e quinze em ponto voltei. Sempre entrava com minha chave. Não havia ninguém além de Matriócha. Estava deitada no cubículo atrás do biombo, na cama da mãe, e vi como olhou na minha direção; mas fingi não notar.

Todas as janelas estavam abertas. O ar era morno, fazia até calor. Andei pelo quarto e me sentei no divã. Lembro-me de tudo até o último instante. Dava-me grande prazer não iniciar a conversa com Matriócha. Esperei e fiquei uma hora inteira sentado, e súbito ela mesma se levantou de um salto de trás do biombo. Ouvi os dois pés baterem contra o chão quando ela pulou da cama, depois os passos bastante rápidos, e lá estava ela à porta do meu quarto. Olhava-me em silêncio. Realmente emagrecera muito naqueles quatro ou cinco dias em que, desde aquele momento, eu não a vira de perto uma única vez. Tinha o rosto como que mirrado e a cabeça decerto quente. Os olhos estavam graúdos e me olhavam imóveis, como que tomados de uma curiosidade obtusa, segundo me pareceu de início. Sentado em um canto do divã, eu a fitava e não me mexia. E nisso tornei a sentir ódio. Mas logo percebi que ela estava sem nenhum medo de mim, o mais provável é que delirasse. Mas não estava delirando. Súbito meneou a cabeça para mim, como fazem as pessoas quando censuram muito, levantou de chofre seu pequeno punho em minha direção e de onde estava começou a me ameaçar. No primeiro instante esse gesto me pareceu engraçado, mas depois não consegui suportá-lo: levantei-me e caminhei em sua direção. Seu rosto estampava um desespero impossível de se ver no rosto de uma criança. Agitava sem parar o pequeno punho contra mim, com ameaças e permanentes meneios de cabeça, censurando-me. Cheguei-me perto e falei cautelosamente, mas vi que ela não iria compreender. Em seguida cobriu-se de súbito e com ambas as mãos, num ímpeto, como fizera antes, afastou-se e postou-se à janela, de costas para mim. Deixei-a, voltei para o meu quarto e sentei-me também junto à janela. Não consigo atinar por que não fui embora naquele momento e ali permaneci como se estivesse na expectativa. Logo tornei a ouvir seus passos apressados; ela saíra pela porta na direção de uma galeria de madeira de onde se descia por uma escada, corri imediatamente para a minha porta, entreabri-a e ainda vi Matriócha entrar numa minúscula despensa, semelhante a um galinheiro, ao lado de outro cômodo. Uma estranha ideia me passou pela mente. Entrefechei a porta e fui para a janela. É claro que na ideia que se esboçara ainda não dava para acreditar; 'mas, não obstante'... (Lembro-me de tudo.)

Um minuto depois olhei para o relógio e notei a hora. Aproximava-se a noite. Uma mosca zumbia sobre minha cabeça e insistia em me pousar no rosto. Apanhei-a, segurei entre os dedos e soltei-a pela janela. Uma telega entrou no pátio lá embaixo com grande ruído. Um artesão, alfaiate, cantava muito alto (fazia tempo) à janela em um canto do pátio. Trabalhava e eu o avistava. Ocorreu-me que, como ninguém cruzara comigo quando passei pelo portão e subi a escada, agora, é claro, também seria bom que ninguém cruzasse comigo quando eu estivesse descendo, e afastei a cadeira da janela. Depois peguei um livro, mas o larguei e pus-me a observar uma minúscula aranha vermelha em uma folha de gerânio, e fiquei alheado. Lembro-me de tudo até o último instante.

Súbito puxei o relógio. Fazia vinte minutos que ela saíra. A hipótese ganhava forma de probabilidade. Contudo, resolvi esperar mais meio quarto de hora. Também me passava pela cabeça que ela poderia ter voltado e talvez me passado despercebida; mas isso era até impossível: fazia um silêncio de morte e eu podia ouvir o voo de cada mosca. Num repente o coração me começou a bater. Tirei o relógio: faltavam três minutos; aguardei-os sentado, embora o coração batesse a ponto de doer. Foi aí que me levantei, cobri o rosto com o chapéu, abotoei o sobretudo, examinei o quarto e olhei ao redor para ver se tudo estava no mesmo lugar, se não restavam pistas de que eu havia passado por ali. Cheguei a cadeira mais perto da janela como estava antes. Por fim abri devagarinho a porta, tranquei-a com minha chave e fui para a despensa. Estava encostada, mas não trancada; eu sabia que ela não havia sido fechada e no entanto não queria abri-la, levantei-me na ponta dos pés e pus-me a olhar por uma brecha. No instante mesmo em que me punha na ponta dos pés lembrei-me de que, quando estava sentado à janela olhando para a aranha vermelha e alheado, pensava como me colocaria na ponta dos pés e alcançaria com o olho aquela brecha. Ao inserir aqui esse detalhe, quero provar forçosamente com que nitidez eu dominava minhas faculdades mentais. Olhei longamente pela brecha, lá dentro estava escuro, mas não de todo. Por fim enxerguei o que precisava... queria me inteirar de tudo.

Resolvi finalmente que poderia ir embora e desci a escada. Não cruzei com ninguém. Três horas depois todos nós tomávamos chá em meu apartamento, sem as sobrecasacas, jogávamos com um baralho velho e Lebiádkin declamava versos. Contavam muitas histórias e, como de propósito, bem e com graça, e não daquele jeito tolo de sempre. Kiríllov também estava presente. Ninguém bebia, embora houvesse uma garrafa de rum na qual só Lebiádkin tocava. Prókhor Málov observou que 'quando Nikolai Vsievolódovitch está contente e sem melancolia, todos os nossos estão contentes e dizem coisas inteligentes'. Naquele mesmo instante guardei essas palavras na memória.

Mas por volta das onze horas uma criada chegou da Gorókhovaia, da parte da senhoria, com a notícia de que Matriócha havia se enforcado. Fui com a moça e vi que a própria senhoria não sabia por que me mandara chamar. Ela gania e se debatia, no apartamento havia um rebuliço, muita gente, policiais. Permaneci um pouco no vestíbulo e me retirei.

Quase não fui incomodado, perguntaram-me o que era de praxe. Contudo, além do fato de que a menina estivera doente e delirando nos últimos dias, de tal modo que eu oferecera um médico por conta própria, não pude provar decididamente nada. Perguntaram-me também sobre o canivete; respondi que a senhoria havia açoitado a menina, mas que aquilo não tinha sido nada de mais. Ninguém ficou sabendo que eu voltara lá à tarde. Nada ouvi falar a respeito da perícia médica.

Passei cerca de uma semana sem voltar lá. Voltei muito tempo depois do enterro com o fim de entregar o quarto. A senhoria continuava chorando, embora tivesse voltado aos seus afazeres e a costurar como antes. 'Por causa do seu canivete eu a ofendi' — disse-me, mas sem maiores censuras. Acertei as contas, pretextando que doravante não poderia permanecer naquele quarto para receber Nina Savélievna. Ao se despedir de mim tornou a elogiar Nina Savélievna. Quando saía, dei-lhe cinco rublos a mais do que devia pelo quarto.

Em linhas gerais, minha vida naquela época era muito aborrecida, a ponto de ser modorrenta. Findo o perigo, eu teria esquecido completamente o incidente da Gorókhovaia, como tudo daquela época, se durante algum tempo não continuasse recordando aquilo com ódio do meu comportamento covarde. Descarregava minha raiva em quem podia. Ocorreu-me ao mesmo tempo, e de modo nem de longe gratuito, a ideia de esfacelar minha vida de alguma maneira, só que da forma mais detestável possível. Já fazia um ano que tinha a intenção de estourar os miolos; ocorreu-me algo melhor. Certa vez, observando a coxa Mária Timofêievna Lebiádkina, que fazia parcialmente as vezes de criada pelas casas quando ainda não era louca, mas apenas uma idiota extasiada, loucamente apaixonada por mim em segredo (o que os nossos observaram), resolvi de repente me casar com ela. A ideia do casamento de um Stavróguin com a última das criaturas como aquela mexia com os meus nervos. Era impossível imaginar algo mais horrendo. Contudo, não ouso concluir se em minha decisão havia ódio ainda que inconsciente (é claro que inconsciente!) pela covardia vil que me assaltou depois do incidente com Matriócha. Palavra, não acho; apesar de tudo, não me casei única e exclusivamente por ter 'apostado uma garrafa de vinho depois de um jantar embriagado'. As testemunhas do casamento foram Kiríllov e Piotr Vierkhoviénski, que na época estavam em Petersburgo; por fim, o próprio Lebiádkin e Prókhor Málov (já falecido). Além deles ninguém jamais soube, e eles deram a palavra de que ficariam em silêncio. Esse silêncio sempre me pareceu uma espécie de torpeza, até hoje não foi violado, embora eu tivesse a intenção de anunciar o casamento; aproveito para anunciá-lo agora.

Após o casamento, viajei para a casa da minha mãe na província. Viajei para me distrair porque estava insuportável. Em nossa cidade deixei a meu respeito a ideia de que sou louco — ideia que até hoje não foi extirpada e, sem dúvida, me é prejudicial, o que declaro abaixo. Depois viajei para o estrangeiro e lá passei quatro anos.

Estive no Oriente, no Monte Atos, assisti a serviços religiosos que duraram oito horas, andei pelo Egito, morei na Suíça, estive até na Islândia; frequentei durante um ano cursos na Universidade de Göttingen. No último ano fiz amizade com uma família russa aristocrática em Paris e com duas moças russas na Suíça. Dois anos atrás, em Frankfurt, ao passar ao lado de uma papelaria, notei entre as fotografias à venda um pequeno retrato de uma menina em um elegante vestido infantil, mas muito parecida com Matriócha. Comprei no ato o retrato e, voltando para o hotel, coloquei-o em cima da lareira. Ali ele passou cerca de uma semana intocado, não olhei uma única vez para ele, e ao partir de Frankfurt esqueci-me de trazê-lo comigo.

Insiro isso precisamente para mostrar o quanto podia dominar minhas lembranças e me havia tornado insensível a elas. Rejeitava todas de uma vez em bloco, e todo o bloco desaparecia obedientemente sempre que eu queria. Sempre me dava tédio relembrar o passado, e nunca fui capaz de interpretar o passado como quase todo mundo o faz. Quanto a Matriócha, até o seu retratinho eu esqueci em cima da lareira.

Há cerca de um ano, na primavera, ao atravessar a Alemanha, passei por distração a estação na qual deveria tomar meu caminho de volta e caí em outra linha. Fui desembarcado na estação seguinte; eram três da tarde, o dia estava claro. Era uma minúscula cidadezinha alemã. Indicaram-me um hotel. Precisava esperar: o trem seguinte passava às onze da noite. Estava até contente com o incidente porque não estava com pressa de chegar a lugar nenhum. O hotel era uma porcaria e pequeno, mas todo arborizado e rodeado de touceiras de flores. Deram-me um quarto apertado. Comi magnificamente e, como passara a noite inteira viajando, caí num ótimo sono depois do almoço, por volta das quatro da tarde.

Tive um sonho absolutamente inesperado para mim, porque nunca tivera outro daquele gênero. Numa galeria de Dresden existe um retrato de Claude Lorrain que parece figurar no catálogo sob o título *Ácis e Galateia* e que eu sempre chamara de *A Idade de Ouro*[5] sem saber por que razão. Já vira esse quadro antes, mas agora, três dias atrás, tornei a vê-lo de passagem. Foi esse quadro que me apareceu em sonho, mas não propriamente quadro e sim algo como que realmente acontecido.

Era um recanto de um arquipélago grego; acariciantes ondas azuis, ilhas e rochedos, uma margem florida, um panorama mágico a distância, um convidativo sol poente — impossível transmitir em palavras. Aí a sociedade europeia rememorava seu berço, ali estavam as primeiras cenas da mitologia, seu paraíso terrestre... Ali viviam pessoas belas! Elas despertavam e adormeciam felizes e inocentes; suas canções primaveris enchiam as matas, um grande excedente de forças puras transbordava em amor e numa alegria singela. O sol banhava com seus raios todas as ilhas e o mar, regozijando-se com seus belos filhos. Um sonho maravilhoso, uma fantasia elevada! Um sonho, o mais inverossímil de todos que já houve, no qual toda a humanidade empenhou toda a sua vida e todas as suas forças, pelo qual sacrificou tudo, pelo qual gente morreu nas

[5] O quadro *Ácis e Galateia* de Claude Lorrain (Claude Gellée, 1600-1682) era alvo de permanente atenção de Dostoiévski, que, segundo sua mulher Anna Grigórievna, realmente o chamava de *A Idade de Ouro*. A pintura, de 1657, se baseia no livro XIII das *Metamorfoses* de Ovídio. (N. da E.)

cruzes e profetas foram mortos, sem o qual os povos não querem viver e não podem sequer morrer. Foi como se eu experimentasse toda essa sensação nesse sonho; não sei com que precisamente sonhei, mas os rochedos, o mar, os raios oblíquos do sol poente — tudo isso eu parecia continuar vendo quando despertei e abri os olhos, literalmente banhados em lágrimas pela primeira vez na vida. A sensação de uma felicidade que eu ainda não conhecia me atravessou o coração a ponto de provocar dor. A tarde chegava plenamente ao fim; pela janela do meu pequeno quarto, entre o verde das flores que estavam no parapeito, todo um feixe de raios oblíquos do sol poente irrompia e me banhava de luz. Tornei a fechar depressa os olhos como que desejando trazer de volta o sonho que passara, mas súbito, como que em meio a uma luz clara, divisei um ponto minúsculo. Este ganhava certa feição e, num átimo, pareceu-me nitidamente uma minúscula aranha vermelha. Logo me veio à lembrança aquela aranha na folha do gerânio naquele momento em que igualmente se derramavam os raios oblíquos do sol poente. Algo pareceu penetrar-me, soergui-me e sentei-me na cama... (Eis como tudo aconteceu naquele momento!)

Vi à minha frente (oh, não via em realidade! ah se, ah se fosse uma visão de verdade!), vi Matriócha emagrecida e com os olhos febris, tal qual naquele momento em que, à minha porta, erguia o minúsculo punho para mim meneando a cabeça em minha direção. Nunca me havia aparecido nada tão torturante! Era o lamentável desespero de uma desamparada criatura de dez anos[6] com o juízo ainda inconcluso, ameaçando-me (com quê? o que poderia fazer contra mim?), mas acusando, é claro, apenas a si mesma! Nunca me havia acontecido nada semelhante. Fiquei ali sentado até o cair da noite, sem me mover e esquecido do tempo. É isso que se chama de remorso ou arrependimento? Não sei e não poderia dizê-lo até hoje. É possível que até hoje não me seja repugnante a lembrança do próprio ato. É possível que ainda hoje essa lembrança encerre algo agradável para as minhas paixões. Não, para mim é insuportável só aquela imagem, e precisamente no limiar, com seu minúsculo punho levantado e me ameaçando, só a imagem dela naquele momento, só aquele instante, só o seu meneio de cabeça. Eis o que

[6] No segundo parágrafo da "confissão" de Stavróguin, Matriócha aparece com uns quatorze anos, aqui, com dez. (N. do T.)

não consigo suportar, porque desde então aquilo me aparece quase todos os dias. Não é a própria imagem que me aparece, mas sou eu que a evoco e não posso deixar de evocá-la, embora não possa viver com isso. Ah se algum dia eu a visse em realidade, ainda que fosse em alucinação!

Tenho outras lembranças antigas, talvez melhores que essa. Agi pior com uma mulher, e isso a levou à morte. Tirei em duelo a vida de duas pessoas que eram inocentes perante mim. Uma vez fui mortalmente ofendido e não me vinguei do adversário. Trago em mim um envenenamento, deliberado e bem-sucedido, que todos ignoram. (Se for necessário informarei a respeito de tudo.)

Contudo, por que nenhuma dessas lembranças desperta nada semelhante em mim? Apenas ódio, e ainda assim provocado pela situação atual, pois antes eu o esquecia e afastava a sangue-frio.

Depois daquilo passei quase todo aquele ano errante e procurando me ocupar. Sei que até neste momento posso afastar a menina de minha lembrança quando quiser. Continuo dominando totalmente minha vontade. Mas o problema está justamente em que nunca quis fazê-lo, eu mesmo não quero e não haverei de querer; já sei disso. E assim vai continuar até que eu enlouqueça.

Na Suíça consegui me apaixonar por uma moça dois meses depois, ou melhor, experimentei o ataque da mesma paixão com um daqueles mesmos ímpetos frenéticos que aconteciam apenas outrora, no início. Senti-me terrivelmente seduzido a praticar um novo crime, isto é, a cometer a bigamia (porque eu já era casado); mas fugi aconselhado por outra moça a quem me abri em quase tudo. Além do mais, esse novo crime não me livrou minimamente de Matriócha.

Assim, decidi imprimir estas folhas e introduzir trezentos exemplares na Rússia. Quando chegar o momento eu as enviarei à polícia e às autoridades locais; ao mesmo tempo, enviarei para as redações de todos os jornais com o pedido de publicá-las, e também a uma infinidade de pessoas que me conhecem em Petersburgo e pela Rússia afora. De igual maneira sua tradução aparecerá no estrangeiro. Sei que talvez não venha a sofrer incômodos jurídicos, ao menos incômodos consideráveis; acuso só a mim mesmo e não tenho acusador; além disso, não há quaisquer provas ou elas são ínfimas. Por fim, há a ideia já consolidada a respeito da perturbação do meu juízo e haverá, na certa, o empenho dos meus familiares, que se aproveitarão dessa ideia e anularão qualquer perseguição jurídica perigosa contra mim. Declaro isto, entre outras coisas, para provar que estou em perfeito juízo e compreendo minha situação. Mas para mim restarão aqueles que saberão de tudo e irão olhar para mim assim como eu para eles. E quanto mais numerosos forem, melhor. Se isso me trará alívio, não sei. Esse é meu último recurso.

Mais uma vez: se procurarem muito na polícia de Petersburgo é possível que até acabem descobrindo alguma coisa. Aquele pequeno-burguês talvez continue em Petersburgo. Certamente se lembrarão do prédio. Era azul-claro. Não irei para lugar nenhum e durante algum tempo (um ou dois anos) permanecerei sempre em Skvoriéchniki, fazenda de minha mãe. Caso o exijam, eu me apresentarei em qualquer lugar.

Nikolai Stavróguin"

III

A leitura durou cerca de uma hora. Tíkhon lia devagar e talvez relesse algumas passagens mais de uma vez. Durante todo esse tempo Stavróguin permaneceu sentado, calado e imóvel. Era estranho que quase houvesse desaparecido o matiz de impaciência, dispersão e uma espécie de delírio, que estivera em seu rosto durante toda aquela manhã, dando lugar à calma e a uma espécie de sinceridade que lhe imprimia um ar de quase dignidade. Tíkhon tirou os óculos e foi o primeiro a falar, com certa cautela.

— Não daria para fazer algumas correções nesse documento?

— Para quê? Escrevi com sinceridade — respondeu Stavróguin.

— Um pouco no estilo.

— Esqueci-me de preveni-lo de que todas as suas palavras serão inúteis; não adio minha intenção; não se dê o trabalho de tentar demover-me.

— O senhor não se esqueceu de prevenir sobre isso ainda há pouco, antes da leitura.

— Apesar de tudo torno a repetir: qualquer que seja a força das suas objeções, não vou desistir da minha intenção. Observe que com essa frase hábil ou inábil — pense o que quiser — não estou absolutamente implorando que o senhor comece depressa a me fazer objeções e me rogar — acrescentou, como se de repente não se contivesse e por um instante voltasse de súbito ao tom que acabara de usar, mas no mesmo instante sorriu com tristeza de suas palavras.

— Eu não poderia lhe fazer objeções e sobretudo rogar que desistisse de sua intenção. Essa ideia é uma grande ideia, e o pensamento cristão não pode exprimir-se de forma mais plena. Uma confissão não pode ir além desse feito admirável que o senhor engenhou, a menos que...

— A menos o quê?

— A menos que isso tenha sido realmente uma confissão e realmente uma ideia cristã.

— Parece que isso são sutilezas; não dá no mesmo? Escrevi com sinceridade.

— É como se o senhor quisesse fingir-se propositadamente mais grosseiro do que seu coração desejaria... — ousava cada vez mais e mais Tíkhon. Era evidente que o documento produzira nele uma forte impressão.

— "Fingir"? repito-lhe: eu não "finjo" e sobretudo não "estava fazendo fita".

Tíkhon baixou rapidamente a vista.

— Esse documento decorre diretamente da necessidade de um coração ferido de morte, estou interpretando certo? — persistia com um ardor incomum. — Sim, isto é uma confissão e foi a necessidade natural de fazê-la que o venceu, e o senhor enveredou pelo grande caminho, um caminho inaudito. Mas o senhor já parece odiar por antecipação todos aqueles que vierem a ler o que aqui está descrito e os chamará para o combate. Se não se envergonha de confessar o crime, por que se envergonharia do arrependimento? Pois que olhem para mim, diz o senhor; no entanto, como o senhor irá olhar para eles? Algumas passagens de sua exposição estão reforçadas pelo estilo; é como se o senhor se deliciasse com sua psicologia e se agarrasse a cada insignificância com o único fito de deixar o leitor surpreso com uma insensibilidade que no senhor não existe. O que é isto senão um desafio altivo lançado pelo culpado ao juiz?

— Onde está o desafio? Suprimi todos os juízos em meu nome.

Tíkhon calou. Até o rubor lhe cobriu as faces pálidas.

— Deixemos isso — interrompeu Stavróguin com rispidez. — Permita-me que lhe faça uma pergunta já de minha parte: já faz cinco minutos que conversamos depois disso (fez sinal para as folhas) e não vejo no senhor nenhuma expressão de repulsa ou vergonha... parece que o senhor não tem nojo!... Não concluiu e deu um risinho.

— Quer dizer que o senhor gostaria que eu lhe externasse o mais depressa o meu desprezo — concluiu Tíkhon com firmeza. — Não vou lhe esconder nada: horrorizou-me a enorme força ociosa que transbordou expressivamente em torpeza. Quanto ao próprio crime, muitos cometem o mesmo pecado mas vivem no mundo com sua consciência e em paz, até achando isso equívocos inevitáveis da mocidade. Inclusive há velhos que cometem os mesmos pecados e se sentem até confortados e brejeiros. O mundo inteiro está cheio de todos esses horrores. Já o senhor sentiu toda a profundidade, o que acontece muito raramente com esse grau.

— Será que passou a me estimar depois das folhas? — deu um risinho torto Stavróguin.

— Não vou lhe dar uma resposta direta. No entanto, é claro que não há nem pode haver um crime maior e mais terrível do que a sua atitude com a adolescente.

— Deixemos de lado os julgamentos unilaterais. Surpreende-me um pouco sua opinião sobre outras pessoas e a trivialidade de semelhante crime. É possível que eu não sofra tanto quanto escrevi aí e é ainda possível que realmente tenha mentido muito a meu respeito — acrescentou inesperadamente.

Tíkhon tornou a calar-se. Stavróguin nem pensava em retirar-se; ao contrário, tornava a cair por instantes em forte meditação.

— E aquela moça — recomeçou Tíkhon muito timidamente — com quem o senhor rompeu na Suíça, se me permite a ousadia, encontra-se... onde neste momento?

— Aqui.

Nova pausa.

— É possível que eu lhe tenha mentido muito a meu respeito — repetiu Stavróguin ainda mais persistente. — Pensando bem, qual é o problema de eu desafiá-los com a grosseria da minha confissão se o senhor já notou o desafio? Eu os farei me odiar ainda mais, e só. Ora, será um alívio para mim.

— Quer dizer, o ódio deles suscitará o seu e, odiando, o senhor se sentirá mais aliviado do que se recebesse compaixão da parte deles?

— O senhor está certo; sabe, talvez me chamem de jesuíta e santarrão piedoso, ah, ah, ah! Pois não é isso?

— É claro que haverá também essa opinião. E o senhor espera cumprir brevemente essa intenção?

— Hoje, amanhã, depois de amanhã, como vou saber? Só que será muito breve. O senhor tem razão: acho que o que vai acontecer mesmo é eu publicá-las de repente e justo em algum instante místico, odioso, quando meu ódio por eles for maior.

— Responda uma pergunta, mas com sinceridade, só a mim, só a mim: se alguém o perdoasse por isso (Tíkhon apontou para as folhas) e se esse alguém não fosse propriamente daqueles que o senhor respeita ou teme, mas um desconhecido, um homem que o senhor nunca haveria de conhecer, e o fizesse calado, lendo para si sua terrível confissão, o senhor ficaria mais aliviado por esse pensamento ou lhe seria indiferente?

— Mais aliviado — respondeu Stavróguin a meia-voz, baixando a vista. — Se o senhor me perdoasse eu ficaria bem mais aliviado — acrescentou de modo inesperado e com um meio sussurro.

— Contanto que o senhor também me perdoasse — proferiu Tíkhon com voz penetrante.

— Por quê? O que o senhor me fez? Ah, sim, essa é uma fórmula monástica?

— Pelo voluntário e o involuntário. Uma vez tendo pecado, todo homem já pecou contra os demais, e todo homem tem ao menos alguma culpa pelo pecado alheio. Pecado individual não existe. Eu mesmo sou um grande pecador, e talvez mais que o senhor.

— Vou lhe dizer toda a verdade: quero que o senhor me perdoe, e com o senhor um outro, um terceiro, mas, quanto aos demais, é bom que os demais me odeiem. Mas para isso desejo suportar sem resignação...

— E não conseguiria suportar a compaixão universal pelo senhor com a mesma resignação?

— É até possível que não consiga. O senhor capta as coisas com muita sutileza. Mas... por que faz isso?

— Percebo o grau de sua sinceridade e, é claro, tenho muita culpa por não ser capaz de me chegar às pessoas. Nisso sempre senti minha grande falha — proferiu Tíkhon em tom sincero e afetuoso, fitando Stavróguin nos olhos —, só digo isso porque temo pelo senhor — acrescentou —, à sua frente há um abismo quase intransponível.

— Teme que eu não aguente? que não suporte com resignação o ódio deles?

— Não só o ódio.

— E o que mais?

— O riso deles — deixou escapar Tíkhon como que à força e com um meio sussurro.

Stavróguin ficou desconcertado; uma inquietação estampou-se em seu rosto.

— Eu pressentia isso — disse. — Quer dizer que eu lhe pareci uma pessoa muito cômica quando leu meu "documento", apesar de toda a tragédia? Não se preocupe, nem fique perturbado... pois eu mesmo pressentia isso.

— Haverá horror em toda parte e, é claro, mais fingido que sincero. As pessoas só se intimidam diante do que ameaça diretamente seus interesses pessoais. Não estou falando das almas puras: estas ficarão horrorizadas e se culparão a si mesmas, mas passarão despercebidas. Quanto ao riso, este será geral.

— E acrescente a observação de um pensador, segundo quem sempre há algo agradável para nós na desgraça dos outros.

— É uma ideia justa.

— No entanto o senhor... o senhor mesmo... Surpreende-me como o senhor pensa mal das pessoas, com nojo — pronunciou Stavróguin com ar meio exacerbado.

— Mas acredite que falei julgando mais por mim mesmo que pelas pessoas! — exclamou Tíkhon.

— É mesmo? será que em sua alma existe ao menos alguma coisa que o diverte com essa minha desgraça?

— Quem sabe, talvez até exista. Oh, talvez exista mesmo!

— Basta. Aponte o que precisamente é ridículo em meu manuscrito. Sei o quê, mas quero que o senhor aponte com seu dedo. E diga com o maior cinismo, diga precisamente com toda a sinceridade de que é capaz. Torno a repetir que o senhor é um esquisitão terrível.

— Até na forma da mais grandiosa confissão sempre há algo ridículo. Oh, não acredite naquilo que o senhor não vence! — exclamou num átimo — até esta forma (apontou para as folhas) acabará vencendo desde que o senhor aceite sinceramente uma bofetada e uma cusparada na cara. A mais ignominiosa das cruzes sempre acabou se tornando uma grande glória e uma grande força quando a humildade da façanha era sincera. É até possível que o senhor já seja consolado em vida!...

— Quer dizer que o senhor vê o ridículo apenas na forma, no estilo? — insistiu Stavróguin.

— E na essência. A fealdade mata — murmurou Tíkhon, baixando a vista.

— O quê? A fealdade? A fealdade de quê?

— Do crime. Há crimes verdadeiramente feios. Nos crimes, sejam eles quais forem, quanto mais sangue, quanto mais horror houver mais imponentes, mais pitorescos, por assim dizer, serão; no entanto, há crimes vergonhosos, ignominiosos, contrários a qualquer horror, por assim dizer, deselegantes até demais...

Tíkhon não concluiu.

— Quer dizer — pegou a deixa Stavróguin — que o senhor acha muito cômica a figura que fiz ao beijar a perna de uma mocinha suja... e tudo o que falei a respeito do meu temperamento e... bem, e tudo o mais.... compreendo. Eu o compreendo muito. E o senhor se desespera por minha causa justamente porque a coisa é feia, nojenta, não, não é que seja nojenta, mas é vergonhosa, ridícula, e o senhor acha que isso é o que mais provavelmente não conseguirei suportar?

Tíkhon calava.

— Sim, o senhor conhece os homens, isto é, sabe que eu, justo eu não conseguirei suportar... Compreendo por que me perguntou se a senhorita da Suíça estava aqui.

— O senhor não está preparado, não atingiu a têmpera — murmurou timidamente Tíkhon, baixando a vista.

— Ouça, padre Tíkhon: eu mesmo quero me perdoar, e esse é meu objetivo principal, todo o meu objetivo! — disse Stavróguin de chofre com um obscuro êxtase no olhar. — Sei que só então a visão desaparecerá. É por isso que ando à procura de um sofrimento desmedido, eu mesmo o procuro. Não me assuste.

— Se crê que o senhor mesmo pode se perdoar e atingir esse perdão para si mesmo neste mundo, então crê em tudo — exclamou Tíkhon extasiado. — Como o senhor disse que não crê em Deus?

Stavróguin não respondeu.

— Deus o perdoará pela descrença, porque o senhor reverencia o Espírito Santo sem o conhecer.

— A propósito, Cristo não perdoará, hein? — perguntou Stavróguin, e no tom de sua pergunta ouviu-se um leve matiz de ironia — porque está escrito: "Se seduzires um desses pequeninos",[7] está lembrado? Segundo o Evangelho, não haverá nem poderá haver crime maior. Está neste livro.

E apontou para o Evangelho.

— Vou lhe dar uma notícia alegre sobre essa questão — proferiu Tíkhon com enternecimento —; Cristo também o perdoará, desde que o senhor consiga perdoar a si mesmo... Oh, não, não, não acredite, cometi uma blasfêmia: mesmo que não consiga reconciliar-se consigo e perdoar a si mesmo, ainda assim Ele o perdoará por sua intenção e por seu grande sofrimento... pois na linguagem humana não há palavras nem pensamentos para exprimir *todos* os caminhos e motivos do Cordeiro "enquanto esses caminhos não nos forem revelados".[8] Quem conseguirá abarcar o inabarcável, quem compreenderá *o total*, o infinito!

[7] "Melhor fora que se lhe pendurasse ao pescoço uma pedra de moinho, e fosse atirado no mar, do que fazer tropeçar a um destes pequeninos" (Lucas, 17, 2). (N. da E.)

[8] Segundo os organizadores das notas a esta edição, não foi possível descobrir a fonte dessa citação. (N. do T.)

As comissuras dos lábios do monge tremeram como ainda agora e uma contração que mal se notava tornou a percorrer-lhe o rosto. Conteve-se por um instante, mas não resistiu e baixou a vista.

Stavróguin apanhou o chapéu em cima do divã.

— Um dia ainda voltarei aqui — disse com ar fortemente exausto —, nós dois... aprecio por demais o prazer de uma conversa e a honra... e os seus sentimentos. Acredite, compreendo por que algumas pessoas gostam tanto do senhor. Peço-lhe suas orações junto Àquele que o senhor tanto ama...

— Já está de saída? — Tíkhon soergueu-se rapidamente, como se não esperasse por aquela despedida tão apressada. — É que eu... — pareceu meio desnorteado —, eu ia lhe fazer um pedido, mas... não sei como... e agora estou com receio.

— Ah, faça o favor. — Stavróguin sentou-se sem demora com o chapéu na mão. Tíkhon olhou para aquele chapéu, para aquela postura, postura de um homem que de repente se tornara mundano, de um homem perturbado, meio louco, que lhe concedia cinco minutos para encerrar o assunto, e ficou ainda mais desconcertado.

— Tudo o que eu lhe peço é que o senhor... ora, o senhor, Nikolai Vsievolódovitch (não é esse seu nome e patronímico?), já está consciente de que, se der publicidade a essas folhas, estragará seu destino... em termos de carreira, por exemplo, e... em termos de tudo o mais.

— Carreira? — Nikolai Vsievolódovitch franziu desagradavelmente o cenho.

— A troco de que estragá-la? A troco de que essa aparente inflexibilidade? — concluiu Tíkhon quase se desculpando, com evidente consciência de sua própria inabilidade. Uma impressão doentia estampou-se no rosto de Nikolai Vsievolódovitch.

— Já lhe pedi, e torno a pedir: todas as suas palavras serão vãs... e ademais toda essa nossa conversa começa a ficar insuportável.

Virou-se na poltrona num gesto significativo.

— O senhor não me compreende, ouça e não fique irritado. Conhece minha opinião: seu feito, se fosse movido pela humildade, seria o maior feito cristão caso o senhor o sustentasse. E mesmo que não o sustentasse, ainda assim o Senhor levaria em conta seu sacrifício inicial. Tudo será levado em conta: nenhuma palavra, nenhum movimento da alma, nenhum semipensamento serão inúteis. Mas em troca desse feito eu lhe proponho outro, ainda maior, algo já indiscutivelmente grande...

Nikolai Vsievolódovitch calava.

— O desejo de martírio e autossacrifício apodera-se do senhor; domine também esse desejo, desista desses folhetos e de sua intenção e assim vencerá tudo. Desvele seu orgulho e seu demônio! Acabará triunfando, atingirá a liberdade...

Os olhos dele se inflamaram; ele ficou de mãos postas num gesto de súplica.

— O senhor está pura e simplesmente com muita vontade de evitar um escândalo e me arma uma armadilha, bom padre Tíkhon — balbuciou Stavróguin com displicência e enfado, levantando-se num ímpeto. Em suma, quer que eu me torne sério, talvez me case e termine a vida como membro do clube daqui, assistindo a cada festa do seu mosteiro. Haja penitência! Aliás, como perito em coração é até possível que o senhor pressinta que isso vai acabar sem dúvida acontecendo, e por isso tudo agora consiste em me convencer só para constar, pois é só disso que eu mesmo ando sequioso, não é verdade?

Caiu num riso entrecortado.

— Não, não cogito dessa penitência, é outra que estou preparando! — prosseguiu Tíkhon com ardor, sem prestar a mínima atenção ao riso e à observação de Stavróguin. — Conheço um monge velho, não é daqui, mas também não é de longe, eremita e asceta, e de uma sabedoria cristã até incompreensível para nós dois. Ele ouvirá os meus pedidos. Contarei a ele tudo a seu respeito. Procure-o, renda-lhe obediência, primeiro por uns cinco anos, uns sete, o tempo que o senhor mesmo achar posteriormente necessário. Faça um voto, e com esse grande sacrifício obterá tudo o que anseia e até o que não espera, pois neste momento não pode nem conceber o que haverá de receber!

Stavróguin ouviu com muita, muita seriedade mesmo a sua última sugestão.

— O senhor está pura e simplesmente me sugerindo tomar hábito nesse mosteiro? Por mais que o respeite, era exatamente o que eu devia esperar. Bem, até lhe confesso que em momentos de pusilanimidade essa ideia já me passou pela cabeça: uma vez tornados públicos esses folhetos, seria o caso de me esconder em um mosteiro ao menos por algum tempo. Mas no mesmo instante corei de vergonha por causa dessa baixeza. Contudo, tomar hábito foi coisa que não me passou pela cabeça nem nos momentos do medo mais covarde.

— O senhor não precisa entrar para o mosteiro, tomar hábito, basta que seja um noviço secreto, às escondidas, de tal jeito que poderá até continuar vivendo no mundo.

— Pare com isso, padre Tíkhon — interrompeu Stavróguin com ar enojado e levantou-se da cadeira. Tíkhon também se levantou.

— O que o senhor tem? — exclamou de súbito, examinando Tíkhon de um jeito quase assustado. O outro estava à sua frente com as mãos postas, e uma convulsão doentia, que pareceria provocada pelo maior susto, passou-lhe num instante pelo rosto.

— O que o senhor tem? O que o senhor tem? — repetia Stavróguin, precipitando-se para ele com o fim de segurá-lo. Parecia-lhe que o outro ia cair.

— Estou vendo... estou vendo como se vê na realidade — exclamou Tíkhon com uma voz que penetrava a alma e a expressão da mais intensa tristeza — que o senhor, pobre e perdido jovem, nunca esteve tão próximo do mais horrível crime como neste momento!

— Acalme-se! — repetiu Stavróguin, efetivamente preocupado com Tíkhon — é possível que eu ainda venha a adiar... o senhor tem razão, talvez eu não me aguente, e movido pela raiva cometa um novo crime... tudo isso é verdade... o senhor tem razão, vou adiar.

— Não, não depois, mas ainda antes da publicação dos folhetos, talvez um dia, uma hora antes do grande passo o senhor se lance em um novo crime como saída, com o único fito de *evitar* a publicação dos folhetos!

Stavróguin até tremeu de cólera e quase de susto.

— Maldito psicólogo! — interrompeu de repente num acesso de fúria e saiu da cela sem olhar para trás.

UM ROMANCE DE TONS PROFÉTICOS

Paulo Bezerra

No dia 21 de novembro de 1869, S. G. Nietcháiev, P. G. Uspienski, A. K. Kuznietzóv, I. G. Prijovi e N. N. Nikoláiev, membros da organização política clandestina Justiça Sumária do Povo (*Naródnaia Rasprava*), comandada por S. G. Nietcháiev (1847-1882), executaram o estudante I. I. Ivanov que, por divergências políticas, resolvera se afastar da entidade. O acontecimento, do qual Dostoiévski tomou conhecimento pela imprensa, provocou grande comoção na Rússia e forte discussão em amplos círculos da intelectualidade no país e na Europa ocidental. O processo dos cinco integrantes da organização ocorreu em 1871, foi amplamente divulgado pela imprensa russa e estrangeira, tendo sido, aliás, o primeiro processo por crime político debatido pela imprensa russa. Dostoiévski acompanhou atentamente seu desenrolar pela imprensa.

O acontecimento pega Dostoiévski envolvido com vários projetos: o esboço de uma novela sobre um tal capitão Kartúzov (que serviria de protótipo à personagem Lebiádkin), uma obra que ele planeja intitular "A morte do poeta", os romances "O príncipe e o agiota", "Inveja", e um romance sobre o ateísmo, que ele mesmo considera o projeto fundamental de sua vida e a síntese de toda sua obra: "A vida de um grande pecador". Mas o impacto do caso Ivanov leva-o a deixar de lado os outros projetos e concentrar-se exclusivamente nele.

Dostoiévski conhecia de perto a atuação política dos grupos de esquerda, pois fora participante do círculo socialista de Pietrachévski, o que lhe valera a condenação à morte, pena comutada e transformada em trabalhos forçados na Sibéria. Essa atividade política, na Rússia ou fora dela, era motivo de sua permanente preocupação. Entre a segunda metade dos anos sessenta e o início dos setenta do século XIX, o movimento populista russo se dissemina numa infinidade de células de diferentes colorações ideológicas, muitas das quais passam diretamente à atividade terrorista contra o próprio tsar e membros de sua administração, culminando no atentado do dia 4 de abril de 1866, no qual o estudante D. V. Karakózov, membro de uma organização "revolucionária" secreta, atira no tsar Alexandre II, o que deixa Dostoiévski estupefato e o faz mergulhar numa profunda reflexão em torno do destino dos movimentos de esquerda russos. Nesse momento ele se encontra em Genebra e acompanha com permanente atenção e acentuada preocupação a atividade política de Mikhail Bakúnin e seus seguidores no ambiente formado pelos emigrantes revolucionários russos. Entre estes estará mais tarde, na primavera de 1869, o próprio Nietcháiev, que trava conhecimento com Bakúnin, ganha sua simpatia e recebe dele a incumbência de organizar na Rússia uma sociedade revolucionária para divulgar o programa e os ideais bakunianos. Nietcháiev retorna à Rússia em setembro daquele ano munido de um mandato, assinado em 12 de maio de 1869 por Bakúnin, para representar a "Seção Russa" de uma tal de Alliance Révolutionnaire Européenne. Uma vez na Rússia, Nietcháiev usa e abusa do mandato conferido por Bakúnin, ostentando suas "estreitas" ligações com os líderes da emigração russa em Genebra. Organiza em Moscou vários quintetos políticos, principalmente entre estudantes da Academia de Agricultura, onde estudam I. I. Ivanov e I. G. Spítkin (1849-1887), este, irmão de Anna Grigórievna, segunda mulher de Dostoiévski. Nietcháiev dá à sua organização o nome de Justiça Sumária do Povo, dirige-a com mão de ferro, provoca atritos com vários de seus membros, entra em choque com Ivanov e o executa, auxiliado por mais quatro companheiros. Estes são presos, a organização é dissolvida e Nietcháiev foge para o estrangeiro, de onde acompanha o julgamento dos comparsas.

Dostoiévski centra a atenção em detalhes mínimos da Justiça do Povo, nos dados que a imprensa fornece sobre o perfil de cada um de seus integrantes, principalmente da figura de Nietcháiev (que lhe servirá de protótipo de Piotr Stiepánovitch Vierkhoviénski), nas circunstâncias minuciosas do crime, nos métodos de organização, nos princípios ideológicos da sociedade, em sua propaganda, em seu programa. Este visa, entre outras coisas, a solapar o poder do Estado, a religião e seus símbolos, as instituições sociais, os alicerces morais da sociedade, desacreditar os representantes oficiais, a família, os valores consolidados da cultura russa. Seu objetivo final é conseguir transformações anarcorrevolucionárias de toda a Rússia. Para atingir tais fins, são indispensáveis a subordinação irrestrita e incondicional de todos à direção do movimento, o uso de todos os meios, a espionagem mútua, o derramamento de sangue para cimentar a unidade dos participantes. O "Catecismo do Revolucionário", elaborado por Nietcháiev e seu grupo, exige que o revolucionário "coíba com a paixão fria da causa revolucionária" os sentimentos normais da pessoa humana, inclusive o sentimento de honra, porque "nossa causa é a destruição terrível, implacável, completa e geral". Aos militantes cabe lançar mão de "atitudes brutais" com o fim de levar o povo a "uma rebelião inelutável", para o que é necessária a união "com o selvagem mundo dos bandidos, esse único e verdadeiro revolucionário na Rússia". O "Catecismo" sugere ainda o comprometimento permanente de um grande número de "canalhas" de alta projeção política e social para transformá-los em "nossos escravos e com suas mãos desestabilizar o Estado".

Do "panfleto" à obra-prima

A reação imediata de Dostoiévski é dar uma resposta à queima-roupa ao "nefasto" acontecimento, mesmo assumindo conscientemente o risco de sacrificar a qualidade estética da obra e escrever um romance-panfleto. Em carta de 24 de março de 1870, endereçada ao amigo e crítico Nikolai Strákhov, diz estar "muito esperançoso" em relação à obra, mas esperançoso "no aspecto tendencioso", "não no estético; quero enunciar algumas ideias, ainda que isso redunde na ruína de minha condição artística. Contudo, sinto-me envolvido pelo que tenho acumulado na mente e no coração; que isso acabe em panfleto, mas hei de me manifestar... Os niilistas e ocidentalistas exigem a chicotada definitiva". A mesma intenção é reiterada em outra carta escrita no dia seguinte ao editor e crítico A. N. Máikov, na qual afirma que em literatura é "um homem honesto" e, se está escrevendo "uma coisa tendenciosa", é porque deseja manifestar-se "com mais ardor". Prevê que os niilistas e ocidentalistas o chamarão de "retrógrado", mas não importa, contanto que consiga dizer tudo, até a "última palavra".

Esse "ardor" de representar os fatos, proveniente da estupefação e da raiva com que Dostoiévski os recebeu, poderia levar à perda da perspectiva crítica. Contudo, à medida que mergulha na realidade concreta dos episódios crus diretamente vinculados às circunstâncias do assassinato e os enriquece com matérias de jornais, antecedentes dos membros do quinteto, protocolos judiciais etc., forma-se o quadro da atualidade que sedimentará o enredo do romance e ele percebe que a significação daqueles acontecimentos vai muito além dos seus limites espaçotemporais. A intenção "panfletária" inicial sucumbe à visão da história como um processo dialético e às leis da construção romanesca, e o que a princípio se esboçava como representação de um espectro particular da realidade política russa expande-se na polêmica com os vários segmentos do pensamento político, social, filosófico e religioso russo e ocidental. Cruzam-se as vozes da história, da sociologia (a polêmica de Dostoiévski com Granóvski, protótipo de Stiepan Trofímovitch Vierkhoviénski), da filosofia, do universo político e religioso que, postas em diálogo, dão ao romance um caráter transcendente e o levam a superar as fronteiras do seu espaço e seu tempo. Àquelas vozes juntam-se outras representativas de três décadas da literatura russa, particularmente aquelas que marcaram a polêmica de Dostoiévski com Bielínski, Herzen, Turguêniev (protótipo de Karmazínov em *Os demônios* e cujo romance *Pais e filhos* é aí objeto de intensa polêmica), Tchernichévski e outros escritores russos e ocidentais, e os acontecimentos antes circunscritos a uma cidade de província se deslocam para o campo da literatura e outras artes, levando a crise por eles representada a espectros múltiplos da cultura e da história e acentuando a natureza transcendente de tais acontecimentos e do próprio romance.

A correspondência de Dostoiévski com amigos e críticos mostra que, ao criar o esboço do que seria *Os demônios*, ele vive inicialmente uma forte tensão entre o empenho de dar concretude máxima aos fatos e a concepção da forma mais verossímil possível de representá-los. E essa tensão é superada por uma solução composicional que revela uma concepção revolucionária da forma romanesca e antecipa a discussão de um tema que seria muito debatido no século XX: a problematização do estatuto do autor. Imbuído da plena consciência de que, para atingir o máximo grau de verossimilhança, terá de distanciar-se da narração, Dostoiévski assume a posição daquele que Mikhail Bakhtin chama de *autor primário*, isto é, aquela figura real que cria a obra, mas está fora dela, e cria também um *autor secundário*, ou imagem de autor (que é, de fato, um autor imanente à estrutura da obra), ou seja, alguém que integra a obra e de seu interior responde pela construção e condução da narrativa. Cria um autor-cronista e narrador, que não apresenta quase nenhuma semelhança com ele, Dostoiévski: é um típico intelectual provinciano, com experiência, formação e idade diferentes, não pertence a nenhuma corrente de pensamento, mas tem um amplo lastro cultural que lhe permite expor ponto de vista próprio sobre tudo o que se passa e se discute na cidade e fora dela; além disso, é dotado de uma refinada compreensão da alma humana, tato de observador e fina ironia, e nisso se aproxima de seu criador. Ele chama sua narrativa de "minha crônica" em vez de romance e, ao fazê-lo, procura dar estatuto de realidade concreta aos fatos que narra com abundância de pormenores: assume o papel de espectador, registra os acontecimentos de uma posição de contiguidade com eles e, desse modo, a distância que separa o autor primário Dostoiévski dos acontecimentos narrados é vencida pelo cronista, que vive tais acontecimentos, convive com todos os seus protagonistas e fala como testemunha, imprimindo o máximo de objetividade ao narrado, aumentando-lhe a verossimilhança e permitindo ao leitor acompanhar cada passo da narrativa, cada atitude, cada sentimento das personagens. Deve-se a isso uma inovação excepcional do conceito de tempo narrativo, que introduz dois planos na narração: o cronista narra ora em simultaneidade com os acontecimentos que presencia e vive, ora acrescenta o que soube depois, e ao fundir esse "antes" e esse "agora" em um *continuum* cria um movimento pendular que leva o leitor a sentir a proximidade da história narrada e envolver-se com ela. Isto se deve à condição de imagem de autor, graças à qual o cronista ganha autoridade intelectual diante do leitor e sua confiança, aproxima os polos da narração e da recepção e mantém o leitor preso aos acontecimentos relatados.

Trata-se, pois, de uma reformulação profunda dos conceitos de autoria, narrador e tempo da narração, na qual se manifesta, entre outras coisas, a rejeição da onisciência e da infalibilidade do autor, que delega inteiramente ao cronista, autor secundário e narrador, a incumbência de construir e transmitir todo o processo narrativo. Muitos críticos de *Os demônios* não perceberam essas novidades poéticas e por isso não conseguiram captar o seu profundo sentido modernizador e antecipador.

Pari passu com a história

Bakhtin afirma que o romance é um gênero em formação, o único nascido em plena luz do dia da história. A história é um processo também em formação, e só um gênero em formação é capaz de dar conta desse processo. Demais, o romance interpreta o passado à luz do presente na perspectiva do futuro.

Os demônios é um romance em que Dostoiévski revela sua sensibilidade excepcional para as vicissitudes da história, o seu sentido dialético, assim como a dialética da alma do ser humano como entidade enraizada na história alimentada por ela. Graças a essa sensibilidade, o que antes se esboçava como registro de um acontecimento singular, sob a forma de crônica de um corte da história, transborda na construção de um microcosmo em que se fazem representar as principais tendências do pensamento da época e da evolução da sociedade, os elos que ligam passado, presente e futuro, permitindo que um acontecimento político local se deixe ler como uma visão retrospectiva e prospectiva da história da Rússia e de outros países. Dostoiévski sempre deu atenção especial à experiência de Pedro, o Grande, à sua política de ocidentalização da Rússia traduzida na famosa metáfora da "janela aberta para a Europa", que mexeu fundo com o destino da Rússia e de sua cultura. A semente lançada por Pedro medrou, a despeito da forte resistência inicial da classe dos boiardos e dos vários levantes que o imperador enfrentou. O romancista vê na luta político-ideológica de sua época um desdobramento da experiência petroviana e da intensa crise que se abateu sobre seu país após a reforma de 1861, que aboliu o estatuto da servidão feudal e adaptou, à maneira russa, as instituições para o avanço definitivo do capitalismo. É sobre o pano de fundo da dinâmica dessa história como processo em formação que se desenvolve a intensa polêmica entre ocidentalistas e eslavófilos, agora radicalizada no niilismo, e sedimenta-se o enredo de *Os demônios*, no qual se realiza uma espécie de síntese das visões retrospectiva e prospectiva da história: o passado é lido à luz de um presente que terá desdobramentos no destino da Rússia, no futuro de sua história e da história da sociedade humana.

A reação imediata da crítica à publicação de *Os demônios* é praticamente unânime em classificá-lo como panfleto contra o movimento revolucionário das décadas de 1860 e 1870 e algo isolado desse movimento. N. Mikháilovski, crítico de esquerda e autor de *Um talento cruel*, livro notável sobre Dostoiévski, classifica o caso Nietcháiev de "exceção triste, equivocada e criminosa" no meio revolucionário russo, afirmando que o autor de *Os demônios* concentrou sua atenção "num punhado insignificante de loucos e canalhas" que só serve para um "episódio de terceira categoria". Essa opinião foi praticamente unânime entre os críticos liberais e de esquerda daqueles idos. Mas Dostoiévski, para quem os atos políticos do homem são produto de um processo histórico, não vê aquele episódio como algo isolado nem único, e sim como um elo na cadeia dos movimentos revolucionários russos, e afirma: "Os principais propagadores da nossa falta de originalidade nacional seriam os primeiros a se afastar horrorizados do caso Nietcháiev. Nossos Bielínskis e Granóvskis não acreditariam se lhes dissessem que eles são os pais diretos de Nietcháiev. Portanto, foram essa afinidade e essa sucessão do pensamento, que evoluíram dos pais para os filhos, que procurei expressar em minha obra".

Aí está a questão central, o verdadeiro divisor de águas. Enquanto a crítica fica na superfície do fenômeno e não percebe seus movimentos internos, procura reduzir a dimensão do caso Nietcháiev a um único episódio sem antecedentes nem consequentes, Dostoiévski o vê em seu contraditório movimento interior e mostra em *Os demônios* como grandes e generosas ideias, uma vez manipuladas por indivíduos desprovidos de consistência cultural e princípios éticos, podem se transformar na sua negação imediata, assim como a utopia da liberdade, da igualdade e da felicidade do homem pode degenerar na sua negação, no horror, na morte, na destruição. Grandes ideias, quando geridas por tipos intelectualmente broncos, acabam em farsa ou paródia. É o que ocorre com o líder do quinteto terrorista Piotr Stiepánovitch, que em diálogo com Stavróguin declara cinicamente que é "um vigarista e não um socialista". Dostoiévski mostra ser impossível alguém liderar à altura uma grande causa sem compreender a essência profunda da natureza humana e sem prezar a liberdade do homem, alguém que faz das ideias objeto de compra e venda, moeda de troca com farsantes, vendilhões de liberalismo. Sem valores elevados é incoerente professar ideais elevados, e o resultado é um concubinato de nobres evoluídos e pequeno-burgueses provincianos, progressistas, niilistas, fourieristas e conservadores, administradores governamentais e altas patentes militares, e nesse concubinato passam a segundo plano as diferenças políticas e ideológicas e os que ontem apareciam como inimigos irreconciliáveis hoje se entendem e até fazem alianças "táticas". Assim, na casa do governador Lembke, conservador e homem do governo, reúnem-se os conspiradores niilistas com os quais a mulher do governador mantém estreitos entendimentos políticos. Bielínski e Granóvski seguramente não participariam de tal concubinato, e Dostoiévski não os censura pelas ideias em si (e isso ele declara em várias oportunidades), mas pelo inacabamento de suas teorias, pelas lacunas aí deixadas, que acabaram degenerando na sua negação, no simulacro, na impostura. O simulacro, o quinteto de Piotr Stiepánovitch, é a redução das várias tendências de um movimento à sua caricatura grotesca sob a égide de indivíduos possuídos pela ideia do poder pelo poder, que, querendo autoafirmar-se a qualquer custo, ultrapassam todos os limites, obliteram todas as objeções teóricas e obstáculos morais e criam uma engrenagem que transforma em "salvadores" e "vanguarda" da humanidade indivíduos sem consistência moral e ideológica nem condição cultural para tais papéis. Estes, para manter seu poder, apelam para dois procedimentos: cercam-se de elementos incondicionalmente submissos, cegos às questões ético-ideológicas, mas de olhos bem abertos para toda espécie de benesses; e criam em torno de si a aura mítica de sábios, profetas e heróis infalíveis. Essa é a tática de Piotr Stiepánovitch, essa será também a tática de Stálin e similares. A impostura, tema constante na história russa e imortalizado por Púchkin na figura de Gricha Otrépiev (nome com o qual Mária Timofêievna designa Stavróguin) em *Boris Godunov*, é aquela atitude dos indivíduos que pregam ideais políticos, revolucionários, éticos e transformadores, mas os negam na prática cotidiana, em suas motivações e atitudes reais, vontades e convicções recônditas. Dostoiévski reúne todos esses elementos em *Os demônios*, e o resultado é uma narrativa historicamente aberta, que permite lançar uma ponte entre o século XIX e os imediatamente posteriores.

Impressiona a antecipação da história do século XX e deste início de século XXI em *Os demônios*. Chigalióv desenvolve sua teoria da sociedade do futuro, segundo a qual dez por cento dos indivíduos terão direito ilimitado sobre os noventa por cento restantes, que deverão ser despersonalizados e transformados em manada através da reeducação de gerações inteiras. Stálin e Hitler quase conseguiram realizar esse programa. Chátov desenvolve a "ideia" nacional do "deus" nacional através da qual afirma a supremacia de um "grande povo" sobre todos os povos restantes, pois para ele um verdadeiro grande povo só pode aceitar o primeiro papel em relação aos outros povos. Trata-se de um reflexo do nacionalismo russo, que vez por outra aparece na obra de Dostoiévski em formas mais brandas. É ainda de Chátov a teoria da semiciência, esse "déspota que tem seus sacerdotes e escravos [...] diante do qual tudo se prosternou com amor e uma superstição até hoje impensável" e "até a própria ciência treme e é vergonhosamente tolerante". Ora, foi justamente nessa "semiciência", nesse "déspota" que o marxismo se transformou na URSS, e diante dele tudo tremeu e prosternou-se. Na organização de Piotr Stiepánovitch todos são obrigados a manter uma disciplina férrea e espionam uns aos outros. Quando, hoje, um partido no poder enquadra seus dissidentes ou os expulsa porque defendem os princípios e o programa do próprio partido e vemos seu presidente pregar uma vigilância severa dos seus membros, logo nos vem à mente a atitude de Piotr Stiepánovitch com seus comandados. Erkel, membro do quinteto, que devota a Piotr Stiepánovitch uma submissão incondicional, não consegue compreender o serviço prestado a uma ideia senão como fusão desta com a pessoa que a representa. Durante décadas a ideia do socialismo foi indissociável da pessoa de Stálin, assim como a ideia do nacional-socialismo foi indissociável do *Führer*.

Ainda no que tange ao caráter inovador deste romance, encontramos em Kiríllov um nietzschiano sem Nietzsche. Segundo Kiríllov, "quem vencer a dor e o medo se tornará Deus. Então haverá uma nova vida, um novo homem, tudo novo. Então a história será dividida em duas partes: do gorila à destruição de Deus ou da destruição de Deus...". Assim, Kiríllov antecipa em uma década o Zaratustra de Nietzsche, que proclamará que Deus está morto. O "novo homem" de Kiríllov será o super-homem de Nietzsche. Chátov se debate com a crise do cristianismo e, na impossibilidade de encontrar uma tese afirmativa e segura da existência de Deus, diz que o novo deus é o "povo russo", o povo "teóforo". Sua religiosidade, mesmo defendendo a existência de Deus, é muito diferente da religiosidade tradicional e acaba traduzindo de fato e objetivamente a crise da consciência religiosa, que no século XX resultaria no surgimento de inúmeras seitas dentro do próprio cristianismo.

Primeiro romance da história sobre o terrorismo, *Os demônios* é um romance de advertência, pois, ao mostrar como age a organização chefiada por Piotr Stiepánovitch e o clima de pavor que se segue à série de mortes por ela desencadeada, revela que a ausência de um humanismo autêntico, pautado no respeito à liberdade dos indivíduos e às diferenças entre eles, e de princípios éticos na vida política, pode neutralizar as fronteiras entre os antagonismos ideológicos e levar campos que pareceriam opostos a usarem os mesmos procedimentos na consecução e manutenção dos seus objetivos, fazendo do terrorismo um método de ação política. Assim, o romance se constitui numa antecipação em miniatura dos horrores que se registrariam nos séculos XX e XXI e que têm nas teorias de Piotr Stiepánovitch e Chigalióv a sua justificação ideológica. Stálin, Hitler, a Revolução Cultural chinesa, o terrorismo das ditaduras de direita e "esquerda" na América Latina, na Ásia e na África, o terrorismo de Estado com seus "assassinatos seletivos" contra povos e a resposta também terrorista desses povos, privados de seu próprio habitat, o terrorismo "tecnológico", etc., são elos de uma única cadeia de tragédias que Dostoiévski antecipou com sua percepção genial das tendências da história.

É espantosa a atualidade de *Os demônios*. A despeito do avanço da democracia e do colapso do simulacro de socialismo no Leste europeu e na América Latina, sua leitura, hoje, dá a impressão de persistirem os mesmos problemas e as mesmas formas de atuação dos agentes sociais envolvidos. O crítico russo Boris Tarássov observa com grande acuidade essa atualidade:

> "A leitura do romance hoje deixa a impressão de que nada parece haver mudado na essência, de que houve apenas uma renovação dos cenários sociais e mudanças de traje das personagens... Cabe salientar especialmente que *Os demônios* foi escrito não tanto sobre as diferenças, embora no romance elas sejam de princípios, quanto sobre os vínculos e conversões, igualmente de princípios, que infelizmente não perdem sua atualidade. Como se pode constatar, nosso cotidiano está literalmente superpovoado de personagens de diferentes escalas saídos de *Os demônios*, que são encontrados entre 'direitistas', 'esquerdistas', 'conservadores' e 'liberais'... 'quadros' e 'extraquadros' burocráticos. Por assim dizer, os demônios estão em toda parte. Eles logo se reconhecem uns aos outros; uns, em sua ávida procura da verdade e movidos pelo desejo sincero de mudanças progressistas, não se dão conta de que se encontram num turbilhão de demônios."[1]

[1] Boris Tarássov, "Eterna prevenção" ("Viétchnoe predosterejénie"), *Nóvi Mir*, Moscou, 1991, p. 238.

Mas seria um equívoco partir dessas considerações e concluir por uma saída pessimista ou unilateral da obra de Dostoiévski em geral e de *Os demônios* em particular. No Brasil, esse romance tem sido objeto de leituras estimulantes, mas também de interpretações caracterizadas por uma platitude chocante, por uma notória incapacidade de interpretar a obra considerando seus valores objetivos, o que resulta numa verdadeira miséria analítica. Alguns "exegetas" de Dostoiévski, sobretudo nas redes sociais, tentam transformá-lo num pensador de direita e, curiosamente, dizem praticamente as mesmas coisas que diziam os críticos stalinistas para impedir a publicação desse romance, que, aliás, passou muitos anos sem ser editado na URSS. No entanto, esse romance retoma um filosofema caro a Dostoiévski: o tema da Idade de Ouro, presente em toda a sua obra e decorrente de seu passado de socialista utópico. Esse filosofema ganha uma enorme importância histórica e ideológica a partir da década de sessenta do século XIX, quando o pensamento dostoievskiano adquire contornos históricos e sociológicos mais acabados e uma definição filosófica e ideológica mais consistente.

Em *Os demônios*, a representação da Idade de Ouro é muito mais ampla do que em *Crime e castigo*, e a relação do herói Stavróguin com a Idade de Ouro é bem mais complexa do que a de Raskólnikov. Ela se corporifica em um sonho de Stavróguin com o quadro *Ácis e Galateia*, de Claude Lorrain, que se encontrava na Galeria de Dresden e, segundo Anna Grigórievna, segunda mulher de Dostoiévski, o escritor sempre chamava de *A Idade de Ouro*. O sonho descreve o "berço" da sociedade europeia, o "paraíso terrestre" povoado por "pessoas belas", "felizes e inocentes", transbordantes de uma "força pura", de amor e de uma "alegria singela", provocando em Stavróguin uma sensação de "felicidade" que ele diz nunca ter conhecido. É um quadro de perfeita harmonia entre a natureza e o homem, no qual o sol banha com seus raios todas as ilhas e o mar, e "regozijando-se com seus belos filhos", compõe o conjunto. Essa harmonia contrasta com o profundo conflito vivido por Stavróguin, que cometeu um crime de pedofilia que redundou no suicídio da menina Matriócha. Este episódio tirara-lhe o direito de sonhar com a felicidade experimentada por aquelas pessoas "felizes e inocentes", dominadas por uma "alegria singela". A sensação de felicidade experimentada no sonho por Stavróguin é logo anulada por sua funesta realidade de homem impuro, que cometera um crime contra uma criança, visto como ato hediondo, imperdoável. Stavróguin fecha os olhos no afã de retomar o sonho, mas em vez disso avista um ponto luminoso que acaba se transformando numa aranha vermelha, a mesma aranha vermelha que ele vira sobre um gerânio alguns minutos antes do suicídio da menina, e a aranha converte-se num símbolo fatídico do seu próprio destino e traz à sua consciência a lembrança do crime cometido. É patente sua incompatibilidade com o clima de plena fraternidade entre os homens e destes com a natureza na Idade de Ouro. Aos raios do sol poente como símbolo de vida, felicidade, alegria e pureza daquele tempo beatífico sobrepõe-se o ponto luminoso da aranha como signo de uma sensualidade animalesca, da sordidez e da impureza, da decadência moral e prenúncio da morte. Ato contínuo, aparece a Stavróguin a própria Matriócha, "emagrecida e com os olhos febris", e desde então a imagem da menina assume um poder tão obsessivo sobre Stavróguin que ele se torna possuído por ela, e não pode "deixar de evocá-la, embora não possa viver com isso". Assim, a obsessão de evocar a imagem da menina suicida acaba transbordando num impasse fatal, cujo desenlace será o suicídio do herói, punição maior pelo crime de pedofilia, sentença idêntica à de Svidrigáilov em *Crime e castigo*, punido pelo mesmo delito.

O sonho com a Idade de Ouro é retomado por Dostoiévski em 1875 com *O adolescente*, através da personagem Viersílov, e em "O sonho de um homem ridículo" em 1877. À diferença de Stavróguin, que, tragado pela sensualidade animalesca que o levou ao crime de pedofilia e à perda do direito ao futuro e à sua Idade de Ouro, Viersílov não está contaminado por um individualismo exacerbado, identifica-se com a Idade de Ouro, vê nela o "amor de toda a humanidade", encarnando a "ideia russa superior", "um tipo de sofrimento universal por todos", em suma, tem uma visão humanista da vida e da história, e, a despeito das contradições que marcam seu comportamento, pode falar com naturalidade da Idade de Ouro, símbolo da fraternidade universal na obra de Dostoiévski.

Assim, *Os demônios* é um romance de múltiplos sentidos e imensa elasticidade histórico-ideológica, fato que por si só inviabiliza qualquer tipo de reducionismo.

SOBRE O AUTOR

Fiódor Mikháilovitch Dostoiévski nasceu em Moscou a 30 de outubro de 1821, num hospital para indigentes onde seu pai trabalhava como médico. Em 1838, um ano depois da morte da mãe por tuberculose, ingressa na Escola de Engenharia Militar de São Petersburgo. Ali aprofunda seu conhecimento das literaturas russa, francesa e outras. No ano seguinte, o pai é assassinado pelos servos de sua pequena propriedade rural.

Só e sem recursos, em 1844 Dostoiévski decide dar livre curso à sua vocação de escritor: abandona a carreira militar e escreve seu primeiro romance, *Gente pobre*, publicado dois anos mais tarde, com calorosa recepção da crítica. Passa a frequentar círculos revolucionários de Petersburgo e em 1849 é preso e condenado à morte. No derradeiro minuto, tem a pena comutada para quatro anos de trabalhos forçados, seguidos por prestação de serviços como soldado na Sibéria — experiência que será retratada em *Escritos da casa morta*, livro que começou a ser publicado em 1860, um ano antes de *Humilhados e ofendidos*.

Em 1857 casa-se com Maria Dmitrievna e, três anos depois, volta a Petersburgo, onde funda, com o irmão Mikhail, a revista literária *O Tempo*, fechada pela censura em 1863. Em 1864 lança outra revista, *A Época*, onde imprime a primeira parte de *Memórias do subsolo*. Nesse ano, perde a mulher e o irmão. Em 1866, publica *Crime e castigo* e conhece Anna Grigórievna, estenógrafa que o ajuda a terminar o livro *Um jogador*, e será sua companheira até o fim da vida. Em 1867, o casal, acossado por dívidas, embarca para a Europa, fugindo dos credores. Nesse período, ele escreve *O idiota* (1869) e *O eterno marido* (1870). De volta a Petersburgo, publica *Os demônios* (1872), *O adolescente* (1875) e inicia a edição do *Diário de um escritor* (1873-1881).

Em 1878, após a morte do filho Aleksiêi, de três anos, começa a escrever *Os irmãos Karamázov*, que será publicado em fins de 1880. Reconhecido pela crítica e por milhares de leitores como um dos maiores autores russos de todos os tempos, Dostoiévski morre em 28 de janeiro de 1881, deixando vários projetos inconclusos, entre eles a continuação de *Os irmãos Karamázov*, talvez sua obra mais ambiciosa.

SOBRE O TRADUTOR

Paulo Bezerra estudou língua e literatura russa na Universidade Lomonóssov, em Moscou, especializando-se em tradução de obras técnico-científicas e literárias. Após retornar ao Brasil em 1971, fez graduação em Letras na Universidade Gama Filho, no Rio de Janeiro; mestrado (com a dissertação "Carnavalização e história em *Incidente em Antares*") e doutorado (com a tese "A gênese do romance na teoria de Mikhail Bakhtin", sob orientação de Afonso Romano de Sant'Anna) na PUC-RJ; e defendeu tese de livre-docência na FFLCH-USP, "*Bobók*: polêmica e dialogismo", para a qual traduziu e analisou esse conto e sua interação temática com várias obras do universo dostoievskiano. Foi professor de teoria da literatura na Universidade do Estado do Rio de Janeiro, de língua e literatura russa na USP e, posteriormente, de literatura brasileira na Universidade Federal Fluminense, pela qual se aposentou. Recontratado pela UFF, é hoje professor de teoria literária nessa instituição. Exerce também atividade de crítica, tendo publicado diversos artigos em coletâneas, jornais e revistas, sobre literatura e cultura russas, literatura brasileira e ciências sociais.

Na atividade de tradutor, já verteu do russo mais de quarenta obras nos campos da filosofia, da psicologia, da teoria literária e da ficção, destacando-se: *Fundamentos lógicos da ciência* e *A dialética como lógica e teoria do conhecimento*, de P. V. Kopnin; *A filosofia americana no século XX*, de A. S. Bogomólov; *Curso de psicologia geral* (4 volumes), de R. Luria; *Problemas da poética de Dostoiévski*, *O freudismo*, *Estética da criação verbal*, *Teoria do romance I, II e III*, *Os gêneros do discurso*, *Notas sobre literatura, cultura e ciências humanas* e *O autor e a personagem na atividade estética*, de M. Bakhtin; *A poética do mito*, de E. Melietinski; *As raízes históricas do conto maravilhoso*, de V. Propp; *Psicologia da arte*, *A tragédia de Hamlet, príncipe da Dinamarca* e *A construção do pensamento e da linguagem*, de L. S. Vigotski; *Memórias*, de A. Sákharov; e *O estilo de Dostoiévski*, de N. Tchirkóv; no campo da ficção traduziu *Agosto de 1914*, de A. Soljenítsin; cinco contos e novelas de N. Gógol reunidos no livro *O capote e outras histórias*; *O herói do nosso tempo*, de M. Liérmontov; *O navio branco*, de T. Aitmátov; *Os filhos da rua Arbat*, de A. Ribakov; *A casa de Púchkin*, de A. Bítov; *O rumor do tempo*, de O. Mandelstam; *Em ritmo de concerto*, de N. Dejniov; *Lady Macbeth do distrito de Mtzensk*, de N. Leskov; além de *O duplo*, *O sonho do titio* e *Sonhos de Petersburgo em verso e prosa* (reunidos no volume *Dois sonhos*), *Escritos da casa morta*, *Bobók*, *Crime e castigo*, *O idiota*, *Os demônios*, *O adolescente* e *Os irmãos Karamázov*, de F. Dostoiévski.

Em 2012 recebeu do governo da Rússia a Medalha Púchkin, por sua contribuição à divulgação da cultura russa no exterior.

SOBRE O ARTISTA

Claudio Mubarac nasceu em Rio Claro, São Paulo, em 1959. Formou-se na Escola de Comunicações e Artes da Universidade de São Paulo, em 1982, onde realizou estudos de gravura com Evandro Carlos Jardim e Regina Silveira. Começou a expor no início da década de 80, participando desde então de mostras coletivas, tais como o Panorama da Arte Atual Brasileira do MAM-SP, em 1980, 1990 e 1997; a Mostra América de Gravura de Curitiba, entre 1992 e 1995; a Mostra Rio-Gravura, em 1999; e Investigações: a Gravura Brasileira, no Instituto Cultural Itaú, em 2000. No exterior, participou, entre outras mostras, da Bienal Latino-Americana de San Juan e da Bienal Internacional de Artes Gráficas de Ljubljana, ambas nas edições de 1987, 1993 e 1999.

Realizou mostras individuais na Paulo Figueiredo Galeria de Arte, em 1990, 1993 e 1995; no Centro Cultural São Paulo, em 1992, 1997 e 1998; na Valu Oria Galeria de Arte, em 1999 e 2002; e no Centro Universitário Maria Antonia, da USP, em 2001, todas em São Paulo. Em 1999 também realizou individuais na Maison du Brésil, em Bruxelas, e no ICBA, de Berlim. Entre os prêmios que recebeu estão os da V Mostra de Gravura Cidade de Curitiba, da I Mostra América de Gravura e da XXIII Bienal Internacional de Artes Gráficas de Ljubljana, além de ter recebido bolsas como artista residente no Tamarind Institute, dos Estados Unidos, no London Print Workshop, da Inglaterra, no Civitella Ranieri Center, da Itália, e na Cité International des Arts, da França.

Paralelamente, desenvolve atividades didáticas, tendo atuado, de 1984 a 2003, como orientador e coordenador do Ateliê de Gravura do Museu Lasar Segall e como professor de gravura na Fundação Armando Álvares Penteado, em São Paulo. Em 1998, defendeu seu Doutorado em Poéticas Visuais na Escola de Comunicações e Artes da Universidade de São Paulo. Desde 2004 é professor de desenho e gravura na ECA-USP, instituição onde obteve a Livre-Docência em 2010.

Este livro foi composto em Sabon
pela Bracher & Malta, com CTP e
impressão da Edições Loyola em papel Pólen Natural 70 g/m^2 da Cia.
Suzano de Papel e Celulose para a
Editora 34, em outubro de 2024.